詩經譯注

袁梅 译注

中州古籍出版社
·郑州·

图书在版编目（CIP）数据

诗经译注 / 袁梅译注. —郑州：中州古籍出版社，2019.9

ISBN 978-7-5348-8664-5

Ⅰ.①诗… Ⅱ.①袁… Ⅲ.①古体诗 – 诗集 – 中国 – 春秋时代②《诗经》– 译文③《诗经》– 注释 Ⅳ.①I222.2

中国版本图书馆CIP数据核字（2019）第088247号

责任编辑　张　雯　梁瑞霞
责任校对　朱建波
装帧设计　曾晶晶

出　版　中州古籍出版社
　　　　　地址：郑州市郑东新区祥盛街27号6层
　　　　　邮编：450016
　　　　　电话：0371-65788693
经　销　新华书店
印　刷　河南瑞之光印刷股份有限公司
版　次　2019年9月第1版
印　次　2019年9月第1次印刷
开　本　960毫米×640毫米　1 / 16
印　张　60.5印张
字　数　1000千字
定　价　128.00元

本书如有印装质量问题，请与出版社联系调换。

前　言

一、概　说

我们伟大的中华民族，具有悠久的历史和灿烂的文化，文学遗产十分丰富，仅就诗歌而言，我国第一部先秦乐歌总集——《诗》，早在两千五百年前就已汇辑成书，它是我国诗歌发展史的光辉开端。先秦时期，它本称《诗》或《诗三百》，后因汉代统治者"独尊儒术"，《诗》被儒生们作为经典之一加以传习，所以始有《诗经》之名。

《诗》的创作年代，大约是从西周初叶至春秋中叶，即公元前十一世纪至公元前六世纪之间。那是奴隶社会和由奴隶社会向封建社会过渡的时代，也是充满各种矛盾和急剧动荡、转化的时代。当时主要表现为奴隶与奴隶主、农奴与农奴主的阶级矛盾；列国纷争、各族交战的民族矛盾；大贵族统治阶层与分化出来的下层知识分子的矛盾。《诗》就是产生于这一时代的乐歌总集，它从不同角度反映了社会生活面貌。

关于采诗问题，向有争议。我们对待古代文化遗产，应持实事求是的态度。《左传》可称信史，而它并无"采诗"的确实记载，所以我们不能断言周代也有汉代那样的"立乐府，采诗夜诵"的制度。不过，我们无妨从去古未远的汉代上溯周代的礼乐制度。大概周王朝设有乐师、乐工等专职人员，他们不但和贵族士大夫共同制作乐歌，并且有时到各地采集文人录而传习的歌谣，同时，各诸侯国也许将收录的歌谣奉献给周王朝。这些专职乐师便将从各种渠道汇集的歌谣加以筛选、整理，对其中的方言、方音予以订正，对各地土风乐舞的乐调、舞容等进行调整修改，使歌、乐、舞三者和谐统一，以适应表演要求与统治阶级的政治需要，然后利用它进行表演和在上层社会传习。《诗三百》不但用于娱乐，而且也是一种交际工具和外交手段。周代统治者是为"制礼"而"作乐"的，而"采诗"又是为了"作乐"的需要，因此可以说：乐由礼而来，诗又因乐而生。

《周礼》与《毛诗·大序》有"六诗"（六义）之说，认为《诗》有六义：风、赋、比、兴、雅、颂。大体是说：《诗》有六种意义（或作用），即可以歌唱，可以朗诵，可以做比喻，可以唤起人的思想感情，可以推广通用的标准语，可以表演。但是由于《诗三百》自古就是按风、雅、颂归类编排的，所以汉代儒生将六义中的风、雅、颂理解为不同的体制，并把赋、比、兴理解为三种艺术技巧。虽然这与六义本来的界说不同，但也能被人接受，并对后世诗歌创作起了很大作用。经过历代学者的研究，这些本来都能表演的歌舞曲，主要是按音乐歌舞的特征分类，是可信的论点。从一般概念说，《风》就是乐曲（乐调），是民间歌谣。《国风》是其通名，《周南》《召南》《邶风》等，是其专名。"雅"本是一种乐器或乐调，雅与夏二字古通，夏乐即西周王畿之乐；雅，又可理解为雅言（当时的通用标准语）。因此，可以说，用周代京畿通用官话为歌词的、以"雅"这种乐器伴奏的、产生于夏地的贵族乐歌，就是《雅》。颂，是"镛"的通假字，镛是大钟之名；颂，又有"容""羕"的含义，就是指舞容（舞蹈的样子）。由此可认为：用大钟（镛）伴奏的、音调徐缓庄重以配合舞蹈的祭祝歌兼舞曲，就是《颂》。《诗经》的编次，虽然一直是十五国风、小雅、大雅、周颂、鲁颂、商颂，但如果按实际创作年代为序，则应为周颂、大雅、小雅、商颂、鲁颂、十五国风。

二、《诗经》的内容与形式

（一）思想内容方面

《诗经》中的风、雅、颂，由于出自不同的阶级、阶层，所以它们所反映的思想感情各不相同，内容丰富多彩，涵盖广博。

《国风》中大多数是抒情诗，少数是社会诗，从不同侧面揭露了奴隶社会的黑暗腐朽和社会生活面貌。《国风》主要有以下内容：

1. 反映古代人民的劳动生活。

作为人类精神财富的文学艺术，原本是在社会生产劳动中产生并发展的；同时，它又反过来为生产劳动服务，提高劳动效率，促进社会生产力的发展。反映古代人民劳动生活的诗歌，在十五国风中是屡见不鲜的。如《周南·芣苢》，描写的是农家妇女们，在田野里采集车前草的场面和劳动热情。《豳风·七月》，是周代农业奴隶们所唱的一首怨歌。它生动地描述了奴隶们全年艰苦劳动的过程与生活惨状，尖锐地揭示了奴隶社会中的阶级矛盾。诗歌运用了对比手法，表现了奴隶和奴隶主截然相反的阶级地位与生活方式，揭示了奴隶社会吃人的本质。此外，有许多诗把劳动和爱情交织在一起加以表现，如《周南·汉广》《召南·野有死麕》《鄘风·桑中》《王风·采葛》《郑风·叔于田》《魏风·十亩之间》，等等。还有反映畜牧、狩猎生活的，如《召南·驺虞》《齐风·还》《齐风·卢令》等。

2. 控诉奴隶社会的黑暗腐朽。

许多民歌，表现了人民对剥削压迫的反抗，揭露了奴隶社会的阶级矛盾，如《魏风·伐檀》，将奴隶主不劳而食、巧取豪夺、骄奢淫逸的本性揭露得体无完肤。又如《唐风·鸨羽》，控诉了奴隶主强加给奴隶的苛重徭役及由此造成的苦难。另外，《齐风·敝笱》《齐风·载驱》《陈风·株林》，则无情地讽刺了贵族的淫乱无耻。

3. 反映古代人民对待战争的态度。

周代的广大人民，对待战争有正确的理解与态度。他们对诸侯争霸的不义战争是深恶痛绝的，如《王风·君子于役》《豳风·东山》《豳风·破斧》等。然而，他们具有明确的是非观念与强烈的爱国热情，他们对正义的卫国战争是坚决拥护并踊跃参加的，如《秦风·无衣》就是一首激昂慷慨的军歌。在外族入侵、国家有难之际，人们同仇敌忾，奋勇参战，表现了爱国精神。又如《卫风·伯兮》，描写一位妇女为参加义战的丈夫而自豪，从妇女角度，表现古代人民对正义战争的支持。

4. 反映古代人民的爱情生活与妇女的不幸命运。

《国风》中的民间情歌，是风土之音，出于里巷阡陌，所以它往往把劳动生活和爱情生活自然地融为一体，表现了古代人民真挚纯洁的爱情和对婚姻、家庭问题所持的态度。如《周南·汉广》，是一首樵歌，也是一首情歌，是一位砍柴青年表达他的纯真爱情。《王风·采葛》《郑风·出其东门》等也都是这类歌谣，它们都富有清新刚健的民歌气息。此外，《卫风·氓》《邶风·谷风》等均为弃妇诗，表现了古代男尊女卑的社会中妇女被遗弃、被虐待的不幸，谴责了不合理的婚姻制度。

要之，国风中有很多优秀民歌，以现实主义精神，反映了古代社会生活的某些侧面，表达了人民的思想感情，具有一定的人民性。

《小雅》《大雅》，大都是奴隶主贵族上层社会举行各种典礼或宴会所用的乐歌，它的主要内容是：

1. 反映人民疾苦，贬斥黑暗政治。

政治讽喻诗，在二雅（尤其是《小雅》）中占比重颇大，有劳动人民的呼声，也有公卿士大夫之作，其中有些作者是从士大夫阶层中分化出来的较能接近人民、同情人民的知识分子。在二雅中，有的作品控诉了大奴隶主的代表加给人民的徭役之苦，如《小雅·何草不黄》等。有的揭露了奴隶主贵族的腐朽本质，如《小雅·正月》等。也有直刺周王朝统治者昏庸残暴的，如《小雅·十月之交》《小雅·雨无正》《小雅·小旻》等。有的诗讽刺纲纪废弛、妄用奸佞、横征暴敛、鱼肉人民的腐败朝政,如《大雅·民劳》《大雅·桑柔》等。

2. 表现爱情及妇女问题。

《小雅》中有许多反映男女爱情的诗歌,如《小雅·采绿》《小雅·隰桑》《小雅·白华》等。也有些诗歌是妇女的怨疾之词,如《小雅·我行其野》《小雅·小弁》《小雅·谷风》等。

3. 反映农业生产与畜牧生产。

二雅中有些关于农业、畜牧业生产和农牧方面祭典活动的诗,从中可以看出周代农业生产方式、社会制度和风俗习惯,有一定的文学与史学价值。其中较有代表性的有《小雅·无羊》《小雅·楚茨》《小雅·信南山》《小雅·甫田》《小雅·大田》《大雅·生民》等。

4. 表现周民族的发展演化。

篇制较宏大的叙事诗,在二雅中为数不少。论其规模,虽然还称不上史诗,但已初具史诗雏形。许多诗各有侧重而又集中概括地叙述了周民族的发展史,颂扬了周民族的某些英雄与先王,如《小雅》中的《出车》《六月》《采芑》等,是反映周王朝中兴时期大举征伐玁狁的叙事诗。如《大雅·生民》,歌颂了周民族的始祖后稷在农业生产上创造的业绩。《大雅·公刘》,追述了周人远祖公刘率领族众迁徙与建设国家的史实。《大雅·绵》,叙写了周民族逐渐由穴居野处进化到室居的过程。《大雅·大明》则描写牧野战争之激烈,颂美周王朝的武力强大。又如《大雅·皇矣》《大雅·江汉》《大雅·常武》等,均为歌颂周天子文治武功的诗。

《雅》诗虽然大多是奴隶主贵族的作品,但因某些诗从不同角度反映了社会生活图景和各阶层的思想意识;在形式上也达到了四言诗的成熟阶段,所以有一定的认识价值与审美意义。

《颂》诗基本是周天子及诸侯用于宗庙祭典的舞曲、祭歌与颂歌,其中的《周颂》,主要是西周王朝歌颂其最高统治者文德武烈的诗。有些较有特征的祭歌,如《思文》《天作》《清庙》《维天之命》等,就是通过祭祖追远之词以歌功颂德的。《鲁颂》中的《泮水》是歌颂鲁僖公伐楚之功的。《閟宫》则叙述周族的渊源、鲁人祖先的受封及其丰功伟业。《商颂》中的《那》《烈祖》《玄鸟》，是祭祖的乐歌；《长发》《殷武》是祝颂之词，同时叙述了商族的起源于宋襄公伐楚之役。此外，三颂中也有一些农事诗和畜牧诗，如《周颂》中的《臣工》《噫嘻》《丰年》《载芟》《良耜》，《鲁颂》中的《駉》等，对周代的农业与畜牧业生产情况有比较生动具体的反映。这些作品有一定的价值。

概言之，《风》中有很多民歌以现实主义精神表现了周代社会生活的某些重大内容，表达了人民的思想感情，具有较强的人民性。它给后世文学的影响不仅是巨大的，而且主要是积极的。但是《风》中也有少数诗歌是贵族士大夫所作，有的是对统治阶级的美化，如《召南·甘棠》等。

《雅》《颂》中的诗歌，多数是奴隶主阶级的作品。如大奴隶主贵族的宴飨游乐之歌，有《小雅·鹿鸣》《小雅·鱼丽》《小雅·湛露》等。又有些是对奴隶主的政治代表的颂谀之词，如《小雅·蓼萧》《小雅·天保》《大雅·灵台》等。《颂》诗基本是周代宫廷诗人（乐师）或公卿士大夫所作的颂圣之词（三颂中尤以《周颂》为甚），其思想性与艺术性都不能和《国风》相提并论。

（二）艺术形式方面。

《诗经》的语言特色和创作技巧是丰富多彩的，我们只能约略地谈以下三点：

1. 赋、比、兴。

《诗经》中赋的手法，即敷陈其事，直接表述某一事物或人物的言行情志，也可称为直陈法。南朝梁代钟嵘说："直书其事，寓言写物，赋也。"宋代朱熹说："赋者，敷陈其事而直言之者也。"例如《豳风·七月》，具体而有层次地叙写了奴隶们全年劳动过程及生活苦况，直截了当地将典型人物的思想言行和典型事物陈述出来，给人以深刻印象。

比的手法，是我国诗歌史上更为重要的思维形式与表现技巧。比，就是比拟、比喻，以物比物，以人比物，以物比人，而"所指之事常在言外"（朱熹）。《诗经》中常用这种手法，而且运用得十分圆熟巧妙。如《魏风·硕鼠》，以大老鼠来比喻贪婪地敲剥人民劳动果实的奴隶主。又如《郑风·有女同车》，诗人将美丽贞静的女子比作鲜美的"舜华""舜英"（木槿花）。由于作者善于抓住人与事物本质特征，能够把握此一事物和彼一事物的内在联系、相似的特征或共同属性，所以善于运用比拟手法，创造佳妙的艺术效果。

兴的手法，主要通过联想与想象，借景抒情，托物起兴。《诗经》常有比、兴联用之例，兴而比，比而兴，往往是二者互补共振，相得益彰。如《周南·关雎》，借雎鸠鸟的鸣春求偶、相依相恋以兴起歌者对爱情的追求。《陈风·月出》，借皎皎明月以唤起歌者怀人之情，以月光之美烘托人物之美。还有《周南·桃夭》等诗，也多是兴中有比，比中寓兴，情景交融，形神统一，形成一种有高度审美意义的境界。

2. 丰富的语汇。

《诗经》使用的是周代的雅言（京畿通用的标准语），它是战国以后书面语言的前身，对统一我国古代汉民族语言文字（尤其是书面语言）起了奠基与先导作用。《诗经》大约使用了三千个单字，其中有些字一字多义，一字多用，如按字义计，就有四千多个单字。其中繁多的名词，都准确表示了人和事物的名称，仅就生物名词而言，就有草本植物一百种，木本植物五十四种，鸟类三十八种，兽类二十七种，昆虫及鱼类四十一种。动词也都非常准确生动地表示了人和动物的各种动作形态，光表示手的动作的词就达数十个。还有很多表示心理活动的比喻性的动词。特别是在《诗经》中出现了大量的合成词、助词、词组，这在汉语发展史上是一大进步和成就，为汉语言文字的发展提供了规范，开辟了道路。

3. 鲜明生动的节奏感与音乐美。

《诗经》中所有的歌词本来都是可以演唱的，很多章句具有一唱三叹的特色。在诗歌中大量地运用了双声、叠韵、重言、叠字、叠句、叠章的方式，反复咏叹，使诗句节奏分明，音韵铿锵，和谐宛转，有浓重的韵律美。而更主要的是能反复地、步步加深加强地感染读者或听众，产生强大的艺术效应。这种复沓重叠的技巧，也是民歌的特色之一。此外，《诗经》中许多诗歌呈现出韵律优美自然、灵活多姿的特点。在句式上，虽以四言为主，但又不拘一格，变化自如。有的诗，句式兼有长短，参差交错，读来琅琅上口，如《邶风·式微》，只是一首三十二字的小诗，就有二言、三言、四言、五言的变化，这是审美的需要，也是表达情志的需要。韵律方面，常见的方式有：一、二、四句用韵，句句末尾用韵，隔句用韵（双句句尾用韵），单句句中用韵，单句句尾用韵，每句句中用韵，句首句尾同时用韵，每章换韵，全诗一韵到底，等等。

总之，《诗经》的内容与形式都达到了空前的境界，它对后世文学创作产生过深远的影响。我们应对它进行历史的辩证的整理研究，取其精华，弃其糟粕。

两三千年以来，对于《诗》的训诂解说是很多的，杂披纷呈，歧义百出，异说蜂起，莫衷一是，汉代大儒董仲舒"诗无达诂"一语，就反映了这种情形。现在，我们读《诗》，如何从纷乱陆离的众说中理出一点头绪，从而较为正确地理解《诗》的真义呢？除了从根本原则上运用历史唯物主义的观点与方法外，从具体方面说，还应以科学态度博观约取，详审慎择。对争议较大的问题，尤应抱严肃认真的态度，联系作品的时代背景与主旨，深入钻研各家见解，进行比较分析，鉴别真伪、良莠，去伪存真，去芜取菁，力求寻出一个较为科学的结论。我们的基本态度应该是实事求是，既不迷信盲从，也不武断自是；不要"想当然耳"，凿空臆测；而要追本穷原，知其所以然。我们应力求以正确的态度与方法，去钻研文学遗产，批判地继承它，争取达到"古为今用"的目的。在批判继承我国文学遗产方面我也想竭尽绵力，做一点整理研究工作，与朋友们一起学习探讨。出于这种朴素的愿望，也就不揣谫陋，贸然做译注《诗经》的尝试。拙稿对《诗》的内容与形式，以及有关问题，做了简要的评介，并对全部作品进行语译、注释考证与题解。在撰写中，个人主观上想尽力做到以下几点：

语译方面：忠于原作，力求不失本义；译文口语化，尽量保持原诗的固有艺术特色，适当掌握灵活性，不拘泥于一字一词而生硬翻译；借鉴于《诗》，尽可能地体现原作的押韵方式，同时，对某些字句的音韵灵活运用；译文与原诗并列，便于对照参阅。

题解方面：对每首诗的中心思想或时代背景，做简括的提示，力求符合原诗的本来面目。

注释考证方面：认真考辨古今学者对《诗》的传、笺、注、疏，判明是非得失，择善而从，并以笔者体悟之心得，用通俗明白的现代汉语，解释字、词、语句的含义，力求概念明确；对某些疑难问题，加以考证，略附援引，以供参考。

学术延伸方面：阐发古今学者对《诗》的见解及笔者自己的看法，也对一些错简进行了质疑等。

除古人在《诗经》方面的专著外，在现今的学术界，也有许多造诣高深的专家做过《诗》的研究工作。我从这些师友们的著述中，受到很多教益。我诚挚地深表谢意，并且虚心地向师友们不断学习。

由于自己才疏学浅，译注古籍，痛感绠短汲深，力不从心，偏颇谬误，实所难免。诚恳希望专家及读者们严加教正，开我茅塞。不胜感戴之至。

目　录

国风

周南

关雎……………… 2	兔罝……………… 13
葛覃……………… 5	芣苢……………… 15
卷耳……………… 7	汉广……………… 17
樛木……………… 9	汝坟……………… 19
螽斯……………… 10	麟之趾…………… 21
桃夭……………… 12	

召南

鹊巢……………… 23	甘棠……………… 31
采蘩……………… 24	行露……………… 33
草虫……………… 26	羔羊……………… 34
采蘋……………… 28	殷其雷…………… 36

摽有梅	38	野有死麕	43
小星	40	何彼秾矣	45
江有汜	41	驺虞	47

邶风

柏舟	49	式微	75
绿衣	52	旄丘	76
燕燕	54	简兮	78
日月	56	泉水	81
终风	59	北门	84
击鼓	61	北风	86
凯风	63	静女	88
雄雉	65	新台	90
匏有苦叶	67	二子乘舟	92
谷风	69		

鄘风

柏舟	94	定之方中	104
墙有茨	95	蝃蝀	108
君子偕老	97	相鼠	109
桑中	101	干旄	111
鹑之奔奔	103	载驰	112

卫风

淇奥 ······ 117
考槃 ······ 120
硕人 ······ 122
氓 ······ 125
竹竿 ······ 130
芄兰 ······ 132
河广 ······ 133
伯兮 ······ 134
有狐 ······ 136
木瓜 ······ 137

王风

黍离 ······ 140
君子于役 ······ 142
君子阳阳 ······ 144
扬之水 ······ 145
中谷有蓷 ······ 146
兔爰 ······ 148
葛藟 ······ 150
采葛 ······ 152
大车 ······ 153
丘中有麻 ······ 154

郑风

缁衣 ······ 156
将仲子 ······ 157
叔于田 ······ 159
大叔于田 ······ 161
清人 ······ 164
羔裘 ······ 166
遵大路 ······ 167
女曰鸡鸣 ······ 169
有女同车 ······ 171
山有扶苏 ······ 172
萚兮 ······ 173
狡童 ······ 174
褰裳 ······ 175
丰 ······ 176

东门之墠 …………… 177
风雨 ………………… 178
子衿 ………………… 179
扬之水 ……………… 181
出其东门 …………… 182
野有蔓草 …………… 183
溱洧 ………………… 184

齐风

鸡鸣 ………………… 187
还 …………………… 188
著 …………………… 189
东方之日 …………… 191
东方未明 …………… 192
南山 ………………… 193
甫田 ………………… 195
卢令 ………………… 197
敝笱 ………………… 198
载驱 ………………… 199
猗嗟 ………………… 200

魏风

葛屦 ………………… 203
汾沮洳 ……………… 205
园有桃 ……………… 206
陟岵 ………………… 208
十亩之间 …………… 210
伐檀 ………………… 211
硕鼠 ………………… 214

唐风

蟋蟀 ………………… 218
山有枢 ……………… 219
扬之水 ……………… 221
椒聊 ………………… 223

绸缪	224	无衣	230
杕杜	226	有杕之杜	231
羔裘	227	葛生	232
鸨羽	228	采苓	234

秦风

车邻	237	黄鸟	247
驷驖	238	晨风	250
小戎	240	无衣	252
蒹葭	244	渭阳	253
终南	246	权舆	255

陈风

宛丘	257	墓门	264
东门之枌	258	防有鹊巢	266
衡门	261	月出	268
东门之池	262	株林	269
东门之杨	263	泽陂	270

桧风

羔裘	273	隰有苌楚	275
素冠	274	匪风	277

曹风

蜉蝣 …… 279	鸤鸠 …… 282
候人 …… 280	下泉 …… 284

豳风

七月 …… 286	伐柯 …… 303
鸱鸮 …… 296	九罭 …… 304
东山 …… 297	狼跋 …… 305
破斧 …… 301	

二雅

小雅

鹿鸣之什

鹿鸣 …… 308	天保 …… 324
四牡 …… 310	采薇 …… 328
皇皇者华 …… 313	出车 …… 336
常棣 …… 315	杕杜 …… 342
伐木 …… 319	南陔(笙乐无辞)

白华之什

白华(笙乐无辞)

华黍(笙乐无辞)

鱼丽 ······ 346

由庚(笙乐无辞)

南有嘉鱼 ······ 347

崇丘(笙乐无辞)

南山有台 ······ 349

由仪(笙乐无辞)

蓼萧 ······ 352

湛露 ······ 354

彤弓之什

彤弓 ······ 357

菁菁者莪 ······ 359

六月 ······ 360

采芑 ······ 367

车攻 ······ 374

吉日 ······ 378

鸿雁 ······ 382

庭燎 ······ 384

沔水 ······ 385

鹤鸣 ······ 388

祈父之什

祈父 ······ 391

白驹 ······ 392

黄鸟 ······ 395

我行其野 ······ 396

斯干 ······ 398

无羊 ······ 404

节南山 ······ 409

正月 ······ 417

十月之交 ······ 428

雨无正 ······ 436

小旻之什

小旻 ······ 447

小宛 ······ 454

小弁 ······ 460

巧言 ······ 467

何人斯 ······ 475

巷伯 ······ 480

谷风	484	大东	488
蓼莪	486	四月	496

北山之什

北山	501	信南山	526
无将大车	505	甫田	530
小明	506	大田	534
鼓钟	511	瞻彼洛矣	539
楚茨	515	裳裳者华	541

桑扈之什

桑扈	544	宾之初筵	555
鸳鸯	546	鱼藻	564
頍弁	547	采菽	565
车辖	550	角弓	570
青蝇	554	菀柳	574

都人士之什

都人士	577	绵蛮	591
采绿	580	瓠叶	592
黍苗	583	渐渐之石	594
隰桑	585	苕之华	596
白华	587	何草不黄	598

大雅

文王之什

文王 …… 601	思齐 …… 633
大明 …… 608	皇矣 …… 636
绵 …… 617	灵台 …… 651
棫朴 …… 626	下武 …… 655
旱麓 …… 630	文王有声 …… 657

生民之什

生民 …… 663	公刘 …… 689
行苇 …… 674	泂酌 …… 699
既醉 …… 678	卷阿 …… 701
凫鹥 …… 682	民劳 …… 708
假乐 …… 686	板 …… 714

荡之什

荡 …… 726	韩奕 …… 786
抑 …… 733	江汉 …… 796
桑柔 …… 747	常武 …… 806
云汉 …… 762	瞻卬 …… 814
崧高 …… 772	召旻 …… 822
烝民 …… 778	

三颂

周颂

清庙之什

清庙 …………………… 830
维天之命 ……………… 832
维清 …………………… 833
烈文 …………………… 835
天作 …………………… 837
昊天有成命 …………… 839
我将 …………………… 841
时迈 …………………… 843
执竞 …………………… 845
思文 …………………… 848

臣工之什

臣工 …………………… 851
噫嘻 …………………… 854
振鹭 …………………… 857
丰年 …………………… 858
有瞽 …………………… 860
潜 ……………………… 863
雝 ……………………… 864
载见 …………………… 867
有客 …………………… 869
武 ……………………… 872

闵予小子之什

闵予小子 ……………… 875
访落 …………………… 877
敬之 …………………… 878
小毖 …………………… 880
载芟 …………………… 882
良耜 …………………… 887
丝衣 …………………… 890
酌 ……………………… 892
桓 ……………………… 893
赉 ……………………… 895
般 ……………………… 896

鲁颂

駉 ……………………… 898
有駜 ……………………… 901
泮水 ……………………… 903
閟宫 ……………………… 909

商颂

那 ……………………… 923
烈祖 ……………………… 926
玄鸟 ……………………… 929
长发 ……………………… 932
殷武 ……………………… 940

国风

周　南

关　雎

关关①雎鸠②，　　关关鸣春雎鸠鸟，
在河之洲③。　　　在那河中小洲岛。
窈窕④淑女⑤，　　姑娘文静又秀丽，
君子⑥好逑⑦。　　美男求她结情侣。

参差⑧荇菜⑨，　　长短不齐青荇菜，
左右⑩流之⑪。　　姑娘左右采呀采。
窈窕淑女，　　　　文静秀丽好姑娘，
寤寐⑫求之。　　　醒来梦里把她想。

求之不得，　　　　追求她，求不到，
寤寐思⑬服。　　　日夜渴慕思如潮。
悠哉悠哉⑭，　　　相忆绵绵思重重，
辗转反侧⑮。　　　翻来覆去睡不宁。

参差荇菜，　　　　长短不齐青荇菜，
左右采⑯之。　　　姑娘左右采呀采。
窈窕淑女，　　　　文静秀丽好姑娘，

琴瑟友之⑰。	琴瑟传情两相爱。
参差荇菜，	青青荇菜长又短，
左右芼⑱之。	姑娘左右把它拣。
窈窕淑女，	文静秀丽好姑娘，
钟鼓乐之⑲。	钟鼓齐鸣两交欢。

这是古代的一首恋歌。一个青年爱上了一位温柔美丽的姑娘。他时刻思慕她，渴望和她结为情侣。

【注释考证】

①关关：作喧喧，象声词，鸟鸣声。或解为"雌雄相应之和声"。②雎鸠（jū jiū）：水鸟名，即鱼鹰。牟应震云："雕首兔颈，鹭尾鸭掌，钩喙深目，色黑如乌。"又，《本草纲目》曰："雄雌相得，挚而有别，交则双翔，别则异处。"《韩诗章句》云："雎鸠贞洁慎匹。"张超《诮青衣赋》："感彼关雎，性不双侣。"以上是传说它们情意专一，不乱其匹。故本诗以之起兴，引出作者表达爱情之意。实则以雎鸠求鱼象征男子求女。明代高启题《芦雁图》的故事有类似寓意。《篷轩杂记》云："高季迪年十八未娶，妇翁周建仲出《芦雁图》命题，季迪赋曰：'西风吹折荻花枝，好鸟飞来羽翻垂，沙阔水寒鱼不见，满身风露立多时。'翁曰：'是将求室也。'择吉日以女妻焉。" ③洲：本作州，洲为后起字。指水中陆地。此处指水中沙碛，是水鸟栖息之地。 ④窈窕（yǎo tiǎo）：娴雅美好的样子。《诗集传》："窈窕，幽闲也。"后世形容美女美男，皆曰窈窕。《古乐府·孔雀东南飞》："云有第三郎，窈窕世无双。"又可形容山水宫室幽邃深远，杜甫诗："烟生窈窕溪。"曹摅诗："窈窕山道深。"乔知之诗："窈窕九重闺。"杜牧诗："柳村穿窈窕。"一说，窈窕犹"苗条"，形容修长柔美之体态。 ⑤淑女：文静美丽的姑娘。淑，

善，美好。 ⑥君子：在此，应是古代对男子的美称，与"淑女"相对。 ⑦好逑（hào qiú）：好，爱。或云：好字从女从子，男女结合，义为匹偶。又云，子已一字，则好妃亦本一字，妃亦匹义。妃又与配同，见《左传》："各有妃耦。"妃耦即配偶。《礼记》："天子之妃曰后。"妃亦配义。逑，雠之借字。雠，双鸟之意，犹匹，配偶；结成配偶。好逑，爱慕而愿结成配偶（夫妇）。或：好逑即匹仇、匹俦、妃仇，这些词也都有配偶或结为配偶之意。 ⑧参差（cēn cī）：长短不齐的样子。 ⑨荇（xìng）菜：荇，又名接余，水草名。《诗集传》："荇，接余也。根生水底，茎如钗股，上青下白，叶紫赤，圆径寸余，浮在水面。"一说："瀹其白茎以苦酒浸之，脆美可案酒。"按：瀹，即煮字之古体。 ⑩左右：此处指"向左边，向右边"。形容"窈窕淑女"采荇菜的情状。荇，《说文》作莕，《尔雅》作莕。 ⑪流：通摎，捋，采摘之意。另说："顺水之流而取之也。"又，姚际恒《诗经通论》云："……则此处正以荇菜喻其左右无方。随水而流，未即得也。"由诗义看，那位姑娘既然忙忙碌碌地在河上采水生野菜，应是劳动女子，断然不是历代封建儒生故意捏造的什么"盖指文王之妃大姒为处子时而言也"一类的诡词。 ⑫寤寐（wù mèi）：寤，睡醒。寐，睡眠。 ⑬思：助词，修饰语气，无实义。有时用于语首，如《大雅·文王》："思皇多士。"有时用于语尾，如《周南·汉广》："不可休思。"一说，"思"与"斯"一声之转，古通用，故可训"斯"。服，此处是思念之意。寤寐思服，亟言无时不思。或云：思亦为实词，思念。思服即思念不已。 ⑭悠哉悠哉：形容思念之情绵绵不尽。悠，思念，或指思绪绵长。《郑笺》云："思之哉，思之哉，言己诚思之。" ⑮辗转反侧：形容思慕之初，心绪不宁，在床榻之上，一会儿覆身而卧，一会儿又侧身而卧，翻来覆去，不得安睡。辗，本作展。作辗者为后世累增字。《诗集传》云："辗者，转之半；转者，辗之周；反者，辗之过；侧者，转之留。皆卧不安席之意。" ⑯采：此处指边采集边拣择。比"流"又进一层。 ⑰琴瑟友之：弹琴鼓瑟，跟她友爱和乐地在一起。琴、瑟都是古乐器。古琴五弦或七弦；古瑟二十五弦。友，友爱和乐。之，代词，她，指淑女。⑱芼（mào）：挑选拣择。比"采"更进一层。《玉篇》引作覒。《尔雅·释言》："芼，搴也。"注："皆择菜也。"搴，也有拔取之意。从别的含义说，芼，又指烹芼，即把菜做熟了加在肉中。见《五音集韵》："用菜杂肉为羹也。"《礼·内则》："芼羹。"注："按公食大夫礼，三牲皆有芼者。牛藿，羊苦，豕薇也。是芼乃为菜也。用菜杂肉为羹。"《诗集传》："芼，熟而荐之也。""彼参差之荇菜，既得之，则当采择而烹芼之矣。此窈窕之淑女，既得之，则当亲爱而娱乐之矣。"按：芼，或为覒之假借。《说文》："覒，择也。"⑲钟鼓乐之：敲钟击鼓，奏乐娶她，使她快乐。或指结婚时，鼓乐齐鸣，闹得很欢。按：甲骨文"乐"字，上从丝，下从木。丝在木上，琴瑟之象。《说文》："五声八音总名。"乐字本指乐器、音乐，引申为喜乐、安乐、爱好。此处指"使之快乐"。钟鼓，是继木石之后的古老乐器。鼓，有人称之为乐器之父。原始时代，初民捕获了野兽，食用其血肉，服被其毛革。也许有的人偶然碰撞了干燥的兽皮，发出隆隆之声，于是，第一面原始的鼓便出现了。后来又逐渐发展成各式各样的鼓。钟的发明，大体也是与原始人的劳动生活分不开的。远古的镈为耕田工具，呈瓦状，如凸。二镈相合铸为一体，便成乐器，称钟。钟鼓的节奏感特别强，因而，在劳动生活中最需要这类乐器。它可以在生产劳动中协调众人的劳动动作；在舞蹈中使舞姿更整齐优美；在练兵时使步伐整齐，振作军威。按：本诗中，"琴瑟友之""钟鼓乐之"等句，乃歌者追求美满的爱情与婚姻的想望，并非已然之辞。或可借"琴瑟""钟鼓"之互相配合，调协齐鸣，比喻男女情笃交好。艺术夸张与比兴手法，是《诗》中常用的表现技巧。在许多诗歌中屡见不鲜，在读《诗》时可举一反三。

葛覃

葛①之覃②兮，　　野葛藤蔓青又密，

施③于中谷④，	布满山谷铺满地，
维⑤叶萋萋⑥。	新叶繁茂碧萋萋。
黄鸟⑦于⑧飞，	黄鸟黄鸟飞翩翩，
集于灌木⑨，	纷纷群集灌木间，
其鸣喈喈⑩。	唧唧鸣叫声宛转。
葛之覃兮，	野葛藤蔓青又密，
施于中谷，	布满山谷铺满地，
维叶莫莫⑪。	新叶繁茂碧萋萋。
是刈⑫是濩⑬，	砍葛蔓啊煮葛蔓，
为絺⑭为绤⑮，	制细布啊制粗布，
服⑯之无斁⑰。	用它做衣穿不厌。
言⑱告师氏⑲，	我把心思告老师，
言告言归。	说我要回娘家去。
薄⑳污㉑我私㉒，	洗净我内衣，
薄澣㉓我衣㉔。	洗净我外衣。
害澣害㉕否㉖？	什么当洗，什么不当洗？
归宁㉗父母㉘。	问候父母行大礼。

这是一个妇女将要回娘家省亲时所唱的歌。

【注释考证】

①葛：植物名，蔓生于山野。其蔓柔韧，可用以缚物，并可制成细丝，织为衣料。　②覃：藤声之转。覃，《释文》本亦作䈿，覃乃䈿之省。藤从朕声，朕声字每与覃声字通，故䈿借作藤。　③施：移，布，延。　④中

谷：谷中。又，马瑞辰曰："凡诗言中字在上者皆语词。" ⑤维：发语词。 ⑥萋萋：草木茂盛的样子。 ⑦黄鸟：黄雀。羽毛纯黄或间杂黑、灰诸色，鸣声宛转清脆，常群栖。另：黄鹂亦名黄鸟。 ⑧于：在此是助词，无实义。 ⑨灌木：丛木，矮小而丛生的木本植物。 ⑩喈喈（jiē）：象声词，犹今之"唧唧""叽叽"。 ⑪莫莫：草木茂密的样子，犹言萋萋。又，"成就之貌"。 ⑫刈（yì）：割，斩。 ⑬濩（huò）：煮。本作镬，濩乃假借字。 ⑭绨（chī）：细葛布。 ⑮绤（xì）：粗葛布。 ⑯服：服用，穿着。 ⑰斁（yì）：厌。 ⑱言：发语词。 ⑲师氏：指女师。 ⑳薄：发语词，或训勿遽之意。 ㉑污：指去污，即洗衣。王安石曰："治污曰污"。《诗集传》："污，烦挼之以去其污。犹治乱而曰乱也。"《郑笺》："烦，烦挼之用功深。"《释文》引阮孝绪《字略》："烦挼犹捼莎也。"按：捼莎，两手相摩揉，即指搓洗。 ㉒私：内衣。古称燕服。 ㉓澣（huàn）：浣之别体。洗。 ㉔衣，礼服，外衣。 ㉕害：何字之假借。 ㉖否：指不用洗，不洗。 ㉗归宁：古代已婚女子回娘家省亲叫归宁。宁，安宁，指问候父母安宁。 ㉘父母：指女子娘家的父母。

卷　耳

陟①彼崔嵬②，　　　　骑着马儿上高山，
我马虺隤③。　　　　眼看累坏我的马。
我姑④酌⑤彼金罍⑥，　　只好喝酒解乡愁，
维以不永怀⑦。　　　这能使人少想家。

陟彼高冈，　　　　　骑着马儿上高冈，
我马玄黄⑧。　　　　我马疲惫眼玄黄。
我姑酌彼兕觥⑨，　　只好喝酒解乡愁，

维以不永伤⑩。	这能使人少怀伤。
陟彼砠⑪矣，	骑马登上土石山啊，
我马瘏⑫矣，	马儿病得真可怜啊，
我仆痡⑬矣，	我的仆从也病瘫啊，
云何吁⑭矣！	愁苦无奈心悲酸啊！

一个女子思念远役不归的丈夫。在苦思难耐时，她假想丈夫在返里途中骑马过冈等情景，聊以自慰。想象力相当丰富。这首歌表现了她对奴隶主所加的繁重徭役的怨恨。（王夫之云："示以不永怀，知其永怀矣。示以不永伤，知其永伤矣。"）

【注释考证】

①陟（zhì）：登高，升高。 ②崔嵬（cuī wéi）：高山，或形容山高。或云："土山之戴石者。" ③虺隤（huī tuí）：精疲力竭之状，或疲病难行之状。疲劳过度亦曰病。病伤。我，二章以下之"我"字，是女子想象中的丈夫自称。 ④姑：且，暂且。按：姑，又作夃。《说文》曰："秦以市买多得为夃，从𠂆从又，益至也。……《诗》曰：'我夃酌彼金罍。'"又《玉篇》曰："夃今作沽。"引《论语》："求善贾而夃诸。"马瑞辰云："……是夃乃沽买之本字，沽本水名，后遂以为夃之假借。夃与姑亦同音，故古文或假夃为姑也。" ⑤酌（zhuó）：斟酒，或指饮酒。 ⑥金罍（léi）：盛酒的器皿。罍，本作櫑，酒尊，相当于今之酒坛。古代称青铜为金，金罍即青铜酒尊。又见《诗集传》："罍，酒器。刻为云雷之象，以黄金饰之。"《说文》："龟目酒尊。刻木作云雷象，象施不穷也。从木，畾声。"《韩诗》："金罍，大夫器也。天子以玉，诸侯大夫皆以金，士以梓。"这些说法可供参考。 ⑦永怀：深深地思念。永，长，深深地，无尽地。怀，与上文"怀人"之"怀"义

同。一说，怀与伤同义。（见《毛诗传笺通释》）　⑧玄黄：诸色纷错貌。乃女歌者拟想中，其夫之马过劳而视力模糊，眼花缭乱。眩昏。《诗集传》："玄马而黄，病极而变色也。"非是。《尔雅·释诂》："痡、瘏、虺隤、玄黄，病也。"注："虺隤：玄黄，皆人病之通称，而说者便谓之马病，失其义矣。"我们认为：痡、瘏、虺隤、玄黄，泛指疲病之状，指人或马皆可。从本句"我马玄黄"来看，是指马病状。　⑨兕觥（sì gōng）：犀牛角制的大酒杯，又叫角爵，或青铜制犀牛形之大酒杯。　⑩永伤：深深地怀伤，伤犹思。　⑪砠（jū）：有土有石的山丘。　⑫瘏（tú）：疲病。　⑬痡（pū）：义同瘏。　⑭吁（xū）：忓之借，忧愁，或云吁为盱之借，张目望远。云何，如之何，奈何，万般无奈之意。一说，"云"为发语词。　⑮矣：叹词。末章连用四个叹词，表现歌者悲苦之情达于高潮。《诗经通论》："《评》四'矣'字有急管繁弦之意。"

【学术延伸】

《诗经》文传世两三千年之久，由于各方面原因难免造成文字上的衍、脱、讹、异等现象。此篇二、三、四章都是征人自述行役劳苦、怨恨愤怒、思归心切之情状，"我"字均为征人自称之词。首章之"我"与以下三章之"我"人称混乱，使读者不得其解。窃疑首章为窜入之文，若删去首章，则豁然贯通。附原文如下：

采采卷耳，不盈顷筐。嗟我怀人，寘彼周行。

陟彼崔嵬，我马虺隤。我姑酌彼金罍，维以不永怀。

陟彼高冈，我马玄黄。我姑酌彼兕觥，维以不永伤。

陟彼砠矣，我马瘏矣，我仆痡矣，云何吁矣！

樛　木

南①有樛②木，　　南山树枝向下曲，

葛藟③累④之。	葛藤缠绕爬上树。
乐⑤只⑥君子⑦，	和乐的君子啊，
福履⑧绥之。	安宁又享福。

南有樛木，	南山树枝向下曲，
葛藟荒⑨之。	葛藤缠绕爬上树。
乐只君子，	和乐的君子啊，
福履将⑩之。	福禄共相助。

南有樛木，	南山树枝向下曲，
葛藟萦⑪之。	葛藤缠绕爬上树。
乐只君子，	和乐的君子啊，
福履成⑫之。	成就你福禄。

这是古代贵族祈福求禄的的乐歌。

【注释考证】

①南：南山。 ②樛（jiū）：又作朻，乔木的树枝下曲。 ③藟（lěi）：葛类，葛藟犹言葛藤（采戴震说）。 ④累：系，缠绕。 ⑤乐：和乐。 ⑥只：助词。 ⑦君子：此处是指当时的贵族男子。 ⑧福履：福禄。履，禄，或为禄之假借。《诗集传》："履，禄；绥，安也。" ⑨荒：掩覆。掩地、掩树均为"荒"。 ⑩将："扗"之假借，扶助。 ⑪萦（yíng）：缠绕，回旋。 ⑫成：就。

螽　斯

螽①斯羽②，	蝈蝈绿翅膀啊，

诜诜③兮。	聚来乱纷纷啊。
宜尔子孙，	你的众子孙啊，
振振兮④。	多得连成群啊。

螽斯羽，	蝈蝈绿翅膀啊，
薨薨⑤兮。	轰轰齐声唱啊。
宜尔子孙，	你的众子孙啊，
绳绳⑥兮。	盛多又绵长啊。

螽斯羽，	蝈蝈绿翅膀啊，
揖揖⑦兮。	纷纷聚一起啊，
宜尔子孙，	你的众子孙啊，
蛰蛰⑧兮。	多得无法比啊。

这是祝贺人生育子女的歌。

【注释考证】

①螽（zhōng）：《说文》："蝗也。"昆虫名，蝗之一种，俗名蝈蝈，能鼓翅发声。因其产卵众多，故本诗用以喻人子女众多。古人认为子女多是一种可喜的事。斯，语词，犹"之"字。同类者如"兔斯首""麟之趾"。　②羽：指螽的翅儿。　③诜诜（shēn）：两字三家诗作"莘莘"。按："莘"即"㛋"字重文。形容群集的样子。《释文》："《说文》引作㛋。今本《说文》佚㛋字。"按：《广雅》《玉篇》并曰："莘，多也。"　④振振：盛多的样子。　⑤薨薨（hōng）：或作薨、翃。象声词，犹轰轰，形容螽的齐鸣声，或群飞声。　⑥绳绳：绵延不绝的样子。　⑦揖揖（jī）：会聚的样子。　⑧蛰蛰（zhé）：形容众多或和静。《毛传》："蛰蛰，和集也。"马瑞辰云："《尔雅》：'蛰，静也。'郭注

国风·周南

云：'见《诗传》。'今《诗传》无此训。胡承珙疑此传'和集'，郭所见本自作'和静'。故云：'见《诗传》'耳。" ⑨兮（xī）：古音又读ā、ē、āo、hāo等音。按：《史记》："高祖过沛，诗三侯之章（即《大风歌》。）"侯"与"兮"通，"三侯"即"三兮"，"兮"为语气助词，相当于现在的"啊""呀""噢""嚄""呵"等词。

桃 夭

桃之夭夭①，　　桃树繁茂翠欲滴，
灼灼②其华③。　　桃花嫩红真艳丽。
之子④于归⑤，　　可爱新娘嫁过来，
宜⑥其室家⑦。　　幸福美满好夫妻。

桃之夭夭，　　　桃树繁茂翠欲滴，
有蕡⑧其实。　　鲜桃肥硕挂满枝。
之子于归，　　　可爱新娘嫁过来，
宜其家室。　　　幸福美满好夫妻。

桃之夭夭，　　　桃树繁茂翠欲滴，
其叶蓁蓁⑨。　　桃叶葱茏桃叶密。
之子于归，　　　可爱新娘嫁过来，
宜其家人。　　　幸福美满好夫妻。

　　这是祝贺新婚的歌。以嫩红的桃花、红白的桃实、青葱的桃叶比兴美满的新婚。并运用了叠章、叠句手法，反复赞咏，更与新婚时的气氛相融合，与新婚夫妇美妙的青春相映衬。（亦可视同"催妆词"。）

【注释考证】

①夭夭（yāo）：枖之省借。《说文》："枖，木少盛貌。"又，《说文》："夭，屈也。"《乐府古辞·长歌行》："凯风吹长棘，夭夭枝叶倾。黄鸟飞相追，咬咬弄音声。"又，谢灵运诗："差池燕始飞，夭袅桃始荣。"夭夭、夭袅、倾，又指树枝弯曲倾斜摇曳的样子。　②灼灼（zhuó）："灼"为"焯"之通假。在此，指花朵盛开十分鲜明的样子。　③华：繁体为華，花之古体。《说文》："雩，草木华也。"像草木花叶茂盛之形。以"桃之夭夭，灼灼其华"兴起下文男女盛年及时嫁娶。《诗集传》："周礼，仲春令会男女。然则桃之有华，正婚姻之时也。"　④之子：是子。意指那个出嫁的姑娘。　⑤于归：指女子出嫁。《尔雅·释诂》："于，往也。"于归，即往归于夫家之意。或云：于、曰、聿，皆为语词。归，即训嫁。　⑥宜：指男女婚嫁。年时俱当，幸福美满。又可解为和顺之意。又，马瑞辰云："宜与仪通。《尔雅》：'仪，善也。'凡《诗》言'宜其室家''宜其家人'者，皆谓善处其室家与家人耳。"姑且一说。　⑦室家：与其后的家室、家人，均指配偶。《左传》："女有家，男有室。室家谓夫妇也。"或云："室谓夫妇所居；家谓一门之内。"室家、家室、家人，叠词，义同。因避复而变文。　⑧蕡（fén）：果实肥大，有红有白，是将熟的样子。　⑨蓁蓁（zhēn）：又作溱溱，叶子茂密的样子。

兔　罝

肃肃①兔罝②，　　严严密密张兔网，
椓③之丁丁④。　　敲击木桩叮当响。
赳赳⑤武夫⑥，　　雄风赳赳武夫壮，
公侯⑦干城⑧。　　公侯卫士守四方。

国风·周南

肃肃兔罝，	严严密密张兔网，
施⁹于中逵⑩。	把它设在要道上。
赳赳武夫，	雄风赳赳武夫壮，
公侯好仇⑪。	公侯亲信好伴当。

肃肃兔罝，	严严密密张兔网，
施于中林⑫。	把它设在郊野上。
赳赳武夫，	雄风赳赳武夫壮，
公侯腹心⑬。	公侯心腹守国邦。

这是古代乐师赞美武士的诗。

【注释考证】

①肃肃：整齐严密的样子。或云，肃肃即缩缩，网目细密之貌。 ②兔罝（jū）：捕兔的网。兔，或为麞之借，南方称虎为麞。《释文》本作菟。罝，捕兽网。 ③椓（zhuó）：通扻。敲击。 ④丁丁（zhēng）：形容敲击栽植的木桩丁丁有声。敲植木桩是张网用的。《毛诗正义》："丁丁，椓弋声也。"《尔雅·释宫》："橛谓之弋。"注训橛。又按《新方言·释宫》："橛者识也。今扬州谓立木为表曰木橛子，立石为表曰石橛子。"《毛诗正义》："弋，本又作杙，羊职反。"杙、橛、弋，实乃一字异体。 ⑤赳赳（jiū）：又作纠纠。威武雄壮的样子。 ⑥武夫：武士。 ⑦公侯：此处系泛指统治阶级的政治代表。 ⑧干城：干，盾牌。干城，指守卫之武士，如干如城。干，又有捍义，指盾与城，皆有捍卫作用，以比况"赳赳武夫"，保卫公侯。或作"捍城"，义亦通。 ⑨施：设置，布置。 ⑩逵（kuí）：四通八达的大道。郭璞云："四道交出九达谓之逵。"《韩诗》作馗，为正字。 ⑪好仇：好的伴当，好的

亲信，仇与逑同。　⑫林：远郊。《毛诗传笺通释》："按：《尔雅》：'牧外谓之野，野外谓之林。'中林，犹云中野。"　⑬腹心：最信赖的心腹之人，此指武夫。

芣　苢

采采①芣苢②，　　茂盛繁密车前草，
薄言③采之④。　　快来采呀快来采。
采采芣苢，　　　　茂盛繁密车前草，
薄言有⑤之。　　　采起来呀采起来。

采采芣苢，　　　　茂盛繁密车前草，
薄言掇⑥之。　　　捡起来呀捡起来。
采采芣苢，　　　　茂盛繁密车前草，
薄言捋⑦之。　　　捋下来呀捋下来。

采采芣苢，　　　　茂盛繁密车前草，
薄言袺⑧之。　　　兜起来呀兜起来。
采采芣苢，　　　　茂盛繁密车前草，
薄言襭⑨之。⑩　　系好衣襟兜回来。

　　一群劳动妇女，在田野中采车前草时，一面采集，一面集体编唱这支轻快朴实的劳动歌。这支歌是具有浓厚的民间口头文学特色的，运用了章、句重叠复沓的方法，构成了深远清新的意境，描绘了一幅真切动人的劳动画图。使人听了或读了之后，恍如身临其境，见到三五成群的劳动妇女在野外边劳动边唱歌的情景，深受感染。完全白描，不假雕琢，诗中有画，和谐自然。

【注释考证】

①采采：茂密貌。 ②芣苢（fú yǐ）：俗称车前子草，又名牛舌草。种子是一种较普通的中药，名车前子，据说有宜子之效。《本草纲目》："一名牛遗，一名胜舄。"因其多生于道旁，故名车前。 ③薄言：助词，无实义。 ④采之：指刚开始采车前草。 ⑤有：采取，指已经采起来。较前句中的"采"字又进一层。 ⑥掇（duō）：拣择，拾取，捡起。《汉书·董仲舒传》："掇其切当世施朝廷者著于篇。"注："掇，采拾也。" ⑦捋（luō）：用手握住东西顺着移动，将东西抹下来。在本诗中，指用手把车前子从草茎上抹下来。捋，又音 lǚ，用手顺着抹过去，有整理的作用，如捋胡子。 ⑧袺（jié）：用手扯住衣襟兜东西。《毛诗正义》："执衽谓之袺。孙炎曰持衣上衽。又云扱衽谓之襭。李巡曰扱衣上衽于带，衽者裳之下也。置袺谓手执之而不扱，襭则扱于带中矣。"《诗集传》："袺，以衣贮之而执其衽也。襭，以衣贮之而扱其衽于带间也。"扱音 chā，插住，塞住，系住。《广雅·释诂》引《礼记·问丧》："扱上衽。" ⑨襭（xié）：把衣襟角插在或系在衣带上兜东西。 ⑩本诗运用章句重叠复沓手法，层层递进地描绘劳动生活情境，十分生动形象。开头先说："采采芣苢，薄言采之"，是写刚刚走到原野上准备动手摘，或者刚开始采摘。接着说"有之"，是已经动手采摘起来了，或者已经摘到手了。《诗集传》："采，始求之也；有，既得之也。"第二章，先说"掇之"，是拾取芣苢，数量还少；跟着便说"捋之"，就是大把大把地往下捋了。第三章，先说"袺之"，是用衣襟把摘下的车前草兜起来，用手提着衣襟角；后说"襭之"（或作撷），说明采摘到的车前草更多了，得把衣襟系在（或掖在）衣带上才能盛得下，才不致撒落。也许，"襭之"也是敛集劳动果实的动作，把衣襟系好，就能腾出两手，做好别的事。全诗三章、六节，每节只更换一个字，即全诗只用了六个不同的动词：采、有、掇、捋、袺、襭，就把采摘车前草的集体劳动的

场面与情状鲜明生动地描绘出来了。这是古代的女奴唱的歌,她们对劳动生活体验至深,因而表现至真。且其叠章、叠句形式,为后世诗歌创作树立了楷模。这首劳动歌,曾受到古今许多识者的好评。如《诗义会通》注引旧评云:"通篇止六字变换,而招邀俦侣,从事始终,一一如绘。"

汉　广

南有乔木①,　　南山乔木高又大,
不可休思②。　　不能休息在树下。
汉有游女③,　　汉水游女长得俏,
不可求思。　　　奈何无法追求到。
汉之广矣,　　　汉水泱泱宽又宽啊,
不可泳④思!　　不能游水到对岸啊!
江之永矣,　　　大江浩浩长又长啊,
不可方⑤思!　　不能绕到那一方啊!

翘翘⑥错薪⑦,　野树长得高又杂,
言⑧刈⑨其楚⑩。　割取荆草一把把。
之子于归,　　　姑娘如果要出嫁,
言秣⑪其马。　　好好喂饱那壮马。
汉之广矣,　　　汉水泱泱宽又宽啊,
不可泳思!　　　不能游水到对岸啊!
江之永矣,　　　大江浩浩长又长啊,
不可方思!　　　不能绕到那一方啊!

翘翘错薪，	野树长得杂又高，
言刈其蒌⑫。	我去割取嫩蒌蒿。
之子于归，	姑娘如果要出嫁，
言秣其驹⑬。	快把马驹喂喂好。
汉之广矣，	汉水泱泱宽又宽啊，
不可泳思！	不能游水到对岸啊！
江之永矣，	大江浩浩长又长啊，
不可方思！	不能绕到那一方啊！

这是一个砍柴的青年唱的山歌。表现他正追求一个姑娘，一时追求不到，苦闷失望的心情。然而他却仍是热切希望和她结为连理。他对爱情专诚而执着，流露出对那姑娘的爱慕和期待，他的美好愿望是"之子于归"。每章后四句，一字不易，反复咏叹，重叠回环，韵味无穷。

【注释考证】

①乔木：高大的树木。以"乔木不可休"，兴"游女不可求"之意。青年欲休息于树下而不可得、欲求游女而不可得。 ②休思：思是助词。《毛诗》作"休息"。姚际恒云："本可休，而不可休。"《韩诗》作"休思"。因本句"休思"与下句"求思"语意蝉联，休、求为韵，两句句尾之"思"字都是助词，故从《韩诗》。 ③游女：指出游之女，是歌者倾慕的姑娘。见《诗集传》："江汉之俗，其女好游，汉魏以后犹然。如大堤之曲可见也。" ④泳：游水。一说：水底潜行谓之泳。 ⑤方：从旁边绕过去。一说："方，栟也。"《尔雅》孙炎释曰："方木置水为栟，筏也。"按：栟，即柎，指木筏、竹筏。或云"小栰曰柎。"（栰即筏之异体）方，指以竹木制筏渡水。按：本诗中之"方"字，作"旁出"解较妥，正由于"江之永"，所以"不可方"。这样，更能表达出游女不可求之意。《仪礼·大射礼》："左右曰方。"孙星衍《尚书今古

文注疏》："方与旁通。"《说文》云："溥也。"《淮南子·主术训》："方行而不流。"《易·系辞》作"旁行"。永，长。《韩诗》作羕，又作漾。　⑥翘翘：高大的样子。又可解为众多貌。　⑦错薪：长得杂乱的树木。错，错杂。《诗》中多以析薪、伐薪隐喻婚媾。　⑧言：本诗中，句首之"言"字，均为助词。　⑨刈（yì）：割。　⑩楚：草本之楚，见《仪礼·士丧礼》注："楚，荆也。"疏："荆本是好草之名。"按：又有木本之楚，名荆树、荆棵，丛生灌木。开紫色穗状小花，种子可入药。一说，楚乃薪中之尤高者。　⑪秣（mò）：本作䬴，用草料喂牲口。秣马是为了准备马匹驾车亲迎。"之子于归"（即女子出嫁）是这位歌手的内心愿望。刈楚、刈蒌，与束薪、析薪、栗薪含义相若，均喻婚姻。且上古之时，析薪、束薪，合卺，都是婚礼中的仪式。薪、刍，均为婚礼中必备之物。　⑫刈其蒌：蒌，蒌蒿，草本植物，多生于水滨。可作饲料。　⑬驹（jū）：小马。

【学术延伸】

本诗当为古代山歌。方玉润《诗经原始》曰："殊知此诗即为刈楚刈蒌而作。所谓樵唱是也。近世楚粤滇黔间樵子入山，多唱山讴，响应林谷，盖劳者善歌，所以忘劳耳。其词大抵男女相赠答私心爱慕之情……文在雅俗之间，而音节则自然天籁也。"

汝　坟

遵①彼汝②坟③，　　沿着汝河坝上转，
伐其条④枚⑤。　　我去砍那楸树干。
未见君子⑥，　　没有见到我好人，
惄⑦如调⑧饥⑨。　　如饥似渴受熬煎。

遵彼汝坟，	沿着汝河坝上找，
伐其条肄⑩。	我去砍那楸树条。
既见君子，	已经见到我好人，
不我遐弃⑪。	不离不弃两情好。

这是古代劳动妇女吟唱的一首恋歌。

【注释考证】

①遵：循，沿着。　②汝：汝水，即汝河，源出河南省。《诗集传》："汝水出汝州天息山，迳蔡颍州入淮。"　③坟：河堤，字亦作坋。或，坟（繁体为墳）乃濆之借，水边岸。　④条：山楸树，即"榎"。《尔雅·释木》："榎，山檟。"郭璞注："今之山楸。"　⑤枚：树干。按："伐其条枚"与下文的"伐其条肄"，均喻婚姻、情爱。　⑥君子：本诗中指女歌者所怀念之人，相当于"我的好人"之意。　⑦惄（nì）：饥意。在此是比喻如饥似渴的相思之苦。或云，空乏之意。《韩诗》作愵，忧义。　⑧调：又作輖，重的意思。輖，又可能是"朝"之借字。　⑨饥：形容思念之深如饥如渴。后世有"渴思""渴念""渴望"之词，源出于此，均形容迫切之情。　⑩肄（yì）：新生的嫩树条。《诗集传》："斩而复生曰肄。"《毛诗正义》："肄，余也。"按：疑或为栵之借，《尔雅·释诂》："栵，余也。"栵与肄双声，故可通假。　⑪不我遐弃：不遐弃我。遐弃，远弃，遗弃。

【学术延伸】

清崔述《读风偶识》云："前两章方言其夫，末章忽置其夫不言，而言文王与纣。前后语意毫不相贯，古人宁有此法乎？"统览全文，首、次两章，显为女子怀人之作，而末章文字与前两章格不入，意蕴分歧，令人不易得其正解。若删去末章，则词气畅达，主旨分明。附原文如下：

遵彼汝坟，伐其条枚。未见君子，惄如调饥。
遵彼汝坟，伐其条肄。既见君子，不我遐弃。
鲂鱼赪尾，王室如毁。虽则如毁，父母孔迩。

麟之趾

麟①之趾②，	麒麟的脚趾啊，
振振③公子④，	仁厚的公子啊，
于嗟⑤麟兮！	哎，麒麟啊！

麟之定⑥，	麒麟的额心啊，
振振公姓，	仁厚的公孙啊，
于嗟麟兮！	哎，麒麟啊！

麟之角⑦，	麒麟的犄角啊，
振振公族，	仁厚的公族啊，
于嗟麟兮！	哎，麒麟啊！

这是阿谀逢迎，夸赞统治者子孙繁盛多贤之词。

【注释考证】

①麟：即麒麟，古代传说中的一种动物，似鹿而大，有角，省称麟。古人迷信它是"毛虫之长"，是"瑞兽"，所以古代统治阶级便以麟喻"公子""公姓""公族"。据现代动物学家考证，麟就是长颈鹿。关于麟字，闻一多先生考："《野有死麇》篇说男求女，以麇为赘。麇即麟，既如上说。则本篇盖纳征之诗，以麟为赘也。纳征用麟者，麟、庆

国风·周南

古同字。……以《野有死麇》篇证之，婚礼古盖以全鹿为贽，后世苟简，始易以鹿皮。本篇用麟，有趾，有定，有角，盖以全鹿。"可备一说。　②趾：初文作止，趾为后起字。　③振振：仁厚的样子。　④公子：与下文的"公姓""公族"皆称奴隶主贵族之子孙。变文以叶韵。《经义述闻》云："古者谓子孙曰姓，或曰子姓，字通作生。"这是阿谀者对其主子的称呼。　⑤于嗟（jiē）：吁嗟，叹词。　⑥定：又作顁，即额心。　⑦角：犄角。

召 南

鹊 巢

维①鹊②有巢，　　喜鹊枝头把巢筑，
维鸠③居④之。　　布谷鸟儿飞来住。
之子于归⑤，　　这姑娘，要出嫁，
百两御之⑥。　　百辆大车去迎她。

维鹊有巢，　　喜鹊枝头把巢筑，
维鸠方之⑦。　　布谷鸟儿飞来住。
之子于归，　　这姑娘，要出嫁，
百两将之⑧。　　百辆大车去送她。

维鹊有巢，　　喜鹊枝头把巢筑，
维鸠盈之⑨。　　布谷鸟儿飞来住。
之子于归，　　这姑娘，要出嫁，
百两成之⑩。　　百辆大车去娶她。

这是古代嫁女之乐歌，表现了古代的贵族婚礼之奢华。从中看出他们穷奢极欲的淫逸生活。

【注释考证】

①维：发语词。　②鹊：《字林》作䧿。又名喜鹊，它善于在树上筑巢。本诗以"鹊有巢"比兴男子已营就家室，等待女子嫁过来。③鸠（jiū）：种类不一，有雉鸠、祝鸠、斑鸠等。《禽经》："鸠拙而安……拙者莫如鸠，不能为巢。"注："鸠，鸤（shī）鸠也。"按：鸤鸠又名鹄鹕，即布谷鸟。鹄鹕，相传因鸠性拙，常占鹊巢而孵雏。本诗以鹊巢鸠居比兴"之子于归"之意，并非以鸠性拙比兴女性拙。　④居：指女子到男家居住，过共同生活。　⑤之子于归：这位好姑娘要出嫁。之子，是子。是，这。子，女子，古代对男女都可美称为子。《礼记·曲礼》："夫人自称曰婢子。又卿之妻曰内子。"又指未嫁之少女为处子。本诗中的"之子"，意即"这姑娘"。于归，指出嫁。　⑥百两（liàng）御之：用百辆大车去迎娶她。百，多数之代称。两，即辆字。《毛诗正义》："《书序》武王戎车三百两。皆以一乘为一两。谓之两者，《风俗通》以为车有两轮，马有四匹，故车称两，马称匹。"古代婚俗，男方以车迎之，女方以车送之。御，本字作迓、訝。"御"为古文假借字，迎接的意思。　⑦方之：依之。《经义述闻》："方，当读为放。《论语·里仁》：'放于利而行。'郑、孔注，并曰：'放，依也。'又，《经义述闻》："戴氏东原《诗考正》读方为房，云：房之，犹居之也。"亦可从。　⑧将之：送之。　⑨盈之：满之。犹居之。　⑩成之：成其婚礼，指以正式的礼仪送迎成婚。

采　蘩

于以采蘩①？	要采蓬藻何处有？
于沼于沚②。	在那湖边和沙洲。
于以用之③？	什么地方用着它？
公侯之事④。	公侯祭祀要用它。

于以采蘩？	要采蓬藻去哪里？
于涧之中⑤。	去那深深山涧里。
于以用之？	什么地方用着它？
公侯之宫⑥。	公侯宗庙要用它。
被⑦之僮僮⑧，	女奴发髻高蓬蓬，
夙夜在公⑨。	日日夜夜侍斋宫。
被之祁祁⑩，	高髻女奴多又多，
薄言⑪还⑫归。	听从吩咐回住所。

古代奴隶主要举行祭祀或宴飨宾客，便须置备醇酒芼羹，大事铺张。而女奴们则要奉命出去采集蘩菜，日夜操持，不堪劳瘁，在无限怨忿之中，便冲口喊出了人间的不平。

【注释考证】

①于以采蘩（fán）：往什么地方去采蘩？于以，在何处，或训往何处去。于，在，或训往，往取。以，"台"之假，"台"训何，哪。按：《尚书·汤誓》："夏罪其如台？"《史记·殷本纪》："有罪其奈何？"古书中之"如台"即后世所云"奈何"。采，采取，采集。蘩，水草名，茎似藻而细，长数寸，生节，叶如松针而繁，故名蘩。又因叶子像蓬草，故又名蓬藻。依古代礼俗，蘋、蘩、蕴、藻，都是水草。因而本诗中的蘩，是水中所生之蘩，不是山上生的那种蘩（蟠蒿、艾蒿、白蒿）。蘩，本作繁，蘩为后起字。 ②于沼于沚：到湖中去（采），到水中小洲旁去（采）。沼，水池，湖泽。沚，水中沙碛（小洲）。 ③于以用之：用之于以（何）？拿它做什么用？ ④公侯之事：公侯（达官贵人）们祭祀宴飨的事。 ⑤于涧之中：是指在山涧之中去采蘩。说明到处去

采集。涧，山谷中的水流。 ⑥宫：在本诗中是指宗庙，又引申为在宗庙中举行的祭祀宴飨之事。 ⑦被：即被袆，又作髲鬄（鬄，亦作髢）。髲鬄（bì tì），古代妇女的发饰，是用假发梳理起来的高髻。《仪礼·少牢馈食礼》："主妇被袆。"注："被袆读为髲鬄，古者或剔贱者刑者之发以被妇人之紒为饰。因名髲鬄焉。"《鄘风·君子偕老》："不屑髢也。"疏："髢一名髲……髲，益发也。言己发少，聚他人发益之。"《礼·曲礼》："敛发勿髢"，注："无垂余如髲也。"《左传·哀公十七年》："初，公自城上见己氏之妻发美，使髡之以为吕姜髢。"髡，削发。 ⑧僮僮(tóng)：童童。覆盖貌。形容高高的蓬松的大发髻很多，像车盖那样（车盖即车篷）。实指女奴众多。按：《三国志·蜀志·先主纪》云："篱上有桑树生……遥望见童童如小车盖。"童童又作幢幢。 ⑨夙夜在公：在此指女奴们从早到晚，都在宗庙的斋庐中侍候贵人们。夙夜，早夜。或可解为朝夕、日日夜夜、每日每夜、一天到晚。夙，黎明。夜，夜晚。公，公所，即宗庙中的斋庐。周代祭祖时，王公贵人、夫人行祭礼，令女奴在旁伺候，专司传递牲醴，执一切杂役。大奴隶主举行祭祀时，令许多奴隶供其驱使。所以说："被之僮僮""被之祁祁"。 ⑩祁祁(qí)：众多。在此指梳高髻的女奴很多，有如云集。《豳风·七月》："采蘩祁祁。"又，《大雅·韩奕》："诸娣从之，祁祁如云。"祁祁，又作舒迟解。 ⑪薄言：发语词。 ⑫还：音义同"旋"。还归，指女奴回住处。

草 虫

喓喓①草虫②，	唧唧草虫叫，
趯趯阜螽③。	阜螽随声跳。
未见君子④，	没有见到我好人，
忧心忡忡⑤。	愁思百结心烦恼。

亦既见止⁶，　　等我已经见到他，
亦既觏止⁷，　　相遇相亲两情好，
我心则降⁸。　　我心恬静开颜笑。

陟⁹彼南山，　　爬上南山坡，
言⁑采其蕨⑪。　　采那蕨菜苗。
未见君子，　　没有见到我好人，
忧心惙惙⑫。　　愁肠百转苦难熬。
亦既见止，　　等我已经见到他，
亦既觏止，　　相遇相亲两情好，
我心则说⑬。　　我心喜悦开颜笑。

陟彼南山，　　登上南山崖，
言采其薇⑭。　　采那薇菜苗。
未见君子，　　没有见到我好人，
我心伤悲。　　我心悲苦似火烧。
亦既见止，　　等我已经见到他，
亦既觏止，　　相遇相亲两情好，
我心则夷⑮。　　我心平静开颜笑。

　　这首诗表现了一个女子与丈夫分离时的苦恼悲愁和见到丈夫时的喜悦甜蜜。运用了比兴手法和复笔重叠手法，深刻细致地表现了少妇的真挚爱情与复杂的心理活动。将女歌者的爱慕怨嗔之情态，表露无遗。

【注释考证】

①喓喓（yāo）：草虫的叫声。 ②草虫：又名草螽，或名负蠜（fán），是一种能鸣叫的蝗虫。 ③趯趯阜螽（fù zhōng）：趯趯，昆虫跳跃之状。阜螽即螽之短羽者，形似蝗虫而色青，能鼓翅而鸣。"喓喓草虫，趯趯阜螽"二句，是以草虫鸣叫、阜螽跳跃而从，比喻男女相爱，夫唱妇随。或比喻男女相慕相求的情状。 ④君子：在此是女子对男子的称呼，相当于"我的好人"。 ⑤忡忡（chōng）：犹冲冲。重言忡忡，乃加强语势，亟言情绪冲动，烦躁不安。《楚辞》作憃憃。动心貌，忧心貌。 ⑥见止：见之，见到他（丈夫）。之，代词。 ⑦觏（gòu）止：觏，即媾，遇，合。阴阳和合，特指男女相爱而结合。《郑笺》："既觏，谓已昏也。"《易·系辞》："男女觏精，万物化生。天地细缊，万物化醇。"《毛诗正义》："觏，合也。男女以阴阳合其精气，以觏为合。此云遇者，言精气亦是相遇也。"《郑笺》："所以既见既觏并言，乃云我心即降者，以同牢初见君子待己颜色之和，己虽少慰，君子之心尚未知。至于既遇情亲，知君子之于己厚。庶几从此以往稍得夫意。"觏，又通遘，相遇之意。 ⑧降：下。指心情平静下来（因为和爱人团聚欢爱，心情也就平静下来了）。又马瑞辰云："按降者夅之假借，《说文》，夅，服也。"即指悦服。 ⑨陟（zhì）：登，爬山，升高。 ⑩言：发语词。或解为"我"字之义。 ⑪蕨（jué）：多年生草，生于山野间，嫩苗可以吃。一般在仲春采蕨，正是男女青年求爱的时节。"陟彼南山，言采其蕨"，比兴女子追求爱人，思慕爱人。 ⑫惙惙（chuò）：愁苦的样子。 ⑬说：即悦，喜悦。 ⑭薇：多年生草本植物，叶从地下茎丛生。"采薇"二句比兴手法同"采蕨"。 ⑮夷：平，平静，喜悦。

采　蘋

于以采蘋①？　　什么地方采白蘋？

南涧②之滨③。	南山溪涧绿水滨。
于以采藻④?	什么地方采水藻?
于彼行潦⑤。	在那水流深处寻。
于以盛之⑥?	要用什么来盛它?
维⑦筐及筥⑧。	用那竹筐和竹筥。
于以湘⑨之?	要用什么来煮它?
维锜及釜⑩。	有腿锅和无腿锅。
于以奠之⑪?	什么地方设祭坛?
宗室⑫牖下⑬。	设在堂前门窗间。
谁其尸⑭之?	谁来主持这礼仪?
有齐⑮季女⑯。	少小虔诚女婵娟。

　　古代，奴隶主嫁女，必先到宗庙去祭祀祖宗，以示饮水思源之意。而出嫁的女子则斋戒沐浴，参加祭典，学习礼节。这些都需要奴隶们日夜忙碌，准备祭品，整理器皿，设置祭坛。一群女奴愤然唱出了这支歌。本诗连用六个问答句式，连绵起伏，旧评云，"五用于以字，有群山万壑赴荆门之势"。

【注释考证】

　　①于以采蘋：到何处去采白蘋？于，在，又训往，往取。以，何，何处，详见《采蘩》注。蘋，水草名，根生水底，叶浮水面，形如马蹄，花六出，白瓣黄蕊者叫白蘋。茎有歧者，花黄而小，叫黄蘋。叶大如钱，四叶合成如田字，面青背紫者，俗称紫背浮萍，也是蘋类。按：蘋与萍不同。萍，叶小如豆，合成田字形，飘浮水面，根如小须生于叶底。垂于水中，随波逐流，故曰浮萍。萍不可吃，蘋可吃。古代奴隶主贵族女

子出嫁前三月，要恭恭敬敬地到宗庙祭祖。并由女师教以"妇德、妇言、妇容、妇功"，以便婚后能循规蹈矩，言行合度，望得宠于夫家。祭祖时，以鱼为牲，用蘋、藻之属荐之。按：蘋，音近于宾，故借其含义，以鉴戒新妇应"敬夫如宾"。藻，音同于澡，以鉴戒新妇应洁身自好。　②南涧：南山之涧。涧，指两山（峰）之间深谷中的水流。　③滨：《宋书》引作濒，水边，如"海滨""河滨"等。　④藻：《说文》引作薻。一种丛生水底，叶狭长而多皱，茎长数尺；另一种也是丛生水底，茎大如钗股，叶如蓬蒿，亦名聚藻。　⑤行潦（lǎo）：水流。行，是衍的借字。潦，积水。然在本诗中，行潦应指流水而言，因为藻往往是生长于流水之中的。　⑥盛之：装起它（蘋、藻）来。　⑦维：发语词，与惟、唯作用相同。　⑧筐、筥（jǔ）：古代，筐是方形的，筥是圆形的（与现在的箩相似）。　⑨湘：《韩诗》作鬺。《毛诗》作"湘"者，乃以"湘"为"鬺"之假借，故训为亨（古烹字）。此指烹煮供祭祀用的牛羊等。　⑩锜（qí）、釜（fǔ）：锜，有足锅。釜，无足锅。　⑪奠之：放置它（祭台，包括祭台上陈列的牲醴之类）。奠，置。《礼·内则》："奠之而后取之。"注："奠，停地也。"《毛传》："奠，置也。大夫士祭于宗室，奠于牖下。"奠，置祭。《礼》有奠祭。《说文》段注："置祭者，置酒食而祭也。"　⑫宗室：宗庙。祭祀、供奉祖先的祠堂。《毛传》："宗室，大宗之庙也。大夫士祭于宗庙，奠于牖下。"　⑬牖（yǒu）下：在堂前门窗间设祭坛。牖，窗。按：古代女子订婚纳彩，由家长设筵于户外窗下（或窗前）。所以设筵于户外，取其外成之意。　⑭尸，指主持其事，即主持祭祀之事。又《说文》："尸，陈也。象卧之形。"《左传·庄公四年》："楚武王荆尸授师孑焉以伐随。"注："谓陈师于荆也。"　⑮齐：亦作齍。《毛诗传笺通释》云："齊者，齍之省借。《说文》：'齍，材也。'《广雅》：'齍，好也'。《玉篇》引《诗》'有齍季女'……三家诗盖作'有齍'以状季女之好貌，故《玉篇》引之。"　⑯季女：少女，小女儿，最年轻的姑娘。季，少，小。古代，贵族女子将嫁时，必先斋戒祭祀于宗庙。一方面表示不忘祖先，一方面是为了教新妇学会礼节。

甘　棠

蔽芾①甘棠②，　　茂盛浓密杜梨树，
勿翦勿伐③，　　　别剪它，别伐它，
召伯④所茇⑤。　　曾是召伯居住处。

蔽芾甘棠，　　　　茂盛浓密杜梨树，
勿翦勿败⑥，　　　别剪它，别折它，
召伯所憩⑦。　　　曾是召伯止息处。

蔽芾甘棠，　　　　茂盛浓密杜梨树，
勿翦勿拜⑧，　　　别剪它，别弯它，
召伯所说⑨。　　　曾是召伯滞留处。

据传召伯曾在社前听讼断狱，公正无私。当时有些人感戴他，便唱这支歌，表示要爱护召伯社前的树木。反映了见物思人、思人爱物之情。

【注释考证】

①蔽芾（fèi）：树木葱茏、浓荫覆蔽的样子。《韩诗外传》作蔽茀。

②甘棠：杜梨。又名棠梨，叶圆有尖，花水红色，果实扁圆而小，累累枝头，味酸甜，故名甘棠。因为它枝干高大，古代常植于社前，所以称为社木。按：古时的社，是听诉讼、断是非的地方，也是敬奉大地之神或土谷之神的地方，又称社稷。社，古文作祏、袏、禘。《正韵》："土

地神主也。"《礼记·祭仪》："建国之神位，右社稷而左宗庙。"《墨子·明鬼篇》："且惟昔者虞、夏、商、周三代之圣王，其始建国营都日，必择国之正坛置以为宗庙，必择木之修茂者立以为菆社。"《尚书·甘誓》："用命赏于祖，不用命戮于社。"祖，就是宗庙。社，就是社稷、菆社。可见古代立社，必植高大的树木。古人迷信所谓"鬼神之明"，而以社木为"神灵"所依，故听讼断狱于社前大树之下。古代社木，有槐、棘、甘棠等。见《北堂书钞》卷八十七引《太公金匮》："植槐于王路之右，起两社，筑垣坛，祭以酒脯，食以牺牲，尊之曰社。"《小雅》："以社以方"，疏："社，五土之神能生万物者，以古之有大功者配之。"《白虎通义》云："人非土不立，非谷不食，土地广博，不可偏敬也。五谷众多，不可一一祭也。故封土立社，示有土也。"按：社又分大社（王为天下百姓立社）、王社（王自立社）、国社（诸侯为百姓立社）、侯社（诸侯自立社）、置社（大夫以下成群立社）等。　③勿翦勿伐：翦，即剪之异体，指剪其枝叶，《韩诗》作劗。伐，指砍伐其条干。勿剪勿伐，是表示人们对召伯的思念景仰和对社木的爱护。　④召(shào)伯：人名。与《黍苗》《崧高》所云召伯，均指《江汉》征淮夷之召穆公虎，为召公裔孙，宣王时人，与成王时之召公（又称召伯）实系二人。另，召公姓姬名奭，周文王庶子，食采于召（今陕西岐山县西南），成王时，为三公，与周公分陕而治，为二伯，故称召伯、召公。按：古代听男女之讼，初无专官，所以，身为王辅的召伯居然也常听男女之讼，而大司寇也可以听男女之讼。　⑤所茇(bá)：所舍，所居，所止。《郑笺》："茇，草舍也。"《说文》作废，为正字。　⑥勿败：不要折（树枝）。败，在本诗中，为折的意思。　⑦憩(qì)：本又作愒，止息。　⑧拜：屈、弯。勿拜，不要弯那树枝。《诗诂》："攀下其枝，如人之拜也。"一说，拜，拔也。《广韵》引作扒，云："扒，拔也。亦作拜。"又，《广雅》《玉篇》并云："扒，擘也。"（擘，剖，分。）　⑨说(shuì)：舍。按：茇、憩、说，都是指循行时偶息其间，作暂时滞留。伐、败、拜，都指伤害树木，但程度不同。伐是砍伐，败是折枝，拜是屈枝。

行　露

谁谓雀无角①？　谁说麻雀没嘴巴？
何以穿我屋？　为何穿我屋上瓦？
谁谓女②无家③？　谁说你还没娶妻？
何以速④我狱？　为何害我吃官司？
虽速我狱，　虽然害我吃官司，
室家⑤不足⑥！　你想娶我没道理！

谁谓鼠无牙⑦？　谁说老鼠没有牙？
何以穿我墉⑧？　为何将我屋墙扒？
谁谓女无家？　谁说你还没娶妻？
何以速我讼⑨？　为何害我吃官司？
虽速我讼，　虽然害我吃官司，
亦不女从！　也不怕你，也不依！

谁谓女无家？　谁说你还没娶妻？
何以速我讼？　为何害我吃官司？
虽速我讼，　虽然害我吃官司，
亦不女从！　也不怕你，也不依！

　　一个意志坚强的女子，反抗强娶她的恶棍。她表示："宁肯吃官司，也不嫁你这恶棍无赖！"她以斩钉截铁的语言表现了反抗强暴、维护人格与尊严的斗争精神。

国风·召南

【注释考证】

①角：在此指鸟嘴，与喙义同。 ②女：汝，你。 ③无家：没有家室，没有娶妻。家，家室，即妻室。 ④速：招，招致，致使。 ⑤室家：依上文"家"字之义。此处是指娶为妻子。 ⑥不足：此指强行成婚的理由不足，即不合道理。 ⑦牙：牙齿。 ⑧墉（yōng）：墙。 ⑨速我讼：与上文"速我狱"同。雀穿我屋、鼠穿我墉，都是为了兴起下文的速我狱、速我讼。以鼠、雀喻坏人，饱含辛辣的讽刺意味。狱、讼，均指打官司。狱，在本诗中，并非指监狱，而是指讼案，如从前将断案称为折狱。讼，争辩曲直是非于官府。在本诗中，速我狱、速我讼，是指那恶棍强娶不遂，便仗势欺人。

【学术延伸】

本诗首章疑为乱入。宋人王柏云："《行露》首章与二章意全不贯，句法体格亦异，每窃疑之。后见刘向传列女，谓'召南申人之女许嫁与酆，夫家礼不备而欲娶之，女子不可，讼之于理，遂作二章'，而无前一章也。"此说有理。附原文如下：

厌浥行露，岂不夙夜，谓行多露。

谁谓雀无角？何以穿我屋？谁谓女无家？何以速我狱？虽速我狱，室家不足！

谁谓鼠无牙？何以穿我墉？谁谓女无家？何以速我讼？虽速我讼，亦不女从！

羔 羊

羔羊①之皮②，　　羊羔皮袄松松茸茸，
素丝③五紽④。　　白绸棉衣五个丝结。
退食自公⑤，　　走出衙门回家吃喝，

委蛇委蛇⑥！	摇摇摆摆洋洋自得！
羔羊之革⑦，	羊羔皮袄茸茸松松，
素丝五緎⑧。	白绸棉衣五个丝结。
委蛇委蛇，	摇摇摆摆洋洋自得，
自公退食！	走出衙门回家吃喝！
羔羊之缝⑨，	羊羔皮袄蓬蓬松松，
素丝五总⑩。	白绸棉衣五个丝结。
委蛇委蛇，	摇摇摆摆洋洋自得，
退食自公！	回家吃喝走出公所！

古代社会中，出入公府的奴隶主官吏们，轻裘肥马，不劳而食，素餐尸位，作威作福。劳动人民无比痛恨这些敲骨吸髓的吸血鬼，于是便尖锐地讽刺他们。

【注释考证】

①羔羊：小羊叫羔，大羊叫羊。羔羊，在此即泛称羊，非专指小羊。　②皮：指毛皮，或指皮袄。古代，皮衣是"大夫燕居之服"，即官吏们的便服。　③素丝：指白丝绸。素，白。丝，也作帛解。见《汉书》："妾不衣丝。"　④紽（tuó）：丝带（丝结、丝纽），用以结衣，相当于现在的纽扣。《诗集传》："紽……盖以丝饰裘之名也。"古代官吏的衣服上才有这种装饰。　⑤退食自公："自公退食"之倒装。意为从公府回到家中进餐。食，饲之古体，指吃东西，或拿东西给人吃，或拿东西喂家畜、家禽等。　⑥委蛇：形容大摇大摆洋洋自得的样子。委蛇，《韩诗》作逶迤。《诗集传》云："自得之貌。"《郑笺》云："委曲自得之貌。"　⑦革：义同皮。又，马瑞辰云："按：革、

国风·召南

鬲古同音,革当为䩞之同音假借。《说文》:'䩞,裘里也。'……古者裘皆表其毛而为之里以附于革,谓之䩞。"录以备考。 ⑧緎(yù):义同紽。或云紽是丝带,緎是丝扣,带与扣结,类似现在的纽扣。《说文》作䋆。《玉篇》作䋎。 ⑨缝:古与鞛通,义同"皮"。或假借为韸(péng),毛蓬松貌。 ⑩总:结,系,在此指相系的纽结。《说文》:"总,聚束也。"《前汉书·扬雄传》:"解扶桑之总辔。"注:"总,结也。"《释名》:"总,束发也。总而束之也。"《齐风·甫田》:"总角丱兮。"疏:"总聚其发以为两角。"或云五紽,五緎、五总,皆指五个纽结,因避复而变文。可信。按:五紽,是衣襟一侧的五根丝绳(或丝带),并有丝穗垂于末端,结衣之用。五緎,是衣襟另侧的五个丝绳套(相当于现今的扣眼)。五总,是把五紽套入五緎系成的结子。本此,五紽、五緎、五总,均为五个丝结之意,相当于五个纽扣。五紽、五緎,是五总之代称,这种互文避复的叠句形式,在《诗》中屡有所见。如《曹风·下泉》:"……念彼周京。……念彼京周……念彼京师。"又《桧风·素冠》:"庶见素冠兮……庶见素衣兮……庶见素韠兮……"上篇之周京、京周、京师,实乃一地;下篇之素冠、素衣、素韠,均代指一人。

殷其雷

殷①其雷②,	隆隆雷声响不断,
在南山之阳③。	在那南山南。
何斯违斯④,	为何刚来又离去,
莫敢或遑⑤?	不敢稍闲息?
振振⑥君子,	忠诚老实那好人,
归哉归哉!	回来回来我盼你!

殷其雷，	隆隆雷声阵阵响，
在南山之侧⑦。	在那南山旁。
何斯违斯，	为何刚来又离去，
莫敢遑息？	不敢稍休息？
振振君子，	忠诚老实那好人，
归哉归哉！	回来回来我盼你！

殷其雷，	隆隆雷声阵阵大，
在南山之下⑧。	在那南山下。
何斯违斯，	为何刚来又离去，
莫或遑处⑨？	不敢稍停息？
振振君子，	忠诚老实那好人，
归哉归哉！	回来回来我盼你！

古代远役者的妻子，由于丈夫终年在外服役，与家人违离，不得相聚，她便唱出这支怨歌。思慕之情，溢于言表。

【注释考证】

①殷：磤之省借，《广雅》："磤，声也。"此指雷声。《古诗源》傅玄《杂言》："雷隐隐，感妾心。倾耳清听非车音。"隐、殷古通。 ②雷：本作靁。《说文》作"䨓"，云："从雨，畾象回转形。"按："䨓"为初文，"雷"为后起字。自汉代以后，多用"雷"字。以雷声喻车声，隐含女子切盼丈夫乘车而归之情。由于思夫情深，在心神恍惚之际，听到雷声，便疑为车声。一说以雷声喻君王号令，引起歌者怨恨。 ③阳：山岭的南坡。 ④何斯违斯：为何刚刚回来又匆匆离去？《郑笺》："何乎此君子适居此复去此。"斯，有此人此地之意，见朱注：

国风·召南

"何斯,斯此人也;违斯,斯此所也。"斯,又有离析之意。在《陈风·墓门》一诗中,就有"墓门有棘,斧以斯之"之句。斯字即砍除而使棘离析之意。在本诗中,应以朱说为是。又见《尔雅·释诂》:"斯,此也。"《易·解卦》:"朋至斯孚。"违,离异,分别。见《说文》:"离也。"《广韵》:"背也。" ⑤莫敢或遑:莫,不要,不。遑,闲暇,在本句中,是"偷闲"之意。 ⑥振振:忠诚老实的样子。 ⑦侧:在此指山的左右两侧(东西两侧),或指山的背面(北面)。 ⑧下:山下,山麓。《郑笺》:"下谓山足。" ⑨处:居,停息。

摽有梅

摽①有梅③, 梅子个个投出去,
其实七③兮④! 果实只剩十之七呀!
求我庶士, 追求我的小伙子,
迨⑤其吉⑥兮! 不要错过好时机呀!

摽有梅, 梅子个个投出去,
其实三兮! 果实只剩十之三呀!
求我庶士, 追求我的小伙子,
迨其今⑦兮! 吉日良辰在今天呀!

摽有梅, 梅子个个抛干净,
顷筐墍⑧之! 连那筐子投给他呀!
求我庶士, 追求我的小伙子,
迨其谓⑨之! 赤心相爱我跟他呀!

女歌者是一位年轻的姑娘，她和小伙子们欢聚时，热切盼望能获得真正的爱情。她坦率地表白心迹，谁若真心爱她，她就嫁给谁。这支歌，可能是一群姑娘在仲春的欢会中随编随唱的。古代有会男女的风习。未婚男女，可以在仲春的歌舞会上，自由选择爱人。

【注释考证】

①摽（biào）：古抛字。《集韵》《韵会》《正韵》："披交切，并与抛同。"《玉篇》《说文》："抛，或从手票。"《玉篇》："摽，掷也。"《公羊传·庄公十三年》："曹子摽剑而去之。"又见《孟子·万章》："摽使者出诸大门之外。"又见《说文》："摽，击也。"据此，摽剑即抛剑，摽使者即抛使者，摽有梅即抛有梅。不仅掷物弃之谓之抛，而掷物击人、掷物予人亦谓之抛。在本诗中，是掷物予人之意。姑娘将梅子投给她所钟爱的男子，以示求爱之意。如果男子也钟情于她，便以随身佩戴的信物相赠答，遂订终身之盟。古代民间，在仲春时节有会男女之俗，而抛梅即求婚的一种方式。《卫风·木瓜》中之投木瓜、投木桃、投木李，与本篇之摽梅，实出一俗。《毛诗正义》："礼虽不备，相奔不禁。即周礼仲春之月令会男女于是时也。相奔者不禁是也。""言三十之男，二十之女，礼虽未备，年期既满，则不待礼会而行之，所以蕃育民人也。"摽，《说文》引作受。《玉篇》作芟。 ②梅：果名，又叫酸梅或杨梅，味酸甘而美。在古代风习中，梅与女子关系至深。《说文》梅又作楳，与媒音同形似。所以，梅又被看作媒合之果。总之，女子以梅投男，寓意至深。 ③七：与下文"三"用法同，分别指梅子只剩十分之七、十分之三了。 ④兮：相当于口语中的"啊""呀"之类的叹词。 ⑤迨（dài）：同逮，及。又见《韩诗》："顾也。" ⑥吉：吉日良辰，又训吉士。 ⑦今：今天，指今天就是好时辰。又见闻一多先生《诗经通义》："林义光曰：今读为堪。堪字通作戡。……孟康曰：戡，古堪字。戡亦后出字，古文省借，宜作今也。首章'迨其吉兮'言于众士中求吉士而嫁之。此章则已以失时为惧，故曰'迨其堪兮'，言有可嫁者

即嫁之，不暇审择也。案林谓首章吉为吉士，至确。读此章今为堪，亦是。惟仍以惧失时为说，而解为可嫁即嫁，不暇审择，则明虽易《传》，而阴实从之。宜其进退失据不能自圆其说也。……堪士即任士。……《邶风·燕燕篇》：'仲氏任只'，笺曰'任者，以恩情相亲也'……"此说亦可信。　⑧塈：乞的借字。乞是气的省变，气是给予之意。《尔雅·释诂》："气，予也。"现在读"给"为 gěi，有的方言读 jí，则和塈字音近义同。又，塈还可解作乞讨之意，读为 qǐ。见《左传·昭公十六年》疏："乞之与乞，一字也。取则入声，与则去声也。"按古之入声乞字，今改为上声。塈，相当于今之"给"字。　⑨谓："归"字之假借。古代谓、归相通。见《华严经音义》下引《汉书音义》："谓者，指趣也。"又见《淮南子·原道训》注："趣亦归也。"可证谓、归本为同义词，可以互借。在本诗中，谓（归），是"于归"之意，指女子出嫁而言。

小　星

嘒①彼小星，	微光闪闪那些小星，
三五在东②。	三三五五挂在天东。
肃肃③宵征④，	匆匆忙忙起早赶路，
夙夜⑤在公。	日日夜夜要去从公。
寔⑥命不同⑦！	我的命运实在不同！

嘒彼小星，	那些小星微光闪闪，
维参与昴。	是那参星和那昴星。
肃肃宵征，	匆匆忙忙起早赶路，
抱衾与裯⑧。	抛开被褥前去从公。

寔命不犹⑨！　　我的命运实在不行！

在奴隶制社会，一个依人篱下仰人鼻息的小官吏，在日夜奔波、操劳不堪的境况下，发出了如此怨愤之声，自叹命运不济。

【注释考证】

①嘒（huì）：微光闪烁。《玉篇》《广韵》《正字通》均作"嘒"，出自《韩诗》，"嚖"为正字。　②三五在东：三个五个，闪烁在东方的天空。三，指参（shēn）星由三个星组成（实由七星组成）。五，指昴（mǎo）星由五个星组成（昴即七姊妹星团，实由七星组成）。参、昴均属二十八宿，各由七颗星组成。三、五乃笼统而言。参与昴离得很近，能同时出现在天空。　③肃肃：匆匆忙忙，小心谨慎的样子。　④宵征：夜行，或指起五更爬半夜地早赶路。　⑤夙夜：早夜，日日夜夜，白天黑夜。或指黎明前的黑夜。　⑥寔：是，实。《韩诗》作实。　⑦不同：指与别人（达官贵人）不同，即自叹命运不如人。　⑧抱衾（qīn）与裯（chóu）：抛衾与裯，此指匆匆忙忙抛舍被褥床榻，赶去从公，睡也睡不宁。抱，即抛字。见《史记·三代世表》："姜嫄以为（后稷）无父，贱而弃之道中，牛羊避而不践也。抱之山中，山者养之。"钱大昕说："抱就是抛。"又见《玉台新咏·近代吴歌》："芙蓉始结叶，抱艳未成莲。"《乐苑》抱作抛。足见抱、抛古通。衾，被，或泛称被褥。裯，单被，即被单。一说为床帐。马瑞辰则曰："裯盖祇裯也，方言汗襦……《说文》祇裯，短衣。"备考。　⑨不犹：不如，不同。不如人家达官贵人。犹，若，如。

江有汜

江①有汜②，　　大江滔滔小河流，

之子③归④，　　那人娶妻使我愁，
不我以⑤！　　没来娶我把妹丢！
不我以，　　　没来娶我把妹丢，
其后也悔⑥。　你的懊悔在后头。

江有渚⑦，　　大江滔滔小河流，
之子归，　　　那人娶妻使我愁，
不我与⑧！　　没来娶我把妹丢！
不我与，　　　没来娶我把妹丢，
其后也处⑨。　但愿归期在后头。

江有沱⑩，　　滔滔大江汇小河，
之子归，　　　那人娶妻我不乐，
不我过⑪！　　不过我家来娶我！
不我过，　　　不过我家来娶我，
其啸也歌⑫。　你会后悔唱悲歌。

　　一个女子被遗弃，她爱过的人另有新欢，且已结婚。她难以抑制内心的怨艾悲愤，便唱出了这支歌。

【注释考证】

　　①江：指长江，或指大的河流。　②汜（sì）：《说文》："水别复入水也。"《尔雅·释水》："水决复入为汜。"疏："凡水之歧复还本水者。"汜，乃指江河旁出的支流复与本水合流。在本诗中，以"江有汜"起兴，弦外之音是：你好比江水，我好比汜水（支流），但愿我们融为一体，你中有我，我中有你。按：以流水喻爱情的例子，在古今民歌中

屡见不鲜。如《川东情歌》："送郎看见一条河，河边一个回水沱。江水也有回头意，情哥切莫丢了奴。"　③之子：称男女皆可。在本诗中，应是对男子的称呼，犹言"这人"。　④归：指归妻，即娶妻。古代婚礼，男子到女家亲迎以归，见《邶风·匏有苦叶》："士如归妻，迨冰未泮。"　⑤不我以：不以我。以、与二字义通。与，亲附，交好，相处，相从。《易·咸》："两气感应以相与。"《国语·齐语》："桓公知天下诸侯多与己也。"注："与，从也。"故本句含义是：你不和我相处，你没有迎娶我。这是女子对负心男子的怨言。另见《诗集传》："能左右之曰以。谓挟己而偕行也。"按：以，又解为待。　⑥其后也悔：到以后，你会悔恨自己的。　⑦渚（zhǔ）：水中陆地，小洲。在此，与上文的"汜"义同。《毛传》："水歧曰渚。"可见"汜""渚"本亦同义。"江有渚"一句，也是起兴，女子自喻为渚。另说，渚，是指江、汜之间的洲。　⑧不我与：义同"不我以"。　⑨其后也处：到以后，你会悔过而重回我身边。处，归。见《左传·襄公四年》："民有寝庙，兽有茂草，各有攸处。"又《毛诗正义》："处，止也。"《诗集传》："处，安也。得其所安也。"或云：处乃瘏之通借，忧，病。　⑩沱（tuó）：义同汜。《说文》："水别流也，出岷山。"实则泛指河水的支流，不一定专指沱江。　⑪不我过：不过我，不经过我家而迎娶我。　⑫其啸也歌：以后，你会悔恨痛苦，一面哭号一面唱苦闷的歌。其，将。啸，在此是号的意思。啸歌，哭而有言，且其言又有节调，即长号。《说文》引作歗。

野有死麕

野有死麕①，	山野打死大獐鹿，
白茅②包③之。	用那白茅包起它。
有女怀春④，	少女春情满心怀，

国风·召南

吉士⑤诱之。	英俊猎人逗引她。
林有朴樕⑥，	森林中，丛丛树，
野有死鹿。	深山僻野有死鹿。
白茅纯束⑦，	白茅束它作礼物，
有女如玉⑧。	少女纯美似玉璞。
舒而脱脱⑨兮，	"轻轻慢慢两相亲，
无⑩感⑪我帨⑫兮，	别动我的彩佩巾，
无使尨⑬也吠。	别惹狗叫惊动人。"

年青英俊的猎人，在深山密林中打猎，猎获了獐鹿，砍伐了柴薪，又巧遇心心相印、一往情深的美丽纯洁的姑娘。末章是那姑娘对爱人的私语，叮嘱他不要鲁莽，不要被人察觉。她已心许，但又有少女的羞怯与庄重矜持，若即若离，似嗔似喜。本诗意深而词婉，率真而朴实。

【注释考证】

①麇（jūn）：兽名，似鹿而小，无角，俗名獐子。《释文》：本亦作麕。 ②白茅：植物名，草本，根生，初夏开白花。 ③包：裹起来。本诗言以白茅包麇鹿之肉，是取其洁清之意（象征心地纯洁或爱情纯洁）。或者诗中所写的年青猎人就是以白茅所包之麇鹿作为聘礼。死麇鹿均为这位猎人所获，足见其勇武可慕。《郑笺》："贞女之情，欲令以白茅裹束死麇肉为礼而来是也。" ④怀春：思春。指男女情欲萌动，并特指女子情欲萌动。《郑笺》："言怀春，自思及时与男会也。" ⑤吉士：美男之称。在此，称诗中勇武的年轻猎手。或云有德有才、心地善良的男子。 ⑥朴樕（sù）：丛生的小树。一说，朴樕又名槲樕，灌木，俗谓大叶栎。"野""朴樕"，是描绘这双青年男女私会的典型环境（幽

深的山林之间）。 ⑦纯束：把许多东西收集在一起捆起来。纯，与"包"义近，凡包围于外之边缘皆曰纯。所以，纯有包义。 ⑧如玉：形容那个姑娘纯洁淑静有如美玉。古人常以玉比喻坚贞纯洁。 ⑨脱脱：又轻又慢的样子。舒，慢，徐缓。舒而脱脱，是加重语气，以表现诗中女子初恋时的复杂心情。一说，舒为语词。脱脱为娧娧之假借，状吉士之好貌（见《毛诗传笺通释》）。 ⑩无：勿，不要。是劝止的口吻。 ⑪感：古撼字，动。在此，指男子触动（扯动）女子的佩巾。 ⑫帨（shuì）：帨巾，佩巾。又叫褵、袡、市、蔽膝，今名遮巾。见《说文》："上古衣蔽前而已，市以象之。"《尔雅·释器》："妇人之袡谓之褵。"褵又作缡。孙炎注曰："袡，帨巾也。"《五经要义》："太古之时，未有布帛，人食禽兽肉而衣其皮，知蔽前未知蔽后。"《礼记·内则》："子生……女子，设帨于门右。"可见自古以来，帨巾就是女性的象征。古代女子把这种遮蔽于胸腹之前的佩巾视为神圣不可侵犯的东西。这种制作华美的遮巾，佩在女子胸腹之前，易于引人注意。闻一多先生说："是衣服始于蔽前，名曰蔽之，实乃彰之。" ⑬尨（máng）：长毛狗。字从犬从彡。彡，多毛之象，或毛长之象。"舒而脱脱兮，无感我帨兮，无使尨也吠"当是女子劝告爱人之语，其义微妙而隐晦。姚际恒《诗经通论》曰："此篇是山野之民相与及时为婚姻之诗……定情之夕，女属其舒徐而无使帨感（感即撼），犬吠，亦情欲之感所不讳也欤？"

何彼秾矣

何彼秾矣①！　　色彩绚烂何等美盛！
唐棣②之华③！　　锦绣车衣繁花灼灼！
曷不肃雝④？　　怎不庄严而又和乐？
王姬之车⑤。　　美女乘坐华贵轿车。

何彼秾矣！	色彩绚烂何等美盛！
华如桃李⑥！	锦绣车衣花如桃李！
平王之孙，	那是平王的孙女，
齐侯之子⑦。	嫁给齐侯的儿子。

其钓维何⑧？	垂钓要用什么渔具？
维丝伊缗⑨。	丝线丝绳用来钓鱼。
齐侯之子，	那是齐侯的儿子，
平王之孙。	追求平王的孙女。

  这是男女求爱的情歌。从诗中口吻来看，应是男子所唱。他把心爱的姑娘比作当时最尊贵的女子（平王之孙），这不过是古代士大夫阶层对女子的衡量尺度而已。

【注释考证】

  ①何彼秾（nóng）矣：那色彩是如何美盛！秾，形容衣饰颜色美盛，或形容衣物厚重之状。《说文》："衣厚也。"按：《韩诗》作戎。犹戎戎。　②唐棣：又作棠棣，或作常棣。在本诗中，非指花木之名，乃是裳帷之名。故应读唐（棠、常）为裳，常即裳之本字。棣与帷，古音相近，或可通借。因此，常棣即裳帷，乃指车衣（车帷）。　③华：花之本字。是以车帷之华艳喻女子之美容。　④曷不肃雝（yōng）：怎不庄严和乐？本句是形容女子风度庄重和蔼。曷，同何。肃，庄重、肃敬。雝，和乐，乐和。　⑤王姬（jī）之车：指美女所乘的马拉轿车。本句之"王姬"与下文之"平王之孙"未必实指，似为美女之代称。　⑥华如桃李：花色艳如桃李。直指车帷花色艳丽，暗喻女子艳如桃李。　⑦平王之孙，齐侯之子：平王的孙女嫁给齐侯的儿子。此二句并非实指，是对男女婚姻的夸美之词。　⑧其钓维何：钓鱼用的是什么？按：古今民歌中

多以鱼喻匹偶。本句之"钓"字,也是喻鱼。民歌中以鱼喻爱情匹偶者,如《南朝乐府·子夜歌》:"常虑有贰意,欢今果不齐。枯鱼就浊水,常与清流乖。"《欢闻变歌》:"张罟不得鱼,不橹罟不归。君非鸳鸯鸟,底为守空池?"《娇女诗》:"蹀躞越桥上,河水东西流。上有神仙圣,下有西流鱼。行不独自去,三三两两俱。"又见现代歌谣《粤风》:"妹娇娥,怜兄一个莫怜多。已娘莫学鲤兄子,那河游到别条河。"《安顺情歌》:"太阳落坡坡背阴,坡背有个钓鱼坑。有心钓鱼用双线,有心连妹放宽心。"　⑨维丝伊缗(mín):用丝线和丝弦(丝绳)钓鱼。维、伊,都是发语词,无实义。缗,合股丝绳。此处用来喻男女合婚,或以选用丝绳钓鱼,比喻用适当方法求婚。

驺虞

彼茁①者葭②,　　茁壮茂盛芦苇芽,
壹发③五豝④,　　五只小猪被射中,
于嗟乎驺虞⑤!　　唉!牧猎官真神勇!

彼茁者蓬⑥,　　茁壮茂盛蓬草芽,
壹发五豵⑦,　　五只小猪被射倒,
于嗟乎驺虞!　　唉!牧猎官,本领高!

古代奴隶的儿子给奴隶主放牧牲畜时常会受到驺虞(牧猎官)的欺凌打骂。所以,他一看到小猪,便联想到牧猎官的狞恶可怕。这是一首赞美猎人的诗。

【注释考证】

①茁(zhuó):草木初生时的茂盛样子。　　②葭(jiā):泛称芦苇,

或专指没有长穗的芦苇。　③发：开的意思。《广雅》："开也。"《尚书·武成》："发巨桥之粟。"疏："谓开出也。"在本诗中，发引申为发箭射中小猪。　④豝（bā）：小母猪。《毛传》："豕牝曰豝。"又见《周礼·大司马》注："一岁为豵，二岁为豝。"　⑤驺（zōu）虞：是古代掌牧猎之事的官吏。驺，《说文》曰："厩，御也。"又，贾谊《礼篇》曰："驺者，天子之囿也，虞者，囿之司兽者也。"虞，《郑笺》曰："设驱逆之车，则仆人设车，虞人乘之以驱禽也。言驱逆，则驱之逆之皆为驱也。"又见《尚书·舜典》"帝曰：'畴若予上下草木鸟兽？'佥曰：'益哉！'帝曰：'俞！咨！益！汝作朕虞！'"可见"虞"是古代统治者狩猎时的随从官员，并兼掌畜牧之事。　⑥蓬：蓬蒿。　⑦豵（zōng）：小猪，或泛指小兽。

邶风

柏 舟

泛①彼柏舟②，	河上荡着柏木舟，
亦泛其流③。	荡来荡去在中流。
耿耿④不寐，	心绪缭乱不能眠，
如有隐忧⑤。	胸中怀有无限愁。
微⑥我无酒，	不是我家无美酒，
以敖以游⑦。	饮个酣醉好遨游。

我心匪鉴⑧，	我心不是明月镜，
不可以茹⑨。	难把人心照得清。
亦有兄弟，	也有亲兄和亲弟，
不可以据⑩。	冷酷无情不可依。
薄言往诉⑪，	我把苦楚告诉他，
逢彼⑫之怒。	碰上他们火气发。

我心匪石，	我心不是石头块，
不可转也。	不能随风转起来。
我心匪席，	我心不是芦苇席，
不可卷也。	不能随手卷起来。

威仪棣棣⑬，	他有威仪又庄严，
不可选⑭也。	我不再把别人恋。

忧心悄悄⑮，	愁思百结苦煎熬，
愠⑯于群小⑰。	心中怨怼恨群小。
觏闵既多⑱，	害我遭祸真是多，
受侮不少。	受屈受辱也不少。
静言思之⑲，	静坐寻思不平事，
寤辟有摽⑳。	抚心捶胸恨难消。

日居月诸㉑。	太阳啊，月亮啊，
胡㉒迭㉓而微㉔？	为何相食不放光？
心之忧矣，	我心欲碎愁满肠，
如匪㉕澣㉖衣。	好像身穿脏衣裳。
静言思之，	静坐寻思不平事，
不能奋飞㉗。	恨我不能飞天上。

一个女子与意中人矢志相爱，希望结成佳偶，白首偕老，但却横遭父母兄弟的干涉阻挠，难以实现她美好的生活理想，她便唱出了这支怨歌。反映了她对爱情的真挚和她对不合理婚姻制度的坚决反抗。

【注释考证】

①泛（fàn）：此指荡舟。 ②柏舟：柏木制的船。此处有女子自比坚贞之意。 ③亦泛其流：漂流在水波之中，含有无所依归之意。 ④耿耿：犹儆儆，忧愁不安之状。 ⑤隐忧：心灵深处隐藏着痛苦忧伤，有难言之痛。如：承接连词，相当于"而"。隐，又作殷，深大之

意。又,马瑞辰云:"按:殷、隐古同声通用,隐者,慇之假借。《说文》:'慇,痛也。'"亦通。 ⑥微:非,不是。 ⑦以敖以游:义犹"于以敖游",指乘酒兴遨游以泻忧。以,本可作介词用。在此,有"用来"或"借此"的意思,表示一种动作以某工具或借某物来完成。敖,今作遨,游的同义词。《毛诗正义》:"非我无酒可以敖游以忘此忧,但此忧之深,非敖游可释也。" ⑧鉴:古代青铜器名,形似大盆,用以盛水或冰,盛行于东周。古人常利用鉴中之水照影。战国以后,青铜镜兴起,因此铜镜亦称鉴。 ⑨茹:度,观察测定。又可解为"含",见《大雅·烝民》:"柔则茹之,刚则吐之。"茹、吐对举,即含、吐之意。茹在本诗中,又有"含影"之义,以鉴之含影喻心之忍辱含悲。"我心匪鉴,不可以茹",意即"我心不是镜子,不能像镜面含影那样甘心忍辱含垢"。 ⑩据:依靠。 ⑪诉:告诉。 ⑫彼:他,他们。指女子的父母兄弟。 ⑬棣棣:悠闲自得的样子或悠闲庄重的样子。正字作逮逮。《礼记》引作逮逮。 ⑭选:指选择爱人。又,《毛传》:"物有其容不可数也。"马瑞辰云:"《毛传》训数者,以选为算之假借。三家诗盖有从本字作算者。"马说是。 ⑮悄悄:愁苦的样子。 ⑯愠(yùn):在此,是怨恨意。 ⑰群小:许多"小人",指虐待她的兄弟等人。 ⑱觏闵既多:遭逢的忧患诚然多。觏,与遘通,遭遇之意。闵,病痛,忧念,或引申为诟病之言(谗言)。 ⑲静言思之:静静地想一想(这事)。"言"义同"然"。一说,静,审义,犹言"仔细地"。 ⑳寤辟有摽:睡不着觉,抚心自叹,以至恨得捶打自己的胸膛。辟,把手抚在胸口上,是心痛的表现。《毛传》:"拊心也。"按:拊,又作抚。摽,打,捶。《说文》:"摽,击也。"《诗三家义集疏》:"言贞女审思此事,寤觉之时,以手拊心,至于擘击之也。"另见《古典新义》:"本篇'寤辟有摽',寤正当读为互。擗同擘,两手击也,摽读为嘌,有嘌犹嘌嘌,象击声。'寤辟有摽',言两手交互击胸,其声嘌嘌然也。"待考。 ㉑日居月诸:居、诸都是助词。《毛诗正义》:"居诸者,语助也。故《日月》传曰:日乎月乎。不言居诸也。"《毛诗正义》又云:"日月喻夫妇也。"

㉒胡：何。　㉓迭：更替。按：迭又与轶通。《左传·成公十三年》："迭我淆地。"注："迭，侵突。"据此，迭，又可解为日月之食。《韩诗》作载，盖戴字之或体。迭通作戴。　㉔微：指日月亏缺无光。《郑笺》："微谓亏伤也"，"微谓不明也。"此处以日月相食而无光，比喻夫妇的爱情生活有变故，使人伤怀。本诗以日月喻夫妇，犹后世之以天地、乾坤喻夫妇。　㉕匪：同"非"。　㉖澣（huàn）：同浣字，洗。"匪澣衣"即匪澣之衣，指日久未洗的脏衣服，穿在身上不舒适。比况忍辱含垢，生活过得不顺遂。又，《诗义会通》曰："此如匪亦当读为如彼。澣衣盖喻反复不安。"可存一说。　㉗不能奋飞：不能像鸟一样振翼高飞。表现这个女子想突破生活的樊笼，争取自由幸福。

【学术延伸】

《鲁诗》说：卫寡（寡原作宣）夫人正值婚期，其夫死去（其夫即卫君），她却仍到丈夫家守寡服丧三年，受了许多苦楚，有人同情她，便写了这首歌。这种说法纯系穿凿附会的臆说。另《毛传》云："共姜自誓也。"《毛诗正义》云："言仁而不遇也。"均属谬说。还有人解为一般贞女寡妇之作，并非。因为本诗并无贵妇或寡妇的口吻。

绿　衣

绿兮衣兮①，	绿外衣啊绿外衣，
绿衣黄里②。	绿色外衣黄内衣。
心之忧矣，	睹物思人心怀忧，
曷③维④其已⑤！	悼惜忆念何时已！

| 绿兮衣兮， | 绿外衣啊绿外衣， |
| 绿衣黄裳。 | 绿色外衣黄下衣。 |

心之忧矣，	睹物思人心怀忧，
曷维其亡⑥！	何时我能忘记你！
绿兮丝兮，	黄绿丝啊黄绿丝，
女所治兮。	你所纺绩你所治。
我思古人⑦，	想我已故好爱妻，
俾⑧无訧⑨兮！	劝我自励无过失！
絺⑩兮绤⑪兮，	粗细葛布做衣裳，
凄⑫其以风。	穿在身上阵阵凉。
我思古人，	想我已故好爱妻，
实获⑬我心！	实在称心永难忘！

这个丧偶的男子，一看到故妻的遗物，就引起无限感伤，联想到故妻的许多好处，更加悼惜不已。

【注释考证】

①绿兮衣兮：实为"绿衣兮绿衣兮"之变文，"绿兮丝兮"句式仿此。②衣、里：衣，上衣，穿在外面，短于下衣；里，下衣，穿在里面，长于上衣。下文中的裳，也是下衣。 ③曷：同何字，什么。此指何时。 ④维：助词。⑤已：结束，终了。"心之忧矣，曷维其已"句，《诗义会通》云："忧虽欲自止，何时能止也。" ⑥亡：即忘字。又，亡，犹"已"。 ⑦古人：故人，指亡妻。古，与故同。 ⑧俾（bǐ）：使。 ⑨訧（yóu）：过错。 ⑩絺（chī）：细葛布，是一种麻葛衣料。 ⑪绤（xì）：粗葛布。絺、绤都是夏季穿的高贵衣料。 ⑫凄：凉爽。 ⑬获：得（得意），称心满意。

【学术延伸】

《诗经通论》评价此诗:"先从'绿衣'言'黄里',又从'绿衣'言'丝',又从'丝'言'绨绤',似乎无头无绪,却又若断若连,最足令人寻绎。"

燕　燕

燕燕①于飞②,	燕双飞,双飞燕,
差池③其羽。	尾羽差池似双剪。
之子于归④,	这姑娘,要出嫁,
远送于野⑤。	送到郊野步步远。
瞻望弗及⑥,	遥望我妹不可见,
泣涕如雨⑦。	泪下如雨珠断线。
燕燕于飞,	燕双飞,双飞燕,
颉⑧之颃之。	上扬下掠舞翩翩。
之子于归,	这姑娘,要出嫁,
远于将之⑨。	远送我妹到天边。
瞻望弗及,	遥望我妹不可见,
伫立以泣⑩。	伫立苦思泪涟涟。
燕燕于飞,	燕双飞,双飞燕,
下上其音⑪。	软语低昂声声怨。
之子于归,	这姑娘,要出嫁,
远送于南⑫。	送到林郊步步远。

瞻望弗及，	遥望我妹不可见，
实劳我心⑬。	惆怅无主我心酸。

仲氏⑭任只⑮，	这少女，自姓任，
其心塞渊⑯。	诚实深厚处子心。
终温且惠⑰，	温柔恭顺世无双，
淑慎其身⑱。	自奉谨慎善修身。
先君之思，	先父遗德常思存，
以勖寡人⑲。	与妹相勉有寡人。

这是薛国国君（姓任）送妹远嫁卫国时所唱的骊歌。

【注释考证】

①燕燕：燕子。大概是因为燕子常双飞往来，则以双声名之，重言"燕燕"。古童谣亦见"燕燕尾涎涎"句。按：燕子，古又称元鸟，元即玄，指它的羽毛是黑色的。又名鳦，或作乙。《诗经通论》引《诗识名解》云："按，鳦鸟本名'燕燕'，不名'燕'……若夫单言'燕'者，乃乌也。"一说，燕亦称"燕燕"，犹"猩猩""狒狒"之名。 ②于飞：飞翔。于，是助词。以"燕燕于飞"兴起下文的"之子于归"。 ③差池：与参差义同，长短不齐的样子。 ④之子于归：此指薛君之妹要出嫁。 ⑤野：郊野，实指城外。野，古作埜。《说文》作壄。《毛传》："邑外曰郊，郊外曰野。"远送于野，是超越常礼的，见出兄妹情笃。 ⑥瞻望弗及：目送她远去，渐渐地望不见了。瞻，视，看。有时作仰视解。弗及，不及，不可及，此指视力达不到。 ⑦泣涕如雨：泪下如雨。泣、涕均指眼泪。 ⑧颉（jié）：上飞。下文"颃"指下飞。 ⑨远于将之：即"于远将之""将之于远"之意。到远处送她，送她送到远方。于，往。将，送。 ⑩伫（zhù）立以泣：伫立而泣。伫，

久立。⑪下上其音：指飞燕鸣声低昂。下，低沉。上，昂扬。另说，指燕子飞上去的叫声和飞下来的叫声。⑫远送于南：即远送于野。闻一多《诗经通义》："南林古声近字通，此南字当读为林也。金文《士父钟》'蕃钟'即《左传》襄十九年之'林钟'，《汾仲钟》，《井人佞钟》'大林钟'即《周语》下之'大林'，而《虢叔旅钟》'蕃龢钟'，《楚王钟》又作'南龢钟'，是林南可通之证一也……'远送于南'即'远送于林'，犹'远送于野'也。林野古为同义字。"⑬实劳我心：是劳我心。这使我万分忧伤惆怅。实，即"是"，亦作寔。劳，在此有忧伤之意。又见曹丕《与吴质书》："未足解其劳结。"注："谓忧心之结。"再见《孔雀东南飞》："举手长劳劳，二情同依依。"⑭仲氏：古代称长幼之次为伯、仲、叔、季，次男、次女均称仲，或称少女为仲。《毛诗正义》："妇人不以名行，今称仲氏，明是其字。"⑮任只：姓任的。任是姓，只是助词。魏源说："'仲氏任只'，犹《大明篇》之'挚仲氏任'，自是薛国任姓之女，非陈妫之称。"⑯塞渊：诚实深厚。塞，寒之假借。《玉篇》引《诗》"其心寒渊"。《说文》："寒，实也。"充实，满盈。在此有诚实之意。《广韵》："诚也，满也。"渊，深，厚。⑰终温且惠：非常温和而且恭顺。终，既。又训极，尽。⑱淑慎其身：善良谨慎其身。这可能是兄长叮嘱妹妹的话。淑，善。⑲先君之思，以勖（xù）寡人：思存先君（先父）的遗德，我这寡德之人愿与你共勉。勖，勉励。《礼记·坊记》引《诗》作"以畜寡人"。勖，或为畜之借字，有"爱悦"之意。

日　月

日居月诸，	太阳啊，月亮啊，
照临下土①。	光辉普照大地上。
乃②如之人③兮，	你看竟有这种人啊，

逝④不古处⑤？	为何不像往常一样？
胡⑥能有定⑦？	哪有止境哪有边？
宁⑧不我顾⑨。	从不顾我这忧伤。

日居月诸，	太阳啊，月亮啊，
下土是冒⑩。	无边大地你照耀。
乃如之人兮，	你看竟有这种人啊，
逝不相好⑪？	为何跟我不相好？
胡能有定？	哪有止境哪有边？
宁不我报⑫。	从不把我恩情报。

日居月诸，	太阳啊，月亮啊，
出自东方⑬。	出东方啊升东方。
乃如之人兮，	你看竟有这种人啊，
德音无良⑭。	花言巧语黑心肠。
胡能有定？	哪有止境哪有边？
俾⑮也可忘。	使我不愿把他想。

日居月诸，	太阳啊，月亮啊，
东方自出。	东方出啊东方升。
父兮母兮⑯，	爸爸啊，妈妈啊，
畜我⑰不卒⑱。	养我育我难送终。
胡能有定？	哪有止境哪有边？
报我不述⑲。	对我无礼我心痛。

这个女子的丈夫冷酷无情，经常虐待妻子。她受尽辛酸，心肝欲

国风·邶风

摧，呼告天地父母，哭诉哀怨。

【注释考证】

①日居月诸，照临下土：这二句含义有三：一为以日月喻夫，以下土喻妻，意为丈夫钟爱于妻子；一为呼告日月以诉苦；一为求日月明察人间不平。　②乃：在此是"竟"的意思。　③之人：这人（指丈夫）。　④逝：何。逝又作噬，或通遏。遏、曷又都作逮讲，遏通曷。所以，逝就是何（曷）的意思。《尔雅·释言》："遏、遾，逮也。"《毛传》："噬，逮也。"《小雅·四月》："曷云能穀。"逝，又训"而"。　⑤古处：即故处。古，借为故。以往日的态度相待（即相好），或解为以古道相处。　⑥胡：何，哪。　⑦有定：有止境，有定则。　⑧宁：曾，从来。《郑笺》："宁犹曾也。"又可解为"乃""却"。又，马瑞辰云："宁、乃一声之转。乃古音读仍，宁犹乃也。《诗》中宁字义多为乃，此诗宁不我顾，犹云，乃不我顾也。"　⑨不我顾：不顾我。顾，顾念，体贴。　⑩下土是冒：义同"照临下土"。《毛传》："冒，覆也。"《郑笺》："覆，犹照临也。"　⑪相好：相爱。　⑫报：报答。　⑬出自东方：与下文之"东方自出"义同，都含"照临下土"之意。四章变文避复。　⑭德音无良：德音，好听的话。《正韵》："凡言德者，善美正大光明纯懿之称也。"无良，没有好心肠，没有好行为。《诗集传》："德音美其辞，无良丑其实也。"可信。又，姚际恒云："'德音无良'，'音'字不必泥，犹云'其德不良'耳。"　⑮俾：使。　⑯父兮母兮：在此诗中，是女子呼告父母以诉苦求救，这是人在痛苦患难中常有的表现。

⑰畜（xù）我：养我，爱我。　⑱不卒：不终。指丈夫不能自始至终地相爱，中途变了心。　⑲述：循着情理做事。述，又作术。《毛传》："述，循也。"《郑笺》："不循，不循礼也。"《诗集传》："言不循义理也。"《韩诗》作术。按：术即法之义。陈奂云："述即遹字，不遹，不道也。"陈说是。

【学术延伸】

《诗集传》云:"此诗当在燕燕之前。下篇放此。"下篇即《终风》。放,即倣(仿)。

终 风

终风①且暴②,	狂风骤,暴雨疾,
顾我则笑③,	他看我,笑嘻嘻,
谑浪笑敖④,	调笑胡闹太放荡,
中心⑤是悼⑥。	使我心中常凄凄。
终风且霾⑦,	大风阵阵云荡漾,
惠然肯来⑧,	和蔼可亲来身旁,
莫往莫来⑨,	切莫随来又随去,
悠悠⑩我思。	使我苦思万丈长。
终风且曀⑪,	大风阵阵阴云遮,
不日⑫有曀,	有时云雾难猜测,
寤言不寐⑬,	睡也睡不着,
愿言则嚏⑭。	思来嚏喷打成个儿。
曀曀⑮其阴,	云雾沉沉满天阴,
虺虺⑯其雷,	轰轰隆隆雷声紧,
寤言不寐,	睡也睡不沉,
愿言则怀⑰。	想他想他真伤心。

国风·邶风

这个女子对狂放不羁的丈夫又是气又是爱。相聚时，他的戏谑无礼使她烦恼；分离时，又想他想得愁绪牵肠。这首歌诉出了她的这种矛盾心情。

【注释考证】

①终风：终，既。又，终风，《韩诗》训为西风。 ②暴："瀑"之假借。《说文》："瀑，疾雨也。一曰沫也，一曰暴，霃也。从水暴声。诗曰：终风且瀑。"又，《说文》："齐人谓雷为霃。"《广雅·释天》："霃，雷也。"既风且暴（瀑）。本诗是以疾风暴雨比兴男子之戏谑无礼，终日不休。 ③顾我则笑：指这女子的丈夫一见到她，便笑闹不休。全诗均用第一人称述说。 ④谑浪笑敖：戏弄、放荡、笑闹、傲慢无礼（指其丈夫的表现）。 ⑤中心：心中。 ⑥悼：伤心。 ⑦终风且霾：比喻那男子放浪无度。霾，形容云雾弥漫或烟尘蔽天。 ⑧惠然肯来：指丈夫有时也和顺地就我而来。惠然，和顺地。 ⑨莫往莫来：不要随便离去，也不要随便来。意思是：不要来了又走，走了又来，往来不定，使人不安。莫，不要，又训"或"。 ⑩悠悠：指思念丈夫之情绵绵不断。 ⑪曀（yì）：阴云密布而有风。 ⑫不日：不时地。与上文"终风且霾""终风且曀"义同。本句"不日有曀"，比喻丈夫喜怒无常。有，又。 ⑬寤言不寐：要睡又睡不着。寤、不寐，就是指睡不着觉。言，同焉，助词。 ⑭愿言则嚏：思前想后，心中不宁，使人不住地打喷嚏。（旧时传说：谁被别人思念或被别人议论，便会打喷嚏。这是唯心的说法。或云：人的情绪紧张或忧郁感伤时也会打喷嚏。）言，助词。 ⑮曀曀：阴云暗淡的样子，或指阴云久久不开。《毛传》："如常阴曀曀然。"《毛诗正义》："此重言曀曀。连云其阴，故云常阴也。言曀复曀，则阴曀之甚也。"按：《韩诗》作壒壒，为正字。《毛诗》作曀曀，为借字。《说文》引作壒壒。 ⑯虺虺（huǐ）：音近于"轰轰"，象声词，形容雷声。 ⑰愿言则怀：越想他，越伤心；越伤心，越想他。怀，感伤。

击 鼓

击鼓①其镗②，	大鼓敲得咚咚响，
踊跃③用兵④。	踊跃劈刺练刀枪。
土国⑤城漕⑥，	筑土墙，修漕城，
我独南行⑦。	我独从军往南行。
从孙子仲⑧，	跟着元帅孙子仲，
平⑨陈与宋。	联合陈与宋。
不我以归⑩，	不让我们回家园，
忧⑪心有忡。	我心悲苦愁意重。
爰居爰处？	哪里停留哪里住？
爰丧其马？	我的战马死何处？
于以求之？	什么地方来寻我？
于林之下。⑫	山林下，收白骨。
死生契阔⑬，	生死离合情不移，
与子成说⑭。	山盟海誓向你许。
执子之手，	别时紧握你的手，
与子偕老⑮。	与你偕老到白头。
于嗟阔兮，	嗟叹阔别路遥远啊，
不我活⑯兮。	我们相会难上难啊。

国风·邶风

于嗟洵⑰兮，　　嗟叹越留越久远啊，
不我信⑱兮。　　我这征夫苦无边啊。

卫国老百姓被统治者强征去从军，有的去修筑工事，有的去前方打仗。他们思归不得，在无限怨忿之中，唱出了这支字字血泪的怨歌。

【注释考证】

①击鼓：敲鼓。古时出兵作战或演武，敲鼓指挥，并助军威。按：鼓是一种原始乐器，奴隶制时代已有青铜战鼓，这种战鼓，铸刻着花纹，鼓面也是铜的。以不同的击鼓方式与鼓点变化来指挥众人的行动。 ②镗（tāng）：《说文》引作鼞，象声词，形容鼓声。相当于"当当""咚咚"。 ③踊跃：形容演武或战斗中跳跃击刺之状。 ④用兵：演武，操练兵器。兵，泛指各种兵器，"兵"字在此是指物，非指人。 ⑤土国：在国内服役修筑土城。土，也是动词。在此指从事土木建筑。 ⑥城漕：修城池于漕邑，或解为修筑漕邑的工事（城池）。漕是卫国城名。"城漕"中的"城"又是动词，在此指修筑城池。 ⑦南行：出发到南方去打仗，意在说明南行较土国、城漕尤为危苦。 ⑧孙子仲：人名，是当时卫国的元帅。 ⑨平：和，联合。《诗集传》："旧说以此为《春秋》隐公四年，州吁自立之时，宋、卫、陈、蔡伐郑之事。恐或然也。" ⑩不我以归：不让我回去。以，犹"与"。 ⑪忡（chōng）：忧愁的样子。 ⑫爰（yuán）居爰处？爰丧其马？于以求之？于林之下：爰，于何，何处。按：于何合呼，音近于"爰"字。于以，于何，详见《采蘩》注。爰、于以，都是"于何"之意。于，又可解为"往"。见《小雅》："王于出征"，又见《尚书·大诰》："民献有十夫予翼以于。"于，亦可解为"在"。以上四句的含义，见《毛诗正义》："从军之士惧其不得归，言我等从军或有死者病者有亡其马者，则于何居乎？于何处乎？于何丧其马乎？若我家人于后求我，往于何处求之？

当于山林之下。以军行必依山林，死伤病亡必在其下，故令家人于林下求之也。" ⑬死生契阔：是征人自述与妻子离合生死莫测，然而永不相负。契阔，聚合与远别、久别。本作絜括，契阔乃假借。 ⑭成说：立下誓言。"说"犹"言"。 ⑮偕老：夫妻白头到老。 ⑯活：此处应读为"曷其有佸"之佸，"聚会"或"会至"之意。（从马瑞辰说） ⑰洵：《毛传》："洵，远也。"毛氏以"洵"为"敻"之假借，故训远。 ⑱信：《毛诗正义》："信，古伸字，故〈易〉曰引而信之。伸即终极之意。"按：伸，又有"延"的意思。"不我信兮"，意为我的生命延续不久了。或云：不我信兮，即我不申兮，是我志不申之意。本诗第三、四、五章，似为征人与妻子诀别之语。或是征人在军中对往日诀别情景的忆念。

【学术延伸】

姚际恒《诗经通论》云："此乃卫穆公背清丘之盟，救陈为宋所伐，平陈宋之难，数兴军旅。其下怨之而作此诗也。……因陈宋之争而平之，故曰'平陈与宋'；陈宋在卫之南，故曰'我独南行'。"可备一说。

凯　风

凯风自南①，	大风从南吹来，
吹彼棘心②。	吹乱棘薪枝条。
棘心夭夭③，	棘薪枝条倾曲，
母氏劬劳④。	母亲受尽操劳。
凯风自南，	大风从南吹来，
吹彼棘薪。	吹乱棘薪枝条。
母氏圣善⑤，	母亲明智善良，

我无令人⑥。	无奈子女不好。
爰有寒泉⑦？	何处寒泉清冽？
在浚之下⑧。	它在浚邑之下。
有子七人，	虽有儿子七人，
母氏劳苦⑨。	母亲劳苦困乏。
睍睆⑩黄鸟⑪，	黄鸟关关鸣叫，
载好其音⑫。	它的歌声美妙。
有子七人，	虽有儿子七人，
莫慰母心。	难以慰悦母心。

歌者的母亲受尽劳瘁，可能又受到父亲虐待，他同情母亲，并表示自己兄弟"莫慰母心"的遗憾。实为婉辞谏父之作，也是七子自责之辞。

【注释考证】

①凯风自南：大风从南边吹来。似以大风喻其父之暴戾。《广雅·释诂》："凯，大也。"按：凯风与俊风、巨风、景风、飘风义同。凯，可能是飙之借。《玉篇》："飙，疾风也。" ②棘心：即棘薪，古代往往以薪喻妇女，本诗乃以薪喻母。一说，心指芽心。另说，"心"即纤小之义，指枣棘之属的尖刺（见《毛诗传笺通释》）。 ③夭夭：树枝倾曲之状，借喻其母受委屈。 ④劬（qú）劳：操劳，劳苦，病苦。 ⑤圣善：明智善良。圣，睿智，指明达事理。 ⑥我无令人：我们（子女）没有一个有善德的人。 ⑦爰有寒泉：何处有甘冽的泉水。爰，于何之意，或系于安、于焉、于何之合呼，即"在何处"之意。 ⑧在浚之下：在卫国浚邑之下。按：浚与沈本为一字，即沈水。《说文》："沈，

水。出河东东垣王屋山,东为沸。"古文作㳅。浚邑当由沈水得名。爰有寒泉?在浚之下,含义是寒泉在浚之下,尚能浸润浚(沈)水,使受其益,而有子七人,反而不能侍奉母亲,实在于心不安。 ⑨有子七人,母氏劳苦:是对其母说的。意思是:您的七个儿子都不能好好照顾您,使母亲受尽劳苦。 ⑩睍睆(xiàn huǎn):形容黄鸟圆滑宛转的叫声,后世多作间关。见白居易诗:"间关莺语花底滑,幽咽流泉水下滩。"睍睆(间关)是象声词,音似"唧呱"。一说,睍睆,好貌。 ⑪黄鸟:黄雀,或指黄莺。 ⑫载好其音:即"其音则好"。载,此处相当于则字,又可解作"行"。其音则好,指黄鸟的鸣声宛转动听。以"睍睆黄鸟,载好其音"反衬下文"有子七人,莫慰母心"。意为:黄鸟尚能以宛转浏亮的鸣声悦人,而我们兄弟七人却不能慰悦母心。是歌者深感悔惭之意。

雄雉

雄雉①于飞,　　公山鸡,自飞翔,
泄泄②其羽。　　缓缓飞,扇翅膀。
我之怀③矣,　　我想他呀我念他,
自诒伊阻④。　　独守空房,他在天一方。

雄雉于飞,　　公山鸡,自飞翔,
下上其音⑤。　　鸣声低昂又浏亮。
展⑥矣君子,　　我的人呀真是好,
实劳我心⑦。　　我思我想心惶惶。

瞻彼日月,　　看那日月如穿梭。

悠悠我思⑧。	我的苦思长又长。
道之云远,	道路迢迢漫无涯,
曷⑨云能来⑩?	何时他能回家乡?

丈夫在外服役,妻子在家思念不已。她一方面对统治阶级无限怨恨,一方面又想望着丈夫能回来欢聚,便唱出这寂寞的歌。

【注释考证】

①雄雉(zhì):公山鸡。本诗以雄雉喻男子。 ②泄泄:缓缓飞翔或鼓翼鸣叫的样子。本诗女歌者看到山鸡自由地鼓翼鸣叫,便联想到丈夫在远地服徭役而不能回家。 ③怀:思念。 ④自诒(yí)伊阻:这是女子自谓。自诒,独留(空房)。诒,遗留。伊阻,他被阻隔(远方)。伊,他,指丈夫。伊,《左传》引作繄。 ⑤下上其音:形容鸟鸣得意,其声低昂悠扬。 ⑥展:"亶"之借字,诚,信。 ⑦实劳我心:我心实劳,我心里真是想他。劳,思念。 ⑧悠悠我思:我的思绪绵长不断。"瞻彼日月,悠悠我思"日月喻夫之象,指女子看到日月运行不已,联想到丈夫从役已久,越使她思念盼望。 ⑨曷:何,何时。 ⑩来:指丈夫回来。

【学术延伸】

此纯为思妇诗,前三章已将女子苦思丈夫之情倾诉尽致。第四章忽出"百尔君子"以下四句,文义与思妇怀人毫无关涉,确为窜入文无疑。附原文如下:

雄雉于飞,泄泄其羽。我之怀矣,自诒伊阻。
雄雉于飞,上下其音。展矣君子,实劳我心。
瞻彼日月,悠悠我思。道之云远,曷云能来?
百尔君子,不知德行?不忮不求,何用不臧。

匏有苦叶

匏①有苦叶②，　　葫芦熟透叶枯黄，
济③有深涉④。　　济河渡口大水涨。
深则厉⑤，　　　　水深带着葫芦涉，
浅则揭⑥。　　　　水浅提起衣裳蹚。

有弥⑦济盈⑧，　　济河涨水浩漫漫，
有鷕⑨雉鸣。　　　山鸡咕咕乱叫唤。
济盈不濡轨⑩，　　济河虽深不沾轴，
雉鸣求其牡⑪。　　山鸡啼叫是求偶。

雝雝⑫鸣雁，　　　大雁嘎嘎叫得急，
旭日⑬始旦⑭。　　朝阳艳艳刚升起。
士⑮如归妻⑯，　　你若打算来娶我，
迨冰未泮⑰。　　　河冰未封快来娶。

招招⑱舟子，　　　摇船艄公好身手，
人涉卬⑲否。　　　人家渡河我不走。
人涉卬否，　　　　人家渡河我不走，
卬须⑳我友。　　　我等我的知心友。

这姑娘在秋天的早晨，呆坐在河边等候爱人到来，等得焦灼不安。她周围的事物又强烈地刺激着她。济河水涨，勾起了她如潮的思绪；山鸡鸣叫，勾起了她如火的爱欲。此时，她竟大胆直率地唱道："你快快来娶我吧！"她久久地坐在河边，眼看着人家渡河，自己却失神落魄，如梦如痴。

【注释考证】

①匏（páo）：又作包。《集韵》："匏亦作包。"匏即瓠，俗名瓢葫芦，果实很大。一种可作舀水用具；另一种体长腰细，似蜂腰状，可以带在身上渡河，以免沉溺，是谓腰舟。按：瓠瓜，又转为包荒，是古代相当普遍的渡河工具。名曰包荒，取其度量宽大之意。《易·泰》："包荒用冯河。"疏："能包含荒秽之物，故云包荒也。"《鲁语》下："叔向……曰：'夫苦瓠不材，于人共（供）济而已。'"《说文》匏瓠互训。《庄子·逍遥游》："今子有五石之瓠，何不虑（络）以为大樽而浮于江湖？"《鹖冠子·学问篇》："中流失船，一壶千金。"壶一作匏，或瓠。崔豹《古今注·音乐篇》："有一白首狂夫，披发提壶，乱流而渡。" ②苦叶：即枯叶，在此指葫芦叶子干枯了，葫芦也成熟了。比兴下文之"士如归妻，迨冰未泮。"按："匏有苦叶"的季节，当是仲秋八月。古制八月也是婚嫁季节，同仲春二月。 ③济：水名。 ④涉：渡口。 ⑤厉：带，作动词用。《广雅·释器》："厉，带也。"又《小尔雅·广服》："带之垂者谓之厉。"又《楚辞·九怀·株昭》："铅刀厉御兮，顿弃太阿。"可见"厉"既可作名词"带子"，也可作动词，表"携带"意。又，《说文》厉作砅，音同，履石度水义。又，厉有涉义。《经义述闻》："厉之言陵厉也。陵水而渡，故谓之厉。" ⑥揭：提起衣裳，或训为揭荷之揭。荷，指荷匏于背。第一章这四句，是表明爱情既已成熟，就应立即有明确态度，及时嫁娶。 ⑦有弥（mí）：有，发语词。弥，大水茫茫。 ⑧济盈：济水涨满了。 ⑨鷕（yǎo）：象声词，山鸡的叫声。 ⑩濡轨：濡，淹，湿。轨，车轴头，又作軏。一说，不，又训"则"。 ⑪牡（mǔ）：雄性动物，以雉鸣求其牡比兴男女互相慕求。 ⑫雝雝（yōng）：大雁叫声。 ⑬旭日：朝阳。 ⑭始旦：天刚亮。 ⑮士：古代男子的通称。 ⑯归妻：娶妻，指迎妻以归夫家。古代女子

出嫁又称大归。　⑰迨（dài）冰未泮：趁着河水还没封冻。迨，趁着。泮，与牉通，封、合之意，在此指封冻，或云以之喻合婚。《周礼·媒氏》："掌万民之判。"注曰："判，半也。得偶（耦）而合，主合其半，成夫妇也。"《仪礼·丧服》："传曰'夫妻牉合也。'"《集韵》引《字林》曰："牉合，合其半以成夫妇也。"又《庄子·则阳篇》："雌雄片合。"本诗中，"士如归妻，迨冰未泮。"反映了古代以秋季八月为嫁娶之正时。又见《荀子·大略篇》："霜降逆女，冰泮杀止。"　⑱招招：又作佋佋，或作苕苕，身体伸动的样子。《小雅·大东篇》："佻佻公子，行彼周行。"又见谢朓《始之宣城郡》诗："招招漾轻楫，行行趋岩趾。"在本诗中，招招，形容船上的艄公摇船时弯腰伸动之状。　⑲卬(áng)：我。按：卬，或为姎之借。《说文》："姎，妇人自称我也。"《尔雅》郭注："卬犹姎也。"　⑳须：等待。"须"，古"鬚"字。按：《尔雅》："頾，待也。"经典多借"鬚"为"頾"。"頾"乃此诗正字。　㉑我友：我的密友，实指爱人、未婚夫。

谷　风

习习①谷风②，	山谷烈风飒飒吹起，
以阴以雨③。	阴云密密冷雨凄凄。
黾勉同心④，	自励自重同心相爱，
不宜有怒⑤。	对我发怒实在不该。
采葑采菲⑥，	蔓菁也采萝卜也采，
无以下体⑦？	难道不采地下茎块？
德音莫违，	人的美德可别抛弃，
及尔同死⑧。	我愿和你生死不离。
行道⑨迟迟⑩，	走路迟迟不前，

中心有违⑪。	心中怨恨难言。
不远伊迩⑫，	无情不肯远送，
薄送我畿⑬。	勉强送到门槛。
谁谓荼苦⑭？	谁说苦菜味苦？
其甘如荠⑮。	它像荠菜甘甜。
宴尔新昏⑯，	你们新婚安安乐乐，
如兄如弟。	如兄如弟亲亲热热。
泾以渭浊⑰，	泾水虽把渭水搅浑，
湜湜其沚⑱。	水湾却是清澈见底。
宴尔新昏，	安安乐乐你们新婚，
不我屑以⑲。	对我冷淡不睬不理。
毋逝我梁⑳，	不要到我鱼梁之上，
毋发我笱㉑。	不要乱动我的鱼笼。
我躬不阅㉒，	可叹我身不能见容，
遑恤我后㉓！	何须顾我去后诸情！
就其深矣，	遇到无底深渊，
方之舟之㉔。	便乘木筏木舟。
就其浅矣，	遇到浅浅河水，
泳之游之㉕。	便可游泳涉流。
何有何亡，	什么有，什么缺，
黾勉求之㉖。	尽力操持谋求。
凡民有丧，	邻居有急有难，
匍匐救之㉗。	我都忙去援救。

不我能慉㉘，	不但不能爱我敬我，
反以我为雠㉙，	反而把我看作仇敌。
既阻我德，	既然不重我的品德，
贾用不售㉚。	多少好处你也不理。
昔育恐育鞫，	当初使我恐惧战栗，
及尔颠覆㉛。	被你颠倒任你摆布。
既生既育，	已经为你生儿育女，
比予于毒㉜。	你却把我视为毒物。
我有旨蓄㉝，	我将美味收藏家中，
亦以御冬㉞。	为了与你好好过冬。
宴尔新昏，	你们新婚把我抛弃，
以我御穷㉟。	需要我时替你受穷。
有洸有溃，	又打又骂时时逞凶，
既诒我肄㊱。	劳苦折磨家务繁重。
不念昔者，	不念往昔我们初婚，
伊余来塈㊲。	唯我是爱一片深情。

这是弃妇诗。这个女子的丈夫喜新厌旧，把她遗弃了。她受不了丈夫的虐待，悲愤交集，便对丈夫进行了斥责，并诉说自己的苦衷。从中揭露了古代婚姻制度的不合理。诗意委婉感人，一唱三叹，怨怒与痴情交织，余哀未尽。

【注释考证】

①习习：象声词，形容风声大。陆机《行思赋》："托飘飘之习习，冒沉云之霭霭。"按：飘，指大风。习习是大风之声，同飒飒。宋玉

《风赋》："有风飒然而至。"又可形容雨声,见杜甫《寓同谷歌》:"四山多风溪水急,寒雨飒飒枯树湿。" ②谷风:山谷中的烈风,与飘风义同,并非和风。《淮南子·天文训》:"虎啸而谷风至。"意指猛虎啸叫而来时,山谷中便带起一阵大风。语云:"云从龙,风从虎。"这当然是夸张的描写,但可证明谷风并非和风。 ③以阴以雨:为阴为雨。指随着大风而至的气候变化是天阴雨湿,以之喻女子的丈夫变了心。 ④黾(mǐn)勉同心:努力鞭策自己,督责自己,与丈夫同心。黾,强力为之,勉强去做力所难及的事。《诗缉》:"严氏曰:力所不堪,心所不欲,而勉强为之曰黾。"孙季昭《示儿编》:"黾,蛙属,蛙黾之行,勉强自力,故曰黾勉。如犹之为兽,其行趑趄,故曰犹豫。" ⑤不宜有怒:你不该对我发怒。 ⑥采葑(fēng)采菲:葑,通作蘴,今名蔓菁,或名芜菁。菲,或名芴,又名菜菔,多称萝卜。按:葑、菲两种菜的叶和地下茎都可以吃,本诗以采葑、采菲者比喻丈夫。葑、菲,则是诗中女子自喻。 ⑦无以下体:难道不去采用它的地下实体(地下茎)?以,用。本句含义是:难道就不重视妻子的道德品质?(以葑菲的地下茎比喻人的内在的品质。) ⑧德音莫违,及尔同死:美好的名誉德行不要糟蹋破坏,我愿与你相爱相亲、白头偕老,同生共死。德音,指美德、名誉。及尔,和你。 ⑨行道:走在路上。 ⑩迟迟:徘徊不前,形容这个女子被遗弃后,心中悲苦无主之情状。 ⑪中心有违:心中满是离愁别恨,无限惆怅。违,久积心中的怨恨。《尚书·无逸》:"否则厥心违怨。"注:"违怨者,怨之蓄于中也。"又通悁,怨恨之意。见班固《幽通赋》:"岂余身之足殉兮,悁世业之可怀。" ⑫不远伊迩(ěr):指其丈夫赶走妻子时,不肯远送。伊,义同维,发语词。迩,近。 ⑬薄送我畿:勉强送我到大门口。薄,有"勉"的意思,或解为勉强。畿,在此指门槛(门限)。畿,本有"限""近"之意。韩愈诗:"白石为门畿。" ⑭荼苦:以苦菜之苦比喻内心之苦楚。 ⑮其甘如荠(jì):意指别人新婚生活甜美如荠菜。荼苦、荠甘,是对比。 ⑯宴尔新昏,如兄如弟:(你们)安安乐乐地过新婚生活。相亲相爱,有如兄弟手足。

⑰泾以渭浊：泾水泥沙混浊，把清清的渭水搅浑了。比兴"新娶的妾把丈夫迷住了，把我的爱情生活搅乱了"。泾水、渭水，都是流经陕西的河流。古人谓："泾浊，渭清。"今据调查，实为泾清渭浊。泾水自临潼以西流入渭水。以，与，加给。　⑱湜湜其沚（zhǐ）：（但是）那水湾仍清澈见底。女子自喻高尚清白。湜，水清见底貌。沚，水洲，或水湾。　⑲不我屑以：不屑以我，指丈夫不肯亲近我。屑，重视，顾惜。不屑，认为不值得，不肯。以，犹"与"。《仪礼·乡射礼》："主人以宾揖。"亲附，友好，相从，相交。《易·咸》："两气感应以相与。"《国语·齐语》："桓公知天下诸侯多与己也。"注："与，从也。"　⑳毋逝我梁：不要到我的鱼梁上去。毋，勿，不要。逝，之，往，去。梁，鱼梁。以土石筑坝，留有涵洞流水通鱼。这种水坝，专为捕鱼而设，故称鱼梁。　㉑毋发我笱（gǒu）：不要乱动我的鱼笼。发，乱动。笱，捕鱼用的竹笼子，用它张在鱼梁的涵洞口兜捕游鱼。本诗以"毋逝我梁，勿发我笱"戒谕新妇，不要夺去我的丈夫，破坏我的爱情生活。《诗集传》："又言毋逝我之梁，勿发我之笱，以比欲戒新婚毋居我之处，毋行我之事。"按：古今民歌中，往往以鱼喻爱人，以捕鱼之器物喻婚姻情爱，以钓鱼等事喻求偶。如《琼崖情歌》："钓鱼钓到正午后，鱼未食饵心勿操，日头钓鱼鱼见影，有心钓鱼夜昏头。"　㉒我躬不阅：我自身不能见容于丈夫。躬，身。阅，容，爱。又见《左传》引阅作说，即悦字。　㉓遑恤我后：哪顾得我去后的事情？遑，犹胡、曷、何，又解作闲暇。恤，爱，顾惜，照顾，担忧。　㉔就其深矣，方之舟之：遇到那深水，便用筏子和船渡过。就，即，迎，遇。本句含义是：遇到困难就想办法解决，把家务操持好。或云，方，泭也。泭，舟类。又，《说文》："方，并船也。"此言以舟渡水。　㉕就其浅矣，泳之游之：遇到那浅水，便游泳渡过。含义是：遇到容易的事，也要认真办好。　㉖何有何亡，黾勉求之：什么东西有、什么东西没有，我都勉力为之，把它筹办好。亡，即无字。　㉗凡民有丧，匍匐救之：凡是邻居比舍有了丧葬祸殃，（我）总是急急忙忙（跌跌撞撞）地尽力救助他们。（何况对待

家中的事情呢?)匍匐,手足并行,非常急遽匆忙的样子。《郑笺》:"匍匐言尽力。"或解作跌跌撞撞、匆匆奔走之状。救,《汉书》作"俅之"。 ㉘不我能慉(xù):不能慉我,不悦爱我,不能同我一起过活。慉,和嬹字音近义同,悦爱之意,也有赡养之意。据《释文》,《毛传》慉训嬹。按:兴(繁体为興),古嬹字。《广雅》:"嬹,喜也。"《说文》:"嬹,说(悦)也。"说(悦)亦是喜义。故在本诗中,慉是爱悦之意。古慉、畜二字通。能,又可读为"而""乃"。《说文》引《诗》便作"能不我慉"。段注:"与'能不我知''能不我甲'句法同也。"又王念孙云:"能字古读若耐,声与乃相近,故义亦同。" ㉙反以我为雠:反而将我当作仇人看待。雠,音义同仇。 ㉚既阻我德,贾用不售:既然看不到我的品德,把我的好处遮掩(我这么勤劳,你也视而不见),犹如好东西却没有人买(无法售出)。贾,交易。 ㉛昔育恐育鞫,及尔颠覆:从前(新婚时),我又恐又惧,被你"颠覆"(任你狎昵)。育,可能是"有"字之讹。有,音义同又。闻一多《诗经通义》:"疑所谓颠覆者,指夫妇之事言。《小雅》曰:'将恐将惧,置予于怀'义同。张衡《同声歌》曰:'邂逅乘际会,得充君后房,情好新交接,恐栗若探汤。'即诗恐惧之确解矣。"鞫,又作鞠,或为惧之借。 ㉜既生既育,比予于毒:我已经生儿育女,你却把我当作毒物抛弃。 ㉝旨蓄:即蓄旨,积存了许多美味的菜肴。旨,甘美。蓄,本作畜,积聚。

㉞亦以御冬:是为了准备冬季(缺菜时)用它。以,以之。 ㉟宴尔新昏,以我御穷:你们在新婚时,你(指丈夫)厌弃我;只在穷困时利用我,应付厄运。御,繁体为禦,对付,应付,抵挡。 ㊱有洸(guāng)有溃,既诒(yí)我肄(yì):对我又打又骂,并叫我做许多劳苦的事。洸,武,动武,打人。溃,暴怒,怒骂。既,旋,马上,随即。诒,遗,交给。肄,劳,劳苦之事。按:《尔雅》:"勩,劳也。"古"肄""勩"相通,此处"肄"为"勩"的借字,故训"劳"。 ㊲不念昔者,伊余来塈(jì):你一点也不顾念我初嫁时的一片深情。伊,维,惟。余,予,我。来,是。塈,可能是愾之假借。按:愾,《玉篇》:"亦

作愆。通作墼。"又按：愍，大篆爱字；忎，小篆爱字。《正韵》曰："仁之发也……又亲也、恩也、惠也、怜也、宠也、好乐也、吝惜也、慕也、隐也。"伊余来墼，维（惟）余是爱。"伊余来墼"另解：《经义述闻》云："伊，惟也。来，犹是也。皆语词也。墼，读为忾。忾，怒也。此承上有洸有溃言之，言君子不念昔日之情而惟我是怒也……《释文》，忾，苦爱反，很也。《说文》作镢，火既反。云，怒战也。火既反。正与墼字同音。凡字之从气从既者，往往通用。"

式　微

式①微②，式微！	日暮黄昏，黄昏日暮！
胡不归？	为何不能回家安宿？
微君之故③，	要不是服侍你们贵人，
胡为乎④中露⑤！	我为何常在露中受苦！
式微，式微！	日暮黄昏，黄昏日暮！
胡不归？	为何不能回家安宿？
微君之躬⑥，	要不是服侍你们贵体，
胡为乎泥中⑦！	我为何常在泥中受苦！

一群服徭役的奴隶，经年累月地在雨露泥水中受尽折磨痛苦，昼夜辛劳不辍，日暮黄昏时还不能回家（实际上可能已无家可归），他们对统治阶级非常痛恨。这支短歌，饱含着悲愤不平，他们以自问自叹的口吻苦诉不幸的遭遇，并以辛辣的语言怒斥奴隶主贵族。本诗短小精悍，句式多变，更体现了民谣特色。

【注释考证】

①式：发语词，无实义，或犹"已"。式，从弋声，弋与已古同音，故式可训已。　②微：古与昧通。黄昏。　③微君之故：非君之故。微，非，若非，要不是。君，指统治阶级，即所谓"君子"。故，缘故，指奴隶主强派的官差之故。　④胡为乎：做什么，为什么。胡，何，曷，为何。为，作。　⑤中露：露中。指冒着风霜雨露劳作不息。　⑥躬：身。　⑦泥中：泥里水里。与"中露"义近。泛称古代的奴隶们经年累月地在泥里水里服劳役，受苦受难。一说，中露、泥中，均为卫邑之名。

旄　丘

旄^①丘之葛^②兮，	高丘之上有青葛啊，
何诞之节兮^③！	藤蔓长长何其多啊！
叔^④兮伯兮，	好弟弟啊好哥哥啊，
何多日^⑤也？	为何多日不见我啊？

何其处^⑥也？　　为何多日不出门啊？
必有与^⑦也！　　定有别人共欢乐啊！
何其久^⑧也？　　为何久久不见我啊？
必有以^⑨也！　　定有因由不肯说啊！

狐裘^⑩蒙戎^⑪，　　狐皮袍子蓬蓬乱，
匪车不东^⑫。　　他的大车不向东。
叔兮伯兮，　　好弟弟啊好哥哥啊，
靡所与同^⑬。　　不爱我啊心不同。

琐⑭兮尾⑮兮，	又年轻，又秀丽，
流离⑯之子⑰。	那人赛过琉璃玉。
叔兮伯兮，	好弟弟啊好哥哥啊，
褎⑱如⑲充耳⑳。	年轻貌美似填玉。

　　这是女子思念爱人的歌。首章开头二句，以葛节蔓长比况与爱人分别日久，并兴寄情意之绵绵。紧接着，女歌者便以娇憨泼辣的话语数落爱人为何这么久不来，又猜度他可能另有新欢了。然而，嫉妒终究还是出于钟爱，所以，接着便是怨慕不已地诉说衷情，并极力夸美爱人，表现了少女的纯洁热烈的爱情，以及在热恋中微妙细致的情思变化。全诗意境曲折有致，如见其人，如闻其声。

【注释考证】

　　①旄（máo）丘：又作堥丘，或作髳丘，是前高后低的土丘。②葛：多年野生植物，蔓长而韧。　③何诞之节兮：本句以葛藤绵长托兴别离日久。何，怎么，为何。诞，藤。诞与覃通，覃与藤通，是诞亦通作藤。又因物之弱而长者，其命名多从延受义，故诞即藤之谓，或训长。节，又训高峻貌。峻、节一声之转，山岳、草木之高者，皆称峻、节。高与长义通，因而峻、节并训长。或训葛蔓之节。　④叔：与下文"伯"在本诗中都是女子对其爱人的昵称。　⑤多日：指多日不见。　⑥处：安居，待在家中不出来。⑦与：善，爱。指另有所欢。⑧久：指久久不来。　⑨以：因由，原因。　⑩狐裘：狐皮袍子，指那男子所穿的衣服。　⑪蒙戎：蓬松的样子。《左传》作尨茸。　⑫匪车不东：彼车不东。他不用车子到东边来接我（娶我）。匪，彼之借字。

　　⑬靡所与同：指那男子的心意与自己不同，有外心。另有所爱。
⑭琐：又作璅，小，少。引申为年少。　⑮尾：娓之省借，美好的样子。
⑯流离：即琉璃。美玉名。《汉书·西域传》："罽宾国出珠玑、珊瑚、

虎魄、璧、流离。"《诗》中常以美玉比喻爱人。　⑰之子：是子，这人，那人。称男女均可。　⑱袎（yòu）：又作褎，形容服饰华盛或草木茂盛。在本诗中，借以形容貌美，容光焕发。又，袎或为袖之古体。
⑲如：相当于"然"，助词。亦可与"乎"字相当。　⑳充耳：古代冠冕两侧装饰的填玉，下垂至耳际，故名充耳。按：填玉常垂贴耳鬓之际，本诗或许用来象征心上人常与自己亲近，耳鬓厮磨。充耳所饰为填。

简　兮

简①兮简兮，　　　真英武啊真英武，
方②将③万舞④。　　他正指挥干戚舞。
日之方中⑤，　　　太阳正午在中天，
在前上处⑥。　　　他在前列上首站。

硕人⑦俣俣⑧，　　魁梧英俊好美男，
公庭万舞⑨。　　　表演万舞宗庙前。
有力如虎，　　　　身强力壮如猛虎，
执辔⑩如组⑪。　　手执缰辔如织组。

左手执籥⑫，　　　六孔长笛左手举，
右手秉⑬翟⑭。　　右手拿着山鸡羽。
赫⑮如渥赭⑯，　　容光红润如赭石，
公言锡爵⑰。　　　公侯喜将美酒赐。

这是一首赞颂公庭中表演万舞（即干戚舞）的舞师的诗，把这位舞师威猛如虎的体魄、雄壮的舞姿描绘得形象生动。

【注释考证】

①简：是僩字之借，指威武的姿态。　②方：正，且，将。又训四方，山川各地。按：古代有祭山川之礼俗，而在祭祀山川时，必献以歌舞。由于山川在四方各地，所以简称"方"。　③将（jiàng）：动词，统率，指挥。又《左传》："虢公林父将右军……周公黑肩将左军。"本诗所说的舞师是总舞师，有指挥各种舞蹈、音乐的本领。　④万舞：此指干戚舞。《公羊传》："万者何？干舞也。"是一种手执干戈表演的舞蹈，又名武舞、兵舞、干舞。《周礼·地官司徒·舞人》："舞师教羽舞，帅而舞四方之祭祀。教兵舞，帅而舞山川之祭祀。"是指在祭山川、四方之神时，作舞娱神。干戚舞本称万舞，象征武事；羽籥舞本称羽舞或籥舞，象征文事。《周礼》："凡舞，有帗舞，有羽舞，有皇舞，有旄舞，有干舞，有人舞。"诗中所写的这位舞师既能万舞又能羽舞，可见他是才艺高超、文武双全的。按：万舞又叫象舞。《公羊传》及《礼记·文王世子》注："象舞为武舞，器用干戚。"这种舞蹈始于人与兽斗、人与人斗，和原始社会的渔猎生活、部落种族之战有关系。武舞正是表演战斗的姿态，或凯旋时的愉快兴奋，《国语》说的"旅战旅退"，就是指战争的情况或武舞的统一协调的动作。周代的舞师负责教授舞蹈和指挥舞蹈。指挥万舞时手持干戈，指挥羽籥舞时手执翟羽（山鸡羽）。这些都是从原始舞蹈演化而来。不过，原始社会的兽舞（武舞之一）是用大小不等的石板、石块敲击伴奏；到了周代，却已经创制了多种乐器，而是用金鼓等乐器伴奏了。然而，武舞的内容，仍不外乎兽舞、万舞等。甚至到了汉代，还有这类舞蹈。又按：舞字本作無（无的繁体字），甲骨文之字形均作手执旄、羽的姿态。武字本从戈从止，是手执干戈前进的样子，也就是干舞（万舞）的样子。古代音乐舞蹈的产生，大都是为了表示劳动后的愉快，或对劳动成果的祝愿；有的为了祭祀天地山川，表示初民对神祇的崇敬（实际上是当时对大自然不能理解而产生的迷信崇

拜）；有的为了祭祀祖先（即本诗的"公庭万舞"）；有的为了诱惑异性，达到求偶的目的（如"会男女"时的歌舞）……　⑤日之方中：指太阳正在中天，是正午时分。按照当时礼俗，可能在正午开始武舞。⑥在前上处：指舞师指挥众人舞蹈时，站在最前列的上首位置（也就是最显著的位置）。　⑦硕人：美人，美男子。硕，大，美，形容男女皆可。　⑧俣俣（yǔ）：英武雄壮的样子。　⑨公庭万舞：在宗庙公庭表演干戚舞，这是当时祭祀祖先时的一种仪礼。公庭，宗庙。　⑩执辔：手握马缰。是舞师模拟驾驭马车之状。为武舞的特征之一。　⑪如组：有如织组。织组，以丝织帛之状，借以形容动作有条理、有节奏。用来赞美舞师才艺超人。组，丝线，丝绳。　⑫籥（yuè）：本作龠，古乐器。分吹籥、舞籥二种。吹籥似笛而短小，有三孔。舞籥亦似笛，长三尺，有六孔，边吹边舞。用以伴奏，调协舞蹈动作，统一节奏，兼有指挥作用，由舞师拿在手中指挥舞蹈。又，《诗经稗疏》曰："籥者，郑玄、郭璞皆云是三孔籈，吹之易成声，故且歌且舞……"　⑬秉：执，拿，握。　⑭翟（dí）：又名雉，俗称山鸡。秉翟，实系手拿翟羽。翟，翟羽之省称，古代之文舞（即羽籥舞），手执山鸡羽（尾羽），又执管籥（原始时代则执旄，即牛尾之类）。这都是远古时代的先民渔猎生活的象征和再现，且又充分表现了初民劳动后的欢乐。同时，原始的羽籥舞，本为模拟雄鸟求偶的。到了周代，这种文舞却往往当作一种仪礼被用于祭祀了。而周代舞师拿的山鸡羽，也远较过去华丽多了，用的是长长的美丽的雉鸡尾羽，并镶以雕饰之柄，用来象征雉之形。而舞师所吹的管籥，则以拟雉之声。　⑮赫：红色。　⑯渥赭（wò zhě）：润泽的赭石色（用来形容舞师的红润面容）。　⑰公言锡爵：公侯说："用角爵斟美酒赐给他。"锡，赐。爵，古代的酒杯。有三足一柄，有的用角质（犀牛角之属）制成，有的用青铜铸成。锡爵，是一种重赏。大概是公侯看了这样出色的舞蹈，心中一高兴，便赐舞师以美酒，召他相与宴饮，以示慰劳、赞许之意，而舞师也因身受优遇而身价十倍。

【学术延伸】

此篇集中表现"公庭万舞"之美盛,脉络分明。然本诗末章则与前三章句式、文义很不吻合,疑为另篇文字误窜于此,使人难明本旨。依常例,《诗经》凡云"山有×,隰有×"者,多为怀人篇章之常喻。因此,末章为衍文,当删。附原文如下:

简兮简兮,方将万舞。日之方中,在前上处。

硕人俣俣,公庭万舞。有力如虎,执辔如组。

左手执龠,右手秉翟。赫如渥赭,公言锡爵。

山有榛,隰有苓。云谁之思?西方美人。彼美人兮,西方之人兮。

泉　水

毖①彼泉水,	清清泉水泛着绿波,
亦流于淇②。	滚滚滔滔流入淇河。
有怀③于卫④,	我思故土卫国一方,
靡⑤日不思⑥。	没有一天不在怀想。
娈⑦彼诸姬⑧,	我有美淑的众位姊妹,
聊⑨与之谋⑩。	姑且和她们共同商量。
出⑪宿于泲⑫,	出行在那泲地住宿,
饮饯于祢⑬。	饮酒饯别就在祢地。
女子有行⑭,	女子出嫁去向远方,
远⑮父母兄弟⑯。	和我父母迢迢违离。
问⑰我诸姑⑱,	归宁须先禀告婆母,
遂⑲及伯姊⑳。	还要再和姊妹商议。

出宿于干㉑，	出行在那干地住宿，
饮饯于言㉒。	就在言地饯别饮酒。
载脂载辖㉓，	且用油脂涂润车轴，
还㉔车言迈㉕。	坐着大车要往回走。
遄㉖臻㉗于卫，	很快就能回到卫国，
不瑕有害㉘？	路途不远有何不可？
我思肥泉㉙，	我正思念卫国肥泉，
兹之永叹㉚。	不禁为此长声悲叹。
思须与漕㉛，	又想那须城、漕邑，
我心悠悠㉜。	我的离愁绵绵不已。
驾㉝言㉞出游㉟，	姑且驾车信步出游，
以写㊱我忧㊲。	借以宣泄我的忧愁。

卫国女子嫁给诸侯，婚姻不如人意，想要回到卫国的娘家，却达不到目的，所以，便唱出了这首歌。从她自陈中，可以看出她是上层社会的人物。她怀念故国，离愁万端，不能自已，"毖彼泉水，亦流于淇"句，比兴女子怀念卫国，无日不思。她大概与众姊妹（大姑、小姑）情感相当好，因此一再谈到跟众姊妹共商归卫之事。二、三章近于商量口吻，可能是"聊与之谋"的内容。一、四章是自诉自叹，宣寄忧怀。至于所称"出宿""饮饯"等事，都是这女子的想象。

【注释考证】

①毖：泉水涌流貌。按：《广雅·释丘》："丘上有水曰泌。""泌"为本字，"毖"乃假借字。　②淇：淇水。　③怀：怀念。　④卫：卫

国。这首诗是卫国女子思归之作，可能就是许穆夫人作的。　⑤靡：没有。　⑥思：思念，与上文"怀"字义同。　⑦娈（luán）：美好的样子。　⑧诸姬：众姊妹。姬，本指未嫁之女，在此指这女歌者的大姑、小姑等姊妹。　⑨聊：姑且，聊且，只好。　⑩与之谋：和她们（众姊妹）商量回娘家的事。　⑪出：出行，指回卫国之行。　⑫宿于泲（jǐ）：经过泲地时在那里住宿。泲，地名。一说，泲，水名，又曰槐水。　⑬饮饯于祢（nǐ）：饮酒饯行。祢，地名。宿于泲，饯于祢，都是这位女子想象的归宁途中的情景。　⑭女子有行：指女子出嫁，这是回忆往事。行，指出嫁。《诗经通义》："诸篇之有行，皆谓适人耳。《渚宫旧事》三引《襄阳耆旧传》载《高唐赋》曰'赤帝女曰瑶姬，未行而亡'。《列女传》四《鲁寡陶婴妻传》曰'虽有贤雄兮，终不重行'。《论衡·骨相篇》曰'故未行而二夫死，赵王薨'。"陈琳《饮马长城窟行》曰'结发行事君'。……《仪礼·丧服》'子嫁反在父室'，郑注曰'凡女行于大夫以上曰嫁，行于士庶人曰适人。'是郑亦知行有嫁义。"　⑮远：动词，远离。　⑯父母兄弟：指女子娘家的父母兄弟。"女子有行，远父母兄弟"句是这女子回忆出嫁时的情景。　⑰问：此处有请示之意，指请求婆母答应她回娘家探亲。　⑱诸姑：称婆母，或指包括与婆母同辈的女家长，如婆家的伯母、婶母等。另按：古又泛称妇女为姑，所以，"姑"也可能是指下文的"伯姊"。运用叠句以加重语意。《诗集传》："诸姑伯姊，即所谓诸姬也。"《尸子》曰："纣弃老之言，用姑息之语。"注："姑，妇女也。息，小儿也。"　⑲遂：因。《正韵》："因也，两事相因而及也。"　⑳伯姊：义同"诸姬"。　㉑干：地名。　㉒言：地名。干、言都是这女子归途中必经之地。　㉓载脂载辖（xiá）：指用油涂车轴键。这是驾车出行的准备。载，发语词。脂，脂油。辖，车轴键。　㉔还：音义同"旋"。回，归。　㉕迈：往，远行，指归卫之行。　㉖遄（chuán）：疾，迅速。　㉗臻（zhēn）：至。　㉘不瑕有害：路又不远，有何不可？瑕，与遐字通，远的意思。不瑕，指回卫国路并不远。这女子想达到归宁的目的，便故意说路不远。实际上，路并不近，前文已说"远父母兄弟"。害，何。有害，有何。 ㉙肥泉：肥，或作淝，卫国河流名，是从卫国来时必经之水。 ㉚兹之永叹：更加长长地叹息，形容愁思深切。兹，此。兹，即滋之省借。《说文》："滋，益也。" ㉛须、漕：都是卫国的城邑。 ㉜悠悠：形容愁意绵绵。 ㉝驾：驾车。 ㉞言：助词。 ㉟出游：指这女子要出游，也许指归宁而言。 ㊱写：泻之古体。宣泄，抒泄。 ㊲忧：由于思乡引起的忧愁。

北　门

出自北门①，　　　惆惆走出城北门，
忧心②殷殷③。　　我心忧重愁又深。
终窭且贫④，　　　生活艰窘又贫困，
莫知我艰⑤。　　　人人不知我苦辛。
已⑥焉哉⑦！　　　走投无路真完啦！
天实为之⑧，　　　老天这样捉弄我，
谓之何哉⑨！　　　还有什么话来说！

王事⑩适我⑪，　　　　王朝公差督罚我，
政事⑫一⑬埤⑭益⑮我。　种种苦役加给我。
我入自外⑯，　　　　　我从外面刚回家，
室人⑰交遍谪我⑱。　　妻子儿女责怨我。
已焉哉！　　　　　　　走投无路真完啦！
天实为之，　　　　　　老天这样捉弄我，
谓之何哉！　　　　　　还有什么话来说！

王事敦⑲我，	王朝公差煎迫我，
政事一埤遗⑳我。	种种苦役加给我。
我入自外，	我从外面刚回家，
室人交遍摧㉑我。	妻子儿女折磨我。
已焉哉！	走投无路真完啦！
天实为之，	老天这样捉弄我，
谓之何哉！	还有什么话来说！

这是周代一个小差役的痛苦自述。他终日替奴隶主阶级当差劳碌，受穷困折磨，已是走投无路，失掉了人生的信心。而回到家中，又受到妻子儿女的责备、埋怨，他们常吵着没吃没穿。公私交迫，愤懑抑郁，他竟然大胆地向"老天"（统治阶级神化的政治代表）提出了抗议，把人民受苦受难的罪责归到"老天"身上。其实，他何尝没认识到奴隶制度是劳动人民痛苦的根源。各章开头二句，不都是对奴隶制度的控诉而敢于怒斥"天"，足见其仇恨到极点了，以至于天不怕、地不怕、神不怕、鬼不怕了。

【注释考证】

①出自北门：自北门出。 ②忧心：心忧。 ③殷殷：忧愁深重。 ④终窭（jù）且贫：既窭且贫。终，既。王引之《经义述闻》云："既终语之转，既已之既转为终，犹既尽之既转为终耳。"窭，艰窘。 ⑤莫知我艰：没有人知道我的艰难。 ⑥已：完了，终结。 ⑦焉哉：两个语气词重叠使用，是为了加重语势。或可将"已焉哉"解为叠句"真完啦！真完啦！"《韩诗》两引此诗，俱作"亦已焉哉"，足成四言句。当从《韩诗》，读来节奏分明，上下贯联。 ⑧天实为之：实在都是"老天"造成的灾难。古人认为"天"是至高的神。 ⑨谓之何哉：说它又有何用？或，还说它干什么？一说，谓之何哉，犹"如之何哉""奈之何哉"（见

《毛诗传笺通释》）。 ⑩王事：王朝的事（差役），官府的事。《郑笺》："国有王命役使之事。"也就是官差。 ⑪适：借，督促办理，强制去办事，罚罪。又，马瑞辰云："适同擿，即掷字。"适我，犹"都扔给我"。 ⑫政事：义同王事。 ⑬一：皆，都，一起。 ⑭埤（pí）：益，厚，加重。 ⑮益：加给，增加。 ⑯入自外：自外入。 ⑰室人：家中的人，全家的人。 ⑱交遍谪我：都责备我、埋怨我（使他们少吃无穿，跟我受穷）。谪，谴责，咎罪。 ⑲敦：煎迫，催促。《释文》引《韩诗》云："敦，迫。"胡承珙曰："敦与督一声之转，《广雅》：'督，促也。'" ⑳遗（wèi）：加给，给与。 ㉑摧：摧残，折磨，摧沮。《韩诗》作謻。

北　风

北风其凉，　　北风吹得透骨凉，
雨雪①其雱②。　大雪落纷纷扬扬。
惠而好我③，　　惠我爱我知心友，
携手同行④。　　我们携手同路走。
其虚其邪⑤？　　还徘徊？还游移？
既亟⑥只且⑦！　处境已危急！

北风其喈⑧，　　冷冷透骨北风吹，
雨雪其霏⑨。　　纷纷扬扬大雪飞。
惠而好我，　　　惠我爱我知心友，
携手同归⑩。　　我们携手同路回。
其虚其邪？　　　还游移？还徘徊？
既亟只且！　　　处境已困危！

莫赤匪狐，	难辨狐狸一般红，
莫黑匪乌⑪。	难分乌鸦一般黑。
惠而好我，	惠我爱我知心友，
携手同车⑫。	我们携手同车归。
其虚其邪？	还游移？还徘徊？
既亟只且！	处境已岌危！

  一群被剥削压迫的奴隶，受不了重重压榨，想和共同命运而互相关怀爱护的朋友们相率离去，另谋生路。(《诗序》说："北风，刺虐也。卫国并为威虐，百姓不亲，莫不携持而去焉。"古代多有奴隶相率逃亡之事。)

  一、二章首句均以风雪起兴，构成一种肃杀冷漠的氛围，以比况卫国气象愁惨，危乱将至，民不聊生。三章又把剥削统治者比作狐狸、乌鸦，骂得痛快淋漓。有力地反映了古代劳动人民对统治阶级的切齿憎恨。他们相率而去，正是一种反抗行为和斗争方式。这种斗争，是对统治阶级的极大冲击。

【注释考证】

  ①雨雪：下雪的意思。雨，在此是动词。《汉书·李广苏建列传》："天雨雪，武卧啮雪，和毡毛并咽之。"雨，是"落""降"之意。②雱：与滂字通，形容雨雪下得很大。《诗集传》："雱，雪盛貌。"雱，又作霶、雱、滂。 ③惠而好我：待我十分友好的朋友。惠、好，均指友爱。 ④携手同行：互相携持而去（一同离去）。 ⑤虚邪：若"舒徐""逶迤"。在此，指犹豫不定、踟蹰不前之状。虚是舒的借字，邪是徐的借字。 ⑥亟：危急，紧急。 ⑦只且（jū）：叹词，相当于"啦""了"。 ⑧喈（jiē）：湝之借字，寒冷。《说文》："一曰湝湝，寒也。《诗》曰：'风雨湝湝。'" ⑨霏（fēi）：雪花飞舞，纷纷扬扬的样子，

形容雪下得大。　⑩同归：犹"同行"。　⑪莫赤匪狐，莫黑匪乌：没有不红的狐狸，没有不黑的乌鸦。比喻奴隶主贵族都是坏的，天下乌鸦一般黑。《郑笺》："赤则狐也，黑则乌也。犹今君臣相承为恶如一。"《毛诗正义》："狐色皆赤，乌色皆黑，比喻卫之君臣皆恶也。人于赤狐之群，莫能别其赤而非狐者，言皆是狐。于黑乌之群，莫能别其黑而非乌者，言皆是乌。以喻于卫君臣莫能别其非恶者，言皆为恶。"匪，彼的借字，又与"非"为一字。　⑫同车：同车离去。与"同行""同归"义同。

静　女

静女①其姝②，	姑娘温柔又娟美，
俟我于城隅③。	等我城角楼幽会。
爱④而不见⑤，	故意逗人藏起来，
搔首踟蹰⑥。	惹我挠头又徘徊。
静女其娈⑦，	姑娘温柔又美艳，
贻我彤管⑧。	赠我一支赤红管。
彤管有炜⑨，	红管红管放光彩，
说怿⑩女⑪美。	美似丹心我钟爱。
自牧归荑⑫，	赠我牧场白茅芽，
洵⑬美且异⑭。	美妙异常放光华。
匪⑮女之为美，	不是你们妙绝伦，
美人之贻⑯。	美人寄赠一片心。

一对年轻的恋人，在日暮黄昏时分于城隅幽会。美丽娇艳、聪明活泼的姑娘故意藏起来捉弄那小伙子，惹得他转来转去、抓耳挠腮。姑娘所送的平常礼物，他却视同异珍。由于他对这位姑娘赤心爱慕，所以由人及物，把一束白茅也看得美妙无比。本诗这种表现手法，有力地映衬了这对青年男女率真热烈的爱情，人物刻画栩栩欲活。

【注释考证】

①静女：犹淑女，淑善娴雅的美女。 ②姝（shū）：形容女子容颜漂亮。 ③城隅：城角楼。由于城角楼很幽静，所以成为本诗中恋人幽会之所。"俟我于城隅"是男子口吻，说明是那女子先到，等待爱人来相会。 ④爱："僾"为本字，"爱"为"僾"之省，隐藏的意思。《说文》："僾，仿佛也。从人，爱声。《诗》曰：'僾而不见。'" ⑤不见：见即现字。不现，是"爱"的补足语。 ⑥搔（sāo）首踟蹰（chí chú）：形容那个青年找不到爱人时，焦急不安的样子。搔，以手抓挠。踟蹰，走来走去，往返不前之状。 ⑦娈（luán）：义同姝。 ⑧彤（tóng）管：一种红管（未详何物），象征一片赤心和火样的热情。彤管，一说为红管笔，又可解为又红又嫩的白茅芽儿，或解为《礼记·内则》"右佩箴管"之管，或解为一种乐器。《说文》："管，如篪，六孔。"或解为红兰。 ⑨炜（wěi）：红光鲜明。 ⑩说怿（yuè yì）：喜爱。说，同悦。怿，义犹悦。 ⑪女（rǔ）：古汝字，你（指彤管）。又，训"此"。 ⑫自牧归荑（tí）：把从牧场采来的白茅芽赠给我。归，与馈通，赠送。荑，又名白茅，多年生草。古代往往以白茅来象征婚媾。这位姑娘以白茅赠青年，是一种求爱的表示。 ⑬洵（xún）：诚然，真正的。 ⑭美且异：美丽而又奇特。 ⑮匪：非，不是。 ⑯贻（yí）：赠送，或指赠品。"匪女之为美，美人之贻"句，义见《诗集传》："然非此荑之为美，特以美人之所赠，故其物亦美耳。"《毛诗正义》："美贻己之人也。"意为：物以人重，人以情贵。

新 台

新台^①有泚^②， 新台富丽百彩楼，
河水弥弥^③。 河水涨满滚滚流。
燕^④婉^⑤之求^⑥， 文雅和顺我所求，
籧篨^⑦不鲜^⑧。 嫁个矮胖真是丑。

新台有洒^⑨， 新台高高百丈楼，
河水浼浼^⑩。 河水涨满稳稳流。
燕婉之求， 文雅和顺我所求，
籧篨不殄^⑪。 嫁个矮胖真是丑。

鱼网之设^⑫， 想捕鱼，张大网，
鸿^⑬则离^⑭之。 癞蛤蟆，附网上。
燕婉之求， 文雅和顺我所求，
得此戚施^⑮。 嫁个驼背真是丑。

这首诗是讽刺卫宣公的。宣公为儿子伋娶齐国之女为妻。后来，宣公听说那女子漂亮，便起意霸占她。于是，筑新台于河滨，准备迎娶她。当时，国人憎恶这丑行，便假托齐女口吻唱这首歌讽刺宣公，把他比作"想吃天鹅肉"的"癞蛤蟆"。

【注释考证】

①新台：新楼台，卫宣公为霸占儿媳所建。 ②泚（cǐ）：玼之假借。本指玉色鲜明，此指新楼台雕饰鲜明华丽。 ③弥弥（mí）：形容

大水漫漫。《韩诗》作浘。 ④燕：安。安娴文雅。 ⑤婉：和顺有礼。燕婉，《说文》引作嬽婉。 ⑥求：指这女子所求的爱人（应是"燕婉"的）。 ⑦籧篨（qú chú）：本为竹席名，特指狭长而用来围成粮囤的竹席或苇席，北方亦名折子。在本诗中，引申为粮囤，用以讽刺卫宣公臃肿矮胖、鸠胸龟背之丑相。《毛传》："籧篨，不能俯者。"《诗集传》："籧篨，不能俯，疾之丑者也。盖籧篨本竹席之名，人或编以为囤，其状如人之拥肿而不能俯者。故又因以名此疾也。"又按：籧篨，即籧蔬（篨、蔬古通）。《尔雅》注："籧篨，似土菌生菰草中，即今蘑菇也。草木腐根所生，处处有之。"依此说，亦可比喻人之矮胖丑陋，将卫宣公比成个蘑菇，讽刺意味也很强。 ⑧鲜：善，好。不鲜，指卫宣公相貌不好。 ⑨洒：高峻的样子。 ⑩浼浼（měi）：平，指河水与两岸平，是形容河水涨满的样子。 ⑪殄（tiǎn）：应作腆，善，好。不殄，义同不鲜。 ⑫鱼网之设：男女求偶之隐语。因为，古今诗歌中多以鱼为匹偶之隐语，所以，捕鱼、钓鱼之事亦即求偶之隐语。如《江南》："江南可采莲，莲叶何田田，鱼戏莲叶间。鱼戏莲叶东，鱼戏莲叶西，鱼戏莲叶南，鱼戏莲叶北。"《僮人情重歌》："天上无风燕子飞，江河无水现沙磊。鱼在深塘空得见，哄哥空把网来围。"《寻甸情歌》："大河涨水滩对滩，沿河两岸紫竹山。别人说他没有用，我说拿做钓鱼竿。"以上均为隐语。 ⑬鸿：蛤蟆。见《诗经通义》："鸿当为䲴之假。䲴即苦䲴。《广雅·释鱼》曰：'苦䲴，虾蟆也。'"虾蟆，即蛤蟆。此处以之喻宣公之丑陋可憎。或云，鸿为公之谐声双关语。 ⑭离：义同丽。丽，附着，在此指蛤蟆附于网上。 ⑮戚施：指鸠胸龟背而颈不能仰的体态。《毛传》："戚施，不能仰者。"《国语》："籧篨不可使俯，戚施不可使仰。"此处仍以戚施喻卫宣公之丑相，设网捕鱼而得戚施，比兴得非所求。按戚施含义引申，也是指卫宣公像蛤蟆一样，短肩缩颈，丑陋不堪。

二子乘舟

二①子乘舟②，	您二人，乘小舟，
泛泛③其景④。	波光荡漾远行游。
愿言⑤思子，	思念您啊思念您，
中心⑥养养⑦！	心中不安无限愁！
二子乘舟，	您二人，乘小舟，
泛泛其逝⑧。	波光荡漾远行游。
愿言思子，	思念您啊思念您，
不瑕⑨有害⑩？	不去哪能把命丢？

这也是刺卫宣公的诗。卫宣公派亲信杀害了他的儿子，当时人们同情被害者，憎恨卫宣公谋杀亲子的兽行，就发出这不平之鸣，从而也暴露了奴隶主阶级内部的钩心斗角，以至残杀亲子。

【注释考证】

①二子：指卫宣公的两个异母子，伋和寿。 ②乘舟：指伋和寿乘船去齐国。 ③泛泛：波光荡漾。 ④景：憬之借。远行貌。一说，读如影，指水上舟影。景与迥声近，或读为迥。迥，长远意。本诗二章内容一致。上章言"泛泛其景"，下章言"泛泛其逝"，景与逝并举，其含义当相若。读景为迥，迥犹渐远之意，则与下章之"逝"相连属，以申漂流远逝情状。故读景为迥，亦通。又，景读如憬，二字古通。《鲁颂·泮水》："憬彼淮夷。"《毛传》曰："憬，远行貌。"备考。 ⑤愿言：犹"愿焉"。愿，思念。 ⑥中心：心中。 ⑦养养：养，恙之假

借，此指忧愁不安。 ⑧逝：往，去。 ⑨瑕：义同遐。不瑕，不遐，不远行，或指不行、不至。又，马瑞辰说："瑕、遐古通用。遐之言胡也。胡、无一声之转，故胡宁又转为无宁……遐不犹云胡不，信之之词也。易其词则曰不瑕……不瑕犹云不无，疑之之词也。"录以存疑。⑩害：音义同"曷""何"。有害，有何，指有何危险，是疑虑之词。

【学术延伸】

《毛传》："二子乘舟，思伋寿也。卫宣公之二子争相为死，国人伤而思之，作是诗也。"《诗集传》："旧说以为宣公纳伋之妻，是为宣姜，生寿及朔，朔与宣姜诉伋于公，公令伋之齐，使贼先待于隘而杀之。寿知之，以告伋。伋曰：'君命也。不可以逃。'寿窃其节而先往。贼杀之。伋至，曰：'君命杀我，寿有何罪？'贼又杀之。国人伤之，而作是诗也。"备考。

鄘 风

柏 舟

泛彼柏舟①，	荡来荡去柏木船，
在彼中河②。	在那河中去又还。
髧彼两髦③，	那个披发美少年，
实维我仪④。	正是我的好侣伴。
之⑤死矢⑥靡它⑦。	我俩誓死心不变。
母也天只⑧！	我的妈呀我的天！
不谅人只！	不体谅人怎么办！

泛彼柏舟，	荡来荡去柏木船，
在彼河侧⑨。	缓缓靠到河岸边。
髧彼两髦，	那个披发美少年，
实维我特⑩。	正是我的好侣伴。
之死矢靡慝⑪。	我俩誓死心不变。
母也天只！	我的妈呀我的天！
不谅人只！	不体谅人怎么办！

　　两个青年男女忠实地相爱着，但是他们的爱情却受到父母的阻挠，使这女子百计难施，万般无奈。然而，她却坚决表示与那青年矢志相爱，至死不渝，表现了他们争取婚姻自由的斗争意志和反抗奴隶社会不

合理制度的顽强精神。

【注释考证】

　　①柏舟：柏木船。　②中河：河中。"泛彼柏舟，在彼中河"，比兴这女子与爱人希望朝夕相处，犹如河与舟那样密不可分。　③髧（dàn）彼两髦（máo）：指两边的头发披散下垂。古代，不满二十岁的男子是披着头发的。髧，头发下垂之状。髦，头发向两边分开而下垂至眉际。　④仪："偶"之假借（采马瑞辰说）。夫妇，匹偶，好情侣。　⑤之：到。　⑥矢：誓，矢志相爱，矢志不渝。　⑦靡它：绝无他心，绝无二心。靡，无，绝对没有。《毛传》："靡，无之至也。至己之死信无它心。"它，又作他。　⑧母也天只：古人在困苦无告时，往往呼告父母、求助苍天，以安慰自己。也，相当于"啊""呀"之类的语气词。母、天，母亲、苍天。　⑨河侧：河边、河岸下。　⑩特：义同"仪"，匹俦。《毛诗传笺通释》："特训独，又训匹者；犹介为特。又为副；乘为一，又为二、为四；匹为一，又为双、为偶；皆以相反为义也。"　⑪慝（tè）：忒之借。忒，差错，变故，邪。

墙有茨

　　墙有茨①，　　墙上长蒺藜，
　　不可扫②也。　扫也扫不完。
　　中冓③之言，　宫中男女私通事，
　　不可道④也。　叫人没法谈。
　　所可道也，　　要是谁能谈出来，
　　言之丑⑤也。　说起这事真丢脸。

　　墙有茨，　　　墙上长蒺藜，
　　不可襄⑥也。　拔也拔不完。

国风·鄘风

中冓之言，	宫中男女私通事，
不可详也。	叫人没法谈。
所可详⑦也，	要是谁能细细谈，
言之长⑧也。	说来话长说不完。
墙有茨，	墙上长蒺藜，
不可束⑨也。	捆也捆不完。
中冓之言，	宫中男女私通事，
不可读⑩也。	叫人没法传。
所可读也，	要是谁能传出去，
言之辱⑪也。	传说起来真丢脸。

卫宣公死后，惠公年幼，他的庶兄公子顽与惠公母私通，生了五个孩子。当时人们厌恶这种禽兽之行，便以这首歌讽刺他们，暴露了统治阶级的丑恶灵魂与糜烂生活。

【注释考证】

①茨（cí）：荠之假借。《说文》："荠，蒺藜也。从草齐声。"蒺藜合呼为荠。 ②墙有茨，不可扫也：与下文之"墙有茨，不可襄也""墙有茨，不可束也"等句，都是比兴手法，讽刺王宫内有男女私通的丑事，犹如墙上长蒺藜，人们憎恶丑行犹如憎恶蒺藜。 ③中冓（gòu）：内冓，指宫内男女乱伦通奸之事。冓，又作遘，或作媾，指男女结合。又见《郑笺》云："内冓之言，谓宫中所冓，成顽与夫人淫昏之语。"一说，冓当为垢及诟之假借，内冓亦当读为内诟，谓内室诟耻之言。（见《毛诗传笺通释》） ④道：说，谈论。 ⑤丑：丑恶。 ⑥襄：除去。 ⑦详：扬之同音假借。《韩诗》作扬。扬犹道。《广雅》："扬，说也。" ⑧长：指话长。 ⑨束：捆。 ⑩读：说，传言。《广

雅》:"读,说也。"又《诗义会通》:"读,抽也。谓抽绎而出之。"
⑪辱:犹丑,可耻之事。

君子偕老

君子①偕老②,	那是君子偕老的爱妻,
副③笄④六珈⑤。	首饰金簪嵌着六颗美玉。
委委佗佗,	举止大方,雍容自得,
如山如河⑥,	庄重如山,深沉似河,
象服⑦是宜⑧。	珠光闪闪的礼服正适合。
子⑨之不淑⑩,	可是你品行不端,
云⑪如之何⑫?	又能对你奈何?

玼⑬兮玼兮,	艳丽啊,艳丽啊,
其之⑭翟⑮也。	她的礼服绣着山鸡啊。
鬒⑯发如云⑰,	黑发光泽松柔,宛如云霞,
不屑⑱髢⑲也;	不屑装饰什么假发啊;
玉之瑱⑳也,	宝玉耳坠摇摇摆摆啊,
象之揥㉑也,	象牙发针洁白可爱啊,
扬㉒且㉓之㉔皙㉕也。	额角白嫩又有光彩啊。
胡然㉖而㉗天㉘也?	怎么像天仙降临啊?
胡然而帝㉙也?	怎么像降临女神啊?

瑳㉚兮瑳兮,	艳丽啊,艳丽啊,
其之展㉛也,	那水红纱的外衣啊,
蒙㉜彼㉝绉絺㉞,	那罩在下面的细绉中衣啊,

是继袢㉟也。	那中衣里的紧身内衣啊。
子之清扬㊱,	你双眸明亮双眉秀长,
扬且之颜㊲也。	额角又丰满端丽啊。
展㊳如之人㊴兮,	这样的女子诚然少见啊,
邦㊵之媛㊶也!	她是倾国的美女啊!

  这是古人讽刺一位贵妇人的诗。全诗主要夸美她的服饰之华丽、容颜之妖冶,只在首章末二句"子之不淑,云如之何"点破了真谛。这首诗的本旨是以美为刺,欲刺之故美之。诗人把这位贵妇人写得如此貌美超群,正是为了反衬她内心世界的丑陋。极力表现内外的不相称、不协调,恰能产生更强的讽刺效果。

【注释考证】

  ①君子:在此指丈夫。 ②偕老:指夫妻白头偕老。 ③副:指祭服的首饰,或指一般的首饰。按:副,覆的意思。它用头发编成,覆于女子头上,披散四垂,并缀以珠玉,后世称为步摇。由于这种头饰,上有垂珠,每一移步,便摇曳生姿,珮玉锵锵,故称步摇。 ④笄(jī):簪,又名衡笄,是用来绾发或系冠的东西。古制,女子十五岁始用笄,女子只用安发之笄;男子除用安发之笄外,尚用系冠之笄(称作冠笄、皮弁、爵弁等)。根据古代等级制度,诸侯、后、夫人用玉瑱;大夫、士与其妻用象牙笄。笄上刻有飞鸟等花纹,贵妇常将笄横插在两边,并垂下两条丝绳,古称纮,丝绳上饰以珍珠、瑱玉之属。足见笄既是用具,又是饰物。 ⑤六珈(jiā):六种(或六件)瑱玉。珈,指饰玉而言。所以叫珈,因为是加六玉为饰,这是侯伯夫人的装饰。 ⑥委委佗佗,如山如河:有两种解释:一是指女子举止雍容自得,看上去像是庄重如山,深沉似河。(然而,却是一个荡妇。)一是指女子体态优美,行步袅娜多姿,委曲自得,有如山河之蜿蜒。前说重在举止和丰仪(或表现的

风度）；后说重在体态、步履之美。《诗集传》：“委委佗佗，雍容自得之貌。如山，安重也。如河，弘广也。”《释训》：“委委佗佗，美也。”孙炎曰：“委委，行之美；佗佗，长之美。”郭璞云：“皆佳丽美艳之貌。”《毛诗正义》：“委委佗佗，皆行步之美。以内有其德，外形于貌，故传互言之。委委者行可委曲，佗佗者德平易也。由德平易故行可委曲，德平易即如山如河是也。郑以论宣姜之身，则或与孙、郭同为宣姜自佳丽美艳，行步有仪，长大而美，其举动之貌如山如河耳，无取于容润也。”《诗选与校笺》：“委蛇，行步委曲雍容自得貌，如山脉如河流，蜿蜒而曲折也。”供参考。　⑦象服：指镶嵌着珠宝、绣绘着彩色花纹的礼服。陈奂云：“象服未闻。疑此即袆衣也。象，古褖字。《说文》：'褖，饰也。'象服犹褖饰服之以画绘为饰也者。”古制，人君的象服画着（或绣着）日月星辰之象、山龙华虫之形；夫人（或小君）的象服画着（或绣着）翟羽之象，又名袆衣、画衣、画袍，是王后六服之一。六服指袆衣、褕翟、阙翟、鞠衣、展衣、缘衣。　⑧宜：合乎礼仪。或指衣服合身。　⑨子：古代对人之尊称，在此称宣姜，有讽刺意味。　⑩不淑：行为不好，行为不端。淑，善，好，端庄。　⑪云：发语词。　⑫如之何：奈之何，如何，又能对你怎么样呢？　⑬玼（cǐ）：花纹绚烂繁盛的样子。　⑭其之：她的。其，她，指宣姜。　⑮翟（dí）：山鸡，在此引申为翟衣（褕翟、阙翟），即指绣绘山鸡彩羽的象服。参阅前注。　⑯鬒（zhěn）：乌黑浓密而柔长的美发。　⑰如云：形容头发乌黑油亮而柔长鬈松、美如云霞。后世诗歌所言云鬓，盖源于此。　⑱不屑：不肯，认为不值得。　⑲髢（dí）：又叫髲髢。髲，犹髢字，本作鬄。髲髢，《辞海》：“按发少者以假发益之也。”是头发稀少的妇女所用的假发绺子，而本诗所写的女子美发如云，也就不屑用假发了。　⑳玉之瑱（tiàn）：美玉和珍珠镶嵌的耳坠。瑱，是分垂于两耳边的装饰品，以玉为之。一说"悬当耳旁，不欲使人妄听，自镇重也"。后代之耳坠（耳环）即瑱之演化。　㉑象之揥（tì）：象牙或兽骨刻制的一种别发针兼装饰品，古代男女皆佩之。揥，擿之借字。　㉒扬：额角，眉宇之间，或指前额方正饱满。《毛传》："眉上广也。" ㉓且：又，而又，或作助词用，无实义。 ㉔之：助词，无实义。 ㉕皙（xī）：从白，析声。白嫩光泽的样子。 ㉖胡然：何如，何乃，为何，怎么。 ㉗而：与"如"字通，像，似。 ㉘天：天神，天仙，神女。 ㉙帝：义犹天。 ㉚瑳（cuō）：义同玼，古瑳、玼二字可通借。古本瑳作玼，鲜艳美丽。 ㉛展：古代会见上官或宾客时所穿的礼服。这种礼服是上衣、单衣，套在象服之内，用绛纱（浅红色绉纱）做成，或用白縠（白绸）做成。《毛传》："礼有展衣者，以丹縠为衣。"《增韵》："绉纱曰縠，纺丝而织之。"《释名》："縠，粟也。其形足足而蹙，视之如粟也。"按：展本作襢，《礼记》作襢衣，展字是假借。 ㉜蒙：覆，罩。指被展衣罩着。 ㉝彼：那。 ㉞绉絺（chī）：绉指一种特别细而薄的绉纱，絺指十分精细的丝葛，都是做单衣和内衣的料子。或云绉絺是一种薄绉纱，并非两种衣料。《毛传》："絺之靡者为绉。是当暑袢延之服也。"《郑笺》："后妃六服之次，展衣宜白。绉絺、絺之蘼蘼者。" ㉟绁袢（xiè pàn）：是夏天穿的一种薄薄的贴身衣裳，即所谓"当暑袢延之服"。袢延，指热气，当暑袢延，即防暑防热之意。由此可知"当暑袢延"（绁袢）之衣，必用绉絺制作。三家，绁又作亵。《诗三家义集疏》："亵谓亲身之衣也。"按：绁袢应与今日之汗衫、背心、衬衣相若。象服、翟衣是穿在最外面的；展衣是穿在象服、翟衣之内的；亵衣是穿在最里面的贴身衣服。一说：展衣、绉絺、绁袢，是分称上衣、中衣、亵衣的。《诗选与校笺》："展衣，上衣；绉絺，中衣；绁袢，亵衣；由外及内意颇近亵，然正风人之本色。"将绉絺解作中衣，亦通。 ㊱清扬：目清眉扬。目清，双眸黑白分明，而目光明亮。眉扬，双眉秀长而上扬。一说清扬均指眼睛明亮。《毛传》："清扬，视清明也。"另说清扬为美目貌。 ㊲颜：这里专指女子额头丰满方正，匀称优美。一说颜指朱颜。 ㊳展：即亶之借。诚然，真正的，的确。一说，训"乃"。 ㊴之人：是人，这个人，指宣姜。 ㊵邦：国。 ㊶媛（yuán）：美女。邦之媛，意为"全国无双的美女"。

【学术延伸】

《小序》云:"君子偕老,刺卫夫人也。夫人淫乱,失事君子之道,故陈人君之德,服饰之盛,宜与君子偕老也。"《郑笺》:"夫人,宣公夫人,惠公之母也。人君,小君也。或者小字误作人字耳。"从以上解释与《墙有茨》的《小序》综合判断,这位贵夫人即为宣姜。

桑 中

爰①采唐②矣?	何处采菟丝啊?
沬③之乡④矣。	沬邑那地方啊。
云⑤谁之思⑥?	心中爱谁又想谁啊?
美⑦孟姜⑧矣。	美似春花姜姑娘啊。
期⑨我乎桑中⑩,	桑林深处把我等,
要⑪我乎上宫⑫,	约我密会城楼中,
送我乎淇⑬之上矣。	又到淇水将我送啊。
爰采麦矣?	何处去割麦啊?
沬之北矣。	沬邑正北方啊。
云谁之思?	心中爱谁又想谁啊?
美孟弋矣。	美似春花弋姑娘啊。
期我乎桑中,	桑林深处把我等,
要我乎上宫,	约我幽会城楼中,
送我乎淇之上矣。	又到淇水将我送啊。
爰采葑⑭矣?	何处采蔓菁啊?

沫之东⑮矣。	沫邑正东方啊。
云谁之思？	心里爱谁又想谁啊？
美孟庸矣。	美似春花庸姑娘啊。
期我乎桑中，	桑林深处把我等，
要我乎上宫，	约我私会城楼中，
送我乎淇之上矣。	又到淇水将我送啊。

这首古代情歌，十分朴素自然。它可能是古代歌者在田野劳动中随口编唱的。诗中的美孟姜、美孟弋、美孟庸，实乃一人。也许实有所指，也许只是歌者想象中之美女而已。

【注释考证】

①爰（yuán）：何，何地。《郑笺》："于何采唐？必沫之乡。"于何，在何处。 ②唐：草名，又称唐蒙，即菟丝子，其种子供药用。 ③沫（mèi）：古地名，在卫国境内。 ④乡：地，地方。 ⑤云：助词，无实义。 ⑥谁之思：思之谁，思者谁，思念的是谁。 ⑦美：美女。 ⑧孟姜：姓姜的大姑娘。孟，古称兄弟姊妹中最大的为孟或伯。美孟姜、姜孟弋（yì）、美孟庸，乃指一人，变文避复。 ⑨期：等待。 ⑩桑中：桑林之中。古代，女子多务蚕桑，诗中女子可能借采桑之机，在桑林深处幽会情人。 ⑪要：邀约。要，同"邀"。 ⑫上宫：城角楼。因其处幽静，所以便成了这姑娘私会之地。《考工记·匠人》："宫隅之制七雉，城隅之制九雉。"郑注："宫隅、城隅，谓角浮思也。"按：浮思，是城上小楼。上宫，也是楼，或称城上小楼。见《孟子·尽心下》："孟子之滕，馆于上宫。"赵注："上宫，楼也。"本诗中所言上宫，即城角小楼，或是宫墙之角楼。《考工记》所云宫隅，即上宫。与《静女篇》《子衿篇》中之"城隅""城阙"义同。 ⑬淇之上：淇河之上，淇河边上。淇，淇水。 ⑭葑（fēng）：蔓菁菜。 ⑮沫之东：不

见得实指沬邑之东，只是为了韵脚关系而变文。乡、北、东，均指沬邑。不过，从字面上解作沬邑的北乡、东乡（北部、东部）亦无不可。

【学术延伸】

诗题《桑中》王柏《诗疑》云："当曰《采唐》。"

鹑之奔奔

鹑之奔奔，	鹌鹑双双共栖，
鹊之强强①。	喜鹊对对飞翔。
人②之无良③，	那人品行不良，
我④以为兄⑤？	何以待为兄长？

鹊之强强，	喜鹊双双相随，
鹑之奔奔。	鹌鹑对对相跟。
人之无良，	那人品行不端，
我以为君⑥？	何以称为小君？

这首短歌，是卫人刺宣姜与公子顽私通之事。第一章刺顽，第二章刺宣姜。

【注释考证】

①鹑之奔奔，鹊之强强：鹌鹑、喜鹊成双成对。鹑，指鹌鹑、喜鹊。据传说鹌鹑、喜鹊"居有常匹，不乱其类"。奔奔、强强，就是形容鹑鹊居有常匹、飞则相随的样子。强，韩愈《秋怀诗》："鸣声若有意，颠倒相追奔。空堂黄昏暮，我坐默不言。"追奔之义与奔奔相若。

国风·鄘风

本诗以鹑之奔奔，鹊之强强，比兴公子顽与宣姜非匹偶而相从。 ②人：第一章之人，指公子顽；第二章之人，指宣姜。 ③无良：性行不良。 ④我：何之借字。一说，是国人假托其国君惠公的口气。 ⑤兄：指惠公称公子顽为兄。"人之无良，我以为兄"句，乃无可奈何之辞。据传卫宣公死后，惠公年幼，夫人便与惠公之庶兄公子顽私通，卫国人便假托惠公之言讽刺这丑事。 ⑥我以为君：何以把她称作国小君。君，国小君，即国君夫人。《毛诗正义》："夫人对君称小君，以夫妻一体言之亦得曰君。"另说，君即国君之意。待考。

定之方中

定之方中①，	定星方在天空正中，
作②于③楚④宫⑤。	要在楚丘兴建王宫。
揆之以日⑥，	利用日影测定位置，
作于楚室⑦。	要在楚丘兴建宫室。
树⑧之榛⑨栗⑩，	栽上许多榛树、栗树，
椅⑪桐⑫梓⑬漆⑭，	又栽许多椅、桐、梓、漆，
爰⑮伐琴瑟⑯。	伐它制作琴瑟乐器。
升彼虚⑰矣，	登上那漕邑旧墟，
以望楚⑱矣。	遥望那楚丘高地。
望楚与堂⑲，	瞻望楚丘与那堂邑，
景山⑳与京㉑。	大山高丘仰观仔细。
降㉒观于桑㉓，	下来察看桑林之际，
卜云其吉㉔，	卜辞说得十分吉利，
终㉕焉允㉖臧㉗。	终是真正上好宝地。

灵雨㉘既零㉙，	天候宜人，喜雨涟涟，
命㉚彼倌人㉛，	吩咐那些车夫马倌，
星㉜言㉝夙驾㉞，	天放晴时早备车马，
说㉟于桑田㊱。	文公要到桑田之间。
匪㊲直㊳也人㊴，	那是个正直的人君，
秉心㊵塞㊶渊㊷，	持心公正虑谋深远，
騋㊸牝㊹三千㊺。	他有高头大马三千。

这是奴隶制社会中的贵族士大夫们颂美卫文公的诗。据历史记载：约在公元前660年，卫被狄攻破，文公迁都楚丘，选贤举能，整军经武，重建城市，营造宫室，种植树木，发展畜牧农桑以及商业文教。当时有些人赞成他这些做法。

关于本诗的时代背景，据《诗序》云："定之方中，美卫文公也。卫为狄所灭，东徙渡河，野处漕邑。齐桓公攘戎狄而封之。文公徙居楚丘，始建城市而营宫室，得其时制，百姓说之，国家殷富焉。"《郑笺》云："《春秋》闵公二年冬，狄人入卫，卫懿公及狄人战于荥泽而败。宋桓公迎卫之遗民渡河，立戴公以庐于漕。戴公立一年而卒。鲁僖公二年，齐桓公城楚丘而封卫，于是文公立而建国焉。"《毛诗正义》："作定之方中诗者，美卫文公也。卫国为狄人所灭，君为狄人所杀，城为狄人所入，其有遗余之民，东徙渡河，暴露野次，处于漕邑，齐桓公攘去戎狄而更封之，立文公焉。文公乃徙居楚丘之邑，始建城使民得安处，始建市使民得交易。而营造宫室，既得其时节，又得其制度。百姓喜而悦之。民既富饶，官亦充足，致使国家殷实而富盛焉。故百姓所以美之。"根据以上记述来看，在当时民族危机万分严重的关头，文公能不怕挫败，深谋远略，大力发展经济文化，改革政治，充实军力，以抵御外侮，复兴国家。虽然他的种种措施，出发点是为了维护其剥削制度和统治地位，但在客观上造成了一时的稳定局面，是应受到当时人们的欢迎与支持的。当然，卫文公是没落的奴隶主阶级的政治代表，他的任何政治措施，都是从他本阶级利益着眼的，受益者是奴隶主贵族，而奴隶们却仍然受剥削压迫，辗转于饥寒交迫的苦难之中。因此，赞美文公的，不过是当时的士大夫贵族。

【注释考证】

①定之方中：定，星宿名，又叫营室星。古人兴建房屋有一种规矩，在十月之交，定星昏中而正，这时宜于定方位，营造宫室。定星所以又叫营室星，理由亦在此。方中，定星方在正中。 ②作：指大兴土木，大作土木之事。 ③于：为。王引之云："于当读曰为。谓作为此宫室也。古声于与为通。"又解作"在"。 ④楚：指楚丘，地名。 ⑤宫：宫室，在此应指宗庙。因按古代礼制，营造宫室时，必先建宗庙，次建厩库，后建居室。 ⑥揆（kuí）之以日：以日揆之，用日影来测定方位。揆，测度。之，指方位。以日，用日影，借日影。古代凭日出之影与日入之影以测度东西，复凭日中之影以正南北。 ⑦作于楚室：义同"作于楚宫"。首章前四句，运用复笔重叠手法，有力地表现了夜以继日营造宫室的繁忙景象。 ⑧树：栽种，植。 ⑨榛（zhēn）：树木名。又叫榛子树，开白花，结实累累成穗。 ⑩栗：果木名，果实味美而富营养，又叫毛栗。 ⑪椅（yī）：一种结荚的楸树，又名角儿楸。 ⑫桐：有两种：一种是梧桐，即白花桐，木材可制家具、乐器。一种是油桐，又名冈桐，即紫花桐，果实可榨油。本诗可能指梧桐（泡桐、青桐均为梧桐之属）。 ⑬梓（zǐ）：一种不结荚的楸树。椅、梓都是上好木材。 ⑭漆：古作㯃，像水滴下注之状。漆，指漆树，树液可制成漆，以之涂饰木器，既防腐又美观。 ⑮爰：于是，乃。 ⑯伐琴瑟：伐它（指梧桐等）制作琴瑟。 ⑰虚：古墟字。《水经注》引《诗》作"墟"。指漕邑旧城之墟。 ⑱楚：楚丘。 ⑲堂：即堂邑，是楚丘附近的城邑。 ⑳景山：高大的山。景，大，又训仰瞻，或为"憬"之借

字，远行貌。　㉑京：高丘。"升彼虚矣，以望楚矣。望楚与堂，景山与京"四句，说明文公在营造宫室时，慎重地选择、观察地形，以见其用心良苦，缔造艰辛。　㉒降：从高处下来。　㉓观于桑：到桑林间察看情形，以判断此地是否宜于蚕桑，使百姓休养生息，安居乐业。　㉔卜云其吉：乃用龟甲占卜，卜辞说是很吉利。卜，古人迷信巫术，以龟甲兽骨等物占卜吉凶祸福。在此是指文公为其国运占卜。　㉕终：永远，始终如一。　㉖允：信然，诚然，真正的。　㉗臧：好，善。　㉘灵雨：甘霖，好雨，喜雨。　㉙既零：已零，已降。零，落。　㉚命：吩咐。　㉛倌（guān）人：主驾者，掌管车马的小官。　㉜星：亦作曐，古晴字。　㉝言：相当于"焉"字。　㉞夙驾：早早地驾车动身。　㉟说（shuì）：止，至。　㊱桑田：桑林田塍之间。说于桑田，此指文公关心农桑，常到桑田之间视察种植情况，或向百姓讲述农事。　㊲匪：音义同"彼"。　㊳直：正直。　㊴人：指文公。　㊵秉心：持心，用心，秉，执持。《礼记·礼运》："天秉阳垂日星，地秉阴窍于山川。"《尚书·君奭》："秉德明恤。"　㊶塞：寔之借，实。　㊷渊：本指水深，此处形容道德深厚，或虑事深远。塞渊，详见《邶风·燕燕》注。　㊸骐（lái）：据传马高七尺以上曰骐。　㊹牝（pìn）：泛称母畜。本句之"骐牝"，实际统指高大强壮之马匹，并非单指母马。　㊺三千：三千匹，形容生息之蕃盛，实力之雄厚。依当时礼制，"天子十有二闲（即马厩），马六种三千四百五十六匹；邦国六闲，马四种千二百九十六匹"（见《郑笺》）。卫文公的马匹，已超过礼制所定的邦国养马之数，而接近天子养马之匹数，可见他率领臣民发展农牧业的成就。这首诗很可能是文公晚年或卒后，贵族士大夫追述他的业绩的短歌。否则，"骐牝三千"从何说起？见《左传·闵公二年》："卫文公大布之衣，大帛之冠。务材训农，通商惠工，敬教劝学，授方任能。元年革车三十乘，季年乃三百乘。"《毛诗正义》曰："明其骐牝三千，亦末年之事也。此诗盖末年始作，或卒后为之。"

国风·鄘风

蝃 蝀

蝃蝀①在东②,　　暮虹出现在东方天际,
莫之敢指③。　　没有一人敢指敢议。
女子有行④,　　姑娘想要远走高飞,
远父母兄弟⑤。　远离顽固的父母兄弟。

朝脐于西⑥,　　朝虹出现在西方天际,
崇朝其雨⑦。　　上午就要大雨落地。
女子有行,　　　姑娘想要高飞远走,
远兄弟父母。　　远离顽固的父母兄弟。

乃如⑧之人⑨也,　乃是奔去找我爱人,
怀⑩昏⑪姻也。　　我想和他结为姻缘。
大⑫无信⑬也,　　女大当嫁不顾贞信,
不知命⑭也!　　不懂父母之命媒妁之言!

古代妇女的社会地位十分卑微,身受重重压迫。这首诗是一个富有反抗性的姑娘为争取婚姻自由而发出的呼声。重言无人敢指彩虹,正是讽刺当时人们以伪善面孔讳谈爱情问题。又说"大无信,不知命",也是对旧制度的控诉与抗争。

【注释考证】

①蝃蝀(dì dōng):虹,传说彩虹是爱情与婚媾的象征,所以古代那些顽固的卫道者们非常忌讳虹,既不敢说它,也不敢指它,自欺欺

人。实际上，道貌岸然的卫道者们的灵魂深处，是最猥琐肮脏的。蝀，《尔雅》作蝃，蝃为正体字，蝀乃其或体。　②在东：指暮虹在东方的天空出现。虹在东，日当在西，所以是暮虹。　③莫之敢指：莫敢指之，不敢指它。　④女子有行：姑娘要走了，指找爱人去。行，此指出嫁。这位姑娘之"行"，并非所谓"待礼而嫁"，而是自己择偶而奔。这正是她争取婚姻自由的反抗精神。　⑤远父母兄弟：远离父母兄弟。远，远离。父母兄弟，指阻挠婚姻自由的亲属。　⑥朝隮（jī）于西：指早晨的虹出现在西方的天空。朝，早晨。隮，升，指虹的升现。《齐诗》"隮"作"跻"。《太平御览》卷八引作"跻"。按：正字应作"跻"，"隮"为"跻"之或体。于西，在西方的天空。虹在西天，当是朝虹。　⑦崇朝其雨：本句是以出虹与下雨这两种因果相承的自然现象，来象征女子既有所私，就要去投奔他。崇朝，"崇"为"终"之假借，终朝，指从天亮至早餐前之时。　⑧如：往，指往爱人那里去。　⑨之人：是人，斯人。"也"字，《韩诗外传》作"兮"。　⑩怀：思，想，欲。　⑪昏：婚之本字。　⑫大：指女子已长大。含义是"女大当嫁"。　⑬无信：不能固守那不合理的"贞信"（女子贞洁专诚的信条）。　⑭不知命：我也不懂什么父母之命（我不听父母之命）。

相　鼠①

相鼠有皮②，　　相鼠还有皮，
人而无仪③！　　像个人样没威仪！
人而无仪，　　　是人没威仪，
不死何为④？　　活着干啥？还不死！

相鼠有齿，　　　相鼠还有齿，
人而无止⑤！　　像个人样不知耻！

人而无止，	是人不知耻，
不死何俟⑥？	活着等啥？还不死！

相鼠有体⑦，	相鼠有肢体，
人而无礼⑧！	像个人样不知礼！
人而无礼，	是人不知礼，
胡⑨不遄⑩死？	为何还不赶快死？

  本篇对卑鄙无耻的所谓"君子"（此处指统治阶级）进行了无情揭发与尖锐讽刺，把他们看得连老鼠都不如，表现了古代劳动人民对统治阶级的憎恶与蔑视。

【注释考证】

  ①相鼠：一种老鼠的名称。明人陈第云："似鼠颇大，能人立。见人则立，举其前两足，若拱揖然。愚于蓟门山寺见之，僧曰：'此相鼠也。'及检《埤雅》已有载矣。盖见人若拱，似有礼仪，《诗》之所以起兴也。今注曰：'相，视也。鼠，虫之可贱恶者。'意义索然。《说文》引此诗，亦以'相'为'视'。误也久矣。"按：相鼠，又名礼鼠、拱鼠、雀鼠。或云，因相州有此鼠，故名相鼠。一说，相是看、审视之意。相鼠，是动宾结构的词组。　②相鼠有皮：与其后"相鼠有齿、相鼠有体"都是比兴手法，比喻人不如鼠，讥讽所谓"君子"之无耻可恨。　③仪：威仪，指人的作风举止大方正派。　④何为：为何，干什么。　⑤止：耻之借。　⑥俟：等待。　⑦体：肢体。　⑧礼：礼仪，指知礼仪，或指有教养。　⑨胡：何，曷，为何，为什么，怎么。　⑩遄（chuán）：速，快，赶快。

干旄

孑孑①干旄②，　　干旄挑得高又高，
在浚之郊③。　　　在那浚邑郊。
素丝纰之④，　　　素白丝绳缀彩旗，
良马四之⑤。　　　四匹好马车上套。
彼姝⑥者子⑦，　　俏丽迷人好姑娘，
何以⑧畀⑨之？　　什么礼品送你好？

孑孑干旟⑩，　　　干旟挑得高又高，
在浚之都⑪。　　　在那浚邑地。
素丝组⑫之，　　　素白丝绳缀彩旗，
良马五⑬之。　　　驾车好马有五匹。
彼姝者子，　　　　俏丽迷人好姑娘，
何以予⑭之？　　　什么礼品送给你？

孑孑干旌⑮，　　　干旌挑得高又高，
在浚之城⑯。　　　在那浚邑城。
素丝祝⑰之，　　　素白丝线织旌旗，
良马六⑱之。　　　六匹好马成排并。
彼姝者子，　　　　俏丽迷人好姑娘，
何以告⑲之？　　　什么礼品向你送？

本诗反映的是古代上层社会行聘礼的铺张豪华情景，从中可以看出统治阶级骄奢淫逸的寄生虫生活。这些富儿们豪华生活的背后，有多少饥寒交迫的人民挣扎于苦难的深渊。

【注释考证】

①子子：形容干旄高高挑起的样子。 ②干旄（máo）：即"竿旄"，"干"为初文，"竿"为后起字。《三家诗》作"竿"。干旄是一种用山鸡羽装饰的、以丝绳作流苏的彩旗，为古代礼仪中的饰物、仪仗，也是婚礼中的一项赠品。一说以牦牛尾装于竿首，又说以牦牛尾为之，缀于幢上。 ③在浚之郊：在浚邑的郊外。 ④素丝纰（pí）之：用素白的丝绳（或丝线）缀饰彩旗。纰，缀。 ⑤良马四之：驾车的好马有四匹，两服两骖。服马，驾辕之马。骖马，车辕外侧之马（靷马）。 ⑥姝（shū）：美。 ⑦子：指那美丽的姑娘。 ⑧何以：以何，用什么（礼品）。 ⑨畀（bì）：予，给。 ⑩干旟（yú）：也是干旄之属，是州里所建的鸟隼之旗，竿首设旌旄，其下系旒（古代旌旗的下垂饰物），旒下又饰以縿（一种丝绳，末端有穗子），都以鸟隼之形饰之。 ⑪都：小城曰都，此指浚邑。 ⑫组：义同纰。 ⑬五：指五匹好马（驾车）。比四马多一匹骖马。 ⑭予：给，赠予。 ⑮干旌：也是一种仪仗、饰物。这种彩旗以山鸡羽装饰旗杆之首。 ⑯城：仍指浚邑。 ⑰祝：编织。 ⑱六：指在五马之外又加一骖。连言"四之、五之、六之""干旄、干旟、干旌"，形容聘礼之豪华铺张，或可认为以上连言实指一义，互文避复而已。 ⑲告：义同"予"。

载 驰

载驰载驱①，	坐着马车飞奔疾驰，
归唁②卫侯③。	回去吊唁戴公兄弟。
驱马④悠悠⑤，	驱马踏上迢迢归路，
言⑥至于漕⑦。	我要赶回故国漕邑。

| 大夫⑧跋涉⑨， | 大夫跋涉传来噩耗， |
| 我心则忧⑩。 | 使我心中悲愁不已。 |

既⑪不我嘉⑫，　　你们对我总是不好，
不能旋反⑬。　　　使我不能返回故乡。
视⑭尔⑮不臧⑯，　　看你待我这样不善，
我思⑰不远⑱。　　　我对故国更加难忘。
既不我嘉，　　　　你们总不好好待我，
不能旋济⑲。　　　使我难以渡水回国。
视尔不臧，　　　　看你待我这样无礼，
我思不閟⑳。　　　我对故国怀念不已。

陟㉑彼阿丘㉒，　　　姑且登上高高山丘，
言采其蝱㉓。　　　　去采贝母，借抒我愁。
女子善怀㉔，　　　　女子深深思念故乡，
亦各有行㉕。　　　　各自也有道理可讲。
许人㉖尤之㉗，　　　许国大夫将我责难，
众㉘稚且狂㉙。　　　众人如此幼稚轻狂。

我行其野㉚，　　　　我在郊野踽踽独行，
芃芃其麦㉛。　　　　看那麦苗蓬蓬青青。
控于大邦㉜，　　　　本想向大国奔走求告，
谁因谁极㉝？　　　　可是向谁求援？向谁投靠？
大夫㉞君子㉟，　　　你们这些大夫君子，
无我有尤。　　　　　不要对我责难无礼。

国风·鄘风

百尔所思㊱，	千思百虑费尽心机，
不如㊲我所之㊳。	也难如愿回我卫地。

　　许穆夫人本是卫国之女，乃宣姜所生，远嫁于许国穆公。狄国侵卫，攻陷卫都，卫懿公被杀，国人逃散，流亡到漕邑。在宋桓公支持下，众人立戴公申（许穆夫人之兄弟）为君。不久，戴公死，旋立文公毁为君。于漕邑立宗庙，营宫室，以图东山再起。许穆夫人是个爱国者，目睹祖国危亡的局面，百姓流离之苦况，疾首痛心，至为哀伤。她打算到漕邑去吊唁戴公，并想借许国之力解卫之难。然而许国小弱，相距又远，不能救助。加之许国有些贵族士大夫们不谅解她，诸多责难（按当时礼俗，父母终，不得归宁兄弟，以此责难她）。这一切遭际，使她悲愤交集，而成此诗。

【注释考证】

　　①载驰载驱：且驰且驱，形容乘坐马车急骤奔驰。载，且，则。在本句中，是将然之词。驰驱，指车马疾行。这是许穆夫人假想"归唁卫侯"时急如星火兼程前进的情景。　②归唁（yàn）：回到卫国去吊唁。唁，凭吊，哀悼，或兼慰问死者亲族。在此，唁，不仅是吊唁卫侯，且有哀伤其宗国危亡之情。归，归宁，或只是"回去"的意思。　③卫侯：指已死的卫戴公申。　④驱马：策马，赶着马快走。　⑤悠悠：指道路遥远。悠，长，无尽。　⑥言：发语词，无实义，或解作"我"。　⑦至于漕：到达漕邑，这只是许穆夫人之冥想，并非事实。　⑧大夫：指卫国来给许穆夫人传信的使者。　⑨跋涉：跋山涉水。跋，指走旱路或爬山。涉，指走水路或渡水。《毛传》曰："草行曰跋，水行曰涉。"按：山上多草木，草行即山行（行山路），或叫行草（行草路）。水行即行水（行水路）。　⑩忧：指闻噩耗而引起忧愁。　⑪既：尽，皆，都，总。　⑫不我嘉：不嘉我，不好好待承我。嘉，善，好。　⑬旋反：

旋归，还归。旋，回。反，返之本字。 ⑭视：看。 ⑮尔：汝，汝辈，你，你们。指许国的贵族王公们。 ⑯不臧：不善，不好。臧，好。 ⑰思：忧思。 ⑱不远：不忘，难以抛开。远，离，忘，摆脱。 ⑲旋济：指渡水回卫。旋，回。济，渡水。 ⑳我思不閟（bì）：指思念卫国不已。閟，闭，止。 ㉑陟（zhì）：登高，爬山。 ㉒阿丘：高高的山丘。《尔雅·释地》："大陵曰阿。"一说阿丘是一个地名（丘名）。 ㉓采其蝱（méng）：采集那贝母草。登山采蝱，一面为了采集药草，一面为了排遣愁怀（散散心）。蝱，又名贝母，是药草。据说可以治疗郁闷的病。蝱，《说文》引作莔，《鲁诗》作"茵"，茵为正字。 ㉔女子善怀：许穆夫人指自己深为怀念祖国。 ㉕亦各有行（háng）：也都自有道理（理由、原因）。行，道，道理。 ㉖许人：许国的人们（此指大夫们）。 ㉗尤之：责难（我）。尤，责备，督过，怨。 ㉘众：众人（指许国的众位大夫之流）。又，王引之云："众当读为终，终犹既也……古字多借众为终。" ㉙稚且狂：幼稚（无知）而且狂傲无礼。意为：众人对许穆夫人的"归唁卫侯"表示不谅解，态度不好。 ㉚野：郊野。 ㉛芃芃（péng）其麦：麦苗正茂盛。芃芃，蓬蓬勃勃，植物茂盛的样子。按：卫国被狄人灭于公元前660年，而这首诗则作于公元前659年，即文公三年（周惠王十八年），当是初夏季节，所以麦苗已长得蓬蓬勃勃十分茂盛了。许穆夫人目睹麦苗芃芃，便自然地想起刚由丧国而偏安一隅的祖国与死去的兄弟。 ㉜控于大邦：求告于大国。控，往告，陈告，求告。"持而告之"。大邦，大国。 ㉝谁因谁极：因谁极谁。求于谁，投奔于谁。因，求，请。极，到，投奔。 ㉞大夫：指许国的宫廷官员贵族们。 ㉟君子：指许国上流社会中的所谓贤达，即奴隶主贵族的代表人物。 ㊱百尔所思：千思百虑。尔，助词。《礼记·檀弓》："尔毋从从尔，尔毋扈扈尔。"注："尔，语助。"《广韵》："尔义与尔同，词之必然也。" ㊲不如：不随，不遂（指不遂归卫之愿）。如，从，随。又，口语中之"如愿"，即"遂愿""从愿"之意。《说文》："如，从随也。一曰若也同也。"《尚书·舜典》："如五器……如岱

国风·鄘风

礼……如初……。"《易·离卦》:"突如其来如。"《汉书·扬雄传》:"家产不过十金,乏无儋石之储,晏如也。" ㉘之:往,到。指到卫国去。"不如我所之",意为:不能遂我心愿,我不能回到卫国去,或为,我要回卫国的心愿难以实现(满足)。

【学术延伸】

《诗序》云:"《载驰》,许穆夫人作也。闵其宗国颠覆,自伤不能救也。卫懿公为狄人所灭,国人分散,露于漕邑。许穆夫人闵卫之亡,伤许之小,力不能救,思归唁其兄,又义不得,故赋是诗也。"《毛传》曰:"灭者懿公死也。君死于位曰灭。露于漕邑者谓戴公也。"《郑笺》:"懿公死,国人分散,宋桓公迎卫之遗民渡河,处之于漕邑,而立戴公焉。戴公与许穆夫人具公子顽烝于宣姜所生也。"(按:公子顽与宣姜所生子女有齐子、戴公、文公、宋桓夫人、许穆夫人。由于宋桓公是卫君戴公的妹夫,所以,他肯于援助卫国。)《左传·闵公二年》:"冬十二月,狄人伐卫。卫懿公好鹤,鹤有乘轩者。将战,国人受甲者皆曰:'使鹤,鹤实有禄位。余焉能战?'……及狄人战于荥泽,卫师败绩,遂灭卫。……立戴公以庐于曹。许穆夫人赋《载驰》,齐侯使公子无亏帅车三百乘,甲士三千人以戍曹。"从以上记述可看出当时卫国衰亡的情形和许穆夫人艰难之处境。

卫　风

淇　奥

瞻①彼淇奥②，	看那淇河岸边，
绿竹③猗猗④。	绿竹葱翠一片。
有匪⑤君子⑥，	君子神采奕奕，
如切如磋，	有如细切细磋，
如琢如磨⑦。	有如精雕精磨。
瑟兮僩兮，	风度庄重心胸宽大啊，
赫兮咺兮⑧，	威武英俊容光焕发啊，
有匪君子，	君子神采奕奕，
终不可谖⑨兮！	永远不能忘他啊！
瞻彼淇奥，	看那淇河岸边，
绿竹青青⑩。	绿竹青青一片。
有匪君子，	君子神采奕奕，
充耳琇莹⑪，	玲珑美玉镶嵌耳环，
会弁如星⑫。	帽缝珍珠星光闪闪。
瑟兮僩兮，	风度庄重心胸宽大啊，
赫兮咺兮，	威武英俊容光焕发啊，
有匪君子，	君子神采奕奕，

| 终不可谖兮！ | 永远不能忘他啊！ |

瞻彼淇奥，	看那淇河岸边，
绿竹如箦⑬。	绿竹密密一片。
有匪君子，	君子神采奕奕，
如金如锡⑭，	有如精金纯锡，
如圭如璧⑮。	有如玉圭白璧。
宽兮绰兮⑯，	胸怀无边宽广啊，
猗重较兮⑰，	倚乘卿士车上啊，
善戏谑⑱兮，	善于说笑又爱逗趣啊，
不为虐⑲兮！	从不过分粗狂无礼啊！

这是古代贵族女子与丈夫分别后的思夫夸夫之歌。

【注释考证】

①瞻：望，看。 ②淇奥：淇水的曲岸。奥，通作隩，河水曲回的边岸，或指岸堤内之河湾地。一说，奥为水名。 ③绿竹：葱绿的竹子。郦道元说"淇川无竹"，是不确的。《淮南子》："贯淇卫之箭。"《汉书》："下淇园之竹以为楗。"《诗集传》："淇上多竹，汉世犹然。所谓淇园之竹是也。"可证淇水一带多竹。并且从题旨来说，绿竹中虚外直，挺秀多姿，四时长青，宜于用它比喻人的品格高尚或者丰采出众。切合诗的内容。而《草木疏》将"绿竹"解作两种草：绿，指王刍；竹，指萹蓄（扁竹）。恐为讹误。 ④猗猗（yī）：茂盛葱绿之貌。 ⑤匪：斐之通假。指文采美好，风度翩翩，或指容貌之美。《诗集传》："匪，斐通。文章著见之貌也。"《毛诗正义》："匪，本又作斐。……《韩诗》作邲，美貌也。"一说匪为彼之借，亦通。 ⑥君子：在此是女子对爱人的称谓，相当于"我的好人"。 ⑦如切如磋（cuō），如琢如磨：雕

刻骨器叫切，雕刻象牙叫磋，雕刻翠玉叫琢，雕刻美石叫磨。切、磋、琢、磨，在本诗中是形容人文采美好、素质纯正而有修养。 ⑧瑟兮僩(xiàn)兮，赫兮咺(xuān)兮：指仪态庄重，心胸宽广，威武英俊，容光焕发的样子。瑟，庄重的样子。咺，豪爽的样子，心胸宽广。《毛诗正义》："僩，宽大，是内心宽裕。"赫，威仪。咺，容光焕发貌，有威仪貌。 ⑨谖(xuān)：忘。 ⑩青青：茂盛秀直貌。 ⑪充耳琇莹：耳坠上装饰着美丽晶莹的玉石。《毛传》："充耳谓之瑱。"《说文》："以玉充耳也。"可见"充耳"是缀于冠上悬垂于耳际的饰物。莹，又作璎。

⑫会弁(kuài biàn)如星：嵌饰在皮帽缝上的美玉珍珠，闪闪烁烁，犹如繁星。会，弁的缝。会，亦作髉，见《说文》："髉，骨擿之可会发者。"弁，是一种帽子，又分皮弁、爵弁等。皮弁是古代武士所戴的一种皮革制作的帽子；爵弁是古代文官所戴的一种帽子。弁的外形不大，只用来拢住头发，并作服饰。《毛传》："弁。皮弁，所以会发。" ⑬箦(zé)：茂密的样子。《毛传》："箦，积也。"积，是形容竹林茂密，丛聚在一起的样子。 ⑭如金如锡：比喻人受过陶冶锻炼，像金、锡（或指银）那样精纯。《诗经通论》曰："锡即银。古人银、锡不分，称银亦曰'锡'。《禹贡》'惟金三品'，为黄、白、赤三色。《史·平准书》，'黄金为上，白金为中，赤金为下'，即三品之义。'黄金'，金也；'白金'，银也；'赤金'，铜也。金本为金、银、铜、锡、铁、铅之总名，其铁、铅以贱故不列'三品'之内，而锡即属于银，统名'白金'也。《考工记》攻金之工皆曰'金、锡'，金即铜，锡即银，故曰金几分，锡居几，以为斧、斤、戟、刃之属。'栗氏为量，煎金、锡，声中黄钟之宫。'假如以今之锡，岂可挠和作斧、斤、戟、刃，而量安能声中宫乎？自《尔雅》曰，'黄金谓之璗，白金谓之银，锡谓之鈏'，始分银、锡之名，而单以银为白金。此周末秦人之论也。然《史·平准书》《汉·食货志》犹皆称'银锡'，又言'汉武帝造银锡为白金'，其称皆近古。" ⑮如圭(guī)如璧：比喻人治学有成就，像圭、璧那样已琢磨成器。《毛诗正义》："金锡有其质，练之故益精；圭璧有其实，琢磨乃成器。"

国风·卫风

圭，是一种长方形的玉版，上端像剑的尖端。古时，帝王、诸侯举行大典时，手中捧着圭。《周礼·春官·典瑞》："王执镇圭，公执桓圭，侯执信圭，伯执躬圭。"璧，平圆而中有圆孔的大玉器。 ⑯宽兮绰兮：宽，指人有修养，能容纳一切。绰，指人心地开阔。 ⑰猗（yī）重较兮：猗，依。重较，卿士之车。卿是古代官名。在本诗中，猗重较，是说那男子站在（或倚在）卿士的大车上（或指装饰美盛的大车）。较，又指车厢（箱）。按：古人多立乘，故曰猗。猗，一说为叹词，无实义。待考。 ⑱戏谑（xuè）：以诙谐的话语逗乐。 ⑲不为虐：是指那男子善于说笑而有节制，并无粗狂无礼的地方，或训虐为秽亵。虐，指戏谑之甚（从马瑞辰说），无礼貌。

考　槃

考槃在涧①，　　敲盘唱歌山溪旁，
硕人②之宽③。　　美人温厚又大方。
独寐寤言④，　　独眠梦中诉衷曲，
永矢⑤弗⑥谖⑦。　　心心相印永不忘。

考槃在阿⑧，　　敲盘唱歌山洼旁，
硕人之薖⑨。　　美人性情真爽朗。
独寐寤歌⑩，　　独眠歌吟无限情，
永矢弗过⑪。　　心心相印永不忘。

考槃在陆⑫，　　敲盘唱歌在高原，
硕人之轴⑬。　　美人徘徊足不前。

独寐寤宿⑭， 独眠梦中唱相思，
永矢弗告⑮。 心心相印情难言。

一个沉湎于爱情的女子，辗转相思，独自唱歌以抒情愫。她先是在独眠的梦中与爱人互言、互歌；醒来重温美梦，备感难堪，所以又发而为歌。觉寐之际，思绪相牵。

【注释考证】

①考槃（pán）在涧：指女子所思慕的人在山溪旁敲盘唱歌。考，即今之拷字，敲击，叩打。槃，即盤（盘的异体字）。"槃"为"盤"之借字，是指一种木制的盘子。古人唱歌时敲盘伴奏，正如击缶、敲盆那样，这些都是比较原始的乐器，至今尚未失传。涧，山谷间的水流。《韩诗》作干。　②硕人：美人，形容男女皆可。在此，指那男子。③宽：指人风度宽厚淳朴。　④独寐寤言：即独寐互言，寤应读为互。互言，乃指与梦中人互言，足见至情。另解：指这女子与丈夫小别独眠时，从梦中醒来，由于思念而自言自语。　⑤矢：誓，誓不相负之意。⑥弗：不。　⑦谖（xuān）：忘。　⑧阿：山阿，山洼。《毛传》："曲陵曰阿。"　⑨薖（kē）：宽大。在此形容风度爽朗，心胸宽广。《韩诗》作𪧐，美貌。　⑩寤歌：互歌，指这女子与梦中人相互唱和，表达情怀。另解为指这女子醒来时独自唱起思念爱人的歌。　⑪弗过：与"弗谖"义同。过，《说文》曰："度也。"《广雅》："渡也。"渡又训去，"弗去"，犹"弗忘"。指终生不渝，永不变心。　⑫陆：平原，高原，郊野。　⑬轴：徘徊往复。　⑭寤宿：宿或可读为啸。互啸，较互歌又进一层。另解，寤宿指已经醒来，但还是慵懒不愿起床。　⑮告：告诉，表达。指这女子的心事不可告人。吴闿生云："弗告，即'只可自怡悦，不堪持赠君'意，"又引旧评云："读之觉山月窥人，涧芳袭袂。"

硕 人

硕人其颀①,　　　　美人身段曼长倩丽,
衣锦②褧衣③。　　　内穿锦绣衣,外把斗篷披。
齐侯之子④,　　　　她是齐侯的爱女,
卫侯⑤之妻。　　　　她是卫侯的爱妻。
东宫⑥之妹,　　　　她是齐太子的亲妹,
邢侯之姨⑦,　　　　她是邢侯的小姨,
谭公⑧维私⑨。　　　谭公是她的姊婿。

手如柔荑⑩,　　　　双手像白嫩柔滑的春荑,
肤如凝脂⑪。　　　　皮肤像洁润细腻的凝脂。
领⑫如蝤蛴⑬,　　　颈项如雪白柔长的蝤蛴,
齿如瓠犀⑭。　　　　牙齿如葫芦籽儿洁白整齐。
螓首蛾眉⑮,　　　　小蝉样的方额,蛾须般的秀眉,
巧笑⑯倩⑰兮,　　　巧笑时酒窝儿深深娇艳无比,
美目⑱盼⑲兮。　　　美目如秋波,流露无限情意。

硕人敖敖⑳,　　　　美人身段曼长倩丽,
说㉑于农郊㉒。　　　停车整衣在那城边。
四牡㉓有骄㉔,　　　四匹公马强壮无比,
朱幩㉕镳镳㉖,　　　朱丝缠马嚼,红光闪闪,
翟茀㉗以朝㉘。　　　山鸡彩羽饰轿车,来到宫殿。
大夫夙退,　　　　　众位大夫早些退朝,

无使君劳㉙。　　莫使新婚女君劳倦不欢。

　　这是卫人赞美齐公主庄姜的诗。首先从这个公主的高贵身世写起；其次集中描写其容貌、身段之美；再次突出写她的车马服饰之盛；最后以鱼水交欢为喻，写公主婚姻美满，仪礼隆盛，从中也看出"齐地富饶"的情况。它运用比喻是较生动的，塑造人物形象着意于面貌特征的刻画，有一定的艺术技巧。本诗末章共七句，竟有六句运用了双声叠字，形成独特风格。(清人孙联奎《诗品臆说》云："《卫风》之咏硕人也，曰：'手如柔荑'云云，犹是以物比物，未见其神。至曰：'巧笑倩兮，美目盼兮'，则传神写照，正在阿堵，直把个绝世美人活活地请出来在书本上滉漾。千载而下，犹如亲其笑貌。"）

【注释考证】

①硕人其颀（qí）：指美人身段高大匀称，丰满俊俏。硕，美好。古代，硕、美二字为赞美男女之统词，赞男女皆可。颀，"其颀"或作"颀颀"。长，形容身段高大健美。本诗中之硕人指庄姜。　②衣锦：穿着锦衣（绣花衣裙，是贵族夫人"在涂之服"）。衣，动词，穿。　③褧（jiǒng）衣：衣褧，披着斗篷。褧，又作䌹，叫禅衣或襜衣，是一种外套、斗蓬、披风、大氅。罩于锦衣之上，以御行道之风尘。（一说，褧乃麻布衣。）　④齐侯之子：指庄姜是齐庄公躬的女儿。子，指女子，女儿。　⑤卫侯：卫庄公。卫武公卒于周平王十四年（前757），卫庄公立，娶庄姜为夫人。　⑥东宫：齐太子（得臣）。由于太子居东宫，所以东宫成为太子之代称。　⑦邢侯之姨：邢侯之内妹。邢侯，邢国之君。邢国乃襄国之邢，是周公子所封，故城在今河北省邢台县南之百泉村。春秋时曾于此建邢国。姨，男子称妻子的姊妹为姨（即俗称之大姨子、小姨子）。　⑧谭公：指谭国之君。谭，古有谭国，故地在今山东省济南市东南，后为齐桓公所灭。　⑨维私：之私，是私，其私。私，

古称姊妹之夫曰私。⑩柔荑：白嫩柔滑的茅芽。《毛传》："如荑之新生。"《诗集传》："茅之始生曰荑。"《御览》引《风俗通义》："诗曰'手如柔荑'，荑者茅始熟中穰也，既白且滑。"⑪凝脂：凝冻的脂膏，形容洁白滑腻。⑫领：颈项。⑬蝤蛴（qiú qí）：一种体长而白软的蛀木虫，即天牛之幼虫。⑭瓠犀（hù xī）：瓠瓜子，十分整齐洁白。又按：《尔雅·释草》云："瓠栖，瓣。"犀，《鲁诗》作"栖"，为正字。孙炎曰："栖与犀，字异音同。"⑮螓（qín）首蛾眉：像小蝉那样方正丰满的前额，像蚕蛾须那样弯长秀美的眉。螓，一种小蝉。蛾眉又作娥眉。王逸注《离骚》云："娥，眉好貌。"按：蛾、娥二义并通。⑯巧笑：指俏丽巧妙的笑容。⑰倩（qiàn）：形容巧笑时有一对酒窝儿，又微露雪白的牙齿，异常美丽。《毛传》："倩，好口辅。"《诗集传》："倩，口辅之美也。"按：口辅，即指唇角之面颊，可理解为微笑时现出的酒窝儿，即"口辅之美。"⑱美目：美丽的眼睛，明丽的眸子，媚眼。⑲盼：形容眼睛黑白分明，眼波流动有情，即所谓"秋波流转""眉目传情"。《论语·八佾篇》引诗"美目盼兮"。马注："盼，动目也。"《诗集传》："盼，黑白分明也。"⑳敖敖：犹颀颀。㉑说（shuì）：居止，停（指停车）。或作襚，襚是衣服。说，可引申为停车整衣。《郑笺》："庄姜始来，更正衣服于近郊。"㉒四牡：指驾车的四匹公马。㉓农郊：近郊。指卫国近郊。㉔骄：壮健的样子。㉕朱幩（fén）：用红丝绳缠饰的马嚼。幩，马饰。《说文》："马缠镳，扇汗也。"《毛传》："幩，饰也。"按：扇汗，又名排沫，今名"马口铁""马嚼子"。朱幩是将红丝绳缠在马嚼上作为装饰。㉖镳镳（biāo）：又作麃麃，盛多的样子。㉗翟茀（dí fú）：指翟车，是用山鸡的彩色尾羽装饰的轿车。翟，山鸡。在此指山鸡羽毛。古人常以山鸡羽毛饰衣、饰车。茀，车蔽，车篷。《诗集传》："茀，蔽也。妇人之车，前后设蔽。"㉘以朝：而朝。朝，本指朝廷、王宫。本句"翟茀以朝"是指庄姜乘着翟羽盛饰的轿车来到卫国的王宫（朝廷）。这是嫡夫人之正礼。㉙大夫夙退，无使君劳：（卫国）大夫们早些退朝吧，不要使新婚的女君（卫庄公夫人）劳倦。无，毋，勿。君，女君，或称小君，是古代对国君夫人的称谓。《郑笺》："庄姜始来时，卫诸大夫朝夕者皆早退。无使君之劳倦者，以君夫人新为妃耦，宜亲亲之故也。"按：古制，天子、国君听外治于路寝；后、夫人听内职于正寝。退朝后，这些男女统治者们才能释服（换掉朝服）休息。

【学术延伸】

宋王柏《诗疑》："《硕人》之诗，前三章意已足，后一章体致不类。"《硕人》为赞美齐公主庄姜之作。首章概述"硕人"显贵之身世；次章描状其容态、身段之美；三章则突出其车马仪仗之盛，并以"大夫夙退，无使君劳"收尾。似已斐然成章，脉络分明。然又羼入第四章，与前三章文义不洽，实为赘文。当删。现附原文如下：

　　硕人其颀，衣锦褧衣。齐侯之子，卫侯之妻。东宫之妹，邢侯之姨，谭公维私。

　　手如柔荑，肤如凝脂。领如蝤蛴，齿如瓠犀。螓首蛾眉，巧笑倩兮，美目盼兮。

　　硕人敖敖，说于农郊。四牡有骄，朱幩镳镳。翟茀以朝，大夫夙退，无使君劳。

　　河水洋洋，北流活活。施罛濊濊，鱣鲔发发。葭菼揭揭，庶姜孽孽，庶士有朅。

氓

氓①之蚩蚩②，	那人敦厚老实样，
抱布贸③丝。	抱布换丝装得像。
匪④来贸丝，	其实不是来换丝，
来即⑤我谋⑥。	有事要和我商量。

国风·卫风

送子⑦涉淇⑧，　　送你行行过淇水，
至于顿丘⑨。　　　直到顿丘不忍回。
匪我愆⑩期，　　　不是我愿拖日期，
子无良媒。　　　　你无良媒订婚配。
将⑪子无⑫怒，　　请你别生我的气，
秋以为期。　　　　凉秋季节为婚期。

乘⑬彼垝垣⑭，　　爬上破墙垣，
以望复关⑮。　　　默默望复关。
不见复关，　　　　不见我的好复关，
泣涕⑯涟涟⑰。　　想他想得泪涟涟。
既见复关，　　　　见到我的好复关，
载笑载言⑱。　　　且笑且谈两相欢。
尔卜⑲尔筮⑳，　　你也占卜问过卦，
体㉑无咎㉒言。　　卦辞没有晦气话。
以尔车来㉓，　　　驾着你的马车来，
以我贿㉔迁㉕。　　我带嫁妆迁你家。

桑之未落，　　　　桑叶未落好时节，
其叶沃若㉖。　　　叶子葱绿又润泽。
于嗟㉗鸠㉘兮！　　唉，斑鸠啊斑鸠！
无食桑葚。　　　　不要贪恋吃桑葚。
于嗟女兮！　　　　唉，姑娘啊姑娘！
无与士㉙耽㉚。　　千万别和男子混。
士之耽兮，　　　　男子恋女子啊，

犹可说也。	还可解脱啊。
女之耽兮,	女子恋男子啊,
不可说也。	不可解脱啊。

桑之落矣,	桑叶经霜落,
其黄而陨㉛。	枯黄飘纷纷。
自我徂尔㉜,	从我嫁你许终身,
三岁㉝食贫㉞。	多年苦楚守清贫。
淇水汤汤㉟,	淇河滚滚流,
渐㊱车帷裳㊲。	水溅车篷透。
女也不爽㊳,	女子从未变心意,
士贰其行㊴。	男子反复不念旧。
士也罔极㊵,	男子变化无常性,
二三其德㊶。	三心二意猜不透。

三岁为妇㊷,	做你妻子许多年,
靡㊸室㊹劳㊺矣。	家务辛劳无休闲。
夙兴夜寐㊻,	常年起早又睡晚,
靡有朝矣㊼。	天天劳作干不完。
言㊽既遂㊾矣,	已经称了你心愿,
至于暴矣。	你却横眉又竖眼。
兄弟不知,	亲兄亲弟不知情,
咥㊿其笑矣。	边说边笑又嘲讪。
静言㉑思之,	独坐静思种种事,
躬自悼矣㉒。	独自伤悼我心酸!

及尔偕老，	你说白头共偕老，
老使我怨㊳。	想起这话使我怨。
淇则有岸，	淇河滔滔也有岸，
隰则有泮㊴。	水洼漫漫也有边。
总角㊵之宴㊶，	两小无猜共戏乐，
言笑晏晏㊷。	说说笑笑玩得欢。
信誓㊸旦旦㊹，	明明诚恳发过誓，
不思其反㊺。	没想你会把心变。
反是不思㊻，	恨你变心不念旧，
亦已焉哉㊼！	一刀两断就算完！

　　这是一位女子被欺骗、被遗弃后所唱的怨歌。她在悲苦无告的处境下，回忆当年丈夫如何殷勤地向她求婚，新婚时一片恩爱之情；并追叙她婚后的操劳，如何被丈夫虐待。思前想后，愈加痛恨丈夫。她终于愤然决定和变化无常的丈夫一刀两断，彻底决裂。诗中叙述的是古代社会中妇女被遗弃的不幸遭遇，反映出当时男女不平等的社会现实，对古代社会的旧礼教提出了抗议。本诗叙事与抒情相结合，运用了回忆倒叙手法描述这人间悲剧的前后过程，给人以深刻印象。

【注释考证】

　　①氓（méng）：民，人，诗中男子之代称。《说文》"氓"下云："民也。"《广韵》"氓，民也。"　②蚩蚩（chī）：老实的样子。　③贸：汉桓宽《盐铁论·错币》曰："古者市朝而无刀币，各以其所有易无，'抱布贸丝'而已。"以物易物，这是古代交易方式。布，布帛。　④匪：非之本体。　⑤即：就，靠近，前来。　⑥谋：商量事情。在此，指商量婚事。　⑦子：您，古代对男子的尊称。　⑧涉淇：过淇水。　⑨顿丘：地名。　⑩愆（qiān）：误。　⑪将（qiāng）：请求。　⑫无：

勿，不要。 ⑬乘：登。 ⑭垝垣（guǐ yuán）：破颓的墙。垝，毁坏。 ⑮复关：诗中男子所住的地方，在本诗中借作该男子之代称。 ⑯泣涕：眼泪。 ⑰涟涟：眼泪涌流的样子。 ⑱载笑载言：且笑且谈。 ⑲卜（bǔ）：占卜。古人迷信，以龟甲等占卜吉凶。 ⑳筮（shì）：用蓍草占卜。 ㉑体：指卦象，卦辞。或解为庆幸意。 ㉒咎（jiù）：本是错误、过失之意，在此指不吉利、不好。 ㉓以尔车来：用你（指男子）的大车来迎娶。 ㉔贿：财物。在此指嫁妆。 ㉕迁：徙，指女子迁于夫家，即嫁过去。 ㉖沃若：茂盛润泽貌。 ㉗于（xū）嗟：叹息声，于为吁之省借。 ㉘鸠：斑鸠鸟。据传斑鸠吃桑葚过多会醉，比喻人若迷恋男女之情，为之颠倒。 ㉙士：古代对男子的称呼。 ㉚耽（dān）：玩乐，沉溺。在此指沉湎于爱情。说，脱。 ㉛陨（yǔn）：落。本诗中以"桑之未落"喻女子青春，又以"桑之落矣"喻女子色衰爱弛，遭到遗弃。 ㉜徂（cú）尔：往尔，往你家去，嫁给你。 ㉝三岁：多年，古以三代多数，或可解为三年。 ㉞食贫：犹居贫，过贫苦生活。 ㉟汤汤（shāng）：水流滚滚的样子。 ㊱渐：溅之古体，溅湿。一说渐车即裧车。裧，车帏。 ㊲帷裳：帏裳，指车帏、车篷。 ㊳爽：差错。 ㊴贰其行：行为前后不一，变化无常。贰，《经义述闻》："贰，当为忒之讹。忒音他得切，即忒之借字也。"忒，与"爽"同义。 ㊵罔极：没有准则，行为不端。一说"罔极"为"无中"之意，"无中"即"二三"之谓。 ㊶二三其德：三心二意。 ㊷为妇：做媳妇。 ㊸靡：没有。 ㊹室：家中。 ㊺劳：家务辛劳。靡室劳矣，家中诸事无不操持。 ㊻夙兴夜寐：早起晚睡。夙，早，指黎明前。兴，起，起床。寐，睡眠。 ㊼靡有朝矣：没有一朝不如此，朝朝如此，天天如此。 ㊽言：发语词。 ㊾既遂：已遂心如愿。 ㊿咥（xì）：大笑的样子。 ㊿¹静言：静静地，默默地，又训审，仔细地。言，义同"然"。 ㊿²躬自悼矣：悼伤自身不幸的遭遇。躬，自身。 ㊿³及尔偕老，老使我怨：当初曾想与你白头偕老，但到我年老色衰之时却使我痛苦怨恨。或谓：过去你曾说要"白头到老"，现在想起你那"白头到老"

国风·卫风　　　　　　　　　　　　　　　　　　　　　129

的话，徒然增加我的怨恨痛苦。 (54)淇则有岸，隰（xí）则有泮（pàn）：淇河尚有高岸，水洼也有边沿。用来比兴那男子的心却难以捉摸（没有边际），或者用来比兴痛苦无边。隰，水泽，低洼之地。一说，隰，湿之借，湿为水名。泮，边际，水边，涯。 (55)总角：古代未成年的男女，将头发梳成两个髻，叫总角。 (56)宴：欢聚，玩乐。 (57)晏晏：温和愉快的样子。 (58)信誓：忠诚信实的盟誓，或坚决的誓言。《释文》云："信誓，本亦作矢誓。" (59)旦旦：形容诚恳坦率。《毛诗传笺通释》云："按旦旦即怛怛之省借……胡承珙曰：'怛本训憯痛，惟伤痛者有至诚迫切之意，故可通为形容诚恳之貌。'"按：此乃申释《郑笺》"恳恻款诚"之义。 (60)不思其反：没想到他会反复无常。 (61)反是不思：反复无常，不念旧情。或谓：你反复无常，是我没想到的。 (62)亦已焉哉：也只好算完吧，指干脆和那无情义的丈夫一刀两断。焉、哉连用，是表示感叹不已的语气。相当于"亦已焉""亦已哉"重叠句的作用。犹云："完了"或"算完吧"。

竹竿

籊籊①竹竿，	细长挺秀青竹竿，
以钓于淇②。	用它垂钓淇水边。
岂不尔思③？	难道我心不想你？
远④莫致之⑤。	路远山遥难回还。
泉源在左，	泉水涓涓左边流，
淇水在右⑥。	淇河清清右边涌。
女子有行，	姑娘思归要远行，
远⑦兄弟父母。	远离父母亲弟兄。

淇水在右，	淇河清清右边涌，
泉源在左。	泉水涓涓左边流。
巧笑⑧之瑳⑨，	微露白牙笑得俏，
佩玉⑩之傩⑪。	秀美如玉把人逗。

淇水滺滺⑫，	淇河清清日夜流，
桧⑬楫松舟。	桧木船桨松木舟。
驾言⑭出游，	驾着松舟去远游，
以写⑮我忧。	借以泻我心底愁。

一个女子备受思夫之苦，思绪万千，如行云流水悠忽远逝。

【注释考证】

①籊籊（dí）：细长秀直的样子。 ②以钓于淇：用竹竿钓于淇水之上，比喻男女求偶。《诗》中多以鱼为匹偶之隐语，本诗不及鱼而言钓，乃隐中之隐。 ③尔思：思尔。尔，你。 ④远：指这女子与丈夫相隔遥远。 ⑤莫致之：不能回到丈夫身边。莫，莫能，不能。致，在此是还归的意思，又如"致仕""致政"皆指辞官而言。 ⑥泉源在左，淇水在右：是以泉源、淇水比喻夫妻。《郑笺》："小水有流入大水之道，犹妇人有嫁于君子之礼。今水相与为左右而已，亦以喻已不见答。"泉源，水源。或指小水之源。或为水名。《诗集传》云："泉源即百泉也。在卫之西北，而东南流入淇，故曰在左。淇在卫之西南，而东流与泉源合，故曰在右。" ⑦远：作动词用，远离。 ⑧巧笑：指俏美之笑态。 ⑨瑳（cuō）：本指玉的色泽鲜润洁白。在此形容人牙齿洁白如玉。 ⑩佩玉：在此是形容人的美貌。 ⑪傩（nuó）：形容人走起路来飘洒优美的风度。 ⑫滺滺（yōu）：河水荡漾的样子。 ⑬桧（guì）楫松舟：桧木制的船桨，松木制的船。本诗以"桧楫松舟"喻夫妻。《毛传》：

"舟楫相配,得水而行。男女相配,得礼而备。"《郑笺》:"此伤己今不得夫妇之礼。"楫,古又称桡或棹,船桨。桧,又叫子孙柏、刺柏。⑭言:通"焉"。 ⑮写:泻的古体。

芄 兰

芄兰①之支②,	芄兰枝,弯又尖,
童子③佩觿④。	小伙子角锥佩身边。
虽则佩觿,	虽则角锥佩身边,
能不我知⑤?	他却不肯把我恋?
容兮遂兮⑥,	举止悠闲假斯文,
垂带⑦悸⑧兮。	衣带长垂飘颤颤。

芄兰之叶,	芄兰叶,如半环,
童子佩韘⑨。	小伙子手戴扳指圈。
虽则佩韘,	虽则手戴扳指圈,
能不我甲⑩?	他却不肯把我恋?
容兮遂兮,	举止悠闲假斯文,
垂带悸兮。	衣带长垂飘颤颤。

这个女子私爱的青年将和别人成婚,她心中交织着爱与恨。她先是大胆地提出质问,后又挖苦那青年:"休在我面前装假斯文。"写出了女子的娇憨之态。

【注释考证】

①芄(wán)兰:又名雀瓢,一种野生植物,实如羊角,其叶弯曲

成环状，故本诗以它托兴童子所佩之觿与韘。　②支：叉。指芄兰对出的荚实，比喻童子所佩之角锥。　③童子：指未婚男子。《集韵》《韵会》言"独也，言童子未有室家者也"，与《郑风·狡童》之狡童义同。　④佩觿（xī）：佩戴角锥。觿，用象牙、象骨、牛角或其他兽骨刻制的一种用具和装饰品，可以用来解绳结等，是成人之佩，即用骨、角磨制的锥子。《礼记·内则》："子事父母，左佩小觿，右佩大觿。"注："觿貌似锥，以象骨为之，是可以解结也。"　⑤能不我知：宁不我知。能，宁的借字，又作"而"解。王引之曰："古字多借能为而。"知，相知，相恋，相匹，相接，与下文"甲"（狎）字义近。又，《毛诗传笺通释》云："今按《墨子·经上篇》曰：'知，接也。'《庄子·庚桑楚篇》亦曰：'知者，接也。'……《尔雅》：'匹，合也。'《广雅》：'接，合也。'知训接、训合，即得训匹矣。又古者谓相交接为相匹……能不我知，知，正当训合。"　⑥容兮遂兮：形容文质彬彬舒缓自若的样子。容，雍容自得。或解为"止"。遂，安闲有节度，或解为"进"。　⑦垂带：垂挂着长大的衣带。《礼记·玉藻》："绅长制三尺是也。"　⑧悸：本是惊惧战栗之意，在此借以形容在行止中衣带抖动之状。　⑨韘（shè）：是成年男子佩戴的一种用具与饰物，用兽骨、玉石等制成，是一种缺口扳指，戴在右手拇指上，射猎时可用以扣弦引弓。　⑩甲：即"狎"字之省，指亲昵欢合。

河　广

谁谓①河②广？	谁说黄河宽？
一苇杭之③。	一片苇叶渡对岸。
谁谓宋远？	谁说宋地远？
跂④予⑤望之⑥。	翘起脚跟能望见。

国风·卫风

谁谓河广？	谁说黄河宽？
曾⑦不容刀⑧。	竟难容下小木船。
谁谓宋远？	谁说宋地远？
曾不崇朝⑨。	走到不过日三竿。

这是住在卫国的宋人所唱的思乡曲。

【注释考证】

①谓：说。 ②河：黄河。 ③一苇杭之：形容两地甚近，只用一片苇叶便能渡过河去。这是夸张手法。杭，又作斻，即航字，渡的意思。卫在河之北，宋在河之南，一河之隔，故云一苇杭之。 ④跂（qǐ）：企之假借，翘起脚跟远望。《鲁诗》《齐诗》用本字"企"，宜从之。 ⑤予：犹"而"。 ⑥之：代称宋地。 ⑦曾：竟。 ⑧刀：䑾之假借（刀、䑾声近义同）。《释文》作舠，小船。 ⑨崇朝（zhāo）：终朝。指从天亮到吃早饭的一段时间。

伯 兮

伯①兮朅②兮，	我的哥哥真威严啊，
邦③之桀④兮。	天下出色英雄汉啊。
伯也⑤执殳⑥，	哥哥手拿丈二殳，
为⑦王前驱⑧。	保卫国王他当先。
自⑨伯之⑩东⑪，	自从哥哥东出征，
首⑫如飞蓬⑬。	我不梳头像飞蓬。
岂无膏沐⑭？	难道没有润发油？

谁适为容⑮！	为谁喜爱整仪容！
其⑯雨其雨，	下雨吧！下雨吧！
杲杲⑰出日。	灿烂骄阳出天上。
愿⑱言⑲思伯，	低头沉思想哥哥，
甘心首疾⑳。	想得头痛也爱想。
焉得谖草㉑？	何处去找萱草苗？
言㉒树之背㉓。	把它栽到北檐下。
愿言思伯，	默默静思想哥哥，
使我心痗㉔。	使我心病阵阵发。

这是一位爱国妇女所唱的思夫曲。她为金戈铁马、英勇卫国的丈夫而自豪，但又被无尽的思念所折磨。

【注释考证】

①伯：哥哥，在此是女子对爱人的昵称。 ②朅（qiè）：英武强壮的姿态。 ③邦：国，天下。 ④桀：杰（繁体为傑）之省借，英雄豪杰，形容人的才力出众。 ⑤也：相当于"啊"。 ⑥殳（shū）：古代竹制兵器名，长一丈二尺（周制），尖锐而无刃。 ⑦为：是。 ⑧前驱：先锋。（第一章是夸夫之词，正由于她丈夫英武超人，才更使她爱得深想得切。这女子在自豪的心情之中，又饱含着无限辛楚。以下三章才是本诗的主旨所在。） ⑨自：从。 ⑩之：往，到，去。 ⑪东：东方，指丈夫所去的地方。 ⑫首：头，头发。 ⑬飞蓬：形容头发蓬松紊乱，像蓬草一样。蓬，草名，种子有绒毛，疏松蓬乱，能随风飞扬。 ⑭膏沐：化妆用的油，特指润发油。 ⑮谁适为容：为谁适容，为了使谁喜爱而整容？适，喜悦，爱。语云：女为悦己者

容。容，在此是动词，整容。 ⑯其：在此表示希求语气。 ⑰杲杲(gǎo)：明亮的样子。"其雨其雨，杲杲出日"，是指事与愿违。 ⑱愿：沉思，独思。 ⑲言：相当于"焉""然"。又，闻一多云："愿言，犹瞪然"。念念不忘之意。 ⑳首疾：犹疾首，头痛。 ㉑焉得谖草：焉，通爰，何处的意思。谖草，萱草。谖、萱，可通借。这种草又名忘忧草。 ㉒言：助词。 ㉓树之背：树之于背。树，栽植。之，代称萱草。背，北檐之下。这女子想栽忘忧草，正流露了她的思夫之苦情。 ㉔心痗(mèi)：心病。痗，忧思成病。按：本诗四章，层层深入地写出了女子思夫之切。首章夸夫，设下伏笔；二章写思夫情苦而不整容；三章又进一层，写出疾首苦况；末章达到高潮，写出她本想借萱草以忘忧，可是又不忍忘、不能忘。于是便断然唱出："愿言思伯，使我心痗"，虽至酿成心病也在所不顾了。从"不整容""想得头疼"到"想得成了心病"，步步深化，层层递进，委曲动人。

有 狐

有狐绥绥①，	有只狐狸孤单单，
在彼淇梁②。	在那淇河岸上转。
心之忧③矣，	我的心中无限愁，
之子④无裳⑤。	那人没有衣裳穿。

有狐绥绥，	有只狐狸孤单单，
在彼淇厉⑥。	从那淇河岸上来。
心之忧矣，	我的心中无限愁，
之子无带⑦。	那人没有好衣带。

有狐绥绥，	有只狐狸孤单单，
在彼淇侧⑧。	在那淇河边上转。
心之忧矣，	我的心中无限愁，
之子无服⑨。	那人没有衣裳换。

一个年轻的寡妇，爱上了一个青年，想嫁给他，但又被旧礼俗所束缚，难以如愿，使她愁苦不已。本诗反映了古代社会中妇女没有婚姻自由，丧偶的女子再嫁，是要受到卫道者的非难的。因而这女子三叹"心之忧矣"。

【注释考证】

①有狐绥绥：以狐狸独行喻男子无妻。绥绥，从容独行的样子。《齐诗》作"夂夂"。《玉篇》："夂，行迟貌。"《说文》："夂，行迟曳夂夂也。""绥"为假借字。　②梁：河堤，水坝。《尔雅·释地》："堤谓之梁。"《毛传》："石绝水曰梁。"　③忧：闻一多《诗选与校笺》云："这忧字也是该依照它的本义训为心动的。"待考。　④之子：是子，这人，那人。指男女均可。　⑤无裳：没有衣裳。裳本指下装。这是双关语。以那人无下装喻无妻室，而以裳配衣，正是她的心愿。　⑥厉：高峻的河岸。《韵会》："岸高危处曰厉。"《玉篇》："上也。"按：厉。亦可解为河渡口。《诗集传》："深水可涉处也。"　⑦带：束衣的带子。也是双关语。含有愿以带配裳之意。　⑧侧：河边。　⑨服：衣服之统称。特指上衣。双关意，同上二章"无裳""无带"句。

木　瓜

投我以木瓜①，	美人送我鲜木瓜，
报②之以琼琚③。	我把佩玉送给她。

匪④报也，　　　不是用它作答报啊，
永以为好⑤也！　但愿我们永相好啊！

投我以木桃⑥，　美人送我鲜木桃，
报之以琼瑶⑦。　我赠她的是琼瑶。
匪报也，　　　　不是用它作答报啊，
永以为好也！　　但愿我们永相好啊！

投我以木李⑧，　美人送我鲜木李，
报之以琼玖⑨。　我赠她的是美玉。
匪报也，　　　　不是用它作答报啊！
永以为好也！　　但愿我们永相好啊！

一个男子正与钟爱的女子互赠信物以订同心之约。本诗语言质朴明朗，并运用了叠章叠句，一唱三叹，余音袅袅，不绝如缕，真是民歌本色。

【注释考证】

①木瓜：是一种落叶灌木，果实像梨子，气味清香。古代风俗，有以瓜果之属为男女定情之信物者。　②报：复，酬答，回谢。　③琼琚（qióng jū）：琼，美玉美石之通称。琚，佩玉名，古代的装饰品。胡承珙曰："佩玉名者，杂佩非一，其中有名琚者耳。"又，马瑞辰考证："琼"为"璇"字之讹。璇，美玉名。　④匪：非。　⑤好（hào）：爱。　⑥木桃：桃子。　⑦琼瑶：佩玉名。　⑧木李：李子。姚际恒云："木桃、木李乃因木瓜而顺呼之。《诗》中如此类甚多，不可泥。"　⑨琼玖（jiǔ）：佩玉名。

【学术延伸】

  本诗连言"木瓜、木桃、木李""琼琚、琼瑶、琼玖",是为了声韵与修辞上的协调。美人所赠无非是瓜果之属,贻赠美人者不外乎美玉之类。实际上,不一定是三次互赠信物。从诗义看,对方所赠皆为瓜果常物。而诗人回敬的却都是美玉异珍,且犹感不足为报,无形中表现了对方的真情深深感动了诗人,而诗人又以倍加强烈的爱重与感激之情图报。既衬托出对方的可爱可敬,又表达了诗人的一片赤情,语言朴素,寄兴隽永。

王 风

黍 离

彼黍①离离②,　　看那黍苗茂密行行,
彼稷之苗。　　　看那稷苗行行茂密。
行迈③靡靡④,　　慢吞吞地独自前行,
中心摇摇⑤。　　　心神恍惚悲苦凄凄。
知我者⑥,　　　　了解我的,
谓我心忧;　　　　说我伤心难过;
不知我者,　　　　不了解的,
谓我何求。　　　　说我寻求什么。
悠悠⑦苍天⑧!　　苍天哪,苍天!
此何人⑨哉?　　　这是谁的罪过?

彼黍离离,　　　　看那黍苗茂密行行,
彼稷之穗⑩。　　　看那稷苗初秀新穗。
行迈靡靡,　　　　慢吞吞地独自前行,
中心如醉⑪。　　　心中烦乱真像酒醉。
知我者,　　　　　了解我的,
谓我心忧;　　　　说我伤心难过;
不知我者,　　　　不了解的,

谓我何求。	说我寻求什么。
悠悠苍天！	苍天哪，苍天！
此何人哉？	这是谁的罪过？
彼黍离离，	看那黍苗茂密行行，
彼稷之实。	看那稷穗籽粒饱满。
行迈靡靡，	慢吞吞地独自前行，
中心如噎⑫。	像有东西充塞心间。
知我者，	了解我的，
谓我心忧；	说我伤心难过；
不知我者，	不了解的，
谓我何求。	说我寻求什么。
悠悠苍天！	苍天哪，苍天！
此何人哉？	这是谁的罪过？

一位没落的士大夫，漂泊异乡，偶过京城故址，看到从前的京城，现已变成一片田野。往日的繁华和他自己饫甘餍肥的生活，已不复存在。于是他触景伤情，抒发了物是人非、无限惋惜、宗周覆灭的悲痛情怀。

【注释考证】

①黍（shǔ）：与下文"稷"都是农作物。这两种农作物，都是粟类，穗像稻穗，而籽粒小（如粟粒）。黍米是粘的，稷米是不粘的。

②离离：一行一行长得茂密的样子。 ③行迈：行走不止。犹"行行重行行"。一说，迈为远行。 ④靡靡：迟迟，慢吞吞地。 ⑤中心摇摇：心中难过，恍惚不安。一说，摇摇为怊怊之借，忧伤无告之意。

⑥知我者：了解我心情的人。 ⑦悠悠：遥遥，形容无边无际。⑧苍天：青天。因天色苍青，故称苍天。《毛传》："据远视之，苍苍然，则称苍天。" ⑨此何人：此，指这种颓败荒凉景象。何人，是指何人造成的。 ⑩彼稷之穗：是指稷穗下垂，犹如心情沉重，以比兴下句之"中心如醉"。 ⑪如醉：形容心绪烦乱不宁，好像喝醉了酒那样。 ⑫如噎（yē）：心中郁闷，好像有东西塞在心间，透不过气来。以"彼稷之实"喻心情郁郁，比兴下句之"中心如噎"。噎，哽塞。

君子于役

君子①于②役③，	我的好人出外服役，
不知其期④，	年年月月不知归期，
曷⑤至⑥哉？	何时才能到家团聚？
鸡栖⑦于埘⑧，	群鸡回到窝里歇宿，
日之夕⑨矣，	太阳落山黄昏日暮，
羊牛下来⑩。	羊牛下坡顺行小路。
君子于役，	我的好人出外服役，
如之何勿思⑪！	怎不叫我苦苦思慕！
君子于役，	我的好人出外服役，
不日不月⑫，	日日月月没有定期。
曷其有佸⑬？	何时才能到家团聚？
鸡栖于桀⑭，	群鸡跳上木桩停歇，
日之夕矣，	黄昏时分太阳已落，
羊牛下括⑮。	羊牛叫着下了山坡。

> 君子于役，　　我的好人出外服役，
> 苟无饥渴⑯！　或许没受饥渴折磨！

这是一位女子所唱之歌，从诗中反映的生活状况及情感来看，她丈夫（即所称君子）在外服役，终年不得归。这位女子非常思念丈夫，特别是在日暮时分，她看到家禽归巢，家畜归圈，于是不由得叹问道："何时他能回来团聚？"本诗反映了无尽无休的徭役给人民带来的伤害。

【注释考证】

①君子：在此，是这女歌者对丈夫的敬称，犹如"我的好人"。按：后代诗歌中的"君""夫君""郎君"诸词，可能是由"君子"一词演化而来。　②于：往，去，出去。　③役：古代徭役、苦役。　④其期：那（服役的）日期，或可解为归期。　⑤曷：何，何时。　⑥至：指丈夫来到家中。　⑦栖（qī）：本作棲，居息，宿。　⑧埘（shí）：用泥土砌的鸡窝。　⑨夕：傍晚，指傍晚时分"鸡栖于埘""羊牛下来"尚有定时，而服役的人却没有归期。　⑩羊牛下来：本句先说羊，后说牛，是因为羊比牛归圈早些。下来，指从山上牧场下来。　⑪如之何勿思：如何不思。　⑫不日不月：没有定期，不可按日月计算。日月，或为双关语，喻夫。　⑬有佸（huó）：再见面团聚。有，又。佸，相会。　⑭桀（jié）：在此指木桩，或指以木桩构成的鸡窝（木栅栏）。又，桀即榤字，今作橛。　⑮下括（kuò）：下来，来到。括，通恬，有"到"的意思。　⑯苟无饥渴：也许没受饥渴吧。苟，且，大概，也许。按：如将"饥渴"解为思家如饥似渴之意，与本诗思想感情也能吻合。第一章末句写女子痴心思夫；第二章末句，在思之切忧之深的情状下，女子猜想丈夫思念妻子呢，或许不思念妻子呢？她这种担心与猜度，正表明她对丈夫的情感深切专注。

君子阳阳

君子①阳阳②，　　我的好人乐洋洋，
左执簧③，　　　　左手拿着多管簧，
右招④我由房⑤，　右手招我跟进房，
其乐只且⑥！　　　尽情欢爱喜欲狂！

君子陶陶⑦，　　　我的好人开笑颜，
左执翿⑧，　　　　左手拿着羽毛扇，
右招我由敖⑨，　　右手招我随他玩，
其乐只且！　　　　尽情欢爱乐无边！

这女子看到了身为舞师的爱人，与他聚首言欢，心花怒放，其乐无极。

【注释考证】

①君子：在此，是女子对丈夫的敬称。②阳阳：与洋洋、扬扬并通，得意忘形的样子。③簧（huáng）：本指笙竽管中的铜叶，引申为笙竽之属，因它们是鼓动簧叶发音的乐器。一说，"簧"是一种大笙（见《毛诗传笺通释》）。④招：招呼，招引。⑤由房：跟着（他）一同到房间里去。由，从，跟。房，室内，又指房中之乐。⑥只且（jū）：助词。⑦陶陶：欢乐的样子。⑧翿（dào）：古代文舞所用的道具，舞师拿在手中挥舞。这种道具，即羽旄之属。羽，指鸟羽（山鸡羽之类）；旄，指牛尾（或兽尾之类）。文舞时手执羽旄之属（亦即翿），也反映了渔猎时代先民劳动后的愉快。⑨敖：玩

乐，或指燕舞之位。"由敖"应解为跟他一起玩乐，而解为跟他到燕舞之位一起歌舞玩乐亦可。如果这样解释，则男女当均为舞师（即巫师）。

扬之水

扬之水①，	河水荡漾流啊流，
不流束薪②。	不能漂走一束薪。
彼其之子③，	我那好爱妻，
不与我戍申④。	不能同我来戍申。
怀⑤哉怀哉，	想念她啊思念她，
曷⑥月予⑦还归⑧哉！	哪月我能转回家！

扬之水，	河水荡漾流啊流，
不流束楚⑨。	不能漂走一束楚。
彼其之子，	我那好爱妻，
不与我戍甫⑩。	不能同我来戍甫。
怀哉怀哉，	想念她啊思念她，
曷月予还归哉！	哪月我能转回家！

扬之水，	河水荡漾流啊流，
不流束蒲⑪。	不能漂走一束蒲。
彼其之子，	我那好爱妻，
不与我戍许⑫。	不能同我来戍许。
怀哉怀哉，	想念她啊思念她，
曷月予还归哉！	哪月我能转回家！

周平王强征老百姓远戍，征人不甘长期戍守，不满于这种残贼暴政，思念家人，充满了无限怨忿。

【注释考证】

①扬之水：激扬之水，激荡之水。本诗以扬之水喻夫。 ②不流束薪："丈夫远征，妻不能同去，犹如激扬之水，不能漂着束薪一同走。束薪，本喻婚姻，在此是喻妻。《诗》中凡言"束薪、析薪、栗薪"多为婚姻之比喻。 ③彼其之子：指妻子。 ④戍（shù）申：在申地防守。戍，防守。申，国名，是姜姓之国，是周平王外祖家，平王之母是申国国君之女。《诗集传》："平王以申国近楚，数被侵伐，故遣畿内之民戍之。而戍者怨思，作此诗也。"按：申国故城在今河南省南阳市北。 ⑤怀：怀念。 ⑥曷：何。 ⑦予：我。 ⑧还归：回故乡（与家人团聚）。 ⑨束楚：及下文"束蒲"，义犹束薪。楚，野生植物。分草本、木本二种，又曰荆。按：本篇以楚、薪、蒲并举，是三者皆草属。又《唐风·绸缪》以薪、刍、楚并举，是三者亦皆草属。《秦风·黄鸟》以棘、桑、楚并举，且为黄鸟所止，是三者皆木属。 ⑩甫：国名。即吕国，也是姜姓。 ⑪蒲：即水生之蒲草，或者又指蒲柳，有两种：一种皮青，称为小杨；一种皮红，称为大杨。其叶皆比柳叶长而宽，枝条可作箭杆。 ⑫许：也是姜姓之国，故地在今河南省许昌市境。

中谷有蓷

中谷①有蓷②， 益母草，满山谷，
暵③其干④矣。 天旱草渐枯。
有女仳离⑤， 女人别了穷丈夫，

嘅⑥其叹矣。	唉声叹气愁难诉。
嘅其叹矣，	唉声叹气愁难诉，
遇人⑦之艰难⑧矣。	嫁的丈夫生活苦。

中谷有蓷，	益母草，满山谷，
暵其脩⑨矣。	天旱草渐枯。
有女仳离，	女人别了穷丈夫，
条其歗⑩矣。	唉声叹气愁难诉。
条其歗矣，	唉声叹气愁难诉，
遇人之不淑⑪矣。	嫁的丈夫生活苦。

中谷有蓷，	益母草，满山谷，
暵其湿矣⑫。	天旱草渐枯。
有女仳离，	女人别了穷丈夫，
啜其泣矣⑬。	抽抽噎噎低声哭。
啜其泣矣，	抽抽噎噎低声哭，
何嗟及矣⑭。	自叹何时见丈夫。

周代统治阶级倒行逆施，造成凶年饥馑，家人离散。妇女自叹身世飘零，唱出血泪哀歌。诗歌反映了周代劳动妇女在统治阶级压榨下的悲惨生活。

【注释考证】

①中谷：谷中。　②蓷（tuī）：又名雊，或名芜蔚、益母，是一种药草，能医妇女疾病。　③暵（hàn）：干燥。　④干：指草枯。　⑤仳离：别离，在此指夫妻别离。　⑥嘅（kǎi）：叹息之声。　⑦人：指丈

夫。 ⑧艰难：此处指家庭生活困顿穷苦。 ⑨脩：干枯。脩，本指干肉，此处指草枯。 ⑩条其歗（xiào）矣：噘口发出叹声。条，是噘口发声之状。歗，啸，指噘口发声。 ⑪不淑：不善，不幸，指生活不好。古人对死丧饥馑都叫不淑。 ⑫暵其湿矣：暵，干貌。湿，曝的假借字，晒干。《广雅》："曝，曝也。" ⑬啜其泣矣：啜泣，低声哭泣，饮泣，抽噎，抽抽搭搭地哭。 ⑭何嗟及矣：应为"嗟何及矣"。嗟叹何时能与丈夫团聚。及，与，相聚，相爱。《郑笺》："及，与也。泣者，伤其君子弃己。嗟乎将复何与为室家乎？此其有余厚于君子也。"《诗集传》："何嗟及矣，言事已至此，未如之何，穷之甚也。"按：本句亦可断为："嗟！何及矣！"意思是："唉！怎么痛苦达到这地步啊！"及，达到。

兔 爰

有兔爰爰①，	野兔放纵得意，
雉离②于罗③。	山鸡陷在网里。
我生之初④，	我出生之前，
尚⑤无为⑥；	还没啥苦役；
我生之后，	我出生之后，
逢⑦此百罹⑧。	百难临头。
尚寐⑨，	闭上眼一觉睡去，
无吪⑩！	也只好默默忍受！

有兔爰爰，	野兔放纵得意，
雉离于罦⑪。	山鸡陷在网里。
我生之初，	我出生之前，
尚无造⑫；	还没啥苦役；

我生之后，	我出生之后，
逢此百忧⑬。	百祸临头。
尚寐，	闭上眼一觉睡去，
无觉⑭！	也只好麻木忍受！

有兔爰爰，	野兔放纵得意，
雉离于罿⑮。	山鸡陷在网里。
我生之初，	我出生之前，
尚无庸⑯；	还没啥苦役；
我生之后，	我出生之后，
逢此百凶⑰。	百灾临头。
尚寐，	闭上眼一觉睡去，
无聪⑱！	也只好昏昏忍受！

古代劳动人民在剥削阶级的重重压榨之下，走投无路，自悲生不如死，痛苦已达极点。但是，他们在当时还没有找到与奴隶主彻底斗争的道路，所以有的人便发出这无可奈何的感叹。

【注释考证】

①爰爰：缓缓之借字，悠闲放纵的样子。有兔爰爰，是比喻坏人行恶，却逍遥自在。　②离：遭，陷于。　③罗：罗网。雉离于罗，是比喻人民善良无辜，却陷于苦难的罗网而无法摆脱。　④生之初：生之前。　⑤尚：犹，还。　⑥无为：无事，无所为（指军役之事），没有什么差役。　⑦逢：遭。　⑧百罹：百难。罹，忧，难。　⑨尚寐：且寐。寐，睡眠，或指长眠（死去）。吴闿生《诗义会通》云："追溯生初，无限低徊。'安得山中千日酒，酣然直到太平时'，即尚寐意"。

国风·王风

⑩无吡(é)：勿吡。吡，动。 ⑪罦(fú)：一种捕鸟的网，又名覆车网。 ⑫造：犹为。 ⑬百忧：指多种忧难。 ⑭觉：清醒。 ⑮罿(tóng)：一种捕鸟的网。 ⑯庸：用。指徭役，又训劳苦。 ⑰凶：祸。 ⑱聪：本指听觉灵敏，引申为本性灵敏，聪明。无聪，不聪明，即糊涂。

葛藟

绵绵①葛藟②，　　葛藤长绵绵，
在河之浒③。　　在那河崖岸。
终④远⑤兄弟⑥，　　远离兄弟去讨饭，
谓他人父⑦。　　向人苦把爸爸喊。
谓他人父，　　向人苦把爸爸喊，
亦莫我顾⑧！　　也不对我来顾怜！

绵绵葛藟，　　葛藤长绵绵，
在河之涘⑨。　　在那河水边。
终远兄弟，　　远离兄弟去讨饭，
谓他人母⑩。　　向人苦把妈妈喊。
谓他人母，　　向人苦把妈妈喊，
亦莫我有⑪！　　也不对我来矜怜！

绵绵葛藟，　　葛藤长绵绵，
在河之漘⑫。　　在那河崖岸。
终远兄弟，　　远离兄弟去逃活，
谓他人昆⑬。　　苦苦向人喊哥哥。

| 谓他人昆， | 苦苦向人喊哥哥， |
| 亦莫我闻⑭！ | 也不对我来施舍！ |

这是周代的流浪者之歌。歌者饥寒交迫，哀哀无告，在死亡线上挣扎，发出内心的沉痛的呼喊，宣泄出一腔愤懑。

以葛藟生在河边托兴流浪者生活艰难，身陷绝境。歌者又自述远离家人，流落异乡。到处行乞，向人呼求哀告。但是，脑满肠肥的富人们却冷酷无情，一片黑心肠，根本不顾恤穷人的死活。各章运用了复笔重叠手法，反复咏叹，反映了古代劳动人民血泪斑斑的悲惨生活和奴隶制社会尖锐的阶级矛盾，也表现了人民对统治者的憎恨。

【注释考证】

①绵绵：长而不绝的样子。 ②葛藟（gě lěi）：一种野生植物，藤蔓绵长，多生于山野间，攀爬于丛树上。本诗以葛藟在河边比喻处境不利，十分艰危。 ③浒（hǔ）：湖泽，河流的崖岸。 ④终：穷，极。 ⑤远：远离。 ⑥兄弟：代称家人。 ⑦谓他人父：谓他人为父，指行乞时只好喊别人为父辈，或直呼为"爸爸"。 ⑧莫我顾：莫顾我，不肯怜悯照顾我。顾，顾念、照顾、体恤、怜悯。 ⑨涘（sì）：水边。 ⑩母：指乞讨时对人称呼为母辈。 ⑪有：义同顾。本可解为质。质有问的意思，问又有顾的意思。此外，有、友古通。友，厚爱、怜悯之意。 ⑫漘（chún）：河岸，水边。特指岸平而水深。 ⑬昆：兄，古称兄弟为昆仲。 ⑭闻：问的借字。《释文》："闻，音问。又如字。"按：问，有赠、遗、与之意。《郑风·女曰鸡鸣》："知子之顺之，杂佩以问之。"《毛传》："问，遗也。"《礼记·曲礼》："凡以苞苴箪笥问人者。"又见《左传·哀公二十六年》："卫侯使以弓问子贡。"另，《经义述闻》云："闻，犹问也。谓相恤问也。古字闻字与问通。"本此，此篇之莫闻，是指那些富人们心肠狠毒，不肯给行乞者一点东西。一说，本

篇莫闻之意，指富儿们对行乞者的哀告，充耳不闻，不加理会。

采 葛

彼采葛①兮，	那个采葛的好姑娘啊，
一日不见，	一天一日不见她，
如三月兮！	好像三月长又长啊！

彼采萧②兮，	那个采萧的好姑娘啊，
一日不见，	一天一日不见她，
如三秋③兮！	好像三秋长又长啊！

彼采艾④兮，	那个采艾的好姑娘啊，
一日不见，	一天一日不见她，
如三岁⑤兮！	好像三年长又长啊！

这是男子思念爱人的歌。三章重叠，诗中采葛、采萧、采艾，实指一人。一日不见，如三月、如三秋、如三岁，语意步步递进，情感步步发展，构成更深远的意境。语言质朴无华，表意率真自然，回环宛转，是民歌本色。

【注释考证】

①采葛：代称采葛之女。葛蔓长而韧，加工成细丝可纺纱织布。②萧：又名香蒿。 ③三秋：三季。 ④艾：又名香艾。 ⑤三岁：三年。三月、三秋、三岁，都是用夸张手法而表现思念之深。成语"一日三秋"源于此。

大 车

大车^①槛槛^②，　　大车嘎嘎响得紧，
毳^③衣如菼^④。　　绣衣黄绿颜色新。
岂不尔思^⑤？　　　怎能说我不想你？
畏子不敢^⑥。　　　他们可怕不敢奔。

大车啍啍^⑦，　　　大车沉重慢吞吞，
毳衣如璊^⑧。　　　绣衣鲜红颜色新。
岂不尔思？　　　　怎能说我不想你？
畏子不奔^⑨。　　　他们可怕不敢奔。

榖^⑩则异室^⑪，　　活着不能同床枕，
死则同穴^⑫。　　　死后合葬愿相亲。
谓予不信^⑬，　　　你若说我不忠信，
有如皦日^⑭。　　　灿烂骄阳比我心。

　　一个女子的纯真的爱情横遭恶势力的破坏阻挠，使她不能与爱人同室相亲。她坚决表示：生不同室，死则同穴。表现了她对爱情的专贞和对恶势力的反抗。（又，姚际恒云："《伪传》《说》皆以为周人从军，讯其室家之诗，似可通。'尔'，指室家。'子'，指主之者。'奔'，逃亡也。"亦可从。)

【注释考证】

①大车：大夫之车。一说，牛车。　②槛槛（kǎn）：车轮的响声。

国风·王风

③ 毳（cuì）：毳衣，是一种绣花衣服。《郑笺》："毳衣之属，衣缋而裳绣，皆有五色焉，其青者如雚。"（雚，指初生的嫩绿的芦苇。）《毛传》："毳衣，大夫之服。"《诗集传》："毳衣，天子大夫之服。"一说，毳衣，毛布衣。 ④ 菼（tǎn）：初生的荻苇，在此形容嫩绿色。《诗集传》："毳衣之属，衣绘而裳绣，五色皆备。其青者如菼尔。" ⑤ 岂不尔思：岂不思尔。尔，你，指女子所私爱之人。 ⑥ 畏子不敢：指这女子既想见爱人，但又由于惧怕大夫一类的官吏而不敢前去找爱人，心理上有矛盾。子，犹"之"，他们，此指大夫等人。敢，指犯礼之事。《广雅·释诂》："敢，犯也。"不敢，谓不犯礼以私奔，与下文"不奔"义同。（用马瑞辰说） ⑦ 啍啍（tūn）：重滞徐缓的样子（或声音）。 ⑧ 璊（mén）：本为红色美玉，在此指鲜美的红色。 ⑨ 奔：男女私奔。 ⑩ 穀：通"縠"，生，活着。 ⑪ 异室：两室相居，指不能结为婚姻而同居一室。 ⑫ 同穴：同一墓穴，合葬。 ⑬ 信：指对爱情忠信。 ⑭ 皦（jiǎo）日：灿烂光辉的太阳。皦，白。

丘中有麻

丘中有麻①，　　　　高坡地，有麻田，
彼②留③子嗟④。　　　我那好人来得晚。
彼留子嗟，　　　　　哪怕好人来得晚，
将⑤其来施施⑥。　　　但愿悄悄来相见。

丘中有麦⑦，　　　　高坡地，有麦田，
彼留子国。　　　　　我那好人来得晚。
彼留子国，　　　　　哪怕好人来得晚，
将其来食⑧。　　　　但愿悄悄来共餐。

丘中有李⁹，	高坡地，桃李园，
彼留之子⁰。	我那好人来得晚。
彼留之子，	哪怕好人来得晚，
贻⑪我佩玖⑫。	送我宝玉结良缘。

这个性格泼辣的女子，满怀痴情，热切地盼望与爱人相会。她希望与所爱的人永结良缘。

【注释考证】

①麻：麻田，可能是这女子幽会之地。　②彼：那。　③留：迟，迟迟不来。《史记·匈奴列传》："然而诸宿将常坐留落不遇。"注："谓迟留零落不遇合也。"一说"留"为姓氏。　④子嗟（jiē）：与下文之"子国"皆同。"子"即三章"之子"，指所私之人。"嗟""国"为助词。一说，子嗟、子国为人名，与"之子"同指一人。又，姚际恒云："'嗟''国'字只同助词。盖诗人意中必先有'麻''麦'字而后以此协其韵也。"　⑤将：愿，请。　⑥施施：悄然而来。按："将其来施施"另作"其将来施"。《郑笺》："施施，舒行伺闲独来见已之貌。"按：《颜氏家训·书证篇》曰："江南旧本悉单为'施'。"俞樾云："当以江南为正，经文止一'施'字。增经文作'施施'，非其旧矣。"且本篇二、三章均为四言，唯首章末句为五言，体例不一，语气不畅，可见此诗首章末句亦为四言。　⑦麦：麦田。　⑧将其来食：另作"其将来食"。食，吃东西，在此指共餐，或为合欢之隐语。　⑨李：李园。　⑩之子：是子，那好人。　⑪贻（yí）：赠。　⑫佩玖：指身上佩戴的美玉。古代风习，男女相悦，多以身上所佩之饰物相赠，为永结同心之信物。亦有以瓜果之属相投者。

郑 风

缁 衣

缁衣①之宜②兮，　　　你的黑衣真合体啊，
敝③予④又改⑤为⑥兮。　破了就另做新衣啊。
适⑦子之馆⑧兮，　　　我要到你馆舍去啊，
还⑨予授⑩子⑪之粲⑫兮。去把新衣送给你啊。

缁衣之好⑬兮，　　　你的黑衣真美好啊，
敝予又改造⑭兮。　　破了就另做新衣啊。
适子之馆兮，　　　　我要到你馆舍去啊，
还予授子之粲兮。　　去把新衣送给你啊。

缁衣之席⑮兮，　　　你的黑衣真称身啊，
敝予又改作⑯兮。　　破了另做一色新啊。
适子之馆兮，　　　　我要到你馆舍去啊，
还予授子之粲兮。　　送你新衣表我心啊。

这位女歌者对爱人衣着的关怀体贴，正反映出她的一片至情。"适子之馆"，难道仅是为了送件新衣吗？

【注释考证】

①缁（zī）衣：黑色的衣服，是古代卿大夫居私朝之服。《毛传》："缁，黑色，卿士听朝之正服也。" ②宜：合适，相称。 ③敝：同弊，破旧。应读"敝，予又改为兮"，以下皆同。 ④予：犹"而"。 ⑤改：更，另。 ⑥为：作，指缝制衣服。 ⑦适：往，去。 ⑧馆：馆舍，官舍，官邸。 ⑨还：回，指女子回到爱人身边，或指这男子由官府（或朝廷）回馆舍。 ⑩授：给予，以物予人叫授。 ⑪子：在此，是这女子对男方之称谓。 ⑫粲：形容新衣鲜明的样子。或云：粲是餐之假借。又云：粲是精细的米。如依前说，则是女子送新衣给爱人。如依后二说，则是女子送饭食给爱人。并通。再，将粲解为笑貌，亦通。⑬好：美好。 ⑭改造：犹改为。 ⑮席：本指宽大安舒，此处指衣服称身。 ⑯改作：犹改造、改为、改造、改作，变文避复。叠句运用得灵活。

将仲子

将①仲子②兮，	仲子仲子求求你呀，
无③逾④我里⑤，	莫将我家里墙跨呀，
无折⑥我树杞⑦。	可别踩断杞树杈呀。
岂敢爱之？	岂敢疼爱杞树杈呀？
畏我父母。	我怕我的爹和妈呀。
仲可怀也，	仲子仲子我想你呀，
父母之言亦可畏也。	爹妈说话也可怕呀。

将仲子兮，	仲子仲子求求你呀，
无逾我墙⑧，	莫将我家院墙跨呀，

无折我树桑⑨。	可别踩断桑树杈呀。
岂敢爱之？	岂敢疼爱桑树杈呀？
畏我诸兄⑩。	众位哥哥使我怕呀。
仲可怀也，	仲子仲子我想你呀，
诸兄之言亦可畏也。	哥哥说话也可怕呀。

将仲子兮，	仲子仲子求求你呀，
无逾我园⑪，	莫将我家园墙跨呀，
无折我树檀⑫。	可别踩断檀树杈呀。
岂敢爱之？	岂敢疼爱檀树杈呀？
畏人⑬之多言。	我怕人多嘴又杂呀。
仲可怀也，	仲子仲子我想你呀，
人之多言亦可畏也。	人多嘴杂也可怕呀。

这个热情坦率的姑娘，切望与爱人幽期密约，却又唯恐别人觉察，交织着矛盾心理。也可以看出周代社会中，男女爱情婚姻不自由，不仅受到父母、诸兄的干涉，而且也受到社会上众人的非难。这个姑娘虽一再叮嘱爱人别爬墙、别折树，但不是不想让他来，只是要求他莫暴露形迹。言似拒之，实乃招之，语真情苦。

【注释考证】

①将：请求。一说，将，如羌字，发语词。 ②仲子：女歌者的爱人的名字，或解为其对爱人的称呼。仲，是兄弟（姊妹）中的第二个。子，是对男子的美称。仲子，又相当于称为"二哥"。 ③无：勿，不要。 ④逾：越，越过。 ⑤里：古制二十五家为一里，里有里墙。本诗里字，实指里墙。 ⑥折：指爬墙时折断树枝。 ⑦树杞：杞树之倒

文,又名杞柳。 ⑧墙:院墙。 ⑨树桑:桑树之倒文。 ⑩诸兄:众位兄长。 ⑪园:园墙。仲子先越里墙、次越院墙、后越园墙,由外及内。本诗叙事层次清楚。 ⑫树檀:檀树之倒文。 ⑬人:指家外之众人。

【学术延伸】

"无逾我里""无逾我墙""无逾我园"等句,说明女子言似拒之,实乃招之的心理状态。可参考《中国文学史》(高等教育出版社)引明代民歌,明代民歌:"姐道:我郎呀!若半夜来时,没要捉个后门敲。只好捉我场上鸡来拔子毛,假做子黄鼠狼偷鸡,引得角角里叫。好教我穿上单裙出来赶野猫。"这民歌与《将仲子》一诗表现有一致性,不过《将仲子》中的女子欲言不敢言,而明代民歌中的女子却直接替爱人指出私会的途径了。

叔于田

叔①于②田③,　　叔去打猎在山林,
巷无居人④。　　街巷好像没住人。
岂无居人?　　　哪是街巷没住人?
不如叔也。　　　都没我的好叔亲。
洵⑤美⑥且仁⑦。　真是美貌又温存。

叔于狩⑧,　　　叔去打猎在山林,
巷无饮酒⑨。　　街巷没有饮酒人。
岂无饮酒?　　　哪是没有饮酒人?
不如叔也。　　　都没我的好叔亲。

国风·郑风

| 洵美且好⑩。 | 真是美貌又英俊。 |

叔适⑪野⑫，	我的好叔去郊野，
巷无服马⑬。	街巷没有骑马人。
岂无服马？	哪是没有骑马人？
不如叔也。	都没我的好叔亲。
洵美且武⑭。	真是美貌又英俊。

这支歌，表现了女子对爱人纯纯的爱慕。在她心目中只有"叔"一人。

【注释考证】

①叔：这是女子对爱人的昵称，一说为人名。按：古称兄弟中之年幼者为叔，序列是伯、仲、叔、季。所以，女子也称丈夫之弟为叔（或小叔）。并且，女子也可称爱人为伯、叔。　②于：往，去。《小雅·六月》："王于出征。"《小雅·车攻》："之子于征。"于字均训为往。③田：打猎。古与畋、佃通。《易·恒卦》："田无禽。"疏："田者田猎也。"又见本诗《毛传》曰："田，取禽也。"按：禽，本为鸟兽之总称，后世乃统指飞鸟。　④巷无居人：街巷里好像没有住着一个男子（只要叔不在此，就好像没有别的男子了）。　⑤洵（xún）：真正，的确。⑥美：指容貌及风度很美。　⑦仁：指宽厚和蔼。⑧狩：打猎，又指冬天打猎。　⑨饮酒：饮酒者。　⑩好：指容貌美。　⑪适：去，到。⑫野：郊野，此指狩猎之地。　⑬服马：骑马，又代称骑马的人。按：服，又作犕，用的意思。又见《五经文字·石经》："变舟作月。"再见《易·系辞》："服牛乘马。"疏："服用其牛。"　⑭武：英武。一说指用武有节，不妄为武。

大叔于田

叔①于②田③,　　　好叔前去山林打猎,
乘乘马④。　　　　驾着四马拉的大车。
执辔如组⑤,　　　手执马缰有如织组,
两骖⑥如舞⑦。　　两匹骖马奔驰如舞。
叔在薮⑧,　　　　叔去打猎在那沼泽,
火烈⑨具举。　　　一齐燃起熊熊篝火。
襢裼⑩暴虎⑪,　　赤膊空拳格杀猛虎,
献于公所⑫。　　　将它献给贪心君王。
将⑬叔勿⑭狃⑮,　　请叔不要狩猎山林,
戒⑯其⑰伤⑱女⑲。警惕猛虎把你噬伤。

叔于田,　　　　　好叔前去山林打猎,
乘乘黄⑳。　　　　驾着栗黄马拉的大车。
两服㉑上㉒襄㉓,　两匹服马在前驾辕,
两骖雁行㉔。　　　两匹骖马像两行飞雁。
叔在薮,　　　　　叔去打猎在那沼泽,
火烈具扬㉕。　　　篝火一齐升起烈焰。
叔善射㉖忌㉗,　　叔善引弓射箭,
又良御㉘忌。　　　又善驾车周旋。
抑㉙磬㉚控㉛忌,　又能纵马驰骋和控制烈马,
抑纵㉜送㉝忌。　　还能边射箭边把禽兽追赶。

国风·郑风

叔于田，	好叔前去山林打猎，
乘乘鸨㉞。	驾着乌骢马拉的大车。
两服齐首㉟，	两匹服马并驾齐头，
两骖如手㊱。	两匹骖马左右如手。
叔在薮，	叔去打猎在那沼泽，
火烈具阜㊲。	篝火齐燃熊熊猛烈。
叔马慢忌，	叔的骏马走得缓慢啦，
叔发罕忌㊳，	叔也很少射箭啦，
抑释掤忌㊴，	揭开箭筒把箭装好啦，
抑鬯弓㊵忌。	解开弓袋把弓收好啦。

　　这是女子赞颂一位英武多能的猎人的歌。第一章写他乘着马车前去打猎，徒手搏虎，勇武绝伦；第二章写他驾车、射箭技艺高超；第三章写他狩猎结束时，怀着胜利的愉悦归来。全诗基调是夸美、喜悦，同时，"将叔无狃，戒其伤女"句，又以亲爱关怀的话表现了女子对爱人打猎的担心，一喜一忧，委曲宛转。

【注释考证】

　　①叔：此为女子对爱人的昵称，参看《叔于田》注。朱熹《诗集传》云："陆氏曰：'首章作大叔于田者误。'苏氏曰：'二诗皆曰叔于田，故加大以别之。不知者乃以段有大叔之号，而读曰泰，又加大于首章，失之矣。'"　②于：往，去。　③田：狩猎。　④乘（chéng）乘（shèng）马：驾着四匹马拉的车。前一乘字，是动词，驾、乘坐。后一乘字，是量词。古称一辆车为一乘，又指四个之数为乘。乘马，四马，或指四马拉的大车。关于四数曰乘之例，见《礼记·少仪》："乘壶酒。"又见《孟子》："发乘矢。"　⑤执辔如组：手挽马缰，驾驭自如，条条马缰抖动着，有如经纬井然，条理分明。执，持、拿、握、挽。辔

(pèi)：佩马缰及辔头。如组，像织布时丝线经纬分明、有条不紊，很有节奏，形容驭马技艺高强。　⑥两骖（cān）：古车独辕，车辕外侧两马叫骖。　⑦如舞：指两侧的骖马跑起来步调一致，和谐中节，行列整齐，像舞蹈一样。形容驾车技术高超。　⑧薮（sǒu）：沼泽地带，或指沼泽地带的丛林。薮是禽兽聚藏之所。　⑨火烈：烈火。实指猎火。烈与列古通。列，古迾字，又作厉。厉，就是遮迾。以火为遮迾，故曰火烈。古代狩猎时，由许多人拉成包围圈，手持火炬。焚烧山泽，以逐捕禽兽，称为燎猎，又叫火田。《尔雅·释天》："火田为狩。"《韩非子》："焚林而田，偷取多兽。"《说文》："焚，烧田也。"甲骨文常见焚字，可见火猎方法从夏朝就已常用。　⑩襢裼（tǎn xī）：赤膊，肉袒。　⑪暴虎：徒手搏击格杀猛虎。暴，徒手搏兽。按：暴，攳之省借。攳虎即搏虎。　⑫公所：君王所居住的宫室，或指君王。　⑬将：请，求。　⑭无：勿，不要。　⑮狃（niǔ）：指善于做某件事。《诗集传》："狃，习也。"又指经常地反复地做某件事。《郑笺》："狃，复也。"　⑯戒：警惕戒备。　⑰其：指野兽。　⑱伤：伤害。　⑲女：古"汝"字，你。　⑳乘黄：指四马皆为黄色。　㉑服：古车独辕居中，夹辕的内侧两马叫服。　㉒上：前，上。　㉓襄（xiāng）：驾。上襄，犹言前驾。按：襄又作骧，驾的意思。上襄、上驾、上驷，均指上等好马。按：《礼记·曲礼》正义、《史记·司马相如传》索隐均作"两服上骧"。《玉篇》："骧，驾也。""骧"为正字，"襄"为省形。　㉔雁行：形容骖马跑起来十分整齐而后于辕马（服马），前后依次而进，好像大雁成行。行，行列。　㉕具扬：猎火从四面八方一齐升腾起来。扬，起，燃烧起来。　㉖善射：擅长射箭。　㉗忌：助词。　㉘良御：高明的驾车技术。　㉙抑：发语词。　㉚磬（qìng）：纵马驰骋。　㉛控：指善于控制烈马，可使它突然停住。　㉜纵：指射出箭去。　㉝送：指追逐禽兽。　㉞鸨（bǎo）：在此，指毛色黑白相杂的乌骢马。《毛传》："骊白杂毛。"（黑白杂毛）　㉟齐首：两匹服马并头走在前面。　㊱如手：两匹骖马分别走在服马左右之后侧，如人之两手。　㊲具阜：猎火一齐燃烧起来，非常猛烈。㊳叔马慢忌，叔发罕忌：指狩猎将要结束，叔的坐骑徐缓前行，不再奔驰了，射箭也少了。慢，马行缓慢。发，射箭。罕，稀少。《郑笺》："田事且毕，则其马行迟，发矢希。"（希，同稀）㊴抑释掤（bīng）忌：指揭开箭筒盖，把箭装好。释，开。《春秋》《左传》均作冰，是箭筒盖，一物两用，它还可代饮水之杯。见《左传》昭二十五年："公徒执冰而踞。"冰，音义同掤。又服虔云："冰櫝丸盖。"杜预云："或说櫝丸是箭筒，其盖可以取饮。先儒相掤为覆矢之物，且下句言鬯弓。明上句言覆矢可知矣。"㊵鬯（chàng）弓：弢弓，藏弓，或指装弓的袋子。在此，是说解开弓袋，把弓收起来。鬯，弓袋，与韔同。《郑笺》："射者盖矢弢弓，言田事毕。"释掤、鬯弓。均言猎毕收拾武器。

清　人

清人①在彭②，	清邑的军队驻在彭地，
驷③介④旁旁⑤。	驷马披甲驰骤不息。
二矛重英⑥，	两支长矛红缨双双，
河上⑦乎翱翔⑧。	黄河之滨逍遥翱翔。

清人在消⑨，　　清邑的军队驻在消地，
驷介麃麃⑩。　　驷马披甲雄壮有力。
二矛重乔⑪，　　两支长矛红缨双双，
河上乎逍遥⑫。　黄河之滨逍遥翱翔。

清人在轴⑬，　　清邑的军队驻在轴地，
驷介陶陶⑭。　　驷马披甲驰驱不息。

| 左旋⑮右抽⑯， | 车左练习回旋，车右练习抽刀， |
| 中军⑰作好⑱。 | 主帅前来指挥，练武技艺高超。 |

这是郑国公子素讽喻郑文公的诗。

郑国大夫高克，贪财好利，不讲道理，也不忠于国。郑文公讨厌他，想疏远他。而高克当时颇有实力，郑文公无法废黜他。正值狄人侵卫，郑与卫相邻，郑在河南，卫在河北，郑文公恐怕狄人灭卫后渡河侵郑，便派高克陈兵境上，以御外患。后来，狄人虽已被卫击退，而高克却仍次师河上。日月经久，而文公也不调回军队。军士们相率离散，开小差回家。高克便投奔陈国。公子素对文公这种做法不满，对高克也不满，便作歌讽喻文公。这是统治阶级内部的矛盾。

【注释考证】

①清人：指高克统帅的清邑的军旅。清，是郑国之邑。 ②彭：河上地名。 ③驷：驾车的四马。 ④介：甲。古时战马有金甲（青铜之属）、革甲等以护体。 ⑤旁旁：驰驱不息的样子。 ⑥二矛重英：指战车上装备着两支长矛，矛头上饰着重叠的红缨，双双飘拂。战车上装有两支长矛，是为了准备折坏时补用。重英，指矛头上的英饰重叠着。英，即缨。古代是用红色羽毛制成的。 ⑦河上：黄河之上，黄河之滨。 ⑧翱翔：此指自由自在地来来去去，逢场作乐。 ⑨消：也是河上地名。 ⑩麃麃（biāo）：亦作镳镳。英武的样子，又指盛多的样子。 ⑪重乔：义同重英。乔，本指矛头之刃与长柄相接处的金属托柄，古代在这托柄上往往刻画图案，并饰以红羽之缨。又，乔，《韩诗》作鷮。鷮是一种长尾雉。重乔，指以雉羽为饰相重之意，乔乃鷮之省借，"鷮"为正字。 ⑫逍遥：义同翱翔。 ⑬轴：仍是河上之地。 ⑭陶陶：自由驰骋的姿态，又有快乐之意。 ⑮左旋：练武时，御者在车左，练习回旋战车的技术。 ⑯右抽：指勇士在车右，抽拔兵刃以习击刺。《毛

传》："高克闲暇无为，逍遥河上，乃左回旋其师，右抽矢以射，高克居军之中，以为一军之容好。言可召而不召，故刺之。"一说：左旋以讲习兵事,在军之人皆右手抽矢而射。抽，抽兵刃或抽箭。 ⑰中军：古代兵制有三军（上军、中军、下军）。中军之将为主帅，本诗之中军即指高克。 ⑱作好：容好，指武艺高超。实际上，作好、翱翔、逍遥，意思是一致的，皆指高克军中作乐之事。

羔裘

羔裘①如濡②，　　油光水滑羊羔皮袍，
洵③直④且侯⑤。　　真是舒直而又美好。
彼其⑥之子⑦，　　那位好人啊，
舍命⑧不渝⑨。　　至死不变为国效劳。

羔裘豹饰⑩，　　皮袍袖口饰着豹皮，
孔武有力⑪。　　穿在身上勇武有力。
彼其之子，　　那位好人啊，
邦⑫之司直⑬。　　国内专管整饬法纪。

羔裘晏⑭兮，　　羊羔皮袍温暖无比，
三英⑮粲⑯兮。　　三列豹皮袖口鲜丽。
彼其之子，　　那位好人啊，
邦之彦⑰兮。　　国家美士文采第一。

这是郑人美其大夫之诗。以羔裘之美托兴，颂美朝臣多为忠直敢谏、为国效死不渝的英士。

【注释考证】

①羔裘：皮袍子，古代大夫的朝服。　②如濡（rú）：毛皮光色润泽，像濡湿了的一样。濡，湿，润泽。　③洵（xún）：信然，诚然，真正的，的确。《韩诗》二引作"恂"。《说文》："恂，信心也。""洵"乃"恂"之假借字，"恂"为正字。　④直：舒直，正直。　⑤侯：美好。洵直且侯，双关语，既美化羔裘，又美化"彼其之子"。　⑥彼其：是指示代词，相当于"那"。　⑦之子：是子，这人，那人。　⑧舍命：抛弃生命。　⑨不渝：不变节。渝，变。一说渝是偷的借字，偷有苟的意思。不渝，不偷，不苟且偷生。　⑩豹饰：羔裘的袖口上饰以豹皮。　⑪孔武有力：双关语，既指豹饰，又指"彼其之子"。　⑫邦：国。　⑬司直：古代负责正人过失的官吏。　⑭晏：轻柔温暖。《毛诗传笺通释》云："今按《尔雅》：'晏晏，温柔也。'晏与温双声而义同，晏与燠亦双声，裘取其温晏之义，当为温燠。至下句'三英粲兮'乃言裘之鲜盛耳。"　⑮三英：豹饰有三列。托兴"彼其之子"有"三德"，"正直、刚克、柔克"。刚克，是性虽刚，然能以柔相济。柔克，是性虽柔，而能以刚相济。　⑯粲：光泽鲜丽。　⑰彦：美士。

【学术延伸】

《诗经原始》云："《序》以为刺朝，陈古以风今也。《辨说》谓诗意恐未然。……愚谓此诗非专美一人，必当时盈庭硕彦济美一时，……故诗人即其服饰之盛以想其德谊经济文章之美而咏叹之如此。"《诗经传说汇纂》《诗集传》《诗经通论》等都认为："此郑人美其大夫之诗，不知何指也。"

遵大路

遵大路①兮，　　　　沿着大路往前走啊，

掺②执子之袪③兮，　　拉住你的衣袖口啊，
无我恶兮④，　　　　请你不要厌弃我啊，
不寁故也⑤！　　　　故人不能马上丢啊！

遵大路兮，　　　　　沿着大路往前走啊，
掺执子之手兮，　　　紧紧拉住你的手啊，
无我𬽥⑥兮，　　　　请你不要厌弃我啊，
不寁好⑦也！　　　　故人不能马上丢啊！

这是一个多情而忠诚的女子对三心二意的丈夫的规劝。

【注释考证】

①遵大路：遵，沿着。路，据王引之云："此章路字当作道。与下文手、𬽥、好为韵。道犹路也，变文换韵耳。"马瑞辰云："凡《诗》次章全变首章之韵，则第一句先变韵。今按王说是也。《齐诗·还》次章以道与茂、牡、好为韵，正与此诗同。诗盖因首章作路，遂相承而误。"　②掺：本作操。魏晋间，因避曹操讳，改为掺。捧，握。③袪（qū）：袖。　④无我恶（wù）兮：无恶我兮，不要厌弃我。无，勿。恶，厌恶。　⑤不寁（jié）故也：为能迅速遗弃多年的爱人。《诗集传》："寁，速；故，旧也。言子无恶我而不留。故旧不可以遽绝也。"寁，速。故，故人，是女子自称之词。　⑥𬽥（chǒu）：弃。马瑞辰云："按《说文》，'𬽥，弃也。'……《毛诗》原作𬽥，𬽥与魗音近通用。……据《说文》：'丑（繁体为醜），可恶也。'则知《笺》云：'魗，亦恶也。'正以𬽥为魗之假借。其经文字仍作𬽥。故《释文》引或云：郑音为醜。若经文作魗，则亦醜之或体，《释文》不得言郑音醜矣。《说文》有醜无魗，今经文作魗，皆误从《笺》义以改经字。"　⑦好：谓情谊笃好之故人。

女曰鸡鸣

女曰鸡鸣①，	女子说："鸡叫了。"
士②曰昧旦③。	男子说："天还暗。"
子④兴⑤视夜⑥，	女子说："请您起身看看夜色，
明星⑦有烂⑧。	明星灿烂，照耀东方。
将翱将翔⑨，	您且翱翔前往，
弋⑩凫与雁⑪。	去射野鸭和大雁来尝。
弋言⑫加之⑬，	您能射中野鸭大雁，
与⑭子宜⑮之。	给您精制爽口美餐。
宜言饮酒，	同品佳肴共饮旨酒，
与子偕老⑯。	和您盟誓偕老白头。
琴瑟在御，	鸣奏琴瑟助长酒兴，
莫不静好⑰，	无不恩爱不淑静。
知子之来⑱之，	知您对我恩勤着恋，
杂佩⑲以赠⑳之。	我解杂佩专诚奉献。
知子之顺㉑之，	知您爱我一片丹心，
杂佩以问㉒之。	我解杂佩专诚赠您。
知子之好㉓之，	知您爱我丹心一片，
杂佩以报㉔之。	我献杂佩永结良缘。"

【注释考证】

①鸡鸣：指黎明前雄鸡啼鸣。　②士：古代男子之通称。　③昧

旦：天色将明未明之际。昧，晦，朦朦胧胧的样子。旦是早晨，天亮。 ④子：在此是女子对丈夫的称呼。 ⑤兴：起，起身。 ⑥视夜：看看夜色（天色）。 ⑦明星：启明星。秋季，黎明前，启明星就出现在东方。 ⑧烂：星光灿烂。 ⑨将翱将翔：且翱且翔，此指自由来去貌。 ⑩弋（yì）：射箭。特指以生丝系矢而射。《说文》作䋨，字亦作䨲。 ⑪凫（fú）与雁：凫，鸟名，又名鹜，俗名野鸭。凫与雁常于黎明时飞翔，所以这女子催促丈夫早起打猎。 ⑫言：相当于"焉"。 ⑬加之：射中凫、雁。加，中。 ⑭与：为，替。 ⑮宜：指佳肴。《尔雅·释言》："宜，肴也。"李巡注曰："宜，饮酒之肴。"又指烹调的野味香美适口。宜，味之所宜，或云饮酒。 ⑯偕老：终生相伴，白头到老。 ⑰琴瑟在御，莫不静好：夫妇共饮时，有琴瑟鸣奏助兴，没有不淑静恩爱的时候。琴瑟和鸣，又象征夫妇和谐，婚姻美满。在御，指琴瑟之乐在于侍御。莫不，无不。静，淑静和顺。好，美满愉快。 ⑱来：劳来、恩勤、眷爱，与下文之"顺""好"，意义相因。 ⑲杂佩：古代的饰物，以珩、璜、琚、瑀、冲牙等组成。《诗集传》："杂佩者，左右佩玉也。上横曰珩，下系三组，贯以玭珠。中组之半，贯一大珠曰瑀。末悬一玉，两端皆锐曰冲牙。两旁组半，各悬一玉，长博而方曰琚。其末各悬一玉，如半璧而内向曰璜。又以两组贯珠，上系珩两端，下交贯于瑀，而下系于两璜，行则冲牙触璜而有声也。"《礼记·玉藻》云："天子佩白玉，诸侯佩山玄玉，大夫佩水苍玉，世子佩瑜玉，士佩瓀玟玉……"从佩玉的不同，可见当时等级制度已相当严格。本诗中女主人公所说的"杂佩以赠之"，是一种夸张手法。从全诗内容看，她是猎人或武士的妻子，并非贵夫人，可能是用杂佩相赠隐喻自己以心相许。 ⑳赠：给予。 ㉑顺：爱，关切，和顺。 ㉒问：遗，赠。 ㉓好：与己同好，爱。 ㉔报：报答，答谢，回敬。古代风习，男女相爱，常以身佩之饰物相赠，或投以瓜果，作为定情之信物。

有女同车

有女同车①，	姑娘同车我娶她，
颜②如舜华③。	嫩脸儿像那木槿花。
将翱将翔④，	步履轻盈展翅飞，
佩玉琼琚⑤。	叮叮当当鸣玉佩。
彼美孟姜⑥，	那个美人儿姜姑娘，
洵⑦美且都⑧。	真是娇艳又大方。
有女同行⑨，	姑娘同行把我嫁，
颜如舜英⑩。	嫩脸儿像那木槿花。
将翱将翔，	步履轻盈展翅飞，
佩玉将将⑪。	叮叮当当鸣玉佩。
彼美孟姜，	那个美人儿姜姑娘，
德音不忘⑫。	素质高洁永难忘。

一个男子娶了美丽贞静的妻子，便赞叹不绝。

【注释考证】

①同车：指男子驾车到女家迎娶。　②颜：面容。　③舜华：木槿花。舜，应作蕣，又名椴，或名榇。灌木，仲夏开花最盛。华，花之古体。　④将翱将翔：形容女子步态轻盈优美，像展翅飞翔一样。　⑤琼琚：佩玉。女子行步袅娜而有节奏，佩玉便发出和谐美妙之声。　⑥孟姜：姜氏之长女。孟，长，初。　⑦洵（xún）：信然，诚然，的确。正字应作"恂"，见《羔裘》注。　⑧都：安娴文静，大方。　⑨同行：

犹同车。　⑩舜英：犹舜华。英，花。《桃花源记》："落英缤纷。"
⑪将将：即锵锵，金石之声。　⑫德音不忘：品德高尚，使人不忘。指那女子慧敏善良。又，德音可解为音律乐章。《礼记·乐记》："天下大定，然后正六律，和五声，弦歌诗颂，此谓之德音，德音之谓乐。"又见《豳风·狼跋》朱注："德音，犹令闻也。"不忘，有两种含义：一为不忘记，一为不已。

山有扶苏

山有扶苏①，　　山上有那扶苏树，
隰②有荷华③。　　水洼荷花美婷婷。
不见子都④，　　没见子都美男子，
乃见狂且⑤。　　巧逢你这狂狡童。

山有乔松⑥，　　青松高高在山岩，
隰有游龙⑦。　　红蓼丛生水洼中。
不见子充，　　没见子充美男子，
乃见狡童⑧。　　巧逢你这狂狡童。

这是一位女子与爱人欢会时，向对方唱出的戏谑嘲笑的短歌。这种即兴的嘲谑，自然流露了她见到爱人时的惊喜心情。

【注释考证】

①扶苏：又名朴樕，小树。　②隰（xí）：下湿之地，洼地。　③荷华：荷花。华，花之古体。　④子都：古代美男子之名。此处是这女子夸美自己的爱人为子都。下句中的子充，也是古代美男子之名。子都、

子充,在此是这女子对爱人之美好代称,实指一人。 ⑤狂且(jū):狂,狂愚的人。且,助词。 ⑥乔松:高大的松树。按:《说文》:"乔,高而曲也。"乔,又作桥。《诗集传》:"上竦无枝曰桥。"作"桥"者,同声通假字也。 ⑦游龙:草名。一名红草,水荭,红蓼,或名马蓼。陆玑云:"一名马蓼,叶大而赤白色,生水泽中,高丈余。"本诗以"山有扶苏,隰有荷华;山有乔松,隰有游龙"比兴男女爱情。以扶苏、乔松比男,以荷华、游龙比女。后代南北朝乐府中也有这种笔法。如《襄阳乐》:"女萝自微薄,寄托长松表。何惜负霜死,贵得相缠绕。" ⑧狡童:狡、佼、姣三字古通,美好的样子。姣,古文作姕,美、媚之意。《史记·苏秦传》:"前有楼阁轩辕,后有长姣美人。"姣,美好之意。《后汉书·刘盆子传》:"光武曰:卿所谓铁中铮铮,庸中佼佼。"《论衡》:"上世之人,侗长佼好,坚强老寿。"狡童,即佼童、姣童(姣美之童)。

萚 兮

萚①兮萚兮, 落叶黄啊落叶黄,
风其吹女②。 微风吹你沙沙响。
叔③兮伯兮, 好弟弟啊好哥哥,
倡予和女④。 你领唱吧我随唱。

萚兮萚兮, 落叶黄啊落叶黄,
风其漂⑤女。 微风吹你沙沙响。
叔兮伯兮, 好弟弟啊好哥哥,
倡予要⑥女。 你领唱吧我和唱。

国风·郑风

这是一个女子与爱人欢聚时唱的歌。本诗以风吹萚比兴男女唱和之情。

【注释考证】

①萚（tuò）：落叶，黄叶。《诗集传》："木槁而将落者也。"《毛传》："萚，槁也。"《郑笺》："槁谓木叶也。木叶槁，待风乃落。"《说文》："草木凡皮叶落堕地为萚。"一说，萚为草名，指初生芦苇。 ②女：汝之古体，你。 ③叔：与下文"伯"在此均为女子对爱人的昵称。 ④倡予和女：倡，领唱。和，随着别人唱或奏乐。"倡予和女"，应断为"倡，予和女"。一说，应为"予倡女和"，予字乃倒文成义。 ⑤漂：飘的假借字，犹吹。 ⑥要：成，会合。与上文"和"字义同。

狡　童

彼狡童①兮，　　我那俊美的狡狡童啊，
不与我言②兮。　你不和我把话谈啊。
维③子之故，　　全是因为你这样，
使我不能餐④兮。使我愁得饭难咽啊。

彼狡童兮，　　　我那俊美的狡狡童啊，
不与我食兮。　　你不和我同进餐啊。
维子之故，　　　全是因为你这样，
使我不能息⑤兮。使我长夜睡不安啊。

一个女子与爱人发生了矛盾，爱人不理她，使她苦恼莫名、寝食不安。

【注释考证】

①狡童：在此是指漂亮的小伙子，参见《山有扶苏》注。 ②言：言欢，说笑。 ③维：因，为了，由于。 ④不能餐：指由于心情郁闷而吃不下饭。 ⑤不能息：指由于意绪不宁而难以入睡。息，安息，睡眠。一说，息为呼吸之意。

褰 裳

子惠①思②我，	你若爱我想我，
褰裳③涉溱④。	就提起衣裳蹚过溱河。
子不我思⑤，	你若对我不爱不想，
岂无他人？	莫非没有别人爱我？
狂童⑥之狂也且⑦！	你这狂愚的傻家伙！

子惠思我，	你若爱我想我，
褰裳涉洧⑧。	就提起衣裳蹚过洧河。
子不我思，	你若对我不爱不想，
岂无他士⑨？	莫非没有别人爱我？
狂童之狂也且！	你这狂愚的傻家伙！

一个姑娘在与爱人欢聚中，以娇嗔调笑的话与爱人戏谑。其实她对爱人并无二意。

【注释考证】

①惠：爱。 ②思：思念。 ③褰（qiān）裳：提起下装。按古制，上为衣，下为裳。褰，正字应作"攐"。 ④溱：河流名，源出河南省。

国风·郑风

⑤不我思：不思我。　⑥狂童：狂愚之童。　⑦且(jū)：助词。　⑧洧(wěi)：河流名，即今河南省双洎河。　⑨他士：别的男子。"子不我思，岂无他人？""子不我思，岂无他士？"是戏谑之言。一说"士"乃未婚之男。

丰

子之丰①兮，	您的容颜真丰润啊，
俟②我乎巷③兮，	巷口等我去成婚啊，
悔予不送④兮。	后悔没去送送您啊。
子之昌⑤兮，	您的体质真健康啊，
俟我乎堂⑥兮，	门外等我空张望啊，
悔予不将⑦兮。	我恨自己没跟上啊。
衣锦褧衣⑧，	穿上彩纹单罗衣，
裳锦褧裳⑨。	穿上彩纹单罗裙。
叔⑩兮伯兮，	好弟弟啊好哥哥，
驾予与行⑪。	驾车来吧我跟您。
裳锦褧裳，	穿上彩纹单罗裙，
衣锦褧衣。	穿上彩纹单罗衣。
叔兮伯兮，	好弟弟啊好哥哥，
驾予与归⑫。	驾车来吧成婚礼。

　　这个女子原来与爱人赌气，没有跟爱人一起去成婚。事后，她后悔了，表示想跟爱人一同去建立爱情生活。

【注释考证】

①丰：丰满，容光焕发。字或作妦。 ②俟（sì）：等候。 ③巷：大门外。巷口。 ④送：送行。 ⑤昌：强壮健康。 ⑥堂：枨，门框，引申为大门口、大门旁。 ⑦将：走，送，同行。 ⑧衣锦褧（jiǒng）衣：穿上花绸的单衣。前一衣字为动词，穿。锦是有花纹的丝绸。褧，禅衣，即单衣。《众经音义》卷四："禅衣，有衣而无里也。" ⑨裳锦褧裳：穿上花绸的单裙。前一裳字为动词，穿。 ⑩叔：与下文"伯"均指女子对爱人的昵称，相当于"弟弟""哥哥"。 ⑪行：同行，即嫁意。 ⑫归：于归。于归即往归，指女子往归于夫家。于归就是女子出嫁。按：与行、与归，即于行、于归，均指女子出嫁。"驾予与行"正表现了古代男子娶妻时驾车亲迎之礼。《古诗》："良人惟古（故）欢。枉驾惠前绥。愿得常巧笑，携手同车归。"便是车迎之遗风。

东门之墠

东门之墠①，　　东门外，黄土坪，
茹藘②在阪③。　　茜草如茵坡上生。
其室④则迩⑤，　　那屋门儿，近眼前，
其人⑥甚远⑦。　　那好人儿，远天边。

东门之栗⑧，　　东门栗树枝叶繁，
有践⑨家室。　　成行成列家室前。
岂不尔思⑩？　　难道不把您思念？
子不我即⑪。　　恨您不来我身边。

这姑娘与爱人住得很近，但因受古代礼俗的束缚，可望而不可即，深有咫尺天涯之叹。饥渴之思，溢于言表。

【注释考证】

①埠（shàn）：坛，土坪。《说文》："野土也。……筑土为坛，除地为埠。"又，埠、坛古通。 ②茹藘（lú）：茜草，又作倩草。方茎中空，俗名风车草。其根色红，可以染纱，称为茜纱或绛纱。本诗中，茜草丛生处，当是那男子所居。 ③阪（bǎn）：与陂义同，土坡。 ④其室：其人之室。 ⑤迩：近。 ⑥其人：那人，指所私爱之人。 ⑦远：指不得相见，虽近犹远。 ⑧栗：栗树。 ⑨践：成行成列的样子。在本诗中，指栗树成行，或指屋宇鳞次栉比。 ⑩不尔思：不思尔。尔，你。 ⑪不我即：不即我。即，就，亲近。

风　雨

风雨凄凄①，	冷雨凄凄西风凉，
鸡鸣喈喈②。	鸡叫叽叽断人肠。
既见君子③，	既见好人两相欢，
云胡不夷④？	心情怎能不舒畅？
风雨潇潇⑤，	冷雨凄凄风萧萧，
鸡鸣胶胶⑥。	鸡叫啾啾使人恼。
既见君子，	既见好人两相亲，
云胡不瘳⑦？	怎能不把心病抛？
风雨如晦⑧，	凄风冷雨阴沉沉，
鸡鸣不已⑨。	鸡叫声声愁煞人。
既见君子，	既见好人两相爱，
云胡不喜⑩？	怎不叫我喜在心？

一个风雨凄凄的黄昏，女子如饥似渴地思念爱人。思而不见，无限怅惘。但是，终于相见了，便心情舒畅，快乐地唱起来。

【注释考证】

①凄凄：形容风雨飘零，寒气袭人。《说文》引《诗》作湝。②鸡鸣喈喈（jiē）：指在风雨凄凄的黄昏，鸡不住地叫着，更加凄切。以这种环境气氛衬托这女子未见爱人时的苦痛心情。喈喈，犹叽叽。③既见君子：指这女子已经见到爱人。君子，在此是这女子对爱人的美称。④夷：平。指心境平静。⑤潇潇：风雨急骤之声。⑥胶胶：犹啾啾。《广韵》引作嘐嘐。⑦瘳（chōu）：病愈。指相思深切而如病，既见之后则若病愈。⑧晦（huì）：昏暗不明。⑨不已：不止。以鸡鸣不已比兴相思不已。⑩喜：相见心喜。

子　衿

青青①子②衿③，　　您的衣领青又青，
悠悠④我心。　　　　我的心思剪不断。
纵⑤我不往，　　　　纵然我没去找您，
子宁⑥不嗣⑦音？　　您怎不把音信传？

青青子佩⑧，　　　　您的佩带青又青，
悠悠我思⑨。　　　　我的心思长又长。
纵我不往，　　　　　纵然我没去找您，
子宁不来⑩？　　　　您怎不来我身旁？

国风·郑风

挑兮达兮⑪，	随心欢娱情密密，
在城阙⑫兮。	在那城上角楼里。
一日不见，	一天不见愁万端，
如三月⑬兮。	宛如三月长绵绵。

一个女子在与爱人别离时，相思萦怀，望穿秋水，盼着爱人传来信息或翩然而至。不由得回忆往昔幽会时之缱绻深情，勾起的离愁分外沉重。一日不见，长如三月。"挑兮达兮，在城阙兮"，是缅怀往事之词。

【注释考证】

①青青：纯绿色。 ②子：在此是对男子的美称。 ③衿（jīn）：《汉石经》作襟，衣领。古代男学生的衣领是青色的。又，《释文》云："亦作襟。""襟"为本字，"衿""襟"是隶变之重文。 ④悠悠：形容思绪不绝。 ⑤纵：纵然，即使。 ⑥宁：岂，难道，怎能。 ⑦嗣（sì）音：继续不断地传音信来。嗣，续，传。 ⑧佩：本指佩玉。在此，实指佩玉绶带（组绶）。古代的读书人佩玟、瑀、珉而青组绶。《礼记·玉藻》："士佩瓀玟而緼组绶。" ⑨思：相思。 ⑩不来：指爱人不来。 ⑪挑兮达兮：指男女恣情欢娱、极尽缠绵之事。挑，通誂，是"诱""戏"之意，或挑逗、挑动之意。《史记·司马相如传》："卓王孙有女文君，好音，相如以琴心挑之。"一说，"挑，轻儇跳跃之貌"（《诗集传》）。达，放恣不羁。《诗集传》："达，放恣也。"又，挑达，疾行滑利之貌，往来之貌，往来轻疾之貌。字又作佻达、条达。 ⑫城阙：城门边的角楼。其处僻静，故为男女私会之所。城阙，马瑞辰云："阙者欮之假借。《说文》欮，缺也。古者城阙其南方，谓之欮……今按郭为重城，像两亭相对，两城即内外城台也。盖古诸侯之城三面皆重设城台，惟南方之城无台，其形缺然，故谓之欮，借作阙。……城阙即南城缺处耳。"备考。 ⑬三月：三个月。

扬之水

扬①之水，	河水激荡哗哗流，
不流束楚②。	连捆柴草漂不走。
终鲜兄弟，	没有别人没兄弟，
维予与女③。	上天下地我和你。
无④信人⑤之言⑥，	千万别信人的话，
人实迋⑦女。	那些坏人诳骗你。
扬之水，	河水激荡哗哗流，
不流束薪⑧。	连捆柴草漂不走。
终鲜兄弟，	没兄没弟没别人，
维予二人。	只有你我两个亲。
无信人之言，	千万别信人的话，
人实不信⑨。	那些坏人不忠信。

这是一个姑娘向爱人倾诉衷情的歌。

【注释考证】

①扬：激扬，激荡。 ②不流束楚：以水漂不走柴草喻谗言再多也不能动摇忠实的爱情。 ③终鲜（xiǎn）兄弟，维予与女（rǔ）：无兄无弟，只有我与你。兄弟，或为爱人之代称。鲜，少，或引申为无。女，汝本字，你。 ④无：勿，不要。 ⑤人：他人。 ⑥言：指流言蜚语。 ⑦迋（kuāng）：诳之假借，谎言欺骗。 ⑧束薪：义同束楚。 ⑨不信：不忠信，不可信。

出其东门

出其东门，	走出城东门，
有女如云①。	美女成群如彩云。
虽则如云，	虽然成群如彩云，
匪②我思存③。	不是我的意中人。
缟衣④綦巾⑤，	素绢衣裙绿佩巾，
聊乐⑥我员⑦。	我钟爱的心上人。
出其闉阇⑧，	走出外城来，
有女如荼⑨。	美女像那茅花开。
虽则如荼，	虽然多如荼茅花，
匪我思且⑩。	我所想的不是她。
缟衣茹藘⑪，	素绢衣裙红佩巾，
聊可与娱⑫。	欢欢乐乐两相亲。

这首诗表现了一个青年对爱人专注纯洁的爱情。他对成群的美女都无动于衷，只爱那位穿素衣的姑娘。尽管她衣着不华丽，但是在他心目中却是最高尚、最可爱的。正如乐府歌辞《华山畿》所云："奈何许！天下人何限，慊慊只为汝。"

【注释考证】

①如云：形容美女既多又美，衣饰华丽，像片片彩云。 ②匪：非，不是。 ③思存：思念。存，铭记在心，不忘。 ④缟（gǎo）衣：素绢衣裙。缟，素白绢。《广雅》："练也。"《战国策》："此所谓'强弩

之末势不能穿鲁缟'者也。"《尚书·禹贡》："厥篚玄纤缟。"《毛传》："缟，白缯。" ⑤綦（qí）巾：暗绿佩巾，这是贫苦女子的服饰。綦，暗绿色。"缟衣綦巾"与下文"缟衣茹藘"均借衣饰之特征以代称其人。这类象征性的修辞方法，在《诗》中不乏其例，如《桧风·羔裘》："羔裘逍遥，狐裘以朝"等。又有以其他典型事物代称其人者，如《郑风·叔于田》："巷无饮酒"，《卫风·氓》："不见复关""既见复关"，《唐风·绸缪》："见此邂逅"。 ⑥聊乐：聊可自足自乐，即爱悦之意。 ⑦员：助词，相当于"云"。又，《韩诗》作"聊乐我魂"。 ⑧闉闍（yīn dū）：闉是外城；闍是外城城门。或云，闉是古代瓮城的门；闍是城门上的台。 ⑨荼（tú）：荼茅，是一种开白花的植物，在此形容女子多而且美。 ⑩且：助词。 ⑪茹藘：即茜草。其根可染红色。在此，茹藘代称红色佩巾。 ⑫娱：在此，指与爱人一起欢娱。

野有蔓草

野有蔓①草，　　野坡春草绿茵茵，
零②露漙③兮。　　滴滴露珠湿淋淋。
有美一人，　　　那个俊俏好姑娘，
清扬婉兮④。　　美目清明爱煞人。
邂逅⑤相遇，　　不期而遇见到她，
适我愿⑥兮。　　慰慰贴贴真称心。

野有蔓草，　　　野坡春草绿蔓蔓，
零露瀼瀼⑦。　　滴滴露珠连串串。
有美一人，　　　那个俊俏好姑娘，
婉如清扬⑧。　　美目澄澈明闪闪。

国风·郑风

| 邂逅相遇， | 不期而遇见到她， |
| 与子偕臧⑨。 | 说说笑笑两相欢。 |

这首歌表现了一个男子与爱人邂逅相逢的眷爱欢悦之情。吐属自然，正是风人之旨。

【注释考证】

①蔓：野草茂盛的样子。　②零：落，滴。　③漙（tuán）：形容露水多。　④清扬婉兮：清、扬，指眼睛清澈、明亮。婉，美丽。　⑤邂逅（xiè hòu）：不曾预约而见了面（意外的相遇）。　⑥适我愿：称我心愿，合我心愿。　⑦瀼瀼（ráng）：露水盛多状。　⑧婉如清扬：犹清扬婉兮。如，犹"而"。　⑨臧（zāng）：好，善。在此，指心情好。《诗集传》："言各得所欲也。"一说，"臧"为"藏"之省借，指藏于幽僻处（闻一多说）。

溱 洧

溱与洧①，	清清溱河与洧河，
方②涣涣③兮。	春水涣涣泛细波。
士与女，	美男子，伴姑娘，
方秉④蕑⑤兮。	手捧兰花满怀香。
女曰观乎？	姑娘问："前去看一看？"
士曰既且⑥。	美男子说："去过歌舞场。"
且往观乎？	"何不再去观风光？
洧之外⑦，	看那洧河沙滩外，
洵⑧訏⑨且乐。	欢笑无边乐洋洋。"

维⑩士与女，	美男子，伴姑娘，
伊其相谑⑪，	说说笑笑乐得狂，
赠之以勺药⑫。	芍药鲜花赠姑娘。

溱与洧，	清清溱河与洧河，
浏⑬其清矣。	深深流水泛清波。
士与女，	美男子，伴姑娘，
殷⑭其盈矣。	人群拥挤闹嚷嚷。
女曰观乎？	姑娘问："前去看一看？"
士曰既且⑮。	美男子说："去过歌舞场。"
且往观乎？	"何不再去观风光？
洧之外，	看那洧河沙滩外，
洵讦且乐。	欢笑无边喜洋洋。"
维士与女，	美男子，伴姑娘，
伊其将谑，	说说笑笑乐得狂，
赠之以勺药。	芍药鲜花赠姑娘。

古代风习，三月三日，春意正浓时节，举行青年男女的欢会，可在欢会中选择情侣，这首歌就是描述这种盛况的。方玉润云："在三百篇中别为一种，开后世冶游艳诗之祖。"

【注释考证】

①溱与洧：溱、洧都是河流名。　②方：正。　③涣涣：春水解冻，清流荡漾的样子。王应麟曰："三月桃花水下之时。"《韩诗》作洹。《说文》作汎。　④秉：拿，捧。《集韵》《韵会》《正韵》："禾盈把也。"《大雅》："民之秉彝。"《尚书·君奭》："秉德明恤。"《周礼》：

"若师有功，则左执律，右秉钺，以先恺乐献于社。" ⑤蕑（jiān）：兰草的一种。陆疏："蕑即兰，香草也。茎叶似泽兰，广而长节。" ⑥且：徂之借，前往之意。 ⑦外：河滩外，河边。 ⑧洵：诚然，真正的，的确。一说：洵为恂之借字。 ⑨訏（xū）：大，广大无边。在此，形容其乐无边。《尔雅·释诂》："大也。"《方言》："中齐西楚之间，谓大曰訏。"注："訏亦作芋。"一说：洵訏乃恂盱之假借。恂、盱皆为喜乐貌。盱，又通作吁。 ⑩维：与下文"伊"都是发语词。 ⑪相谑（xuè）：相互说笑逗乐。下章之将谑，义同。按：将，可能是"相"之讹。谑，说笑，纵情嬉戏。《说文》："戏也。"《尔雅·释诂》郭注："谓调戏也。"又，将，训为随从、扶持、相偕之意。 ⑫勺药：又作芍药，花卉名，花朵颜色鲜艳，富丽堂皇。诗中男女以勺药相赠，作为定情之信物。 ⑬浏（liú）：水深而清。 ⑭殷：盛。 ⑮既且：《毛诗传笺通释》云："既且二字，当为暨字之讹。《小尔雅》：'暨，息也。'暨与壐通。……暨、壐皆愒之假借。《说文》：'愒，息也。'暨与观相对成文。女曰：观乎？劝其往也。士曰：壐，劝其息也。盖士初未去，但言欲止息，故女又言洧之外洵訏且乐，以劝其往观。若如《笺》云，士曰已观，则洧外之乐土已知之，女不复以洵訏且乐劝之矣。暨从旦，与且形相近，又与且往观乎文相连，因讹为既且二字，汉《张迁碑》'既且'亦为暨字之讹，与此相类。"此说近理。

齐 风

鸡 鸣

"鸡既鸣矣,　　　　　"公鸡已啼鸣,
朝①既盈②矣。"　　　众人朝会已满庭。"
"匪鸡则③鸣,　　　　"不是鸡啼鸣,
苍蝇之声。"　　　　　那是苍蝇嗡嗡声。"

"东方明④矣,　　　　"东方已放亮,
朝既昌⑤矣。"　　　　众人朝会已满堂。"
"匪东方则明,　　　　"不是东方亮,
月出之光⑥。"　　　　那是明月亮光光。"

"虫飞薨薨⑦,　　　　"你听飞虫闹营营,
甘⑧与子同梦⑨。"　　恋着和你同一梦;
"会⑩且归矣,　　　　可是早朝就要散,
无庶⑪予子憎⑫。"　　别让人家把你憎。"

这是周代一个官吏与妻子的闺中私语,反映了统治阶级人物内心世界的空虚与丑恶。

【注释考证】

①朝：指上朝的人们。 ②盈：满。 ③则：助词。在此，与"之"字同。 ④明：指天亮。 ⑤昌：盛。朝既盈、朝既昌，都是想见之词，并非已然之词。 ⑥月出之光：指黎明前之月光。 ⑦薨薨(hōng)：象声词，犹轰轰、嗡嗡。 ⑧甘：甘心情愿。 ⑨同梦：指同眠。 ⑩会：朝会。 ⑪无庶：庶几无，幸而，大概。马瑞辰云："《尔雅》，庶，幸也。《大雅·抑》篇庶无大悔。无庶即庶无之倒文，犹瑕不作不瑕，尚不作不尚也。" ⑫予子憎：憎予子。另说为予于憎之意。陈奂疑子乃于之误，以为古本当作"庶无予于憎"，"与比予于毒，真予于怀，胡转予于恤，皆上一字作予，下一字作于，句法正同。"又，姚际恒云："'无庶予、子憎'，谓庶几无使人憎予与子也。是倒字句法，以见君天明方起，尚留恋于色而为辞也。"待考。

还

子①之还②兮， 您是多么勇武矫健，
遭③我乎峱④之间⑤兮。 我们相遇峱山之间。
并驱⑥从两肩⑦兮， 并驾齐驱追逐群兽，
揖我谓我儇兮⑧。 谦逊有礼夸我轻捷灵便。

子之茂⑨兮， 您是多么壮美英豪，
遭我乎峱之道⑩兮。 我们相遇峱山之道。
并驱从两牡⑪兮， 并驾齐驱追逐群兽，
揖我谓我好⑫兮。 谦逊有礼夸我技艺高超。

子之昌⑬兮， 您是多么孔武剽悍，

遭我乎峱之阳⑭兮。	我们相遇峱山之南。
并驱从两狼兮，	并驾齐驱追逐群狼，
揖我谓我臧⑮兮。	谦逊有礼夸我本领不凡。

这是古代的猎人互相赞美称誉的诗。勇武矫健的猎手们跨马驰骋，在山间小道上欣然相遇，便友好地并驾齐驱，一起追捕野兽。在猎获野物后，就愉快地互相祝贺道喜，赞扬对方的英武超群，怀着胜利的喜悦，并辔而行，信步山林之间。（《诗义会通》云："旧评：飞扬豪骏，有控弦鸣镝之气。揖我二字，渲染法。"）

【注释考证】

①子：在此，是猎手们之互称。 ②还（xuán）：旋，便旋，便捷，即敏捷矫健的姿态。韩诗作嫙，好貌。 ③遭：相遇。 ④峱（náo）：山名，在齐国境内，今山东省淄博市。峱，《汉书·地理志》作巙。《水经注》作猲。 ⑤间：指两山之间。 ⑥并驱：并驾齐驱，一起狩猎，并辔而行。 ⑦从两肩：追逐两只野兽。从，追逐。两，也可解为多数。肩，三岁的小兽。 ⑧揖（yī）我谓我儇（xuān）兮：（他）十分谦逊有礼地夸赞我骑马逐兽时非常轻捷儇利。揖，谦逊。行礼。儇，又作婘，轻捷，美好。按：儇、婘声近而假借。 ⑨茂：美，健美。 ⑩道：道路，此指山径。 ⑪牡（mǔ）：雄性的禽兽（或家畜）。 ⑫好：美好，技艺好。 ⑬昌：盛，指力盛，或指貌美。 ⑭阳：山南面叫阳，山北面叫阴。 ⑮臧（zāng）：善，好，此指技艺好。

著

| 俟①我②于著③乎而。 | 等我等在屏风旁。 |
| 充耳④以素⑤乎而⑥， | 耳坠把那白玉镶， |

| 尚之⑦以琼华⑧乎而。 | 加饰琼华美妙世无双。 |

俟我于庭⑨乎而。	等我等在院中庭。
充耳以青乎而,	碧玉嵌在耳坠中,
尚之以琼莹乎而。	精妙无比加饰美琼莹。

俟我于堂⑩乎而。	等我等在正堂前。
充耳以黄乎而,	耳坠把那黄玉嵌,
尚之以琼英乎而。	加饰琼英美妙不可言。

这是在婚礼亲迎时,新娘唱的歌。她夸赞新郎容颜衣饰之盛。古制有亲迎之礼。新郎乘车至女家亲迎,先在门庭之间等候,主人揖让贵客进中庭后,又三揖三让,主客偕升西阶,再拜稽首,等新妇出来。新妇伸手给新郎,新郎便引新妇下西阶,主人却不再下阶相送,意为已将新妇授予新郎了。于是,新郎便偕新妇同车而归。本诗三章,先谓俟于著,次谓俟于庭,后谓俟于堂,正反映了当时的婚礼仪式。

【注释考证】

①俟(sì):等待。 ②我:新妇自谓。 ③著:正门之内,两堂之间(或正门与屏风之间)。 ④充耳:古代饰物,在冠上之两侧悬纩当耳,名纮,又名充耳。纮下缀以美玉,叫瑱。 ⑤素:与下文之青、黄,均指纮的色彩,或指瑱玉之色彩。 ⑥乎而:都是语气词。 ⑦尚之:加之,续之,缀之。 ⑧琼华:与琼莹、琼英,均为美石之名。在此,指的是缀饰的玉瑱。 ⑨庭:中庭,大门之内,寝门之外。 ⑩堂:堂前。著、庭、堂,由外及内的三个地方。本诗三章,是按这层次记述的。

东方之日

东方之日①兮，　　东方太阳光灿灿啊，
彼姝②者子③，　　那个姑娘似天仙啊，
在我室兮。　　　她到我的小房间啊。
在我室兮，　　　她到我的小房间啊，
履④我即⑤兮。　　轻手蹑脚偎身边啊。

东方之月兮，　　东方明月圆又圆啊，
彼姝者子，　　　那个姑娘似天仙啊，
在我闼⑥兮。　　她到门口把我盼啊。
在我闼兮，　　　她到门口把我盼啊，
履我发⑦兮。　　轻手蹑脚依身边啊。

这是一个男子回忆与爱人往日欢聚情景的歌。表现的是缱绻缠绵的男女私情。

【注释考证】

①东方之日：在此，是喻人颜色之美，像朝阳那样。下章言"东方之月"，仿此。宋玉《神女赋》："其始出也，耀乎若白日初出照屋梁；其少进也，皎若明月舒其光。"取譬之义，盖本此诗及《陈风·月出》。②姝（shū）：美女，或指女子貌美。③子：指那女子。④履（lǚ）：义同蹑，指放轻脚步。⑤即：相就，亲近。《尔雅·释诂》："即，尼也。"注："尼，近也。"⑥闼（tà）：大门口，屋门口，内门，或指内室。《说文》："闼，门也。"《韩诗》云门屏之间曰闼。《史记·

樊哙传》："哙乃排闼直入。"注："宫中小门也，一曰门屏也。"《后汉书·桓帝纪》："秋七月己未南宫承善闼火。"注："闱谓之闼。"束晳诗："眷恋庭闼，心不遑安。"所谓庭闼，即指亲舍（内室、卧室）。　⑦发：走去。《毛诗正义》："以行必发足而去，故以发为行也。"《玉篇》："进也，行也。"《广雅》："去也。"又可解作遣，有"遣己相就"之意。《礼记·檀弓》："晋献文子成室，晋大夫发焉。"注："发礼往贺也。"也可解为泄，有"宣泄春情"之意。《楚辞·大招》："春气奋发。"发，即发泄意。"履我即兮""履我发兮"，均指那女子悄悄地前来欢聚。

东方未明

东方未明①，　东方漆黑没放亮，
颠倒②衣裳。　颠颠倒倒穿衣裳。
颠之倒之，　颠颠倒倒穿衣裳，
自公召之③。　官府召唤催得慌。

东方未晞④，　东方漆黑没放亮，
颠倒裳衣。　颠颠倒倒穿衣裳。
倒之颠之，　颠颠倒倒穿衣裳，
自公令⑤之。　官府号令催得慌。

折柳樊圃⑥，　砍些柳条编篱笆，
狂夫⑦瞿瞿⑧。　狂人吓得左右看。
不能辰夜⑨，　不分清晨和深夜，
不夙则莫⑩。　不是起早就睡晚。

这是周代一个小官吏，苦于差役纷繁，他没早没晚地替官府当差，使他寝食不安，满腔怨恨。

【注释考证】

①明：天明。 ②颠倒：指由于过分慌忙，而将衣裳穿颠倒了。③自公召之：从王公贵人（官府）那里传来命令，叫去当差。 ④晞(xī)：天刚放亮。 ⑤令：号令。 ⑥樊圃：编篱笆以围护园圃。按：樊，本作棥，通藩。本指篱笆。但在此作动词，编篱笆。圃，园圃，菜圃。 ⑦狂夫：这个小吏自称狂夫（疯疯癫癫的人），是形容因公务悾偬而手忙脚乱之状。 ⑧瞿瞿：惊顾失色的神态。 ⑨辰夜：早、夜。⑩不夙则莫：不是早早起身从公，就是到昏夜还不得休息。莫，古暮字。

南　山

南山①崔崔②，	南山高，高崔崔，
雄狐③绥绥④。	雄狐迟迟转来回。
鲁道⑤有荡⑥，	鲁国大道平坦坦，
齐子⑦由归⑧。	文姜由此嫁鲁桓。
既曰归止⑨，	既已嫁鲁桓，
曷⑩又怀⑪止？	为何齐襄还把她怀念？
葛屦⑫五两⑬，	草鞋系带结连环，
冠緌⑭双⑮止。	冠上长缨双双串。
鲁道有荡，	鲁国大道平坦坦，
齐子庸⑯止。	文姜由此嫁鲁桓。

国风·齐风

既曰庸止，	既已嫁鲁桓，
曷又从⑰止？	为何齐襄还把她眷恋？
艺⑱麻⑲如之何？	种麻怎样种？
衡从⑳其亩㉑。	横纵耕田地。
取㉒妻如之何？	娶妻怎样娶？
必告父母㉓。	必告父母表心意。
既曰告止㉔，	既已告父母，
曷又鞫㉕止？	为何齐襄还要纵情欲？
析薪㉖如之何？	砍柴要怎样？
匪斧不克㉗。	非用利斧不能砍。
取妻如之何？	娶妻要怎样？
匪媒不得㉘。	不靠良媒难成全。
既曰得止，	鲁桓已经娶文姜，
曷又极㉙止？	为何齐襄还把她热恋？

这首诗讽刺了齐襄公与文姜私通的无耻行为。齐襄本与其妹文姜有私情。文姜嫁给鲁桓公之后，仍与齐襄私通。后来，鲁桓公与文姜同去齐国，桓公死在那里。文姜与齐襄便愈放荡。人们憎恶这禽兽不如的丑行，就唱歌讽刺他们。

【注释考证】

①南山：齐国的南山。　②崔崔：犹崔嵬、嵬峨，山势高峻。
③雄狐：狐，传为狡黠淫媚之兽。本诗以公狐喻齐襄，刺其荒淫无耻。
④绥绥：形容慢慢地转来转去，追求匹偶的样子。《玉篇》："夊，思

住切，行迟貌。"《说文》："夊，行迟曳夊夊。""夊"为正字，"绥"为通假字。　⑤鲁道：齐国通往鲁国的大道，或鲁国大道。　⑥荡：平坦。　⑦齐子：齐国女子，指文姜。　⑧由归：从这条大道经过，嫁到鲁桓公那里。由，从。归，归于鲁。往归即出嫁。归，又训来，指归宁，"直来曰来，大归曰归"。　⑨止：同"之"。　⑩曷：同"何"。　⑪怀：怀念。　⑫葛屦：葛鞋，麻鞋，草鞋。　⑬五两：葛鞋的系带交午纠结。五，午的借字。午，交午之意。实则午、五本是一字异体。《广韵》："午，交也。"《韵会》："一纵一横曰旁午，犹言交横也。"两，緉之省借。緉，鞋带。　⑭冠緌（ruí）：帽带，系帽的缨（长的缨，可作系带）。緌，缨。本诗以屦緉、冠緌象征文姜已与鲁桓结婚。　⑮双：一双，一对。象征匹偶成双。　⑯庸：用，由，从。指文姜经由鲁道嫁与鲁桓公。　⑰从：意为追求（文姜）。　⑱艺：树（动词），种植。　⑲麻：一种作物，皮可纺线或制绳。　⑳衡从：横纵之异体，指横着耕耘，又纵着耕耘，形容深耕细作。从，本诗以衡从其亩，喻婚姻必先告父母，齐备礼仪。　㉑亩：田亩，田地。　㉒取：古娶字。　㉓必告父母：古代礼教，子女婚事，必先告诉父母，由其做主。　㉔既曰告止：指鲁桓已告请父母，娶文姜为夫人。　㉕鞫：鞫为鞠之借，追求、迫索之意，或穷极之意（指齐襄穷极其情欲以追求文姜）。又，鞫，本义为"养"，引申而言，指斥鲁桓公纵容姑息，以养其奸。　㉖析薪：砍伐柴薪。薪喻女。析薪喻娶妻。　㉗克：能，制。　㉘匪媒不得：非靠媒人不能成全婚事。上下两句，以析薪喻娶妻，以匪斧不克喻匪媒不得。得，指娶得文姜。　㉙极：穷尽，仍斥责齐襄极尽情欲而私通文姜。

甫　田

无田①甫田②，　　不要耕治荒芜土地，
　维③莠④骄骄⑤。　莠草长得高高密密。

| 无思远人⑥， | 莫将远方爱人思念， |
| 劳心⑦忉忉⑧。 | 思来使人心烦意乱。 |

无田甫田，	不要耕治荒芜土地，
维莠桀桀。	莠草长得高高密密。
无思远人，	莫将远方爱人思念，
劳心怛怛⑨。	思来使人愁绪万端。

婉兮娈兮⑩，	他是多么俊美多姿，
总角⑪丱⑫兮。	往日他还垂着双髻。
未几见兮⑬，	转眼几年没有见面，
突⑭而弁⑮兮！	他却突然戴上弁冠！

这个姑娘离别爱人之后，又是想他又是恼他，越是恼他越是想他，使她愁肠百转，无法排遣。然而，意外地见到了爱人，几年前还是梳着双髻的孩子，而今突然戴上弁冠了，长成英俊的青年了。突如其来的重逢，使这姑娘惊喜交集，感慨万千，无限低回。

【注释考证】

①无田：勿佃，不要耕治。《释文》："无田，音佃。"《广韵》："佃，营田。"营田即治之意。田，即"佃"字，耕作，整治。 ②甫田：圃田，荒芜多草的土地。甫，圃之省借。 ③维：其。 ④莠（yǒu）：莠草。 ⑤骄骄：与下文"桀桀"都指高大的样子。骄骄，乔乔之借。桀桀，揭揭之借。 ⑥远人：远处的人（爱人）。 ⑦劳心：心劳，心中伤悲烦劳。 ⑧忉忉（dāo）：烦劳之情状。 ⑨怛怛（dá）：义犹忉忉。 ⑩婉兮娈兮：婉、娈均指美好的样子。 ⑪总角：古代，童子将头发梳成两个髻，左右对称，形如牛角，故曰总角。总，

聚，束扎。 ⑫丱（guàn）：形容总角翘起之状，或天真幼稚之状。
⑬未几见兮：指上次见他，距今并无多久。未几，未经几时，时间不久。 ⑭突：忽然高出的样子。双关语，既指相见之突然，又指弁冠之突兀高耸。 ⑮弁（biàn）：冠名。有的是皮革制成，有的是布帛制成。古制，男子二十而冠，称为弱冠。到时候要举行加冠礼，并命名字。此后，便是成年人了。弱冠也是古习成婚之年。

卢 令

卢①令令②， 猎犬佩铃丁零零，
其人美且仁③。 那人漂亮又雅重。

卢重环④， 猎犬颈上套双环，
其人美且鬈⑤。 那人漂亮鬓发鬈。

卢重鋂⑥， 猎犬颈上三环垂，
其人美且偲⑦。 那人漂亮胡须美。

一个姑娘夸赞自己的爱人是杰出英俊的猎手。

【注释考证】

①卢：猎犬，大黑犬。《毛诗名物考》："犬之黑色而大者也。"
②令令：铃声。 ③仁：和蔼可亲，庄重。 ④重（chóng）环：两环套在一起，又称子母环。 ⑤鬈（quán）：指人的头发弯曲美观。 ⑥重鋂（méi）：一个大环套着两个小环。《毛传》："鋂，一环贯二也。"
⑦偲（cāi）：须多而美。《诗集传》："《春秋传》所谓于思，即此字，古通用耳。"

国风·齐风　　197

敝 笱

敝笱①在梁②，	破旧渔网张在坝堤，
其鱼鲂③鳏④。	鲂鱼鳏鱼游泳浮沉。
齐子归止，	文姜既已嫁人成婚，
其从如云⑤。	齐襄却还追随如云。
敝笱在梁，	破旧渔网张在坝堤，
其鱼鲂鱮⑥。	鲂鱼鲢鱼游来游去。
齐子归止，	文姜既已嫁人为妻，
其从如雨。	齐襄却还追随如雨。
敝笱在梁，	破旧渔网张在坝堤，
其鱼唯唯⑦。	河中游鱼相追相随。
齐子归止，	文姜既已嫁人为妻，
其从如水。	齐襄却还纵欲如水。

这仍是讽刺齐襄公与文姜私通的诗。以敝笱喻文姜，以鱼喻齐襄公，讽刺其行。

【注释考证】

①敝笱（gǒu）：破旧渔网。笱，一说，敝笱象征没有节操的女性。

②梁：鱼梁，鱼坝。　③鲂（fáng）：一名鳊鱼。　④鳏（guān）：鱼名，重者达数十斤。古代歌谣多以鱼为隐语以称爱人，以捕鱼、食鱼为私情、婚媾之隐语，如《邶风·新台》等。直到近现代民歌中，也还保

持着这种特征。　⑤齐子归止，其从如云：指文姜已嫁，而齐襄却仍追随她，犹如密云不散。从，随，追，追求。如云、如雨、如水，都是形容男女放纵情欲，纠缠不已，犹浓云不散、密雨绵绵、洪水泛滥。
⑥鱮（xù）：鲢鱼。因其常相与群游，故名鱮。　⑦唯唯：疑为遂之借字。在此，指游鱼互相追随，无拘无束的样子。《毛传》："唯唯，出不制。"《郑笺》："唯唯，行相随顺之貌。"《韩诗》作遗遗。借"其鱼唯唯"喻男女相追求。

载　驱

载驱薄薄①，	马车疾驰，啪啪繁响，
簟茀②朱③鞹④。	竹席皮革车篷，红艳大方。
鲁道有荡，	鲁国大道又直又平，
齐子发夕⑤。	文姜离开宫室私会齐襄。
四骊⑥济济⑦，	四匹黑马强壮漂亮，
垂辔濔濔⑨。	缰辔下垂悠悠晃晃。
鲁道有荡，	鲁国大道又直又平，
齐子岂弟⑩。	文姜与齐襄欢乐欲狂。
汶水⑪汤汤⑫，	汶水浩浩荡荡，
行人彭彭⑬。	行人熙熙攘攘。
鲁道有荡，	鲁国大道又直又平，
齐子翱翔⑭。	文姜与齐襄纵情游荡。
汶水滔滔⑮，	汶水滚滚滔滔，

行人儦儦⑯。	行人络绎不绝。
鲁道有荡，	鲁国大道又直又平，
齐子游敖⑰。	文姜与齐襄纵情欢乐。

这也是讽刺文姜与齐襄私通的诗。

【注释考证】

①载驱薄薄：指齐襄驱车往会文姜，车声薄薄。载，且。驱，车马疾行。薄薄，车声。 ②簟（diàn）茀：用方文竹席做的车篷。 ③朱：红色，此指红漆。 ④鞹（kuò）：经过制作的光滑的皮革。古代以红皮革作车篷，上面用山鸡羽装饰。 ⑤发夕：离开所住的宫室。夕，宿，住处。一说夕为夕暮之意，指私会之时。又，古代以日入以后、日出以前通谓之夕。天将明而日未出谓之发夕，亦曰夕发。 ⑥骊（lí）：黑马，铁青马。 ⑦济济：美盛的样子。 ⑧垂辔：下垂的辔头（缰绳）。古代四马拉车，共八条缰绳，两条系在车上，六条由御者掌握。 ⑨濔濔（nǐ）：柔和的样子。 ⑩岂弟：又作恺悌，欢乐和易。一说岂弟本作闓圛，犹言发夕。按：闓，有开发义。圛，有明的含义。故闓圛有发明、黎明之意，指二人私会之时。 ⑪汶水：即今山东省之汶河。古代，汶水正在齐鲁两国边界上，自然地形成界河。 ⑫汤汤（shāng）：水势浩大的样子。汤汤，或为荡荡之古体。 ⑬彭彭：行人众多的样子。 ⑭翱翔：此指自由来往，或指纵情游荡取乐。 ⑮滔滔：义犹汤汤。 ⑯儦儦（biāo）：众多的样子，或指众人行走的样子。 ⑰游敖：遨游，义犹翱翔。敖，即"遨"。

猗嗟

| 猗嗟①昌②兮， | 你年华正盛美妙青春啊， |

颀③而长④兮。	高大的身材威武英俊啊。
抑若扬兮⑤，	翩翩起舞仪态万方啊，
美目扬兮⑥。	漂亮的眼睛炯炯有神啊。
巧趋⑦跄⑧兮，	轻巧疾走步履敏捷啊，
射⑨则臧⑩兮。	引弓射箭技艺超人哪。

猗嗟名⑪兮，	你美妙青春年华正盛啊，
美目清⑫兮，	漂亮的眼睛秋水澄明啊，
仪⑬既成⑭兮，	各种舞姿集其大成啊，
终日射侯⑮，	终日射靶演武练功啊，
不出正⑯兮，	箭箭准确命中靶心啊，
展⑰我甥⑱兮。	真是我的理想爱人哪。

猗嗟娈⑲兮，	你年华正盛绝世美貌啊，
清⑳扬㉑婉㉒兮。	眉清目秀仪表佼佼啊。
舞则选㉓兮，	舞姿蹁跹技艺精深啊，
射则贯㉔兮，	引弓射箭贯穿靶心啊，
四矢反㉕兮，	四支利箭重穿一孔啊，
以御乱兮㉖。	平乱抗敌恰是这人哪。

这是女子夸夫的歌。

【注释考证】

①猗嗟：犹于嗟、吁嗟，叹词。　②昌：盛，美好的样子。在此指年华、容貌正美盛。　③颀（qí）：身材高大。　④长：义同颀，长，身高。　⑤抑若扬兮：指舞姿优美。抑（印）、扬，乃指舞蹈而言。一说

抑扬是形容眉目秀美，或云扬是目光转盼之貌。王引之云："抑与懿古字通。《尔雅》：懿，美也。" ⑥美目扬兮：指漂亮的眼睛炯炯有神。扬，阳之借字，明亮。《诗集传》又云："扬，目之动也。" ⑦巧趋：轻巧地疾走。 ⑧跄（qiāng）：形容趋步摇曳生姿。 ⑨射：射箭。⑩臧：善，好，指射箭技艺好。 ⑪名：称。指身材匀称，或指其人之威仪与技艺相称。 ⑫清：指眼睛黑白分明，清澈如秋水。 ⑬仪：舞仪，舞姿。 ⑭成：备，舞仪齐备，指善舞。 ⑮射侯：射箭打靶，或指靶子。古人习射，大射则设置皮侯，宾射则设置布侯。射，此指射礼。按：大射，古射礼之一。《仪礼·大射仪》疏引郑目录云："名曰大射者，诸侯将有祭祀之事，与其群臣射，以观其礼；数中者，得与于祭，不数中者，不得与于祭。射义于五礼属嘉礼。"宾射，也是古射礼之一。《周礼·春官·大宗伯》："以宾射之礼，亲故旧朋友。"注："射礼，虽王亦立宾主也。"孙诒让正义："王与诸侯射于朝也。" ⑯正：鹄的，靶心。古代的侯（箭靶子）设正（靶心），靶心占全靶的三分之一。正，又分等级，天子五正，诸侯三正，大夫二正，士一正。不出正，即不出靶心。 ⑰展：诚然，真正，的确。 ⑱甥：古代女子亦称夫为甥。《韵会》："女之婿亦曰甥。"《孟子》："帝馆甥于贰室。" ⑲娈：美好，特指体态美。 ⑳清：眼睛美。 ㉑扬：眉美。 ㉒婉：秀美。 ㉓选：齐，指舞蹈动作与音乐的节奏合拍，一说选是指才能出众。 ㉔贯：贯穿箭靶。 ㉕反：反复。古代礼制，习射时，每次发四箭。一箭射中，拔出，再射，反复四次，都从一个洞中穿过，就叫四矢反。这比一般射中鹄的更难。 ㉖以御乱兮：可以用这种武艺抵御四方之战乱，或云以四矢喻四方之乱。

魏 风

葛 屦

纠纠①葛屦②, 　　破草鞋,冰冰凉,
可以履霜③? 　　哪能踩秋霜?
掺掺④女⑤手, 　　纤瘦无力姑娘手,
可以缝裳⑥? 　　哪能缝衣裳?
要⑦之襋⑧之, 　　缝好纽啊上好领,
好人⑨服⑩之。　　贵人试新装。

好人提提⑪, 　　贵人走路好安详,
宛然⑫左辟⑬, 　　人避左边把路让,
佩其象揥⑭。　　象牙篦儿戴头上。
维⑮是褊⑯心, 　　真是偏心不公正,
是以为刺⑰。　　为了讽刺把歌唱。

这是缝衣的劳动者所唱。她们辛辛苦苦地"为他人做嫁衣裳",自己却瘦弱不堪,在严寒隆冬衣衫褴褛,饥肠辘辘。她们切齿痛恨王公贵族的不劳而获,于是便唱歌讽刺那些寄生虫(所谓贵人)。"好人提提"是反语,"维是褊心"才是直刺。

【注释考证】

①纠纠：形容破烂不堪，纠纠结结，再三修补过的冰凉的草鞋。《毛诗正义》："纠纠为葛屦之状，当为稀疏之貌。"《诗集传》："纠纠，缭戾寒凉之意。夏葛屦，冬皮屦。"本诗所述，女奴们在霜雪严寒之中，尚穿草鞋，可见她们当时的生活是何等痛苦。 ②葛屦（jù）：用葛丝编制的草鞋。屦，鞋。 ③可以履霜：何以履霜？可，何之省文。见《石鼓文》"其鱼佳可"，《风雅广逸》注："佳可，读作惟何，古省文也。"履，行，踩。 ④掺掺：义同纤纤。摻为正字。纤为或体。《说文》："摻，好手貌。《诗》曰：'摻摻女手。'掺掺指细弱之状。此处，指女子的手十分纤弱。《毛传》："掺掺，犹纤纤也。"《韵会》："女手貌。"又见《古诗》："纤纤出素手。"《韩诗》作纤纤。好手貌。 ⑤女：女子，指女奴。 ⑥可以缝裳：何以缝裳？意为：（女子的手这样纤弱）怎能缝制衣裳？可，仍为"何"之省文。 ⑦要：褾之省借，纽襻儿。⑧襋（jí）：衣领。要之襋之，犹要兮襋兮。 ⑨好人：此指贵人，贵妇。 ⑩服：动词，穿。 ⑪提提：安详文雅的举止。按：提提似为媞媞之假借，又作姼姼，安谛而美好。 ⑫宛然：向别人让路的样子。然，又作"如"。 ⑬左辟：左避，向左边避开让路，是对对方的恭敬。辟，避古体。又，《毛诗传笺通释》云："……左与邪通……左辟，即邪辟也。此亦当指人君盘辟为容。" ⑭象揥（tì）：象牙发篦。《诗缉》曰："搔首之揥，因以为饰者，若今之篦儿也。"《诗集传》："揥，所以摘发，用象为之，贵者之饰也。" ⑮维：又作惟、唯，只的意思，或为发语词。 ⑯褊：偏私之心。褊，即偏。 ⑰是以为刺：以是为刺，因此讽刺，用此讽刺。这诗中的贵妇，本是歌者（劳动女子）的冤头，劳动女子们的悲惨生活就是这些人造成的，再看到贵妇盛装华饰、搔首弄姿之状，更激起她们无比怨忿。在忍无可忍时，便喊出"维是褊心，是以为刺"的呼声。实际上，满腔怒火的她们所要控诉与揭露的，是千言万语也说不尽的。

汾沮洳

彼汾①沮洳②，	在那汾河河水湾，
言③采④其莫⑤。	采那酸迷嫩又鲜。
彼⑥其之子⑦，	那个好人劳梦想，
美无度⑧。	俊美可爱没法量。
美无度，	俊美可爱没法量，
殊异⑨乎公路⑩。	和那高官不一样。
彼汾一方⑪，	在那汾河水一方，
言采其桑。	前去河边采青桑。
彼其之子，	那个好人劳梦想，
美如英⑫。	美如鲜花吐芬芳。
美如英，	美如鲜花吐芬芳，
殊异乎公行⑬。	和那高官不一样。
彼汾一曲⑭，	在那汾河河水湾，
言采其藚⑮。	采那泽泻嫩又鲜。
彼其之子，	那个好人劳梦想，
美如玉。	美如白玉放华光。
美如玉，	美如白玉放华光，
殊异乎公族⑯。	和那高官不一样。

这是农家女子唱的歌。在她们心目中，勤劳淳朴的小伙子才是最好的美男子，比那王公贵族高尚得多。

【注释考证】

①汾（fén）：汾水。 ②沮洳（jù rù）：低洼潮湿之地。 ③言：发语词。 ④采：采摘。 ⑤莫：野菜名，又叫羊蹄菜。陆疏："茎大如箸，赤节，节一叶，似柳叶，厚而长，有毛刺……味酢而滑，始生可以为羹，又可生食。五方通谓之酸迷……汾河之间谓之莫。" ⑥彼：其，那。 ⑦之子：是子，那人。 ⑧美无度：美得难以衡量。 ⑨殊异：非常不同。 ⑩公路：掌管王公贵族所用之路车的官吏。路，指辂车，路车。 ⑪一方：河水之一方。 ⑫英：指美丽的花朵。 ⑬公行：掌管王公兵车的官吏。 ⑭曲：河湾。 ⑮藚（xù）：泽泻草，中药名，又叫水舄。 ⑯公族：掌管王公宗族之事的官吏。主要是管宗庙、教子弟敬祖先等事。公路、公行、公族，都是指高官厚禄的人物。他们虽有华美的服饰车马，可是劳动女子却嗤之以鼻。自己的爱人是勤劳朴实的劳动青年，比那素餐尸位的贵族要高出万倍。

园有桃

园有桃，	果园里，桃林密，
其实之殽①。	摘那果子来充饥。
心之忧矣，	愁满怀，情郁郁，
我歌②且谣③。	我唱歌谣抒胸臆。
不知我者，	人们对我不了解，
谓我士也骄。	说我："这人真傲气。
彼人④是⑤哉，	他们'君子'做得对，
子曰何其⑥？	你说要想何所为？"
心之忧矣，	心痛楚，愁满肠，
其谁知之⑦！	有谁知道这悲伤！

| 其谁知之！ | 有谁知道这悲伤！ |
| 盖⑧亦勿思！ | 何不干脆别去想！ |

园有棘⑨，	果园里，酸枣密，
其实之食。	摘那果子来充饥。
心之忧矣，	心痛楚，愁满肠，
聊以行国⑩。	只好各处去流浪。
不知我者，	人们对我不了解，
谓我士也罔极⑪。	说我："这人总妄想。
彼人是哉，	他们'君子'做得对，
子曰何其？	你说要想何所为？"
心之忧矣，	心痛楚，愁满肠，
其谁知之！	有谁知道这悲凉！
其谁知之！	有谁知道这悲凉！
盖亦勿思！	何不干脆别去想！

这是一个穷愁潦倒的人，受尽了人们的讥讽凌辱，受尽了饥寒之苦，无以为生，满怀愤懑抑郁，自悼身世飘零。他对统治阶级的"彼人"（即所谓"君子"）是深恶痛绝的。诗中转述别人评他的话，他是异常反感的。

歌者的身份应是一个平民，一个寒士，并不是什么官吏。因为，古代的官吏是厩有肥马、庖有肥肉的寄生虫、吸血鬼，不会穷到无衣无食，竟至以酸枣之类果腹。再者，"士"亦为古代为男子的通称。有时指一般男子，有时指士、大夫之士。从本诗表达的思想感情来看，这位唱歌的士，应是受苦受难的平民。

【注释考证】

①毅：本作肴，《说文》："肴，啖也。"吃，又指食物。　②歌：有乐谱或有乐器伴奏的是歌。　③谣：无乐谱或乐器伴奏的是谣。《毛传》："曲合乐曰歌，徒歌曰谣。"谣，类似后来的徒诗。　④彼人：那人，指古代剥削阶级的人物，即所谓"君子"。　⑤是：对，正确。⑥子曰何其：你说你要做什么？《毛传》："夫人谓我欲何为乎？"其，语词。　⑦其谁知之：谁知之，其字无实义。　⑧盖（hé）：盖，盍古通。盍，何不之合呼，义亦同。　⑨棘：酸枣树，俗名棘。马瑞辰云："枣从重束，棘从并束，对文则异。散文则棘亦训枣。"　⑩聊以行国：姑且到处流浪求生。有人将"行国"解为"去国"，不妥。国，借为"域"。　⑪罔极：无极，或指无限度地乱想。极，终极。

【学术延伸】

"园有桃"句据马瑞辰考："《吕氏春秋·重己篇》高注引《诗》园有树桃。《初学记》引《诗》亦同。疑三家诗古有作树桃者。二章亦当作树棘。与《鹤鸣》诗园有树檀文法相类。"按：此说信而有证，可从。

陟岵

陟①彼岵②兮，	爬上山冈真困乏啊，
瞻望父兮。	老远望望我爸爸啊。
父曰③：	爸爸说：
嗟！予子④行役⑤，	"唉！我的儿子出官差，
夙夜⑥无已⑦。	日夜干活没有边儿。
上⑧慎旃⑨哉！	孩子你要小心啊！
犹来！	还是回来吧！

无止!	可别永远不回来!"

陟彼屺⑩兮,	爬上高山真困乏啊,
瞻望母兮。	老远望望我妈妈啊。
母曰:	妈妈说:
嗟!予季行役,	"唉!我的小儿出官差,
夙夜无寐⑪。	日夜干活没有边儿。
上慎旃哉!	孩子你要小心啊!
犹来!	还是回来吧!
无弃⑫!	别把穷命舍在外!"

陟彼冈兮,	爬上山冈歇一歇啊,
瞻望兄兮。	老远望望我哥哥啊。
兄曰:	哥哥说:
嗟!予弟行役,	"唉!我的弟弟出官差,
夙夜必偕⑬。	日夜劳瘁苦难耐。
上慎旃哉!	弟弟你要小心哪!
犹来!	还是回来吧!
无死!	别把穷命死在外!"

　　这是长期服徭役的人唱的歌。他身居异乡,怀想父母兄弟,回望故土,幻想父母兄弟在如何惦记自己,如何叮咛他善自珍重,及早回来,别把生命舍在远方。征人们为奴隶主贵族阶级当牛作马,辗转流离,服永无休止的徭役,死无葬身之地,他们便倾吐出这怨愤的心声。歌中的想象,逼真生动,慷慨余哀,发人深思。

【注释考证】

①陟（zhì）：升。登。　②岵（hù）：有草木的山。《尔雅·释山》："多草木，岵；无草木，屺。"　③父曰：歌者想象他父亲说。下章"母曰""兄曰"同。　④予子：歌者想象中，其父对他的称呼。下章"季""予弟"同。　⑤行役：出外服徭役。　⑥夙夜：早夜，从早到晚，白天黑夜。　⑦无已：没完没了，永无止息。无止，无止息。另解：止，获也。无止，即勿为敌人所虏。　⑧上："尚"之借，还。《汉石经》《鲁诗》作"尚"，为本字。　⑨旃（zhān）：之。慎旃，犹慎之。旃，或为"之焉"合呼连用。　⑩屺（qǐ）：无草木的山。　⑪无寐：犹无已。《离骚》："芬至今犹未沬。"王逸注："沬，已也。"王引之云："寐读为沬。无沬犹无已也……作寐者，假借字耳。"　⑫无弃：勿弃，不要抛弃生命。一说，弃为猗之或体。猗，死。　⑬偕：俱，同，指悲苦俱集一身，又指与其同行之难友同作同息，不得休闲。

十亩之间

十亩①之间兮，　　　十亩宽宽桑林间啊，
桑者②闲闲③兮，　　采桑的人们真悠闲啊，
行④与子⑤还⑥兮。　　我要和您一路还啊。

十亩之外⑦兮，　　　十亩宽宽桑林边啊，
桑者泄泄⑧兮，　　　采桑的人们真悠闲啊，
行与子逝⑨兮。　　　我要和您一路返啊。

这是表现劳动与爱情的歌。一群群采桑的女子，在茂密宽大的桑林间愉快地劳动着。在劳动结束时，她们收拾工具与桑叶，准备回去，有的姑娘便唱歌招呼自己的情侣一同走。歌辞简单明朗，短小复沓，正是

古谣本色。

【注释考证】

①亩：古作畮，俗作亩，自古以来丈量田地面积的量词。 ②桑者：采桑者。古代蚕桑纺织之事多由妇女来做，故本诗的桑者，指采桑女子。又，"者"或为"柘"之借。马瑞辰云："'桑者闲闲兮'，《白帖》八十二引作'桑柘'。……古音石与者同声，故柘或假借作者，犹浥渚《韩诗》作浥沰也。……三家诗盖有作桑柘者，故《白帖》引之。二章亦当作桑柘。"说亦可从。 ③闲闲：往来自得，十分悠闲的样子，形容集体劳动的情况。《毛传》曰："闲闲然男女无别往来之貌。" ④行：且，将，表示内心的愿望。 ⑤子：此指所爱的男子，相当于"您"字。 ⑥还：音义同旋。 ⑦外：指桑林之外，桑林边际。 ⑧泄泄：义犹闲闲。 ⑨逝：往归，离去。

伐　檀

坎坎①伐檀②兮，	砍伐檀树咔咔响啊，
寘③之河之干④兮，	把它放在河岸上啊，
河水清且涟⑤猗⑥。	河水清清腾细浪啊。
不稼不穑⑦，	不种庄稼不收割，
胡⑧取⑨禾三百廛⑩兮？	为何三百顷庄稼入你仓啊？
不狩不猎⑪，	打猎捕兽你不去，
胡瞻⑫尔⑬庭⑭有县⑮貆⑯兮？	为何小貉挂满你院墙啊？
彼君子兮，	那些"君子"啊，
不素餐兮⑰！	不能白白把饭装啊！

国风·魏风

坎坎伐辐[18]兮，　　　　伐檀制辐咔咔响啊，
寘之河之侧[19]兮，　　　　把它放在河边上啊，
河水清且直[20]猗。　　　　河水清清顺直蹚啊。
不稼不穑，　　　　　　　　不种庄稼不收割，
胡取禾三百亿[21]兮？　　　为何三百亿谷束上你场啊？
不狩不猎，　　　　　　　　打猎捕兽你不去，
胡瞻尔庭有县特[22]兮？　　为何野物挂满你院墙啊？
彼君子兮，　　　　　　　　那些"君子"啊，
不素食[23]兮！　　　　　　不能白白把饭装啊！

坎坎伐轮[24]兮，　　　　伐檀制轮咔咔响啊，
寘之河之漘[25]兮，　　　　把它放在河坝上啊，
河水清且沦[26]猗。　　　　河水清清漩着蹚啊。
不稼不穑，　　　　　　　　不种庄稼不收割，
胡取禾三百囷[27]兮？　　　为何三百囷粮食你独享啊？
不狩不猎，　　　　　　　　打猎捕兽你不去，
胡瞻尔庭有县鹑[28]兮？　　为何鹌鹑挂满你院墙啊？
彼君子兮，　　　　　　　　那些"君子"啊，
不素飧[29]兮！　　　　　　不能白白把饭装啊！

　　这是古代的伐木者在繁重的劳役之中，为反抗统治阶级的残酷压榨而发出的愤怒的吼声。这些被压在社会最底层的伐木者，勇敢地抬起头来，直接以粗重有力的恣语斥骂剥削者，质问剥削者，而且，尖锐地无情地用反语嘲讽了剥削者。这是一道声讨奴隶主阶级的檄文。本诗以回旋重叠的章句形式，反复表现奴隶们无限愤懑不平的思想感情，显示出古代劳动者阶级的初步觉醒。他们已敢于直接怒斥榨干人

民血汗的大奴隶主了,他们已对那贫富悬殊、黑暗腐朽的社会,公开抗议了。

【注释考证】

①坎坎:犹咔咔、铿铿,伐木之声。 ②伐檀:砍伐檀树。檀是一种硬木材,又分多种,本诗似无定指。伐檀,是指一群伐木者在为剥削阶级服劳役。 ③寘:即置字,置放。 ④干:河岸,崖,涯。《易·渐卦》:"鸿渐于干。"注:"干谓大水之旁故停水处者。" ⑤涟:风吹起的水纹。 ⑥猗(yī):犹"兮",助词。 ⑦不稼不穑(sè):是控诉剥削者不参加劳动生产,而坐享劳动果实。耕种曰稼,收获曰穑。稼穑,统指农事。 ⑧胡:何,为什么,怎么。 ⑨取:夺取,占取,攫取。禾,百谷之通名。 ⑩廛(chán):古制百亩为廛,今曰顷。一说,"廛"即"缠",束也。另说,三百廛,犹言三百户。按:廛的含义有二:一是指"一夫之居",一是指"百亩之田"。见《毛诗正义》:"一夫之居曰廛,谓一夫之田百亩也。"居,所安之处,住处。《尚书·盘庚》:"奠厥攸居。"《广韵》:"安也。"廛,《说文》:"一亩半一家之居。"《周礼·地官·遂人》:"辨其野之土,上地中地下地,以颁田里,上地,夫一廛,田百晦(亩之本字),莱五十晦。"注:"廛,城邑之居。"《方言》:"东齐海岱之间谓居曰廛。"又《汉书·扬雄传》:"有田一廛。"颜注引晋灼:"廛,一百亩也。"本此,廛(又作㙻),原称一夫之居,又因为一夫所耕之田百亩,于是,廛便成了百亩的量词了。自汉以后称顷。 ⑪狩(shòu)、猎:冬天打猎叫狩,夜间打猎叫猎(又叫獠,即燎)。其实,狩也可指四时打猎,猎也可指昼夜打猎。狩猎,即统称打猎,不一定"冬猎曰狩,宵田曰猎"。 ⑫瞻:仰望。因奴隶主贵族的庭院墙垣高大,所以必须仰视乃见悬挂之物。 ⑬尔:你。 ⑭庭:庭院,或庭院之高墙。 ⑮县:古悬字。 ⑯貆(huán):幼小的貉,是一种小兽。 ⑰彼君子兮,不素餐兮:与下文之"不素食兮""不素飧兮",都是反语,尖锐而辛辣地讽刺剥削者不劳而食,说他们

"不能白吃饭"。正是用这反语斥骂那些贵族老爷们都是"衣架饭囊、行尸走肉",是素餐尸位者。《诗集传》将"素"解作"空",有道理。空食即白吃,即不劳而食的吸血鬼、寄生虫。本诗运用了含蓄的反语,更能引人深思,更能刺中要害。既然上文先正面斥问"君子"们不种田不打猎而夺取了人民大量劳动果实,那么,每章结尾又说"人家那些'君子'们,可不是白白吃闲饭呢!"就是以反语讥讽他们,也确实辛辣有力。或者认为"不素餐"是"没有荤菜不下饭"之意,虽然也近理,但总不如前说更能表现歌谣本身的讽刺意味。并且,对"不素餐"者的爱憎不鲜明,对不劳而获的剥削阶级的罪恶本质,揭露不彻底。故以前解为当。　⑱伐辐:指砍伐能制车辐的木材,实际仍指伐檀,可能为了声律和谐而变文。　⑲侧:河边。　⑳直:直流,或指波纹之直。㉑亿:万万为亿。又按:周制十万为亿。指谷束(谷个子)之数,即禾秉之数。　㉒特:小兽,或曰兽四岁为特。在此,应是泛称野兽(猎获物)。雄性之兽亦名特。　㉓食:义犹"餐"。　㉔伐轮:含义犹伐辐。

㉕漘(chún):河坝,河崖。又作滣。　㉖沦:漩涡。一说,指顺流之小波相次有伦理(马瑞辰说)。　㉗囷(qūn):粮食囤,圆仓。三百囷,是指三百囷粮食。另说,囷为稛之借。稛,束。　㉘鹑(chún):鹌鹑。本诗是以鹑代称飞禽。　㉙飧(sūn):熟食曰飧,晚饭曰飧,又泛指饭食。《毛诗正义》:"《传》意以飧为飧饔之飧。客始至之大礼,其食熟致之,故云熟食曰飧。《秋官·掌客》云,公飧五牢,侯伯飧四牢,子男飧三牢。卿飧二牢,大夫飧一牢,士飧少牢。注云公侯伯子男飧皆饪一牢,则卿大夫亦有饪,故曰为熟食也。"《说文》:"飧,水浇饭也。从夕食,言人旦则食饭,饭不可停,故夕则食飧,是飧为饭之别名。"

硕　鼠

硕鼠①硕鼠,　　　大老鼠,大老鼠,

无②食我黍③！　　甭想再吃我的黍！
三岁④贯⑤女⑥，　　三年把你养得肥，
莫我肯顾⑦。　　　你却不把我照顾。
逝⑧将去女，　　　何时才能离你去，
适⑨彼乐土⑩？　　到那安乐好国土？
乐土乐土，　　　　安乐国啊安乐土，
爰得我所⑪？　　　我的归宿在何处？

硕鼠硕鼠，　　　　大老鼠，大老鼠，
无食我麦！　　　　甭想再吃我的麦！
三岁贯女，　　　　三年把你养得肥，
莫我肯德⑫。　　　对我不肯好好待。
逝将去女⑬，　　　何时才能离你去，
适⑭彼乐国？　　　奔到那块安乐地？
乐国乐国，　　　　安乐地啊安乐地，
爰⑮得我直⑯？　　我的归宿何处觅？

硕鼠硕鼠，　　　　大老鼠，大老鼠，
无食我苗⑰！　　　甭想再吃我的苗！
三岁贯女，　　　　三年把你养得肥，
莫我肯劳⑱。　　　你却对我不慰劳。
逝将去女，　　　　何时才能离你去，
适彼乐郊？　　　　到那安乐好城郊？
乐郊乐郊，　　　　安乐郊啊安乐郊，
谁之永号⑲？　　　向谁痛哭长哀号？

国风·魏风

这首诗，唱出了古代劳动人民在残酷剥削下的悲苦与愤怒。他们把剥削者比作可憎的老鼠，对其不劳而食、骄奢淫逸的丑恶本质，进行了无情的揭发与尖锐的讽刺。而"逝将去女，适彼乐土"之句则充分表现了劳动人民要相率而去反抗压迫的精神。但在当时人吃人的制度下，哪里有什么乐土。古代奴隶的逃亡，虽是对剥削制度的反抗行动。然而，不推翻那个剥削制度，他们逃亡到任何地方都不能挣脱奴隶的枷锁。因此，"适彼乐土"只不过是古代劳动人民的幻想而已。他们朴素的阶级意识却受到时代的局限。

【注释考证】

①硕鼠：大老鼠。此以硕鼠比喻不劳而食、巧取豪夺的奴隶主贵族。也有说硕借作鼫。硕鼠即鼫鼠。 ②无：勿，不要。 ③食我黍：吃我的粮食。比喻剥削者横征暴敛，敲骨吸髓，对劳动人民进行残酷压榨。黍，本指黍苗，在此可理解为一般粮食之代称。下章"无食我麦"之义与此同。 ④三岁：三年。三岁又作多年解。 ⑤贯：或为宦之通借。《汉石经》残碑作宦（系用《鲁诗》）。事，养。 ⑥女：即汝，你。 ⑦莫我肯顾：莫肯顾我。 ⑧去：离去。 ⑨逝：什么，怎么，为什么。在此，作"什么"解。按：逝即何的意思。《尔雅·释言》："遏，遾逮也。"《小雅·四月》："曷云能穀。"《毛传》："曷，逮也。"可见遏与曷通。遾又作逝，而遏、逝，都是曷的意思。曷，音义同何。所以，逝，就是"何"的意思。一说逝是誓之借字。 ⑩乐土：为人们想象中的安乐地方。下"乐国""乐郊"与此同。郊，邑外曰郊，即城郊。国，域之借。邦，地方。 ⑪所：安身之所。 ⑫莫我肯德：莫肯德我，不肯以德加我。德，恩德。 ⑬去女：离你而去。 ⑭适：去，往。 ⑮爰：何处。见《邶风·击鼓》："爰居爰处？爰丧其马？于以求之？于林之下。"按：爰，何处之意。爰，或为于以合呼。《击鼓》篇，上用"爰"，下用"于以"，是变文避复。且又能补足下句。足证爰、于以，都是"何处"之意。本诗用这疑问代词，更能表现出当时水深火热

中的人民渴求自由幸福的意志，他们说："何处才是我的安身之所？"　⑯直：或为职之假，职犹所。"爰得我直"犹"爰得我所"，异章互文。另，直，值之古字，即指劳动之值。又训直道而行，或无困顿。　⑰苗：泛称禾苗。　⑱劳：慰劳。　⑲谁之永号：又将长号于谁！按：安乐郊只是幻想中的乌托邦，"适彼乐郊"的夙志不能实现，劳动人民还是困于水深火热之中，天高地迥，号呼靡及。在极度穷蹙之际，恻怛欲绝，义愤填膺，终于像火山爆发一样，迸出"谁之永号"的强烈呼声。之，可解为其，义犹将、还。永号，长号，长声哀号。《汉书·刘向传》注："号，谓哭而且言也"或云"有声无泪曰号"，无泪，也许是悲痛至极。另解永号乃长呼、长歌。

唐　风

蟋　蟀

蟋蟀在堂①，　　　蟋蟀在门庭鸣叫声声，
岁②聿③其莫④。　　一年又将到岁暮隆冬。
今我不乐，　　　　今日我不及时行乐，
日月⑤其除⑥。　　　岁月将如流水逝波。
无⑦已⑧大康⑨，　　但不要过度寻欢，
职⑩思其居⑪。　　　也该想想处境艰难。
好乐⑫无荒⑬，　　　娱乐不宜过分纵情，
良士⑭瞿瞿⑮。　　　好人应知顾后瞻前。

蟋蟀在堂，　　　　蟋蟀在门庭鸣叫不息，
岁聿其逝⑯。　　　一年又将悠然逝去。
今我不乐，　　　　今日我不及时行乐，
日月其迈⑰。　　　岁月将要无情流过。
无已大康，　　　　但不要过度嬉戏，
职思其外⑱。　　　也该想想意外遭际。
好乐无荒，　　　　娱乐不宜过分纵情，
良士蹶蹶⑲。　　　好人应知猛然警醒。

蟋蟀在堂，	蟋蟀在门庭鸣叫不已，
役车⑳其休㉑。	服役之车已开始休息。
今我不乐，	今日我不及时行乐，
日月其慆㉒。	岁月将要飘忽流过。
无以大康，	但不要过度寻欢，
职思其忧。	也该想想突来忧患。
好乐无荒，	娱乐不宜过分纵情，
良士休休㉓。	好人应知时时警醒。

一个古代的小官吏，受不了沉重的差役的折磨，唱出这首歌以宣泄内心的忧伤。在字里行间流露出消极颓废的思想感情。

【注释考证】

①堂：户内庭中。 ②岁：岁月，年。 ③聿（yù）：遂，将。 ④莫：古暮字。岁莫，指一年将终，犹如日暮。 ⑤日月：指岁月，日子。 ⑥除：去。 ⑦无：勿，不要。 ⑧已：过，太。 ⑨大康：即泰康。大，安泰。 ⑩职：当，得，必须。 ⑪居：指人的处境。 ⑫好乐：欢乐，娱乐，喜乐。 ⑬无荒：勿荒，不要超过限度，不要太放纵。 ⑭良士：好人（按古代的旧准则衡量，认为有修养有见识的人为良士）。 ⑮瞿瞿：惊顾或却顾的样子，表示有所警惕或瞻前顾后。 ⑯逝：往，去。 ⑰迈：往，过去。形容时间过得快。 ⑱外：指意外的事（遭遇）。 ⑲蹶蹶：迅速敏捷跳起来的样子，表示惊惶。 ⑳役车：服役之车。 ㉑休：休息。按：孟冬十月，役车当还。 ㉒慆（tāo）：过，指岁月很快地流过去。 ㉓休休：倏倏，惊恐警惕之状。

山有枢

| 山有枢， | 山上有那刺榆树， |

隰有榆①。	洼地有那白榆树。
子有衣裳，	您有许多华丽衣裳，
弗曳弗娄②。	不穿不戴毫无意趣。
子有车马，	您有许多大车骏马，
弗驰弗驱③。	却不纵马驰驱。
宛④其死矣，	一旦萎绝地死去，
他人是愉⑤。	别人便会前来占取。
山有栲⑥，	山上有那椿树，
隰有杻⑦。	洼地有那檍树。
子有廷内⑧，	您有深宅空地，
弗洒弗扫⑨。	却不洒扫整理。
子有钟鼓⑩，	您有钟鼓乐器，
弗鼓弗考⑪。	却不鸣奏敲击。
宛其死矣，	一旦萎绝地死去，
他人是保⑫。	别人便会来此安居。
山有漆，	山上有那漆树，
隰有栗。	洼地有那栗树。
子有酒食，	您有美酒佳肴，
何不日鼓瑟⑬？	何不天天鼓瑟欢娱？
且以喜乐，	且借此喜乐逍遥，
且以永日⑭。	且借此永长时日。
宛其死矣，	一旦萎绝地死去，
他人入室⑮。	别人便会进居内室。

这是古代统治阶级的妇女劝丈夫及时行乐的诗,反映了剥削阶级享乐腐化的思想和内心世界的狭隘自私。

【注释考证】

①山有枢,隰有榆:《诗》中凡言"山有×,隰有×",多是比兴男女爱情的。一般是以"山有×"喻男,以"隰有×"喻女。本句的枢,指刺榆。《释文》:"枢,本或作蓲。"《汉石经》残碑同。《尔雅·释木》:"蓲,荎。今之刺榆。"非"户枢"之枢。榆,俗称白榆。 ②弗曳弗娄:(有好衣裳而不穿),走动起来,并不牵起衣角,也不拢起衣带。曳,牵,提起,扯起。娄,搂,拢起衣带。在此,曳、娄乃统指穿戴。 ③驰、驱:马快跑。《毛诗正义》:"走马谓之驰,策马谓之驱。驰驱俱是乘车之事。"驰驱,也可解为好马拉着车快跑。 ④宛:枯病貌,死貌。马瑞辰云:"宛即苑之假借。"宛、苑又通蔫。 ⑤愉:《郑笺》:"愉读作偷。取也。"按:愉,又作媮,取的意思。另,愉亦可训乐。 ⑥栲(kǎo):臭椿树。 ⑦杻(niǔ):又名檍,或名万岁,是上好木材,可制弓弩。 ⑧廷内:即内廷,指阶前隙地。 ⑨弗洒弗扫:不洒不扫。 ⑩鼓:在此作动词,敲打。 ⑪考:敲击,叩。 ⑫保:安居,居有。 ⑬日鼓瑟:日日鼓瑟。或,一天到晚地奏瑟。 ⑭永日:永长此日。意为:饮酒作乐,便觉得日子过得缓慢。 ⑮入室:(别人)进居于室内。

扬之水

扬之水, 激扬的流水湍急奔腾,
白石凿凿①。 白石冲刷得洁白纯净。
素衣②朱襮③, 穿着白绸衣,镶着红花领,
从④子于沃⑤。 到达曲沃跟从桓叔效命。

既见君子， 已见到君子桓叔，
云何⑥不乐？ 为何不欢乐融融？

扬之水， 激扬的流水奔腾湍急，
白石皓皓⑦。 白石冲刷得洁白如玉。
素衣朱绣⑧， 穿着白绸衣，镶着红花领，
从子于鹄⑨。 投奔桓叔赶到鹄邑。
既见君子， 已见到君子桓叔，
云何其忧⑩？ 为何还烦愁忧郁？

扬之水， 激扬的流水奔腾滚滚，
白石粼粼⑪。 澄澈见底白石粼粼。
我闻有命⑫， 我听桓叔政命良好，
不敢以告人⑬。 不敢轻易告知众人。

　　这首诗，是古代贵族阶层的人物讽刺昭公的。晋昭公封其叔父成师于曲沃之地，称桓叔。后来沃国十分强盛，而晋国却日渐衰微，政治腐败，民不聊生。有人便想离开晋国，到沃国投奔桓叔，并以此诗讽喻晋昭公。

【注释考证】

　　①扬之水，白石凿凿：二句托兴桓叔"德行"。扬，激扬。凿凿，形容鲜明洁白。　②素衣：白绸衣。　③朱襮（bó）：红色的绣花的衣领。《毛诗正义》曰："《释器》云：黼领谓之襮。孙炎曰：绣刺黼文以褾领，是襮为领也。"《毛传》："襮，领也。诸侯绣黼丹朱中衣。"按：中衣是朝服、祭服之里衣。《礼记·深衣》郑目录云："深衣，连衣裳而纯之采者；……有表则谓之中衣。大夫以上祭服中衣用素。"　④从：跟

从，投奔。　⑤沃：地名，即曲沃。　⑥云何：为何，如何。　⑦皓皓(hào)：洁白貌。　⑧朱绣：即朱襮。变文避复。　⑨鹄：是属曲沃的一个城邑。　⑩忧：忧愁。　⑪粼粼(lín)：形容水清石净。　⑫有命：指有好的政命。　⑬不敢以告人：指不敢告知晋人（为桓叔隐蔽）。《诗集传》："桓叔将以倾晋而民为之隐，盖欲其成矣。"

椒　聊

椒①聊②之实③，	花椒籽儿红又红，
蕃衍④盈⑤升。	密密匝匝采满升。
彼其之子⑥，	像她那样好姑娘，
硕大⑦无朋⑧。	谁也难比她强壮。
椒聊且⑨，	花椒籽儿红又红，
远条⑩且。	长长枝条郁葱葱。

椒聊之实，	花椒籽儿红又红，
蕃衍盈匊⑪。	密密匝匝满手捧。
彼其之子，	像她那样好姑娘，
硕大且笃⑫。	身强力壮又忠诚。
椒聊且，	花椒籽儿红又红，
远条且。	长长枝条郁葱葱。

这是赞美妇女多子的诗。

【注释考证】

①椒：花椒。树枝繁密多刺，叶对生，结实累累成穗，有芳香，色

红。按：椒，交同音双关。交，情好之意。 ②聊：助词。或训草木之实攒聚曰聊。一说"聊"是指山楂。椒聊并提，也许因二者果实形状近似，仅大小有异。见《毛诗名物考》："聊……杭子如指头，赤色似小奈，可食，即今山楂也。大者如栗名唐杭，其小如奈者曰山楂。疑即《尔雅》所谓利者聊也。其结子甚盛，至秋熟时通树为红，与蕃衍二字合。诗云椒聊之实，或是二木。椒言其味之香，聊言其色之美也。"（待考） ③实：果实。 ④蕃衍：繁盛，指实累累盈枝。 ⑤盈：满。 ⑥彼其之子：指那位采摘花椒的姑娘。本诗是以椒聊蕃衍，比况之子硕大。 ⑦硕大：健壮高大。 ⑧无朋：无匹，无比。 ⑨且：助词。 ⑩远条：长长的枝条。意为枝条越长、结实越多。一说引申为女子强壮，将生子众多。古人的旧观念，认为子女多是福。 ⑪匊（jū）：掬之本字，两手捧物。 ⑫笃：诚实敦厚。

绸　缪

绸缪①束薪②，　　道道绳儿把柴捆，
三星③在天④。　　三星在天正黄昏。
今夕⑤何夕⑥？　　今晚什么好时辰？
见此良人⑦。　　见到可爱心上人。
子兮子兮，　　　你呀你呀我的妹，
如此良人何⑧！　对这好人该怎么亲！

绸缪束刍⑨，　　道道绳儿捆牧草，
三星在隅⑩。　　三星偏挂天一角。
今夕何夕？　　　今晚什么好时辰？
见此邂逅⑪。　　不期而遇真凑巧。

| 子兮子兮， | 你呀你呀我的妹， |
| 如此邂逅何！ | 不期而遇该怎么好！ |

绸缪束楚，	道道绳儿捆荆草，
三星在户⑫。	三星遥对门窗照。
今夕何夕？	今晚什么好时辰？
见此粲者⑬。	娟美姑娘把我找。
子兮子兮，	你呀你呀我的妹，
如此粲者何！	对这美人该怎么好！

　　这首诗，表现了一对恋人在劳动生活中互相爱悦的深情。在他们欢会时，这位青年人心花怒放，竟不知所措了。情挚语真，吐属自然，毫无矫饰。

【注释考证】

　　①绸缪（chóu móu）：缠绕，捆束。　②束薪：把柴草捆成捆儿。古代以束薪、束刍、束楚比喻婚姻爱情。《毛传》："男女待礼而成，若薪刍待人事而后束也。"又见《齐风·南山》："析薪如之何？匪斧不克。取妻如之何？匪媒不得。"亦可为证。本诗之束薪、束刍、束楚，既实指劳动之事，又比兴婚媾，是双关两意语。　③三星：即参星。因为它是由三颗星组成，故称三星（实由七颗星组成）。　④在天：指三星开始出现在天空，说明已黄昏时分。　⑤夕：黄昏，刚刚入夜时分。⑥何夕：多么美好的黄昏。　⑦良人：可爱的好人，称男女皆可。⑧如此良人何：对你这么可爱的人该怎么相亲相爱才好？形容这位小伙子乍见到爱人时，心情过度兴奋，竟至手足无措，不知怎么才好了。⑨刍（chú）：牧草。楚，一名荆，好草之名，又训木名。参见《周南·汉广》注。　⑩隅（yú）：角落，在此指天空的一角，三星已移至天之

一角，说明过了多时。⑪邂逅（xiè hòu）：本指不期而遇。在此，实指不期而遇的人。⑫在户：当户，对着门窗。三星对着门窗，可见又过多时，夜色更深。⑬粲者：美丽可爱的人。按：粲，即效之通假。《说文》："效，美也。"《释文》："粲，《字林》作姴"（姴亦作效）。形容女子美好。

杕 杜

有杕①之杜②，　　一棵赤棠孤孤零零，
其叶湑湑③。　　它的叶子蓬蓬青青。
独行踽踽④。　　我独自前行，伶仃无依。
岂无他人⑤？　　难道没有别人和我亲密？
不如我同父⑥。　　但不如我同父兄弟。
嗟⑦行之人⑧，　　叹我这人到处奔波，
胡⑨不比焉⑩？　　何不助我一臂之力？
人无兄弟，　　叹我这人无兄无弟，
胡不佽⑪焉？　　何不对我资助救济？

有杕之杜，　　一棵赤棠孤孤零零，
其叶菁菁⑫。　　它的叶子蓬蓬青青。
独行睘睘⑬。　　我独自前行，无凭无依。
岂无他人？　　难道没有别人和我亲密？
不如我同姓⑭。　　但不如我同母兄弟。
嗟行之人，　　叹我这人到处奔波，
胡不比焉？　　何不助我一臂之力？
人无兄弟，　　叹我这人无兄无弟，

| 胡不佽焉？ | 何不对我资助救济？ |

古代人民在剥削阶级压榨下，饥馑流离，到处行乞。却没有人同情援助，他们处处遭到奴隶主贵族的白眼冷遇。诗人独行踽踽，长歌当哭。本诗反映了古代劳动人民的痛苦生活。

【注释考证】

①杕（dì）：独特的样子，孤零零的样子。 ②杜：赤棠树。以"有杕之杜"比兴人之"独行踽踽"。 ③湑湑（xǔ）：形容草木枝叶茂盛葱绿，色泽鲜明。 ④踽踽（jǔ）：孤独无依的样子。 ⑤他人：指别的亲人。 ⑥同父：同父兄弟。 ⑦嗟：叹。 ⑧行之人：到处奔波远行的人。 ⑨胡：何，为何。 ⑩比：辅助，关怀，亲近。 ⑪佽（cì）：同情，帮助，亲爱。 ⑫菁菁（jīng）：义同湑湑。 ⑬睘睘（qióng）：本亦作茕（见《释文》）。孤孤单单、无依无靠的样子。 ⑭同姓：同母的兄弟，或泛指宗族（同祖兄弟）。姓，据《毛诗传笺通释》云："《说文》姓，人所生也……《释文》曰，女生曰姓，姓谓子也。姓从女生会意。上古赐姓皆因其母之所生，如神农母居姜水，因赐姓姜……此诗同姓对前章同父而言。又据下文人无兄弟，言同姓盖谓同母生者。"

羔裘

羔裘①豹袪②，	羔羊皮袍豹皮袖，
自我人③居居④！	我的人儿多无礼！
岂无他人⑤？	难道没有别的人？
维⑥子之故⑦。	都是为了我爱你。

国风·唐风

羔裘豹褎⑧，	羔羊皮袍豹皮袖，
自我人究究⑨！	我的人儿多傲气！
岂无他人？	难道没有别的人？
维子之好⑩。	都是为了我爱你。

　　这是一个失恋的女子对爱人表明心迹的歌。虽然她的爱人傲慢无礼，但她仍是一片赤诚地对他倾诉衷肠。

【注释考证】

　　①羔裘：羊羔皮袍。　②袪：袖。　③自我人：我的人（我的爱人）。　④居居：即倨倨，傲慢无礼，是厌恶之状。　⑤他人：指别的男子。　⑥维：系，因为，为了。　⑦故：似为婟之通假。婟，爱，眷恋，钟情，或称女子所私之人曰婟嫪。　⑧褎（xiù）：袖之古体。《说文》："褎，袂也。从衣，采声。似又切。袖，俗褎，从由。"又作褏。　⑨究究：是"仇仇"的借字。骄傲，也是厌恶之状。　⑩好：爱恋。"之故""之好"，异文而同义。

鸨　羽

肃肃①鸨②羽③，	鸨鸟扇翅肃肃响，
集④于苞栩⑤。	纷纷落在柞树上。
王事⑥靡⑦盬⑧，	官差无尽累得苦，
不能蓺⑨稷黍⑩。	农夫不能种稷黍。
父母何怙⑪？	撇下父母谁照顾？
悠悠苍天！	苍天啊苍天！
曷其有所⑫？	何时能有安身处？

肃肃鸨翼⑬，	鸨鸟扇翅肃肃响，
集于苞棘⑭。	纷纷落在荆棘上。
王事靡盬，	官差无尽累得慌，
不能蓺黍稷。	黍稷五谷种不上。
父母何食⑮？	父母饥饿吃什么粮？
悠悠苍天！	苍天啊苍天！
曷其有极⑯？	何时才能不忧伤？

肃肃鸨行⑰，	鸨鸟扇翅肃肃响，
集于苞桑。	纷纷落在桑树上。
王事靡盬，	官差无尽累得慌，
不能蓺稻粱。	稻子高粱种不上。
父母何尝？	父母饥饿吃什么粮？
悠悠苍天！	苍天啊苍天！
曷其有常⑱？	哪年哪月才正常？

周代征人远行，抛家舍业，替官府当差，造成田园荒芜，无人耕种；父母年迈无依，饥寒交迫，无人过问。这些服徭役的人们对奴隶主贵族的暴政提出了抗议。

【注释考证】

①肃肃：鸟翅扇动的响声。 ②鸨(bǎo)：鸟名，似雁而大，能涉水。 ③羽：羽翼，翅膀。 ④集：群鸟止息。集，本作雧。 ⑤苞栩(xǔ)：丛密的柞树。苞，茂盛，丛生。栩，柞树，又名柞栎，俗名苞栎。按：此二句为比兴手法，以鸨鸟集于树而失常性（它不应栖止树上），比兴征人从役远行而失其所，自然地领起下文。 ⑥王事：朝廷

之事，或泛指官差徭役。 ⑦靡：无，没有，没。 ⑧盬(gǔ)：闲暇，引申为休闲、休止、终结。 ⑨蓺(yì)：种植。 ⑩稷黍：指农作物，下章"粱"与此同。粟之一种，米不粘。一说，稷又指高粱。黍，粟之一种，其米粘，又叫黄米。粱，高粱，又指粟之良种。 ⑪何怙(hù)：何恃，有什么依靠，依靠什么。怙，依恃，依靠。 ⑫曷其有所：何时能得安身之所？所，安居之所。 ⑬鸨翼：犹鸨羽。 ⑭棘：荆棘。 ⑮何食(sì)：食何，吃什么。食，吃。 ⑯曷其有极：指痛苦生活何时才是尽头？极，已，尽头，完结。 ⑰行：翮，犹羽、翼。因鸟翮（羽茎）排成行列，故称行。一说，行，指鸨飞时成行列。 ⑱常：正常，常规，常态。

无 衣

岂曰①无衣②七③兮？　难道我无七章衣？
不如子④之衣，　　　不如你的衣饰，
安⑤且吉⑥兮？　　　安然又舒适？

岂曰无衣六⑦兮？　　难道我无六节衣？
不如子之衣，　　　　不如你的衣饰，
安且燠⑧兮？　　　　温暖又安适？

　　古代的小官吏，对官场的钩心斗角十分不满，想弃官而去。他开始感到，布衣蔬食，做个平民，倒比穿着七章衣做公侯好些。（每章都用两个反问句表达这种感情。）

【注释考证】

①岂曰：难道说。 ②无衣：没有好衣服。 ③七：七章之衣，又

名七节之衣，简称七衣，又简称七。是诸侯的服饰，或引申为达官贵人之礼服。在本诗中，可能是歌者故意夸张的说法。《诗集传》："侯伯七命，其车旗衣服，皆以七为节。" ④子：人称代词，此处似无定指。 ⑤安：安然自在。 ⑥吉：舒适。 ⑦六：六节衣。《毛传》："天子之卿六命，车旗衣服以六为节。"《诗集传》："天子之卿六命，变七言六者，谦也。不敢必当侯伯之命，得受六命之服，比于天子之卿亦幸矣。" ⑧燠（yù）：暖。

有杕之杜

有杕之杜①，	孤零零一株赤棠，
生于道左②。	生在那大道边上。
彼君子兮，	我那好人啊，
噬③肯适④我？	为何不肯到我身旁？
中心⑤好⑥之，	心中既然与我相恋，
曷饮食之⑦？	怎的不来缠绵合欢？
有杕之杜，	孤零零一株赤棠，
生于道周⑧。	生在那大道弯上。
彼君子兮，	我那好人啊，
噬肯来游⑨？	为何不肯转到这方？
中心好之，	心中既然与我相恋，
曷饮食之？	怎的不来缠绵合欢？

这是女子唱的一首恋歌，藉以向意中人倾诉款曲。这首诗，近似某些少数民族的对歌。

【注释考证】

①杕杜：本指孤生的赤棠树。在此，却是女歌者自称，比喻未出嫁的姑娘。古人称牡曰棠，称牝曰杜。《说文》："牡曰棠，牝曰杜。"樊光曰："赤者为杜，白者为棠。"杕，孤生，特出。　②道左：道路之东，或泛指道旁。　③噬（shì）：何。或为发语词，无实义。《韩诗》作逝。　④适：往，到，投奔。　⑤中心：心中。　⑥好：爱，怜，同情。　⑦曷饮食之：何不前来相会以满足情欲？曷，何，何不。以饮食之欲喻情爱之欲。饮食之，即指满足情爱之欲。　⑧道周：道曲，道路的迂回处（转弯处）。又解为道西、道右。周，《韩诗》作"右"。或泛称道旁。　⑨来游：指转到这里。

葛　生

葛生蒙①楚②，	葛蔓遮满紫荆棵，
蔹③蔓④于野⑤。	野生葡萄遍山野。
予美⑥亡此⑦。	我的好人舍下我。
谁与⑧？	谁能陪我作个伴儿？
独处⑨！	孤孤单单我自个儿！
葛生蒙棘，	葛蔓遮满山荆棘，
蔹蔓于域⑩。	野生葡萄遍坟地。
予美亡此。	我的好人离人世。
谁与？	谁能陪我作个伴儿？
独息⑪！	孤孤单单我自己！

角枕粲兮，	角枕真好看啊，
锦衾烂兮⑫。	锦被真鲜艳啊。
予美亡此。	我的好人离人间。
谁与？	谁能陪我作个伴儿？
独旦⑬！	孤孤单单我独眠！

夏之日，	夏日长又长，
冬之夜⑭。	冬夜漫无边。
百岁之后⑮，	熬到百年后，
归于其居⑯！	归你墓穴去同眠！

冬之夜，	冬夜长又长，
夏之日。	夏日漫无边。
百岁之后，	熬到百年后，
归于其室！	归你墓穴去同眠！

一个少妇丧偶，过着孤苦无依、形影相吊的生活。她深切地思念亡夫，心怀忠贞纯洁的爱情，要在"百岁之后"与亡夫同眠黄泉之下。

【注释考证】

①蒙：覆盖，蔓生。"葛生蒙楚，蔹蔓于野"句，是起兴手法，唤起下文寡妇凄清独处之情。　②楚：荆棵，此乃木本之楚。　③蔹(liǎn)：野葡萄。《诗集传》："蔹，草名，似栝楼，叶盛而细。"④蔓：本指植物细长延伸之茎。在此，名词动词化，指蔓延生长。一说，"蔓"是一种野生植物。见《说文》："葛属。"　⑤野：山野。一说"邑外曰郊，郊外曰野"，另说"野是旷远之处"。按：野，古文作埜、

国风·唐风

壄。又与墅同。《集韵》："田庐也。"《正韵》："此正古墅字。田下已从土，后人以其借为郊野字，复加土字。"　⑥予美：我的好人。予，我。美，美好的人。予美，在此系寡妇称其亡夫。　⑦亡此：离此，不在此，指不在人世了。　⑧谁与：谁人相与？与，跟，和，相交好。谁与，和谁生活在一起？（这是寡妇自悼之词。）《诗集传》云："谁与独处。……谁与而独处于此乎。"断句与释义均误。　⑨独处：独自居处。⑩域：茔域，即墓地。　⑪独息：独自止息，独眠。　⑫角枕粲兮，锦衾烂兮：这女子看到与亡夫生前同用的角枕与锦衾依旧华美鲜明，就更加思念他。角枕、锦衾，用牛角缀饰的（或形似牛角的）枕头叫角枕，用丝织品制作的被褥叫锦衾，或指花色艳丽的丝织被褥。粲、烂，美艳鲜明的样子。　⑬独旦：独自安眠。旦，坦之省借，安息。　⑭夏之日，冬之夜：形容时日漫长难熬。　⑮百岁之后：死后。古人云："人生百岁"，后来便将"百岁"指称一生。百岁之后，即一生过完之后（亦即死后）。　⑯其居：与下章"其室"，均指亡夫之墓穴。其，在此诗中，是表示处所的词，相当于"那"，或可解作"他"（指亡夫）。《诗集传》："室，圹也。"

采　苓

采苓采苓，　　　采甘草，采甘草，
首阳之颠。　　　到那首阳山上找。
人之为言，　　　人的谗言尽虚假，
苟亦无信①。　　 且莫轻信它。

舍旃舍旃②，　　 鄙弃它，鄙弃它，
苟亦无然③。　　 且莫信蜚语。
人之为言，　　　人的谗言尽虚假，

| 胡得④焉？ | 究竟何所取？ |

采苦⑤采苦，	采苦菜，采苦菜，
首阳之下⑥。	到那首阳山下采。
人之为言，	人的谗言尽虚假，
苟亦无与⑦。	且莫轻信它。
舍旃舍旃，	鄙弃它，鄙弃它，
苟亦无然。	且莫信蜚语。
人之为言，	人的谗言尽虚假，
胡得焉？	究竟何所取？

采葑⑧采葑，	采蔓菁，采蔓菁，
首阳之东。	到那首阳东。
人之为言，	人的谗言尽虚假，
苟亦无从⑨。	且莫轻信它。
舍旃舍旃，	鄙弃它，鄙弃它，
苟亦无然。	且莫信蜚语。
人之为言，	人的谗言尽虚假，
胡得焉？	究竟何所取？

这是讽刺晋献公爱听谗言的诗。

【注释考证】

①采苓采苓，首阳之巅。人之为言，苟亦无信：你要到首阳山顶上采甘草吗？如果有人叫你到那里采甘草，你可不要遽然轻信。苓，通蘦，即甘草。苓，又芳草之名。见《汉书》："扬烨烨之芳苓。"又，苓、

莲古为一字异体。《集韵》:"苓,灵年切音莲。草名。"枚乘《七发》:"蔓草芳苓。"注:"古莲字。"首阳,首阳山。颠,山顶,最高峰。人,指进谗言的人。为言,伪言,谗言。为,伪之借。苟,且。无,勿,不要。 ②舍旃(zhān)舍旃:舍之舍之,舍弃它舍弃它,指舍弃伪言。旃,之。 ③无然:勿然,不要信以为真。然,犹信。 ④胡得:何所取。得,取。胡得、舍之,均指谗言不足取。 ⑤苦:又名荼,即苦菜。 ⑥下:指山下低地。 ⑦无与:勿许,勿用,犹无信。 ⑧葑(fēng):通作蘴,又名蔓菁,或芜菁。 ⑨无从:勿从,勿听,犹无信。

秦 风

车 邻

阪有漆,	山坡有漆树,
隰有栗①。	洼地有栗树。
既见君子,	已见我君秦仲公,
并坐鼓瑟②。	并坐同乐奏琴瑟。
今者③不乐④,	今天行乐不及时,
逝者⑤其耋⑥。	明日衰老空悲切。
阪有桑,	山坡有桑树,
隰有杨⑦。	洼地有白杨。
既见君子,	已见我君秦仲公,
并坐鼓簧⑧。	并坐同乐吹笙簧。
今者不乐,	今天行乐不及时,
逝者其亡⑨。	明日死亡徒悲伤。

此诗描写众友聚首宴饮、及时行乐之事,也透露人生易老、好景无常的伤感。

【注释考证】

①阪有漆,隰有栗:二句是比兴手法。用高坡上的漆树和洼地上的

栗树比喻君臣上下各得其宜。 ②既见君子，并坐鼓瑟：二句又一次赞美秦仲礼乐之盛。这歌者既能与秦仲并坐鼓瑟，当是大臣显贵。并坐，同坐，皆坐，或并肩而坐。鼓，弹奏。 ③今者：今日。 ④不乐：不及时行乐。 ⑤逝者：犹明者，对今者而言。 ⑥耋（dié）：老，衰老。又称八十老人为耋。 ⑦阪有桑，隰有杨：含义犹"阪有漆，隰有栗"。 ⑧鼓簧：吹奏笙簧。簧也是一种乐器，乃笙中之大者。 ⑨亡：死亡。

【学术延伸】

旧传本首章"有车邻邻，有马白颠。未见君子，寺人之令"四句突兀无端，文义不顺。若无此首章，则通体畅达。可见首章乃窜入之文，应删。附原文如下：

有车邻邻，有马白颠。未见君子，寺人之令。

阪有漆，隰有栗。既见君子，并坐鼓瑟。今者不乐，逝者其耋。

阪有桑，隰有杨。既见君子，并坐鼓簧。今者不乐，逝者其亡。

驷　　驖

驷驖①孔②阜③，	四匹铁青马，肥硕又高大，
六辔在手④。	六根皮缰绳，紧握手中把车驾。
公⑤之媚子⑥，	襄公宠爱的众臣子，
从公于狩⑦。	跟从襄公去把野物打。

奉⑧时⑨辰牡，	按照节令献野物，
辰牡⑩孔硕⑪。	应时野物肥又大。
公曰左之⑫，	公说左转射野兽，
舍拔⑬则获⑭。	引弓射箭不虚发。

游于北园⑮，	打完猎，游北园，
四马既闲⑯。	四马骄蹄真熟练。
輶车⑰鸾镳⑱，	大车徐徐行，马衔鸾铃响叮当。
载猃歇骄⑲。	猃和歇骄载车上。

这是赞美秦襄公打猎的诗。秦本为附庸，后来，幽王被犬戎所杀，平王东迁，襄公出兵护送他。平王始封襄公为诸侯，领有岐丰之地，始有田狩之事、园囿之乐。贵族士大夫们便大加赞美其国君。这首短小的叙事诗，集中地描述车马狩猎之盛况，层次分明。

【注释考证】

①驷驖（sì tiě）：指驾车的四匹马都是铁青色的好马。驷，驾车的四匹马。驖，毛色似铁的好马，又通名驖骊。按：如严格区分，驖马赤黑色，骊马深黑色。 ②孔：大，甚，十分，非常。 ③阜（fù）：在本句中，指马肥大。 ④六辔（pèi）在手：六根缰绳都握在驾车者手中。形容四马驯良而有力，无须鞭策控制，便能很娴熟地驾车。按：四匹马应有八辔，但因将辕马的内辔纳之于觖，故在御者手中实有六辔。辔，系在辔头上的缰绳也叫辔，每匹马有左右两条。 ⑤公：秦襄公。 ⑥媚子：宠爱的臣子。 ⑦于狩：往狩，去打猎。狩，打猎，特指有猎犬的打猎，或指冬天打猎。 ⑧奉：捧，敬献之意。 ⑨时：是。 ⑩辰牡：按季节奉献的野物。古制，冬献狼，夏献麋，春秋献鹿豕群兽。又，《经义述闻》云："辰当读为慎……案慎为兽五岁之名。" ⑪孔硕（shuò）：十分肥大。 ⑫公曰左之：襄公命令御者把车绕到野兽左边，从左侧射它。古代射猎，多自左入，又分上杀、中杀、下杀（以射杀之部位分）。 ⑬舍拔：发出箭去。舍，发，放。拔，即栝字，本指矢末，引申为全矢（箭）。 ⑭获：指猎获野兽。主要描述御者、猎者技艺高超。 ⑮游于北园：有二解，一是前往北园游猎，另是前往北园冶游

(这是猎后的余兴)。北园，是帝王修建的大园囿。 ⑯闲：古娴字。熟练，此指马走得轻巧熟练。 ⑰輶车：又叫轻车，即轻车，是一种驱逆之车。 ⑱鸾镳（luán biāo）：鸾，指马所佩戴的小铃铛，缀饰于镳（马衔）上。以其音清脆悦耳，如鸾鸟和鸣，故曰鸾，后作銮。镳，马衔，俗称马嚼子，是横贯马嘴的金属棍，为控御马匹的用具。 ⑲载猃（xiǎn）歇骄：轻车上载着名叫猃和歇骄的良种猎犬，让它们恢复体力。猃，一种长嘴猎犬。歇骄，一种齐嘴、短嘴猎犬，又作猲獢。

小 戎

小戎①俴收②，	兵车厢斗浅又浅，
五楘③梁辀④。	五束皮条饰车辕。
游环⑤胁驱⑥，	皮环皮套控骏马，
阴靷鋈续⑦。	缰绳梢头白金嵌，
文茵⑧畅毂⑨，	虎皮坐垫长轴承，
驾我骐⑩馵⑪。	驾那青骢"雪里站"。
言念君子⑫，	怀念我的好情侣，
温其如玉⑬。	温存笃厚似美玉。
在其板屋，	他住西戎木板房，
乱我心曲⑭。	想得我心凄惶惶。
四牡⑮孔⑯阜⑰，	四匹公马高又健，
六辔在手。	六条缰绳手中牵。
骐駵⑱是中，	好马骐马駵驾车辕，
騧骊⑲是骖。	騧骊双双跨两边。
龙盾之合⑳，	龙盾对合兵车上，

240　　　　　　　　　诗经译注

鋈以觼軜㉑。	白金灿灿饰车环。
言念君子，	怀念我的好情侣，
温其在邑㉒。	温存笃厚远戍边。
方何为期㉓？	何年何月是归期？
胡然㉔我念之㉕？	怎不使我苦思念？

俴驷㉖孔群㉗，	轻装四马真协调，
厹矛鋈錞㉘。	三刃长矛白金梢。
蒙伐㉙有苑㉚，	杂纹盾牌绘五彩，
虎韔㉛镂膺㉜。	虎皮弓囊金马带。
交韔二弓㉝，	两弓交叉一囊中，
竹闭绲滕㉞。	竹制弓架系丝绳。
言念君子，	怀念我的好情侣，
载寝载兴㉟。	且睡且醒牵愁绪。
厌厌良人，	我的好人多安详，
秩秩德音㊱。	明达事理有威望。

　　这是一位女子思念征人并赞美秦襄公武力大盛的诗。襄公整备军力征伐西戎，而西戎也正值强盛时期，形成长期对峙局面。这个女子虽然怀思远征的丈夫，但又矜夸秦师的兵强马壮，军威大震。思夫、夸夫与颂美国威，几种情感交织在这首歌中，基调是豪迈的、真挚的。同时，女诗人的意绪也是交叉着矛盾的。

【注释考证】

　　①小戎：士兵所乘的车。按：古之兵车，行军时走在前面的叫元戎，为将帅所乘。走在后面的叫小戎，是士兵所乘。元，是大的意思。

②俴（jiàn）收：浅的车厢。俴，浅。收，车轸，即今谓车斗、车厢。《诗集传》："收，轸也。谓车前后两端横木，所以收敛所载者也。"按：古代行驶于平坦大道的载重车都是轸深八尺；而用于冲锋陷阵的兵车则轸深四尺四寸。兵车所以用浅轸，是为了适应战斗的需要，便于驰骤驱逐。轸，又叫舆，即车的前后挡，引申为车厢。　③五楘：指以五束皮革为饰，互相交叉排列，条理井然。闻一多先生《诗选与校笺》云："束革交午成文曰午楘。"（五作午，楘作鞪。）《毛传》："五，五束也。楘，历录也。"《毛诗正义》："历录者，谓所束之处，因以为文章历录然。历录，盖文章之貌也。"　④梁辀（zhōu）：曲辕。因曲辕上有五束皮带系着，故云"五楘梁辀"。《毛传》："梁辀，辀上句衡也。一辀五束，束有历录。"《毛诗正义》："梁辀，辀上句衡。衡者軛也。辕从轸以前稍曲而上，至衡则向下之，衡则横居辀下，如屋之梁然，故谓之梁辀也。"按：句，即钩（繁体为鉤）字，又作鞠。　⑤游环：即靷环。以皮革为环，套在两匹服马背上，并引两骖马之外辔，贯穿环中而执于御者之手，以控制马匹。　⑥胁驱：一种革制鞔具，前面系于衡之两端，后面系于轸之两端，在服马的胁外，用来控制骖马不致乱往里靠。　⑦阴靷（yǐn）鋈续：都是车上饰物。阴，又叫揜轨。《郑笺》："揜轨在轼前，垂辀上。"靷，两条皮绳，拴在马颈上，以制马引车。鋈续，指以白金饰续靷之环。《诗集传》："鋈续，阴板之上有续靷之处，消白金鋈灌其辕以为饰也。"按：白金即白铜。古代，铜铁皆称金，又称银为白金。　⑧文茵：虎皮褥垫。茵，褥垫。　⑨畅毂：长轴承。畅，长。毂，轴承。《诗集传》："毂者，车轮之中，外持辐内受轴者也。大车之毂一尺有半，兵车之毂长三尺二寸，故兵车曰畅毂。"《史记》："临淄之涂，车毂击，人肩摩。"　⑩骐（qí）：青黑色而有花纹的马，又名青骢马。《诗选与校笺》："马青骊文如博棋曰骐。"　⑪騧（zhù）：后左蹄有白花的马，或四蹄皆白的马，俗称"雪里站"。驾我骐騧，驾其骐騧。我，此训"其"，那。　⑫言念君子：怀念我的好人（情侣）。言，发语词。一说，作"我"字解。《郑笺》："言，我也。"念，怀念，存念，

相思。君子，此处是女子对爱人的称谓。　⑬温其如玉：形容性情温和，犹如纯洁润泽的美玉。　⑭在其板屋，乱我心曲：（我的丈夫西征）他住在那西戎地方的木板房内，我深切地怀念他，把我的心境都搅乱了。板屋，西戎地方森林多，人们以木板为屋。心曲，心灵深处。《诗集传》："心曲，心中委曲之处也。"按：当时秦的西部边境地区，百姓也住木板屋，也可以理解为本诗的歌者自己身居板屋，便联想到西戎板屋中的丈夫，于是心乱如麻。屋，又见《司马法》："夫三为屋，屋三为井。井四为邑。"　⑮四牡：指驾车的四匹公马。　⑯孔：甚，很，非常。　⑰阜：大，肥大。孔阜、孔硕，义同。　⑱骐馵(liú)：中青黑色带花纹的马和赤色黑鬣的马在中间驾辕。馵，骝之省借，赤马黑鬣。中，指两匹服马，又名中服，今名辕马。　⑲騧骊(guā lí)是骖：黑嘴巴的黄马和纯黑的马在两侧拉车。騧，黄马黑喙。骊，黑马。骖，古代用四马拉车，在车辕两外侧拉车的两匹马叫骖。　⑳龙盾之合：（兵车上）画着龙纹的大盾两两扣连在一起（作为车上之卫）。按：所以在车上备载双盾，是为了损坏时有更替的备用之盾。　㉑鋈以觼軜(jué nà)：用白金装饰的车环。觼，有舌的环。軜，两骖内侧的辔绳。觼装在轼前，用来系軜，因称觼軜。　㉒邑：西都之邑，即女子的丈夫作战的西戎之邑。　㉓方何为期：将以何月何日为归期？方，将，何，哪，指哪一天（疑问代词）。为期，作为归期。　㉔胡然：何以然，何为，为什么这样？　㉕我念之：我怀念他。　㉖俴驷：四马身披薄甲叫俴驷。《诗集传》："四马皆以浅薄之金为甲，欲其轻而易于马之旋习也。"另说四马不着甲叫俴驷，见《韩诗》。　㉗孔群：指马走起来非常和谐、熟练。孔，甚。群，和，调谐。孔群，是形容四马的驯良、娴习。　㉘厹(qiú)矛鋈錞(duì)：三刃的长矛，以白金镶嵌着柲下铜厹。厹矛，三隅矛，刃有三角，故名三隅矛。錞，矛戟长柄下端的铜錞（又作镦）。矛、戈、戟的长柄下端皆有錞，或名镈，即柄尾。按：平底的叫錞；尖底的叫镈。　㉙蒙伐：画饰杂羽花纹的盾牌。蒙，又作厖，杂的意思，指绘画杂羽之文。伐，中干，盾牌。　㉚苑：花纹。在此，指花

国风·秦风　　　　　　　　　　　　　　　　　243

纹美好。　㉛虎韔（chàng）：虎皮弓囊。韔，弓囊。　㉜镂膺（lòu yīng）：镂金马带，雕刻金属叫镂。此指镂金为饰，既能使马之胸带更坚牢，且更美观。膺是胸，此处指马之胸带，今名肚带。　㉝交韔二弓：交叉放置二弓于韔中。按：所以颠倒放置二弓，是准备其一损坏时补充替换。　㉞竹闭绲縢（gǔn téng）：用竹制的弓架，以绳系在弛弓之里，檠弓体使正。闭，又作柲，即弓檠、弓架。绲，绳。縢，约，系，拴，缚。　㉟载寝载兴：且寝且兴，又寝又兴，既寝又兴。既睡去又醒来，既醒来又睡去。形容思念至深，起居不宁，梦魂不安。　㊱厌厌良人，秩秩德音：厌厌，"恹"之省借，安，安详，和静。良人，女子对丈夫的称谓。秩秩，指聪明多智，畅达事理。德音，令闻、令望，指人的好名誉。一说：秩秩指井然有序，指人的口才好，讲话有条理层次。德音指善言。

蒹　葭

蒹葭①苍苍②，　　芦苇苍苍密匝匝，
白露为霜③。　　　晶晶露珠凝霜花。
所谓伊人④，　　　我的人儿我的爱，
在水⑤一方⑥。　　河水那边像是她。
溯洄从之⑦，　　　逆流而上去找她，
道阻⑧且长。　　　道路崎岖长又长。
溯游⑨从之，　　　顺流而下去寻她，
宛⑩在水中央⑪。　宛然在那水中央。

蒹葭萋萋⑫，　　　芦苇苍苍密又密，
白露未晞⑬。　　　露珠未干清滴滴。

所谓伊人，	我的人儿我的爱，
在水之湄⑭。	她在河边水草地。
溯洄从之，	逆流而上去找她，
道阻且跻⑮。	道路险阻诚难登。
溯游从之，	顺流而下去寻她，
宛在水中坻⑯。	像在河心小沙坪。

蒹葭采采⑰，	芦苇密密片连片，
白露未已⑱。	晶晶露珠还未干。
所谓伊人，	我的人儿我的爱，
在水之涘⑲。	她在河水那一岸。
溯洄从之，	逆流而上去找她，
道阻且右⑳。	道路险阻弯又弯。
溯游从之，	顺流而下去寻她，
宛在水中沚㉑。	像在河心小沙滩。

秋晨，天高云淡，芦花翻白，清露为霜，碧水澄滢，烟波万状。一个痴情的青年，正热烈追求着心爱的姑娘，想去找她，却难找到，徘徊往复，神魂颠倒。伊人宛在，觅之无踪，似有若无。然而，此景此情，并不使人感到虚幻。本诗委婉有致。

【注释考证】

①蒹葭（jiān jiā）：芦苇。 ②苍苍：形容十分茂密的芦苇，到秋天已成青苍色。 ③白露为霜：晶莹透明的露水凝结成霜花。白露，犹言清露。 ④伊人：那人，此指心爱的人。 ⑤水：河水。 ⑥一方：方、旁古通，一方即一旁、一侧、一边。 ⑦溯洄（sù huí）从之：溯，是

逆流而上（沿着河边的道路走）。从之，随之，找她。 ⑧阻：险阻，崎岖不平。 ⑨溯游：顺流而下。 ⑩宛：宛然，仿佛，好像。 ⑪水中央：指水中小洲（小岛）。 ⑫萋萋：又作凄凄，犹苍苍。 ⑬晞（xī）：干。 ⑭湄（méi）：水边。《毛诗正义》："《释水》云，水草交为湄，谓水草交际之处，水之岸也。" ⑮跻（jī）：升，向高处登。 ⑯坻（chí）：水中露出的小沙坝、小沙坪、小沙碛，即小岛。 ⑰采采：义同萋萋。 ⑱未已：未止。犹未晞，露水还没干。 ⑲涘（sì）：水边，厓。 ⑳右：升高，迂回。 ㉑沚（zhǐ）：水中的小沙滩。《尔雅·释水》："小渚曰沚。"又，《释名》："止息也。可以止息其上。"《玉篇》："或作渚。"

终 南

终南①何有②？	终南山上何所有？
有条③有梅④。	有山楸，有野梅。
君子⑤至止⑥，	襄公车马到终南，
锦衣狐裘⑦。	锦衣华丽狐裘贵。
颜⑧如渥丹⑨，	容颜丰润如丹红，
其君也哉⑩。	那是君王秦襄公。
终南何有？	终南山上何所有？
有纪⑪有堂⑫。	有枸杞，有赤棠。
君子至止，	襄公车马到终南，
黻衣⑬绣裳⑭。	锦绣衣袍闪彩光。
佩玉⑮将将⑯，	佩玉玲珑声锵锵，
寿考⑰不忘⑱。	君王寿考永无疆。

这是一首颂美并规劝秦襄公的诗。

【注释考证】

①终南：终南山，又名中南、秦山、秦岭，或名南山。在今陕西省境。《雍录》："终南山横亘关中南面，西起秦陇，东彻蓝田。凡雍、岐、郿鄠、长安、万年，相去且八百里而连绵峙据其南者，皆此一山。" ②何有：有何？何所有？ ③条："榞"之借字，即山榎，今名山楸树。 ④梅：梅树。一说，梅为楠之别名。 ⑤君子：此处是指秦襄公。 ⑥至止：至之，至终南山下。止，之。 ⑦锦衣狐裘：锦衣，古代的绣着花纹或画着花纹图像的彩衣。《毛诗正义》："杂彩为文曰锦。"狐裘，狐皮袍子。裘，《玉藻》："君衣狐白裘，锦衣以裼之。" ⑧颜：颜面。 ⑨渥（wò）丹：红润而有光泽的样子。渥，丰润，润泽，厚渍。丹，本指朱砂，常形容鲜艳的红色，或指正红，此处形容面色红润。 ⑩其君也哉：指服饰容颜，与君位相称。或云：称得起君王。 ⑪纪：杞之借。一说，纪，山涯，山之隅角。"杞"为正字。 ⑫堂：棠之借。一说，堂，山的宽平处如宽敞的房屋。"棠"为正字。 ⑬黻（fú）衣：绣着黑色与青色花纹的衣服。 ⑭绣裳：犹锦衣。古代称下装为裳。 ⑮佩玉：身上所佩的珠玉饰物，由许多样式不同的珠玉组成。 ⑯将将（qiāng）：即锵锵，佩玉之声。 ⑰寿考：长寿。考，老，年纪大。 ⑱不忘：不已，长久，永久，永远之意。忘，亡之假借，去，不在，结束。

黄　鸟

交交①黄鸟②，	啾啾黄鸟叫，
止于棘。	停在荆棘上。
谁从穆公③？	谁跟穆公一同死？

国风·秦风

子车奄息。　　子车奄息殉活葬。
维此奄息，　　就是这位好奄息，
百夫之特④。　　百条好汉他能当。
临⑤其穴⑥，　　人们身临墓坑边，
惴惴⑦其慄⑧。　　心惊胆战浑身抖。
彼苍者天⑨！　　苍天啊苍天！
歼⑩我良人⑪。　　竟使好人遭大难。
如可赎⑫兮，　　如果我们能赎他啊，
人百其身⑬。　　百条性命来抵换。

交交黄鸟，　　啾啾黄鸟叫，
止于桑。　　停在桑树上。
谁从穆公？　　谁跟穆公一同死？
子车仲行。　　子车仲行殉活葬。
维此仲行，　　就是这位好仲行，
百夫之防。　　百条好汉他能当。
临其穴，　　人们身临墓坑边，
惴惴其慄。　　心惊胆战浑身抖。
彼苍者天！　　苍天啊苍天！
歼我良人。　　竟使好人遭大难。
如可赎兮，　　如果我们能赎他啊，
人百其身。　　百条性命来抵换。

交交黄鸟，　　啾啾黄鸟叫，
止于楚。　　停在荆棵上。

谁从穆公？	谁跟穆公一同死？
子车鍼⑭虎。	子车鍼虎殉活葬。
维此鍼虎，	就是这位好鍼虎，
百夫之御。	百条好汉他能防。
临其穴，	人们身临墓坑边，
惴惴其慄。	心惊胆战浑身抖。
彼苍者天！	苍天啊苍天！
歼我良人。	竟使好人遭大难。
如可赎兮，	如果我们能赎他啊，
人百其身。	百条性命来抵换。

　　据历史记载，秦穆公死时，曾惨无人道地选了一百七十七人活活地殉葬。其中有三良：子车奄息、子车仲行、子车鍼虎。人民同情三良等一百七十七个无辜的牺牲者，痛恨统治者的暴行和惨绝人寰的殉葬制度，愤怒地控诉那人吃人的社会制度。这首诗，便是满腔怒火的控诉书。格调激越凄婉。

　　关于本诗的历史记载见《左传·文公六年》："秦伯任好（按：穆公之名）卒，以子车氏之三子奄息、仲行、鍼虎为殉，皆秦之良也。国人哀之，为之赋黄鸟。"一说秦穆公死时之殉葬者为一百七十人。见《秦本纪》："穆公卒，葬于雍，从死者百七十人。然则死者多矣！"子车《左传》作子舆。

【注释考证】

①交交：黄鸟（黄雀）的叫声，犹"啾啾"。　②黄鸟：黄雀。　③谁从穆公：谁跟从穆公殉葬？　④百夫之特：百人之敌，与下文的"百夫之防""百夫之御"义同。指三良武艺高超，能敌百夫。旧说"特"是匹敌之意。　⑤临：到。　⑥穴：墓穴，圹，或殉葬之"祭祀

坑"。中国科学院考古研究所于 1976 年在河南省安阳市武官村发现并发掘出二百来座殷代祭祀坑，从中发现了遇害奴隶的遗骨一千多具。据估计，仅这一个地区就有二百五十个祭祀坑，共埋被杀害的奴隶约二千人。这种惨绝人寰的血腥屠杀，充分暴露了当时奴隶主贵族极端凶残的反动本质。 ⑦惴惴（zhuì）：惶恐不安之状。 ⑧慄（lì）：由于恐惧而战栗。 ⑨天：古人有迷信思想，在悲苦无告时，呼天祈祷。 ⑩歼：杀害。 ⑪良人：指三良及一切无辜殉葬的好人。 ⑫赎：指以人命赎人命。 ⑬人百其身：大家甘愿豁出百人的性命来抵换三良中之一人。 ⑭鍼：箴之假借。

晨　风

鴥①彼晨风②，　　鹞子翻飞快如风，
郁③彼北林④。　　北山森林郁青青。
未见君子，　　　　不见我的好人来，
忧心钦钦⑤。　　　忧忧虑虑愁满怀。
如何如何⑥？　　　怎么办啊怎么办？
忘我实多⑦！　　　舍我忘我丧心肝！

山有苞栎⑧，　　　山上有苞栎，
隰有六驳⑨。　　　洼地有榆树。
未见君子，　　　　不见我的好人来，
忧心靡乐⑩。　　　愁肠百转心凄苦。
如何如何？　　　　怎么办啊怎么办？
忘我实多！　　　　舍我忘我丧心肝！

250　　　　诗经译注

山有苞棣⑪，	山上有棠梨，
隰有树檖⑫。	洼地有杨檖。
未见君子，	不见我的好人来，
忧心如醉⑬。	愁怀惘惘如酒醉。
如何如何？	怎么办啊怎么办？
忘我实多！	舍我忘我丧心肝！

  这是一首弃妇诗。当女歌者的爱情生活已被无情无义的丈夫破坏时，她无限怨恨。但是，她内心却仍希望丈夫回心转意，重修旧好。她是怀着满心委屈、忧伤、怨怒和微茫的一线希望而三问"如何如何"的。她内心交织着爱与恨、失望与希望、苦与乐，矛盾重重。从这首歌中，可以看到奴隶制社会男女不平等的现象。女子不仅受神权、政权压迫，且又受夫权压迫。女子成了男子的附属品，受尽重重压迫与剥削，在当时，女子的社会地位是最卑微的。

【注释考证】

  ①鴥（yù）：鸟飞轻捷迅疾的样子。《说文》："鷸飞貌。《广韵》："鸟飞快也。"《广雅》："矫飞也。"《毛诗》鴥作鴪，实应作鴥，或鴥。②晨风：鸟名。晨，鷐之省借。晨风即鷐，又叫祝鸠或风鷐，形状像鹰而尾羽中有白色翎毛。另说，鹯风，雉属，又名天鸡。③郁：林木茂盛，郁郁青青。④北林：北山之林。本诗以飞鸟投林起兴，唤起下文的思想感情。这女子看到鸟归山林，便想到久久不归的丈夫，触景伤情，备感孤苦。⑤钦钦：指忧愁不已。⑥如何如何：如之何如之何？有"我能对他怎样"或"这怎么办"之意。⑦实多：有实甚、太过分之意。⑧苞栎（lì）：柞树，又名巨栎。⑨驳（bó）：梓榆树。因榆树皮斑驳多纹，故名驳。⑩靡乐：无乐，无欢趣。⑪苞棣：棠

梨，又名唐棣。果实似梨而小如樱桃。上下句中之苞字，大概是衬字，也可能是指树木茂盛。 ⑫树檖（suì）：檖树之倒装（是为了叶韵）。檖，又名杨檖或山梨，果实比一般梨子小。 ⑬如醉：由于极度思念而神魂颠倒，如醉如痴。

无 衣

岂曰无衣？　　　　难道我们没有衣裳？
与子同袍①。　　　和你同披一件战袍。
王②于③兴师④，　　王朝发兵攻打仇敌，
修⑤我戈矛⑥，　　　修好咱的利戈长矛，
与子同仇⑦！　　　和你齐把敌人拚掉！

岂曰无衣？　　　　难道我们没有衣裳？
与子同泽⑧。　　　和你同穿一件衬衣。
王于兴师，　　　　王朝发兵攻打仇敌，
修我矛戟⑨，　　　修好咱的长矛大戟，
与子偕作⑩！　　　和你并肩战斗到底！

岂曰无衣？　　　　难道我们没有衣裳？
与子同裳⑪。　　　和你同穿一件下装。
王于兴师，　　　　王朝发兵攻打仇敌，
修我甲兵⑫，　　　修好咱的盔甲武器，
与子偕行⑬！　　　和你同行奔向前去！

这首诗，反映了古代人民以爱国精神参加正义的卫国战争的思想感情。为了抗击共同的敌人，团结一致，并肩战斗，表现了敌忾同仇、同生死共甘苦的战斗友谊。造语寻常，含义深远。

【注释考证】

①岂曰无衣？与子同袍：难道我们没有衣服穿？（为了反抗共同的敌人，我们结成亲密战友）可以合穿一件战袍。二、三章的一、二句，含义同此，似又有递进关系。　②王：指周天子。　③于：助词。　④兴师：发兵打仗。按：当时是为了抵御外族的侵略而兴师。秦国地处陕甘一带，经常受到外来侵犯，百姓也深受其害。当时秦国抵御外侮之战，是正义的卫国战争。王于兴师，指周天子号令诸侯（包括秦国）调动军队出征作战。　⑤修：修整，整治（如擦拭、磨砺、锻修）。⑥戈：矛戈，长六尺六寸，有金属锋刃。矛，长一丈六尺，有金属的曲线形的锋刃，或有金属的直的锋刃。　⑦同仇：同仇敌忾，有共同的敌人。引申为一起把共同的敌人干掉。或训同匹。　⑧泽：内衣，衬衣，因为它是贴身衣服，易染垢泽，所以叫泽。　⑨戟（jǐ）：长一丈六尺，镶有分枝的金属锋刃。《说文》段注："戟为有枝之兵，则非若戈之平头，而亦非直刃，似木枝之裹出也。"　⑩偕作：同起来出征作战，一同行动起来。偕，同，一同。作，行动起来。　⑪裳：下装。　⑫甲兵：盔甲、武器。　⑬偕行：同往，一起上战场。行，往，去。

渭　阳

我①送②舅氏③，	我送舅父远行，
曰④至渭阳⑤。	送到渭水之阳。
何以⑥赠之？	什么礼品敬赠舅父？
路车⑦乘黄⑧。	诸侯之车四马皆黄。

我送舅氏，　　　我送舅父远行，
悠悠⁹我思⁰。　　悠悠思愁我心摧。
何以赠之？　　　什么礼品敬赠舅父？
琼瑰⑪玉佩⑫。　　美石琼瑰嵌饰玉佩。

　　这是秦康公送舅念母之歌。当时康公是太子，他的舅氏重耳临行时，康公送至渭阳，并赋此诗，流露了古代王公贵族的惜别之情。

【注释考证】

　　①我：秦康公自称。　②送：送行，送别。　③舅氏：秦康公之舅，晋公子重耳。　④曰：相当于"言"，发语词。　⑤渭阳：指咸阳之地。当时秦都于雍（又作雝），东行送至渭阳，送的路程较远。　⑥何以：以何，用什么。　⑦路车：诸侯所乘之车。　⑧乘黄：驾车的四马皆黄。　⑨悠悠：指思绪绵长。　⑩我思：离绪，或对其母之思念。　⑪琼（qióng）瑰：次于玉的美石（此指玉佩上镶嵌的美石）。《毛诗正义》："琼者石之美名，非玉名也。瑰是美石之名也。以佩玉之制，唯天子用纯，诸侯以下则玉石杂用，此赠晋侯，故知琼瑰是美石次玉。"又，《毛诗传笺通释》云："琼瑰盖璇瑰之讹。《说文》：'琼，赤玉也（段玉裁谓赤玉当作亦玉）。璿，美玉也。'二义不同。"待考。　⑫玉佩：即佩玉。是古代的一种饰物，由许多珠玉美石组成。参见《终南》注。

【学术延伸】

　　《诗小序》："渭阳，康公念母也。康公之母者，献公之女。文公遭骊姬之难未返，而秦姬卒，穆公纳文公。康公时为太子，赠送文公于渭之阳，念母之不见也。我见舅氏如母存焉。"

权 舆

於①我乎，	主人先前待我以礼，
夏屋②渠渠③。	大设酒馔丰盛无比。
今也每食④无余。	今天每餐没有盈余。
于⑤嗟乎！	哎呀！哎呀！
不承⑥权舆⑦。	当初厚谊不能相继。
於我乎，	主人先前待我以礼，
每食四簋⑧。	每餐四盘佳肴美食。
今也每食不饱⑨。	今天每餐不能充饥。
于嗟乎！	哎呀！哎呀！
不承权舆。	当初厚谊不能相继。

这是古代奴隶主贵族的一个旧僚，换了新主子，受到冷遇，心怀不满；他怀念旧主子，便唱歌表达内心的感触，从中看出统治阶级内部的矛盾。

【注释考证】

①於：与。见《战国策·齐策》："今赵之与秦也，犹齐之于鲁也。"在本诗中，於可引申为待承之意。 ②夏屋：夏，大。屋，馔。《郑笺》："屋，具也。渠渠，犹勤勤也。言君始于我厚，设礼食大具以食我。"《毛诗传笺通释》："按《尔雅·释言》：'握，具也。'（李巡本作幄，《释名》：幄，屋也。）郭注谓备具。《笺》本《尔雅》以夏屋为礼食大具。其说是也。……古者宴飨及公食大夫礼皆有掌具之官。《笺》训屋为具，正与《礼》合。大具即《史记·范雎传》所云范雎大供具也。古者陈食或称具，或称馔。

国风·秦风

《说文》:'簋,具食也。'(或作馔)……《广雅》:'馔,具也。'……是具即馔也。夏屋为大具,犹《论语》言盛馔,《国语》言侅饭也。《广雅》:'渠渠,盛也。'夏屋渠渠,正状其礼食大具之盛。"按:马氏之论,较王肃、戴震诸说为允。(王以屋为居室。戴以夏屋为大房。) ③渠渠:丰盛貌。 ④食(sì):动词,吃。吃别人给的饭,或拿饭给别人吃。 ⑤于:吁的借字。 ⑥承:继。在此,指继以先前之厚礼待人。 ⑦权舆,始。马瑞辰云:"权舆即虇蒌之假借。……虇蒌本蒹葭始生之称,因而凡草之始生通曰权舆。……因而人之始事亦曰权舆。" ⑧簋(guǐ):古代的一种陶(瓦)器。形圆,两耳,能容一斗四升。四簋,指礼食之盛。 ⑨饱:亦有餍足意。

陈　风

宛　丘

子之汤①兮，　　您的舞姿飘荡荡啊，
宛丘②之上兮。　　轻歌妙舞宛丘上啊。
洵③有情④兮，　　爱您想您情深深啊，
而无望⑤兮。　　　徒然相思无指望啊。

坎⑥其击鼓⑦，　　鼓声咚咚一齐打，
宛丘之下。　　　　妙舞清歌宛丘下。
无冬无夏⑧，　　　没冬没夏舞不停，
值⑨其鹭羽⑩。　　鹭毛伞儿手里拿。

坎其击缶⑪，　　　瓦缶敲得好热闹，
宛丘之道。　　　　轻歌妙舞宛丘道。
无冬无夏，　　　　没冬没夏舞不停，
值其鹭翿⑫。　　　鹭毛伞儿手里摇。

这是古代的一个青年为自己钟爱的姑娘所唱的歌。那位姑娘是以舞蹈为业的舞女（也是巫女）。

【注释考证】

①汤:"荡"的借字,在此指舞姿轻盈飘荡。 ②宛丘:四周高中间低的游乐场。《鲁诗》作"荡。"《毛传》:"汤,荡也。"《白帖》《太平御览》各引《诗》均作"荡"。(另外,陈都亦名宛丘。) ③洵(xún):诚然,真正的,十分,非常。 ④有情:有情意。 ⑤无望:没有团聚言欢的希望。 ⑥坎:击鼓与击缶声。 ⑦击鼓:击鼓伴奏。按:鼓是原始的乐器之一,在远古的渔猎时期,已有鼓的创制。原始时代的先民,取兽皮为鼓。大家在集体渔猎之后,燃起篝火,烧烤着野物,载歌载舞,击鼓伴奏。鼓之舞之,正说明鼓是歌舞时常用的伴奏乐器。至于商、周时代用的鼓,多是铜鼓。整个鼓都是青铜铸造的,鼓面也是铜制的,有的作鳞状,模拟动物皮革之状;有的鼓,铸刻其他花纹。我国考古工作者,已发掘出多种青铜鼓。 ⑧无冬无夏:无论冬天夏天(指一年到头)。 ⑨值:持,拿。《说文》:"措也。"《毛传》:"值,持也。"《毛诗正义》:"鹭羽执持之物,故以值为持。" ⑩鹭羽:用鹭鸶羽毛制作的一种舞蹈道具和装饰品,像伞形。舞女(巫女)或舞师(男巫)在歌舞时,手执鹭羽,挥动起来,十分好看。有时,舞师用它指挥众人齐舞,使动作协调整齐,或将羽毛覆在头上跳舞。按:古人在舞蹈时手持鸟羽,是有来历的。因古代舞蹈与劳动生产关系至深,往往在获得劳动果实时,人们便情不自禁地载歌载舞。而在跳舞时,就随手取兽骨或兽皮敲打伴奏,或者随手拿起鸟羽或牛尾等挥舞起来。这就是原始的乐器和道具,是用来模拟鸟兽之状的。鹭,即鹭鸶,又名舂鉏,或名白鹭。头、翼、背皆有长羽毛,洁白可爱,故能作装饰品。 ⑪缶(fǒu):古代的陶罐,是盛粮食或盛水的用具。古人又常把它当乐器敲打。 ⑫鹭翿(dào):义同鹭羽。

东门之枌

东门之枌①, 东门有白榆,

宛丘之栩②。	宛丘有柞树。
子仲之子③，	子仲家的好姑娘，
婆娑④其下⑤。	树下翩翩舞。
榖旦⑥于⑦差⑧，	大好时光把你选，
南方⑨之原⑩。	去到南郊原。
不绩⑪其麻，	姑娘怀春不纺麻，
市⑫也婆娑。	飘飘起舞市井间。
榖旦于逝，	大好晨光把你找，
越⑬以鬷迈⑭。	三番五次来回跑。
视尔⑮如荍⑯，	看你美胜红葵花，
贻⑰我握⑱椒⑲。	赠我一把香花椒。

仲春时节的清晨，青年男女群集歌舞会上，载歌载舞，选择爱人。这位青年幸福地受到一位美貌姑娘的青睐。姑娘以花椒相赠，表示以心相许。礼品虽薄，但情意深长。这青年受宠若惊，喜出望外，便唱歌寄情。

【注释考证】

①枌（fén）：木名，即白榆。 ②栩（xǔ）：柞树。 ③子仲之子：姓子仲的姑娘，子仲家的姑娘。(犹张家的姑娘、李家的姑娘。) 子仲，古代陈国的姓氏。子，在此，指女子。 ④婆娑（pó suō）：指舞蹈姿态美妙可人。按：婆或作媻。娑，或作迻。 ⑤下：树下。 ⑥榖旦：晴朗美好的早晨。榖，善，美好，指风光美好。旦，早晨。榖旦，美景良辰。 ⑦于：往。 ⑧差：选择。在此，指选择爱人。又，古吁与订多省作于，嗟或省作差。于差，或为吁嗟之省，叹词。《韩诗》作于嗟。 ⑨南方：南边，指城南。

⑩原：指歌舞场。一说，原是姓氏。《毛传》："原，大夫氏。"《郑笺》："朝日善明，日相择矣。以南方原氏之女，可以为上处。"《毛诗正义》："言陈国男女弃其事业，候良辰美景而歌舞淫逸，见朝日善明无阴云风雨，则曰：可以相择而行乐矣。彼南方原氏有美女，国中之最上处，可以从之也。男既如是，彼原氏之女即不复绩麻于市也。与男子聚会，婆娑而舞。"《春秋·庄公二十七年》："季友如陈葬原仲，是陈有大夫姓原氏也。"《毛诗正义》："上处者，言是一国最上之处也。" ⑪绩：纺。 ⑫市：《潜夫论》引市作女。非是。 ⑬逝：往，去。又，马瑞辰云："于逝，犹吁嗟也。逝嗟古通用。……《释名》：鸣，舒也。《说文》鸣字注引孔子曰鸣，盱呼也。于逝犹盱呼，亦巫歌，呼以事神耳。" ⑬越：于，义近于"逝"。上文曰"榖旦于逝"，下文承上曰"越以鬷迈"，"逝"与"越"同义相承连言，能加重语气，亟言其寻找爱人时情急匆忙之状。由此可解"越"为"于"，即往意。又训为与。 ⑭鬷（zōng）迈：指一次又一次地来回走。鬷，数，多，多次。迈，行。《说文》作遭。一说鬷迈乃指男女群集而行。《郑笺》："越，于，鬷，总也。朝旦善明，日往矣，谓之所会处也。于是以总行，欲男女合行。"《毛诗正义》："越于，《释诂》文，《商颂》称'鬷假无言'为总集之意，则此亦当然。故以鬷为总，谓男女总集而合行也。上章于差谓男言择女，此言于逝谓女往从男，故云曰往矣，谓之所会之处，谓女适与男期会之处也。" ⑮尔：你。 ⑯菝（qiáo）：紫红色的荆葵花。 ⑰贻（yí）：赠送。 ⑱握：握，一把。 ⑲椒：花椒，果实芳香。按：花椒本是极普通的东西，但由于它已成为这女子定情的信物，所以，这男子便视同异珍。正如《卫风·木瓜》之木瓜、木桃、木李一样。《郑笺》曰："男女交会而相悦曰：我视女之颜色美如茷茎之华然，女乃贻我一握之椒。交，情好也。"按：椒、交音同，或为双关之廋词。这诗中女子赠椒予属意之人，正是以挚情相交之信物而定情。这种同音双关的廋词，在汉代及其后的歌辞中，不乏其例。如《南朝乐府》中的《吴声歌》，就有很多利用同音或近音字作廋词的。例：以"丝"代"思"，以"莲"代"怜"，以"藕"代"偶"，以"题"代"啼"，以"芙蓉"代"夫容"，等等。

衡 门

衡门①之下，　　在那横梁小门之下，
可以栖迟②？　　人们怎能随意游息？
泌③之洋洋④，　　泉水洋洋日夜奔流，
可以乐饥⑤？　　何以治疗相思之饥？

岂其食鱼⑥，　　难道人们吃鱼，
必河之鲂⑦？　　定要河中扁鲂？
岂其取⑧妻，　　难道人们娶妻，
必齐之姜⑨？　　定要美女齐姜？

岂其食鱼，　　　难道人们吃鱼，
必河之鲤？　　　定要河中金鲤？
岂其取妻，　　　难道人们娶妻，
必宋之子⑩？　　定要美女宋子？

这是古代青年男女相互悦慕之辞。

【注释考证】

①衡门：横木为门，是一种简陋的门。由此可证歌者是平民。衡、横可互假，衡当为横字。如《南山》"衡从其亩"，《韩诗》作横，谓"东西曰横"。一说，"衡门"是陈国城门之名。王引之《经义述闻》云："门之为象，纵而不横。若谓横木而为门于其下，则又不得谓之横门矣。前有'东门之枌'，后有'东门之池''东门之杨'，窃疑'衡

门''墓门'亦是城门之名。"存疑。 ②可以栖迟：在这种简陋的横门之下，如何能游息。以兴起下文之"泌之洋洋，可以乐饥"。可，何字之省借。 ③泌（bì）：泉水，或训泉水疾流的样子。 ④洋洋：指水流浩浩荡荡。 ⑤乐饥：疗饥，指满足情欲有如疗饥。乐，疗之借。《郑笺》读为瘵。《说文》："瘵，治也。"或作疗。按：在歌谣或其他作品中，有以饥渴象征情欲未遂时之急切心情者，亦有以"疗饥"象征情欲满足者。见《南部烟花录》："隋炀帝每视御女吴绛仙，谓内侍曰：'古人谓秀色可餐，若绛仙者，可以疗饥矣。'" ⑥食鱼：男女相恋之隐语。 ⑦鲂（fáng）：又名鳊鱼。 ⑧取：古娶字。 ⑨齐之姜：即齐姜，齐国姓姜的姑娘。在此，不一定实指，齐姜是美女的代称。 ⑩宋之子：宋子，宋国姓子的姑娘。仍是美女的代称。

东门之池

东门之池①,　　东门外，清水塘，
可以沤麻②。　　可以沤麻做衣裳。
彼③美淑姬④,　　端庄佳丽好姑娘，
可与晤歌⑤。　　和她谈心同歌唱。

东门之池,　　东门外，清水塘，
可以沤纻⑥。　　可以沤纻做衣裳。
彼美淑姬,　　端庄佳丽好姑娘，
可与晤语⑦。　　和她谈心情意长。

东门之池,　　东门外，清水塘，

可以沤菅⑧。　　可以沤菅做衣裳。
彼美淑姬，　　端庄佳丽好姑娘，
可与晤言。　　和她谈心心花放。

这支歌，表现了恋人幽会言欢之情。

【注释考证】

①池：池塘，或指城池（护城河）。　②沤麻：指将麻放到水中沤渍，使其柔韧，可纺线织布。按：本诗各章的前二句，均为比兴手法，借沤麻纺织之事喻男女相悦而结合。　③彼：那。　④淑姬：美女，好姑娘，娴静温柔的女子。姬，见《毛诗正义》："美女而谓之姬者，以黄帝姓姬，炎帝姓姜，二姓之后，子孙昌盛。其家之女美者尤多，遂以姬姜为妇人之美称。成九年《左传》引逸诗云：'虽有姬姜，无弃憔悴。'是以姬姜为妇人之美称也。"　⑤晤歌：相聚会而唱歌。又，互歌。　⑥纻（zhù）：又作苎。麻类。比麻长得高大。　⑦晤语：与下章"晤言"均指相互谈心。按：《古典新义》云："于省吾读五亦为午，其说并是。案五午古同字，本象交午形，后世五为数字，午为日干字，交午之义，则以互为之。寤为五之孳乳。……寤正当读为互。……'晤歌''晤语''晤言'，谓以言词互相问答，或以歌声互相唱和，晤语亦并读为互。"又训寤为对，即指对偶而言、对偶而歌。　⑧菅（jiān）：草名，根很长，沤渍后，粗的可以制绳索，细的可纺线织布。

东门之杨

东门①之杨，　　东门杨树立亭亭，
其叶牂牂②。　　它那叶子碧葱葱。
昏③以为期④，　　密约黄昏人初静，

明星⑤煌煌⑥。　　等到煌煌闪明星。

东门之杨，　　东门杨树一行行，
其叶肺肺⑦。　　它那叶子绿旺旺。
昏以为期，　　密约黄昏人初静，
明星晢晢⑧。　　等到明星闪清光。

一个青年和爱人约会，久久不见人来，他焦躁，埋怨，恨爱人负约，但又不肯率尔离去，从黄昏直等到夜阑人静，明星煌煌。

【注释考证】

①东门：乃诗中男女相约之地，东门之外。　②牂牂（zāng）：形容树叶青葱茂密，或云以杨叶之。牂牂、肺肺比兴男女失时（失仲春之时）。按：牂或为将之假借，古字将作牂。牂、牂音近形似，因此亦能互借。将，大、盛。　③昏：黄昏。　④为期：为密约之期。或云，期是动词，期待、盼望。　⑤明星：启明星，或泛指明亮的星星。　⑥煌煌：非常明亮的样子。（明星煌煌，说明入夜已深。）　⑦肺肺：义犹牂牂。按：肺或为宋之假借。芾芾、斾斾、肺肺，均为宋宋之借，木盛貌。　⑧晢晢（zhé）：犹煌煌。

墓　门

墓门①有棘②，　　墓门上，荆棘丛，
斧以斯③之。　　利斧把它砍干净。
夫④也不良⑤，　　这人行为实在坏，
国人⑥知之。　　人人知他心不正。

知而不已⁷,	人人知情他不改,
谁昔⁸然⁹矣。	这人早就这么坏。
墓门有梅⑩,	墓门上，梅树丛,
有鸮⑪萃⑫止⑬。	猫头鹰，树上停。
夫也不良,	这人坏得人人憎,
歌以讯⑭之。	唱歌怒斥这兽行。
讯予不顾⑮,	责骂他，他不睬,
颠倒⑯思予⑰。	狼狈不堪才想听。

这是人民讽刺不良统治者的诗。

【注释考证】

①墓门：可能是陈之城门名。 ②棘：荆棘丛生墓门，比喻坏人当道。 ③斯：析。砍伐树木使之析离。见《尚书》郑注："斯，析也。"《尔雅》："斯，侈离也。"《毛传》："幽闲希行，用生此棘薪，维斧可以开析之。"在本诗中，斯，有砍伐之意。比喻铲除恶人，或比喻揭露与痛斥恶人。 ④夫：他，人，独夫。此指剥削统治者。 ⑤不良：不好，心地、行为恶劣。 ⑥国人：国都中之人（包括贵族及平民），人人。 ⑦不已：不止，此指不改正恶行。 ⑧谁昔：畴昔，往昔。谁、畴皆语词。畴，《毛诗传笺通释》云："畴、谁一声之转。《尔雅》畴，谁也。……《说文》，谁也。……词也。……今经典通作畴。《礼记·檀弓》曰，予畴昔之夜。郑注，畴，发声也。畴转为谁，皆语词，故《笺》以谁昔即为昔也。畴昔或作畴曩。" ⑨然：如此，指如此恶劣。 ⑩梅：马瑞辰云："按前章言棘，后章言梅，二木美恶大小不相类，非诗取兴之旨。考《楚辞·天问》曰：'何繁鸟萃棘而负子肆情？'王逸注云：'晋大夫解居父聘吴过陈之墓门，见妇人负其子，欲与之淫佚肆其情欲。

妇人则引《诗》刺之曰：'墓门有棘，有鸮萃止。'故曰繁鸟萃棘也。其说盖本三家诗，是知二章'墓门有梅'，三家诗原作'墓门有棘'，与首章同。……古梅杏之梅作某，古文作楳，与棘形相近。盖棘讹作楳，因作某，又转写作楳与梅。毛公作《传》时已误，因随其文训之耳。"此说可信。诗文正字作"棘"。　⑪鸮（xiāo）：通"枭"，猫头鹰。古代认为它是不祥之鸟，故本诗以它喻坏人。　⑫萃（cuì）：集，群栖。⑬止：鸟止息于树木。　⑭讯：讯当为谇之假借。谇，谏诤，斥责，警告，诘问。讯之，应作讯止。《列女传》引《诗》"歌以讯止"，正与上文"有鸮萃止"相应，同为语词。　⑮予不顾：不顾予，不顾我们的警告斥责而怙恶不悛。予，又可解为"而"。又，讯予不顾，或为予讯不顾之倒文。　⑯颠倒：狼狈不堪的样子，指陷于困境。　⑰思予：思我之言，方能考虑我们的斥责警告。又，思予或为予思之倒文。

【学术延伸】

　　这是周代十分流行的歌谣。人民常唱它以宣泄对奴隶主阶级的憎恶怨怒，甚至劳动妇女也会唱它。《列女传·陈辩女传》："辩女者，陈国采桑之女也。晋大夫解君甫使于宋，道过陈，遇采桑之女，止而戏之曰：'女为我歌，我将舍女。'采桑之女乃为之歌曰：'墓门有棘，斧以斯之。夫也不良，国人知之。知而不已，谁昔然矣。'大夫又曰：'为我歌其二。'女曰：'墓门有梅，有鸮萃止。夫也不良，歌以讯之。讯予不顾，颠倒思予。'大夫曰：'其梅则有，其鸮安在？'女曰：'陈，小国也。摄乎大国之间，因之以饥馑，加之以师旅。其人且亡，而况鸮乎？'大夫乃服而释之。"

防有鹊巢

防①有鹊巢，　　　枋树上，喜鹊巢，

邛②有旨③苕④。	土丘上，美凌霄。
谁侜⑤予美⑥？	是谁诱惑我爱人？
心焉忉忉⑦。	使我忧愁又烦恼。

中唐⑧有甓⑨，	庭中甬道砖砌成，
邛有旨鷊⑩。	土丘上，雁来红。
谁侜予美？	是谁诱惑我爱人？
心焉惕惕⑪。	使我肠断又心惊。

一个女子的爱人听了别人的谗言，对她变得冷淡，使她焦灼忧伤。

【注释考证】

①防：枋之借字。是一种常绿乔木，羽状复叶，花色黄而美，去皮煎汁，可为红色染料，亦名苏木、苏枋。 ②邛（qióng）：土丘。 ③旨：美。 ④苕（tiáo）：又名苕饶、翘饶、凌苕、凌霄。蔓生，能攀缘大树而至其颠，叶尖长有齿，花五瓣，一枝数朵，色赭黄，实如豆荚而小。本诗以枋树上有鹊巢，土丘上有凌霄花，比兴男女相爱相依。 ⑤侜（zhōu）：谎言欺骗。指有人谎言欺骗歌者的丈夫，挑拨离间，破坏他们的爱情关系。《毛传》："侜，张诳也。"《说文》："侜，有廱蔽也。"是指因听谗言而被蒙蔽迷惑。按：廱，通壅。 ⑥予美：我所爱的美人（好人，美男子）。美，《韩诗》作媄。按：媄自媺、嫐通借而来。 ⑦忉忉（dāo）：忧虑的样子。 ⑧中唐：中庭的堂途（门内的甬道）。 ⑨甓（pì）：砖。古又为瓴甋、甋砖、瓴甓。 ⑩鷊（yì）：蘱之省体。《说文》作蘱，草名，又叫荫绶、绶草，俗名十样锦，或叫雁来红，是苋之别种，初生有红有绿，至深秋，红黄紫绿相间，美加锦绶，故名绶草。 ⑪惕惕：义犹忉忉。或解为担心的样子（怕失掉爱情）。

国风·陈风

月 出

月出皎①兮。	月出东天洒银光啊。
佼人②僚③兮。	姑娘仪容真漂亮啊。
舒④窈纠⑤兮。	婀娜娴雅体苗条啊。
劳心⑥悄⑦兮。	想她想得心烦恼啊。
月出皓⑧兮。	月出东天洒银光啊。
佼人懰⑨兮。	姑娘仪容真漂亮啊。
舒懮受⑩兮。	袅袅婷婷体苗条啊。
劳心慅⑪兮。	想她想得魂颠倒啊。
月出照兮。	月出东天照人来啊。
佼人燎⑫兮。	姑娘笑脸放光彩啊。
舒夭绍兮。	袅娜多姿轻盈盈啊。
劳心惨⑬兮。	想她想得心不宁啊。

这是古代男子思念爱人的歌。所寄托的是月夜幽思。对那"佼人"情态的咏叹,乃为忆念之词。景物依旧,伊人渺渺,触景伤情,发而为歌。

【注释考证】

①皎(jiǎo):形容月光明亮清澈。本诗三章,均以月之美喻人之美。 ②佼人:美人。佼,美。佼为姣之借。 ③僚(liǎo):美丽。 ④舒:轻轻地,缓缓地,形容女子步履轻盈婀娜。 ⑤窈纠:形容女子身段苗条可爱。一说窈纠是幽远、愁结之意。 ⑥劳心:劳思,思念,

劳我心。　⑦悄：忧愁烦恼。　⑧皓（hào）：义同皎。按：字应作晧。⑨懰（liú）：妩媚可爱。　⑩慢受：与下章"夭绍"均指姑娘动静举止间所呈现的体态美。　⑪懆（cǎo）：心神不安。　⑫燎：明亮。在此，指姑娘脸面上放射着青春的光彩，与银白的月光交相辉耀。　⑬惨：同"懆"，心神不宁。《说文》："懆，愁不安也。"懆为正字。

株　林

胡为①乎株林②？　他为何赶到株邑之郊？
从夏南③兮？　是去把那夏南寻找吗？
匪④适⑤株林，　他匆匆赶到株林之郊，
从夏南兮！　原是把那夏南寻找！

驾我乘马⑥，　他驾乘马车奔驰，
说⑦于株野⑧！　在株邑之野流连忘返！
乘我乘驹⑨，　他驾乘马车奔驰，
朝食⑩于株！　在株邑之野食用早餐！

这是讽刺陈灵公的诗。灵公与夏征舒之母私通，大家十分憎恶他们，便愤然唱歌讽刺，揭露了剥削阶级的腐朽糜烂生活，批判其丑恶肮脏的灵魂。

【注释考证】

①胡为：何为，干什么。　②株林：犹下文株野，是夏氏之邑郊，夏姬所居。株，夏邑名。林，郊野。　③从夏南：追随夏南，实为追求夏南之母。夏南，是夏子南之省。夏征舒，字子南。所以不直呼夏姬，是由于

灵公怕丑事败露而故意避讳。《左传·昭公二十八年》叔向之母论夏姬云："是郑穆公少妃姚子之子，子貉之妹也。子貉早死而天钟美于是。"《国语·楚语》云："昔陈公子夏为御叔娶于郑穆公女，生子南，子南之母乱陈而亡之是言夏姬所出及夫子名字。"又见《春秋传》："夏姬，郑穆公之女也。嫁于陈大夫夏御叔。灵公与其大夫孔宁、仪行父通焉。泄冶谏不听而杀之。后卒为其子征舒所弑，而征舒复为楚庄王所诛。"可证夏姬乃郑穆公之女，陈公子御叔之妻，夏征舒（字子南）之母，陈灵公所淫。按：《正义》本两"南"下均有兮字。应从《正义》本于道章两"南"字下均增补"兮"字，使句式协调。 ④匪：同"彼"，指灵公。 ⑤适：往。按：首章四句，前二句为国人以隐晦的疑问句讽刺灵公。后二句，以恍然大悟似的口吻委婉地进行讽刺，更含蓄有力。另说，"胡为乎株林"是国人相诘之辞，以下三句，均为灵公抵拒之辞。 ⑥驾我乘马：从本句以下各句，均为斥责灵公之辞。驾，指驾车、坐车。乘马，一乘之马，即指马拉的大车。我，此处犹"其"。 ⑦说：舍，居，停留。指灵公停车逗留与夏姬通。 ⑧株野：株邑之野。 ⑨乘驹：乘之驹，即一乘之马拉的车。驹，马瑞辰云："驹，《释文》本作骄，音驹。引沈重曰：或作驹字，是后人改之。……《说文》："马高六尺为骄。……以《说文》及《释文》引沈重说证之，驹皆当作骄。骄与驹双声，古音盖读骄如驹，因假借作驹耳。"或云六尺以下曰驹。 ⑩朝食：早朝而食，吃早饭。按：古人常以饮食饥饱等语隐喻男女情欲之事。因此，朝食实指灵公淫于夏姬。另说：指大夫孔宁、仪行父与灵公同淫于夏姬。《毛诗正义》："此又责君数往株邑。言君何为驾我君之一乘之马向夕而说舍于株林之野？何故得乘我君之一乘之驹，早朝而食于株林之邑乎？言公朝夕往来淫佚而不息，可恶之甚，故刺之也。"

泽 陂

彼泽之陂①，　　　在那清清湖水边，

有蒲②与荷③。	新蒲嫩绿芙蕖鲜。
有美一人④,	那个姑娘我爱她,
伤如之何⑤?	相思不见怎么办?
寤寐无为⑥,	时刻想她也枉然,
涕泗⑦滂沱⑧。	使我泪珠连串串。
彼泽之陂,	在那清清湖水边,
有蒲与蕳⑨。	新蒲嫩绿莲花艳。
有美一人,	那个姑娘我爱她,
硕大⑩且卷⑪。	身段细长脸儿甜。
寤寐无为,	时刻想她也枉然,
中心悁悁⑫。	心中郁郁默无言。
彼泽之陂,	在那清清湖水旁,
有蒲菡萏⑬。	新蒲嫩绿荷花香。
有美一人,	那个姑娘我爱她,
硕大且俨⑭。	身段细长又大方。
寤寐无为,	时刻想她也枉然,
辗转伏枕⑮。	辗转不眠伏枕上。

  这是男子追求爱人的歌。追求不到,使他心烦意乱,不知所措。先是痛哭流涕,继而默默相思,最后,在苦思无奈的心情下,竟辗转伏枕,完全失眠了。这无言的沉思与夜不成寐的痛苦,比涕泗滂沱更深沉更强烈。本诗以层层递进的手法表现人物的情感变化,细致生动。

【注释考证】

①陂（bēi）：水池的边沿，湖滨。《说文》："陂，阪也。一曰池也。"《汉书·礼乐志》："腾雨师洒路陂。"注："路陂，路傍也。"按：泽陂，当为泽傍，即水边、湖滨、湖水浅处，宜于蒲荷生长。　②蒲：一种水草，叶狭长柔韧，可制席或其他用品（如蒲团等）。　③荷：又名芙蕖、子午莲，是莲花的一种。　④有美一人：有一美人。　⑤伤如之何：苦苦思念爱人，但不知怎样才能相见？伤，忧思，悬想，思愁。伤，鲁诗、韩诗均作阳，即姎、卬之借，是女性第一人称代词。如从韩诗，则本篇为女思男之词。　⑥寤寐无为：醒来也想，梦里也想，苦于无法达到目的。　⑦涕泗：眼泪鼻涕。泗，鼻涕。　⑧滂沱（pāng tuó）：本指大雨倾泻之状。在此，形容热泪涌流。　⑨蕑：莲的借字。莲花。《韵会》："《韩诗传》，莲也。"另说，蕑为兰花。　⑩硕大：形容身段细长而美。　⑪卷：容貌美丽动人。"卷"为"婘"之省借。　⑫悁悁（yuān）：郁郁不乐，忧愁。犹悒悒、郁郁、怏怏。　⑬菡萏（hàn dàn）：荷花。　⑭俨（yǎn）：端庄文静，雍容大方。又，《韩诗》作㑇。㑇，指面颊与颔下肌肤丰腴。　⑮辗转伏枕：翻来覆去地伏在枕头上，焦躁不安，难以入睡。《诗集传》："辗转伏枕，卧而不寐。思之深且久也。"

桧 风

羔 裘

羔裘①逍遥②，　　穿着羊羔皮袍逍遥游宴，
狐裘③以朝④。　　穿着狐狸皮袍举行早朝。
岂不尔思⑤？　　难道不肯为您思虑？
劳心⑥忉忉⑦。　　徒然使我悲伤忧劳。

羔裘翱翔⑧，　　穿着羊羔皮袍逍遥游宴，
狐裘在堂⑨。　　穿着狐狸皮袍听政公堂。
岂不尔思？　　难道不肯为您思虑？
我心忧伤。　　徒然使我悲苦忧伤。

羔裘如膏，　　穿着羊羔皮袍油光闪闪，
日出有曜⑩。　　太阳映照更加光亮。
岂不尔思？　　难道不肯为您思虑？
中心是悼⑪。　　徒然使我忧愁哀伤。

　　桧国大夫看到国君只知盛其服饰，逍遥游宴，而不能自强于政事，便唱诗讽刺他。

【注释考证】

①羔裘：羊羔皮袍。按：缁衣羔裘，是诸侯的朝服。　②逍遥：指任意游宴，悠闲自得。　③狐裘：狐狸皮袍。按：锦衣狐裘，是朝天子之服饰。　④朝：上朝。　⑤不尔思：不思尔，不为尔思。尔，指桧国之君。思，思虑。　⑥劳心：心劳，指心中忧虑不安。　⑦忉忉：忧愁之状。　⑧翱翔：犹逍遥。　⑨堂：公堂，是古代国君听政之所。　⑩羔裘如膏，日出有曜：指日出照耀，使羔裘闪闪发光，犹脂膏所润渍的那样。　⑪悼：哀伤。

素　冠

庶①见②素冠③兮？　　　　何时幸见我素冠的爱人？
棘人④栾栾⑤兮，　　　　悲凄悄急的人憔悴伶仃，
劳心⑥慱慱⑦兮。　　　　我思慕无尽，满怀苦痛。

庶见素衣兮？　　　　　何时幸见我素衣的爱人？
我心伤悲兮，　　　　　我心中伤悲，悒悒寡欢，
聊⑧与子同归⑨兮。　　　且与你同离人世命归黄泉。

庶见素韠⑩兮？　　　　何时幸见我素韠的爱人？
我心蕴结⑪兮，　　　　我愁怀郁结，柔肠寸断，
聊与子如一⑫兮。　　　且与你同生共死永离人间。

这是一个年轻丧偶的寡妇，思念亡夫的悼歌。情意悱恻凄婉。

【注释考证】

①庶：庶几，幸，希望之词。　②见：这是女歌者幻想能见到亡夫。　③素冠：素冠之人。素，白色生丝绢。（白色熟丝绢叫练。）按：本诗之素冠、素衣、素韠，均系称代其亡夫，即指穿戴普通衣冠的人。素，也可解为素色的、不华丽的意思。素冠、素衣、素韠，实乃清贫的人。《礼记·檀弓》："有哀素之心也。"注："凡物无饰曰素。"又寒素之族称素门。任昉文："臣素门凡流，轮翮无取。"又平常人家称素室。《南史》："永巷贫空，有同素室。"　④棘人：急于哀戚之人，被深重的哀痛所折磨的人。棘，急。　⑤栾栾（luán）：胬胬的假借字，瘦瘠之状，憔悴。　⑥劳心：忧伤劳瘁之心。　⑦慱慱（tuán）：忧劳不安的样子，特指哀痛未尽、思慕不已之情状。　⑧聊：聊且，姑且，暂且，且。是不得已之词。　⑨同归：同归于黄泉，即同生共死之情。　⑩素韠（bì）：素色的蔽膝。韠，是一种革制护膝。　⑪蕴结：即蕴结。心中郁结无限哀愁。按：蕴，蕴之俗字。《说文》："蕴，积也。从草，温声。"《诗集传》："蕴结，思之不解也。"　⑫与子如一：我和你如同一个人。（你死了，犹如我死了。我和你同生共死。）"与子如一"较之"与子同归"，又进一层，情感更强烈更执着。

隰有苌楚

| 隰①有苌楚②，　　　　　洼地上，有羊桃，
| 猗傩③其枝，　　　　　青嫩枝条迎风摇，
| 夭④之沃沃⑤。　　　　密密丛丛长得好。
| 乐⑥子⑦之无知⑧。　　羡慕你无妻少烦恼。

| 隰有苌楚，　　　　　　洼地上，有羊桃，
| 猗傩其华⑨，　　　　　小花朵朵迎风摇，

国风·桧风

| 夭之沃沃。 | 密密簇簇开得好。 |
| 乐子之无家⑩。 | 羡慕你无家少操劳。 |

隰有苌楚，	洼地上，有羊桃，
猗傩其实⑪，	小桃青青迎风摇，
夭之沃沃。	密密匝匝结得好。
乐子之无室。	羡慕你无家心事少。

古代的劳动人民受尽统治阶段的压迫，生活困苦不堪。竟使他们感到自己连一株野生的羊桃都不如，认为羊桃无知无识，无家无业，不知人世悲凉，倒也值得羡慕。

【注释考证】

①隰（xí）：低湿之地。 ②苌（cháng）楚：又名羊桃。野生，开紫红花，实如小桃。 ③猗傩（ē nuó）：形容柔美茂盛，或形容枝叶轻轻摇曳之状。《毛传》："猗傩，柔顺也。"又《小雅·隰桑》："隰桑有阿，其叶有难。"《毛传》云："阿，美貌。难，盛貌。"胡承珙云："猗傩固可以美盛言，而亦有柔顺之义。……至华实皆附于枝，枝既柔顺，则华与实亦必从风而靡，虽概称猗傩不妨。"可见猗傩一词，形容枝叶华实皆可。按：猗傩，又作阿难、婀娜、旖旎、猗那。《商颂·那》："猗与那与，置我鞉鼓。"即"猗与傩与"。《史记·司马相如传》："旖旎从风"，即"猗傩从风"。《经义述闻》云："《笺》曰：'桃弋之性，始生正直，及其长大，则其枝猗傩而柔顺。不妄寻蔓草木。'引之谨案：苌楚之枝，柔弱蔓生，故《传》《笺》并以猗傩为柔顺。但下文又云：猗傩其华、猗傩其实，华与实不得言柔顺，而亦云猗傩，则猗傩美盛之貌矣。" ④夭：茁壮青嫩的样子。 ⑤沃沃：形容树叶茂密而且润泽。或指柔美。沃，或作茯茯、娓娓。 ⑥乐：喜乐，慕悦，羡慕。 ⑦子：你，称羊桃。本诗将羊桃拟人。 ⑧无知：有二义：其一犹

言无匹（无妻）。《尔雅·释诂》："知，匹也。"其二即无知无识，无知觉。又，《荀子·正名》曰："知有所合谓之智，凡相接相合皆训匹。"又，相交接即谓相知。如《九歌·少司命》："乐莫乐兮新相知"，"新相知"即"新相交"之意。　⑨华：古花字。　⑩无家：与下章"无室"均指无家室。与上文"无知"同义。　⑪实：果实。

【学术延伸】

本篇亦可解为情诗，以苌楚之少壮佼好，兴人之年少貌美。见陈奂《诗毛氏传疏》："无知，无犹不也。知，读不识不知之知。二章云无家，不知家也。三章云无室，不知室也。亦因首章而申言之。此句例也。《序》所谓思无情欲者也。《笺》云，知，匹也。于人年少沃沃之时，乐其无妃匹之意。与《传》义实通。"

匪　风

匪^①风发^②兮，　　　　北风吹得冷飕飕啊，
匪车偈^③兮。　　　　　大车匆匆往前走啊。
顾瞻周道^④，　　　　　远远瞻望那大路啊，
中心怛^⑤兮。　　　　　心中戚戚无限愁啊。

匪风飘^⑥兮，　　　　　北风飕飕吹起来啊，
匪车嘌^⑦兮。　　　　　大车匆匆走得快啊。
顾瞻周道，　　　　　　远远瞻望那大路啊，
中心吊^⑧兮。　　　　　我心悬悬苦难耐啊。

谁能亨鱼^⑨？　　　　　谁能烹鱼来作菜啊，

国风·桧风

溉⑩之釜⑪鬵⑫。	洗刷锅子由我来啊。
谁将西归⑬？	谁要西去回故乡啊？
怀⑭之好音⑮。	托您给把好信带啊。

古代服役的奴隶们，经年累月流徙四方，出入风尘，受尽磨难。偶见车马驰驱于大路之上，不禁唤起万般乡愁，希望有人给带一封家书。

【注释考证】

①匪：彼之借字。匪、彼，古可互假。　②发：飘扬的样子，形容风疾而寒。犹"发发"。　③偈（jié）：陈乔枞云："偈，当为竭之借字。《说文》：'竭，去也。''去'与'疾驱'义近。"陈说正确。犹"偈偈"。迅速驰驱的样子。　④周道：大路，或指岐西之道。　⑤怛（dá）：忧愁，悲伤。　⑥飘：旋风，回风。　⑦嘌（piāo）：轻捷之状，车走得快而无节，或飘摇不安之状。　⑧吊：形容六神无主，心像悬在半空，忧伤不安的样子。　⑨亨鱼：亨，烹之古体。以烹鱼喻合欢或结配。见闻一多先生《说鱼》："'谁能亨鱼？溉（摡）之釜鬵，谁将西归，怀（遗）之好音！'（《桧风·匪风》）溉《释文》本作摡，《说文》手部亦引作摡，这里当读为乞，今字作给，'摡之釜鬵'就是'给他一口锅'，釜鬵是受鱼之器，象征女性，也是隐语，看上文'顾瞻周道'和下文'谁将西归'，本篇定是一首望夫词，这是最直截了当的解释。"聊备一说。　⑩溉（gài）："摡"之假借。涤，洗刷。《说文》："摡，涤也。"引《诗》正作"摡之釜鬵"。又，《释文》："溉，本又作概。"　⑪釜：古代炊具，相当于现在的锅。　⑫鬵（xín）：大釜。　⑬西归：回西方去。（大概西方是歌者的故乡。）　⑭怀：带，捎。　⑮好音：佳音，好消息，平安家信。这是歌者为了免使家人悬念而故意说他很平安，其实，他们苦痛无边。

曹 风

蜉 蝣

蜉蝣①之羽②,　　蜉蝣翅儿薄又薄,
衣裳楚楚③。　　　像那美丽的好衣裳。
心之忧矣,　　　　心中忧愁似海深,
于④我⑤归处⑥?　　又将安身到何方?

蜉蝣之翼⑦,　　　蜉蝣翅儿薄又薄,
采采⑧衣服。　　　像那美丽的好衣裳。
心之忧矣,　　　　心中忧愁似海深,
于我归息⑨?　　　又将安身到何方?

蜉蝣掘阅⑩,　　　蜉蝣穿洞飞出来,
麻衣如雪⑪。　　　像穿雪白的麻衣裳。
心之忧矣,　　　　心中忧愁似海深,
于我归说⑫?　　　又将安身到何方?

在黑暗腐朽的奴隶制社会,战乱、饥馑、疫疠、死亡,时刻威胁着劳动人民,他们痛感自己的悲苦生活,竟不如朝生暮死的渺小的蜉蝣,流露出古代劳动人民对统治阶级的痛恨怨怒。

【注释考证】

①蜉蝣（fú yóu）：昆虫名，又名渠略，俗称蚂蚱，身体很小，翅薄透明，相传它寿命很短，朝生暮死。 ②羽：指翅膀。 ③楚楚：鲜明而有光泽貌。 ④于：助词，无实义。或解为"去""往"之意。 ⑤我：何的借字，何处。按：我、何，古音相通，并可互借。见《鄘风·鹑之奔奔》："我以为兄。"《韩诗》作"何以为兄"。 ⑥归处：归依之处，安身之处。 ⑦翼：义同羽。 ⑧采采：美丽貌。 ⑨归息：归止之处，犹归处。 ⑩掘阅：掘穴，指蜉蝣初生时破穴而出。阅，穴之借字。《庄子》："空阅来风"，即"空穴来风"。阅，应读如穴。 ⑪如雪：鲜洁如雪。 ⑫归说（shuì）：犹归处、归息。说，舍息之意。

候　人

彼①候人②兮，	那个巡守的武官，
何③戈与祋④。	肩上扛着戈与祋。
彼其⑤之子⑥，	那些高贵的人们，
三百⑦赤芾⑧。	三百都穿红蔽膝。

维⑨鹈⑩在梁⑪，	鹈鹕停在鱼坝之上，
不濡其翼⑫。	水没沾湿它的翅膀。
彼其之子，	那些高贵的人们，
不称⑬其服⑭。	不配穿那华丽衣裳。

维鹈在梁，	鹈鹕立在鱼坝之前，
不濡其咮⑮。	河水没沾它的嘴边。
彼其之子，	那些高贵的人们，

不遂其媾⑯。　　不能成全美满姻缘。

荟兮蔚兮⑰，　　丽云彩霞密密层层，
南山⑱朝隮⑲。　　清晨从那南山升腾。
婉兮娈兮⑳，　　又年轻啊又漂亮啊，
季女斯饥㉑。　　少女思春饥渴彷徨。

这女歌者爱上了一位青年武士，渴望得到那人的垂青，永结同心，但那武士却不解风月，她便感到如饥如渴，情急难堪。

【注释考证】

①彼：指示代词，相当于"那""那个"（指人、物均可）。　②候人：古代掌管送迎宾客、巡守边疆道路的小武官，或者指斥堠兵。见《毛诗正义》："夏官序云，候人上士六人，下士十有二人，史六人，徒百有二十人。"依全诗内容看，似以前说为是。　③何：荷之省体。荷，扛在肩上，也可解作"揭"，举着、擎着。　④戈、祋（duì）：古兵器。戈长六尺六寸，祋长一寻四尺（按古制八尺为一寻）。荷戈巡逻，是"候人"的职责。祋，即殳。　⑤其：代词，相当于"那""他"。　⑥之子：是子。相当于"这人""那人"。　⑦三百：亟言穿赤芾的人很多，而这位姑娘却只钟爱其中的一个。　⑧赤芾（fú）：即朱芾、赤韨（或赤韠）。芾是古代的一种服饰，又名蔽膝。皮革制成，长方形，上有花纹，遮于膝上腹前。赤芾，本是高级官员所佩。在本诗中，可能是这女子特以华贵的服饰来夸美所爱的人，不一定实佩赤芾。韨之通借。按：本字应作"市"。《说文》："市，韠也。上古衣蔽前而已。市以象之。"可参阅《采芑》"朱芾斯皇"注。　⑨维：发语词。　⑩鹈（tí）：水鸟名，即鹈鹕，喜食鱼。本诗以鹈鹕不下水食鱼隐喻那男子不向姑娘求爱，或以鹈不得鱼喻女不得男。古今民歌中屡见以鱼、水为爱恋婚媾

之廋语。 ⑪梁：鱼梁，鱼坝，水堤。 ⑫不濡其翼：不沾湿它的翅膀，指不下水捕食鱼类。引申义见注⑩。 ⑬称：配，合。不称，不配，不合，不相称。不称其服，是这女子故意用戏谑之词挑逗那男子。 ⑭服：指"候人"之服饰。 ⑮咮（zhòu）：即喙，鸟嘴。 ⑯不遂其媾：不能满足那情欲。遂，就，成全，顺。引申为达到目的。媾，婚媾，指男女相爱而结合。 ⑰荟兮蔚兮：荟、蔚，本指草木丰盛。在此，形容云气蓬勃兴起的样子。 ⑱南山：或指曹之南山。 ⑲朝隮（jī）：隮，升云，或虹之名。指早晨的云霞升腾天空（或指朝虹），隐喻情欲萌动。或云：朝隮即"朝饥"，隐喻情欲未遂之"饥"。 ⑳婉（wǎn）、娈：这是女子自谓之词。婉、娈，年华正盛，容颜美丽。 ㉑季女斯饥：少女怀春，以至如饥似渴。季女，少女，或实指姊妹行中之最幼者。斯，是。饥，指情欲未遂时之心理状态，如饥渴之思饮食，急切难耐，彷徨无主。

鸤鸠

鸤鸠①在桑②， 布谷鸟儿在那桑树，
其子七兮③。 它在哺育七只幼雏。
淑人君子④， 好人君子心地光明，
其仪一兮⑤。 他执义如一，用心公正。
其仪一兮， 他执义如一，用心公正，
心如结兮⑥。 一片诚心，无比坚定。

鸤鸠在桑， 布谷鸟儿在那桑树，
其子在梅⑦。 它的幼雏飞到梅树。
淑人君子， 好人君子心地光明，
其带伊丝⑧。 他的佩带素丝制成。

| 其带伊丝， | 他的佩带素丝制成， |
| 其弁⁹伊骐⑩。 | 他的皮弁美玉玲珑。 |

鸤鸠在桑，	布谷鸟儿在那桑树，
其子在棘⑪。	它的幼雏飞到棘树。
淑人君子，	好人君子心地光明，
其仪不忒⑫。	他执义如一，法有常度。
其仪不忒，	他执义如一，法有常度，
正是四国⑬。	真是四国之长，天下信服。

鸤鸠在桑，	布谷鸟儿在那桑树，
其子在榛。	它的幼雏飞到榛树。
淑人君子，	好人君子心地善良，
正是国人⑭。	真是国人爱戴的榜样。
正是国人，	真是国人爱戴的榜样，
胡不万年⑮？	怎能不是万寿无疆？

这首诗，从表面看，是赞美"淑人君子"公正宽厚、法有常度的。实际上，是借反语讽刺当时的统治阶级的政治代表——昏君。

【注释考证】

①鸤（shī）鸠：即布谷鸟。《尔雅》："鸤鸠，鴶鵴，犹云拮据也。鸟喜动，飞鸣无停刻，故名。" ②在桑：指布谷鸟在桑树上筑巢。③其子七兮：指鸤鸠有七子，都能同等看待，把幼雏养大。以"鸤鸠在桑，其子七兮"比兴下文之"淑人君子，其仪一兮"。各章相若。④淑人君子：好人。淑，善，好。 ⑤其仪一兮：指"淑人君子"执义

如公正无私,用心均平。 ⑥心如结兮:指执义如一,其心坚而不变,如物之固结不散。 ⑦其子在梅:鸤鸠之子被养大,便能飞到梅树上。 ⑧其带伊丝:带,大带,古代的一种服饰。《毛诗正义》:"《玉藻》说大带之制云,天子素带朱里终辟,诸侯素带终辟,大夫素带辟垂,士练带率下辟。是大夫以上大带用素,故知其带伊丝,谓大带用素丝,故言丝也。《玉藻》又云,杂带,君朱绿,大夫玄华,士缁辟,是其有杂色饰焉。"伊,助词,无实义。丝,此指素丝。 ⑨弁(biàn):是古代的一种冠冕。按古制,王之皮弁,缝(亦称会)中饰以五彩玉璂。 ⑩骐(qí):在本句中,是指皮弁缝中嵌镶的成串的五彩玉饰。一说,因马色青黑叫骐,故用骐形容皮弁之色。 ⑪棘:荆棘。 ⑫不忒:不疑,无二心,法有常度而不变。忒,疑,变更,差错。 ⑬正是四国:指可为四国(众国)之长,受天下拥戴。正,犹是。正四国又可解为四国之正(榜样)。四国,四方的邦国。 ⑭正是国人:为国人之正(榜样、尊长)。国人,国都中的居民(包括贵族与平民)。 ⑮胡不万年:何不长寿万年?

下　泉

洌①彼下泉②,　　冷冷的山泉奔流直下,
浸彼苞③稂④。　　把那丛丛莠草浸杀。
忾⑤我寤⑥叹,　　一朝觉醒,我慨叹声声,
念彼周京⑦。　　怀念那周王贤明。

洌彼下泉,　　　　冷冷的山泉奔流直下,
浸彼苞萧⑧。　　　把那丛丛香蒿浸杀。
忾我寤叹,　　　　一朝觉醒,我慨叹声声,
念彼京周⑨。　　　怀念那周王贤明。

冽彼下泉，	冷冷的山泉奔流直下，
浸彼苞蓍⑩。	把那丛丛蓍草浸杀。
忾我寤叹，	一朝觉醒，我慨叹声声，
念彼京师⑪。	怀念那周王贤明。
芃芃⑫黍苗，	黍苗蓬蓬勃勃，
阴雨⑬膏之⑭。	雨露滋润着它。
四国有王⑮，	四方之国有从王之事，
郇伯⑯劳之⑰。	都是郇伯治绩伟大。

这是古代的贵族士大夫"乱世思治"之作。因曹共公暴虐无道，故以此诗宣寄忧戚，并希望有所谓"周京"之治。这首诗不过是古代腐朽没落的奴隶主阶级发出的悲鸣。

【注释考证】

①冽（liè）：寒冷。 ②下泉：奔流而下的山泉。 ③苞：草丛生。 ④稂（láng）：即狼尾草，又名童梁，是莠草的一种。以"冽彼下泉，浸彼苞稂"比兴苛政之下，人民受尽蹂躏。 ⑤忾（xì）：叹息（叹息之意，或叹息之声）。 ⑥寤：觉，觉醒。 ⑦周京：指周室京师之明王。 ⑧萧：香蒿。 ⑨京周：犹周京。 ⑩蓍（shī）：草名，似艾而叶小。古人用作筮草。 ⑪京师：犹京周。 ⑫芃芃（péng）：草木茂盛的样子，美盛的样子。 ⑬阴雨：实指雨露。 ⑭膏之：指雨露膏泽黍苗。（由于雨露滋润，黍苗长得十分茂盛。）膏，滋润。 ⑮四国有王：四方之国有从王之事（能朝于天子）。 ⑯郇伯：文王之子，为州伯，有治诸侯之功。郇，古国名，姬姓，侯爵，灭于晋。故地在今山西省临猗县西南。又有郇城，地处河东解县西北。 ⑰劳之："恩德"劳来之。即所谓行"仁政"，安抚四国。

豳 风

七 月

七月①流火②,　　　　　七月黄昏火星沉,
九月授衣③。　　　　　　九月寒衣给一身。
一之日④觱发⑤,　　　　十一月,寒风紧,
二之日栗烈⑥。　　　　　十二月,冷森森。
无衣无褐⑦,　　　　　　粗布衣衫没一件,
何以卒岁⑧?　　　　　　怎能度残年?
三之日于耜⑨,　　　　　正月犁锄该修整,
四之日举趾⑩。　　　　　二月举足把地耕。
同⑪我妇子⑫,　　　　　妻子儿女一同去,
馌⑬彼南亩⑭,　　　　　送饭送到南北地,
田畯⑮至喜⑯!　　　　　大管家吃吃喝喝倒得意!

七月流火,　　　　　　　七月黄昏火星低,
九月授衣。　　　　　　　九月秋凉给寒衣。
春日载阳⑰,　　　　　　春日暖洋洋,
有鸣仓庚⑱。　　　　　　黄莺声声唱。
女执懿筐⑲,　　　　　　姑娘手提深筐筐,
遵⑳彼微行㉑,　　　　　沿着小路走得忙,

爰求㉒柔桑㉓。　　　　　前去采嫩桑。
春日迟迟㉔，　　　　　　春日迟迟长又长，
采蘩㉕祁祁㉖。　　　　　姑娘采白蒿，群群又行行。
女㉗心伤悲，　　　　　　姑娘心中无限悲，
殆㉘及公子㉙同归㉚。　　怕跟公子一路回。

七月流火，　　　　　　　七月黄昏火星移，
八月萑苇㉛。　　　　　　八月芦苇编箔席。
蚕月㉜条桑㉝，　　　　　选桑选在春三月，
取彼斧斨㉞，　　　　　　斧来砍，斧来剁，
以伐㉟远扬㊱，　　　　　长条高枝一齐落，
猗彼女桑㊲。　　　　　　攀引枝条采嫩叶。
七月鸣鵙㊳，　　　　　　七月伯劳声声唱，
八月载绩㊴。　　　　　　八月把麻纺。
载玄载黄㊵，　　　　　　染得鲜明色炫煌，
我朱㊶孔阳㊷，　　　　　我的红丝最漂亮，
为公子裳㊸。　　　　　　交给公子做衣裳。

四月秀㊹葽㊺，　　　　　四月葽草秀穗穗，
五月鸣蜩㊻。　　　　　　五月鸣蝉声连声。
八月其获㊼，　　　　　　八月收庄稼，
十月陨萚㊽。　　　　　　十月叶飘零。
一之日于貉㊾，　　　　　十一月，捕野貉，
取彼狐狸㊿，　　　　　　猎取狐狸好绒毛，
为公子裘㉛。　　　　　　交给公子作皮袍。

二之日其同㊾，	十二月，齐会同，
载缵㊿武功㊼。	打围打猎继续练武功。
言私其豵㊽，	小野猪，自己用，
献豜于公㊻。	大野猪，献王公。

五月斯螽㊼动股㊽，　　五月蚱蜢动两股，
六月莎鸡㊾振羽㊿。　　六月莎鸡振翅鸣。
七月蟋蟀在野㊶，　　　七月蟋蟀在田野，
八月在宇，　　　　　　八月在檐庭，
九月在户，　　　　　　九月在室中，
十月入我床下。　　　　十月入我床下鸣不停。
穹窒㊷熏鼠㊸，　　　　堵好墙洞熏老鼠，
塞向㊹墐户㊺。　　　　塞北窗，挡寒风，柴门用泥封。
嗟我妇子㊻，　　　　　叹我妻儿苦又苦，
曰㊼为㊽改岁㊾，　　　新春至啊旧岁除，
入此室处㊿。　　　　　进这破房住这屋。

六月食郁㊶及薁㊷，　　六月里，吃那棠梨和酸李，
七月亨㊸葵㊹及菽㊺。　七月里，烹煮芹菜和大豆。
八月剥㊻枣㊼，　　　　八月打红枣，
十月获稻㊽。　　　　　十月把稻收。
为㊾此春酒㊿，　　　　酒工酿造好春酒，
以介㊶眉寿㊷。　　　　主人畅饮求长寿。
七月食瓜，　　　　　　七月主人吃甜瓜，
八月断壶㊸，　　　　　八月我将葫芦摘，

九月叔㊾苴㊽，	九月把那青麻采，
采荼㊻薪㊼樗㊽，	又采苦菜又砍柴，
食㊾我农夫。	给我农夫吃那粗饭菜。

九月筑场圃⑨⓪，　　　凉秋九月修场圃，
十月纳⑨①禾稼⑨②。　　十月庄稼搬进场。
黍稷⑨③重⑨④穋⑨⑤，　　黍、稷、晚谷和早谷，
禾⑨⑥麻菽麦⑨⑦。　　　米、麻、豆、麦都入仓。
嗟我农夫，　　　　　叹我农夫苦难当，
我稼既同⑨⑧，　　　　我们农活都做完，
上入⑨⑨执⑩⓪宫功⑩①。　又进宫廷当那泥瓦匠。
昼⑩②尔⑩③于茅⑩④，　　白天取茅草，
宵⑩⑤尔⑩⑥索⑩⑦绹。　　夜晚绞绳绹。
亟⑩⑧其乘屋⑩⑨，　　　急急忙忙修房屋，
其始播百谷⑪⓪。　　　又要开始种百谷。

二之日凿冰⑪①冲冲⑪②，　十二月，凿冰响通通，
三之日纳⑪③于凌阴⑪④。　正月正，把它藏进冰窖中。
四之日其蚤⑪⑤，　　　　二月初，大清早，
献羔祭韭⑪⑥。　　　　　羊羔嫩韭祭寝庙。
九月肃霜⑪⑦，　　　　　九月肃杀秋霜厉，
十月涤场⑪⑧。　　　　　十月把那场园扫。
朋酒⑪⑨斯飨⑫⓪，　　　两樽尊美酒共品尝，
曰杀羔羊。　　　　　　宰杀肥美小羔羊。
跻⑫①彼公堂⑫②，　　　齐来祝福登公堂，

国风·豳风　　　289

| 称[123]彼兕觥[124]： | 双手端起犀角杯： |
| 万寿[125]无疆[126]！ | "祝愿万寿永无疆！" |

这是周代的劳动人民唱的农事诗。从内容、人称等看来，应是劳动人民集体口头创作。它具体描述了周代的农民集体生产情况和生活苦况。在奴隶主阶级的残酷压榨下，劳动人民不仅要替奴隶主贵族耕种土地，而且还要负担其他繁重的杂务差役，如养蚕、纺织、染缯、酿酒、狩猎、凿冰、祭神、祝寿等。劳动人民经年累月辛辛苦苦地劳动，累断了筋骨，流尽了血汗，过着牛马不如的生活，遭受着残酷的蹂躏。他们被奴隶主贵族剥夺了劳动果实，被榨干了血肉，他们吃苦菜，烧恶木，住破房，衣不蔽体，食不果腹。

本诗在一定程度上反映了当时黑暗腐朽的社会制度与阶级对立情况。同时也从中看出当时的农业生产工具已相当发达，生产经验已相当成熟，劳动人民创造的物质财富已相当丰富。但是，他们却不能享受自己创造的劳动果实。不但挣扎于饥寒交迫、颠沛流离之中，而且还得服无偿的苦役，还得提防妻女被贵族公子抢去，还得被迫向那不劳而食、敲骨吸髓的贵族老爷们送"祝福"。从这首长诗中，可以体认到古代劳动人民伟大的创造力，也可以看到他们血泪斑斑的生活惨象。这首诗反映了"朱门酒肉臭，路有冻死骨"的残酷黑暗的社会现实，劳动人民与剥削阶级形成鲜明的对照，这是奴隶制社会生活的一个侧面。

【注释考证】

①七月：夏代历法的七月。《诗集传》："七月，斗建申之月，夏之七月也。后凡言月者仿此。"豳行夏历。又郭沫若先生认为：七月是指周正七月，而实为农历五月。所著《青铜时代》云："这不是王室的诗，并也不是周人的诗。诗的时代当在春秋末年或以后。诗中的物候与时令是所谓'周正'，比旧时的农历，所谓'夏正'，要早两个月。据日本新

城新藏博士《春秋长历研究》，发现在鲁文公与宣公的时代，历法上有过重大的变化。以此时期为界，其前半叶以含有冬至之月份的次月为岁首（所谓建丑），其后半叶则以含有冬至之月份为岁首（所谓建子）。……他根据这个发现推论到三正论的问题。'关于三正论之文献，由来颇古。然由研究春秋长历之结果，可知其断非春秋以前历史上之事实。余以为，盖在战国中叶以降，将所行之冬至正月历（建子）拨迟二个月，改为立春正月历（建寅）时，因须示一般民众以改历之理由，遂倡三正论而笃宣传耳。其后，因秦代施行十月岁首历（建亥），更加以汉代之宣传，遂至认三正之交替真为上古历史上之事实。时至今日，信者尚不乏人，此于中国上古天文历法发展史之阐明，系累非浅，诚可谓憾事。'……知道了中国古代并无所谓三正交替的事实，而自春秋中叶至战国中叶所实施的历法即是所谓'周正'，那么，合于周正时令的《七月》一诗是作于春秋中叶以后，可以说是毫无问题的了。《七月》，《鲁诗》无序，其收入《诗经》，大率较其他为晚。假使真是采自豳地，当得是秦人统治下的诗，故诗中口称'公子'与'公堂'。这也可以算得是一些内证。"（待考）按：三正，指夏历正月谓建寅之月，殷历正月谓建丑之月，周历正月谓建子之月。 ②流火：指火星在七月黄昏时就已偏西沉下去了。流，下，落。火，火星，又名大火、心星。见《春秋·昭公十七年》："有星孛于大辰。"《公羊传》："大辰者何？大火也。"按：根据当时历法，六月黄昏，火星在正中；七月黄昏，火星便偏西下，服虔云："火，大火，心也。季冬十二月平旦正中。在南方，大寒。夏季六月黄昏，火星中，大暑退，是火为寒暑之候事也。" ③授衣：给以寒衣。似应解为奴隶主贵族给其家人寒衣，又解为"授女工使为之"（见《诗选与校笺》）。可从。郭沫若先生则认为："古时对于农民应该有一定的制服，就如像现今发军服一样。"见《青铜时代》（待考）。

④一之日：指夏历十一月的时候。下文中二之日、三之日、四之日分别指十二月的时候、正月的时候、二月的时候。按：这是豳历的记月方法。一之日、二之日、三之日、四之日、蚕月、四月、五月、六月、七

月、八月、九月、十月，即为夏历十一月、十二月、正月、二月、三月、四月、五月、六月、七月、八月、九月、十月。(全年月份皆备)。《诗集传》："一之日，谓斗建子，一阳之月。二之日，谓斗建丑，二阳之月也。变月言日，言是月之日也。后凡言日者放此。" ⑤觱（bì）发：为大风触物之声。 ⑥栗烈：寒气盛。《说文》作颲飉，或借作凓冽，即今之凛冽。 ⑦褐：毛布，毛布衣，粗布衣。 ⑧卒岁：终岁，指度过寒冬残年。 ⑨于耜（sì）：整修耒耜（准备耕种）。于，为。见《仪礼·士冠礼》："宜之于假。"注："于犹为也。宜之是为大矣。"又司马相如《长门赋》叙："因于解悲愁之辞。"在此诗中，于字是整修、整治之意。耜，犁上之铧。 ⑩举趾：指举足而耕耘。 ⑪同：会同，一起。 ⑫妇子：妻子儿女。 ⑬馌（yè）：指以食品给人，义犹馈、饷。 ⑭南亩：南面的田地，或指南北为垄的田地。 ⑮田畯（jùn）：掌管农事的大管家，古又称田大夫、农正、田官、啬夫。 ⑯喜：通饎。饎，是饮食酒馔之统称。《尔雅·释训》："饎，酒食也。"注："犹今云饎馔，皆一语而兼通。"《疏》："饎，一字通酒食两名也。李巡云：得酒食则喜欢也。"按：喜（饎）字，在此应是动词化，即"用酒食"，吃吃喝喝，指那田官来吃喝。 ⑰载阳：始阳。载，始。见《孟子》："汤始征自葛载。"载又解为"则"。阳，暖，暖洋洋。 ⑱仓庚：或作鸧鹒，黄莺，俗称黄鹂。 ⑲懿筐：采桑用的一种深筐。《诗集传》："懿，深美也。" ⑳遵：行，前行，顺着路走。 ㉑微行（háng）：桑林墙下的小径，小路。 ㉒爰求：前去采摘。爰，于，往。求，指采桑。 ㉓柔桑：柔嫩的桑叶。 ㉔迟迟：舒缓，指春日天长。 ㉕采蘩：蘩，白蒿。采白蒿，是为了做蚕蓐，让蚕作茧子。或云："盖蚕生未齐，未可食桑，故以此啖之也。"（《诗集传》） ㉖祁祁（qí）：众多。指采桑的人多。 ㉗女：女子，此指女奴。 ㉘殆：恐。见《孟子》："殆不可复"，"殆于不可"。殆或为"将""始"之意。 ㉙公子：贵族公子。或指豳公之子。 ㉚同归：指女子被公子劫持同归于其家，任其蹂躏。 ㉛萑（huán）苇：长成的荻苇，或引申为以荻苇编制席、箔。萑，它类似苇，今名荻，茎比芦苇坚实。萑又为蓷之省借。《毛传》："葭为萑，葭为苇，豫畜萑苇可以为曲也。"按：曲为苗之省借。苗，养蚕用的箔、帘。《说文》："苗，蚕薄也。"薄，帘。《礼·曲礼》："帷薄之外不趋。"《史记·周勃世家》："勃以织薄曲为生。"《索隐》曰："织蚕薄也。"《礼·月令》："季春具曲植籧筐。"注："曲，薄也。" ㉜蚕月：养蚕之月，三月。 ㉝条桑：挑桑，条，又作挑，挑之借字，指拣择桑叶。或修剪桑枝。 ㉞斧斨（qiāng）：均为斧属。受柄之孔椭圆者为斧，受柄之孔方形者为斨。斨，取彼斧斨，以斧斨取彼（桑）。 ㉟伐：砍伐，剪伐。 ㊱远扬：指又长又高的桑枝。远，枝远，枝长。扬，条扬，条高。（由于桑枝又长又高，手采不到，只好用斧子先砍下枝条来，再摘取桑叶。） ㊲猗彼女桑：用手攀引桑枝而摘它的嫩叶，又可解为"角而束之"，即以绳缚住桑枝把它拉低，再采桑叶。猗，指采桑叶而不伤其枝条。猗，攀引。《说文》："掎，偏引也。"（猗、掎可通借。）女桑，荑桑（初生的嫩桑）。 ㊳鵙（jú）：鸟名，又名伯劳，字亦作鴂。 ㊴载绩：开始绩麻。绩，绩麻（纺麻）。《毛传》："载绩，丝事毕而麻事起矣。" ㊵载玄载黄：指丝麻染色朱红鲜明，炫煌夺目。玄黄即炫煌。 ㊶朱：正红，纯红。此指纯红的丝麻。 ㊷孔阳：甚为鲜明。孔，甚，大。 ㊸为公子裳：指奴隶们为王公贵族做衣裳。裳，下装。 ㊹秀：抽穗叫秀穗。 ㊺葽：草名，又叫远志。 ㊻蜩（tiáo）：蝉。又，甘大昕《读"七月流火"》一文云："鸣蜩，即蝉鸣黍。《礼疏》：'蔡邕云：仲夏黍新熟。今蝉鸣黍是也。'"存疑。 ㊼获：指早熟的庄稼可以收获了。 ㊽陨萚（tuò）：指草木之叶陨落。《说文》："草木凡皮叶落陊地为萚。" ㊾于貉：前去捕貉。貉，一种小野兽，像狸子，皮毛厚软，很珍贵。 ㊿取彼狐狸：猎取那狐狸（用其毛皮）。 ㊀裘：皮衣，皮袍。 ㊁同：会集。集合起来去打猎。 ㊂缵：继续。 ㊃武功：指狩猎之武功。 ㊄私其豵：将小野猪留给自己用。豵，一岁的小猪，在此指小野猪。 ㊅献豜（jiān）于公：指把大野猪献给王公贵族（实出于被迫无奈）。豜，三年的大猪，在此指大野猪。 ㊆螽（zhōng）：蝗属，是一种善鸣的昆虫。详见《周南·螽斯》注。 ㉘动股：指螽以两股与翅相摩擦而发声。（实则两翅相磨而发声。） ㉙莎鸡：蟋蟀类，又名纺织娘。 ㉖振羽：指莎鸡振动翅膀而发声。 ㉑在野：与下文在宇、在户、在床均指蟋蟀之属，夏天在野外，秋天渐凉，便移于宇下、户下、床下。按：宋王柏《诗疑》以为"蟋蟀"一词应在"七月"之下，即"七月蟋蟀在野。"王说极是。按："七月在野"以下各句依照事理略做调整，仅供参考，见译文。 ㉒穹窒：即窒穹。指天气凉了，便把墙洞堵好。窒，堵塞。穹，空（指空洞）。 ㉓熏鼠：熏老鼠。 ㉔塞向：堵塞朝北的窗子以御寒风。向，朝北的窗子。 ㉕墐(jìn)户：用泥封好柴门（农民家贫，门扉以荆薪枯竹之属编成。以泥涂封，是为了御寒风。）墐，涂。在此，指用泥涂。 ㉖妇子：妻子儿女。 ㉗曰：发语词。 ㉘为：当，是。 ㉙改岁：指岁序更改。旧岁过完，新年复始。 ㉗处：居处，居住。 ㉑郁：树木名，棠棣之属，果实可食。 ㉒薁(yù)：又名棠棣、郁李。 ㉓亨：烹之古体。 ㉔葵：菜蔬之名，即凫葵（莼菜）、楚葵（芹菜）之属。 ㉕菽：豆类之称。 ㉖剥：扑之借字。打的意思。 ㉗枣：枣子。 ㉘稻：稻谷。 ㉙为：作，在此指酿造。 ㉗春酒：冬季酿酒。春季始成，因称春酒。 ㉑介：犹丐字。祈求，乞求，见《左传·昭公六年》："不强丐。"又，训助、益。 ㉒眉寿：长寿。按：眉寿本指豪眉（秀眉），豪眉乃为眉中豪长之毛，老人才有豪眉，故豪眉即寿眉（眉寿），象征长寿。 ㉓壶：瓠之借字，即葫芦。断壶，指将其蒂割断，摘取葫芦。 ㉔叔：收拾，取。 ㉕苴(jū)：青麻。或指青麻之子。 ㉖荼：一种苦菜。 ㉗薪：在此作动词用，砍伐柴薪之意。 ㉘樗(chū)：俗名臭椿树。 ㉙食：饲，以食物与人。 ㉗场圃：场园。圃，本指菜园，但到秋后，便把它压平当作打谷场。 ㉑纳：收。指将庄稼收到场上，或装进粮仓。 ㉒禾稼：泛称各种庄稼。 ㉓黍稷：农作物之名。黍米是黏的，稷米不黏。 ㉔重：穜(tóng)的借字，是早种晚熟的谷。 ㉕穋(lù)：稑的借字，是晚种早熟的谷类。 ㉖禾：粟。在我国北方，称粟为谷子（去皮是小米）；

称麦属为嘉禾。 ⑨⑦麦：麦子。 ⑨⑧同：聚，收齐。 ⑨⑨上入：上入于都邑。 ⑩⑩执：执持，执行，作，担负。 ⑩①宫功：在此，指修建宫室之事（土木修建之功）。功，事。 ⑩②昼：白天。 ⑩③尔：助词。 ⑩④于茅：往取茅草。于，取。按：朱骏声谓借于为捊，故训取。 ⑩⑤宵：夜晚。 ⑩⑥索：本指绳索。在此，动词化，指绞制绳索。 ⑩⑦绹(táo)：绳子。 ⑩⑧亟：急。 ⑩⑨乘屋：修缮房屋。乘，治，整，或为"升"意。指登上房屋而修葺它。 ⑩⑩其始播百谷：这句话，是预祝来年又要顺利地播种百谷。 ⑩①①凿冰：指劳动者凿取冰块。 ⑩①②冲冲：凿冰之声，犹通通。 ⑩①③纳：收藏。 ⑩①④凌阴：冰窖，藏冰室。按：阴，窨之借字。 ⑩①⑤蚤：即"早"字，指早晨或月初。 ⑩①⑥献羔祭韭：以羊羔、嫩韭献祭于寝庙神位之前。 ⑩①⑦肃霜：犹言肃爽，指天高气爽。又，肃为缩意，霜降之后，万物收敛萎缩。《诗集传》："气肃而霜降也。" ⑩①⑧涤场：扫除场园，指农事完毕，就将场园打扫干净。又，王国维《观堂集林》云："涤场犹言涤荡也……至十月则万物摇落无余矣。" ⑩①⑨朋酒：两坛子酒。两樽（即酒坛）曰朋。 ⑩②⑩斯飨：是飨，指以酒食给人吃喝。 ⑩②①跻(jī)：升，登。 ⑩②②公堂：指一般奴隶主贵族之厅堂。一说，指豳公（公刘）之堂。 ⑩②③称：偁之假借。举。端起，两手捧起。 ⑩②④兕觥(sì gōng)：犀牛角酒杯，或指状如犀牛的青铜酒器。 ⑩②⑤万寿：大寿，高寿，长寿。《广雅》："万，大也。" ⑩②⑥无疆：无尽，无限，无止境。按：本诗中"称彼兕觥：'万寿无疆！'"的祝颂场面，表现了奴隶主贵族炙手可热的权势与穷奢极欲饫甘餍肥的豪华生活。同时，在这珍馐美酒的华筵上，又看到形容枯槁的农民含着满腔怨怒而被迫向奴隶主贵族老爷"祝福"。两者形成鲜明而强烈的对比，将脑满肠肥的剥削者与被榨干血肉的劳动者之间尖锐的阶级矛盾揭露无遗。在诗篇末尾，这种言已尽而意无穷的表现技巧，是能收到较好的艺术效果的。它在这贫富悬殊的风俗画上留下很大一块空白，唤起人们的联想，激发人们对奴隶主的忿怒与对劳动人民的同情。

鸱鸮

鸱鸮①鸱鸮， 猫头鹰啊猫头鹰，
既取②我子， 已经夺去我孩子，
无毁我室。 不要再毁我家庭。
恩斯勤斯③， 家人恩爱又笃诚，
鬻子④之闵⑤斯！ 我的爱子我心疼！

迨⑥天之未阴雨， 趁着天还没下雨，
彻⑦彼桑土⑧， 剥啄桑根把巢筑，
绸缪⑨牖户。 纠纠结结修窗户。
今女⑩下民⑪， 现今这些树下人，
或敢侮予⑫？ 谁还肯把我家辱？

予手拮据⑬， 我手我口齐劳苦，
予所捋荼⑭， 我采荼茅把巢补，
予所蓄租⑮， 我攒草茎来垒窝，
予口卒瘏⑯， 我的嘴巴累得苦，
曰予未有室家！ 我还没有好住处！

予羽谯谯⑰， 我的羽毛纷纷落
予尾翛翛⑱， 我的尾羽渐渐脱，
予室翘翘⑲， 我的窝巢不安全，
风雨所漂摇⑳， 风雨飘摇真危险，

予维音哓哓㉑！　　我哭我号声声惨！

这是一首禽言诗。是横遭奴隶主贵族迫害的劳苦大众，假托鸟语以宣寄忧愤，把奴隶主比作猫头鹰而加以斥骂。

【注释考证】

①鸱鸮（chī xiāo）：猫头鹰，在此比喻剥削统治者。②取：夺取。③恩斯勤斯：恩爱、笃厚。斯，在此是助词。④鬻子：育养此子。鬻，养。⑤闵：同悯。怜悯、疼爱、忧愁。⑥迨：趁着，乘着。或，等着，达到。迨，又作逮。⑦彻：在此是剥啄之意。⑧桑土：指桑根。土，杜的借字。《方言》："东齐谓根曰杜。"⑨绸缪（chóu móu）：缠绕之意。⑩女：汝古体，又训"此"。⑪下民：指树下的人。⑫或敢侮予：安敢侮予。《郑笺》："我至苦矣。今女我巢下之民，宁有敢侮慢欲毁之者乎？"或，犹"安"。安，有"何"的意思，犹"谁"，疑问代词。⑬拮据：在此，指手口并用，劳作不息。⑭荼：荼茅，是一种开白花的茅草。捋荼，采集荼茅（或为铺垫鸟巢之用）。⑮蓄租：积聚。租，为菹之省借。《说文》："菹，茅藉也。"指巢中垫以茅草。⑯卒瘏（tú）：即悴瘏。卒，悴之省借。瘏，病苦。⑰谯谯（qiáo）：亦作燋燋，即焦焦。在此，指焦枯零落。⑱翛翛（xiāo）：干枯萎缩的样子。⑲翘翘：在此指危险的样子。⑳漂摇：本应作"飘摇"，犹言"飘荡"。此处"漂"为假借字。㉑哓哓（xiāo）：在此，指惊恐而凄苦的叫声。或训为"急"。

东　山

我徂①东山②，　　我到东山去打仗，
慆慆③不归。　　久久不能回故乡。

我来自东，	我从东方来，
零雨其濛。	小雨迷茫茫。
我东曰归，	我从东方回家园，
我心西悲。	眼望西方心忧伤。
制彼裳衣，	做身衣服忙换上，
勿士④行枚⑤。	再也不愿把兵当。
蜎蜎⑥者蠋⑦，	桑蚕弯弯蜷成团，
烝⑧在桑野⑨。	在那野外桑树上。
敦⑩彼独宿，	独自露宿荒郊外，
亦在车下⑪。	苦在车下熬到亮。

我徂东山，	我到东山去打仗，
慆慆不归。	久久不能回故乡。
我来自东，	我从东方来，
零雨其濛。	小雨迷茫茫。
果臝⑫之实，	瓜蒌结果大又圆，
亦施⑬于宇⑭。	长蔓攀缘屋檐上。
伊威⑮在室，	屋里潮虫来回爬，
蟏蛸⑯在户。	门上蜘蛛结密网。
町畽⑰鹿场⑱，	院旁空地变鹿场，
熠燿⑲宵行⑳。	磷火荧荧闪青光。
不可畏也？	景象难道不可怕？
伊可怀也。	它却使我更怀乡。

| 我徂东山， | 我到东山去打仗， |

慆慆不归。	久久不能回故乡。
我来自东，	我从东方来，
零雨其濛。	小雨迷茫茫。
鹳㉑鸣于垤㉒，	鹳鸟鸣叫土堆上，
妇叹于室。	我妻在家自悲伤。
洒扫穹窒㉓，	洒扫庭院堵鼠洞，
我征㉔聿㉕至。	立刻我就回故乡。
有敦㉖瓜苦，	合苍瓠瓜圆又圆，
烝在栗薪㉗。	放在屋角柴堆旁。
自我不见，	自从你我两分离，
于今三年。	于今三年日月长。

我徂东山，　　我到东山去打仗，
慆慆不归。　　久久不能回故乡。
我来自东，　　我从东方来，
零雨其濛。　　小雨迷茫茫。
仓庚㉘于飞，　黄莺双双飞，
熠燿其羽。　　羽翼闪金光。
之子于归，　　回想当年她嫁我，
皇驳其马㉙。　好鞍壮马真漂亮。
亲结其缡㉚，　妈把佩巾给系上，
九十其仪㉛。　婚礼九项又十项。
其新㉜孔嘉㉝，我们新婚真恩爱，
其旧如之何㉞？远隔三年她怎样？

这首诗,写出了一个远征士卒回乡途中的复杂心情。他边走边想,回忆过去新婚时的幸福,回忆久别的故乡和妻子。他预感到解甲归田与妻子团聚的愉悦;又想象到故乡田园荒芜、满目苍凉的惨象。既回甘往昔的燕尔新婚,又不知妻子现在怎样。悲喜交集,忐忑不安。

【注释考证】

①徂(cú):往,到。 ②东山:大概是当时的战地。 ③慆慆(tāo):在此是久远之意。 ④士:通"事"。在此,作动词用。 ⑤行枚:行,借作"横"字。横枚,指古代行军时,横衔口中的一种小木棍,以免出声。行(横)枚,引申为军伍征战之事。 ⑥蜎蜎(yuān):昆虫蜷曲的样子。 ⑦蠋(zhú):本作蜀,又多加虫旁。毛虫,在此指桑蚕。 ⑧烝(zhēng):处,在,置放。 ⑨野:野地。 ⑩敦:在此,敦为孤独之貌。 ⑪车下:役车之下。 ⑫果臝:即瓜蒌。 ⑬施:音义同移。有蔓延之意。 ⑭宇:屋檐。 ⑮伊威:昆虫名,又叫鼠妇、潮虫。一说,俗称土鳖。 ⑯蠨蛸(xiāo shāo):长脚蜘蛛,俗名喜蛛。 ⑰町畽(tǐng tuǎn):院旁空地。 ⑱鹿场:被野鹿践踏的地方。 ⑲熠燿(yì yào):光芒闪闪的样子。 ⑳宵行:此指磷火,或萤属。 ㉑鹳(guàn):水鸟名。形似白鹤,羽毛有灰、白、黑等色。 ㉒垤(dié):小土丘。 ㉓穹窒:即窒穹。窒,堵塞。穹,空,空洞。此指鼠洞。 ㉔征:行。 ㉕聿(yù):语助词。 ㉖有敦(duì)瓜苦:指瓠瓜是圆圆的。敦,指圆的形状,或指像"敦"那样圆的东西。瓜苦,苦瓜,即瓠(hù)瓜。古时婚礼,将切开的瓠瓜给新郎新娘各持一半,盛酒漱口,行合卺之礼。敦,本是一种圆形青铜器皿之名,盖和器身均呈半圆球形,上下合成球形。《礼记·明堂位》:"有虞氏之两敦。"注:"敦音对,黍稷器。"我国出土文物中有之。 ㉗栗薪:栗,韩诗作蓼。蓼,聚合之意。因此,栗薪即束薪。又,王应麟《诗考》云:"烝在蓼薪,众薪也。"古时婚礼,将一束柴薪放置洞房内,象征永结同心,共同生活。直到近代,有的农村,在行婚礼时,将一束筷子和

一把木勺束起，放置洞房的梁上，似为采薪遗风。 ㉘仓庚：黄鹂，又名黄莺。鸣声浏亮。 ㉙皇驳其马：指陪嫁的马皇，黄白相间的颜色。驳，红白相间的颜色。 ㉚缡（lí）：指古代女子的佩巾。女子出嫁时，由母亲将其系在女儿身上，称为结缡。 ㉛九十其仪：形容礼仪之盛多。仪，礼仪。在此，指结婚的礼节、仪式。 ㉜其新：指刚结婚时，妻子是新人，称其新。 ㉝孔嘉：很好。孔，大，甚。嘉，好，美善。 ㉞其旧如之何：时历数年，妻子已不是新人了，称其旧。（征人在想）我们新婚时，两情甚笃，数年不见，她现在对我怎么样？（久别重逢，胜过新婚，她一定对我更好吧。）

破　斧

既破①我斧，　　　既砍破我的大斧，
又缺我斨②。　　　又砍缺我的大斨。
周公东征③，　　　周公发兵东征，
四国④是皇⑤。　　　军威镇服四方。
哀⑥我人⑦斯⑧，　　可叹我们真是苦情，
亦孔之将⑨。　　　死里逃生也算大幸。

既破我斧，　　　　既砍破我的大斧，
又缺我锜⑩。　　　又把我的大锜砍缺。
周公东征，　　　　周公发兵东征，
四国是吪⑪。　　　军威镇服四国。
哀我人斯，　　　　可叹我们真是苦情。
亦孔之嘉⑫。　　　死里逃生也算大幸。

既破我斧，	既砍破我的大斧，
又缺我锹⑬。	又砍缺我的锹矛。
周公东征，	周公发兵东征，
四国是遒⑭。	四国被军威压倒。
哀我人斯，	可叹我们真是苦情，
亦孔之休⑮。	死里逃生也算大幸。

  这是一首非战诗。人民历尽征战之苦，对当时周公所发动的东征四国的非正义战争十分不满。士兵幸得生还者，扛着破损的武器，想想自己经受的艰险，又感到死里逃生的幸运，便唱出了这首歌。从表面看，似乎是赞美周公。但从其内涵看，是讽刺周公的东征，反对非正义战争。

【注释考证】

  ①破：指武器的损坏，可见战斗之激烈。下文"缺"与此同。 ②斨(qiāng)：为斧属。斧的柄孔是椭圆的，斨的柄孔是方的。 ③周公东征：指周成王东征。据传：周成王时，管叔、蔡叔等所统领的东国、殷国等十七国都和周室对抗，周成王便兴师东征，以镇压四国，企图巩固其统治。经过四年征战，攻灭十七国。 ④四国：四方之国。指东国、殷国、徐国、奄国等许多小国。 ⑤皇：匡，正。指四国被征服，不得不归顺于"正统"。《毛传》《郑笺》《诗考》《白虎通义》均读为"匡"，与《尔雅·释言》"皇，匡，正也"合。作"匡"为正字。 ⑥哀：哀叹。哀怜，可怜。 ⑦我人：我们这些人（士兵）。 ⑧斯：助词。 ⑨亦孔之将：死里逃生，也算大幸了。孔，甚，大。将，大，引申为大幸。将又有扶、助之意。 ⑩锜：矛属，齐刃如凿。 ⑪吪(é)：动，吪，义犹皇。 ⑫亦孔之嘉：能活着回来，也算是很美善的事了。嘉，美善。 ⑬锹(qiú)：是一种用于穿刺的兵器。 ⑭遒(qiú)：揂之假借，固，敛。指四国被征服，于是"敛而固之"（巩固了统治地位）。 ⑮休：义犹嘉。

伐 柯

伐柯①如何？　　怎样砍树枝？
匪②斧不克③。　　没有斧子砍不成。
取妻如何？　　　怎样能娶妻？
匪媒不得。　　　没有媒人娶不成。

伐柯伐柯，　　　砍树枝啊砍树枝，
其则不远④。　　合乎礼法娶新娘。
我觏⑤之子，　　我亲我爱我娶她，
笾豆有践⑥。　　竹木盖碗摆成行。

这是男子新婚时唱的歌。

【注释考证】

①伐柯：砍伐树枝。在《诗》中，常用"伐柯""析薪""束薪"等喻婚媾。柯，树枝。谢灵运《邺中集》诗："倾柯引弱枝。" ②匪：即非字。 ③克：能，胜，成。又通剋，义同。 ④其则不远：指合乎礼法，宜于结为姻缘。则，法。 ⑤觏（gòu）：遇，男女相悦而遇合。 ⑥笾（biān）豆有践：指婚礼时，盛果品菜肴的器皿排成行列，开设盛宴。笾，古代食具，用竹篾编成，上有盖。祭祀时，以之盛果品脩脯。豆，古代食具，以木制成，雕刻花纹，涂饰油漆，有盖，贵重者饰以美玉。祭祀燕享时，用以盛菜肴。亦有陶豆。豆字，是象形字。笾、豆，都类似"盖碗"。践，成行成列之状。

九 罭

九罭之鱼，	细网的鱼儿，
鳟、鲂①。	鲂和鳟。
我觏之子，	我跟那人两相亲，
衮衣绣裳②。	绣花衣裳穿在身。

鸿飞遵渚③，	鸿鸟飞飞在小渚，
公归无所④，	您要回去无住处，
於⑤女⑥信⑦处。	我愿和您再同处。

鸿飞遵陆⑧，	鸿鸟飞飞在高陆，
公归不复，	您要回去不再来，
於女信宿⑨。	我愿和您再同宿。
是以有⑩衮衣⑪兮，	相亲相爱，您穿锦绣衣啊，
无以⑫我公归兮，	我的好人，我不让您去啊，
无使我心悲⑬兮。	您别使我心凄凄啊。

一个真挚多情的女子，正热恋着新婚的丈夫，难舍难分。可是，对方却不解其衷情，想离她而去，使她心中凄凄。

【注释考证】

①九罭（yù）之鱼，鳟鲂：密网本应捕小鱼，却喜出望外地捕到了大鱼。隐喻下文"我觏之子"。（古今民歌，多以鱼、捕鱼、食鱼喻爱情、婚媾。）九罭，一种捕小鱼的细网。鳟，鳟鱼。鲂，鲂鱼。鳟、鲂

都是长得较大的鱼。　②衮衣绣裳：一种华贵的、绣着或画着花纹的衣裳。(这是夸饰爱人的话，实际上，那男子不一定是身穿华衣的贵人。)《诗集传》："衮衣裳九章。一曰龙；二曰山；三曰华虫，雉也；四曰火；五曰宗彝，虎蜼也。皆缋于衣。六曰藻；七曰粉米；八曰黼；九曰黻。皆绣于裳。天子之龙，一升一降。上公但有降龙。以龙首卷然，故谓之衮也。"　③鸿飞遵渚：鸿鸟本应到水中觅食，不该飞到小洲上去。以兴起下文之"公归无所"。鸿，鸿鹄，是一种水鸟，喜集湖泽，食菱、芡之属。在此，以鸿喻那男子。渚，小洲。　④公归无所：指那男子回去没有适宜的处所。公，即指"之子"。　⑤於：居，住。一说，"於"读如"与"。於女即与汝。　⑥女：汝，你。　⑦信处：再宿相处。信，再宿。处，相处。　⑧陆：陆地。　⑨信宿：犹信处。　⑩以有：与友，相亲相爱。以，与，相与，相好。有，友之通借，亲爱之意。　⑪衮衣：在此，指穿衮衣的人。　⑫无以：在此，有"勿使"之意。以，可解为"使"，屡见经典、金文。　⑬悲：因别离而悲伤。

狼　跋

狼①跋②其胡③，	老狼举足，踩着它的颔下肉，
载④疐⑤其尾。	老狼颠踬，踩着它的长尾巴。
公孙⑥硕肤⑦，	公孙真够臭美，无耻之尤！
赤舄⑧几几⑨。	穿着大红鞋，丝绳盘成花。
狼疐其尾，	老狼颠踬，踩着它的长尾巴，
载跋其胡。	老狼举足，踩着它的颔下肉。
公孙硕肤，	公孙真够臭美，无耻之尤！
德音⑩不瑕⑪！	名誉真没瑕疵，人人诅咒！

这是讽刺公孙（公孙是公爵之孙或其后裔）的诗。

【注释考证】

①狼：是一种凶残贪婪之兽，以之比喻统治阶级的代表人物。②跋：践踏，踩。 ③胡：颔下悬肉。老狼胡长，故走起来便踩着它。 ④载：则，又。 ⑤疐（zhì）：踬。疐、踬可通借。颠蹶，跟跄而行之状。 ⑥公孙：公爵之孙。或云实指虢石甫（周幽王之宠臣，为人奸佞，乃虢君之孙）。 ⑦硕肤：肥胖的意思。 ⑧赤舄（xì）：红鞋，是古代王公穿的一种高贵的复底鞋。《毛诗正义》："《小尔雅·广训》：'天官屦人掌王之服，屦为赤舄、黑舄。'注云：'王吉服有九舄有三等，赤舄为上冕服之舄，下有白舄、黑舄，然则赤舄是舄之最上者，故云人君之盛屦也。'"舄，古代的一种复底鞋。 ⑨几几：絇（qú）美盛貌，是鞋头上用丝绳盘成的环状饰物，可以穿系鞋带。几几，又可解为安重之貌，以讽刺公孙貌似雅重，实则卑鄙狡黠。 ⑩德音：此处指名誉声望。 ⑪不瑕：没有瑕疵（没有过错）。这里是用反语讽刺公孙。瑕，疵病。或云：瑕为假之借字。假，义犹嘉，良善，如训假（嘉），也是以反语讽刺公孙。

二雅

小　雅

鹿鸣之什

鹿　鸣

呦呦①鹿鸣②，　　　呦呦群鹿和鸣，
食野之苹③。　　　　来吃野地青苹。
我④有嘉宾⑤，　　　我有佳客贵宾，
鼓瑟吹笙⑥。　　　　助兴弹瑟吹笙。
吹笙鼓簧⑦，　　　　吹笙吹笙，鼓簧鼓簧，
承筐是将⑧。　　　　捧出相赠，币帛盈筐。
人之好我，　　　　　贵宾对我惠爱无限，
示我周行⑨。　　　　向我启示正道为上。

呦呦鹿鸣，　　　　　呦呦群鹿鸣叫，
食野之蒿⑩。　　　　来吃野地青蒿。
我有嘉宾，　　　　　我有贵宾佳客，
德音孔昭⑪。　　　　美名远近昭昭。
视⑫民不恌⑬，　　　示范众人不可苟且，
君子⑭是则是效⑮。　君子也有典型仿效。
我有旨酒⑯，　　　　我有玉液美酒，
嘉宾式⑰燕以敖⑱。　贵宾畅饮逍遥。

呦呦鹿鸣，	呦呦群鹿鸣叫，
食野之苓⑲。	来吃野地苓草。
我有嘉宾，	我有佳客贵宾，
鼓瑟鼓琴⑳。	助兴弹瑟弹琴。
鼓瑟鼓琴，	助兴弹瑟弹琴，
和乐且湛㉑。	宾主和乐沉沉。
我有旨酒，	我有玉液美酒，
以燕㉒乐嘉宾之心。	贵宾陶醉欢心。

这是周天子宴飨群臣宾客的乐歌。这是《小雅》的首篇，所谓"四始"之一（《风》之始为《关雎》，《小雅》之始为《鹿鸣》，《大雅》之始为《文王》，《颂》之始为《清庙》）。

【注释考证】

①呦呦（yōu）：鹿鸣之声。 ②鹿鸣：言鹿得好草而相呼，以兴起下文之燕乐群臣宾客。 ③苹：又作"莽""蓱"。毛诗正义："郭璞云：'今籁蒿也。初生亦可食。'"陆玑疏云："'叶青白色，茎似箸而轻脆，始生香可生食，又可蒸食是也。'"又《尔雅》《说文》均训为马帚。《通艺录》谓马帚即北方之扫帚菜。 ④我：主人自谓。 ⑤嘉宾：佳客，指所燕之宾客。嘉，善，美，佳。 ⑥鼓瑟吹笙（shēng）：鼓，此处为动词。弹奏。又见《论语·先进》："鼓瑟希。"皇侃疏："鼓，犹弹也。"鼓瑟即弹瑟。瑟，古弹拨乐器。笙，古代的一种簧管乐器。古以瓠为之，共十三管，列置瓠中，施簧管底，吹之发声。或云模拟凤凰之身而成。《诗集传》："瑟、笙，燕礼所用之乐也。"《鲁诗》云："正月之音，物生，故谓之笙。" ⑦鼓簧：据马瑞辰《毛诗传笺通释》考证："簧，亦乐器之一。《世本》：'女娲作笙，随作簧。'宋均注：'随，女娲之臣，笙、簧二器。'《说文》：'随作笙，女娲作簧。'其不以簧为笙

中之簧明矣。《孔疏》以簧为笙管中之簧，失之。" ⑧承筐是将：捧出盛币帛的筐赠予嘉宾。王肃云："谓群臣嘉宾也，夫饮食以飨之，琴瑟以乐之，币帛以将之，则能好爱我，好爱我则示我以至美之道矣。"《诗集传》："奉筐以行币帛，饮则以酬宾送酒，食则以侑宾助饱也。"承，奉（"捧"之古体）。筐，指盛币帛之竹筐。捧筐，是主人命臣仆捧出盛币帛的竹筐。（承，又训为受。）将，《尔雅·释言》："将，送也。"指以物予人。 ⑨人之好我，示我周行：人们（嘉宾们）惠爱我，则指示我正道。好，爱。示，指示。周行，大道，正道，至道。此处是以大道喻规范、准则、为政之道。 ⑩蒿（hāo）：即青蒿，又名"莪（qīn）"。 ⑪德音孔昭：指主人与佳客皆有善誉而传扬远近。德音，此处指令闻（美誉）。犹《尚书·微子之命》："旧有令闻。"传："久有善誉，昭闻远近。"孔，大，甚。昭，明。 ⑫视：古"示"字。《毛诗正义》："古之字，以目示物，以物示人，同作视字。" ⑬佻（tiāo）：或作"佻"。苟且，轻浮，不正派。 ⑭君子：古代剥削阶级自称"君子"。又，古称有道德修养有学问的人为"君子"。 ⑮是则是效：以是为典则，以是为仿效之楷模。 ⑯旨酒：美酒。旨，美，甘。 ⑰式：此处为语词。 ⑱敖：即"遨"字。游乐，逍遥。 ⑲芩（qín）：草名。《毛诗正义》引陆玑云："茎如钗股，叶如竹，蔓生泽中下地咸处，为草贞实，牛马亦喜食之。"段玉裁云："如陆说则非黄芩药也。"《诗经稗疏》曰："当求之鹿食九草之中。……芩，亦当是水芹。芩、芹音相近耳。" ⑳琴：古代弹拨乐器名。《说文》："琴，禁也。神农所作，洞越，练朱五弦，周加二弦，象形。"古代往往以琴瑟喻夫妇或友人情谊和谐。 ㉑湛：通媅，和乐。《诗义会通》："乐之久。"湛，又同"沉"，深。 ㉒燕：本有"安"义，又通醼，指宴饮。《广韵》："醼饮，古无酉，今通用。"

四　牡

四牡①骓骓②，　　四匹公马跑啊跑，

周道③倭迟④。	周京大道远迢迢。
岂不怀归⑤？	难道不想回故乡？
王事靡盬⑥，	官差无尽苦难当，
我心伤悲！	我心悲愁我心伤！
四牡骓骓，	四匹公马跑啊跑，
啴啴⑦骆⑧马。	黑鬣白马多又好。
岂不怀归？	难道不想返乡里？
王事靡盬，	官差繁重无边际，
不遑⑨启处⑩。	不得安居难休息。
翩翩⑪者鵻⑫，	祝鸠祝鸠翩翩飞，
载飞载下⑬，	高翔低掠羽翼垂，
集⑭于苞栩⑮。	群集茂盛柞栎树。
王事靡盬。	官差无尽干得苦，
不遑将父⑯。	无法赡养我老父。
翩翩者鵻，	祝鸠祝鸠翩翩飞，
载飞载止，	飞来降落羽翼垂，
集于苞⑰杞⑱。	群集茂盛柞栎树。
王事靡盬，	官差无尽干得苦，
不遑将母。	无法赡养我老母。
驾彼四骆，	四匹白马驾车行，
载骤⑲骎骎⑳。	奔驰不息快如风。
岂不怀归？	难道不想回故乡？

是用作歌㉑，　　为此苦恼把歌唱，
将母来谂㉒。　　奉养老母诉衷肠。

　　古代劳动人民被周王朝驱迫着到边远地区服徭役，背井离乡，飘然旷野，他们的父母无依无靠，生活困苦。这首怨歌，唱出了他们久久埋在心底的一团怒火和无限怨恨。

【注释考证】

　　①四牡：指驾车的四匹公马。　②骓骓（fēi）：行走不止之状。骓，又指骏马（挽马）。　③周道：犹"周行"，大路；或，岐周之道。　④倭迟（wēi yí）：《韩诗》作"倭夷"。历远之貌，回远之貌。　⑤怀归：思归，思乡。　⑥王事靡盬（gǔ）：周王朝派遣的徭役无尽无休。盬，止息。靡盬，无止息。　⑦啴啴（tān）：众盛的样子，或喘息的样子。　⑧骆：黑鬣的白马。　⑨遑（huáng）：暇，顾。　⑩启处：犹"启居"。启，跽之借，长跪。处，犹"居"。"居"为"尻"之借，安坐。启、处均指休息。又，姚氏《诗经通论》云："启，作也。处，息也。言作、息皆匆遽不得暇也。"　⑪翩翩（piān）：鸟飞之状。　⑫鵻（zhuī）：应作"隹"。《诗集传》："鵻，夫不也。今鹁鸠也。凡鸟之短尾者皆佳属。"《草木疏》云："夫不，一名浮鸠。"又《诗义会通》："即鹘鸠。"按："浮"即"鹁"字，又名祝鸠。　⑬载飞载下：或飞或下，时飞时下。下，降落。　⑭集：本又作"雧"，鸟群栖于树木之上。　⑮栩（xǔ）：柞栎，即橡树。　⑯不遑将父：不能顾念赡养父亲。遑，暇。养，姚际恒云："将，奉也，持也。奉持之意。"　⑰苞：草木丛生。　⑱杞（qǐ）：灌木名，又叫枸杞。　⑲骤：奔驰，疾驰。《说文》："马疾步也。"《玉篇》："奔也。"　⑳骎骎（qīn）：马疾驰的样子。　㉑是用作歌：本句"将母来谂"，是歌者希冀之词，他希望的是能早日还乡，赡养父母，并向父母苦诉衷肠。用是作歌，因此作歌。用，因，

以。是,此,这。按:来,又训"是"。 ㉒将母来谂(shěn):将母,赡养母亲。来,呼。见《周礼·春官》:"大祝来瞽令皋舞。"谂,告,劝告。来谂,呼告,指向父母呼告以诉苦。《经义述闻》云:"来,犹是也。……凡诗中来字,……皆是语词。"又,谂,念也。

皇皇者华

皇皇①者华②,　　　草木之花,煌煌鲜丽,
于③彼④原隰⑤。　　在那原野,在那洼地。
駪駪⑥征夫⑦,　　　众多使者奔走匆匆,
每怀靡及⑧。　　　常惧己身有辱使命。

我马维⑨驹⑩,　　　我的壮马,是那骏骄,
六辔如濡⑪。　　　六条缰辔,润泽光耀。
载驰载驱⑫,　　　驰骤不息,历尽辛劳,
周爰咨诹⑬。　　　遍访忠信,共谋略韬。

我马维骐⑭,　　　我的壮马,是那骏骐,
六辔如丝⑮。　　　六条缰辔,光润如丝。
载驰载驱,　　　　驰骤不息,效劳尽力,
周爰咨谋⑯。　　　遍访忠信,大事共议。

我马维骆⑰,　　　我的壮马,是那骏骆,
六辔沃若⑱。　　　六条缰辔,光彩润泽。
载驰载驱,　　　　驰骤不息,效劳尽力,
周爰咨度⑲。　　　遍访忠信,咨询礼仪。

我马维驲[20]，	我的壮马，是那骏驲，
六辔既均[21]。	六条缰辔，和谐均匀。
载驰载驱，	驰骤不息，仆仆风尘，
周爰咨询[22]。	遍访忠信，亲戚同心。

这可能是周王朝或诸侯国的使臣劳于王事之歌。

从诗中可以看出被统治阶级的政治代表——天子、诸侯所派遣的使臣，是诚惶诚恐地去完成使命的。在那等级制度十分森严的奴隶制社会，作为贵族阶级的使臣都不敢侮慢君命；至于被征召服役的劳动人民的命运当然更加悲惨。

【注释考证】

①皇皇：犹"煌煌"，此处指有光彩。 ②华：古"花"字。 ③于：在。 ④彼：那。 ⑤原隰（xí）：原，原野，平原。隰，低湿之地。 ⑥駪駪（shēn）：众多之貌。又，众多疾行之貌。又，《玉篇》《广韵》引皆作"侁侁"，云："行声也。"《国语》引作"莘莘"。 ⑦征夫：征人，此处是使臣自谓之辞。 ⑧每怀靡及：征夫经常提心吊胆地顾虑完不成使命而受责罚。每，常。怀，思，虑，担心。靡及，不及，指未达成使命。《诗义会通》："夙夜征行，犹无及。旧注以每为虽，怀为和，乃记异闻，非达诂也。" ⑨维：语词，无实义。 ⑩驹："骄"之讹。骄，《说文》："马高六尺为骄。从马乔声。《诗》曰：'我马维骄。'一曰野马。"可证古本《毛诗》"驹"作"骄"。又，《说文》段注："《陈风》：乘我乘驹。《传》曰：大夫乘驹。《笺》云：马六尺以下曰驹。此驹字，《释文》作骄。引沈重云：或作驹，后人改之。《皇皇者华》篇内同。《小雅》：我马维驹。《释文》云：本亦作骄。" ⑪六辔（pèi）如濡（rú）：辔，马勒与马缰之统称。马勒，俗谓马嚼子、辔

头，是用来驾驭牲口的挽具。《说文》："辔，马辔也。"《释名》："辔，哮也。牵引拂挨以制马也。陆佃曰：御驾马以鞭为主，御骍马以辔为主。"六辔，按，古代一车四马，马各二辔，两骖马之内辔系而不用，故曰六辔。如濡，形容鲜泽貌。濡，润泽。 ⑫载驰载驱：则驰则驱，且驰且驱，又驰又驱。极言不停地奔驰。 ⑬周爰咨诹（zōu）：乃"咨诹爰周"之倒文。意为：访问就谋于忠信者。周爰咨诹，又可解为"遍及各处询访咨事"。周，此处可训为"忠信"。《左传·襄公四年》："必咨于周。"注："当咨于忠信以补己不及，忠信为周。"爰，于。《说文》："引也。从受从于。"咨，访问，谋事，《左传·襄公四年》："访问于善为咨。"诹，亦作"娵"，聚谋，聚议。《左传·襄公四年》："咨事为诹。"注："问政事。" ⑭骐（qí）：青黑色的马，或白马而有青黑纹路者。《说文》："马青骊文如博綦也。"段注："其曰文者，独此而已。谓异色成枝条相交如文之错画然。……谓白马而有青黑纹路相交如綦也。綦，系部，作綥，白苍文也。綦者青而近黑。" ⑮如丝：是形容许多条马缰辔控制在驭者手中，柔和而协调地颤动着，犹如丝束那样。《诗义会通》云："言调韧也。《墨子》引如作若。" ⑯谋：计划。又，咨事之难为谋。又，《诗集传》："谋，犹诹也。变文以协韵耳。下章放此。" ⑰骆：白马黑鬣。 ⑱沃若：光泽貌。沃，沃若，是形容缰辔华贵。 ⑲度：酌量。《诗集传》："度，犹谋也。"又，《诗义会通》云："咨礼为度。"或云：礼义所宜为度。 ⑳骃（yīn）：毛色黑白相间的马。《玉篇》："泥骢也。"《尔雅·释畜》："阴白杂毛曰骃。"疏："阴，浅黑色。毛浅黑而白，兼杂毛者，今名泥骢。" ㉑均：调和。 ㉒询：究问。《毛诗正义》："亲戚之谋为询。"《诗集传》云："询，犹度也。"吴闿生曰："咨亲为询。"

常　棣

常棣①之华，　　　常棣花开片连片，

二雅·小雅　鹿鸣之什

鄂②不③韡韡④。　　花萼花蒂美灿灿。
凡今之人，　　　　阅尽如今世上人，
莫如兄弟⑤。　　　不如兄弟亲又亲。

死丧之威⑥，　　　死丧之事真恐怖，
兄弟孔怀⑦。　　　兄弟相依最关注。
原隰⑧裒⑨矣，　　高原洼地聚荒冢，
兄弟求⑩矣。　　　兄弟相寻见赤诚。

脊令⑪在原⑫，　　水鸟脊令落郊原，
兄弟急难⑬。　　　兄弟急忙解危难。
每⑭有良朋，　　　虽有好友情谊深，
况⑮也永叹⑯。　　徒唤奈何空长叹。

兄弟阋⑰于墙⑱，　兄弟墙内闹纷争，
外御其务⑲。　　　抵御外侮相与共。
每有良朋，　　　　虽有良朋情谊笃，
烝⑳也无戎㉑。　　众友芸芸无所助。

丧乱既平，　　　　死丧祸乱久已平，
既安且宁。　　　　既享幸福又安宁。
虽㉒有兄弟，　　　唯有手足亲兄弟，
不如友生㉓？　　　不如好友情意密？

傧㉔尔㉕笾豆㉖，　排列盖碗享美餐，
饮酒之㉗饫㉘。　　开怀宴饮酒意酣。

兄弟既具㉙，	兄弟齐集赴家宴，
和乐且孺㉚。	融洽笃爱密无间。
妻子好合㉛，	妻儿和谐恩情深，
如鼓瑟琴㉜。	如奏锦瑟如弹琴。
兄弟既翕㉝，	兄弟友爱庆欢聚，
和乐且湛㉞。	融洽无间乐沉沉。
宜尔室家㉟，	家人平安情交好，
乐㊱尔妻帑㊲。	妻儿相依乐陶陶。
是究是图㊳，	深思熟虑理自明，
亶㊴其㊵然㊶乎？	妻儿真胜兄弟情？

这是燕兄弟、劝友爱的歌。

【注释考证】

①常棣：又名棠棣。其花朵攒聚成簇，其果实形状如李而小如樱桃。按：常棣、唐棣实为二木，不可混称。本诗以之兴下文表达的兄弟之谊。　②鄂：《说文》引作"萼"，花萼。姚氏曰："鄂、萼同，花苞也。不，跗同，花蒂也。"　③不："柎（fū）"本字，萼蒂。柎，又作"拊"。又，不，甲骨文中花蒂之象形字。　④韡韡（wěi）：又作"炜炜"，本训光明，光辉，此处形容花色鲜明之状。　⑤莫如兄弟：不如兄弟亲密。　⑥咸："畏"之借字，指死丧是可畏的事。　⑦孔怀：非常关心。孔，甚，大。怀，关心，思。《郑笺》："死丧可畏怖之事，惟兄弟之亲甚相思念。"又《诗义会通》："阎生案：此怀当训和。"　⑧原隰：高原与洼地。《诗三家义集疏》："言凡人之于兄弟同气相爱，不间幽明，生则求其人，死则求其穴，虽高原下隰捃聚一邱，犹洒泪墓门，

含悲永别。" ⑨裒(póu)：《说文》引"裒"作"捊"。聚，指聚土为坟邱。或，"裒"读为"踣"，倒毙。 ⑩求：兄弟相求，指彼此关心爱护，在生死关头，寻觅兄弟。 ⑪脊令：又作"鹡鸰"，或叫"雝渠"。是一种水鸟。《诗集传》："脊令飞则鸣，行则摇，有急难之意，故以起兴。"《毛传》："飞则鸣，行则摇，不能自舍耳。"按：自舍犹自止。又《郑笺》云："脊令水鸟而今在原，失其常处，则飞则鸣，求其类，天性也。犹兄弟之于急难。" ⑫在原：水鸟在原，比喻有难，比兴兄弟有患难。 ⑬兄弟急难：兄弟急于患难而相救。急难，是动补结构词组，"急于难"。"急"是动词，火速抢救之意。 ⑭每：虽。见《庄子·庚桑楚》："不见其诚，已而发，每发而不当。"每亦虽意。 ⑮况：此处应读为"怳"，即今"恍"字，失意之状。见《九歌·少司命》："望美人兮未来，临风怳兮浩歌。" ⑯永叹：长叹。 ⑰阋(xì)：互相争斗，斗狠，相怨恨相争讼。 ⑱于墙：在墙垣之内。 ⑲务："侮"之借。 ⑳烝(zhēng)：众。见《大雅·烝民》："天之烝民"。烝民，庶民，众民。 ㉑戎：通"从"，相助。 ㉒虽：唯。 ㉓友生：友，友人。生，语助词，现代汉语中犹有"好生""作么生"之后缀。 ㉔傧(bīn)：陈，陈列。 ㉕尔：你，你们(指被劝告者)。 ㉖笾(biān)豆：为古代祭祀或宴飨时用来盛食品的器皿。笾，是以竹篾编制的一种食器(或礼器)，形制若豆(即竹豆)，盛果品脯脩之用。豆，古代食器(或礼器)，有高足之盖碗，最早出现于新石器时代晚期，盛行于商、周。多为陶豆，又有竹木制涂漆豆，后有青铜豆。"豆"字即象其形，此为盛肉之器。 ㉗之：犹"是"，语中助词，无实义。 ㉘饫(yù)：《说文》："燕食也。"又《毛传》曰："私也。"按：饫，或指家宴。又训饱，餍，满足。另，孙炎曰："饫，饮酒也。" ㉙具：俱，集。 ㉚孺：属。有"相亲"义。 ㉛好合：情投意合。《郑笺》："志意合也。" ㉜如鼓瑟琴：像弹奏瑟、琴那样，声律和谐。在此，是比喻夫妇情笃交好。鼓，弹奏。 ㉝翕：聚合，收敛。 ㉞湛：通"媅"。字亦作"耽"，久乐或甚乐。 ㉟宜尔室家：夫妇和谐，家人平安。宜，安。室家，家人，此指夫妇。按：宜尔室家，乃从《唐石经》改。《毛诗》作"宜尔家室"。　㊱乐：使之乐。　㊲帑（nú）：通孥。《小尔雅》："孥，子也。"子，子孙。正字应作孥。　㊳是究是图：指用心体会所说的道理。究，穷，终，深。图，谋，努力探求。　㊴亶（dǎn）：信，诚。　㊵其：指称"宜室家、乐妻帑"之理。　㊶然：如此，确是如此。《诗经原始》："良朋妻帑未尝无助于己，然终不若兄弟之情亲而相爱也。……故曰，凡今之人，莫如兄弟。岂不益信然哉？"《诗义会通》："此言兄弟之乐甚于妻子。……姚叔节先生曰：此承上章递下言兄弟之宜笃，若但知宜室家，乐妻帑，苟究图之，则岂其然乎？反言以见意。与上虽有兄弟不如友生，文法正同。按：此说最当。从来说者多未得其神理。"据此，"是究是图，亶其然乎"二句，乃是反问。本诗三、四章借朋友作衬，七、八章借妻帑作衬，都是为突出兄弟情谊比朋友、妻帑更真更切。

伐　木

伐木丁丁①，	砍伐树木铮铮，
鸟鸣嘤嘤②。	好鸟鸣叫嘤嘤。
出自幽谷③，	从那深谷飞出，
迁④于乔木⑤。	迁到高高大树。
嘤其鸣矣，	嘤嘤好鸟和鸣，
求其友声⑥。	追求它的友声。
相⑦彼鸟矣，	那些好鸟精诚，
犹求友声；	尚能求其友声；
矧⑧伊⑨人矣，	人们何其寡情，
不求友生⑩？	却不呼伴引朋？

二雅・小雅　鹿鸣之什

神之听之，	谨慎循从情理，
终和且平⑪。	和乐而又安宁。

伐木许许⑫，	砍伐树木梭梭，
酾⑬酒有藇⑭！	滤酒甘美盛多！
既有肥羜⑮，	既有肥嫩羊羔，
以速⑯诸父⑰。	延请同宗父老。
宁适⑱不来？	宁使凑巧没来？
微我弗顾⑲。	不是对我不睬。
於⑳，粲㉑洒扫㉒，	啊，庭堂洒扫洁净，
陈㉓馈㉔八簋㉕。	八碗佳肴纷呈。
既有肥牡㉖，	既有肥美公羊，
以速诸舅㉗。	延请异姓尊长。
宁适不来？	宁使凑巧没来？
微我有咎㉘。	不是对我责怪。

伐木于阪㉙，	砍树在那山坡，
酾酒有衍㉚！	滤酒甘美盛多！
笾豆有践㉛，	排列竹木盖碗，
兄弟㉜无远㉝。	兄弟不要疏远。
民㉞之失德㉟，	人们失却情谊，
乾餱㊱以愆㊲。	多因饮食见弃。
有酒湑㊳我，	有酒共尽佳酿啊，
无酒酤㊴我。	无酒同饮浊浆啊。
坎坎㊵鼓我，	铿铿击鼓助兴啊。

蹲蹲㊶舞我㊷。　　蹲蹲舞姿从容啊。
迨㊸我暇㊹矣，　　待我有暇会友啊，
饮此湑矣。　　　　重聚再饮美酒啊。

这是宴飨朋友故旧的诗歌。与《常棣》蝉联，均为古代奴隶主贵族生活和思想感情的反映。

【注释考证】

①伐木丁丁（zhēng）：本句以伐木丁丁联系到鸟鸣嘤嘤，又以鸟鸣求友比喻人们慕友之情。丁丁，伐木之声。　②嘤嘤（yīng）：鸟鸣之声。　③出自幽谷：自幽谷出。幽谷：深谷。　④迁：升，移徙。　⑤乔木：高大的树木。　⑥求其友声：指迁处于高树的飞鸟，犹能求其友声，不忘尚在幽谷的同类。以此兴人之升迁高位者，也不应忘怀旧友。　⑦相：犹"夫"，发语词。　⑧矧（shěn）：此处是"何"的意思，又有"况""亦"等义。　⑨伊：此处为语中助词，无实义。　⑩生：助词，无义。见《小雅·常棣》注。　⑪神之听之，终和且平：人们自知戒慎，循从这道理，互相友善，则既和乐又安宁。神，谨慎。听，听从，遵循。神之听之，慎之从之，指谨慎地遵循情理。《毛诗传笺通释》云："按以经文求之，并无求通神明之意。且神之与听之相对成文，不得言神若听之也。《尔雅·释诂》：'神，慎也。'慎，诚也。神之，即慎之也。《荀子·非相篇》曰：'宝之珍之，贵之神之。'杨倞注：神之谓不敢慢也。……《广雅》：'听，从也'。听之，谓能听从是言也。……其所云神之听之，亦当训为慎之从之，不以神为神明。"终和且平，既和且平。终，既。王引之云："既、终，语之转。既已之既转为终，犹既尽之既转为终耳，解者皆失之。"　⑫许许：作"浒浒"，或作"所所"，象声词，锯木声。一说为削木皮声。又，举大木声，犹"邪许"。《毛诗正义》云："其柿许许然。"《说文》段注："柿，削木朴也。各本

作斮木札朴（繁体字为樸）也。今依玄应书卷十九。正朴者，木皮也。樸者，木素也。柿安得有素？则作朴是矣。知札为衍文者。"斮木即斫木。柿又《毛诗传笺通释》："《说文》引《诗》'伐木所所'，云，所所，伐木声也。《玉篇》亦云：'所，伐木声也。'盖本三家诗。……段玉裁谓丁丁刀斧声，所所为锯声，其说近之。"按：朴，亦训治木。《尚书·梓材》云："既勤朴斫"，"许许"。又见《诗集传》："许许，众人共力之声。《淮南子》曰：举大木者呼邪许，盖举重劝力之歌也。"
⑬酾（shī）：用筐或用草滤酒以去其糟。《说文》："酾，下酒也。"按：下酒，即盏酒。盏，本作盇，乃漉、滤之同义词。盇、漉又通簏，竹篾编制之器，方为筐，圆为簏。酾、簏音义同。簏，又作"筛"，即"箩筛"，其器有小孔密布以下物。 ⑭藇（xù）：或作"醑"。《玉篇》："美貌。"《广韵》："酒之美也。" ⑮羜（zhù）：五月小羊，泛称羊羔。
⑯速：召，延请。 ⑰诸父：宗族中之长辈，或泛指族人。又《诗集传》云："诸父，朋友之同姓而尊者也。"《礼》曰："天子谓同姓诸侯，诸侯谓同姓大夫，皆曰父，异姓则称舅。" ⑱宁适：宁，毋宁，宁愿，宁使，又有"何"意。适，此处有"恰好""凑巧""偶"之意，指"偶有他故"。又为假设之词，相当于"假如""假使"。见《后汉书·逸民传》："如蒙耻之宾，屡黜不去其国；蹈海之节，千乘不易其情。适使矫易去就，则不能相为矣。"适使犹假使。又，适与"敌"通，又与"谪"通。 ⑲微我弗顾：勿弗顾我，不要不顾念我的情谊。或无弗顾我，不是不顾念我的情谊。微，无，勿。此外，《诗集传》则曰："宁使彼适有故而不来，而无使我恩意之不至也。"（录而备考） ⑳於：相当于"唔""哦""啊"等感叹词。 ㉑粲：鲜明貌，干干净净的样子。 ㉒扫：打扫。 ㉓陈：摆开，排列。 ㉔馈（kuì）：此处指进食于人。 ㉕八簋（guǐ）：极言食器盛多，食品丰盛，或云"天子八簋"。簋，古代燕享、祭祀用的一种食器，圆口，两耳，有竹制、木制、铜铸者。 ㉖牡：在此指公羊羔。 ㉗诸舅：对异姓长辈之尊称。 ㉘微我有咎：无有咎我，不怪罪于我。与上"微我弗顾"句，都是幸望对方必来

之词。咎，过，责备，怪罪。 ㉙阪：山坡。 ㉚衍：美，此指酒之醇美，又训水溢貌，极言酒之盛多。 ㉛笾豆有践：见《小雅·常棣》"傧尔笾豆"注。践，陈列貌。 ㉜兄弟：此指同辈亲友。 ㉝无远：勿远，不要彼此疏远，又"不远"之意，谓皆在此地。 ㉞民：人。 ㉟失德：指失其朋友之义。又，"失和而相怨恨"。又，"见谤讪也"。 ㊱乾餱（hóu）：指粗薄的食品，干粮。《说文》："餱，干食也。" ㊲愆：过错。民之失德，干餱以愆，《诗三家义集疏》云："诗意极言人当谨于细微，随事可以见人情，防失德。"《诗集传》曰："言人之所以至于失朋友之义者，非必有大故，或但以干餱之薄不以分人，而至于有愆耳。故我于朋友，不计有无，但及闲暇，则饮酒以相乐也。" ㊳湑（xǔ）：澄滤，指以茅草滤去酒糟，又称茜（古缩字）酒。《毛传》："湑，茜之也。" ㊴酤：《传》："一宿酒也。"《诗毛氏传疏》云："然则有汁滓者谓之酤……一宿言易孰耳。……我有酒则湑之，我无酒则酤之。言有酒用其渗去汁滓之酒，无酒则用有汁滓者也。汁滓之酒，礼非常设，故下文但云饮此湑矣，不更及酤也。"《说文》徐锴注："谓造一夜而孰，若今鸡鸣酒也。"《诗毛氏传疏》所云"易孰"，即指"一夜而熟"。（孰，熟古体。）易熟，即易成。《毛诗传笺通释》云："酤，对湑言。湑必以暇时茜之，酤则可以猝为之。"按："酤"又通"沽"，买酒。又，疑"一宿酒"之"宿"为"缩"之省借，缩（茜）酒即滤酒，一缩酒即粗粗过滤之酒。 ㊵坎坎：击鼓之声。《毛诗传笺通释》云："坎者鼛之假音。《说文》引《诗》作'鼛鼛鼓我'。段玉裁《说文》本作鼛，从攴从章夆声，夆古音读若洪洪。颐煊曰：'《灵台》诗'鼍鼓逢逢'，《吕氏春秋》高注、《一切经音义》卷六引《诗》'鼍鼓韸韸'，即鼛之省。今按鼛古音读若逢，与坎古音读若空相类。"坎坎，犹逢逢，击鼓声。一说，"坎坎"为舞曲名。 ㊶蹲蹲：字亦作"墫"，舞容。 ㊷我：在此并非人称代词，而是语气助词。相当于"兮""猗""兮噫""啃我"。古音读来类似"哦""呵""啊""嚄""唉""嗨""啊嗨""呜呼""噫嘻"等。本诗虽为奴隶主贵族的乐歌，但却运用了民歌常用的语气助词，是少见之例。关于古代的语气词，闻一多《歌与诗》有云："想象原始人最初因情感的激荡而发出有如'啊'。……一类的声音，那便是音乐的萌芽，也是孕而未化的语言。……这样介乎音乐与语言之间的一声'啊……'便是歌的起源。……古书往往用'猗'或'我'代替'兮'字，可知三字声音原来相同，其实只是'啊'的若干不同的写法而已。……严格地讲，只有带这种感叹虚字的句子，及由同样句子组成的篇章，才合乎最原始的歌的性质。" ㊸迨：及，到。㊹迨我暇矣，饮此湑矣：一说为再约后会之语。是将"迨"训为"及"（等到）而得出的解释；又"迨"有"乘"（趁）义。此二句则是"趁着我正有闲暇，且开怀畅饮此湑酒"。暇，闲暇。按：湑，又作"醑"，酒之甘美者，或酒之清冽者。见庾信《灯赋》："中山醑清。"

天　保

天保定尔①，	赐您安宁，上天佑护，
亦孔②之固③。	洪运如磐，非常牢固。
俾尔单厚④，	使您尽善，待您宽厚，
何福不除⑤？	什么福分，不为您有？
俾尔多益，	使您享受无数，
以莫不庶⑥。	且求更大更富。

天保定尔，	赐您安宁，上天佑护，
俾尔戬穀⑦。	使您享福，使您受禄。
罄无不宜⑧，	诸事顺遂，无不相宜，
受天百禄⑨。	蒙受天恩，赐您百利。
降尔遐福⑩，	降您无边大福，

维日不足⑪。　　　唯恐日日不足。

天保定尔，　　　　上天佑护，赐您安宁，
以莫不兴⑫。　　　但求更大，但求更盛。
如山如阜⑬，　　　犹如山丘，犹如大阜，
如冈如陵⑭，　　　犹如高冈，犹如峻岭，
如川之方至⑮，　　犹如大河奔流而至，
以莫不增⑯。　　　且求福禄更大更盛。

吉蠲为饎⑰，　　　择吉洗濯，治办酒食，
是用孝享⑱。　　　毕恭毕敬，用来献祭。
禴祠烝尝⑲，　　　春夏秋冬，四季祭享，
于公先王⑳。　　　旨酒礼牲，供奉先王。
君曰：卜尔，　　　先君托言：赐你，
万寿无疆㉑。　　　万寿无疆。

神之吊㉒矣，　　　先君神明来临了，
诒㉓尔多福。　　　赐您大福洪运了。
民之质㉔矣，　　　人们根本要事，
日用饮食。　　　　是那日用饮食。
群黎㉕百姓㉖，　　广大黎民，百官族姓，
遍为尔德㉗。　　　神祇降福，遍及大众。

如月之恒㉘，　　　犹如上弦之月，
如日之升。　　　　犹如旭日东升。
如南山之寿，　　　犹如南山永在，

不骞㉙不崩㉚。	不会亏损颓崩。
如松柏之茂，	犹如松柏，枝叶长茂，
无不尔或承㉛。	永不衰落，青青相承。

这是周代臣子对其君主的祝颂之辞。

【注释考证】

①天保定尔：上天佑护您（指国君），使您安宁。保，安。 ②孔：大，甚。 ③固：牢固，形容福禄永久。 ④俾（bǐ）尔单厚：使您（指国君）有厚福。俾，使。单，亦为"厚"义，又引作"亶"。《集韵》："本作亶，多穀也，一曰诚也，厚也。"本诗"亶"为本字。 ⑤除：《诗集传》："除旧而生新也。"又《诗义会通》："除，开也。俞樾云：除、储通。《易·大象》：除，戎器，一作储。"《说文》段注："储，偫也。《文选》注引作蓄也，或作具也，或作积也。又引谓蓄积之以待无也。" ⑥以莫不庶：莫，定。《大雅·皇矣》："监观四方，求民之莫。"又训谋。按："莫"通"谟"。谟，谋。谋，图，营求。不，疑为"丕"之假。《说文》："丕，大也。"段注："敷悲切，……与不音同，故古多用不为丕，如不显即丕显之类。"庶，众多。按：俾尔多益，以谟丕庶。意为：使您所享甚多，且求其更大更富有。下句之"丕庶"是上句"多益"之连言，实则同义语。此为当时的臣子谄媚主上的谀辞，为其主子祝福。 ⑦俾尔戬（jiǎn）穀：戬，福，又训"尽"，或"剪灭"。穀，禄，又训善。戬穀，福禄，尽善。此谓：使您享有福禄安善。 ⑧罄（qìng）无不宜：罄尽诸事，无不尽宜。或云：罄（尽），即"无不宜"之同义语。罄，尽，罄宜，即尽宜，亦即无不宜。 ⑨受天百禄：受天百福，古义福禄无别。《尔雅·释诂》郝懿行《义疏》："福禄二字，若散文则禄即为福，故《诗》'天被尔禄'。《传》'禄，福也'。若对文则禄福义别。故《诗》'福禄如茨'，《笺》'爵命为福，赏赐为禄'。禄福声近，其字亦通。故《少牢·馈食礼》云：'使女受禄于天。'郑注：'古文禄为福

也。"又后世称官吏之月俸曰禄,又称俸禄。 ⑩遐福:广大绵延之福祚,犹"永福"。遐,远,引申为广。 ⑪维日不足:《毛诗正义》:"维恐日日不足。"维、惟古通。又训"虽"。 ⑫兴:盛,多。 ⑬阜(fù):土山。又指盛多,或曰大陵。 ⑭冈、陵:与山、阜连言,均形容福禄之盛多。 ⑮如川之方至:像大河正在涌流而来,形容福禄盛多永长。 ⑯以莫不增:与"以莫不庶""以莫不兴"义同。 ⑰吉蠲(juān)为饎:选择吉日,斋戒沐浴,治备酒食。吉,善,佳,此处变为择吉之意。蠲,除去,指斋戒沐浴而使之洁净。为饎,治备祭享之酒食。古人祭享要诹吉(择佳日)斋戒沐浴而治酒食,以示敬意。饎,又作"糦",或作"䊩"。《字林》:"饎,熟食也。"又《礼记·特牲礼》注:"炊黍稷曰饎。" ⑱享:献,献祭。 ⑲禴(yuè)祠烝尝:《诗集传》:"宗庙之祭,春曰祠,夏曰禴,秋曰尝,冬曰烝。"禴,又作"礿"。此四字,按古代祭祀的季节顺序应为祠、禴、尝、烝,诗句倒文以叶韵。或者,仅是三、四字倒文。因按夏、殷之制,春祭曰禴,夏祭曰礿。周代始改夏祭曰禴(礿)。《尔雅·释天》:"夏祭曰礿。"孙炎注:"礿,薄也。夏时百谷未登,可荐者薄也。" ⑳于公先王:公,先公。《诗集传》:"谓后稷以下至公叔祖类也。先王,大王以下也。"又《笺》云:"公,先公,谓后稷至诸盩(zhōu)。"按:诸盩,大王古公亶父之名。盩,实为盩之讹。大王,又称太王。大、太本为一字,古无太字,只作大。如《易》之大极,《春秋》之大子、大上,《史记》《汉书》之大上皇、大后,后人皆都读为太,或径改本书而作太或泰,以为太更尊于大。实则自乱其例。如人称其祖父曰大父,绝不可改呼太父。又,公,或解作"事",见《大雅·文王有声》:"王公伊濯。"《郑笺》云:"公,事也。"如依此说,"于公先王",即"于事先王"之意,似亦可通。 ㉑君曰卜尔,万寿无疆:君,先君(通称先公、先王)。本句应如此读:君曰:"卜尔,万寿无疆。"引号内为尸传先君之言。《毛传》:"尸所以象神,卜,予也。"《郑笺》:"君曰卜尔者,尸嘏主人传神辞也。"马瑞辰云:"又《释诂》:畀,予也。畀与卜亦双声,卜训予者,或即畀之假借。"《诗集传》:"文王时周未有曰先王者,此必武王以后所作也。" ㉒吊:逆之省借。至。 ㉓诒(yí):

遗。 ㉔质：实，本。常，指"民安其常"。《诗集传》："言其质实无伪，日用饮食而已。"又，质，成也，平也。 ㉕群黎：群，众。群黎，即众人，庶黎，黎民。黎，黑色。黎指黎民，犹秦称黔首。按：群黎，即泛指当时的奴隶大众。古代"黎民""民仪""厯""鬲"同义。"鬲"本是古代的一种炊具。色黑，所以剥削阶级以"鬲"（人鬲）、"黎"等带侮辱性的字眼儿称呼在艰苦劳动中晒黑了的劳苦大众。 ㉖百姓：殷商始有"百姓"一词。当时，大的奴隶主贵族有二十余支。这些奴隶主贵族统称"百姓"。与现代汉语中"老百姓"一词含义迥异。古代的奴隶们是没有姓氏的。像恩格斯在《共产主义原理》中指出的，"奴隶被看作物件"。到了西周，"百姓"一词的含义与商代一致，即所谓"百官族姓也"，也并非"庶民"之意。至战国以后，才泛称不居官位者曰"百姓"。 ㉗遍为尔德：尽受尔德。为，受。《毛诗传笺通释》："按，为当读如式讹尔心之讹。讹，化也。……犹云遍化女之德也。" ㉘恒：即"緪"字；又作"絚"，粗绳索。此处是"弦"义，借以指称月之上弦。《郑笺》："弦有上下，知上弦者，以对如日之升，是益进之意，故知上弦矣。"《诗集传》："月上弦而就盈，日始出而就明。" ㉙骞（qiān）：亏，损。 ㉚崩：山坏，并指一般事物毁坏及坠失。 ㉛如松柏之茂，无不尔或承：《郑笺》："或之言有也，如松柏之枝叶常茂盛，青青相承无衰落也。"《诗集传》："言旧叶将落而新叶已生，相继而长茂也。"按："无不尔或承"，即"无不尔承"之意，"或"字为助词，无实义。

采 薇

采薇①采薇，	采薇菜啊菜薇菜，
薇亦作②止③。	薇菜新芽生出来。
曰④归⑤曰归，	盼回乡啊想回乡，
岁亦莫止⑥。	盼到岁末仍茫茫。
靡室靡家⑦，	抛舍亲人离家园，

猃狁⑧之故⑨。　　只因猃狁来侵犯。
不遑启居⑩，　　跪不宁啊坐不安，
猃狁之故。　　　只因猃狁来侵犯。

采薇采薇，　　　采薇菜啊采薇菜，
薇亦柔⑪止。　　薇菜柔嫩长起来。
曰归曰归，　　　盼回乡啊想回乡，
心亦忧止⑫。　　归期渺渺摧肝肠。
忧心烈烈⑬，　　忧愁烦闷心火烧，
载饥载渴⑭。　　又饥又渴苦难熬。
我戍未定⑮，　　我们征战永无尽，
靡使归聘⑯！　　家乡无人来问讯！

采薇采薇，　　　采薇菜啊采薇菜，
薇亦刚⑰止。　　薇茎渐硬长起来。
曰归曰归，　　　盼回乡啊想回乡，
岁亦阳⑱止。　　转眼春日暖洋洋。
王事靡盬⑲，　　王朝差役没个完，
不遑启处⑳。　　不顾休息不得闲。
忧心孔疚㉑，　　忧愁烦闷心病添，
我行不来㉒！　　我们征战难回还！

彼尔维何㉓？　　绚丽夺目是什么？
维常之华㉔。　　华贵车帷绣彩花。
彼路㉕斯㉖何？　高高大大谁的车？

二雅·小雅　鹿鸣之什

君子㉗之车。	将帅贵人乘战车。
戎车㉘既驾㉙,	驾着兵车气昂昂,
四牡业业㉚。	四匹公马强又壮。
岂敢定居㉛?	哪敢安居歇歇脚?
一月三捷㉜。	一月频频传捷报。

驾彼四牡,	驾着四匹好公马,
四牡骙骙㉝。	四匹公马高又大。
君子所依㉞,	将帅依乘战车上,
小人所腓㉟。	兵士隐蔽战车旁。
四牡翼翼㊱,	四匹公马齐步闯,
象弭鱼服㊲。	象牙弓弰鱼皮囊。
岂不日戒㊳?	哪敢日日不警惕?
玁狁孔棘㊴!	玁狁犯边军情急!

昔我往㊵矣,	当初我们从军征,
杨柳㊶依依㊷。	杨柳飘拂舞东风。
今我来思㊸,	如今我们返回程,
雨㊹雪霏霏㊺。	霰雪飘落纷零零。
行道㊻迟迟㊼,	慢慢腾腾远行军,
载渴载饥。	又渴又饥萦苦辛。
我心伤悲,	我心凄凄悲满怀,
莫知我哀㊽!	无人体察我情哀!

这大概是周宣王时期出征战士唱的歌。

它真切深刻地反映了当时玁狁犯边的危急局势、出征者的征战过程,以及他们在归途中复杂的思想感情。在那阶级矛盾与民族矛盾均呈尖锐而且相互交织的情势下,周宣王为了解除玁狁的侵略威胁,并缓冲国内的阶级矛盾,便发动了征伐玁狁的战争。这次战争取得了胜利,也是所谓宣王"中兴"的内容之一。

  本诗六章。前三章主要描述战士出征,转战边陲,饥渴劳苦,久戍不归的情景。从而反映了战士们在民族矛盾与阶级矛盾互相交叉情况下的态度。在国内阶级矛盾中,奴隶主贵族阶级是奴隶阶级的直接冤头;而在民族矛盾中,经常犯边侵略的玁狁又是国家民族的死敌。因此,这些士兵,既有同仇敌忾、抵御外侮的爱国思想,又有恋念故园、自伤离乱的悲怆情绪。四、五两章集中描述军马倥偬、浴血苦战的实况。终章表达了士兵们凯旋时的矛盾心理。出征时,杨柳依依;旋归时,雨雪霏霏。这不仅概括了漫远的时间,而且更重要的是以"杨柳依依"的大好春光和"雨雪霏霏"的严寒隆冬分别映衬战士们出征时共赴国难的豪情壮志和旋归时自知重陷困厄的殷忧深愁。天地之大,有谁同情社会地位卑微的士兵呢?他们把犯边的玁狁驱平了,却又要回到奴隶主的田地上流血流汗,再落入苦难的深渊。这些士兵们非但未被胜利的喜悦所激动,反而深味着空虚与悲凉。"昔我往矣,杨柳依依。今我来思,雨雪霏霏。"堪称千古绝唱。

【注释考证】

  ①采薇:本诗以采薇菜起兴,是征人回忆往事的线索。薇,即野豌豆,又名大巢菜。冬生芽,春长大,嫩苗可以吃。这些古代士兵采薇,应是为了充饥。因为从诗文来看,他们是"载渴载饥"的。《毛诗类释》引陆玑云:"薇茎叶皆似大豆蔓生,其味亦如小豆。藿可作羹,亦可生食。" ②作:指薇菜刚刚生出地表。 ③止:犹"之"字,语尾助词。 ④曰:发语词,无实义。 ⑤归:回故乡,这是士兵思乡之词。 ⑥岁亦莫止:已经临近年底了。岁莫,莫,古"暮"字。"岁暮",犹"岁终""岁末"。 ⑦靡(mǐ)室靡家:无室无家。指征人远行,违

离家乡,男旷女怨,有家犹如无家。靡,无,没有。　⑧猃狁（xiǎn yǔn）：又作"严允""玁狁"。古又称北狄、匈奴。当时,在周的北部,邻近西周国境。这是个从事游牧的氏族部落,人们多善骑射,民性强悍,战斗力强,经常对周人进行侵犯与掠夺。所以,周宣王曾发兵征伐猃狁。按：猃狁（玁狁）,周代青铜器铭文称严允（后人出于狭隘的大汉族主义,加了犬旁）,秦汉则称匈奴。　⑨故：原因,指这些士兵由于猃狁犯边的缘故而远离故乡,抛家舍业,从军征战。　⑩不遑启居：不暇启居。遑,闲暇。不遑,不暇,无暇,不顾得。启居,古称跪坐与安坐。启（啟、启）,当为"跽"之假借。长跪。《尔雅·释言》："启,跪也。"居,安坐。《礼记·曾子问》："居,吾语女。"《毛诗传笺通释》云："居,当为凥之假借,《说文》：凥,处也。从尸几,尸得几而止也。凡人闲居之时,皆凭几而坐,传训处为居,与《说文》训凥为处,为互训。"按：古人无坐具,席地而坐。启居,即跽踞,即跪坐（危坐）与安坐。二者都是两膝着地（席）,坐时臀部落在反铺的脚跟上,跪时则将腰伸直,体位升高,而膝尚着席。　⑪柔：指始生之薇,十分柔嫩。从第一章的"作止"（刚发芽）,到第二章的"柔止"（始生肥嫩之茎叶）,说明时序更迭,征战已久。　⑫忧止：因归期将晚而忧虑。⑬烈烈：本指火势大盛。此处指忧虑之状,心如火烧。　⑭载饥载渴：则饥则渴,且饥且渴,又饥又渴,指当时生活艰苦,没吃的没喝的。⑮我戍未定：我们征戍之事未完。戍,防守边疆,防守或征伐。定,停止,结束,或指"定处"。　⑯靡使归聘：有三解：家中无法来人问讯；没有使者回去代我问候家人；没有闲暇让使者带去我的平安家信。使,《毛诗传笺通释》："《释文》靡使如字,本又作靡所。瑞辰按：作靡所者是也。此承上我戍未定言之。言其家无所使人来问,非无所使人归问。归（繁体为歸）,当读为餽,《方言》：餽,使也。《玉篇》亦云：娉,使也,《笺》云无所使归问者,知归为娉之省借。以使释归,犹云靡所使问。"聘,问,访,此处指问候。《说文》段注："氾谋曰访。按女部曰娉,问也。二字义略同。从耳甹声,匹正切。"　⑰刚：指薇菜继续生长,茎叶已由柔嫩变为坚硬了。刚,坚硬。　⑱阳:温暖,指岁序更易,已到第二年的温暖春季了。又,《尔雅·释天》云:"十月为阳。"　⑲王事靡盬(gǔ):王事,指周王朝派遣的各种差役(如各种力役),此处特指征戍之事。靡盬,没有尽头,没有休止。靡,无,没。盬,止息。王引之云:"盬,息也。王事靡盬者,王事靡有止息也。《尔雅》曰,栖,迟,憩,休,苦,息也。苦读与靡盬之盬同。"　⑳启处:犹"启居"。处,又训息,止,留。　㉑孔疚:非常痛苦。孔,大,甚,很。疚,病,痛苦。　㉒我行不来:至,归(回到家乡)。来,慰劳。不来,指无人慰劳(或慰勉)。我,成人自谓。　㉓彼尔维何:彼薾维何。彼,那,那些。尔,"薾"之借字,花朵盛开之状。《说文》段注:"薾,华盛。众部曰丽尔,犹靡丽也。薾与尔音义同,从草尔声。此于形声见会意。薾为华盛,瀰为水盛貌。"维,语词。全句意为:那些繁盛美丽的花朵是什么?　㉔维常之华:帷裳之华。意为:是那车帷上绣绘的花朵。按:维常,即"帷裳"之假借。或训常为常棣,指车帷上绣绘的是常棣之华。华,古花字。　㉕路:即"辂"字。在此可训为"大",形容车大,与上文"尔"对举。辂车,泛指大车,此处专指将帅之车。《白虎通义》云:"路者君车也。天子大路,诸侯路车,大夫轩车,士饰车。此盖周制。至殷时,车盖通名路。"路,一说指道路。　㉖斯:犹"维""是",助词。　㉗君子:古代剥削阶级对自己的妄称(有时,古代对有道德学问的人称"君子")。在此,指军中将帅。本句的"君子之车"是将帅所乘之车,是指挥车。另外,又有战士驾驭作战的战车。　㉘戎车:指古代战车(兵车)。周代战车,由四匹马驾驶,每辆车有甲士三人,一人驾驭车马,一人为弓箭手,一人为戈矛手。战车两侧或后面还有徒兵跟着战斗。　㉙驾:驾驭,指驭者驾驭操纵车马,进行战斗。或形容行军。　㉚四牡业业:驾车的四匹公马高大强壮。牡,雄兽,此指公马。业业,盛貌,或强壮貌。　㉛定居:安居,与"启处"义同。　㉜三捷:多次胜利(捷报频传)。三,多数之称。《增韵》:"报胜曰捷。"又《广韵》:"克也,胜也,成也。"又,抄行小路曰捷。三捷,是指屡次调防,不能定居。或,"捷"为"接"之借。接触曰捷。三捷(接),是多次接战(交锋)。 ㉝骙骙(kuí):《说文》:"骙,马行威仪也。"又,强壮貌。 ㉞依:依靠,倚,古代乘车采取立位,曰立乘,是站着靠在车上。 ㉟腓(féi):马瑞辰云:"按《正义》引王肃曰,所以避患也。何氏《古义》曰:腓即扉字。《尔雅》《说文》皆曰:扉,隐也。谓'小人'借是车以为隐蔽也。"意思是:"战士们以战车为掩护,以避矢石。"按:腓,义"庇"。《郑笺》云:"腓当作芘。"(芘又与庇通)掩蔽,庇倚,庇护。 ㊱翼翼:闲习貌,整齐貌,形容军马训练有素,步伐整齐。 ㊲象弭鱼服:象牙或兽骨镶嵌的弓梢,鲨鱼皮制的箭袋。象弭,以牙骨镶弓梢,取其滑脱易于解结。弭,弓的两末端受弦之处。鱼服,以鲨鱼皮制箭,取其坚固耐用。又云,鱼为兽之代称,用兽皮制箭袋。又云,袋呈鱼状。或云,袋上画以鱼鳞状。服,借做"箙",箭袋,正字作"箙"。 ㊳日戒:日日警戒。戒,警惕。 ㊴孔棘:甚急。棘,同"亟",急。 ㊵往:指前往边陲作战。 ㊶杨柳:《毛传》:"蒲柳也。"或指一般杨柳。 ㊷依依:形容杨柳茂盛而且随风飘拂的样子。《毛诗传笺通释》云:"依、殷古同声,依依犹殷殷,殷亦盛也。"按:依依,又指柔长袅袅之貌。见陶潜《归田园居》:"暧暧远人村,依依墟里烟。" ㊸思:语气词,与上文"矣"字对文。 ㊹雨:此处为动词,落,降。 ㊺霏霏:霰雪纷纷飘落之状。 ㊻行道:道路,征途。 ㊼迟迟:形容道路悠远,或解为慢慢行走之状。 ㊽莫知我哀:指奴隶主阶级的代表人物们(将帅等)不知道、也不体恤我们(战士自称)的苦情。知,知道,了解。又,《盐铁论·备胡》引作"之"。作语助词用,亦可。

【学术延伸】

方玉润《诗经原始》云:"《小序》《集传》皆以为遣戍役而代其自言之作,唯姚氏谓戍役还归诗也。盖以诗中明言曰归曰归,及今我来思等语,皆既归之辞,非方遣所能逆料者也。……此诗之佳全在末章,真情实景,感时伤事,别有深情,非可言喻,故曰莫知我哀。不然,凯奏生还,乐矣!何哀之有邪?"

《采薇》《出车》《六月》实系一时之作。《出车》一诗记述了周宣王命南仲防戍朔方,抵御玁狁的事迹。《六月》一诗则记述了周宣王又派尹吉甫率众攻伐玁狁的事迹。《采薇》一诗虽未提及将帅姓名,但也像是记述周宣王征伐玁狁的事,并非文王之诗。《诗义会通》云:"《汉书人表》(按:应为《汉书·古今人表》):文王之臣无南仲,而南仲与召虎、方叔同列,三也。后汉马融疏亦云:玁狁侵周,周宣王立中兴之功,是以赫赫南仲,载在周诗。未尝以南仲为有二。……序、传之不可信,于此为甚。"王国维云:"案《出车》诗云,'赫赫南仲,玁狁于襄';又云'赫赫南仲,薄伐西戎'。既云玁狁,复云西戎。郑君注《尚书大传》据之,遂云南仲一行并平二寇。序《诗》者之意,殆亦以昆夷当经之西戎,与郑君同。不知西戎即玁狁,互言之以谐韵,与《孟子》之昆夷、獯鬻错举之以成文,无异也。不娶敦以玁狁与戎错举,正与《出车》诗同。"又见《汉书》:"至懿王曾孙宣王兴师命将以征伐之,诗人美大其功曰,'薄伐玁狁,至于太原''出车彭彭,城彼朔方'。是时四夷宾服,称为中兴。"(《匈奴传》)又王国维《鬼方昆夷玁狁考》云:"《出车》咏南仲伐玁狁之事,南仲亦见《大雅·常武》篇,……然《汉书·古今人表》……《后汉书·庞参传》载马融上书,……皆以南仲为宣王时人,融且以为《出车》之南仲即《常武》之南仲矣。今焦山所藏《鄦惠鼎》云:'司徒南中入右鄦惠。'其器称'九月既望甲戌',有月日而无年,无由知其为何时之器,然文字不类周初,而与《召伯虎敦》相似,则南仲自是宣王时人,《出车》亦宣王时诗也。征之古器,则凡纪玁狁事者,亦皆宣王时器,《兮甲盘》称'惟五年三月既死霸庚寅',案长术,宣王五年三月乙丑朔,二十六日得庚寅,此正与余'既死霸'之说合。《虢季子白盘》云:'惟王十有二年正月初吉丁亥',案宣王十二年正月乙酉朔。三日得丁亥,亦与初吉之语合。而十二年正月丁亥为铸盘之日,则伐玁狁当为十一年事矣。由是观之,则周时用兵玁狁事,其见于书器者,大抵在宣王之世,而宣王以后即不见有玁狁事。"由上述引文可证《采薇》《出车》《六月》皆宣王时之作。宣王虽然一度南征北战,史称"中兴",但是,这只不过是外强中干,濒临覆灭的回光返照而已。宣王死后。其子幽王继位,极其暴虐无道,激起了国人的义愤,被申侯联合犬戎所逐,并遭戎人杀死于骊山之下。

姚际恒《诗经通论》云:"南仲,《史·匈奴传》云:'在襄王时';又云,'在懿王时'。《汉书·古今人表》有南中,在厉王时;《匈奴传》又引《出车》之诗,谓宣王命将征伐玁狁,则又在宣王时。史之矛盾如此。若郑氏谓文王时人,止因以《鹿鸣》至《鱼丽》为文、武时诗,故以南仲为文王时人,益不足凭。故南仲既不知为何时人,则亦不知此诗为何王矣。据《常武》为宣王诗,其云'南仲太祖',则在宣王之上世可知;但不必文王耳。"备考。

出　车

我出我车①,	驾出我军战车,
于彼牧矣②。	去那远郊牧野。
自天子所③,	来自天子周京,
谓我来矣④。	我们奉命从戎。
召彼仆夫⑤,	召集御车仆从,
谓之载矣⑥。	派他载车出征。
王事多难,	王朝大事多难,
维其棘矣⑦。	军情火急倥偬。
我出我车,	驾出我军战车,

于彼郊⑧矣。	去那城外郊野。
设⑨此旐⑩矣；	龟蛇之旗立在车上；
建⑪彼旄⑫矣。	干旄之旗树在车上。
彼旟⑬旐斯⑭，	那鸟隼旗，那龟蛇旗，
胡不旆旆⑮？	怎不随风飘扬？
忧心悄悄⑯，	心中戚戚惶惶，
仆夫况瘁⑰。	御车仆从劳伤。

王命南仲⑱，	周王命令南仲，
往城于方⑲。	前去守备廊坊。
出车彭彭⑳；	开出战车盛多；
旂㉑旐央央㉒。	军旗色彩鲜亮。
天子命我，	天子命令我们，
城彼朔方。	筑垒戍守朔方。
赫赫㉓南仲，	南仲威名赫赫，
玁狁于㉔襄㉕。	将那玁狁扫荡。

昔我往矣，	当初我们出征，
黍、稷方华㉖；	黍、稷扬花正盛；
今我来思㉗，	如今我们行军，
雨雪载途㉘。	征途落雪纷纷。
王事多难，	王朝之事多难，
不遑启居㉙。	匆匆不得休闲。
岂不怀归？	岂不思念故园？
畏此简书㉚。	畏惧策命森严。

喓喓草虫㉛，	喓喓草虫鸣叫，
趯趯阜螽㉜。	趯趯阜螽腾跳。
未见君子，	没见我的好人，
忧心忡忡㉝。	心中忧伤忡忡。
既见君子㉞，	已见我的好人，
我心则降㉟。	使我心绪平静。
薄伐西戎㊱。	率军再伐西戎。
春日迟迟，	春日永长迟迟，
卉木萋萋㊲。	草木丰茂萋萋。
仓庚㊳喈喈㊴，	黄鹂唧唧鸣春，
赫赫南仲，	南仲威名赫赫，
采蘩㊵祁祁㊶。	采蘩女子成群。
执讯获丑㊷，	俘获讯问敌首，
薄言㊸还归。	旋归凯歌入云。
赫赫南仲，	南仲威名大振，
玁狁于夷㊹。	一举平定玁狁。

这很可能是周宣王时期的征战诗。

当时，以玁狁为首的戎狄部落，对宗周威胁最大。宣王为了缓解国内阶级矛盾，当然也是为了抵御外来侵略，便发动北伐玁狁的战争。南仲是当时的大将，在征伐玁狁之战中立了殊勋。玁狁受到致命打击，向北遁逃，周王朝一时平定了西北一带的戎狄部落，形成一度的"中兴"局面。但是，代表腐朽衰落势力的周王朝国力日益颓败，奴隶制政权已外强中干，摇摇欲坠。

这首诗，是颂美南仲率众征伐玁狁的业绩的。先云征玁狁，后曰伐西戎，实际上西戎是受玁狁控制的部落（主要是一些羌人的方国部落）。所以，伐西戎就是征玁狁之战的一个组成部分。从诗的语气看，歌者是随南仲出征的士兵。他既为跟随南仲远征玁狁而自豪，又因久戍不归而怀乡。（方玉润曰："大略此诗作于当时征夫，后世王者采以入乐，用劳还率以酬其庸，盖将以南仲之勋业望之而已。"）

【注释考证】

①我出我车："我！出我车"。犹"啊！开出我们的战车"。句首之"我"字，相当于"哦""啊"之类。本诗一、二章亟言军容之壮盛，装备之精良。《诗经原始》云："将出征，先写车旗、仆从之盛，是一篇点兵行。" ②于彼牧矣：此指从那郊牧之地将马套到战车上。于，从。牧，郊牧之地。或云，牧在远郊。刘瑾曰："都城外五十里为近郊，百里为远郊。" ③自天子所：从天子那里来。天子，指周王。所，处所，指周京。 ④谓我来矣：使我前来了。谓，《广雅》："使也。" ⑤召彼仆矣：召集那些御车的士兵。 ⑥谓之载矣：使（派）他们载其车出征。载，指以车载人或物以行。 ⑦王事多难，维其棘矣：周王朝举步维艰，十分紧急了。王事，周王朝之事。维，发语词。棘，指军情紧急。 ⑧郊：城外为郊，指近郊。 ⑨设：列置。 ⑩旐（zhào）：绘饰龟蛇之旗。 ⑪建：树立。 ⑫旄（máo）：干旄，又称幢。《说文通训定声》："旄……字亦作氂，旌旗竿饰也。本用氂牛尾，注于旗之竿首，故曰旄。后又用羽。"按：氂牛又叫旄牛（牦牛）。 ⑬旟（yú）：绘饰鸟隼之旗。 ⑭斯：语词。 ⑮旆旆（pèi）：旌旗飘扬之貌。《诗集传》："鸟隼龟蛇，《曲礼》所谓前朱雀而后玄武也。杨氏曰：师行之法，四方之星各随方以为左右前后，进退有度，各司其局，则士无失伍离次矣。"按：旟曰朱雀，旐曰玄武。旆，又作"斾"。胡，何，怎么。一说"旆旆"为旒（流）垂貌。 ⑯悄悄：忧伤之状。 ⑰况瘁：忧苦劳瘁。况，即今之"怳"字，失意之状。又，马瑞辰云："《说文》：'况，寒水也。'因通为寒苦之称，苦亦病也。"瘁，劳瘁，憔悴。 ⑱王命南

仲：王，指周王。南仲，张中（仲）。《小雅·六月》，《郑笺》："张仲，吉甫之友，其性孝友。"《诗毛氏传疏》："疑《笺》无下'友'字。"又，《毛诗传笺通释》："《汉书·古今人表》有张中，即张仲也。欧阳《集古录》，薛氏《钟鼎款识》，并载有《张仲簠铭》五十一字，其文曰，'用飨大正歆王宾馔具召飤，张仲受无疆福，诸友飨飤具饱，张仲畀寿'。其言诸友，与《诗》'饮御诸友'合，簠盖因此诗得与宴饮作也。"可证张仲与尹吉甫同属宣王朝，是当时的大将。并且，可证《采薇》《六月》与本诗《出车》同为周宣王时诗。《诗义会通》云："考《六月》《出车》皆言伐玁狁之事，明为一时之作。毛、郑必以《鱼丽》以上为文、武之诗，故迂曲说之，盖不可信。前人多辨其非者，而顾栋高说之尤畅。顾云：文王果有伐玁狁之事，何以书传无征？《皇矣》之诗述伐密伐崇，而不及此，举细遗大，其谬一也。南仲为文王将，宜在元勋之列，何《君奭》书但举闳夭、散宜生而不之及，二也。《汉书·人表》文王之臣无南仲，而南仲与召虎、方叔同列，三也。" ⑲往城于方：城，动词，指修建工事，筑城设防。方，有二解。一为郓州南之鄏州地（详《六月》）。一为朔方，北方。《尚书·尧典》："申命和叔宅朔方。"孔传："北称朔。"蔡传："朔方，北荒之地。"又，汉武帝时逐匈奴，置朔方郡，位于内蒙古黄河河套以南（鄂尔多斯一带）。 ⑳彭彭：本为形容鼓声，此处乃"骉骉"之借字。骉，见《说文》："马盛也。从马旁声。《诗》曰：四牡骉骉。"段注："《毛诗》出车彭彭，又四牡彭彭，又驷骉彭彭，又以车彭彭，凡言彭彭，皆谓马。即《郑风》驷介旁旁之异文。彭旁皆假借其正字，则马部之骉也。言马而假彭声之字者，其壮盛相似也。《齐风》行人彭彭，《毛传》曰多貌。亦盛意。"《诗集传》："彭彭，众盛貌。"《毛传》："四马貌。"实则均指车马盛多之状。 ㉑旂（qí）：旗上绘龙及有铃者为旂。旗上绘龟蛇者为旒。 ㉒央央：按：《释文》："央，本亦作英，同。"以"英英"形容旂旒之鲜明。"央"为"英"之假借。 ㉓赫赫：形容威名显扬。赫，本义为"火赤貌"。 ㉔于：语中助词，相当于"是"字。 ㉕襄：除，本或作"攘"。又,《诗集传》:"或曰,上也,与怀山襄陵之襄同,言胜之也。" ㉖华:"花"之本字。此处作动词用,谓"开花"。"昔我往矣""黍、稷方华",这是出征士兵的口吻,回忆刚出征时沿途所见景象,说明是初夏季节。 ㉗思:语尾助词。 ㉘雨雪载途:指征战者旋归时,大雪下满了道路。载,满。载途,满途,见《大雅·生民》:"厥声载路。"本字为"塗"。塗,"途"之古体,指征途。另解,雨为名词,雨雪,指雨雪交加。载,又训"则""才""始"。塗,又训塗泥。见《诗集传》:"塗,冻释而泥塗也。"《尚书·禹贡》:"厥土惟塗泥。"《毛传》:"塗泥,地泉湿也。"按:如依前说,诗中战士还归时应为岁暮隆冬。如从后说,则是翌年初春冰雪始释之令。 ㉙不遑启居:不暇休息。见《小雅·采薇》注。 ㉚简书:古无纸,写在竹简上的文书叫简书。这里是指天子之策命。按:畏此简书,是征人回溯初遣戍时之情形。《诗经原始》云:"总以王事多难,简书迫我,故不敢顾私情而辞公义耳。" ㉛喓喓(yāo)草虫:喓喓,草虫鸣声。草虫,又名草螽。色绿或褐,头尖,能鼓翅发声。亦名蜚,蝗之一种。 ㉜趯趯(tì)阜螽:趯趯,虫跃状。又名"蠡",即蚱蜢,或称蝗子。以草虫鸣叫而阜螽随声跳跃兴起男女相悦求之情,此处写的是旷夫思怨女。 ㉝忡忡(chōng):义犹冲冲,形容由于忧思而情绪不宁的样子。 ㉞君子:在此,犹"良人""之子"之谓。 ㉟降:下,指心情安定下来。 ㊱赫赫南仲,薄伐西戎:薄,发语词。伐西戎,指南仲率众北攘獫狁之后,又西伐戎狄,久久难归。从军之士兵不得与家人团聚。 ㊲春日迟迟,卉木萋萋:此指时序推移,已到第二年春天了。迟迟,舒缓,春日昼长,故曰迟迟。卉,百草之统称,从三中(草之本字)。萋萋,盛貌。 ㊳仓庚:黄鹂。 ㊴喈喈(jiē):犹"唧唧",鸟鸣声。 ㊵采蘩:指采蘩的人。蘩,野菜名。 ㊶祁祁(qí):众多貌。又训舒迟貌,闲静貌。 ㊷执讯获丑:《毛传》:"讯,辞也。"《郑笺》:"讯,言。"《诗集传》:"讯,其魁首当讯问者也。丑,徒众也。"《诗义会通》:"讯,辞也。生得敌人而听断其辞。"按:未获之前,田物谓之丑,敌众亦谓之丑。既获之后,田物、敌众则均谓之禽。古代田猎、军战的界限本来很难截然划分。田猎中断耳以计功；军战中，亦如是。执，获，俘获，拘系。讯，讯问。 ㊸薄言：发语词。 ㊹夷：平定，讨平。

【学术延伸】

　　一、二章写出征时的军容军威，三章写征服猃狁，四章写征夫抚今追昔之情（前四章重点是追叙往事），五章写战士思归而不得归，末章写凯旋，借景抒情。欧阳修曰："其卒章则述其归时，春日暄妍，草木荣茂，而禽鸟和鸣，于此之时，执讯获丑而归，岂不乐哉！"按：细绎诗义，本篇第五章前六句，疑为窜入之简。待考。

杕　杜

有杕①之杜②，　　甘棠茂盛在山丘，
有睆③其实。　　果实累累满枝头。
王事靡盬④，　　王朝官差无尽期，
继嗣⑤我日⑥。　　日复一日苦相继。
日月阳止⑦，　　岁月更迭十月到，
女⑧心伤⑨止，　　怨女伤怀恨王朝，
征夫遑止⑩！　　征夫遑遑倍辛劳！

有杕之杜，　　甘棠茂盛在山地，
其叶萋萋⑪。　　它的叶子绿萋萋。
王事靡盬，　　王朝官差无尽期，
我心伤悲⑫。　　我心伤悲长太息。
卉木萋止⑬，　　草木葱茏春意浓，

| 女心悲止， | 怨女心中更悲痛， |
| 征夫归止⑭！ | 征夫征夫快回程！ |

陟彼北山，	悒悒登上北山去，
言采其杞⑮。	采枸杞啊采枸杞。
王事靡盬，	王朝官差无尽期，
忧我父母⑯。	忧虑父母苦无依。
檀车⑰幝幝⑱，	檀木役车破又烂，
四牡⑲痯痯⑳，	四匹公马累得惨，
征夫不远㉑！	征夫征夫人不远！

匪载匪来㉒，	不载车来不回还，
忧心孔疚㉓。	使我忧愁心病添。
期逝不至㉔？	归期已过何不见？
而多为恤㉕。	情怀耿耿柔肠断。
卜筮偕止㉖，	又问卜，又占筮，
会言近止㉗，	共说征夫已不远，
征夫迩止㉘！	征夫征夫来身边！

此为室家之怨女思慕征夫之词。反映了古代人民对奴隶主统治集团所横加的徭役是万分怨恨的。

【注释考证】

①杕（dì）：《玉篇》："木盛貌。"又，《集韵》："木独生也。"
②杜：甘棠，又名棠梨。《本草纲目》："棠梨，……树似梨而小，……二月开白花，结实如小楝子大，霜后可食，其树接梨甚佳。" ③睆

(huǎn)：果实盛多之状。"有杕之杜，有睆其实"二句，是兴的手法，借甘棠果实盛多来说明季节，并借以兴起室家思望之情。征夫背乡井而从王事，已旷有时日，然至今未归。 ④盬（gǔ）：止息，又与"苦"通。 ⑤继嗣：继续。 ⑥我日：垂日。我，古"垂"字。垂训传，自先而后往下留传。垂日，日复一日连续不断，此指王事繁重，没有尽期。《说文》："我，从戈从 ，或说古垂字。"段注：" ，古文 也。 当作 。 在十七部，然则我以为形声也。" ⑦日月阳止：日月，指时序、季节。阳，古称十月为阳。止，之，在本诗中作助词用。 ⑧女：怨女自称之词。 ⑨伤：伤悲。 ⑩征夫遑止：征夫因王事而匆遽终日。遑，本义"闲暇"。又可解为匆遽、惶急。 ⑪有杕之杜，其叶萋萋：此二句指暮春时节，甘棠枝叶繁茂，表明已是翌年暮春。萋萋，草木茂盛之貌。 ⑫我心伤悲：怨女自谓。 ⑬卉木萋止：此句承上，由甘棠枝叶萋萋到百卉众木萋萋，都是以自然景物感人，引起怨女之情。 ⑭征夫归止：征夫啊，回来吧！这是怨女的希冀之词，并非已然之词。 ⑮陟彼北山，言采其杞：登上北山，采那枸杞。是诗中女子之所事。登高望远，更加重了她的思念。陟，上，升，登。言，发语词。杞，枸杞。诗中女子登山采杞，可能是春夏之交，采其嫩叶以食用，因而，她应是一位劳动妇女。 ⑯忧我父母：忧虑父母无以为生。 ⑰檀车：檀木制的车。檀木质地坚硬致密，宜于制车。 ⑱幝幝（chǎn）：破敝之状。 ⑲四牡：四匹拉车的公马。 ⑳痯痯（guǎn）：疲惫不堪之状。"檀车幝幝，四牡痯痯"二句，形容车辆破败、马匹疲惫不堪，足见征夫服役日久，劳瘁怨苦之极。㉑征夫不远：仍为思妇想然之词。谓征夫已在返里途中，可能离家不远了。 ㉒匪载匪来：非载非来，指征夫不载车而归来。 ㉓忧心孔疚：指室女心中忧伤之极。孔，大，甚。疚，病，此指心病，由于忧极而酿成心病。 ㉔期逝不至：期誓不至，期约不至。超过约定的时日而仍不到来。按：逝，又训往，指预定的归期已过。逝，又训何。期何不至，归期已过，为何不来？《尔雅·释言》："遏、遾，逮也。"又，"遏"与"曷"通。见《商颂·长发》：

"则莫我敢曷。"《汉书》引作"遏"。又《小雅·四月》:"曷云能谷。"《传》:"曷,逮也。"可证曷与遏通,遏、遾、逮同义。遾,又作"逝",故"逝"即"何"(曷)之意。 ㉕而多为恤:而多为忧愁。或解为"而恤为多",而忧愁甚为多。恤,忧。为,是,又训"有""作""因""与",又可作语中助词。《孟子·告子》:"唯奕秋之为听。"又,《荀子·不苟》:"唯行之为守,唯义之为行。" ㉖卜筮偕止:犹"卜之筮之",卜筮俱为之。偕,俱。以甲骨占卜吉凶,曰卜。以蓍草占卜吉凶,曰筮。这位女歌者所以卜筮俱用,是忧思深重的表现。征夫逾期不归,吉凶莫测。这怨女怎么办呢?于是且卜且筮,问其臧否。 ㉗会言近止:合言近止。《诗集传》:"合言于繇而皆曰近矣。" ㉘征夫迩止:本句是上句"会言近止"的重言。上句说,占卜的卦体都表示"已经近了",下句又重言"征夫已经更近,将要来到跟前了"。《诗集传》引范氏曰:"以卜筮终之,言思之切而无所不为也。"《诗义会通》云:"全篇皆作室家思望之词。而其文煞有顿挫,雍容闲雅。旧评:曲体人情,命意特高。"

白华之什

鱼　丽

鱼丽于罶①，　　好鱼无数，已被竹罶捕捉，
鲿、鲨②。　　　扬鱼、鲨鱼，美味难得。
君子有酒，　　　君子有那美酒珍馐，
旨且多③。　　　真是醇美而又盛多。

鱼丽于罶，　　　好鱼无数，已被竹罶捕捉，
鲂、鳢④。　　　鲂鱼、鳢鱼，都是佳品。
君子有酒，　　　君子有那美酒珍馐，
多且旨。　　　　真是盛多而又甘醇。

鱼丽于罶，　　　好鱼无数，已被竹罶捕捉，
鰋、鲤⑤。　　　鲇鱼、鲤鱼，美味难得。
君子有⑥酒，　　君子有那美酒珍馐，
旨且有。　　　　真是醇美而又盛多。

物⑦其多矣，　　各种佳肴真不少啊，
维其嘉矣⑧！　　它是那样的美好啊

物其旨矣，　　　各种佳肴味真美啊，

| 维其偕⑨矣！ | 它是那样的齐备啊！ |

| 物其有矣， | 各种佳肴多又全啊， |
| 维其时矣⑩！ | 它是那样的时鲜啊！ |

这是写贵族宴飨宾客的诗，反映了大奴隶主贵族锦衣玉食、挥霍奢华的生活。

【注释考证】

①鱼丽于罶（liǔ）：指鱼已被罶捕住。丽，通作"罹"。罹，被，此指被罶捉住。又训附丽（附离），附着。鱼附网筍之上，即指已捕到鱼，亦通。罶，又称筍，或称须笼，是大口狭颈、腹大而长、无底的竹笼。颈部有细竹的倒须，捕鱼时，将它张在鱼坝缺口或涵洞处，鱼能入而不能出。本诗前三章均为隔句韵，一、三句为韵，二、四句为韵。 ②鲿（cháng）、鲨：鲿，即"扬"（或作杨），又名黄颊鱼，身形厚而长大，鱼之大者能飞跃。鲨，即鮀，又名吹沙，似鲫鱼狭而小，体圆而有黑点。鲨与多叶。二、三章韵例同。 ③旨且多：既美且多。 ④鲂（fáng）、鳢（lǐ）：鲂，鳊鱼，银灰色，味美。鳢，体为圆筒形，头扁，体有鳞片，最常见的是乌鳢，又名鲩、鲖。 ⑤鰋（yǎn）、鲤：鰋，即鲇鱼，无鳞，大口大腹。鲤，身体侧扁，背苍，腹黄白，口边有须，味美。 ⑥有：义犹多。 ⑦物：指宴飨宾客之各种珍馐美酒。 ⑧维其嘉矣：维，是，如是。嘉，善，好。本句意为"是那样的好啊"，赞美之言。 ⑨偕：齐备。又训"谐"。 ⑩物其有矣，维其时矣：指各种山珍海错，不仅是多而盛，并且，又都是时鲜。有，盛多。时，时鲜，有季节特色的鲜美食品肴馔，又训善。

南有嘉鱼

| 南①有嘉鱼②， | 上色好鱼，产于南国， |

烝③然罩罩④。　　罩罩不空，好鱼盛多。
君子有酒，　　　君子有那樽樽美酒，
嘉宾式燕以乐⑤。　贵宾宴饮，既安且乐。

南有嘉鱼，　　　上色好鱼，产于南国，
烝然汕汕⑥。　　网网不空，好鱼盛多。
君子有酒，　　　君子有那樽樽美酒，
嘉宾式燕以衎⑦。　贵宾宴饮，既安且乐。

南有樛木⑧，　　　南国树木，曲枝下垂。
甘瓠⑨累之。　　　瓜蔓萦绕，甘瓠累累。
君子有酒，　　　君子有那樽樽美酒，
嘉宾式燕绥⑩之。　贵宾宴饮，和乐安绥。

翩翩⑪者鵻⑫，　　鹁鸪成群，飞舞翩翩，
烝然来思⑬。　　　纷纷众多，齐来堂前。
君子有酒，　　　君子有那樽樽美酒，
嘉宾式燕又思⑭。　贵宾宴饮，举杯相劝。

本篇与《鱼丽》主旨相若，为贵族宴饮之乐歌。

【注释考证】

①南：指南国江汉之地。　②嘉鱼：嘉美之鱼。江汉一带多产嘉鱼，故云"南有嘉鱼"。一说，嘉鱼，鲤质，鳟鳞，肌出于沔南之丙穴。疑非是。　③烝：众多。一说为发语词，非。因连言"烝然"，是形容众多之貌。如解"烝"为语词，"然"字则无着落。　④罩罩：罩，又

叫筌，是以竹篾编成的圆圈形的罩捕浅水鱼类的渔具，相沿至今。重言"罩罩"，言其多。 ⑤式燕以乐：即安且乐。式，已，既。燕，安。以，且。 ⑥汕汕（shàn）：捕鱼的用具。又叫罧（或檪），俗称抄网。重言"汕汕"，亦状其多。"罩罩""汕汕"，又解为群鱼游泳之状（见《毛诗传笺通释》）。 ⑦式燕以衎（kàn）：犹"式燕以乐"。衎，快乐。 ⑧樛（jiū）：树枝向下弯曲。 ⑨甘瓠：一种无苦味的瓠瓜，嫩时可作菜吃，果实形状不一，老熟之果实，剖开可作瓢，又叫葫芦（其中一种瓠，只能当菜吃，果实如长筒状，北方叫瓠子）。另有一种，果实味苦，叫匏。南有樛木，甘瓠累之，以樛木下垂而甘瓠累累，纠结不解，比兴下文之主宾燕乐融洽。累，本又作"纍"。果实繁多稠密貌。南有樛木，甘瓠累之，以樛木下垂而甘瓠累累，纠结不解，比兴下文之主宾燕乐融洽。 ⑩绥（suí）：安，安好。之，犹"兮"。 ⑪翩翩（piān）：形容鸟飞轻捷之状。 ⑫鵻（zhuī）：鸟名。又叫鹁鸪、祝鸠、鵴鸠。 ⑬烝然来思：鹁鸪依檐宇为巢，此句谓众多之鹁鸪成群飞来，栖止于檐宇之下。以兴起下文之意。 ⑭又思：又，"侑"之假，劝人（吃喝）。思，语词。

南山有台

南山有台①，	南山有那台草，
北山有莱②。	北山有那莱草。
乐③只④君子⑤，	悦乐啊君子，
邦家之基⑥。	您是国家之基。
乐只君子，	悦乐啊君子，
万寿无期⑦！	愿您万寿无期！

南山有桑， 南山有那青桑，

北山有杨。　　北山有那白杨。
乐只君子，　　悦乐啊君子，
邦家之光⑧。　　您是国家之光。
乐只君子，　　悦乐啊君子，
万寿无疆！　　愿您万寿无疆！

南山有杞⑨，　　南山有那枸杞，
北山有李。　　北山有那香李。
乐只君子，　　悦乐啊君子，
民之父母⑩。　　众民父母之官。
乐只君子，　　悦乐啊君子，
德音不已⑪！　　愿您美誉永传！

南山有栲⑫，　　南山有那栲树，
北山有杻⑬。　　北山有那杻树。
乐只君子，　　悦乐啊君子，
遐不眉寿⑭。　　怎不长寿康宁？
乐只君子，　　悦乐啊君子，
德音是茂⑮！　　愿您美誉大盛！

南山有枸⑯，　　南山有那枳树，
北山有楰⑰。　　北山有那楰树。
乐只君子，　　悦乐啊君子，
遐不黄耇⑱。　　怎不长寿康健？
乐只君子，　　悦乐啊君子，

　　　　保艾⑲尔后⑳！　　保您子孙永安！

这是颂德祝寿之乐歌。

【注释考证】

①台：台草，又名夫须，茎皮坚致，可制蓑笠。一说，即莎草。②莱：即"藜"。茎有红丝，叶尖有刻，嫩叶上有粉如灰，俗名灰菜，叶香可食，茎坚者可以为杖。　③乐：悦乐，欣喜。　④只：语词。⑤君子：此处指被颂祝的大奴隶主贵族的政治代表人物。　⑥邦家之基：国家之本。　⑦万寿无期：与下章之"万寿无疆"义同，祝人长寿之词。　⑧邦家之光：国家之显荣。　⑨杞（qǐ）：枸杞。　⑩民之父母：这是奴隶主阶级美化其代表人物的谀辞。　⑪德音不已：美誉传扬不已。德音，令闻，美誉。　⑫栲（kǎo）：《尔雅》云："栲，山樗。"《陆疏广要》："栲，叶似栎……或谓之栲栎。"这种树木高大坚致，是较好的木材。种子含淀粉，可供食用。　⑬杻（niǔ）：木名。《尔雅·释木》："杻，檍。"郭璞注："似棣，细叶，叶新生可饲牛，材中车辆。"⑭遐不眉寿：何不长寿。遐，"曷""何"之通假字。眉寿，老人眉中有毫毛秀出，称秀眉、豪眉、寿眉。古人以豪眉为寿相，故寿眉（豪眉）倒文曰眉寿，成为长寿之同义词，是祝颂老人长寿的话。　⑮茂：盛。　⑯枸（jǔ）：枳枸，又名枳椇。树有粗刺，可作柑橘砧木。未成熟的果实叫枳实，已成熟的果实叫枳壳，是中药。另说，枸树高大似白杨，有子着枝端，大如指，甘美如饴，谓之木蜜。　⑰楰（yú）：木名，楸之一种，又叫鼠梓、虎梓，俗称苦楸。叶大如桐，木理如楸。　⑱黄耇（gǒu）：指年老。黄，黄发。老人发白转黄，意谓年事甚高。耇，高寿之意（字亦作耈）。　⑲保艾尔后：保，安。艾，养育，又训"长"。《尔雅》："艾，长也。"《诗义会通》："《传》训养。……养之言永也。"又云："依《传》当作艾保。"又，《毛诗传笺通释》："按：艾、乂古通

用。保艾，犹《康诰》用保乂民也。《尔雅》，艾，长也，又，乂，治也。《释名》，艾，治也。音义并同。据《毛传》先艾后保，似经文原作'艾保尔后'。"疑是。 ⑳后：子孙后代，或指"今后有生之年"。

蓼 萧

蓼①彼萧②斯③，　　艾蒿高大丛丛啊，
零露④湑⑤兮。　　　露水零落清莹啊。
既见君子，　　　　已经见到君子啊，
我心写⑥兮。　　　宣泄我的衷情啊。
燕⑦笑语兮，　　　宴乐笑语相逢啊，
是以有誉处⑧兮。　所以安处康宁啊。

蓼彼萧斯，　　　　艾蒿高大丛丛啊，
零露瀼瀼⑨。　　　露水零落清莹啊。
既见君子，　　　　已经见到君子啊，
为龙为光⑩。　　　真是无比光荣啊。
其德⑪不爽⑫，　　他的德行专一啊，
寿考⑬不忘⑭。　　祝愿长寿永生啊。

蓼彼萧斯，　　　　艾蒿高大丛丛啊，
零露泥泥⑮。　　　露水零落清莹啊。
既见君子，　　　　已经见到君子啊，
孔燕岂弟⑯。　　　无限安乐和睦啊。
宜兄宜弟⑰，　　　亲密犹如兄弟啊，
令德⑱寿岂⑲。　　美德长寿幸福啊。

蓼彼萧斯，	艾蒿高大丛丛啊，
零露浓浓⑳。	露水零落浓重啊。
既见君子，	已经见到君子啊，
鞗革冲冲㉑。	马缰、马勒，垂饰冲冲啊。
和鸾㉒雝雝㉓，	和铃、鸾铃，交响雝雝啊，
万福攸同㉔。	万福齐至您的门庭啊。

这是王公贵族彼此称誉祝颂之辞。

【注释考证】

①蓼（lù）：长大貌。与"蓼蓼"义同。 ②萧：黄蒿。 ③斯：助词。 ④零露：形容清露如雨滴下落。零，指下雨，或云：零当作灵，零（灵）露即善露。 ⑤湑（xǔ）：本指滤过的酒，引申为清澈的样子。 ⑥写：通泻，在此有"宣泄"之意。 ⑦燕：宴饮。 ⑧誉处：誉，"豫"之通假，安，乐。豫处，安处。又，《诗集传》曰："誉，善声也。" ⑨瀼瀼（ráng）：露水盛多之状。 ⑩为龙为光：为宠为光。龙，"宠"之古体，荣耀。为，有"是"义。 ⑪德：指道德，德行，或指恩德。 ⑫不爽：不差。 ⑬寿考：长寿。考，老。 ⑭不忘："不亡"，不已。忘，"亡"之借字，已。 ⑮泥泥：沾湿之状。《诗集传》："霑濡貌。"《诗毛氏传疏》："霑濡也。" ⑯孔燕岂弟：非常安乐和悦而且融洽敦睦。孔，甚。燕，安。岂弟，又作"恺悌"，和易近人。岂，乐。弟，易，和悦。 ⑰宜兄宜弟：《毛传》曰："为兄亦宜，为弟亦宜。"形容关系和睦，犹如兄弟。又，《诗集传》："犹曰宜其家人。" ⑱令德：善德，美德。令，善，美。 ⑲寿岂：寿而且乐。 ⑳浓浓：厚重之貌。 ㉑鞗（tiáo）革冲冲：指马缰上的饰物下垂之状。鞗，又作"鋚"，马缰，马辔。革，辔头（辔首），马勒，马嚼子（为制马之具）。冲冲，下垂之貌。可能是马缰与辔头相接处的英饰下垂貌。

《诗集传》:"马辔所把之外,有余而垂者也。"一说,"鋚为辔首之饰,非辔也。"又,《诗毛氏传疏》云:"鋚当作鉴。革,古文勒。《说文》云:'鉴,辔首铜也。勒,马头络衔也。衔,马勒口中也。'是辔之络马首者谓之勒,勒关马口者谓之衔。勒以革为之,故字从革。勒,络马首所垂之辔,其上饰谓之鉴。鉴,以金为之。《说文》曰铜,铜即金也。《正义》谓鉴为皮,盖因字误从革耳。" ㉒和、鸾:和,轼前的铃(轼,古代车厢前面的半框形横木,供乘车者依凭之用)。鸾,镳上的铃(镳,马具。与衔合用,衔在口中。镳在衔的两端,在口之两旁)。一说,"鸾在衡,和在轼"。 ㉓雝雝(yōng):又作"噰噰""嗈嗈"。形容鸟鸣之象声词,在此形容铃声。 ㉔攸同:攸,所,是。同,聚,毕至。

湛　露

湛湛露斯①,	露水清清湛湛,
匪阳不晞②。	不见朝阳不干。
厌厌③夜饮④,	安乐盛开夜宴,
不醉无归⑤。	不醉不要回转。

湛湛露斯,	露水清清湛湛,
在彼丰草⑥。	在那茂草之间。
厌厌夜饮,	安乐盛开夜宴,
在宗载考⑦。	敲钟宗庙庭前。

湛湛露斯,	露水湛湛清清,
在彼杞棘⑧。	在那杞棘树丛。
显允⑨君子,	君子英明信诚,

莫不令德⑩。	美德无不恢宏。
其桐其椅⑪，	桐树、梓树青绿，
其实离离⑫。	果实累累繁密。
岂弟君子，	君子谦恭平易，
莫不令仪⑬。	无不执持美仪。

这也是王侯贵族宴饮祝颂之辞。

【注释考证】

①湛湛（zhàn）露斯：指露水清莹盛多。湛湛，清。又《诗集传》："露盛貌。"斯，语词。 ②匪阳不晞：非待日出不干。阳，繁体为"陽"，马瑞辰云："按《说文》，旸，日出也。阳即旸之假借。" ③厌厌：又作"恹恹"。安，安乐。《诗集传》云："亦久也。" ④夜饮：《毛诗传笺通释》："《传》私燕。据《正义》引《楚茨》备言燕私为证，当为燕私之讹。"燕私，《诗毛氏传疏》云："燕私者何也？祭已而与族人饮也。" ⑤不醉无归：不醉勿归，表示要开怀畅饮，一醉方休。据《毛传》云："不醉而出是不亲也。醉而不出是渫宗也。" ⑥丰草：茂草。 ⑦在宗载考：宗，宗庙，一说为宗室。载考，则考。载，则，再，或训为发语词。考，拷，敲，指敲钟。姚际恒云："'在宗载考'，宗，宗庙也。《大雅·凫鹥》亦云：'既燕于宗'。若《燕礼》则在寝。《仪礼》，后世之书，不可以解《诗》。古朝、聘、享皆于庙，则燕亦在庙也。'载'，再也。'考'，击也，击钟也。《唐风》，'子有钟鼓，弗鼓弗考'。再考钟，所谓'金奏《肆夏》'也；入门、客出及燕之时皆用之。"一说，考训成，成饮。 ⑧杞棘：枸杞和棘树（酸枣树）。 ⑨显允：显，英明。允，信诚。 ⑩令德：见《小雅·蓼萧》注。 ⑪其桐其椅：其，指示代词"那""那些"。

桐，各种桐树之浑言。椅，木名，即山桐子，梓属。或云"梓实桐皮曰椅"。　⑫离离：下垂的样子。一说，"离离"犹"历历"。　⑬令仪：善其威仪。

彤弓之什

彤弓

彤弓①弨②兮，　朱红长弓，把弦松弛，
受言藏之③。　　拜受之后，将它收起。
我有嘉宾，　　　我有嘉宾贵客，
中心贶④之。　　心中无限喜悦。
钟鼓既设，　　　钟鼓齐备陈列，
一朝⑤飨之。　　一朝宴饮相贺。

彤弓弨兮，　　　朱红长弓，把弦松弛，
受言载之⑥。　　拜受之后，将它收起。
我有嘉宾，　　　我有嘉宾贵客，
中心喜之⑦。　　心中无限喜悦。
钟鼓既设，　　　钟鼓齐备陈列，
一朝右之⑧。　　一朝赠助币帛。

彤弓弨兮，　　　朱红长弓，把弦松弛，
受言櫜⑨之。　　拜受之后，将它收起。
我有嘉宾，　　　我有嘉宾贵客，
中心好⑩之。　　心中无限喜悦。

钟鼓既设，　　钟鼓齐备陈列，
一朝酬⑪之。　　一朝酬谢币帛。

此为周天子宴饮、赏赐有功诸侯之乐歌。

【注释考证】

①彤（tóng）弓：朱红色的弓。周尚赤，以赤为重。《诗集传》："谓诸侯有四夷之功，王赐之弓矢，又为歌彤弓以明报功宴乐。郑氏曰：凡诸侯赐弓矢，然后专征伐。东莱吕氏曰：所谓专征者，如四夷入边，臣子篡弑，不容待报者。其它则九伐之法，乃大司马所职，非诸侯所专也。"又，吴闿生《诗义会通》："今案飨赉功臣，而为此平和之音，略无矜伐之词。……且锡以彤弓，而曰弨，曰藏，曰櫜，乃櫜弓矢，示不复用之意。尤为偃武修文之盛事。后儒以得专征伐为言，非天王所以褒功之本意矣。"　②弨（chāo）：放松弓弦，或未张的弓。　③受言藏之：接受（彤弓）而将它收藏起来。言，同"焉"，助词。　④贶（kuàng）：通"况"，赏赐。又，《广韵》："况，善也。""中心贶之"，正有"中心善之"之意。犹下文之"中心喜之""中心好之"。　⑤一朝：终朝。姚际恒《诗经通论》："一朝飨之，谓既赐彤弓之日即飨之，同在一朝也。"　⑥载之：陈之，设置之。又，《毛传》云："载以归也。"又，《诗毛氏传疏》："'载之'之义，与上章藏之同意也。"　⑦喜之：乐之。　⑧右之：右，此处乃"侑"之借字。严氏曰："助也。'右'与'宥''侑'通，皆助也。《左传》言：'飨醴命宥。'注云：'以币物助欢也。'"右，侑币帛。又，《毛诗正义》："谓设飨礼以劝其功也。"　⑨櫜（gāo）：古代盛衣甲或弓箭的囊。此处作动词"纳于囊中"解，表示休战或议和。　⑩好：喜悦。　⑪酬（chóu）：报谢，报偿，报功。飨礼有醻币，是说主人以币帛报谢嘉宾。一说，酬，劝酒。

【学术延伸】

《诗集传》:"此天子燕有功诸侯,而锡以弓矢之乐歌也。"又,姚际恒曰:"《左传》文四年:卫宁武子曰'古诸侯敌王所忾而献其功,王于是乎赐之彤弓一、彤矢百,玈弓矢千,以觉报宴。'"(注曰:"忾,恨怒也。觉,明也。"玈,卢,黑弓。)

菁菁者莪

菁菁①者莪②,	莪蒿菁菁绿生生,
在彼中阿③。	丛丛在那山阿中。
既见君子④,	已经见到那好人,
乐且有仪⑤。	喜悦无边称我心。

菁菁者莪,	莪蒿菁菁绿生生,
在彼中沚⑥。	丛丛在那小洲中。
既见君子,	已经见到那好人,
我⑦心则喜。	喜悦无边称我心。

菁菁者莪,	莪蒿菁菁绿生生,
在彼中陵⑧。	丛丛在那土丘中。
既见君子,	已经见到那好人,
锡我百朋⑨。	如赐重币称我心。

泛泛⑩杨舟⑪,	摇摇荡荡杨木船,
载沉载浮⑫。	逐流起伏碧波间。
既见君子,	已经见到那好人,

我心则休⑬。　　我心喜悦我心安。

这是古代女子喜逢爱人之歌。

【注释考证】

　　①菁菁（jīng）：《韩诗》作"蓁蓁"。本诗之正字当依《韩诗》作"蓁蓁"。草木茂盛貌。　②莪（é）：又名莪蒿、萝蒿，喜生低湿之地。其茎叶柔嫩时可以生食或蒸食。　③中阿：阿中。曲隅叫阿，丘陵曲折之处。又，大的丘陵叫阿。　④君子：此处是古代对男子的美称。　⑤乐且有仪：乐且又仪。仪，宜，合人心愿。又训匹，"有匹""是匹"之意。又训仪态、举止、威仪。　⑥中沚（zhǐ）：沚中。沚，水中小洲。　⑦我：此乃女子自谓之词。　⑧中陵：陵中。陵，大土山，大土丘。　⑨锡我百朋：赐我百朋。朋，古代以贝壳为货币。五贝为一串，两串为一朋。百朋，是形容极多的货币。《诗集传》云："锡我百朋者，见之而喜，如得重货之多也。"朱熹是将本诗理解为"燕饮宾客之诗"，未安。但是，如果将本诗理解为女子喜逢爱人之歌，那么，这"锡我百朋"一语，也还是"见之而喜，如得重货之多"之含义。　⑩泛泛：此处指舟船在水上荡漾。　⑪杨舟：杨木做的船。　⑫载沉载浮：则沉则浮，且沉且浮。指船身随波起伏颠簸。《诗集传》云："以兴未见君子而心不定也。"此言得之。　⑬休："欣"字一声之转，犹"喜"。马瑞辰曰："按《广雅》，休，喜也。"又，《诗集传》云："休者，休休然，言安定也。"

六　月

　　六月栖栖①，　　六月盛暑，军马不息，
　　戎车既饬②。　　各种战车，都已备齐。

四牡③骙骙④,　　　四匹公马,强壮无比,
载是常服⑤。　　　日月军旗,车上树立。
猃狁孔炽⑥,　　　猃狁势盛,犯边甚急,
我是用急⑦。　　　我们因此戒备警惕。
王于出征⑧,　　　周王兴师,前去征伐,
以匡王国⑨。　　　用以保障国家安谧。

比物四骊⑩,　　　四匹黑马,齐等壮健,
闲之维则⑪。　　　合乎标准,动作熟练。
维⑫此六月,　　　值此六月,炎炎盛暑,
既成我服⑬。　　　已经备好我军戎服。
我服既成,　　　　我军戎服已经备好,
于三十里⑭。　　　每天行军三十里路。
王于出征,　　　　遵奉王命前去征伐,
以佐天子⑮。　　　用以作为天子之助。

四牡修广⑯,　　　四匹公马,硕大且长,
其大有颙⑰。　　　高头大马,无比强壮。
薄伐猃狁,　　　　前去征伐顽敌猃狁,
以奏肤公⑱。　　　建成大功,凯歌高唱。
有严有翼⑲,　　　既有神威,又知敬肃,
共武之服⑳。　　　恭谨国事,效忠周王。
共武之服,　　　　恭谨国事,效忠周王,
以定王国㉑。　　　国家安谧得以保障。

二雅·小雅　彤弓之什

玁狁匪茹㉒，	玁狁猖獗，不自量力，
整居焦获㉓。	整备军旅，占据焦护。
侵镐及方㉔，	南侵镐地，北掠坊地，
至于泾阳㉕。	以至窜犯泾阳本土。
织文鸟章㉖，	旗帜绣绘鸟隼形象，
白旆央央㉗。	白色垂旒，鲜明飘扬。
元戎㉘十乘㉙，	大型战车，足有十辆，
以先启行㉚。	开路先锋，锐不可当。

戎车既安，	驾驭战车，适调自如，
如轾如轩㉛。	车顶如俯，车顶如仰。
四牡既佶㉜，	四匹公马强壮威武，
既佶且闲㉝。	军马熟练而且强壮。
薄伐玁狁，	前去征伐顽敌玁狁，
至于大原㉞。	追奔逐北，赶到大原。
文武㉟吉甫，	大将吉甫，能武能文，
万邦为宪㊱。	众人效法，万方仰瞻。

吉甫燕喜，	吉甫宴饮，喜气洋洋，
既多受祉㊲。	接受周王百般厚赏。
来归自镐，	大将吉甫，镐地归来，
我行永久㊳。	行军征战，时日久长。
饮御诸友㊴，	盛情设宴，众友齐集，
炰鳖脍鲤㊵。	红烧甲鱼，细片金鲤。
侯㊶谁在矣？	济济众友，谁在座中？

张仲孝友㊷。　赫赫大名,孝友张仲。

本诗与《采薇》《出车》均系记叙宣王征伐玁狁之事。(详见《采薇》篇)

【注释考证】

①栖栖(xī):行不止。又,《广雅》:"僁僁,往来也。""僁僁"与"栖栖"音近,可通假,往来不止之貌。　②戎车既饬(chì):戎车,兵车,战车。西周时代,征战中的主力是车兵(即甲士)。兵车又分元戎(大型兵车)、小戎(小型兵车),每辆兵车上有御者、甲士若干人,并各配备徒兵若干人。饬,整。既饬,已经整备好了。　③四牡:四匹驾车的公马。　④骙骙(kuí):马强壮貌。　⑤载是常服:设是常服。载,设置,此指树立旗帜。是,此,这。常,古代旗帜名(九旗之一)。《周礼·春官·司常》:"日月为常。"按:指旗上绘饰日月之象。服,姚氏《诗经通论》:"服,属也,言常之属也。……通章三服字,凡三义。"按:服,又可理解为"箙"之借字,即矢箙(盛箭之器)。　⑥孔炽:甚炽,甚为强暴。孔,甚,大。炽,本义为火烈,引申为势盛。　⑦我是用急:我用是急。用,因,由。急,戒。《盐铁论》引《诗》作"我是用戒"。谢灵运《撰征赋》作"用棘"。又,《释文》:"悈,本或作极,又作亟。"极,当为悈。《说文》:"悈,急性也。"马瑞辰云:"悈、急、戒、悈、棘等字,皆同声,故通用。"按:《盐铁论·徭役篇》引《诗》"我是用戒"。段玉裁认为《盐铁论》引急作戒,合乎诗音韵。急(戒),是戒备、警惕、紧急动员、紧急行动之意。　⑧王于出征:王,此指周天子(宣王)。于,之,往。出征,指北征玁狁。但,并非周天子亲征,而犹"王于兴师"之意,王只是决策者。　⑨以匡王国:以正王国。这帅师出征,"以匡王国"者,是尹吉甫。匡,正,抚正,辅助,又训"救"。《左传·成公十八年》曰:"匡乏困,救灾患。"杜注:"匡亦

救也。"救、助义通。王国，周王国。国，繁体作"圆"，"域"之或体。本指地方、地域、国土，后引申为"国家"之义。 ⑩比物四骊：比物，齐同其毛物。比，同，齐同，划一。物，毛、物。毛，毛色。物，马之力。《诗集传》："毛马齐其色，物马齐其力。"四骊，四匹纯黑色的马，是说明毛色统一。 ⑪闲之维则：指军马训练得娴熟，合乎准则。闲，通"娴"，娴习，熟练。维，是，或作"以"用。则，法度，准则。 ⑫维：发语词。 ⑬既成我服：我服既成。服，此处指戎服。姚际恒云："'我服'，戎服也。观上云'维此六月'，其亦夏时之戎服，故曰'既成'与？何玄子谓'两服'之服，与上句不接。" ⑭于三十里：于，犹"及""至"。三十里，古代三十里为一舍。意谓"每天行军三十里，可以舍息"。 ⑮王于出征，以佐天子：尹吉甫奉王命出征，以佐助天子之业。王于出征，是王（周天子）命尹吉甫帅师出征。见前注。天子，周天子（宣王）。《诗毛氏传疏》云："言王者，尊王命也。……天子谓宣王也。《传》云，出征以佐其为天子。谓吉甫之佐宣王也。" ⑯修广：修，长。广，大。 ⑰其大有颙（yóng）：其大又颙。或，有。颙其大。大，指马的躯体大。颙，大貌，本义为大头貌。 ⑱薄伐玁狁，以奏肤公：薄，发语词，无实义。奏，为，成效，成功。肤，大。公，功。 ⑲有严有翼：严，威。翼，敬。 ⑳共武之服：恭武之事。共，"恭"之省借。恭谨，奉行，认真去做。一说，共与供同。武之服，用武（征伐）之事。服，事。 ㉑以定王国：以使王国安定。 ㉒玁狁匪茹：玁狁不自度量。匪，非，不。茹，度，又，《毛诗传笺通释》云："《广雅》：茹，柔也。柔弱也。匪茹，言非柔弱，即上章'玁狁孔炽，也'。故下接言'整居焦获，侵镐及方，至于泾阳'，皆甚言其强恣。" ㉓整居焦获：整居，整军旅而占据。整，整旅。居，处。焦获，古泽薮名，又作焦护，是周地。在今陕西省泾阳县西北。《尔雅·释地》："周有焦获。"郭注："今扶风池阳县瓠中是也。"又，《诗经稗疏》云："既深入而整居于此，则游骑所侵至镐京之西，亦其势也。……虏入畿甸，故曰孔炽。"《毛诗正义》云："整齐而处之者，言其居周之地，无所畏惮也。"　㉔侵镐及方：侵掠镐、方。镐，丰、镐之地。按：文王邑于丰，在今陕西省西安市鄠邑区东；武王邑于镐，即镐京，在今陕西省西安西南。方（坊），古地名。《诗经稗疏》云："且此獫狁之归路从大原出塞；则其来路当从鄜延渡河而西，非自宁夏入塞而东，尤不应至朔方。疑此方者，唐之坊州地，在鄜州之南。故方叔御之，渡河东追至太原而止。焦获，周之大泽薮，水草所便，虏既屯聚于此，或北蹂鄜、坊，南掠丰、镐，不得远及西北边戎之境。若《出车》之诗曰：'往城于方'，则以伐西戎而言也。《序》曰：'西有昆夷之患，北有獫狁之难。'故备纪其控御之功而杂言之。要非城朔方以捍獫狁。盖獫狁在大同塞外，则以太原为边；昆夷在河、洮、秦、巩之外，则以朔方为边。两寇地形相去千里。隔以大河，不得混而为一也。"　㉕泾阳：泾水以北之地，在甘肃省平凉以西有汉置泾阳故城，疑即此地。　㉖织文鸟章：织，与"帜""识"通假。马瑞辰云："按《周官·司常》贾《疏》两引《诗》皆作'识文鸟章'。识为正字，今作织者，假借字，或通作帜。《史记·高祖本纪》：'旗帜皆赤'，帜亦识也。"鸟章，鸟隼之章。《尔雅·释天》："错革鸟曰旟。"孙注云："错，置也。革，急也。画急疾之鸟于旐，《周官》所谓鸟隼为旟者矣。"错犹画。　㉗白旆央央：白旆，白色的旆。白旆，又作帛旆。旆，有二义，古时旗末状如燕尾的垂旒。又，泛指旌旗。此处当取第一义。央央，"英英"之省借，鲜明貌。　㉘元戎：大型兵车。又，《诗经原始》云："案，此当作大将解。犹称方叔为元老之称也。"　㉙乘：辆。　㉚以先启行：以元戎最先出发，冲锋在前。元戎二句，《诗毛氏传疏》云："《古司马法》，兵车一乘，甲士十人。……吉甫帅师，元戎十乘，非谓宣王自将也。……《史记·三王世家》裴骃《集解》引《韩诗章句》：元戎，大戎，谓兵车也。车有大戎十乘，谓车缦轮，马被甲，衡扼之上尽有剑戟，名曰陷军之车。所以冒突先启敌家之行伍也。"又，上二句之另解，《诗经稗疏》云："马融《论语》注曰：前曰启，后曰殿。……而《左传》又有先驱、申驱，又在启前。此所云'元戎十乘，以先启行'，先启而行，即所谓先驱，已盖前部,居大队之前,与左右中后为五部,而先驱在大队外,远探寇势,犹今所谓哨马撒拨者是,启未行而此先之。"又,《诗经原始》云:"启,开也。行,道也。前锋先开道而行也。" ㉛戎车既安,如轾如轩:指兵车驾驭得适调安稳。从后视之,如轾;从前视之,如轩。见《玉篇》:"前顿曰挚,后顿曰轩。"又,《淮南子·人间训》:"道者,置之前而不挚,错之后而不轩。"(挚与挚通、轾通)按:轾,车顶前低如俯之貌;轩,车顶前高如仰之貌。 ㉜佶(jí):健壮貌。 ㉝既佶且闲:指军马训练有素。闲,娴习。 ㉞大原:地名。《诗毛氏传疏》:"……然则大原当即今之平凉,而后魏立为原州,亦是取古大原之名尔。计周人之御猃狁,必在泾原之间。若晋阳之大原,在大河之东,距周京千五百里,岂有寇从西来,兵乃东出者乎?……《小尔雅》云:'高平谓之大原。'……奂案:《方舆纪要》:'陕西平凉府镇原县,在府北百三十里,县西二里有汉高平故城。固原州在府西北百十里。镇原为唐之原州治,固原属原州界西之中,疑古大原当在镇原,平凉即泾阳地,从泾阳直北追至镇原,不更向西北矣。……《后汉书·西羌传》,穆王西征犬戎,获其五王,遂迁戎于大原。夷王命虢公率六师伐大原之戎,……皆即《诗》之大原也。" ㉟文武:有文有武。 ㊱宪:法。 ㊲吉甫燕喜,既多受祉:指这次师师出征的大将尹吉甫凯旋,天子厚赐之,吉甫则宴饮喜乐,多受福祉。姚氏《诗经通论》云:"但此篇则系吉甫有功而归,宴饮诸友,诗人美之而作也。若饮至之礼,末章云'吉甫燕喜,既多受祉',则是前此已行之矣。" ㊳来归自镐,我行永久:自镐来归,我军行永久。永久,不仅指道里,亦指时日。 ㊴饮御诸友:私燕曰饮。御,进,侍,招待。诸友,犹言"众友"。按:尹吉甫北伐猃狁,建立殊勋,受到周宣王之优厚奖赏,又幸喜自镐来归,胜利结束了时日永久的征战生活,于是"饮御诸友"。 ㊵炰(páo)鳖、脍鲤:炰鳖,烹煮鳖肉。炰,烹煮,烹蒸。炰,或与"缹"通假。《玉篇》:"缹,火熟也。"《字书》:"缹,烝也。"又曰:"少汁煮曰缹。"脍鲤,以细切的鲤鱼片(或丝)做肴馔。脍,将鱼、肉切成薄片或细丝。炰鳖、脍鲤,都是名菜。 ㊶侯:维,伊。发语词，无实义。　㊷张仲孝友：张仲，周之名臣，为尹吉甫之良友。《毛诗传笺通释》云："欧阳《集古录》，薛氏《钟鼎款识》，并载有《张仲簠铭》五十一字，其文曰，'用飨大正歆王宾馔具召歆，张仲受无疆福，诸友飨歆具饱，张仲畀寿'。其言诸友，与《诗》'饮御诸友'合，簠盖因此诗得与宴饮作也。"孝友：这是对张仲的奉承话，意谓张仲事父母至孝，待兄弟友爱。至汉代以后。有称人"孝廉"者，袭此。

采　芑

薄言采芑①，	我们采芑菜，
于彼新田，	去那新田采，
于此菑亩②。	到这菑田采。
方叔③涖止④，	方叔驾临我南方，
其车三千⑤，	他那兵车三千辆，
师干之试⑥。	人多势众保国防。
方叔率⑦止，	方叔率军有威仪，
乘其四骐⑧，	乘坐兵车驾四骐，
四骐翼翼⑨。	四骐熟练又整齐。
路车⑩有奭⑪，	大车车身红漆光，
簟茀⑫鱼服⑬，	竹席车帷鱼皮箱，
钩膺鞗革⑭。	皮革马带连銮缰。

薄言采芑，	我们采芑菜，
于彼新田，	去那新田采，
于此中乡⑮。	来到乡中采。
方叔涖止，	方叔驾临我南方，

其车三千，	他那兵车三千辆，
旂旐央央⑯。	各种旗帜随风扬。
方叔率止，	方叔率军征蛮荆，
约軝错衡⑰，	红漆轴头错金衡，
八鸾玱玱⑱。	八只鸾铃响叮咚。
服其命服⑲，	三命官服穿身上，
朱芾斯皇⑳，	朱黄蔽膝明煌煌，
有玱葱珩㉑。	叮叮咚咚玉佩响。
鴥彼飞隼㉒,	鹞鹰疾飞如闪电，
其飞戾㉓天，	奋展双翼飞上天，
亦集爰止㉔。	它又栖止林木间。
方叔涖止，	方叔驾临我南方，
其车三千，	他那兵车三千辆，
师干之试。	人多势众保国防。
方叔率止，	方叔率军征蛮荆，
钲人伐鼓㉕，	士兵击鼓又击钲，
陈师鞠旅㉖。	大军列队传诰命。
显允㉗方叔，	方叔英明又信诚，
伐鼓渊渊㉘，	击鼓振武声通通，
振旅阗阗㉙。	步伐踏踏军威盛。
蠢尔蛮荆，	盲目蠢动有荆蛮，
大邦为雠㉚！	敢与大国结仇怨！
方叔元老㉛，	元老方叔有威信，

克壮其犹㉜。	运筹帷幄计谋深。
方叔率止，	方叔率军征荆蛮，
执讯获丑㉝。	执拘俘虏讯敌顽。
戎车啴啴，	兵车众多气势宏，
啴啴焞焞㉞，	车队强大好阵容，
如霆如雷㉟。	军威远震如雷霆。
显允方叔，	方叔英明又信诚，
征伐玁狁，	征伐玁狁立大功，
蛮荆来威㊱。	蛮荆畏服周朝廷。

这首诗，是记叙周宣王时期，方叔率领军队南伐"蛮荆"之武功的。

西周王朝，自厉王被逐之后，国势日衰；各方诸侯力量渐强，西周的宗主地位已好像有名无实了；此时，西周四境的各部族便乘机向华夏族进攻，形成十分剧烈的种族斗争。当时的主要矛盾有三：一是奴隶主阶级与奴隶阶级之间的矛盾；一是周王朝与各诸侯国（即奴隶主阶级内部）之间的矛盾；一是周王朝与四方各部族之间的种族矛盾。

至周宣王时期，在外患频仍的紧急情势下，宣王便发动了四出征伐的战争（约公元前827～前816）。尹吉甫北伐玁狁、秦仲西征西戎、方叔征蛮荆、召虎平淮夷、皇父伐徐方、仲山甫筑城于齐。这些军事行动基本取得了胜利，征服了那些部族，开拓了疆域，这也是所谓宣王"中兴"的内容之一。

当然，这些战争的胜利，主要还是由于广大人民和军中士兵的力量；并不是一两个主帅就能决胜的。尽管这种抵御外患的战争，在客观上起了一定的积极作用；但，同时也给人民加重了负担（徭役、赋税等），并造成大量伤亡。不过，总的看来，这种反对外来侵犯的战争，起了保卫国土、稳定局势、保护生产、维护华夏民族利益等作用，因此，不能将它和各部族之间互相兼并侵吞的战争等量齐观。

【注释考证】

①芑（qǐ）：野菜名，一名蒲公英，或名黄花地丁，苦菜之属。与苦菜小异，似苦菜而茎赤，叶多歧，初生时可食。　②菑（zī）亩：马瑞辰云："《说文》：'畬，二岁治田也。'……郑注《坊记》：'二岁曰畬。三岁曰新田。'……《说文》：'菑，反耕田也。'谓初耕反草。孙炎曰：'畬，和也。'据《说文》：'㬎和田也。'畬田，谓土始和润，宜为二岁田，曰菑、曰畬，皆未成田，至三岁始成新田。于义为长。"菑，第一年初耕之田。亩，义犹"田"。　③方叔：人名。宣王时的卿士，曾受命南征荆蛮。按：卿士，是古六卿之执政者。《尚书·洪范》："谋及卿士。"疏引郑玄云："卿士，六卿掌事者。"《诗集传》："方叔，宣王卿士。受命为将者也。"　④涖止：涖之。涖，又作"莅"，同"苙"。涖止，到临此地。　⑤其车三千：那战车有三千辆之多。《诗毛氏传疏》云："《笺》据《司马法》，一乘七十五人。……江慎修谓'七十五人者，邱甸之本法；三十人者，调发之通制'。此说得之。……车乘士卒，经典有明文，《周官》五伍为两。两者，车一乘也。是明言二十五人为一乘矣。盖兵车一乘，甲士十人，步卒十五人。甲士二伍，步卒三伍，士卒不相杂也。凡用兵，选其强壮有勇者为甲士，又选其尤者使居车上，左人持弓矢主射，右人持矛主击刺，中人主御，是谓甲首。……余甲士七人，盖在车之左右，步卒十五人，盖在车之后也。调发之制，一乘三十人，而战止用二十五人，盖以步卒五人将重车也。"又，《毛诗传笺通释》云："今按《周官》，凡万二千五百人为军，特平时简阅制军之数，至出兵则每军所属人数、车数必量其敌之强弱，事之缓急，初无定数。晋文三军，而城濮之役七百乘。鲁僖二军。而《诗》曰'公车千乘''公徒三万'。皆车数无定之证。《鲁颂》'公车千乘'，盖以五百乘为一军。此诗为天子之制，不过六军，而曰其车三千，盖亦以五百乘为一军。《正义》泥于《周官》制军之数，谓'其车三千'则十八军。失之。"　⑥师干之试：军队众多而强大，足为捍卫国家之用。师，众。

干,捍。试,用。又,《诗集传》:"试,肄习也。言众且练也。"又,《毛诗传笺通释》:"《春秋》庄四年《左传》'楚武王荆尸授师孑焉。'杜注引《方言》'盾自关而东或谓之干。'师干犹言师孑。古人出师,盖随取兵器以授之,如武王伐纣执黄钺,楚武王授师孑之类。干舞以象武事,授师以干,亦取捍敌之义。"以上引文可信。 ⑦率:"衛"之省借,又作"帅"。统率。 ⑧骐(qí):青黑色的良马。 ⑨翼翼:顺序貌,娴习貌。 ⑩路车:车名,或兵车名。路,"辂"之本字,"大"的意思。路车,有二义:一为诸侯之车;一为五种(五路,按周制,王之五路为玉路、金路、象路、革路、木路)路车之总名。又,周礼,天子乘大路。 ⑪奭(shì):"赩"之通假,赤色。 ⑫簟茀(xún fú):用竹席做车篷。簟,竹席。一说为方文竹席。茀,古代车箱后面的遮蔽物。王夫之云:"以竹簟蔽舆后而谓之茀者,竹外有革也。" ⑬鱼服:用鲨鱼皮蒙鞍的车箱。《诗经稗疏》云:"服,牝服也。箱也。……以鱼皮鞔车旁,如大车之服然。鱼,鲛鱼也,一谓之沙鱼。所以知非矢箙者,此皆言车,不当及矢箙也。簟茀也,钩膺也,金路之饰也。鱼服也,篆革也,革路之饰也。天子既赐方叔以金路,宠之以公侯之礼,而又赐之革路以即戎,故曰'路车有奭',奭,盛也,言其兼有之盛也。" ⑭钩膺鞗革:钩膺,钩樊缨。古代马颈及胸、腹上之带饰,又名樊缨、繁缨。繁,通鞶,马大带(即马腹带)。缨,通膺,当胸之意,指马颈胸间之革饰,又曰马鞅。鞗革,详《小雅·蓼萧篇》。 ⑮于此中乡:于此乡中。乡,处所。又,《诗经原始》:"民居。" ⑯旐旄(zhào)央央:详见《小雅·出车》注。 ⑰约軧错衡:约軧,以皮缠束兵车之长毂而涂以红漆。軧,车毂两端饰有皮革的部分。毂,类似轴承套,其外圆与车辐之一端连接,其中心的圆孔,用以穿轴。错,涂金为文饰。衡,古代车辕前端的横木。 ⑱八鸾玱玱(qiāng):鸾,通銮,古代车马所佩的铃。一马二鸾铃,四马八鸾铃。玱玱,犹"锵锵",金石相击发出的清脆悦耳之声。 ⑲服其命服:穿上他那官服。前一"服"字是动词,穿,服用。命服,按,周之官阶,自一命至九命,划分九等,凡官之衣服，可视其命之数而知其官阶。 ⑳朱芾斯皇：朱芾，黄朱之蔽膝。周制，天子纯朱，诸侯黄朱。芾，又作"韍""绂""茀"。皇，犹"煌煌"。按："芾"，本作"市"，通作"芾"。"市"，古文作巿，象形。上古的衣服，只是在腹前挂一块兽皮。后来，逐渐演化成一种有等级区别的服饰，类似皮围裙。周制，男子二十岁，行冠礼之后，才能戴皮弁，服市（芾）。《白虎通义·绋冕篇》："……积素以为裳也。言腰中辟（襞）积，至质不易之服，反古不忘本也。"素积，是素色的皮革或织物积叠制成的裳，腰部由折成的襞绉构成，这种皮围裙，连同皮帽，都是上古蛮荒时代的服装的遗风。周人在《诗经》时代，还是穿着这种服装进行战斗或狩猎的。周天子在对诸侯和臣僚下达使命时，赐予许多车马服饰，包括弁、芾（市、韍）。既表示恩宠，又表示授权、授命。㉑有玱葱珩：有，语助。玱，犹"玱玱"，金石之声，本句即"葱珩"之声。葱，葱绿色的玉石。珩，组成玉佩时，顶端的一种玉，形似磬而小。周制，三命之服，赤芾、葱珩。由此可证，"服其命服"，是服"三命之服"，是官秩高的标志。 ㉒鴥（yù）彼飞隼（sǔn）：鴥，鸟疾飞貌。隼，鹰、雕鹞一类猛禽的通称。一说，隼，鹞之名，鹞似鹰而小，常以翅击鸟，必准。 ㉓戾（lì）：达，到。 ㉔亦集爰止：集，鸟群栖于树，引申为聚集、会合。爰，犹"而"，又有"于"的意思。止，所止之处。 ㉕钲（zhēng）人伐鼓：钲人伐钲、鼓人伐鼓之互文省言。钲，古代乐器，好像镶在长柄上的钟，口朝上，敲击发声，是行军乐器。也有解作铙者。伐，击。按：古代进行军事训练或作战，击钲是停止（静止）的号令；击鼓是前进（行动）的号令。又，所谓"鸣金收兵"，似为"伐钲"之一义。而"击鼓使进""击鼓为号""鼓舞""鼓动"，都是"伐鼓"的注脚。 ㉖陈师鞠旅：陈，列队。鞠，告，诫命，誓诰。这句话意思是把军队集合起来，整好队列，传达命令，进行战斗动员，即"誓师"。旅，此指"军队"。 ㉗显允：见《小雅·湛露》注。 ㉘渊渊：本作"鼘鼘"，鼓声。 ㉙振旅阗阗（tián）：指军队行进时，步伐整齐，发出"阗阗"的洪大之声。郭璞《尔雅》注："阗阗，群行声"。一说,振作军威、鼓舞士气的鼓声"阗阗",洪大响亮。阗又作"嗔"。在此为象声词,犹"踏踏"。《玉篇》:"嗔,盛声也。"按:振旅,似为整训军旅之意。振,训"整"。又,《左传·隐公五年》曰:"三年而治兵,入而振旅。"注:"振,整也。旅,众也。"《谷梁传》云:"出曰治兵,习战也。入曰振旅,习战也。"又,《公羊传》云:"出曰治兵,入曰振旅,其礼一也,皆习战也。"而《笺》谓"战止将归",《诗集传》又谓"振,止",大概是郑氏、朱氏将"入"字误解为"止"了。实际上,出兵、入兵都是习战之事,不宜视为"动""止"之意。否则,那"众军齐进"的"阗阗"的步伐声,有何着落呢? ㉚蠢尔蛮荆,大邦为雠:这是诗人以轻蔑口吻说的。意谓:你们这愚蠢的荆地之蛮人,竟敢与大国为仇。又,《诗集传》曰:"蠢者,动而无知之貌。" ㉛元老:元,大。老,长者之称。元老,古称功高的老臣。 ㉜克壮其犹:能有宏大的谋略。克,能,胜任。壮,宏伟,宏大。犹(繁体为猶),"猷"之借,谋划。壮犹(猷),宏大的谋略。正因为方叔有宏图大略,所以有"执讯获丑""蛮荆来威"的结果。又,姚氏云:"'克壮其犹',言其尚谋不尚力而勇愈壮"。亦可信。 ㉝执讯获丑:详《小雅·出车篇》。 ㉞啴啴(tān)焞焞(tūn):众盛之貌。 ㉟如霆如雷:迅雷为霆,即霹雳。此处用来形容方叔军威之盛。 ㊱蛮荆来威:"蛮荆是畏"。来,犹"是",语词。威,畏。

【学术延伸】

方玉润《诗经原始》云:"南人美方叔威服蛮荆也。……观其全诗,题既郑重,词亦宏丽,如许大篇文字,而发端乃以采芑起兴,何能相称?盖此诗非当局人作,且非王朝人语,乃南方诗人从旁得睹方叔军容之盛,知其克成大功,歌以志喜。……且其人亦非荆人,必诗人之流寓蛮荆者,不然,荆人何以自谓'蠢尔蛮荆'耶?……且'方叔涖止'一语涖云者,人自他方来临吾土之谓,非我从本国适彼殊方之言,故知其为南人作也。"

车　攻

我车既攻①，　　我君畋车已修好，
我马既同②。　　我君良马已选齐。
四牡庞庞③，　　四匹公马真强壮，
驾言徂东④。　　驾好畋车去东邑。

田车既好⑤，　　我君畋车已修好，
四牡孔阜⑥。　　四匹公马真高大。
东有甫草，　　东邑圃田有茂草，
驾言行狩⑦。　　驾车去把野物打。

之子于苗⑧，　　这些君子去打猎，
选徒嚣嚣⑨。　　汇集人马声势大。
建旐设旄⑩，　　高举旗帜整队列，
搏兽于敖⑪。　　敖地去把野物打。

驾彼四牡，　　驾上四匹好公马，
四牡奕奕⑫。　　四马快慢走得匀。
赤芾金舄⑬，　　黄朱蔽膝黄朱鞋，
会同有绎⑭。　　诸侯会同声威振。

决拾既佽，　　扳指护臂已备好，
弓矢既调⑮。　　强弓利箭已配齐。

射夫既同⑯，	射手协作大会合，
助我举柴⑰。	猎取群兽赖众力。
四黄既驾，	四匹黄马驾好车，
两骖不猗⑱。	两骖不偏又不倚。
不失其驰，	车马驰驱合法度，
舍矢如破⑲。	箭无虚发好技艺。
萧萧马鸣，	但闻萧萧马长鸣，
悠悠旆旌⑳。	但见悠悠飘旗旌。
徒御不惊，	徒兵御手都机警，
大庖不盈㉑。	我君厨房尽充盈。
之子于征，	这些君子率军行，
有闻无声㉒。	军众整肃默无声。
允矣君子，	真是好君子，
展也大成㉓。	真是大成功。

　　周宣王兴师南征北伐，攘除外患，一时颇呈"中兴"之势。于是，他到东都洛邑，在那一地区大规模地与诸侯会猎。本诗记叙的便是这一内容。
　　古代的天子、诸侯的会猎活动，常有军事演习的作用，也有震慑安抚作用。有时，会猎活动竟成了一场战争的序幕，甚至"会猎"又可能是"战争"的同义词。周宣王举行这大规模的会猎活动，是有其政治和军事目的的。

【注释考证】

①攻：治，整治。 ②同：齐同，指选备四牡，马力齐同。 ③四牡庞庞：驾车的四匹公马十分强壮。庞庞，原为充实之貌，引申为强壮貌。 ④驾言徂（cú）东：驾而徂东。驾，驾车。言，语助，犹"焉"。徂东，指周宣王一行前往东都会猎。徂，往，去到。 ⑤田车既好：畋猎之车已修好，义犹"攻"。 ⑥孔阜：十分强壮高大。阜，盛大，强壮。 ⑦东有甫草，驾言行狩：东邑的圃田有丰茂的野草，我们要驾车去打猎。甫草，圃田地方的茂草。甫，"圃"的省借。圃，即圃田，古泽薮名，或叫圃田泽。地理位置在今河南省中牟县西南。由于其地多生茂草，故而得圃田之名。按：《薛君章句》云："圃，博也。有博大茂草也。"而《毛传》曰："甫，大也。"乃据此而该之，与《郑笺》所云："甫草者，圃田之草也。"实乃出于一义。行狩，行狩猎之事。 ⑧之子于苗：之子，泛指参加狩猎活动的奴隶主贵族，或特指周宣王，以"之子"为代称。苗，本指夏猎，其行猎害苗之义。后来，"苗"字成为畋猎之通名。于苗，犹于狩。 ⑨选徒嚻嚻：具备的车马卒徒们非常众多。选，具备。王引之《经义述闻》云："选，具也。字本作'僎'。《说文》云：'僎，具也。'又云：'巽，具也。'巽与僎古同声。……字亦作撰。……此言选（繁体为選）徒，亦谓具卒徒。《史记·司马相如传》：'王驾车千乘，选徒万骑'，谓具骑兵万人也。高诱注《淮南修务》篇曰：'嚻，众也。'"嚻嚻，众多貌；又训闲暇貌。《尔雅·释言》："嚻，闲也。"郑注："嚻然，闲暇貌。"如依此为训，则类《左传》"好以众整""好以暇"之义，指军众训练精良，既严整周密，又从容不迫。 ⑩建旐设旄（máo）：建，树，竖。设，置，列。旄，见《采芑》篇。旄，旗杆顶上饰以牦牛尾的一种旗帜。 ⑪搏兽于敖：到敖地去打猎。搏兽，《石鼓文》作"搏首"，即"薄狩"之假借。陈奂云："今'薄'作搏者，音近而误。'薄'为语词。"在《诗经》中，以"薄言"为语词者凡16例；以"薄"为语词者凡10例（详见山东教育出版社《诗经词典》）。《水经注·济水》、《册府元龟》、王氏《诗考》各引《诗》

"薄狩于敖"。按：经文应作"薄狩"。敖，古地名，在今河南省荥阳市境。古有敖山，山上有城，秦时曾设仓于敖，名敖仓。按：敖，又作隞、嚣。群书各言"在河阴县""在荥泽县""在成皋县"者，因时代不同而置县之名亦异。于1935年合为成皋县，今名荥阳市。　⑫奕奕：马从容闲习的样子。《玉篇》："马行徐而疾。"　⑬赤芾金舃：赤芾，黄朱色之蔽膝，是诸侯的衣饰。金舃，即"赤舃"，黄朱色的复底鞋。金舃也是诸侯之服。本句不言赤舃，而曰金舃，易文避复。《笺》："金，黄朱色也。"　⑭会同有绎：指众多的诸侯、贵族齐集一处，参加宣王发动的会猎活动。会同，古代诸侯朝觐天子的专称。此处是指诸侯会聚到周天子这里，一起打猎。有，助词，往往用在名词或形容词之前。绎，绎绎，盛貌。《经义述闻》："绎，盖盛貌也。此承上文赤芾金舃而言，言诸侯来会，其服章之盛绎绎然也。"一说，绎，"陈列联属之貌"。　⑮决拾既伙（cì），弓矢既调：决，即古代用象牙、骨等制成的扳指圈，套在右拇指上，用以钩弓弦射箭，又名"抉""块""韘"。拾，皮革制成的一种护臂之具，套在左臂上，便于拉弓射箭，又叫射韝（gǒu），或叫遂。伙，便利，指工具合用，与下文"调"义近。又，《郑笺》云："手指相次比也。"失之。弓矢既调，弓的强弱和箭的轻重都已搭配协调（合适）。按：此二句，疑有错简。如作"弓矢既调，决拾既伙。射夫既同，助我举柴"，则一、三句为韵，二、四句为韵，自然协调。且在行文上，意义连贯，毫无不妥。　⑯射夫既同：射箭的人协同一致、连续地射野物。同，协同；又训会合、齐集。　⑰助我举柴：举，"取"义，指猎取。柴，"掌"之讹。掌，《说文》："积也。《诗》曰'助我举掌'。"又，《玉篇》《广韵》引《诗》皆作"掌"。积，谓积禽也。积禽，众多的禽兽。　⑱四黄既驾，两骖不猗：指驾车的四匹黄马已套在车上，两边的骖马走起来不偏不倚。猗，倚。　⑲不失其驰，舍矢如破：御者不失其驰驱之法，射者每发必中。这是赞美御者、射者互相配合，技艺高超。驰，驰驱之法则。可能是指"过防弗逐，不从奔""不抵禽，不诡遇"等。即超越界限不穷追，拼命逃跑的不穷追，不迎面射杀，不暗中横射。是"范我驰驱"之意。《孟子·滕文公篇》:"良不可曰:'吾为之范我驰驱,终日不获一;为之诡遇,一朝而获十。'《诗》云'不失其驰,舍矢如破'。我不贯与小人乘,请辞。"舍矢,犹发矢。如,犹"则",或犹"而"。破,矢中的(中禽)。"舍矢如破"犹"舍拔则获"。破,指射穿、射死。 ⑳萧萧马鸣,悠悠旆旌:萧萧,马长嘶声。悠悠,此指轻轻地慢慢地飘动。旆旌,此泛指旗帜。 ㉑徒御不惊,大庖不盈:徒,"辇"(引车),徒步拉车者(以人驾车)。御,以马驾车者。不,或通丕,语词,无义。惊,"警"之假借字。警,警戒。又,机警,或训戒肃,戒慎其事。大庖,国君之庖厨。不盈,盈。上二句是说:所有的侍御者都警戒着,国君的厨房里堆满了猎获的野物。 ㉒之子于征,有闻无声:指这些大奴隶主贵族的代表人物率众射猎归来,队伍整齐,无人喧哗,听不到什么声音。于,犹"之"字,助词。征,行。有,犹"而",或"虽"。 ㉓允矣君子,展也大成:这是作者最后对古代统治者的谀辞,意谓"真是君子啊!真是伟大的成就啊!"允,信。展,诚。其实,允、展二字之含义一致,浑言则一,析言则异。有"的确""真正的""确实"之意。

吉　日

吉日维戊①,　　戊日这天,最为吉利,
既伯既祷②。　　又行军祭,又行马祭。
田车既好③,　　畋车已经修好备齐,
四牡孔阜④。　　四匹公马硕大无比。
升彼大阜,　　策马登上高大土山,
从其群丑⑤。　　争先把那群兽追赶。

吉日庚午⑥,　　庚日午时,也很吉利,

既差我马⑦。	我君之马,选择整齐。
兽之所同⑧,	大群野兽,纷纷聚集,
麀⑨鹿麌麌⑩。	无数母鹿,千角万蹄。
漆、沮之从,	漆、沮一带,追逐野物,
天子之所⑪。	天子狩猎,宜在此处。

瞻彼中原⑫,	看那原野无边广阔,
其祁孔有⑬。	大麋大兽异常众多。
儦儦俟俟⑭,	野兽众多而又肥壮,
或群或友⑮。	三三两两出没林莽。
悉率左右,	率领军众追射兽群,
以燕天子⑯。	以期娱乐天子之心。

既张我弓,	已经拉满我的弓弦,
既挟我矢⑰。	又复搭好我的利箭。
发彼小豝,	幼小野猪,一箭射透,
殪此大兕⑱。	接连射死硕大犀牛。
以御宾客,	宴飨宾客,野味相酬,
且以酌醴⑲。	诸侯同饮醇美甜酒。

姚际恒云:"此宣王猎于西都之诗。……诗中'漆、沮'正近岐阳。"其说虽无的据,然尚可从。从内容来看,与《车攻》一致,都是大奴隶主贵族的代表人物会猎之诗。不过本诗所写的地区是在西都一带,而且文辞气象也不及《车攻》篇宏大。

【注释考证】

①吉日维戊（wù）：吉日，古人迷信，认为吉利的日子。戊，即"茂"字。戊，又为天干第五位。梁太祖因避其曾祖茂琳讳，改读为"wù"，后世因之。马瑞辰云："郑注《月令》曰，戊之言茂也。马祭用戊，盖取祷马蕃茂之意。故下即云'四牡孔阜'。《风俗通义》曰，阜者，茂也。"本句是说，好日子就在戊日这一天。《郑笺》，"戊，刚日也"。按：刚日即奇日。《礼记·曲礼》："外事以刚日，内事以柔日。"疏："十日有五奇五偶，甲、丙、戊、庚、壬五奇为刚；乙、丁、己、辛、癸五偶为柔也。" ②既伯既祷：应为"既祃既祷"。《说文》引《诗》作"既祃既禂"。祃，古代军中祭名。《说文》："师行所止，恐有慢其神，下而祀之曰祃。"《礼记·王制》："祃于所征之地。"郑玄注："祃，师祭也，为兵祷。"祷，又作"禂"。马祭名，即祭马。本句是说，即举行师祭（军祭），又举行马祭，祈求神灵佑祜，而兵强马壮。《毛诗传笺通释》："惠定宇《九经古义》曰《周官·大司马》，有司表貉。先郑云，貉读为祃，祃谓师祭也。甸祝表貉。杜子春读貉为'百尔所思'之百，《书》亦或为祃。后郑'肆师'注云：貉读为十百之百，盖貉读为祃，又读为百，百即伯也。字异而音义并同，是伯即祃之假借，当云师祭。……《尔雅》曰：'既伯既祷，马祭也。'《说文》：'禂，祷牲马祭也。'禂祷古声近通用。是知《尔雅》'马祭'乃释《诗》'既祷'之祷，非释'伯'字，其兼引《诗》'既伯'者，特连类及之。……毛公惟误以《尔雅》'马祭'为释《诗》'既伯'，故以伯为马祖，又以祷为祷获，不为祷马。不知伯特祃字之假借耳。又按祃之言隔。《方言》《广雅》并云：隔，益也。'肆师'郑注曰：貉，师祭也。于所立表之处为师祭，祭造军法者，祷气势之增倍也。正取'隔益'之义。应劭《汉书》注云：祃者，马也。马者，兵之首，故祭其先神。直以祃为马祭。亦误。" ③田车既好：详《小雅·车攻》。 ④孔阜：非常肥硕。孔，甚。阜，肥硕。 ⑤升彼大阜，从其群丑：登上大土山，追逐群兽。阜，在此为"土山"意。从，逐。丑，本义为"类""众"，此指未获之兽。

⑥庚午：庚，也是刚日，当然也是吉日。午，火盛之时，又是吉辰。庚午，指吉日吉辰。马瑞辰云："午酉并行，方为吉日。火盛于午，金盛于酉。庚为金，与酉同气，则即酉之类也。故翼引《诗》吉日庚午，以为午酉二阳并行之证。则奉虽用辰不用日，未始不兼取日与辰相配耳。"这些择吉的说法，都反映了古代统治阶级的迷信思想。 ⑦既差我马：已经选好我君的马。差，择，指择取强力之马。 ⑧同：聚。 ⑨麀(yōu)：母鹿，也泛称母兽。 ⑩麌麌(yǔ)：野兽众多貌。 ⑪漆、沮之从，天子之所：在漆水、沮水一带追逐、猎捕禽兽，这正是天子打猎的好地方。漆、沮，古水名。漆水，旧说源出古同官县，西南流至铜川市耀州区会合沮水，又合称漆沮水。沮，旧说源出陕西省铜川市耀州区北。总之，这漆、沮二水，指周王朝发祥地即今陕西省彬州、岐山一带的漆、沮。相当于现在何水，无考。另有其他同名的漆、沮，略。从，随，逐。所，所在，处所，地方。 ⑫中原：原中。 ⑬其祁孔有：那里的大野兽很多。祁，当作"麕"(shī)。牝麕，引申为大兽。又读作"麎"，兽之大者（五岁为麎）。孔有，甚多。有，在此训"多"。 ⑭儦儦(biāo)俟俟：应作"儦儦駯駯"。儦儦，行貌，众多貌。俟俟，"駯"之假借。勇壮貌。 ⑮或群或友：三三两两地。兽三曰群，二曰友。 ⑯悉率左右，以燕天子：《毛传》："驱禽之左右以安待天子。"《郑笺》："率，循也。悉驱禽顺其左右之宜以安待王之射也。"《诗集传》曰："言从王者视彼禽兽之多，于是率其同事之人，各共其事，以乐天子也。"马瑞辰曰："悉率左右，谓从旁翼驱之。……安与待义相近，故燕为安，又为待。……《说文》，晏，安也。……或疑即以晏天子之讹。" ⑰既张我弓，既挟我矢：引弓将发之谓。张弓，引弓，拉开弓。挟矢，挟，夹持，以手持矢搭于弓弦。又，夹持于腋下。 ⑱发彼小豝(bā)，殪(yì)此大兕(sì)：发矢即中，既打死小野猪，又打死大犀牛。豝，母猪。又，小猪。在此指野猪。兕，古称犀牛一类的野兽，或指野牛。发，发矢。殪，死，致死。又，壹矢而死。按：发与殪，为互词。 ⑲以御宾客，且以酌醴(lǐ)：用猎取的禽兽（野味）宴飨宾

客（指诸侯），并酌饮甜酒。醴，甜酒。

鸿 雁

鸿雁①于②飞，	鸿雁展翅飞天上，
肃肃③其羽④。	鼓动羽翼簌簌响。
之子于征，	这些穷人服苦役，
劬劳于野⑤。	受尽劳瘁在远地。
爰及矜人，	灾难加给受苦人，
哀此鳏寡⑥。	鳏寡难免哀更深。

鸿雁于飞，　　鸿雁展翅飞长空，
集于中泽⑦。　　纷纷又落水泽中。
之子于垣⑧，　　这些穷人服苦役，
百堵皆作⑨。　　百堵高墙一时起。
虽则劬劳，　　虽然辛劳盖大屋，
其究安宅⑩？　　究竟何处让我住？

鸿雁于飞，　　鸿雁飞飞腹中空，
哀鸣嗷嗷⑪。　　嗷嗷一片哀鸣声。
维此哲人，　　只有这些明理人，
谓我劬劳⑫；　　说我劳苦萃一身；
维彼愚人，　　只有那些愚蠢汉，
谓我宣骄⑬。　　说我骄奢心不满。

周代的统治阶级强征人民为其修筑城邑、宫室，连鳏寡之人也难幸免，广大劳动人民痛苦不堪，便唱歌苦诉自己的悲惨遭遇。

【注释考证】

①鸿雁：鸟名。大型游禽和冬候鸟。形状略似鹅，群居水边。或统称鸿雁，或单称鸿，单称雁，为家鹅远祖。在我国东北、内蒙古东部均有繁殖，于长江流域或以南地区越冬，秋季自北向南迁徙，成群飞行，常排成"人"字、"一"字形。如细分，又有多种。鸿雁之名，是对这种雁类之泛称。本诗用鸿雁自由飞翔反衬与兴起古代劳动人民的不自由、受压榨之苦，这叫反兴。 ②于：犹"之"字，无实义，亦可省去。 ③肃肃：羽翼声。 ④羽：羽翼。 ⑤之子于征，劬（qú）劳于野：这些人被迫远行，去服徭役，在野外受尽劳苦。之子，指多数，即"这些人"有作者自我在内。劬劳，极度劳苦。劬，极劳，劳病。于野，在野，在远地。 ⑥爰及矜人，哀此鳏（guān）寡：爰，发语词，无义。及，到，临到，加给。矜人，受苦人。矜，本作"痎"。《尔雅·释言》："痎，苦也。"哀此鳏寡，老而无妻曰鳏。死了丈夫的妇女曰寡。鳏寡，是苦中之苦者。也难幸免徭役，更为可哀。 ⑦集于中泽：中泽，"泽中"之倒装。泽，此谓沼泽。集，鸟成群落下。也是反兴。 ⑧垣（yuán）：垣墙，此处作动词用，指筑垣墙，如筑城也叫"城"。 ⑨百堵皆作：垣墙百垛一时而起（筑成）。堵，犹今之"垛"。多人筑垣墙，分段而筑。旧说，"一丈为板，五板为堵"。又说，"堵长一丈"。又说，"方丈为堵"。另说，"五堵为雉，雉长三丈"。皆作，偕起。皆，"偕"之借，同。作，起。 ⑩其究安宅：究竟将到何处安居？其，将。究，究竟，到底。安，何，何处。宅，此处作动词，居住。这句话是说：人们艰苦劳作，建成百堵高墙，万座宫室，而自己却不知到何处安身。 ⑪嗷嗷（áo）：哀鸣声。诗人以鸿雁哀鸣比喻人民之疾苦饥馑。 ⑫维此哲人，谓我劬劳：只有这通达事理而了解我们疾苦的人，才说我们受尽劳苦，遭遇悲惨。维，独，只。哲人，旧称聪明才智超乎寻常的人。谓，说。 ⑬维彼愚人，谓我宣骄：只有那愚蠢的不体察我们疾苦的人，才说我们太骄

傲。宣，侈大之意，如"宣室"即"大室"之谓。又，瑄为"大璧"之名。骄，骄傲，放纵。《经义述闻》："宣骄与劬劳相对为文，劬，亦劳也，宣，亦骄也。……宣为侈大之意。宣骄，犹言骄奢，非谓宣示其骄也。"

庭 燎

夜如何其①？	夜色何时分？
夜未央②，	夜色犹未尽，
庭燎③之光。	庭中大烛光耀金。
君子④至止，	君子待驾到朝廷，
鸾声将将⑤。	但闻叮咚响鸾铃。

夜如何其？	夜色何时刻？
夜未艾⑥，	夜色犹未绝，
庭燎晣晣⑦。	庭中大烛明晣晣。
君子至止，	君子待驾到朝廷，
鸾声哕哕⑧。	但闻鸾铃响叮咚。

夜如何其？	夜色何时分？
夜乡晨⑨，	夜色将向晨，
庭燎有辉⑩。	庭中大烛光欲尽。
君子至止，	君子待驾到朝庭，
言观其旂⑪。	迷离渐见龙旗影。

这是一首宫廷乐歌。写周天子早朝的情形。在夜未尽、天将晓之时，王、侯、公、卿就已陆续会同。本诗写景状物，生动逼真，雍容庄穆。

【注释考证】

①夜如何其:夜色是什么时辰?其,语尾助词,无实义。 ②夜未央:夜未已,夜未尽,夜未久。《说文》:"央,……一曰久也。"《楚辞》王逸注:"央,尽也。……央,已也。"一说,央,中央,即子夜。 ③庭燎:大烛,即在庭中点燃的火炬(烛)。古代的烛是用麻秆或芦苇束成,或以蜡浸之,类似火炬。 ④君子:指入朝的公、卿、大夫或诸侯。 ⑤鸾声将将(qiāng):详见《小雅·采芑》。将将,即"锵锵"。 ⑥未艾:犹"未央"。艾,绝,止。《经义述闻》:"予谓艾亦已也。已、央、艾一声之转,夜未艾,犹言夜未央耳。"《左传·昭公元年》:"国未艾也。"杜注:"绝也。"《小尔雅》:"止也。" ⑦晣晣(zhé):《毛传》:"明也。" ⑧哕哕(huì):有节奏的铃声。 ⑨乡晨:向晨,向明,将明。乡,"嚮"(向)之省借,近。 ⑩辉:又作"煇""晖",火气,或"天欲明而见其烟光相杂也"。(《诗集传》)又,"天欲明,则庭燎先尽"(《诗义会通》)。按:"煇",古读如"熏",或训烟气。庭中大烛,到天色将晓时,已燃尽,或将尽,而烟光相杂。且引出下文"言观其旂"。 ⑪言观其旂:乃观其旂,乃看到了那些旗子。其,那些。或,他们的。旂,见《小雅·出车》注。

【学术延伸】

王引之云:"夫歌之为言也,长言之也。长言之,则一倡三叹而不病其复。此三章皆言早朝之事,文虽异而义则同。若必以未央、未艾、乡晨分先后,则庭燎之光、庭燎晣晣、庭燎有辉,岂亦有先后乎?凡三章同义者,《诗》中往往有之。……不可枚举。切类通达,是所望于后之君子焉。"

沔 水

沔彼流水, 　　奔腾澎湃东流水,

朝宗于海①。	朝宗到海不复回。
鴥彼飞隼，	隼鸟振翼飞得疾，
载飞载止②。	又飞翔啊又止息。
嗟我兄弟，	嗟叹我的好兄弟，
邦人诸友③。	嗟叹我的好乡友。
莫肯念乱，	王朝不肯止祸乱，
谁无父母④？	谁人不为父母忧？

沔彼流水，	奔腾澎湃东流水，
其流汤汤⑤。	浩浩荡荡不复回，
鴥彼飞隼，	隼鸟振翼飞得疾，
载飞载扬⑥。	又飞翔啊又扬起。
念彼不迹⑦，	忧虑坏人不行善，
载起载行⑧。	匆匆来去我不安。
心之忧矣，	我心悽惋愁无限，
不可弭忘⑨。	苦思如潮恨无边。

鴥彼飞隼，	隼鸟振翼快如风，
率⑩彼中陵⑪。	自由翱翔山陵中。
民之讹言⑫，	坏人谣言把人伤，
宁莫之惩⑬？	为何不能止毁谤？
我友敬矣，	劝我好友要提防，
谗言其兴⑭。	谗言纷纷起四方。

这是一首悯乱忧谗之诗。

【注释考证】

①沔（miǎn）彼流水，朝宗于海：浩浩荡荡的流水，终于归入大海。沔，水流满溢之状。朝宗，本义是"诸侯春见天子曰朝，夏见天子曰宗"（见《诗集传》）。浑言之，凡诸侯觐见天子曰朝宗。此处比喻众水归海，如朝宗。于，至，往。据《水经注》，北源出自今陕西留坝西一名沮水者为沔，西源出自今宁强北者为汉，二源合流后，沔、汉通称。　②鴥（yù）彼飞隼（sǔn），载飞载止：疾飞的隼鸟，又飞上去，又落下来，自由飞翔。鴥，鸟疾飞貌。隼，又名鹞，是一种猛禽，喙、爪皆有利钩，疾飞善袭，又分"小隼""游隼""燕隼"等。按："沔彼流水，朝宗于海"，反兴人无归宿。"鴥彼飞隼，载飞载止"，反兴人不自由。　③嗟我兄弟，邦人诸友："嗟"字似应贯二句，意谓：嗟叹我的兄弟和乡人诸友。邦人，乡人，同乡。邦，本指诸侯受封的地域（邦国），引申为"地方"之称。　④莫肯念乱，谁无父母：指当政者不肯止乱，使民受难，试问谁无父母呢？是哀悯父母之意。念，止息。马瑞辰云："又念与尼双声，尼，止也。故念亦有止义。莫肯念乱犹莫肯止乱也。又按《说文》，怀，念思也。《尔雅·释诂》，怀，至也。又，怀，止也。念训常思而有止义，犹怀训念思，义为至，又为止也。"可从。　⑤汤汤（shāng）：即"荡荡"，波流盛大之貌。　⑥扬：指高飞。　⑦迹：在此是追寻踪迹之意，是循道而行之意。不迹是指不按正道而行。　⑧载起载行：且起且行。指忧愁深重，坐立不安之状。　⑨心之忧矣，不可弭（mǐ）忘：心中的忧愁不能平息终止。弭，停止，消除。忘，"亡"之借，已。　⑩率：循。　⑪中陵：陵中。山陵之中（一带）。　⑫讹（é）言：诈伪之言，谣言。　⑬宁莫之惩：何不能止。宁，胡，何，为什么。之，语中助词。惩，止，制止。一说，惩有"审""察"之义。（见《毛诗传笺通释》）　⑭我友敬矣，谗言其兴：我的朋友们要警惕啊，谗言太盛了（太可怕了）。敬，儆，警。是戒慎、警惕之意。《说文》："警，戒也。"《释名》："敬，警也。"按：敬，应从苟省，从句，从攴。苟，善、美之义。勹，裹义，句，即包口，慎言

之意。苟（jì）与苟有别。苟从草从句，《说文》："敬，肃也。"

【学术延伸】

《诗集传》云："疑当作三章，章八句。卒章脱前两句耳。"甚是。

鹤　鸣

鹤鸣于九皋，　　仙鹤长鸣在水边，
声闻于野①。　　它的声音四野传。
鱼潜在渊，　　　鱼儿沉潜在深渊，
或在于渚②。　　有时浮游在洲滩。
乐彼之园，　　　令人喜悦众木园，
爰有树檀，　　　有那檀树参青天，
其下维萚③。　　又有萚树在下面。
他山之石，　　　他山石头可当错，
可以为错④。　　能够把那玉器磨。

鹤鸣于九皋，　　仙鹤长鸣在水边，
声闻于天。　　　它的声音上闻天。
鱼在于渚，　　　鱼儿浮游在洲滩，
或潜在渊。　　　有时沉潜在深渊。
乐彼之园，　　　令人喜悦众木园，
爰有树檀，　　　有那檀树参青天，
其下维榖⑤。　　又有楮树在下面。
他山之石，　　　他山石头可当错，
可以攻玉⑥。　　能够把那玉器磨。

这是讽喻同王朝的统治者招贤纳士的诗。

【注释考证】

①鹤鸣于九皋（gāo），声闻于野：仙鹤在水边高地上鸣叫，其声音闻于四野。比喻有贤德者，身隐而令誉远扬。鹤，俗称仙鹤，一种大型涉禽，头小颈长，嘴长而直，鸣声嘹亮，常见的有灰鹤、白鹤等。九皋，水边高地而多曲者。皋，水边高地。九，九曲。又，皋或训泽。《韩诗》云："九皋，九折之泽。"《说文》："臯，大白，泽也。从大从白，古文以为泽字。古老切。"臯、皋，并同音，形近而讹，是可能的。况且，古籍中屡见皋、泽互通之例，是九皋即九曲之泽。 ②鱼潜在渊，或在于渚（zhǔ）：鱼或沉潜深潭，或游泳于浅水沙洲左右，以喻贤者去就不常。这两句似为"鱼，或潜在渊，或在于渚"之省文，"或"字贯上下两句。渊，深水潭，深水。渚，水中小洲。 ③乐彼之园，爰有树檀（tán），其下维萚：令人喜悦的是那林木聚生之园，既有（可制车轮的贵重木材）檀树，也有普通的榎树。爰，语首助词。檀，木名。是贵重木材。又有多种檀树。树檀，为叶韵而倒文。维，语中助词。萚，"檡"（shì）之借字。椋（yǐng）枣，又名软枣树，类似柿树，但果实小而长，干熟则紫黑色，可食。联系下章来读，从内容上，从句法上，都应认为读"檡"为是。《经义述闻》云："萚，疑当读为檡。《广雅》，椋枣，檡也。……故借萚为檡。盖檀可以为轮为辐，檡亦可以为决，縠亦可以为布为纸。……言在下者非无可用之才，在王之用之而已。下文他山之石，可以为错。《传》以为举贤用滞。其义正相承也。"王说得之。 ④他山之石，可以为错：别的山上的石头，可用来作为琢磨玉器的厝石（错石）。比喻别处的贤才，也可作为此国君的辅佐。又比喻能帮助自己改正过错的人。他，本作"它"。按：《说文》（段注本）："厝，厉厝石也。从厂，昔声。《小雅·鹤鸣》曰：'他山之石，可以为错。'……《尔雅》：'玉曰琢之。'玉至坚，厝石，如今之金刚之

类，非厉石也。……《金部》鑢下云'错铜铁也'，错亦当作厝。……按许书'厝'与'措''错'义皆别，而古多通用。"徐灏《笺》曰："凡摩鑢金石谓之厝，古通错。"当从段说，"厝"为本诗正字，"错"乃借假字。可以，可，训"能"，以，助词。《庄子·在宥篇》："故贵以身于为天下，则可以托天下！爱以身于为天下，则可以寄天下。"文中"以"字皆为语助词。　⑤榖（gǔ）：木名，又叫楮叶似桑，树皮可制纸，因此，楮又为纸的代称。榖、穀有别。榖，从壴从木从殳；穀，从壴从禾从殳。　⑥攻玉：错玉，琢磨玉器。

祈父之什

祈 父

祈父①！	祈父！
予王之爪牙②。	你是我王卫士爪牙。
胡转予于恤③？	为何害我陷于痛苦？
靡所止居④。	不得休闲，不能回家。
祈父！	祈父！
予王之爪士⑤。	你是我王卫士爪牙。
胡转予于恤？	为何害我陷于痛苦？
靡所厎止⑥。	不得休闲，不能回家。
祈父！	祈父！
亶不聪⑦。	真是昏庸。
胡转予于恤？	为何害我陷于痛苦？
有母之尸饔⑧。	老母饥寒，无以为生。

这可能是征役之人对周王朝及其爪牙的怨疾之词。

【注释考证】

①祈父：同"圻父"，盖即"司马"，西周职掌封畿兵马的高级武

官。因边境叫圻，所以，保卫国土的高级武官叫圻父（祈父）。　②予王之爪牙：我王之爪牙。王之爪牙，王者禁卫之士，犹兽之爪牙。又，《玉篇》引"予"作"维"。　③胡转予于恤：为何陷我于苦难的处境？胡，何。转，辗转，陷于。《韵会》："转，辗转无穷也。"又，《扬子太玄经》："轸转其道。"《广韵》："轸，转也，动也。"轸转，犹辗转。恤，忧患。　④靡所止居：不能止息。犹《采薇篇》之"不遑启居"。靡，无。所，语中助词，无义。止，息。居，坐，安处，犹止息之义，按：本句是说征人行止无定，不得休闲。　⑤王之爪士：犹"王之爪牙"。意为爪牙之士。　⑥靡所厎（zhǐ）止：犹"靡所止"。《尔雅》："厎，止也。"按：凡作厎、作底者，皆讹。　⑦亶（dǎn）不聪：诚不聪。亶，诚，信，实在，真的。不聪，不聪明，糊涂，昏庸。　⑧有母之尸饔（yōng）：由于周王朝的祈父强制歌者长期服役，不能侍养父母，而使老母没有饭吃。尸，《白虎通义》："尸之为言失也。"《毛诗传笺通释》："尸饔即谓失饔。谓奉养不能具也。古屍字通借作尸，屍字从尸从死，死、亡同义，亡即失也，故尸亦得训失。"一说，尸是主持、主管之意，尸饔是主管炊食劳作之事。一说，尸与乞，古音相近，且形体相似，"乞"或借或讹作"尸"，故，尸饔即乞食之意。（高亨先生《诗经选注》）饔，熟食，或专指早饭。

白　驹

皎皎白驹，　　皎皎白马驹，
食我场苗①。　吃我场中苗。
絷之维之，　　将它绊住将它系，
以永今朝②。　长留欢情乐今朝。
所谓伊人，　　我的好人无消息，
于焉逍遥③？　你在何处自逍遥？

皎皎白驹，	皎皎白马驹，
食我场藿④。	吃我场中藿。
絷之维之，	将它绊住将它系，
以永今夕⑤。	欢情长留今夕乐。
所谓伊人，	我的好人无归期，
于焉嘉客⑥？	何处逍遥自怡悦？
皎皎白驹，	皎皎白马驹，
贲然来思⑦。	匆匆来得疾。
尔公尔侯？	你是公？你是侯？
逸豫无期⑧？	何处安乐欢无极？
慎尔优游，	不要过分图安逸，
勉尔遁思⑨。	不要舍我远别离。
皎皎白驹，	皎皎白马驹，
在彼空谷⑩。	在那深山峪。
生刍一束⑪，	青青牧草捆一束，
其人如玉⑫。	我的好人似美玉。
毋金玉尔音，	莫将音信当金玉，
而有遐心⑬。	不要疏远离我去。

这是古代女子怀念爱人之歌。她独处空闺，寂寞无主，自思自叹，时劳长想。她想象爱人回到身边团聚了，她要挽留他，使幸福的重逢时日更永长。但是，她终于又从幻梦中被唤回到现实的空虚孤独的境地。于是，反复地唱道："我的好人啊，你到何处逍遥去了？"

二雅·小雅 祈父之什

最后,她自言自语地希望爱人不要断绝音问,不要有"远我之心"。

【注释考证】

①皎皎白驹,食我场苗:皎皎洁白的马驹,吃我场圃的苗。这是双关语,既指白驹,又喻乘驹之伊人。皎皎,洁白光亮。场,场圃,园圃。其间多种植豆、蔬之类。苗,豆、蔬之苗。 ②絷(zhí)之维之,以永今朝:拴住马足,系紧马缰,留住伊人,以延长这欢聚的时光。絷之维之,双关语,不仅留白驹,而且主要的是留住乘白驹的伊人。絷,拴,捆,此指绊马足。维,系,指将马缰系在树木、桩、柱上。以永今朝,借留住伊人而延长这欢聚之今朝时光。永,长,延长。以上四句是女诗人的想象与期望之词。 ③所谓伊人,于焉逍遥:我那好人啊,你到何处自在逍遥去了?于焉,于何,于何处。焉,犹"安""何"。这二句是女诗人盼不到爱人时的自言自语,如怨如慕,缠绵之音。 ④藿(huò):豆苗,豆叶。场藿,犹场苗。 ⑤以永今夕:犹"以永今朝"。 ⑥于焉嘉客:犹"于焉逍遥"。按:嘉,快乐。《尔雅·释诂》:"嘉,乐也。"《礼记·礼运》:"交献以嘉魂魄。"注:"嘉,乐也。"《诗集传》:"嘉客,犹逍遥也。"快乐、逍遥是同义词,故嘉客犹逍遥。 ⑦贲然来思:指策马疾驰而来。"贲""奔"可通假。思,犹"兮",助词。 ⑧尔公尔侯,逸豫无期:这是女歌者以思恋与怨恨之情,自言自语地诘问:"你是公吗?你是侯吗?为何在外安逸无极而不回来?"可是无人回答。逸豫,安乐。无期,无极,期读为"綦",极义,或指无归期。 ⑨慎尔优游,勉尔遁思:你不要过于逍遥自在了,你也不要离我远去。慎,慎重,勿过分。优游,犹逍遥。勉,通"免",劝止之辞。遁,又作"遯""遂",迁,离。 ⑩空谷:穹谷,深谷。《韩诗》作"穹谷"。"穹",深义。 ⑪生刍(chú)一束:青草一束(用以秣马同时,《诗》多以"束薪""束楚""束刍"喻婚媾)。刍,指喂牲畜的草。 ⑫其人如玉:我那好人犹如白玉那样纯洁可贵。其人,犹伊人。玉,形容品格美。 ⑬毋金玉尔音,而有遐心:不要珍惜你的音信像珍

惜金玉那样，而有疏远我之心。毋金玉尔音，毋以尔音为金玉，遐心，疏远之心。遐，远。

黄 鸟

黄鸟黄鸟①，　　黄鸟黄鸟听我诉，
无集于榖②，　　不要成群落楮树，
无啄我粟③。　　不要啄食我的谷。
此邦之人，　　这个邦国人真坏，
不我肯榖④。　　不肯对我好好待。
言旋言归，　　回去回去莫迟疑，
复我邦族⑤。　　坚决返回我故地。

黄鸟黄鸟，　　黄鸟黄鸟听我讲，
无集于桑，　　不要集落桑树上，
无啄我梁⑥。　　不要啄食我的梁。
此邦之人，　　这个邦国人诡谲，
不可与明⑦。　　不能和他订信约。
言旋言归，　　回去回去莫迟疑，
复我诸兄⑧。　　返我故国奔兄弟。

黄鸟黄鸟，　　黄鸟黄鸟听我诉，
无集于栩⑨，　　不要成群落柞树，
无啄我黍⑩。　　不要啄食我的黍。
此邦之人，　　这个邦国人残酷，
不可与处⑪。　　不能和他共相处。

| 言旋言归， | 回去回去莫迟疑， |
| 复我诸父⑫。 | 投奔伯叔回故地。 |

这里讲一个西周人流亡到异国谋求生路，但是，到哪里都是同样受压榨受苦难。于是，他又打算再回本国去。从诗中可以看出他走投无路、流离失所的悲惨遭遇。

【注释考证】

①黄鸟：此处指黄雀。 ②无集于榖（gǔ）：不要集落在楮树上。榖，楮树。详见《小雅·鹤鸣》。 ③无啄我粟：不要吃我的谷子。粟，农作物之名，北方称谷子，去糠叫小米。以黄鸟啄粟比喻奴隶主贵族对劳动人民的残酷剥削。斥黄鸟，实则斥奴隶主贵族。 ④此邦之人，不我肯榖：这一邦国的人，不肯好好待我。不我肯榖，不肯榖我。榖，善，善待。又训养，赡养。 ⑤言旋言归，复我邦族：回去吧，回去吧，回到我本国去。言，语首助词。旋、归，同义词，都是回还、回转、回去之意。邦族，指邦国族人。 ⑥粱：本指古代的一种特别好的粟。一说周代又称早稻。 ⑦明："盟"之借字。信约，或指契约、盟约。古人订盟，两人或多人（多方）在神前立誓或订约。一说，明，训晓、晓谕之意。 ⑧诸兄：犹"邦族"。 ⑨栩（xǔ）：柞树。 ⑩黍：粟类，即北方的黍子。米是黏的，又称黄米。 ⑪与处：和他们共处（在一起）。 ⑫诸父：犹"诸兄"。本来，诸父为伯、叔之总称。

我行其野

我行其野，	我漫步在那郊野，
蔽芾①其樗②。	臭椿树初生绿叶。
昏姻之故，	为了和你结婚之故，

言就尔居③。	前来就你同居一处。
尔不我畜④,	婚后你却不能容我,
复我邦家⑤。	我回娘家与你决绝。
我行其野,	我漫步在那野外,
言采其蓫⑥。	去采那鲜嫩蓫蓫菜。
昏姻之故,	为了和你结婚之故,
言就尔宿⑦。	前来就你同宿一处。
尔不我畜,	婚后你却不能容我,
言归斯复⑧。	我回娘家与你决绝。
我行其野,	我漫步在那野外,
言采其葍⑨。	去采那鲜嫩葍菜。
不思旧姻,	老夫妻恩情全忘,
求尔新特⑩。	却求得新人成双。
成不以富,	绝不是她家殷富,
亦祇以异⑪。	只因为新人异故。

这是古代的一首弃妇诗。这女歌者对于喜新厌旧的丈夫,严词痛斥,并表示决绝态度。

【注释考证】

①蔽芾(fèi):树木枝叶初生葱茏之状。芾,小貌。 ②樗(chū):落叶乔木,又名"臭椿"。按:樗树初生新叶时,正是仲春季节,也可能是这女子结婚之时。本诗各章开头两句,都是指结婚时之事物。 ③言就尔居:前来就你同居一室。言,发语词。 ④尔不我畜:

尔不畜我。畜，养，又训容留。见《左传·襄公二十六年》："获罪于两君，天下谁畜之？" ⑤复我邦家：回到家乡，回到母家。复，回。邦，地方，家乡，乡土。 ⑥蓫(zhú)：草名，又叫"蓨"，俗名"羊蹄"。 ⑦言就尔宿：义同"言就尔居"。 ⑧言归斯复：义同"复我邦家"。言、斯（义作思），都是助词。 ⑨葍(fú)：多年生蔓草，又名"小旋花"。花白者即名葍，花红者别名藑茅。是一种可食的野菜。 ⑩不思旧姻，求尔新特：不念旧日婚姻之情，求得你新的匹偶。特，配偶。 ⑪成不以富，亦祇以异：诚不以富，亦祇以异。成，"诚"之省借。不以富，不是因为（新的配偶）富有。祇，"只"的繁体。只以异，只因其新人而异于故人罢了。又，祇，或训"适"，恰巧。

斯　干

秩秩①斯②干③，	清清涧水流，
幽幽④南山⑤。	南山深幽幽。
如竹苞矣，	翠竹密丛丛，
如松茂矣⑥。	青松真茂盛。
兄及弟矣，	同气连枝好兄弟，
式相好矣，	友爱和睦明事理，
无相犹矣⑦。	莫相离异莫相欺。
似续妣祖⑧，	继承祖业增荣光，
筑室百堵⑨，	兴建宫室百方丈，
西南其户⑩。	东、西、南门都敞亮。
爰居爰处，	在此居住在此息，

爱笑爱语⑪。	笑语盈盈乐无极。
约之阁阁，	捆板之声响阁阁，
椓之橐橐⑫。	夯土之声响托托。
风雨攸除，	风雨之患已尽除，
鸟鼠攸去，	鸟鼠之患已尽去，
君子攸芋⑬。	它是君子好住处。

如跂斯翼，	宫殿高耸又端正，
如矢斯棘⑭，	四角如矢有廉棱，
如鸟斯革，	好像大鸟有双翼，
如翚斯飞⑮，	好像锦雉飞天际，
君子攸跻⑯。	君子登上这福地。

殖殖其庭⑰，	阶前大庭真平正，
有觉其楹⑱。	高大笔直有柱楹。
哙哙其正⑲，	向阳宫室真轩敞，
哕哕其冥⑳，	侧室也都很明亮，
君子攸㉑宁㉒。	君子寝处保安康。

下莞上簟㉓，	蒲席、竹席一层层，
乃安斯寝㉔。	主人睡得很安宁。
乃寝乃兴㉕，	永夜安寝早早醒，
乃占我梦㉖。	清晨喜占我的梦。
吉梦维何㉗？	做的好梦是什么？
维熊维罴㉘；	有黑熊，有马熊；

二雅·小雅 祈父之什

| 维虺维蛇㉙。 | 虺蛇奔，大蛇腾。 |

大人占之㉚：	太卜占梦欣然笑：
维熊维罴，	有熊有罴非常好，
男子之祥；	这是生男大吉兆；
维虺维蛇，	有虺有蛇非常好，
女子之祥㉛。	这是生女大吉兆。

乃生男子，	如果生子很可贵，
载寝之床㉜。	就要让他床上睡。
载衣之裳㉝，	就要给他穿下装，
载弄之璋㉞。	给他玩弄白玉璋。
其泣喤喤㉟，	他的哭声真洪亮，
朱芾斯皇，	纯红蔽膝闪彩光，
室家君王㊱。	将是周室好君王。

乃生女子，	如果生女也可贵，
载寝之地㊲。	就要让她地上睡。
载衣之裼㊳，	给她包上婴儿被，
载弄之瓦㊴。	给她玩弄小纺坠。
无非无仪㊵，	不要违命品行端，
唯酒食是议㊶，	专心操持办酒馔，
无父母诒罹㊷！	莫给父母添忧患！

此为周王营建宫室时，在落成典礼中唱的祝歌。

全篇九章，可合为两大部分。前五章为第一部分：择吉地；统言筑室过程；言筑墙之坚实；言屋宇落成而美盛；言室成而宽敞。后四章为第二部分；祝祷宫室的主人有吉梦；并假设大人占梦之善言；祝祷生贵子；祝祷生贤女。

从这首歌，可以看出周王修筑宫室的奢侈豪华，以及"似续妣祖"、"子孙衍庆"、男尊女卑的思想意识。本诗也反映了某些历史情况；描述建筑宫室过程，相当具体生动。

【注释考证】

①秩秩：水清貌。 ②斯：语中助词，犹"之"。 ③干：与"涧"双声，古通用。涧，山间流水。 ④幽幽：深远貌。 ⑤南山：指当时镐京以南的终南山。 ⑥如竹苞矣，如松茂矣：指其地有丛密的竹子，有茂盛的松树。前四句是说周王选的地势好，面山临水，有苞竹茂松。如，语词。苞，丛生稠密之状。 ⑦兄及弟矣，式相好矣，无相犹矣：兄弟，指同宗兄弟。式，发语词。好，友好和睦。犹，"猷"之借。《方言》："猷，诈也。"《广雅》："犹，欺也。"又，《郑笺》："犹当作瘉。瘉，病也。言时人骨肉用是相爱好，无相诟病也。"又，俞樾云："读为敽。《说文》，敽，丑也。"以上三句是说：兄弟们要友好和睦，不要互相欺诈。 ⑧似续妣祖：嗣续妣祖。所以修筑宫室，是为了继承祖先之业。似，"嗣"之假借。妣，此处并非亡母之称。乃称其远代之先妣，或指姜嫄。祖，亦称其远代之先祖，或指后稷。 ⑨筑室百堵：筑室，《郑笺》："此筑室者，谓筑燕寝也。"燕寝，古代帝王休息寝处之宫室。百堵，方丈为堵。此处"百堵"，疑借指百间宫室。 ⑩西南其户：向西、向南开门户。指燕寝之门户有向南开的正门，又有向东、西开的侧门以达于左右室。西南其户，应是"东、西、南其户"，言西以该东。

⑪爰居爰处，爰笑爰语：在这里居住，在这里安息，在这里笑乐，在这里共语。爰，于是，在这里。一说，爰。发语词。处，止，息，安，居。 ⑫约之阁阁，椓（zhuó）之橐橐（tuó）：形容板筑的情形。关于板筑，按照夯土墙要求的厚度，两端立以短木板，又于两侧立以长木

板，用绳索将其束牢，中间便形成上下垂直、两端等宽的一个空槽，然后，将拌好的湿润而有黏性的土填入空槽内，用杵夯实。夯平一层，再向上移板，如法筑土。这种版（板）筑法，大概在殷代已发明使用，到西周已相当成熟并盛行。甚至现代农村中仍然偶有袭用者。约，束，此指束筑板。阁阁，《韩诗》作"格格"，束筑板声。一说，"格"乃"韐"之异文，《说文》："韐，生革可以为缕束也。"韐，本是束物的生皮条（绳），在此，用"阁阁"来形容束物历历之貌或捆缚停妥貌。亦通。椓，击，用杵捣筑，犹今之打夯。橐橐，捣土声，犹今之"通通"。

⑬风雨攸除，鸟鼠攸去，君子攸芋：指宫室建成后，风雨之患除，鸟鼠之患去，君子有了安居之室。攸，助词。除、去，二字同义，为互文。芋，《鲁诗》作"宇"。宇，居住，或住所。 ⑭如跂斯翼，如矢斯棘：屋宇高高耸立，端正庄严，犹如人跂立之状。宫殿四隅棱角分明，犹如箭镞之廉棱。跂，同"企"，竦立。翼，端正严肃貌。《玉篇》："趯，趋进貌。"此处是指跂立貌，即耸立貌。斯，犹"之"，助词。矢，在此指箭镞（箭头）。棘，《韩诗》作"朸"。朸训隅，犹"棱"，即棱角。

⑮如鸟斯革，如翚（huī）斯飞：其栋宇峻高而扬起，犹如好鸟之翅。其檐阿华丽四翘，犹如彩羽的锦鸡展翼飞翔。革，《韩诗》作"䩐"。《说文》："䩐，翍也。" 《广雅》："䩐，翄翼也。"翍、翄为"翅"之异体。本诗之"革"字，即"翍"之省借，故训翼。翚，一种有彩羽的山鸡（雉）。 ⑯君子攸跻（jī）：指统治阶级的政治代表人物登上这高大的宫室。跻，升，登。因宫殿的屋基很高，必须循阶而上。 ⑰殖殖其庭：其庭殖殖。其，指示代词，那。庭，古称建筑物阶前的院子。从大门内至阶前，根据位置，又分前庭、中庭、后庭。殖殖，平正貌。

⑱有觉其楹（yíng）：其楹有觉。有，发语词。觉，高大而直。楹，厅堂前部的柱子。 ⑲哙哙（kuài）其正：哙哙，犹"快快"，明亮宽敞貌，犹今"明快"。正，朝阳的正房。 ⑳哕哕（huì）其冥：不向阳的房屋也是宽广明亮的。可见建筑规模的宏伟。哕哕，犹"熭熭"，与"哙哙"同义，皆指宽明之貌。冥，指不向阳的宫室房间。《诗义会通》："冥，

奥窔之间也。" ㉑攸：所，是。 ㉒宁：安处。 ㉓下莞（guān）上簟（diàn）：指床上铺的，下层是蒲席，上层是竹席或苇席。莞，蒲之一种，可用来编席。此指蒲席。簟，竹、苇席。 ㉔乃安斯寝：乃，于是。斯，语词。寝，安寝，指安睡。姚氏《诗经通论》曰："又室成而与后妃寝处，方能诞育；今但轻轻言'莞、簟安寝'，即接入梦，其与后妃寝处略而不道，而已在隐约之间。起雅去俗，妙笔妙笔！又居此室者，一家和乐好合，无过兄弟、妻子；首章已言兄弟，此处当言妻子。于兄弟则明言之，于妻子则隐言之，此尤作者之自得，而不望后世之人知之也。" ㉕乃寝乃兴：乃寝而兴，于是夜寝而夙兴。兴，早上起床。

㉖乃占我梦：于是推断解释我梦的吉凶。占梦，占人迷信，误认做的梦能预兆吉凶，所以便猜测推断和解释这梦兆。我，主人自我，这是诗人假托之词。 ㉗吉梦维何：好梦是什么梦？维，是。 ㉘维熊维罴（pí）：是梦见熊，是梦见罴。熊，野兽名，有白熊、黑熊等。罴，似熊而大，又名马熊。 ㉙维虺（huǐ）维蛇：是梦见虺，是梦见蛇。虺，古书上说的一种有花纹的大蛇。 ㉚大人占之：大人，指太卜（周代掌占卜之官）。一说，人、卜二字形近，或将卜讹作人。占之，猜测、推断、解释"吉梦"。 ㉛维熊维罴，男子之祥；维虺维蛇，女子之祥：梦见熊、罴，是要生子的吉祥之兆；梦见虺、蛇，是要生女的吉祥之兆。《诗集传》云："熊、罴，阳物在山，强力壮毅，男子之祥也；虺、蛇，阴物穴处，柔弱隐伏，女子之祥也。" ㉜乃生男子，载寝之床：乃，若，如果。载，则，就。之，于。古代生了男孩，把他放在床上睡，除了表现重男的思想外，可能还有第七章"男子之祥"注解所引《诗集传》主张的阴、阳之说的含义。 ㉝载衣之裳：衣，动词，穿。裳，下裙。古制上曰衣，下曰裳。 ㉞载弄之璋（zhāng）：弄，指那璋置于初生婴儿手边做玩弄状。璋，本指古代官僚贵族在举行朝聘、祭祀、丧葬等典丰礼时所用的一种玉器，是一种精致的长条的玉板，形如半圭，顶端呈斜锐角形。此处是指一种小型的璋。让初生儿弄璋，是象征让他养成王侯的品德，也是表示尊男。姚际恒云："今世传有三代玉璋，长一、

二寸，至长不过三寸；其制不一；有孔可穿丝绳，故初生子可弄。"
㉟喤喤（huáng）：指洪大的声音。或解为象声词，小儿哭声。古人认为小儿哭声洪亮，是贵人之征。　㊱朱芾斯皇，室家君王：二句是取吉利的预言，假设"贵子"将来能成为君王，佩朱芾之衣饰，朱芾斯皇，见《采芑》注。室家君王，是说"贵子"将来要作周室周家的君（诸侯）或王（天子）。《诗集传》云："言男子之生于是室者，皆将服朱芾煌煌然，有室有家，为君为王矣。"备考。　㊲乃生女子，载寝之地：如果生了女孩，就将她放在地上睡。这除了表现轻女的思想以外，又可能有认为女子属阴（坤、地）的思想。　㊳载衣之裼（tì）：给她包上婴儿用的褓衣。衣，此处指包起。裼，禠之借字，指褓衣，婴儿用的小被。
㊴瓦：纺砖，陶制纺线锤。让女婴玩弄纺线锤，是象征女子将来勤于纺织之事。一说，瓦，指古代的一种酒器，称瓦或瓦甒，即陶制酒尊。让女婴弄瓦甒，象征女子长大后将议酒食之事。《诗经稗疏》云："然则瓦者，盖《燕礼》之所谓瓦大；《礼器》之所谓瓦甒……以供君之膳酒者也。弄之亦议酒食之意。要此所云弄者，或三月或周晬聊一弄之，若《颜氏家训》所云，试儿今俗晬盘抓周之类，非与之玩弄者。璋瓦皆重器而脆，易刓毁，岂以授婴儿者哉？"又，姚氏云："予又见三代古玉，长、阔寸许，如瓦形，或即是此，未可知也。'载寝之地'，取地卑之义，亦以其阴类相感也。"　㊵无非无仪：勿违勿邪。非，违，指违公、婆、丈夫之命。仪，邪，指不合"礼法"的行为。　㊶唯酒食是议：指女子只负责操持酒食之事，即所谓"主中馈"。议，商量，考虑，筹措，操持。　㊷无父母诒（yí）罹（lí）：勿贻父母罹，不要使父母因女子在夫家的过失而担忧。诒，通"贻"，给予。罹，忧愁，苦难。按：上三句，反映了作者的男尊女卑和三从四德的剥削阶级思想观点。

无　羊

谁谓尔无羊①？　　谁说你们没有羊？

三百维群②。	三百三百一群群。
谁谓尔无牛？	谁说你们没有牛？
九十其犉③。	七尺大牛数不尽。
尔羊来思④，	你的羊群走来了，
其角濈濈。	犄角弯弯聚纷纷。
尔牛来思，	你的牛群走来了，
其耳湿湿⑤。	扇动耳朵把草啃。

或降于阿，	有的抢先下山坡，
或饮于池，	有的池边把水喝，
或寝或讹⑥。	有的休息，有的又撒泼。
尔牧来思⑦，	你的牧人也走来，
何蓑何笠⑧，	蓑衣、斗笠身上带，
或负其糇⑨。	有的背着干粮袋。
三十维物⑩，	各种毛色数不完，
尔牲则具⑪。	你的牲畜很齐全。

尔牧来思，	你的牧人已归来，
以薪以蒸，	带着粗柴和细柴，
以雌以雄⑫。	雌雄鸟兽也满载。
尔羊来思，	你的羊群走来了，
矜矜兢兢，	伶俐谨慎往前奔，
不骞不崩⑬。	不会亏损不散群。
麾之以肱，	指挥它们手臂扬，
毕来既升⑭。	聚来一起上山冈。

二雅·小雅　祈父之什

牧人乃梦⑮，	牧人做梦很吉利，
众维鱼矣，	多多美盛有大鱼，
旐维旟矣⑯。	龟蛇旗啊鸟隼旗。
大人占之：	太卜把梦占一占：
众维鱼矣，	大鱼众多是吉兆，
实维丰年；	是个大好丰收年；
旐维旟矣，	旐、旟并见是吉兆。
室家溱溱⑰。	家族兴旺福绵绵。

  这是一首畜牧歌。十分巧妙而生动地描写了牛羊的蕃盛、放牧的情景以及牧人对美好未来的追求与憧憬。作者以白描手法勾勒出一幅美妙动人的群牧图。而重要的是，通过这优美高超的描绘，启开了人们的心扉，从而联想到：难道这纯乎是一首闲适的田园牧歌吗？这一年到头冒风雨、犯寒暑、"荷蓑荷笠"、"或负其糇"的牧人，难道是牛群和羊群的主人吗？精心而辛勤地放牧，养成的十分蕃盛的牛羊，归谁享有呢？人们悟出这真谛之后，便会同情这苦难深重的放牧人；痛恨那不劳而食的奴隶主贵族。

【注释考证】

  ①谁谓尔无羊：以疑问句开头，起势突兀，更有力地引出下文。尔，你，直接指的是牧人，实际是指牛羊的占有者——奴隶主贵族。 ②三百维群：三百头为一群（其实非止一群）。维，为，或"是"。 ③九十其犉（rún）：那肥大的牛非常多。九十，繁多之称，并非实数。犉，七尺以上的大牛，代称肥大的牛。一说黄牛黑唇。 ④尔羊来思，其角濈濈（jí）：指羊群拥拥挤挤地来了，它们的角聚在一起。濈濈，又省作"戢"，聚集，止息。 ⑤尔牛来思，其耳湿湿：指成群的牛一面反刍着走来了，还不断地扇动着耳朵。湿湿，扇动耳朵之状。《毛传》："呞而

动其耳湿湿然。"按:呬,作"齝",牛及其他动物反刍。 ⑥或降于阿,或饮于池,或寝或讹:或,有的。降于阿,从丘陵上下来。降,下来。阿,丘陵,山冈。饮于池,从池中喝水。寝,睡,或安息。讹,觉,醒着,跃动。《玉篇》引作"吪",动也。《韩诗》作"讹",觉也。 ⑦尔牧来思:尔,指牛羊的占有者。牧,牧人。按:《周礼》有牧人(即牧官),下士六人……徒六十人。又有牛人、羊人……。《牧人》注云,"牧人,养牲于野田者"。牧人包括牧官及下士、徒众等。具体说,本诗写的实际放牧者,是牛人、羊人,并非牧官。 ⑧何蓑何笠:荷蓑荷笠。指牧人将蓑衣、斗笠背在肩背上,准备防雨、防晒。 ⑨或负其餱(hóu):有的人背着干粮。餱,干粮。因牛羊很多,牧人不止一个,大家的干粮由一人背着,故云"或负其餱"。 ⑩三十维物:指有很多种毛色。毛色多,说明牛羊多。三十,多数之称,是虚数。维,助词。物,颜色,此处指牛羊毛色。 ⑪尔牲则具:牲,本指供祭祀用的牛羊等。实则这众多的牛羊包括祭祀、燕享、日用常馔所需,无不具备。具,具备,齐备,应有尽有。按:古人用牲,毛色有别,阳祀用骍(赤),阴祀用黝(黑),故须具备。 ⑫尔牧来思,以薪以蒸,以雌以雄:指牧人来了,他带来粗薪,带来细薪,带来雌的鸟兽,带来雄的鸟兽。这是说,牧人不仅放牧牛羊,而且做采薪、捕猎之事。一说,薪、蒸是指牧人分别以粗、细草喂牛羊。雌、雄是指牧人将牛羊雌、雄分开,按时配种。以,将,拿,带着。又,以、有古音同,可通假,故可训"有"。薪,粗柴,粗草。蒸,细柴,细草。雌、雄,专指鸟之雌雄,或统指鸟兽之雌雄。 ⑬矜矜兢兢,不骞不崩:指羊群很紧凑地向前走,没有一只羊失群掉队。矜矜,走路迅疾伶俐而谨慎。兢兢,争先恐后,惟惧失群之状。不骞不崩,不亏损,不溃散,指畜不失群。骞,亏损。崩,溃散。又,"骞"借作"蹇",跛脚。崩,群疾,跌倒。 ⑭麾之以肱(gōng),毕来既升:用手臂指挥羊群,羊群便都聚拢来,随着牧人上了山冈。麾之以肱,"以肱麾之"。肱,本指上臂,引申为泛指整个臂膊。麾,指挥。毕,全。既,尽。升,登。一说,升训进,指进入

二雅·小雅 祈父之什

圈牢。 ⑮牧人乃梦：牧人于是做了个好梦。这反映了牧人对美好生活的憧憬。 ⑯众维鱼矣，旐维旟矣：众乃鱼矣，旐与旟矣。梦见众多的鱼，还梦见龟蛇旗和鸟隼旗。《经义述闻》："上维字训乃，下维字则训与。旐维旟者，旐与旟也。……后人不知旐维旟矣之维与与同义，乃猥以为旐化为旟，因之众维鱼矣，亦欲以变化解之，于是异说横生而本义湮没矣。"一说，"众维鱼矣"即"维众鱼矣"。维，助词，或训"有"。一说，众，"螽"字之省，即"蠡"，蝗属。《毛诗传笺通释》云："按，《说文》螽为蠡之或体。……此诗衆当为螽及蠡之省借。……众维鱼矣，旐维旟矣，二句相对成文。《尔雅》，维，侯也。侯，乃也。此诗二维字皆当训乃。螽乃鱼矣，谓螽化鱼。旐乃旟矣，亦谓旐易以旟。盖旟本以继旐者也。《说文》，旟，错革鸟于上，所以进士众。旟，众也。旟有众义，故为室家溱溱之兆。"按：旐、旟都是聚众之旗。 ⑰大人占之等句：太卜占梦，有众多的鱼，是丰年之兆；有龟蛇旗与鸟隼旗，是家室人丁兴旺之兆。实，当作"寔"，是。维，为。溱溱，又作"蓁蓁"，众盛貌。末章很可能是诗人借假设之辞为祝祷，并非实有太卜占梦事。也可能真有其事。

【学术延伸】

方玉润云："诗首章谁谓二字，飘忽而来。……以下人、物杂写，或牛羊并题，或牛羊浑言，或单咏羊不咏牛，而牛自隐寓言外，总以牧人经纬其间，以见人物并处，两相习，自不觉其两相忘耳。其体物入微处，有画手所不能到，晋、唐田家诸诗，何能梦见此境？末章忽出奇幻，尤为匪夷所思，不知是真是梦，真化工之笔也。"姚际恒云："此两章是群牧图，或写物态，或写人情，深得人物两忘之妙。……末章忽出奇。"吴闿生云："而此诗之妙，尤在体物之工。写生之妙，俨如名手图画，在人目中，其精微曲到，为后世所不能及。……旧评：起势陡峭。以下体物绝工。何蓑二句，点染。案：麾之二语，尤为神妙。末章余波奇幻。"按：以上三家之论，可启发读者更易领会本篇写景、状物之妙。

节南山

节彼南山①,　　　巍巍峨峨终南山,
维石岩岩②。　　　层峦叠嶂石岩岩。
赫赫师尹③,　　　太师尹氏威赫赫,
民具尔瞻④。　　　人民都在把你看。
忧心如惔⑤,　　　心中忧闷似火烧,
不敢戏谈⑥。　　　不敢戏谑将你谈。
国既卒斩⑦,　　　王业已衰国运断,
何用不监⑧!　　　为何你却看不见!

节彼南山,　　　　巍巍峨峨终南山,
有实其猗⑨。　　　山阿草木已长满。
赫赫师尹,　　　　太师尹氏威赫赫,
不平谓何⑩!　　　不公又能说什么!
天方荐瘥⑪,　　　上天屡次降灾祸,
丧乱弘多⑫。　　　死丧祸乱大又多。
民言无嘉⑬,　　　众民议论都说坏,
憯莫惩嗟⑭。　　　你竟顽固不肯改。

尹氏大师,　　　　太师尹氏名位重,
维周之氐⑮;　　　周之根本是三公;
秉国之均⑯,　　　主持朝政有权力,
四方是维⑰,　　　四方由你来维系,

天子是毗⑱，　　王朝宠臣佐天子，
俾民不迷⑲。　　应使众民心不迷。
不吊昊天⑳，　　可是苍天不行善，
不宜空我师㉑！　不该降灾使民怨！

弗躬弗亲，　　　不问政事不实行，
庶民弗信㉒。　　众民对你不信从。
弗问弗仕，　　　不咨询，不任用，
勿罔君子㉓。　　欺罔君子大不敬。
式夷式已㉔，　　要消除，要制止，
无小人殆㉕。　　莫近小人近君子。
琐琐姻亚，　　　猥琐褊浅众姻亚，
则无膴仕㉖。　　你就不要重用他。

昊天不傭，　　　苍天行事不公平，
降此鞠讻㉗！　　降给众民大灾凶！
昊天不惠，　　　苍天对人不惠爱，
降此大戾㉘！　　降给众民大灾害！
君子如届㉙，　　君子如果来执政，
俾民心阕㉚。　　能使人民怒气平。
君子如夷，　　　君子如果很公正，
恶怒是违㉛。　　众人怨怒消除净。

不吊昊天，　　　苍天对人不善良，
乱靡有定㉜，　　祸乱不止民遭殃，

式月斯生㉝,　　摧残生灵害百姓,
俾民不宁!　　使得人民不安宁!
忧心如酲㉞,　　忧愁苦痛如酒病,
谁秉国成㉟?　　有谁掌权亲朝政?
不自为政,　　你不亲自去从公。
卒劳百姓㊱。　　百姓劳瘁真苦情!

驾彼四牡,　　驾上四匹好公马,
四牡项领㊲。　　四马肥壮又高大。
我瞻四方,　　瞻望四方志难伸,
蹙蹙㊳靡所骋㊴!　　局促狭小无处奔!

方茂尔恶㊵,　　正当你们怨怒盛,
相尔矛矣㊶。　　眼瞅戈矛要拼命。
既夷既怿㊷,　　已经平静已喜悦,
如相酬矣㊸。　　又像宾主相酬酢。

昊天不平,　　苍天对人不公平,
我王不宁!　　我王也难得安宁!
不惩其心,　　尹氏心术不改变,
复怨其正㊹。　　人若规劝反招怨。

家父作诵,　　家父作歌来讽谏,
以究王讻㊺。　　恶人就在王身边。
式讹尔心,　　尹氏如能大转变,
以畜万邦㊻。　　畜养四方万民安。

这是一首政治讽喻诗。诗中直刺的是乱政殃民的"赫赫师尹",实则同时委婉地讽刺了暴虐昏庸、委政佞人的周幽王,通过作者对腐朽政治的愤慨与抗议,表现出忧国忧时、直言敢谏的精神。

【注释考证】

①南山:丰镐以南之终南山。 ②维石岩岩:指那终南山上的岩石峭削而重重叠叠。维,其,那。岩岩,石山高峻貌。《说文》:"岩,崖也。石山也。"《广雅》:"岩岩,高也。" ③赫赫师尹:赫赫,势位显盛貌。师,大师(太师),周代三公(太师、太傅、太保)之官,当时是最高的职位。尹,太师的姓。 ④民具尔瞻:民具瞻尔,人民全都看着你(指尹氏)。具,全,都。瞻,视,望。 ⑤忧心如惔(tán):《韩诗》作"忧心如炎"。段氏《诗经小学》云:"《毛诗》本作如羑,或同《韩诗》作如炎。"忧苦之心犹如焚烧。炎,焚烧。惔,实为"炎"之借字或讹字。《字书》又作焱。《说文》引诗"忧心炎炎",应为"忧心如羑"。羑,小爇。又,段氏认为"爇为羑之误",《方言》《广雅》并曰:"羑,明也。"羑音饪,与炎音近义同。羑,读如"饪",释作"燔"。如用"惔"字,则不词。惔训忧,岂能说"忧心如忧"? ⑥不敢戏谈:是指大家畏惧尹氏权势,不敢互相戏谑谈论。 ⑦国既卒斩:指周王朝的命运已全断绝。这是夸张的说法,为了引起注意。国,指周王朝。卒,尽,终。斩,截断,断绝。又,《毛诗正义》则曰:"天下诸侯之国日相侵伐,其国已尽绝灭矣,汝何用为职而不监察之。" ⑧何用不监:为何看不到呢?何用,何以,以何,因何。监,本作"瞡"。视,察。 ⑨有实其猗:指草木茂密地长满了终南山曲折不平的山谷。有,发语词。实,草木茂盛平满而广被状。其,那。猗,"阿"之借,山峪,曲折蜿蜒高低不平的山谷。一说,指草木倚傍山谷。一说,猗训长,指草木长茂。 ⑩不平谓何:为政不公平,还说什么呢?不平,指为政持心不均平,不公平。谓何,"云何",说什么,还有什么可说。 ⑪天方荐

瘥（cuó）：上天正屡次加给疫病之灾。方，方今，正。荐，重，屡次，一再。瘥，疫病，可引申为灾难。⑫丧乱弘多：死丧祸乱非常多。弘，大。⑬民言无嘉：人民对师尹没有好的评论。民言，人民的议论。嘉，嘉庆，善。⑭憯（cǎn）莫惩嗟：憯，曾，乃。此处作"竟然"解。又，犹"怎"字。"怎"为"曶"之变体，或作憯、嚍。惩，制止，惩戒。嗟，语尾助词。⑮维周之氐（dǐ）：维，助词。氐，通"柢"，根本。《尔雅·释言》："柢，本也。"《说文》："柢，木根也。"《说文》又曰："椽，柱砥。古用木，今以石。"马瑞辰曰："按柱氐即今之石磉。磉在柱下而柱可立，木必有根而本始建，大臣之为国根本，亦犹是也。"⑯秉国之均：掌握国政大权。秉，执掌，持，把握。均，同"钧"，本是制陶器的模子下面的转盘，制作陶器，必须运转陶钧。比喻治国必须掌握、运用政权。均，又训平，《郑笺》谓"持国政之平"。⑰四方是维：四方，全国四方。维，维持，维系。⑱天子是毗（pí）：周天子的辅佐重臣。毗，厚，又训辅，又作"埤"，或作"裨"，辅助。⑲俾（bǐ）民不迷：俾，使。迷，迷惑，迷失方向。以上数句，是希望尹氏做到的。⑳不吊昊天：昊天不吊。昊天，天，苍天。不吊，不善。吊，"逴"之省借。《说文》："逴，至也。"至，犹善，好。见《管子·法法》："夫至用民者。"注："至，善也。"㉑不宜空我师：不该将穷困苦难加给我们广大人民。空，穷。师，众民。㉒弗躬弗亲，庶民弗信：指尹氏不亲自善理政事，众民也不信从他（或指尹氏也不信从庶民之言）。躬、亲义同，指亲自作事。信，信从，或谅解。㉓弗问弗仕，勿罔君子：指尹氏不向君子咨询政事，不任用君子（指贤臣），这就是诬罔君子。问，咨询。仕，仕使，任用。又，训"察"。勿，语助，犹"不显""不承"之"不"。罔，欺。这两句，又可解为：君子（周王）对政事不问不察，则有坏人乘机欺罔君子。君子，此指贤臣，或指周王。㉔式夷式已：指上文所云不合理现象，得到夷平与制止。乃夷乃已，或乃夷而已。式，乃。又作语词，表祈使语气。夷，平，消除，又训"平其心"或"任用平正之人"。已，止，制止。㉕无小人殆：殆，有二义：一曰几、近，一曰危殆。本句可解为：勿近小人。或，勿因小人专权而使国家陷于危殆。以上二句，似乎希望尹氏（或周王）疏远小人，纠正错误。 ㉖琐琐姻亚，则无膴（wǔ）仕：亲戚中那些才智微小、计谋褊浅的庸人，就不要任用他们做大官。琐琐，小貌。又，计谋褊浅貌。姻亚，女婿的父亲称姻。两婿相称亚（即今谓连襟、两乔）。总之，是指裙带关系。膴，厚。仕，任用，封官，做官。膴仕，指给以高官厚禄。 ㉗昊天不傭，降此鞠讻：昊天不均平，降此极大的祸乱。傭，《韩诗》作"庸"，易，平，公平。鞠，盈，多，穷，极。讻，读为"凶"，祸乱。鞠讻，又解为穷凶极恶。 ㉘昊天不惠，降此大戾：昊天不惠爱众民，降此暴戾之祸。惠，爱，关怀。戾，乖，恶，暴虐，此处或指暴政。大戾，犹鞠讻。 ㉙君子如届：君子如果来管理政事。届，至，临。又，解为极、既、止，指停止暴戾之政。 ㉚俾民心阕：可使民怨平息。阕，息。 ㉛君子如夷，恶怒是违：君子如果为政均平，则众民的憎恶怨怒可以消除。夷，平，公平，均平。违，去，消除，取消。 ㉜乱靡有定：祸乱没有止息。定，止。 ㉝式月斯生：乃拐此生。式，乃，或作助词。月，俞樾云："月，拐之省。即扗字。"折，扗杀。拐斯生，扗杀此众民。 ㉞酲（chéng）：病酒。 ㉟国成：国政的成规。《周礼·天官·小宰》列举官府八事作为治国的依据叫八成。成，又训平。 ㊱不自为政，卒劳百姓：指尹氏不亲理政事，小人专权，致使百姓劳瘁；或指周王。卒，"瘁"之省借，又训终，始终。 ㊲项领：项，"唯"之借。本指鸟肥大，故训大。领，颈，脖子。项领，指马颈肥大，引申为马肥壮。 ㊳蹙蹙：缩小貌，指国土日蹙，或指局缩不伸。 ㊴靡所骋：无驰骋之地。以上四句，是说虽有肥壮的公马，但四方没有可驰骋之处，或比喻贤才不能施展。 ㊵方茂尔恶：正当你们（指小人）怨恨正盛之时。方，正，正值。恶，恶怒。 ㊶相尔矛矣：注视着你们的矛（指要动武）。 ㊷既夷既怿（yì）：既，已经。夷，平，心平气和。怿，喜悦，和悦。 ㊸如相酬矣：好像互相劝酒那样友善。酬，酬酢，互相劝饮。 ㊹不惩其心，复怨其正：言尹氏无惩戒自己之心，反而怨恨指正他错误的人。惩，惩戒，止。复，反。正，谏正，纠正；或训正道。 ㊹家父作诵，以究王讻：家父，作者自呼其名，又作"嘉父""嘉甫"，周之大夫。诵，此处指诗。作诵，是作诗讽谏。究，读为"纠"，举发，揭发。王讻，周王左右之恶人（尹氏）。讻，读作"凶"。恶人，指尹氏。又训凶恶，或指周王之恶，主要是委政尹氏之错误。 ㊻式讹尔心，以畜万邦：讹，"吪"之借，动，化，变化，改变。尔，指尹氏。畜，养。万邦，指诸侯之国。按：本诗集中有力地刺尹氏大师，作者深刻体认到造成人民灾难的是"赫赫师尹"；而重用并纵容师尹的是周幽王，这是根源。所以，刺尹氏，实际也是刺周幽王。

【学术延伸】

关于本诗的时代背景、作者、中心思想，历来争议较大。现在，概略地分录于此。认为刺幽王者：《小序》谓"家父刺幽王也"。认为专责尹氏大师，而刺幽王之意自在言外者：如胡承珙《毛诗后笺》谓："许白云《诗钞》曰，此诗刺王用尹氏，前九章惟极言尹氏之罪，而卒章以言归之王心则轻重本末自见，此家父之善于辞也。其所以刺尹氏者，大要有二事，为政不平，而委任小人也。一章言尹氏之失民而致愁瘁。二章言为政不平，而不顾天怒民怨。三章言大师为国根本，为政当均平，而其任之重如此。四章言任用小人，连引私党。五章言君子可消天变。六章承上言尹氏不但不能弭天变，抑且生祸乱。下四句则应前第四章，而又起下章欲遁逃之意。七章言欲遁无所往。八章言小人情状。九章言尹氏自用拒谏。十章归之于王。承珙按此所释前九章皆是，惟以末章归本王心，盖用东莱《诗记》之说。然玩全诗，首章民具尔瞻，末章式讹尔心，起结两尔字相应，必皆指尹氏而言。末章之尔心，即九章之其心不惩。式讹反正言之，刺其不惩，而冀以式讹，乃诗人忠厚之意。惟不平者尹氏，而任尹氏者则王也。篇中一则曰天子是毗，再则曰我王不宁，而终之以究王讻，故序者推其本，而以为刺幽王耳。其实诗词专责尹氏，而刺王之旨自在言外。诗中直言其事，而《序》或溯其由来，或究其终极，往往有之。邹忠嗣曰，其诗谏尹氏而非谏王，故自称其字。是也。"又，陈奂《诗毛氏传疏》："讽王亦讽尹。《序》谓刺王者，责重在王耳。"认为本诗主要刺尹氏，唯末二章及王而非怨刺者：姚际恒《诗经通论》："《小序》谓'家父刺幽王'。以诗中'南山'证之，是终南山也。自欧阳氏执《春秋》家父在桓王之世，而《集传》亦疑之。季明德、《伪传》、《说》、何玄子遂皆以桓王时，非也。《集传》云，'大抵《序》之时代皆不足信'。予谓《序》不足信，诗亦不足信乎！东迁以后，曷为咏南山哉？……通篇唯末二章及王，余俱指尹氏。观此，则家父之爱王切矣，其责恨尹氏深矣。"认为本诗作于桓王之世者：有欧阳修（《诗本义》）、季明德（《诗说解颐》）、《伪传》及《伪说》（丰坊伪托之《子贡诗传》《申培诗说》）、何楷（《诗经世本古义》）、朱熹（《诗集传》）等，他们是根据《春秋》桓十五年有"家父来求车"的记载论断的。认为本诗作于宣王时代者：鲁、齐、韩三家同，他们以为尹氏即尹吉甫，故妄断为宣王时诗。按：本诗并非宣王、桓王时作品。首先，宣王时之尹吉甫，据史籍记载，是一位"著大功绩"的良相，怎么又是"不自为政，卒劳百姓"的佞臣呢？主张为宣王时诗者岂不自相矛盾。其次，关于本诗作者家父，是否桓王时之家父？孔颖达认为作本诗的家父，不一定是桓王时的家父。《毛诗正义》云："桓十五年上距幽王之卒七十五岁，此诗不知作之早晚。若幽王之初，则八十五年矣。韦昭以为平王时作，此言不废，作在平、桓之世，而上刺幽王。但古人以父为字，或累世同之。宋大夫有孔父者，其父正考父，其子木金父。此家父或父子同字父，未必是一人也。"范家相《诗瀋》："《左传》文十一年有富父终甥，哀三年又有富父槐。吴子寿梦之后又有太子寿梦，公子光之父名诸樊，光之子亦名诸樊。此家父亦是父子同字耳。"胡承珙《毛诗后笺》、魏源《诗古微》也都主张家父并非桓王时人，而是幽王时人。以上诸家之说，姑录而备考。

本篇之名又叫《节》。《左传·昭公二年》："季武子赋《节》之卒章。"《大戴礼·卫将军文子篇》引"式夷式已"二句。卢辨注云："此

《小雅·节》之四章。"节，巀之假借，山高峻貌。《说文》："巀（嶻），巀嶭山也。"《玉篇》："嶻，山高峻也。"《释文》："节，又音截。"故知"节"即"巀"之借字。嶭，本为高峻貌，又为山名。而"嶭"与"峨"一声之转，均训高峻貌。

正 月

正月①繁霜②，　　炎炎六月，天降繁霜，
我心忧伤。　　　　我的心中无限悲伤。
民之讹言③，　　　坏人谣言到处传播，
亦孔之将④。　　　流言蜚语既盛又多。
念我独兮，　　　　感念自身孤独一人，
忧心京京⑤。　　　我的忧郁更大更深。
哀我小心⑥，　　　可悲可叹，我要小心，
瘋忧⑦以痒。　　　深忧孤愤，如病缠身。

父母生我，　　　　且问父母生育我身，
胡俾我瘉⑧？　　　为何使我忧苦深深？
不自我先，　　　　降灾不在我生之前，
不自我后⑨。　　　降灾不在我死之后。
好言自口，　　　　好话出自小人之口，
莠言自口⑩。　　　坏话也出小人之口。
忧心愈愈，　　　　忧重愁深，心神恍惚，
是以有侮⑪。　　　因此更受陷害侮辱。

忧心惸惸，　　　　忧伤痛苦，叹我孤独，

念我无禄⑫。　　暗自思量，我真无福。
民之无辜，　　人们并无罪过，
并其臣仆⑬。　　却被罚做臣仆。
哀我人斯，　　哀叹我们这些好人，
于何从禄⑭？　　将于何处寻得幸福？
瞻乌爰止，　　看那乌鸦就要栖息，
于谁之屋⑮？　　它能落到谁的房屋？

瞻彼中林，　　看那莽莽森林之中，
侯薪侯蒸⑯。　　粗柴、细柴，密密丛丛。
民今方殆，　　广大人民，现正受难，
视天梦梦⑰。　　看那上天昏昏蒙蒙。
既克有定，　　如果上天终能止乱，
靡人弗胜⑱。　　没有一人不被战胜。
有皇上帝，　　我们试问伟大天帝，
伊谁云憎⑲？　　你的心中对谁恨憎？

谓山盖卑，　　讹言小人说山矮平，
为冈为陵⑳。　　实际却是高冈大陵。
民之讹言，　　众人谣言泛滥，
宁莫之惩㉑！　　却是放任不管！
召彼故老，　　召集那些故老，
讯之占梦㉒。　　询问梦中征兆。
具曰"予圣"㉓，　他们都说"我是神圣"。
谁知乌之雌雄㉔！　谁知乌鸦哪是雌雄！

谓天盖高，	都说天穹无比高邈，
不敢不局。	不敢不深深弯腰。
谓地盖厚，	都说大地无比深厚，
不敢不蹐㉕。	不敢不小步轻走。
维号斯言，	长歌当哭，诉此善言，
有伦有脊㉖。	其中道理，十分明显。
哀今之人，	哀叹众人，小心翼翼，
胡为虺蜴㉗？	何似虺蜴，畏人逃避？
瞻彼阪田，	看那山田，崎岖薄硗，
有菀其特㉘。	青青茂盛，一株独苗。
天之扤我，	上天想要将我摧折，
如不我克㉙。	如恐不能把我压倒。
彼求我则，	周王开始求我参政，
如不我得㉚。	如恐不能把我求到。
执我仇仇，	现在待我轻慢懈怠，
亦不我力㉛。	却不重用我这贤才。
心之忧矣，	无限愁闷，充满心怀，
如或结之㉜。	好像绳结，难解难排。
今兹之正，	可恨当今幽王朝政，
胡然厉矣㉝？	如何这样极度败坏？
燎之方扬，	山林野火正烈，
宁或灭之？	岂能将它扑灭？
赫赫宗周，	宗周赫赫势大，

褒姒威之㉞！　　褒姒却能灭它！

终其永怀，　　愁怀既已深长如许，
又窘阴雨㉟。　　却又困于连绵阴雨。
其车既载，　　那辆大车已经满载，
乃弃尔辅㊱。　　却又将那箱板抛开。
载输尔载，　　这就会使货物散落，
将伯助予㊲！　　驭手便求"大伯帮我！"

无弃尔辅，　　不要把你箱板扔掉，
员于尔辐㊳。　　应该加粗你的辐条。
屡顾尔仆，　　常常关顾你的仆夫，
不输尔载㊴。　　才能不会掉落货物。
终逾绝险，　　终将度过最险绝地，
曾是不意㊵。　　你却如此毫不介意。

鱼在于沼，　　鱼在池沼之中，
亦匪克乐㊶。　　也难快乐安宁。
潜虽伏矣，　　即或沉潜深渊，
亦孔之炤㊷。　　也还昭然可见。
忧心惨惨，　　戚戚忧思，无法排遣，
念国之为虐㊸！　　忧念国政，暴虐黑暗！

彼有旨酒，　　那些权贵，盛备美酒，
又有嘉殽㊹。　　又有各色佳肴珍馐。
洽比其邻，　　朋比私党，会聚相亲，

昏姻孔云㊺。	众多姻亲，狂欢宴饮。
念我独兮，	反顾我身，孑然茕独，
忧心慇慇㊻。	愁思如海，使我痛楚。

佌佌彼有屋，	坏人卑小，却有华屋，
蔌蔌方有谷㊼；	鄙陋之辈，百谷满库。
民今之无禄，	如今众民，横遭不幸，
天夭是椓㊽。	上天降灾，摧残生灵。
哿矣富人，	富人享福，欢乐融融，
哀此惸独㊾！	穷人受罪，孤苦飘零！

这也是周室大夫刺幽王的诗。正值西周王朝四面受敌，天下大乱，亡在旦夕之际，幽王却宠幸褒姒，荒淫腐朽，君臣在朝犹纵饮狂欢，不知忧惧自警。燕雀处堂，火燃栋梁，其不知祸之将临。又加之世风日下，尔虞我诈，谣诼蜂起，善恶颠倒。诗人忧国忧民，愤世嫉俗，发而为歌，以冀唤醒周王，济危扶倾。其情迫切，其词哀痛，暴露了西周王朝的黑暗腐朽。

本诗的局限性与《节南山》相类。

【注释考证】

①正月：夏历四月，周历六月。因为是"纯阳用事"的正阳之月，故称正月。　②繁霜：浓霜，多霜。夏令之月而多霜，是反常现象，以比喻人事反常。　③讹言：伪言、妖言、谣言。　④亦孔之将：非常盛多。将，大，盛。　⑤念我独兮，忧心京京：念及忧国忧时的只是我孤独一人，我的忧愁就更大更深了。独，指独自为国事忧伤。京京，形容忧苦深重之极。京，大。京京，大而又大，深而又深。　⑥小心：指思虑细密、戒慎恐惧的情状。这是诗人忧国之词。　⑦瘋（shǔ）忧：幽

忧，深忧。瘝，忧，忧病。瘝忧，忧之复忧，形容忧深。瘝，又通"鼠"，见《小雅·雨无正》："鼠思泣血"，《笺》："忧也。"又，《尔雅·释诂》："写，忧也。"王引之曰："写，当读为鼠。"按：古人谓忧伤为心病。忧、病，在表示人的精神状态方面，可以视为同义词。故《毛传》云："瘝、瘁皆病也。"是笼统而言。《尔雅·释诂》亦云："瘝，瘁病也。"唯《释文》引舍人云："瘝、瘼、痒、瘁，皆心忧愈之病也。"释义较具体。 ⑧父母生我，胡俾我瘉（yù）：父母既然生我，为何又使我遭受这痛苦呢？这是诗人自伤生逢乱世，深感谗邪之可怕，环境之险恶。胡，何，为何。瘉，病，痛苦。 ⑨不自我先，不自我后：不在我生之前，不在我死之后。自，在，或训"始"。此二句是说自己不幸遭遇上这灾异横生、政治腐败、国家将亡的衰乱之世。 ⑩好言自口，莠言自口：善言、恶言都可以从反复无常的人们的口中说出，谗言、谣言都随便乱说。作者有忧谗畏讥的自危之感。莠言，恶言、丑言、谗言、谣言。莠，或为丑之借字。 ⑪忧心愈愈，是以有侮：愈愈，《毛传》："忧惧也。"又为"瘐瘐"之异文。《尔雅·释训》："瘐瘐，病也。"《毛诗传笺通释》云："《汉书·宣帝纪》：'瘐死狱中。'师古注：'瘐字或作瘉。'此诗之"愈愈"即"瘐瘐"之省借。因上文已云'胡俾我瘉'，故下文假作愈字，此亦阮宫保所云'义同字变'之类。"应为忧惧而病。又，何楷主张应依《说文》作"念念"，谓含忧之深，至于恍惚善忘。以，因。有侮，受小人之侮辱陷害。正因为诗人忧国忧时，主持正义，所以，那些"讹言小人"嫉恨他、诬陷他、侵侮他。 ⑫忧心惸惸（qióng），念我无禄：惸惸，《说文》作"惸"。《释文》："本或作煢。"忧苦之意，或孤独之意。无禄，不幸，没有福气。 ⑬民之无辜，并为臣仆：古时常将有罪的人或俘虏罚为奴隶。这两句是说，国家混乱（或亡国之后），连无罪的人，也都被役使充当奴隶。并，皆。臣仆，指奴隶。 ⑭哀我人斯，于何从禄：哀叹我们这些人啊，将于何处得到幸福呢？从，就。从禄，受福。禄，本指官俸（薪给）。古人以为官俸高即是福气大。故禄、福义通。 ⑮瞻乌爰止，于谁之屋：看那将要栖止的乌鸦,能落到谁的屋上呢?爰,助词,犹"之"。上二句,是说在国家危亡、民生凋敝的境况下,连乌鸦也无处止息。比喻人们流离颠沛,无处投奔。 ⑯瞻彼中林,侯薪侯蒸:看那森林之中,有一些粗柴和细柴,它们和森林相比,是微不足道的,是不成材的,但是却长满了山林之中,比喻恶人充满朝廷。中林,林中。侯,助词,犹"维""是"。薪、蒸,粗柴、细柴,是不成材的树木,以喻小人、恶人。 ⑰民今方殆,视天梦梦:人民现正处于生计艰难、危急存亡之困境,而瞻视上天,却昏乱不明。这责天之词,反映了当时人们对"天道观"的怀疑与动摇。残酷的现实,教育了人们,连周王朝比较开明的大夫也竟然对"昊天"采取了怀疑与谴责的态度。这是古代思想史上的一大进步。殆,危殆,危亡,不安。视,瞻,审察,审度。天,苍天,代称上帝。一说指周幽王。梦梦,昏暗,聩乱不明。《毛诗传笺通释》云:"按《尔雅·释训》:'梦梦,乱也。'此《传》义所本。《说文》:'梦,不明也。'不明即乱,义亦相成。梦与芒一声之转。据《文选·叹逝赋》:'咨余今之方殆,何视天之芒芒!'《齐》《鲁诗》盖有作芒芒者,故赋本之。至《韩诗》亦作梦梦,则《释文》引《韩诗》梦梦,恶貌也。可证。"又见《庄子·齐物论》:"人之生也,固若是芒乎?"芒,昏昧不明之意。可从马氏说,以"梦梦"为"芒芒"之通假。 ⑱既克有定,靡人弗胜:此二句承上转下,也许上天终于能有止乱之意,那么,这些在位的小人就没有不被它征服的。《毛诗传笺通释》云:"上言视天梦梦,梦梦者,昏乱之貌,言天意不可知也。既克有定,定当读如'乱靡有定'之定,定犹止也。言天如有止乱之心,则此讹言之小人,无不能胜之者。乃天能胜人而不肯止乱,不知天意果谁憎乎?此诗人念天之降乱,反复推测而故作不解之词。"既,终。克,能。定,指止乱。靡人弗胜,没有人不被天所胜。 ⑲有皇上帝,伊谁云憎:此二句,意思又一转,又对上帝产生了疑问,是说:伟大的上帝啊,你究竟憎恶谁呢?如果憎恶乱政的小人,你却为何不惩恶止乱呢?有皇,犹"皇皇"。皇训大,皇皇,犹伟大。古人迷信天上有主宰万物之神,叫上帝。伊,语首助词。云，语中助词。此二句，另解为：周王啊，我们恨谁呢？只有恨你（上帝指君王）。　⑳谓山盖卑，为冈为陵：讹言小人们说："山是何等卑小啊！"实际上，山都很高，都是高冈、大陵。真是颠倒是非，淆乱视听。盖，"盍"之通假。盍，何，何其。卑，低下。为，是。冈，山脊。陵，大阜。冈、陵，都指高山，与"卑"对文。　㉑民之讹言，宁莫之惩：人们有这些谣言，却不去制止它。所以，谣言就越泛滥。宁，乃，却。惩，制止。又，《毛诗传笺通释》曰："惩，当读无征（徵）不信之征，谓讹言如此显然，乃莫之征验，以刺君听不聪。"　㉒召彼故老，讯之占梦：召讯彼故老与占梦之官。是说君臣在朝，不议政事，但问卜筮、梦兆。故老，元老，详见《小雅·采芑》。讯，问。占梦，占梦之官，太卜之类。　㉓具曰"予圣"：都说："我是圣人。"指这些故老与占梦都自吹自擂。　㉔谁知乌之雌雄：谁知乌鸦是雌是雄？比喻这些昏聩而自称圣贤的朝臣们，聚讼纷纭，使人难以辨别谁是谁非、谁贤谁不肖。　㉕谓天盖高，不敢不局。谓地盖厚，不敢不蹐（jí）：天是如何高邈啊，但是人们却不敢不蜷曲着身子；地是如何厚啊，但是人们却不敢不轻轻落脚，小步而行。此四句，是形容当时苛政如虎，环境险恶，人人自危，局促不安，有临深履薄之虞。谓，言。盖，"盍"之借字，何，如何，多么。局，本或作"跼"，屈曲不伸。蹐，累足，即用最小的步子走路，后脚紧接着前脚，是小心戒惧之状。　㉖维号斯言，有伦有脊：人们号呼着而唱出以上这些话，是有道理的。维，发语词。号，呼叫，号呼。又，《诗经原始》："号，长言之也。"斯，犹"而"，或犹"此"。有伦有脊，有道理。伦，道，理。脊，通"迹"。迹，训道，又训理。伦、脊二字义同。　㉗哀今之人，胡为虺（huǐ）蜴：指人民处于虐政之下，畏惧酷吏，犹如虺蜴畏人而逃避不暇。犹后汉荀悦所云："以六合之大，匹夫之微，而一身无所容焉。"（见《前汉纪·孝成皇帝纪》）陈奂云："今畏怖如虺蜥然，是疾避而无所自容之意。"朱熹则曰："哀今之人（似指古代统治阶级），胡为肆毒以害人（似另指人民），而使之（指人民）至此乎？"虺蜴，蜥蜴之属。陆玑《疏》云："虺蜴一名蝾螈，蜴也。或谓之蛇医，如蜥蜴。"又，毛晋撰《毛诗陆疏广要》曰："虺蜴，一名蝾螈，水蜴也。或谓之号蛙，或谓之蛇医。如蜥蜴，青绿色，大如指，形状可恶。"陆、毛二氏皆以虺蜴为一物。而后人多释为二物，言虺为毒蛇或毒虫之名，蜴为蜥蜴之名。窃以陆《疏》为允。《郑笺》："虺蜴之性，见人则走。"《后汉书·左雄传》："哀今之人，胡为虺蜴，言人畏吏，如虺蜴也。"都说明虺蜴是一种小虫。㉘瞻彼阪(bǎn)田，有菀其特：看那崎岖薄瘠的山坡田，有一株特出的长得茂盛的禾苗。以比喻自己是突出的贤才。阪，山坡田，硗瘠崎岖之田。菀，茂盛貌。特，特生之苗。㉙天之扤(wù)我，如不我克：上天想要摧残我，如恐不能把我压倒。扤，动摇，摧折。如，如恐，惟恐。克，制胜，压倒，制伏。㉚彼求我则，如不我得：他（指周王）开始求我时，如恐得不到我。则，语末助词。㉛执我仇仇，亦不我力：既得我之后，则不重用我。执，执持，引申为掌握、驾驭，或使用。仇仇，"扰扰"之借，缓持之意。持物不牢，也就见出轻忽之心。亦，则，又。不我力，不力我，不力用我，不重用我。作者把周王待他的这种谬误态度，责咎于天。所以，在这四句之前，先以"天之扤我"二句提挈下文。㉜心之忧矣，如或结之：形容内心的忧愁烦恼，犹如绳索打了结，难以解脱。㉝今兹之正，胡然厉矣：当今的政治，何以这样地坏啊！今，现今，当今。兹，此。正，"政"之省借。一说，正，训官长，指褒姒私党。胡然，何以如此，为什么这样。厉，恶，坏。㉞燎之方扬，宁或灭之？赫赫宗周，褒姒灭(xuè)之：山野之烈火烧得正旺盛，岂能轻易扑灭它？威势赫赫的周王朝，却会被褒姒灭掉。言幽王之荒淫而宠褒姒，为害至巨。《毛诗正义》曰："诗人明得失之迹，见微知著，以褒姒淫妒，知其必灭周也。"燎，山野之火。放火烧草木叫燎。又，火田为燎。扬，炽盛。宁，岂，或"乃"，犹"却"。王引之云："宁、乃一声之转，故《诗》中多谓乃为宁。"灭，与"灭"义同字变。㉟终其永怀，又窘阴雨：终，既。永，长，深长。怀，愁怀，忧思。窘，困。阴雨，以喻不幸遭遇。又窘阴雨，或解为"又仍忧于阴雨"，见

《毛诗传笺通释》："《郑笺》：'窘，仍也。'……《尔雅》：'郡，乃也。'乃、仍古通用。……郡、窘音相近。《笺》训窘为仍，犹《尔雅》训郡为乃也。又按《说文》，㜎，食已而复吐之。亦取㜎有复义，与窘训为仍义近。终犹既也，怀犹伤也。诗言既其永为忧伤，又仍忧于阴雨。"

㊱其车既载，乃弃尔辅：那大车已装满货物，却弃去车箱板。言外之意，车上的货物便自然掉下来。比喻国家没有辅政的贤臣，也有亡国之祸。车，大车。既，已。载，装载货物。弃，抛弃。辅，车箱板。这种箱板立于车两旁，以夹持货物。《诗毛氏传疏》云："辅者，掩舆之板。《大东》传，'箱，大车之箱也'。《方言》'箱谓之㪥'。《尔雅》，棐，辅也。棐与㪥通。箱取辅相之义，则辅即箱矣。大车掩板置诸两旁，可以任载。……人之两颊曰口辅，亦曰牙车。其命名即取车辅之义也。……《正义》谓辅是可解脱之物。以今人缚杖于辐为比况之词，若是则弃辅未即堕载，恐与经义无当也。车之有辅，兴国之有辅臣。"又，俞樾《群经平议》："辅读为䩛，车下索也。" ㊲载输尔载，将伯助予：（如果弃辅）就会使车上所装载的货物掉下来。驾车者便会说："请大伯帮助我吧！"上"载"字，犹"则""乃""且"。下"载"字，所载任之物。输，堕。将，请求。伯，古代对男子的敬称，对长辈、平辈均可，此处可能指贤者。 ㊳无弃尔辅，员（yùn）于尔辐：不要抛弃你的车箱板，并且，加粗你的车辐。员，增益，此指加粗、加大、加强。又通"云"，多，益。辐，车辐。车轮中辏集于中心毂上的直木叫辐。又，《毛诗传笺通释》引曾钊曰："辐当作䡈。……《说文》，䡈，车下缚也。今本作车轴缚者误。盖伏兔在舆底，本不相连，须䡈缚之。伏兔为任力之处，非一革所能胜，故须益其革䡈。今按曾说是也。"按：䡈，即伏兔，是车箱下面钩住车轴的木质部件。因为它形如伏兔而得名，又因它是用革索缚于轴上的，所以，《说文》便解为"车下缚也"。另说，辐为车轴。 ㊴屡顾尔仆，不输尔载：一再地、经常地关顾你的驾车者，不会使你车上所载之物堕下。仆，将车者，驭者的仆夫。一说，仆，"䑛"之通假。《说文》："䑛，车伏兔也。" ㊵终逾绝险，曾是不意：如能依

照上面说的去做,终究会越过最危险的境地。然而,你却何以如此不加度量啊!终,终究,终于。逾,超越,度过。绝,最,极。曾,何,或犹"宁""岂"。意,通"億",测度,度量,虑谋。本章是以商旅之事比喻治国之事,以善于用人、用车而逾险,比喻依靠好的辅佐和采取正确的政治措施,便能成功。王引之《经义述闻》云:"言弃辅则尔必输,不弃则绝险可济事。商事如是,治国可知。所当度其利害而求贤以自辅者也。女何乃不度于是乎?" ㊶鱼在于沼,亦匪克乐:鱼在池沼之中,也不能安乐。作者自况进退维谷。匪,非。克,能。 ㊷潜虽伏矣,亦孔之炤:虽然潜伏深渊,也还是昭然可见。比喻自己难逃脱恶劣环境,或比喻贤者虽隐遁,但是,其德行令誉仍彰明昭著。潜虽伏矣,应作虽潜伏矣。孔,甚。炤,又作"昭",明,显而易见。 ㊸忧心惨惨,念国之为虐:惨惨,"懆懆"之借,犹"戚戚"。戚即忧意,重言之,深忧之意。念国之为虐,忧念国家政治黑暗暴虐。 ㊹彼有旨酒,又有嘉肴:他们(指当权者)有美酒,又有好菜肴。旨,甘美。嘉肴,美味的菜肴。 ㊺洽比其邻,昏姻孔云:洽,"佮"之借,合,会聚,会合。比,犹"合",亲近,亲比。邻,近,指亲近的、同一类型的人。昏姻,此处泛称姻亲关系。云,周旋,孔云,大事周旋。按:以上四句,是说当政之小人日以酒食宴饮,协合、亲近其执友和亲戚,交结拉拢,树党成群,朋比为奸。 ㊻念我独兮,忧心愍愍:与上述结党营私的小人相较,我感念自己孤独无援,这深重的忧伤使我痛心。愍愍,痛心。 ㊼佌佌(cǐ)彼有屋,蔌蔌(sù)方有谷:指那些猥琐卑小的坏人都有好房子住,都有很多粮食。佌佌,小貌,指在位小人猥琐卑小。蔌蔌,鄙陋,也是指在位小人之状。谷,繁体作"穀"。此处为粮食之统称,犹言"谷物"。又,代指"俸禄"。蔌蔌方有谷一般均作"蔌蔌方有谷",应作"蔌蔌方谷",无"有"字。《毛诗传笺通释》:"……《释文》,蔌音速,方谷,本或作方有谷,非也。瑞辰按:《说文》无蔌,有遬。蔌盖遬字之省。《说文》又曰,遬,籒文速。故蔌蔌亦作速速。……《后汉书·蔡邕传》注引《诗·小雅》曰,速速方谷。又曰,《韩诗》亦同。

二雅·小雅 祈父之什 427

是《毛》《韩诗》皆无'有'字。诗盖以仳仳彼有屋,与民今之无禄相对;以蔌蔌方谷,与天夭是椓相对。"陈奂云:"案'方谷'与上'有屋'对文,方亦有也。《鹊巢》传,方,有之也。方训为有,不应方下更增有字。" ㊽民今之无禄,天夭是椓(zhuó):现在众民不幸,上天又横加灾祸,摧残生灵。天,灾祸,摧折。是,且。椓,打击,引申为残害。按:天夭,又作夭夭。见《毛诗传笺通释》:"……蔡邕《释诲》云,夭夭是加。章怀注引《韩诗》夭夭是椓。《蜀石经》亦作夭夭。今按作夭夭者是也。夭夭,美盛貌。《说文》,夭,从大象形。《凯风》传,夭夭,盛貌也。正与仳仳为小,蔌蔌卑陋相反。椓通作诼。《方言》,诼,愬也。《楚辞》,谣诼谓余以善淫。王逸注,诼,犹谮也。《正义》云,在位又诼谮之。是正读椓为诼也。……诗盖以四句相对成文,言彼仳仳小人富而有屋者,虽蔌蔌卑陋,而方以榖禄授之。此民之贫而无禄者,虽夭夭盛美,而不免受谮于人也。夭天字形相近,易讹。《毛诗》本讹作天,遂误以君释之耳。"姑录以存疑。 ㊾哿(gě)矣富人,哀此惸独:富人是快乐的啊,而人民却孤独无依,十分悲哀。哿,嘉,快乐,又训"可"。《经义述闻》:"哿与哀相对为文,哀者忧悲,哿者欢乐也。言乐矣彼有屋之富人,悲哉此无禄之惸独也。……哿、嘉俱以加为声,而其义相近。《礼运》,以嘉魂魄。郑注曰,嘉,乐也。……哿之为言犹嘉耳。……《毛传》训哿为可,可亦快意惬心之称。"哀,可哀,悲哀,悲忧。惸独,孤独无依。

十月之交

十月之交,	十月反常日月交,
朔月辛卯。	本月初一是辛卯。
日有食之,	出现灾异有日食,
亦孔之丑①。	这也真是大坏事。

彼月而微，	那月亮，昏无光，
此日而微②；	这太阳，昏无光；
今此下民③，	如今不幸众黎民，
亦孔之哀！	无比哀痛怨难伸！
日月告凶。	太阳月亮显凶兆，
不用其行④。	不合法度不循道。
四国⑤无政⑥，	普天之下无善政，
不用其良⑦。	不用良臣用奸佞。
彼月而食，	这月食，虽不好，
则维其常⑧；	它比日食算平常；
此日而食，	这日食，更不好，
于何不臧⑨！	奈何坏事突然降！
烨烨震电，	烈电闪闪雷隆隆，
不宁不令⑩。	天下受灾不安宁。
百川沸腾，	百河千江洪波涌，
山冢崒崩⑪。	崇山峻岭尽碎崩。
高岸为谷，	高高崖岸陷为谷，
深谷为陵⑫。	深深山谷升作陵。
哀今之人，	可叹今日众奸佞，
胡憯莫惩⑬！	何不惩止这暴政！
皇父卿士，	皇父为首是卿士，
番维司徒，	番氏担任司徒职，
家伯维宰，	家伯宰夫是总管，

仲允膳夫,　　　　　　仲允膳夫掌馐膳,
聚子内史,　　　　　　聚子内史管人事,
蹶维趣马,　　　　　　蹶氏司马管马匹,
楀维师氏⑭。　　　　　楀氏官职为师氏。
艳妻煽方处⑮。　　　　列居高位,美妻势正炽。

抑此皇父,　　　　　　哎呀,这皇父,
岂曰不时⑯?　　　　　为何役民不以时?
胡为我作⑰,　　　　　为何调我去服役,
不即我谋⑱?　　　　　事前不跟我商议?
彻我墙屋,　　　　　　撤毁我的墙和屋,
田卒汙莱⑲。　　　　　积水长草田荒芜。
曰:"予不戕,　　　　 却说:"不是我为害,
礼则然矣⑳。"　　　　礼法这样是应该。"

皇父孔圣,　　　　　　人家皇父是大圣,
作都于向㉑。　　　　　建都向邑土木兴。
择三有事㉒,　　　　　自选亲信有三卿,
亶侯多藏㉓。　　　　　他们真是大富翁。
不慭遗一老㉔,　　　　一个老臣也不要,
俾守我王㉕。　　　　　使他保卫我王朝。
择有车马,　　　　　　车马豪富被选去,
以居徂向㉖。　　　　　迁往向邑定新居。

黾勉从事,　　　　　　尽心竭力去从公,

不敢告劳㉗。	不敢叫苦献赤诚。
无罪无辜，	没有罪，没有辜，
谗口嚣嚣㉘。	众口交谗将我诬。
下民之孽，	黎民百姓受灾殃，
匪降自天㉙。	灾殃并非从天降。
噂沓背憎，	当面欢合背面恨，
职竞由人㉚。	祸患都因有坏人。
悠悠我里㉛，	悠悠绵绵我心伤，
亦孔之痗㉜。	积忧成为大病恙。
四方有羡，	四方之人乐康宁，
我独居忧㉝。	我独深陷愁海中。
民莫不逸㉞，	人家无不享安逸，
我独不敢休。	我独不敢稍休息。
天命不彻㉟，	天命不循法度行，
我不敢效我友自逸㊱。	我不敢自图逸乐效众卿。

这是周王朝的一个大夫讽刺时政的诗。本诗历数自然灾异的可怕；同时又明确地指出人民的灾难，并不是由于上天造成的，而是人为的，是由于周幽王宠幸褒姒和七个佞臣，而又暴虐无道。诗中直接讽刺的是皇父等人，实际也进一步讽刺了他们的总代表周幽王。

诗的作者虽是统治阶级内部的人物，但是，他却对当时黑暗腐朽的统治政权不满，他看出了造成人民深重灾难的罪魁是昏君佞臣，实则同时反映了他对礼法的忿恨与指斥。

【注释考证】

①十月之交，朔月辛卯，日有食之，亦孔之丑：这四句主要是说明周幽王六年（公元前776年9月6日）发生日食的现象。这也说明了本诗的写作年代。阮元《揅经室一集》（《诗"十月之交"四篇属幽王说》）云："诗言十月之交，朔月辛卯，日有食之。交食至梁、隋而渐密，至元而愈精。梁虞𠚳，隋张胄元，唐傅仁均、一行，元郭守敬，并推定此日食在周幽王六年，十月建酉，辛卯朔，日入食限，载在史志。今以雍正癸卯上推之，幽王六年十月辛卯朔正入食限。"又，陈遵妫《从十二月十四日日环食谈起》云："还有《诗经·小雅》所载的'十月之交，朔月辛卯，日有食之'，是指公元前776年9月6日的日食，虽较巴比伦最早的日食纪事早了十三年，但在中国这样有悠久历史的文化古国来讲，自然不能认为最早。我们从目前真正可靠的古代文物的甲骨卜辞，也可以找到日食纪事。"交，交会，指日月交会（即日食或月食）。朔月，月朔，指每月的初一日。按："朔月"，一本作"朔日"者，误。辛卯，指周幽王六年十月（按周历十月，夏历八月）初一这一天。丑，恶。古人迷信，误认为日食、月食是不祥之兆，是天降灾异。②彼月而微，此日而微：是说那月亮有亏缺而不亮的时候；而这太阳却也昏暗不明（指日食），则是灾异之兆。《郑笺》云："微，谓不明也。彼月则有微，今此日反微，非其常，为异尤大也。君臣失道，灾害将起。故下民亦甚可哀。"微，不明，亏。③下民：众民，庶民，老百姓。④日月告凶，不用其行(háng)：太阳、月亮预示凶兆，不循其常度。告凶，《汉书·刘向传》引："日月鞠凶。"鞠即告之假借。告凶，预示灾祸。用，因，由，循。行，道，法度，常规。⑤四国：四域，四方，意谓全国各地。⑥无政：无良好的政治。⑦不用其良：指周幽王委政奸佞，不用忠良。这也是"无政"的一个方面。⑧彼月而食，则维其常：与日食相较，月食则较平常。古人认为月食较常见，故不甚重视。《春秋》记载日食三十六次，而不记载月食。而，犹"之"。维，犹"是"。常，常度。⑨此日而食，于何不臧：指日食是不好的事

于何,奈何。一说,于为吁之借,叹词。臧,善,好,吉利。 ⑩烨烨震电,不宁不令:《郑笺》:"雷电过常,天下不安,政教不善之征。"烨烨,电光强烈貌。震,雷。宁,安徐。令,善。 ⑪百川沸腾,山冢(zhǒng)崒崩:众水泛滥,山陵崩裂。百川,众多的河流。沸腾,水涌流泛滥貌。冢,此处指山顶。崒崩,碎崩。《毛诗传笺通释》:"按山顶已为高,不必复言崔嵬(按:《郑笺》云,崒者崔嵬),崒崩二字当连读,与上沸腾相对成文,即碎崩之叚借。……《释文》崒本亦作卒,卒亦碎字之省借。"又,《经义述闻》:"卒,当读为猝,仓没反。猝,急也,暴也,言山冢猝然崩坏也。卒崩与沸腾相对。若训卒为崔嵬,而以山冢卒连读,则与上句文义不伦矣。"崒,又借作"卒",尽。 ⑫高岸为谷,深谷为陵:此指地震的现象。谓高岸崩陷,成为深谷;深谷隆起,或被崩裂之山石填积,成为丘陵。阮元《揅经室一集》云:"《诗》,'百川沸腾,山冢崒崩,高岸为谷,深谷为陵',此灾异之大者。《国语》:'幽王二年,西周三川皆震……岐山崩,十一年幽王乃灭。'《史记·周本纪》载幽王二年事正相同。"本诗所述地震情形,似与上文称引契合。按:三川为泾、渭、洛。 ⑬胡憯(cǎn)莫惩:为何这些昏君佞臣不觉悟,而不终止其暴虐之政。胡憯,二字均训"何",复语连说,加重语气。憯,即"朁"字,或作"惨"。曾、何之意,又训乃。按:憯(朁)、曾一声之转。"朁"为经典正字。今之"怎"字,即憯、朁、噆、惨之孳乳字。莫惩,不止。 ⑭皇父卿士,番维司徒,家伯维宰,仲允膳夫,棸(zōu)子内史,蹶维趣马,楀(yǔ)维师氏:以上列举幽王时的七个奸佞之臣。皇父,又作"皇甫",与家伯、仲允,均为其人之字。番、棸、蹶、楀,均为其人之姓氏。卿士,《诗毛氏传疏》:"士,事也。主掌六卿之事,谓之卿士。卿士,三公中执朝政者,幽王时则皇父也。宣王之时,皇父为大师,与此皇父必是二人。《郑语》,史伯曰,'夫虢石虎谗谄巧从之人也,而立以为卿士'。……按史伯说幽王时事,与此诗正同。疑皇父即虢石父,或皇父徂向,更以虢石父代之,世远年湮,迄无考证。"司徒,西周始置此官职,金文多作

"司土"。掌管国家的土地和人民,负责征发徒役。宰,古官名,殷代始置,西周沿置,本为奴隶总管,掌王家内外事务,也有在王之左右赞王命者。膳夫,古官名,掌王之饮食膳馐。内史,古官名,掌爵禄废置,杀生予夺之法。趣马,古官名,掌管王马之政。师氏,古官名,掌监察。 ⑮艳妻煽方处:周幽王之美貌宠妃褒姒,权势炽盛,与皇父等七个幸臣并处于王朝高位。艳,美丽,指美貌。煽,本作"偏",炽盛。指其权势很大,炙手可热。方,并,并列。处,居,居其位。 ⑯抑此皇父,岂曰不时:抑,发语词;或叹词,犹"噫"。岂,何,难道。曰,犹"为",或作助词。不时,不使民以时,不在农闲时役使人民。时,使民以时,在适合的时间使用民力。上二句是说:"噫!这个皇父,怎么做出这样不以时使民的荒谬之事!"时,又训"是",或训"善"。 ⑰胡为我作:胡为作我。这是斥问皇父之词。胡为,为胡,为何。作,自己做事或使别人做事都叫作。此指役使别人做事,具体指皇父为迁都"向邑"而强征民夫去修筑城池宫室。姚氏《诗经通论》云:"《小序》谓'大夫刺幽王',实刺皇父也。朱郁仪曰:'向在东都,……去西都千里而遥。皇父恃宠请城,规避戎祸,土木繁兴,徙世家巨族以实之。人情怀土重迁,伤其独见搜括,故赋是诗。'此说得之。"(明朱郁仪《诗故》) ⑱不即我谋:即,就。谋,共同谋划,计议,商量。我,诗人自我。这两句说明,不仅皇父役使奴隶们去筑城,而且,连官卑职小的没落贵族也得去服役。 ⑲彻我墙屋,田卒汙莱:撤毁我们的墙屋,强迫服役,强迫搬迁,农夫不能种田,致使洼地积水,田园荒芜。彻,古通"撤",拆除,毁掉。卒,尽,完全。汙,又作污。古汙、洿通用。《说文》:"洿,窊下也。"莱,草莱。此指田地长了草,荒芜了。这是皇父不惜民力,违背农时强征役夫造成的后果。 ⑳曰予不戕(qiāng),礼则然矣:这是假托皇父的口吻说:"并不是我残败你们的田业,而是依照礼法,你们就是应该这样为我服役的啊!"曰,说。省略主语"皇父"。作者假托皇父的口吻,是为了讽刺他。戕,残害,伤害。礼,礼法,法度。泛指奴隶社会或封建社会贵族等级制的社会规范和道德规范。则然矣,就该这样的啊! ㉑皇父孔圣,作都于向:孔圣,大圣。这是反语讥刺。作都于向,于向作都,指在向地兴建都城。作,此指兴建。于,在。向,地名,一为《左传》隐公十一年,桓王与郑之邑,在今河南省济源市西南,一为《左传》襄公十一年,诸侯伐郑,师于向,在今河南省尉氏县西南五十里。《诗三家义集疏》云:"济源之向,周初为苏子邑,桓王与郑、尚系之苏忿生,其前不得别封他人。则皇父所邑当为尉氏之向。" ㉒择三有事:择三有司,指皇父选拔了三个大臣。有事,有司。三有司即三卿。《礼记·王制》:"大国三卿,皆命于天子,下大夫五人,上士二十七人;次国三卿,二卿命于天子,一卿命于其君。"疏:"夏之大国谓公与侯也。殷周大国并公也。崔氏云:三卿者,依周制而言。谓立司徒兼冢宰之事,立司马兼宗伯之事,立司空兼司寇之事。"又,姚际恒云:"三有事,即后篇之三事大夫。" ㉓亶(dǎn)侯多藏(zàng):这些大臣,诚然都是百万富翁。亶,诚然,信然。侯,维,犹"是"。多藏,多有库藏,指积蓄很多钱财的富翁。藏,储存东西的地方,或作动词,储藏。 ㉔不憖(yìn)遗一老:皇父不愿留一个旧臣。憖,愿,肯。又,姑且,勉强。 ㉕俾守我王:使之保卫周王(天子)。俾,使。 ㉖择有车马,以居徂向:指皇父选择车马盛多的富豪,迁到向邑定居。以居徂向,徂向以居,倒文以叶韵,这是古人造语之妙。徂,往。 ㉗黾(mǐn)勉从事,不敢告劳:指努力做事,不敢诉苦。黾勉,又作"僶勉",尽力为之。《释文》:"黾,本亦作僶。黾勉,犹勉勉也。"按:《尔雅·释诂》:"勔,勉也。"《释文》:"勔,本作恛,又作黾。"勔,《说文》作恛,云"恛,勉也"。黾,与"僶"异体,与"勔""恛"通假。一说,黾,大腹虫,即蟾蜍。黾勉,是说像蟾蜍爬行那样努力。黾,告劳,诉苦。 ㉘无罪无辜,谗口嚣嚣:无罪过的正直的人,反而被坏人谗言陷害。谗口,谗言之口。嚣嚣,众口谗毁貌。《汉书·刘向传》引作"谗口嗷嗷"。《潜夫论·贤难》作"谗口敖敖"。按:嗷、敖为假借字。嚣,从品(众口),从页(首,人的头部),故有众多之义。 ㉙下民之孽,匪降自天:人民的灾难,并非上天降下来的。㉚噂（zǔn）沓背憎，职竞由人：噂，聚。沓，合。又，聚语纷纭，谓之"噂噂沓沓"。噂沓，又作譐譜。朱彬《经传考证》："屈原《天问》，天何所沓。王逸注，沓，合也。言小人之情，聚则相合，背即相憎，杜子美诗所谓'当面输心背面笑'也。"职，犹"但"，犹"只"。竞，并，皆。由人，因人，此指由于这些坏人造成人民的灾难。 ㉛悠悠我里：绵绵无尽的忧思。悠悠，远，长，绵长，此指忧思不尽貌。里，《韩诗》作"悝"，忧思之意。 ㉜亦孔之痗（mèi）：深忧而病甚。亦，发语词。孔，甚，大。痗，忧病，积忧成疾。古人认为忧和病有连带关系，甚至有时将忧、病视为同义词。 ㉝四方有羡，我独居忧：二句是对比地说，四方之人有欣喜之乐，而我却独处忧患之中。羡，愿，欣喜。《毛诗传笺通释》："按《文选》李注引《韩诗》《薛君章句》曰：'羡，愿也。'《说文》：'羡，贪欲也。'《广雅》：'羡，歠欲也。'歠与愿同。愿羡有欣喜之义。《皇矣》诗，'无然歆羡'，羡亦歆也。训羡为愿，正与忧相对成文。犹'我独不敢休'，自言其劳，与'民莫不逸'为对文也。《传》训为余，未若《韩诗》训愿为允。"居，处。又，语助。 ㉞逸：安逸快乐。 ㉟彻：道，规律。《诗毛氏传疏》："天命不道，言天之令不循道而行，遂有日食震电之变，所谓旻天疾威，天笃降丧也。"彻，或训均。 ㊱我不敢效我友自逸：为了挽回"天意"，要勤勉为国，不能像诗中六卿那样只图逸乐。效，效法。姚氏《诗经通论》："民莫不逸、我友自逸，皆指七子辈也。"《诗毛氏传疏》："我，亲属之臣自我也。亲属之臣。心不能已，故不敢效友之逸豫。所谓敬天之怒，无敢戏豫也。"

雨无正

浩浩①昊天②，　　苍天浩浩渺渺，
不骏其德③。　　　不能常施恩德。

降丧饥馑④，	横降死丧饥馑，
斩伐四国⑤。	杀伐四方之国。
旻天疾威⑥，	苍天威虐暴戾，
弗虑弗图⑦。	不肯思虑计议。
舍彼有罪，	放掉罪犯不管，
既伏其辜⑧；	而把罪状隐瞒；
若此无罪，	无辜之人如此良善，
沦胥以铺⑨。	却都受刑陷入苦难。

周宗既灭，	宗周衰乱就要灭亡，
靡所止戾⑩。	人们不能安居一方。
正大夫离居⑪，	长官大夫离京散处，
莫知我勚⑫。	不知我的贤劳辛苦。
三事大夫，	三事大夫虽则在朝，
莫肯夙夜⑬；	不肯日夜为国效劳；
邦君诸侯，	封邦之君，封畿之侯，
莫肯朝夕⑭。	不肯朝夕分劳分忧。
庶曰式臧，	本来希望从善如登，
复出为恶⑮。	反而颁令肆行暴政。

如何昊天，	奈何茫茫苍天，
辟言不信⑯。	不信法度之言。
如彼行迈，	如同远行千里，
则靡所臻⑰。	无路到达彼地。
凡百君子，	凡是君子众卿，

各敬尔身⑱。　　各自慎重谨严。
胡不相畏，　　为何不知敬畏，
不畏于天⑲？　　不畏浩浩苍天？

戎成不退，　　兵连祸结，难以消停，
饥成不遂⑳。　　饥荒已成，民不聊生。
曾我暬御，　　为何我这侍御之臣，
憯憯日瘁㉑。　　倍受忧伤，日日苦辛。
凡百君子，　　凡是君子众卿，
莫肯用讯㉒。　　不肯对王谏诤。
听言则答，　　顺耳谀辞，答而进用，
谮言则退㉓。　　逆耳忠言，废退不从。

哀哉不能言！　　可悲可叹，不能谏诤！
匪舌是出，　　并非口舌笨拙不灵，
维躬是瘁㉔。　　而是身陷忧患重重。
哿矣能言！　　快乐欣喜，能言佞臣！
巧言如流，　　巧言如水，滔滔滚滚，
俾躬处休㉕！　　人家自身受福蒙恩！

维曰于仕，　　要说前去朝廷做官，
孔棘且殆㉖。　　就会非常急迫危难。
云不可使，　　要说暴政不可行施，
得罪于天子；　　就会得罪宗周天子；
亦云可使，　　要说政令可以施行，

怨及朋友㉗。	众友就会对我怨憎。
谓尔迁于王都。	我劝众臣："你们应回王都。"
曰予未有室家㉘。	他们却说："我们没有住处。"
鼠思泣血，	忧愁凄楚，血泪饮泣，
无言不疾㉙。	字字忠言，无不痛疾。
昔尔出居，	"从前你们出居之时，
谁从作尔室㉚？	是谁给你兴建宫室？"

　　本诗应为周幽王左右亲近之臣所作。他有较清醒的头脑，痛感国事日非、朝政腐朽暴虐，而王朝面临覆灭的命运。在残贼暴政下，人民深陷水火之中。作者处于这饥馑离乱之世，有救乱济世之志，却无救乱济世之力。悲天悯人，无可奈何。只能"鼠思泣血"，直陈时弊，刺幽王之昏虐，刺权臣之构恶，他满腔沉郁积怨，发而为歌。

【注释考证】

　　①浩浩：广大貌。　②昊天：天。昊，大。　③不骏其德：犹谓不常施其德于人。骏，长，常。德，此指德惠。　④降丧饥馑：降下死丧、饥馑之灾。丧，死亡。饥馑，谷不熟叫饥，蔬不熟叫馑，即指饥荒。　⑤斩伐四国：摧残挞伐四方诸侯之国。四国，四方诸侯各国。　⑥旻天疾威：昊天暴虐。旻，应作"昊"。《正义》："上有昊天，明此亦昊天。定本作昊天。俗本作旻天，误也。"《传疏》："作旻者，因'小旻''召旻'致误。《逸周书·祭公》亦云'昊天疾威'可证。"疾威，暴虐。又见《大雅·荡》："疾威上帝。"《广雅》："暴，疾也。"　⑦弗虑弗图：不知忧虑，不知图谋。　⑧舍彼有罪，既伏其辜：舍，置，除。既，尽，或犹"而"。伏，隐匿。辜，罪。王引之《经义述闻》云："伏者，藏也，隐也。凡戮有罪者，当声其罪而诛之。今王之舍彼有罪也，则既

隐藏其罪而不之发矣。盖惟其欲舍有罪之人，是以匿其罪状耳。解者误以伏其辜为服罪，则与舍字相牴牾，于是改句读以牵就之，疏矣。"
⑨若此无罪，沦胥以铺：像这些无罪之人，却相率而入于刑，遭受痛苦。沦，率，率率，大抵，大都。胥，相，皆，相引。铺，"痛"之通假，病苦。《经义述闻》："诗言沦胥以败、沦胥以亡，则此篇沦胥以铺，铺字当训为病，不当训为遍。《韩诗》作痛，本字也。《毛诗》作铺，借字也。王肃训铺为病，义本《韩诗》也。……《释文》，痛，本又作铺。……是痛、铺古字通。又案沦薰声相近，薰率声之转，故《尔雅》《毛诗》训沦为率，《韩诗》训薰为帅（帅与率同）。薰，亦沦也。沦胥以铺，谓相率而入于刑，入于刑则病苦。"又，马瑞辰释"沦胥以铺"云："《说文》，沦，一曰没也。《广雅》《玉篇》并曰，沦，没也。《广雅》又曰，沦，渍也。沦又通隃。《说文》，隃，山阜陷也。当从朱子《集传》，训沦为陷。……当以胥为湑之省借。《玉篇》，湑溢也。《小尔雅》，溢，没也。《说文》，没，湛也。沦胥犹言湛溺、湛沦，谓人之全陷溺于罪，如全没入于水也。铺者，痛之假借。当从《韩诗》作痛，训为病。皆沦没于罪以至于病也。……左氏昭二十六年《传》，且为后人之迷败倾覆而溺入于难，则振救之。汉时男女从坐入官为奴，及杀伤人所用兵器入官者，通谓之没入、溺入。皆此诗沦胥之类也。"此说亦可通。以上四句，谓有罪的人，却被隐匿罪状，逍遥法外；无罪的人，却被陷害，大都被刑罚而病苦。⑩周宗既灭，靡所止戾（lì）：周宗，应为"宗周"。《毛诗传笺通释》云："按'周宗'与'宗周'有别。……'宗周'皆指王室言之，'宗周'亦曰'宗国'。……若'周宗'……皆谓与周同姓者耳。诗不得言周之同姓既灭。……诗'周宗'当为'宗周'，传写误倒。昭十六年《左传》引诗，正作'宗周既灭'，是诗本作'宗周'之证。"既灭，即灭。靡所止戾，无处定居。戾，定。这是假托离异远蹈之宗亲权臣的口气，说明他们托词不肯还都辅政。方玉润云："予恒劝尔诸臣各还王都，共思辅导，而皆以无家辞。"⑪正大夫离居：指长官大夫离王都而散处各地。正大夫，长官大夫。上大夫，即卿

士。正，长，指天子六卿之长，或称大正。离居，散处。 ⑫莫知我勚(yì)：不知我之贤劳。勚，劳苦，此指贤劳。 ⑬三事大夫，莫肯夙夜：周王朝之三公，不肯为国事日夜忧劳。三事大夫，此指天子之三公，即周制之大师、大傅、大保。马瑞辰曰："古以三公司天地人为三事。"陈奂云："《十月之交》及《常武》所云三事，诸侯三卿也。此云三事，天子三公也。……三事大夫言内也，邦君诸侯言外也。"《白虎通义》曰："诸侯有三卿，分三事也。"又，姚际恒则曰："三事，《书·立政篇》为'常伯、常任、准人'，亦大夫之职也。"夙夜，早夜，指早起晚眠，日夜操劳。 ⑭邦君诸侯，莫肯朝夕：指封国之君、封国之诸侯，也都不肯早晚为国事忧劳。邦君，封邦之君。朝夕，犹"夙夜"变文对言。一说"朝夕补过"，一说"朝暮省王"。 ⑮庶(shù)曰式臧，复出为恶：幸望周王能自儆而任用贤人，讵料周王反而出教令以行暴政。庶，幸，希冀之词。曰，语中助词。式，用。臧，善，好，指贤臣良将。复，反。出，此指出教令。为恶，行恶，行暴政。 ⑯如何昊天，辟言不信：苍天啊苍天，怎么办啊？我所上奏的法度之言却不被听信。如何，奈何。如何昊天，是呼天而诉之词。辟言，法度之言，正言。 ⑰如彼行迈，则靡所臻(zhēn)：好像远行的人，没有到达目的地的路可走（或曰，无法到达目的地）。行迈，远行。迈，远行，前进。臻，至。 ⑱凡百君子，各敬尔身：凡百君子，众在位者，统指上文"正大夫""三事大夫""邦君、诸侯"。各敬尔身，各自戒慎你们自身。这是诗人告诫众在位者的话。敬，戒慎，警戒，敬肃。 ⑲胡不相畏，不畏于天：为何不相畏祸，难道也不畏于天吗？（古人迷信，以为天是最可怕的。） ⑳戎成不退，饥成不遂：战祸已形成而不消退；饥荒已形成而人民不得安生。遂，安，顺，或训"进"。马瑞辰云："《玉篇》《广韵》并云，遂，进也。……诗以遂与退对言。朱子《集传》引《易》'不能退，不能遂'，训遂为进。较《传》《笺》为确。惟以不退为王之为恶不退，不遂为王之为善不遂，似非诗义。今按戎成不退，外患炽而敌势强也；饥成不遂，内灾起而兵力弱也。不退即指敌言；不遂指周民言为允。" ㉑曾我暬(xiè)御,憯憯(cǎn)日瘁:为何只有我这侍御之臣,日日独受忧劳?曾,犹"何",又见《庄子·列御寇》:"先生既来,曾不发药乎?"《墨子·公孟》:"鱼鸟可谓愚矣,禹汤犹云因焉,今墨曾无称于孔子乎?"暬御,左右亲近之臣。暬,亲近。《说文》:"日狎习相慢也。"按:暬字,俗多作"暬",误。今从《唐石经》改。憯憯,《唐石经》作"惨惨"。憯,忧伤,悲痛。日瘁,日日劳瘁。瘁,劳苦,忧病,或作悴。《说文》:"悴,忧也。" ㉒凡百君子,莫肯用讯:指那众在位者,都不肯对周王谏诤。凡,凡是,一切。百,众。讯,当作"谇",谏诤,告。《鲁诗》作"谇"。 ㉓听言则答,谮(zèn)言则退:指周王喜听顺言,不喜听忠言。他听到顺从之言,便提拔重用其人;听到忠谏之言,便疏远黜退其人。听言,顺言,顺从之言,阿谀之词。《说文》:"从,相听也。从二人。"《广雅》:"听,从也。"《毛诗传笺通释》:"段玉裁曰,听犹顺也。听有顺从之义。听言对谮言而言,正谓顺从之言。《广韵》,谮,毁也。毁犹谤也。古以谏诤为诽谤,故尧有诽谤之木。谮言即谏言也。诗承上莫肯用讯,讯,读如谇。《韩诗》,谇,谏也。言凡百君子所以莫肯直谏,盖以王好顺从而恶谏谮。闻顺之言则答而进之,闻谮毁之言则退而不答。听言言答,则进之可知;谮言言退,则不答可知。互文以见义。《传》谓以言进退人者,义盖如此。《桑柔》诗,听言则对,诵言如醉。诵言,谓讽谏之言。如醉,谓不好听之。义与此同。"答,《鲁诗》作"对"。对,进,进用。《诗毛氏传疏》云:"《传》以'进'释答字。答,本当作对。《大雅·桑柔》,听言则对。与此正同。《荡》,流言以对。《传》云,对,遂也。遂之义为进。《易·大壮》,不能退,不能遂。虞注,遂,进也。" ㉔哀哉不能言,匪舌是出,维躬是瘁:此乃承接上文"谮言则退"而言。这三句是说:可悲啊,我这忧国忧时之人不能忠言谏诤,并非我的口舌笨拙,而是因为周王废退我,使我陷于忧病之中啊。这一组文字适与下文"哿矣能言"三句一组,形成对比。根据行文的脉络,"匪舌是出"似应读为"匪舌是拙",与下面"巧言如流"对文。出,疑为"拙"之省借。马瑞辰《毛诗传笺通释》:

"朱彬谓出当读为屈与绌。……今按《说文》：'瘖，病也。'出当即瘖之省借。"此说恐未安。按：从文义看，"舌病"与下文"巧言"不贯，难以相对比较。且"瘖"字之具体概念也不是"舌病"之名，而是一种妇女病的专名，《说文》的解释是总名，是笼统的。（"瘖"字，《类篇》或作疙。《正字通》："一说妇人带下有出病。出，当即瘖。"）维，与惟、唯字通，犹"而"。《说苑·复恩篇》："介子推曰：'献公之子九人，唯君在耳；天未绝晋，必将有主，主晋祀者，非君而何？唯二三子以为己力，不亦诬乎？'上"唯"字训"独"。下"唯"字训"而"。《左传·僖二十四年》作"而二三子以为己力"。躬，体，自身。是，语中助词。《左传·襄公十四年》："唯余马首是瞻。"《论语·尧曰》："周有大赉，善人是富。"瘵，《毛诗传笺通释》："瘵，当即悴之或体。"可从。悴，忧，指因于逆境而忧。 ㉕哿（gě）矣能言，巧言如流，俾躬处休：此乃承前章"听言则答"而言。这三句，又与上面三句对比。意谓：快乐啊，那些不念国忧的能言之人，他们的巧言像水流那样滔滔不绝，毫无阻滞，并使自身因而得福。《诗毛氏传疏》曰："《潜夫论·本政篇》：诗伤巧言如流，俾躬处休，言佞弥巧者官弥尊也。"哿，可，嘉，乐。《经义述闻》："是嘉与乐同义，哿之为言犹嘉耳。故昭八年《左传》引诗'哿矣能言'。杜注曰：'哿，嘉也。'《毛传》训哿为可，可亦快意慊心之称。"能言，奸佞能言之人。巧言，谗巧谀媚之言。俾，使。《左传》《释文》作"卑"。处休，过着享福的生活。处，居。休，福禄，福气，美善。按：这三句，"哿矣"与上文"哀哉"相对，"能言"与上文"不能言"相对，"巧言如流"与上文"匪舌是出"相对，"俾躬处休"与上文"维躬是瘵"相对。有力地揭露了当时政治的黑暗。 ㉖维曰于仕，孔棘且殆：要说前去朝廷做官，那是十分急迫而危殆的事，将会进退多难，遑遑不知所措。维，发语词，无实义。曰，说。此处是自为问答之词，犹"要说""要说是"。于，往，前去。仕，此指做官。棘，急，迫迮。殆，危殆。按："棘"与"殆"，一方面指宦海风波十分险恶危急；一方面又指周王朝已处于摇摇欲坠、国亡无日之秋，非常危殆。

㉗云不可使，得罪于天子；亦云可使，怨及朋友：王朝政令不善，如果说不可从，就得罪于天子；如果说可从，就得罪于忠良的朋友。《经义述闻》云："使者，从也。亦，语词。此言王之出令不正，我言不可从，则得罪于天子；言可从，则是助君为恶，必怨及朋友矣。故《笺》曰，'不可使者，不正不从也。可使者，虽不正从也'。此正用《尔雅》，'使，从也'之训。"又，《毛诗传笺通释》："《尔雅·释诂》，'使，从也'。故《笺》以从释使。二云字，皆臣答君之词。云不可使。谓若事之不正者，即云不可从。"姚际恒《诗经通论》："'云不可使'四句，谓云不能为谀佞便辟，则得罪于天子；亦将云谀佞便辟，则见怨于责善之朋友。'朋友'犹后世云'清议'也。《集传》欠明。"一说，不可使，犹今言使不得。 ㉘谓尔迁于王都，曰予未有室家：指诗人劝说离居者："你们还是回到王都（镐京）来共辅朝政吧!"而他们却置之不顾，说："王都已没有我的室家了。"谓、曰，均训"言""说"。上句是问话，下句是答话。尔，你们，指离居的正大夫诸人。予，正大夫诸人自我之词。迁，此指从外地迁回来。于，至。王都，此指镐京。室家，犹家室、家业。 ㉙鼠思泣血，无言不疾：忧伤地流着血泪饮泣，所苦诉的没有一句话不是痛心的。鼠，字又通"癙"，忧，病。《尔雅义疏》曰："《尔雅》释文引舍人云：癙，心忧急之病也。孙炎云：癙者，畏之病也。"思，犹"兮"，语气助词。泣血，流着血泪饮泣，形容极度哀伤。陈奂《诗毛氏传疏》云："《说苑·权谋篇下》：'蔡威公闭门而哭，三日三夜，泣尽而继以血。'是涕多则血出为泣血也。奂妻顾琴芝执亲丧，泪下皆成血，此目验矣。"《毛诗传笺通释》云："是泣而泪尽，真有流血者。因通言泣之甚者为泣血。"疾，应训痛苦。疾苦。见《管子·小问》："凡牧民者，必知其疾。"注："谓患苦也。"一说，疾，通嫉，指受人嫉视。 ㉚昔尔出居，谁从作尔室：先前你们离去王都到别处定居时，是谁跟你们去，为你们营建家室呢？现在却以没有室家为遁词而不肯迁回王都。出居，犹"离居"。从，随从。

【注释考证】

《雨无正》的题目与诗义不太吻合，令人颇为费解。疑"雨"为"周"之讹误。《周无正》，周王朝无善政之义。本篇是以意取名，犹《巷伯》等。正，政。关于本篇命题，古人早有疑议。《小序》："《雨无正》，大夫刺幽王也。雨，自上下者也。众多如雨，而非所以为政也。"朱熹引欧阳氏之说以驳《序》，但也没讲出其所以然。又有人据《韩诗》有《雨无极》篇，说篇首较《毛诗》多"雨无其极，伤我稼穑"二句。所以认为本篇应名《雨无极》。《韩诗》古已湮失，其说恐为附凿之词。方玉润则直斥："《韩诗》于此篇首章忽多二句，其为伪增，自不待言。"方氏又说："其大旨乃蹩御近臣伤国无正人以匡正王失也。故雨字或误，正字上下或有脱漏，亦未可知。鲁鱼帝虎，古简之常。但须细审，未可以无考忽之。夫以赫赫宗周，匡国无人，而忧而望之者，乃仅仅出于近侍微臣，则谓之国无正也，亦奚不可？"姚际恒则认为"此篇名《雨无正》，不可考；或误，不必强论"。此外，陈启源、刘元城、胡承珙等人俱有所议，不赘述。

关于本诗的写作年代，总的看来，古今学者对本诗的写作年代之争议，大致可归纳为三种说法：认为刺幽王者；认为刺厉王者；认为东迁后痛定思痛、惩创前事之辞。以上三说，主要是一、三两说，争论较大。主张为东迁以前之诗者，如方玉润《诗经原始》："此诗不惟非东迁后诗，且西京未破之作。故望诸臣迁归王都。若西京已破，王室东迁，则勤王又自有人，岂待蹩御相招？且其立言，别是一番建功立业气象，断不作'鼠思泣血'等语。曰'周宗即灭'者，周之宗室远去绝迹不来相依耳，非宗周王国为人所灭也。"又如陈启源、胡承珙、陈奂、姚际恒、魏源、马瑞辰诸人均以为西都之诗。而另一方面，以为东迁后之诗者，有朱熹、刘公瑾、吴闿生等。他们的立论依据是"周宗即灭""谓尔迁于王都"等语。其实，是他们误解了这两句话的含义。按：既字不止是已然之词；并且也是将然之词。既，犹"即"。见《墨子·号令篇》："当遂材木，不能尽内，既烧之。"又，《尚书·盘庚篇》："我王来，既爱宅于兹，重我民，无尽刘。"此"既'字，有"就""就要""即将"之意。又见《公羊传·庄公三十二年》："寡人即不起此病，吾将焉致乎鲁国？"又，《史记·秦本纪》："……即君百岁后，秦必留我。"此"即"字，则为"倘若""如果"之意。若从此解，"周宗既灭"，犹"周宗即灭"，"即"为将然之词，或为假设之词。至于"迁"字，在此应训"还"。胡承珙《毛诗后笺》云："盖迁者移徙之名，其先自王都而出固可谓之迁，其自他处而还亦可谓之迁。《曲礼》坐而迁屦。注云，迁或为还。是迁与还字亦通也。"按："谓尔迁于王都"句，是谓离散之群臣应还归王都之意。根据以上对于"既"字、"迁"字的考证，本诗当为西周之作品。

小旻之什

小 旻

旻天①疾威②,	茫茫苍天暴虐凶残,
敷③于下土④。	它把淫威施于人间。
谋犹⑤回遹⑥,	朝中谋略尽都邪僻,
何日斯沮⑦?	不知何日才能止息?
谋臧不从;	善谋良策,不肯听从;
不臧复用⑧。	邪说鄙见,反而重用。
我视谋犹,	洞察朝政,谋略昏乱,
亦孔之邛⑨!	我心忧病,非常不安!
潝潝訿訿⑩,	当面相好,背面拆台,
亦孔之哀⑪!	无是无非,甚为可哀!
谋之其臧,	谋略有的很好,
则具是违;	就都违背不从;
谋之不臧,	谋略有的不好,
则具是依⑫。	却都依从执行。
我视谋犹,	看那谋略昏乱不已,
伊于胡底⑬!	国运将到何等境地!

我龟既厌，	占卜频数，灵龟厌倦，
不我告犹⑭。	吉凶之道，不向我言。
谋夫孔多，	谋士虽然很多，
是用不集⑮。	是以终无成果。
发言盈庭，	议论纷纷充满大庭，
谁敢执其咎⑯？	谁敢将那罪责担承？
如匪行迈谋，	如同远行，只尚空议，
是用不得于道⑰。	因此不会有何成绩。
哀哉为犹，	如此谋划，令人哀痛，
匪先民是程，	不把先人作为法程，
匪大犹是经⑱；	不把大道作为准绳；
维迩言是听，	近僻之言，周王爱听，
维迩言是争⑲！	争进近言，以相邀宠！
如彼筑室于道谋，	如同筑室，谋于道路，
是用不溃于成⑳。	因此不会顺利成功。
国虽靡止，	国家虽小，众才可用，
或圣或否。	有的通圣，有的不贤明。
民虽靡膴，	民人虽少，各有优和劣，
或哲或谋，	有的明哲，有的善谋略，
或肃或艾㉑。	有的严肃，有的善治国。
如彼泉流，	像那泉水，流逝不再来，
无沦胥以败㉒！	善才不用，一切将衰败！
不敢暴虎，	不敢徒手搏击猛虎，

不敢冯河㉓。	不敢无船涉水横渡。
人知其一，	庸人只知一种危险，
莫知其他㉔。	却不知道其他灾难。
战战兢兢，	戒慎恐惧，战战兢兢，
如临深渊，	如同面对万丈深渊，
如履薄冰㉕。	如同脚踩薄薄河冰。

这是周之大夫刺幽王的诗。幽王昏庸无道，是非不辨，善恶不分，误信邪言，重用奸佞。荒君乱臣，骄纵淫佚，不知王朝覆灭之祸，已隐于无形。作者痛感国事日非，已不可为。虽然他希望幽王重贤才、用善谋，以济危扶倾。但是，那腐朽黑暗的朝政使他失望。他那忧国忧时之勃郁忠忱，他那临深履薄、战战兢兢之远虑近忧，都能从诗中揣摩得之。

【注释考证】

①旻（mín）天：秋之天。《尔雅·释天》："秋为旻天。"郭璞注："旻，犹愍也，愍万物雕落。"又，《诗集传》："旻，幽远之意。" ②疾威：暴虐。 ③敷：布。 ④下土：与"旻天"相对，土犹"地"，下土，指人间。 ⑤谋犹：谋、犹是同义词。犹（繁体为猷，通猷），亦训谋，又训道。见三章"不我告犹"。 ⑥回遹（yù）：回，邪。遹，辟。《韩诗》作"回鴥"。《文选》注作"回穴"，又作"回沇"。又，陈奂《诗毛氏传疏》："《说文》：蘲，袤也。袤，蘲也。回邪即蘲袤之假借。……《传》训遹为辟者，辟，古僻字。……《释文》引《韩诗》回鴥。《文选·幽通赋》注作回穴。《西征赋》注作回沇。并与回遹同。回遹、邪辟皆合二字成义。" ⑦何日斯沮（jǔ）：指上文所称"谋犹回遹"的状况，何日才能停止（改变）。斯，助词，犹"思"。又见《大雅·公刘》："于京斯依。"《豳风·七月》："朋酒斯飨。"沮，终止。又

见《小雅·巧言》："乱庶遄沮。"又训败坏，毁坏。又见《淮南子·修务训》："故力竭功沮。" ⑧谋臧不从，不臧复用：好的谋略、计策，不采取不施行；坏的谋划，反而采取施行。这是刺幽王昏庸，善恶不辨。臧，善，好。从，听从，顺从。或指采取某种处理方式或态度，如从善、从简。复，反。用，与"从"义近，进用，采用。此指采用"不臧"之谋，并重用其人。 ⑨我视谋犹，亦孔之邛（qióng）：我，诗人自我。邛，病，即指斥上文所云"谋犹"邪僻不正的弊病。 ⑩潝潝（xì）訿訿（zǐ）：潝潝，《说文》《尔雅》引皆作"翕翕"，《汉书》作"歙歙"。《毛诗传笺通释》："……《汉书》刘向上封事曰：'众小在位而从邪议，歙歙相是而背君子。'引诗'歙歙訿訿'六句为证。其说盖本《韩诗》，以歙歙为小人互相是，而以訿訿为背君子。盖读歙歙如翕合之翕，而读訿如呰毁之呰。朱子《集传》云：'潝潝，相和也。訿訿，相诋也。'义与刘向说略同。"又，《诗经原始》称引，"曹氏粹中曰：'潝潝然相和者，党同而无公是；訿訿然相毁者，伐异而无公非。'"另见《诗毛氏传疏》："……《尔雅》：'潝潝訿訿，莫供职也。'《雅》《传》辞异而义同。潝读有强御之义，潝为'是谓胁君'之胁。《传》云患其上者，言与上为患也。"再，《毛诗传笺通释》："……《传》：'潝潝然患其上，……'瑞辰按《尔雅》：'翕翕訿訿，莫供职也。'郭注：'贤者陵替奸党炽，背公恤私旷职事。'《毛传》义本《尔雅》。《方言》：'翕，炽也。'《广雅》同，又曰：'翕，蒸也。'《说文》：'翕，起也。'义并相近。扬雄《甘泉赋》：'翕赫曶霍'，李善注：'翕，赫盛貌。'《传》云：'潝潝然患其上'，盖读潝潝如翕赫之翕，郭注《尔雅》'奸党炽'，正释'翕翕'二字。与《诗正义》云'潝潝为小人之势，是作威福也'。词异而义同。"是"潝潝"有二解：一为相和、相是；一为"患其上""胁君"、炽盛。似以前说为安。訿訿，亦作"呰""呰"。除上文《毛诗传笺通释》与《诗经原始》称引关于"訿訿"的解释以外，又见《大雅·召旻》："皋皋訿訿"，朱氏《集传》："訿訿，务为谤毁也。"另见《毛诗传笺通释》："……訿，或作'呰'，《说文》：'呰，不思称意也。'义本《毛传》。据《召旻》诗'皋皋訿訿'。《传》：'訿，窳不供事也。'《说文》：'呰，窳也。窳，懒也。'则《毛传》盖读訿如窳呰之呰。《荀子·修身篇》引《诗》'喻喻呰呰'毛公受《诗》于荀卿，故其释'訿訿'与荀同也。"《毛传》："訿訿然思不称乎上。"《疏》："訿訿者，自营之状，是求私利也。不思称上者，背公营私，不思欲称上之意。"《诗传氏传疏》："訿訿，《说文》作訾訾，《传》：'不思称乎上'，不思，各本作思不，正义不误。訿訿，有病弱之义。……《史记·货殖传》：'呰窳偷生'。晋灼注：'呰，病也。'应劭注《汉书·地理志》：'呰，弱也。'呰与訿同。《传》云'不思称乎上'者，言不思报称乎上意也。皆谓臣下不供职之事。……《释文》引《韩诗》云'渝渝訿訿'不善之貌。"是"訿訿"亦有二解：一是毁谤非议，"无公非"；一是"病""弱""懒""不思称乎上""不供职"。疑前说为是。 ⑪哀：是作者以此为可哀。 ⑫谋之其臧，则具是违；谋之不臧，则具是依：指小人对于好的谋略，则都反对；对不好的谋略，则都赞成。这说明他们是"群然和之"。具，俱。违，违背，违反，不从。依，依就，依从。

⑬我视谋犹，伊于胡底：我观察这君臣们对待谋略的荒谬态度，将要使国家达到什么地步呢？伊，犹"维"，发语词，无实义。胡，何。底，至。详见《祈父》篇注。按：厎，多作"底"。《唐石经》作"厎"，是。《诗毛氏传疏》云："伊于胡厎与则靡所臻，文义正相同。" ⑭我龟既厌，不我告犹：占卜的次数频数，连龟灵也厌倦了，不再告我以吉凶之道，这是想然之词。《郑笺》云："犹，图也，卜筮数而渎龟，龟灵厌之，不复告其所图之吉凶，言虽得兆，占繇不中。"又，《诗毛氏传疏》："犹训道，不我告道，言龟渎既厌，不复告我以吉凶之道也。"又，《毛诗传笺通释》："犹繇古同声，犹当为繇字之假借，谓繇词。即《笺》所云'占繇不中'也。《笺》训犹为图者，或古繇词亦取犹图之义。"

⑮谋夫孔多，是用不集：指谋划之士虽然很多，但都不是贤者，是非相夺，无所适从。所以，其谋略、措施终无成就。谋夫，谋士，出谋划策者。是用，是以。用，犹以。集，应作"就"，成就。《毛诗传笺通释》：

"……《韩诗外传》引诗'是用不就',就、集一声之转,……《传》训集为就者,正以集为就之假借,即读集音如就也。或以集为不协者,误。"《诗毛氏传疏》:"……襄八年《左传》引诗,杜预注亦云:'集,就也。'集、就并与成同义。《黍苗》,《笺》:'集犹成也。'《尔雅》:'就,成也。'" ⑯发言盈庭,谁敢执其咎:这是指斥那些群臣,空谈谋略,满庭议论纷纷,而无敢决当是非者,事若不成,则谁也不敢负责,率皆邀功而诿过。盈庭,充满大庭之上(朝廷之上)。执其咎,任其罪责,负其责。执,持,引申为任,担当。咎,罪过,罪责。 ⑰如匪行迈谋,是用不得于道:如同远行,只在室中谋划,而不实践,是不能在道路上取得成功的。匪,彼。按,匪、彼一声之转,古通用。行迈,远行。行、迈二字义近,迈是远行。谋,指谋于室。按:窃疑此"如匪行迈谋"句有讹夺之迹。此章"如匪行迈谋,是用不得于道",下章"如彼筑室于道谋,是用不溃于成",相对相成,语义蝉联。愚拟上句之"行迈"下,夺"于室"之类的两个字。若补作"如匪行迈于室谋",则与下句"如彼筑室于道谋"格式相同,词义也较完足。不得于道,于道不得,在道路上无所得。或在走路方面没有成就。又见《郑笺》:"匪,非也。君臣之谋事如此,与不行而坐图远近,是于道路无进于跬步何以异乎?"再见《诗三家义集疏》:"……杜注:匪,彼也。行迈谋,谋于路人也。不得于道,众无适从也。"备考。 ⑱哀哉为犹,匪先民是程,匪大犹是经:可哀啊,如此为谋,不取法古人,不遵循大道。匪,非,不。先民,古人,指古之贤者。程,法,此处将名词变为动宾词组,"取法",以之为法。大犹,大道,指基本规律,大道理。经,行,遵循。又训"常",常度,常规。 ⑲维迩言是听,维迩言是争:昏君对于近僻之言,盲目听从;谗臣则逢迎王意,争进近僻之言以邀宠。维,发语词。迩言,浅近邪僻之言。是,语中助词,多用于动宾倒置的句式,在提前的宾语和后面动词之间加"是"字以助之。听,从,顺从,听信,进用。争,指谗臣为私利而争进迩言。一说,争,当读如道途不争险易之利之争,争谓争取其言也。《说文》,争,引也,从受厂,是争之本义,原谓引之使归于己,引有援据之义,是争与是听义正相近。(马瑞辰说) ⑳如彼筑室于道谋,是用不溃于成:如同筑室,不在基地上施工,只在道路上与人计议,是以不能成功。溃,"遗"之假借。遗与遂义同,顺利,成功。一说,溃、遂古声近通用,遂借作"溃"。(马瑞辰说) ㉑国虽靡止,或圣或否,民虽靡膴,或哲或谋,或肃或艾(yì):国虽不大,却有圣者,有非圣者;民虽不多,却有哲者,有谋者,有肃者,有艾者。靡,不,无。止,至,大。《毛诗传笺通释》:"按,《传》以靡止为小,则止宜训大矣。《抑》诗'淑慎尔止',《传》:止,至也。《尔雅》:跮,大也。《释文》:跮,本又作至。《易》:至哉乾元,犹言大哉乾元也。止与至同义,至为大,则止亦为大矣。下言民虽靡膴。《韩诗》作靡腜,犹无几何,腜膴一声之转。《尔雅》:幠,大也。字通作膴,《韩诗》以靡腜为无几何,是亦以腜为大也。靡膴,犹言靡止。王肃述毛,训膴为大,言无大有人。得之。"或,有的。圣,指圣贤之人,训为通圣者。按:《说文》:"圣,通也。"《尚书·洪范》:"睿作圣。"睿,智慧。圣,是指通达事理、具有卓越的智慧、具有特高学术成就的人。(此为旧说) 否,非,不,不是。此指有的人不是圣贤者。膴,通"幠",大,多。靡膴,不多。哲、谋、肃、艾,《尚书·洪范》:"明作哲,聪作谋,恭作肃,从作义。"《诗毛氏传疏》:"哲亦明也,连言曰明哲。谋读为敏,如《中庸》人道敏政,地道敏树。敏或为谋,即其证。谋亦聪也,连言曰聪谋。艾读为乂。《尔雅》:'乂,治也。'古文嬖字,恭亦肃也,连言曰恭肃。乂为治,治为治理,言民亦有明于治理者也。……"哲,明哲,聪明。谋,灵敏,有智谋,指善于谋划者。肃,恭谨,严肃。艾,治理。姚际恒曰:"此篇本主谋说,故引用《洪范》五事之'谋',而以'圣、哲、肃、艾'连言陪之。读古人书,须觑破其意旨所在,以分主客,毋徒忽略混过也。"

㉒如彼泉流,无沦胥以败:周德日衰,王不用贤。如泉水流泻不已,无论贤愚,都将至于败亡之境,各方面的人才都将被抛弃和摧残。如彼泉流,指国事和用人的机会,像泉水那样滔滔流去,不能复返。无,此

处为发语词。《诗毛氏传疏》:"……《释词》云:'无,发声。无沦胥以败,沦胥以败也。'"沦胥,率皆。详见《雨无正》注。败,败亡,衰败,凋残。 ㉓不敢暴虎,不敢冯(píng)河:不敢徒手与老虎搏斗,不敢无舟而涉水。指一般庸人只对近而易见的危险不敢冲犯。暴,徒手搏斗。冯,无舟而渡水徒涉,或为"淜"之借字。《说文》:"淜,无舟渡河也。"《系传》引诗作"淜"。 ㉔人知其一,莫知其他:一般目光短浅的人只知道徒搏、徒涉是危险的这一点;而不知道无形的丧国亡家之祸等其他的隐患。姚氏云:"'他'字押得妙,包括无限在内。"

㉕战战兢兢(jīng),如临深渊,如履薄冰:指较清醒的、较有远见的人,看到国事日非,隐患四伏,惧怕祸殃随时到来,惴惴自危,如同面临无底深渊,如同脚踏在薄冰之上,时刻担心会坠陷下去。战战兢兢,恐惧戒慎之状。兢兢,《左传》引作"矜矜"。临,面对着。履,踩踏,实行。

小　宛

宛彼鸣鸠,　　　小小鸣鸠飞翩翩,
翰飞戾天①。　　展翅高飞上摩天。
我心忧伤,　　　我心伤悲忧祸乱,
念昔先人②。　　由此怀思我祖先。
明发不寐,　　　醒而不寐情殷殷,
有怀二人③。　　怀念父母二先人。

人之齐圣,　　　那些智慧聪明人,
饮酒温克④。　　饮酒温文又恭谨。
彼昏不知,　　　那些昏昧无知者,
壹醉日富⑤。　　日日醺醉益骄奢。

各敬尔仪，	各自矜持重威严，
天命不又⑥。	天禄一去不复返。

中原有菽，	原田之中有豆藿，
庶民采之⑦。	众人都可去采掇。
螟蛉有子，	螟蛉螟蛉有幼虫，
蜾蠃负之⑧。	蜾蠃衔它喂小蜂。
教诲尔子，	教育你们众子孙，
式穀似之⑨。	光大祖德善继承。

题彼脊令，	看那小小鹡鸰鸟，
载飞载鸣⑩。	又飞翔啊又鸣叫。
我日斯迈，	日日忙碌我行役，
而月斯征⑪。	月月辛苦你行役。
夙兴夜寐，	起早睡晚不休闲，
无忝尔所生⑫。	莫辱父母和祖先。

交交桑扈，	飞来飞去小斑鸠，
率场啄粟⑬。	绕着场园把粟啄。
哀我填寡，	自悲自叹贫又病，
宜岸宜狱⑭？	为何又陷狱讼中？
握粟出卜，	问卜拿出米一把，
自何能穀⑮？	怎样能得吉利卦？

温温恭人，	温和恭谨聪明人，
如集于木⑯。	如鸟集木怕坠陨。

二雅·小雅 小旻之什

惴惴小心,	戒慎恐惧要小心,
如临于谷㊄。	如临山谷万丈深。
战战兢兢,	战战兢兢要自儆,
如履薄冰㊅。	如同脚下踩薄冰。

这是周之大夫悔过自儆,并与兄弟相戒的诗。诗中反映出作者所处的社会环境是险恶的,因而,他的自儆与相戒,是与畏祸之心连结在一起的。

【注释考证】

①宛(wǎn)彼鸣鸠,翰飞戾天:那小小的鸣鸠,振翼高飞,上摩青天。可能是借此兴起诗人自勉之情。宛,小貌。鸣鸠,一种体小的鸠。又名鹘鸠、鹘鸼(雕)。《尔雅》郭注:"似山鹊而小,短尾。"《毛诗传笺通释》:"宛盖鹘鸠短尾之貌,短、小义近,故《传》以宛为小貌。"翰飞,高飞。翰,高。陆机《文赋》:"浮藻联翩,若翰鸟缨缴而坠曾云之峻。"戾,"厉"之借字。《文选》卷一,李善注引《韩诗》作"翰飞厉天",云:"厉,附也。"《毛诗传笺通释》:"厉天,犹俗云摩天耳。" ②我心忧伤,念昔先人:我心中忧伤,是因遭逢祸乱之世,也由此更加使我怀念往古的先人。先人,祖先。 ③明发不寐,有怀二人:醒而不寐,怀念父母二人。明发,醒。《毛诗传笺通释》:"今按《楚辞·招魂》:'娱酒不废,沉日夜些。'王逸注:'不废或曰不发。发亦醒也。'……因考《广雅·释诂》。发,明也。又曰,明,觉发也。是明、发二字同义,醉而醒为发,夜醒不寐亦得为发。因知此诗明发不寐,明、发,皆醒也,即谓醒而不寐也。"二人,指父母二人。 ④人之齐圣,饮酒温克:指聪明智慧之人,即使饮酒,也还能温文恭谨,自持以礼。齐圣,《经义述闻》:"聪明睿智之称。与下文'彼昏不知'相对。齐者,知虑之敏也。"温克,蕴藉自持。温,《广韵》:"蕰,俗作蕴。"朱骏声《通

训定声》:"温,假借为蕰。""温"乃"蕰"(蕴)字之假借。克,胜,胜任,指能控制自己。 ⑤彼昏不知,壹醉日富:指那些愚昧无知的庸人,整天喝得醉醺醺的,日益骄横自满。与上二句所言"人之齐圣,饮酒温克"对称。上言"饮酒",未及醉;下言"醉"。上言"温克",下言"日富",贤愚并见。彼,指示代词,那,那些。昏不知,指愚昧无知的庸人。昏,"惛"之省借。《说文》:"惛,不憭也","憭,慧也"。《郑笺》曰:"童昏。"童亦僮之借,《广雅》:"僮,痴也。"其实,"不知"也就是"昏"的补足语。"昏不知"正与上文"齐圣"之人对比。壹,语词。一说,训聚。壹醉,犹聚饮而醉。《毛诗传笺通释》:"按,壹为语词。与《大学》:'壹是皆以修身为本'……为一类。故《传》但云:'醉而日富矣',不释经文壹字。"日富,日益骄横自满。富,满,又训盛。(见《毛诗后笺》)《毛诗传笺通释》云:"富之言畐也。《说文》:'畐,满也。'……醉则日自盈满,正与温克相反。" ⑥各敬尔仪,天命不又:相戒曰:各自恭谨自持,勿失威仪,应知天赐之大福将一去不复返。实则相戒不要酗酒失德。敬,"儆"之省借。警戒,戒慎。尔,你们。仪,威仪。天命,此指天禄,天赐之福。古人迷信上天,误认为人道本乎天道,人之祸福,皆由天所支配。方玉润《诗经原始》则云:"案,天命,诸家皆作天运解,与上文意不贯,当作天性,言天命之性也。"存疑。按:本章大概是以饮酒一事为例,而互相儆戒,勿以小过不重视,而发展成大错。方玉润又云:"……次章特题饮酒为戒,则必因过量无德,恐致于祸,乃为此以自警。且并勖子弟共相敦勉,各敬尔仪,无忝所生,而时凛薄冰之惧也。特其词意在即离之间,似专为此,又似不专为此,故人难测其旨。总之,圣贤悔过自箴,特因一端以警其余,规小过而全大德,是以愈推而愈广耳。"此说可存。又,复,再。《左传》云:"天禄不再。"不再,即不又。 ⑦中原有菽,庶民采之:在那原田之中有豆藿,众人都可采摘它。中原,原中,原田之中,田野之中。菽,本为大豆之专名(小豆曰荅),引申为豆类之总名。此处又引申为豆叶之名——藿。《诗毛氏传疏》:"菽,豆之大名。《传》以藿诂菽者，菽亦得称藿也。……《释文》：'菽，藿也。'……《易林·渐》云：''旦种菽豆，暮成藿羹。'皆是菽、藿通称之证。"《毛诗传笺通释》云：《战国策》言韩地民之所食，大抵豆饭藿羹。藿对豆言，是为豆叶。……据《文选》李善注引《说文》，藿，豆之叶也。……《诗》但言菽，《传》知其不为豆而为藿者，盖因豆皆有主，惟叶任人采，其主不禁。《诗》言庶民采之，故知所采，必藿叶也。" ⑧螟蛉（míng líng）有子，蜾蠃（guǒ luǒ）负之：螟蛉，螟虫。具体地说，螟的幼虫叫螟蛉，螟的成虫叫螟蛾。它是一种蛀食禾稻心的害虫。蜾蠃，一种腰部特细的土蜂，体青黑。以泥土在树枝或壁间作巢，并衔螟蛉纳入巢中。以尾刺注毒液于其体内，致昏迷状态而不腐败，供蜾蠃之幼虫作食料，将螟蛉食进而蜾蠃也长成。古人误认为蜾蠃代为养育螟蛉之子。故称人之养子为"螟蛉"或"螟蛉子"。负，负持。姚氏云："'中原'二句，'螟蛉'二句，此双兴法，亦奇。" ⑨教诲尔子，式穀似之：教育你的子孙，要好好地继承祖德。式，发语词。又训"用"。穀，善。似，"嗣"之借字，继承，继嗣。 ⑩题（dì）彼脊令，载飞载鸣：题，"题"之借字，视，看。《说文》："题，显也。"（段玉裁："当作显视。"）《广雅》《玉篇》《广韵》并训"视也"。脊令，又作"鹡鸰"，鸟名，分多种，常在水边捕食昆虫。牟应震《毛诗物名考》云："小水鸟也。一名雍渠。形似小鸡，色黪黑……短尾高足，奔行如流，俗名沙石流。伏育沙滩，卵必四。见人环飞哀鸣，其声迫急，故《诗》取以喻急难也。"脊令，亦喻兄弟。载飞载鸣，则飞则鸣，且飞且鸣。 ⑪我日斯迈，而月斯征：我和你都日日月月征役不已。斯，则，乃。日、月，日日、月月。迈、征，皆训"行"，或远行，行役。而，犹"汝"，你，你们。 ⑫夙兴夜寐，无忝尔所生：早起晚睡，日夜服役奔波，不要辱没你的父母祖先。夙，早。兴，起，指起身操劳。寐，睡眠。忝，辱没，有愧于。尔所生，尔所由生，指父母和祖先。又可训尔生，尔之此生。 ⑬交交桑扈，率场啄粟：交交，往来飞翔貌。一说，小貌。桑扈，《尔雅》作"桑鳸"，鸟名。牟应震《毛诗物名考》："桑鳸，斑鸠也。

似鸪而微小，其鸣三字声曰'瑞谷谷'。领毛边际有采色，日耀之灿灿然，故曰'有莺其领'。色浅白，故曰窃脂。食粟鸟也，故曰'率场啄粟'。《淮南子》：'桑扈，不食粟'，因窃脂二字而讹也。《尔雅》：'桑扈，窃脂'句，本系复出，解者又因不食粟之说，以为青雀喜窃脂膏，是一误再误也。今人转音又讹鸪为鸠，呼为斑鸠，并失。"率，循，沿着。啄，鸟以喙取食。 ⑭哀我填寡，宜岸宜狱：可哀我这贫病交加的受苦人，为何又陷我于狱讼？《毛诗传笺通释》云："诗意以桑扈之率场啄粟，为有以自活；兴填寡之身雁岸狱，为失其所。"填寡，病贫交加。填，"瘨"之假借，病苦。寡，贫穷。宜岸宜狱，乃犴乃狱，何犴何狱。宜，犹"乃"。"乃"又训"何"。《吕氏春秋·乐成篇》："中山之不取也，奚宜二筐哉？一寸而亡矣。"高注曰："何乃二筐也。"又，马瑞辰云："二宜字皆且字形近之讹。《说文》：'且，荐也。'凡物荐之则有二层，故《笺》以仍字释之。……《释言》又曰：'荐，再也。'……《小尔雅》：'仍，再也。荐，重也。'《说文》：'仍，因也。'荐、荐同音通用。"岸，又作"犴"，本义为胡地野狗。又由此野狗善守，引申为"狱"字之义。《诗三家义集疏》云："《韩》……岸作犴，云，乡亭之系曰犴，朝廷曰狱。"古人称犴狱亦训诉讼。 ⑮握粟出卜，自何能穀：拿着一把粟米出去问卜，何能得吉卜啊？握粟出卜，古人问卜于巫，用贝或用粟为报酬，到后世（大概是东周景王以后）才用钱。又，古人以粟祭神，以求祐祜。《毛诗传笺通释》："握粟出卜有二义。一谓以粟祀神。《说文》：'禚，祭具也。'《系传》曰：'《楚辞》怀椒糈而要之，糈，祭神之精米也，故字从米，祭神，故从示。'……一谓以粟酬卜。《说文》：'贞，卜问也。从卜贝以为贽。'《传》引《诗》'握粟出卜'云：'古者求卜必用贝，握粟其至微者也。"姚氏《诗经通论》云："持粟问卜，古人常事。近代以来，然后用银、钱也。古不唯不用钱，其'钱'字诸经亦无见。谓太公作者，妄也。始见于《国语》，'周景王铸大钱'。大抵用钱起于周之季世，详见《庸言录》。"自何能穀，何能得善卜？自，语助，无义。《后汉书·皇后纪》："自非供陵庙稻粱米，不得导择。"《史记·律书》:"自含血戴角之兽,见犯则校;而况于人怀好恶喜怒之气。"《世说》注:"此间自有伏龙、凤雏。"又,王仲初诗:"自是桃花贪结子。"李义山诗:"犹自君王恨见稀。"以上诸自字,均不为义。縠,善,吉卜,吉利的卦词。 ⑯温温恭人,如集于木:指和柔恭谨的人,时知自儆,如同鸟集于树木,惧怕坠落。温温,和柔貌。恭,恭谨,敬慎。这是作者与兄弟或诸友相儆勉之词。《诗义会通》云:"后儒泥于朱《传》,至谓乃幽王之兄弟刺王而作,所谓扣槃扪烛,失之愈远者矣。" ⑰惴惴(zhuì)小心,如临于谷:惴惴,恐惧戒慎貌。小心,留心,当心,谨慎。如临于谷,如同面临深谷。谷,两山之间的夹道或流水道。临谷,恐坠落,犹"如临深渊"。 ⑱战战兢兢,如履薄冰:详见《小旻》注。

小 弁

弁①彼鸒②斯③, 　那些鸦乌多欢乐,
归飞提提④。 　群飞归巢徐徐落。
民莫不穀⑤, 　人们生活都美好,
我独于罹⑥。 　我却独自陷灾祸。
何辜于天? 　何事得罪于苍天?
我罪伊何⑦? 　我的罪过是什么?
心之忧矣! 　心中忧伤不可言!
云如之何⑧? 　怎么办哪怎么办?

踧踧周道⑨, 　周京大道平展展,
鞫为茂草⑩。 　百草丰茂满路边。
我心忧伤, 　乱我寸心愁无限,

惄焉如擣⑪。	哀怨幽思病缠绵。
假寐⑫永叹⑬,	和衣而眠长声叹,
维忧用老⑭。	忧思使我衰容颜。
心之忧矣,	心中忧伤不可言,
疢如疾首⑮。	头痛不已心烦乱。

维桑与梓,	桑树梓树父母栽,
必恭敬止⑯。	人必恭敬人必爱。
靡瞻匪父,	无人不将严父敬,
靡依匪母⑰。	无人不将慈母依。
不属于毛?	不是其外连着毛?
不离于里⑱?	不是其内附着里?
天之生我,	上天生我不公允,
我辰安在⑲?	我的时运在哪里?

菀彼柳斯⑳,	水边翠柳绿荫浓,
鸣蜩嘒嘒㉑。	嘒嘒鸣蝉声连声。
有漼者渊㉒,	渊水深深渊水碧,
萑苇淠淠㉓。	荻苇青青荻苇密。
譬彼舟流㉔,	似那流水荡舟楫,
不知所届㉕!	不知归宿去何地!
心之忧矣!	心中忧伤不可言!
不遑假寐㉖。	再也无暇和衣眠。

鹿斯之奔,	野鹿奔群急急追,

维足伎伎㉗。　它的健蹄快如飞。
雉之朝雊，　雄雉清晨叫勾勾，
尚求其雌㉘。　犹求雌雉结匹偶。
譬彼坏木㉙，　似那瘿肿伤病树，
疾用无枝㉚。　树木伤病枝叶疏。
心之忧矣！　心中忧伤不可言！
宁莫之知㉛？　为何不知我辛酸？

相彼投兔，　那野兔，被截捕，
尚或先之㉜。　还有人们去放开。
行有死人，　道路上，有死骨，
尚或墐之㉝。　还有人们将他埋。
君子秉心，　君子居心应端正，
维其忍之㉞？　这样残忍为何来？
心之忧矣！　心中忧伤不可言！
涕既陨之㉟。　苦泪如雨落襟前。

君子信谗，　君子最爱听谗言，
如或酬之㊱。　如接敬酒乐开颜。
君子不惠，　不加惠爱恩情伤，
不舒究之㊲。　不把事理细思量。
伐木掎矣，　伐木要把树梢引，
析薪扡矣㊳。　劈柴就要顺木纹。
舍彼有罪，　不去怪罪进谗人，
予之佗矣㊴！　反将罪责加我身！

莫高匪山，	大山无不高入云，
莫浚匪泉㊵。	泉渊无不深又深。
君子无易由言，	君子说话莫轻率，
耳属于垣㊶。	墙有附耳窃听人。
无逝我梁，	莫要去我捕鱼坝，
无发我笱㊷。	莫要动我捕鱼笼。
我躬不阅，	叹我如今难见容，
遑恤我后㊸！	何虑日后更苦情！

此篇为弃妇之词。女歌者的丈夫听信了谗言，遗弃了妻子。这女子在被弃被逐之后，苦诉她的哀伤幽怨之情，涕零如雨，悲怀欲绝。

【注释考证】

①弁（pán）：正字作"昪"，喜乐貌。或借作"翻"，翻飞貌。 ②鸒（yù）：鸟名。又叫鸦乌，或名鹎鶋，是乌鸦中体小的一种，有白腹者，有白头者，喜群飞齐鸣。 ③斯：犹"兮"。 ④提提（shí）："媞媞"之借字。群飞悠闲貌。 ⑤民莫不榖：人无不善。 ⑥罹（lí）：忧患，忧愁。 ⑦何辜于天？我罪伊何：我怎样获罪于天？我有什么罪？辜，罪。伊，是。又见《小雅·蓼莪》："匪莪伊蒿。"《鲁颂·泮水》："匪怒伊教。" ⑧云如之何：如之何？云，发语词。 ⑨踧踧周道：平坦的大道。踧踧，平坦貌。周道，大道。 ⑩鞫（jú）为茂草：鞫，阻塞，充塞。为，犹"有"。又见《墨子·非攻篇》："昔者晋有六将军，而智伯莫为强焉。"《韩非子·内储说下·六微篇》："犀首与张寿为怨。" ⑪怒（nì）焉如捣（dǎo）：怒，忧愁幽思貌。捣，应读作"痔""疛"，《韩诗》作"疛"。《说文》："疛，心腹病也。"《广雅》："疛，病也。"《玉篇》《广韵》并云："疛，心腹疾也。"一说，如捣，即如杵捣之。 ⑫假寐：和衣而眠。 ⑬永叹：长叹。 ⑭维忧用老：

由于忧愁而衰老。维,发语词。用,因。 ⑮瘨(chèn)如疾首:瘨,本指热病,又泛称病,忧病。如,犹"而"。《左传·隐公七年》:"猷如忘。"服虔曰:"如,而也。"《大戴礼·王言篇》:"使有司月省如时考之。"疾首,首疾,头痛。疾,痛苦,疾苦。瘨如疾首,犹痛心疾首,形容忧病益深而头痛不已。或云,心忧烦热而头痛。忧与病本为近义词。 ⑯维桑与梓,必恭敬止:维,发语词,无实义。桑与梓,古代住宅墙下常栽的两种树木,详见《鄘风·定之方中》。必恭敬止,这是思乡思亲之词。桑梓是院隙常植之树,也是父母祖先手植,故见树而思乡怀亲,恭敬,是由树及人。止,之。《毛诗传笺通释》:"桑梓,怀父母,睹其树因思其人也。" ⑰靡瞻匪父,靡依匪母:"靡……匪……"犹"无……不……",表示肯定语气。对父亲没有不尊敬瞻仰的,对母亲没有不热爱依恋的。又,匪训彼。二句意谓:没有比父亲更值得敬仰的,没有比母亲更值得依恋的。 ⑱不属(zhǔ)于毛?不离于里:此二句以裘设喻。犹言,难道不是连属于裘外表的毛吗?不是附着于裘内面的里子吗?又,《诗集传》曰:"毛,肤体之余气末属也。……里,心腹也。"又曰:"然父母之不我爱,岂我不属于父母之毛乎?岂我不离于母之里乎?"另见《郑笺》云:"今我独不得父皮肤之气乎?独不处母之胞胎乎?何曾无恩于我,我生所值之辰安所在乎?"一说,里,读为"理",腠理。毛在外,理在内,相对为文。言我之亲附于父母,若着于其毛然,若附于其理然。属,连。离,借作"丽",附丽,附着。 ⑲我辰安在:我的时运何在?辰,时命,时运,或犹"生不逢辰"。安,何。 ⑳菀彼柳斯:菀,茂盛貌。斯,犹"兮"。 ㉑鸣蜩(tiáo)嘒嘒(huì):蜩,蝉。嘒嘒,蝉鸣声。 ㉒有漼者渊:指无底深渊。有,助词,状物之词,状事之词。又如《周南·桃夭》:"有蕡其实。"《召南·蘋藻》:"有齐季女。"漼,水深貌。者,状事之词。又如《鄘风·干旄》:"彼姝者子。"《小雅·楚茨》:"楚楚者茨。" ㉓萑(huán)苇淠淠(pèi):萑,芦类植物,幼小时叫蒹,长成后叫萑。牟应震《毛诗物名考》:"蒹,形似苇而茎细叶狭,中心实,今名曰荻。其花茎歧分为四,故名曰菼也。"又曰:"葭,即菼也。此类凡二种,中空者曰葭,……中实者曰蒹,曰菼,曰荻,曰蘅。故《秦风》蒹葭并称,《硕人》葭菼并称。……盖蒹葭生下湿地,处处有之,各随方土为名。而《尔雅》、《广雅》、《埤雅》及郭璞、孙炎、李巡、樊光辈说多相戾,无从定其孰是,要不过中虚中实二种耳。"苇,芦类植物,幼小时叫葭,长成后叫苇,其茎中空。详上。淠淠,草木繁密茂盛状。㉔舟流:指舟船漂流水上。㉕届:至,止,归宿。㉖不遑假寐:指忧伤益重,过去还能假寐,如今却顾不得假寐了。遑,暇。按:本章会景而兴叹,感物而动情。前四句写绿柳、鸣蝉、荻苇等都各得其所,生意盎然。后四句写己身譬如舟流水上,漂泊无定,忧病益剧。上下两半,两两对比,言人之无依不如草木微虫,其哀怨痛切之情可知。㉗鹿斯之奔,维足伎伎(qí):指鹿往奔其群,其蹄跑得很迅疾。斯,助词,犹"兮"。奔,指奔从其群。或与下文雉求其雌义同,以鸟兽求偶,喻人之求偶。维,犹"其"。"维(惟、唯)"训"其",犹"为"训"其"。伎伎,又作趌趌、跂跂、歧歧。《说文》:"趌,一曰行貌。"《玉篇》:"趌,鹿走也。"《字林》:"歧歧,飞行貌。"是伎伎乃疾行貌。㉘雉(zhì)之朝雊(gòu),尚求其雌:此言雉在早上雊雊地叫,犹能求它的匹偶。借以比兴人之求偶难遂。雉,鸟名。又叫锦鸡、山鸡、野鸡。雄鸟羽毛特别华丽,并有长长的尾羽。雊,雉鸣声。尚,犹,还。㉙坏木:当作"瘣(huì)木"。"坏"为借字,指树木有瘿瘤而枝条甚少。《说文》《玉篇》疒部引《诗》皆作"瘣"。《说文》:"病也。……一曰肿旁出也。"《尔雅·释木》:"瘣木符娄。"郭注:"谓木病尫伛瘿肿无枝条。"一说,"伤病也"。㉚疾用无枝:疾而无枝,指树木因伤病而无枝条,诗人自况之词。疾,伤病。用,犹"而"。"用"训"而",犹"以"训"而"。又见《大雅·公刘》:"思辑用光。"㉛宁莫之知:为何他不知晓呢?宁,何,又训"曾",犹"乃""却"。莫,不。之,语中助词。诗意与上章相若,对比法。㉜相彼投兔,尚或先之:那被截掩之兔,还有人掀开网,把它放走,说明有人同情它。相,犹"夫",提示之词。

投,"歝"之借字,塞,掩。《毛诗传笺通释》云:"投、度双声,投之言度也。《绵》诗'度之薨薨'。《笺》,度犹投也。《韩诗》,度,填也。《说文》,歝,闭也,或作剧。《广雅》,堕,塞也。字通作杜。……凡兔皆自作径途,人张罝以掩覆之,必塞其路。故《笺》谓投兔即掩兔。"尚,犹。或,有的,有。先之,放开网,让它跑掉。先,开放,此谓开放兔网。《广雅》:"先,始也。"始,犹开。开,开创,开放,此指开其所塞。之,它,代兔。 ㉝行有死人,尚或墐(jìn)之:行道之上如有死人,犹有人不忍其陈尸原野,而筑路冢掩埋他。以上四句,是说人们尚有对"投兔""死人"的恻隐之心。行,道路。墐,同"瘗",掩埋。
㉞君子秉心,维其忍之:君子,此处指弃逐女歌者的人(指其夫)。秉心,持心,用心,居心,存心。维,犹"何"。忍,忍心,残忍。之,助词。 ㉟涕既陨之:指伤心落泪。既,犹"其",指事之词。陨,落。
㊱君子信谗,如或酬之:承上文。"君子"喜欢听信谗言,如同接受别人敬的酒。酬,在宴会上主客互相敬酒时,主人敬宾客叫酬,宾客敬主人叫酢。王夫之《诗经稗疏》:"《集传》曰,如受酬爵,得即饮之。按:'乡饮酒'及'燕礼',主人致爵于宾,宾受而卒爵者,献也。宾致爵于主人,主人受而卒爵者,酢也。若酬,则主人送酒,宾于北面坐,……言人揖降,遂降立于西阶下,不即饮也。故郑注云,酬酒不举,君子不尽人之欢,不竭人之忠,以全交也。则酬酒非得即饮之。《集传》误矣,顾于信谗之义无取。……故《郑笺》云,如酬之者,谓受而行之。其义精矣。" ㊲君子不惠,不舒究之:"君子"不对我惠爱,也不舒缓地考察事理。惠,爱,顺。舒,缓慢。究,研究。一说,谋也。
㊳伐木掎(jǐ)矣,析薪扡(chǐ)矣:《诗》多以伐木、析薪、束薪喻婚媾。掎,通"犄",从后牵引,或偏引,或颠引。此指伐树时,用绳系于树梢,使树锯完时慢慢放倒。析薪,劈木柴。扡,顺着木头的斜纹劈它。《毛诗传笺通释》云:"扡之言迤也。谓随木理之衺迤而析之也。……衺行谓之迤,衺斫谓之扡,其义一也。扡即迤之借字。" ㊴舍彼有罪,予之佗(tuó)矣:抛开真有罪过的人(进谗者)不管,而把罪

责横加在我头上,是非颠倒。闻一多则云:"舍犹凡也,言凡百罪过,皆加于我身。"佗,加。 ㊵莫高匪山,莫浚匪泉:此亦有二解:其一,匪训非。"莫……非……"犹"无……不……",两个否定性副词连用,表达肯定的语气。没有不高的山,没有不深的泉。胡承珙《毛诗后笺》云:"此言无高而非山,无浚而非泉,山高泉深,莫能穷测也。以喻人心之险,犹夫山川。"其二,匪训彼。没有比那山更高的,没有比那泉更深的。写高山之严峻,泉水之深沉,是为了比兴下文之"君子无易由言"。浚,深。 ㊶君子无易由言,耳属于垣:"君子"不要轻率地随便乱讲,有人会将耳朵附到墙上窃听。易,轻易,轻率,随便。由,于。《尔雅·释诂》:"繇,于也。"繇、由古通。又训用。《郑笺》:"由,用也。王无轻用谗人之言。"耳属于垣,有人将耳朵附于墙上窃听,即"壁有耳"之意。属,附着。垣,本指矮墙,泛称墙。胡承珙《毛诗后笺》云:"君子苟轻易其言,耳属者必将迎合风旨,而交构其间矣。" ㊷无逝我梁,无发我笱(gǒu):不要到我的鱼坝之上,不要擅动我的捕鱼笼。逝,往,去。梁,拦水捕鱼的坝堤。笱,捕鱼的竹制须笼,广口细颈,腹大且长,无底,有倒须。捕鱼时,将其张于鱼坝的涵洞上,鱼能进不能出。《诗》多以捕鱼喻婚媾。详见《邶风·谷风》注。 ㊸我躬不阅,遑恤我后:决绝之词。我现在既不能见容,何虑我去后之事?躬,自身,或为"今"之假。阅,容,见容于人。遑,又作"皇",与"何""胡"皆一声之转。恤,忧虑,顾虑。

巧 言

悠悠昊天!	悠悠高远那苍天!
曰父母且①!	养我育我亲父母!
无罪无辜,	众人无罪又无辜,
乱如此幠②。	却遭大乱受痛苦。

昊天已威,	苍天如此施威虐,
予慎无罪③。	我心忧恤无罪者。
昊天泰幠,	苍天肆虐甚又甚,
予慎无辜④。	我心悲悯无辜人。

乱之初生,	君子未防乱初生,
僭始既涵⑤。	屡进谗言常纵容。
乱之又生,	祸乱继续又发生,
君子信谗⑥。	君子仍把谗言听。
君子如怒,	如果怒将谗言斥,
乱庶遄沮⑦。	大乱庶几能制止。
君子如祉,	君子如果纳忠言,
乱庶遄已⑧。	庶几能够早平乱。

君子屡盟,	众位君子常结盟,
乱是用长⑨。	祸乱因此日益增。
君子信盗,	君子信任盗贼言,
乱是用暴⑩。	纵恶只能助祸乱。
盗言孔甘,	盗贼之言非常甜,
乱是用餤⑪。	祸乱有增而无减。
匪其止共,	群小无礼又不恭,
维王之邛⑫。	那是周王大弊病。

奕奕寝庙,	宫室寝庙高又大,
君子作之⑬。	君子经营修建它。
秩秩大猷,	高明睿智大韬略,

圣人莫之^⑭。	圣哲之人订计策。
他人有心，	他人如有奸邪念，
予忖度之^⑮。	我能揣度来判断。
跃跃毚兔，	迅疾腾跳有狡兔，
遇犬获之^⑯。	遇上猎犬把它捕。

荏染柔木，	柔弱之树长起来，
君子树之^⑰。	君子亲手将它栽。
往来行言，	往来不定是流言，
心焉数之^⑱。	心中有数能分辨。
蛇蛇硕言，	谎言大话说不够，
出自口矣^⑲。	大话出自佞人口。
巧言如簧，	巧言好似吹笙簧，
颜之厚矣^⑳。	厚厚脸皮无法量。

彼何人斯^㉑？	那人竟是什么人？
居河^㉒之麋^㉓。	悠闲自得居河滨。
无拳无勇，	既无气势又无勇，
职为乱阶^㉔。	祸根只是由你生。
既微且尰，	腿上生疮脚又肿，
尔勇伊何^㉕？	有何力量有何勇？
为犹将多，	阴谋诡计还很多，
尔居徒几何^㉖？	你的徒众有几何？

这是周代的政治讽刺诗。巧言谗臣凭其三寸不烂之舌，颠倒是非，混淆黑白，说大话，说假话，说坏话，搅乱朝政，陷害忠良，搞得朝廷

乌烟瘴气，一片黑暗混乱。而另一方面，昏愦的周王喜听谗巧之言，是非不辨，良莠不分，信任巧言国贼，摧残忠良之士。巧言佞臣之所以作威作福，肆无忌惮，正是昏君纵恶的结果。故本诗以极大的义愤，下刺巧言奸佞，上刺昏愦之王。至于具体讽刺何王，史无确证，未敢妄断。

【注释考证】

①悠悠昊天，曰父母且（jū）：此二句，为诗人在极度悲伤困顿之中，呼告天地父母之词。《诗义会通》："史公云：劳苦困极，未尝不呼天也；疾病惨怛，未尝不呼父母也。此二句是已。"悠悠，远大之貌。曰、且，均为语词，不为义。　②无罪无辜，乱如此幠（hū）：人没有罪过，却遭到如此大乱。幠，大。　③昊天已威，予慎无罪：此以"昊天"喻王。已，甚（太过，太甚）。顾炎武《日知录》："已，即太也。"又《广韵》："止也，甚也。"《毛诗正义》云："已训止也。物甚则止，故已为甚也。"已威，甚为威虐。予慎无罪，我为无罪而受苦的人担忧。王夫之《诗经稗疏》云："《方言》，慎，忧也。宋、卫之间，忧或谓之慎。此诗言天之降威已幠，将无所别于善恶，予不得不为无罪者忧也。《集传》诠慎作审，于文义不畅。"　④昊天泰幠，予慎无辜：义同上二句。泰、幠，二字连用。大而又大，甚而又甚，比上二句语意递进、加深、加强。首章回环入妙，起势陡峭，从无罪遭乱虚写而起，为下文指斥巧言乱政设下伏笔。　⑤乱之初生，僭始既涵：二句言乱阶之始，由于王之一再容纳巧言。僭，应读为"谮"，进谗言，说别人的坏话，此指屡进谗言。《毛传》："僭，数；涵，容也。"《毛诗传笺通释》："按：僭从《传》训数为允。……《传》盖以僭为谮之假借，《说文》，谮，诉也。谮，谮也。诉、数义近。……又按：《一切经音义》卷五引诗'谮始既涵'，是僭即谮之证。"陈奂云："谓数进谗言也。"始既，始终。涵，含，容受。《毛诗传笺通释》："涵，亦从《传》训容为允。谓言未信而姑容之也。"　⑥乱之又生，君子信谗：又进一步，"乱之又生"，是由"君子信谗"造成的。从"初生"至"又生"，从"涵"（容受）

至"信谗"。君子,此指周王。 ⑦君子如怒,乱庶遄(chuán)沮(jǔ):君子初听谗言,如果立即加以怒斥,则大乱庶几能迅速制止。怒,此指怒斥。遄,速。沮,此训终止,制止。 ⑧君子如祉(zhǐ),乱庶遄已:君子如能喜纳贤者之忠言,则大乱庶几可迅速结束。祉,福,犹"喜"。《毛诗传笺通释》云:"按,祉与怒相对成文。从朱子《集传》训喜为是。……福与喜,义本相通。《尔雅》,禔,福也。又曰,禔,喜也。郭注,有福即喜。祉之为福又为喜者,犹禔之训福又训喜耳。"又,《毛诗后笺》云:"昭十七年《左传》,范武子曰,喜怒以类者鲜,易者实多。诗曰,君子如怒,乱庶遄沮。君子如祉,乱庶遄已。君子之喜怒以已乱也。是左氏正以喜释祉。何氏《古义》谓可为此诗义疏。"《诗集传》引:"苏氏曰,小人为谗于其君,必以渐入之。其始也进而尝之,君容之而不拒,知言之无忌,于是复进。既而君信之,然后乱成。"已,停止,结束。 ⑨君子屡盟,乱是用长:各邦国之君,彼此有疑,则会同订盟以相约束。实则更滋长祸乱。屡盟,屡次订盟。屡,数。《诗毛氏传疏》:"屡,当作'娄'。娄,数也。"《释文》:"本又作娄。"段注《说文》:"娄之义又为数也。古有娄无屡也。"《诗集传》:"邦国有疑。则杀牲歃血,告神以相要束也。"《笺》:"盟之所以数者,由世衰乱,多相背违。时见曰会,殷见曰同。非此时而盟谓之数。"乱是用长,乱是以长。是用,犹"是以",以是。长,滋长,增长。 ⑩君子信盗,乱是用暴:此言君子信任谗言盗贼之人,祸乱因此更为迅疾猛烈。盗,将谗佞之人比为盗贼。即乱臣贼子、国贼、民贼诸义。暴,急骤,迅疾,猛烈。 ⑪盗言孔甘,乱是用餤(tán):此指盗贼之谗言如美食甚甘,使昏王嗜之不厌,则祸乱因之益进。孔甘,甚甘,指谗言说得很动听;或指昏王视谗言甚甘。餤,"啖"之或体,本义为进食或以食予人,引申为以利诱人,又引申为增多或加剧。《毛诗传笺通释》:"《尔雅·释诂》,餤,进也。《龙龛手鉴》引旧注云,餤,甘之进也。《荀子·王霸篇》,啖啖常欲人之有。注:啖啖,并吞之貌,是啖本甘食贪啖之貌,引伸其义为进。《诗》,乱是用餤,正承上盗言孔甘言之,故以啖食为喻耳。" ⑫匪其止共,维王之邛(qióng):非其止恭,为王之邛。群臣多谏佞,不知恭谨执礼,是为周王之病患。或指周王不恭谨自持,适为病患。止共,止、恭,二字义近。《毛诗传笺通释》:"按,《释文》,共,音恭。本又作恭,《韩诗外传》引《诗》正作'匪其止恭'。止恭二字平列,与《诗》言靖共、敬恭、虔共,句法正同。《荀子·不苟篇》曰,见由则恭而止。杨倞注,止,礼也。止共谓止而恭,犹《荀子》言恭而止也。诗言长乱之时,群臣非其止恭,适足为王病耳。"按:止,或为"耻"之省借。维,为,是。邛,病,忧病。⑬奕奕寝庙,君子作之:高大的宫室宗庙,皆是君子主持修建的。奕奕,大貌。寝,指宫室(特指内堂、卧室),又指宗庙之后殿,又指帝王陵寝。庙,宗庙。作,兴建。⑭秩秩大猷,圣人莫之:高明的宏大谋略,是圣哲之人计议策划的。秩秩,有智慧,高明。大猷,大的谋略,大道。莫,"谟"之省借。谋,计议。⑮他人有心,予忖度(cǔn duó)之:他人有谗邪之心,我皆能揣度判断出来。忖度,思量、揣度与推测、估计、图谋、判断。马瑞辰云:"《说文》无忖字。忖度即刌剫之假借。《说文》,刌,切也。剫,判也。《广雅》,刌,断也。《汉书·元帝纪》,分刌节度忖度。谓代为判断之,如切物之度其长短也。"《诗三家义集疏》:"彼谗人者有心破坏之,我安得不忖度其故,忖度之则情状得。譬如狡兔之跃,遇犬则获矣。"又,《诗经通论》云:"'他人有心,予忖度之',犹之'跃跃毚兔,遇犬获之'矣。比意亦在下,又起末章将获是人而杀之之意。"⑯跃跃(tì)毚(chán)兔,遇犬获之:跃跃,"趯趯"之借字,腾跳状。又,往来貌。毚,大兔,狡兔(动作敏捷机灵之兔)。遇犬,有二义:一训兔与犬遇,一训田犬之名。遇为愚之借,愚有无知守真顺乎自然之意,亦有驯顺之义,愚犬即驯顺之良犬(见《毛诗传笺通释》)。⑰荏染柔木,君子树之:荏染,柔意。《毛诗传笺通释》:"荏染二字双声,荏者槏之假借。《说文》,槏,弱貌,又与恁同。《广雅》,恁、槏,并云柔也。又曰,恁,弱也。染者,𣎳之假借。《说文》,𣎳,毛𣎳𣎳也。段玉裁曰,𣎳𣎳者,柔弱下垂之貌。《说文》又曰,姌,弱长貌。

亦从廾会意。《传》以柔木为椅桐梓漆，而《笺》以善木申释之。盖读柔如'柔嘉维则'之柔。柔即善也，非泛言柔弱之木。"树，栽植。
⑱往来行言，心焉数之：往来无定的流言，心中能分辨它。往来，来去无定。行言，流言蜚语。又，行道之言。又，语言。《毛诗传笺通释》："……《尔雅·释诂》，行，言也。郭注，今江东通谓语为行，是行言二字平列而同义，犹云语言耳。"又，善言。又，轻浮之言。数，辨。
⑲蛇蛇（yí）硕言，出自口矣：欺诈的大话，出自谗人之口。蛇蛇，"訑訑"之借，又通"詑詑"，自满貌，欺诈貌。硕言，大话。　⑳巧言如簧，颜之厚矣：谗巧之言，说得动听，犹如笙簧之声，巧言之人真是厚颜无耻。颜之厚矣，厚颜无耻。　㉑彼何人斯：那是什么人啊？斯，犹"兮"。　㉒河：黄河，或泛称河流。　㉓麋："湄"之假借。水草交接之处，即水边、水涯。　㉔无拳无勇，职为乱阶：指谗人没有什么勇力，只是成为祸乱之源。拳，大勇，勇壮。马瑞辰云："拳者，捲之假借。《说文》，捲，气埶也。引《国语》曰有捲勇，或作攇。……攇，勇壮也。据张参《五经文字》攇字注云，从手者古拳握字，是攇亦拳字之异体。捲、攇声同则义亦同。……韦昭注《国语》曰，大勇曰拳。……捲亦为勇，古人不嫌语复，犹之无罪无辜，辜亦为罪耳。"职，只，专，适。乱阶，祸乱的阶梯，引申为祸乱的根源、由来。　㉕既微且尰（zhǒng），尔勇伊何：小腿上生疮，脚也肿了，你的勇力何在？微，又作"癓"，小腿上有创伤或溃疡。尰，脚肿。既微且尰，是以少概多，代称其人之病甚多，贬抑之词。　㉖为犹将多，尔居徒几何：你搞了许多阴谋诡计，可是，你能有多少徒众？犹，诈，又训谋。《毛诗传笺通释》："按，猷、犹古通用。《方言》，猷，诈也。《广雅》，犹，欺也。为犹将多，言其为欺诈且多也，将犹且也。"尔居徒几何，尔徒几何？居，语词，犹"日居月诸"之"居"字。又，居犹"其"，徒犹"直"。"尔居徒几何"犹"尔直几何"（见《诗毛氏传疏》）。

【学术延伸】

方玉润云："此诗大旨，因谗致乱，而谗之所以能入与不能入，则信与不信之故耳。故前三章皆言信谗，而至比谗人以为盗。甘之者，不唯不知其人之有甚乎盗，而且嗜其言以如饴。则盗亦甘其言以饵嗜者，而进而餤之。在餤者方且以为忠言可听，而不知其乱机已形。岂甘谗乎？实餤乱耳。然谗非易进也，有积渐焉。容而受之，潛乃能入。使其初入，怒以相拒，则谗亦遽止矣。否则从善如流，谗无由进，乱亦何自而生乎？唯王不然，而又甘之，是以天心变乱，罪及无辜。然后屡盟相要，欲以止乱，其何能及！虽然，谗亦何难辨哉？……奈王性优柔不能自决……盖巧言无耻而如簧，硕言出口而尚讪，故讪者恶听而巧者易入也。噫！彼何人哉？而言之巧有如是哉！论其居至卑且下，论其材至柔且懦，论其疾则更微而且膻。而乃凭此三寸舌以惑乱君心，国政因之而紊，天意因之而变，人民亦因之而散。不知者方疑其为谋甚多，而负勇实甚，而岂知其人乃卑卑无足道哉？即其徒之倡而和者亦无几何，若锄而去之，根株不难净尽。奈王不悟，则终未如之何也已矣！此必有所指，惜史无征，《序》不足信。徒存空言以为世戒，俾知信谗之足以召乱也如此，旨亦微哉！"又，吕祖谦云："非特贱谗之人，盖言其本易驱除，而王不悟也。"再，胡承珙云："案诗以悠悠昊天发端，而取五章之巧言名篇。盖谗人之言非巧不入，诗人所深恶也。大夫伤于谗者，非独一己伤困于谗，谓大夫伤痛谗言之乱政，故其词屡言乱，而深望君子能察而止之。秦氏《诗测》曰，人主轻喜易怒，人之所畏也。然有时为疾风迅雷，亦有时为和风甘雨，虽不中节，小人犹有所畏忌，君子之言或尚可乘机而进。更有一种不痛不痒之证，牵裾流涕置若罔闻，留牍连章留中不发，而肘腋之间，近习之地，有阴为播弄于其中者，外廷遂无可如何，此诗所以深望君子之如怒如祉也。始未尝不知其为谗言也。但欲兼听并观，姑含容之以为御下之术，迨涵之既久，遂为谗言所化矣。始未尝不知其为盗言也，但欲调停中立，姑盟约之以消朋党之风，迨盟之既屡，遂为盗言所夺矣。盖正言之苦不若盗言之甘故也。是则轻信生于多疑,多疑生于多欲,诗人历指乱源,一一如越人之视病。承珙谓此条于全诗大旨得之。"

何人斯

彼何人斯①?	究竟那是什么人?
其心孔艰②。	他的心地很难测。
胡逝我梁,	为何到我鱼梁去,
不入我门③?	不进家门来找我?
伊谁云从?	他追求的是什么?
维暴之云④。	对我只是逞暴虐。

二人从行,	你我二人共相从,
谁为此祸⑤?	是谁造成这苦痛?
胡逝我梁,	为何到我鱼梁去,
不入唁⑥我?	不进家门问不幸?
始者不如今,	当初不像这般冷,
云不我可⑦。	如今待我真薄情。

彼何人斯?	究竟那是什么人?
胡逝我陈⑧?	为何来到甬道间?
我闻其声,	只闻他的言语声,
不见其身⑨。	他的身影却不见。
不愧于人?	难道不知愧对人?
不畏于天⑩?	难道不知畏苍天?

二雅·小雅 小旻之什

彼何人斯？	究竟那是什么人？
其为飘风⑪。	他像疾风太突然。
胡不自北？	为何不在北？
胡不自南⑫？	为何不在南？
胡逝我梁？	为何到我鱼梁去？
只搅我心⑬。	我心正因他搅乱。
尔之安行，	你若缓缓向前行，
亦不遑舍⑭；	也无闲暇暂停息；
尔之亟行，	你若匆遽向前行，
遑脂尔车⑮。	更不停车暂休息。
壹者之来，	那人来此不肯留，
云何其盱⑯！	我心何其悲又愁！
尔还而入，	你回此地进家门，
我心易也⑰；	我心平静又欢欣；
还而不入，	你回此地不进门，
否难知也⑱。	难以测知你的心。
壹者之来，	上次你到我家来，
俾我祇也⑲。	气得我竟生了病。
伯氏吹埙，	哥哥吹陶埙，
仲氏吹篪⑳。	弟弟吹横笛。
及尔如贯，	和你好似一线穿，
谅不我知㉑。	你真待我无情义。
出此三物，	列出三物猪、犬、鸡，

以诅尔斯㉒。	和你盟誓表心迹。

为鬼为蜮，	是鬼是蜮皆丑类，
则不可得㉓；	它的心术难揣测；
有靦面目，	人有面目应知愧，
视人罔极㉔。	你的表现无准则。
作此好歌，	苦心作这好歌谣，
以极反侧㉕。	深究你的不公道。

本篇似为女子所咏。她的爱人反复无常，行踪莫测，始合终离，不念旧恩。这女子一片赤情，却受到如许创伤，在交织着失望与希望的心情中，"作此好歌"。一面数落那无情无义的男子，一面又敦劝其回心转意，重修琴瑟之好。其情至真，其言良苦。如泣如诉，亦怨亦慕。

【注释考证】

①彼何人斯：那是个什么人啊！彼，那。斯，犹"兮"。何人，与下文的"尔"实指一人。　②孔艰：甚为艰深难测。开头二句，已经开门见山地斥责其人心术不善，为全诗定了基调。　③胡逝我梁，不入我门：据闻一多先生考证，《诗》多以鱼、捕鱼之事喻情爱婚媾。此处或者以其人前往鱼梁喻男之求女，以"不入我门"喻不能永远过共同生活，其人不肯成婚。或已婚之后又遗弃女方。梁，鱼梁，详见《邶风·谷风》《小雅·小弁》注。　④伊谁云从，维暴之云：伊谁云从，其谁是从？他追求的是谁呢？或，他追求的是什么呢？或，他顺从谁呢？伊，其。又，发语词，无义。云，是；又，语中助词，无义。维，但，只。暴，粗暴，凶暴，狂暴，指那无情义的男子对这女子的态度。之，犹"也"，助词。云，语词。　⑤二人从行，谁为此祸：二人，你我二人。女诗人自谓与其爱人为二人。从行，"相从而行"。有相处、相与之

意，谁为此祸，是谁造成这种矛盾与痛苦境遇呢？为，作为，造成，构成。祸，害，凡不善之事都可叫作祸。灾祸、祸害，是祸；加害于人，也是祸。 ⑥唁（yàn）：此指慰问遭遇不幸者。 ⑦始者不如今，云不我可：你开始（从前）和我相爱时，不像如今这样；如今你待我不好。始者，犹昔者，往日。云，语词。可，犹"哿"。嘉，乐。 ⑧胡逝我陈：这也是设想比喻之词。陈，指堂下至院门的甬道。 ⑨我闻其声，不见其身：这仍是假设之词，指其人若即若离，令人捉摸不定。 ⑩不愧于人？不畏于天：对人，你不感到惭愧吗？对天，你不感到可畏吗？ ⑪其为飘风：指其人像疾风那样，突然来此，又突然离去，变化无常。飘风，暴起之风，疾风。 ⑫胡不自北？胡不自南：何不在北？何不在南？胡，犹"何"。自，犹"在"。二句言其人行踪无定。 ⑬只（zhǐ）搅我心：正由于他这样，搅乱我的心。只，适，正。 ⑭尔之安行，亦不遑舍：你缓缓而行时，也无暇停息。安行，犹缓行。遑，暇。不遑，不暇，犹"顾不得"。舍，息。 ⑮尔之亟行，遑脂尔车：你迅疾而行时，更不暇使车停息。亟行，疾行。脂，犹"楷"。支车使止。此句之"遑"，犹"不遑"。《毛诗传笺通释》："按安行对疾行言，即缓行。犹《战国策》'安步以当车'，即缓步也。脂音支，即支字之假借。支与楷通，《尔雅》，楷，柱也。《楚辞》王逸注，轫，楷车木也。《玉篇》，轫，碍车轮木。《节南山》诗，维周之氐。《笺》云，氐，当为柱辖之柱。《释文》，柱，碍也。轫所以支车使止，脂尔车，即楷尔车，亦以轫支而止也。《诗》盖言尔之缓行，且不遑舍息；尔之急行，岂暇楷尔车以止之？遑，正言不遑也。旧训脂车为膏车，失其义矣。膏车所以行，非所以止也。" ⑯壹者之来，云何其盱（xū）：其人来而停息，使我何其忧伤啊。壹者，其人。《助字辨略》："壹者，犹云是人也。……犹《诗》云'彼其之子'，《左传》云夫已氏也。"壹，又训"乃"。壹者，犹"乃者"，往日，又训为语词。盱，借作"吁"，或"忏"，忧伤。 ⑰尔还而入，我心易也：你返回而且进入家门，来我身边，我的心情便平易喜悦。易，平，喜悦，和悦。犹《召南·草虫》："我心则说"

"我心则夷"。易、怿、悦、怡,声韵相转,义同字通。 ⑱还而不入,否难知也:你返回而不进入家门团聚,我难以测知你的心。否,则。又,语词,或作"不",无实义,"否难知",即"难知"。 ⑲俾我疧也:使我生病。俾,使。疧,通"痻",病。 ⑳伯氏吹埙(xūn),仲氏吹篪(chí):此二句,写其始彼此互相亲爱;如吹奏埙、篪之律吕和谐。伯、仲,犹《郑风·萚兮》:"叔兮伯兮。"伯,哥哥,大哥。仲,弟弟,二弟。此为女子对爱人的昵称,不必泥。埙,古代的一种吹奏乐器。一般为陶制,也有石制、骨雕、牙雕者,形外如鹅卵,孔数多少不一。篪,古代的吹奏乐器,用竹管制成,有六孔,或七孔,或八孔,即横笛。 ㉑及尔如贯,谅不我知:及,与,和。如贯,如绳之贯物,表示连属在一起。谅,诚。知,相契,相友爱。不我知,犹不知我,待我不友好不融洽。 ㉒出此三物,以诅(zǔ)尔斯:按:盟诅所用的牺牲,本有等级规定,此处或通言盟诅之物(鸡、犬、豕)。诅,盟誓。"以诅尔斯",犹"与尔诅兮"。以,与。斯,犹"兮"。 ㉓为鬼为蜮(yù),则不可得:是鬼蜮之类,则不可测。蜮,古代传说中一种能含沙射人的动物,又名射影,射工。得,《艺文类聚》灾异部引《诗》作"则不可测"。按:不可得,或读作"不能德",即指鬼蜮无德,与下文之"视人罔极"比较言之。可,能。得,"德"之通假。《荀子·成相》:"尚得推贤不失序。"尚得,即尚德。 ㉔有靦(tiǎn)面目,视人罔极:二句承上文,是说:鬼蜮之类,难以推测(或解为是无德的);你愧为有面目的人,却表现得没有准则(或不公正)。言外之意,你妄为人了。靦,惭愧貌。视,"示"之借字。罔极,无极,无准则,不公正。《诗毛氏传疏》云:"罔,无。极,中也。言不中正也。" ㉕作此好歌,以极反侧:作此善意之歌,来究极(深究、匡正)你反复无常与不正直的恶劣作风。极,穷极,深究,匡正,以准则要求之。反侧,反复无常,不正直。与上文"罔极"义近。

【学术延伸】

旧说多从《诗序》："《何人斯》，苏公刺暴公也，暴公为卿士而谮苏公焉，故苏公作是诗以绝之。"撰《诗序》者主要依据诗中有一"暴"字，便作如上序说，后世学者又广征博引，附会曲解，以申成其义。诸如《郑笺》《正义》《集传》《后笺》《稽古篇》《传疏》《稗疏》《集疏》《遗说考》《诗古微》《诗经原始》《诗义会通》等，皆有所生发。但多无的据，难以令人信服。而姚际恒却对《小序》提出了疑问："《小序》谓'苏公刺暴公'，有可疑。其谓暴公者，以诗中'维暴之云'句也，然上篇亦有'乱是用暴'句矣。'苏'字，诗则无之，又不言何王之朝，其云'苏'者，得毋以《左》隐十一年，桓王以苏忿生之田与郑人而附会耶？若是，又非幽王之世矣。《集传》云，'此诗与上篇文意相似，疑出一手'，则又谬。若论相似，三百篇何尝不相似？此篇与上篇同为刺谗，却绝不相似也。……（一章）'伊谁云从，维暴之云'，或不斥指其名，以'暴'呼之耳"。姚氏的质疑，是有一定道理的。但，他仍未理解此诗"以'暴'呼之"者，只不过是一个对妻子横暴寡情的丈夫而已。

巷　伯

萋兮斐兮①，	色彩交错，鲜艳花纹，
成是贝锦②。	织成这样炫目贝锦。
彼谮人者，	那些谗巧小人，
亦已大甚③！	行为也太过分！
哆兮侈兮④，	张开他的大口，
成是南箕⑤。	成为天上南箕。
彼谮人者，	那些谗巧小人，

谁适与谋⑥？	谁独和他计议？

缉缉翩翩⑦，	叽叽喳喳，谗言工巧，
谋欲谮人⑧。	阴谋诡计，企图害人。
慎尔言也，	你们说话应当真诚，
谓尔不信⑨。	人们都说你们无信。

捷捷幡幡⑩，	巧语花言，簧舌狡辩，
谋欲谮言⑪。	阴谋诡计，企图害人。
岂不尔受？	难道没受你们诬陷？
既其女迁⑫。	不久都知避弃你们。

骄人好好⑬，	谗巧小人，骄纵傲慢，
劳人草草⑭。	遭害忧人，哀伤难言。
苍天苍天⑮！	苍天啊苍天！
视彼骄人，	你要察明骄人之罪，
矜此劳人⑯。	你要怜悯忧人之难。

彼谮人者，	那些谗巧小人，
谁适与谋⑰？	谁独和他为伍？
取彼谮人，	抓住那些谗人，
投畀豺虎⑱！	扔给豺狼、老虎！
豺虎不食，	豺狼、老虎不吃，
投畀有北⑲！	扔给北漠荒地！
有北不受，	北漠荒地不受，
投畀有昊⑳！	扔给苍穹天帝！

二雅·小雅 小旻之什

杨园㉑之道，	杨园有条大道，
猗㉒于亩丘㉓。	连接高高亩丘。
寺人孟子㉔，	我是寺人孟子，
作为此诗㉕。	作诗怒斥群丑。
凡百君子㉖，	所有众位君子，
敬而听之㉗。	劝你警醒听受。

这是有主名的周诗之一。寺人孟子伤谗忧讥，愤世嫉俗，作为此诗，以儆当世。本诗旨归明确，疾恶如仇，以悲愤痛绝、不共戴天之言，畅抒胸臆，对于谗巧奸人，进行了严厉的斥责与无情的鞭挞。诗中设喻妙绝，形象生动。

【注释考证】

①萋、斐：文章相错貌。萋，正字作"緀"。《说文》："緀，帛文貌。从系，妻声。"或云，緀、错双声为训，故曰文章相错貌。斐，五彩交错，有文采。《说文》："分别文也。" ②贝锦：贝壳之花纹似锦。贝，各种介虫之浑称，其甲壳多有花纹。贝锦，或训"锦文也"。以上二句，是以分别交错之锦文，妙喻谗人之工巧，犹如女工为集成百采以织作锦文之妙手。 ③彼谮（zèn）人者，亦已大甚：那些以谗言害人者，也坏得太过分了。谮，进谗言。已大甚，三字同义，重言之以加强语势，表现了作者的强烈愤慨。已，太，甚。见《礼记·檀弓》："脱骖于旧馆，毋乃已重乎？"《孟子·离娄下》："仲尼不为已甚者。"大，"太"的古体。 ④哆（chǐ）兮侈（chǐ）兮：哆，通作"誃"，张口貌。侈，张大貌。 ⑤成是南箕：成为天上的箕星了。南箕，南天上的箕星，共四星组成，二为踵，二为舌，像簸箕张口之状。古人迷信，误以箕星主口舌是非，故以之喻谗者。 ⑥谁适与谋：言其诡谲奸诈，人们难知其共

谋者。适，专主之词，犹"独"，或"正"。谋，谋议，策划。　⑦缉缉翩翩：众口交谗声，谗言工巧貌。缉缉，又作咠咠。交头接耳窃窃私语之声，犹今"叽叽"。翩翩，"諞諞"之假借，亦作"便便"。《说文》："諞，便巧言也。"《玉篇》："諞，巧佞之言也。"《毛诗传笺通释》："缉缉者，言之密也；翩翩者，言之巧也。"　⑧谋欲谮人：其阴谋企图谗害别人。欲，企图，想要。　⑨慎尔言也，谓尔不信：你说话要诚实啊，人们都会看破虚伪，说你不忠信。慎，诚。信，忠信，信实。　⑩捷捷幡幡（fān）：捷捷，便给之貌，犹谓"便捷"，善以花言巧语取媚于人，善于辩论。又，三家诗作"唼唼"。或谓"捷捷幡幡"犹"缉缉翩翩"，同义词叠用，亦通。又，儇利貌。幡幡，便便（辩辩）之假借，亦便给之貌。又，反复貌。　⑪谋欲谮言：犹谋欲谮人。　⑫岂不尔受，既其女迁：难道没受过你的谗言诬陷？但是，不久，人们会识破你的阴谋，远远避开你（此有讽刺与斥责之意）。既，既而，不久。或训终，终于。女，汝。迁，去，避去，与上句之"受"对文成义。又，《诗义会通》："好谮之祸行将迁而及汝。"亦通。　⑬骄人好好：骄人，指谗者，为骄横之人。好好，又通旭旭，训憍，傲慢。《毛传》训"喜"，即"嬉"。《诗毛氏传疏》："郭璞云，小人得志憍塞之貌，亦嬉之意也。"又，《诗集传》："好好，乐也。"　⑭劳人草草：遭谗之忧人非常悲伤苦闷。劳人，忧人。草草，"慅慅"之借字。《玉海补遗》作"劳人慅慅"。《尔雅·释训》："慅慅，劳也。"《广雅·释诂》："慅，愁也。"忧愁苦闷，悲伤不已。此上下两句，恰成对比。　⑮苍天苍天：呼天而诉，见其情苦迫急之状。　⑯视彼骄人，矜此劳人：呼告苍天，视察那骄纵的谗者之罪孽，哀悯这忧苦的受害者。　⑰彼谮人者，谁适与谋：与二章之句尽同，反复咏之，充分表达作者对谮人的痛恨，领起下文对谮人的严斥与怒詈。　⑱取彼谮人，投畀（bì）豺虎：取，本义指古代割取俘虏的耳朵，引申义为捕获、俘获。足见作者对谮人的深恶痛绝。畀，给与，付与。豺，狼属，体较狼小，是一种凶残之兽。　⑲有北：指北方大漠寒凉不毛之地。有，用于名词前的语助词，无实义。又见《尚书·召诰篇》："我不可不监于有夏，亦不可不监于有殷。"⑳有昊：昊天。有，见前注。 ㉑杨园：园名。又，栽植杨木的下湿之园地。 ㉒猗（yǐ）：加，依。引申为连接、通连。 ㉓亩丘：丘名。又，有垄界像田亩的高丘。 ㉔寺人孟子：寺人，古代宫中侍御小臣。孟子，寺人之名，即本诗作者。 ㉕作为此诗：作此诗。作、为，同义词连用。 ㉖凡百君子：统指众位君子（指当时的执政者）。凡，一切，所有的。百，多数之代称。 ㉗儆而听之：儆而听之。敬，"儆"之省借。警惕戒慎。听，听取、听受，或顺从，引申为采纳。

谷 风

习习①谷风②， 飒飒大风起天际，
维风及雨③。 大风回荡雨又疾。
将恐将惧， 常忆初婚心恐惧，
维予与女④。 相亲只有我和你。
将安将乐， 如今另娶自安乐，
女转弃予⑤。 你却变心抛弃我。

习习谷风， 飒飒大风起天际，
维风及颓⑥。 大风回荡暴风厉。
将恐将惧， 常忆初婚心恐惧，
置予于怀⑦。 置我在你怀抱里。
将安将乐， 如今另娶自安逸，
弃予如遗⑧。 将我抛弃全忘记。

习习谷风， 飒飒大风起天际，
维山崔嵬⑨。 高山崔嵬暴风厉。

无草不死，	百草尽死化尘泥，
无木不萎⑩。	百树皆萎枝叶稀。
忘我大德，	我的好处全忘却，
思我小怨⑪。	反将小怨牢牢记。

这是被遗弃的女子所唱的怨歌。

【注释考证】

①习习：同"飒飒"，大风之声，详见《邶风·谷风》注。　②谷风：来自山谷的大风。姚氏《诗经通论》："严氏曰，来自大谷之风，大风也。又习习然连续不断，继之以雨，喻连变恐惧之时，犹后人以'震风、凌雨'喻不安也。二章言'维风及颓'，颓，暴风也。三章言草木萎死，无生长之意。"　③维风及雨：有风及雨。维，有。此二句以风雨突变喻生活中之风波。　④将恐将惧，维予与女：又恐又惧，只有我和你相亲相爱。将，犹"且"。且，犹"又"。恐惧，谓新婚时之激动心情。详见《邶风·谷风》注。维，独。女，汝。与，相友爱。　⑤将安将乐，女转弃予：你另觅新欢之后，又安又乐，你就转而抛弃了我。　⑥颓：又作穨。《传》："风之焚轮者也，风薄相扶而上。……"《毛诗传笺通释》："《正义》引李巡曰：'焚轮，暴风从上来降谓之穨，穨，下也。'而此诗《毛传》'风薄相扶而上'，似以颓为自下而上之风。"《诗三家义集疏》云："焚轮与扶摇皆风之名词，焚喻其暴。轮喻其回，合言之，即纷纶棼乱之状。"　⑦置予于怀：将我置于怀中，谓相亲爱之意。怀，怀抱之中。　⑧弃予如遗：抛弃我，像完全不记得一样。遗，《郑笺》："如遗者，如人行道，遗忘物，忽然不省存也。"　⑨维山崔嵬：大风吹着高峻的山巅。崔嵬，山巅高峻巉岩之状。　⑩无草不死，无木不萎：指大风吹得山上野草没有不死的，树木没有不枯萎的。以比喻人受摧残。《说文》："矮，病也。"按：此诗正字应作矮。　⑪忘我大

德，思我小怨：忘记了我的大德，只想着我的小怨。德，美德，恩德，好处。怨，怨恨。又，《毛诗传笺通释》："今按《说文》督读若委，督、怨同音，古读怨亦当如委，故与萎、蔑韵也。又《国语》，人皆集于苑，一本作萎，亦怨、萎音同之证。"备考。

蓼莪

蓼蓼①者莪②？	高高的，是莪蒿？
匪莪伊③蒿④。	不是莪蒿是青蒿。
哀哀父母，	哀哀无告我父母，
生我劬劳⑤！	生我养我倍劳苦。
蓼蓼者莪？	高高的，是莪蒿？
匪莪伊蔚⑥。	不是莪蒿是牡蒿。
哀哀父母，	哀哀无告我父母，
生我劳瘁⑦！	生我养我受病苦。
瓶之罄矣，	水瓶已空空，
维罍之耻⑧。	乃是罍之耻。
鲜民之生，	我这苦人活受罪，
不如死之久矣⑨！	倒还不如早早死！
无父何怙？	没有父亲依靠谁？
无母何恃⑩？	没有母亲依靠谁？
出则衔恤⑪，	出门含伤悲，
入则靡至⑫。	进门无所归。

父兮生我，	父亲生养我，
母兮鞠⑬我。	母亲养育我。
拊我畜我⑭，	抚爱我，护持我，
长我育我，	培养我，教育我，
顾⑮我复⑯我，	频频回顾情难舍，
出入腹我⑰。	出入都要怀抱我。
欲报之德，	想报双亲大恩德，
昊天罔极⑱！	苍天不公降灾祸！
南山⑲烈烈⑳，	南山高嵬嵬，
飘风㉑发发㉒。	暴风呼呼吹。
民莫不穀㉓，	人们生活无不善，
我独何害㉔！	为何我独受灾难！
南山律律㉕，	南山高嵬嵬，
飘风弗弗㉖。	暴风呼呼吹。
民莫不穀，	人们生活无不幸，
我独不卒㉗！	为何我独难送终！

在奴隶主阶级的残酷压榨下，劳动人民无以为生，难以赡养大恩大德的父母。为人子者，既自愧于父母，又怨恨剥削阶级。这是一首苦于服役、悼念父母的诗。

【注释考证】

①蓼蓼（lù）：长大貌。 ②莪（é）：即"萝"。又名莪蒿，或名廪蒿。《本草纲目》云，即抱娘蒿。 ③伊：是。 ④蒿（hāo）：俗称蒿

子，有青蒿、白蒿等。 ⑤劬（qú）劳：辛勤劳苦。 ⑥蔚（wèi）：即牡蒿，又名齐头蒿，全草入药。 ⑦瘁（cuì）：劳累，困病。 ⑧瓶之罄矣，维罍之耻：瓶，盛水器，较罍为小。罄，器中空之义。维，是乃。罍，古代青铜器，用以盛酒或水，较瓶为大。姚氏《诗经通论》云："瓶小，罍大，皆盛水器。瓶所以注水于罍也。瓶喻子，罍喻父母。瓶既罄竭则罍无所资，为罍之耻，犹子不得养父母而贻亲之辱也。" ⑨鲜民之生，不如死之久矣：我这受苦人活着，还不如老早以前就死去的好。鲜，犹"斯"，二字一声之转。斯，此。一说，斯训离。斯民，离析之民，穷独之民。 ⑩无父何怙，无母何恃：没有父亲，依靠谁呢？没有母亲，依靠谁呢？怙、恃，同义词，均为依靠、凭借义。 ⑪衔恤：含忧，怀忧。恤，忧。 ⑫靡至：无所亲。至，犹亲，或曰无所归，归犹依。 ⑬鞠：养育，扶养。或为"育"字之假借。 ⑭拊我畜我：抚爱我，养育我。拊，犹"抚"，抚爱，扶养，保护。畜，养育，又训"起"，喜悦之意（见《毛诗传笺通释》）。 ⑮顾：回顾，旋视。 ⑯复：反，反复，回转反复。 ⑰出入腹我：出来进去怀抱我。腹，怀抱，又训厚爱之意。"腹"与"复"通。复，重衣貌，有厚义。 ⑱欲报之德，昊天罔极：我想报答父母这大德，可是，苍天不公正，使我横遭父母之丧，不得养老送终。罔，无，不。极，中，公正。 ⑲南山：山名，或实指，或泛称。 ⑳烈烈：山高峻险阻貌，或为"厉""巁"之假借。古有巁山氏（炎帝），又作烈山氏，是二字互假之证。 ㉑飘风：暴起之疾风。 ㉒发发：疾风之声；又训疾貌。 ㉓穀：善，又训养，指赡养父母。 ㉔害：灾害。 ㉕律律："律"为"嵂"之借字。山势突兀高耸貌，犹"烈烈"。 ㉖弗弗：犹"发发"，疾风之声。发、弗一声之转。类今之象声词"呼呼"。 ㉗不卒：不得终养父母。卒，终，指终养。

大　东

　　有饛簋飧①，　　　　碗中饭食满满当当，

有捄②棘匕③。　　酸枣木勺又弯又长。
周道如砥，　　　周道平坦犹如磨石，
其直如矢④；　　它又笔直犹如箭矢；
君子所履，　　　西人君子经行来往，
小人所视⑤。　　东人小民眼望心伤。
眷言顾之⑥，　　眷恋地回顾大道，
潸焉出涕⑦。　　潸潸地涕泪双抛。

小东大东⑧，　　可叹近东，可叹远东，
杼柚其空⑨。　　机上布帛，被劫一空。
纠纠葛屦，　　　纠纠结结草鞋冰凉，
可以履霜⑩？　　怎能穿它踏雪踩霜？
佻佻公子⑪，　　西人公子轻狂桀骜，
行彼周行⑫。　　大摇大摆走在周道。
既往既来，　　　往返来去掠我财物，
使我心疚⑬。　　使我心病楚痛悲苦。

有洌氿泉⑭，　　寒冽如冰，侧出流泉，
无浸穫薪⑮。　　不要浸湿砍的柴薪。
契契⑯寤叹⑰，　　彻夜不眠，悲叹怨忿，
哀我惮人⑱。　　哀伤我们疲病小民。
薪是穫薪⑲，　　把那柴薪当作柴薪，
尚可载也⑳。　　还能用车仔细载运。
哀我惮人，　　　哀伤我们小民疲病，
亦可息也㉑？　　难道也能休息安宁？

二雅·小雅　小旻之什

东人之子，　　　东人小民，火热水深，
职劳不来㉒。　　只服劳役，无人慰问。
西人之子㉓，　　西人公子，富贵独享，
粲粲衣服㉔。　　鲜明艳丽，衣饰无双。
舟人㉕之子，　　周人公子，纵恣淫乐，
熊罴是裘㉖。　　熊罴野兽，任其捕猎。
私人之子，　　　东人小民，沦为家奴，
百僚是试㉗。　　百种劳作，不堪其苦。

或以其酒，　　　有人畅饮玉液美酒，
不以其浆㉘。　　有人不能喝点薄酒。
鞙鞙佩璲，　　　有人常用宝玉佩带，
不以其长㉙。　　有人却无普通长带。
维天有汉㉚，　　遥瞻太空有那银河，
监㉛亦有光。　　看那河水正泛光波。
跂㉜彼织女㉝，　织女三星如隅如歧，
终日七襄㉞。　　终日忙碌七次更移。

虽则七襄，　　　七次易位，终日繁忙，
不成报章㉟。　　她却不能织成采章。
睆彼牵牛㊱，　　看那牵牛，灿灿发光，
不以服箱㊲。　　它却不能牵引车箱。
东有启明，　　　东天有那大星启明，
西有长庚㊳。　　西天有那大星长庚。
有捄天毕㊴，　　天毕如网，有柄长长，

载施之行㊵。	徒劳无益,张在路上。
维南有箕㊶,	南天之上有那箕星,
不可以簸扬㊷。	它却不能簸米扬糠。
维北有斗㊸,	箕星之北有那南斗,
不可以挹㊹酒浆。	它却不能舀取酒浆。
维南有箕,	南天之上有那箕星,
载翕㊺其舌。	吸引长舌,欲噬欲吞。
维北有斗,	箕星之北有那南斗,
西柄之揭㊻。	西翘长柄,向东远伸。

  这是《小雅》中的优秀作品,是周代东方诸侯国(谭国)的臣民怨刺周王朝的歌。据传为谭国大夫所作。

  西周王朝统治阶级不仅压榨周本土的人民群众,而且,西周王朝本土的统治阶级(西人)也压榨东方诸侯国的人民(东人)。西人不仅压榨东方诸侯国的人民,而且,也压迫、监督殷人中的统治阶级。这就形成了三种矛盾:一是西人(西周本土的统治阶级)与东人(东方诸侯国的人民)之间的矛盾;二是西方统治者与东方统治者之间的矛盾;三是整个奴隶主阶级与奴隶阶级之间的矛盾。

  周人灭商以后,武王为了笼络殷人残余势力,封纣子武庚于故殷京为诸侯。但武王又不信赖武庚,便派他的三个弟弟作监督,以监视、控制武庚的行动,史称"三监"。武王死,武庚与淮夷叛乱之后,周公东征,平定叛乱,杀武庚、迁殷顽(反抗周王朝的殷人奴隶主),周公便在成周(洛邑)坐镇,统治着东人。周人为加强对殷遗民的镇压与统治,在卫国及陪都成周驻扎重兵。并从周本土的镐京起,修筑了一条军用大道,通向东方,叫作"周道"。这条"周道"专供西周统治阶级使用(军用或掠夺物资等),不许东人使用。

由于以上重重矛盾，作为当时谭国（今山东省济南市历城区东南）的大夫也发出了同情人民的"不平之鸣"，痛斥周王朝的统治阶级对东人的残酷压榨，暴露了周代社会的各种矛盾与黑暗腐朽的本质。

【注释考证】

①有饛（méng）簋（guǐ）飧（sūn）：有，发语词。饛，食物满器之貌。簋，又作毁（毇）。古代食器，圆口，圈足，两耳（或无耳、四耳）。有的下有方座，上有盖。多为陶制或青铜制。盛行于商、周之时。飧，熟食，晚饭。可能是将已做熟的饭食在晚间加温或水浇而食，实际可统指饭食。《说文》："水浇饭也。" ②捄（qiú）：同"觓"，兽角弯曲貌。又，曲而长貌。 ③棘（jí）匕：以酸枣木制的羹匙（勺）。棘，酸枣树。"朿"即"刺"之本字。酸枣树有刺而矮小，故"并朿为棘"；枣树有刺而高大，故"重朿为枣"。匕，勺，羹匙。(匕与七有别，七即化之本字。) 上二句，直指西方统治阶级饮食丰足，引申为他们将东方的民脂民膏搜括净尽，都集中到他们那里去了。 ④周道如砥，其直如矢：砥，磨刀石。矢，箭。本句以砥、矢形容周道又平又直。(《毛传》则曲为之说，"如砥，贡赋平均也；如矢，赏罚不偏也"。) ⑤君子所履，小人所视：君子，此处指西周本土的奴隶主统治阶级。小人，此处指东方诸侯国的人民。履，走，经行，此指经行于周道之上。视，注视，指东人中的平民注视着西方贵族在周道上的一切行动（把掠夺的物资运到西方或运兵等）。或理解为"小人"只能看着"君子"往来于周道之上，而自己却不能使用周道。 ⑥眷言顾之：眷恋地反顾它（周道）。实际上，所眷顾的是从这周道上输往西方的东人物资财货。眷，眷恋，回顾。言，与"焉""然"义同。多用作状语词尾，相当于现代汉语中的"地"。顾，看，转过头看。 ⑦潸（shān）焉出涕：潸，流泪的样子。涕，眼泪，如"感激涕零""痛哭流涕"。《诗集传》云："今乃顾之而出涕者，则以东方之赋役，莫不由是而西输于周也。" ⑧小东大东：此处称东者，是以西周镐京为中心，河南省一带为近东，又叫小

东；河南以远，皖北、山东省一带为远东，又叫大东。本句是指近东、远东诸国。谭为东国，因其国及其邻国，故合称小东大东。 ⑨杼柚（zhù zhú）其空：杼，梭。柚，即"轴"之借字，正字作"軸"，为织布机上卷布的大轴。其附件为筘，状如梳齿，经纱自齿中穿过，推向大轴。此句言东人织布机上的布帛都被西人统治者搜括一空。 ⑩纠纠葛屦（jù），可以履（lǚ）霜：穿着纠纠结结的草鞋，怎能再从霜雪地上走呢？纠纠，绳索交叉缠绕之状。葛屦，葛（或麻）编制成的单底便鞋。可，"何"之省借。履，鞋，又作动词，"踩""行""实行""执行"之义。 ⑪佻佻（tiāo）公子：佻佻，在此是指安逸、轻薄之状。《诗集传》云："轻薄不奈（耐）劳苦之貌。"佻佻，《韩诗》作"嬥嬥"，训直好貌，似未安。公子，指周之公子，即西方周人中的统治阶级的人物。 ⑫行彼周行：在那周道上来往行走。周行，犹周道。 ⑬既往既来，使我心疚：言"公子"乘着大车往来驰骤于周道之上，以搜括民财，使我内心痛楚忧伤不已。既，此处作指示代词用，相当于"其"字，指"公子"言。又，作时间副词用，表示"旋嗣"之意，一事过去未久，复有一事。可单用"既"字，也可加"而"字于后。疚，病，久病，忧虑不安。或因歉仄而不安，如内疚、负疚。既往既来，俞樾云："既读做饩。"本指给客人送粮草，或引申为"公子"前往也得伺候，回来也得伺候。 ⑭有洌氿（guǐ）泉：洌，寒凉。氿，侧出泉，谓泉水上涌受阻，自旁侧流出。一说泉流狭而长，犹如车轨（即辙）者。 ⑮无浸穫（huò）薪：不要浸湿已砍下的柴薪。穫薪，砍下的柴薪，穫，割取，收割。一说，穫为檴之借。檴，树木名，又叫落，或名椰榆，叶似榆，皮坚韧，木可为杯器。上二句，见宋人严粲《诗缉》云："穫薪以供爨，必暴而干之，然后可用。若浸之于寒洌之泉，则湿腐而不可爨矣。喻民当抚恤之，然后可用。若困之以暴虐之政，则穷悴而不能胜矣。" ⑯契契：忧苦貌。 ⑰寤叹：不寐而叹。 ⑱哀我惮人：哀叹我们这疲病之人。我，泛称所有的惮人。惮人，疲病之人。惮，"瘅"之借字，劳而成病。 ⑲薪是穫薪：上一"薪"字是"把薪当作薪看待",名词动词化。是,这,这些。 ⑳尚可载也:还可以将它用车载走。 ㉑亦可息也:也可以休息吗? 或,"亦何息也",何能得息,何时得息。 ㉒职劳不来:只劳不来,只受尽劳瘁而无人慰劳。职,只,专主之词。来,勑之借字,又作俫、倈,慰劳,劝勉。又,"来"或为"赉"之假,赏赐,赠送。 ㉓西人之子:即指"公子",西方周人中之剥削阶级。 ㉔粲粲(càn)衣服:粲粲,形容鲜明华丽。服,衣服,统指人服用的衣物,包括各种穿着和佩饰。 ㉕舟人:"周人"之借。《郑笺》:"舟,当作周。裘,当作求。声相近故也。"周人之子,犹西人之子。 ㉖熊罴(pí)是裘:裘,"求"之借。言以熊罴为狩猎所求取的对象。罴,马熊。求,求得。(如从"裘"之本训,则费解。《诗》中曾见"羔裘""狐裘",未见"熊裘""罴裘"者。) ㉗私人之子,百僚是试:私人,私家奴隶(家奴)。《诗集传》:"私家皂隶之属也。"又曰"徒御"。百僚,各种家奴。古代家奴之种类甚多。见《左传·昭公七年》曰:"王臣公,公臣大夫。大夫臣士,士臣皂,皂臣舆,舆臣僚,僚臣仆,仆臣台,马有圉(圂),牛有牧。"注:僚,劳也,共劳事也。僚,执劳役者。试,用,从事,指各种劳作。 ㉘或以其酒,不以其浆:"或"字贯四句。或以其酒,有的人喝那美酒。(或)不以其浆,有的人却连薄酒也喝不上。《毛传》:"或醉于酒,或不得其浆。"得之。以,用,指饮用。上句"或"字指"西人",下句"或"字指"东人"。又,《诗集传》:"言东人或馈之以酒,而西人曾不以为浆。"又,明人姚舜牧《诗经疑问》:"西人进益多,受用大,将物事(东西)不当物事看。"按:上二说乃指西人的骄奢靡费。 ㉙鞙鞙(juān)佩璲(suì),不以其长:有的人佩用极贵重的宝玉之佩,有的人却连不值钱的杂玉长佩都用不上(参见林义光《诗经通解》)。鞙鞙,同"琄琄",形容佩玉之长;一说为玉圆貌。璲,古代有爵位的王公贵族之佩带上镶嵌的宝玉,又叫瑞。行礼时用手拿着它,以为信物。依玉的花纹、形状、质地来区别爵位、等级,如"王执镇圭、公执桓圭、侯执信圭、伯执躬圭、子执谷璧、男执蒲璧"(见《周礼·春官·典瑞》)。按:谷是禾谷的花纹,蒲是蒲草的花纹。余未详。长，长佩带，是用各种小块的玉石杂凑起来的普通的佩。(或) 鞙鞙佩璲，(或) 不以其长。按：上四句，两两对比。或以其酒、鞙鞙佩璲，指西人；不以其浆、不以其长，指东人。《诗集传》则云："东人或与之以鞙然之佩，而西人曾不以为长。" ㉚维天有汉：维，发语词，无实义。汉，天河，银河，又称银汉、云汉、河汉。㉛监：同"鉴"。本为周代铜器，形似大盆，用以盛水或冰，后用以盛水照影。至战国以后，又大量制作青铜镜照影。因此，青铜镜也称鉴。监 (鉴) 亦有光；天河虽能鉴 (照) 人，但是，只见水光不见影 (鉴，照)。又，看那太空中的天河，望着它好像也泛着水光 (鉴，审察)。姚际恒云："此二句不必有义。盖是时方中夜，仰天感叹，适见天河烂然有光，即所见以抒写其悲哀也。" ㉜跂 (qí)：通"歧"，分叉状。指织女三星分歧成三角状。又，姚际恒云："跂，'跂予望之'之谓。" ㉝织女：星宿名，由三星组成。位于银河之北侧。 ㉞终日七襄：终日七易其位。终日，从朝至暮。七襄，终日自卯至酉，共七辰，织女每辰易位一次，故曰七襄。襄，反，易，更。一说，七，才字之讹。才，古"在"字。见高亨先生《诗经选注》："古金文在作才，即才。七亦作才。所以，才错作七。"并说，襄，可能是织布机之古名。终日在襄，从早到晚在织机旁忙碌。 ㉟不成报章：报，或为"紨"之通假。古代棉布、丝绸都称"紨"。不成紨章，织不成布帛的花纹 (纹理)。又，复，指梭子引线往复织布。不成报章，梭子不能引纬线往复地织成纹理。㊱睆 (huǎn) 彼牵牛：睆，睍之借，出目貌，视。又训明亮貌。牵牛，星宿名，又名河鼓，在银河南侧，与织女隔河相对，亦由三星组成。㊲不以服箱：不能用来驾车。服，驾。箱，车箱，车斗。 ㊳东有启明，西有长庚：启明、长庚实为一星，即金星，又名太白星。古人以为二星，误。此二句，清人姚际恒以为只是诗人望中所见，不必有所取义。㊴有捄天毕：捄，指天毕星的柄又弯又长。天毕，毕星，由八颗星组成，状如掩兔之毕网。毕网较小，有长柄，手持之以掩兔。 ㊵载施之行 (háng)：则张于道路之上。载，则。施，张，倾斜之意。行，道路，一说为行列。上二句,是说手持毕网,张于道路之上,当然捕不到禽兽。 ㊶维南有箕:南方天空有箕星。箕,星宿名,见《小雅·巷伯》注。 ㊷不可以簸扬:不能用来簸扬米谷以去其糠秕。 ㊸维北有斗:指箕星之北有南斗星。南斗,由六颗星组成。 ㊹挹(yì):引取,舀取。 ㊺翕(xī):同"吸"。引,形容箕星口大底狭。似向内吸引其舌,若有吞噬之状。 ㊻西柄之揭:指南斗星的长柄常指向西方而上扬(高举)。按:本诗自第五章"维天有汉"以下,皆以天上的星象来比喻人间的事物。将天上的星宿织女、牵牛、天毕、箕、斗比喻为西人中的统治者,加以讽刺唾骂。古人有诸多评论。朱熹《诗集传》云:"……斗西揭其柄,反若有所挹取于东。"欧阳修云:"虽有箕,不能为我簸扬糠秕;虽有斗,不能为我挹酌酒浆。……箕斗非徒不可用而已;箕张其舌,反若有所噬。斗西其柄,反若有所挹取于东。是皆怨诉之辞也。"王先谦云:"下四句与上四句虽同言箕斗,自分两义。上刺虚位,下刺敛民也。"本诗表现了丰富的想象力,比喻贴切生动(姚际恒评云:"以下忽入天文志,光怪陆离,非人世所有")。并且,又运用了对比手法,有力地表现了主题。

【学术延伸】

宋人王柏认为本诗首章、二章有颠倒。所著《诗疑》云:"……《大东》当曰《小东》。'小东'二字既在上,又以《小雅》之例比之,亦当曰《小东》如《小旻》《小弁》《小宛》《小明》是也。若以《小东》为题,则'有饛簋飧'当为第二章矣。"按:王柏所言极是。

四 月

四月维夏①,	四月初夏日迟迟,
六月徂暑②。	六月炎暑将消逝。

先祖匪人，　　先祖莫非心不仁，
胡宁忍予③？　　忍心使我受苦辛？

秋日凄凄④，　　秋日凄凄悲西风，
百卉具腓⑤。　　百草萎黄叶凋零。
乱离瘼矣，　　祸乱使我忧病深，
爰其适归⑥？　　何处能容我栖身？

冬日烈烈⑦，　　严冬冽冽风渐厉，
飘风发发⑧。　　疾风呼呼增寒意。
民莫不穀，　　人们无不尽安善，
我独何害⑨？　　为何我独受苦难？

山有嘉卉⑩，　　山陵百草尽芳菲，
侯栗侯梅⑪。　　又有栗树又有梅。
废为残贼，　　肆无忌惮为残贼，
莫知其尤⑫！　　不知悔过不知罪！

相彼泉水，　　泉水哗哗泛流波，
载清载浊⑬。　　又清澈啊又浑浊。
我日构祸⑭，　　日日遭祸害死我，
曷云能穀⑮？　　怎有幸福好生活？

滔滔江汉⑯，　　滔滔奔流江和汉，
南国之纪⑰。　　南国纲纪众水连。
尽瘁以仕⑱，　　尽心竭力勤王事，

二雅·小雅　小旻之什

宁莫我有⑲？	为何待我不友善？

匪鹑匪鸢，	不是雕，不是鸢，
翰飞戾天⑳。	振翼高飞摩青天。
匪鳣匪鲔，	不是鳣，不是鲔，
潜逃于渊㉑。	避祸潜逃隐深渊。

山有蕨薇，	蕨菜、薇菜满山青，
隰有杞桋㉒。	枸杞、赤梀洼地生。
君子作歌，	君子苦心作歌谣，
维以告哀㉓！	为了诉说我哀痛！

　　这是一个遭谗被害的大夫咏叹忧患之歌。他尽瘁以仕，黾勉从公，却遭小人陷害，行役不已，辗转南国，无处投奔。他怨诉祖先，他斥骂残贼之人。本诗反映了周代奴隶主阶级内部的矛盾与分裂。

【注释考证】

　　①维夏：是夏季（到来）。维，犹"是"。　②徂（cú）暑："暑徂"之倒文。徂，往。暑往，指旱天即将过去。徂，又解为"且"之省借，相当于"是"。　③先祖匪人，胡宁忍予：一解：我的先祖难道不是人吗？何其忍心使我遭受此祸啊！二解：我的先祖不是人吗？不是有功之臣吗？昏王为何不念及我之先祖，而忍其子孙遭此横祸！三解：我的先祖不仁（人，训仁）吗？他们是仁人啊，怎会忍心看着我遭祸呢！四解：我的先祖不是他人（犹外人，与己无关之人）。怎会忍心使我受难呢？胡，何。宁，犹"为"。"胡宁"，与"胡然"均犹"何为""何乃"。　④凄凄：指凉风，秋风寒凉。　⑤百卉具腓：百草都枯萎了。卉，草之总称。腓，草木枯萎。《文选·谢灵运〈九日从宋公戏马台集

送孔令诗〉》:"凄凄阳卉腓。"李善注引《韩诗》曰:"秋日凄凄,百卉具腓。" ⑥乱离瘼矣,爰其适归:因乱而忧病,我将依归于何处?乱,祸乱,遭乱。离,繁体"離","罹"之借字,忧。瘼,病。爰,何,于何。详见《邶风·击鼓》注(爰,一本作"奚")。适,往,去到。归,归宿,依归。 ⑦烈烈:"冽冽"之借字,寒冷,此指北风寒冷。同义词有凛冽、溧冽(栗烈)。 ⑧飘风发发:见《小雅·蓼莪》注。 ⑨民莫不穀,我独何害:见《小雅·蓼莪》注。 ⑩嘉卉:好草,芳草。 ⑪侯栗侯梅:维栗维梅。侯,维,犹"是",犹"有"。 ⑫废为残贼,莫知其尤:废,大。《毛诗传笺通释》:"按《尔雅·释诂》,废,大也。郭注引诗'废为残贼'。《列子·杨朱》,'废虐之主'。张湛注,废,大也。《说文》,奰,大也。奰与奰同字。《广雅》《玉篇》并云,奰,大也。奰与废一声之转。《毛传》训废为大,知废即奰之假借也。"一说,废训忕(shì),惯于。莫知其尤,不知其罪过。尤,过错,罪愆。 ⑬相彼泉水,载清载浊:相,发语词,有提示作用,犹"夫"。载,乃,或训"则"。二句以泉水有清浊,比兴权贵们却浊而不清。 ⑭我日构祸:我天天遭祸。日,日日。构(繁体字为構),"遘"之假,遇,遭遇,又训构成、造成。 ⑮曷云能穀:何能有安善?曷,音义同"何"。云,语中助词。 ⑯江汉:长江、汉水。 ⑰南国之纪:南国百川之纲纪。指大水统汇一方之众水。《诗三家义集疏》:"案诗人行役至江汉合流之地,即水兴怀,言江汉为南国之纲纪,王朝反不能为天下之纲纪也。" ⑱尽瘁以仕:尽心竭力,不辞劳苦疲病而从王事。尽,尽力,竭力。瘁,劳病,劳苦。以,而。仕,通"事",指从事,从王事,又指做官。 ⑲宁莫我有:宁,何。莫我有,莫有我,不以友善之谊待我。有,通"友"。相亲善。 ⑳匪鹑(tuán)匪鸢(yuān),翰飞戾天:(可惜我)不是雕,不是鸢,(难以)展翅高飞,上摩青天。鹑,猛禽类,雕的别名。鸢,猛禽类,又叫"鹞鹰"。鹑、鸢都善高飞。翰飞戾天,见《小雅·小宛》注。 ㉑匪鳣(zhān)匪鲔(wěi),潜逃于渊:(可惜我)不是鳣,不是鲔,(难以)潜逃到深渊之中。鳣,又名鳇，是一种体型巨大的鱼。鲔，又名鲟，也是一种体型巨大的鱼。
㉒山有蕨薇，隰有杞桋（yí）：山上有蕨菜、薇菜，洼地有枸杞、赤楝。蕨、薇，详见《召南·草虫》。杞，枸杞，木名。桋，赤楝，木名。
㉓君子作歌，维以告哀：君子，作者自谓。维，犹"是"。告哀，诉说忧伤哀痛。

【学术延伸】

朱善《诗解颐》："或以为行役，或以为忧乱，以诗考之，由夏而秋，由秋而冬，则见其经历之久。由西周而南国，由丰镐而江汉，则见其跋涉之远。此行役之证也。先祖胡宁忍予？则无所归咎之辞。乱离瘼矣，奚其适归？则无所逃避之辞。此忧乱之证也。专以为行役，则先祖匪人之怨，其辞过于深。专以为忧乱，则滔滔江汉之咏，其辞过于远。然则是诗也，盖大夫行役而忧时之乱，惧及其祸之辞也。"又，姚际恒《诗经通论》："此疑大夫之后为仕者遭小人构祸，身历南国，而叹其无所容身也。或单主行役言，非。或主思祭祖言，亦凿。"再，方玉润《诗经原始》："愚谓当时大夫必有功臣后裔，遭害被逐，远谪江滨者，故于去国之日，作诗以志哀云。"录而备考。

北山之什

北　山

陟彼北山，　　　登上北山去，
言采其杞①。　　前去采枸杞。
偕偕士子，　　　年富力强我士子，
朝夕从事②。　　日日夜夜从王事。
王事靡盬，　　　王朝之事没个完，
忧我父母③。　　父母无依我忧念。

溥天之下，　　　普天之下尽归附，
莫非王土④。　　无处不是周王土。
率土之滨，　　　四海之内地之滨，
莫非王臣⑤。　　无人不是周王臣。
大夫不均⑥，　　大夫执政不公正，
我从事独贤⑦。　唯独我们劳苦重。

四牡彭彭⑧，　　四匹公马行匆匆，
王事傍傍⑨。　　王朝差役忙不停。
嘉我未老，　　　赞我年龄正相当，
鲜我方将⑩。　　赞我身强力又壮。

| 旅力方刚⑪, | 体力过人正健强, |
| 经营⑫四方。 | 奔波劳作走四方。 |

或燕燕居息;	有的人,悠闲安居纵情志;
或尽瘁事国⑬。	有的人,精疲力竭勤王事。
或息偃⑭在床;	有的人,仰卧床榻常休息;
或不已于行⑮。	有的人,奔走道路无穷已。

或不知叫号⑯;	有的人,深居不闻人叫号;
或惨惨⑰劬劳⑱。	有的人,忧虑不安受辛劳。
或栖迟偃仰⑲;	有的人,栖息游乐安然卧;
或王事鞅掌⑳。	有的人,勤于王事苦忙迫。

或湛乐㉑饮酒;	有的人,沉湎逸乐饮美酒;
或惨惨畏咎㉒。	有的人,唯恐随时获罪咎。
或出入风议㉓;	有的人,出入恃宠放空论;
或靡事不为㉔。	有的人,无事不做蒙苦辛。

此为周之小臣哀苦怨怼之歌。他苦的是劳于王事,无力终养父母;怨的是大夫不均,劳逸悬殊。而这二者的根源在于周王的昏庸暴虐。"大夫不均,我从事独贤",是全篇眼目,反映了当时统治阶级尖锐的内部矛盾。

【注释考证】

①陟(zhì)彼北山,言采其杞:以登山采杞比兴劳于从事。陟,升,登。北山,非实指。言,发语词。杞,枸杞树。 ②偕偕士子,朝

夕从事：偕偕，犹"彊彊（彊，强的古体）"，强壮貌。《说文》："偕，彊也。"《诗毛氏传疏》："偕偕与彊彊同。"士子，指周王朝或诸侯国等级较低的官。当时的官员分三等：卿、大夫、士。士，是最低级的。至春秋时代，士每多为卿、大夫的家臣。士子，是"士"这类小臣的通名，也是本诗作者自称。朝夕，从早到晚，日日夜夜，不分昼夜。从事，办事，替王朝办事。此二句，说明周王朝的小臣等级最低，劳苦最甚，不分昼夜地勤于王事。他们也是受压抑的。 ③忧我父母：因劳于王事，俸禄菲薄，不能奉养父母，而忧念不已，并且忧中有怨。一说，为"使我父母担忧"之意。 ④溥天之下，莫非王土：整个天下，无处不是周王的领土。溥，古本作"普"，大，全。 ⑤率土之滨，莫非王臣：四海之内，无人不是周王的臣民。率，自。滨，古人认为中国大陆四周环海。此"滨"字即指大陆四周的海滨，率土之滨是说，从周之领土四周海滨以内（即全部领土），犹言"四海之内"。王引之《经义述闻》："《尔雅》曰，率，自也。……自土之滨者，举外以包内，犹言四海之内，莫非王臣，非专指地之四边言之。《毛传》训率为循，于诗义未协。《孟子·万章篇》赵注同。《正义》曰，言率土之滨，举其四方所至之内，见其广也。于义为长。"滨，《汉书》《白虎通义》引诗并作"宾"。 ⑥大夫不均：大夫以上的执政者不公平。大夫，在此泛指周王朝统治集团的上层人物。不均，不公平，实指等级制度的不合理。 ⑦我从事独贤：唯独我干的事最多最苦。贤，多，劳苦。"多"与"劳"，字义相通。做的事多，自然就劳苦。故训"贤"为多劳，似较完足。王夫之《诗经稗疏》曰："《小尔雅》云，我从事独贤，劳事独多也。贤之训多，与《射礼》某贤于某若干纯之贤同义。故孟子曰我独贤劳，言多劳也。"《毛诗传笺通释》曰："贤之本义为多，《小尔雅》，贤，多也。……事多者必劳，故贤为多，即为劳。……多与劳，对文则异，散文则通。" ⑧彭彭：马不得休息之义。 ⑨傍傍：无尽无休，人不得休息之义。《诗毛氏传疏》："当作徬。《说文》，徬，附行也。彭彭、徬徬，声义皆相近。《传》于彭彭云，不得息；于徬徬云，不得已。

互文见义也。" ⑩嘉我未老，鲜我方将：嘉许我未老，嘉许我方壮。嘉、鲜，均为嘉许、称赞之意，是指执政者嘉许"士子"正当壮年，所以，以繁重的王事相加。方将，正壮。《毛诗传笺通释》："将与壮双声。《尔雅·释诂》，将、壮二字，并训大也。故壮又通作将。"未老、方将，意思一致，互相申成。⑪旅力方刚：膂力正强。旅，"膂"。膂力，指体力、筋力。刚，强健。⑫经营：奔走劳作。⑬或燕燕居息；或尽瘁事国：自此以下十二句，格式相同，前后相较，劳逸对举，充分表现了"大夫不均，我从事独贤"这一中心思想。此二句是说，有的人悠闲自得地在家中休息，有的人却受尽劳苦以从王事。或，有的，有的人。燕燕，安闲貌，悠闲自得。居息，在居处休息。居，私居，家中。又，居犹息。尽瘁，见《小雅·四月》注。事国，从事于周王朝的差役。⑭息偃（yǎn）：息卧，躺着休息。偃，仰卧，又泛指躺卧。或引申为"休息"义。⑮不已于行：于行不已。行，道路。不已，不止，指奔走不停。⑯不知叫号：指执政者深居安逸，不知道人间有受苦人的呼叫号哭之声。⑰惨惨：又作"懆懆"，忧虑不安。⑱劬劳：辛勤劳苦。⑲栖迟偃仰：栖迟，栖息游乐。偃仰，二字同义，是双声联绵词。仰卧，与"息偃"同。⑳鞅掌：此指勤于王事，奔波忙碌之状。《毛诗传笺通释》："鞅掌二字叠韵，即秧穰之类。《说文》，秧，禾若秧穰也。《集韵》曰，禾下叶多也。禾之叶多曰秧穰，人之事多曰鞅掌。其义一也。《传》言失容者，亦状事多之貌。《笺》分二字释之，失其义矣。"《诗毛氏传疏》："鞅掌，失容。犹言仓皇失据耳。《正义》云《传》以鞅掌为烦劳之状，故云失容。言事烦鞅掌然，不暇为容仪也。今俗语以职烦为鞅掌，其言出于此《传》也。"又，清钱澄之《田间诗学》云："'鞅掌'，即指勤于驰驱，掌不离鞅，犹言'身不离鞍马耳'。"㉑湛（dān）乐：沉湎、酷嗜于安乐。湛，同"耽"，沉湎，耽溺，过乐，十分爱好。又，陈奂云："湛亦乐也。读为酖。"马瑞辰亦主此说。㉒畏咎：岌岌自危，惟恐出差错而获罪。咎，罪过。㉓风议：放言空论。风，放。议，议论。《毛诗传笺通释》："左氏僖四年

《传》,唯是风马牛不相及也。贾逵注,风,放也。服注同。……风议,即放议也。放议,犹放言也。"出入风议,反映了当时权奸恃宠邀幸,骄纵狂恣之态。 ㉔靡事不为:无事不为,什么劳苦之事都要去干。为,做。

无将大车

无将大车,　　莫扶大车往前赶啊,
只自尘兮①。　　适足扬尘迷遮天啊。
无思百忧,　　不要苦思诸忧患啊,
只自疧兮②。　　适足劳神心病添啊。

无将大车,　　莫扶大车往前赶啊,
维尘冥冥③。　　尘土飞扬昏蔽天啊。
无思百忧,　　不要苦思诸忧患啊,
不出于颎④。　　耿耿不宁心病牵啊。

无将大车,　　莫扶大车往前赶啊,
维尘雝⑤兮。　　尘土飞扬暗遮天啊。
无思百忧,　　不要苦思诸忧患啊,
祇自重⑥兮。　　适足伤神病缠绵啊。

诗人苦于忧患、伤于时弊,在穷极无聊之际,吟此自遣自勉之歌。

【注释考证】

①无将大车,只自尘兮:不要扶着那大车前行,适足以扬起尘土啊。无,勿,不要。将,扶,又训"进"。大车,此指平地任载之车,

即牛车。与《王风·大车》所云之大车有别。只,适,正。 ②无思百忧,只自疧(qí)兮:不要苦思各种忧患,适足以酿成心病啊。百忧,各种忧患。百,多数之代称。疧,病。本诗是以"将大车"而扬起尘土,兴起"思百忧"而造成病痛之意,故自勉自戒曰"无"(勿)。《诗经原始》:"此诗人感时伤乱,搔首茫茫,百忧并集,既又知其徒忧无益,只以自病,故作此旷达聊以自遣之词,亦极无聊时也。" ③维尘冥冥:尘土障蔽,昏晦暗淡。 ④不出于颎:不出于耿。指心中惶惶不宁,无法排遣。颎,心中忧虑不安。《毛诗传笺通释》:"……是颎音义与耿正同,《邶·柏舟》,'耿耿不寐'。《传》,'耿耿,犹儆儆也'。《礼·少仪》注,'颎,警枕也'。儆、警。《说文》并训戒,不出于颎,即谓不出于儆戒之中,与'只自疧兮'同义。……《集传》谓'忧中耿耿然不能出'是也。" ⑤雝(yōng):"雍"的或体,遮蔽。 ⑥重:犹"重(肿)膇",亦为病。重,犹"疧"。

小　明

明明①上天,	苍天在上,清清明明,
照临②下土。	求你洞察人间不平。
我征徂西,	叹我行役远去西方,
至于艽野③。	征戍到那塞外边荒。
二月初吉,	周正二月,初旬吉日,
载离寒暑④。	历尽寒暑,物换星移。
心之忧矣,	心中忧伤,能向谁诉?
其毒大苦⑤!	殷忧病痛,害我至苦!
念彼共人⑥,	殷勤思念恭谨友人,
涕零⑦如雨。	泪下如雨,洒满衣襟。

岂不怀归？	岂不盼望返回故乡？
畏此罪罟⑧！	畏惧无辜身陷罗网！
昔我往矣，	回溯我们远行之初，
日月方除⑨。	时序正值旧岁将除。
曷云其还？	何日能够还我故乡？
岁聿云莫⑩。	年终仍无一线希望。
念我独兮，	感念我们独行远方，
我事孔庶⑪。	我的差役十分繁忙。
心之忧矣，	心中忧愁，无以复加，
惮我不暇⑫。	劳苦艰辛，不得闲暇。
念彼共人，	殷勤思念恭谨友人，
睠睠怀顾⑬！	依依回顾，恋慕至深！
岂不怀归？	岂不盼望返回故处？
畏此谴怒⑭！	畏惧遭受谴责怨怒！
昔我往矣，	当初我们前去戍边，
日月方奥⑮。	时序正值转寒为暖。
曷云其还？	何日能够还我故乡？
政事愈蹙⑯。	王事愈加匆遽繁忙。
岁聿云莫，	岁暮隆冬仍在奔走，
采萧获菽⑰。	采收那些黄蒿大豆。
心之忧矣，	心中忧伤苦不堪言，
自诒伊戚⑱！	自己落得如此凄惨！
念彼共人，	殷勤思念恭谨友人，

二雅·小雅　北山之什

兴言出宿⑲。	我心耿耿不得安寝。
岂不怀归？	岂不盼望返回故乡？
畏此反复⑳！	畏惧人事反复无常！

嗟尔君子㉑，	哎！你们君子，
无恒安处㉒！	不要只顾安居淫逸！
靖共尔位㉓，	忠于职守，认真从公，
正直是与㉔。	品格言行，应求端正。
神之听之㉕，	谨慎小心，遵守规范，
式穀以女㉖。	自会给你带来安善。

嗟尔君子，	哎！你们君子，
无恒安息㉗！	不要只顾安居淫逸！
靖共尔位，	忠于职守，认真从公，
好是正直㉘。	品格言行，应求端正。
神之听之，	谨慎小心，遵守规范，
介尔景福㉙。	你的大福，愈加增添。

此为行役征戍之人劳苦怨困、自勉自戒之词。

【注释考证】

①明明：光明貌，重言之，以加强语势。 ②照临：照察，以高视下。明明上天，照临下土句作者穷极而诉天，求其俯察人间不平。 ③我征徂西，至于艽（qiú）野：我出外服役，去到艽野。征，行役，征行。徂，前往，去到。西，西方。艽野，远荒之地。艽，远荒之地。 ④二月初吉，载离寒暑：二月，周正二月。一说，夏正二月，失之。

《毛诗传笺通释》："按二月当谓周正之二月，为夏正之十二月，即下二章所云，日月方除、日月方奥也。除，即《尔雅》十二月为涂之涂。戴震曰，《广韵》，涂，直鱼切，与除同音通用。方以智曰，谓岁将除也，是也。日月方奥，当读如《尚书》厥民隩之隩，谓民方聚居于隩之时也。《毛传》，除，除陈生新也。正取岁除之义。《笺》读除为除，《尔雅》四月为余之余，失之。日月方奥，《传》，奥，暖也。与《尚书》厥民隩，马融注，隩，暖也，义合。谓其时日月宜居温室也。《毛传》本以除、奥承上二月初吉言，谓周正建丑之月。《正义》谓《传》曰暖即春温，亦谓二月。是误以二月为夏正二月。亦非《传》义。又按二月初吉，王尚书谓二月上旬之吉日，上旬凡十日，其善者皆可谓之初吉。说详《经义述闻》，《传》《笺》均以初吉为朔日，失之。"初吉，上旬之吉日。载，语首助词。离，经历。寒暑，寒指冬季，暑指夏季。先言寒，后言暑，似非实指，而是以时序之推移表示远行边荒、经年不归的情形。 ⑤其毒大苦：那病痛太苦了！或，那行役之事害得我太苦了！毒，恨，病。又，痛，苦。又，害。大，音义同"太"。 ⑥念彼共人：念彼恭人。共，古"恭"字。恭人，恭谨之人。 ⑦零：落。 ⑧罪罟：网罟。罪，网，捕鱼竹网。见《说文·网部》："罪，捕鱼竹网，从网非。秦以罪为辠字。"罟，网之总名。在此，网罟，引申为法网。马瑞辰云："惟此诗罪罟二字平列，犹云网罟，与下章'畏此谴怒''畏此反复'语同。盖罪字之本义。《大雅》'天降罪罟'，义同。此诗《传》不释罪字，疑有脱误。本当作'罪罟，网也'。《笺》直以罪为刑罪，失之。" ⑨昔我往矣，日月方除：从前我往戍边陲之时，乃日月正除陈布新之际（也就是岁末）。除，除陈布新。 ⑩曷云其还？岁聿云莫：不知何时才能还归故乡？而今又是一年将尽了。曷，何，何时。云，语中助词。其，犹"将"。《尚书·微子》："今殷其沦丧。"聿云，二字均为语中助词，聿犹"曰"。莫，古暮字。岁莫，岁终。 ⑪念我独兮，我事孔庶：忧念我孤独地服役于荒远寒苦之地，我所干的苦差是很多的。独，孤独无依。事，所从之事。孔庶，甚多。 ⑫惮（dàn）我不暇：惮，劳。《说文》："惮，忌难也"，"瘅，劳病也"。《尔雅·释诂》："瘅，劳也。"《广雅·释诂》："瘅，苦也。"王念孙《疏证》"劳与苦同义"。按此诗正字作"瘅"，"惮"乃同意假借字。不暇，不得休闲，无闲暇之时。 ⑬睠睠怀顾：恋慕地回顾。睠睠，反顾，恋慕。又引申为关心、怀念。 ⑭畏此谴怒：畏惧获致执政者之谴责惩罚。 ⑮日月方奥：指时序正值由寒转暖之际。奥，"燠"之省借，暖。又见《唐风·无衣》："不如子之衣，安且燠兮。"方，正。又有"始""刚刚"之义。 ⑯政事愈蹙（cù）：政事愈加迫促。政事，犹云"王事"。蹙，迫促，急促。 ⑰采萧获菽：采黄蒿，收大豆。按：收获豆类的季节已是秋冬之交，足见征戍日久。 ⑱自诒（yí）伊戚：诒，通"贻"，遗留。伊，又作"繄"，犹"是"。这，这样的。戚，古"慽"字，又作"慼"，或通作"蹙"，忧愁，悲伤。此句谓：自己落得这样忧伤。 ⑲兴言出宿：犹"薄言出宿"。兴言，薄言，语首助词。《毛诗传笺通释》云："按兴言犹云薄言，皆语词也。《尔雅》，虚闲也。虚为舒之假借，兴与虚双声，故舒又可假为兴。"出宿，形容不能安寝。《郑笺》："忧不能宿于内也。"《诗三家义集疏》："兴言出宿者，思虑展转，不能安寝也。" ⑳反复：反复无常，指不测之祸，犹上文之"罪罟""谴怒"。《诗毛氏传疏》："反亦复也。反复，犹反侧也。"《诗集传》："反复，倾侧无常之意也。"《郑笺》："谓不以正罪见罪。" ㉑嗟尔君子：嗟！尔君子。嗟，叹词。尔，汝，你，你们。君子，谓其友。 ㉒无恒安处：不要经常安然居息而无所用心。恒，常。处，居处，居息。 ㉓靖共尔位：应认真恭谨地对待你的职位。犹云"忠于职守"。靖，同"静"，犹"审"，仔细地，认真地。共，恭。 ㉔正直是与：正直是举，正直是行，行为要正直。按：与，繁体为"與"，通"舉"（繁体为舉）。指行动、行为、举止。《汉书·曹参传》："参代何为相国，举事无所变更。"杨树达云："举事，犹云行事。"与，又训"相与"之"与"，相友好，亲附。 ㉕神之听之：应读作"慎之听之"。犹言，慎而从之。神，读作"慎"。之，前一之字，训"而"，听，从。按：此句是说，认真地听从这些话（劝告)。一说,此句乃指神明听到这些事(即上四句所云)。 ㉖式穀以女:就会给你带来安善。式,犹"乃""则"。穀,善。以,与,又见《仪礼·乡射礼》:"各以其耦进。"(郑注曰:"今文以为与。")《韩诗外传》:"齐桓公独以管仲谋伐莒。"以,又犹"于"。女,汝。 ㉗安息:犹"安处"。 ㉘好是正直,爱好正直。犹"正直是与"。好,爱好,引申为"崇尚"。 ㉙介尔景福:助你大福,使你的福更大。介,助,可引申为"增益"。一说,介训大。《毛传》:"介、景皆大也。"(介,夼之通假。《说文》:"夼,大也。")如训大,此句则曰"大尔大福"。按:大,盛作之也。故句中前一"大"字,有"加大""增多"的含义,作动词用。介,又借作"丐",训"求"。亦通。

鼓 钟

鼓钟①将将②,	敲铜钟,声锵锵,
淮水③汤汤④。	淮河水浩荡荡。
忧心且伤。	我心忧且伤。
淑人君子⑤,	好人君子去不返,
怀允不忘⑥。	怀思君子诚难忘。

鼓钟喈喈⑦,	敲铜钟,声锵锵,
淮水湝湝⑧。	淮河流水浩荡荡。
忧心且悲。	我心忧且悲。
淑人君子,	好人君子去不返,
其德不回⑨。	他的德行无邪秽。

| 鼓钟伐鼛⑩, | 敲铜钟,击大鼓, |

淮有三洲⑪。	淮上三洲酣歌舞。
忧心且妯⑫。	我心忧且恸。
淑人君子，	好人君子去不返，
其德不犹⑬。	他的德行永无终。
鼓钟钦钦⑭，	敲铜钟，声钦钦。
鼓瑟鼓琴⑮。	弹锦瑟，弄瑶琴。
笙磬同音⑯。	笙簧、玉磬谐同音。
以雅以南，	奏雅乐，奏南乐，
以籥不僭⑰。	吹籥合节艺精深。

本诗乃刺昏君虽用先王之乐而德不相称，并由此引起诗人对"古圣先贤"的怀思。

【注释考证】

①鼓钟：敲钟。鼓，敲击。 ②将将：《说文》作"𨥬"。"将将"为假借字，今作"锵锵"，此指钟声。 ③淮水：即今之淮河。 ④汤汤：今作"荡荡"，大水涌流貌。 ⑤淑人君子：此指古之淑人君子，即古圣先贤（或先王）。淑，善。 ⑥怀允不忘：怀，思念。允，语助，又训"信"。不忘，犹"思"，是"怀"的补足语。《诗》多有此修辞格，本章"忧心且伤"句，也是"忧心""伤"叠用，以足成文义，增强表达效果。 ⑦喈喈（jiē）：犹"将将"。 ⑧湝湝（jiē）：犹"汤汤"。 ⑨回：邪。 ⑩伐鼛（gāo）：敲大鼓。伐，敲击。鼛，古代的一种大鼓。《周礼》作皋。云皋鼓寻有四尺。《诗毛氏传疏》："《绵》，《传》亦云，鼛，大鼓也，长丈二尺。《淮南子·主术篇》皋磬鼓而食。高注，鼛鼓，王者之食乐也。引《诗》鼓钟伐鼛。鼛鼓，当作伐鼛。《玉海》一百九引《淮南》正作伐鼛而食。《荀子·正论篇》，代皋而

食,皋与簋通,代乃伐之误。《淮南》即本于《荀子》也。《春官·大司乐》,王大食三侑皆令奏钟鼓。即其事也。说详王念孙《荀子杂志》。"

⑪三洲:《诗集传》:"淮上地。苏氏曰,始言汤汤,水盛也。中言湝湝,水流也。终言三洲,水落而洲见也。言幽王之久于淮上也。"《诗毛氏传疏》:"三洲,淮上地,未详。朱右曾云,按:《水经注》,淮水又东为安丰津。淮中有洲,俗号关洲。……通校全淮,惟此有洲,在今霍邱县北也。" ⑫妯(chōu):悲恸,心情不平静。《毛诗传笺通释》:"按《方言》,寒、妯,扰也。人不静曰妯。秦晋曰寒,齐宋曰妯。《尔雅》《说文》并曰:妯,动也。动之言变动,即恸也。动当读如《论语》'颜渊死,子哭之恸'郑云,变动容貌。故《正义》以变动容貌释之。《一切经音义》十二引《韩诗》作'忧心且陶'陶即妯之假借,妯通作陶。……《说文》,心部,怞,朖也。引《诗》'忧心且怞'。怞与妯声义同。朖,当为恨之讹。恨亦伤悲之意。忧心且妯,与上章忧心且伤、忧心且悲同义。" ⑬犹:已。《经义述闻》:"言久而弥笃,无有已时也。"又训"若",谓不若今王之昏庸无道。 ⑭钦钦:犹"将将",象声词。 ⑮鼓瑟鼓琴:弹瑟弹琴。 ⑯笙磬(qìng)同音:笙、磬与琴、瑟同音相和。笙,详《小雅·鹿鸣》注。磬,古乐器名,用玉或美石制成。悬于架上,敲击发声以成节奏。商代已有单一的"特磬",周代则发展为大小相次、音调不同的十几个磬组成的"编磬",能演奏较复杂的乐调。 ⑰以雅以南,以籥(yuè)不僭(jiàn):循其文义,似应读为"以雅、以南、以籥、不僭"。以,犹"为",作,指表演。雅,古代乐器名。孳乳为乐调(舞曲)名。《礼记·乐记》:"讯疾以雅。"后郑(玄)注:"状如漆筒,中有椎。"又,《周礼·春官·笙师》:"笙师掌教……应、雅,以教祴乐。"先郑(司农)曰:"雅,状如漆筒而弇口,大二围,长五尺六寸,以羊韦鞔之,有两组(组,一本作纽)疏画。"这种古击乐器,似与"相"(又名"拊",或称"拊搏")同类。演奏时,有鲜明的节奏,有"节乐"的作用。以本诗观之,钟、瑟、琴、笙、籥等乐器,在演奏时,大概是以"雅"这种乐器奏出的节拍,来协

调诸乐器的声调；而所奏的又是"二雅"这种乐调（兼舞曲），且配以舞蹈。南，本来也是古乐器名，孳乳为乐歌之名（即"二南"）。郭沫若《甲骨文字研究·释南》（上册）曰："又《诗》之《周南》《召南》《大雅》《小雅》，揆其初当亦乐器之名孳乳为曲调之名。犹今人言大鼓、花鼓、鱼琴、简板、梆子、滩簧之类耳。"他考证，南，是一种铃。按：甲骨文的许多"南"字，大同小异，皆像钟铃之形，这也是例证。籥，本作"龠"。古代管乐器，又是跳舞时的道具。见甲骨文，字像编管之形。郭庆藩《说文经字正谊》云："龠有吹舞之异。施于吹以和乐，则三孔。施于舞以合羽，则六孔或七孔。"按：羽，指羽舞。在羽舞时，边吹籥（龠），边持翟羽舞蹈，故又称籥舞或文舞。《周礼·春官·乐师》："凡舞有帗舞，有羽舞。"注引郑司农云："帗舞者全羽，羽舞者析羽。"《邶风·简兮》："左手执籥，右手秉翟"，大体介绍了籥舞的特征。《毛诗传笺通释》云："……籥舞，文乐也。瑞辰按：《传》以籥舞承上《雅》《南》为二舞。《笺》以籥舞与上《雅》《南》并列为三舞。二说不同。"僭，差失，乱；或指超越本分，冒用先王或上级的名义、礼仪、器物等。

【学术延伸】

《序》："刺幽王也。"《毛传》："幽王用乐不与德比，会诸侯于淮上，鼓其淫乐以示诸侯。贤者为之忧伤。"《诗经原始》："此诗循文案义，自是作乐淮上，然不知其为何时、何代、何王、何事。《小序》漫谓刺幽王，已属臆断。欧阳氏云。旁考《诗》《书》《史记》皆无幽王东巡之事。《书》曰，徐夷并兴。盖自成王时，徐戎及淮夷已皆不为周臣。宣王时，尝遣将征之，亦不自往。初无幽王东至淮徐之事，然则不得作乐于淮上矣。当阙其所未详。……玩其词意，极为叹美周乐之盛，不禁有怀在昔淑人君子德不可忘，而至于忧心且伤也。此非淮徐诗人重观周乐，以志欣慕之作，而谁作哉？特史无征，诗更失考，姑释其文如此而仍阙其《序》云。"姚氏《诗经通论》："《小序》谓刺幽王，甚混。幽王无至淮之事，固不待欧阳氏而后疑之矣。严氏谓'古事亦有不见于史者',此遵《序》之过也。《孔疏》谓《韩诗》以为昭王,以《左传》有南征之说也。后人多从之;然亦未敢信。《集传》既云'此诗之义未详',又引王氏指幽王之说,何耶?"《诗义会通》:"《序》但云'刺幽王也',《传》则申之为会诸侯于淮上,欧公疑之,以为《诗》《书》《史记》无幽王东巡之事。按:古书残缺,容有不备,后儒又引《左传》幽王为大室之盟以实之,亦不为无据。《中候握河纪》(郑玄注)则以为昭王时作。苏子由云:'将作乐则鼓钟,所谓金奏也。琴瑟在堂,笙磬在下,同音,言其和。《雅》,《二雅》;《南》,《二南》。幽王之世,风有《二南》而已,言幽王之不德,岂其非古与?乐则是矣,而人则非也。'《六帖》云:'末章之词愈隐而其意愈微。'苏氏《注》得言外之意。"按:诸论不外遵《序》与非《序》,而二者又皆未脱出"以史证诗"之窠臼。诗既无史征,则不必泥。

楚 茨

楚楚①者茨②,	繁密茂盛,长满蒺藜,
言抽其棘③,	拔除蒺藜,开垦田地。
自昔何为④?	从来如此,是为什么?
我蓺黍稷⑤。	我们垦田,种植黍稷。
我黍与与⑥,	我的黍苗无比蕃盛,
我稷翼翼。	我的稷苗蕃盛无比。
我仓既盈,	我的粮仓都已充盈,
我庾维亿⑦。	我的粮囤都已满溢。
以为酒食,	用它酿酒,用它做饭,
以享以祀⑧,	用它上供,用它祭祀,
以妥⑨以侑⑩,	用它安席,用它劝饮,

以介景福⑪。　　借以祈求大福如意。

济济⑫跄跄⑬，　　容仪严肃，步趋有礼。
絜尔牛羊⑭，　　那些牛羊，都已涮洗，
以往烝尝⑮。　　用它冬祭，用它秋祭。
或剥或亨。　　　有的宰剥，有的烹煎。
或肆或将⑯。　　有的盛肉，有的捧献。
祝祭于祊⑰。　　司仪官员，门内祭飨。
祀事孔明⑱。　　祭祀之事，十分停当。
先祖是皇⑲。　　列位先祖，欣然前往。
神保是飨⑳。　　先祖神灵，临祭受飨。
孝孙有庆㉑，　　孝孙诚敬，神灵佑赏，
报以介福㉒，　　报祭先祖，祈求福康，
万寿无疆！　　　幸福安善，万寿无疆！

执爨踖踖㉓。　　执掌膳厨，恭敬敏疾。
为俎孔硕㉔。　　那些铜俎，硕大无比。
或燔或炙㉕。　　有的烧肉，有的烤肉，
君妇莫莫㉖。　　君妇敬肃，举止有仪。
为豆孔庶㉗。　　那些陶豆，盛多无比。
为宾为客㉘，　　那些贵宾，那些嘉客，
献酬交错㉙。　　主宾敬酒，交会酬酢。
礼仪卒度㉚，　　各种礼仪完全恰当，
笑语卒获㉛。　　笑语融融完全适度。
神保是格㉜，　　神灵感应，来到此处，

报以介福,	报祭先祖,祈求福禄,
万寿攸酢㉝!	先祖报赐,万寿洪福!

我孔熯矣㉞,	我们祭祖,敬惧之至,
式礼莫愆㉟。	各种礼仪,毫无错失。
工祝致告㊱,	司仪传告:祭礼已成,
徂赉孝孙㊲。	先祖恩赐孝孙福祉。
苾芬孝祀㊳,	肴馔芬芳,先祖来享,
神嗜饮食㊴。	丰美饮食,神灵爱尝。
卜尔百福㊵,	先祖赐你,百福百禄,
如幾如式㊶。	如有定期,如有法度。
既齐既稷㊷,	那样庄重,那样敏敬,
既匡既敕㊸。	那样匡正,那样严整。
永锡尔极㊹,	永久赐你,中和之福,
时万时亿㊺!	多福多禄,万亿无数!

礼仪既备㊻,	各种礼仪已经完备,
钟鼓既戒㊼。	钟鼓之乐已经奏齐。
孝孙徂位㊽。	孝孙回到祭前之位,
工祝致告。	司仪传告:祭礼已毕。
神具醉止,	神灵全都颇有醉意,
皇尸载起㊾。	皇尸也就引身站起。
鼓钟送尸,	敲钟击鼓,礼送皇尸,
神保聿归㊿。	神灵于是联翩归去。
诸宰君妇,	众位膳夫和那君妇,

二雅·小雅 北山之什

废彻不迟(51)。　　撤去肴馔行动敏疾。
诸父兄弟，　　诸位父老，诸位兄弟，
备言燕私(52)。　　齐集宴饮，欢叙情谊。

乐具入奏(53)，　　乐队都进后殿演奏，
以绥后禄(54)。　　用以安享祭后口福。
尔殽既将(55)，　　那些肴馔，异常佳美，
莫怨具庆(56)。　　一齐祝福，没有怨怼。
既醉既饱(57)，　　已经喝醉，已经吃饱，
小大稽首(58)。　　大大小小，都来叩头。
神嗜饮食，　　神灵爱尝，丰美饮食，
使君寿考(59)。　　神使君王，永远福寿。
孔惠孔时(60)，　　非常顺利，十分美善，
维其尽之(61)。　　因感孝孙，尽礼敬神。
子子孙孙，　　谆谆告诫，子子孙孙，
勿替引之(62)！　　勿废礼仪，绵绵无尽！

此为农业收成之后，周王率王室子孙祈神赐福之歌。

【注释考证】

①楚楚：盛密貌。又，茨棘貌。　②茨（cí）：《说文》作“荠”，又作“薋”，均为假借字。茨，即蒺藜，植物名，草木，果实有刺，有的茎叶也生刺。　③言抽其棘：言，发语词。抽，除，拔除。棘，茨棘。《毛诗传笺通释》：“棘，古作朿。《尔雅·释草》：‘朿，刺。’《方言》：‘凡草木刺人，北燕、朝鲜之间谓之朿，……江淮之间谓之棘。’《说文》：‘朿，莿也。’莿朿也，棘为草名，又为凡草刺人之通称。‘楚楚者

茨，言抽其棘。'棘即茨上之棘，犹'翘翘错薪，言刈其楚'，楚即薪中之楚也。故《传》云，楚楚，茨棘貌。正以明茨棘为一。《笺》分茨棘为二，失之。"抽其棘，拔除那蒺藜。 ④自昔何为：自古以来就这样垦田，是为什么呢？昔，指往古，从来。 ⑤我艺（yì）黍稷：我，犹"我们"。此为作者假借最高统治者的口吻。艺，即艺（繁体为藝）字，种植。黍、稷，两种粟类农作物名。均直立而丛生，茎叶被茸毛，穗如稻而籽粒细小，黍的米是黏的，稷的米是不黏的。一说，稷是高粱之别名。 ⑥与与：繁盛貌，下文"翼翼"义同。 ⑦我仓既盈，我庾维亿：二句重叠，义同。我们的仓、庾都已装满了粮食。庾，在野外的、露天的粮囤，与"仓"义近。《毛诗传笺通释》："庾，盖即今俗所谓囤者，其形圆，以席为之，但露其上，故《传》以露积释之。"既、维，均训"已"。亿，又作"忆"，犹"盈"。《经义述闻》："亿亦盈也，语之转耳。……《汉书·贾谊传》：'众人惑惑，好恶积意。'意者，满也。言好恶积满于中也。"……《易林·乾之师》曰，'仓盈庾亿'。汉《巴郡太守樊敏碑》曰：'持满亿盈'，是亿即盈也。……维亿，犹既盈也。此亿字但取盈满之义而非纪其数，与'万亿及秭'之亿不同。" ⑧以为酒食，以享以祀（sì）：以之为酒、食，以之享、以之祀。用它酿酒，用它做饭食，用它来上供，用它来祭祀。享，一本作"飨"，上供，祭献。祀，祭祀天地、祖先、鬼神，与"享"义近。《诗经通论》："从'自昔'言黍稷起，见始事也。再言仓庾，见收成也。然后入以为酒食，以享祀事。" ⑨妥：安坐。 ⑩侑（yòu）：劝，特指劝进酒食，或指陪侍酒食。 ⑪以介景福：以求大福。以，而，或训"用"。介，"匄"之借，求。景，大。按：介，又训助，助益，增益，亦通。 ⑫济济：指有容仪有威严。 ⑬跄跄（qiāng）：步趋有节貌。 ⑭絜尔牛羊：洗干净那些牛羊。絜，"洁"的异体字。尔，犹"彼"。 ⑮以往烝尝：用它去冬祭、秋祭。烝，冬祭。尝，秋祭。 ⑯或剥或亨，或肆或将：有的宰剥，有的烹调，有的把牛羊诸牲盛到鼎里，而后又盛到俎里，有的则奉持而献于祭坛。亨，烹之古体。肆，指将牲体先盛到鼎里，而后又盛到俎里。鼎，古代炊食用具。多以青铜铸成，圆形者三足，方形者四足，均有两耳。《周礼·天宫·内饔》："王举，则陈其鼎俎，以牲体实之。"郑玄注："取于镬以实鼎，取于鼎以实俎。"俎，古代祭祀时盛牛羊肉的礼器。青铜制，也有漆器（此处非指切肉的砧板）。将，奉持而进献。 ⑰祝祭于祊（bēng）：司祭礼的人员索祭于庙门内之祭坛。祝，宗庙、祠堂内掌管祭礼的人，犹之司仪。祊，本指宗庙门内设祭坛之处，又引申为索祭之名。《说文》作"𠫵"，曰："门内祭先祖，所以彷徨。"《毛诗传笺通释》："其云门内祭，与《毛传》祊为门内正合。"又云："《郊特牲》，'直祭祝于主，索祭祝于祊'。郑注，'直，正也。谓荐孰时也'。今按，诗上言'或剥或亨'为正祭荐孰之事；则下言'祝祭于祊'为索祭之事。《尔雅》邢疏谓：'《礼》言索祭，即诗祝祭于祊，与正祭同日。'其说是也。"（按：原引"与"下脱"正"字，当补）《诗毛氏传疏》："凡祭宗庙之礼，庙主藏于室中。于其祭也，祝以诏告之，所谓直祭，祝于主也，庙门之内皆祖宗神灵所冯依焉，孝子不知神之所在。于其祭也，祝以博求之，所谓索祭，祝于祊也。是祊祭当在事尸之前。" ⑱祀事孔明：祭祀之事甚为完备。明，犹"备"。又，昭昭。 ⑲先祖是皇：犹言"先祖是往"。皇，通"迋"，训"往"。又，《毛诗传笺通释》："按《说文》：'𠫵，门内祭，先祖所彷徨。'此诗承'祝祭于祊'言之。皇之言徨，谓先祖所彷徨，即暀也。《释训》，暀暀、皇皇，美也。《说文》，暀，光美也。暀，本义为美，又借为归往之往。《小尔雅》，徨，往也。《信南山》，'先祖是皇'。《笺》，皇之言往也。"一说，皇，大也、君也。 ⑳神保是飨（xiāng）：神保，犹"灵保"。此言"神保"，即虚拟之神灵。古人迷信，误认为人死后有灵魂，所谓"在天之灵"。飨，本指以酒食款待人，或事神，此处指"神保"来享用（享受）。并上句两"是"字，皆为语中助词。《论语·尧曰》："周有大赉，善人是富。"是，在此亦可训"乃"，犹"于是"。《毛诗传笺通释》："保者，守也，依也。神之所依为神保，与先祖对举，当以神保连读，神保为神之嘉称。犹《楚辞》或言灵，或言灵保。灵保，亦灵也。诗既言先祖,又言神保者,亲之为先祖,尊之则为神保。……五章,神具醉止,皇尸载起。《白虎通义》引之谓尸醉若神之醉。下云,鼓钟送尸,神保聿归。亦因尸归知神之归。神保聿归,与上神具醉止无异,是知神保即神,非谓尸也。又按,保与宝同音,古通用。《金縢》,无坠天之降宝命。郑注,宝犹神也。则知神、保二字同义,保亦神耳。"姚氏《诗经通论》:"神保是飨,此迎神初献也。" ㉑孝孙有庆:孝孙,主祭之人。庆,赐福,指神赐之以福。 ㉒报以介福:报,报祭,古代祭典之一,是为报恩德而举行的祭祀。郭沫若《青铜时代·由周代农事诗论到周代社会》:"我的看法是'报'乃报祭之报,《国语·鲁语》:'凡禘、郊、祖、宗、报,此五者国之典祀也。''介'字假为匄,求也。金文中用匄字。因而'报以介福'即是报祭先祖以求幸福。"报,一说为"报酬"之意。介,一说为"大"意。 ㉓执爨(cuàn)踖踖(jí):执,执掌,从事。爨,灶。执爨执掌炊事,犹"司厨"。按:爨,即灶,犹今之厨房。古有饔爨,专司烹调菜肴,郑玄谓"割、烹、煎、和之称"。又有廪爨,专司黍稷之类的饭食加工。踖踖,恭谨敏捷貌。《毛传》:"踖踖,言爨灶有容也。"是指执爨之人有恭敬之容。 ㉔为俎孔硕:那俎是很大的。为,犹"其"。又见《左传·昭公元年》:"莒鲁争郓,为日久矣。"《孟子·公孙丑》:"孟子致为臣而归。"俎,礼器名,与下文之"豆"对称。硕,大。在此,或有丰满义。 ㉕或燔(fán)或炙:有的烧肉,有的烤肉。或,有的(人)。燔,烧,此指烧肉。炙,烤,此指烤肉。燔、炙,是古代祭祀时用的烹调法,似乎还有原始时代渔猎之遗风。 ㉖君妇莫莫:君妇,天子、诸侯妻称君妇。莫莫,懡懡之异文,敬勉之意。 ㉗为豆孔庶:与上"为俎孔硕"对文。豆,见《小雅·常棣》注。在此,以"豆"之众多称代供品之众多。《毛传》:"豆谓内羞,庶羞也。"《毛诗传笺通释》:"天子庶羞百有二十品,豆即庶羞之豆,故曰孔庶。"庶,多。 ㉘为宾为客:其宾其客,那许多宾客。 ㉙献酬交错:主宾互相敬酒,交会错杂,遍及诸人。主人向宾客劝饮曰献,宾客回敬曰酢。主人先自饮,又劝宾,为酬。 ㉚礼仪卒度：礼仪尽合法度。卒，尽。度，法度。 ㉛笑语卒获：笑语交欢，尽得其宜。获，得其宜。 ㉜神保是格：神灵来到了。是，语中助词，不为义。格，通"佫"，至，来到。 ㉝万寿攸酢：万寿是报。攸，犹"是"。酢，报。姚氏《诗经通论》："君妇，后也，以祖考故称'妇'。言君妇，则知亚献也。言宾客献酬，则知三献毕也。故曰'神保是格'。" ㉞我孔熯（nǎn）矣：我，孝孙自我之词。孔，甚。熯，"戁"字之通假，敬惧。 ㉟式礼莫愆（qiān）：犹"礼仪卒度"。式，语首助词。礼，礼仪。莫愆，没有差错。愆，过失，差错。 ㊱工祝致告：工祝，官祝。《毛诗传笺通释》："按《少牢馈食礼》，皇尸命工祝。郑注，工，官也。《周颂》，嗟嗟臣工。毛《传》，工，官也。《皋陶谟》，百工，即百官。工祝，正对皇尸为君尸言之，犹《书》言官占也。《传》谓善其事曰工，失之。"致告，传告。致，表达，传致。告，告示，宣示。《毛传》："告利成也。"利，养。成，毕。此言"告示养礼已完成一项"。 ㊲徂赉孝孙：赐福予孝孙。徂，"且"字之通假。又，犹"以"。赉，赏赐，赐予。 ㊳苾（bì）芬孝祀：苾芬，馨香。苾，浓香。孝祀，犹享祀，指神灵享受祭祀。《尔雅》："享，孝也。"享训孝，孝亦训享，孝祀犹享祀。 ㊴神嗜饮食：神灵喜用此饮食。 ㊵卜尔百福：赐尔百福。卜，赐予。尔，指孝孙。 ㊶如几如式：如有定期，如有定法（成规）。几，"期"的借字。式，法度。 ㊷既齐既稷：既，犹"其"。在此为称代、指事之词。又见《孟子·万章篇》："汤三使往聘之，既而幡然改曰。"（既，其，指伊尹。而，乃）《小雅·大东》："佻佻公子，行彼周行。既（既，其，指公子）往既来，使我心疚。"齐，通"斋"，齐肃，齐庄（庄重恭敬）。稷，通"夏"。敏捷，古代敏捷为敬。 ㊸既匡既敕：匡，正。敕，"饬"之假借。整饬，严整。《诗毛氏传疏》："齐、稷、匡、敕，皆祭祀肃敬之意，所谓如法也。" ㊹永锡尔极：永赐尔福。极，读为"福"。又见《汉书·古今人表》"娇极"，《山海经·大荒西经》注作"骄福"。一说，极，中，中和之福。一说，极，至，善。 ㊺时万时亿：时，犹"或"。又，犹"是"。万、亿代称"无数"。姚氏《诗经通论》:"'我孔熯矣,式礼莫愆。'以此二句写祭者,见祭事将毕,下及祝嘏之事也。是夹叙法。……古人于祭,虑其不极诚敬则神不飨,故祝词以'神嗜饮食'告之,而下诸父、昆弟亦告之以此语也。"

㊻备:齐备,完备。 ㊼戒:犹"备",又训"告"。《诗毛氏传疏》:"祭且毕,王将出,则奏钟鼓矣。《周礼·大司乐》,王出入则令奏王夏。《笺》解徂位为往位堂下西南位。告者,告孝孙也。" ㊽徂位:往位。《诗集传》:"祭事既毕,主人往阼阶下西面之位也。"说明主人恢复未祭时之位。 ㊾神具醉止,皇尸载起:人们臆想中的神灵都酒醉饭饱了,装扮祖先的皇尸于是就起来了。具,俱,皆。载,则,就,于是。止,之。皇尸,尊敬的称呼,犹"大尸"。皇,大。尸,是古代祭祀时,代表死者受祭的活人。 ㊿鼓钟送尸,神保聿归:敲钟鸣鼓,演奏《肆夏》之乐以送皇尸,如同看见神灵也回去了。鼓钟,一本作"钟鼓",指奏钟鼓之乐,此处实指奏"肆夏",应是有钟有鼓。如作"鼓钟",似为单纯地击钟。未安。送尸,送走皇尸。聿,《宋书·乐志》引作"遹",二字通,犹"乃",于是。《诗三家义集疏》:"《白虎通·祭祀篇》,祭所以有尸者何? 鬼神听之无声,视之无形。升自阼阶,仰视榱桷,俯视几筵,其器存,其人亡。虚无寂寞,思慕哀伤无所写泄。故坐尸而食之,毁损其馔,欣然若亲之饱,尸醉若神之醉矣。诗云:神具醉止,皇尸载起。此《鲁》说。"《诗集传》:"鬼神无形,言其醉而归者,诚敬之至,如见之也。" ㊑诸宰君妇,废彻不迟:众膳夫及主妇先后敏疾地撤去祭品、礼器。至此,说明祀事已终。诸,犹"众"。宰,古官名。殷始置,西周沿置。如冢宰(即太宰)、邑长、家臣等,均谓之宰。冢宰,掌管王家内外事务,为百官之长,在王之左右而赞王命,掌邦治。邑长,卿大夫所属私邑的长官。家臣,掌官家务和家奴的小臣。又,宰夫也称宰,但又有二义:一者,指《周礼》天官之属,掌治朝之法的官。一者,指膳夫,即庖丁。在此,是指膳夫。古制,膳夫上士二人、中士四人、下士八人。故诗称诸宰。祭毕,他们负责彻胙俎诸馔,君妇负责彻笾豆。所以,先言诸宰,后云君妇。废,去,除。废与发,

古声近义同，发训"去"，废亦训"去"。《小尔雅》《广雅》并云："废，置也。"义同去。彻（繁体为徹），通撤，或作撤。与发、废义同。不迟，犹"敏疾"（古以疾为敬）。 ㉒诸父兄弟，备言燕私：此指祭毕，同姓之众位父老兄弟，齐集宴饮于寝（王之宗庙后殿）。按：此二句，从文义说，应为末章之始《郑笺》："祭祀毕，归宾客之俎，同姓则留（归，通'馈'）与之燕，所以尊宾客、亲骨肉也。"备，全，尽。言，语中助词。私，恩爱，偏爱。燕私，犹之"燕毛"。是指祭毕而宴饮，以毛发之色分别长幼，安排座次，欢洽情谊。 ㉓乐具入奏：指乐工们都进入后殿演奏。奏，演奏乐曲。 ㉔以绥后禄：以安享祭后的口福。绥，安。禄，福，此指饮食之口福。后禄，是对前文之饮福、献酬而言。那是"前禄"，这是"后禄"。 ㉕尔殽既将：犹"尔殽既嘉"（见《小雅·頍弁》）。尔，犹"彼"。又见《周颂·思文》："无此疆尔界。"《公羊传·昭公十三年》："如尔所不知何？"又，犹"是"，"此"。又见《三国志·吴志·周瑜传》："事亦如尔，故未顺旨。"《世说》："君不得为尔。"按：训"彼""此"，并通。乃指事之词，并非人称代词"汝"（你）。既，犹"太""甚"。又见《荀子·子道》："今汝衣服既盛，颜色充盈。"（《说苑·杂言》作"衣服甚盛。"）《大雅·皇矣篇》："天地厥配，受命既固。"将，善，美（味美）。《广雅·释诂》："将，美也。"又，《诗毛氏传疏》云："《既醉篇》，'尔殽既将'，《传》亦云'将，行也'。两《传》行字，皆读如行列之行。《伐柯》，'笾豆有践'，《传》，'践，行列貌'。是其义也。"这是形容肴馔之盛多，亦通。 ㉖莫怨具庆：莫怨，无怨。具庆，皆庆。庆，欢庆，庆贺，祝贺。 ㉗既醉既饱：已醉已饱。既，已。 ㉘小大稽首：大大小小，都行稽首礼。小大，大大小小，指诸父兄弟，众人。稽首，古代的一种跪拜礼。双膝跪倒，叩头至地，是"九拜"中最恭敬的礼节。 ㉙神嗜饮食，使君寿考：神灵喜用此饮食，所以，使君长寿。考，老，与"寿"同义。 ㉚孔惠孔时：甚顺甚善。惠，顺，顺利。时，善。《广雅》："时，善也。"时、善一声之转。 ㉛维其尽之：维，以，因。尽之，尽其礼仪。 ㉜勿替引之：替，废。引，长，长行之，指长行此祭祀先祖之孝道。此言"不要废弃祭祖求福的仪式，要永远继承和实行这种制度"。按：引之，又训绵延不绝。指此等制度绵延不绝，或指神之赐福无疆。

【学术延伸】

　　大体有三说，一则认为，"此农事既成，王者尝烝以祭宗庙之诗"（姚说）。二则认为，"此诗述公卿有田禄者力于农事，以奉其宗庙之祭"（朱说）。三则认为，"刺幽王也，政烦赋重，田莱多荒，饥馑降丧，民卒流亡，祭祀不飨，故君子思古焉"（《小序》说）。姚氏又曰："《小序》谓'刺幽王'，说者因谓'思古以见今之不然'。按此唯泥'自昔何为'一句耳。不知此句正唤起下'黍、稷'句，以见黍、稷之所由来也。其余皆详叙祭祀，自始至终，极其繁盛，无一字刺意。而说者犹争之，何也？《集传》不用《序》说，是已；然以为公卿之诗，又非也。彼第以《仪礼·少牢馈食》例之，谓其为公卿。不知鼓钟送尸，《仪礼》所无；祝称'万寿无疆'，《天保篇》亦云'君曰卜尔，万寿无疆'，此岂臣子所可当乎！"又云："煌煌大篇，备极典制。其中自始至终一一可按，虽繁不乱。《仪礼·特牲》《少牢》两篇皆从此脱胎。"姚氏前后，主此说者尚多，如何楷《诗经世本古义》、范家相《诗沈》、胡承珙《毛诗后笺》、方玉润《诗经原始》等，均有较明确的论证。如，何氏云："祭礼之见于《少牢馈食》者，初无鼓钟送尸之礼，况涤牛燕毛皆天子礼。"范氏云："按《左传》引'我疆我理'二句，明云先王疆理天下物土之宜，而布其利，则非公卿可知。《周礼·钟师》云，尸出入奏《肆夏》。又《左传》金奏《肆夏》之三。诗曰'鼓钟送尸'，是金奏《肆夏》也。公卿焉得用之？《郊特牲》曰，大夫之奏《肆夏》，由赵文子始也。如以为公卿大夫之诗，则仍是衰世之音矣。"胡氏云："《集传》公卿之说，不独初祭求神，鼓钟送尸，非公卿所有，即如絜牛骍牡之牲，君妇诸宰之号，奏寝之乐，燕毛之礼，千仓万箱之入，四方八蜡之祭，皆非公卿所宜有也。"方氏云："此诗之非为公卿作也，他不具论，即鼓钟送尸，乃奏《肆夏》，为天子礼乐。"按：《肆夏》，为古乐《九夏》之一。《周礼·春官·钟师》："凡乐事以钟鼓奏《九夏》：王夏、肆夏、昭夏、纳夏、章夏、齐夏、族夏、祴夏、骜夏。"注："郑司农云，'夏，大也，乐之大歌有九'。"《周礼·春官·大司乐》："尸出入则令奏《肆夏》。"又，郭沫若《青铜时代》云："这首诗，在年代上比较更晚，祭神的仪节和《少牢馈食礼》相近。彼礼，郑玄云：'诸侯之卿大夫祭其祖祢于庙之礼'，虽不一定就是这样，但足见其礼节之晚。主祭者的'孝孙'可能是周王，可能是哪一国的诸侯，也可能是卿大夫。在春秋末年鲁之三家已用'雍彻'，季氏已用'八佾舞于庭'，天子、诸侯、卿大夫的仪式并没有什么区别了。"（本诗之年代未审，姑录以待考）

信南山

信彼南山①，	南山之野，延伸无际，
维禹甸之②。	大禹治水，开辟田地。
畇畇原隰③，	高地、洼地，平展整齐。
曾孙④田之⑤。	曾孙周王，垦殖甚力。
我疆我理⑥，	于是划界，于是分理，
南东其亩⑦。	整治田亩，南北东西。
上天同云⑧，	冬日寒空，阴云弥漫，
雨雪雰雰⑨。	落雪纷纷，预兆丰年。
益之以霢霂⑩。	冬春之际，又降甘霖。
既优既渥。	雨水适时，已经滋润。
既霑既足⑪。	田地润泽，宜于耕耘。
生我百谷。	百谷蕃茂，天时宜人。

疆埸翼翼⑫。	田界田埂，非常齐整。
黍稷彧彧⑬。	黍苗稷苗，郁郁菁菁。
曾孙之穑⑭。	曾孙周王，收粮如山。
以为酒食。	用它酿酒，用它做饭。
畀我尸宾⑮，	给予皇尸，给予宾客，
寿考万年⑯。	祭神求福，长寿万年。

中田有庐⑰，	萝卜长在田中，
疆埸有瓜⑱。	菜瓜长在田埂。
是剥是菹⑲，	将它剥皮腌渍，
献之皇祖⑳。	要向皇祖献祭。
曾孙寿考。	周王长寿永年，
受天之祜㉑。	受天之福无限。

祭以清酒㉒，	先用清酒，诚意祭奠，
从以骍牡㉓，	枣红公牛，随后奉献，
享于祖考，	祭品供奉，先祖灵前。
执其鸾刀㉔，	厨师手执金铃鸾刀，
以启其毛㉕，	仔细剥开公牛皮毛，
取其血膋㉖。	又取它的全血、脂膏。

是烝是享㉗。	于是冬祭，于是献享。
苾苾芬芬㉘。	各色祭品，美味芬芳。
祀事孔明㉙。	祭祀之事，十分停当。
先祖是皇㉚。	列位先祖，欣然前往。

二雅·小雅　北山之什

> 报以介福，　　报祭先祖，祈求福康，
> 万寿无疆㉛。　　幸福安善，万寿无疆。

此篇大旨与《楚茨》略同。不过，本诗专为冬祭之乐歌，《楚茨》则兼秋祭、冬祭之乐歌。

【注释考证】

①信彼南山：延伸无际，那南山之野。信，即"伸"字，延伸，舒长，是"南山"的形容词。南山，终南山，此指终南山地区的田野。姚际恒云："借终南山为言，言畿内之地耳，莫泥'山'字。" ②维禹甸之：是大禹治水之后而开辟的。维，犹"是"。甸，即"陈"字之通假。陈、甸、田诸字并通，训治。之，它，指田野。 ③畇畇（yún）原隰：畇畇，"均"之或体，本指平整田地，即"除田""均田"，也就是"治田"，引申为田地平展整齐之貌。原、隰，高地和低洼之地，概言全部田地。 ④曾孙：与《楚茨》所称"孝孙"大同小异，都是指周代先祖之子孙。或同指一人，或别为二人，但均指周王。 ⑤田之：垦治它（指田地）。田，即"佃"字，均田，治田，整地。 ⑥我疆我理：宜疆宜理。古"我""宜"二字同音，宜，犹"乃"，"于是"。又，训"且"。疆，大的疆界。理，分地理，定其沟涂。分理原隰之上地、中地、下地。《毛诗传笺通释》："理对疆言，疆谓定其大界；理则细分其地脉也。"姚氏《诗经通论》："盖'我疆'二句，此初制为彻法也。"（按：彻法，周代的租赋制度。《孟子·滕文公上》："周人百亩而彻。"赵注："耕百亩者彻取十亩以为赋，彻犹取也。"） ⑦南东其亩：指顺应地势、水势而治田，其垄亩有南北者，有东西者。南北耕曰由（或曰纵），东西耕曰横。此句，以南概北，以东概西。一纵一横，兼东西南北之全部。亩，垄亩，田亩。 ⑧上天同云：上天，冬季的天空。《尔雅·释天》："冬曰上天。"《释名》："冬曰上天，其气上腾与地绝也。"同云：阴云密布，浑然一色之义。 ⑨雨（yù）雪雰雰：雨，落，降，此指落雪，名词转化为动

词。雰雰,雪花飘落之貌,《御览》引作"纷纷"。 ⑩益之以霡霂(mài mù):加之以春季小雨。益,加,增益。霡霂,小雨。这是说,冬有大雪,春有小雨,为丰收之兆。 ⑪既优既渥,既霑既足:既,已。优(繁体为優),"漫"之假借,雨水多。渥,雨雪霑润。霑,"沾"的异体,沾湿,湿润。足,"浞"字之省借,湿润貌。漫、渥、霑、浞,四义略同,皆言雨雪及时而适中,土地滋润,正宜耕作。 ⑫疆埸(yì)翼翼:田地的疆畔整整齐齐。疆,田地之大界。埸,田界,田畔,田埂。翼翼,整饬貌。 ⑬黍稷彧彧(yù):黍、稷都长得十分茂盛。彧彧,黍稷盛貌。 ⑭穑(sè):收获谷物。 ⑮畀(bì)我尸宾:畀,给与,此指以酒食飨人。尸宾,指皇尸、宾客。古之祭祀,有妥尸飨宾之礼。 ⑯寿考万年:犹"万寿无疆"。 ⑰中田有庐:中田,田中。庐,"芦"之借字。芦,芦菔,即莱菔,今名萝卜。 ⑱疆埸有瓜:田畔有瓜。 ⑲是剥是菹(zǔ):指剥削瓜皮,腌制为咸菜或酸菜。是,乃,于是。菹,腌菜,榨菜。 ⑳献之皇祖:献之于先祖。皇祖,对先祖之美称。此句是拟议之词。 ㉑祜(hù):福,此指赐福。 ㉒祭以清酒:用清酒祭祀。清酒,清湛之酒,乃酒之概称。 ㉓从以骍(xīng)牡:用赤黄色的公牛随着供上祭坛。从,跟随,此指随在清酒之后献上去。说明古代祭礼之程序,先以清酒奠地,求神于阴,然后献牲。"从"是"从献""随献"之意。骍,赤黄色(栗色、枣红色)的马或牛。周人尚赤,故选用赤黄色的牛为牺牲。牡,本泛指雄性兽,此指公牛。周之祭礼用牛羊。 ㉔执其鸾刀:执,操,持。鸾刀,有铃之刀,是古代王之宗庙所用的割切之刀。鸾,古时刀上的一种铃。"銮"为正字,"鸾"为通假字。 ㉕以启其毛:以,以之,用它(鸾刀),或训"而"。启其毛,剥开它的毛皮。启,开,此指剥开。毛,毛皮。古人献祭,亦用毛皮,表示毛色之纯。《毛传》云:"毛以告纯",是说献上毛皮以表示选用的牺牲毛色纯正。这也是齐敬之意。 ㉖取其血膋(liáo):取它的血,取它的脂。古代祭礼,又以血、膋献之,表示齐备,也就表示了敬意。膋,此指牛肠脂。 ㉗是烝是享:乃烝乃享。于是冬祭,于是献享。烝,冬祭。一说,为"蒸"之省借。享,祭献,上供。一说,为"亨"(烹)字之讹。 ㉘苾苾芬芬:苾芬之叠用，以加强语意，详《楚茨》注。　㉙祀事孔明：详见《楚茨》注。
㉚先祖是皇：详见《楚茨》注。　㉛报以介福，万寿无疆：均详见《楚茨》注。

【学术延伸】

何楷《诗经世本古义》："《楚茨》《信南山》为一时之作。"姚氏《诗经通论》："此独言烝，盖王者'烝祭岁'也。《集传》亦以为大指与《楚茨》相似，而以'曾孙'为凡祭者皆得称之。案首章从'南山''禹甸'言起，以疆理南、东之制属之曾孙，此岂为公卿咏者耶！谬矣。……上篇铺叙闳整，叙事详密；此篇则稍略而加以跌荡，多闲情别致，格调又自不同。"《诗义会通》："此篇意义与《楚茨》略同，皆因祀事而作，特溯其本始而先从田功言之耳。旧评云：首章，地利。次章，天时。三、四二章，祭前拟议之词。五、六二章，正言祭事，最得诗旨。"

甫　田

倬彼甫田①，	大田广阔无边，
岁取十千②。	年年收租万石。
我取其陈，	我取陈仓之谷，
食我农人③。	赏饭给那农夫。
自古有年④。	自古丰年无数。
今适南亩⑤，	今去南亩，亲自督巡，
或耘或耔⑥。	有的锄草，有的壅根。
黍稷薿薿⑦，	黍、稷茂盛可人，
攸介攸止⑧，	我要休息养神，
烝我髦士⑨。	把那美壮男子召近。

以我齐明⑩，	备好盛满的齍器，
与我牺羊⑪，	备好纯色的牛羊，
以社以方⑫。	用来祭祀土神、四方。
我田既臧⑬，	我的田地种得很好，
农夫之庆⑭。	赐给农夫一点米粮。
琴瑟击鼓⑮，	鸣奏琴、瑟、罍、鼓，
以御田祖⑯，	用来迎祭田祖，
以祈甘雨⑰，	用来祈求喜雨，
以介我稷黍⑱，	用来助长稷黍，
以穀我士女⑲。	用来养我男女。

曾孙来止⑳，	曾孙周王来了，
以其妇子㉑。	和那王后、王子。
馌彼南亩㉒，	赏饭到那向阳田地，
田畯至喜㉓。	田官前来受用酒食。
攘其左右㉔，	先虚让左右随员一回，
尝其旨否㉕。	就品尝酒食是否甘美。
禾易长亩㉖，	庄稼蕃盛，遮满田地，
终善且有㉗，	长势很好，结穗累累，
曾孙不怒㉘，	曾孙不再暴怒气恼，
农夫克敏㉙。	农夫干活又快又好。

曾孙之稼，	曾孙庄稼奇多无比，
如茨如梁㉚。	好像屋顶，好像坝堤。
曾孙之庾㉛，	曾孙粮囤，望不到头，

如坻如京㉜。	好像山脊,好像高丘。
乃求千斯仓,	于是需要千仓储存。
乃求万斯箱㉝。	于是需要万车载运。
黍稷稻粱,	今年丰收黍、稷、稻、粱,
农夫之庆㉞。	赐给农夫一点米粮。
报以介福,	报祭神灵,祈求福康,
万寿无疆!	幸福安善,万寿无疆!

　　这是周王祭神、祈年之乐歌。这首歌反映了当时的土地为奴隶主所占有面积之大,"岁取十千"。同时反映了奴隶制社会的阶级矛盾。一方面是大奴隶主将一切社会财富和奴隶们的劳动果实全部吞掉;一方面是广大奴隶的冻馁劳瘁,他们生产了千仓万箱的粮食,而自己却连陈米饭也难吃到。本诗是以大奴隶主的口吻叙述的,无形中却暴露了大奴隶主阶级贪婪残暴的本质与伪善面孔。

【注释考证】

　　①倬(zhuō)彼甫田:倬,广大貌。甫田,大田。甫,大。　②岁取十千:每年获取十千石(从郭沫若说)。岁,每年。　③我取其陈,食(sì)我农人:我取那陈腐的米粱,用来给农人们吃。陈,陈腐之米粱。食,拿东西给人吃。农人,指农业奴隶。范文澜《中国通史简编》:"天子每年举行两次慰劳农夫的馌礼,给农夫们吃陈米饭。"《毛传》:"尊者食新,农夫食陈。"一语道破天机。　④自古有年:自古丰年。有年,丰年。　⑤今适南亩:现在(大奴隶主)前去向阳之田巡视。姚氏《诗经通论》:"又取东南向阳,易于生长之义。《诗》多曰'南亩',《王制》曰'东田',皆是也。"　⑥或耘或耔(zǐ):或,有的。耘,除草,以土壅禾根。　⑦蘙蘙(nǐ):茂盛貌。　⑧攸介攸止:攸,语助,无义。介,林义光《诗经通解》:"介读为愒。"《说文》:"愒,息也。"止,犹"息"。　⑨烝我髦士:将我属下的卫士、田

畯等英俊壮健的男士都召集过来。烝,进,召之前来。髦士,英俊壮健的男子,对卫士、田畯等近臣的美称。 ⑩以我齐(zī)明:此言"将我祭祀之黍稷器盛满"。齐(繁体为齊),"齍"之省借。齍、敦,都是古代盛黍稷谷类的祭器。明,"盛"字之假借,纳物于器曰盛(chéng)。因"盛"字与"羊""方"等字不叶韵,故借"明"字以为韵。 ⑪与我牺羊:与,犹"以"。"以我""与我"对文。又见《易·系辞》传:"是故可与酬酢,可与祐神矣。"牺,古代祭祀时所用的牲畜,毛色纯一者曰牺。 ⑫以社以方:以之祭祀土神,以之祭祀四方之神。社,古称土地神,即后土之神(相传为共工氏之子)。方,指四方之神。按:社、方,本为名词,此处变为动词,"祭社神""祭方神"之意。 ⑬我田既臧:我的田地耕种得很好。臧,善。 ⑭农夫之庆:农夫之赐。庆,赐,指奴隶主以伪善狡黠手段,偶尔给农夫一点小恩小惠,以愚弄人民。《郑笺》:"我田事已善,则庆赐农夫,谓大蜡之时,劳农以休息之也。" ⑮琴瑟击鼓:琴、瑟,详见《鼓钟》注。击,从文义看,应与"琴、瑟、鼓"并为乐器名,又动词化,为"弹琴""弹瑟""奏击""敲鼓"之意。按:击,可能是𪔛之假借。《尚书·益稷》:"戛击鸣球"。戛,打。击,𪔛。球,玉磬。今文《尚书》,擊作隔(《汉书·扬雄传》颜注引韦昭说)。《荀子·礼论》:"尚拊之膈"。《乐论篇》:"鞉柷拊𪔛椌楬似万物"。击与隔、膈、𪔛互通,𪔛是本字,是鼓之一种。竹筒两头蒙皮,竹筒当中系以球形鼓槌,摇击两面都响,与鞉鼓相似。击,作动词理解亦可。 ⑯以御田祖:以祭田祖。御,"禦"之借字,祭祀。一说,训"迎"。田祖,先啬(穑)之神,即先农、神农。古代传说,最早教民从事农耕的人(或即后稷),后世祀以为神。 ⑰以祈甘雨:指祭神以祈求好雨。甘雨,犹甘霖,好雨。 ⑱以介我稷黍:以助我之稷黍生长得好。介,助。一说,介,借作"丐",乞求之意。 ⑲以榖我士女:以养我士女。榖,养。士女,本指未婚男女,此泛指男女,并概言庶民、群黎。 ⑳曾孙来止:大奴隶主自称是他们先祖的"曾孙""孝孙"。此指周王,似为在田野劳动的农夫顺口对"曾孙"的称呼。姚际恒云:"此曾孙始来省耕而咏之也。田事以出黍稷,黍稷莫先于祭祖,故田间之人顺呼王者为'曾孙'也。" ㉑以其妇子：有二义：一者，"以"训"与"，指周王与其妇（王妃）、子（王子）；二者，"以"为语助词，"其"，称代农夫，指农夫之妇子。按：似以前说为允。㉒馌（yè）彼南亩：有二义：一者，指周王以伪善面孔至南亩施馌田礼，馈赐农夫以陈米饭；二者，指农妇给干活的农夫们送饭至南亩。馌，馌礼（馌田礼），详见注③。又，指给农夫往田间送饭。㉓田畯至喜：田畯，古之农官，监管、压迫奴隶进行农业劳动，犹后世之大管家。喜，"饎"（糦）之省借，本指酒食或熟食，此处引申为"享用酒食"。㉔攘其左右：让其左右。左右，指左右随行者，即田畯的属官。此句谓田畯将尝其酒食，而先让其随员们。这是田畯的虚伪的礼节。㉕尝其旨否：品尝酒食甘美与否。㉖禾易长亩：禾稼十分蕃盛，覆满田地。禾易，禾蕃盛。易，移。《说文》："移，禾相倚移也。"倚移，禾稼蕃盛接倚之貌。长亩，满亩，指禾稼茎叶覆满田亩。㉗终善且有：既善又多。终，既。且，又。有，多。㉘曾孙不怒：指曾孙周王因为看到奴隶们干活勤谨、庄稼长得良好而不发怒。㉙农夫克敏：农夫干得又快又好。克，能，又训"肯"。敏，敏捷，又快又好。㉚如茨如梁：茨，本指以茅覆屋，引申为屋盖。凡堆积、填满之状，均曰茨。在此，形容粮食堆积如屋盖（屋顶）。梁，水堤，高大的拱桥，或车梁。形容粮堆高大隆起。㉛庾：粮囤，或指场上粮堆。㉜如坻（chí）如京：坻，应读作"阺"，山坡，山脊。坻、阺古通。京，绝高之丘。㉝乃求千之仓，乃求万斯箱：指奴隶主剥夺的粮食委积极多，于是，需求上千的粮仓储存，需求上万的车箱运输。㉞黍稷稻粱，农夫之庆：指大丰收的年成，大奴隶主也伪善地赐予农夫一点黍稷稻粱，以愚弄人民再替奴隶主生产更多的粮食。庆，赐。粱，高粱，一说为旱稻。

大　田

大田多稼①，	广大农田，多种庄稼，
既种既戒②，	已修农具，已选良种，

既备乃事③,　　　准备停当,就去春耕。
以我覃耜④,　　　使用我的锐利犁铧,
俶载南亩⑤,　　　深深松土,又把草压,
播厥百谷⑥,　　　播种那些百谷稻粱,
既庭且硕⑦,　　　禾苗挺拔而且粗大,
曾孙是若⑧。　　　曾孙善于种植庄稼。

既方既皁⑨,　　　新苞初生,嫩穗初秀,
既坚既好⑩,　　　已渐坚实,已渐成熟,
不稂不莠⑪。　　　谷物茁壮,不生稂莠。
去其螟螣,　　　　除灭螟虫,除灭蝗祸,
及其蟊贼⑫,　　　除灭蝼蛄,以及贼虫,
无害我田稚⑬。　　不要害我田中幼禾。
田祖有神,　　　　田祖若有广大神通,
秉畀炎火⑭。　　　把那害虫投入火中。

有渰⑮萋萋⑯,　　雨云兴起,雨云飘动,
兴云祁祁⑰,　　　雨云升腾,弥漫天空,
雨我公田,　　　　好雨落到我的公田,
遂及我私⑱。　　　普遍滋润我的私田。
彼有不获稚,　　　那边有暂不收的晚谷,
此有不敛穧⑲,　　这边有没敛净的禾束,
彼有遗秉⑳,　　　那边有遗漏的谷捆,
此有滞穗㉑,　　　这边有撒落的谷穗,
伊㉒寡妇㉓之利㉔。便是捡穗寡妇的实惠。

二雅·小雅　北山之什

曾孙来止，	曾孙周王来了，
以其妇子，	和那王后，和那王子，
馌彼南亩，	赏饭到那向阳田地，
田畯至喜㉕。	田官前来受用酒食。
来方禋祀㉖，	来祭四方，举行禋祀，
以其骍黑㉗。	用那红牛、黑羊，
与其黍稷，	用那新稷、新黍，
以享以祀，	用来上供，用来祭祖，
以介景福㉘。	以求天神，赐我大福。

  这也是周代的一首农事诗。它虽然像《甫田》一样，有祈年、报祭等成分；但是，其主要内容却是写农业生产中的选种、修械、耕种、除草、灭虫、收获等情状。不仅以白描手法，生动朴素地刻画了古代农业生产的场面，而且，深刻而集中地反映了周代的生产关系与阶级矛盾。

  这首诗，仍是大奴隶主贵族所创作并演唱的乐歌，与《楚茨》《信南山》《甫田》似为一时之作。

【注释考证】

  ①大田多稼：广袤无边的大田，要多多地种庄稼。大田，犹"甫田"。多稼，多种庄稼。这句是开始计议田事。稼，在此是稼穑之稼，动词化，种庄稼之意。一说，指庄稼长得繁多。　②既种既戒：已选好种，已修整好农具。种，选种子。戒，"械"之省借，指整修农具。　③既备乃事：选种、修农具等准备工作都已完备，于是，就可以从事具体的耕种劳动了。既备，已经完备。乃事，就从事耕种。乃，于是，就，或"然后"。　④以我覃耜(yǎn sì)：覃，"剡"之通假，锐利。耜，古代农具耒耜的主要部件。耒耜，是翻土工具的全称，类似后世之犁铧，是指用脚踩入土中，翻掘土地，并非用人、畜拉牵。耜是在耒的尖端装置的单齿或双齿板，有石制、木制、青铜

制（战国以后又有铁制），犹后世之犁头（铧）。 ⑤俶（chù）载南亩：俶，应读为"埱"。《说文》："埱，气出土也。"是指犁松土地，使地气上升，即指耕地。一说，取俶之本义，开始。载，"菑"之借字，初耕时将草翻压土中，使腐化为绿肥。南亩，详见《甫田》注。 ⑥播厥百谷：播种那各种庄稼。厥，其。百，多数之代称。 ⑦既庭且硕：禾苗长得既挺直又茁壮。庭，应读作"挺"，挺直，直生。硕，大，肥壮，茁壮。 ⑧曾孙是若：曾孙，详见《甫田》注。是，语中助词，不为义。若，善，此言"曾孙善种庄稼"。一说，若，训"顺"，指庄稼长得好，很顺曾孙之意。 ⑨既方既皂（zào）：指谷物已扬花生苞，又逐渐长成嫩的籽粒。方，"房"之省借，谷穗始生柔嫩，籽粒的外苞尚未合拢之称。《郑笺》："方，房也，谓孚甲始生未合时也。"按：孚甲，种子的外皮，即苞。皂，本作"早"，指谷物的籽粒初长成，尚未坚实。 ⑩既坚既好：谷穗已经长得结实，又逐渐成熟完好。坚，籽粒坚实，饱满，接近成熟。好，完全成熟。上二句，方（房）、皂（早）、坚、好，简明扼要地写出了谷物成熟过程。 ⑪不稂（láng）不莠（yǒu）：指种植的谷物中没有长各种莠草。稂，又名童梁，似谷而不实。马瑞辰谓："稂为莠类，狼尾草如芽，可以盖屋。"牟应震《毛诗物名考》则云："高粱之无实者。……《尔雅》，'稂，童粱'。言不实也。其形如高粱无别，苞中结棒，色青白，食之微甘，老则纯黑如灰，曰乌昧。"莠，一种似谷而非谷的野草。《毛诗物名考》："粱之无实者有二种，一结穗而草实，一如狗尾而无实也。" ⑫去其螟螣（míng té），及其蟊（máo）贼：此言灭除螟、螣、蟊、贼四种害虫。螟，是一种蛀食禾心的害虫，即螟蛾的幼虫。螣，本作"蟘"，即蝗虫。《毛诗正义》："陆玑《疏》云，螣，蝗也。"《吕览·五月纪》："百螣时起。"高诱注："螣读近殆。兖州人谓蝗为螣。"蟊，一种食禾根的害虫；或云，即蝼蛄。贼，一种专食禾秆、禾节的害虫。 ⑬无害我田稚：勿使害虫危害我田中幼禾。稚，幼禾。 ⑭田祖有神，秉畀（bì）炎火：田祖有灵验的话，就帮助我们把害虫投到大火中烧光并埋掉。田祖，详见《甫田》注。有神，有灵。秉，持，拿。畀，训"付"。《诗三家义集疏》："秉作'卜'。卜，报也者。《释文》引《韩诗》文。段玉裁云，卜畀,犹俗言付与也。《尔雅》,卜,予也。"畀,与,交给,投入。炎火,烈火,大火。此二句,写除害虫之法,古代传统的有效的灭蝗方法是"焚埋法"。《诗集传》谓:"姚崇遣使捕蝗,夜中设火,火边掘坑,且焚且瘗,盖古之遗法如此。" ⑮渰(yǎn):云兴起貌,阴云貌。 ⑯萋萋:《齐诗》《韩诗》皆作"凄凄",云行貌。一说,清冷状。 ⑰兴云祁祁:云,古本作"云",今本作"雨"。应以"云"为是。《吕氏春秋·务本》《韩诗外传》《汉书·食货志》等引诗皆作"兴云"。祁祁,盛多貌,云盛貌。《诗毛氏传疏》:"《小笺》云,《说文》,凄,雨云起也。渰,雨云貌。雨云,谓欲雨之云,凡大雨之来,黑云起而风生,风生而云行,所谓'有渰凄凄'也。已而风定,白云弥天,雨随之下,所谓'兴云祁祁,雨公及私'也。作'兴雨',于物理、经训皆失之。" ⑱雨我公田,遂及我私:雨下到公田上,也遍及私田上。公田、私田,见后【学术延伸】。雨,落,此指落雨。遂,遍。《易·系辞》:"无有远近幽深,遂知来物。"又,《商颂·长发》:"遂视既发。"《笺》:"遂,犹遍也。" ⑲彼有不获稚,此有不敛穧(jì):那边有些晚种后熟的庄稼,就暂不收割它;这边有些已收割而未及敛起的庄稼(或云敛而撒落者)。获,收获,割庄稼。稚,此指晚种后熟的庄稼。穧,有二义:一为收割庄稼;一为聚禾成把。 ⑳遗秉:漏掉的禾束(禾把)。秉,指带秸的禾束,北方称谷个子、麦个子。 ㉑滞穗:遗留的(抛撒的)禾穗。穗,不带秸的禾穗。 ㉒伊:是。 ㉓寡妇:指劳力少、生活苦的妇女。 ㉔利:好处。 ㉕曾孙来止,以其妇子,馌彼南亩,田畯至喜:均详《甫田》注。 ㉖来方禋(yīn)祀:指曾孙前来祭四方之神,并禋祀祭天神。来,曾孙来。一说,"来"为语词。方,祭名,详《甫田》注。禋祀,有二义:一为古代祭昊天上帝的一种祭礼,祭时燃薪升烟,再加牲体、玉帛于火上焚烧;一为"精意以享",精心置备洁净美好的祭品以享神灵,泛称祭祀。 ㉗骍黑:骍,枣红色的牛。黑,黑色的豕、羊。 ㉘以享以祀,以介景福:详见《楚茨》注。享,献上祭品。介,借作"丐",祈求之意。景,大。

【学术延伸】

郭沫若《青铜时代·由周代农事诗论到周代社会》:"在周初的诗里面可以看出有大规模的公田制,耦耕的人多至千对或十千对,同时动土,同时播种,同时收获。……总括地说,西周是奴隶社会的见解,我始终是毫无改变。井田制是存在过的,但当如《周官·遂人》所述的十进位的百分田法,而不如孟子所说的那样的八家共井,只因规整划分有类'井'字,故名之为井田而已。土田的分割在西周固已有之,但和彝族社会也有土田分割的事实一样,决不能认为封建制。农业奴隶比较自由,可能'宅尔宅,田尔田',有家有室,有一定的耕作地面,但只有享受权,而非有私有权。在形式上看来,虽然颇类似农奴乃至自由民,但奴隶的本质没有变革。周代金文中多'锡臣'之例,分明以'家'为单位,不仅把'臣'的身份表示得很清楚,就连他家人的身份都表示得很清楚,那是无法解为农奴或自由民的。"《中国史稿》(郭沫若主编):"在古诗中有'雨我公田,遂及我私'的诗句。所谓'公田',就是周王分赐给诸侯和百官的井田。诸侯和百官得到公田,驱使大批奴隶为他们耕种,后来他们就利用这样的便宜,尽量榨取奴隶们的剩余劳动,开辟井田外的荒地。这些在井田之外所开垦出来的土地,便是所谓'私田'。……奴隶主贵族对待农业奴隶,从剥削形式上看,让他们耕种着一块土地,以贡税的形式榨取他们的农产品,同时还征取各种力役,形似农奴,其实,这正是一种利用传统的社会组织形式来控制农业奴隶的更省事而有效的办法。农业奴隶耕种着的那一小块土地,只是他们劳动的对象。他们不仅受到传统的社会组织形式的束缚,而且一切行动都由奴隶主贵族及其爪牙进行监管,给他们套上双重的锁链。奴隶主贵族及其国家对他们握有生杀予夺的大权,他们是没有任何自由的。"

瞻彼洛矣

瞻彼洛[①]矣,　　看那洛河浩浩荡荡,

维水泱泱②。	它那水流泱泱深广。
君子③至止④，	君子驾临，诸侯齐集，
福禄如茨⑤。	福禄甚厚，犹如屋脊。
韎韐有奭⑥，	染制蔽膝，红光闪闪，
以作六师⑦。	调动六军，成千上万。
瞻彼洛矣，	看那洛河浩浩荡荡，
维水泱泱。	它那水流泱泱深广。
君子至止，	君子驾临，诸侯同聚，
鞞琫有珌⑧。	刀鞘上下，装饰美玉。
君子万年，	君子安康长寿万年，
保其家室⑨。	永远保有他的家园。
瞻彼洛矣，	看那洛河浩浩荡荡，
维水泱泱。	它那流水泱泱深广。
君子至止，	君子驾临，诸侯会集，
福禄既同⑩。	福禄并至，君臣庆喜。
君子万年，	君子安康万寿无疆，
保其家邦⑪。	永远保有他的家邦。

　　这可能是记述平王东迁洛邑，会诸侯、讲武事之歌，或谓郑武公所咏。

【注释考证】

　　①洛：此指洛水，在周之东部一带，今河南省西部，是黄河的支流。　②维水泱泱（yāng）：维，犹"其"。泱泱，水深广貌。　③君

子：此指周王。 ④至止：止，犹"之"。至之，到（东都洛邑）。 ⑤如茨：详见《甫田》注，言其积多。 ⑥韎韐（mèi gé）有奭（shì）：韎，染成赤黄色的。韐，又称韍，或称蔽膝，是古代祭服中用以蔽膝的部分。韎韐，即用茅蒐草染成赤黄色的皮蔽膝。奭，通"赩"，赤色。 ⑦以作六师：以起六师（军）。以，而。作，起，兴。六师，实指六军。《周礼·夏官》："凡制军，万有二千五百人为军，王六军。"《穀梁传》："古者天子六师，是六师即六军也。" ⑧鞞琫（běng）有珌（bì）：刀鞘有上饰，又有下饰。鞞，刀鞘，古曰刀室。琫，刀鞘四周围之装饰，称上饰。天子玉琫，诸侯璗琫。珌，刀鞘末端之装饰，称下饰。天子珧（瑶）珌，诸侯璆（镠）珌。《说文》："琫，佩刀上饰，天子以玉，诸侯以金。"又曰："珌，佩刀下饰，天子以玉。"珧为瑶之假，美玉之名。璗、璆（镠之假），都是美金之名。由诗言刀鞘之饰看来，是天子所用。 ⑨保其家室：保卫其国家。家室，犹家邦。 ⑩既同：既，犹"尽"。同，犹"聚""齐"。 ⑪家邦：国家。

【学术延伸】

《诗集传》："此天子会诸侯于东都以讲武事，而诸侯美天子之诗。"姚氏《诗经通论》："何玄子曰，纪东迁也，按《史》，周幽王十有一年，申侯与犬戎入寇，弑王于骊山下。郑桓公死之，郑人共立其子掘突，是为武公。时晋、卫、秦皆以兵来救，平戎。武公收父余兵，从诸侯东迎故太子宜臼于申，立之，是为平王。王以丰、镐逼近戎、狄，乃迁都于洛。此诗正咏其事也。……按武新丧父，故服韎韐。《左传》谓周之东迁，晋、郑焉依。故《书》有《文侯之命》，此为郑武公咏也。按何氏此说近是。洛水既属东都，韎韐亦自非天子服，故存其说。"

裳裳者华

裳裳者华①， 花朵裳裳真美盛，

其叶湑②兮。　　　叶子繁茂郁葱葱。
我觏之子③，　　　我已会见这好人，
我心写兮④。　　　心中忧闷已消尽。
我心写兮，　　　　心中忧闷已消尽，
是以有誉处兮⑤。　以此安处乐欣欣。

裳裳者华，　　　　花朵盛开美裳裳，
芸⑥其黄矣。　　　繁花如金黄又黄。
我觏之子，　　　　我已会见这好人，
维其有章⑦矣。　　他有礼乐好规章。
维其有章矣，　　　他有礼乐好规章，
是以有庆⑧矣。　　因此福庆又吉祥。

裳裳者华，　　　　花朵裳裳真美盛，
或黄或白⑨。　　　繁花又黄又白生。
我觏之子，　　　　我已会见这好人，
乘其四骆⑩。　　　四匹白马有黑鬃。
乘其四骆，　　　　四匹白马有黑鬃，
六辔⑪沃若⑫。　　六条缰绳多又盛。

左之⑬左之，　　　左辅助啊左辅助，
君子宜之⑭。　　　君子用贤自安善。
右之⑮右之，　　　右辅弼啊右辅弼，
君子有之⑯。　　　君子取贤自安善。
维⑰其有之，　　　倚重贤良善用人，

| 是以似⑱之。 | 因使贤者嗣祖荫。 |

这可能是周天子美诸侯之辞。

【注释考证】

①裳裳者华：此谓盛开的花朵。裳裳，又作"常常"，或作"堂堂"。"常常"为本字，花盛貌。　②湑（xǔ）：茂盛貌。　③我觏之子：犹"我见是人"。觏，遇，见，相会。之子，对人的美称，此指有世禄的诸侯贵族。　④我心写兮：我心中的忧闷消除了。写，犹"泻"，指泻忧。　⑤是以有誉处兮：是以，以是。誉处，犹"安处"。"安处"犹"安乐"，详见《蓼萧》注。　⑥芸：极黄貌。　⑦章：文章，此指礼乐法度。　⑧庆：福庆。　⑨或黄或白：有的黄，有的白。　⑩四骆：四匹黑鬣白马。　⑪六辔：见《小雅·皇皇者华》注。　⑫沃若：美盛貌。　⑬左之：犹"左兮"。左，左辅，指辅佐之人。　⑭宜之：安之。　⑮右之：犹"右兮"。右，右弼（bì），亦谓辅佐之人，弼，纠正，辅佐。　⑯有之：取之。　⑰维：语首助词。　⑱似："嗣"之借字。《毛诗传笺通释》："按左之右之，宜从钱澄之说，谓左辅右弼……古之明王能取用辅弼之贤，是以能使世禄者嗣其先祖耳。"

桑扈之什

桑 扈

交交桑扈①，　　斑鸠往来飞翔，
有莺②其羽。　　它的羽翼色彩鲜亮。
君子乐胥③，　　君子和乐敦睦，
受天之祜④。　　深受上天降赐之福。

交交桑扈，　　斑鸠往来飞翔，
有莺其领⑤。　　它的颈羽色彩鲜亮。
君子乐胥，　　君子和乐安详，
万邦之屏⑥。　　万邦坚强屏障。

之屏之翰⑦，　　是屏障，是垣墙，
百辟为宪⑧。　　众国君，为法章。
不戢不难⑨？　　岂不敛？岂不慎？
受福不那⑩？　　受福泽，岂不深？

兕觥其觩⑪，　　兽形酒器，把手弯长，
旨酒思柔⑫。　　好酒甘甜，醇美芳香。
彼交匪敖⑬，　　既不侮慢，又不骄傲，

万福来求⑭。　万般福禄，一齐来到。

这可能是周天子燕诸侯之歌。

【注释考证】

①交交桑扈：详见《小宛》注。　②莺：此处乃形容鸟羽有文采，并非鸟名。参见注⑤。　③乐胥：乐兮。胥，犹"兮"，语气词。　④祜（hù）：福。　⑤有莺其领：领，颈。此句言其颈部羽毛色彩鲜丽。《诗毛氏传疏》："《文选·潘岳〈射雉赋〉》：'莺绮翼而赪拃，灼绣颈而袞背。'莺绮翼即莺羽，灼绣颈即莺领。此正用诗义。"　⑥万邦之屏：万方之屏蔽（屏障）。屏，屏障。《诗毛氏传疏》："屏、蔽双声。《玉藻》云，诸侯之于天子，其在边邑曰某屏之臣。某屏，亦蔽也。"　⑦之屏之翰：是屏是翰。之，犹"是"。翰，字当作"干"（韓），训垣，与"屏"对举。　⑧百辟为宪：周天子所封之众诸侯，皆以之为法。辟，国君，此指诸侯。宪，法。　⑨不戢（jí）不难：岂不敛，岂不慎？不，岂不。戢，收敛。一说，戢读作濈，训"和"。难，通"戁"，恐惧，戒慎，敬谨。　⑩受福不那：受福岂不多？那，多。不，上二句中的三个"不"字，也可以解为助词，无义。只是起了补足文句的作用。不戢，戢。不难，难。不那，那。　⑪兕觥（sì gōng）其觩（qiú）：兕觥，古代有兽头形盖的青铜酒器，也有整器作兽形的，并附有小勺。又，兕，犀牛。兕觥，一说为犀牛角制的酒器。觩，同"觓"，兽角弯曲貌。其，语助，不为义。　⑫思柔：思，语助，不为义。柔，嘉，善。　⑬彼交匪敖：犹"匪交匪敖"。彼，"匪"之假借。交，读作"姣"，轻侮，倨傲。《经义述闻》："交之言姣也。《广雅》曰，姣，侮也。……然则'彼交匪敖'者'匪交匪敖也'。'匪交匪敖'者，言乐胥之君子，不侮慢不骄傲也。"一说，"交"为"徼"之假借。交，即"徼讦"义。《汉书·五行志》作"匪徼匪傲"。应劭注曰："言在位不徼讦、不倨傲也。"　⑭万福来求：求，"逑"之假借，聚。《经义述闻》："求，与'逑'同。逑，聚也。"

言'万福来聚'也。凡诗言'万福攸同''福禄既同''百禄是道''百禄是总',并与此义同。《说文》,遂,敛聚也。"

鸳 鸯

鸳鸯①于飞②,	鸳鸯双飞,翱翔翩翩,
毕之罗之③。	小网来捕,大网来掩。
君子万年,	君子康乐长寿万年,
福禄宜之④。	永远保他福禄安善。

鸳鸯在梁⑤, 鸳鸯双栖,在那鱼坝,
戢其左翼⑥。 将嘴斜插,左翼之下。
君子万年, 君子康乐长寿万年,
宜其遐福⑦。 永远保他幸福安善。

乘马在厩⑧, 驾车四马,在那棚下,
摧之秣之⑨。 好草好料,精心喂它。
君子万年, 君子康乐长寿万年,
福禄艾之⑩。 永远保他福禄安善。

乘马在厩, 驾车四马,在那棚下,
秣之摧之。 好料好草,精心喂它。
君子万年, 君子康乐长寿万年,
福禄⑪绥之。 永远保他福禄安善。

这是周代奴隶主贵族举行婚礼时所唱的祝颂歌。

【注释考证】

①鸳鸯：水鸟名。古称匹鸟，雌雄偶居不离。雄鸟羽毛美丽多彩，雌鸟则羽毛苍褐，腹白。古人常以鸳鸯比喻夫妇。　②于飞：飞翔。于，语中助词。　③毕之罗之：用长柄小网掩捕它，用大的罗网掩捕它。毕，一种长柄的小网。罗，罗网。毕、罗，在此均转化为动词，是以及时掩捕飞翔的鸳鸯，比喻及时迎娶新妇。之，它。　④宜之：宜，犹"安"。之，语词。　⑤梁：鱼梁，拦鱼的水坝。　⑥戢其左翼：有二义：一为敛其左翼；一为插其喙于左翼之下。《诗毛氏传疏》："鸳鸯，匹鸟。雌雄相休息，戢左翼者，雄以咳雌也。"《诗集传》："戢，敛也。张子曰，禽鸟并栖，一正一倒，戢其左翼，以相依于内；舒其右翼，以防患于外，盖左不用而右便故也。"《毛诗传笺通释》："按：敛左翼，非掩右翼。毛西河驳之是也。《释文》引《韩诗》曰，戢者捷也。捷其喙于左也。捷有插训。毛西河引《考工记·庐人》注，矜所捷也。捷即插也，鸟之栖息，恒捷其喙于左翼。胡承珙曰，戢与捷双声，故捷可假借作戢。"　⑦遐（xiá）福：永福。遐，远，久，永。　⑧乘马在厩（jiù）：乘马，四马。古代一车四马为一乘，故"乘"字亦可表示"四"之数，或泛称驾车之马匹。厩，马厩（马棚）。　⑨摧（cuò）之秣（mò）之：犹"莝之秣之"。摧，读作"莝"。莝，铡碎的草，此指以铡碎的草喂马。秣，喂牲口的草料。又，专指喂牲口的粮食，又称"料"，此指以粮喂马。《释文》："马谷也。"本句是说，用草料喂马，以备亲迎。古制，婚礼，由男方乘车马前往女家迎娶新妇。　⑩艾之：辅助之。《尔雅·释诂》："艾，相也。相辅也。"又，艾训"养"。"养"犹"助"。　⑪绥（suí）：安。

颊弁

有颊者弁①，　　人们戴着圆顶弁冠，

实维伊何②？　　那是何人前来赴宴？
尔酒既旨，　　　你的酒浆全都甘醇，
尔殽既嘉③。　　 你的殽馔全是珍品。
岂伊异人④？　　 难道那是什么外人？
兄弟匪他⑤。　　 都是兄弟，不是别人。
茑与女萝⑥，　　 茑萝和那松萝，
施于松柏⑦。　　 青蔓攀缘松柏。
未见君子，　　　君子思而不见，
忧心奕奕⑧。　　 忧来心神不安。
既见君子，　　　君子已经晤面，
庶几说怿⑨。　　 心中欣喜难言。

有頍者弁，　　　人们戴着圆顶弁冠，
实维何期⑩？　　 那是何人前来赴宴？
尔酒既旨，　　　你的酒浆全都甘醇，
尔殽既时⑪。　　 你的殽馔全是佳品。
岂伊异人？　　　难道那是什么外人？
兄弟具来⑫。　　 都是兄弟欢聚情亲。
茑与女萝，　　　茑萝和那松萝，
施于松上⑬。　　 青蔓攀援松柏。
未见君子，　　　未见君子前来，
忧心怲怲⑭。　　 使我忧伤满怀。
既见君子，　　　已见君子来到，
庶几有臧⑮。　　 心境无限美好。

有颀者弁，	看那圆顶高贵弁冠，
实维在首。	戴在头上十分庄严。
尔酒既旨，	你的酒浆全都甘醇，
尔殽既阜⑯。	你的殽馔美盛绝伦。
岂伊异人？	难道那是什么外人？
兄弟甥舅⑰。	都是兄弟甥舅姻亲。
如彼雨雪，	像那下雪之前，
先集维霰⑱。	先落一阵冰霰。
死丧无日，	死丧之日难测，
无几相见⑲。	相见之时不多。
乐酒今夕，	今夕开怀畅饮，
君子维宴⑳。	君子及时行乐。

此为周代的贵族燕乐兄弟、亲戚之歌。

【注释考证】

①有颀（kuǐ）者弁（biàn）：有，语词。颀，弁貌。《诗经原始》："张氏彩曰，许氏曰，颀即古规字。规为员者，弁之貌也。"又，戴弁貌。又，古代发饰。《释名·释首饰》："颀，倾也，著之倾近前也。"弁，古代的一种帽子，有皮弁（武冠）、爵弁（文冠）等。　②实维伊何：是为伊何？实，当作"寔"，犹"是"。维，为。伊何，犹"伊谁"，是何人。伊，当作"繄"，犹"是"。　③尔酒既旨，尔殽既嘉：二句言以旨酒嘉殽设宴。尔，汝，你，又可训"此""如此"。既，犹"尽"，"皆"。旨、嘉，均训"美"。　④岂伊异人：难道是外人吗？岂，难道。伊，犹"是"。异人，异己之人，外人，不亲近之人。　⑤兄弟匪他：应读为"兄弟，匪他"。是同姓兄弟，不是别人。　⑥茑

(niǎo)与女萝：茑，又作"樢"，是一种寄生草。《毛诗陆疏广要》："茑，一名寄生。叶似当卢，子如覆盆子，赤黑甜美。"或云"茑"为"茑萝"之名，是一种蔓草，夏秋开红色小花。牟氏《毛诗物名考》："茑，茑萝也。细蔓袅娜，盘罗如织，叶细分如松针，花长蒂五瓣，赤如丹砂，子如大麦而黑。解者以为木上寄生。木上寄生皆作条，与诗文施字不符。"女萝，松萝，与菟丝为二物。《广雅·释草》："女萝，松萝也。"牟氏《毛诗物名考》："女萝，松萝也。蔓延松上，色青而细长，无杂蔓。故《楚辞》云，被薜荔兮带女萝，言其长如带也。而诗下文亦云，施于松上。其为松萝无疑也。"古诗中常以女萝附于树木比喻对亲友的关系，有依附、攀援等寓意，是自谦之辞。 ⑦施于松柏：攀援延生于松柏树上。施，延伸。 ⑧奕奕（yì）：心神不安貌。 ⑨说怿（yì）："悦怿"，喜悦。怿，犹"悦"。 ⑩何期（jī）：犹"何其"，犹"伊何"。其，语词。 ⑪既时：犹"既嘉"，美。 ⑫具来：俱来。俱，会合，偕从。来，犹"敕"，相恩爱，相殷勤。 ⑬松上：松树之上。 ⑭怲怲（bǐng）：忧愁盛满貌。 ⑮臧：善。 ⑯阜：多，盛美。 ⑰甥舅：此为亲戚之统称。 ⑱如彼雨雪，先集维霰（xiàn）：如同下雪，先落一阵霰，接着便下雪花。雨，落（雪），作动词用。集，聚集，密集。维，犹"其"。霰，呈球状或圆锥形的固体降水物，常在下雪之前，先下一阵霰。此二句，或比兴人年老则死将至，有"对酒当歌，人生几何"之慨。 ⑲死丧无日，无几相见：不一定什么时候就死了，相见的时间不多了。无日，不知哪一天。或，没有许多天。无几，没有多久。 ⑳乐酒今夕，君子维宴：且在今夕欢乐饮酒，君子们都安然酬酢，以尽亲友之谊。宴，安乐。

车 辖

间关①车之辖②兮， 间关繁响是车辖啊，

思娈季女逝兮③。	思慕美女去迎她啊,
匪饥匪渴④,	不是饥,不是渴,
德音来括⑤。	美誉少女相会合。
虽无好友⑥?	难道没有知心友?
式燕且喜⑦。	安安乐乐结佳偶。

依彼平林⑧,	平野丛林真茂密,
有集维鷮⑨。	长尾锦鸡林中栖。
辰彼硕女⑩,	品质端淑美少女,
令德来教⑪。	陶冶美德受教育。
式燕且誉⑫,	安安乐乐情依依,
好尔无射⑬。	永远钟爱不厌腻。

虽无旨酒?	难道我们无美酒?
式饮庶几⑭。	幸望畅饮结匹俦。
虽无嘉肴?	难道我们无佳肴?
式食庶几。	幸望饱餐结同好。
虽无德与女⑮?	难道对你不恩爱?
式歌且舞⑯。	载歌载舞乐满怀。

陟彼高冈,	登上那高山,
析其柞薪⑰。	去把柞木砍。
析其柞薪,	砍伐柞树好柴薪,
其叶湑⑱兮。	枝叶茂密绿蓁蓁。
鲜我觏尔⑲,	佳期觏遇我和你,

我心写兮⑳。	我心舒畅乐无极。
高山仰止，	高山崔崔可仰瞻，
景行行止㉑。	大道宽广走向前。
四牡骓骓，	四匹公马跑得欢，
六辔如琴㉒。	六条缰绳似琴弦。
觏尔新昏㉓，	和你觏遇喜新婚，
以慰我心㉔。	相亲相爱慰我心。

这是新婚燕乐之歌。

【注释考证】

①间关：车辖声。《诗集传》："间关，设辖声也。辖，车轴头铁也。"董逌曰："车键而行则有声，故古人以间关为声。"又，形容旅途之艰难。《汉书·王莽传》："间关至渐台。"注："间关，犹言崎岖展转也。"又，形容车辖之貌。《毛诗传笺通释》："阮氏福曰，车之设辖，则婉转如意，亦犹人之周流四方动而不息，故论以为'间关以从'，曹氏注，以为犹展转也。间关言貌而不言声，当从《毛传》为是。" ②辖：古代车轴两头的金属键，周代多以青铜制成，插在轴端的孔内，用以控制车毂（毂是车轮中心插轴之圆木筒，其外圆与辐的一端相接，使辐向四周呈放射状）。 ③思娈季女逝兮：因思慕美丽的少女而前去迎娶。思，思慕。一说，语词。一说，思犹"有"，状事之词。季女，少女，季犹"少"。逝，往，指前往迎娶。 ④匪饥匪渴：非饥非渴，乃是因思慕那少女而如饥似渴。《诗》多以饥渴、饮食隐喻男女之事。 ⑤德音来括：指与有美誉的少女会合。德音，令闻，美誉。来，语词，无实义。括，犹"佸"，会合，结合（即成婚）。一说，括，约束，以德音来相约束。 ⑥虽无好友：岂无好友。虽，犹"岂"，难道。《广雅·释

诂》:"虽,岂也。"友,此以好友代称夫妇之好。或云,友,读如"琴瑟友之"之"友",相亲爱。 ⑦式燕且喜:既燕且喜。式,已,既。燕,安。喜,喜乐。 ⑧依彼平林:那平原上的树林非常茂盛。依,"殷"之假借。殷,盛。一说,依,犹"依依",茂盛貌。 ⑨有集维鷮(jiāo):指雉鸟栖息在平林中,比喻季女在父母家。有,语词。集,栖息。维,语词。鷮,雉之长尾者。 ⑩辰彼硕女:善彼硕女。辰,犹"时","时"犹"善",此指美善貌。硕女,美女(此指"季女")。 ⑪令德来教:指季女在父母家,受令德之教。令德,美德。教,教育,教诲。 ⑫式燕且誉:犹"式燕且喜"。式,语首助词。誉,同"豫",安,乐。 ⑬好而无射(yì):此谓"欢爱永不衰减"。好,爱悦。射,厌。 ⑭虽无旨酒,式饮庶几:难道没有美酒吗?那就幸望开怀畅饮吧。虽,犹"岂",反诘之词。旨,味美。旨酒,美酒。式,语首助词。庶几,幸,此表希望之词。 ⑮虽无德与女:难道没有恩爱和你相交好吗?虽,犹"岂"。此章三"虽"(岂)字蝉联而下,语意一贯,以反诘语气,更加肯定和强调正面的含义,表明"有美酒""有嘉肴""有恩爱"。德,恩惠,此指恩爱。与,对于。或,相与,相交好。 ⑯式歌且舞:既歌且舞。式,语首助词。本句是说"尽情地边歌边舞以相乐吧"。 ⑰陟(zhì)彼高冈,析其柞薪:登上高冈,砍伐那柞树之柴薪。陟,升,登。析,分,离,开,此指砍伐树木使其枝干分离。《诗》多以析薪、束薪喻婚媾。 ⑱湑(xǔ):茂盛。 ⑲鲜我觏尔:鲜,善,指新婚美善,或谓"喜事善我"。又,犹"斯",此指"此时(新婚之时)"。觏,遇合,此指男女媾和,详见《召南·草虫》注。 ⑳我心写兮:写,犹"泄",宣泄,形容心情舒畅。 ㉑高山仰止,景行(háng)行(xíng)止:高山则可仰望,大道则可行走。仰,又作"卬"。仰望,瞻仰。止,之。景行,大道。景,大,广。行,道路。"行止",应读xíng,动词。 ㉒四牡骙骙,六辔如琴:四匹驾车的公马跑个不停,驭手技艺娴习,六条马缰很协调很有节奏地颤动着,犹如琴瑟的丝弦那样。这是形容车马优良、驭手高超、正好前去迎娶新妇。

㉓觏尔新昏：在此新婚佳期，与你结合。昏，又作"昬"，古婚字。
㉔以慰我心：因而使我心得到慰藉。慰，安慰，慰藉。

青　蝇

营营①青蝇②，	营营往来绿头蝇，
止于樊③。	飞到篱笆上面停。
岂弟君子，	和悦待人好君子，
无信谗言④！	千万莫把谗言听！

营营青蝇，	营营往来绿头蝇，
止于棘。	飞到荆棘树上停。
谗人罔极⑤，	谗人作恶永无穷，
交乱四国⑥。	搅得四方乱哄哄。

营营青蝇，	营营往来绿头蝇，
止于榛⑦。	飞到榛子树上停。
谗人罔极，	谗人作恶无穷尽，
构我二人⑧。	陷害我们冤难平。

这是讽刺周幽王喜听谗言、误国乱政的诗歌。

【注释考证】

①营营：往来貌。又，蝇飞之声。　②青蝇：一种绿头的大蝇。本诗以其散布污秽比喻巧谗之人造谣中伤、颠倒黑白、拨弄是非。　③止于樊（fán）：止息在篱笆上。止，止息，停留。樊，"棥"之借。《说

文》："梐，藩也。"（梐，像藩之形）篱笆。 ④岂弟君子，无信谗言：此言"和易近人的君子，不要听信谗言"。言外之意：周幽王喜听谗言，你不是和易近人的君子。岂弟，和易近人。君子，古人认为有道德修养有学问的人。此处是虚指，用来和昏庸信谗的周幽王对比。无信，不信。或，不要信。一说，此二句乃直谏幽王。君子，指幽王。 ⑤罔极：不已，指谗人为害不已。极，已，或训"中""公正"。 ⑥交乱四国：将四方之邦都搞乱了。交，俱，都。乱，指谗人制造祸乱。四国，指各地，形容谗人为害之深广普遍。国，此指"地方"。 ⑦榛（zhēn）：树木名，其果实可食或榨油，叫榛子。 ⑧构我二人：陷害我们二人。构，图谋，构祸，此指罗织罪过，谗言诬陷。二人，一说，"己与听者"；一说，"王与申后"。

宾之初筵

宾之初筵①，	众位贵宾，初就筵席，
左右秩秩②。	东西分坐，主宾有序。
笾豆有楚③，	竹笾木豆，排列成行，
殽核维旅④。	鱼肉果品，样样摆上。
酒既和旨⑤，	各种酒浆，全都甘醇，
饮酒孔偕⑥。	大家饮酒，同心尽兴。
钟鼓既设⑦，	钟鼓乐器，都已悬设，
举酬逸逸⑧。	举杯敬酒，慢慢饮用。
大侯既抗⑨，	最大箭靶，已经张好，
弓矢斯张⑩。	良弓利箭，已经齐整。
射夫既同⑪，	众位射手两两配搭，
献尔发功⑫。	各自报告射箭之功。

发彼有的⑬,　　　　发箭就能射中靶心,
以祈尔爵⑭。　　　　以求罚你饮此大盅。

籥舞笙鼓⑮,　　　　表演文舞,笙鼓伴随,
乐既和奏⑯。　　　　众乐齐奏,和谐优美。
烝衎烈祖⑰,　　　　进献乐舞,以娱烈祖,
以洽百礼⑱。　　　　合于各种礼仪常规。
百礼既至⑲,　　　　各种礼仪,尽皆齐备,
有壬有林⑳。　　　　规模宏大,名目繁多。
锡尔纯嘏㉑,　　　　神灵赐你齐天洪福,
子孙其湛㉒。　　　　子孙受益,无比安乐。
其湛曰乐㉓,　　　　尽情欢娱,无限安逸,
各奏尔能㉔。　　　　各自进献你的技艺。
宾载手仇㉕,　　　　宾客就此选择对手,
室人入又㉖。　　　　主人又来参加射礼。
酌彼康爵㉗,　　　　斟满那个特大康爵,
以奏尔时㉘。　　　　用来敬献你这胜者。

宾之初筵,　　　　众位贵宾,初就筵席,
温温其恭㉙。　　　　温文谦和,恭谨得体。
其未醉止,　　　　他们初饮,未醉之时,
威仪反反㉚。　　　　举止矜庄,颇有威仪。
曰既醉止,　　　　他们饮酒,初醉之时,
威仪幡幡㉛。　　　　言行轻率,渐见无礼。
舍其坐迁㉜,　　　　已经失其"坐迁之仪",

屡舞仙仙㉝，	屡次起舞，频繁匆疾。
其未醉止，	他们初饮，未醉之时，
威仪抑抑㉞。	举止慎密，尚有威仪。
曰既醉止，	他们再饮，酣醉之时，
威仪怭怭㉟。	不顾威仪，轻薄可鄙。
是曰既醉，	这是已经大有醉意，
不知其秩㊱。	昏昏不知长幼之序。

宾既醉止，	众位贵宾，已经沉醉，
载号载呶㊲。	又是号叫，又是喧闹。
乱我笾豆，	打乱竹笾，打翻木豆，
屡舞僛僛㊳。	屡次狂舞，东歪西倒。
是曰既醉，	这是已经酩酊大醉，
不知其邮㊴。	昏昏不知荒唐可笑。
侧㊵弁之俄㊶，	歪戴弁冠，斜在一边，
屡舞傞傞㊷。	屡次乱舞，闹个没完。
既醉而出㊸，	已觉醉意，自行离席，
并受其福㊹。	宾主得安，皆大欢喜。
醉而不出，	迷醉如狂，反而不去，
是谓伐德㊺。	这是败坏宴饮之礼。
饮酒孔嘉㊻，	饮酒本应十分美善，
维其令仪㊼。	但要有那好的礼仪。

| 凡此饮酒， | 所有这些饮酒之辈， |
| 或醉或否㊽。 | 有的已醉，有的没醉。 |

二雅·小雅 桑扈之什

既立之监，　　　既要设立专职酒监，
或佐之史㊾。　　又要设立辅佐酒史。
彼醉不臧，　　　那些醉汉好歹不知，
不醉反耻㊿。　　未醉之人反觉羞耻。
式勿从谓，　　　不要持酒继续劝饮，
无俾大怠(51)。　　莫使更加怠慢疏狂。
匪言勿言，　　　不该问的不要乱说，
匪由勿语(52)。　　不合理的不要乱讲。
由醉之言，　　　因为迷醉，口出妄言，
俾出童羖(53)。　　叫你牵出无角公羊。
三爵不识，　　　已经不知三爵之礼，
矧敢多又(54)？　　怎敢让他再饮酒浆？

此诗讽刺的是周代大奴隶主贵族骄奢淫逸，纵酒狂欢，醉后失德失言，丑态百出。

本诗描写君臣上下宴饮歌舞的场面，具体生动，刻画人物醉态，绘声绘色，形象鲜明。

【注释考证】

①宾之初筵：宾客们初就筵席。初筵，初即席。　②左右秩秩：左右，筵之左右。古礼，主席在东，宾席在西。左右，犹东西。秩秩，指宾主都矜庄而有礼貌，有秩序。　③笾豆有楚：笾、豆，均为古代食器，详见《小雅·常棣》注。有，语中助词。楚，行列貌，陈列貌。　④殽核维旅：殽，豆实，指鱼肉等荤菜。核，笾实，指果品类素食。维，语中助词。旅，读为“鸿胪”之“胪”，陈列。　⑤和旨：调美，味美适口。　⑥孔偕：孔，甚。偕，同。又，《诗义会通》：“偕，嘉也。”犹“美善”，指情感融洽，都很高

兴。又,《诗集传》云:"偕,齐一也。"又,《诗毛氏传疏》云:"《丰年》传云:'皆,遍也。偕与皆通。'"　⑦钟鼓既设:钟鼓都已悬设好。　⑧举酬逸逸:举起所奠之酬爵相互敬酒。主人向宾客敬酒曰"酬",宾客回敬曰"酢"。此处"举酬"乃泛指主宾互相"举杯劝饮"。《仪礼·乡饮酒礼》:"主人实觯酬宾。"郑玄注:"先自饮,乃饮宾,为酬。"逸逸,犹"绎绎",相连貌。又,《诗经稗疏》云:"逸逸者,缓词也。"　⑨大侯既抗:大射的箭靶已张设好。大侯,古代大射礼所设的三侯之一,又称君侯,是最大者。侯,是古代的一种皮制箭靶,亦称射布。周礼,天子大射,设虎侯、熊侯、豹侯,侯之侧饰以虎皮、熊皮、豹皮,侯的中心设鹄(即靶心),也分别以虎皮、熊皮、豹皮为之。诸侯则设熊侯、豹侯。卿大夫则设麋侯。《毛诗传笺通释》引《毛诗正义》言:"燕射之礼,自天子至士皆一侯,上下共射之。惟大射则张三侯。……大侯九十,参七十,干五十是也。诗言大侯以统参侯、干侯,此可证其为大射者二也。将祭而射谓之大射。"《郑笺》:"射礼有三:有大射,有宾射,有燕射。"抗,举,设置,张设。　⑩弓矢斯张:大侯张设好,弓矢也张设好,准备发矢。　⑪射夫既同:射夫,众射者。同,两两并列。《诗集传》:"射夫既同,比其耦也。射礼,选群臣为三耦,三耦之外,其余各自取匹,谓之众耦。"　⑫献尔发功:各奏其发矢中的之功。献,犹"奏"。发,发矢。　⑬发彼有的:发矢射中那靶心中央。《诗集传》:"的,质也。"《周礼·天官·司裘》:"皆设其鹄。"郑玄注:"鹄,鹄毛也。方十尺曰侯,四尺曰鹄,二尺曰正,四寸曰质。"　⑭以祈尔爵:犹"以求爵尔"。此言发矢之时,各自心想:我以射的之功而求罚你饮酒。祈,求。尔爵,爵尔,爵汝,以射爵饮汝。《郑笺》:"射之礼,胜者饮不胜,所以养病也。"《诗集传》:"爵,射不中者,饮丰上之觯也。"　⑮籥(yuè)舞笙鼓:表演籥舞时,以笙鼓伴奏。籥舞,文舞,详见《小雅·鼓钟》注。　⑯乐既和奏:指各种乐器已协调地演奏。　⑰烝衎(kàn)烈祖:进献此乐舞以娱乐有伟大功业的先祖。烝,进。衎,乐,和乐,娱乐。烈,业绩,功业。　⑱以洽百礼:用以合其百礼。以,以之,用来。洽,合于。百礼,指各种礼仪,亟言其完备。　⑲既至:已经齐备,已经周到。　⑳有壬有林:

此句承上"百礼既至",言各种礼仪又宏大又繁多。有、又,或为语词。壬,大,指礼仪之规模、场面宏大。林,犹"群"。多,指礼仪之项目繁多。壬、林,皆形容祭礼之隆重、完备。《毛诗传笺通释》云:"有壬,状其礼之大也。有林,状其礼之多也。《尔雅·释诂》:'林,君也。'王尚书曰:'君,当读群。《尔雅》林、烝并训为君,又训为众,其义一也。君即群也。'今按《毛传》训林为君,盖本从《尔雅》读君为群,若训为人君,如云'有大有君',则不辞矣。《笺》训壬为卿大夫以与林对,殆误读君为人君之君耳。"

㉑锡尔纯嘏(gǔ):锡,赐,指神赐。纯,大。嘏,福。尔,指主祭者。

㉒湛(dān):乐。 ㉓其湛曰乐:其、曰,均为语词。此言"尽情欢乐"。 ㉔各奏尔能:各自进献你的技能。奏,献,能,技能。 ㉕宾载手仇:犹"宾则取仇"。将燕射,宾客则选取其耦。载,犹"则",或,语词。手,取。仇、匹、耦,指比赛时的对手。《毛传》:"手,取也。室人,主人也。主人请射于宾,宾许诺,自取其匹而射,主人亦入于次,又射以耦宾也。" ㉖室人入又:主人又参加射礼,以陪着宾客射箭。 ㉗酌彼康爵:用那特大的康爵(大杯)斟酒而饮。酌,斟酒,饮酒。康爵,犹荒爵、大瓠、大斗、斗卮。爵,盛行于商和西周之酒器,有流、柱、鋬和三足,多为青铜制,亦有陶制者(多作明器)。《毛诗传笺通释》:"按,《尔雅·释诂》:'漮,虚也。'《方言》:'康,空也。'此《笺》义所本。《说文》:'漮,水虚也。'……康、荒古通用。……此诗,康,当为荒之假借。《说文》:'㡛,水之广也。'《广雅》:'㡛,大也。'㡛,通作荒。《释名》:'荒,大也。'康爵,义当为大。'酌彼康爵',犹云'酌彼大斗'耳。《尔雅·释器》:'康瓠谓之甈。'……《史记索隐》引李巡注:'康谓大瓠也。'……《史记集解》曰:'康瓠,大瓠。'义与诗'康爵'同。" ㉘以奏尔时:用来进献你这射中者以祝贺。《毛传》:"时,中者也。"《毛诗传笺通释》:"按,《传》训时为中,是也。……酒以饮不中者,《诗》何以云'以奏尔时'?盖饮不中者以致罚,正所以进中者以致庆耳。"奏,献。时,一说,时祭也,或云,时物也,又云,得其时也。 ㉙温温其恭:温温,和柔貌,形容人的恭敬。恭,恭谨。 ㉚其未醉止,威仪反反(fǎn):他们未醉之时,举止慎重美善而有威仪。

反反,《韩诗》作"昄昄",训"善貌"。马瑞辰云:"按《尔雅·释诂》:昄,大也。大与善义近。《玉篇》:昄,大也,善也。兼取二义。《毛诗》反反即昄昄之省借。重慎亦善貌也。" ㉛幡幡(fān):轻率无礼貌。 ㉜舍其坐迁:失其坐迁之礼。《毛诗传笺通释》:"按古者饮酒之礼,取觯、奠觯皆坐,又凡礼盛者坐卒爵,其余则皆立饮。又有升降、兴拜、复席、复位诸礼,皆可以迁统之。舍其坐迁,盖谓舍其所当坐当迁之礼耳。" ㉝屡舞仙仙:屡次起舞,十分频繁匆疾。屡,屡次,一次又一次地。仙仙,频繁匆疾。 ㉞抑抑:慎密,慎审。 ㉟怭怭(bì):轻薄亵慢貌。 ㊱不知其秩:不知其常规。或,不知其伦常,不知尊卑长幼之礼。秩,常,常规,惯例。或,伦常,纲常,尊卑长幼之礼。 ㊲载号载呶(náo):又是叫又是闹。号,号叫,号呼。呶,喧哗。 ㊳僛僛(qī):醉舞欹斜貌。 ㊴邮:同"尤",过失。 ㊵侧:倾斜。 ㊶俄:倾斜貌。 ㊷傞傞(suō):醉舞不止貌,或盘旋不休貌。 ㊸出:去。 ㊹并受其福:遍受其福。《经义述闻》:"其字指醉出之宾。并之言普也,徧(遍)也。谓众宾与主人普受此宾之福也。古声并、普相近。" ㊺是谓伐德:是谓败德。伐,败,害。伐、败声近义通。《毛诗传笺通释》:"又按《晏子·内篇·杂上》:'晏子饮景公酒,日暮,公呼具火,晏子辞曰:诗云,侧弁之俄,言失德也。屡舞傞傞,言失容也。既醉以酒,既饱以德。既醉而出,并受其福。宾主之礼也。醉而不出,是谓伐德。宾之罪也。'今诗无'既醉以酒'二句,疑有脱误,抑或《晏子》误引二诗为一。" ㊻嘉:美。 ㊼令仪:善威仪,好的仪节。 ㊽或醉或否:有的醉了,有的没醉。否,非,不是。 ㊾既立之监,或佐之史:《诗集传》:"监、史,司正之属。燕礼乡射,恐有懈倦失礼者,立司正以监之,察仪法也。"《毛诗传笺通释》:"古者饮酒,皆立之监,以防失礼。惟老者有乞言之典。更佐以史,少者则否。故云或佐之史。监以察仪,史以记言。下文式勿从谓,无俾大怠,察仪之事也。" ㊿彼醉不臧,不醉反耻:《诗集传》:"则彼醉者所为不善而不自知,使不醉者反为之羞愧也。"《毛诗传笺通释》:"不,语词。不臧,臧也。谓彼醉者,自以为臧,不自知其可耻也。故下即言不醉反耻,言旁观者清,反以为耻也。《笺》谓取未醉者耻罚之。失矣。” (51)式勿从谓，无俾大怠：式，发语词。勿从谓，不要从而劝其再饮。谓，《尔雅·释诂》：“谓，勤也。”勤，相劝勉之意，此指相劝其再饮。无俾大怠，不要使其更大地怠慢失礼。无，勿。俾，使。大，指更大、更甚，或即“太”之义。怠，怠慢，无礼，无度。 (52)匪言勿言，匪由勿语：不该问的不要问，不合理的不要说。或，不该说的不要说，不合道理的不要说。《毛诗传笺通释》：“匪言勿言，匪由勿语，乞言于老者，而勉以慎言之词也。……按《公刘》诗传，自言曰言，论难曰语。言与语，对文则异，散文则通。自言谓之言，以言问人亦谓之言。《尔雅·释言》：讯，言也。《广雅》：言，问也。是也。匪言勿言，上言字当读为讯言之言，犹《曾子事父母篇》：弗讯不言也。《方言》《广雅》并曰：由，式也。式，犹法也。匪由勿语，犹《孝经》非法不道也。二句相对成文。”《诗毛氏传疏》：“不言无礼之言，不用无礼之语。为醉者设此禁词。然已醉矣，用无从而谓之也。” (53)由醉之言，俾出童羖（gǔ）：由醉者口中所出妄言，使别人拿出不生角的黑色大公羊。《诗集传》：“醉而妄言，则将罚女使出童羖矣。”《诗毛氏传疏》：“据程（瑶田）说，则羖为有角牡羊，目验之而确证。今醉之言不中礼法，或有从而谓之，彼醉者推其类，必使羖羊物变而无角，谓出此童羖，以止饮酒。犹《汉书》云，羝乳乃得归。皆必无是之事。”《毛诗传笺通释》：“《大雅·抑》之诗曰，彼童而角。是无角者而言其有角。此诗俾出童羖，又是有角者而欲其无角。二者相参，足见诗人寓言之妙。”《诗义会通》：“使汝出无角之羖羊。胁以无然之物，使深戒也。”由，从。或，训“因”。羖，黑色公羊。童，此指无角。 (54)三爵不识，矧敢多又：《毛诗传笺通释》：“《笺》，三爵，献也，酬也，酢也。瑞辰按，礼饮献、酬、酢之外，又有旅酬，不止三爵。惟臣侍君小燕，则以三爵为度。《玉藻》，君子之饮酒也，受一爵而色洒如也。二爵而言言斯，礼已。三爵而油油，以退。《孔疏》云言侍君小燕之礼，引《春秋传》曰，臣侍君宴，过三爵，非礼也。又《易林》曰，湛露之欢，三爵毕恩。《公羊》何休注，礼，饮酒不过三爵。皆指平时侍燕而言，即此诗所谓三爵也。……又即侑之假借，谓劝酒也。”《诗经通论》：“‘三爵不识’二句，谓三爵之礼亦不识，况敢又多饮乎！”《诗毛氏传疏》:"矧,况也。言凡礼三爵之后则不识德,况敢多又饮乎?此惩箴之词,以刺今之无度也。"按:矧,训"何"为允。犹《小雅·伐木》:"相彼鸟矣,犹求友声;矧伊人矣,不求友生?"《尚书·大诰》:"厥子乃弗肯堂,矧肯构?……厥子乃弗肯播,矧肯获?"上例,"犹……矧……";下例,"乃……矧……",均为"尚且……怎么……"之意。

【学术延伸】

姚氏《诗经通论》:"'卫武公饮酒悔过',出《后汉书》注引《韩诗》说,未知是否。《小序》因以为'卫武公刺时'。[一章]此章言惟射乃饮酒也。……[二章]此章言惟祭乃饮酒也。前八句言祭,后六句言饮福之事。……以上二章,一言射,一言祭,以见古非射非祭不饮酒,故言此以为戒饮之发端云。[三章、四章]以下三章皆言饮酒之失也。古人饮酒,酒酣必起舞以属一人,所以极欢心、致诚意也;汉人谓之'属某起舞'是也。故二章皆以舞言。然舞,可也,屡舞则不可,故皆以'屡舞'言其醉,以是为眼目;而屡舞之中又有由初醉至极醉之不同。始曰'舍其坐迁,屡舞仙仙',犹是仅迁徙其坐处耳。'仙仙',蹁跹自得貌。再曰'乱我笾豆,屡舞僛僛',则且乱其有楚之笾豆矣。'僛僛',欹倾貌,无复仙仙之状矣。亦惟其僛僛,故乱及笾豆也。终曰'侧弁之俄,屡舞傞傞',甚至冠弁亦不正矣。'傞傞',盘旋不休貌。亦惟其傞傞,故使弁侧。由浅入深,备极形容醉态之妙。昔人谓唐人诗中有画,岂知亦原本于《三百篇》乎!《三百篇》中有画处甚多,此《醉客图》也。[五章]'既立之监'二句是正言立制之善处;旧谓欲令皆醉,非也。……大抵释《诗》必须近人情,不可泥于字句之间。……"《诗义会通》:"范处义云:所陈皆君臣上下宴饮之事,非为己设。其词有箴切,无悔艾。刺时,非悔过也。范家相云:后三章极言宾醉之失,而不及主人者,不敢斥言王之湛乐,而微言讽刺也。二说于诗旨咸有发明。旧评:首二章,典则。后三章,婉而多风。端庄流丽,兼而有之。"

鱼 藻

鱼在？在藻①。　　鱼何在？在水藻。
有颁其首②。　　　它们颁然有大头。
王在？在镐③。　　王何在？在丰镐。
岂④乐饮酒。　　　平安和乐饮美酒。

鱼在？在藻。　　　鱼何在？在水藻。
有莘⑤其尾。　　　它们尾巴长又长。
王在？在镐。　　　王何在？在丰镐。
饮酒乐岂。　　　　和乐饮酒心欢畅。

鱼在？在藻。　　　鱼何在？在水藻。
依于其蒲。　　　　依傍在那蒲草中。
王在？在镐。　　　王何在？在丰镐。
有那⑥其居⑦。　　安居逸乐乐无穷。

这大概是周王宴饮诸侯，诸侯赞美周王的诗。

【注释考证】

①鱼在？在藻：《诗义会通》："鱼何在？在乎藻。"藻，水草名。"丛生水底，叶如地肤，狭长而多皱。"（牟应震《毛诗物名考》）

②有颁（fén）其首：有，助词。颁，大首貌，樊光《尔雅》注引作"贲"。颁、贲古通。贲，亦训"大"。又，王夫之《诗经稗疏》云："《说文》，颁，大首也。本如字，布还切。其字从页，页，貌也。后人

借此以为敛赐之敛，以颁赐为正释，反以大首也为借用，读之如焚，失之。"其首，它（鱼）的头。　③王在？在镐：王何在？在丰镐。镐、宗周、丰同为西周国都名，故址在陕西西安市西。　④岂：即"恺"字，和乐。第二章之"乐岂"，义同。　⑤莘（shēn）：长貌。《玉篇》作"鲜"。　⑥那（nuó）："傩"之借字，安。又，姚氏《诗经通论》云："'那'，语词。犹晋人云'阿堵'，俗云'这个'之类。"　⑦居：居处。

采　菽

采菽采菽，	采豆叶啊采豆叶，
筐之筥之①。	方筐、圆篓盛起它。
君子②来朝，	诸侯君子来朝王，
何锡予之③？	何不厚重赐予他？
虽无予之④？	要用什么赐予他？
路车⑤乘马⑥。	华贵大车驾良马。
又何予之⑦？	又用什么将他赏？
玄衮及黼⑧。	黑色卷龙衣，黑白花下装。
觱沸槛泉⑨，	喷泉涌流奔腾急，
言采其芹⑩。	采摘水芹泉边去。
君子来朝，	诸侯君子来朝王，
言观其旂⑪。	且看他们好旌旗。
其旂淠淠⑫，	他那旌旗迎风飘，
鸾声嘒嘒⑬。	金铃叮咚百鸟叫。
载骖载驷⑭，	三驾四驾大马车，

二雅·小雅　桑扈之什

君子所届⑮。	诸侯君子齐来到。

赤芾在股⑯，	红色蔽膝在股前，
邪幅在下⑰。	缠腿邪幅在膝下。
彼交匪纾⑱，	不傲不躁不怠慢，
天子所予⑲。	天子理应赏赐他。
乐只君子⑳，	和乐安顺众君子，
天子命之㉑。	天子欣然赐命他。
乐只君子，	和乐安顺众君子，
福禄申之㉒。	千福百禄重赏他。

维㉓柞㉔之枝，	柞树枝，真茂盛，
其叶蓬蓬㉕。	它的新叶绿蓬蓬。
乐只君子，	和乐安顺众君子，
殿天子之邦㉖。	镇守四方安国境。
乐只君子，	和乐安顺众君子，
万福攸同㉗。	万福齐聚真欣幸。
平平㉘左右㉙，	和顺闲雅众亲信，
亦是率从㉚。	也都恭谨相随从。

泛泛㉛杨舟㉜，	随波漂浮杨木舟，
绋纚维之㉝。	麻绳竹索系船头。
乐只君子，	和乐安顺众君子，
天子葵㉞之。	天子揆度夸功大。
乐只君子，	和乐安顺众君子，

福禄脎㉟之。	千福百禄厚赐他。
优哉游哉㊱，	从容悠闲来受赏，
亦是戾㊲矣。	心安理得到殿堂。

这可能是周天子对来朝诸侯加以锡命之诗。

【注释考证】

①筐之筥（jǔ）之：筐，古代方形盛物竹器。筥，古代圆形盛物竹器。此句中之筐、筥，由名词转化为动词，为"以筐盛之""以筥盛之"之意。 ②君子：此指诸侯。 ③何锡予之：何赐予之。何，犹"盍"，何不。锡，赐。 ④虽无予之：犹"惟何予之"。虽，犹"惟"，犹"则"。无，犹"何"。《古书虚字集释》："'无'古读若'模'，音转则为'蟆'。今天津人谓'何'曰'蟆'。（'蟆'通书作'么'）'蟆'即古书中之'无'字也。"见《礼记·大学篇》："楚国无以为宝？惟善以为宝。"《论语·八佾篇》："君子无所争？必也射乎。"《周礼·考工记·轮人》："无所取之？取诸圜也。"诸"无"字，并训"何"。按：本句承上句之义，上言"何不赐予之"，下言"则以何赐予之"，正相连贯。 ⑤路车：此处指诸侯所乘之车。路，训"大"。依《周礼》，同姓诸侯金路，异姓诸侯象路。按：天子大路，诸侯路车，大夫大车，士饰车。 ⑥乘（shèng）马：乘，古制一车四马曰乘，乘马，犹"四马"。 ⑦又何予之：又承"虽无予之"之义，表示天子赐诸侯之礼品甚隆厚。 ⑧玄衮及黼（fǔ）：玄衮，黑色上衣而画（或绣）以卷龙者。衮，本为古代礼服上的卷龙花纹，此指"衮衣"。衮衣是古代帝王礼服的上衣。《诗毛氏传疏》："衮与卷古同声。卷者，曲也，象龙曲形曰卷龙，画龙作服曰龙卷，加衮之服曰衮衣，玄衣而加衮曰玄衮，戴冕而加衮曰衮冕。天子、上公皆有之。"黼，本为古代礼服上所画的（或绣的）白、黑相间的花纹，此指绣有白、黑相间花纹的古代帝王礼服的下衣（裳），

这是古代"命服"之一。⑨觱(bì)沸槛泉：觱沸，又作滭沸、滭浡，泉水涌流盛出之貌。槛泉，应作"滥泉"。槛，借作"滥"。《尔雅》《说文》并作"滥"，正出之义。正出，即"涌出""上涌""渍"（犹"喷"）之义，指泉水从地下直涌而出。滥泉即涌泉、渍（喷）泉。⑩言采其芹：言，发语词。芹，蔬菜名，水芹。⑪言观其旂：观看诸侯的旌旗。旂，见《小雅·出车》注。在此，代称旌旗之统名。《毛诗传笺通释》："按《周官·司常》，交龙为旂，熊虎为旗，二者异制。旗，又为旌旗之总名。……泛言旌旗者，皆作旗，不作旂。此诗'言观其旂'亦是泛言旌旗。作旂者，盖作旗则与上文'言采其芹'韵不相谐，故必改旗为旂。古音，旂从斤声，读如邻，方与芹协也。据《觐礼》，公、侯、伯、子、男，皆就其旂而立。《大戴·朝事篇》亦曰，建其旌旂。则旌旂亦为通称耳。《周官》，上公建旂九斿、侯伯七斿、子男五斿，观其所建旌旂，则诸侯之尊卑等级判焉，故诗曰'言观其旂'。"⑫淠淠（pèi）：摇动貌。⑬嘒嘒（huì）：此指铃声，又作"哕哕"，或作"鉞鉞"。⑭载骖载驷：骖，此指一车驾三马。驷，此指一车驾四马。载，语首助词，无实义，或，犹"乃"。⑮君子所届：君子，此亦指诸侯。所，语词。届，至，来到。又，《毛诗传笺通释》："'……君子所届'，《晏子春秋·内篇·谏上》引《诗》作'君子所诫'，是知'届'为'诫'之假借，'诫'之言'戒'，谓此骖驷皆君子之所风戒，以见其车之有度也。《笺》训为法制之极，亦非。"《诗毛氏传疏》则云："'届'，《晏子·谏上》引《诗》作'诫'。王念孙《读书杂志》云：《晏子》亦作'届'，今作'诫'者，俗音乱之也。'届'者，至也。'君子所届'者，君子至也。"⑯赤芾在股：红色的皮蔽膝，在股之前，下过膝。赤芾，是诸侯之服。"芾"本作"市"，象形，详见《小雅·采芑》《小雅·车攻》注。⑰邪幅在下：此指包脚缠胫之布，在膝之下。邪幅，又作邪偪、裹偪，亦名行縢。古人缠胫包足之布，因其自胫至足邪缠束之，故名"邪幅"。⑱彼交匪纾（shū）：彼，与"匪"古通。匪交匪纾，不交不纾，既不傲慢、急躁、失言，也不怠缓、隐讳、口讷。此指"君子"之举止、仪态、言辞等。《诗毛氏传疏》："交，古绞字。交、傲一义。《桑扈》，'彼交匪敖'，《左传》引《诗》作'匪交匪敖'，义同。所云，未可与言而言谓之傲也。《传》训纾为缓。缓，急缓也。所云，可与言而不言谓之隐也。不交傲不急缓，则礼恭、辞顺、色从矣。君子如此，宜为天子所赐予。"又，《诗义会通》："《荀子》引作'匪交匪纾'，交、绞同字。绞，急也。纾，缓也。"《诗集传》则曰："恭敬齐遬，不敢纾缓。" ⑲予：赐予。 ⑳乐只君子：和乐啊君子。只，语气词。 ㉑命之：赐命之。古代帝王以仪物爵位赐给臣子时，颁诏书，曰"命"。之，指诸侯。 ㉒申之：重之，多次赐命之。申，重，指一再、多次地赐命。古制，宠荣愈大，受赐命之次数愈多，等级愈高。周代官员的品秩，有一命至九命之差。又，《易·师》："王三锡命。"即犹"申之"之义。 ㉓维：犹"有"。 ㉔柞（zuò）：树木名。叶如栗而狭，果实曰橡子。《诗》言"栩""栎"，皆为柞木之属。 ㉕蓬蓬：茂盛貌。 ㉖殿天子之邦：诸侯有和乐顺从之美德，宜镇抚天子之邦。殿，镇，安抚。按：古"殿""镇"音近义通。邦，此指整个国土（四方邦国）。 ㉗万福攸同：万福，各种赐予之福禄。攸，犹"是"，连词，用于主词与动词之间。同，聚。 ㉘平平：《韩诗》作"便便"，安顺、闲雅之貌。一说，辨治（治理）之义。 ㉙左右：此言左右之臣。 ㉚亦是率从：也都相率从而来朝。 ㉛泛泛：随波漂浮貌。 ㉜杨舟：杨木之舟。 ㉝绋纚（fú lí）维之：绋，麻制的大绳。纚，此指系舟之竹制大绳。《毛诗传笺通释》："《释文》引《韩诗》曰，纚，筰也。《说文》，筰，筊也。筊，竹索也。《释名》，引舟者曰筰。筰，作也。作，起也，起舟使动行也。《诗》以绋、纚二字平列。绋，盖以麻为索；纚，盖以竹为索，皆所以维舟也。《尔雅》《毛传》，训纚为綟。纚、縰古同声。《说文》，縰，一曰大索也。……纚，当为縰字之假借。训綟者，亦以綟为索，即今系舟之缆也。古称维舟之索曰綟，犹之冠缨之垂饰曰綟，旌旗之旄亦曰綟也。"又，《诗集传》《诗毛氏传疏》《诗经原始》均训"纚"为"维系"之义，盖以

"纚"为"缡"之假借故也。维,系。此处以"大索系舟"兴"明王能维持诸侯"之义。 ㉞葵(kuí):"揆"之假借。度量,此指天子度量诸侯之德。 ㉟脾(pí):《韩诗》作"肶",厚,厚赐。 ㊱优哉游哉:从容不迫、闲适自得之貌。 ㊲戾(lì):借作"茊",训"至",引申为"止""安"义。《大雅·桑柔》:"民之未戾,职盗为寇。"义同。《毛诗传笺通释》云:"戾,亦当训'定'为允。《传》训为至,《笺》训为安止,义与定正相近耳。"

角 弓

骍骍①角弓②,	牛角嵌弓,弓弦调和,
翩其反矣③。	弦若松弛,翩然外反。
兄弟昏姻④,	奉劝兄弟姻亲,
无胥⑤远⑥矣。	切莫互相疏远。

尔之远矣, 你们互相疏远不和,
民胥然矣⑦。 人们都会这样相仇。
尔之教矣, 你们若能教化善德,
民胥效矣⑧。 人们都会群起效尤。

此令兄弟, 如此友善兄弟,
绰绰有裕⑨。 绰绰有裕,十分宽厚。
不令兄弟, 兄弟不重友善,
交相为瘉⑩。 互相嫉恨,反目为仇。

民之无良, 人们品行不良,

相怨一方⑪。	互相怨怼一方。
受爵不让,	受爵受禄,不相礼让,
至于己斯亡⑫。	自己过错,反倒遗忘。
老马反为驹,	老马疲惫,反以为驹,
不顾其后⑬。	不顾以后,负载之累。
如食宜饇,	好比吃饭,饱腹自足,
如酌孔取⑭。	犹如饮酒,多取自醉。
毋教猱升木,	教那猿猴攀缘树木,
如涂涂附⑮。	泥污之上再附泥污。
君子有徽猷,	君子若有善美之道,
小人与属⑯。	小人将会从善依附。
雨雪⑰瀌瀌⑱,	大雪飘落,纷纷瀌瀌,
见晛曰消⑲。	天晴日暖,雪融冰消。
莫肯下遗⑳,	不肯自谦和顺,
式居娄骄㉑。	安于自大自高。
雨雪浮浮㉒,	大雪飘落,纷纷瀌瀌,
见晛曰流㉓。	天晴日暖,雪融冰消。
如蛮如髦,	人如南蛮,人如西夷,
我是用忧㉔。	因此使我忧愁烦恼。

这是讽刺骨肉相疏、兄弟相怨之诗。

【注释考证】

①骍骍（xīn）：弓调和貌。　②角弓：以兽角镶嵌装饰的弓。③翩其反矣：《诗集传》："翩，反貌。弓之为物，张之则内向而来，弛之则外反而去，有似兄弟昏姻，亲疏远近之意。"　④昏姻：婚姻，此指姻亲。　⑤胥：相。　⑥远：疏远。　⑦民胥然矣：人皆然矣，人们都会这样啊。　⑧尔之教矣，民胥效矣：你若以善德教化别人，人们就会都来效仿。《毛诗传笺通释》："按《诗》以教与远对言，远为不善，则教当为善。上二句见民化于不善，下二句言民化于善也。"　⑨此令兄弟，绰绰有裕：此友善兄弟，则绰绰有裕而宽厚相待。令，善，指友爱之善德。绰绰，宽裕貌。裕，余裕，饶厚。　⑩不令兄弟，交相为瘉（yù）：不友善之兄弟，则互相嫉恨、诟病。交，互。瘉，病。此指诟病、嫉恨、责怨。　⑪民之无良，相怨一方：人之不善，彼此疏远，相怨于一处。无良，不善，即指"不令兄弟"。一方，一处。　⑫受爵不让，至于己斯亡：受爵而互不逊让，只怨人不让己；至于对自己，则忘记自己也不让人。这就是"无良"之人的表现。己，一本作"已"，非是。《唐石经》"已"作"己"。亡，"忘"之通假。又，《经义述闻》："窃以'亡'即'忘'字也。言但怨人之不让己，而忘乎己之不让人，正所谓'民之无良'也。……不能自知，正所谓'至于己斯忘'也。忘与亡，古字通。"又，《毛诗传笺通释》："至于己，受爵不让，亦为无良，则忘之也。……言能知于人而不能自知也。……毛、郑皆读亡为危亡之亡，失之。"　⑬老马反为驹，不顾其后：疲弱无力的老马，反而自以为马驹，不顾其后将难以胜任重载。　⑭如食宜饇（yù），如酌孔取：犹如吃饭，以吃饱为宜；犹如饮酒，及以多取而醉。比喻"不顾其后"的贪残之心。宜，《韩诗》作"仪"，乃"宜"之通假。饇，饱。酌，比指饮酒。孔，甚，多。取，挹取，舀取。　⑮毋教猱（náo）升木，如涂涂附：毋，或作"无"，此为语首助词，无实义。"毋教猱升"，乃"教猱升木"义。又见《大雅·文王》："无念尔祖。"《大雅·抑》："无论胥以亡。"猱，猿猴的一种，体灵巧，善攀援。或云，"猕猴也"。

升，登，攀援而上。如，助词，不为义。涂，泥。涂附，再以泥附之。此二句意谓：猱本善升木，不待教而能，却又教之；泥本易附，却又附加以泥。它们有"善升""易附"的本性，再助以外力，更易促成之，以比兴人的变化。《毛诗传笺通释》："此诗'毋教猱升木'，亦谓'教猱升木'，与'如涂涂附'同义。上言，'毋'，下言'如'，互文也。猱性善升，涂性善附，皆以举小人之性易于从善。《笺》以'毋'为禁辞，失之。附，当从《传》，训'著'《笺》训为木栓，亦非。" ⑯君子有徽猷，小人与属：徽，善，美。猷，同"犹"，道。附，依。二句意谓：君子若有善美之道，则小人也将附从之而为善。 ⑰雨雪：落雪。雨，此为动词，落。雪，比喻"小人"。 ⑱瀌瀌（biāo）：或省作麃麃，雪盛貌。 ⑲见晛曰消：见晛，《韩诗》作"曣晛"，《荀子·非相》引《诗》作"宴然聿消"。见，当作曣，《说文》："曣，星无云也。"（星，通"晴"。）曣，又通"晏"（《荀子》引作"晏"），《说文》："晏，天清也。"晛，通"㬈"字，又省为"然"。《说文》："晛，日见也。"一说，"日出气曰晛"，一说，"日气也"。又，《集韵》："㬈，与晛同，日光也。"又《广雅》："焕也。"又，《广雅·释诂》："曣㬈，暖也。"按："见晛"（曣晛、曣㬈），即谓天晴、日出而暖。曰，又作"聿"，犹"则"。此二句，意谓：日出而暖，雪则消融，比喻兄弟骨肉如有疑怨，若以恩惠相感，则顿释前嫌，并反兴下文"莫肯下遗，式居娄骄"之义。 ⑳莫肯下遗：莫，不。下遗，下隤。遗，当读为《说文》："隤，下隧也。"《广雅》："隤，下也。"隤，"下降"之义，又引申为柔顺貌，见《易·系辞下》："夫坤，隤然示人简矣。"按：下隤，言"谦卑自下，柔顺和婉"。本句是说"小人"不肯谦卑自下、柔和待人。 ㉑式居娄骄：式，发语词，无实义，或就"乃"，居，安，安于。又，犹"其"，义同"彼"。娄骄，与上"下遗"义正相反。娄，当读"㠪"，山巅，引申义为"高大"。高、骄、义近。嵝（娄）骄，即"高傲自大"之意。一说，娄，乃"屡"之古体。屡骄，屡屡自骄，亦可通。本句是说"小人"安于高傲自大。 ㉒浮浮：犹"瀌瀌"。 ㉓流：

义同"消"。《广雅》:"流,七也。"七,即"化"之古字,"消化"之意。"流金铄石"即"消金铄石""化金化石"之意。 ㉔如蛮如髦,我是用忧:"无良之人"互相怨怼、互相残贼,犹如"南蛮""西夷",我因此忧愁。蛮,古称"南蛮"。髦,又作髳,古称"西夷"(夷髦)。以上均为周代统治阶级对当时少数民族歧视的称呼。用,以,因。

菀　柳

有菀者①柳，　　碧柳郁郁枝叶遮，
不尚息焉②。　　人们能在树下歇。
上帝甚蹈，　　　上帝蹈厉尚有为，
无自昵焉③。　　昏王不要自作孽。
俾予靖之，　　　派我辛苦从王事，
后予极焉④！　　以后却又诛放我！

有菀者柳，　　　碧柳郁郁枝叶密，
不尚愒⑤焉。　　人们能在树下息。
上帝甚蹈，　　　上帝蹈厉尚有为，
无自瘵⑥焉。　　昏王不要自暴弃。
俾予靖之，　　　派我辛苦从王事，
后予迈⑦焉！　　后又罚我远行役！

有鸟高飞，　　　有鸟高飞展双翼，
亦傅⑧于天。　　振翼翱翔至天际。
彼人之心，　　　那个昏王虎狼心，
于何其臻⑨？　　他将坏到何境地？

曷⑩予靖之，　害我辛苦从王事，
居以凶矜⑪！　陷我危难太无理！

这大概是刺周厉王暴虐无道、赏罚不明之诗。

【注释考证】

①有菀者：有，状物之词，附加于形容词前。菀，茂盛貌，一说通"郁"。者，的。　②不尚息焉：不，语首助词，不为义。又见《大雅·大明》："不显其光。"《经义述闻》："《国语·晋语》：夫晋公子在此，君之匹也，君不亦礼焉。"上诸"不"字皆为语助。尚，犹"则"。又见《尚书·秦誓》："番番良士，旅力既愆，我尚有之；仡仡勇夫，射御不违，我尚不欲。"息，休息。"不尚息"，乃"尚息"义。　③上帝甚蹈，无自昵（nì）焉：上帝甚为发扬蹈厉，人君不可自取病，自作孽。上帝，此指上天。蹈，此处为"发扬蹈厉"之意，意谓"上帝尚有所作为"。《毛传》训"蹈"为"动"。《众经音义》引作"陶"，云"变也"。此三家义。姚氏《诗经通论》："蹈者，足动而履之之谓，故训动。郝仲舆谓犹《乐记》'发扬蹈厉'之'蹈'，亦可参证。谓上帝甚蹈厉，不可自昵于晏安也。"无，勿，不要。昵，自取病，自作孽。《广雅·释诂》："昵，病也。"《经义述闻》："自取病也。"又，"病"亦训"罪咎"。《礼记·表记》："是故君子不以其所能者病人。"注："谓罪咎之。"又，"辱"义。《仪礼·士冠礼》："恐不能共事以病吾子。"自昵，犹"自病""自罪"义。《尚书·太甲中》："自作孽，不可逭。"又有"自辱""自侮"义，或"自暴自弃"义。一说，昵，训"近"。　④俾予靖之，后予极焉：使我治事，而其后又诛罚我，赏罚不明。俾，使。予，诸侯自我。靖，治，治事。后，其后，治事之后。极，繁体作"極"，是"殛"之假借。《尔雅·释言》："极，诛也。"诛，此指"责罚""讨伐"。见《韩非子·难三》："今有功者必赏，……有罪者必诛。"又见

《汉书·陈汤传》："将义兵，行天诛。"此"诛"字是广义的"罚"与"讨"，包括"处死"在内，但，不是只谓"处死"。故《笺》以"极"为"殛"之假借，训"诛放"。 ⑤愒（qì）：又作"憩"，休息。 ⑥瘵（zhài）：病，义同"殰"。 ⑦迈：行，远行，义犹"放"。又，《诗集传》云："迈，过也，求之过其分也。" ⑧傅：犹"庞"，至。 ⑨彼人之心，于何其臻：周王之心，暴虐无极，将到何种地步？彼人，斥指周王。臻，至。其，《潜夫论·贤难篇》引作"不"。"于何其臻"，犹"其至于何"。 ⑩曷：古曷、害之音义相通。此乃"贼害"之义。 ⑪曷予靖之，居以凶矜：为何我治其事，你却（反而）陷我于凶危？居，犹"乃"，"乃"犹"而"。居，又训"其"，凶矜，凶危。矜，《毛诗传笺通释》曰："《方言》：'厉，今也。'戴震曰：'今，当为矜，厉与矜同义，厉为危，故矜亦为危。'《广雅》：'矜、厉，危也。'"曷，又训"何"，并通。居，又训"乃"，"乃"犹"却"，亦通。

【学术延伸】

姚氏《诗经通论》："《小序》谓'刺幽王'，或谓厉王。《大序》谓'诸侯皆不欲朝'，《集传》从之，非也。君虽不淑，臣节宜敦，不朝岂可训耶！大概是王待诸侯不以礼，诸侯相与忧危之诗。"《诗经原始》："……然诗中所刺，又似厉王，非幽王也。盖其所述，非暴即虐，于厉王为尤近云。"《诗义会通》："此乃有功获罪之臣，作此以自伤悼，故曰奈何使我治其事而后反穷我也。其言止于如此，诸儒泥于《序》说，咸以不愿来朝释之，都胶鳌而不可通。子由、朱子最不信《小序》者，而皆笃守来朝之说，是尤可怪者也。上帝甚蹈，犹云上帝荡荡、上帝板板、旻天疾威之例，王肃、孙毓皆以上帝为斥王，非也。既曰'彼人之心，于何其臻'，岂复尊之于上帝乎？"

都人士之什

都人士

彼都人士，　　　那位美男子，
狐裘黄黄①。　　狐皮袍子黄又黄。
其容不改，　　　仪容不改有常度，
出言有章②。　　言语应对合法章。
行归于周，　　　那人远行回周京，
万民所望③。　　众人爱慕万民仰。

彼都人士，　　　那位美男子，
台笠缁撮④。　　台草斗笠黑带系。
彼君子女，　　　那位美女士，
绸直如发⑤。　　秀发浓密直如丝。
我不见兮，　　　思而不见音书绝，
我心不说⑥。　　我的心中不愉悦。

彼都人士，　　　那位美男子，
充耳⑦琇⑧实⑨。　佩戴充耳镶美石。
彼君子女，　　　那位美女士，
谓之尹吉⑩。　　都夸德行美且直。

我不见兮，	我思我念不相见，
我心苑结⑪。	我心郁结愁绪牵。

彼都人士，	那位美男子，
垂带而厉⑫。	佩带长长向下垂。
彼君子女，	那位美女士，
卷发⑬如虿⑭。	卷发上翘如蝎尾。
我不见兮，	我思我念难聚首，
言从之迈⑮。	我愿随你远行游。

匪⑯伊⑰垂之，	他那佩带向下垂，
带则有余。	佩带下垂长又长。
匪伊卷之，	她那卷发弯又弯，
发则有旟⑱。	卷发高翘又上扬。
我不见兮，	我思我念不相见，
云何盱矣⑲！	何其忧闷何其伤！

本篇似为忆念故人之辞。

【注释考证】

①狐裘黄黄：狐狸皮袍的颜色黄黄的，此指"都人"之服。 ②其容不改，出言有章：《郑笺》："其动作容貌既有常，吐口言语又有法度文章。"这是夸美之辞。 ③行归于周，万民所望：返回周京，受到万人景慕。按：此篇之首章，疑为乱人或后人伪托之词。揣摩文义，与以下诸章亦难吻合。《诗毛氏传疏》曰："《诗》云：'彼都人士，狐裘黄黄。其容不改，出言有章。行归于周，万民所望。'郑注云：'此诗，毛

氏有之，三家则亡'。《正义》引服虔《左传》注云：'此逸诗也。'今《韩诗》实无此首章。时三家列于学官，《毛诗》不得立，故服以为逸。"

④台笠缁撮（zī cuō）：台，"薹"之初文。台，后世累增字。草名，多年生，丛生，茎呈扁三棱形，叶片带状，质硬，此草可制蓑笠。其稠密如发须，故又名夫须。其千茎万叶丛生累积如臺，故又曰薹。薹笠，即薹草所制之笠。缁撮，黑色之系带。缁，黑色。撮，聚合，撮取，引申为"系拢之带"。《毛诗传笺通释》："此诗以'台笠'与'缁撮'对举，宜如《笺》以为一物。"一说，"缁撮"为"黑布之冠"。又，《诗毛氏传疏》云："《无羊篇》，'尔牧来思，何蓑何笠'。牧人何蓑笠，则台笠不专属庶人。《郊特牲》，大罗氏，天子之掌鸟兽者也。诸侯属贡焉，草笠而至，尊野服也。郑注云：诸侯于蜡使使者戴草笠，贡鸟兽也。……郑或本三家诗。" ⑤绸直如发："发如绸直"之倒文，与下文之"卷发如虿"相属，上言头发直而不乱，下言头发挽髻呈卷曲之美。 ⑥说：即"悦"字。 ⑦充耳：古代饰物，又名"瑱"，悬于冠冕两旁，下垂耳际，以玉及美石制成。 ⑧琇：次玉之美石。 ⑨实：琇之美貌。或云：琇实连读，即美石之名。实，有"美"义，犹《卫风·淇奥》之"琇莹"。 ⑩尹吉：指其美德正而善。《诗毛氏传疏》："'尹，正。'《尔雅·释言》文，王肃云，尹吉，正而吉也。案，吉，善也。……此章言其德之美也。"《郑笺》："吉，读为姞。尹氏姞氏，周室昏姻之旧姓也。"《诗经稗疏》："吉姓亡考，字或作姞，南燕之姓，国在今胙城县。然南燕未闻入仕于周，亦未闻与王室为婚姻，盖周之庶姓，非贵族也。或此称尹吉者，即吉甫之后孙，以王父字为氏。古之赐姓者，或以字。吉甫位望重，因赐其诸孙为尹吉氏，以别于诸尹，而世吉甫之禄位，故曰尹吉。"备考。 ⑪苑结：郁结，指忧闷、抑郁。苑，犹"郁""蕴"。"郁结""蕴结"，与"不悦"为同义词。 ⑫垂带而厉：《诗三家义集疏》："《齐》，而作如。《鲁》，而作若。……对文则厉为垂带之名，散文则厉亦带也。"《诗毛氏传疏》："古厉、烈声相通。《尔雅》，烈，余也。烈谓之余，厉亦谓之余。垂带而厉，即下章言'匪伊垂之，

带则有余'也。"《毛诗传笺通释》:"……《内则》郑注引《诗》'垂带如厉'。《淮南子·氾论训》高注引《诗》'垂带若厉'。而、如、若,古声近,通用。厉与裂,古亦同声通用。……《说文》,裂,缯余也。《广雅》,䘑,余也。《玉篇》,裂,帛余也。" ⑬卷发:谓挽髻之发上卷。一说鬓旁短发上卷。 ⑭虿(chài):蝎类毒虫,其尾部有刺,曲而上翘,此以之形容卷发之美。 ⑮我不见兮,言从之迈:《集传》:"盖曰是不可得见也。得见则我从之迈矣,思之甚也。"迈,行,去。 ⑯匪:犹"彼"。 ⑰伊:语气助词,无实义。 ⑱旟(yú):扬,飞举貌,上翘貌。 ⑲云何盱(xū)矣:何等忧伤啊!云,语词。盱,"吁"之借,忧伤,忧病。

【学术延伸】

《都人士》,犹云"美人士"。都,优美,美盛,指仪容之美,又指德行之美,或指事物之美盛。见《郑风·有女同车》:"彼美孟姜,洵美且都。"《汉书·司马相如传上》:"雍容闲雅,甚都。"《毛诗传笺通释》:"……是'都人'乃美士之称。……美色谓之都,美德亦谓之都。都人,犹言美人也。《诗》以都人士与君子女相对成文。君子女,谓女有君子之行者,犹《大雅》'釐尔女士'。《笺》谓'女而有士行者'。是知都人士,亦谓士有都人之德者。《笺》训都为都邑。失之。"又,《诗经原始》引《诗集传》题解之后,复申之曰:"……然则此又东迁以后诗也。况曰'彼都',曰'归周',明是东都人指西都而言矣。《诗》全篇只咏服饰之美,而其人之风度端凝,仪容秀美自见,即其人之品望优隆与世族之华贵,亦因之而见。故曰'万民所望'也。"均失之凿。由于对"都"字的误解,造成对本篇主旨的臆说。

采 绿

终朝①采绿②, 采绿采到日东南,

不盈一匊③。	双手一捧还不满。
予发曲局，	我的美发蓬卷卷，
薄言归沐④。	回去洗发整容颜。
终朝采蓝⑤，	采蓝采到日三竿，
不盈一襜⑥。	兜起围裙还不满。
五日为期，	五日为期长似年，
六日不詹⑦。	六天还未到我前。
之子于狩⑧，	我那好人去打猎，
言韔其弓⑨。	我愿帮他收弓箭。
之子于钓，	我那好人去钓鱼，
言纶之绳⑩。	我愿帮他理丝线。
其钓维何？	钓的那是什么鱼？
维鲂及鱮⑪。	是那鲂鱼和白鲢。
维鲂及鱮，	是那鲂鱼和白鲢，
薄言观者⑫。	鱼儿多啊鱼儿鲜。

这是怨女思夫之辞。

【注释考证】

①终朝（zhāo）：从清晨到早饭时，叫"终朝"。朝，晨。　②绿："菉"之借字。菉，草名。一名王刍，又曰荩草，据传可以染黄。"绿，槭子也。……草木之可以染绿者，惟槭木与实耳。实染色尤佳美，形如桐子而小，故曰'不盈匊'也。解者本《尔雅》以为王刍，即鸭脚莎，

无所可用，采奚为也?"(牟应震《毛诗物名考》) ③不盈一匊(jū)：不满一捧。盈，满。匊，即"掬"之古体，两手相承托曰匊，即口语中所谓"捧"。绿，乃易采之物，然终朝而不盈匊，足见这女子思夫情深，不专于事。本句之义，与《周南·卷耳》"采采卷耳，不盈顷筐"类同。　④予发曲局，薄言归沐：我的头发还是卷曲蓬乱，未遑梳理的。我现在也无心采绿了，且回去梳洗一下吧。予，女歌者自我。曲局，弯曲。局，亦有"弯"义。这是形容头发卷曲蓬乱之状。薄言，语首助词。沐，洗头发。首章，先言女子无心采绿，后言无心梳洗，极写其思夫之深切，幽怨无主，如梦如痴之情态，表现得十分突出而深刻。此诗的表现方法，犹如《卫风·伯兮》："自伯之东，首如飞蓬。岂可膏沐，谁适为容?"　⑤蓝：草名，可染青碧色，又分蓼蓝、菘蓝、木蓝等数种。　⑥襜(chān)：系在胸腹之前的一种围裙(遮巾)。　⑦五日为期，六日不詹：相约五日为期，六日犹不到来。这是女子对丈夫过期不至的怨言。思深，情切，意苦，言婉。詹，至。　⑧之子于狩：那好人前去打猎。之子，此处是女歌者对丈夫的美称。于，往。　⑨言韔(chàng)其弓：言，发语词。韔，弓袋，此处引申为"将弓装入弓袋"。上二句，是说："我愿与你形影相伴，你去打猎，我就陪你一起去，帮你将弓装入弓袋"。　⑩之子于钓，言纶之绳：那好人前去钓鱼，我就伴随着，去帮助整理丝绳。寓意犹前二句，皆为怨旷之词。又，闻一多先生认为《诗》中言鱼、钓鱼、捕鱼、食鱼者，多为男女之事的隐语。纶，理丝。绳，此指钓丝。　⑪其钓维何，维鲂(fáng)及鱮(xù)：其，犹"彼"，指事之词。维，犹"是"。鲂，鱼名，体扁而脊隆。鱮，鱼名，又叫鲢，体扁腹肥，细鳞色白。　⑫薄言观者：鱼儿真多啊！观，通"贯"，引申为"众多"。又，《尔雅·释诂》："观，多也。"者，犹"哉"，语气助词。又，《毛诗传笺通释》云："'薄言观者'，《笺》，观，多也。……《尔雅·释诂》，'观，多也'。郭注引《诗》'薄言观者'。物多而后可观，故观有多义。又观音近灌，灌为藂木，亦多也。俗人少闻多义，故妄改为睹。抑或因《韩诗》观字作睹而误。"

黍 苗

芃芃①黍苗，　　黍苗连田青蓬蓬，
阴雨膏②之。　　雨露滋润禾苗盛。
悠悠南行③，　　道里悠悠往南行，
召伯劳之④。　　召伯辛勤去经营。

我任我辇⑤，　　人力挽车载辎重，
我车我牛⑥。　　牛力驾车随军行。
我行既集，　　　行役营谢已告成，
盖云归哉⑦。　　何不归去且休整。

我徒我御⑧，　　人力挽车载辎重，
我师我旅⑨。　　士众成师又成旅。
我行既集，　　　行役营谢已告成，
盖云归处⑩。　　何不归去且安居。

肃肃谢功⑪，　　谢邑工事真严正，
召伯营之⑫。　　由于召伯来经营。
烈烈⑬征师⑭，　军威烈烈师旅行，
召伯成⑮之。　　召伯指挥大功成。

原隰既平，　　　原田洼地已治平，
泉流既清⑯。　　泉水河流已治清。

| 召伯有成⑰，   召伯大功已告成，
| 王⑱心则宁⑲。   宣王心中得安宁。

此诗反映的是周宣王时召伯经营治理谢邑之事。

【注释考证】

①芃芃（péng）：庄稼或草木茂密丛生貌。 ②膏：滋润。 ③悠悠南行：悠悠，远行意，又指道路悠远。南行，向南走。《诗集传》："宣王封申伯于谢，命召穆公往营城邑，故将徒役南行，而行者作此。" ④召伯劳之：召伯，此指召穆公虎。劳之，辛勤从事，或指劳勑士众。 ⑤我任我辇（niǎn）：乃任乃辇，乃以辇载，乃以人力挽车载运辎重。我，犹"乃"。"我"训"乃"，犹"宜"训"乃"。"我""宜"古同音。又见《小雅·信南山》："我疆我理。"《大雅·绵》："迺疆迺理"，文义同此。任，载。辇，人力推挽的车，又指载运。见《后汉书·张衡传》："或辇赂而违车兮。"《毛诗传笺通释》："今按《周官·乡师》注，辇，人挽行所以载任器。则辇亦得曰任。下始言'我车我牛'，车牛为一，则上言'我任我辇'，即谓以辇载任器，亦为一事而分言之。……《尔雅·释训》，'徒御不惊'，辇者也。徒御二字当连读，谓徒步而御车者。此诗'我徒我御'亦一事而分言之。诗人语多相类而不嫌其复，徒御即上之辇。正不必如《传》《笺》之过为区别耳。《周官·乡师》注引《司马法》曰，夏后氏谓辇曰余车，殷曰胡奴车，周曰辎辇。" ⑥我车我牛：犹言"乃以牛车""乃以牛驾车"。参阅前注。 ⑦我行既集，盖云归哉：营谢之役已成，何不归去呢？我，犹"其"。又见《秦风·小戎》："驾我骐馵。"行，指行役（营谢之役）。集，就，完成。盖，"盍"之假借，犹"曷""胡""何"。云、哉，都是语气词。 ⑧我徒我御：乃徒乃御，乃以徒卒御车。徒，步行，步卒。 ⑨我师我旅：乃师乃旅。古制五百人为旅，五旅为师。 ⑩处：居，息。

⑪肃肃谢功：谢邑的工役之事完成得很迅疾（或，很严正）。肃肃，迅疾貌。一说，严正貌。谢，谢邑。为周之南国，周宣王徙封申伯于谢邑。功，事。⑫召伯营之：召伯前往营成之。营，经营，治。⑬烈烈：威武貌，势盛貌。⑭征师：征行之师。征，行役。师，众。⑮成：完成，成功。⑯原隰既平，泉流既清：原，高的原田。隰，低洼之地。既，已。高的原田和低的洼地都治平了，泉水河流也都疏浚治理得清了。《诗毛氏传疏》："原隰既平，则土治矣；泉流既清，则水治矣。故云：土治曰平，水治曰清。此以喻治之有本也。《说苑·建本篇》，夫本不正者末必倚，始不盛者终必衰。《诗》云，原隰既平，泉流既清。本立而道生。是故君子贵建本而重立始。"⑰有成：有，犹"已""既"。有成，指召伯营谢之功已成。⑱王：此指周宣王。⑲宁：心安。

【学术延伸】

王柏《诗疑》认为应将《曹风·下泉》末章置于本诗之篇首（疑有错简）。其词曰："芃芃黍苗，阴雨膏之。四国有王，郇伯劳之。"录以存疑。

隰　桑

隰①桑有阿②，	洼地青桑多婀娜，
其叶有难③。	婀娜美盛有绿叶。
既见君子④，	我的好人已相会，
其乐如何？	心中欣欣乐如何？

| 隰桑有阿， | 洼地青桑多婀娜， |
| 其叶有沃⑤。 | 婀娜柔嫩有绿叶。 |

| 既见君子， | 我的好人已相会， |
| 云何不乐？ | 心中如何不欢乐？ |

隰桑有阿，	洼地青桑多婀娜，
其叶有幽⑥。	婀娜繁茂有绿叶。
既见君子，	我的好人已相会，
德音孔胶⑦。	赤心不渝好品德。

心乎爱⑧矣，	心中爱情永不移，
遐⑨不谓⑩矣！	何不娶我成婚礼！
中心藏之⑪，	我心钟爱意太痴，
何日忘之！	何日何时能忘你！

这是女子对爱人倾诉款曲之歌。

【注释考证】

①隰：低湿之地。　②阿：犹"猗""婀"，美盛貌，柔美貌。③难：犹"傩""那""娜"，义同"阿"。此处分言之，足见古人遣词之灵活。如连言之，则为"阿难"，犹"阿傩""猗傩""阿那""婀娜"。　④君子：此女歌者对爱人的美称。　⑤沃：此指柔嫩、润泽、肥厚貌。　⑥幽：幽、葽一声之转，可通假。此即"葽"字，茂盛貌。⑦德音孔胶：德行甚固。德音，此处训"德行""贞德"。胶，即"胶漆"之"胶"，因训"固"，又训"盛"。见《毛诗传笺通释》："按，胶当为膠之省借。《方言》，膠，盛也。陈宋之间曰膠。《广雅》，膠，盛也。孔胶，犹云甚盛耳。"　⑧爱：挚爱。　⑨遐："瑕"之假。瑕犹胡、何。遐不，何不。　⑩谓：或为"䙆"之借字。《诗经通义》："谓读为䙆。《玉篇》《广韵》并曰。䙆，行也。行即女子有行之行。妇人谓

嫁曰归，一曰行，故谓可训行也。'求我庶士，迨其谓之'，犹言于众士之中，求得其人，庶几归之以相与为夫妇。《隰桑篇》曰：'心乎爱矣，瑕不谓矣'，犹言心既爱之，胡不归嫁之乎？"又，古代"谓""归"亦相通。"归"即"于归"义。　⑪中心藏之：中心，心，犹"心中"。藏，"臧"之借字。善，犹"爱"。

白　华

白华菅兮①，	野地菅草开白花啊，
白茅束兮②。	用那白茅捆起它啊。
之子之远③，	那人已经离弃我啊，
俾④我独兮。	使我孤独又寂寞啊。
英英白云，	英英轻明白云飘，
露彼菅茅⑤。	覆遮那些菅和茅。
天步⑥艰难，	时运不济受艰难，
之子不犹⑦。	那人悖理将我抛。
滮池北流⑧，	滮河北流水漫漫，
浸彼稻田。	浸没那些好稻田。
啸歌伤怀⑨，	歌吟苦诉伤心事，
念彼硕人⑩。	思念我那美男子。
樵彼桑薪，	采呀采那桑木柴，
卬烘于煁⑪。	我把行灶烧起来。
维⑫彼硕人，	因为我那美男子，

实劳⑬我心。	使我忧愁深似海。
鼓钟⑭于宫，	钟鼓在那宫中响，
声闻⑮于外。	它那声音传出来。
念子懆懆⑯，	忧愁不安怀念你，
视我迈迈⑰。	你却待我不友爱。
有鹙⑱在梁⑲，	鹙鸟在那鱼梁上，
有鹤⑳在林。	仙鹤群栖在丛林。
维彼硕人，	因为我那美男子，
实劳我心。	实在伤透我的心。
鸳鸯㉑在梁，	鸳鸯在那鱼梁上，
戢其左翼㉒。	敛翼栖息永成双。
之子无良，	那人居心太不良，
二三其德㉓。	品德败坏将我伤。
有扁斯石，	那石头，扁又平，
履之卑兮㉔。	踩着它，也卑下。
之子之远，	那人已经离弃我，
俾我疧㉕兮。	使我忧病心头发。

一个痴心女子失恋后，咏叹自己内心的幽怨、哀情。歌辞多借喻意透露其正意。寄托深沉，涵容万千，寓怨于爱，表现了这女子的善良、率真、赤诚不渝；也充分数落了那个负心男子的寡情无义。

【注释考证】

①白华菅（jiān）兮：开白花的菅草啊。白华，白花。华，古花字。一说，白华为野菅之名。菅，多年生草本植物，根深，茎叶坚韧，秋天开白花。 ②白茅束兮：用白茅束起它（白花之茅）啊。白茅，"白华茅"之省文，后即成为茅的别名。茅，草名，秋开白花如柳絮，茎叶可绞为绳索，根可入药，称"茅根"。二句以白茅束白华之菅，似比兴纯洁的爱情、婚姻。白，象征纯洁的爱情；束，象征缠绵不已。犹如《召南·野有死麕》之"白茅纯束"句。 ③之子之远：那人疏远了我。远，疏远，离异。 ④俾：使。 ⑤英英白云，露彼菅茅：英英，又作"泱泱"，白云轻盈、明亮、洁白貌。露，覆。《毛诗传笺通释》："按，露犹覆也。连言之则曰覆露。《晋语》，'是先生覆露子也'。《淮南子·时则训》，'包裹覆露，无不囊怀'。……皆覆露同义之证。此诗'露彼菅茅'，犹言'覆彼菅茅'，与下章'浸彼稻田'同义。……欧阳《本义》、黄氏《日钞》皆以露为覆露。"一说，露为沾濡之意。《诗经稗疏》："……而凡浓雾细雨沾濡草木，湿人衣履者，亦可谓之露。张旭诗云，'入云深处亦沾衣'。高山大壑云起之处，见如微雨而渐，即平野回望之，则唯见为白云而已。露之为言濡也，谓湿云之濡菅茅也。遥望之则白云，入其中则为雾，雾亦谓之露。故《素问》云，'雾露中人肌肤'。《乐府·清商曲》云，'雾露隐芙蓉'。皆此谓也。"按：此句之"白云"，与下句"露彼菅茅"有关联。因菅、茅之花是白的，白云与白花连成一片，故云"露彼菅茅"。 ⑥天步：犹云"时运"。 ⑦不犹：不道，无德，违背道理。犹，道，道理，此指人情伦理之道。一说，道，犹"由"，有和顺意。 ⑧滮（biāo）池北流：犹言"滮水北流"。滮池，滮水，又名冰池，或作滮沱。王夫之《诗经稗疏》曰："《三辅黄图》云，冰池在长安城西。《旧图》云，西有滮池，一名圣女泉。盖冰滮声相近，传说之讹也。《一统志》曰，滮水出咸阳县之滮池，流至西安府西北合镐水。然镐在渭南，咸阳在渭北，则滮水不能绝渭而入镐水。盖滮池在咸阳县之南境，地在渭水之南，与今县治隔渭，故北流入

镐以合于渭，滮池系之咸阳者，其县之境内也。《毛传》曰，滮，流貌。郑氏谓，丰镐之间，水皆北流。俱为疏漏。且渟者为池，行者为流，自非实有此池为滮水之源，则言滮不当谓之池，谓之池又不当言流矣。"

⑨啸歌伤怀：啸歌，犹言"吟唱长歌"。啸，通"歗"，蹙口出声曰啸。又，发声清越舒长者曰啸。 ⑩硕人：硕大而美的人，称男女均可。 ⑪樵彼桑薪，卬（áng）烘于煁（shén）：砍伐那桑木柴，我烧起那活动炉灶。樵，此指打柴。卬，我。烘，烧，指烧火。煁，又叫烓，即所谓行灶，或曰三隅灶，是一种能移动的小炉灶。《诗》多以"薪""析薪""束薪"喻婚姻与爱情。"卬烘于煁"或喻情感之热烈。此二句，疑为女歌者追溯昔日新婚时之笃爱，以对比今日被弃之悲怆。 ⑫维：以，因为。 ⑬劳：忧愁。 ⑭鼓钟：《韩诗外传》引作"钟鼓"。 ⑮闻：达，传布。 ⑯懆懆（cǎo）：忧愁貌。《释文》引《说文》云："懆，愁不申也。"今本《说文》："懆，愁不安也。" ⑰视我迈迈：对待我十分狠怒而不友好。视，看待，对待。迈迈，《韩诗》作"怖怖"，云："意不悦好也。"《毛传》："迈迈，不说也。"《说文》："怖，很（狠）怒也。"迈迈，疑为"怖怖"之假借。（从马瑞辰说） ⑱鹙（qiū）：古籍中所载水鸟名，相传似鹤而大，青苍色（见《本草纲目·禽部一》）。有，语首助词，位于名词前，无义。 ⑲梁：鱼梁，鱼坝。见《邶风·谷风》《小雅·鸳鸯》注。 ⑳鹤：见《小雅·鹤鸣》注。此二句，或以鹙、鹤求鱼比喻人之求偶。 ㉑鸳鸯：水鸟名，古称"匹鸟"，因喻佳偶。详见《小雅·鸳鸯》注。 ㉒戢（jí）其左翼：敛其左翼。戢，收敛。按：鸳鸯敛翼，将其嘴斜插于翼下，双双栖止。"敛翼"，犹"双栖"，以喻夫妇之常。 ㉓二三其德：德，道德，德行。本句指思想行为前后不一致，犹言"品德不良"。 ㉔有扁斯石，履之卑兮：那扁平的石头，踩上的人也不高。扁，扁平。斯，犹"其"。履，踩踏。 ㉕疷（qí）：忧病。疷，一本作"疧"，是以形体近而讹，依《说文》《尔雅·训诂》《唐石经》应作"疷"。

绵 蛮

绵蛮①黄鸟，　　花纹美丽的黄鸟，
止于丘阿②。　　停在弯曲山丘角。
道之云远，　　　道路漫漫真遥远，
我劳如何③！　　我将如何受辛劳！
饮之食之，　　　周王赐我好饮食，
教之诲之④；　　周王教我勤王事；
命彼后车，　　　命令副车善驾御，
谓之载之⑤。　　载着贤者回朝去。

绵蛮黄鸟，　　　花纹美丽的黄鸟，
止于丘隅⑥。　　停在山丘角。
岂敢惮⑦行，　　岂敢畏惧远行役，
畏不能趋⑧。　　就怕不能走得疾。
饮之食之，　　　周王赐我好饮食，
教之诲之；　　　周王教我勤王事；
命彼后车，　　　命令副车善驾御，
谓之载之。　　　载着贤者回朝去。

绵蛮黄鸟，　　　花纹美丽的黄鸟，
止于丘侧⑨。　　停在山丘旁。
岂敢惮行，　　　岂敢畏惧远行役，
畏不能极⑩。　　唯恐难达目的地。

饮之食之，	周王赐我好饮食，
教之诲之；	周王教我勤王事；
命彼后车，	命令副车善驾御，
谓之载之。	载着贤者回朝去。

这可能是大夫奉周王之命，为奴隶主阶级罗致人才的诗（从姚际恒说）。

【注释考证】

①绵蛮：此指鸟羽花纹美丽貌。马瑞辰曰："《文选》注引《韩诗薛君章句》曰：'绵，蛮文貌。'……当从《韩诗》说为允。" ②丘阿：丘陵之曲阿。阿，曲阿，曲隅。 ③道之云远，我劳如何：道路十分遥远，我是如何劳苦！云，语中助词，无义。 ④饮之食之，教之诲之：均为作者自述其平日受到周王的"赐禄"与"教诲"。饮食，本指生活中之饮食，可引申为养生之俸禄。 ⑤命彼后车，谓之载之：此指奉王命以副车载贤者而归之。后车，又名倅车，副车。谓，"归"字假借。 ⑥丘隅：犹"丘阿"。 ⑦惮：畏惧。 ⑧趋：疾行。 ⑨丘侧：丘陵之旁侧。 ⑩岂敢惮行，畏不能极：是这位大夫表示自己戒慎恐惧地、忠心耿耿地勤于王命，惟恐失职。可见他是奴隶主阶级统治政权的忠实"臣子"。极，犹"至"。

瓠 叶

幡幡①瓠叶②，	幡幡摇曳瓠瓜叶，
采之亨③之。	采摘它啊烹煮它。
君子有酒，	君子宴饮有美酒，
酌言尝之④。	且斟美酒品尝它。

有兔斯首⑤，	野兔肉，是佳肴，
炮⑥之燔⑦之。	涂泥烧，用火烤。
君子有酒，	君子备酒好又多，
酌言献⑧之。	且斟美酒敬宾客。

有兔斯首，	野兔肉，是美味，
燔之炙⑨之。	又烧烤，又炙灼。
君子有酒，	君子宴饮有美酒，
酌言酢⑩之。	斟酒回敬主人喝。

有兔斯首，	野兔肉，是佳肴，
燔之炮之。	用火烤，涂泥烧。
君子有酒，	君子备有好酒浆，
酌言酬⑪之。	斟酒再劝宾客尝。

此为朋友宴饮之诗。

【注释考证】

①幡幡（fān）：犹"翩翩"，反复翻动貌。 ②瓠（hù）叶：瓠瓜之嫩叶，或可食。《毛传》云："庶人之菜也。"瓠，即"瓠瓜"，又叫"葫芦"，蔬菜名，今食其果实。 ③亨："烹"之古体。 ④酌言尝之：犹"酌而尝之"。言，犹"而"。尝，此指饮酒，宾主共同品尝酒浆。 ⑤有兔斯首：有、斯，均为助词，无实义。斯，亦训"其"，或"之"。兔首，在此，乃以兔首概称全兔。 ⑥炮：或作"炰"。古人以泥裹肉而烧之曰炮。 ⑦燔（fán）：烤肉使熟曰燔。 ⑧献：献酒于宾。古代

合献、酢、酬为"一献之礼"。 ⑨炙（zhì）：烤肉，熏烤肉。 ⑩酢：宾饮尽，而又向主人敬酒。 ⑪酬：劝酒，古称导饮，主人自饮后，又劝宾客饮酒。

渐渐之石

渐渐①之石，　　石峰高崭崭，
维②其高矣。　　高啊高连天。
山川悠远，　　　山川悠悠路迢远，
维其劳矣。　　　行军劳瘁苦无边。
武人③东征④，　　上下将士去东征，
不遑朝矣⑤。　　朝暮无暇太倥偬。

渐渐之石，　　　石峰高崭崭，
维其卒⑥矣。　　高啊高又险。
山川悠远，　　　山川悠悠路迢远，
曷其没⑦矣？　　何年何月能走完？
武人东征，　　　上下将士去东征，
不遑出⑧矣。　　深陷绝地难脱险。

有豕白蹢，　　　黑猪有白蹄，
烝涉波矣⑨。　　成群涉水溪。
月离于毕。　　　月亮靠近天毕星，
俾滂沱矣⑩。　　大雨滂沱路泥泞。
武人东征，　　　上下将士去东征，
不遑他⑪矣。　　不顾他事苦兼程。

这是东征的将士，苦于征战劳困之歌。

【注释考证】

①渐渐："巉巉（chán）"之假借，今作"巉巉"，山高峻貌。 ②维：发语词，无实义。 ③武人：指东征的将士。 ④东征：《诗毛氏传疏》云："荆、舒在镐东，东征者，东征荆、舒也。"《毛诗后笺》云："《田间诗学》曰：'或谓幽王东征之役，史传无所经见。案《四月》篇有云，我日构祸。是出征事也。曰，滔滔江汉，南国之纪。非东征之实纪乎？'承珙案《左传》椒举曰，幽王为大室之盟，戎狄叛之。《序》言固有征矣。《鼓钟》传云，幽王会诸侯于淮水之上。《苕之华》序云，幽王之时，东夷、西戎交侵。则当其会诸侯于淮，或即以东夷之叛而征之。《严缉》谓史之所无，诗即史也。无庸更求他据矣。"上说正确。 ⑤不遑朝矣：指戎马倥偬，无朝暮之暇。不遑，不暇。遑，亦通作"皇"。朝，犹"朝夕"。 ⑥卒：此处乃"崒"之借字，山高而险。 ⑦没：尽。《诗毛氏传疏》："《说文》，歾，终也。没与歾通。《传》云尽者，言欲历尽久长之道也。"又，训辽远。《毛诗传笺通释》："此诗，没当读迄。《广雅》，迄，远也。曷其没矣，与上章维其劳矣，劳读为辽，同义。迄亦辽也。《传》《笺》均训为尽，失之。"又云："按，辽、劳二字同来母，故通用。……疑《韩诗》原作维其辽矣。郑君亦先通《韩诗》，故直以劳为辽耳。"待考。 ⑧出：出险。《毛诗后笺》："山川长远，何时可尽。则入险而不暇出险，军行死地，劳困可知。"一说，出犹行也。 ⑨有豕白蹢（dí），烝涉波矣：《诗经原始》："此必当日实事。月离毕而大雨滂沱，虽负涂曳泥之豕亦烝然涉波而逝，则人民之被水灾而几为鱼鳖者可知，即武人之沾体涂足，冒险东征而不遑他顾者更可见。"又，姚氏《诗经通论》："《集传》引张子曰，'豕之负涂曳泥，其常性也。今其足皆白，众与涉波而去，水患之多可知矣'。此正指既雨后为言也。乃《集传》又曰，'豕涉波，月离毕，将雨之验也'，

何居？任炳曰，'将雨、既雨，诸说纷如，总因泥下离毕之义，认为苦雨；与鹳鸣蚁垤之说同一可哂。愚谓出师日久，三年六月，不知几历雨旸，武人何沾沾以此为苦？若东山零雨，特就归途所遇而言，不可以彼例此也。豕性或喜群聚卑湿之所有之；若谓喜雨至于游泳波涟，鲜不载胥及溺矣。盖二者皆以不得其所为兴：豕性负涂而今涉波，月行中道而今离毕，武人有家室而今东征；是以行役久病，不遑他事。两两相况，意直捷而味深隽'。此说甚佳，存之。"另说，"有豕白蹢，烝涉波矣"句之"豕"，指二十八宿之一的"天豕"（即"奎宿"）。或云，"豕"乃指天象中之黑云若豕者，为将雨之兆。并引《述异记》："夜半，天汉中有黑气相连，俗谓之黑猪渡河，雨候也。"（从《锦绣万花谷前集》一引补）又引《御览》十录黄子发《相雨书》曰："四方北斗中无云，唯河中有云，三枚相连，如浴猪豨，三日大雨。"录而存疑。蹢，兽蹄。此处"白蹢"指猪蹄本黑而今白净，犹言猪蹄本因涂泥而黑，而今涉波而白净。白，犹净。烝，众。　⑩月离于毕，俾滂沱矣：离，"丽"字之借，附，靠近。《诗三家义集疏》："《鲁》，离作丽。"毕，二十八宿之一的"毕宿"，又叫"天毕"，见《小雅·大东》注。滂沱，《诗考》引《史记》作"滂池"，大雨貌。　⑪他：他事。又，《毛诗传笺通释》云："三章'不遑他矣'，则谓'有死无贰'，犹云'之死矢靡他'，不仅如朱《传》言'不暇及他事也'。"

苕之华

苕之华，	凌霄花儿朵朵香啊，
芸其黄矣①。	枝头繁花黄又黄啊。
心之忧矣，	生活艰窘愁满肠啊，
维其伤矣②！	多么痛苦多悲伤啊！

苕之华，	凌霄花儿开得盛啊，
其叶青青③。	蔓枝扶疏叶菁菁啊。
知我如此，	早知我是这样穷啊，
不如无生！	不如干脆别降生啊！

牂羊坟首，	母羊头大身瘦小，
三星在罶④。	鱼罶水清三星照。
人可以食？	受苦之人吃什么？
鲜可以饱⑤？	这点饭食怎能饱？

周代的奴隶大众，辗转于饥寒交迫的苦境，迸发出悲愤欲绝的呼声。

【注释考证】

①苕（tiáo）之华，芸其黄矣：苕，一种木本蔓生植物，又名紫葳，或名凌霄，花赤黄色。华，古"花"字。芸，黄盛貌，深黄貌，纯黄貌。王引之《经义述闻》："是苕华本有黄者，岂待将落而始黄哉？诗人之起兴，往往感物之盛而叹人之衰。……物自盛而人自衰，诗人所以叹也。" ②维其伤矣：犹言"是多么悲伤啊"！维、其，均为助词，无实义，或云"维其"犹"何其"。 ③苕之华，其叶青青："菁菁"之省借，犹《唐风·杕杜》之"其叶菁菁"，茂盛貌。本章此二句与首章开始二句意思统一，是说凌霄的花开得很黄，叶子很茂盛。 ④牂（zāng）羊坟首，三星在罶（liǔ）：牂，牂羊，母绵羊。坟首，大头。坟，大。绵羊头本来不大，因为饿得身体瘦小，便显得头大了。三星，星宿名，为二十八宿之一，又叫参星。参，一说，"星"乃"鮏（xīng）"之借，鱼名。罶，即"笱"，捕鱼器，详见《小雅·鱼丽》注。《诗集传》："罶中无鱼而水静，但见三星之光而已。言饥馑之余，百物雕耗如

此。"二句义训。又见《诗经稗疏》:"《尔雅》,吴羊牝羒,夏羊牝羖。吴羊,绵羊。夏羊,山羊也。"又,《毛诗传笺通释》:"按,《尔雅·释兽》,羊牡羒,牝牂。郭注谓吴羊白羝,夏羊牝牡皆有角,吴羊则牡羒有角,而牝牂无角。此诗'坟首',坟当读羒羊之羒,谓牂牝之身而欲其为牡羒有角之首,以见必不可得,兴人之不可饱。羒借作坟,犹坋为大防,字亦借作坟也。王氏《诗总闻》、罗氏《尔雅翼》、何氏《诗古义》并谓坟即羒字。何氏引《易林》'坟首'作'羵'为证。《传》训坟为大者,盖以坟为颁之假借,然非诗义。"又曰:"据《唐风·绸缪篇》传,三星,参也。则此篇亦谓参耳。《唐风》'三星在天''在隅''在户',皆指星象之见天,随时移宿言之,实象也。此诗'三星在罶',即星光之照水者言之,虚象也。诗盖以星象之虚而非实,以兴饥者之食而不饱,亦为虚而不实也。《传》以为不可久,《笺》以三星为心星,均非诗义。《释文》罶本又作雷,盖同音假借字。" ⑤人可以食,鲜可以饱:犹"人何以食,斯何以饱"。可,"何"字之省借。鲜,与"斯"一声之转,古通用。二句,意谓:人们何以为食?这样少的东西何以能饱?或更通俗地说:人们吃什么呢?这怎能吃饱呢?又,《诗集传》则云:"苟且得食足矣,岂可望其饱哉?"

何草不黄

何草不黄①?	什么野草不枯黄?
何日不行②?	我们哪天不奔忙?
何人不将③?	何人不把官差当?
经营四方④!	辛苦经营走四方!

| 何草不玄⑤? | 什么野草不枯萎? |
| 何人不矜⑥? | 何人不在受劳瘁? |

| 哀我征夫⑦， | 哀叹征夫忧患深， |
| 独为匪民⑧？ | 难道我们不是人？ |

匪兕匪虎，	那犀牛，那老虎，
率彼旷野⑨。	沿着旷野乱跑路。
哀我征夫，	哀叹征夫苦无涯，
朝夕不暇⑩。	朝朝暮暮无闲暇。

有芃者狐⑪，	狐狸尾巴蓬松松，
率彼幽草⑫。	转来转去深草丛。
有栈之车⑬，	役车篷子高又高，
行彼周道⑭。	顺着大路往前行。

周王朝为了维护其奴隶主政权而穷兵黩武，征役不息。这是从役士众怨刺劳苦之歌。

【注释考证】

①黄：草衰之色。 ②行：指行役。 ③何人不将：言"人人皆行"。将，犹"行"。此句指从役之人众多，表现周王朝征役之繁重，给人民带来无穷的灾难。《毛传》曰："万民无不从役。"《毛诗传笺通释》云："按《周颂·敬之篇》，'日就月将'。《毛传》，'将，行也'。此诗'何人不将'与'何日不行'同义，'何日不行'言日日行也；'何人不将'言人人行也。" ④经营四方：往来于四方。经营，犹往来。指征人之劳苦不息。《楚辞·九叹·怨思》："经营原野，杳冥冥兮。"王逸注："南北为经，东西为营，言己放行山野之中，但见草木杳杳，无有人民也。"《后汉书·冯衍传下》："疆理九野，经营五山。"李贤注："经营犹往来。" ⑤玄：亦草衰之色，本指赤黑色、灰褐色或深青色。

此处之"玄"与首章之"黄"乃为一词而析言之,"黄玄"即"玄黄"之倒文。"玄黄"既形容衰草之色灰黄(暗黄),又形容其枯萎颓败之状。《毛诗传笺通释》:"玄与黄同义。《尔雅·释诂》,玄黄,病也。马病谓之玄黄,草病亦谓之玄黄,其义一也。《四月》诗'百卉具腓',《传》训腓为病。草之枯萎即其病也。《笺》以玄为草之将生。失之。《尔雅》,九月为玄。孙炎曰,物衰而色玄也。引《诗》'何草不玄'为证,是也。" ⑥矜(guān):或读为"瘝",劳瘁病苦。《经义述闻》:"矜,读为瘝。《尔雅》,瘝,病也。……瘝、鳏、矜,古字通。上文'何草不黄''何草不玄',玄、黄皆病也。……则矜字亦当训为病。劬劳于野,故言病也。"又,《毛诗传笺通释》:"按,矜,古通借作鳏。盖鳏从眔声,古读如昆,与今双声,故通用。《尔雅·释诂》,鳏,病也。鳏即矜也。《后汉书·和帝纪》,朕寤寐恫矜。李贤注,矜,病也,字别作瘝。……《尔雅·释言》又曰,矜,苦也。又《广雅》,矜,危也。义并与病近。《笺》训为鳏寡。失之。"按:王引之、马瑞辰之说甚是。

⑦征夫:指服役者。 ⑧独为匪民:犹"岂为非民"?或"何为非民"?难道不是人吗?反诘句。或谓:为什么不是人呢(受到非人的待遇呢)?独,犹"岂"。《左传·襄公二十六年》:"夫独无族姻乎?"又,犹"何"。见《吕氏春秋·必己篇》:"独如向之人?"《论衡·雷虚篇》:"物之饮食,天不能知;人之饮食,天独知之?"匪,犹"非"。一说,"匪"转为"罢"。"罢",犹"疲"。《周礼·大司寇》:"以圜土教罢民。"(《群书治要》引作"疲") ⑨匪兕匪虎,率彼旷野:那犀牛和老虎,沿着旷野往来行走。匪,犹"彼"。《广雅疏证》:"匪,彼也。"兕,古称犀牛为兕,为各种犀牛之统名。率,循,沿着。旷野,空旷广大的山野(或原野)。 ⑩暇:闲暇。 ⑪有芃(péng)者狐:狐狸尾巴是蓬松的。有,发语词。芃,此指兽毛蓬松貌。 ⑫幽草:深草丛。 ⑬有栈(zhàn)之车:役车的车篷是高大的。栈,通作"嶘",高大貌。《说文》:"嶘,尤高也。"又,《说文》:"栈,棚也。竹木之车曰栈。"亦通。 ⑭周道:指大道。

大　雅

文王之什

文　王

文王在上，　　　　　文王之灵在那昊天之上，
於，昭于天①！　　　啊，他在天上昭明显耀！
周虽旧邦，　　　　　周国虽是古老之邦，
其命维新②。　　　　它却受命建立新朝。
有周不显，　　　　　周朝功业无比显荣，
帝命不时③。　　　　上帝之命非常美好。
文王陟降，　　　　　文王助天升降，
在帝左右④。　　　　常在上帝身旁。

亹亹文王，　　　　　文王娓娓自勉，
令闻不已⑤。　　　　美誉永远流传。
陈锡哉周⑥，　　　　厚赐洪福，开创周朝，
侯文王孙子⑦。　　　文王子孙，受福不浅。
文王孙子，　　　　　文王子孙，都受福泽，
本支百世⑧。　　　　本宗、支庶，百世封官。
凡周之士，　　　　　凡是周朝文武功臣，
不显亦世⑨。　　　　世代受禄，名位大显。

世之不显⑩，	世禄功臣，身荣位显，
厥犹翼翼⑪。	他们勤王，恭谨黾勉。
思皇多士⑫，	众多贤士都是美彦，
生此王国。	从这王国纷纷涌现。
王国⑬克生，	众士出自文王之国，
维周之桢⑭；	全是周朝治国骨干。
济济⑮多士，	众多贤士恭谨庄严，
文王以⑯宁。	文王之国得以安善。

穆穆⑰文王，	文王庄穆而又美善，
於，缉熙敬止⑱！	啊，心地光明，敬慎自谦！
假哉天命⑲。	伟大严峻啊！上天之命。
有商孙子⑳。	商代子孙都要遵奉。
商之孙子，	商代灭亡，遗留子孙，
其丽不亿㉑；	数以亿计，绵绵无尽。
上帝既命，	上帝既已降命于人，
侯于周服㉒。	只有听命，对周称臣。

侯服于周，	对周称臣，不要违抗，
天命靡常㉓。	天命森严，变化无常。
殷士㉔肤敏㉕，	殷之诸侯，美好敏疾，
裸将于京㉖。	在那周京，助行祭礼。
厥作裸将，	裸将之礼，都去朝参，
常服黼冔㉗。	穿戴常服，黼裳殷冠。
王之荩臣㉘。	他们都是周王忠臣。

无念尔祖㉙！	感念你的祖宗德荫！
无念尔祖，	感念你的祖宗，
聿修厥德㉚。	进修你的德行。
永言配命㉛，	永远配合天命，
自求多福㉜。	自求多福康宁。
殷之未丧师，	殷朝未失民心之时，
克配上帝㉝。	尚能合乎上帝之理。
宜鉴于殷，	借鉴殷朝，警戒自己，
骏命不易㉞！	遵行大命，真不容易！
命之不易，	遵行大命，真不容易，
无遏尔躬㉟。	切莫自绝天人之际。
宣昭义问㊱，	美名善誉广泛流传，
有虞殷自天㊲。	又应度察中道于天。
上天之载，	上天之事，难度难揆，
无声无臭㊳。	既无声息，又无气味。
仪刑文王㊴，	应当效法祖宗文王，
万邦作孚㊵！	就能取信天下万邦！

本篇相传为周公颂美文王并深戒成王之诗。

【注释考证】

①文王在上，於（wū），昭于天：文王，周文王，名昌，为季历之子，武王（发）之父，在周国执政五十年。当时，周在名义上虽是商朝的一个属国，但文王一面争取一部分盟国，一面四处征伐敌国和少数民

族，又建都丰京（今陕西省长安西北），形成商朝西方各方国部落的中心，商朝各方国部落投向周文王的颇多（史称四十余国），使周居于共主地位。他又制订了保护奴隶主阶级利益的法律，并且扩张其统治区和财力、军力。同时，利用了商朝的政治腐朽、阶级矛盾以及与各方国部落之间的矛盾，积极创造伐商的条件。他临死前便嘱命太子发（武王）准备完成伐纣的事业。武王继位后，又利用商朝统治集团内部空前分裂的时机，组织力量，大举伐商，约于公元前1207年占领商都，推翻了商朝，建立了周朝，继续发展了奴隶制度。武王克商，是在文王奠定的基础上实现其父的遗志。所以，到了成王时期，周公仍作诗赞美文王，告诫成王。这说明了文王是受到大奴隶主贵族拥戴的政治代表，并且是被他们神化了的精神支柱。在上，指文王之"神灵"在天上。这是周代奴隶主阶级为愚弄人民、巩固奴隶主阶级的统治政权而神化文王的谬说。於，犹"呜""啊"，叹词。昭，昭明，显耀。　②周虽旧邦，其命维新：周虽然是有悠久历史的旧邦（自后稷始），而其接受天命则具有新气象。邦，犹"国"。命，此处是大奴隶主贵族指的"天命"。维，犹"乃"，犹"则"。　③有周不显，帝命不时：有，发语词。不，即"丕"字之省借。大。显，光耀。帝，此指上帝。时，犹"是"，正。《毛诗传笺通释》："按，不为语词。《玉篇》曰，不，词也，是也。故《传》曰，不显，显也。不时，时也。……不、丕古通用，丕亦语词。不显，犹丕显也。时，当读为承，时、承一声之转。……曰尚书释《周颂》'不承'，曰，承者，美人之词，当读'文王烝哉'之烝。《释文》引《韩诗》曰，烝，美也。今按此诗'帝命不时'，时读承，亦当训美。帝命曰'时'，犹天子之命曰'休命'、曰'大命'也。"二句犹言"周朝的功业是光荣的，上帝之命是好的（或正确的）"。　④文王陟降，在帝左右：文王之神在天上，助天升降进退，时时均在上帝之左右。陟降，升降，进退。左右，犹"旁侧""周围"。　⑤亹亹（wěi）文王，令闻不已：亹亹，犹"娓娓"，又犹"忞忞""暋暋"，勤勉自强貌。令闻，美誉。不已，犹"无尽"，永远流传。　⑥陈锡哉周：犹"申锡哉周"。陈锡，犹"申锡"，犹"重锡"。《毛诗传笺通释》："按：陈，……古文作敶，亦从申，陈锡即申锡之假借，《汉书·韦玄成传》载匡衡上书云，子孙本支，陈锡亡疆。义本《齐诗》，而言'陈锡亡疆'，与《商颂·烈祖》'申锡无疆'正同。是知陈锡即申锡也。申，重也。重锡，言锡之多。"哉周，开始创立周朝之基业。哉，"才"之假借。一说为"载"之假借。均训"始"，"始"犹"造""作"。《毛诗传笺通释》："哉、才以同部假借。《说文》，才，草木之初也。……《尔雅·释诂》，哉，始也。……哉、载以同声通用。……《正义》引郑注，载，始也。……是知《传》训哉为载，《笺》训哉为始，义正相成。宣十五年《左传》引此诗而释之曰，文王所以造周，不是过也。此诗《序》曰，文王受命作周也。《广雅·释诂》，作，造始也。是知造周、作周，皆释诗'哉周'之义。《笺》谓'造始周国'是也。《国语》，故能载周以至于今。犹云，能造周以至于今，载亦始也。"一说，哉，借作"载"，犹"则"。周，指周王朝。 ⑦侯文王孙子：维文王孙子。侯，犹"维"，"是"。文王孙子，指文王之后代，如成王。孙子，犹言"子孙"。 ⑧本支百世：文王的后代，本宗之子百世为天子，支庶之子百世为诸侯。本，本宗，如木之有本。支，又作"枝"。按：林义光《文源》："支即枝之古文，别生条也。"支庶，犹木之有枝。 ⑨凡周之士，不显亦世：凡是周王朝的功臣官僚，世世代代都是继续享受爵禄的显贵。士，此为世禄者的通称，即百官之名。亦世，犹"奕世"。亦，"奕"之省借，"重"，"累"。"奕世"犹"累世"，世世代代。"不显亦世"是倒装句。一说，不、亦，均为语词，"不显亦世"谓其"显及世"。 ⑩世之不显：义同"不显亦世"。此章首句与上章末句格式相似，含义类同，上下衔接蝉联，即所谓"蝉联格"。不仅章与章之间有此格，而且句与句之间亦有此格。又如二章之四句"侯文王孙子"，五句"文王孙子"；三章之四句"生此王国"，五句"王国克生"；四章之四句"有商孙子"，五句"商之孙子"。……这种技巧，为后代的乐府诗和词曲所继承发扬。在曲中称"连珠格"。 ⑪厥犹翼翼：他们（那些臣僚）为王朝谋事都十分恭谨勤勉。厥，其。犹，谋，又训"道"。翼翼，恭谨勤勉貌。　⑫思皇多士：思，犹"有"，为语首状事之助词。皇，美，大。多士，众多的贤士。　⑬王国：指文王之国。　⑭维周之桢（zhēn）：是周王朝的骨干力量。维，犹"是"。桢，本为古代筑墙时树立于两端的木柱，引申为支柱、骨干。　⑮济济：庄严恭谨貌。见《管子·形势解》："济济者，诚庄事断也。"又训"众多貌""美好貌"。　⑯以：因，因此，赖以。　⑰穆穆：形容人庄严、美好、深沉之貌。　⑱缉熙敬止：心地光明而又恭谨。缉熙，光明。止，犹"之"。　⑲假哉天命：大哉天命。假，大。天命，犹"帝命"，意指"上帝之命"。　⑳有商孙子：指商之后代子孙。此句以下，似为对商之子孙诏告的语气。有，语首状事之助词。　㉑其丽不亿：其数成亿，十分众多。丽，"敵"字之假。敵，训"数"。不，语词，见注③。亿，周制十万为亿。　㉒上帝既命，侯于周服：上帝既已降命，（你们商之孙子）只有臣服于周王朝。既，已。侯，犹"维"（唯），唯有，或犹"则"。周服，"服周"，臣服于周。　㉓天命靡常：天命无常，指天命是严峻的，又是依人的表现而变化的。《郑笺》："无常者，善则就之，恶则去之。"《荀子·天论篇》："天行有常，不为尧存，不为桀亡。应之以治则吉，应之以乱则凶。"《春秋繁露》："言天之无常予无常夺也。"靡，无。　㉔殷士：殷人，殷侯。《诗毛氏传疏》："《传》以殷士为殷侯。谓殷诸侯也。"《诗经稗疏》："《毛传》曰，殷士，殷侯也。《郑笺》曰，殷之臣。《集传》遂曰，商孙子之臣属。盖以士为大夫、士之士，则贱有司尔。今按，祼将大礼，非士得与，常服黼冔者，诸侯之服，非士服也。在殷为冔者，在周为冕黼者。……殷士，犹言殷人也。别于孙子而为异姓诸侯之词。"　㉕肤敏：美好而敏疾。肤，美。敏，疾。　㉖祼将于京：在周京行祼将祭礼。祼将，古代的一种祭礼，王以圭瓒（圭瓒，以圭为柄的玉制勺形酌酒器）酌郁鬯（郁鬯，以郁金草酿黑黍而成之酒）之酒献尸祭神。祼，犹"灌"，即"灌鬯礼"。灌，犹"酌""奠"。将，行，送，谓行灌鬯之礼，或谓酌郁鬯而送奠之。京，周京。　㉗常服黼冔（fǔ xǔ）：常服，韦弁服。黼，本指古代衣服上白黑相间的花纹，引申为黼裳，指有白黑相间花纹的衣服。冔，殷冠。《玉篇》："冔，覆也。殷之冕也。""厥作祼将，常服黼冔"，言"殷士助祭于周京，行灌鬯之礼，而穿戴的仍是黼裳、爵冠等殷商之祭服（礼服）"。㉘王之荩（jìn）臣：周王之忠臣。荩臣，忠臣。㉙无念尔祖：无，语助，不为义。又见《大雅·抑》："如彼泉流，无沦胥以亡。"字又作"毋"。《管子·立政·九败解篇》："人君唯毋听寝兵，则群臣宾客莫敢言兵。"祖，指文王。王之荩臣，无念尔祖，是告诫成王之言。借殷士皆成为王之荩臣并助祭于京之事，启发成王接受殷商覆亡的教训；并借殷士服商服之事，启发成王勿忘本，要感念文王之德，继承文王之业。一说，呼"荩臣"而告之，是由于在那等级森严的奴隶制周王朝，作者不敢直斥成王，只好采取这种委婉含蓄的方式。㉚聿修厥德：聿，犹"以"，或为发语词。修厥德，修其德行。㉛永言配命：永配命。永，长，常。言，语中助词，犹《邶风·柏舟》："静言思之。"配命，配合天命，指德行合于天理。㉜自求多福：自己求取盛多之福。㉝殷之未丧师，克配上帝：殷王朝未失人心之时（亦即未失天下之时），其德能合天帝之命。言外之意，至纣王失民心，违天命，则覆灭。丧师，失民心。师，众，众庶。克，能。配上帝，犹"配天"，合于天命，媲于天。㉞宜鉴于殷，骏命不易：应借鉴于殷商，勿忘其经验教训，而能坚持大命是不容易的。鉴，本指古代盛水或冰的一种青铜盆。它也可以盛水照影，故引申为动词"照""审察""警诫""引为教训"诸义。骏命，大命，天命。不易，不容易。㉟无遏尔躬："尔躬无遏"之倒文。尔躬，你自身。无遏，不要自绝于天（像纣王那样）。无，勿，莫，不要。遏，止，绝。一说，训"害"；一说，通"谒"。㊱宣昭义问：远扬美名之意。宣，明，布，扬。昭，明。义问，犹"善誉""令闻"。义，善。问，通"闻"。本句言"昭明美誉于天下"。㊲有虞殷自天：又自度中道于天。有，又。虞，度，审察。殷，此处训"中"，中道，常道。《毛诗传笺通释》："《尔雅·释言》，殷，中也。《左传》言民受天地之中以生，有虞殷自天，言既徧昭善问，又度中道于天也。下文'上天之载'二句，又承上文而进言天道无馨（声）臭之可闻，以见天道难知，惟当仪型文王耳。《笺》读殷为夏殷之殷。谓度殷所以顺天之事，失之。"

㊳上天之载，无声无臭：此言"上天之事，无声无臭，不可捉摸"。余义为：天道虽无声气可寻，但是，人之善恶自有其不同的后果。极言天道之可畏。姚氏《诗经通论》："正言其可畏也。予《庸言录》云：'开畀人以是日，听人之为善为恶，可畏哉！'正此意。"载，事。上天之事，犹"上天之道"。臭，气味。 ㊴仪刑文王：效法文王。仪，象，法式，引申为"效法""取法"。刑，古"型"字。法，模式，引申为"以之为法""以之为模式（典型）"，犹"效法"之义。 ㊵万邦作孚：万邦则信。万邦，万国。作，犹"则"。孚，信，悦服。此二句，谓"效法文王之德行，则能取信于天下万邦"。

【学术延伸】

《诗经原始》："《小序》谓'文王受命作周'，似是而非也。文王未改元，何以云受命？欧阳氏、苏氏、游氏诸家辩之详已，然愚独怪汉以后儒者，何不信经传而信符谶，不信孔子而信杂家？孔子不云乎？'三分天下有其二，以服事殷'，……使受命改元，何以尚云'服事'哉？……三分有二，亦就人心之向背言之耳。……《吕览》引此诗以为周公作，盖亦近之。"《诗义会通》："今按此篇翼奉谓'周公作诗，深戒成王'。最得其旨。"

大　明

明明在下，	文王之德，在人间明明可察，
赫赫在上①。	上帝之命，在天上赫赫显著。
天难忱斯，	天命无常，难测难信，

不易维王②。	为王为君，不可轻慢玩忽。
天位③殷適④，	殷商嫡子，高居天子位上，
使不挟四方⑤。	暴君纣王，威命不达四方。
挚仲氏任⑥，	挚国的任家仲女，
自彼殷商，	来自那殷商之地。
来嫁于周，	归嫁到周之王朝，
曰嫔于京⑦。	成新妇来到京兆。
乃及王季，	与王季互相结合，
维德之行⑧。	论德行齐等并列。
大任有身⑨，	太任氏已有身孕，
生此文王。	生下这文王之尊。
维此文王，	就是这周之文王，
小心翼翼⑩。	慎言行小心翼翼。
昭事上帝⑪。	事上帝心地光明，
聿怀多福⑫。	他得来大福大吉。
厥德不回⑬，	他不违道德规范，
以受方国⑭。	在大国受命掌权。
天监在下，	上天明察在下文王，
有命既集⑮。	天命相就，助他福康。
文王初载，	文王初始成婚之年，
天作之合⑯。	上天作成美好姻缘。
在洽之阳，	亲迎合水之北，

| 在渭之涘⑰。 | 亲迎渭水之滨。 |

文王嘉止⑱，	文王举行婚礼，
大邦有子⑲。	大国有那美人。
大邦有子，	大国有那美人，
伣天之妹⑳，	像是仙女降临。
文定厥祥㉑，	行礼占定吉日，
亲迎于渭。	亲迎渭水之滨。
造舟为梁㉒，	木船并作浮桥，
不显其光㉓。	盛礼大显光耀。

有命自天㉔，	帝命自天而降，
命此文王。	降命给这文王。
于周于京㉕，	来到周国，来到周京，
缵女维莘。	莘国淑女，婚姻既成。
长子维行㉖，	长女德行，与王齐等，
笃生武王㉗。	太姒有子，武王诞生。
保右命尔，	上天保佑，命令武王，
燮伐大商㉘。	密谋突袭，讨伐大商。

殷商之旅，	殷商调动大军，
其会如林㉙。	它那军旗如林。
矢于牧野：	武王誓师牧野：
维予侯兴。	"我为伐商兴师。
上帝临女，	上帝监察你们，

无贰尔心㉚！	不要有任何差失！"
牧野洋洋㉛，	牧野广阔，洋洋无边，
檀车煌煌㉜，	檀木战车，煌煌耀眼，
驷𫘧彭彭㉝。	四匹红马，雄壮威严。
维师尚父㉞，	太师尚父，辅佐武王，
时维鹰扬㉟。	将士勇猛，如鹰飞扬。
凉㊱彼武王，	督率大军，佐助武王，
肆伐㊲大商，	猛烈迅疾，挞伐大商，
会朝清明㊳。	黎明全胜，荡平四方。

此乃赞颂文王、武王扬威克商、奄有天下的开国史诗之一。

诗篇由文、武之功业推本于母德，故叙述王季太任、文王太姒之德颇详。

牧野之役是周人取得最后胜利的一次大会战，诗章对周人军威之盛、对决战之烈着力描绘，形象生动，气势雄壮，有较高的艺术技巧。

【注释考证】

①明明在下，赫赫在上：在下（人间）的王有明明之德，在上（天上）的天帝有赫赫之命。明明，形容人之德明明可察。按：本诗又以"明明"名篇。赫赫，形容天之命赫赫显著。在下、在上，对文分指人、天二事，而着意将人、神联系起来，把周王朝的开国之王刻画成半人半神的英雄。　②天难忱斯，不易维王：天命是无常而难信的，为王是不可玩忽轻慢的。又见《尚书·咸有一德》："天难谌，命靡常。"忱，"谌"字之假，信。按：《汉书》《后汉书》《春秋繁露》《潜夫论》皆作"谌"，《说文》引诗亦作"谌"，《韩诗》作"訦"。难信，是说因其多变而难测。斯，语气词，犹"今""思"。易，安，又训"轻慢"。不

易，不敢自安。或，不可玩忽轻慢。维，犹"为"。又见《尚书·召诰》："无疆惟（维）休，亦无疆惟（维）恤。"《尚书·皋陶谟》："万邦黎献，共惟（维）帝臣。"　③天位：天子之位。　④殷適（dí）：殷嫡。殷人之嫡嗣，指纣王。適，"嫡"之借字。本指正妻，此指嫡子、正嗣，即正妻所生之子（或正妻所生之长子）。　⑤使不挟四方：使其威命不能达于四方之国。说明纣王暴虐无道，残害人民。结果，民怨沸腾，众叛亲离，致使政令不行。挟，"浹"之借字，通达。《毛诗传笺通释》："按：《尔雅·释言》，浹，澈也。澈即达。《释名》，达，澈也。《小尔雅》，彻，达也。是矣。作挟者，《说文》无浹字。古浹字止作挟。《荀子·儒效篇》，尽善挟洽之谓神。注：挟读为浹，是浹古作挟之证。"一说，"挟犹持也"。一说，"有也"。　⑥挚仲氏任：挚国任姓之仲女（次女）。一说，薛国任姓之仲女。《毛诗传笺通释》："……《广韵》，黄帝二十五子，十二人各以其德为姓，第一为任氏。是任姓出自黄帝之证。不曰挚任仲氏，《诗》称挚仲氏任者，段玉裁曰，女子后姓，所以别于男子先氏。……《晋语》'挚畴之国由大任'。韦注，挚、畴二国，奚仲、仲虺之后，大任之家。《路史》'今蔡之平舆有挚亭'。按，平舆故城在今河南汝宁府城东。是挚实殷畿内国。故《诗》曰，自彼殷商。"又，《诗经稗疏》："任姓者，奚仲之后，为夏后氏车正封于薛（俗作薛）。《潜夫论》曰，奚仲后迁于邳，其嗣仲虺居薛，为汤左相。薛，任姓。此云'挚仲氏任'。《集传》云，挚，国名。然挚国不他见。若以为殷之诸侯，至周失国，则文王母族，不应废灭。挚、薛古音相近通用，挚盖薛也。仲虺为商宗臣，其后嗣留仕于殷，食采于畿内，故曰'自彼殷商'。至周改封，始启土于山东，而国号则仍其旧。薛，初见于《春秋》，称侯。其后降称伯，盖大国也。亦应以太任故受元侯之封。不然，则车正之泽固不能如是其丰也。《唐书·宰相世系表》云，奚仲为夏车正更封于薛。又十二世孙仲虺为汤左相，太戊时有臣扈，武丁时有祖己，徙国于邳。祖己七世孙成侯，又迁于挚，一谓之挚国，然则挚之为薛明矣。"　⑦曰嫔（pín）于京：曰，语词，不为义。嫔，妇，成妇，一说,训"嫁"。　⑧乃及王季,维德之行:于是(太任)与王季相配,二者道德齐等。及,与,同。维,助词。行,列,并列,齐。　⑨大(tài)任有身:太任有重身。大,亦作"太"。身,此指重身,是说母身之内又有一身,即"有孕"。　⑩小心翼翼:恭谨竦敬之貌。　⑪昭事上帝:光明正大地服事上帝。昭,光明。事,服事,行上帝之命。　⑫聿怀多福:招来很多福禄。聿,语词,无实义。　⑬厥德不回:其德不违。厥,犹"其"。回,应读作"违"。《左传·昭公二十六年》引《诗》"厥德不回,以受方国"。注曰:"君无违德,方国将至。"一说,"回,邪也"。　⑭以受方国:而受大国,而享大国。以,而。受,犹"承"或"享",享国,指帝王在位。方,大。方国,犹"大国",指周为土地广大之国。国,古通"域",见《小雅·六月》注。"昭事上帝"以下四句,是说:由于文王"昭事上帝""厥德不回",所以,"聿怀多福""以受方国",有因果关系。　⑮天监在下,有命既集:上天监照在下之文王,其命旨已降临于文王之身,助成他的婚姻生育之事。监,照,监察,明察。有,助词。命,天命。既,终,已。集,就,临。　⑯文王初载,天作之合:文王初始成婚之时,上天作成他与太姒配合。或谓:由于上天作成文王与太姒配合,而使文王开始生子。载,始,又通"栽",训"立",似指成丁。又训"生",似指生子。作,作成。合,配合,指配合成夫妻。　⑰在洽之阳,在渭之涘(sì):迎娶之地,在洽水之北,在渭水之滨。洽,字本作"合",古水名,早已湮绝,今陕西合阳县,即古代合水流域,因在合水之阳而得名,合又作郃。阳,水之北为阳。渭,渭水,为黄河最大支流,源出甘肃渭源县,流经陕西渭河平原,由潼关县入黄河。涘,水边。　⑱嘉止:指婚礼。嘉,美。止,《广雅》:"止,礼也。"　⑲大邦有子:大国(指莘国)有美好的女子。大邦,大国。子,此指女子(太姒)。　⑳俔(qiàn)天之妹:譬如上天之女。俔,譬如,譬喻,好比。《韩诗》作"磬"。俔、磬二字同声通用。《说文》:"俔,譬谕也。"《诗三家义集疏》:"《韩说》曰,磬,譬也。"《毛诗正义》:"盖如今俗语譬喻物,云磬作然也。"妹,少女之称。天妹，犹言"天女"，亟言其高贵。姚氏《诗经通论》："妹，少女之称。女将归，故《易卦》名《归妹》。'天妹'，尊称之也，犹王曰'天王'之义。" ㉑文定厥祥：礼定其祥。占卜得吉日，则举行纳币之礼。文，礼，礼文。厥，其。祥，吉祥，指占卜得吉祥之时日。 ㉒造舟为梁：将船并排起来当作桥梁。《诗集传》："造，作。梁，桥也。作船于水，比之而加板于其上，以通行者，即今之浮桥也。"《诗毛氏传疏》："天子造舟者，《方言》，艁舟谓之浮梁。《文选·潘岳〈闲居赋〉》注引《方言》作'造舟'。《说文》，造，古文作艁。《尔雅》郭注云，比船为桥。李注云，比其舟而渡曰造舟。……《说文》，桥，水梁也。梁，水桥也。"姚氏《诗经通论》："造舟为梁，当时适有此事，故诗及之。" ㉓不显其光：不，见《大雅·文王》注。显其光，言文王亲迎太姒于渭水之上，以显其婚礼之光辉。 ㉔有命自天：有，语首助词。命自天，旨命从天而降。自，从，由。 ㉕于周于京：来嫁于周，曰嫔于京。 ㉖缵女维莘（shēn），长子维行：淑女是莘国的太姒，她与周之文王德行齐等相称。缵女，"缵"为"孈"之假借，犹硕女、淑女、美女。维，犹"为"，犹"是"。莘，古国名，姒姓，其地在今陕西韩城旧合阳县东南。《诗经稗疏》："地之以莘名者非一。古有莘氏之国，在河北、濮东者，晋文公登有莘之墟是也。地在河、汝之间者，《春秋》'荆败蔡师于莘'是也。在河南、函谷之外者，'神降于虢之莘'是也。蔡、虢之莘，邑也。城濮之莘，古诸侯之国也。若此姒姓之莘，在郃阳渭涘，非古有莘国。《唐书·宰相世系表》云，夏后启封支子于莘，夏后故姒姓。今同州郃阳县有故莘城是已。姒姓之莘，当作侁，或作姺，伊尹耕于莘野，……莘、侁、姺，古字通用。此莘宜作侁，以别于城濮之有莘。"长子，犹"长女"，指太姒。行，列，并列。《毛诗传笺通释》："按：上章述大任之事，云'乃及王季，维德之行'。朱彬曰，行，列也。'维德之行'，犹言德与之齐等。……上言'维德之行'者，言大任德配王季，此言'长子维行'，言大姒德等文王也。《笺》，'配文王维德之行'，虽亦取上章为说，然上章《笺》云'配王季而与之共行仁义之德',则不以'行'为'等列',固已失其义矣。" ㉗笃生武王:生育武王。笃,语词,不为义。《毛诗正义》笺通释:"……笃与大,皆词也。因知此诗'笃生武王',犹《鲁颂》'是生后稷'、《公刘》诗'笃公刘',犹《生民篇》'诞后稷之穑','笃'亦助句之辞。若训为'厚生武王''厚公刘',则不辞矣。" ㉘保右命尔,燮(xiè)伐大商:上天保佑他、命令他,天与人会合讨伐大商。保右,保佑,旧指上帝、神灵对人的佑助。右,犹"祐""佑",助也。燮,和,会合。马瑞辰则曰:"燮与袭双声,'燮伐'即'袭伐'之假借。……伐与袭,对文则异,散文则通。《风俗通·皇霸篇》引下章'肆伐大商'作'袭伐'。窃谓'袭伐',本此章'燮伐'之异文。三家诗盖有用本字作'袭伐'者,应劭偶误记为下章文耳。'燮伐'与'肆伐'义相成,'袭伐'言其密,'肆伐'言其疾也。据《公羊》注,以'袭'为轻行疾至,则'袭伐'与'肆伐'义亦相近。《传》《笺》并训燮为和。失之。"此说亦颇成理。 ㉙殷商之旅,其会如林:殷商的军队很多,他们的将帅之旗像树林那样。旅,师众,军队。会,"旝"之假借。旝,是古代的一种军旗。《左传·桓公五年》:"旝动而鼓。"杜预注:"旝,旃也,通帛为之,盖今大将之麾也,执以为号令。"《毛诗传笺通释》:"《说文》,旝,旌旗也。引诗'其旝如林'。《春秋传》曰'旝动而鼓',是三家诗有作旝者,自以为旃,不以为发石也。发石之制,初见《范蠡兵法》,恐非商时所有。且以为如林则可以言旌旗,不可以状发石也。"《诗经稗疏》:"若牧野之师,纣亲将,自建天子之旌旗,以麾进止。旝乃其师都之长所建尔。使有十万人,则建四十旝,故曰如林。因其旗以知其众。旝从㣆会,明为旗属而非礮。折衷众论,当以杜说为长。" ㉚矢于牧野:维予侯兴,上帝临女,无贰尔心:武王在牧野誓师,他对周军将士们说:"我要动员千军万马起兵伐商,上帝在监察着你们,要忠心作战,不要有什么差错!"矢,"誓"的借字,此指誓师。牧野,地名,"牧"又作"坶""姆"。其地在今河南省卫辉市境内。牧野之役,是武王伐商的最后一次决战。维,发语词。予,武王自称。侯,犹"乃"。"乃"犹

"方""正""才",或犹"即"。兴,兴师,起兵。临,监察。女,汝,指称周军将士。无,毋,勿,不要。贰,"贰"字之讹,"贰""忒"之借,差错,过失。㉛牧野洋洋:牧野是洋洋然广大无垠的。洋洋,广大貌。㉜檀车煌煌:坚固的檀木战车煌煌地闪着光。煌煌,形容车马、兵器、甲胄之光辉鲜明。㉝驷騵彭彭:四匹白腹的骏马十分高大强壮。騵,赤毛白腹的骏马。彭彭,强壮高大貌,或盛多貌。㉞维师尚父:维,发语词。师尚父,指吕尚。吕尚,周朝东海人,本姓姜,其先封于吕,从其封姓,故曰吕尚,字子牙。年老隐钓于渭水之上,文王初遇,与语,大悦,曰:"吾太公望子久矣。"因号太公望,载与俱归,立为师,为文王四友之一。又辅佐武王伐纣,有大功。本诗称"师尚父"者,犹"大师尚甫"也。父与甫同,为对男子之美称,尚甫,是吕尚之字。师,乃谓"大师",是其官名。㉟时维鹰扬:时,犹"是",又犹"若"。《管子·小匡篇》:"公曰:'善!吾子就舍,异日请与吾子图之。'对曰:'时可,将与夷吾,何待异日乎?'"维,犹"为",犹"是"。又,语中助词。鹰扬,鹰鸟飞扬,形容武王伐纣,将士奋发勇猛之气势。一说,扬为鸉之省借字。鸉,也是一种猛禽。王夫之则认为"鹰扬"是战阵名。见《诗经稗疏》:"《毛传》释如鹰之说,殊未分晓。……鹰扬者,阵也。八阵,有鸟阵。鹰扬者,鸟阵也。其后郑庄公为鱼丽,郑翩为鹳,其御请为鹅。皆鹰扬之类。"㊱凉:《韩诗》作"亮",《汉书》引同,佐,助。《毛传》:"凉,佐也。"《小尔雅》同《毛传》。按:"亮"为正字。㊲肆伐:疾伐。肆,疾,力,形容力量强大、猛烈而又迅疾。《毛传》:"肆,疾也。"《尔雅·释言》:"肆,力也。"《小尔雅》:"肆,疾也。"㊳会朝清明:会朝,黎明。此为双关语,既指牧野大会战是在黎明时取得最后胜利的;又指消灭殷商而建立周朝,犹如黎明到来。《毛诗传笺通释》:"按:会朝犹言会明。会明犹言迟明、黎明,皆比明之义也。……焦循曰,甲即始也。故《传》又曰,不崇朝而天下清明。至《传》训会为甲者,会甲二字双声,甲为十干第一,甲、一亦双声。惠氏《古义》曰,古多以甲为一,如第为甲第,观为甲观，令为甲令，夜为甲夜。兼引《战国策》云，武王将素甲三千，领战，一日破纣之国，禽其身。是知甲朝即一朝也。一为数之始，一朝即始朝也。皆与比及于朝之义相通。又按《说文》，会，合也。会、合、甲，皆一声之转。故《说文》嗑读若甲。而甲亦有合义。……亦可与会朝相证明矣。"清明，指武王灭商建周，结束了商纣暴力统治下的黑暗混乱局面，而天下清明。这是周代奴隶主阶级对武王伐纣的赞颂之辞。

绵

绵绵瓜瓞①。	大瓜小瓜，绵绵不断。
民之初生，	周人兴起，在那初年，
自土沮漆②。	从杜水迁往漆水之边。
古公亶父③，	古公亶父，继承遗烈，
陶复陶穴④，	又掏窑洞，又掏地穴，
未有家室⑤。	当时尚且没有房舍。
古公亶父，	周人先祖，古公亶父，
来朝走马⑥。	策马疾行，清晨赶路。
率西水浒⑦，	从那邠西水滨进发，
至于岐下⑧。	匆匆忙忙到达岐下。
爰及姜女⑨，	古公亶父偕同姜女，
聿来胥宇⑩。	察看地势，筹建屋宇。
周原膴膴⑪，	周原平野，肥美无比，
堇荼如饴⑫。	泥土黏润，如同糖稀。
爰始爰谋⑬，	于是计议，于是谋划，

二雅·大雅 文王之什

爰契我龟⑭。	于是刻龟，占卜算卦。
曰止曰时⑮，	卜辞告语：宜于居息，
筑室于兹⑯。	建筑宫室，在此吉地。
迺慰迺止⑰，	于是安居，于是止息，
迺左迺右⑱，	有的住东，有的住西，
迺疆迺理⑲，	先划疆界，又把地整，
迺宣迺亩⑳。	疏导沟渠，修治田垄。
自西徂东㉑，	南北西东，周原全境，
周爰执事㉒。	普遍忠诚，辛勤劳动。
乃召司空㉓，	于是召集司工之官，
乃召司徒㉔，	于是召集司土之官，
俾㉕立室家㉖。	派他快把宫室营建。
其绳则直㉗，	绳尺必定划直划正，
缩版以载㉘，	将那直版立好固定，
作庙翼翼㉙。	兴建宗庙，翼翼严整。
捄之陾陾㉚，	敛土盛土，其声陾陾，
度之薨薨㉛，	填土倒土，其声薨薨，
筑之登登㉜，	捣土夯土，其声登登，
削屡冯冯㉝。	削高拍平，其声乒乒。
百堵皆兴㉞，	百堵高墙，一齐筑成，
鼛鼓弗胜㉟。	丈二大鼓，难胜其声。
迺立皋门㊱，	兴建王都郭门，

皋门有伉㊲。	郭门高大轩昂。
迺立应门㊳，	兴建王宫正门，
应门将将㊴。	正门严正端庄。
迺立冢土㊵，	兴建大社土坛，
戎丑攸行㊶。	士众前往祭神。

肆不殄厥愠㊷，	虽未消灭怨怒之敌，
亦不陨厥问㊸。	也未丧失周朝威仪。
柞棫拔矣㊹，	文王振武，柞棫尽除，
行道兑矣㊺。	扫清道路，畅通无阻。
混夷駾矣㊻，	昆夷败退，仓皇奔突，
维其喙矣㊼！	何其疲惫，何其病苦！

虞芮质厥成，	虞芮二国，解怨结盟，
文王蹶厥生㊽。	文王善德，感其本性。
予曰有疏附，	我们拥有率下亲上之臣，
予曰有先后，	我们拥有前后辅导之臣，
予曰有奔奏，	我们拥有喻德宣誉之臣，
予曰有御侮㊾。	我们拥有捍卫邦国之臣。

  这是周代奴隶主阶级颂美其祖先古公亶父开国功业的诗歌。

  周人自公刘定居于豳，又传九世至古公亶父。因受獯鬻、戎狄的逼迫，古公亶父便率领周人迁到岐山之南的周原。定居于这土地肥沃的周原之后，在古公亶父领导之下，整顿了制度和组织，营建了宫室房舍，由穴居进化到室居，由原始社会逐渐过渡到奴隶制社会。周民族日益强大繁荣，其主要原因在于古公亶父的迁岐之功。后来又经其子季历、其孙文王的惨淡经营，逐步奠定了奴隶制国家的雄厚基础。终于由武王灭商，建立了周朝。武王伐纣的成功，是在古公亶父与文王所创造的各种条件下实现的。所以，本诗着力记叙先王开国之业绩。

此诗叙写劳动场面相当具体生动，记述历史事件也较真实。

【注释考证】

①绵绵瓜瓞（dié）：小瓜大瓜绵延不绝。绵绵，绵延不绝貌，众多貌。大曰瓜，小曰瓞。长成曰瓜，初生曰瓞。《诗集传》："瓜之近本初生者常小，其蔓不绝，至末而后大也。"姚炳《诗识名解》："瓜生皆由小而至大，始虽为瓞，继渐成瓜，瓜成又复生瓞。此所谓绵绵不绝意耳。"此句比兴周民族不断发展壮大，子孙绵延不绝之意。 ②民之初生，自土沮漆：周民族初始兴起之时，由杜水流域一带迁往漆水流域的豳地（即邠邑）。这是追溯后稷三世孙公刘的事迹。民，周民族，周人。初生，初兴。土，应从《齐诗》读作"杜"。杜，水名，流经今陕西省麟游、武功二县，南入渭水。杜水流域的邠邑是周始祖后稷定居之地。沮，"徂"之错讹，前往，去到。漆，漆水，在今陕西省郴州市西北，北入泾水。豳地即在漆水流域。再循漆水西行，便到岐山之下的周原，故下文顺叙古公亶父（太王）又由漆水流域迁至周原的事。公刘是周民族初期（第四代）的领袖，是古公亶父的远祖（凡十世），故溯言"初生"。《经义述闻》："沮，当为徂。徂，往也。自土徂漆，犹下文言自西徂东。言公刘去邰适邠，自杜水往，至于漆水也。……徂与沮相似，又因漆字而误作水旁耳。邠地有漆无沮，故下章之率西水浒，专指漆水而言。如以为沮漆水侧。则不知在何水之侧矣。又案此漆水在泾西，与《禹贡》《小雅》《周颂》之漆沮在泾东者不同。若以此为泾东之漆沮，则与邠地无涉，以邠在泾西故也。其《禹贡》《小雅》《周颂》之漆沮，则在泾东渭北。……不得以漆水为漆沮也。且漆沮是一水之名，故诗书皆以二字连称，分言之则谬矣。" ③古公亶（dǎn）父：古公，称号之谓。亶父，人名，详见本诗题解。 ④陶复陶穴："掏窾掏穴"。陶，犹

今之"掏"字。此指掘土为穴。复,"窀"之借字。"窀",崖沿之中掘掏旁穴。《淮南子·氾论训》:"古者,民泽处复穴。"高注:"复穴,重窟也。"《毛诗传笺通释》:"……崔应榴曰,陶其土而为之盖,又陶其土而为之窝。其说是也。……至《淮南》高注以复穴为重窟者,上既陶其土以为盖,下又陶其土以为室,有似于重窟者然,故或以为重窟耳。"陶穴,从地面向下掏洞。 ⑤家室:指宫室房舍。 ⑥来朝走马:来朝趣马。来朝,犹"向明""薄明",早,清早。走马,趣马。走,为"趣"之假借,迅疾。趣马,驰马疾行。此句,言"古公亶父带领族人,为远避狄难而兼程前进,经常从黎明时分就策马疾行"。 ⑦率西水浒(hǔ):从那邠西漆水的边岸前行。(这是当时太王离开邠地前往岐山周原的路线。)《经义述闻》:"……率西水浒,正承上章之漆水而言。(若上章未言漆水而此忽言水浒,则不知为何水之浒矣。故知水浒是漆水之浒,非渭水之浒也。)《尔雅》曰,率,自也。……西,邠之西也。太王自邠西漆水之厓,南行逾梁山,又西行至于岐山之下。约而言之,则自邠西漆水之厓至于岐山之下。故曰'率西水浒,至于岐下'也。"浒,水边。 ⑧岐下:岐山之下,即指周原。岐山,在今陕西省岐山县东北。 ⑨爰及姜女:是说"太王于是偕同其妃太姜"。爰,于是,或,语首助词。及,偕同,与。姜女,姜氏之女,太王之妃,姓姜,又称太姜。 ⑩聿来胥宇:来观察地势,选择建筑宫室屋宇的基址。聿,语首助词。胥,相,视,察看。宇,屋宇。胥宇,犹"相宅"。 ⑪周原膴膴(wǔ):周地平原沃野,十分肥美。周,地名,指岐山之南一带。原,平原,原野。膴膴,肥美貌。周民族、周国、周朝即以周地得名。 ⑫堇(jǐn)荼如饴(yí):指肥美的黏泥像饴糖那样黏而润泽。堇,黏土。荼,应为"涂"之讹,泥。《诗经稗疏》:"毛、郑俱以堇荼为菜以实求之。非也。……且此诗本咏周原之肥美,宜于禾稼,非论野蔌。……堇荼者,《内则》之所谓谨涂也。堇者,许慎曰,黏土也。荼与涂通,泥也。《诗》则通荼为涂,《内则》则通堇为谨。古人文字简,类多互借,又或传写之讹。堇涂,穰草和泥黏而肥泽,膏液稠洽如饴之黏。"

故曰'膴膴周原'。地后入秦，秦地宜禾，此之谓也。以堇荼为二菜之名，既非经义，若《集传》谓堇为乌头，则尤沿郭璞之误，而于如饴之文尤为背戾。……然而堇涂非堇菜也，黏土也。"其说为允。饴，用麦芽或谷芽制成的糖浆或糖稀。　⑬爰始爰谋：于是计议，于是谋划。爰，于是，或，语词。始、谋，均训"谋"。《诗》中屡见近义词、同义词叠用的例子，像"爰始爰谋""将安将乐""将恐将惧""无罪无辜""言旋言归""如霆如雷""如惔如焚"等，不胜枚举。这种复语形式，不仅能加重语势，而且，也能使句式更为整齐、更富节奏感。《毛诗传笺通释》："始亦谋也。始谋谓之始，犹终谋谓之究。爰始爰谋，犹言是究是图也。《尔雅》，基、肇皆训为始，又皆训谋，则始与谋义正相成耳。经以二爰字对举。"　⑭爰契我龟：爰，于是，乃。契，通"栔""挈""锲"，刻。此处或有"凿"义，指古人占卜时刻记卜辞，或在占卜用的甲、骨上凿孔。龟卜时，先于龟甲上凿孔。然后用火烧烤，再根据龟甲上的裂纹推断吉凶。龟，龟甲。　⑮曰止曰时：此为卜辞。曰，语词。止、时，均为"止居"义。此处就是建筑宫室房舍的吉地。《经义述闻》："今本《尔雅》跱作时。《尔雅》又曰，鸡栖于弋为榤，凿垣而栖为埘。《王风·君子于役》，《释文》埘作时。栖止谓之时，居止谓之时，其义一也。《庄子·逍遥游篇》曰，犹时女也。司马彪注曰，时女，犹处女也。处，亦止也。《尔雅》曰，止，待也。《广雅》曰，止、待，逗也。待与时，声近而义同。待，亦通作时"，"《笺》曰，时，是也。曰可止居于是。《正义》曰，如《笺》之言，则上'曰'为辞，下'曰'为'于'也。引之谨案，经文叠用'曰'字，不当上下异训。二'曰'字，皆语辞。'时'，亦'止'也。古人自有复语耳。《尔雅》曰，爰，曰也。'曰止曰时'，犹言'爰居爰处'。《玉篇》曰，《尔雅》室中谓之跱。跱，止也"。　⑯于兹：在此。兹，此地。　⑰迺慰迺止：迺，"乃"之古体。慰，《毛传》："安也。"《尔雅》："安，止也。"《方言》："慰，居也。江、淮、青、徐之间曰慰。"慰与止，是同义词，都有安居、止居之意。　⑱迺左迺右：此指居室建成后，分配居民，有的在左边住,有的在右边住。左右又犹东西两边。 ⑲廼疆廼理:疆,指划定并修筑地界。理,指整治农田,使之有条理。一说,经营土田,确定土地宜种植什么农作物、怎样种植等。 ⑳廼宣廼亩:宣,泄,指疏导沟渠以泄水。亩,犹"垄""畴"。此处作动词,指耕完田地之后,接着便修治田垄(田埂)。一说,整治田亩。 ㉑自西徂东:从西到东。实则举西东以包南北,统指周原之内。 ㉒周爰执事:周,周遍,普遍,又训忠诚。执事,执行其事,此指各种劳作。 ㉓司空:古代官名,西周始置,金文多作"司工",掌管建筑工程,为六卿之一。 ㉔司徒:古代官名,西周始置,金文多作"司土"。掌管土地、劳役、徒隶诸事。 ㉕俾:使。 ㉖室家:指宫室房舍。 ㉗其绳则直:那建筑用的绳尺必定将宫室地基的经界划直划正。绳,绳尺,绳墨。则,犹"必",必定,必然。《列子·说符》:"孙叔敖戒其子曰:'为我死,王则封女,女必无受利地。'"《淮南子·人间训》作"王必封女"。《吴越春秋·王僚使公子光传》:"此鸟不飞,飞则冲天;不鸣,鸣则惊人。"《新序·杂事》作"是鸟虽不蜚(飞),蜚必冲天;虽不鸣,鸣必惊人"。直,兼有"正"义。 ㉘缩版以载:古代用版筑法筑墙(见《小雅·斯干》注)。此句即指版筑时将长的直版竖好。缩版,指长的直版(两面的版)。缩,直。一说,缩,为"束缚"之意。以,而。载,通"栽",立。《毛诗传笺通释》:"载,通作栽。……今人名草木之殖曰栽,筑墙立版亦曰栽。是知载即栽也。栽谓树立其筑墙长版也。……盖古者筑墙,短版用于两端,为横版;长版用于两边,为直版。古以直为缩。《礼记》,古者冠缩缝。《孟子》,自反而缩。皆谓直也。……孔广森曰,纵、缩,皆直也。……'缩版以载',承上'其绳则直',谓绳直既立,即先树立其直版,缩版即直版也。'缩版以载',犹云'直版以树'也。……旧皆训缩为束。失之。" ㉙作庙翼翼:兴建宗庙十分严整。作,兴建。庙,宗庙。翼翼,严整貌。 ㉚捄(jiū)之陾陾(réng):捄,此指敛土或向盛土器内盛湿土。陾陾,敛土声。 ㉛度(duó)之薨薨:度,投,填,指将土倾投于版槽内。薨薨,犹"轰轰",倒土声。 ㉜筑之登登:筑,以杵（木或石制）捣土。登登，捣土（夯土）声。 ㉝削屡冯冯：削屡，削平墙土隆高之处。屡，"娄"之俗体，犹"偻""䁖"，指墙土隆起处。（偻，本指背曲隆起。䁖，本指土丘、坟冢。）冯冯，削土培墙声。 ㉞百堵皆兴：百堵墙垣一齐筑成。堵，一丈为版，五版为堵。百堵，是说墙垣之长，不一定为实数。皆，"偕"之假借。同，俱，一齐。兴，筑起，建成。 ㉟鼛（gāo）鼓弗胜：鼛，大鼓名，直径一丈二尺。在这建筑工地上，擂大鼓是为了鼓动情绪。弗胜，不胜，指上面所述筑墙的各种声音极大，以致大鼓的声音也不能压倒它（不能胜过它）。按：第六章描述筑墙的场面相当热烈生动。并且，依敛土、盛土、填土、夯土、削平等顺序叙述，十分真实而有层次。最后，"百堵皆兴"，说明劳动效率之高。"鼛鼓弗胜"，映衬劳动场面之热烈，画龙点睛，颇为圆满。 ㊱皋门：王都的郭门。 ㊲伉（kàng）："闶"之借字，门高大貌。 ㊳应门：王宫的正门（朝门）。 ㊴将将（qiāng）：按：《后汉书·张衡传》："逾高阁之锵锵。"李贤注："锵锵，高貌也。"《广雅·释训》："锵锵，盛也。"窃疑"将将"为"锵锵"之省借。庄严端正貌。 ㊵冢（zhǒng）土："大社"之名，是祭土神的坛（高大的土台）。古代有军事行动必先祭社。天子、诸侯皆立社。冢，大。 ㊶戎丑攸行：指大社是士众前往祭告之地。《诗集传》："戎丑，大众也。起大事，动大众，必有事乎社而后出谓之宜。"戎，士，兵，又训"大"。丑，众。攸，所，或为语词。行，往祭。 ㊷肆不殄（tiǎn）厥愠（yùn）：肆，语词，或犹"故"，又犹"虽"。《经义述闻》："'肆'为语词之'故'。肆，故，今也，则皆为语词。"按："故"犹"虽"。《周易·象传·豫》："豫顺以动，故天地如之，而况建侯行师乎？"又，"故"，为发端之词，无实义。《礼记·礼运》："故圣人参于天地，……故人者其天地之德，……故礼义也者，人之大端也。"《礼记·曲礼》："故君子式黄发。"郑注："发句言'故'，明此众篇杂辞也。"殄，灭绝，消灭。厥，其，指周。愠，怨恨，愤怒。此指周人怨怒夷狄。 ㊸亦不陨厥问：亦，也，承接连词，"虽……也……"。又为发语词，无实义。

《尚书·皋陶谟》："亦行有九德。"陨，损毁，破坏，损失。问，通"闻"，名誉，声威。按：上二句是叙述周文王的事，是说"文王初年，虽然还没有立即消灭周朝所怨怒的夷狄，但也并未丧失周朝的声威"。

㊹柞（zuò）棫（yù）拔矣：柞，柞树，橡栎之一种。棫，灌木，又名白桵、白棫、白柘。《尔雅》郭璞注曰："小木丛生有刺，实如耳珰，紫赤可啖。"拔，除净。　㊺行道兑矣：行，道路。行、道，同义词叠用，形成新的合成词"行道"，犹言"道路"。兑，通达。上二句言"柞、棫等阻塞道路的树木铲除干净了，道路畅通了"。　㊻混（kūn）夷駾（tuì）矣：混夷，又作"昆夷"。史书又称"畎夷""犬夷""犬戎"，古民族名。駾，仓皇奔窜逃退。马瑞辰云："《说文》，駾，马行疾来貌也。引《诗》，'昆夷駾矣'。疾与突义相成。……疾突为奔腾之貌。疾而进者为疾突，退而奔者亦为疾突。故《笺》以惊走奔突释之。《鲁灵光殿赋》张载注引《诗》'昆夷突矣'。三家诗盖有作突者，故《毛诗》以突释駾耳。"　㊼维其喙（huì）矣：维，语词。其，犹"何其"，或"是那样……"。喙，通"瘃""瘵"，疲困。　㊽虞芮质厥成，文王蹶（guì）厥生：这是颂美文王之辞。虞、芮二国终于结成友好同盟，是由于文王以善德感动了他们的本性。虞、芮，二古国名。虞，周文王时建立的诸侯国，姬姓。故地在今山西省平陆县北。芮，亦周文王时建立的诸侯国，姬姓。故地在今山西省芮城县西与陕西省大荔县东。传说，虞、芮二国争田，二国君到周文王处评判是非，至王畿，见周人多有礼让之风，又受到文王善德的感动，便不再争田了。不仅在文王感召、调解之下结成友好同盟，而且也更宾服周王朝，成为周王朝更可靠的诸侯国。这也为文王以后西征犬戎和密须、东征黎国创造了有利条件。质，正，成，成立，结成。成，平，和平，讲和，友好同盟。蹶，感动。生，通"性"，指本性，善性。　㊾予曰有疏附，予曰有先后，予曰有奔奏，予曰有御侮：这四句，是周人夸耀自己大有贤臣。予，我们，周人自谓。曰，或作"聿"，语词，不为义。疏附，又作"胥附"，率下亲上之臣。先后，在王前后左右辅佐导引之臣。奔奏，广为喻德宣

誉之臣。王引之云："……《传》以奏为告语之义，故曰喻德宣誉。《尧典》，敷奏以言。《史记·五帝纪》作遍告以言。是也。"御侮，抵御外侮、卫国安邦之臣。按：以上四种贤臣，古谓王之四邻。

棫朴

芃芃①棫②朴③，　　棫树、朴树，蓬蓬茂密，
薪之槱之④。　　　取它堆积，准备燃起。
济济⑤辟王⑥，　　庄严恭敬，文王有仪，
左右趣之⑦。　　　左右亲信，归附奔趋。

济济辟王，　　　　庄严恭敬，英明文王，
左右奉璋⑧。　　　左右亲信，捧持玉璋。
奉璋峨峨⑨，　　　捧持玉璋，威仪壮盛，
髦士⑩攸⑪宜⑫。　　俊士英才，合乎法章。

淠⑬彼泾舟⑭，　　泾河之舟，随波摇荡，
烝徒楫之⑮。　　　万众一心，齐力划桨。
周王于迈⑯，　　　周王发兵远征，
六师及之⑰。　　　六师随他前往。

倬彼云汉⑱，　　　银河浩渺，明辉灿烂，
为章于天⑲。　　　光彩夺目，在那长天。
周王寿考⑳，　　　周王长寿，受人爱戴，
遐不作人㉑？　　　怎不造就大量人才？

追琢其章㉒，	精心雕琢玉璋，
金玉其相㉓。	金玉高贵本相。
勉勉㉔我王，	我王勤勉自强，
纲纪四方㉕。	权威统治四方。

这是周人颂美文王善于鼓励、培养和任用人才，以兴文治武功的诗。

【注释考证】

①芃芃（péng）：草木茂密丛杂貌。 ②棫：见《大雅·绵》注㊹。 ③朴：《经义述闻》："朴，亦木名。《说文》作樸，云枣也。《尔雅》，朴枹者，汇谓朴是枣之一种，其如竹之苞者，则曰汇也。棫与枣皆丛生之木，故类言之。芃芃棫朴、榛楛济济，皆二木并称也。毛、郑误读《尔雅》'朴枹者'为句，而以朴为朴属而生。失之矣。说见《尔雅》'朴枹者谓'下。" ④薪之槱（yóu）之：薪，取以为薪，或斫以为薪。槱，积木柴以备燃烧。本句是指文王将出征，燔柴以禷祭天神（从马瑞辰说）。 ⑤济济：庄严恭敬貌，又，美好貌。 ⑥辟（bì）王：犹"君王"，指文王。辟，国君。 ⑦左右趣之：左右指近臣、近侍，或指诸侯。趣，"趋"之借字，指奔趋助祭，又见人心之归附趋向于文王。 ⑧奉璋（zhāng）：捧持玉璋。璋，见《小雅·斯干》注。《毛诗传笺通释》云："按，九献之礼，夫人执璋瓒以亚祼。惟《祭统》云，大宗伯执璋瓒亚祼。郑注：容夫人有故摄焉，则代后奉璋瓒者，非常礼也。《春秋繁露》曰，奉璋峨峨，髦士攸宜，此文王之郊也。然《周官·小宰》注云，天地大神，至尊不祼，亦不得言郊祀之礼，祼以璋瓒。今按《周官·典瑞》，牙璋以起军旅，以治兵守。《白虎通义》曰，璋以发兵。何璋半珪，位在南方，南方阳极而阴始。起兵亦阴也，故以发兵也。是璋古用以发兵，此诗下章言'六师及之'，则上章言奉

章，当是发兵之事。故《传》惟言'半圭曰璋'，不以为祭祀所用之璋瓒耳。"《周礼·春官》注："人执以见曰瑞，礼神曰器。瑞，符信也。"

⑨峨峨：盛壮之貌。　⑩髦士：俊士，英士，犹"英才"。　⑪攸：犹"是"，犹"所"。　⑫宜：适合。此指合乎法度，或指合乎文王之心。又，训祭名，《尚书·泰誓》："宜于冢土。"《毛传》："祭社曰宜。"古时，王者起大事、动大众，必先祭社而后行动。　⑬淠（pì）：舟行摇荡貌。按，《小雅·采菽》："其旂淠淠。"《毛传》："淠淠，动也。"旗动为淠，身动亦为淠。　⑭泾舟：泾水之舟。　⑮烝徒楫之：烝徒，众人。烝，众。楫，本指划船的短桨，引申为划船。本句是说"众人一齐划船"，有"同舟共济"义。　⑯周王于迈：周王，指周文王。于，往。迈，行，往行，指出征伐崇之事。《春秋繁露》曰："'周王于迈，六师及之'，此文王之伐崇也。"　⑰六师及之：六师，犹"六军"。周朝的常备军分两部分：宿卫宗周的有六师，称"西六师"；驻在成周的有八师，称"成周八师"，总共十四师。周之师相当于历史文献中所说的军，每个师有万余人。此称"六师"，意指"全军"。及之，追随他（文王）。及，训"同""跟""追随"。　⑱倬（zhuō）彼云汉：倬，大而明。云汉，银河。　⑲为章于天：为章，成章。章，文章，文采，此指华美的光彩。于，在。　⑳周王寿考：《诗集传》："文王九十七乃终，故言寿考。"　㉑遐不作人：何不作人。遐，通"何"字，古读若"胡"。作人，指鼓励、培养造就、善用人才。文王怎能不大力培养人才和善于任用人才呢？说明文王是这样做的。　㉒追琢其章：雕琢其章。追，即"雕"（彫）之借字。《毛诗传笺通释》："《传》，追，彫也。金曰彫（雕），玉曰琢。《笺》，《周礼·追师》，掌追衡笄。则追亦治玉也；瑞辰按，《笺》说是也。追即彫之假借。《说文》，琱，治玉也。彫，琢文也。治玉以琱为正字。今经传通作彫与雕。《尔雅》，玉谓之雕。又曰，玉谓之琢。雕琢以双声相转注，字异而义同。《荀子·富国篇》《说苑·修文篇》并引《诗》，'彫琢其章'。赵注《孟子》，彫琢治饰玉。亦引《诗》'彫琢其章'。是彫、琢皆治玉之证。追与彫双声，故假借通

用。犹'雕弓',《诗》作'敦弓'。《士冠礼》注,追犹堆也。……毛公特以追、琢分属下句金、玉,故谓金曰彫耳。《周官·追师》郑注及《玉篇》并引《诗》'章'作'璋',三家诗或有作'璋'者。则追为治玉,益可知矣。"又,徐灏《说文解字注笺》云:"凡雕刻器物突起曰追,深入曰琢。追者𠂤之假借也。"(按:𠂤,同"堆",小阜曰𠂤。)章,"璋"之借字,指玉瑞之"璋"。又比况人才,或指文采。 ㉓金玉其相:金玉其质。金玉有高贵美好的本质。"追琢其章,金玉其相"二句,是说明金玉有美好高贵的本质,又加以精心雕琢,便成为宝贵的璋。比喻俊士具有金玉般的本质,再加以鼓励、培养,合理任用,就都能成为有大用之材。金玉,此处既实指"璋"有金玉之本质,又借喻贤臣有美好的本质。凡贵重、美好之事物,多以金玉为喻。不必泥。 ㉔勉勉:勤勉不已。又可训劝勉、鼓励人才。 ㉕纲纪四方:统治四方邦国。纲,网之总绳,能提挈全网者。纪,本指统理众丝的头绪。《礼记·礼器》:"纪散而众乱。"注:"纪者,丝缕之数有纪也。"《说苑·权谋》:"袁氏之妇,络而失其纪。"又引申为"统理""综理""总治"之义。纲纪,有治理、统治之义,亦有以法纪与政纲进行统治之义。

【学术延伸】

姚际恒云:"此言文王能作士也。《小序》谓'文王能官人',差些,盖袭《左传》释《卷耳》之说。[一章、二章]此二章言文王得助祭之事也。郑氏皆指文王祭言,是。观两章皆有'济济辟王'句及'左右',字可见。先言'左右趣之',汎谓其趋跄也;下则单指奉璋之事而言也。……[三章]此章言文王得征伐之士也。[四章]此章言文王法天之文章,以兴文治而作人材也。[五章]此承上章而言。'追、琢''金、玉'皆人力勉然之事,又以见文王益加勉乎其文而纲纪此四方也。'倬彼云汉,为章于天',天文也;'追、琢其章,金、玉其相',人文也。"方玉润云:"……此诗亦倒叙法耳。其作人之盛也,既美其质,复琢其章,故能焕发成采,如彼云汉之为章于天矣,岂不倬然也哉!及其归心也,莫大乎承祭与征伐。文王承祭,奉璋峨峨,无非髦士攸宜,则其作文德之士也可知。文王征伐,六师虎从,有似烝徒楫舟,则其作武勇之士也又可见。盖非徒能官人而已,又有以作之,使其振兴鼓舞而变化焉。"

旱　麓

瞻彼旱①麓②,　　　瞻望那旱山山麓,
榛③楛④济济⑤。　　榛树、楛树密密丛丛。
岂弟⑥君子⑦,　　　君子贤良,和乐近人,
干禄⑧岂弟。　　　　乐易和平,以求天禄。

瑟⑨彼玉瓒⑩,　　　那些玉瓒,色泽鲜明,
黄流在中⑪。　　　　金黄秬酒,盛在其中。
岂弟君子,　　　　　君子贤良,和乐近人,
福禄攸降⑫。　　　　大福大禄,自天降临。

鸢飞戾天,　　　　　鸢鹰高飞,上摩青天,
鱼跃于渊⑬。　　　　游泳跳跃,鱼在深渊。
岂弟君子,　　　　　君子贤良,和乐为怀,
遐不作人⑭?　　　　怎不培养济济英才?

清酒既载⑮,　　　　清酒甘醇,陈设美味,
骍牡既备⑯。　　　　红马为牲,已经齐备。
以享以祀,　　　　　献祭天神欣享,
以介景福⑰。　　　　以求洪福无量。

瑟彼柞棫⑱，	柞树、棫树，茂盛繁多，
民所燎矣⑲。	人们祭天，取柴烧火。
岂弟君子，	和乐近人，君子贤良，
神所劳⑳矣。	天神保佑，慰抚四方。

莫莫葛藟㉑，	葛藤密密绵绵，
施于条枚㉒。	蔓延山楸树干。
岂弟君子，	和乐近人，君子贤良，
求福不回㉓。	遵循正道，福自天降。

这是赞颂文王培养和重用人才，并且咏其祭祀而受福的诗。

【注释考证】

①旱：山名。《汉书·地理志》："汉中郡南郑旱山，池水所出。" ②麓：山脚。《周语》引"麓"作"鹿"。 ③榛（zhēn）：树木名。有二种，其一即榛子树。另有丛生之榛，又称栵。此处当指栵木，与楛连举，皆丛生灌木。 ④楛（hù）：树木名。叶如荆而赤，又名赤荆。 ⑤济济：众多貌，茂密貌。 ⑥岂（kǎi）弟：即"恺悌"，乐易，和易近人。 ⑦君子：此指文王。 ⑧干禄：求福。干，求。姚氏《诗经通论》："'干禄'，干天之禄也，犹言'求福'，与下'福禄攸降'及'求福不回'为一例语。禄自我干，福自我求，故福禄攸降非他人所预也。"又，《毛诗传笺通释》云："干禄与百福对言。干禄疑千禄形近之讹。此诗'干禄岂弟'，及《假乐》诗'干禄百福'，干皆当作千百之千，传讹已久，遂以干字释之耳。" ⑨瑟："璱（sè）"之省借，鲜洁貌。《周官·典瑞》注引诗作"卹"，又作"䫏"。《说文》作"璱"。《群经音辨》曰："卹，玉采也。"卹、䫏、璱并通。 ⑩玉瓒：即"圭瓒"。

《诗集传》：" 玉瓒，圭瓒也。以圭为柄，黄金为勺，青金为外，而朱其中也。"《诗义会通》："以圭为柄勺，以黄金为饰。" ⑪黄流在中：《毛诗正义》："秬，黑黍，一稃二米者也。秬鬯者，酿秬为酒，以郁金之草和之，草名郁金，则黄如金色，酒在器流动，故谓之黄流。"《诗毛氏传疏》："奂谓当作'黄金所以为饰'。《释文》一本有'为'字是也。……按璋瓒、圭瓒，其形相似，瓒柄用圭，谓之圭瓒。圭头有勺，勺以黄金为饰，即所以注酒，黄即勺，流即酒，故《传》云'流，鬯也'。鬯，秬鬯，'黄流在中'，言秬鬯之酒自勺中流出也。"又，《毛诗传笺通释》云："《传》，黄，金所以饰；流，鬯也。《笺》，黄流，秬鬯也。……《释文》，黄金所以流鬯也。一本作黄金所以为饰，流鬯也。是后人所加。《正义》定本及《集注》皆曰，黄，金所以饰；流，鬯也。若有'饰'字，于义易晓。则俗本无'饰'字者。误也。瑞辰按，此《笺》合黄流为一，以秬鬯之酒为金所照，其色黄，因名黄流。非《传》义也。《传》盖分黄与流为二，以黄即黄金勺也，故曰黄金所以饰。凡勺皆有鼻，为酒所流之处，因名其鬯为流，故曰流鬯也。在中者，对青金外言之，则黄与流皆在中，非朱中之中。《正义》谓《传》有'饰'字是也。"按：以《毛诗正义》之说为允。 ⑫福禄攸降：与"干禄岂弟"义近。见注⑧。攸，犹"是"。 ⑬鸢（yuān）飞戾天，鱼跃于渊：老鹰翱翔，上至青天；鱼在深水之中游泳跳跃。形容物得其所，自在适意。即"海阔凭鱼跃，天高任鸟飞"之意，以比兴下文"作人"之德。鸢，猛禽名，俗称"老鹰"，尾呈义状，翼下有白斑，上体多褐色羽毛，善飞翔。戾，至。 ⑭遐不作人：见《大雅·棫朴》注。 ⑮清酒既载：清酒已设。《毛诗传笺通释》："按《文选·西征赋》李善注引《韩诗章句》云，载，设也。载与䁔音同。《说文》，䁔，设饪也。从䀈食，才声，读若载。此诗载即䁔字之同音假借。故《韩诗》训设。《商颂·烈祖》诗，既载清酤，义同。《广雅》亦云，䁔，设也。《石鼓诗》，载皆作䁔。" ⑯骍（xīng）牡既备：用作牺牲的赤黄公马（或牛）已齐备。骍，赤色微黄的马（或牛）。牡，指雄兽。周人尚赤，故祭祀用驿牡。⑰以介景福：以助大福。介，助。景，大，详见《小雅·小明》注。此章是说以祭祀获福。⑱瑟彼柞棫：那柞树、棫树十分茂密。瑟，犹首章之"济济"。⑲民所燎矣：指人们烧柴祭天。民，人。所，指事、称代之词。燎，又作"尞"。《说文》："尞，柴祭天也。从火从眘，眘，古文慎字。祭天所以慎也。"凡烧柴薪都叫燎，此处专指烧木柴以祭天神。⑳劳：慰抚，劳来。㉑莫莫葛藟（lěi）：莫莫，茂密貌。葛，一种多年生藤本植物，有绵长柔韧之茎蔓，可采用其纤维。块根含淀粉，可入药，或供食用。藟，即指"藤"。又，《毛诗物名考》则云："未详图经，蔓延木上，叶如葡萄而小，四月折其茎有白汁而甘，五月花，七月实，子青黑微赤，冬惟凋叶。"按：字又作"虆""蘽"。㉒施（yì）于条枚：施，蔓延。施、延一声之转。《韩诗》作"延"。于，至，在。条，木名，又称"槦"或"榎"，俗名山楸。枚，树干。㉓求福不回：回，通"衺"，又通"违"，邪也。《吕氏春秋》载晏子引此诗"求福不回"。高诱注："求福不以邪道。"

思　齐

思齐大任①，	太任庄敬诚笃，
文王之母。	她是文王之母。
思媚②周姜③，	太姜和悦婉顺，
京室之妇。	她是王室之妇。
大姒嗣徽音④，	太姒继承美德之音，
则百斯男⑤。	必能多生贵子无数。
惠于宗公⑥，	文王顺祀先公，
神罔时怨，	神灵无所怨怼，
神罔时恫⑦。	神灵无所忧痛。

刑于寡妻⑧，	仪法达于正妻，
至于兄弟，	至于同宗兄弟，
以御于家邦⑨。	推及邦国各地。

雝雝⑩在宫，	在宫内和睦友爱，
肃肃⑪在庙；	在宗庙肃敬不懈；
不显亦临，	明显处，能够省察自警，
无射亦保⑫。	幽暗处，能够保持善性。
肆戎疾不殄，	凶恶灾难，业已告终，
烈假不瑕⑬；	人间疾苦，也都除净；
不闻亦式，	听到善言，就去实用，
不谏亦入⑭。	人有谏诤，采纳信从。

肆成人有德，	成年之人，都有德行，
小子有造⑮。	年少子弟，也有所成。
古之人无斁，	古之圣人，没有败德，
誉髦斯士⑯。	爱才育才，选贤举能。

这是周代奴隶主阶级歌颂其代表人物：太任、太姜、太姒、文王的诗，而重点言文王之"圣德"。

【注释考证】

①思齐大任：思，语首助词，不为义。齐，通"斋"字，本指古人在祭祀或典礼前清心洁身以示庄敬，引申为肃敬、恭谨或端庄之意。大任，太任。 ②媚：悦，好，顺，有美德。姚氏《诗经通论》："'思齐'者，言其为母道也。'思媚'者，言其为妇道也。'大姒嗣徽音'，嗣其

'思齐''思媚'也。" ③周姜：即太姜。 ④大姒嗣徽音：文王妃太姒能继承发扬太姜、太任之美德，接受其教诲。嗣，继承。徽音，懿美之德音。徽，美。音，德音，有德者之吐音发言，或教诲。 ⑤则百斯男：一定能多多生子。则，就，又犹"必"。百斯男，百男，言生子之多，举百数以概多，不可泥。这句话是祷祝之词，非实指。斯，助词。

⑥惠于宗公：惠，顺，顺祀。宗公，指先公。《毛诗传笺通释》："按，宗、尊双声，宗公即先公也。言其久则曰古公，言其尊则曰宗公。又宗、崇古通用，崇，高也。则宗公犹云高祖，与尊义亦正相近。" ⑦神罔时怨，神罔时恫（tōng）：神无所怨，神无所恫。罔，无。时，犹"所"。马瑞辰云："时与所古同义通用（详见王氏《经义述闻》）。"恫，痛。

⑧刑于寡妻：刑，仪法，制度，正，治。于，至于，对于。寡妻，正妻。《毛传》："寡妻适（繁体字为適）妻也。""適"与"嫡"通，嫡妻即正妻、大妻。 ⑨以御于家邦：以，而。御，"讶"（迓的异体字）之通假，训"迎"，又引申为"进"义，或"遍及""推及""推广"义。

⑩雝雝（yōng）：和谐貌。 ⑪肃肃：恭敬貌。 ⑫不显亦临，无射亦保：不（或作丕）、亦、无，均为语助，无实义。显，明。临，临视，省察，指省察自己或审察他人。射，与"夜""夕"古通。故有"暗"义。保，保守，指保守其善德。二句意谓：文王在明显处（或白天）能省察、警惕自己，或审察他人；在隐暗处（或夜间）也能保持其善德，不敢稍懈。马瑞辰云："今按'无'为语词，无射即射，犹之无念即念也。古射字与夜、夕字叠韵，亦通用。……夜、夕，皆有暗冥之义。《广雅》，昔、夜，暗也。昔即夕也。……古字义生于音，射与夜、夕同音，亦即有暗晦之义。故诗以射对显言，显为明，则射为暗矣。诗两'亦'字皆语词。'不显亦临'，犹云'显则临'也。'无射亦保'，犹云'暗则保'也。临者，临视之义。保者，保守之义。言文王无时不警惕也。" ⑬肆戎疾不殄，烈假不瑕：凶恶灾难已终绝，人们的各种疾苦已尽除。肆，语词之"故"，详见《大雅·绵》注。戎疾，凶恶，灾难，或指昆夷凌犯之难。烈假，"疠瘕"之通假，犹言"疾苦"。殄，绝。

瑕，"遐"之假借，远去，逝，引申为"除去""消失"，与"殄"义近。《毛诗传笺通释》："按，《通鉴》注引《风俗通》，戎者，凶也。《白虎通·礼乐篇》，戎者，强恶也。戎疾与烈假对文，戎、疾皆恶也。……厉、烈古同声。厉，《说文》作疠，云，恶疾也；《公羊传》作痢。何休注，痢者，民疾疫也。烈即疠之假借，假即瘕之假借。《说文》，瘕，女病也。段玉裁以'女'为衍字。蛊、假亦一声之转，《隶释》载《汉唐公房碑》作'厉蛊不遐'，盖本三家诗。是知《笺》训厉假为病，亦本三家诗，正读烈假如瘕也。诗两'不'字皆句中助词，'肆戎疾不殄'，即言'戎疾殄也''烈假不瑕'，即言'厉蛊之疾已'也。"

⑭不闻亦式，不谏亦入：文王闻善言则采用之，进谏则采纳之。两"不"字、两"亦"字均为语词。式，用。入，纳。《说文》："入，内也。"又曰："内，入也。"内即纳。入，指纳谏。（从马瑞辰、王引之说。）⑮肆成人有德，小子有造：成人皆有德行，子弟辈亦各有所成就。这是赞美文王鼓励、培养、善用人才。使"成人""小子"皆有成就。成人，成年人。小子，未成年的人，指子弟辈。造，造就，成就，有所成。⑯古之人无斁（yì），誉髦斯士：古之圣人无败坏道德之言行，且爱护、选择人才。古之人，古之圣人，指文王等。斁，"殬"字之假借，败坏。《说文》："殬，败也。从歺睪声，《商书》曰，彝伦有殬。"《郑笺》："口无择言，身无择行，以身化其臣下。"古"斁""殬""择"三字通用，《郑笺》引《孝经》"口无择言，身无择行"句。"择"即"殬"之通假字，谓"口无败德之言，身无败德之行"。誉，古通"豫"，"豫"训"乐"，"乐"犹"悦"。髦，选择，选拔，或通"芼"。《尔雅·释言》："髦，选也。"斯，犹"其"。士，指英才美士。按："髦斯士"，亦可理解为"髦士"，"斯"是衬字，无义。"髦士"，详见《大雅·棫朴》注。

皇　矣

皇①矣上帝！　　伟大啊，上帝伟大！

临下有赫②。	面对下界，洞然明察。
监观③四方，	观察四方之国，
求民之莫④。	觅求安民之所。
维此二国⑤，	夏、商两国昏庸暴君，
其政不获。	他那政令不得民心。
维彼四国，	再向四方遍察，
爰究爰度⑥。	认真推求谋划。
上帝耆之，	上帝助成文王，
憎其式廓⑦。	增扩他的边疆。
乃眷西顾⑧，	上帝顾视西方岐地，
此维与宅⑨。	审度此处定居为宜。

作之屏之⑩，	将它斩伐，将它抛除，
其菑其翳⑪。	直立死树，倒地枯木。
修之平之⑫，	将它剪削，将它铲平，
其灌其栵⑬。	灌木之林，树条树丛。
启之辟之⑭，	将它掘开，将它芟除，
其柽其椐⑮。	那些柽柳，那些椐树。
攘之剔之⑯，	排除杂枝，剔去繁冗，
其檿⑰其柘⑱。	山桑、黄桑大有可用。
帝迁明德⑲，	上帝迁徙明德之君，
串夷载路⑳。	串夷于是疲惫而遁。
天立厥配㉑，	上帝扶植配天之君，
受命既固㉒。	文王受命，坚守忠信。

帝省其山㉓，	上帝省察岐山上下，
柞棫斯拔，	柞树、棫树都已砍伐，
松柏斯兑㉔。	松树、柏树挺直高大。
帝作邦作对㉕，	上帝兴周，又立配天人君，
自大伯王季㉖。	从那太伯、王季，始受天恩。
维此王季，	就是这位王季，
因心则友㉗。	亲善待人，友爱兄弟。
则友其兄㉘，	王季敬爱其兄，
则笃其庆㉙，	就能增益吉庆，
载锡之光㉚。	上帝则又赐他光荣。
受禄无丧㉛，	承受天禄，无限永恒，
奄有四方㉜。	尽有天下，四方朝宗。

维此文王㉝， 就是这位文王，
帝度其心㉞， 上帝审察其心，
貊其德音㉟。 巩固他的威信。
其德克明㊱， 他能明察曲直是非，
克明克类㊲， 他能分辨邪恶善美，
克长克君。 赏罚严明，人人敬畏。
王此大邦㊳， 在此大国，称王称君，
克顺克比㊴。 万民顺从，上下相亲。
比于文王， 文王有德，人人归顺，
其德靡悔㊵。 他的善德，无休无尽。
既受帝祉㊶， 既受上帝恩赐之福，
施于孙子㊷。 福泽绵延后世子孙。

帝谓文王： 上帝对那文王赐言：
"无然畔援㊸， "不要任其跋扈自专，
无然歆羡㊹， 不要任其觊觎贪婪，
诞先登于岸㊺。" 你应先将狱讼平断。"
密人不恭， 密国之人很不恭让，
敢距大邦， 胆敢对抗周人大邦，
侵阮徂共㊻。 侵阮、侵共，气焰嚣张。
王赫斯怒， 文王义愤填膺，
爰整其旅㊼， 整军誓师出征，
以按徂旅㊽。 阻遏侵莒敌兵。
以笃于周祜㊾， 以厚增周国洪福，
以对于天下㊿。 以显扬天下威名。

依其在京㊿¹， 士众强盛，在那周京，
侵自阮疆㊿²。 从那阮地，归来休整。
陟我高冈㊿³。 登上那些高高冈陵。
无矢我陵㊿⁴， 警告密人：不许陈兵丘陵，
我陵我阿㊿⁵； 不许在那丘陵陈兵；
无饮我泉， 不许饮我泉水，
我泉我池㊿⁶。 不许饮我池水。
度其鲜原㊿⁷， 察度那些小山平原，
居岐之阳㊿⁸， 定居在那岐山之南，
在渭之将㊿⁹。 在那滔滔渭水侧岸。
万邦之方⑥⁰， 万国效法榜样，
下民之王⑥¹。 下民之上为王。

帝谓文王：	上帝告诫文王：
"予怀明德，	"我正顾念你的明德，
不大声以色，	不能总是发号施令，
不长夏以革㉖。	不能滥用夏楚鞭革。
不识不知，	不能自作聪明，
顺帝之则㉖。"	而要顺应天之法则。"
帝谓文王：	上帝垂训文王：
"询尔仇方，	"与你友邦策划订盟，
同尔弟兄㉔。	同姓之国联合行动。
以尔钩援㉕，	使用你军爬城飞钩，
与尔临冲㉖，	临车、冲车齐备并用，
以伐崇墉㉗。"	大张挞伐、围攻崇国都城。"
临冲闲闲㉘，	临车、冲车，缓慢沉重，
崇墉言言㉙。	崇国城垣，巍巍高耸。
执㉚讯㉛连连㉜，	擒敌讯问，连续不断；
攸馘㉝安安㉞。	杀敌割耳，从容献功。
是类是祃㉟，	类祭、祃祭，行于军中，
是致是附㊱，	致送福利，安抚民众，
四方以无侮㊲。	四方邦国，不敢轻侮相凌。
临冲茀茀㊳，	临车、冲车，众多强盛，
崇墉仡仡㊴。	崇国城垣，巍巍高耸。
是伐㊵是肆㊶，	进行攻击，进行突袭，
是绝是忽㊷。	把那顽敌斩绝杀净。
四方以无拂㊸。	四方邦国，不敢违逆王命。

此诗首先推原文王之祖太王、其伯太伯、其父王季之"德"而加以讴歌,然后重点叙述文王伐密、伐崇之武功,是周代奴隶主贵族对其"开国元勋"歌功颂德之词。

【注释考证】

①皇:大,伟大,美。 ②临下有赫:自天上明察下界。临,视,自上视下,监察。有,助词。赫,明显。 ③监观:义犹"临"。 ④求民之莫:求民之嘆。嘆,"嘆"之借字。《说文》:"嘆,啾嘆也。"按:"啾嘆"即"寂寞",寂寞无声是由于安定,故"嘆"训"定"。 ⑤维此二国,其政不获:维,发语词。二国即上国(指夏、殷),上国犹前朝。"二",古"上"字。按:甲骨文、金文"二"或"上"即"上"字。"二"或"丅"即"下"字。溯言夏、殷,有借鉴之意。一说,二国指邠、豳二地。见范家相《诗瀋》:"首章皆指太王也。言其时天意造周,殷德衰而民生无托。上帝之临下赫然,监观四方,欲以求民之所安定,而畀之重器。莫如太王也。二国,邠与豳也。不窋居邠而失其官,公刘迁豳而逼于戎,皆不克行王政,故曰其政不获。维此四国,爰究爰度,太王未迁岐之先,卜居未定之词。四国,犹四方也。上帝耆之,憎其式廓。耆,致也。天将以天下致之周,乃增(原注,古通憎)大其疆围,式廓其国宇焉。上明天造之由,下接迁岐之事,文义甚明。《毛传》以二国为夏、商,是周人之兴代殷,且以代夏,固不可通。郑以崇易夏,则殷、崇何当对举乎?此诗首二章言太王,三、四言王季,后四章言文王,极为庄重。若二国言夏、商,四国言密、阮、徂、共,乃眷西顾又言太王,则错次非雅体矣。"另说,二国指商、周。姚氏《诗经通论》:"'二国',商、周也。'获',得也。商、周之政大不相得,于是悉反之,承上天监民定而言。旧解二国为夏、商;不应远及夏。且'此'者,本国及纣云也;若夏、商,亦不云'此'矣。于是犹恐不达于天下民情也,维彼四方之国而究之度之,不敢自己也。"不获,不得民心。或,不得行王政。获,得,能。 ⑥维彼四国,爰究爰度:

《左传》引《诗》"为彼二国""为此四国"。马瑞辰云:"彼、此,盖随言之,非有异义。"四国,犹"四方"。爰,语首助词。究,寻求,彻底推求,谋求。度,谋划,图谋,审度。意谓:上帝监观四方邦国,寻求、审度能够安民之地。 ⑦上帝耆(qí)之,憎其式廓:耆,致,致使,达成。憎,"增"之假。式,语助。廓,在此有"开拓""扩展"之义。

⑧乃眷西顾:乃,于是。眷,本指回顾、恋慕,又引申为关怀。西顾,顾视西方岐周之地。 ⑨此维与宅:此,此地(指岐周之地)。维,句中助词。与,给予。宅,"度"之通假,审度。(马瑞辰说)一说,宅训居,安居。《论衡》《潜夫论》并引作"此维与度"。本句是说:上帝审度以这岐周之地给你定居。或,上帝审度这是给你定居之地。 ⑩作之屏(bǐng)之:作,"柞"之借字,除木曰柞,斩削,或指拔除。屏,即"摒"字,除去,抛弃。之,指树木。 ⑪其菑(zī)其翳(yì):其,犹"彼"。菑,通"甾",树立,引申为树木植立而枯死之称。翳,通"殪",树木自枯死曰翳。王夫之曰:"自死而倒者为翳也。" ⑫修之平之:修剪它,铲平它。 ⑬其灌其栵(lì):灌,指树木之丛生者。栵,斩而复生的丛密枝杈。又,《诗义会通》:"栵,行生者。"王引之《经义述闻》:"菑、翳、灌、栵,则泛言木之形状耳。栵,读为烈。烈,栭也,斩而复生者也。……《方言》曰烈,栭余也。陈、郑之间曰栭,晋、卫之间曰烈,秦、晋之间曰肄,或曰烈,是烈、栵、肄,一也。" ⑭启之辟之:开发它,排除它。启,开,打开,掘开。辟,芟除,排除。 ⑮其柽(chēng)其椐(jū):柽,木名,又叫柽柳、西河柳,嫩枝叶可入药。椐,木名,又名樻,俗称灵寿木,多肿节,可制手杖。 ⑯攘之剔之:攘,排除。剔,剔除,又通"剃"。《诗集传》:"谓穿、剔去其繁冗使成长也。" ⑰檿(yǎn):木名。又叫山桑,叶可饲蚕,木质硬。 ⑱柘(zhè):木名。又叫黄桑,叶可饲蚕,果可食,皮可造纸。按:自二章"作之屏之"以下八句,均为倒装句式。 ⑲帝迁明德:上帝迁徙明德之太王至于岐周之地。明德,指明德之君,太王。 ⑳串夷载路:昆夷则疲惫而去。《毛诗传笺通释》:"串即毌字之隶变。

贯、毌古今字。昆、贯双声。甽与昆、贯亦双声,故知串夷、混夷为一,皆甽夷之假借,或又省作犬夷,皆一音之转。患字从串得音,故串夷或作患夷,亦同音假借字耳。……《笺》以路为露之假借,故训为瘠。古以国之盛为肥,则以衰为瘠矣。《方言》《广雅》并云,露,败也。……《管子·四时篇》曰,国家乃路。路当为败,败与瘠义相近,瘠之即败之也。露义又近疲。……罢与疲同,罢亦露也。诗谓帝迁明德,串夷则瘠败罢愈而去。" ㉑天立厥配:上帝立其"配天"之人君。配,配天。《毛诗传笺通释》:"《传》,配,媲也。《笺》,天既顾文王,又为之生贤妃,谓大姒也。《释文》,配本亦作妃,音同。瑞辰按,妃、配古通用。作配者,妃之假借,配之本义,《说文》训为酒色耳。下章'帝作邦作对',《传》,对,配也。《笺》,作配,谓为生明君也。'天立厥配',正与'作对'同义,谓立君以配天也。古以受天命为天子为'配天'。……《文王篇》'殷之未丧师,克配上帝'。配上帝,亦配天也。'天立厥配',宜指文王配天而言。胡承珙曰,妃之为媲,不必定谓男女配偶。毛训配为媲,正当为配天之义,不得如《笺》以为贤妃。" ㉒受命既固:此言"文王承受天命而坚持之"。命,指天命,天道。既,犹"而"。又见《楚辞·九章》:"羌中道而回畔兮,反既有此他志。"又犹"太""甚"。又见《荀子·子道篇》:"今汝衣服既盛,颜色充盈。"《说苑·杂言篇》作"衣服甚盛"。固,安守,坚持。或训"巩固""安定"。 ㉓帝省(xǐng)其山:天帝省察那岐山。省,察看。山,指岐山。 ㉔柞棫斯拔,松柏斯兑:指拔除丛杂之灌木(柞、棫),松柏则长得挺直高大。柞、棫,木名,详见《大雅·绵》注。拔,拔除,除净。兑,犹"兑兑""丸丸",挺直高大貌。 ㉕帝作邦作对:上帝兴创了周国,又生成了能配天的人君。邦,犹"国",指"周"。作对,犹"立配"。 ㉖自大(tài)伯王季:承上句言"从太伯、王季开始"。大伯,太伯,为太王之长子,王季之长兄。大,今多作"太"。王季,即"季历""公季"。《史记·周本纪》:"古公有长子曰太伯,次曰虞仲,太姜生少子季历。季历娶太任,皆贤妇人。生昌,有圣瑞。古公曰，我世当有兴者，其在昌乎！长子太伯、虞仲，知古公欲立季历以传昌，乃二人亡如荆蛮，文身断发，以让季历。古公卒，季历立，是为王季。王季修古公遗道，笃于行义，诸侯顺之。"　㉗因心则友：有亲亲之心则又有友善兄弟之心。因心，犹"姻心"，即亲心，亲亲之心。《诗毛氏传疏》："因，古姻字，如'旧姻'作'旧因'之例，因训亲，亲心即仁心，《说文》，仁，亲也。《中庸》云，仁者人也。亲亲为大，善兄弟曰友。……大伯让于王季，王季克循亲亲之心，以善事大伯。《蓼萧》传云，为兄亦宜，为弟亦宜，所谓善兄弟也。"又，《诗经通论》："'因心'者，王季因大王之心也，故受大伯之让而不辞，则是能友矣。"　㉘则友其兄：则对其兄友爱。　㉙则笃（dǔ）其庆：笃，厚，厚益。庆，吉庆，幸福。　㉚载锡其光：载，犹"则"。锡，赐。光，光荣。一说，光训大，指大位。此句与上句相承，句式亦同。意谓：则厚益其幸福，则赐予其光荣。二"其"字，均指王季。《集传》则云："然以太伯而避王季，而王季疑于不友，故又特言王季所以友其兄者，乃因其心之自然，而无待于勉强。既受太伯之让则益修其德，以厚周家之庆，而与其兄以让德之光。"　㉛受禄无丧：受天禄而不丧失它。丧，丧失。　㉜奄有四方：犹"包举宇内，囊括四海"义。奄，全有，尽有。四方，四方邦国，统言天下。《毛诗传笺通释》："按《周颂·执竞》，奄有四方。《传》，奄，同也。《尔雅·释言》，荒，奄也。又，弇，盖也。弇，同也。弇、奄古通用。《说文》，奄，覆也，大有余也。从大、申。申，展也。又，俺，大也。俺与奄声近而义同，盖奄之义本为大，大则无所不覆，故同谓之奄，覆与盖均谓之奄，大则无所不有，故荒为奄，即为有。（《鲁颂》：《毛传》，荒，有也。）又按：奄、有，义本相成而诂各有当，如《樛木》诗'葛藟荒之'，《毛传》，荒，奄也。当为奄覆，若云奄有、奄大、奄同，则不词矣。《书》'惟荒度土功'。郑注，荒，奄也。当为奄大。若云奄有、奄同，则不词矣。至此诗及《执竞》并云'奄有四方'。《閟宫》诗'奄有下国''奄有下土''奄有龟蒙'。《玄鸟》诗'奄有九有'。盖以奄、有二字连文，奄即有也。

奄即为有，而复称之曰奄有，犹抚本为有，(《广雅》，抚，有也。)而经传亦连称抚有也。奄训有者，亦语词，犹'有虞''有周'之比。《毛传》或训大，或训同，失其义矣。"　㉝维此文王：四章首句"维此文王"，宋本及今本作"维此王季"。按《诗毛氏传疏》云："'文王'，各本作'王季'，昭二十八年《左传》引《诗》作'唯此文王'。《正义》云，今王肃注及《韩诗》亦作'文王'。《公刘》，《传》言'文王之无悔'。《礼记·乐记》注，言'文王之德'。皆此诗作文王之证。"《诗三家义集疏》云："三家'王季'作'文王'者，徐幹《中论·务本篇》云，《诗》陈文王之德，曰'维此文王'。幹用《鲁诗》，是《鲁》作文王。《礼·乐记》引《诗》'莫其德音'十句，郑注言文王之德皆能如此，是《齐》作'文王'。孔《疏》云，今《韩诗》亦作'文王'。是三家皆作'文王'之证。昭二十八年《左传》引《诗》作'维此文王'。《传》作'王季'，王肃申《毛》，改文王，郑《笺》仍作'王季'，是《毛》本如此，不必为掩护也。"又，《毛诗传笺通释》云："……今按《左传》及《韩》《毛诗》作'文王'是也。"　㉞帝度其心：言"上帝审度文王之心"。度，审度，监察。又，《毛传》："心能制义曰度。"又，《诗集传》："度，能度物制义也。"又曰："言上帝制王季之心，使有尺寸，能度义。"　㉟貊（mò）其德音：貊，通"寞"，静，清静，又训"定""安定""稳定"。德音，令闻，善誉。　㊱克明：克，能。明，《诗集传》："克明，能察是非也。"　㊲克类：与下文"克长（zhǎng）、克君"义同，见《诗集传》："克类，能分善恶也。克长，教诲不倦也。克君，赏庆刑威也。言其赏不僭，故人以为庆；刑不滥，故人以为威也。"长、君，马瑞辰云："此诗以'君'与'类''比'相协，则转读若威，……犹殷读若衣也。"　㊳王（wàng）此大邦：称王于此大国。王，称王。　㊴顺、比：顺，使民顺从。比，使民亲附。或曰："择善而从之曰比。"（《左传》）或曰："上下相亲也。"（《诗集传》）　㊵其德靡悔：犹云"其德无已"。悔，"晦"之假借。马瑞辰云："按，悔当为晦之假借。《尚书·洪范》曰，贞曰悔。郑注，悔之言晦也。段玉裁、桂馥并曰，晦犹终也。《释名》，晦，灰也。火死为灰，月光尽似之也。是晦之义为终为尽。此诗'靡悔'，正当训晦。'其德靡悔'，犹云'其德不已'。故下即继以'既受帝祉，施于孙子'矣。"　㊶祉（zhǐ）：福。　㊷施（yì）于孙子：绵延及于子孙后代。施，延续。　㊸无然畔援：无，毋，勿。然，语助，不为义。又见《史记·游侠列传》："此皆学士所谓有道仁人也，犹然遭此菑。"再，《汉书·司马相如传》："若然辞之，是泰山靡记而梁父罔几也。"畔援，犹"跋扈"。马瑞辰云："……《释文》引《韩诗》，'畔援'，武强也。……畔援，通作畔换。《汉书·叙传》曰，项氏畔换。师古注，畔换，强恣之貌。犹言跋扈也。引《诗》'无然畔换'，又作'泮奂''叛换'。《卷阿》诗'泮奂尔游矣'。《笺》，泮奂，自放恣之貌。……畔换二字叠韵，《传》分畔援为二，失之。"又，《诗义会通》云："畔援，见屈原《九章》，乃徘徊不进之意。""帝谓文王"句是假托上帝口吻，下同。　㊹歆羡：犹"觊觎"，指非分的贪欲和企图，贪婪的侵吞之欲。《诗集传》："言肆情以徇物也。"（徇，犹"略""侵吞""强取"义。）　㊺诞先登于岸：诞，发语词。先登于岸，《毛诗传笺通释》："《笺》，诞，大。登，成。岸，讼也。欲广大德美者，当先平狱讼、正曲直也。瑞辰按，《笺》训岸为讼是也。'诞'者，语词。训'大'，亦语词也。……先登于岸，谓先平狱讼。即书传所称文王一年断虞、芮之讼也。争田者，非畔援即歆羡。帝谓文王无信纵其畔援、歆羡，正所以平其狱讼耳。"　㊻密人不恭，敢距大邦，侵阮徂共：密须人对周不恭顺，敢于对抗这大国，侵犯周所属的阮国，又前往侵犯共国。密，古国名，曰密须，简称密。《传疏》云："密人国在今甘肃泾州灵台县西五十里，有阴密故城，即古密须国地。……《吕览·用民篇》，密须之民自缚其主而与文王。……《书·大传》云，文王受命三年，伐密须。"不恭，不恭顺。距，同"拒"，抗拒，对抗。大邦，指周。阮，古国名，故地在今甘肃泾川。徂，往。共，古国名，有二。此指西方之共国，故地在今甘肃泾川北。另一共国，故地在今河南辉县市。《诗毛氏传疏》云："《传》训徂为往，侵阮侵共，是密须侵我国之属国。故下文即言伐密须，徂旅之师所以讨其不共（恭）也。" ㊼王赫斯怒，爰整其旅：指文王勃然震怒，于是整军伐密。赫斯怒，勃然震怒。斯，语词。爰，于是。旅，军队。《竹书纪年》："帝辛三十三年，密人侵阮，西伯帅师伐密。" ㊽以按徂旅：以遏徂莒，以遏止往侵莒国之敌。按：借作"遏"，遏止。徂，往。旅，《孟子》作莒，古国名。王肃云："密人之来侵也，侵阮，遂往侵共，遂往侵莒，故王赫斯怒，于是整其师以止徂旅之寇。" ㊾以笃于周祜：以厚益周国之福。 ㊿以对于天下：以扬威于天下。对，《广雅·释诂》："对，扬也。"此言"显扬""扬威""扬名"之意。 ㊿依其在京：依，犹"殷"，殷盛，此指兵盛貌。京，周京之地。《经义述闻》曰："今按'依'，兵盛貌。'依其'者，形容之辞。言文王之众，依然其在京地也，依之言殷也。……《小雅·出车篇》'杨柳依依'（按：当为《小雅·采薇篇》）薛君《韩诗章句》曰，依依，盛貌。《车辖篇》，'依彼平林'，《毛传》曰，依，茂木貌。木盛谓之'依'，犹兵盛谓之'依'也。《周颂·载芟篇》，'有依其士'，'依'亦壮盛之貌。言农夫壮盛，足任耕作。故下文遂言'有略其耜，俶载南亩'也。谓之士者，壮年之称。"又，《毛传》则云："京，大阜也。" ㊿侵自阮疆：自阮地归来休整。侵，"寝"之假借，寝息，休整。《毛诗传笺通释》："按戴震《毛郑诗考正》曰，疑'侵'当作'寝兵'之'寝'（按："寝"之或体），息兵也。字形相似，又因上文侵阮而遂致讹。今按戴氏疑'侵'当为'寝'是也。古文多省借，'寝'即可假借作'侵'，不必其为讹字耳。'依其在京'是已还兵于周京，则'侵自阮疆'是追述其息兵于阮疆之始。《毛传》以侵阮者为密须，则周人伐密所以救阮，不得言侵阮也。"另，《诗经稗疏》则云："……许慎说，侵，渐进也。从人手执帚，如扫之渐进，即《公羊》之所谓觕也，故《泰誓》曰'侵于之疆'，此曰'侵自阮疆'，皆以'疆'言抵其境，未造其国也。负固不服则侵之，掠其疆、夺其险也。知'侵'为加兵境上之名矣。则此言'侵自阮疆'而非侵密也。使伐密师于阮以救阮，则当言伐、言救、言袭，而不当言侵。侵密必自密境，安得自阮疆而侵之？盖密、阮相攻，两俱不道，繇近略远，故先阮以及密，'自'云者，如'汤征自葛载'之自，兵之始也。阮地后亦入于周，与密同灭，盖一举而两并之，所谓兼弱攻昧、取乱侮亡也。若阮非与密同膺负固之讨，则密衄而阮安，阮虽永存可也，胡为乎未几而地缊于周也哉？'我冈我阿'则兵之所至，随收其地以入版图矣。"陈奂则认为此句是指"密人侵阮而来"。亦通。 ㊼陟我高冈：登上那高冈。或，登上我那高冈。陟，升，登。我，犹"其""那"，或为自我之称。 ㊽无矢我陵：无，毋，不要。矢，"施"之借字，陈，设。此指陈兵。按：此句是说"（你们密人）不要再陈兵于那丘陵"。这是警告密人的话。以下三句仿此。 ㊾陵、阿："阿"与"陵"，意思相近，大陵曰阿。 ㊿泉、池：指泉水、池塘。 ㈤度其鲜原：其，那。鲜，犹"巘"，小山，或指孤立的小山。原，平原。《诗毛氏传疏》："小山分析而不与大山相连属者是曰鲜。鲜谓山之小者，原谓地之平者。" ㈥岐之阳：岐山之南。 ㈦渭之将：渭水之侧。将，"牆"（墙的异体字）之借字，有"边侧"之义。 ㈧万邦之方：万邦之则。方，法则，准则，榜样，典范。 ㈨下民之王：下民，在下之民。这是古代剥削阶级对人民的诬蔑称呼。王，三代最高统治者称王。 ㉀予怀明德，不大声以色，不长夏以革：予，假设上帝之自称。怀，眷顾，顾念。明德，文王之明德。以，犹"与"。不大声以色，不长夏以革，《毛诗传笺通释》云："……以、与古通用。声以色，犹云声与色也。夏以革，犹云夏与革也。《中庸》引此诗而释之曰，声色之于以化民末也。以声色对举，是其证矣。汪氏德钺曰，不大声以色者，不道之以政也。声谓发号施令，色谓象魏悬书之类。不长夏以革者，不齐之以荆也。夏谓夏楚，扑作教刑也。革谓鞭革，鞭作官刑也。其说得之，可正《传》《笺》之误。"按：象魏，古代天子、诸侯宫门外两侧的一对巍然高竖的建筑物。亦谓之双阙，或谓之两观。因其魏（巍）然高竖，称为"魏阙"。又因其为悬示教令之所，又称为"象魏"。象，法式。悬书，又称"悬法"。古代国家公布法令，悬在宫阙上，叫"悬书"或"悬法"。夏楚，即"榎楚"，古代学校用于体罚者。《礼记·学记》："夏、楚二物，收其威也。"郑注："夏，榎榴也；楚，荆也。二者所以扑挞犯礼者。"又，《诗经通论》云："帝谓予怀文王之明德，其整旅、过旅之时，不大其声音与色相也，不长其修大与变革也。"上二句，或谓："不要太溺于声色，不要长用甲兵。"（夏，通戛，兵器名。革，甲。） ⑬ 不识不知，顺帝之则：不识不知，《贾谊新书·君道》《淮南子·诠言训》各引《诗》"弗识弗知"。顺，顺应。则，法则。《诗毛氏传疏》云："言文王性与天合。"《诗集传》："又能不作聪明，以循天理。"《毛诗传笺通释》则曰："不识不知，《笺》，其为人不识古不知今。瑞辰按，《吕氏春秋·本生篇》，若此人者，不言而信，不谋而当，不虑而得。高诱注引《诗》'不识不知'为证。……又《修务篇》，性命可悦，不待学问而合于道者，尧、舜、文王也。高注并引《诗》'不识不知，顺帝之则'。是知《诗》言'不识不知'，正谓生而知之，无待于识古知今。"按："生而知之"的观点是反动的、唯心主义的。而此诗"不识不知"句，是否有"大智若愚"或"不瞽不聋，不能为公"之含义，待商榷。 ⑭ 询尔仇方，同尔弟兄：询，本有"询问""请教"义，此处有"谋"义，指"共同谋划""研究策略"。仇方，与国，盟国。仇，匹。方，方国，邦国。《诗毛氏传疏》："《后汉书·伏湛传》，湛上疏曰，文王受命而征伐五国，必先询之同姓，然后谋之群臣。其下即引《诗》曰，询尔仇方，同尔弟兄。湛治《齐诗》，其解询尔仇方为谋之群臣。……《伏湛传》作'弟兄'，……与'方'为韵。各本'兄弟'不入韵，今订正。"同，会同，联合。弟兄，指同姓之国。二句谓"和你的盟国共同谋划协商，争取他们的支持；并联合你的同姓兄弟之国，一起行动"。 ⑮ 钩援：古代攻城的械具。《毛诗传笺通释》："《墨子·备城门篇》，禽滑鳌曰，今之世常所以攻者：临（一）、钩（二）、冲（三）、梯（四）、……敢问守此十二者奈何？分钩与梯为二，则钩非即云梯明矣。《六韬·军用篇》，有飞钩，长八寸，钩芒长四寸，柄长六尺。……盖即此诗之钩。《传》云，钩，钩梯者，谓以钩钩梯而上，故又申言之曰，所以钩引上

二雅·大雅 文王之什 649

城者。非谓钩即梯也。《正义》谓钩援即云梯。失之。"又，俞樾《群经平议》谓钩、援均兵器名，曲者曰钩，直者曰援。亦可信。 ⑥⑥临、冲：临车、冲车，古代两种战车名。《毛诗正义》："临者，在上临下之名；冲者，从傍冲突之称。故知二车不同。兵书有作临车、冲车之法，《墨子》有备冲之篇，知临、冲俱是车也。"临，《韩诗》作"隆"。冲，或为"䡴"之假借。《说文》："䡴，陷敶（阵的异体字）车也。"这两种战车大概兼有陷阵、攻城两用。 ⑥⑦以伐崇墉（yōng）：用来攻打（或攻下）崇国的城邑。崇，古国名，是商朝西部的重要同姓诸侯，故地在今陕西省西安以西，到崇侯虎时，为周文王所灭。墉，城墙，城。 ⑥⑧闲闲：舒缓貌，滞重貌。又，动摇貌。或，强盛貌。 ⑥⑨言言：高大貌。 ⑦⑩执：捉，俘获。 ⑦①讯：受讯问的俘敌，或指讯问俘敌。 ⑦②连连：属续貌。 ⑦③攸馘（guó）：攸，语首助词，无实义。馘，古代战争中将所杀敌人之左耳割下以献功，叫"馘"，又叫"获"。 ⑦④安安：不轻暴貌，舒徐貌。 ⑦⑤是类是祃（mà）：是，犹"乃"，"于是"。类，又作"禷"。古代以特别事故祭上帝或天神，都称"类"。又泛指特别事故的祭祀。《诗经稗疏》："今按类之为祭，名同而制不一。……郑康成曰，日月星辰，运行无常，以气类为之位。许慎曰，以事类祭天神，天神者，统于天之神，即康成所谓日月星辰，非上帝也。……类之为言聚也。……或兼上帝，或断自天神以下，唯事之所宜，礼从简而与事称也。……再考《周礼·小宗伯》，凡大灾，类社稷宗庙，则为位。是社稷宗庙亦有类名，亦但以事故合祭告之，有兆位而不为坛，斯可名曰类，益知类不必定祀上帝矣。"《郑笺》："类也，祃也，皆师祭也。"《尔雅》亦释之云"是类是祃，师祭也"。《毛诗传笺通释》："……《毛传》盖以类祭天神是将出征时事，故曰'于内曰类'。然此诗'是类是祃'，承上'执讯连连''攸馘安安'言之，盖与'祃'并祭于所征之地。《淮南子·本经训》，有不行王道者，乃举兵而伐之，戮其君，易其党，封其墓，类其社。高诱注，祭社曰类。以事类祭之也。引《诗》'是类是祃'。……祭天曰类，祭社亦曰类。此诗'类''祃'并言，当从《淮南子》高注,以'类'为祭社为是。不必如《毛传》云'于内曰类'也。"祃,古代军中祭名。《礼记·王制》:"祃于所征之地。"郑注:"祃,师祭也,为兵祷。"又,古代出兵行祭旗礼曰"祃牙"。(牙,指军前之牙旗。)又,《说文》:"祃,师行所止,恐有慢其神,下而祀之曰祃。"又,《诗毛氏传疏》:"《春官·肆师》《甸祝》《夏官·大司马》皆作'貉'。郑司农注,貉读为祃,祃谓师祭也。……古貉、祃声通也。《肆师》郑注,貉读为十百之百,造军法者,祷气势之增倍也。《甸祝》注,祷气势之十百而多获。" ⑯是致是附:《毛诗传笺通释》:"窃谓致者,致人民土地,《说文》,致,送诣也。送而付之曰致,已克而不取之谓也。襄二十五年《左传》,郑入陈祝祓社。即此诗之是类也。又曰,司徒致民,司马致节,司空致地。即此诗之'是致'也。附,当读如拊循之拊,亦通作抚。隐十一年《左传》曰,吾子其奉许叔以抚柔此民也。即此诗'是附'也。《说苑》,文王伐崇,令毋杀人,毋坏室,毋填井,毋伐树木,毋动六畜。何楷谓即此诗'是致是附'。其说是也。僖十九年《左传》,宋司马子鱼曰,文王闻崇德乱而伐之,军三旬而不降,退修教而复伐之,因垒而降。" ⑰四方以无侮:四方之国因而没有敢轻举妄动的。侮,侵侮。 ⑱茀茀(fú):强盛貌。 ⑲仡仡(yì):犹"屹屹",高耸貌。又,《诗三家义集疏》:"《韩说》曰,仡仡,摇也。"《说文》作"圪"(亦作圪),为正字。 ⑳伐:攻伐,攻击。 ㉑肆:疾,迅猛。又,《郑笺》:"肆,犯突也。" ㉒忽:灭,尽。 ㉓四方以无拂:拂,违,戾,逆。四方之国因而没有敢违抗的(无不畏服)。《诗义会通》:"前言仁,此言威,宽猛并用耳。"

灵　台

经始①灵台②,　　文王开始兴建灵台,
经之营之③。　　测量规划,营建起来。

庶民攻④之，	众人一齐修建经营，
不日成之⑤。	没有多久便已建成。
经始勿亟⑥，	始建之令并不紧急，
庶民子来⑦。	众人自愿来此效忠。

王在灵囿⑧。	王在灵苑，游乐融融。
麀⑨鹿攸⑩伏⑪，	母鹿驯熟，伏地不惊，
麀鹿濯濯⑫，	母鹿成群，肥硕美好，
白鸟⑬翯翯⑭。	白鸟戏水，洁羽皓皓。
王在灵沼⑮，	王在灵沼，游乐陶陶。
於⑯，牣⑰鱼跃⑱。	啊，满池锦鳞，跳跃逍遥。

虡⑲业⑳维枞㉑，	钟磬木架，崇牙高耸，
贲㉒鼓㉓维镛㉔。	特大之鼓，特大之钟。
於，论鼓钟㉕，	啊，钟鼓都合音律规程，
於，乐辟廱㉖。	啊，作乐在那水上离宫。

於，论鼓钟，	啊，钟鼓都合音律规程，
於，乐辟廱。	啊，作乐在那水上离宫。
鼍鼓㉗逢逢㉘，	鼍皮大鼓，震响嘭嘭，
矇瞍㉙奏公㉚。	盲人乐师，奏乐公庭。

这是周代奴隶主阶级称颂文王之诗。叙述他兴建灵台、灵囿、灵沼。所养的麀鹿、鱼、鸟，各适其性，人物相得，不相惊扰。又有钟鼓、歌吟之盛事。

【注释考证】

①经始：指开始兴建。经，犹"始"。经、始，为同义词连用，即"开始""起始"之意。　②灵台：是古代帝王兴建的四方高台，用来观测天文气象者。灵，在此有"善"义，诗人以文王有善德，故称其台为灵台。　③经之营之：经，度，测量，规划。营，营造。之，它，称代灵台。　④攻：作，治，指修建。　⑤不日成之：不数日便建成了它。或，虽不限日期，却很快就建成了它。不日，不数日，不久。又，不限日期。　⑥勿亟：非急。　⑦庶民子来：众民皆乐于效劳，为尽子义，不召自来。　⑧灵囿：此指文王为养殖禽兽而建的园囿。　⑨麀（yōu）：母鹿。　⑩攸：助词。　⑪伏：此指"灵囿"中的鹿饲养得很熟，人们也不伤害它，它见到人来，仍伏住不动，并不惊扰。　⑫濯濯（zhuó）："燿燿"之假借，肥硕美好貌。又，《毛传》："娱游也。"又，《诗集传》："肥泽貌。"　⑬白鸟：指白鹭，或白鹤。　⑭翯翯（hè）：形容鸟洁白肥泽貌。字又作"皬皬""鹤鹤""皜皜"，并同声假借。　⑮灵沼：此指文王为养殖水产鱼类而设的池沼。　⑯於（wū）：语气词。下同。　⑰牣（rèn）：满。　⑱鱼跃：形容鱼类能欣得其所，自由跳跃，人物两忘。　⑲虡（jù）：亦作"簴"。古代悬挂钟、磬的木架。两侧木柱叫虡。上面的横梁叫栒（笋）。　⑳业：栒上之大板，刻如锯齿状，以悬钟、磬者。　㉑枞（cōng）：指"业"上悬钟、磬处的彩色崇牙向上翘起之状。　㉒贲：本作"鼖"或"鞼"。作"贲"者为假借字。贲，大鼓，面广八尺。　㉓鼓：此指中鼓，面广四尺。　㉔镛（yōng）：大钟，洪钟，又曰镈。古代奏乐时，敲大钟以节乐。　㉕论鼓钟：《诗经通论》："论钟、鼓之节度。"《诗集传》："论，伦也，言得其伦理也。"　㉖乐辟廱：作乐于辟廱。辟廱，又作"辟雍"，在周代为水上离宫之名，至汉代则为太学之名。《毛诗传笺通释》："按戴震《毛郑诗考正》曰，辟廱，于经无明文，……《周鼎铭》曰，王在辟宫，献工锡章。《左传》曰，郑伯享王于阙西辟。《史记》曰，丰镐有天子辟池。谯周曰，成王作辟上宫。此单言辟者也。《周颂》曰，于彼西雍。《古铭

识》,有曰,王在雍上宫。此单言雍者也。其曰'辟上''雍上',则以名池、名泽而作宫其上。宫因水为名也。赵注《孟子》'雪宫'曰,离宫之名也。宫有苑、囿、台、池之饰。此诗台、沼、囿与辟廱连称,抑亦文王之离宫乎? 今按戴说是也。辟雍,特象其池之形制而名之耳。"又,《诗经稗疏》:"……凡古今言辟廱、泮宫者不一,未可偏据。……《广雅》曰,辟廱、頖宫,宫也。宫犹署也。是以辟廱为天子、诸侯之宫也。……然则泮宫、辟廱均为泽宫之名,缯于斯,射椹质于斯,设悬奏乐于斯,有戎祀之大事则莅誓予斯,师出有功则献捷于斯。故文王于斯奏公,鲁侯于斯饮酒献馘,于斯淑问郊卜,于斯莅誓也。……《郑笺》云,辟廱者,筑土雍水之外。亦明雍乃岐周之水名,盖因水而立宫,引水以环之。则于周为雍,于鲁为泮。若他国之泽宫不谓之泮,夏、殷之泽宫不谓之雍。汉人承而不改,殊为不典。郑氏'辟,明;廱,和'之训,亦拘文而失实也。……文王时为西伯,而立辟廱,则与鲁之泮宫等。周有天下,始尊为天子之制。实则以雍、泮二水立名,非如明堂、太学定为天子之独有也。"又,方玉润曰:"……《小序》以为'民始附'。如同醉梦,何足深辩? 而辟廱之名,或以为学名,或以为乐名,或又以习乐之所,且更以为大射行礼之处。纷纷聚讼,迄无定解,亦觉可笑。……夫人君游乐必有园囿,筑台所以望氛祲察灾祥也。设囿所以域禽兽备田猎也。至于辟沼,则蓄潜鳞兼资灌溉耳。然有游必有宴,有宴必有乐,此辟廱之乐所由名欤? 其后周家盛王以为辟廱者,文王之所经营也。……故或就其地为学,或仿其制以设教,或假其名以别乎泮水、学宫之号,均不可知。然于是始有以辟廱为天子学者,而诸侯不得立焉矣。若此时之辟廱,则实以供文王之游玩,而非以待诸生之观听也。诸儒何不平心一细察之? ……姚氏际恒曰,辟廱,非天子之学,戴仲培、杨用修皆辟之。……谓之辟廱者,作乐之地也;故庄子言历代之乐曰'文王有辟廱',是矣。……按,是说亦不以辟廱为天子学,乃作乐之地耳。然以之解是诗则近是,若概谓辟廱非学则不然。盖后世固以辟廱为天子之学矣。考古家只知驳前而不顾后,往往如是。"㉗鼍

（tuó）鼓：以鼍革蒙的鼓。鼍，又名"扬子鳄"，长二三米，生活于沼泽地区，皮可蒙鼓。 ㉘逢逢：本作"辪""彭"，象声词，鼓声。㉙矇瞍：指盲人乐师。《毛传》："有眸子而无见曰矇，无眸子曰瞍。"《诗集传》："古者乐师，皆以瞽者为之，以其善听而审于音也。" ㉚奏公：奏乐于公庭。或，奏乐庆祝成功。公，公庭。或从《韩诗》作"功"，大功告成。姚氏《诗经通论》："公，公庭。《毛传》训'事'，非。《国风》云，'公庭万舞'；《颂》云，'有瞽有瞽，在周之庭'，或云'公庭'，或云'庭'，或云'公'，皆取协韵耳。"《毛诗传笺通释》："……公、功、工，同声通用。《小雅·六月》诗'以奏肤公'，《毛传》，公，功也。此诗'奏功'，亦谓'奏厥成功'，此王者所谓功成作乐也。"

下　武

下武维周①，	盛周王朝，后继有人，
世②有哲王③。	世世代代，辈出明君。
三后④在天⑤，	三后祖考，在天有灵，
王配于京⑥。	武王配命，建都镐京。

王配于京，	武王配命，建都镐京，
世德作求⑦。	继承遗德，作配祖宗。
永言配命⑧，	永远顺应上天之命，
成王之孚⑨。	促成王者威信美名。

| 成王之孚， | 促成王者威信美名， |
| 下土之式⑩。 | 天下臣民奉为典型。 |

| 永言孝思⑪， | 永远保持尊亲孝心， |
| 孝思维则⑫。 | 尊亲就要效法先人。 |

媚兹一人⑬，	天下爱戴武王一人，
应侯顺德⑭。	臣有美德，顺应王心。
永言孝思，	永远保持尊亲孝心，
昭哉嗣服⑮。	光大遗烈，后继有人。

昭兹来许⑯，	光大遗烈，后继有人，
绳其祖武⑰。	继承先祖盛德殊勋。
於万斯年，	万年千载，子孙绵绵，
受天之祜⑱。	永享洪福，承受天恩。

受天之祜，	永享洪福，承受天恩，
四方来贺⑲。	四方宾服，朝贺明君。
於万斯年，	万年千载，国基如磐，
不遐有佐⑳？	怎不大有辅佐良臣？

这是周人咏武王之词。嘉其能嗣先祖之"文德"，奄有天下，继往推本于三后，开来立极于子孙。

【注释考证】

①下武维周：下，犹"后""后世""后人"。武，继承。姚氏《诗经通论》："谓下世而能步武乎前人者维周也，以其世世有哲王也。"②世：世世。 ③哲王：犹"明君""圣主"，圣哲之王。 ④三后：指太王、王季、文王。 ⑤在天：谓其精神上合于天。 ⑥王配于京：

王，武王。配，配天命，对。京，大，发扬光大。又，镐京。此言"武王能配合天命而发扬光大"。或，"武王能配三后之道于周京"。 ⑦世德作求：世德，继承先王之德。世，继承。《汉书·贾谊传》："贾嘉最好学，世其家。"颜师古注："言继其家业。"作求，作逑，作配于周之三王。求，"逑"之省借，匹，配。 ⑧永言配命：永，长。言，助词，无实义，犹"焉"。配命，配合天命，顺应天理。 ⑨成王之孚：促成王者的威信。成，促成，完成，树立。孚，信，威信，指取信于天下。 ⑩下土之式：天下的法则。下土，天下。式，法则，典型。 ⑪孝思：此指尊亲之心。 ⑫孝思维则：尊亲孝敬之心，体现于效法先人之德和光大先人遗烈方面。维，犹"是"。则，效法。 ⑬媚兹一人：此言"天下都爱戴武王一人为天子"。媚，爱。兹，此。又，犹"哉"。一人，指天子武王。 ⑭应侯顺德：应，顺应，适合。又，当。侯，犹"乃"，又犹"维"。顺德，犹"美德"。此句意谓：臣民皆以顺德应合武王、辅助武王。 ⑮昭哉嗣服：昭，明。嗣服，犹云"后进"。服，进（马瑞辰说）。又，犹云"缵绪"（陈奂说）。 ⑯昭兹来许：兹，三家诗作"哉"。来许，犹"嗣服"。来，后世。许，三家诗作"御"，二字古通，并训"进"。《诗考》引《汉碑》作"昭哉来许"。《续汉书·祭祀志》刘昭注引《诗》作"昭哉来御"。"御"，本字"许"，假借字。按：此诗上章"昭哉嗣服"，本章音"昭哉来御"，上下叠句相承，为《诗》之常例。 ⑰绳其祖武：继承其先祖功德事业。绳，继承。其，称代后王。祖，先祖，祖考。武，步武，迹，犹"道"，祖迹，祖道。 ⑱於万斯年，受天之祜：周之基业巩固，子孙万代都能承受天降之福。斯，犹"之"。 ⑲贺：朝贺。 ⑳於万斯年，不遐有佐：不遐，何不。遐，通"胡""何"。佐，辅佐。此末二句，言"周王朝岂不万年有贤良的辅佐之臣吗?"五章，指周之后王言。六章，指四方诸侯及臣下言。

文王有声

文王有声①，　　文王有那美好名声，

遹②骏③有声。　　他的美名盛大无朋。
遹求厥宁，　　　谋求天下安宁，
遹观厥成。　　　观其大功告成。
文王烝④哉！　　文王美盛啊美盛！

文王受命⑤，　　文王受天之命，
有此武功：　　　大有赫赫武功：
既伐于崇，　　　讨伐崇国告终，
作邑⑥于丰⑦。　　兴建王都于丰。
文王烝哉！　　　文王美盛啊美盛！

筑城伊⑧淢⑨，　　筑好城垣，挖好城濠，
作丰伊匹⑩。　　　兴建镐京，配于丰京。
匪棘其欲⑪，　　　不是急于实现欲望，
遹追来孝⑫。　　　而是追继贤明祖宗。
王后⑬烝哉！　　　君王美盛啊美盛！

王公伊濯⑭，　　周王功业，盛大无比，
维丰之垣⑮。　　建成丰京，强固藩篱。
四方攸同⑯，　　四方诸侯归附会同，
王后维翰⑰。　　君王建成强固都城。
王后烝哉！　　　君王美盛啊美盛！

丰水东注⑱，　　丰水东流，注入河中，
维禹之绩⑲。　　这是大禹治水之功。
四方攸同，　　　四方诸侯归附会同，

皇王[20]维辟[21]。	皇王真是楷模典型。
皇王烝哉!	皇王美盛啊美盛!

镐京辟廱[22],	营建镐京,营建离宫,
自西自东,	在西在东,
自南自北,	在南在北,
无思不服[23]。	四方无不诚心服膺。
皇王烝哉!	皇王美盛啊美盛!

考卜维王[24],	武王占卜已成,
宅是镐京[25]。	测度营建镐京。
维龟正之[26],	龟卜占定吉庆,
武王成之[27]。	武王建都成功。
武王烝哉!	武王美盛啊美盛!

丰水有芑,	丰水之滨,杞柳成林,
武王岂不仕[28]?	武王岂不兴国治民?
诒厥孙谋[29],	顺天善谋,传留后人,
以燕翼子[30]。	保安助成子子孙孙。
武王烝哉!	武王美盛啊美盛!

这是周人追述文王迁丰、武王迁镐之事,以颂美其功业。

【注释考证】

①有声:有好名声。《诗义会通》:"有令闻之声。" ②遹(yù):犹"聿""聿""曰",发语词。按:《说文》:"欥,诠词也。从欠,从

曰，曰亦声。"马瑞辰云："盖作欥为正字，曰即欥之省，聿、遹皆同声假借。"戴震曰："凡《诗》中言聿、言曰，皆欥之通借，为承明上文之词。"《说文》曰："诠词者，承上文所发端，诠而释之也。" ③骏：大。 ④烝：盛，美。《诗经通论》："'烝'，《说文》，'火气上行'，赞其炽盛升进之意。" ⑤文王受命：文王受命作西伯。或，文王受天命。 ⑥作邑：此言迁都、建都。 ⑦丰：西周都城，故地在今陕西省西安西北，沣河以西。 ⑧伊：语中助词，无实义。 ⑨淢（xù）：通"洫"，沟渠。此指护城壕沟。 ⑩作丰伊匹：营建镐京以与丰京为匹。（书传多"丰、镐"并称。）匹，配，称。 ⑪匪棘其欲：非急于实现个人的欲望。匪，非。棘，亟，急。欲，欲望。又，《礼记·礼器》引《诗》作"匪革其犹"。按："革"为"棘"之假，"犹"为"欲"之假，无他义。 ⑫遹追来孝：追继先王之遗烈、美德。遹，语词。追，追思、嗣续。来，犹"往"，又训为助词。孝，善事父母，美德之通称。《经义述闻》："案：《尔雅》，善父母为孝。推而言之，则为善德之通称。《逸周书·谥法篇》曰，五宗安之曰孝，慈惠爱亲曰孝，秉德不回曰孝，则所包者广矣……《大雅·文王有声篇》，遹追来孝。遹，辞也。来，往也。言追前世之善德也。前世之善德，故曰往孝。即所谓追孝于前文人也。孝者，……非谓孝弟之孝。言所以作此都邑者，非急从己之欲也，乃上追前世之美德，欲成其功业也。……来与往义相反，而此谓往为来者，亦犹乱之为治，故之为今，扰之为安，臭之为香也。《晋语》，自今以往，知忠以事君者与詹同。《吕氏春秋·上德篇》作自今以来。《吕氏春秋·察微篇》，自今以往，鲁人不赎人矣。《淮南·道应篇》作自今以来。是来即往也。" ⑬王后：此指武王。后，犹"君"。又见《尚书·大禹谟》："后非众，罔与守邦。" ⑭王公伊濯：指武王之功业盛大无比。公，通"功"。濯，《毛传》："大也。"《韩诗》："美也。"美，犹"大"。《诗集传》则曰："濯，著明也。" ⑮维丰之垣：姚氏《诗经通论》："谓作丰之藩篱也。"《诗集传》："王之功所以著明者，以其能筑此丰之垣故尔。"《诗毛氏传疏》："百堵皆兴也。" ⑯四方攸同：四方诸侯所会同，四方诸侯宾服来归。攸，所，是。同，会同，来归，聚。此句与《下武篇》"四方来贺"义近，但程度不同。姚氏《诗经通论》云："'四方攸同'，大君之象，惟武王可当，文王不敢当也。" ⑰王后维翰：姚氏《诗经通论》："'维翰'，作丰之屏翰也。"《诗义会通》："以屏翰天子。"按：翰为"韓"之借，又作"榦"，犹"垣"。 ⑱丰水东注：指丰水东流，经丰、镐之东，入渭而注于河。 ⑲维禹之绩：绩，功。禹之绩，大禹治水之功业。马瑞辰则云："绩，当为蹟之假借。九州皆经禹治，因称禹迹。襄四年《左传》引《虞人之箴》曰，'茫茫禹迹，画为九州'是也。……《说文》，迹，步处也。或作蹟。绩、蹟同音，故《诗》每假绩为迹。迹为踪迹，又训为继。" ⑳皇王：姚氏《诗经通论》："'王后''皇王'，即君也。……首二章诗中皆有'文王'字，故下赞之曰'文王烝哉'！末二章诗中皆有'武王'字，故下赞之曰'武王烝哉'！首末言'文''武'者，以见文始之、武终之也。中四章皆言武王，邓潜谷说如此。今为推广之，言'武王'者，本其崩后之谥而言也。言'王后''皇王'者，本其在生为君而言也。" ㉑辟：法则，典型。又，训"君"。《诗毛氏传疏》云："'皇王维辟'，与上章'王后维翰'句法相同，翰为榦，则辟为法。" ㉒镐京辟廱：营镐京，设辟廱。辟廱，见《灵台》注。 ㉓自西自东，自南自北，无思不服：其义为"四方攸同"之延伸。在四方之诸侯，无不心悦诚服。自，犹"在"。无思不服，无不服。思，语词。服，心服。 ㉔考卜维王：犹"成卜维王"。考，成。卜，问卜，古人定居先占卜吉凶，故武王作邑于镐先成卜。 ㉕宅是镐京：度是镐京。指测度、建都于镐京。宅，通"度"，测度，规划，营建。 ㉖维龟正之：龟卜得吉兆。正，犹"贞"。古代问龟必以正，故龟从其所问亦谓之正。《诗集传》："正，决也。" ㉗武王成之：武王建成镐京，定居于此。 ㉘丰水有芑（qǐ），武王岂不仕：丰水之滨有杞柳，其地土质肥沃，草木繁盛，武王岂无所事于此？芑，此指杞柳。《诗经稗疏》："……按：草之以芑名者二。一为白粱，'维穈维芑'之芑也。一为苦荬……则'薄言采芑'之芑也。……芑字又与杞通，……此丰水所有之芑，木也，而字从草，不必泥也。木之以芑名者亦二。《尔雅》所谓'杞，枸檵也'。《孟子》'性犹杞柳'。赵岐曰，杞柳，柜柳是也。柜亦与杞通用，而字或作榉。此丰水所有之芑，乃芑柳也。盖白梁芑于田畴，苦苣生于原野，均非水滨所有。故采之者，或陟北山，或于葍亩，非能循水湄而求之也。所以知非枸杞者，《山海经》曰，东始之山有木焉，其状如杨而赤理，其汁如血，不实，其名曰芑，字正从草。状如杨而赤汁，正今之所谓榉柳，而《孟子》之所谓杞柳也。其木与柽同，而柽小芑大。其生也必于水次，高木成林，故武王依之以立国，盖故国乔木之意，若区区一草，何足纪哉！"仕，事。岂不仕，岂无所事。　㉙诒厥孙谋：犹"遗其逊谋"。诒，遗，传。厥，其。孙，"逊"之省借，顺，善。此句谓"传其善谋"。　㉚以燕翼子：以保安助成其子孙。燕，安。翼，助，成。《毛诗传笺通释》："按《表记》引《诗》，诒厥孙谋，以燕翼子。郑注，诒，遗也。燕，安也。乃遗其后世之子孙以善谋，以安翼其子也。《正义》曰，翼，助也。谓以王业保安翼助其子孙。说与《笺》异，盖本《韩诗》。其读孙如字，不若《笺》读孙为逊，训顺为允。盖下方以燕翼子，上不应专言孙也。至训以燕翼子为安翼其子，以翼为助，则比《传》《笺》训翼为敬，其义较为允当。朱彬曰，燕翼，读如《左氏传》'余翼而长'之翼。翼，覆也。义与翼助相近。"又，《经义述闻》："《传》曰，燕，安；翼，敬也。《笺》曰，以安其敬事之子孙。引之谨案：翼固训敬，然敬事之子孙，不得即谓之翼子。且此美武王之庇其子孙，非论子孙之贤也。何须道其敬事乎？文三年《左传》引《诗》曰，诒厥孙谋，以燕翼子。杜注曰，翼，成也。……《诗·大雅》美武王能遗其子孙善谋，以安成子孙。《正义》曰，翼者，赞成之义，故为成也。训翼为成，文义甚合。盖本于三家诗也。《表记》亦引此二句。郑注曰，遗其后世子孙以善谋，以安翼其子也。《正义》曰，翼，助也。谓以王业保安翼助其子孙。（以上《正义》）盖与赞成之义同。郑训燕翼子为安翼其子，与笺《诗》异者，作《笺》用《毛诗》，注《礼》用《韩诗》也。……揆之文义，《表记》注为长。"录以备考。

生民之什

生 民

厥初①生民②,　　其初生育周人祖先,
时维姜嫄③。　　祖先之母就是姜嫄。
生民如何?　　周人始祖怎样降生?
克禋克祀④,　　先行禋祭,敬奉神明,
以弗⑤无子。　　祈求生子,信心虔诚。
履帝武敏歆⑥,　　欣然践履上帝足迹,
攸介攸止⑦。　　独居侧室,安然休息。
载震载夙⑧,　　姜嫄妊娠,敬肃执礼,
载生载育⑨。　　诞生贵子,养育成器。
时维后稷⑩。　　这位圣者,就是后稷。

诞弥厥月⑪,　　姜嫄妊娠足月之期,
先生如达⑫。　　初次生子十分顺利。
不坼不副⑬,　　产门不破,生子甚易,
无菑无害⑭。　　无灾无害,母子均吉。
以赫厥灵⑮。　　因而大显奇迹灵异。
上帝不宁。　　上帝安然享受禋祭。
不康禋祀⑯,　　安享禋祭,上帝欣喜,

居然生子⑰。	诞生贵子,平安吉利。

诞置之隘巷,	把他弃置狭窄小巷,
牛羊腓字之⑱。	牛羊都来庇护哺乳。
诞置之平林⑲,	把他弃置平原之林,
会伐平林⑳。	适逢有人来伐林木。
诞置之寒冰,	把他弃置寒冰之上,
鸟覆翼之㉑。	群鸟展翼上下遮护。
鸟乃去矣,	群鸟于是飞去,
后稷呱㉒矣。	后稷呱呱啼哭。
实覃实讦㉓,	哭声曼长洪亮,
厥声载路㉔。	哭声满溢道路。

诞实匍匐㉕,	后稷儿时,伏地爬行,
克岐克嶷㉖,	继而举踵,又能站正,
以就口食㉗。	还能自求食物为生。
蓺之荏菽㉘,	儿时爱好种植大豆,
荏菽旆旆㉙,	豆苗长得蓬勃繁盛,
禾役穟穟㉚,	庄稼茎叶美好青葱,
麻麦幪幪㉛,	麻麦满地密密幪幪,
瓜瓞唪唪㉜。	大瓜小瓜累累莑莑。

诞后稷之穑㉝,	后稷从事农艺劳动,
有相之道㉞。	大有助长五谷之法。
茀厥丰草㉟,	除去田中丰茂野草,

种之黄茂㊱。	播种各类良好庄稼。
实方实苞㊲，	嫩芽初放，渐次含苞，
实种实褎㊳，	新苗稀少，渐次长高，
实发实秀㊴，	舒节拔秆，秀穗齐梢，
实坚实好㊵，	籽粒渐硬，均匀美好，
实颖实栗㊶。	禾穗下垂，繁多不秕。
即有邰家室㊷。	建立家室，来此邰地。
诞降嘉种㊸，	后稷散发优良禾种，
维秬维秠㊹，	一米黑黍，二米黑黍，
维穈维芑㊺。	红苗好谷，白苗好谷。
恒之秬秠㊻，	各种黑黍，遍地无数，
是获是亩㊼。	收获之后，堆置田亩。
恒之穈芑，	各种好谷，遍地无数，
是任是负㊽，	收获之后，或抱或负，
以归肇祀㊾。	将它运回，祭天求福。
诞我祀如何㊿？	我们祭祀，盛况如何？
或舂或揄㉛，	有的捣米，有的舀米，
或簸㉜或蹂㉝。	有的簸米，有的搓米。
释㉞之叟叟㉟，	用水淘米，嗖嗖沥沥，
烝之浮浮㊱。	香米蒸饭，浮浮冒气。
载谋载惟㊲。	计议考虑，完成祭礼。
取萧祭脂㊳，	选取香蒿，祭脂备齐，
取羝以軷㊴，	选取公羊，用于軷祭，

二雅·大雅　生民之什

| 载燔载烈⁶⁰。 | 烧肉烤肉，都是美馐。 |
| 以兴嗣岁⁶¹。 | 以祈来年，兴旺庆吉。 |

卬盛于豆，	我们祭祀，盛肉于豆，
于豆于登⁶²，	盛肉于豆，盛肉于登。
其香始升，	它那异香刚刚升腾，
上帝居歆⁶³。	上帝安然享受神供。
胡臭亶时⁶⁴！	浓烈芳香，美妙无朋！
后稷肇祀，	周之祭礼，后稷创建，
庶无罪悔，	庶几没有获罪于天，
以迄于今⁶⁵。	绵延至今，代代相传。

　　这是周人歌颂其始祖后稷的长篇叙事诗。首章推本于后稷之母——姜嫄，描述她践履上帝足迹而感孕生子。反映了周人在姜嫄时代，开始由母系氏族社会向父系氏族社会过渡。次章描述后稷降生之顺利。三章叙写后稷被弃，牛羊、飞鸟都爱护他。以上三章，以神话传说极力描写后稷降生前后的奇迹和被弃获救的灵异。四章言后稷从幼年时期就热爱农艺并表现出卓越的才能。五、六章赞颂后稷从事创造性的农艺劳动，立下了丰功伟绩。七、八章写周人在农业上获得伟大成就之后祭祀上天，并感念后稷创造发明的精神和他的劳苦功高。本诗表现了周人对其祖先的崇敬感情。

【注释考证】

　　①厥初：其初。　②生民：诞生周人的始祖。民，人，指周人。此言周人的始祖后稷。　③时维姜嫄（yuán）：就是姜嫄。时，是。维，助词。姜嫄，传说为后稷之母，炎帝之后裔，姜姓，有邰氏女，名嫄，或谓帝高辛氏之妃。嫄，有"本原"之义，字或作"原"。　④克禋

(yīn）克禋：克，能。禋，本指古代升烟以祭天神的一种仪式，引申为祭祀之通名。《国语·周语上》："精意以享，禋也。"《诗毛氏传疏》："禋，敬。……散文则禋亦祀，对文则禋为敬。"祀，祭祀，此指祭禖神，传说禖神为主子嗣之神，曰"郊禖"（禖宫于郊），又曰高禖（帝高辛氏之妃姜嫄于禖宫祈生后稷）。 ⑤弗：通"祓"。古人迷信，为除去灾邪而举行的一种仪式。引申为"除去"之义。弗无子，除去无子之不祥，求有子。又，戴震《毛郑诗考正》引许益之云："弗无之为言有也。"弗，不。 ⑥履帝武敏歆：神话传说，姜嫄践履上帝足迹的拇指印，感而有身，生后稷。郭沫若先生认为："……'感天而生，知有母不知有父'，那正表明是一个野合的杂交时代或血族群婚的母系社会。"履，践，踏。帝，指上帝。武，步武，足迹。敏，"拇"之假，此指大趾印。歆，即"欣"字。欣欣然激动惊喜，有所感受。闻一多认为"歆"字当作"喜"。 ⑦攸介攸止：攸，助词。介，犹"界"，指分隔居住、别居。止，处，止息，指独处。古人讲究"胎教"，贵族妇女有孕，到一定时期即别居、独处。又，"介"与"个"通用。《吕氏春秋》高注："左右房谓之个，个犹隔也。"即东西厢（侧室）。又，余冠英先生认为本句意谓：祭祀后休息。又，闻一多先生认为："上云禋祀，下云履迹，是履迹乃祭祀仪式之一部分，疑即一种象征的舞蹈。所谓'帝'，实即代表上帝之神尸。神尸舞于前，姜嫄尾随其后，践神尸之迹而舞，其事可乐，故曰'履帝武敏歆'，犹言与尸伴舞而心甚悦喜也。'攸介攸止'，介，林义光读为愒，息也。至确。盖舞毕而相携止息于幽闲之处，因而有孕也。" ⑧载震载夙：载，助词。震，"娠"之借字。《说文》："娠，女妊身动也。"《尔雅》："娠，震动也。"夙，犹"肃"，肃敬，严肃。古人所谓"胎教"，要求妇女怀孕期间生活肃敬恭谨，如"目不视恶色，耳不听淫声，口不起恶言"等。 ⑨载生载育：生、育指分娩、哺育。 ⑩时维后稷：是为后稷。 ⑪诞弥厥月：诞，语词，不为义。弥，满。厥，其。此言"满其怀孕之月"，足月。 ⑫先生如达：先生，初生，初产，生第一胎。如，而。达，顺，顺生。胡承珙训

"达"为"滑利"之义。又，马瑞辰则曰："《传》，达，生也。《笺》，达，羊子也。生如达之生，言易也。瑞辰按，《说文》，羍，小羊也。读若达。……《笺》盖以达为羍之假借，故曰羊子。至如达之何以易生，则不言。惟《虞东学诗》云，人之初生，皆裂胎而出，骤失所依，故堕地即啼。惟羊连胞而下，其产独易。故《诗》以如达为比。又，常熟陶太常元淳曰，凡婴儿在母腹中，皆有皮以裹之，俗所谓胞衣也。生时其衣先破，儿体手足少舒，故生之难。惟羊子之生，胞仍完具，堕地而后，母为破之，故其生易。后稷生时，盖藏于胞中，形体未露，有如羊子之生者，故言如达。今按前二说是也。下言不坼不副，盖谓其胞衣之不坼裂也。"录而存疑。 ⑬不坼不副：指生子顺利，产门没有破裂。（从余冠英先生说）又，指生子时胞衣不破裂。（见前注）坼，破裂，字本作"㡿"，隶变作"坼"，俗作"坼"。《说文》："㡿，裂也。"副，裂开，分裂。 ⑭无菑无害：无灾无害。指母子平安。菑，"灾"字。 ⑮以赫厥灵：以显其灵。赫，显。灵，灵异。厥，其，人称代词"他"，指后稷。 ⑯上帝不宁，不康禋祀：是说"上帝安享其禋祀"。言外之意，上帝欣喜、佑护姜嫄及后稷。不，又作"丕"，语词，无实义。不宁、不康，意谓"宁""康"，均训"安""安享""欣享"义。 ⑰居然生子：安然生子。居然，平安地。居训安。居，本有安坐义，故可训安。刘淇曰："《易·系辞》，亦要存亡吉凶，则居可知矣。《正义》云，或此卦存之与亡，吉之与凶，但观其中爻，则居然可知矣。愚按：《诗·大雅》，居然生子。《郑笺》云，徒以禋祀而无人道，居默然自生子。《正义》云，空祀神明，而无人道交接，故居位默然而得生子。《朱传》云，居然，犹徒然也。郑说固非，而'徒然'之义，亦无所明。又按：《生民》诗，上帝居歆。《笺》云，上帝则安而歆飨之。训居为安，于义为协。然则《易》云'居可知'者，谓观其中爻，则吉凶存亡之故，安然而知之也。《诗》云'居然生子'者，谓安然生子而无有灾害也。"《诗三家义集疏》则曰："黄山云，《列女传》言姜嫄履巨人迹，归而有娠，浸以益大，心怪恶之。卜筮禋祀，以求无子，终生子，以为不祥云云。正此诗四句之义。盖姜嫄因赫然有娠，显示以灵怪之征，意上帝以己践其迹，不安而降之罚，故曰以赫厥灵，上帝不宁也。己意亦因之不安，而禋祀以求解，本求无子而终生子，故曰不康禋祀，居然生子也。"　⑱诞寘之隘巷，牛羊腓字之：寘，弃置。之，称代后稷。隘巷，狭窄的小巷。古称直的宽的为街，曲的窄的为巷。腓，何楷《诗经世本古义》读同"扉隐"之"扉"，庇护之义。字或为"庇"之假。字，哺乳养育。与"乳""育"同义。《左传·昭公十一年》："其僚无子，使字敬叔。"字，犹"育"。此二句言"将后稷弃置狭窄的小巷，牛羊都庇护他、哺乳养育他"。说明其灵异。　⑲平林：平原上的树林。　⑳会伐平林：适逢有人来伐林木，不便于弃置后稷。会，适逢，正值。　㉑鸟覆翼之：飞鸟以翼遮覆他，使他温暖。《毛传》曰："大鸟来，一翼覆之，一翼藉之。"　㉒呱（gū）：婴儿啼声。　㉓实覃（tán）实訏（xū）：实，犹"是"，助词。下同。覃，长。訏，大。此言"后稷的哭声又长又大"。　㉔厥声载路：厥，其，指后稷。载，满，充溢。此言"后稷的哭声充溢于道路之上"。　㉕诞实匍匐：指后稷伏在地上爬行。　㉖克岐克嶷：克，能。岐，"跂"之借字，又通"企"。举踵，抬起脚跟。嶷，"仡"之借字，仡立，站得稳定而端正。仡，勇壮貌、举首貌，又为正立貌。此句承上句，谓后稷最初伏地爬行，很快便能站得正直，且能翘足跂立。说明他发育得很好很快。又，《毛传》："岐，知意也。嶷，识也。"段玉裁云："岐者，山之两岐也，心之开明似之。故曰知意。"又曰："《说文》引《诗》作'嶷'。……嶷者，心口间有所识也。"陈奂云："谓岐知嶷识，析言也。浑言知识不别。故《说文》'嶷'解'有知'，识亦知也。"马瑞辰云："按'岐''知'以叠韵为义。……《传》以'嶷'为'嶷'之假借，故训为识。"按：《毛传》以为后稷早慧，在伏地爬行时已有知识。这种解释虽欲突出后稷之特异处，但文意与上句不太连贯。　㉗以就口食：以求口食。指后稷从能站立时起，即能自己寻求食物。就，犹"求"。口食，口之所食，食物。　㉘蓺之荏菽：蓺，同"艺"，种植。荏菽，又称戎菽，即大豆，又称黄豆。这是说明后稷儿时已知种植农作物。㉙ 旆旆（pèi）：枝叶茂盛上扬之貌。 ㉚ 禾役穟穟（suì）：指庄稼的茎长得美好。禾役，《毛传》："役，列也。"按："列"为"秞"之假借。秞，《广雅》："黍穰谓之秞。"一说，役训服，服指禾茎之皮。又，三家诗作"禾颖"（指禾穗或禾茎）。穟穟，禾苗美好貌。 ㉛ 幪幪（měng）：茂密貌。 ㉜ 唪唪（běng）："菶菶"之假借，茂盛多实貌。 ㉝ 穑（sè）：此处以"穑"概称"稼、穑"。耕种曰稼，收获曰穑。统言农艺劳动。 ㉞ 有相之道：相，助，指助禾苗生长。道，方法，诀窍。此言"有助禾苗生长的方法"。又，马瑞辰云："按《尔雅·释诂》，相，视也。《周本纪》云，稷及为成人，遂好耕农，相地之宜，宜五谷者稼穑焉。……此诗'有相之道'，当谓有相视之道耳。" ㉟ 茀厥丰草：茀，《韩诗》作"拂"，今本《尔雅》作"弗"，治，去，拔除。丰草，茂草。 ㊱ 种之黄茂：种植五谷。种，种植，播种。黄茂，泛称五谷。一说，专指嘉谷。按：本章及下章，按种植庄稼的顺序记述，直到收获、祭祀，真实具体。 ㊲ 实方实苞：实，犹"是"。方，指禾之始生放芽。苞，指禾芽渐含苞欲舒。《毛诗传笺通释》："按《广雅·释诂》，方，始也。方为苗生之始，犹才为草木之初。方之言分也，放也。谷种得气始分放也。苞之言包，程氏瑶田谓'谷始生苗，包而未舒'是也。……方为谷始吐芽，苞则渐含包矣。" ㊳ 实种实褎（yòu）：种，犹《左传》"余发如此种种"之"种种"，本指头发短而少。此指禾苗初出地表，矮小而稀疏。褎，长，指禾苗渐渐繁盛高大。种，短而少；褎，长而多。对文见义。 ㊴ 发、秀：发，指禾茎舒发拔秆。秀，秀穗，始成穗。 ㊵ 坚、好：坚，指庄稼的籽粒渐渐坚硬成熟。好，指庄稼的籽粒均匀、颜色美好。 ㊶ 颖、栗：颖，本指穗芒，此指禾穗繁硕，沉甸甸地向下垂着的意思。栗，犹"栗栗"，犹"离离"，指禾穗籽粒繁多饱满而不秕，或指禾穗众多。 ㊷ 即有邰（tái）家室：来到邰地定居，兴建宫室屋宇。即，来到，走到。邰，故地在今陕西省武功县西南。相传后稷因佐禹有功，始封于邰。 ㊸ 降嘉种：此谓后稷将优良的种子赐给（分给）众民。降，赐，分发下去。嘉种，优良的种子。 ㊹秬（jù）、秠（pī）：秬，黑黍，米是黏的。秠，一壳中有二米的黑黍。 ㊺穈（mén）、芑（qǐ）：穈，赤苗的嘉谷。芑，白苗的嘉谷。又，牟应震《毛诗物名考》则云："穈为虋字省文，今通作虋、虋。芑，从草。皆香草属也。古人奉祭，取秬秠以为酒，取虋以助臭。芑通芹，取芹以芼牲。故于秬秠言获亩，而于虋芑言任负也。或谓《生民》一篇专言治稼，不当类及于草。不知末三章皆言承祭事，正与'取萧祭脂"一例。故以二者改归草部。《尔雅》以虋为赤苗者，虋从釁，釁者以血釁物，故臆断曰赤，字从草，故曰苗。与秬秠连举，故曰谷也。以芑为白苗者，苗之色非赤则白，二色之外无色，故不得不白苗也。" ㊻恒之秬秠：恒，通"亘"，周遍，满。此言田亩之中遍种秬秠。 ㊼是获是亩：指谷物收获后，堆在田亩之中。获，收割庄稼。亩，将收割的庄稼堆放在田亩中。一说，借作穮，除去禾谷之烂叶。或云，以亩计产量。 ㊽是任是负：任，抱，又训"肩任"。负，背负。此句言或抱或负，将其运回去。 ㊾以归肇祀：以，犹"以之"。归，运回去。肇，始。《释文》作"肈"，《唐石经》作"肈"。段玉裁云："古有肈无肇。"《五经文字》："肈作肇，讹。"按："肈"为正字，"肇"为俗字。《诗集传》："稷始受国为祭主，故曰肇祀。"祀，指郊祀，祭天之礼。这是古人在秋冬收获之后，"大报天"之祭祀。以报今秋之成熟，而祈来岁之再丰。 ㊿诞我祀如何：我们祭祀的盛况如何呢？我，周人自我。又犹"其"，指事之词。 (51)或舂（chōng）或揄：或，有的。舂，用杵在臼中捣米去糠。揄，三家诗，"揄"作"舀"，用勺从臼中舀出米来。"揄""舀"一声之转，可通假。 (52)簸：簸去糠皮。 (53)蹂：同"揉"。以手搓米，使它更精纯。 (54)释：淅米，淘米。 (55)叟叟：即今之口语"嗖嗖"，象声词，淘米声。 (56)烝之浮浮：指蒸、烹食品时，蒸气上腾之状。烝，古"蒸"字。浮浮，蒸气上浮貌。 (57)载谋载惟：载，则。谋，计议，商量。惟，思考，考虑。此言认真严肃地计议、考虑如何把祭典完成得好。 (58)取萧祭脂：取，选取，采用。萧，又名香蒿、黄蒿，其气味浓烈。祭脂，牛肠间脂肪。古者宗庙之祭，将萧置于下，上加牛肠脂焚烧之，香气远闻。 (59)取羝（dī）以軷（bá）：羝，公羊。以，用来。軷，古代祭祀名，有两种：一是宫内之軷，祭行神；一是城外之軷，祭山川与道路之神。行祭礼后，以车轮碾过祭牲之体而去，象征行道无险阻之意。用犬为牲或用羊为牲。此指冬祭行神，以公羊为牲。又，王夫之《诗经稗疏》则曰："……此诗上云释烝黍梁，下云燔烈，既为馈食之祭，则无犯軷之礼明矣。且軷之用牲，杜子春曰，轹軷磔犬。亦不用羝。盖其事小，不得用宗庙之牲也。后稷于唐虞为卿士，故言有家室，而不言有国，于礼不得具太牢，则以羊为上羞。此軷字，或羞字之讹。羞，与上文揄、蹂、叟、浮叶韵，脂、惟亦可通叶，不敢信为必然。姑阙可也。徇其误而曲释之，必有所室矣。" (60)载燔（fán）载烈：载，助词，无实义。又犹"乃""且"。燔，古"焚"字。烧，此指将肉放在火上烧炙使熟。烈，将肉或别的东西穿起来架在火上烤熟。 (61)以兴嗣岁：以祈求来年能丰收兴旺。兴，兴旺。嗣岁，来年，新岁。 (62)卬（áng）盛于豆，于豆于登：卬，我，周人自称。豆，见《小雅·常棣》注。登，又作"豋"。古代陶制食器，也有青铜登。有盖，盛肉用。 (63)其香始升，上帝居歆：那祭品和祭脂的浓香才升腾起来，上帝便安享这祭品。居，安。歆，享，指享受祭祀。 (64)胡臭亶时：胡，大，此指浓烈。臭，气味，此指祭品、祭脂发出的芳香气味。亶，诚然，信然，真正地。时，善，美好。 (65)后稷肇祀，庶无罪悔，以迄于今：自后稷开始创立周人的祭祀制度以来，直到如今，差不多没有获罪于天之事。肇，始，始创。罪、悔，二字均指罪过，与"咎、尤"义同。迄，至。

【学术延伸】

《史记·周本纪》："周后稷名弃。其母有邰氏女，曰姜原。姜原为帝喾元妃。姜原出野，见巨人迹，心忻然悦，欲践之。践之而身动如孕者。居期而生子，以为不祥，弃之隘巷。马牛过者，皆辟不践。徙置之林中，适会山林多人，迁之而弃渠中冰上。飞鸟以其翼覆荐之。姜原以为神。遂收养长之。初欲弃之，因名曰弃。弃为儿时，屹如巨人之志。其游戏好种树麻菽，麻菽美。及为成人，遂好耕农。相地之宜，宜谷者稼穑焉。民皆法则之。帝尧闻之，举弃为农师。天下得其利，有功。帝舜曰，弃！黎民始饥，尔后稷播时百谷。封弃于邰，号曰后稷，别姓姬氏。"《春秋繁露·三代改制质文篇》："后稷母姜嫄履天之迹而生后稷。后稷长于邰土，播田五谷。"《毛诗传笺通释》："按此诗毛、郑异说。尝合经文及《周礼》观之，而知姜嫄实相传无夫而生子。以姜嫄为帝喾妃者误也。《周官》，大司乐亨先妣。郑注，周立庙自后稷为始祖，姜原无所妃，是以特立庙而祭之。使姜原为帝喾妃，不得言无所妃。一证也。守祧奄八人。贾疏谓守七庙又姜原庙。使姜嫄为帝喾妃，不得有嫄庙而无喾庙。二证也。诗言履帝武敏，而下言上帝不宁。《閟宫》诗曰，上帝是依。是知帝为上帝，非高辛氏之帝。三证也。武，迹也。敏，拇也，见于《尔雅·释训》，则履迹之说相传已久。四证也。诗曰，克禋克祀，以弗无子。许氏益之曰，弗无之为言有也。故莫非尔极者，皆是尔极也。求福不回者，求之正也。方社不莫者，祭之早也。其则不远者，则之近也。戴氏震曰，如许氏说，无庸破弗为祓。然不直言有子。而曰以弗无子，反言以见其非理之常。又二章居然生子，亦出于意外之词。若有夫而生子，人道之常，何以言以弗无子？又何以言居然生子？五证也。《楚辞·天问》，稷惟元子，帝何竺之？投之于冰上，鸟何燠之？王逸注，元，大也。帝，天帝也。竺，厚也。言后稷之母姜嫄出见大人之迹，怪而履之，遂有娠，而生后稷。后稷生而仁贤，天帝独何以厚之乎？投，弃也。燠，温也。言姜嫄以后稷无父而生，弃之于冰上，有鸟以翼覆荐而温之，以为神，乃取而养之。六证也。古言履迹生者三，一为伏羲，《孝经·钩命诀》，华胥履迹，怪生皇羲。一为帝喾，《路史》，帝喾父侨极取陈丰氏，曰裒，履大人迹而生喾。合后稷而为三。又言吞卵生者二，一为契，《殷本纪》，简狄吞卵生契。一为大业。《秦本纪》，女脩吞卵生大业。世代荒远，秦汉间已莫可考。殷周之视唐虞，犹秦汉之视周初。盖周祖后稷以上，更无可推。惟知后稷母为姜嫄，相传为无夫履大人迹而生，又因后稷名弃，遂作诗以神其事耳。"

行　苇

敦彼行苇①，	道边芦苇，团团丛生，
牛羊勿践履②。	牛羊不要践踏苇丛。
方苞方体③，	方始含苞，方始长茎，
维叶泥泥④。	它的绿叶，柔泽茂盛。
戚戚⑤兄弟⑥，	相亲相爱，广大兄弟，
莫远具尔⑦。	不要疏远，都应亲密。
或肆之筵⑧，	于是层层铺好竹席，
或授之几⑨。	陈设几案，大摆酒席。
肆筵设席⑩，	铺好竹席，再加一层，
授几有缉御⑪。	安排几案，踧踖恭敬。
或献或酢⑫，	主人献酒，宾客回敬，
洗爵奠斝⑬。	洗爵再献，受之暂停。
醓醢以荐⑭，	两种肉酱，端上案中，
或燔或炙⑮。	烧肉烤肉，香气腾腾。
嘉殽脾臄⑯，	百叶、牛舌，嘉殽丰盛，
或歌⑰或咢⑱。	伴琴歌咏，击鼓咚咚。
敦弓既坚⑲，	彩色画弓，十分强劲，
四鍭既钧⑳，	四支鍭矢，都很匀停，
舍矢既均㉑，	放矢射箭，都能射中，

674　　　　　　　　　诗经译注

序宾以贤㉒。	宾客座次，选其优胜。
敦弓既句㉓，	彩色画弓，十分美善，
既挟四镞㉔，	四支镞矢，都已射完，
四镞如树㉕，	四箭皆中，支支竖立，
序宾以不侮㉖。	众宾有序，礼让恭谦。
曾孙维主㉗，	周之曾孙，就是主人，
酒醴维醹㉘，	清酒浊酒，美味甘醇，
酌以大斗㉙，	大勺大杯，斟满痛饮，
以祈黄耇㉚。	祝愿长寿，黄发老人。
黄耇台背㉛，	黄发老人，高寿长者，
以引以翼㉜。	互相翼助，互相导引。
寿考维祺㉝，	寿考万年，如意称心，
以介景福㉞。	以求洪福，自天降临。

这是周代统治者宴饮酬酢之诗。

【注释考证】

①敦彼行苇：敦敦，犹言"团团"，形容芦苇丛生团聚之貌。行，道路，此指道边。　②牛羊勿践履：这是戒止之言。意谓：牛羊要小心，不要践踏道边之芦苇。履，在此作动词用，足踏之义。　③方苞方体：方，始，刚刚，才。苞，指芦苇初生之芽，像竹笋那样含苞未开。体，指芦苇之茎，如人之有体。方体，是说芦苇渐渐长成茎叶。　④维叶泥泥：它的叶子柔泽茂盛。维，犹"其"。泥泥，苊苊之假借，又作"柅柅"，柔泽茂盛貌。　⑤戚戚：相亲之义。　⑥兄弟：似为统言同姓及异姓兄弟辈。　⑦莫远具尔：莫，不要。具，俱，均，都。尔，同

"迹"。此言"不要相疏远，都是亲近之人"。⑧或肆之筵：或，犹"则"，于是就……。肆，陈，铺开。筵，竹席。此言"于是就一层层地铺好竹席（古人坐具）"。⑨或授之几：授，犹"陈""设"，设置，安排。几，几案，是一种矮小的桌子，上面可放置东西，也可凭依身体。此句云：或为尊者安排几案。上二句是说明大摆酒席。⑩肆筵设席：已铺设一层竹席，再加铺一层竹席，是谓"重席"，以示尊重。《礼记》："天子之席五重，诸侯之席三重，大夫再重。"又有"加席"，为最上之席。《诗毛氏传疏》云："《乡饮酒礼》注，加席，上席也。《周礼》，唯王位加缫席、加次席，有二加席与左右几，为殊礼。其余只一加席也。《燕礼》，宾无加席，而重席未尝不设。《传》云，重席者，就宾位而言，授几就主位而言也。"⑪授几有缉御：此谓"授几"者有跛踏庄敬之容。说明对贵宾的尊敬。有，犹"能"。缉御，跛踏庄敬貌。《诗毛氏传疏》："缉读为戢，戢，聚也。御，进也。聚足而进曰缉御。《曲礼》'堂上接武'注，武，迹也。迹相接，谓每移足半蹑之，中人之迹尺二寸。《玉藻》'君与尸行接武'注，尊者尚徐，蹈半迹。缉御犹接武，缉、接叠韵，御、武叠韵。《传》云'跛踏之容者'，《论语·乡党篇》'君在跛踏如也'。马融注云，跛踏，恭敬貌。《广雅》跛踏，畏敬也。跻与跛同。"⑫献、酢：宴饮开始，由主人向宾客敬酒叫"献"，客答之叫"酢"。参阅《小雅》（《楚茨》《瓠叶》）注。⑬洗爵奠斝（jiǎ）：爵、斝一物异名，为酌酒之器。夏曰盏，殷曰斝，周曰爵。斝，盛行于商代和西周初期的青铜酒器，也有玉制者。圆口，有三足及鋬（把手）。爵，见《小雅·宾之初筵》注。本句意谓：主人又洗爵酬客，客受而奠之不举也。（《诗集传》）奠，此处作"停放"解。⑭醓醢（tǎn hǎi）以荐：将多汁的肉酱和无汁的肉酱进献上来。醓，多汁的肉酱。醢，用肉、鱼等制成的酱。以，用，用来。荐，进献。⑮燔、炙：犹"燔、烈"，见《大雅·生民》注。⑯嘉殽脾臄（jué）：嘉殽，美味的殽馔。脾，此谓"脾析"，又称膍胵，即牛羊之重瓣胃，俗称"百叶"者。臄，训"舌"，又训"口次肉"（口边肉）。⑰歌：此指比于

676　诗经译注

琴瑟而歌。⑱号（è）：徒击鼓不歌唱。⑲敦弓既坚：敦弓，即"画弓"。敦，通"弴"，又通作"雕"。古者镂刻曰雕，绘画亦曰雕。以五彩画弓曰雕弓，又曰绣弓。既，犹"甚""太"，又，犹"尽"。坚，犹"劲"，此言弓好。⑳四鍭（hóu）既钧：鍭，箭名，箭镞为青铜制。《尔雅·释器》："金镞翦羽谓之鍭。"钧，《诗毛氏传疏》："参亭释钧……钧者均之假借字。……参亭者，谓一在前二在后，皆已停均轩轾中也。亭，古停字。《弓人》云，材美工巧为之时，谓之参均。……参亭犹参均耳。"又，《诗经稗疏》云："……参亭者，三订之而匀也。鍭矢，一在前二在后，参而订之，故曰参亭。"㉑舍矢既均：舍，犹"释""发""放"。均，中。既均，言皆中也。㉒序宾以贤：以射礼中之优胜与否为宾客之次序。序宾，宾客次序，为宾客排名次。贤，多，胜。见《礼记·投壶》："某贤于某若干纯。"㉓句（gòu）：通"彀"，训"善"。《尔雅·释诂》："彀，善也。"此句"既句"与上文"既坚"对文见义。一说，句（彀），弓弩引满。㉔既挟四鍭：此言四矢皆发。挟，持，指挟持弦矢，即引弓射箭。㉕四鍭如树：四矢皆中靶心，贯穿其靶而竖立着。《方言》："树，植立也。"《广雅·释诂》："竖立也。"如，犹"而"。㉖序宾以不侮：宾客以射箭中的之多少为次序，而皆有德而互不轻慢。以，犹"而"。不侮，不轻慢，互相敬重。㉗曾孙维主：《诗经原始》："主席者之称，不必祭也。如宗子、嫡孙之类。"㉘酒醴（lǐ）维醽（rú）：指各种清酒、浊酒都是醇厚甘美的。醴，一种用米酿制的甜味浊酒。醽，醇厚的酒，或指酒味醇厚。㉙酌以大斗：以大勺斟酒而饮。酌，斟酒，饮酒。大斗，大的枓。斗，"枓"的省借，是一种酌酒大勺。㉚以祈黄耇（gǒu）：以求长寿，以祝愿长寿，犹"以介眉寿"。黄耇，黄发的长寿者。耇，长寿，老者，俗作"耈"。此句以下为主宾互相祝酒之词。㉛台背：《毛传》："台背，大老也。"犹言"大寿"。按：《尔雅·释诂》作"鲐背"，邢疏引《诗》"黄耇鲐背"。《尔雅·释诂》郭注："鲐背，背皮如鲐鱼。"郑《笺》："台之言鲐也。大老则背有鲐文。"㉜以引以翼：以相导引、辅翼。

㉝祺：吉祥。　㉞以介景福：以求大福。介，"匄"之借字。乞求，此指乞求神灵赐福。景，大。景福，犹"大福""洪福"。

既　醉

既醉以酒，	畅饮美酒已经陶醉，
既饱以德①。	尽都饱受主人恩惠。
君子万年，	祝愿君子万年千岁，
介尔景福②。	为之祈求大福大贵。
既醉以酒，	畅饮美酒已经酣醉，
尔殽既将③。	您的嘉殽非常善美。
君子万年，	祝愿君子长寿万年，
介尔昭明④。	发扬光大，明德流传。
昭明有融⑤，	发扬明德，盛大融融，
高朗令终⑥，	高明善誉，显耀终生，
令终有俶⑦。	终生显耀，又续美名。
公尸嘉告⑧。	公尸祝福，善言相通。
其告维何⑨？	公尸祝福，何言相告？
"笾、豆静嘉⑩。	"竹笾、木豆，都很美好。
朋友攸摄⑪，	群臣、宾客，辅佐助祭，
摄以威仪⑫。	大家佐助，都有威仪。
威仪孔时⑬，	威仪完美，文质彬彬，

君子有孝子⑭。	君子又是纯孝子孙。
孝子不匮，	孝子保持美德，绵绵不断，
永锡尔类⑮。	祖宗常赐你们孝道之善。

其类维何？	那是何等福祉吉庆？
室家之壸⑯。	施于室家，推广天下。
君子万年，	祝愿君子万年永生，
永锡祚胤⑰。	保佑后嗣幸福无涯。

其胤维何？	后嗣又是何等幸福？
天被尔禄⑱。	上天赐你子孙厚禄。
君子万年，	祝愿君子万年长寿，
景命有仆⑲。	天命所归，神意所附。

其仆维何？	天命归附，谁承祖荫？
釐尔女士⑳。	神灵厚赐贤士君子。
釐尔女士，	神灵厚赐君子贤士，
从以孙子㉑。"	增益其福，泽及孙子。"

这是周代统治阶级祭祀宗庙之礼仪完成，假借公尸之口备述上天赐福主人之词。

【注释考证】

①既醉以酒，既饱以德：既，尽，终。《毛传》："既者，尽其礼，终其事。"《诗毛氏传疏》："此祭毕而用飨燕之诗。"姚氏《诗经通论》："'醉酒'言尸犹与生人同，'饱德'则与生人异，在不即不离间，真善

于言尸之饱也。此岂后世摛词家所能梦见!"醉以酒，饱以德，醉其酒，饱其德。言"饮其酒而醉；受其恩德至多，又如饱餐后之满足"。以，犹"其"。"以""其"叠韵，二字互训。德，恩德，恩泽。或，善德。《诗经原始》云："王德也，统下昭明及祀事之诚皆是。"按："醉酒饱德"，后来成为宴会后宾客道谢主人之词。　②君子万年，介尔景福：此为宾客祝福主人之词。君子，称主人。尔，同此。　③尔殽既将：既将，犹"孔臧""孔嘉"，甚为美善。《毛诗传笺通释》："《传》，将，行也。……然古但云'行酒'，不闻'行殽'。'将''臧'声相近，'臧'为美，'将'亦美也。《广雅·释诂》，将，美也。《破斧诗》'亦孔之将'，《经义述闻》言犹'亦孔之臧'是也。窃谓'尔殽既将'，将亦为美，犹言'尔殽既嘉'耳。"又，《诗集传》云："将，行也。亦奉持而进之意。"聊备一说。　④昭明：此谓光大其明德。昭，犹"明""光大"。　⑤融：盛大永长，绵绵不绝之意。有，又。　⑥高朗令终：此指高明之善誉及太平之福禄将终其身而有之。祝愿之词。高朗，高明。令，善，此称善誉。终，竟。《论语·尧曰》："天禄永终。"皇疏："祚禄位长，卒竟汝身也。"姚氏《诗经通论》："'高朗令终'，郑氏曰，'天既与女以光明之道，又使之长有高明之誉，而以善名终'，此说是，即'以永终誉'之意。"又，《诗义会通》："令，善也。祝其善始善终。"　⑦令终有俶（chù）：令终又始。有，犹"又"。俶，始，周而复始。此言"既以善誉、天禄而终，又终而后始"。　⑧公尸嘉告：君尸以善美之嘏辞相告于主人，为之祝福。公，犹"君"。尸，古代祭典中扮作神灵代为受祭的人。嘉，善，善言，指嘏辞，公尸祝福于人之辞。（嘏，福。）告，告诉，宣告。　⑨其告维何：他宣告的是什么？维，是。按：此句以下至末尾，均为公尸所告之嘏辞。　⑩静嘉：静，"靖"之借字，古籍中"静""靖""竫"多通用。训"善"。嘉，与"靖"同义连言。　⑪朋友攸摄：朋友，指群臣、宾客。《诗毛氏传疏》："《假乐》，《传》云，朋友谓群臣也。盖在正祭为助祭之群臣，而在绎祭则为与燕之宾客。此云'朋友'。犹《楚茨》之'宾客'，统绎祭而名之耳。"(按：绎祭，重祭之名。《尔雅·释天》："绎，又祭也。周曰绎，商曰肜，夏曰复胙。"注："祭之明日，寻绎复祭"）攸，犹"是"。摄，佐助。 ⑫威仪：指既有威严又容止合度。此谓"朋友"。 ⑬威仪孔时：犹言"威仪孔嘉"。《毛诗传笺通释》："……时，善以双声为义。……上章'摄以威仪'，谓群臣；此章'威仪孔时'，宜谓成王。盖臣下既佐以威仪，则上之威仪得群臣之佐亦甚善也。"时，嘉，善。 ⑭君子有孝子：君子又为孝子。有，又。 ⑮孝子不匮，永锡尔类：孝子永远保持美德而无穷无已，祖宗将常赐你们以孝道之善。《诗毛氏传疏》："匮，竭，古声同部。不竭，犹无已也。《礼记·祭统》云，大孝不匮。博施备物，可谓不匮矣。又，《皇矣》传云，类，善也。勤施无私曰类。此《传》以不匮为不竭，即是博施备物。以类为善，即是勤施无私。博施、勤施，其义与下章壸、广之义相通。则不匮与类非有二义也。永，长；锡，予；尔，尔孝子也。言孝子有不竭之善，则祖考之神长予孝子以善也。……隐元年《左传》，君子曰，颍考叔纯孝也，爱其母施及庄公。《诗》曰'孝子不匮，永锡尔类'其是之谓乎！施，即所谓博施、勤施也，引《诗》以美颍考叔之孝。又，成二年《左传》。……《诗》曰，'孝子不匮，永锡尔类'。若以不孝令于诸侯，其母乃非德类也乎！类亦德也。引《诗》以讥晋人之不孝。两引《诗》，皆义取不匮原有广施及人之意。孝子有是善，祖考长予之以善。故《国语》谓'不忝前哲'以释此诗之'类'也。……《方言》云，类，法也。法与善，义亦相近。"按：类，又训"同类"。"永锡尔类"，言永远赐及同类。 ⑯室家之壸（kǔn）：《毛传》："壸，广也。"《诗毛氏传疏》："壸，本为宫中巷名，引申之则为广，广之言扩充也。《孟子》云，苟能充之，足以保四海，苟不充之，不足以事父母。正与此'广'训合。《正义》引王肃云，其善道施于室家，而广及天下。" ⑰永锡祚胤（zuò yìn）：此言"祖考之神灵长以福禄赐予你子孙"。按：此句应作"永锡胙胤"。胤，后嗣，子孙。祚，应为"胙"之借。《说文》："胙，祭福肉也。"引申为"福佑"之意。 ⑱天被尔禄：上天赐予你福禄。被，予，赐予，加给。⑲景命有仆：景命，大命，天命。有，犹"是"。仆，附，附属，附着坚固貌。《毛诗传笺通释》："……下文'釐尔女士，从以孙子'，皆历叙其附着之众。" ⑳釐（lài）尔女士：釐，"赉"之假借，赐予，给予。尔女，尔汝。《诗毛氏传疏》："尔亦女也，尔、女二字连文。……《序》云，人有士君子之行，即指此章末之'士'而言之也。……毛读女音汝，郑读女如字。《笺》云，予女以女而有士行者，谓生淑媛使为之妃。与《毛诗序》不合。而与《列女传·母仪篇》引《诗》义合，盖郑用《鲁诗》也。"又，《毛诗传笺通释》："……《列女传·启母涂山传》引《诗》'釐尔士女'。士女，谓女而士行。……《笺》'女而有士行者'，正释经文'士女'。今《毛诗》作'女士'者，后人顺《笺》'女而有士行者'，正释经文'士女'。今《毛诗》作'女士'者，后人顺《笺》文而误。" ㉑从以孙子：从，《尔雅·释诂》："从，重也。"重，有"增益"之意。或，"延续"之意。又，《郑笺》云："从，随也。"似承上文之"仆"字而言。

凫 鹥

凫鹥在泾①，	野鸭、沙鸥在那水流，
公尸来燕来宁②。	公尸宴饮，安宁优游。
尔酒既清，	湛湛清清，你有美酒，
尔殽既馨③。	异香扑鼻，嘉殽珍馐。
公尸宴饮，	公尸宴饮，安乐融融，
福禄来成④。	神灵保佑，降福重重。

凫鹥在沙⑤，	野鸭、沙鸥在那沙碛，
公尸来燕来宜⑥。	公尸宴饮，安适惬意。
尔酒既多，	你的旨酒，甘醇盛多，

尔殽既嘉⑦。	你的嘉殽，美味丰硕。
公尸宴饮，	公尸宴饮，安乐康泰，
福禄来为⑧。	神灵祐助，福禄常在。

凫鹥在渚⑨，　　　野鸭、沙鸥在那小洲，
公尸来宴来处⑩。　公尸宴饮，安处优游。
尔酒既湑⑪，　　　湛湛清清，你有美酒，
尔殽伊脯⑫。　　　嘉殽肉脯，你有珍馐。
公尸宴饮，　　　　公尸宴饮，安逸欢欣，
福禄来下⑬。　　　神灵保佑，福禄降临。

凫鹥在潀⑭，　　　野鸭、沙鸥在那河汊，
公尸来宴来宗⑮。　公尸宴饮，愉快欢洽。
既宴于宗⑯，　　　欣享宴饮，悦乐无涯，
福禄攸降⑰。　　　神灵保佑，降福室家。
公尸宴饮，　　　　公尸宴饮，安逸欢愉，
福禄来崇⑱。　　　神灵保佑，福禄会聚。

凫鹥在亹⑲，　　　野鸭、沙鸥在那水滨，
公尸来止熏熏⑳。　公尸宴饮，和悦宜人。
旨酒欣欣㉑，　　　畅饮美酒，欢乐欣欣，
燔炙㉒芬芬㉓。　　嘉殽珍馐，浓香芬芬。
公尸宴饮，　　　　公尸宴饮，诸事顺遂，
无有后艰㉔。　　　庶几今后没有罪悔。

这大概是周王于祭祀之次日又设祭礼，并宴饮公尸之乐歌。

【注释考证】

①凫鹥（fú yī）在泾：凫，泛称野鸭，又叫野鹜，其形状似鸭而小。鹥，即鸥鸟，一名水鸦。泾，此指水流。《毛诗传笺通释》云："……《笺》，泾水名也。水鸟而居水中，犹人为公尸之在宗庙也，故以喻焉。瑞辰按，《诗》'沙、渚、潨、亹'，皆泛指水旁之地，不应泾独为水名。段玉裁曰，《笺》本作'泾，水中也'，故下云'水鸟而居水中'。今本误作水名。其说是也。今按《尔雅》，水直波为径。《释名》作泾。云，泾，径也。言如道径也。《庄子》'泾流之大'，司马彪曰，泾，通也。在泾，正泛指水中有直波处言，非泾谓之泾。"（此与《诗小学》所述文义略同）　②来燕来宁：是燕是宁。来，犹"是"。燕，燕饮。宁，安宁，安享。　③馨（xīn）：芳香，特指远闻之芳香。　④成：犹"重""并"。《广韵》："成，重也。"《仪礼·士丧礼》："俎二以成。"郑注："成，犹并也。"　⑤沙：此指水中沙碛。　⑥宜：与"宁"义近，安适。　⑦嘉：美。　⑧为：助。　⑨渚（zhǔ）：水中小洲。　⑩处：止。　⑪湑（xǔ）：犹"清"。滤过的酒叫湑，酒清也叫湑。　⑫脯（fǔ）：干肉。　⑬下：降临。　⑭潨（zhōng）：《说文》："小水入大水。"此指众水交汇处。又，《郑笺》云："潨，水外之高者也。"《毛诗传笺通释》："《广雅》，潨，厓也。厓，方也。厓与涯同，方与旁同。以潨为厓，盖本三家诗。《笺》所云'水外之高者'，即厓也。"　⑮宗：即"悰"字。《说文》训乐。又，《毛传》云："宗，尊也。"　⑯燕于宗：燕享与安乐。于，犹"与"。见《汉书·韦贤传》："筑室于墙。"《尚书·多方》："不克敬于和。"（例同此）　⑰攸降：犹"来下"。　⑱崇：犹"重""充""多""积聚""重叠"。　⑲亹（mén）：一说为水峡，指水之两岸对峙如门。《诗集传》："水流峡中，两岸如门也。"又，《毛诗传笺通释》："……《传》，亹，山绝水也。《笺》，亹之言门也。瑞辰按，《传》《笺》义相承。山绝水曰亹，犹石绝水曰梁。胡承珙曰，绝如正绝流曰乱之绝，谓山横跨水中，水流其

蟀。其说是也。……壨者,釁之变体,从爨省,从酉,分声,与门音近,故训为门。凡物之有间可入有隙可乘者皆得谓之壨。……壨有门音,门、眉双声,又转为眉。故古钟鼎文'眉寿'多借作釁,亦作壨,窃疑壨即湄之假借。《秦风》,在河之湄。《传》,湄,水隒也。《广雅》,隒,厓也。又,隒,方也。读壨为湄,正与上章'在沙''在渚''在潨'同为水旁之地。犹《卫风》'淇厉''淇侧',《秦风》'水湄''水涘',字异而义同也。诗人咏叹长言,不嫌词复。" ⑳来止熏熏:《说文》引作"来燕醺醺"。止,似应从《说文》作"燕"。熏熏,和悦貌。㉑欣欣:十分欢乐貌。 ㉒燔炙:见《大雅·行苇》注。 ㉓芬芬:形容香浓。 ㉔无有后艰:指以后庶几没有罪悔。后,今后。艰,犹"罪悔"。《诗毛氏传疏》:"《士丧礼》筮宅命曰,度兹幽宅兆基,无有后艰。无有后艰,盖当时有此常语。《生民》云,庶无罪悔,以迄于今。后即今也。艰犹罪悔也。文义正同。《传》云'言不敢多祈也'者,所祈止于是而已。"

【学术延伸】

姚氏《诗经通论》:"《序》谓'守成',泛混。郑氏于上章下曰,'祭祀既毕,明日又设醴而与尸燕,成王之时尸来燕也',此说可为诗旨。而《集传》本之,因谓'祭之明日绎而宾尸之乐';然又有误。孔氏曰,'燕尸之礼,大夫谓之"宾尸",即用其祭之日;今《有司彻》是其事也。天子、诸侯则谓之"绎",以祭之明日。《春秋》宣八年言:辛巳,有事于大庙;壬午,犹绎。是谓在明日也'。此'公尸宴饮'是绎祭之事,《疏》语分别明了,惜乎其未阅耳。"《毛诗传笺通释》:"按《正义》述毛,以五章皆为宗庙。《笺》于首章云,祭祀既毕,明日又设礼而与尸燕。是以为绎而宾尸之诗。而分二章为祭四方百物,三章祭天地,四章祭社稷山川,卒章祭七祀。未若从《毛传》皆为祭宗庙为确。"《诗经原始》:"……一在泾也,而曲为分别,以譬在宗庙等处,岂尚知诗人用字义哉!水虽有五,唯泾是名,其余沙、渚、潨、壨,皆从泾上推说。犹言泾之旁，泾之涯，泾之涘耳。而何至以配天地万物山川社稷乎？且燕一尸，而众尸皆咏，则所燕之尸又将谁属？诸儒说诗，大都如此，可嘅也夫！"

假 乐

假乐君子[①]，	称颂赞美君子周王，
显显[②]令德。	他的善德显耀传扬。
宜民宜人[③]，	安抚庶民，善任贤人，
受禄于天。	福禄荣身，承受天恩。
保右命之，	天命保全佑助，
自天申之[④]。	反复赐予福禄。
千禄百福[⑤]，	上天赐他千禄百福，
子孙千亿[⑥]。	子孙绵绵，千亿无数。
穆穆皇皇[⑦]，	穆穆皇皇，容止端庄，
宜君宜王[⑧]。	宜称人君，宜为周王。
不愆不忘[⑨]，	不犯过错，不昏不妄，
率由旧章[⑩]。	遵循先王典制法章。
威仪抑抑[⑪]，	懿懿威仪甚善，
德音秩秩[⑫]。	秩秩美誉流传。
无怨无恶[⑬]，	人们对他无憎无怨，
率由群匹[⑭]。	仁德感人，善从众贤。
受禄无疆[⑮]，	受福受禄，永恒无疆，
四方之纲[⑯]。	善于治理四方之邦。

之纲之纪⑰，	纲纪天下，治理四方，
燕及朋友⑱。	宴饮群贤，深孚众望。
百辟卿士⑲，	百国之君，众多卿士，
媚于天子⑳。	爱戴拥护周之天子。
不解于位㉑，	勤勉不懈，忠于职位，
民之攸塈㉒。	安居乐业，民有所归。

本篇或为嘉成王、规成王之词。

【注释考证】

①假乐君子：嘉乐君子。假，"嘉"之通借。《中庸》《左传》《礼记》引并作"嘉乐"。"嘉"为正字，义犹"乐"。或有"嘉许""颂美"义。乐，有爱悦之意。君子，或指成王。　②显显：《中庸》引《诗》作"宪宪"，为"显显"之假借字，显著，显耀。　③宜民宜人：《毛传》："宜安民宜官人也。"宜，与"安"字义近。安民，指安抚庶民。官人，指以官职任人。此句是说周王能使"民""人"得其所宜（即"所安"）。宜，为应合之词。　④保右命之，自天申之：言有令德者，受禄于天，天命保之、佑之，又反复降之以福禄。右，《中庸》引作"佑"，训"助"。命，天命。申，重。犹言"反复"。　⑤千禄百福：此侈言福禄之大。千，多，作"干"。"干"训"求"。干禄，犹"求福"。俞樾疑"干"字为"千"字之讹。按：细绎文义，"千禄百福"，未若"千禄百福"为允。　⑥子孙千亿：侈言子孙蕃多，至于千亿。　⑦穆穆、皇皇：均指仪态美好，容止端庄恭敬。　⑧宜君宜王：宜称君称王于天下。　⑨不愆不忘：《毛诗传笺通释》："……哀十六年《左传》，礼失则昏，名失则愆；失志为昏，失所为愆。愆即《诗》之愆。《说文》，忘，不识也。与昏义相近。又按，愆为过，遗失亦过。故

《孟子》引《诗》'不愆不忘',而统以'过'字释之。"马氏之说甚是,当从之。　⑩率由旧章:率,循。旧章,旧的法度章程,指先王之法。此谓能遵循先王之法。　⑪抑抑:犹"懿懿",美。又训"密"。　⑫秩秩:义犹"秩秩斯干"之"秩秩",《斯干》《毛传》:"秩秩,流行也。"又,《毛传》:"有常也。"或"有次第"之意。　⑬无怨无恶:此指无私怨无私恨。恶,憎恶,憎恨。　⑭率由群匹:此言能任贤服众。群匹,指众贤。《毛诗传笺通释》云:"按,群匹二字平列而同义。《国语》,兽三为群。《广雅·释诂》,匹,二也。……今按《说文》,群,辈也。人曰群匹,正与兽之曰群丑、曰群友者同义。对言则群为三,匹为二;通言则群匹一也。……此诗上章'率由旧章'为法祖;此章'率由群匹'为从众。《春秋繁露》,董仲舒曰,百物皆有合偶,偶之、合之、仇之、匹之善矣。引《诗》'率由群匹'为证,皆以'群匹'为合偶、仇匹之称。朱子《集传》训匹为类,是也。《笺》义未免迂曲。"　⑮受禄无疆:又作"受福无疆",义同。　⑯四方之纲:四方之纪纲。纲,犹"纪纲",法制,或管理、治理、统治。详见《大雅·棫朴》注。　⑰之纲之纪:"四方之纲,四方之纪"之省文。　⑱朋友:指群臣、宾客。　⑲百辟卿士:百辟,指众诸侯。辟,国君。卿士,指群臣。　⑳媚于天子:爱戴天子。媚,爱。　㉑不解于位:本作"匪解于位"。不解,不懈,勤勉。此句言勤于王事,忠于职守。　㉒民之攸墍:犹"民之所息"。《诗毛氏传疏》:"……墍,息。《邶·谷风》同。成二年、昭二十年、哀五年《左传》引《诗》皆作墍。颜真卿书《郭令公家庙碑》作'民之攸墍'。……案,墍者,墍之俗字也。《正义》引《尔雅》某氏曰,民之攸呬,本三家诗。呬、墍声同,墍,息也。息,止也。……'匪解于位,民之攸墍',言群臣皆不解于其位,则天下民人同受福禄矣。与首章《传》云'安民'同意。"又,犹"民之所归"。《毛诗传笺通释》:"……《传》,墍,息也。……按,《方言》,息,归也。民之攸墍,谓民之所息,即谓民之所归。《泂酌》二章'民之攸墍',三章'民之攸归',其义正同。非谓民得息逸也。……惠氏栋曰,《玉篇》,

厵，息也。今为憩。《说文》无憩字。《尔雅》，憩，息。《诗·假乐》，厵，息。并当依《玉篇》作厵。今按释元应《一切经音义》云，憩，《说文》作愒。《仓颉篇》作厵。则厵字已见《仓颉篇》，不仅见《玉篇》矣。《一切经音义》又云，《仓颉篇》，愒作憩，则憩字亦见《仓颉篇》。厵、愒、憩三字，实一字之异体。墍与暨，皆厵字之假借。《说文》，愒，息也。不言或作厵与憩者，偶遗之耳。《说文》又曰，睂，卧息也。与憩之从自同义。"按：上二说均通。

公　刘

笃公刘①，　　　　　公刘忠于周之大业，
匪居匪康②。　　　　日夜忧劳，不得安歇。
迺埸迺疆③，　　　　整治田埂，整治田疆，
迺积迺仓④；　　　　聚粮于庾，贮粮于仓；
迺裹糇粮⑤，　　　　包装携带熟食干粮，
于橐于囊⑥，　　　　熟食干粮，装满橐囊，
思辑用光⑦。　　　　周民和睦，为国增光。
弓矢斯张⑧，　　　　张设弓箭，全副武装，
干、戈、戚、扬⑨，　干、戈、戚、扬，扛在肩上，
爰方启行⑩。　　　　开始行动，迁徙远方。

笃公刘，　　　　　　公刘忠于周之大业，
于胥斯原⑪。　　　　前往豳地察看原野。
既庶既繁⑫，　　　　从者众多，浩浩荡荡，
既顺迺宣⑬，　　　　顺适和乐，心情舒畅，
而无永叹⑭。　　　　没有长叹，没有悲伤。

陟则在巘⑮,　　　　　观察地势，登上孤山，
复降在原⑯。　　　　又下孤山，来到平原。
何以舟之⑰?　　　　身上佩带什么装饰？
维玉及瑶⑱,　　　　是那宝玉和那美石，
鞞琫容刀⑲。　　　　玉饰刀鞘，光辉映日。

笃公刘,　　　　　　公刘忠于周之大业，
逝彼百泉⑳,　　　　先去察看百泉汇集，
瞻彼溥原㉑;　　　　再去视察平原大地；
迺陟南冈㉒,　　　　他又登上南面冈陵，
乃觏于京㉓。　　　　京地沃野尽在望中。
京师之野㉔,　　　　京师郊野，广建屋宇，
于时处处,　　　　　周民于是乐业安居，
于时庐旅,　　　　　周民于是暂寄暂居，
于时言言,　　　　　于是融融笑语喧哗，
于时语语㉕。　　　　于是融融喧哗笑语。

笃公刘,　　　　　　公刘忠于周之大业，
于京斯依㉖。　　　　在那京师定居生息。
跄跄济济㉗,　　　　跄跄济济，大有威仪，
俾筵俾几㉘。　　　　延请群臣就席凭几。
既登乃依㉙,　　　　登席依几，就座已毕，
乃造其曹㉚,　　　　尊卑有序，尽合礼仪。
执豕于牢㉛,　　　　从那圈牢，捉猪宰烹，
酌之用匏㉜。　　　　使用匏樽，斟酒相敬。

食之饮之㉝，	劝客品肴，劝客饮酒，
君之宗之㉞。	群臣之君，庶民之宗。

笃公刘，	公刘忠于周之大业，
既溥既长㉟。	开拓疆土，既广又长。
既景迺冈㊱，	既测日影，又登山冈，
相其阴阳㊲，	登山察看，南北阴阳，
观其流泉㊳，	察看流泉灌溉之利，
其军三单㊴；	轮流服役，三丁抽一；
度其隰原㊵，	认真测量低湿之地，
彻田为粮㊶，	垦治田亩，生产粮米，
度其夕阳㊷，	再去测量山西之地，
豳居允荒㊸。	豳地真是辽阔无际。

笃公刘，	公刘忠于周之大业，
于豳斯馆㊹。	又在豳地扩建宫室。
涉渭为乱㊺，	横流渡过滔滔渭水，
取厉取锻㊻。	采取砺石，采取碫石。
止基迺理㊼，	于是奠立居处基址，
爰众爰有㊽。	从者众多，纷来沓至。
夹其皇涧㊾，	皇涧两岸，屋宇并起，
溯其过涧。	面对过涧，新居建齐。
止旅迺密㊿，	暂住、久居，人口繁密，
芮鞫之即[51]。	曲岸建邑，房舍迤逦。

这是周人歌颂公刘开国殊勋的长篇叙事诗，它描述了公刘带领族人

自邰迁豳的过程。

诗凡六章。首章写周人经过策划、准备之后,开始大规模的迁徙行动。次章写各处审察地利的过程。三章写选择吉地,始建城邑房舍。四章宴劳臣下。五章写定居之后,整训军旅,大力发展农业生产。六章写扩建京师。

记叙人物、事件,相当具体,也较真实。

【注释考证】

①笃公刘:公刘对周人的事业十分忠诚厚爱。笃,厚,诚,指厚于周人。又,语词,无实义。公刘,为后稷三世孙,"公"是称号。一说"疑公刘为商之三公,故称公"(见《诗毛氏传疏》)。 ②匪居匪康:犹"非康居",不能安居。是说公刘日夜为周人之事业忧劳。匪,非,不,不能,不敢。下一"匪"字,是为足成四言句而加的衬字。居、康,为康、居之倒文。康居即安居之意。《诗》多有为叶韵而倒文之例。 ③迺埸(yì)迺疆:此指修整土地田亩之疆界。迺,犹"乃",于是。埸,田地的小界(田埂)。此处作动词用,指筑埸。按:《唐石经》作"场",误。"场"指场圃。疆,田地的大界。此指筑疆。 ④迺积迺仓:积,《诗集传》:"露积也。"露天堆积粮食处,又叫"庾"。仓,粮仓,有屋曰仓。积、仓,在此处均为动词,指聚粮于庾,贮粮于仓。"迺埸迺疆,迺积迺仓",是说积极生产,储备粮食,为留居之民和迁徙之民准备口粮。胡承珙云:"……公刘初迁之时,其民犹有居者,本非一时席卷其民空国而去。故迺埸迺疆,所以修邰国之疆场;迺积迺仓,所以充邰国之积仓。亦可见改邑徙民,未尝全弃其故都。而欲为行者之利,先谋居者之安,此公刘之所以为厚也。" ⑤迺裹餱(hóu)粮:于是包装、携带干粮熟食。餱,又作"鍭",干粮。粮,即指"糗",炒熟的可吃的粮食。朱熹说:"粮,糗也。"按:"糗"为炒熟的米麦等。 ⑥于橐(tuó)于囊:将餱、粮装于无底口袋与有底口袋之中,便于携带。于,在。橐,无底口袋,容物时束紧两口。另说,小袋。囊,有底口袋。

又，大袋。　⑦思辑用光：思，语词。辑，和，和睦。或，聚，聚众。用，以，犹"从而"。光，光荣。或，光大。此句，谓"周民和睦团结，而为民族增光"，或谓"周人和睦团结，从而使民族精神发扬光大"。
⑧弓矢斯张：斯，犹"是"，"于是"。张，设，备好。又，指弓弦。或指系好弓弦。　⑨干、戈、戚、扬：干，盾牌，战斗中护身之具。戈，古兵器，横刃，长柄，可以横击。戚，古兵器，是一种长柄的斧。扬，古兵器，又名钺，是一种长柄的大斧。　⑩爰方启行：爰，于是。方，才。或，始。启行，动身，行动，指启程迁豳。　⑪于胥斯原：于，犹"乃"。或，犹"往"。胥，犹"相"，察看。斯，训"此"。原，高平之地。此言"公刘于是到豳地察看那高平的原野"。　⑫既庶既繁：既，犹"太""甚"。庶，众，繁，盛，多。本句说明随公刘迁豳的族人非常众多。　⑬既顺迺宣：顺，顺适，和乐。一说，训"安"。宣，畅，指心情舒畅。一说，训"遍"，指住得普遍。此句是说"民心既顺适，其心情于是便舒畅"。《毛诗传笺通释》云："……宣之言通也，畅也。言民心既顺，其情乃宣畅也。故下即言'而无永叹'矣。"　⑭永叹：长叹。永，长。一说，即"咏"之省借。　⑮陟则在巘（yǎn）：巘，通"鲜"，与大山析离的小孤山。此句意谓"公刘登上那孤立的小山察看地势"。　⑯复降在原：公刘又从小的孤山下到平原，继续察看地势。
⑰何以舟之：犹言"以何周之"或"周之维何"。舟，《毛诗传笺通释》云："按，舟者，匊之假借。《说文》，匊，帀徧也。字通作周。带周于身，故舟得训带。又，服从舟，会意。《说文》，服，用也。一曰车右騑，所以舟旋。舟旋即周旋也。《吕览·顺民篇》高注，服，带也。服从舟而训带，则知舟得训带矣。或疑舟即服字脱其半，故《传》训为带。"此言"用什么东西围绕在他身上"或"他身上佩带的是什么"。
⑱维玉及瑶：是那宝玉和美石。维，发语词，帮助判断语气。瑶，美石，石之似玉者。　⑲鞞（bǐng）琫（běng）容刀：鞞，刀鞘下端之饰。一说，刀鞘。琫，刀鞘上口之饰。《诗经稗疏》："……刘熙曰，琫，捧也。捧，束口也。下末之饰曰鞞，鞞，卑也，在下之言也。皆刀鞘之

饰也。故毛公曰，下曰鞞，上曰琫。今按《古玉图考》，绘有玉璃珌（同鞞）琫二，其琫形如环而椭长，旁蟠螭，环孔大而穿。珌如筒，旁出蟠螭，筒孔小而不穿。云是高辛墓中物。如环孔大，椭长而穿者，鞘口饰也。狭长如筒，孔小而不穿者，鞘下饰也。正与毛公、刘熙之说合矣。唯《左传》杜预解云，鞞，佩刀削（鞘）上饰；鞛（同琫），下饰。则以鞞为琫，琫为鞞。然其为鞘室之饰则同也。《集传》乃以鞞为刀鞘，琫为刀上饰，误矣。以鞘为鞞，似沿《小尔雅》而误，以琫为刀上饰，则更无可据矣。刀剑上饰谓之鹿卢，《古衣服令》曰，鹿卢，玉具剑是也。容刀者，为容之刀，具刀形而无利刃，如今肩舆前旁插之剑，以为容观而不适于用。传注未悉。"又，《毛诗传笺通释》："……《瞻彼洛矣》诗'鞞琫有珌'。《传》，'天子玉琫而珧珌'。珧珌之珌当作鞞，珧即瑶之假借。此诗'维玉及瑶'连下'鞞琫容刀'言之，谓以玉饰琫，以瑶饰鞞。即彼《传》所谓天子玉琫而珧珌也。盖公刘始以玉瑶为鞞琫，后遂尊为天子之服。犹皋门、应门之制本自大王也。《正义》分玉瑶与鞞琫为二。亦误。"又，《诗毛氏传疏》："容刀，佩刀也。佩刀以为容饰，故曰容刀。"又，姚氏《诗经通论》则曰："……'维玉及瑶'，言佩玉也；'鞞琫容刀'，言佩刀也。'鞞'，刀鞘也；'琫'，刀上玉饰；'珌'，刀下玉饰。《小雅》'鞞琫有珌'是也。此但言'琫'，不言琫珌'。'容刀'，谓鞞之容此刀也。《毛传》谓'下曰鞞'，混'鞞'为'珌'，非是。'珌'又与'璏'同，非鞞也，盖误以'鞞'作'璏'耳。《集传》解'容刀'为'容饰之刀'，谬。又上既解'鞞'为'刀鞘'，又云，或云'容刀'，谓'鞞、琫之中容此刀耳'，琫为刀上玉饰，何能容刀？尤谬。总于诸字之义全未清楚耳。"（姚氏盖从《毛诗正义》而引申之）　⑳逝彼百泉：前往那众泉汇流之地。逝，往。百泉，众泉。又，训地名。《诗经通论》云："'百泉'，严氏曰，'泉，水也。今地理家言众水所聚为得水也'。曹氏据杜佑云，'百泉在汉为朝那县，属安定郡；在唐为百泉县，属平凉郡；当是其地因《诗》百泉而得名'。何玄子曰，'不窋窜于西戎，其地即今庆阳府是也，有不窋城，又有不窋冢。春秋时为义渠戎国。厥后公刘往迁于豳，盖道庆阳，经平凉而后达于今西安府之邠州。邠州乃泾流所经；而百泉则入于泾水，自平凉而来者也。故诗人咏及之。旧说但谓公刘自邰迁豳。而百泉遂茫然不知其处矣'。" ㉑瞻彼溥（pǔ）原：视察那广大的原野。瞻，望，视察。溥，大，广。原，平原，原野。 ㉒迺陟南冈：于是又登上南面的冈陵。 ㉓乃觏于京：乃，《石经》作"迺"，"于是"之义。觏，《尔雅》作"遘"，见，见到，或有"发现"义，或通"构"，有"构成"义。京，豳之地名。一说，京为高丘。此句是说：公刘见到了宜为国都的京地。 ㉔京师之野：京师，犹"京邑""京城"。师，都邑之通称。《毛诗传笺通释》："……吴斗南曰，京者地名，师者都邑之称，如洛邑亦称洛师之类。其说是也。今按《尚书大传》曰，八家为邻，三邻为朋，三朋为里，五里为邑，十邑为都，十都为师，州有十二师焉。则邑之称师，不自周始。特京师连称，始此。后遂以名天子居耳。"野，此指城外郊野。 ㉕于时处处，于时庐旅，于时言言，于时语语：于时，犹"于是"。处处，"居处"之"处"叠用，既足成四字句型，又能加重语势。下三句仿此。庐旅，疑原为"庐庐"或"旅旅"，均训"寄居""暂居"，与上文"处"（定居）对文。言言、语语，均形容人们笑语不休之貌。《毛诗传笺通释》："'于时庐旅'，《传》，庐，寄也。《笺》，庐舍其宾旅。瑞辰按，庐、旅古同声通用。《齐语》，卫人出庐于漕。《管子·小匡》作卫人出旅于漕。又，卢弓通作旅弓。……皆其证也。《周官·遗人》郑注，庐，羁旅过行寄止。《后汉·光武纪》章怀注亦曰，旅，寄也。与《毛传》训庐为寄同义。是知庐、旅一也。《诗》上下文'处处''言言''语语'，皆用叠字，不应'庐旅'独异词。窃疑古本原作'庐庐'，谓寄其所当寄者。故《毛传》但释'庐'字，犹'言言''语语'，《传》但曰'直言曰言，论难曰语'也。庐、旅古通用，本或作'旅旅'，后又讹为上庐下旅。犹迺、乃通用，而此诗作迺者九，作乃者四。参差互出，皆由传写讹乱也。《笺》已分庐、旅为二，则郑君所见，本已作'庐旅'矣。"又，《广雅》："言言、语语，喜也。"按：上四句，是说周人迁豳之后，各得其所，各安生业，笑语喧哗，额手称庆。 ㉖于京斯依：于，犹"在"。京，京师。斯，犹"是"。依，此谓定居，安居。此言"就在京师定居"。 ㉗跄跄济济：统指群臣有威仪貌。跄跄，又作"蹡蹡"，步趋有节貌。济济，步武整齐貌，端庄恭敬貌。 ㉘俾（bǐ）筵俾几：使之就席，使之凭几。俾，使。筵，此处解作"就席"，犹今"就座"（古人以席为坐具）。几，几案，此处是指"凭几"（凭靠几案）。 ㉙既登乃依：已登席乃依几，指已就座毕。既，犹"已"。登，登席。依，依几。 ㉚乃造其曹：乃，于是。造，比次；排座次。曹，群，辈，此指群臣宾客。本句意谓：按尊卑将座次排好，众宾入座，井然有序，合乎仪节。 ㉛执豕于牢：执，捉拿。豕，猪。牢，圈，此谓猪圈。这是说明捉猪宰杀以为菜肴。

㉜酌之用匏（páo）：酌之，斟酒给他们（群臣）喝。匏，本指葫芦。此谓将葫芦破为两半，用来盛酒，这种酒器叫匏爵或匏樽。此处写公刘宴劳群臣用匏爵，一方面说明公刘初建京邑，物力维艰；另一方面说明公刘尚俭朴。 ㉝食之饮之：食作动词，此指请群臣宾客吃佳肴珍馐。饮，作动词，此指请群臣宾客饮美酒。之，代词，指称群臣宾客。 ㉞君之宗之：君，作动词，"为君"。宗，作动词，"为宗主"。之，代词，同上句。此句谓"公刘能当群臣的君王和宗主"。 ㉟既溥既长：谓开垦的土地非常广、非常长。既，犹"太""甚"。溥，广大。 ㊱既景迺冈：既，犹"即"。就，或，已经。景，"影"之古体。此处作动词用，指根据日影以测定方位。迺，于是，或，然后。冈，此处用作动词，指登上高冈观察地利。《毛传》谓："考于日景，参之高冈。"可信。参，有观察、考察等含义。一说，"迺"，犹"其"。"景其冈"，测日影以定高冈的方位。陈奂则认为此句是"从上起下之词"，并引《毛诗正义》云："'考其日景'，即上'既溥既长'，以日景考之也；参之高冈，即下'相其''观其'，是登冈视之也。《周语》仲山甫曰，国必依山川。"
㊲相其阴阳：相，观看，察看。其此处称代高冈，或称代地区。阴，指高冈之北。阳，指高冈之南。实则以"阴、阳"统言冈之四周广大地

区。朱熹则谓："阴阳，向背寒暖之宜也。" ㊳观其流泉：观察该地区水泉灌溉之利。观，犹"相"，互文见义。其，指称该地区。流泉，概言水利。 ㊴其军三单：此句似谓公刘爱惜民力，对适龄壮丁采取"三丁抽一"的办法，使之轮流服役，寓兵于农。王夫之《诗经稗疏》："《毛传》曰，三单，相袭也。立义核而不易解了。……单者，董仲舒所谓口军也。百亩以食八口，除老弱妇女，率可任者三人，三分而用其一，盖百亩而赋口军一，与后世所谓三丁抽一之说略同。单，一也。三口而一军，故曰三单。其赋太多而不与周制同者，公刘当草创之初，外御戎难，内修疆围，一时权制而上下同患，民不怨劳，则仁爱所结，亦谅其不得已也，顾定赋则然，而上役休罢更番充伍。故毛公曰'相袭'者，犹言相代也。亦以明三单之非横役矣。然此三单之法，唯以之度隰原之赋，而夕阳之山瘠者，则但彻田为粮而不赋其军，及芮鞫既即之后，隰原之赋则亦应渐减，则所谓'止旅乃密'者是已。"又，胡承珙《毛诗后笺》："单，一也，独也。三单者，即《周礼》凡起徒役，无过家一人之谓。盖止用正卒为军，不及其羡，故曰单。传又云：相袭，犹言相代。则三单之中，尚有更休迭上之法，其不尽民力如此，此公刘之所以为厚也。且此语虽为制军之数，古者寓兵于农，制军所以授田，故上承相阴阳，观流泉，而下与度其隰原，彻田为粮相次，可知非在道御寇之谓。"一说，单，犹"禅"，番替之意。一说，单，训"尽"，谓"三军尽出于是"（也就是寓兵于农之意）。以上诸说略同。此外，马瑞辰则据《逸周书·大明武篇》注，谓此诗之"单"字，即"单处"义，指无保障。并云："此诗'彻田为粮'承上'度其隰原'言，'豳居永（允）荒'承上'度其夕阳'言，则知'其军三单'亦承上'相其阴阳，观其流泉'言之，谓分其军，或居山之阴，或居山之阳，或居流泉之旁，故为三。公刘迁豳之始，无城郭保障之固，故谓其军为三单耳。"姑备一说。 ㊵度（duó）其隰（xí）原：度，测量。又，计量。隰原，低湿之原野。隰，低湿之地。或，新垦之田。郑玄《诗谱》却以"隰原"为"原隰"之倒文，是豳地名，与《笺》说自相矛盾。 ㊶彻田为粮：开垦、耕种土地，生产粮食。彻，治，指垦田、种田。郑玄则读"彻"为"周人百亩而彻"之"彻"，即"耕百亩者彻取十亩以为税"之"彻法"（周之田赋制度），与《毛传》"治田"之义迥异。郑说未确。 ㊷夕阳：山的西面叫夕阳。此指山西面的土地。 ㊸豳居允荒：豳居，朱熹解作"豳人之居"，豳人所居之地。按，居，又犹"其"。见《易·系辞》传："噫（同抑）亦要存亡吉凶，则居可知矣。"居，又为语词。允，诚，信，真的，真是。荒，大，广大，辽阔。 ㊹于豳斯馆：于，在。斯，犹"是"。馆，馆舍，此指营建宫室房舍。三家诗作"观"。馆、观通用。 ㊺涉渭为乱：涉渭而乱。为，犹"而"。乱，横流而渡。 ㊻取厉取锻：取，采取。厉，同"砺"，较粗较硬的磨石。锻，"碫"之假，质地坚硬的一种砧石。取厉取锻，是为琢磨、打制生产工具之用。或者也是为了磨、打建筑材料。又，王夫之则对此另有考释，他说："《毛传》曰，锻，石也。《郑笺》云，所以为锻质，盖许慎之所谓小冶也。小冶者，泥杂瓦屑为之，以盛五金而熔炼者，若用石为之，则入火爆裂。此物理之必然者，古今一也。且厉石锻质，所在辄有，豳在渭北，去渭二百余里，必远涉渭南而取之，何其迂而不惮烦邪？且厉锻之需无几耳，使数人取之，可给万人数年之用，此何以足纪哉？厉、锻，盖古地名，延绥塞上有故祖厉城，疑即厉与。取者，收夺之名。乱，治也。涉渭为乱者，南略地而至于渭；取厉取锻者，北略地而至于狄境，故曰'止基廼理'，以土理之斥而言也。'爰众爰有'，而曰'止旅廼密'，地斥而民以众也。以文义求之，自应如此。若《集传》云，锻，铁也。尤不知其何据。"按：王说持之有故，录以备考。 ㊼止基廼理：居处之基址已经治理好。止，居处。一说，语词。基，基址。理，治理，治理好。 ㊽爰众爰有：此谓从公刘而来者日益众多。爰，于是。有，犹"多"，众有即众多，指人数众多。陈奂以为"众有犹富有"，指物多。郑玄则将"众""有"分释之，以"众"谓"人数日益多"，以"有"谓"器物有足"。 ㊾夹其皇涧，溯其过涧：此言陆续前来的越加众多，有的居住在皇涧两岸，有的门对过涧而居。夹，指居室在皇涧两岸，而涧夹其中。逆风、逆水皆曰溯，又训“向”，即“对”“面对”之意。皇涧、过涧，均为豳地水名。 (50)止旅迺密：止犹“居”。旅，古与“庐”通用，寄居、暂住。密，繁密，众多。此句言“从迁之民来此寄居者越加繁密”。陈奂述《毛传》曰：“旅，众也。《传》训密为安者，言从迁之众止豳乃安耳。《说文》，宓，安也。密、宓声相近。” (51)芮鞫（ruì jū）之即：芮，通“汭”，指水流的边岸弯曲处。鞫，“阸”（通作“垠”“氿”）之假借，与“汭”义近。《玉篇》：“古岸也。”《广韵》：“曲岸水外曰阸，或作垠、泦。”《说文》：“氿，水厓枯土也。”陈奂《诗毛氏传疏》曰：“芮，水厓。芮者，汭之假借字。《尚书》《左传》皆作汭。《说文》，汭，水相入也。案，水相入即水会成厓之处。汭者，外水相入，不谓水之内也。《传》训‘鞫’为‘究’者，‘究’之为言‘曲’也。《淇奥》，《传》，奥，隈也。奥或作澳，亦作隩。鞫者，澳、隩之假借。……《传》意释‘芮鞫’为水厓之曲，曲兼有内曲、外曲两义。《笺》乃分释‘芮’，内隩；鞫，外鞫。而后人遂因此。《笺》改《尔雅》‘外为隈’作‘外为鞫’，不知《尔雅》释‘隩’，谓与‘鞫’声通则可，而于《大雅》之‘芮鞫’初无涉也。……朱右曾云，水厓盖主过涧而言，公刘崎岖戎狄，立国豳谷，境必不广，且豳城在泾水东，汭水在泾水西，《诗》不言泾，岂得越泾而居芮？此《毛传》之精所以胜于《韩诗》也。……芮鞫之即，言从迁众民，依就水厓之曲而徙处此也。”马瑞辰则云：“内曲为芮，外曲为鞫。”之，犹“是”。即，就。

泂酌

泂酌①彼行潦②，　　远处取水可蒸米，
挹③彼注④兹，　　那边取水注此器，
可以餴饎⑤。　　可以做饭蒸黍稷。

| 岂弟君子, | 君子和乐又平易, |
| 民之父母⑥。 | 为民父母顺民意。 |

泂酌彼行潦,	到那远处取积水,
挹彼注兹,	那边取水注此器,
可以濯⑦罍⑧。	可以用它洗金罍。
岂弟君子,	君子和乐又平易,
民之攸归⑨。	万民诚服众望归。

泂酌彼行潦,	远处去把积水汲,
挹彼注兹,	那边取水注此器,
可以濯溉⑩。	用它可把漆樽洗。
岂弟君子,	君子和乐又平易,
民之攸塈⑪。	万民所安万民息。

此为公宴时之乐歌,以褒美并劝谏周王。(《小序》谓"召康公戒成王"。待考。)

【注释考证】

①泂(jiǒng)酌:泂,"迥"之假借,远,远处。泂酌,到远处取水。 ②行潦(lǎo):道路的积水。行,道路。潦,积水。《毛传》:"行潦,流潦也。"《毛诗正义》:"行道上雨水流聚,故云流潦。" ③挹(yì):舀,汲取。 ④注:灌入,流入。 ⑤可以饙(fēn)馏:可以,"以"字为语助。《列子·说符》"意者难可以济乎",《说苑·杂言》作"意者难可济也",此"以"字有无皆可。饙,"餴"之假。蒸米半熟为餴,以水沃之再蒸使熟透曰馏。此处是以"饙"指称蒸米饭,无

须拘泥。饎，将黍稷做成熟饭叫饎，又兼称酒食为饎。 ⑥岂弟君子，民之父母：和易近人的君子，民皆以之为父母（或，乃是民之父母）。岂弟，又作"恺悌"，和易近人。 ⑦濯（zhuó）：洗涤。 ⑧罍（léi）：古代青铜器名，也有陶制者，用以盛酒或水。形似坛而有盖，两肩有环耳，圈足。 ⑨民之攸归：民之所归。攸，犹"所"。归，归附，归心。指心悦诚服而归顺。 ⑩溉（gài）："概"之假借字。古之祭器。为涂漆之酒樽，以朱带环饰横概其腹，故名概（从王引之说）。 ⑪塈（xì）：休息。

卷 阿

有卷者阿①，　　　　高高冈陵，蜿蜒曲折，
飘风②自南③。　　　暴风从那南面吹过。
岂弟君子④，　　　　君子周王，平易和乐，
来游来歌，　　　　　欣来此地，歌舞游冶，
以矢⑤其音⑥。　　　让那群贤陈诗献歌。

伴奂⑦尔⑧游矣，　　从容悠闲，你在燕乐游冶，
优游⑨尔休⑩矣。　　闲暇自得，你在宴饮安歇。
岂弟君子，　　　　　君子周王，平易和乐，
俾尔弥尔性⑪，　　　你能巩固与发扬善性，
似先公酋矣⑫。　　　继承先王功业，贯彻始终。

尔土宇昄章⑬，　　　你的国土广大，疆界明确，
亦孔之厚矣⑭。　　　物产非常富庶盛多。
岂弟君子，　　　　　君子周王，平易和乐，

俾尔弥尔性,　　　　你能巩固与发扬善性,
百神尔主⑮矣。　　　百神关注,施你恩德。

尔受命长矣⑯,　　　你受天命,永远配天而行,
茀禄尔康矣⑰。　　　你在享受福禄康宁。
岂弟君子,　　　　　君子周王,平易和乐,
俾尔弥尔性,　　　　你能巩固与发扬善性,
纯嘏尔常矣⑱。　　　大福厚禄,安享无穷。

有冯有翼⑲,　　　　相辅相助,贤士甚多,
有孝有德⑳,　　　　众多贤士,都有善德,
以引以翼㉑。　　　　能对周王导引辅佐。
岂弟君子,　　　　　君子周王,平易和乐,
四方为则㉒。　　　　天下四方,奉为准则。

颙颙卬卬㉓,　　　　温和肃敬,气概轩昂,
如圭如璋㉔,　　　　纯洁高贵,像那圭璋。
令闻㉕令望㉖。　　　大有善誉,大有威望。
岂弟君子,　　　　　君子周王,平易和乐,
四方为纲㉗。　　　　你是天下之法,四方之纲。

凤皇于飞㉘,　　　　灵鸟凤凰,展翼高翔,
翙翙其羽㉙,　　　　众鸟齐飞,翙翙繁响,
亦集爰止。　　　　　又降吉地,栖止依傍。
蔼蔼王多吉士㉚,　　周王贤臣众多,济济一堂,
维君子使,　　　　　都是君子所使之人,

媚于天子㉛。	爱戴天子,忠于家邦。

凤皇于飞,	灵鸟凤凰,展翼高翔,
翙翙其羽,	众鸟齐飞,翙翙繁响,
亦傅于天㉜。	上摩青天,凌云高扬。
蔼蔼王多吉人㉝,	周王贤臣众多,济济一堂,
维君子命㉞,	都是君子所命之人,
媚于庶人㉟。	他们又能推爱众民。

凤皇鸣矣,	灵鸟凤凰,鸣声悠扬,
于彼高冈。	仁瑞之兆,在那高冈。
梧桐生矣,	柔木梧桐,向阳生长,
于彼朝阳㊱。	在那高冈东面坡上。
菶菶萋萋㊲,	蓬蓬萋萋,繁密茂盛,
雝雝喈喈㊳。	雍雍唧唧,凤凰和鸣。

君子之车,	君子周王,盛备大车,
既庶㊴且多。	不可胜数,既众又多。
君子之马,	君子周王,盛备骏马,
既闲且驰㊵。	熟练、迅疾,动作调和。
矢诗不多,	群贤陈诗,非常盛多,
维以遂歌㊶。	颂美、劝谏、谢恩作歌。

召康公从周成王游歌于卷阿之上,而作此诗以颂美周成王,并规劝其求贤用贤。前六章,重点言周王之德;后四章,重点言群臣之贤,兼寓规谏之意。

【注释考证】

①有卷（quán）者阿：蜿蜒曲折之冈陵。卷，曲。阿，大的冈陵。有，语词。 ②飘风：回风（旋风），暴风。 ③自南：从南面吹来。 ④岂弟君子：见《大雅·泂酌》注，指周成王。 ⑤矢：陈。 ⑥音：犹"音声"，即指乐歌。以矢其音，谓周王使公卿列士献诗陈志。矢音即陈歌。 ⑦伴奂（pàn huàn）：伴，通"胖"，即"心广体胖"之"胖"，有广大义。奂，亦有"大"义。伴奂，本义为"广大"，引申义为"从容闲暇""精神舒展"。又，《笺》云："伴奂，自纵弛之意也。" ⑧尔：指成王。 ⑨优游：与"伴奂"义近，"闲暇""起居自适"。 ⑩休：休息。 ⑪俾（bǐ）尔弥（mí）尔性：俾，或省作"卑"。刘淇《助字辨略》云："……意欲其如此，其义虚而未定，非使令之谓也。使令之使，其义实，故'使民''奉使'之使，不得云俾也。"弥，久长，巩固，增益，更加。性，指本性，此处似谓善性。本句是说"巩固、发扬你的善性"。又，《毛传》："弥，终也。"胡承珙曰："终者，尽也。弥其性，即尽其性也。"又，姚际恒曰："弥，《释文》，益也。'弥尔性'，谓充足其性，使无亏间也；不可解作'终命'，亦不可说入理障。" ⑫似先公酋矣：应作"似先公尔酋矣"。按：此句为颂美之词，与以下"百神尔主矣""茀禄尔康矣""纯嘏尔常矣"同例。承上文。意谓：希望你巩固并发扬善性，继续先王之功业并完成它。似，犹"嗣"。继续，继承。先公，指先王，尊称公。酋，久，终。《毛诗传笺通释》："……《笺》，嗣先君之功而终成之。瑞辰按，《尔雅·释诂》，酋，终也。郭注引《诗》嗣先公尔酋矣。盖本三家诗。据三章百神尔主矣，四章纯嘏尔常矣，皆有尔字，则从郭引有尔字为是。《笺》云，而终成之，而犹汝也。《正义》释《传》云，汝王能终之矣。似《郑笺》及《正义》本皆有尔字，故以而及汝王释之，今本乃后人妄删耳。酋之言久也，就也。久则有终，就亦终也。故《尔雅》训为终。" ⑬土宇昄（bǎn）章：土宇，封畿，即国土。昄章，昄，大。章，明，

别。《诗集传》云："昄章，大明也。或曰，昄当作版，版章，犹版图也。" ⑭亦孔之厚矣：也非常之富庶盛多啊。孔，甚，非常。厚，重，多。 ⑮百神尔主：犹"百神尔注"。天地百神都关注保佑你。主，"注"之省借。见《小雅·大田》，《郑笺》："令天主雨于公田。"《释文》："主，本作注。"按：注，又训意之所向，如注意、关注、注重。注，又训"附着"。 ⑯尔受命长矣：受命，受天子之命。长，久，又犹"常"，指"长配天命而行"。 ⑰茀（fú）禄尔康矣：你享受福禄康宁。茀，"祓"之借字，训福。《毛诗传笺通释》："《传》，茀，小也。《笺》，茀，福。瑞辰按，《尔雅·释言》，茀，小也。《传》以茀为苃之假借，故训为小，对下纯嘏为大福言也。《尔雅·释诂》，祓，福也。郭注引《诗》福禄康矣。盖本三家诗。茀与祓双声，《方言》福禄谓之祓戬。《笺》以茀为祓之假借，故训为福。犹《生民》，《笺》，读茀为祓也。《传》《笺》各有所本。《正义》言茀之为小为福，皆无正训。由不明假借之义耳。"康，康宁，康泰，安乐。 ⑱纯嘏（gǔ）尔常矣：你永远享受天赐之大福啊。纯，大。嘏，大福。胡承珙认为"嘏"本来训"大"，引申为"大福"。常，犹"长"，永远。 ⑲有冯有翼：冯，"倗"之借字，训辅。（用马瑞辰说）翼，助。 ⑳有孝有德：孝、德，《毛诗传笺通释》："按，王尚书曰，《尔雅》，善父母为孝。推而言之，则为善德之通称。……今按王说是也。此诗有孝有德，亦泛言有善有德，不必专指孝亲言。此与上有冯有翼皆指求贤用吉士。" ㉑以引以翼：以引导于前，以辅于左右。引，引导于前。翼，相，辅助于左右。此指贤臣引导辅翼周王。 ㉒四方为则：犹言"为四方之则"；或，"四方以之为则"。四方，犹"天下"。则，法，准则，榜样。 ㉓颙颙（yóng）卬卬（áng）：颙颙，温和恭敬貌。卬卬，同"昂昂"，气概轩昂貌，志气充盛貌。 ㉔如圭如璋：品质高洁像圭、璋那样。圭，古代官僚贵族朝聘、祭祀、丧葬所用的玉制礼器。上端为三角形，如宝剑尖端，下端呈方形。《唐石经》、小字本、相台本，"圭"作"珪"。《荀子·正名篇》《文选》曹丕《与钟大理书》注、班固《史述赞》注各引

《毛诗》亦作"珪"。《说文》:"珪,古从圭从玉。"璋,见《小雅·斯干》注。按:圭、璋为白玉制成的纯洁高贵之物,故以之喻人品高尚纯洁。 ㉕令闻:善誉。闻,本亦作"问"。 ㉖令望:义近"令闻"。望,名望,声誉。 ㉗纲:犹纪纲,法制,法度。又,治理,统治。 ㉘凤皇于飞:凤皇,古代传说中之"灵鸟"。雄为凤,雌为凰。于,助词,犹"之"。此处或以凤凰喻人主。 ㉙翙翙(huì)其羽,亦集爰止:翙翙,鸟飞扇翅之声。羽,此处不仅指凤凰之羽,且指来从凤凰的众鸟之羽。其羽,是包括凤凰在内的众鸟之羽。羽,也就是鸟的代称。集,鸟类群栖于树木叫"集"。爰,于。止,止息,止息之处。《说文》:"凤飞,群鸟从以万数。故以为朋党字。"此三句,意谓:凤凰飞翔,众鸟从之,它们的羽声翙翙然,又都集栖于所止之处。《笺》:"……众鸟慕凤凰而来,喻贤者所在,群士皆慕而往仕也。" ㉚蔼蔼王多吉士:蔼蔼,犹"济济",众多而有威仪貌。吉士,古代统治阶级对贵族男子的美称,此指贤臣。此言"周王朝的贤臣众多而有威仪"。 ㉛维君子使,媚于天子:维,犹"为""是"。君子,即指天子。使,所使之人,使臣,使者,指贤臣。媚,爱,顺爱。此言"都是事奉天子的使臣,忠爱于天子"。 ㉜傅于天:傅,犹"附""庚"。谓上摩青天。 ㉝吉人:犹"吉士"。 ㉞命:犹"使"。此指王所命之人,即"命夫"(内命夫、外命夫),为在宫内或朝廷的卿、大夫、士之统称。 ㉟媚于庶人:贤臣能顺爱众民。按:西周时代,统治者称奴隶为庶人。秦、汉以后,对于平民皆称"庶人"。 ㊱"凤皇鸣矣"以下四句:姚际恒云:"凤凰之鸣在于高冈,梧桐之生亦在高冈,适当朝阳,而凤凰栖止其上,喻贤人适汇集于朝宁之地,志一时之极盛也;其意不尽。又于梧桐申之以'菶菶萋萋',凤凰申之以'雝雝喈喈',皆镂空之笔,不着色相,斯为至文。山向东为'朝阳',向西为'夕阳',诗意本是高冈朝阳,梧桐生其上,而凤凰栖于梧桐之上鸣焉;今凤凰言'高冈',梧桐言'朝阳',互见也。解者不知,见诗是凤凰鸣高冈,梧桐生朝阳,则凤凰、梧桐两不相属;虽漫引《庄子》'凤凰非梧桐不栖'之言,而究不知所合一也。

于是郑氏以‘凤凰鸣高冈’喻贤者居高位，则于‘梧桐’更无着落，只得以之喻君；且以‘朝阳’为温仁之气，亦喻君德。解者至今从之，岂不凿而谬乎！严氏则以为喻太平之时。未见‘梧桐’可喻太平也！《毛传》曰，‘梧桐不生山冈，太平而后生朝阳’。几曾见梧桐不生山冈，又必太平而后生朝阳？且其语持两端，亦模糊。‘萋萋’，不特盛貌，有栖止之义。” ㊲菶菶（běng）萋萋：形容梧桐枝叶茂盛。菶菶，草木茂盛貌。萋萋，义犹“菶菶”。 ㊳雝雝（yōng）喈喈（jiē）：鸟和鸣声。雝、喈，犹今之“唧”。 ㊴庶：众多。庶、多并言，着力形容车之盛多。姚际恒曰：“末章言王朝虽多吉士，犹恐野有遗贤，欲王多盛其车马以待之也。此余意。” ㊵既闲且驰：闲，闲习，熟练。指马匹训练有素，无论驾车或为坐骑，都能走得合乎法度，十分熟练。驰，马疾行，此指马跑得快而中法中节。此句谓“马驾着人车跑起来既熟练又迅疾，也合乎法度，十分调谐”。 ㊶矢诗不多，维以遂歌：矢诗，陈诗，此指贤臣们陈诗。不，助词，不为义。不多，训“多”。维，犹“是”，或为发语词。遂，对，答，引申为报答、答谢。此言“群臣宾客陈诗甚多，以颂美劝谏之歌报答周王”。

【学术延伸】

方玉润《诗经原始》：“……姚氏曰，《小序》谓‘召康公戒成王’，未见其必然。又曰，或引《竹书纪年》，以为‘成王三十三年，游于卷阿，召康公从’，政附会此而云，不足信。殊知此正可以深信无疑。何也？《诗》首章不云乎‘有卷者阿’‘岂弟君子’‘来游来歌’矣；卒章又不云乎‘矢诗不多，维以遂歌’也。此非王游卷阿，而公因有是诗以陈王前之一证乎？又何待旁考他书，然后足信其为有据也。……是前半写君德，后半喻臣贤，末乃带咏游时车马，并点明作诗意旨，与首章相应作收。章法极为明备，何诸家议论尚纷然无定解哉？”又，马瑞辰云：“按《汲冢纪年》‘成王三十三年，游于卷阿，召康公从’，其所言出游之年虽未足信，然以诗义求之，其为成王出游，召康公因以陈诗，则无疑也。首章'岂弟君子，来游来歌'，正谓成王游歌于卷阿之上。君子，谓成王也。《笺》以君子为贤臣。失之。'以矢其音'，及末章'矢诗不多，维以遂歌'，乃召康公欲人之陈诗答王。《尔雅》，对，遂也。《广雅》，对，答也。对为遂，则遂亦可训对，遂歌，犹云答歌也。"

民　劳

民亦劳止①，	人民劳苦忧伤！
汔可小康②。	但求能得安康。
惠④此中国③，	应当惠爱西周王畿，
以绥⑤四方⑥。	而且安抚全国四方。
无纵诡随⑦，	切莫盲从诡诈佞臣，
以谨无良⑧。	要对恶人谨慎提防。
式遏寇虐⑨，	也要遏制暴虐权奸，
憯不畏明⑩。	却不怕他高明显扬。
柔远能迩⑪，	安抚远方，亲善近邦，
以定我王⑫。	以固国基，保我周王。
民亦劳止，	人民劳苦忧患，
汔可小休⑬。	但求能得休闲。
惠此中国，	应当惠爱西周王畿，
以为民逑⑭。	而且成为民众模范。
无纵诡随，	切莫盲从诡诈佞臣，
以谨惛怓⑮。	而要严防朝政昏乱。
式遏寇虐，	也要遏制暴虐权奸，
无俾⑯民忧。	莫使人民忧伤劳烦。

无弃尔劳⑰，	切勿放弃你的功劳，
以为王休⑱。	助成我王福禄平安。

民亦劳止，	人民劳苦忧戚，
汔可小息⑲。	但求能得休息。
惠此京师⑳，	应当惠爱西周京师，
以绥四国㉑。	而且安抚四方之地。
无纵诡随，	切莫盲从诡诈佞臣，
以谨罔极㉒。	严防他们反复不一。
式遏寇虐，	也要遏制暴虐权奸，
无俾作慝㉓。	莫使他们制造灾异。
敬慎威仪，	恭敬谨慎，保持威仪，
以近有德㉔。	而应亲近有德贤士。

民亦劳止，	人民劳苦忧戚，
汔可小愒㉕。	但求能得歇息。
惠此中国，	应当惠爱西周王畿，
俾民忧泄㉖。	并使人民解除忧悒。
无纵诡随，	切莫盲从诡诈佞臣，
以谨丑厉㉗。	而要谨防丑类四起。
式遏寇虐，	也要遏制暴虐权奸，
无俾正败㉘。	莫使朝政腐败萎靡。
戎虽小子㉙，	你虽是个少小之人，
而式弘大㉚。	而用事却宏大无比。

民亦劳止，	人民劳苦忧患！

二雅·大雅 生民之什

汔可小安㉛。	但求能得平安。
惠此中国，	应当惠爱西周王畿，
国无有残㉜。	国内正义不受摧残。
无纵诡随，	切莫盲从诡诈佞臣，
以谨缱绻㉝。	而要谨防朝政纷乱。
式遏寇虐，	也要遏制暴虐权奸，
无俾正反㉞。	莫使政事颠覆，天下遭难。
王欲玉女㉟，	我王啊！我想爱护于你，
是用大谏㊱。	因此只得大力劝谏。

周厉王昏庸无道，妄用奸佞，朝政腐败，纲纪废弛，横征暴敛，徭役繁重，鱼肉人民，交乱四国。因此，召穆公作歌讽谏厉王防奸除暴，治国安民。

【注释考证】

①劳止：此谓忧苦。或，劳苦。止，语词。 ②汔（qì）可小康：汔，庶几，也许可以，接近，差不多。一说，"汔"为"乞"之假，训乞求。（于省吾《诗经新证》）小，语词。（马瑞辰说）康，安，息。 ③惠：加恩，厚爱。 ④中国：此谓西周王畿，本土。对"四方"而言，周本土居中，周犹"域"，故称"中国"。 ⑤绥：抚。 ⑥四方：四方诸侯之国。 ⑦无纵诡随：无，毋，勿，不要，劝止之词。纵，《诗毛氏传疏》："纵，当依《左传》作从。《笺》以听释从，其字不误也。"按：训纵为放纵，亦通。诡随，应读作"诡譎"。即指诡谲、奸诈之人，或许指主持政事的贪污好利的卿士荣夷公等人。王引之《经义述闻》："……诡随，叠韵字。不得分训诡人之善，随人之恶。诡随即无良之人，亦无大恶小恶之分。诡随，谓诡诈谩欺之人也。诡，古读若戈。……随，读若譶，字或作訑，又作訑。随，其假借字也。《方言》曰，

虔儇，慧也。秦谓之谩，……楚或谓之譀。自关而东，赵、魏之间谓之黠，或谓之鬼。《说文》曰，沇州谓欺曰詍。《楚辞·九章》曰，或忠信而死节兮，或訑谩而不疑。《燕策》曰，寡人甚不喜訑者言也。并字异而义同。" ⑧以谨无良：谨，慎防。无良，无良之人，恶人。 ⑨式遏寇虐：式，发语词。遏，制止，禁止。寇虐，残暴者，指谮谤的巫人及其他酷吏佞臣。 ⑩憯（cǎn）不畏明：憯，读为"朁"，《说文》引"憯"作"朁"。犹"曾""乃"。又，犹"何"（今之"怎"字，或为"朁"之变体）。明，高明显宠者。陈子展先生《雅颂选译》："……《群经平议》云，《尚书·洪范篇》曰，无虐茕独，而畏高明。《史记集解》引马注曰，高明显宠者，不枉法畏之。此云畏明，与彼云畏高明，义同。言为寇虐者必遏止之，不以其高明而畏之也。" ⑪柔远能迩：柔，安，安抚。远，远方之诸侯国。能，顺善，亲善。《经义述闻》："古者谓相善为相能。"又训相得，相容，或为"宁"之借，安抚之意。又，《诗毛氏传疏》："能，读为而。《汉督邮班碑》作溹远而迩。古如而通用。远谓四方，迩谓中国。迩，近也。言安远方之国而使与中国相亲近也。《中庸》云，柔远人则四方归之，即其义。解者并以柔远能迩对文，非是。"迩，指中国，或指近处之诸侯国。（按：《诗毛氏传疏》所云"能读为而……古如、而通用"。如定曰"能读为而"，窃拟"而"犹"如"，"如"亦有"顺遂""顺从"义。例如"如约""如愿"，有"从约""遂愿"义。"而"，在此处并非作连词用。况且，《汉督邮班碑》"溹远而迩"之"而"，实则"能"字之假，并非"读为而"。）
⑫以定我王：以稳定我周王朝。王，直指周王，又指周王朝统治政权。召穆公是站在维护西周奴隶主阶级利益的立场上说话的。姚际恒《诗经通论》云："开口说'民劳'，便已凄楚。'汔可小康'，亦安于时运而不敢过望之辞。曰'可'者，又见唯此时为可，他日恐将不及也；亦危之之辞。王所用之人，必阴为诡随以惑上意，而实为寇虐以害生民，戒以无纵之而式遏之；每章皆提唱此二句，则其意最重乎此可知也。各章上八句皆一意，而以承接见变换；唯末二字则每章各出一义，此则正告

之，望之以远大也。" ⑬休：休息，安定。 ⑭逑：应读作捄。《广雅·释诂》："捄，法也。"此谓"法则""模范""榜样"。 ⑮惽恅(náo)：惽，"怋"之假借，训乱。恅，乱。惽（怋）恅，指朝政昏乱；或指乱臣。《说文》："怋，恅也"，"恅，乱也"。《郑笺》则读恅为呶，故云"惽恅，犹欢哗也"。 ⑯俾：使。 ⑰无弃尔劳：无，勿，不要。尔，你，指执政者。劳，功劳。 ⑱以为王休：以助成周王朝之福禄，使国运兴隆。为，有助成、促成之意。休，"休咎"之"休"。美好，福禄，佳运。 ⑲息：止息，安定。 ⑳京师：指镐京。犹前章之"中国"，因下句为"以绥四国"，故变文避复。 ㉑以绥四国：犹"以绥四方"。与上"止""息""师"相叶。 ㉒罔极：罔，无。极，准则。罔极，指思想言行无准则，反复无常。一说，极训"穷极"。 ㉓慝(tè)：邪恶，灾害。 ㉔以近有德：以亲近有德之人。或，以求近德。《诗毛氏传疏》《毛诗后笺》均以"有"为助词。姚氏《诗经通论》："［三章］末二句，教之以近君子也。" ㉕愒(qì)：休息。 ㉖泄：散发，散去，除去。又，陈奂云："泄者，渫之假借字，《说文》《玉篇》云，渫，除去也。……《笺》，泄，犹出也，发也。郑以泄为抴，义得相通。" ㉗丑厉：丑恶，丑类，丑恶之人。厉，恶，与丑同义。一说，"厉"为恶鬼之称。 ㉘无俾正败：无俾政败。王引之《经义述闻》云："寇虐之徒，败坏国政，遏之则政不败矣。"正，借作"政"，朝政。败，败坏。 ㉙戎虽小子：戎，女（汝）。戎与女，一声之转。又通"尔"。小子，古称年轻人为小子，此指执政者。 ㉚而式弘大：式，用，用事，作用。弘大，宏大。弘，大。 ㉛安：安定，安息。 ㉜国无有残：犹"国无残"。"有"为语助，无实义。残，伤害，摧残，毁坏。又，《诗毛氏传疏》云："《孟子·梁惠王篇》，贼义者谓之残。《荀子·劝学篇》，害良曰贼。害良即贼义也。《左传》言政猛则民残，残则施之以宽。其下即引《诗》。惠绥为施宽之政。此章之无有残，即首章之所谓绥也。" ㉝缱绻(qiǎn quǎn)：本指丝缕纠结不解，此谓朝政纷乱无绪。或谓"展转反复……不正直"（《诗毛氏传疏》）。 ㉞正反：正，即"政"字。政反，犹政败。陈奂曰："反，覆也。覆，颠覆也。"又，王引之曰："无俾正反，正，亦当读为政。谓政事颠覆也。古政事之政或通作正。……《小雅·正月篇》，今兹之正，胡然厉矣。即以正为政也。" ㉟王欲玉女：应读作"王！欲玉女"。意谓：王啊！我爱护你。《诗毛氏传疏》引阮元《研经室集》云："《说文》，金玉之玉无一点，其加一点者，解云，朽玉也。从王有点，读若畜牧之畜。《诗》，玉女，玉字当是加点之玉。玉女者，畜女也。畜女者，好女也。好女者，臣说君也。召穆公言，王乎！我正惟欲好女，不得不用大谏也。《孟子》曰，为我作君臣相说之乐，其诗曰，畜君何尤。畜君者，好君也。《孟子》之畜君，与《毛诗》召穆公之玉女，无异也。后人不知玉为假借字，是以《郑笺》误解为金玉之玉矣。"《毛诗传笺通释》云："……阮宫保谓《诗》王欲玉女，玉字专是加点之玉。玉、畜、好，古音皆同部相假借。……其说是也。因思《礼记》请君之玉女，玉女亦当读畜，即好女，犹云淑女也。《洪范》维辟玉食，玉食犹言珍食，玉亦好也。此《笺》解为金玉之玉，失之。"《诗三家义集疏》亦从阮说。 ㊱是用大谏：用，犹"以""因""由"。"是用"犹"是以"，"是以"犹"以是"，即"因此"之意。大，"盛作"义。见《穆天子传》："大奏广乐。"大奏即盛奏。大谏，指郑重地大力劝谏。

【学术延伸】

姚际恒《诗经通论》云："《小序》谓'召穆公刺厉王'。《集传》谓'乃同列相戒之辞'，亦是；但云'同列相戒'，稍宽泛。今合两家之说，当云：召穆公刺厉王用事小人以戒王也。"吴闿生《诗义会通》曰："……今案：词旨显为告戒执政而作，然谆谆如此，则其时之将乱可知。故《序》以为刺厉王。盖探立言之意而言之也。《左传》：召穆公思周德之不类，故纠合宗族于成周而作《棠棣》之诗。此诗大指正同，皆忧乱之将至，而思所以弭之者尔。王船山以《逸周书》芮良夫曰：惟尔执政小子。又曰：惟王暨尔执政小子。以此证小子为当时执政之称。引据最当。至《郑笺》必以为刺王之词，则诎经以徇《序》矣。旧评云：无纵诡随，一篇之主。末结通篇。"魏源《诗古微》曰："……幽、厉之恶，无大于亲小人。而幽则艳妻，奄寺，皆倾惑柔恶之人；厉则强御，掊克，皆爪牙刚恶之人。且厉王监谤，道路以目。故召穆、凡伯皆托讽寮友，一诗义著，则余篇大同。姑先以《民劳篇》发之；次章毋弃尔劳，以为王休；末章王欲玉女，是用大谏。《笺》皆以尔、女斥王，无此文义。故知与四章戒虽小子，皆斥小人之词。无弃尔劳，以为王休，则讽世臣之语。柔远能迩，以定我王，则劝辅辟之臣。"胡承珙《毛诗后笺》曰："《严缉》（按：即严粲《诗缉》之省称）云，旧说以此诗戒虽小子，及《板诗》小子皆指王。……小子非君臣之辞，今不从。二诗皆戒责同僚，故称小子耳。范氏《补传》曰，说者谓戒之与女，诗人通训：古者君臣相尔女，本示亲爱。小子则年少之通称，故周之《颂诗》《诰命》皆屡称小子，不以为嫌。是诗及《板》《抑》以厉王为小子，意其即位未久，年尚少，已昏乱如此，故《抑》又谓未知臧否，则年少可知矣。穆公谓王虽小子，而用事甚广大，不可忽也。承珙案古人训诂必有所本。毛公时，戒字必无女训，故于诗中戒字但据《尔雅》训大，训相，无训女者。郑谓戒犹女者，亦必有所出。考《常棣》以戒韵侮，《常武》以戒韵父，当时戒字必有女音，因即以戒代女，故《笺》每云戒犹女也。王肃述《毛》云，在王者之大位，虽小子，其用事甚大，自不如《笺》谓女王虽小子，语意直截耳。"

板

上帝板板①，	上帝违反常道，变化多端，
下民②卒瘅③！	下方之民，忧苦难言！
出话不然④，	口出善言，他却不以为然，
为犹不远⑤。	妄行政令，不久就又改变。

靡圣管管⑥，　　伪称没有圣贤，因此忧心忐忑，
不实于亶⑦。　　从不实行他的诺言。
犹之未远⑧，　　妄行政令，不久就又改变，
是用大谏⑨！　　因此我要大力劝谏！

天之方难⑩，　　上天正在降难于人，
无然宪宪⑪。　　不要如此笑语欣欣。
天之方蹶⑫，　　上天正在制造动乱，
无然泄泄⑬。　　不要如此多语妄言。
辞之辑矣，　　辞气政令和顺，
民之洽矣。　　臣民便会协和齐心。
辞之怿矣，　　辞气政令败坏，
民之莫矣⑭。　　臣民便会蒙难受灾。

我虽异事⑮，　　我们虽然职务不同，
及尔同僚⑯。　　我和你们都是同僚。
我即尔谋⑰，　　我找你们共谋大事，
听我嚣嚣⑱。　　对我忠言，领会不到。
我言维服⑲，　　我的忠言，都是合情合理，
勿以为笑⑳！　　不要以为这是戏言玩笑！
先民㉑有言：　　古圣先贤曾有名言：
询于刍荛㉒。　　应向樵夫虚心请教。

天之方虐㉓，　　上天正在逞威肆虐，
无然谑谑㉔。　　不要如此盲目戏乐。

老夫灌灌㉕,　　我这老夫一片诚意,
小子蹻蹻㉖。　　小子却是骄傲自得。
匪我言耄㉗,　　我进忠谏,并非老昏之言,
尔用忧谑㉘。　　你们反倒拿来取笑戏谑。
多将熇熇,　　错误越多,就会炽盛如火,
不可救药㉙。　　濒死之时,良药也难救活。

天之方懠㉚,　　上天正在疾怒不止,
无为夸毗㉛。　　不要卑躬屈节,谄媚无耻。
威仪卒迷㉜,　　君臣威仪尽都迷乱,
善人载尸㉝。　　贤良之人,成了无言神尸。
民之方殿屎㉞,　　人民正在呻吟叹息,
则莫我敢葵㉟。　　我们不敢揆度其实。
丧乱蔑资㊱,　　死丧祸乱,民穷财尽,
曾莫惠我师㊲!　　怎不爱护大众群黎!

天之牖民㊳,　　上天诱导下方之民,
如埙如篪㊴,　　如奏埙、篪,和谐其音,
如璋如圭㊵,　　如佩璋、圭,契合不分,
如取如携㊶。　　如同拿取、提携、不费精神。
携无曰益㊷,　　拿取、提携,莫说费力,
牖民孔易。　　诱导人们,非常容易。
民之多辟,　　当今之人,妄行邪僻,
无自立辟㊸!　　千万不要作法自毙!

价人维藩㊹，	善良臣民，就是国家篱障，
大师维垣㊺，	大众群黎，就是国家垣墙，
大邦维屏㊻，	诸侯大国，就是国家屏障，
大宗维翰㊼，	君之宗族，就是国家围墙，
怀德维宁㊽，	若以善德相和，便得安宁，
宗子㊾维城。	群宗之子，为国干城。
无俾城坏㊿，	不要使那城垣毁坏，
无独斯畏(51)！	不要逞威，一意孤行！

敬天之怒(52)，	敬畏上天震怒之时，
无敢戏豫(53)。	不敢嬉戏欢娱。
敬天之渝(54)，	敬畏上天愉悦之时，
无敢驰驱(55)。	不敢恣意驰驱。
昊天曰明(56)，	上天如果真正明朗，
及尔出王(57)。	就和你们出行四方。
昊天曰旦(58)，	上天如果真正清明，
及尔游衍(59)。	就和你们漫游西东。

西周厉王时期，政治黑暗腐败，对人民实行高压专制政策，派遣巫人监视、压制臣民对朝政的讽喻和谏诤；并且从各方面对人民进行残酷的经济剥削。在那种暴力统治下，人们不敢直斥时弊，因此，当时的卿士凡伯就只得假托劝戒同列之词以对厉王进行谲谏。

【注释考证】

①上帝板板：上帝，假借“上帝”以暗指周厉王。板板，古本皆作“版版”。《说文》：“版，判也。从片，反声。”后世或作“板”者，俗

体。《尔雅》："版版，僻也。"《集传》："板板，反也。………言天反其常道。"　②下民：下方之民。与"上帝"对文。　③卒瘅（dàn）：《韩诗外传》引诗作"瘁瘅"。卒，"瘁"之假借，又通"悴"，忧病，困病，劳累困顿。瘅，劳病，忧病。瘁、瘅，同义词连用，言忧病之深。　④出话不然：出话，发出善言。话，善言，或善人之言。然，训"是"。不然，不以善言为是，即谓不从善言。　⑤为犹不远：犹，又作"猷"，或"繇"，训"道"，此指政令。又，训"谋"，图谋，策略。不远，不久远，指不久即变化。此言"行施政令不久就又改变"。犹云，朝令夕改，变化无常。　⑥靡圣管管：此谓"王者诈称无圣贤可求，而心中忧虑"。靡，无。管管，"悹悹"之假，忧病。《说文》："悹，忧也。"《玉篇》《广韵》并云："忧无告也。"马瑞辰云："……《传》意盖谓王诈为求贤之词，言世无圣人，其忧悹悹然若无所依也。'不实于亶'，则并无求贤之实矣。此二句正承上'出话不然'言之，犹下句'犹之不远'承上'为犹不远'言也。"又，《诗三家义集疏》："三家说曰，管管，欲也。""欲"有"恣"义，故《笺》本三家训"管管"为"以心自恣"。又，姚氏曰："管管，似小智自用之意。"　⑦不实于亶（dǎn）：实，求其实，实行。亶，诚，信，诚信之言。又，句中"于"字，疑为"不"字之讹。此言"不实行诺言，言行相违"。　⑧犹之未远：义同"为犹不远"。根据厉王"靡圣管管，不实于亶"的表现而作此"犹之未远"之定论，前后呼应，足成"是用大谏"之意旨。　⑨是用大谏：见《大雅·民劳》注。　⑩天之方难：上天正在降灾难。方，正。难，灾难。　⑪无然宪宪：无，毋，勿。然，是，如是，这样。宪宪，"欣欣"之假借，欣喜。《诗毛氏传疏》则谓："宪宪即轩轩之假借，……欣，古掀字。《说文》，掀，举出也。……段注云，掀之言轩也。"按："轩"有高扬、举起之意，与"掀"义近。　⑫蹶：动，动乱，扰乱。与上文"难"字之义互见。　⑬泄泄（yì）："詍詍"之假，字又作"呭"。《说文》："呭，多言也。"又，《毛传》："泄泄，犹沓沓也。"马瑞辰考证说："……《说文》，沓，语多沓沓也。沓通作誻。《说文》，諧，讆諧也。《玉篇》，讆！諧，妄语也。《荀子·正名篇》曰，諧諧然。杨倞注，諧諧，多言也。《诗》噂沓背憎。《郑笺》谓噂噂沓沓相对谈语。是沓沓亦为多言。故《传》曰泄泄犹沓沓。其义本之《孟子》，《孟子》曰，事君无义，进退无礼，言则非先王之道者，犹沓沓也。正以言非先王之道为犹沓沓，与《荀子》训讄义合。泄泄谓多言妄发，故下文辞辑、辞怿专以言词言。《尔雅·释训》，宪宪、泄泄，制法则也。郭注，佐兴虐政，设教令也。此诗《笺》云，臣乎女无宪宪然无沓沓然为之制法度，达其意以成其恶。其义正本《尔雅》，均与《说文》'多言'义近。" ⑭ "辞之辑矣"四句：《毛诗传笺通释》："……《传》，辑，和；洽，合；怿，悦；莫，定也。《笺》，辞，辞气，谓政教也。王者政教和说顺于民，则民心合定，此戒语时之大臣。瑞辰按，《说文》，洽，沾也；佮，合也。《传》训洽为合者，谓洽为佮之假借，《释诂》，郃，合也。郃即洽，犹《毛诗》在洽之阳，称引者亦多作郃也。怿，朱彬读为殬，《说文》，殬，败也。殬借作怿，犹怿借作斁与择也。莫，朱彬读为瘼，训病。谓四语兼善恶言，词和则民合，词败则民病，义较《传》《笺》为允。《说苑·善说篇》，子贡曰，出言陈辞，身之得失，国之安危也。引《诗》辞之绎矣，民之莫矣。正兼词之美恶言之。"又，《诗毛氏传疏》亦引《说苑》曰："……夫辞者人之所以自进也，主父偃曰，人而无辞，安所用之？昔子产修其辞而赵武致其敬，王孙满明其言而楚庄以慙，苏秦行其说而六国以安，蒯通陈其说而身得以全。夫辞者乃所以尊君、重身、安国、全性者也。故辞不可不修而说不可不善。" ⑮我虽异事：我，作者凡伯自称。异事，事异，所事者异，指职务不同。 ⑯及尔同僚：及，与。尔，你们。同僚，僚，又作"寮"，同官曰僚。同僚，犹"同为王臣"（《诗集传》）。此言"和你们同在王朝做官"。 ⑰我即尔谋：即，就。谋，图谋，商量。 ⑱听我嚻嚻：嚻嚻，"警警"之假借字。字俗作"聲"。《潜夫论·明忠》引《诗》作"听我敖敖"。"敖"即"警"之省。《广韵》："警，不省语也。"《玉篇》"警"字注引《广雅》云："聲，不入人语也。"《埤雅》云："不听也。"

謷謷,即不省人语之意。此句是说"对于我劝谏的话不理解,听不进去"。 ⑲我言维服:维,犹"是"。服,马瑞辰云:"按,服者𠬝之假借。《说文》,𠬝,治也。我言维服,犹云我言维治。治言对乱言而言,犹《左传》以治命对乱命言也。《笺》训服为事。若直言我言维事,则不辞。故必以乃今之急事增成其义。非诗意也。"按:治,"合理"之意,治言,合乎道理的话。 ⑳勿以为笑:不要以为是戏言。笑,笑言,戏言,不郑重的妄语。 ㉑先民:谓"古之贤人"。 ㉒询于刍荛(chú ráo):询,询问,请教。刍,本指喂牲口的草,此谓割草,并申之为割草的人。荛,本指柴草,此谓打柴,并申之为打柴的人。刍荛,割草打柴的人,指古代的劳动者。当时的奴隶主阶级普遍认为这些所谓"采薪"的"庶人",是"微贱"的。而凡伯却从维护奴隶主政权的立场,认为以厉王为代表的统治集团应该"致万民而询"(《周礼》),"谋及庶人"(《尚书》)。先民有言,询于刍荛,是说"古之贤人有言,要向割草打柴的庶人请教"。言外之意:何况是僚友的意见呢,更应认真采纳。 ㉓虐:暴虐,此指肆虐。 ㉔谑谑:喜乐。或,戏侮。 ㉕老夫灌灌:老夫,老人,可能是诗人自称。灌灌,《毛传》:"灌灌,犹款款也。"《诗毛氏传疏》:"《说文》,懽(欢的异体字),喜款也。款,意有所欲也。……《楚辞》,悃悃款款。王注云,心志纯也。今《诗》作'灌灌',假借字。《毛》意灌读为懽,懽与款声同,古曰懽懽,今曰款款,此以今语通古语也。皆是恳诚恺切之意,而与'忧无告'一训无涉。"马瑞辰则云:"灌、款,以叠韵为训。"按:款款,诚恳、忠实、恳切之义。此句谓"我这老夫一片诚恳忠实之心"。表现出作者怨愤迫切之情。《尔雅·释训》作"懽懽",云:"忧无告也。"《尔雅·释文》云:"灌灌,本或作懽。"按:此诗本字当作"懽"。 ㉖小子蹻蹻(jiǎo):小子,斥厉王。《尔雅》:"蹻蹻,憍也。"憍犹骄。《诗集传》:"骄貌。"此言"你这年少之人却十分骄傲无礼,不信忠言。" ㉗匪我言耄(mào):匪,非。耄,本训老(或曰八十、九十为耄)。此指昏乱,昏乱之言。 ㉘尔用忧谑:尔,汝。忧谑,戏谑。《诗集传》:

"……非我老耄而妄言，乃汝以忧为戏也。"又，《诗毛氏传疏》："尔用忧谑，言因女之谑谑然喜乐用是忧也。"又，陈子展先生《雅颂选译》引《群经平议》云："……忧当为优。襄六年《左传》，长相优。杜注曰，优，调戏也。尔用优谑，言尔用我言相戏谑也。优谑连文，义亦不异。其说是也。" ㉙多将熇熇（hè），不可救药：将，犹"大""强"，或训"则"。熇熇，炽盛貌。又，《诗毛氏传疏》云："熇熇，《说文》《系传》作嗃嗃。……《尔雅》，谑谑、謞謞，崇谗慝也。郭注云，乐祸助虐，增谮恶也。案謞即嗃字。《传》训谑谑，喜乐。熇熇，炽盛。与《尔雅》文异而义同。"不可救药，此谓周王朝日益腐败，则如同垂死病夫，不可以药物救治。《诗毛氏传疏》释引《韩诗外传》云："夫重臣群下者，人主之心腹支体也。心腹支体无疾则人主无疾矣，故非有贤医莫能治也。《诗》曰'多将熇熇，不可救药'，终亦必亡而已矣。故贤医用则众庶无疾，况人主乎？《说苑·辨物篇》，夫死者犹不可获而生也，悲夫乱君之治不可药而息也。《诗》曰'多将熇熇，不可救药'，甚之之辞也。此三家诗正与《尔雅》释《诗》合也。"又，方玉润《诗经原始》："是以忧为戏，如火之燎原，不可扑灭，其可救药乎哉！" ㉚憯：疾怒。 ㉛无为夸毗：不要做卑躬屈节、胁肩谄笑的人。夸毗，《毛传》："以体柔人也。"（《相台本》）《毛诗正义》："夸毗者，便僻其足，前却为恭，以形体顺从于人，故云'以体柔人'。"（《玉篇》作"骻骳"）《毛诗传笺通释》："孙炎云，夸毗，屈己卑身，以柔顺人也。义正与《毛传》同。《尔雅》以口柔、面柔、体柔同释。盖犹《论语》巧言、令色、足恭三者并举。足恭即体柔也。" ㉜威仪卒迷：威仪尽皆迷乱。又，王夫之曰："《方言》，夸，淫也。毗，瘱也。《尔雅》，夸毗，体柔也。……盖淫夫耽色，心瘱急而体柔靡之状，故曰威仪卒迷。……小人之迷于货贿权势者，诚有如淫者之瘱闷而骨醉情柔也。"卒，尽。迷，迷乱。 ㉝善人载尸：善人，指贤良的人，或指贤臣。载，则，或训乃。尸，指神尸。载尸，则为尸。《集传》云："尸，则不言不为，饮食而已者也。" ㉞殿屎："唸吚"之假借，呻吟之意。《说文》（段注）引诗作"民之方唸呀"。三家诗亦有作"唸呀"者。 ㉟则莫我敢葵：则，犹"而"。又见《庄子·逍遥游篇》："其视下也，亦若是则已矣。"又见《韩非子·存韩篇》："是我一举，二国有亡形，则荆魏又必自服矣。"莫我敢葵，我莫敢揆。我，谓"我民"。葵，"揆"之假借。揆度其所以然。又，《诗经稗疏》云："按葵，草名，向日倾而荫其跂，故《左传》曰，葵犹能自卫其足，是葵有荫义，借为庇荫之旨，莫我敢葵，言上方兴虐政，疾苦其民，牧民者莫敢亢上意以庇民也。" ㊱丧乱蔑资：丧乱，死丧祸乱。蔑，无。犹"微""靡"之训"无"。资，资财，财富，财货。 ㊲曾(zēng)莫惠我师：曾，犹"何""怎"。师，众庶。

㊳天之牖民：牖，借作"诱"，诱导。《韩诗外传》《乐记》引皆作"诱"。《毛传》："牖，道也。"道，即导，导引。此言"上天诱导下方之民"。又，《集传》："牖，开明也。犹言天启其心也。"又，《诗经原始》注引"程子曰：牖，开通之义，室之暗也，故设牖以通明"。 ㊴如埙(xūn)如篪(chí)：埙，古代陶制的吹奏乐器，有球形和卵圆形等数种，也有以石、骨等制成的，音孔三五不等。篪，古代竹制的管乐器，单管横吹。此言"如同埙和篪吹奏乐曲那样和谐"。《毛传》："如埙如篪，言相和也。"《毛诗传笺通释》："按胡承珙曰，按乐器相和者多，何以独言埙篪？张萱疑耀云，阅古今乐律诸书，知七音各自为五声，如宫磬鸣而征磬和，独埙篪则二器共为一音，埙为宫而篪之征和，埙为角而篪之羽和，此所以言相和。可补孔《疏》之缺。" ㊵如璋如圭：璋、圭，见《小雅·斯干》及《大雅·卷阿》注。此处谓二者相合。按：璋为半圭，二璋相合便成一圭之形。此言璋与圭外形上的连带关系。(璋之外形为凸，圭之外形为凸)或如《传疏》云："璋藏诸侯，圭藏天子，有相合之义。取携甚便，有必从之。" ㊶如取如携：携，提。此谓"如同取、携其物，非常容易，则必从而得之"。 ㊷携无曰益：益，或为"隘"之省借，有阻绝义。《群经平议》云："……'携无曰益'，言'如取如携'，无曰有所阻塞也，牖民乃孔易耳。"又，马瑞辰曰："按，携犹取也。取民之道以治民，非于民有所增益，即《中

庸》以人治人也。故下即接以‘牖民孔易’矣。《笺》以益为何益。失之。” ㊸民之多辟（pì），无自立辟（bì）：民，人，此指邪僻之人。辟，上“辟”字，犹“僻”，邪僻；下“辟”字，法。王夫之云：“厉王暴虐与幽王淫昏，其恶不一，改易旧章，兴利虐民，如弭谤之类，教令烦苛，而荣夷公之属为广设科禁以逢合之，即下文所谓自立辟也。”《毛诗传笺通释》：“按，卢氏《释文考证》云，《后汉书·张衡传》、《家语·子路初见篇》、《玉篇·人部》、《一切经音义》九、《文选注》三，皆引作‘多僻’。段玉裁曰，《传》，‘辟，法也’之上不言‘辟，僻也’。盖汉时《毛诗》，本上作僻，下作辟。故《笺》云‘多为邪僻’。各书征引皆上僻下辟。《释文》亦然。自《唐石经》二字皆作辟，而朱子并下辟字释为邪矣。胡承珙曰，宣九年《左传》，陈杀泄冶，孔子曰，《诗》云，民之多辟，无自立辟。其泄冶之谓乎！昭二十八年《左传》，晋祁胜与邬臧通室，祁盈将执之，访于司马叔游，叔游曰，无道立矣，子惧不免。《诗》曰，民之多辟，无自立辟。姑已若何。此皆谓邪僻之世，不可执法以绳人。虽与诗义稍异，然‘立辟’皆为立法。后儒训下‘辟’字亦为‘邪’，非经义矣。今按《释文》本作‘多僻’，与《后汉书》《家语》《玉篇》《文选注》引同。《正义》本自作‘多僻’，与《左传》引同。《荡》，《释文》云，辟，匹亦反，邪也，本又作僻。是亦以辟为正字矣。至《传》云，辟，法也。不更指其何辟。阮宫保《校勘记》谓犹‘昔育恐育鞠’，《传》之育，长不指言何育。其说是矣。段氏遂据以为‘多辟’当作‘僻’之证，失之。” ㊹价（jiè）人维藩：价，善，大。价人，善人，大人。《毛诗传笺通释》：“按《说文》，价，善也，引《诗》‘价人维藩’。本《毛诗》。《尔雅》，介，善也。郭注引《诗》作介。《荀子·君道篇》《汉书·诸侯王表》及《王莽传》。引《诗》并作介。盖本三家诗，介即价之省借。《笺》训介为甲，失之。介、夰古通用。《尔雅》，介，大也。又曰，介，善也。《方言》《说文》并曰，夰，大也。价人为善人，即为大人，与下大师、大邦、大宗为一类，若训为甲，则不相类矣。”维，犹“是”。藩，本指篱笆，引申为屏障之义。 ㊺大师维垣（yuán）：师，众。大师，大众。垣，本指矮墙，又泛指墙。此句犹言“众志成城”。 ㊻大邦维屏：大邦，大国，强国。屏，屏障。 ㊼大宗维翰：大宗，《郑笺》：“大宗，王之同姓世適子也。”按：適，犹“嫡”。翰，又作“幹”或“榦”。《尔雅》：“翰，榦也。”“翰”为“榦”之同音，假借字，“幹”乃“榦”之俗体，此诗之正字应作“榦”。本指井周之垣（井垣，又称井干），亦训垣墙。 ㊽怀德维宁：怀，和。怀德，以德相和。宁，安定。 ㊾宗子：同姓，群宗之子。姚际恒则云：“宗子，適子也。” ㊿坏：毁坏。 (51)无独斯畏：犹“毋独其威”。意谓：不要独行其淫威。独，本训孤独，此谓独行，独断专行，一意孤行。斯，犹“其”。畏，读作“威”。（用裴学海说）按：此句照应“怀德维宁”句，申成其义。一说，“城坏则藩、垣、屏、翰皆坏而独居，独居而所可畏者至矣”（《集传》）。另说，“‘无独斯畏’，言无独以此畏也。此者，承城坏而言。”（《诗毛氏传疏》）录而待考。 (52)敬天之怒：对于上天的震怒要敬畏之。敬，敬畏。怒，震怒。 (53)无敢戏豫：无，不。戏，游，嬉戏，嘲弄，轻侮耍笑。豫，游乐，悦乐。此言“不敢戏乐，要时存敬畏之心”。 (54)渝：《毛诗传笺通释》云：“……《笺》，渝，变也。瑞辰按，《尔雅·释言》，渝，变也。盖释《诗》‘舍命不渝’。非释《诗》‘敬天之渝’。渝与怒对文，当读为愉。《唐风》‘他人是愉’。《毛传》，愉，乐也。喜、乐义近，‘敬天之愉’，犹云‘敬天之喜’，作渝者，假借字也。迅雷烈风为天之怒，则和风甘雨为天之喜，天之怒喜皆敬，则无时而不敬矣。”（按：“烈风”，《毛诗传笺通释》（广雅书局刊本）作“风烈”，疑有误倒，今录为“烈风”。） (55)无敢驰驱：驰驱，本指策马疾跑，此谓放纵自恣。按：“敬天之怒”四句，是说“天帝时怒时喜，作威作福，人们都要时存敬畏之心，不可逸乐自恣，以戒慎莫犯天威”。这是以“天帝”喻厉王，反映当时的暴政苛法，变化无常，当时上下臣民人人自危。 (56)昊天曰明：昊，大。昊天，此处指“上天”。曰，语中助词，无实义。明，天明。或，明朗。 (57)及尔出王：及，与。王，应读作“往”。出王，犹“出往",又可引申为"出行"之意。 ㊺旦:犹"明"。 ㊾游衍:此谓漫游。《毛诗传笺通释》:"《传》,游,行;衍,溢也。《笺》,游溢相从。《释文》本作羨,云,本或作衍。瑞辰按,《广雅·释言》,淫游也。《小尔雅》,淫溢没也。游衍之言与淫溢义近。《说文》,衍,水朝宗于海貌也。引申为盈溢之称,训溢者,当以衍为正字,作羨者,同音假借字。《小尔雅》,延衍散也。游衍,即放散之义,溢与散,义正相成。"按:"昊天曰明"四句,是说"上天在明朗之时,我便可以与你们外出漫游"。似比喻厉王如能纳谏用贤,修明政治,臣民便可以相逸乐而优游自得,过安定的生活。

【学术延伸】

吴闿生《诗义会通》:"《序》:'凡伯刺厉王也。'朱子谓考其意亦与前篇相类,但责之益深切耳。案诗明云及尔同僚,其为戒同列之作,词意显然。而冤愤迫切,若大祸之将至者,足以征世变矣。"姚际恒《诗经通论》:"……按厉王时唯召穆公、凡伯为老臣,故分上篇为召穆公,此篇为凡伯,亦臆度之见。此盖刺厉王用事小人而其旨归于谏王也。"关于作者,《郑笺》:"凡伯,周同姓,周公之胤也,入为王卿士。"按:魏源《诗古微》认为凡伯即《汲冢纪年》所说的共伯和。

荡之什

荡

荡荡上帝①，　　　　上帝的法度废坏荡荡，
下民之辟②。　　　　他却还是下民的君王。
疾威③上帝，　　　　上帝异常狠毒暴戾，
其命多辟④。　　　　他的本性甚为邪僻。
天生烝民⑤，　　　　天生芸芸众民，
其命匪谌⑥。　　　　他们本性不可相信。
靡不有初，　　　　　人生之初无不具有善性，
鲜克有终⑦。　　　　但是很少能保持始终。

文王曰：咨！　　　　文王说："唉！
咨女殷商⑧！　　　　可叹你们殷商！
曾是强御⑨？　　　　竟然这样自恃强梁？
曾是掊克⑩？　　　　竟然这样暴敛如狂？
曾是在位⑪？　　　　竟然这样高居位上？
曾是在服⑫？　　　　竟然这样做官称王？
天降慆德⑬，　　　　天降殷人侮慢昏乱之性，
女兴是力⑭。　　　　你又恣行无忌，竭力增长。"

文王曰：咨！	文王说："唉！
咨女殷商！	可叹你们殷商！
而秉义类[15]，	你若任用公正善良之人，
强御多怼[16]。	强梁之辈便大为怨恨。
流言以对[17]，	流言蜚语，并进齐兴，
寇攘式内[18]。	盗寇窃贼，构祸朝中。
侯作侯祝[19]，	又诅又咒，
靡届靡究[20]。	无尽无休。"

文王曰：咨！	文王说："唉！
咨女殷商！	可叹你们殷商！
女炰烋于中国[21]，	你们咆哮逞凶，在这王畿，
敛怨以为德[22]。	多行不义，反而自命德与天齐。
不明尔德，	你们本性昏愦不明，
时无背无侧。	背叛、倾仄之人，不能辨清。
尔德不明，	你们本性昏愦不明，
以无陪无卿[23]。	陪贰、公卿良材，不能善用。"

文王曰：咨！	文王说："唉！
咨女殷商！	可叹你们殷商！
天不湎尔以酒[24]，	上天未使你们沉湎于酒，
不义从式[25]。	你们不宜纵情饮用。
既愆尔止[26]，	既已玷辱容止威仪，
靡明靡晦[27]。	不论晴天阴天，酗酒不停。
式号式呼[28]，	且号且呼，狂乱可憎，

俾昼作夜㉙。　　　日夜不分,尽在醉中。"

文王曰:咨!　　　文王说:"唉!
咨女殷商!　　　可叹你们殷商!
如蜩如螗,　　　朝政纷乱,如同蜩螗喧嚷,
如沸如羹㉚。　　社会动荡,如同沸水滚汤。
小大近丧㉛,　　大小政事近于灭亡,
人尚乎由行㉜。　人们又对暴政加以助长。
内奰于中国,　　对内激怒王畿之民,
覃及鬼方㉝。　　怨怒又扩展到远方之邦。"

文王曰:咨!　　　文王说:"唉!
咨女殷商!　　　可叹你们殷商!
匪上帝不时㉞。　那上帝并不善良。
殷不用旧㉟。　　殷商不用旧法成章。
虽无老成人㊱,　虽无老成练达之人,
尚有典刑㊲。　　还有先王传留的典章纲常。
曾是莫听㊳,　　竟然如此不听先王遗训,
大命以倾㊴!　　法度大衰而归覆亡!"

文王曰:咨!　　　文王说:"唉!
咨女殷商!　　　可叹你们殷商!
人亦有言:　　　人们也有箴言:
颠沛之揭㊵,　　'僵仆之树,根必翘扬,
枝叶未有害,　　枝叶并未伤害,

本实先拨㊶。	树根实已绝亡。'
殷鉴不远㊷，	殷商借鉴不用远求，
在夏后㊸之世。	近在夏桀这代昏王。"

召穆公忧思厉王朝政大坏，贪暴无道，故假托文王之言感叹商纣暴虐，将如夏桀一般招致覆亡，劝诫商纣应以夏桀为借鉴。实则为召穆公讽喻厉王又应以夏桀、商纣之覆辙为训。他的出发点是为了维护周王朝的统治政权，而不是为了解人民于倒悬，拯人民于水火。作者运用曲折的借喻手法，相当巧妙自然；同时也反映了他忧国愤世而又不敢直斥暴君的苦衷。

【注释考证】

①荡荡上帝：荡荡，本训流水放散之貌，引申为法度废坏之貌。上帝，假托君王。 ②下民之辟（bì）：下民之君。辟，君王。 ③疾威：犹毒威、暴虐。疾，此处有"毒"义，也可训"暴"。威，犹"虐""震慑"诸义。 ④其命多辟（pì）：其命，此指"天命"，或指"上帝之本性"。辟，邪僻。意谓：他的本性甚为邪僻。 ⑤烝民：众人，此泛指贪暴之人。 ⑥匪谌（chén）：匪，不。谌，又作"忱"，诚，信。又，《诗义会通》云："匪谌，若《书》之言棐忱。棐忱者，辅诚也。"

⑦靡不有初，鲜克有终：靡，无，没有。初，此言人生之初的本性。鲜，少。克，能。终，此言人至终老尚保持其本性。二句意谓：人（主要指厉王等贪暴之人）生之初没有不具备善良本性的，但是很少有终老尚能保持其善良本性的。方玉润《诗经原始》："姚氏际恒曰：'天生烝民以下，孔氏谓，天之生民，其命难信，无不有初而鲜克有终者，初谓文王也，终谓厉王也。此于诗意为近。《集传》谓人降命之初皆善，而少能以善道自终。似迂。'案，二说皆可通。厉王性生之初，未必遽与文王异，及其后竟与文王异者，自暴自弃，故鲜克有终耳。"又，马瑞

辰云:"……按,命当读如天命之谓性之命,天命之初本善,而其后有初鲜终,故言其命匪谌。《韩诗外传》曰,夫人性善,非得明王圣主扶携,内之以道,则不成君子,诗曰天生烝民,其命匪訧,靡不有初,鲜克有终。言惟圣帝明王后使之然也。以本善者归之天,以终善者责之君,正合诗义。朱子《集传》云,降命之初,无有不善,而人少能以善道自终。义本《韩诗》。《笺》以命为人君之教命。失之。" ⑧文王曰:咨!咨女殷商:以下为假托文王叹商之词。咨,犹"嗟",叹声。咨(嗞)、嗟本为叹息之声,又引申为叹息之义。女,汝。二句犹言"唉!唉!你们殷商王朝啊!" ⑨曾(zēng)是强御:曾,犹"乃","竟然"。是,如是。强御,强梁,强暴,暴虐。御,字或作"圉"。御,也有"强"义。此言"竟然如此暴虐强梁"。 ⑩掊克:掊,通"捊",又通"裒",聚集,敛集。此指聚敛搜刮财物。克,好胜,忌刻,引申为贪得无厌。掊克,暴敛贪狠。《毛诗后笺》:"此等皆见成称目,虽非双声叠字,亦必二字为一意,如上文强御,合之则御亦是强,分之则其强足以御善,仍一义也。"按:掊、克连言,二字的含义及关系,与"强御"一例,掊为"聚敛",克为"自伐而好胜",为"兼倍于人",为"忌刻",也就有"贪狠"之义。掊、克之义,析言则异,浑言则通。 ⑪在位:在其职位。 ⑫在服:在职,在任,在官。与"在位"义近。服,事,政事,职事。 ⑬天降慆德:天降殷人侮慢昏乱之德性,又指天降此等败德之人。慆,又通"滔",形容水势漫漫曰滔,形容人性倨慢曰慆,二字古通。《唐石经》作"天降滔德"。 ⑭女兴是力:兴,作,行,发。力,尽力,竭力,致力。此承上文,意谓:天降滔德予殷人,汝又恣行无忌,竭力增长之。 ⑮而秉义类:而,犹"尔""汝"。此为虚拟之词,并非实指某人。秉,执持,任用。义,犹"宜",公正合理。亦有"善"义。类,善。 ⑯强御多怼(duì):谓"强御之人则多有怨怼"。多,盛有,多有。怼,怨恨。 ⑰流言以对:流言,犹"讹言","谣言","以讹传讹,流变无穷"。对,犹"遂","遂"有"作"义,又有"进"义。 ⑱寇攘式内:寇攘,寇盗攘窃。式,语助。

内，内部。　⑲侯作侯祝：侯，犹"维""是"。作，古"诅"字。祝，"詶"之假借，亦通作"咒"。作祝，即诅咒。　⑳靡届靡究：靡，无。届，至，引申为"极"。究，终竟，穷已。此言"无终极无穷已"，指怨谤不已。　㉑女炰烋（páo xiāo）于中国：你咆哮于中国。女，汝。炰烋，借作"咆哮"。《毛诗后笺》："《文选·魏都赋》，吞灭咆烋。刘渊林注，咆烋，犹咆哮也，自矜健之貌。《诗》曰，咆哮于中国，据此知《诗》咆烋当为咆哮之借。《说文》，咆，嗥也。哮，豕惊声也。咆哮者，嗥鸣作健之意。"咆哮，本为野兽震怒吼叫之义，又引申为骄貌。中国，此指西周王畿、本土。　㉒敛怨以为德：敛怨，指多行可怨、不义之事。以为德，反而自以为有德。　㉓不明尔德，时无背无侧；尔德不明，以无陪无卿，姚氏《诗经通论》："《汉书·五行志》曰，《诗》云：尔德不明，以亡陪亡卿；不明尔德，以无背无厌。言上不明，暗昧蔽惑，则不能知善、恶，亡功者受赏，有罪者不杀。《颜注》云，言不别善恶；有逆背倾仄者，有堪为卿大夫者，皆不知之也。按班、颜之解已得《诗》意，但背、侧、陪、卿四字俱就小人身上说。无背无侧者，彼实背、侧，不知其为背、侧，故明有而谓之无也。无陪无卿者，不知其不堪为陪、卿，而漫以之为陪、卿，故虽有而犹之无也。"又，马瑞辰曰："是以'以无背无侧'为不知恶人，以'以无陪无卿'为不知善人。与经言'不明'义相贯。"按：马说从班、颜之解，可信。又，时，犹"以""是以"。　㉔天不湎（miǎn）尔以酒：湎，沉湎，沉迷于酒，过度饮酒。或云淫酒，或云酗酒，义同。此谓"上天没有使你沉湎于酒"。　㉕不义从式：义，宜。从，纵字之省借。式，用。此言"你们不宜放纵饮用"。　㉖既愆（qiān）尔止：愆，过失，罪咎。止，容止威仪。　㉗靡明靡晦：不论是晴明天气，不论是阴晦天气。意谓：天天如此酗酒无度。　㉘式号式呼：式，犹"乃"，犹"载"。与《小雅·宾之初筵》"载号载呶"文例略同，形容纵酒者的放荡狂乱之态。　㉙俾昼作夜：君臣淫于酒，日夜不辍，使白天成为夜间，使夜间成为白天。《诗经通论》引毛稚黄曰："'俾昼作夜'，不曰'俾夜作昼'，造语妙甚。

此与'绸直如发'同，非倒句也，乃倒意也。" ㉚如蜩（tiáo）如螗（táng），如沸如羹：蜩、螗，皆为蝉名，据年应震《毛诗物名考》云："蜩，良蜩也，蝉之小者。……螗，……蝉之大者。"沸，此指开水沸腾。羹，此指将要滚开的菜汤。上二句，意谓：厉王时期，犹如夏桀与商纣时期那样，朝政昏乱，民怨沸腾，各种矛盾日益尖锐激化，像蜩、螗齐鸣那样纷乱杂沓，像滚开的水和菜汤那样沸腾激荡。 ㉛小大近丧（sāng）：丧，丧亡，亡失。此谓：朝政愦乱，不论小事、大事都近于灭亡。质言之，厉王朝政呈现日暮途穷、气息奄奄的衰微景象。 ㉜人尚乎由行：尚，犹"右"，犹"助"（见《尔雅·释诂》）。由，犹"行"。行，此指行其事。此句谓"人们还在助之行其事"（有"助桀为虐"的含义）。 ㉝内奰（bì）于中国，覃及鬼方：内，对内。奰，怒，字又通"贔"。中国，西周王畿、本土，"诸夏之国"。覃，延，此有扩大义。鬼方，与"中国"对文，远方之国的通称。按："覃及鬼方"句，寻绎文义，似于句首夺"外"字。这两句，意谓：厉王的倒行逆施，贪暴无道，对内激化了奴隶、平民和奴隶主阶级的矛盾，对外激化了各方国部落和厉王朝的矛盾。阶级矛盾、民族矛盾日益尖锐复杂，民怨民愤，由周本土扩大到远方之国。 ㉞匪上帝不时：匪，犹"彼"。时，善。此言"那上帝不善"，与前文"荡荡上帝""疾威上帝"含义一致，均以"上帝"假托君王。设以"匪"训"非"。则与前文"荡荡上帝"之意蕴自相抵牾。 ㉟殷不用旧：旧，指旧的法章。此句直言"殷不用旧"，实为曲斥周厉王不遵行先王之旧章。 ㊱虽无老成人：老成人，指经多见广并通达事理、处事老练的人。此句似为召穆公不肯以老成自居之辞。 ㊲典刑：指先王传留的旧法常规。刑，常。 ㊳曾是莫听：曾是，同注⑨。莫听，不听，不从。 ㊳大命以倾：大命，规律，法度。又，指天命。又，指帝王之政命。倾，倾覆。 ㊵颠沛之揭：颠沛，犹"颠跋""僵仆"。揭，高举，谓"木之蹶者根必高举，高举则根见"。（马瑞辰说） ㊶本实先拨：拨，《诗三家义集疏》："《鲁》，拨作败。""拨"为"败"之同声假借，败坏、断绝，义相近，故《笺》训"拨"

为"绝"。并通。　㊷殷鉴不远：鉴，本为古代青铜器名，古人每盛水于鉴，用来照影。此处是以夏桀自趋灭亡的史实引为殷代的警戒、教训（即借鉴）。　㊸夏后：指夏桀。

【学术延伸】

方玉润《诗经原始》："此诗自二章以下，皆托言文王叹商以刺厉王，盖臣子奉君，不敢直斥其恶；而目击时事日非，纪纲大坏，又难自忍，故假托往事以警时王。虽败坏已极而犹冀其感悟，庶几一改厥图，以臻于治，此臣子忧国爱君之心自有所不能已于言者。观其借殷为喻，曰'曾是强御，曾是掊克'，自古危乱之君，未有不贪，亦未有不暴者。唯暴也，故所用皆强御之人；唯贪也，故所用皆掊克之辈。"吴闿生《诗义会通》："《序》，'召穆公伤周室大坏也'。案此诗格局最奇，本是伤时之作，而忽幻作文王咨殷之语。通篇无一语及于当世，但于末二语微词见意，而仍纳入文王界中。词意超妙，旷古所无。陆奎勋云：'文王以下七章，初无一语显斥厉王，结撰之奇，在《雅》诗亦不多觏。'信矣。然尤妙者，在首章先凌空发议，末以'殷鉴不远'二句结之，尤极帷灯匣剑之奇。否则真成论古之作矣，人安知其为借喻哉？……旧评：设立文王咨殷之词，遂令言者无罪，闻者足戒，命意特高。'疾威上帝'句，尤为奇语。"

抑

抑抑①威仪，	哲人威仪，周密严正。
维德之隅②。	内有美德，外有端庄之容。
人亦有言：	人们也有格言：
"靡哲不愚③。"	"没有一个哲人毫无愚昧。"
庶人之愚，	庶人的愚昧，

亦职维疾。	也还是他的缺陷。
哲人之愚，	哲人的愚昧，
亦维斯戾④。	则更将常规违反。
无竞维人，	努力求得贤人，
四方其训之⑤。	四方之国便都归顺。
有觉德行，	若有端直的德行，
四国顺之⑥。	四方之国便都顺从。
訏谟定命⑦，	有宏伟规划，又审定政令，
远犹辰告⑧。	远大谋略，时时宣告于众。
敬慎威仪，	容止威仪，应敬慎始终，
维民之则⑨。	要做天下众民的典型。
其在于今⑩，	其人处在当今之世，
兴迷乱于政⑪。	皆迷乱其纪纲朝政。
颠覆厥德⑫，	道德品质被你败坏干净，
荒湛于酒⑬，	沉湎于酒池肉林，
女虽湛乐从⑭，	你但知逸乐放纵，
弗念厥绍⑮。	不思将先王遗烈继承。
罔敷求先王⑯，	也不广求先王之道，
克共明刑⑰。	以便将明正之法认真执行。
肆皇天弗尚⑱，	皇天不肯保佑助力，
如彼泉流⑲，	如同泉水滔滔流逝，
无沦胥以亡⑳。	君臣相率败亡绝地。
夙兴夜寐，	早起晚眠，勤于其事，

洒扫庭内，	堂前庭院，洒扫整理，
维民之章㉑。	为民表率，严于律己。
修尔车马，	修整你的车马挽具，
弓矢戎兵㉒，	修整你的弓矢兵器，
用戒戎作㉓，	用以戒备战争兴起，
用遏蛮方㉔。	用以讨平远方蛮夷。

质尔人民㉕，	对你的臣民应谦恭有礼，
谨尔侯度㉖，	对你的王法应谨守不渝，
用戒不虞㉗。	以戒慎祸乱出人不意。
慎尔出话㉘，	说话要慎重周密，
敬尔威仪，	也应重视你的威仪，
无不柔嘉㉙。	就会无不安善顺利。
白圭之玷㉚，	白玉之圭有那斑点，
尚可磨㉛也；	还可研磨，去其污迹；
斯㉜言之玷，	言语若有错误疏失，
不可为也㉝！	那就不能磨去劣迹！

无易由言㉞，	不可轻易乱加谈论，
无曰苟矣㉟。	莫说自己言语谨慎。
莫扪朕舌㊱，	无人将我舌头按住，
言不可逝矣㊲。	话也不能随意说出。
无言不雠㊳，	没有口出善言不见回敬的，
无德不报㊴。	没有施德于人不得回报的。
惠于朋友，	对朋友惠爱亲密，

庶民小子。	并下及庶民子弟。
子孙绳绳,	为人子孙,慎守祖先传统,
万民靡不承㊵。	天下万民就会宾服信从。

视尔友君子㊶,	好好看待朋友君子,
辑柔尔颜㊷,	和颜悦色,你要彬彬有礼,
不遐有愆㊸?	还有什么过错罪戾?
相在尔室㊹,	你独处幽室,也要恭谨,
尚不愧于屋漏㊺。	在那蔽陋一隅,也应无愧于心。
无曰"不显,	莫说"暗室可欺,是非难分,
莫予云觏㊻!"	纵有邪念歹心,无人对我监临!"
神之格思,	神明无处不至,无物不察,
不可度思,	不可测度,不可捉摸,
矧可射思㊼!	怎可玩忽不敬、厌弃礼法!

辟尔为德㊽,	发扬你的善德懿行,
俾臧俾嘉㊾。	使之尽善尽美,品格端正。
淑慎尔止㊿,	你的容止风度,善自慎重,
不愆于仪㈤。	遵行礼仪,莫有疏慢不恭。
不僭不贼㈥,	不犯过错,也不害人,
鲜不为则㈦。	自然成为众人典型。
投我以桃,	别人将桃子向我投赠,
报之以李㈧。	我就用李子向他回敬。
彼童而角,	无角公羊自夸生了犄角,
实虹小子㈨。	实乃小子自己溃乱不明。

荏染柔木(56)，	柔韧细腻的上好木材，
言缗之丝(57)。	制作琴瑟，安上丝弦。
温温恭人，	谦恭之人，温和宽厚，
维德之基(58)。	这是善德的基础本原。
其维哲人，	他若是圣哲之人，
告之话言，	告诉他古人的善言，
顺德之行(59)。	他便会遵循实践。
其维愚人，	他若是愚昧之人，
覆谓我僭(60)。	反而说我谎言欺骗。
民各有心(61)。	人心不同，相去甚远。

於乎(62)，小子！	唉，唉，小子！
未知臧否(63)。	不知善恶之理。
匪手携之(64)，	我非但用手提携你，
言示之事(65)。	还把事理指点你。
匪面命之(66)，	我非但当面教训你，
言提其耳(67)。	还提着耳朵嘱咐你。
借曰未知，	假使说你无知无识，
亦既抱子(68)。	可是已经生了孩子。
民之靡盈，	人若是不自满自诩，
谁夙知而莫成(69)？	怎会早有智慧而晚年成器？

昊天孔昭(70)，	昊天十分明智，
我生靡乐。	我的生活却无乐事。
视尔梦梦(71)，	眼看你昏乱不明，

我心惨惨㊆。	我心中忧愁不宁。
诲尔谆谆㊂，	我谆谆告诫，诚恳耐心，
听我藐藐㊃。	你疏远冷漠，话听不进。
匪用为教，	不用善言作为教令，
覆用为虐㊄。	反而拿它作为笑柄。
借曰未知，	假使说你无知无识，
亦聿既耄㊅。	你也已是九十老翁。
於乎，小子！	唉，唉，小子！
告尔旧止㊆。	对你告诫先王旧章。
听用我谋㊆，	你若听用我的谋略，
庶无大悔㊆。	可望没有悔恨忧伤。
天方艰难㊆，	时势正值艰难困厄，
曰丧厥国㊆。	你的国家行将灭亡。
取譬不远㊆，	我取比喻近在眼前，
昊天不忒㊆。	天道祸福毫厘不爽。
回遹其德㊆，	你的品德邪僻不良，
俾民大棘㊆。	你使庶民大大遭殃。

这首诗可能是卫武公晚年，目击时弊，作诗自警，兼刺王室。虽未直斥某王，却也婉转地反映了周王朝黑暗腐朽的政治和以作者为代表的一部分贵族对王室的怨愤不满。

【注释考证】

①抑抑：严密，严正。 ②隅：三家诗作"偶"，为"隅"之借字。隅，廉角，廉隅。《郑笺》："人密审于威仪者，是其德必严正也。故古

之贤者，道行心平，可外占而知内。如宫室之制，内有绳直，则外有廉隅也。" ③靡哲不愚：哲，智，旧称才智出众、识见过人之大智者为哲人。此言"没有一个哲人不出现任何愚拙疏失之事的"。犹言"智者千虑，必有一失"，又犹"聪明人惯作懞懂事"之意（见姚氏《诗经通论》）。又，方玉润云："诗首章'靡哲不愚'一语，千古学人大病，四字说尽。盖愚人之愚，其愚也易破；哲人之愚，其愚也难明。自以为哲，则无乎不愚矣。故欲砭其愚，必先针其自哲之病而言乃可入。故发端以此为第一义也。" ④庶人之愚，亦职维疾。哲人之愚，亦维斯戾：职，主，专，或犹"尚"。维，犹"是"。疾，犹"患"，犹言"弊病""缺点"。斯，犹"其"。戾，此指反常、乖背。四句意谓：众庶之人有愚昧悖理之处，也还是弊病；圣哲之人有愚昧悖理之处而不自察，则其弊尤甚，且更加违反常道。（按：首章，哲愚双起并提，引出哲人自儆的意义，总领全诗。）《诗集传》："夫众人之愚，盖有禀赋之偏，宜有是疾，不足为怪。哲人而愚，则反戾其常矣。"又，《诗毛氏传疏》："……《笺》云，众人性无知，以愚为主，言是其常也。案郑以'是其常'释经'维疾'二字，'疾'无'常'义，疑郑所据《诗》不作'疾'，'疾'当为'夷'字之误也。"又，《毛诗传笺通释》："……《广雅》，戾，善也。戾对疾言，正当训善。《诗》盖言庶人之愚是真愚，故以愚为疾；哲人以愚成哲，斯以愚为善耳。《传》《笺》训戾为罪。失之。"姑录以存疑。 ⑤无竞维人，四方其训之：无发语词，无实义。竞，《五经文字》作"倞"，竞、倞声近义同，可通用，训"强"。此谓"强于得贤人"。四方，即指四方诸侯之国。训，犹"顺"。《左传》哀二十六年引《诗》作"四方其顺之"。二字古同声通用。《广雅·释诂》："训，顺也。"上二句谓"强于得贤人，则天下四方之国都宾服归顺之"。 ⑥有觉德行，四国顺之：觉，"梏"之假借，又通"较"。《礼记·缁衣》引《诗》作"有梏德行，四国顺之"，训"大"，"正直"。四国，犹"四方"。二句言"有正直的德行，则四国之国都归顺之"。 ⑦訏（xū）谟定命：訏，大，广大，远大。谟，谋略，规划。定命，审定法令。《诗集传》："定，审定不改易也。" ⑧远犹辰告：远犹，远谋，宏图。辰，时时，及时。告，告诫，宣告。 ⑨维民之则：维，犹"为"。则，法，准则，典范。 ⑩其在于今：其，称代其人。今，指当今之世。 ⑪兴迷乱于政：兴，《群经平议》云："兴与举同义。《广雅·释诂》：举，皆也。"迷乱，犹"昏乱"。于，犹"其"。又见《尚书·金縢》："于后，公乃为诗以贻王。"又见《孟子·滕文公》："则取于残。"政，指朝政，或指政令。 ⑫颠覆厥德：颠覆，此指颠倒，倾败，败坏。厥，其。此言"你们品德败坏"。 ⑬荒湛（dān）于酒：荒湛，犹言"沉湎"。荒，指行为放纵而无度，此谓乐酒无厌。湛，《韩诗外传》引作"惉"。湛、惉，皆"酖"字之假。又犹"耽"，古通用，指过度爱好。湛于酒，乐于酒，嗜于酒。 ⑭女虽湛乐从：女，汝。《诗义会通》："篇中尔、女、小子，皆武公之谓。"虽，通"唯"。又见《离骚》："余虽好修姱以鞿羁兮，謇朝谇而夕替。"又见《管子·君臣》："故民迁则流之，民流通则迁之。决之则行，塞之则止。虽有明君能决之，又能塞之。"湛乐，耽乐。耽乐即过乐，戏乐无度。王引之云："《书·无逸》曰'惟耽乐之从'，文义正与此同。"又，《诗三家义集疏》："《鲁》《齐》，湛作沈，《韩》作惉。" ⑮弗念厥绍：弗，不。念，思。厥，其。绍，继承。此言，不思其继承的先王遗烈。 ⑯罔敷求先王：罔，不。敷，广。此谓"不去广求先王之治国道理"。 ⑰克共明刑：克，能。共，古"拱"字，两手合抱，又训"执"。明刑，明法。刑，法。 ⑱肆皇天弗尚：肆，语词。详参《大雅·绵》注。弗，不。尚，右（祐），助。王引之曰："……《尔雅》，尚，右也。言皇天不右助之也（右与祐通）。尚，古读若'常'，与'亡''章''兵''方'为韵，字亦通作'常'。" ⑲泉流：犹"水流"。 ⑳无沦胥以亡：无，语词。沦，率，牵率，相率。胥，相。亡，败亡。"肆皇天弗尚"三句，意谓：皇天不佑助你们，祸乱日生，则如泉水滔滔流逝，一去不复返，无道之君臣将牵率相引而至于败亡。又，《诗集传》训"沦"为"陷"。 ㉑夙兴夜寐，洒扫庭内，维民之章：夙，早。兴，起，起身。寐，寝息，睡眠。庭，古称厅堂阶前空地为庭，又依其位置之不同，分后庭、中庭、前庭。庭内即谓"院落"。维，为，是。章，表率，榜样。三句意谓：早起晚睡，洒扫庭院，是众人的表率。㉒修尔车马，弓矢戎兵：应读为"修尔车马、弓矢、戎兵"。修，修整。戎兵，戎犹兵，戎兵谓武器。㉓用戒戎作：戒，戒备，警惕。戎作，戎，戎事，战争。作，起，指战争起来。㉔用逷（tì）蛮方：逷，《韩诗》作"鬄"。又作"剔""逖"，训"治""除"。蛮方，指畿外四方边远之国，即四方之少数民族，犹"鬼方"。㉕质尔人民：三家诗作"诘尔民人"。质、诘叠韵，古通用。质或为诘之借字，训"谨"。《周官》郑注："诘，谨也。"按：质、诘，又并有询问、质正之义。㉖谨尔侯度：谨，谨守。侯，犹"君"。一说，侯犹维，语词。度，法度。㉗用戒不虞：用戒，以戒。戒，戒慎。虞，臆度。不虞，不测，出乎意外。又，训虞为"度"。不虞，非度，非法。㉘话：言语。又，指告喻，教令。㉙柔嘉：安善。柔，安。嘉，善。㉚白圭之玷（diàn）：白玉圭上的小玼点。玷，玉上的斑点。三家诗以"玷"为"点"之假借。《说文》："点，小黑也。"又，《毛传》："玷，缺也。"《说文》引作"刮"，训"缺"。㉛磨：此谓研磨而去其斑点，或谓将其缺处磨平。"白圭之玷，尚可磨也"，谓"白玉圭上有小斑点，还可以研磨，使之平滑、光洁，而去其玷污。说明还可以挽回、弥补"。㉜斯：犹"其"。或，犹"是"。㉝不可为也：犹"不可磨也"。《毛诗传笺通释》："按，为亦摩也。靡、摩古通用。……《广雅》，靡，为也。靡，从磨省，即摩字假借，是知'不可为'，犹言'不可磨'，变文以与磨为韵耳。"㉞无易由言：无，勿。易，轻率。由，于。又，训"用"。言，言语，言辞。或，政令。此言"不要轻率地乱说"，或谓"不要轻率地发号施令"。㉟无曰苟（jì）矣：无，勿。曰，说。此为"自谓"之词。苟，慎言。与"苟"有别。《说文》（苟部）："苟，自急敕也。从羊省，从包省，从口，口犹慎言也。从羊，羊与义、善、美同意，凡苟之属皆从苟，己力切。"又，王绍兰《说文段注订补》云："《说文》：'苟，自急敕也。从羊省，从勹口，勹口犹慎言也。'与从草从句之苟，形声皆别，谊更迥殊。敬字即从攴苟会意。《礼经》，《燕》《聘》二记，盖本作从羊省之苟，因有苟敬之称。学者误为从草之苟，而其义不可通矣。苟敬者，谓自急敕敬之，敬宾之至，故以上介为宾，而特创苟敬之名，以为正宾称号，郑氏误读为从草之苟，故有'且也''假也'之解。"又，段玉裁《说文解字注》："'苟，自急敕也。'急与苟双声，敕与苟叠韵，急者褊也，敕者诫也，此二字不见经典，惟《释诂》蹇骏，肃亟、遄速也。《释文》云，亟字又作苟同，居力反，经典亦作棘同，是其证，可谓一字千金矣。而通志堂刻乃改为急字，盖误认为从草之苟也。急，不得反居力，与亟、棘音大殊。幸抱经堂刻正之，或欲易《礼经》之苟敬为苟，则又缪。《小雅·六月》，古作'我是用戒'，亦作'我是用棘'，俗本改作'急'，与饬、服、国不韵，正同此。'从芊省，从勹口。'从勹口三字，各本作'从包省，从口'五字，误也。己力切，一部。'勹口'，逗，各本无勹字，今补。'犹慎言也。'说从勹口之意。'从羊，与义、善、美同意。'各本叠羊字，误。今删。说从羊之意，羊者祥也。'凡苟之属皆从苟。'"按：上二句意谓：不要轻率地乱说，不要说自己能够慎言啊。㊱莫扪(mén)朕舌：莫，无。扪，执持，抚持，止持。朕，《尔雅·释诂》："朕，身也。"犹"我""本人"，古人自谓之词。此言"无人按住我的舌头"。㊲言不可逝矣：逝，俞樾云："逝，及也。"又，《诗毛氏传疏》："《传》训'莫扪'为'无持'者，持犹止持也。《说文》，扪，抚持也。抚持即止持。逝者往也。言无有止持我之舌者，则言不可径往而不返矣。《说苑·丛谈篇》云，口者关也，舌者机也，出言不当，四马不能追也。口者关也，舌者兵也，出言不当，反自伤也。是其义。"㊳无言不雠(chóu)：雠，答对，应答。《毛诗传笺通释》："《传》，雠，用也。《笺》，教令之出，如卖物，物善则其售贾贵，物恶则其售贾贱。瑞辰按：《三苍》，雠，对也。僖五年《左传》，忧必雠焉。杜注，雠犹对也。《表记》引《诗》'无言不雠'。郑注，雠犹答也。……然'无言不雠'，连下'无德不报'，宜专指言之善者言之。……张平子《思玄赋》'无言而不酬兮',李注引《毛诗》作'无言不酬'。据《后汉书·明帝纪》《韩诗外传》引《诗》并作'无言不酬'。《艺文类聚》引《诗》作詶,皆同音假借字,盖本《韩诗》,李善以为《毛诗》。非也。"

㊴无德不报:报,报答。此言"无有德及于人而不得其报者"。

㊵惠于朋友,庶民小子,子孙绳绳,万民靡不承:小子,《诗集传》云:"女,武公使人诵诗而命己之辞也。后凡言女、言尔、言小子者,放此。"绳绳,《韩诗外传》引作"子孙承承",有"子孙嗣续相承"之义。又,绳、慎二字音近义通,故又训"戒慎"。靡不承,《毛诗传笺通释》:"《笺》,天下之民,不承顺之乎?言承顺之也。……据《笺》训则郑君所见经文,原作'万民不承',无'靡'字。据《释文》云,一本'靡'作'是',则作'万民不承','不'为语词,犹云'万民是承'也。惟《韩诗外传》引作'万民靡不承',则今本《毛诗》盖沿《韩诗》之误。"四句言"施惠爱于朋友,下及于庶民子弟,汝为人之子孙能慎守祖德,则天下众民皆顺从之"。　㊶视尔友君子:视,看,对待。友君子,即指朋友。"君子"为尊称。　㊷辑柔尔颜:辑,或为"濈"之假,训"和"。柔,和,顺。颜,指神态、表情等。此谓"和颜悦色"。　㊸不遐(hé)有愆(qiān):不,语词。遐,即"何"之借。愆,过失,罪咎。遐有愆,有什么过错?　㊹相在尔室:相,犹"夫",发语提示之词。又见《尚书·盘庚》:"相时憸民。"《尚书·无逸》:"相小人。"又见《礼记·坊记》:"相彼盍旦。"在尔室,尔室,指独处室中。　㊺尚不愧于屋漏:尚,当,宜,应。屋漏,《毛传》:"西北隅谓之屋漏。"《郑笺》:"屋,小帐也。漏,隐也。礼祭于奥既毕,改设馔于西北隅而扉隐之处,此祭之末也。"《毛诗传笺通释》:"……按,下云'无曰不显',承上'屋漏'言之,是'屋漏'皆隐蔽之义。《尔雅·释言》,扉、陋,隐也。陋、漏古同音通用,屋漏即扉陋耳。"(按:扉,隐蔽,幽隐,犹"陋"。)此言"独处蔽陋幽暗之室,也要慎守善德,使无愧于心"。　㊻无曰不显,莫予云觏:无,勿。不显,不显明,隐蔽。莫,无。云,助词。觏,见。此谓"不要说在不显明处,没有人

看见我，就可以兴欺罔之念”。这是警诫“大廷之缄默易凛，独居之私念难防”。 ㊼神之格思，不可度思，矧可射思：格，“佫”之借字，至。思，语词。度，测度。矧，犹“何”。又，犹“况”。射，通“斁”，厌弃。上三句谓“神明的到来，不可测度，随时都在鉴察你。怎么可以产生厌弃而不敬的想法呢?”此有“慎独”之义。 ㊽辟尔为德：辟，此处作“明”解。为，语词。辟尔德，犹“明尔德”。一说，辟，训“君”，训“法”。 ㊾俾臧俾嘉：俾，使。臧、嘉，皆训“善”。 ㊿淑慎尔止：淑，善。止，容止，风度。 (51)不愆（qiān）于仪：愆，过失。仪，礼仪。此言“不在礼仪方面有疏失”。 (52)不僭（jiàn）不贼：僭，差失，过错。又，虚伪，不可信。贼，残贼，戕害。 (53)鲜（xiǎn）不为则：鲜，少。则，准则，典范。 (54)投我以桃，报之以李：比喻“无德不报”之意。善来善往，以善德报善德，爱人者必见爱。 (55)彼童而角，实虹小子：彼，那。童，无角的羊。而角，而自以为有角。虹，“讧”之借字，溃乱。意谓：那无角的羊，自以为有角，犹如幼稚无知、自恃刚强之人，实际是溃乱了“小子”自己。 (56)荏染柔木：荏染，柔韧之意。柔木，柔韧之木，椅、桐、梓、漆之类，可制琴瑟者。 (57)言缗（mín）之丝：言，语首助词，无实义。缗，被，施。丝，指琴瑟之丝弦。缗之，给它安上丝弦。 (58)温温恭人，维德之基：温温，温和宽厚貌。恭人，谦和恭谨之人。维，犹“是”。基，基本，根本。此言“谦恭之人十分温和宽厚，这是善德的根本”。 (59)其维哲人，告之话言，顺德之行：其，彼，那。维，犹“是”。哲人，见本篇前注。话言，应作“诂话”，古之善言。顺德之行，应作“行德之恵”。对先人善德之言则顺行之。《毛诗传笺通释》：“《传》，话言，古之善言也。《笺》，语贤智之人以善言，则顺行之。瑞辰按：前章‘慎尔出话’。《传》，话，善言也。此《传》不云‘善言’，而云‘古之善言’。段玉裁曰，《经》当作‘告之诂话’，故《传》以‘古之善言’释之。其说是也。《释文》云，话，《说文》作诂。盖《说文》引《毛诗》‘告之诂话’。陆氏所据《说文》，‘诂’字未误，而‘话’字已误为‘言’矣。今按下二句

'僭''心'为韵,若《经》本作'诘话',不得与'行'为韵。《尔雅·释言》,惠,顺也。《经》当本作'行德之惠',以'话'与'惠'为韵。《说文》,话,会合善言也。《籀文》作譮,其字以'会'为声,与'惠'字古音正相协。《笺》以'则顺行之'释《经》文'行德之惠',犹《终风》,《传》言'时有顺心'也。以"顺心"释《经》文'惠然肯来'也。后人遂误改《经》文'惠'字作'顺',又误倒'行'。字于下,'顺'字于上,以致'行'与'话'失韵,盖其误久矣。又按,《经》文本作'行德之惠',《笺》恐人误以'惠'为'惠爱',故以'则顺行之'释《经》。若《经》原作'顺德之行',则其义已明,《笺》不烦言'则顺行之'矣。段氏但以《传》订'话言',当为"诘话'之讹,而不详'话'与'行'失韵之由,予故据《笺》文以正其误。"按:以上三句言"他是圣哲之人,若告示他以古人之善言,他就循善德之言而顺行之"。谓有"从善如流"的精神和"绳其祖武"的忠悃。 ⑥其维愚人,覆谓我僭:覆,反。僭,见本篇前注。此言"他是愚人,反而说我不可信"。 ⑥民各有心:言人心不同,哲人、愚人迥殊。 ⑥於(wū)乎:呜呼,叹词。 ⑥未知臧否(pǐ):臧,善。否,恶。此言"不知善恶是非"。 ⑥匪手携之:匪,非,非但。携,提携。 ⑥言示之事:言,语词,不为义。示,指示导引。事,此指事理。 ⑥匪面命之:面命,当面训诲。命,此处指教诲、告诫。 ⑥提耳:此指提着耳朵恳切教诲。 ⑥借曰未知,亦既抱子:借,假设。未知,无知无识。既,已。抱子,孚子,生子。《毛诗传笺通释》:"……《说文》,抱乃捊字之或体。窃疑此诗'抱子'与《礼》言'抱子'异,当即'孚子'之假借。'孚子'犹言'生子'也。《广雅》,孚,生也。《通俗文》,'卵生曰孚,而人生子亦曰孚'者,犹《说文》言人及鸟生子曰乳也。'孚'借作'抱',犹《说文》'捊'或作'抱'耳。《广韵》,菢,鸟伏卵。菢即孚也。《方言》,北燕、朝鲜、洌水之间谓伏鸡曰抱。"二句是说"假如说你无知无识,可是你也已经生了孩子,是成人了"。 ⑥民之靡盈,谁夙知而莫成:民,人。靡盈,不盈,不自满。

又，马瑞辰说："……盈，当为縊字之省借，《说文》《广雅》并曰，縊，缓也。诗盖言民早知则早成，靡有縊缓。故下即言'谁夙知而莫成'，'莫成'即'缓'义也。《笺》训'靡盈'为'不满于王'，与下句义不相贯。盖失之矣。"谁，何。夙，早。知，有知。莫，古"暮"字，在此解作"晚"，暮成，晚成。二句谓"人若不自满，怎么会早有知识反而晚成呢"。⑦孔昭：孔，甚。昭，明，清明，明察。⑦视尔梦梦：视，看，观察。梦梦，昏乱不明。⑦惨惨（cǎo）："懆懆"之假借，忧愁貌。⑦谆谆（zhūn）：又作"忳忳""纯纯""肫肫"。诚挚貌，诲人不倦貌。⑦藐藐（miǎo）：疏远不相亲，听言不入耳。又，《诗集传》："忽略貌。"⑦匪用为教，覆用为虐：匪，不。教，教令。覆，反，反而。虐，"谑"之假借，戏谑。此言，不用善言以为教令，反而用善言作为戏谑之笑谈。⑦亦聿既耄（mào）：聿，语中助词，不为义。耄，老。旧说"八十、九十曰耄"。此言"也已经是八九十岁的老人了"。⑦告尔旧止：告，告诫。旧，旧章，先王之法。止，句末助词。⑦谋：谋略。⑦庶无大悔：庶，冀幸之词。悔，悔恨。此言"幸望没有大的悔恨"。⑧天方艰难：天，天运，世道，时势。此谓：时势正十分艰难。⑧曰丧厥国：曰，语首助词。丧，丧失，灭亡。国，国家。又通"域"，国土。⑧取譬不远：譬，比喻。此言"取的比喻并不远，都是近而易晓之理"。⑧昊天不忒（tè）：指天道祸福毫无差错。忒，差误。⑧回遹（yù）其德：回，邪。遹，邪僻。此谓"其品德邪僻败坏"。⑧俾民大棘：俾，使。大棘，大急，大的灾难。棘，通"急"。

【学术延伸】

《国语·楚语上》："昔卫武公年数九十有五矣，犹箴儆于国曰，'自卿以下至于师长士，苟在朝者，无谓我老耄而舍我。必恭恪于朝，朝夕以交戒我。闻一二之言，必诵志而纳之，以训导我'。在舆有旅贲之规，位宁有官师之典，倚几有诵训之谏，居寝有亵御之箴，临事有瞽史之导。宴居有师工之诵，史不失书，曚不失诵。以训御之。于是乎作《懿》戒以自儆也。及其殁也，谓之睿圣武公。"韦昭注："《懿》，《诗·大雅·抑》之篇也。"又，《诗集传》："……韦昭曰：'懿读为抑。'即此篇也。……然则《序》说为刺厉王者误矣。"《诗序辨说》："此诗之《序》，有得有失。……以诗考之，则其曰刺厉王者失之，而曰自警者得之也。"又，侯苞《韩诗翼要》："卫武公刺王室，亦以自戒。行年九十有五，犹使人日诵是诗而不离于其侧。"魏源《诗古微》："吾则以为文儆自躬，意存王室。《韩诗》以自儆为主，而不废王室之刺，亦不凿何王之世，诚善备《国语》之义者也。"

桑　柔

菀彼桑柔①，　　郁郁葱葱，是那柔桑，
其下侯旬②，　　它的下面，广有荫凉，
捋采其刘③，　　又捋又采，枝叶剥落稀疏，
瘼④此下民。　　下方之民，病苦忧伤。
不殄心忧⑤，　　心中殷忧，永不断绝，
仓兄填兮⑥。　　久久使我悲愁凄凉。
倬⑦彼昊天，　　昊天在上，广大昭明，
宁不我矜⑧？　　难道不能对我同情？

四牡骙骙，　　四匹公马，高大强壮，
旟旐有翩⑨。　　鸟隼旗、龟蛇旗，迎风飘扬。
乱生不夷，　　祸乱兴起，很不太平，
靡国不泯⑩。　　没有一国不受灾殃。
民靡有黎，　　同遭祸乱，人烟稀少，

具祸以烬⑪。	劫后余生,濒临绝望。
於乎,有哀⑫!	唉,唉,我真悲哀惋伤!
国步斯频⑬!	国运艰难,急遽动荡!

国步蔑资⑭,	没有资财,国运穷困,
天不我将⑮。	上天不肯扶助我们。
靡所止疑⑯,	没有归宿,无处定居,
云徂何往⑰?	到哪里去?到哪里去?
君子实维,	君子所作所为,尽人皆知,
秉心无竞⑱。	表现他持心不正,顽固之至。
谁生厉阶,	是谁长期制造祸端,
至今为梗⑲?	至今还在残民为患?

忧心殷殷⑳,	心中殷殷忧伤,
念我土宇㉑。	思虑我国边疆。
我生不辰㉒,	我降生时辰,大不吉利,
逢天僤怒㉓。	适逢上天震怒之际。
自西徂东㉔,	从那西方前往东方,
靡所定处㉕。	无处栖身,无处止息。
多我觏痻㉖,	我们遭遇重重苦难,
孔棘我圉㉗。	我国边陲,万分紧急。

为谋为毖,	认真谋虑,时时自儆,
乱况斯削㉘。	昏乱现状就能减轻。
告尔忧恤,	告诉你,应为国事忧虑,

诲尔序爵㉙。	教诲你，应知贤愚官爵之序。
谁能执热，	谁能解除体热之苦，
逝不以濯㉚？	而不去用清水沐浴？
其何能淑？	这辈君臣何能将事办好？
载胥及溺㉛！	他们只会相率沉沦自溺！

如彼溯风，	像那逆迎疾风之人，
亦孔之僾㉜。	非常气逆窒息。
民有肃心㉝，	人们有行正道之意，
荓云不逮㉞。	却又使其力不能及。
好是稼穑㉟，	有志难申，退而热爱农事，
力民代食㊱。	与民同耕，用以代替禄食。
稼穑维宝，	从事耕耘收获，这是我所珍爱，
代食维好㊲。	务农以代禄食，使我喜好无比。

天降丧乱，	上天降下死丧祸乱，
灭我立王㊳。	要灭我们所立之王。
降此蟊贼，	降下这些害虫蟊贼，
稼穑卒痒㊴。	各种庄稼都受病殃。
哀恫中国，	哀痛我们王畿本土，
具赘卒荒㊵。	连属一起尽遭饥荒。
靡有旅力，	无人贡献巨大力量，
以念穹苍㊶。	遏止苍天所降不祥。

维此惠君㊷，	这顺理的君王，

民人所瞻㊸。　　众民尽都瞻仰。
秉心宣犹㊹，　　持心开明温顺，
考慎其相㊺。　　考察慎选辅佐之臣。
维彼不顺，　　那不顺事理的君王，
自独俾臧㊻。　　独自以为众臣优良。
自有肺肠，　　他偏私狭隘，自有肺肠，
俾民卒狂㊼。　　人们尽都眩惑迷惘。

瞻彼中林，　　看那山林之中，
甡甡其鹿㊽。　　麋鹿群聚草丛。
朋友已谮㊾，　　同僚朋友太不可信，
不胥以穀㊿。　　相待缺乏善意诚心。
人亦有言：　　人们也有格言：
进退维谷(51)。　　进退都应两全其善。

维此圣人，　　圣哲之人能有远虑，
瞻言百里(52)。　　高瞻远瞩，目极百里。
维彼愚人，　　愚昧之人却无远虑，
覆狂以喜(53)。　　反而狂诞，沾沾自喜。
匪言不能，　　我们并非不能直言，
胡斯畏忌(54)？　　为何如此畏惧禁忌？

维此良人(55)，　　这些善良之人，
弗求弗迪(56)。　　不为利禄追求钻营。
维彼忍心(57)，　　那些不良之人，

是顾是复⁵⁸。　　　前瞻后顾，私念重重。
民之贪乱，　　　不良之人贪婪昏乱，
宁为荼毒⁵⁹。　　使人遭受痛苦灾难。

大风有隧⁶⁰，　　大风猛烈迅疾，
有空大谷⁶¹。　　山谷长大空旷。
维此良人，　　　这些善良之人，
作为式榖⁶²。　　品行完美高尚。
维彼不顺，　　　那些不顺之人，
征以中垢⁶³。　　品行不端，蒙耻被谤。

大风有隧，　　　大风猛烈迅疾，
贪人败类⁶⁴。　　贪暴之人都是败类。
听言则对，　　　闻赞誉之言，欣然以对；
诵言如醉⁶⁵。　　闻讽谏之言，昏然如醉。
匪用其良，　　　不肯重用善良之人，
覆俾我悖⁶⁶。　　反而将我视为悖谬昏愦。

嗟尔朋友⁶⁷，　　唉！我的僚友亲朋，
予岂不知而作⁶⁸！难道我作歌而不知情！
如彼飞虫⁶⁹，　　像那飞鸟桃虫，
时亦弋获⁷⁰。　　有时也被缯缴射中。
既之阴女，　　　我既已了解你们内情，
反予来赫⁷¹。　　你们反而对我怒斥欺凌。

民之罔极，　　　人们言行没有准则，

职凉善背⑫。	善于欺诈,背信反复。
为民不利,	他们专做害人之事,
如云不克⑬。	如恐不够阴险狠毒。
民之回遹⑭,	人们言行诡谲邪僻,
职竞用力⑮。	专干坏事,用尽心力。
民之未戾,	人们言行不善,
职盗为寇⑯。	专做盗寇,残害好人。
凉曰不可,	人们说他不可如此,
覆背善詈⑰。	他却背信弃义,大骂好人。
虽曰匪予,	虽然他说:"坏事与我无关。"
既作尔歌⑱!	我却已作此歌,讽谏君臣!

周厉王为政贪暴,信用荣夷公等专利构祸之辈,大乱方兴。国亡无日,芮伯（良夫）忧国忧时,作此诗以刺厉王。这大概是厉王流彘前后的作品。

【注释考证】

①菀（wǎn）彼桑柔:菀,茂盛貌。桑柔,"柔桑"之倒文,与下面的"刘""忧"相叶。柔桑,柔嫩的桑树。　②其下侯旬:其,称代"柔桑"。侯,犹"维",语助词,无实义。旬,指桑树之荫均匀、普遍。《毛传》:"言阴均也。"　③捋（luō）采其刘:捋,此指以手握住桑条,向一端抹去,使桑叶脱落。采,采摘。刘,杀削枝叶。又,枝叶剥落稀疏之意。《毛传》:"刘,爆烁而希也。"《尔雅·释诂》:"毗刘,爆烁也。"《诗毛氏传疏》:"《毛传》本《尔雅》释《经》'刘'字,而必益其义云'暴乐而希'者,暴乐犹剥落,即希疏之意也。《尔雅》释

《经》'刘'字，而又必益其辞云'毗刘'者，盖'毗'之言'庇'也。杀削枝叶曰'刘'，枝叶可庇人而杀削之不能庇，是曰'毗刘'。"又，《毛诗传笺通释》："'刘'与'离'双声，《诗》'有女仳离'，'仳离'即'毗刘'之转声，木之稀疏曰'毗刘'，人之离散曰'仳离'，其义一也。'爆烁'者，稀疏之貌，故《尔雅》以释'毗刘'。今《尔雅》本作'暴乐'者，省借字也。又单言之曰'暴'。宣六年《公羊传》，'是活我于暴桑下者也'是也。" ④瘼：病苦，忧患。此处谓失庇荫而病苦，比喻人民遭难，如失庇荫。 ⑤不殄（tiǎn）心忧：殄，绝尽，断绝。此句犹"心忧不绝"。 ⑥仓兄填兮：仓兄，即"沧况"之省借，又通作"怆恍（恍的异体字）"，犹"凄怆""凄凉"，有寂寞冷落、悲伤忧愁之意。《毛诗传笺通释》："'仓兄'叠韵，即'沧况'之省借，《说文》，沧，寒也。况，寒水也。《系传》，怆况，寒凉貌。怆亦沧也。……《列子》"沧沧凉凉'，'沧凉'犹'沧况'，古'况'字多作'兄'，故《释文》云，兄，本亦作'况'。'沧况'通作'怆恍'。刘向《九辩》'怆恍懭悢兮'，王逸注，中情怅恨意不得也。又通作'仓皇'。"填，古与"尘""陈"均可通假，久长之意。又，读为"瘨"，病义。 ⑦倬（zhuō）：广大，昭明。 ⑧宁不我矜（jīn）：宁，岂，难道。矜，怜悯，同情。此言"难道不能怜悯我？" ⑨四牡骙骙（kuí），旟旐（yú zhào）有翩：四牡，四匹驾车的公马。此指每车有四匹公马。骙骙，马强壮貌，或，奔驰不息貌。旟，是古代画有鸟隼的一种旗。旐，是古代画有龟蛇的一种旗。翩，此谓旌旗在空中迎风飘动之貌。《经义述闻》："《正义》曰，厉王无道，妄行征伐，乘四牡之马骙骙然，建旟旐之旂又翩翩然，在于道路，常不息止。引之谨案，《正义》所释，本《笺》'用兵不得其所'之说也。……今案诗人睹车马旌旗之动而伤祸乱之兴，非谓祸乱由于用兵也。车马旌旗随在皆可见之，仲山甫之徂齐也，亦曰四牡骙骙；卫大夫之好善也，亦曰孑孑干旟。岂必征伐而后有此乎？通考全篇，无一语及于征伐者，不得以意说之也。况厉王时亦无妄行征伐之事。" ⑩乱生不夷，靡国不泯：不夷，即是"乱"意，犹云"不太平"。夷，平。靡，无。泯，乱。二句谓"祸乱发生，很不太平，没有一国不乱的"。《经义述闻》："《传》曰，泯，灭也。《笺》曰，军旅久出征伐，无国而不见残灭也。言王之用兵不得其所，适长寇虐。引之谨案，厉王时征伐甚罕，《竹书纪年》，厉王十二年奔彘。其三年，淮夷侵雒，王命虢公长父伐之，不克。是其在位之时，征伐惟此一事，所伐惟此一国。而云伐之不克，则力不能灭之矣，安得云无国不见残灭乎？今案，泯，乱也。承上'乱生不夷'言之，故曰'靡国不乱耳'。《康诰》，天惟与我民彝大泯乱。泯，亦乱也。（《传》以泯为灭。先之。）《吕刑》，民兴胥渐，泯泯棼棼。《传曰》，泯泯为乱。《逸周书·祭公篇》，女无泯泯芬芬。孔注曰，泯芬，乱也。"马瑞辰认为"泯"为"㥯"之假借，故训乱。　⑪民靡有黎，具祸以烬：黎，老，老人。一说，众多之意。《毛诗传笺通释》："按，黎，当读如播弃黎老之黎。《方言》，梨，老也。燕代之北鄙曰梨，《广雅》亦曰梨，老也。黎与梨通。……王尚书曰，黎老者，耆老也。古字黎与耆通。……今按'民靡有黎'，谓老者转死沟壑。《云汉》诗，'周余黎民，靡有孑遗'，黎民，亦老民也。陈思王诗，'不见旧耆老'，正取《诗》'民靡有黎'之意。《传》训黎为齐，《笺》训为不齐。并失之。朱子《集传》以黎为黑首，亦非诗义。王尚书训黎为众。可与予说并存，以待后人论定。"又，王引之《经义述闻》："……黎者，众也，多也。下文曰，'具祸以烬'，烬者，余也，笺曰灭余曰尽，少也。黎与烬相对为文。《云汉篇》曰，'周余黎民，靡有孑遗'。黎者，众也。（彼《笺》曰，黎，众也。）多也。孑者，余也，少也。黎与孑亦相对为文。《云汉》言周之众民皆饿死，无复留其余。……此诗言民多死于祸乱，不复如前日之众多，但留余烬耳。二者皆以多寡言之也。……又案黎民之黎，古人但训众训齐。至孟康注《汉书·鲍宣传》始云，黎民、黔首。黎、黔，皆黑也。下民阴类，故以黑为号。不知古人谓民曰黔首，不闻但谓之黔，汉名奴曰苍头矣，使省头字而但谓之苍，其可通乎？然则以民首黎黑而但谓之黎，其谬误何以异于是也。更以文义求之，众民谓之黎民，犹众贤谓之黎献,《皋陶谟》万邦黎献。《传》训为众贤。是其例也。不闻黎训为黑而谓之黑贤也。《尧典》曰黎民于变时雝,黎,众也。(某氏《传》)若训为黑民于变时雝,则不辞矣。《云汉》曰,周余黎民。黎,众也。若训为周余黑民,则不辞矣。《天保》曰,群黎百姓。黎,众也。(《郑笺》。案既言群而又言众者,古人语不避复,《吕氏春秋·谨听篇》云,诸众齐民。《楚辞·七谏》云,群众成朋。皆其证。)若训为群黑百姓,则不辞矣。此诗曰,民靡有黎。黎,众也。若训为民靡有黑,则不辞矣。何得用孟康之谬说,而废先儒之达诂乎?"具,俱。烬,余。 ⑫哀:哀伤。

⑬国步斯频:国步,国运。斯,助词。频,急蹙。 ⑭国步蔑资:蔑,无。资,资财。此言"国步艰难,譬如远行之人没有资斧,境况困厄"。

⑮天不我将:犹言"天不将我"。将,扶助。此谓"上天不扶助我"。

⑯靡所止疑(ní):靡,无。疑,借作"㞃",训"定"。并非"疑问"之"疑"。《说文》:"㞃,未定也。"段注:"按,未,衍字也。《大雅》'靡所止疑',《传》云,疑,定也。《笺》云'止息'。……按以上疑字,即《说文》之㞃字,非《说文》训惑之疑也。疑、㞃字相似,学者识疑不识㞃,于是经典无㞃,于许书'定也'之上增之'未'字矣。㞃从矢声,其字在古音十五部,故《桑柔》以与资、维、阶为韵。……则读如尼。《释文》音鱼陟切。非也。十五部。"又,陈奂则曰:"疑,当即礙(碍的异体字)字之省假,《说文》,礙,止也。疑、礙同声,定、止同义。"亦通。 ⑰云徂何往:云,语词。徂、往义同,重言之以加强语意,犹谓"到哪里去?到哪里去?" ⑱君子实维,秉心无竞:君子,此指奴隶主阶级的代表人物。实维,犹"之为""所为"。秉心,持心,操心。无,助词,无实义。竞,强,顽固。《诗毛氏传疏》:"言君子之所为,其操心甚强固也。"又,《诗义会通》:"无竞,竞也。言君子之秉心甚强固也。此君子谓王。"又,《诗集传》:"竞,争。……然非君子之有争心也。"(待考)按:上二句意谓:那"君子"之所为不善,他持心非常顽固。 ⑲谁生厉阶,至今为梗:厉,恶,祸患。阶,道。厉阶,指祸根,祸端。梗,害。二句意谓:是谁

制造祸端，至今为害？　⑳殷殷：忧伤貌。　㉑土宇：犹"边陲""疆土"。　㉒不辰：不时。　㉓惮（dàn）怒：惮，厚，盛。惮怒，盛怒，震怒。　㉔自西徂东：一说，此言东迁之事。待考。　㉕靡所定处：犹"靡所止疑（疑）"。　㉖多我觏痻（mín）：觏，同"遘"。痻，病困，痛苦。此言"我遭遇的苦难很多"。　㉗孔棘我圉（yǔ）：孔棘，甚急。圉，边陲。此谓"我国的边陲非常危急"。　㉘为谋为毖，乱况斯削：谋，谋虑。毖，戒慎自儆。况，情况，状况。斯，则。削，减削。二句云，认真考虑谋划，并且时时戒慎自儆、接受教训，祸乱的情况就会减轻。　㉙告尔忧恤，诲尔序爵：告，告语。恤，犹"忧""忧虑"。诲，教导。序爵，品评、审定贤否之次序。此谓：告诉你应当忧虑国家大事，教导你品评、审定贤否次第之道，使你赏罚分明。　㉚谁能执热，逝不以濯（zhuó）：执，救，治。逝，王引之《经义述闻》："逝，发声也。字或作'噬'，……不为义也。"杨树达《词诠》："逝，语首助词，无义。"濯，洗涤，此指沐浴。段玉裁说："沐以濯发，浴以濯身，洗以濯足，皆得云濯。"此二句意谓：洗澡能解热，谁能救治体热而不用洗澡的办法呢？　㉛其何能淑？载胥及溺：其，犹"是"。在此，"其"字指"这些昏愦的君臣"。何能淑，怎能将政事办好呢？淑，善。载，犹"则"。胥，相，相与。及，犹"及于""至于"，引申为"入于"。溺，"伈"之假借。《说文》："伈，没也，从水从人。奴历切。"此指沉没于水。溺，本为水名。《说文》："水自张掖删丹西至酒泉，合黎余波入于流沙，从水弱声。桑钦所说，而灼切。"因二字古同音，故可通假。　㉜如彼溯风，亦孔之僾（ài）：溯风，即逆风。僾，气逆窒息。此谓：像那逆疾风的人，气逆窒息，呼吸非常困难。　㉝民有肃心：肃，进，上进，又有"行"义，此指行其道。此句谓：人们有欲行其道之心。　㉞荓（pīng）云不逮：荓，使。云，有；或为语中助词，无实义。逮，及，到。此谓：使其力所不及（不能行其道）。一说，"使有不逮即使有不行耳"。（马瑞辰说）　㉟好（hào）是稼穑：好，喜爱。稼穑，播种五谷和收获五谷，统言农事。这句话是指那些欲行其道的人们,在力不能及(行不通)的时候,便引退于畎亩之间,热爱农事。 ㊱力民代食:力民,尽力与民同事稼穑。或谓:有功力于民。(王肃说)代食,以稼穑所获代替禄食。又,《毛传》:"代无功者食天禄也。" ㊲稼穑维宝,代食维好:维,犹"为""是"。宝,珍爱,或训"珍宝"。好,喜爱,或训"善美"。此言"从事农耕稼穑,与民同事,自食其力,以代禄位,劳而无患,利民之所利,好民之所好,这种生活是值得珍爱的"。 ㊳天降丧乱,灭我立王:天降死丧祸乱,欲绝灭我们所立之王。又,《诗毛氏传疏》:"立王义未闻,或谓天之所立谓之立王。灭我立王,言残灭之道本由于王也。一说,立,古位字。……此责王之词。"又,马瑞辰云:"立、粒古通用。……王犹长也。……粒王犹云谷长,谓天先残灭其五谷之长。" ㊴降此蟊贼,稼穑卒痒:蟊、贼,两种吃谷物的害虫。又,《毛诗物名考》则云:"蟊贼,禾茎内虫也,人不及见,故曰蟊贼。……蟊贼自是一物。"在此,以蟊贼比喻贪残的统治者。稼穑,此谓庄稼。卒,尽,又训终。痒,病。二句意谓:上天降此害虫蟊贼,使我们的庄稼都被它咬坏了。 ㊵哀恫(tōng)中国,具赘卒荒:哀恫,哀痛。恫,痛。中国,此指西周王畿(本土)。具,俱。赘,连属。卒,尽。荒,荒年,饥馑。又训"虚"。《诗毛氏传疏》:"……具赘卒荒,承上文'降此蟊贼,稼穑卒痒'言之,犹云'饥馑荐臻'耳,不作空虚解也。" ㊶靡有旅力,以念穹苍:靡,无。旅力,此指陈力,贡献才力。《后汉书·班固传》:"宜亦勤恁旅力,以充厥道。"又,班彪《王命论》:"英雄陈力,群策毕举。"又训"众力""膂力"。念,止。穹苍,犹"昊天"。《诗集传》:"穹言其形,苍言其色。"此处是指上天所降之灾。二句意谓:没有人贡献才力,而遏止上天所降的灾祸。 ㊷惠君:惠,顺,惠君,指顺于道理的君王。 ㊸民人所瞻:瞻,仰慕。此言"众民所共同瞻仰景慕的君王"。又,马瑞辰说:"……瞻与彰,一声之转。……彰,见也,明也。谓为民人所共见也。" ㊹秉心宣犹:秉,持。秉心,持心,用心。宣,显,明。犹，与“猷”“繇”古通，训“道”。又引申为通达、顺理之义。此谓“持心明且顺”。一说，犹又训“谋”。 ㊺考慎其相：考，考察。慎，审慎。相，辅助，辅佐之臣。此言“认真考察、严格选拔辅佐之臣”。 ㊻维彼不顺，自独俾臧：不顺，不顺理，此指不顺理之君王。自独俾臧，《诗三家义集疏》：“自独俾臧，自独以所使者为臧也。民视君为效法，不善而以为善，是使民惑矣。”又，《诗毛氏传疏》云：“《吕览·知度篇》，人主自智而愚人，自巧而拙人。高注云，自智谓人愚，自巧谓人拙。即引此诗。案，高以自独俾臧为自智自巧，而以俾民卒狂为愚人拙人。《传》义或然也。” ㊼自有肺肠，俾民卒狂：自有肺肠，指自己有褊狭私心，和众人格格不入。俾民卒狂，卒，尽。狂，眩惑以至于狂乱。此言“使众人对他的思想言行不理解，都产生眩惑以至于狂乱”。 ㊽瞻彼中林，甡甡（shēn）其鹿：瞻，望。中林，“林中”之倒文。中，又可理解为语助，无实义。甡甡，同“诜诜”“莘莘”，众多貌。彼、其，均为指示代词，犹“那”。 ㊾谮（jiàn）：借作“僭”，不亲不信。或，差失，乖互。 ㊿不胥以穀：胥，相，相与。又，犹“待”。穀，善。此言“互相不友善”。或，“不能相与为善”。 (51)进退维谷：维，犹“是”。谷，此为“穀”之借，训善。此句意谓“进退皆善”，或谓“进退皆是山谷，没有出路，陷于绝境”。《毛诗传笺通释》：“……阮宫保曰，谷乃穀之假借。《尔雅》东风谓之谷风。郭注，谷之言穀。《书·尧典》，昧谷。《周礼·缝人》注引作柳穀。皆谷、穀同声通用之证。进退维穀，穀，善也。此乃古语。诗人用之，近在‘不胥以穀’之下，嫌其二穀相并为韵，因假谷字当之，此诗人义同字变之例也。又引《晏子春秋·晏子对叔向》引《诗》‘进退维谷’以证君子进不失忠，退不失行。《韩诗外传》引《诗》‘进退维谷’以证石（实）他之进盟以免父母，退伏剑以死其君。皆处两难善全之事，以见进退皆谷为善。其说甚确，足正毛、郑之误。今按以《韩诗外传》引《诗》证之，则训谷为善，盖本《韩诗》之说。” (52)维此圣人，瞻言百里：维，语首助词，无实义。

圣人，犹"哲人"。瞻百里，此谓有远见、有远虑。言，语词，不为义。 ㊝覆狂以喜：覆，反。狂，狂诞。以，而。此言"反而狂诞而自喜"。 ㊞匪言不能，胡斯畏忌：匪，非。胡，何。斯，犹"此"。此言"不是不能说话，为何如此畏惧、忌讳而不敢言?"《诗毛氏传疏》："……《周语》，厉王得卫巫，使监谤者，以告则杀之，国人不敢言，道路以目。案此即畏忌不言之事。忌犹惮也。" ㊟良人：善良之人。 ㊠弗求弗迪：弗，不。迪，进。此谓：不去求取，营谋官职、利禄。 ㊡忍心：忍心之人，即良之人。 ㊢是顾是复：顾，前瞻后顾，私念重重。复，反复无常，又训重。 ㊣民之贪乱，宁为荼毒：民，人，此指忍心之人。贪乱，贪婪、昏乱。宁，犹"乃"，或犹"胡""何"。荼，苦菜。此取"苦"义，谓"使人受其所加之苦"。毒，毒螫之虫。此取"毒害"义，谓"使人受其毒害"。姚氏《诗经通论》："侄炳曰，荼惟以苦名，无毒。孔氏曰：'荼，苦叶；毒，螫虫。皆恶物。'本为二物。" ㊤大风有隧：隧，此处指风之迅疾，即疾风。隧是形容大风的，隧、大的含义有一致性。《经义述闻》："《楚辞·九歌》，冲风起兮横波。王逸注曰，冲，隧也。遇隧风，大波涌起。据此，则古谓冲风为隧风。隧风，即遗风也。《吕氏春秋·本味篇》，遗风之乘。高诱注曰，行迅谓之遗风。《文选·圣主得贤臣颂》，追奔电，逐遗风。李善注曰，遗风，风之疾者。遗与隧，古同声而通用。……隧之言迅疾也。有隧，形容其迅疾也。有空，亦形容大谷之辞也。《小雅·白驹篇》，在彼空谷。《传》曰，空，大也。言大风之状则有隧矣，大谷之状则有空矣。……先言有空，后言大谷，变文与下为韵耳。犹习习谷风，维山崔嵬。习习是谷风之状，崔嵬是高山之状。下句先言山，后言崔嵬，亦以为韵也。大风、大谷，两不相因。不必谓大风出于大谷。大风有隧，有空大谷。习习谷风，维山崔嵬。……皆两不相因也。"又，《毛诗传笺通释》："……《玉篇》，飗，风貌。飗，即遗字之或体，是正'有隧'为风状之证。" ㊥有空大谷：空，犹"大""长大"，形容大谷之貌。见前注所引王说。又，《毛诗传笺通释》云："……又按《汉书·司马相如传》,岩岩深山之谾谾兮。晋灼曰,谾,古谸。萧该曰,谾或作豅,长大貌也。《说文》,豅大长谷也。《白驹》,《传》,空谷,大谷也。……此诗'有空'为大谷之貌。空当即豅之假借,因豅别作谾,又省而为空耳。"按:二句中之"有"字,为助词,无实义。 ⑫作为式榖:式,犹"载""则"。榖,善。此言"所作所为则是善良正确的"。 ⑬征以中诟:犹"行以得诟"。诟,耻辱。《经义述闻》:"……中,得也。……诟,当读为詬。詬,耻辱也。……不顺之人,行不顺之事以得耻辱,故曰征以中诟。"

⑭贪人败类:贪婪残暴的人都是败类。败类,败德之类。类,种类,或训"法式"。《楚辞·九章·怀沙》:"明告君子,吾将以为类兮。"败坏法式,犹败德。一说,类,训善。"败类者,贪人能败善人耳。"(马瑞辰说) ⑮听言则对,诵言如醉:《毛诗传笺通释》:"按,《说文》,听,聆也。从相听也。《广雅》,听,聆从也。听言谓顺从之言,即誉言也。《说文》,诵,讽也。《楚语》,倚几有诵,训之谏。又曰,使工诵谏于朝。诵言即讽谏之言也。《诗》言贪人好誉而恶谏,闻誉言则答,闻谏言则如醉。与《雨无正》'听言则答,谮言则退'义同。《尔雅·释言》,对,遂也。遂者,䜐之假借。《说文》,䜐,从意也。遂与答,义亦相近。《笺》说失之。" ⑯匪用其良,覆俾我悖:匪,不。良,良人。覆,反。俾,通"睥",斜视貌。"俾倪"犹"睥睨"。《史记·信陵君列传》:"侯生下,见其客朱亥,俾倪,故久立与其客语。"悖,谬误。二句犹言"昏王不用善良之人,反而将我看作悖谬昏乱之辈"。一说,俾训使。悖,通"誖",训乱。《诗毛氏传疏》:"此刺王不用良人,而信用此好利之徒,反使我民誖乱若是也。"又,《诗义会通》:"不用善人,反以我为悖。" ⑰朋友:此谓同列众臣。

⑱予岂不知而作:予,作者自我。此言"我难道不知道情况而作歌以刺?"(从马瑞辰说) ⑲如彼飞虫:飞虫,指飞翔之"桃虫"(鸟名,又叫鹪鹩)。《诗经稗疏》:"虫之飞者,扑之而已,无容弋而获之。弋者,生丝缴矢,所以射鸟,非所以获虫者也。飞虫,盖即拚飞

之桃虫——鹪鹩也。"又，牟应震《毛诗物名考》："桃虫，俗名鹏鹩，即鹪鹩也。……鹏鹩名其声，桃虫名其色也。以草根马尾为巢光圆可爱。其卵当腰有红丝，宛转纠结如绘。" ⑦时亦弋（yì）获：时，有时，间或。弋，用丝绳系在箭上射。又，马瑞辰说："弋者，隹之省借，《说文》，隹，缴射飞鸟也。从隹弋声。经传多假作弋。弋为缴射飞鸟之称，射飞不射止。《论语》，弋不射宿。文登李允升以为不射止鸟。其说是也。《说文》《广雅》并曰，宿，止也。凡止曰宿，非专谓夜止也。《诗》以飞鸟之难射，时亦以弋射获之，喻贪人之难知，时亦以窥测得之耳。" ⑦既之阴女，反予来赫：之，犹"其"。阴，犹"谙""知"。女，汝，指荣夷公等贪人。来，犹"是"，助词，无实义。赫，盛怒。二句意谓：我已经窥知你们的所作所为，你们反而盛怒并威胁我，想不让我说话。《毛诗传笺通释》："……按此承'予岂不知而作'及'如彼飞虫，时亦弋获'而言。时亦弋获，即喻时亦得知也。故下接言'既之阴女'，犹云'既其知女'。之，犹'其'也。阴之言'谙'也。《说文》，谙，悉也。阴与谙同声通用。阴之为谙，犹阴之训暗，亦通暗也。《说文》，阴，暗也。《书》，亮阴。《史记》作暗。"又曰："……《方言》《广雅》并云，赫，怒也。《楚辞·离骚》，陟升皇之赫戏。王注，赫戏，光明貌。盛光谓之赫，盛怒亦谓之赫。义正相通。" ⑦民之罔极，职凉善背：民，人们。罔，无。极，准则。无准则，犹不正当，不良。职，犹"但""只""唯独"。凉，语词。《诗毛氏传疏》："《传》以薄诂凉。全《诗》中'薄'字皆语词，无实义，则'凉'亦为语词矣。"又，《毛诗传笺通释》则云："……按，'职凉善背'与'职竞用力''职盗为寇'文法相类，谓凉薄者善相欺背，从《传》训凉为薄是也。"善背，善于欺诈，背信反复。善，又训大，多。二句谓：人们的言行没有准则，不循正道，专门善于欺诈，背信反复。 ⑦为民不利，如云不克：做害民之事，唯恐不胜。 ⑦民之回遹：人们是诡谲邪僻的。 ⑦职竞用力：竞，犹"并""皆"，或训"争"。此言"专都用力于邪僻之事"。 ⑦民之未戾，职盗为寇：似宜读作"职盗为寇，民之未戾"。"戾"与"詈""歌"相协。职盗为寇，犹"职为盗寇"，专做盗贼。民之未戾，犹"民之未善"，与"民之罔极"义近。戾，善。《广雅·释诂》："戾，善也。"未戾，即不善、无良。戾，又训"定"。未定，也可理解为"贪乱"之意。 ⑰凉曰不可，覆背善詈：凉，语词，不为义。曰不可，有人说不可如此。覆背善詈，反而善于欺诈背信，而大骂讽谏他的人。 ⑱虽曰匪予，既作尔歌：上句似为文过饰之词。"曰匪予"，这是以假托"善背"者的口吻说："不是我做的。"又，姚际恒说："谓虽必以予言为非。"既，终，已。作尔歌，作此歌。尔，犹"此"。一说，尔，训"汝"，云"为尔作歌"。

【学术延伸】

　　王符《潜夫论·遏利篇》："昔周厉王好专利，芮良夫谏而不入，退赋《桑柔》之诗以讽。言是大风也，必将有遂；是贪民也，必将败其类。王又不悟，故遂流死于彘。"朱熹《诗集传》："旧说此为芮伯刺厉王而作。《春秋传》亦曰，芮良夫之诗。则其说是也。"姚际恒《诗经通论》："《左传》文元年，秦穆公引《大风有隧篇》，称为'芮良夫之诗'，故《小序》谓'芮伯刺厉王'。何玄子曰，篇中不敢斥言王，而但斥当时执政者信用非人，贪利生事，以致祸乱，大抵为荣夷公辈发也。"

云　汉

倬彼云汉①，	看那天河，广大无边，
昭回于天②。	白光明亮，运转于天。
王曰：於乎③！	周王说：唉，唉，真是可叹！
何辜今之人④？	今天人们有何罪愆？
天降丧乱⑤，	上天降下死丧祸乱，

饥馑荐臻⑥。	又加旱灾，饥馑连年。
靡神不举，	没有神灵不曾祭奠，
靡爱斯牲⑦。	毫不吝惜，将牺牲奉献。
圭璧既卒，	礼神的圭璧都已用完，
宁莫我听⑧？	难道就不肯听我一言？

旱既大⑨甚，	旱灾已经非常严重，
蕴隆虫虫⑩。	暑气郁盛，大地熏蒸。
不殄禋祀⑪，	接连不断举行禋祭，
自郊徂宫⑫。	从郊祭之地来到王宫。
上下奠瘗⑬，	上祭天，下祭地，奠埋祭品，
靡神不宗⑭。	天地诸神，无不祭敬。
后稷不克，	后稷之灵也不能善护周人，
上帝不临⑮。	上帝之尊也不能保佑众生。
耗斁下土，	损伤残害这下方之人，
宁丁我躬！⑯	却使我身受苦痛！

旱既大甚，	旱灾已经非常严重，
则不可推⑰。	而又不能大力除去。
兢兢业业⑱，	兢兢业业，小心谨慎，
如霆如雷⑲。	如对霹雷那样畏惧。
周余黎民，	周人遗留的老人，
靡有孑遗⑳。	将没有一个活着。
昊天上帝！	苍天啊，上帝！
则不我遗㉑。	却不恤问于我。

胡不相畏？	怎不畏惧灾异？
先祖于摧㉒。	先祖也在谴罚于我。
旱既大甚，	旱灾已经非常严重，
则不可沮㉓。	而不能使它止住。
赫赫炎炎㉔，	赫赫炎炎，又干又热，
云我无所㉕。	无处遮阴，无处避暑。
大命近止㉖，	死亡之期，已经临近，
靡瞻靡顾㉗。	无暇前瞻，无暇后顾。
群公先正㉘，	畿内诸侯众卿之神，
则不我助；	而不对我体恤佑助；
父母先祖㉙，	民之父母，周之先祖，
胡宁忍予㉚！	何其忍心看我受苦！
旱既大甚，	旱灾已经非常严重，
涤涤山川㉛。	山川草木尽都枯干。
旱魃为虐㉜，	旱魔逞凶为害，
如惔如焚㉝。	如同大火烈焰。
我心惮暑，	我心惧怕暑热，
忧心如熏㉞。	忧病如同焦灼。
群公先正，	畿内诸侯众卿之神，
则不我闻㉟。	而不对我体恤慰问。
昊天上帝！	苍天啊，上帝！
宁俾我遯㊱！	却使我受尽忧困！
旱既大甚，	旱灾已经非常严重，

黾勉畏去㊲。	力求神明除去可憎之难。
胡宁瘨我以旱㊳？	为何将大旱加害我们？
憯㊴不知其故。	却使我不知它的根源。
祈年孔夙㊵，	祈年祭礼，早早举行，
方社不莫㊶。	方祭、社祭，从未迟延。
昊天上帝！	苍天啊，上帝！
则不我虞㊷。	却不对我佑助亲善。
敬恭明神㊸	恭恭敬敬，祭祀神明，
宜无悔怒㊹。	不应招来愤怒恨怨。
旱既大甚，	旱灾已经非常严重，
散无友纪㊺。	饥荒离乱，已失君臣法度。
鞫哉庶正㊻！	贫困啊，庶正！
疚哉冢宰㊼！	贫困啊，冢宰！
趣马师氏㊽，	趣马啊，师氏啊，
膳夫左右㊾，	膳夫啊，左右群臣啊，
靡人不周㊿。	无人不须赒济救助。
无不能止(51)，	民穷财尽，不能止其疾苦，
瞻卬昊天，	仰望苍天祈祷，
云如何里(52)！	不知如何将这大旱止住！
瞻卬昊天，	仰望苍天，祈祷保佑众生，
有嘒(53)其星。	清光闪烁，满天明星。
大夫君子(54)，	公卿大夫，众位君子，
昭假无赢(55)。	昭告上苍，没有差失。

大命近止，	死亡之期已经临近，
无弃尔成㊶。	不要弃置你的前功。
何求为我？	哪是为求我的福禄？
以戾庶正㊷。	而是为了安定庶正。
瞻卬昊天，	仰望苍天祈祷，
曷惠其宁㊸？	何时赐我安宁？

这大抵是叙述宣王忧虑旱灾的歌。

【注释考证】

①倬（zhuō）彼云汉：倬，大，著名。云汉，天河。 ②昭回于天：昭，光。回，转，指天河之位随天移转。 ③王曰於乎：王，旧说指周宣王。此句是假托周宣王的口吻，感叹丧乱。 ④何辜今之人：犹"今之人何辜"，今天的臣民有什么罪过？ ⑤丧乱：死丧祸乱，此指旱灾。 ⑥饥馑荐臻：荐，《尔雅·释言》："荐，再也。"《尔雅·释天》："仍，饥为荐。"《玉篇》："荐，重也。"荐，"频仍"之意。重，再。臻，至，又训"仍"。此言，饥馑频仍，连年饥馑。 ⑦靡神不举，靡爱斯牲：靡，无，不。举，举祭。二句意谓：无神不祭，不吝惜各种牺牲。 ⑧圭璧既卒，宁莫我听：圭璧，此处皆指礼神之玉。卒，尽。《毛诗传笺通释》："按古者有礼神之玉，《周礼·大宗伯》，以玉作六品，以礼天地四方。是也。……礼玉，祭毕而藏，至燔玉及埋沉之玉则不复取出。此诗二章言'自郊徂宫，上下奠瘗，靡神不宗'，是必兼用燔玉及埋沉各玉，因其不复取出，故诗言'圭璧既卒'。"宁，犹"乃""岂"。莫我听，莫听我。 ⑨大（tài）：太。 ⑩蕴隆虫虫：蕴，本作"薀"，《韩诗》作"郁"，郁积，盛。虫虫，"爞爞"之省借，熏。《毛诗传笺通释》："按《说文》有'薀'无'蕴'，云，薀，积也。蕴即薀之俗字。薀、煴、温古同声，薀、郁双声，故通用。《尔雅·释言》，

郁，气也。李巡曰，郁，盛气也。《荀子·富国篇》，使夏不宛暍。杨倞注，宛读为蕴，暑气也。是蕴又通作宛，宛、郁亦双声。蕴隆，谓暑气郁积而隆盛。虫虫，则热气熏蒸之状也。《传》分蕴降为暑雷，似非诗义。《尔雅·释训》，爞爞，熏也。虫虫，即爞爞之省。《说文》无'爞'有'赨'，云，赤色也。……读与'爞'同。疑爞即赨之变体，赨为赤色，而以状暑之熏蒸，犹赫为大赤，此诗亦以状暑气也。《释文》引《韩诗》作烔烔，《华严经音义》引《韩诗》，《传》曰，烔，谓烧草火焰盛也。《一切经音义》卷四引《埤苍》：烔烔，热貌也。"上说极是。

⑪不殄禋祀（yīn sì）：殄，断绝。禋祀，古代祭天的仪式，又泛指祭祀。此言"不断地举行祭天仪式"。 ⑫自郊徂宫：郊，郊祀，古代祭礼，在郊外祭天或祭地。此指祭天，承上文"禋祀"之义，实际是指郊祀之地。徂，往，到。宫，王宫。《毛诗传笺通释》："……《笺》，宫，宗庙也。瑞辰按，刘氏台拱谓宫即王宫祭日之类，《周礼》所谓坛墠宫。其说是也。郑注《祭法》曰，宫坛，营域也。祭郊、祭庙不同日。下云'后稷不克'者，谓郊天以后稷配，非祭宗庙也。《笺》以宫为宗庙。失之。" ⑬上下奠瘗（yì）：《诗毛氏传疏》："《传》云，'上祭天'，承上文而言；'下祭地'，祭天必兼祭地耳。上下谓天地，奠瘗指上下。《梁书》许懋传引《毛传》云'上祭天，下祭地，奠其币，瘗其物'。按此与今本作'奠其礼'不同。币谓帛也，奠其币，但以帛为奠，而知祭天燔牲与玉之说诬也。物，毛物，谓牲体也。祭地而瘗其物，则知埋玉之说亦诬也。一说，今本《传》作'礼'。不误。礼、物二字互文，奠不专指祭天，而瘗则专指祭地。"又，孔颖达曰："奠谓置之于地，瘗谓埋之于土，皆礼神之物，酒食牲玉之属也。"瘗，埋，埋葬。 ⑭靡神不宗：与"靡神不举"义近。宗，尊，对神灵表示尊敬，无过于祭礼之礼仪，故"宗"与"举"含义一致。《经义述闻》："《毛传》曰，宗，尊也。《后汉书·顺帝纪》，诏曰，分祷祈请，靡神不崇。钱氏《考异》曰，靡神不宗之宗，三家诗必有作崇者，……郑读宗为崇，是宗与崇通。家大人曰，钱说非也。郑注《祭法》云，宗，皆当为崇字之误也。

言字之误，则非声之通。且宗与虫、宫、临、躬为韵。若作崇，则失其韵矣。汉人用经，改字者多矣。即以《后汉》诸帝纪言之，《诗》言'哀此惸独'，而章帝诏曰，'惠此茕独'；《诗》言'假寐永叹'，而和帝诏曰，'寤寐永叹'；《诗》言'不遑启处'，而桓帝诏曰，'匪遑启处'。岂皆三家之异文乎？" ⑮后稷不克，上帝不临：克，能，善，善视之。临，临护之。意谓：先祖后稷之神灵也不能爱护周人，上帝也不能保佑周人，周人的灾难无法解除。《毛诗传笺通释》："……按，克，能也。《金滕》，'不能事鬼神'，即'不克事鬼神'也。《汉书》颜师古注，能，善也。善视鬼神曰能，鬼神善视之亦为能。《春秋繁露》曰，宣王自以为不能乎上帝，不中乎鬼神，故有此灾。即据《诗》'后稷不克，上帝不临'而言。后稷不克，谓后稷不善视之也；上帝不临，临，读如《左传》'神弗临也'之临，谓上帝不临护之也。临字于韵不协，古临通作隆，如'临冲'，《韩诗》作'隆冲'。……古音读临，盖亦如隆，故与虫、宫、宗、躬等字谐韵耳。" ⑯耗斁（dù）下土，宁丁我躬：耗，本作"秏"，消耗，减损。斁，败坏。下土，犹"下方""下界""人间"，对"上天"言。宁，犹"乃""却"。又犹"岂""何"。丁，当。我，周王自称。躬，自身。二句意谓：天灾损害下方之民，乃使我身当其难。 ⑰则不可推：犹"而不可去"。则，犹"而"。推，除去。 ⑱兢兢（jīng）业业：兢兢，小心谨慎貌。业业，犹"兢兢"，悚惧貌。 ⑲如霆（tíng）如雷：形容畏惧之甚。霆，疾雷。 ⑳周余黎民，靡有孑遗：犹"民靡有黎"，详见《大雅·桑柔》注。孑，义同"遗"。孑遗，遗余，遗留。此言"周地的老民没有遗留下的"。说明饥荒严重。 ㉑则不我遗：则，犹"而"。遗，体恤、慰问。此言"则不恤问我"。《毛诗传笺通释》："按，遗当如问遗之遗。《广雅·释诂》，问，遗也。遗，与也。与人以物谓之问，亦谓之遗。《郑风》，杂佩以问之，问，即遗也。与人相恤问亦谓之遗。此诗'则不我遗'，犹五章'则不我闻'，闻，当读问。问，犹恤问也。六章，'则不我虞'，《广雅·释诂》，虞，助也。正与四章'则不我助'同义。遗也、闻也、助也、虞也，义皆相近。若如《正义》训为留遗，则与上文'靡有孑遗'语相复矣。" ㉒胡不相畏，先祖于摧：胡，何。相，在此表示一方对另一方有所动作之词。相畏，对天谴畏惧，相字也可省去而仍不失基本意思，又如"相劝""相信""相助"等，同此。于，助词。摧，"誰"之借字，《韩诗》作"誰"。谴责，责罚。义犹"谪"。 ㉓沮（jǔ）：终止。 ㉔赫赫炎炎：赫赫，旱气之盛。炎炎，热气之盛。 ㉕云我无所：云，古"雲"字，有庇荫义。所，处所。《毛诗传笺通释》："云为雲字古文，象回转之形。《正月》诗，'昏姻孔云'。《传》，云，旋也。云，又通员，员之言圆也，运也，回旋运转有庇荫之象。……云我无所，犹云荫我无处耳。" ㉖大命近止：大命，此谓死亡之命，即死亡之期。止，语词。本句指死期已近。《毛诗传笺通释》："按，大命对小命言，《逸周书·命训篇》曰，天生民而成大命。又曰，大命有常，小命日成。又曰，大命世罚，小命罚身。是也。《白虎通·寿命篇》曰，命者，何谓也？人之寿也。天命已使生者也。命有三科以记验，有寿命以保度，有遭命以遇暴，有随命以应行。又曰，遭命者，逢世残贼，若上逢乱君，下必灾变暴至，天绝人命。其说盖本《孝经·援神契》。此诗忧旱，而曰大命近止，即彼所云遭命也。古以延期长久为大命……亦以死亡为大命。……《史记·殷本纪》作'人命胡不至'，此言民以死亡为幸，而云'大命胡不至'。是大命即死亡之命也。《说苑·敬慎篇》，成回对子路曰，回是以恭敬待大命。亦谓待死亡之命也。" ㉗靡瞻靡顾：靡，无，或，不。瞻，望。顾，看，回看。此云"不瞻不顾"，意谓"无暇瞻前顾后"。 ㉘群公先正：《笺》："百辟卿士，雩祀所及者。"按：天子祀上帝，兼祀百辟卿士。群公，犹百辟，先世诸侯之神。先正，谓先世卿士之神。正，"长"义。 ㉙父母先祖：父母，民之父母。先祖，指文、武为周之先祖。 ㉚胡宁忍予：胡，何。宁，犹"乃"。忍，忍心，残忍。予，诗人自谓。此言"为何这样忍心地对待我的苦"。 ㉛涤涤山川：蔽蔽山川。《毛诗传笺通释》："按，《说文》，蔽，草旱尽也。引《诗》'蔽蔽山川'。盖本三家诗。蔽从僚声，僚从叔声。叔与少长之少、多少之少皆双声而义同。故藗有草旱尽之象。……凡从叔声者，皆有。无义，与藗之训草旱尽者义正相近。《毛诗》作涤涤者，同部假借字也。"按，马氏之说可从。 ㉜旱魃（bá）为虐：魃，古代传说中的旱魔。虐，灾害。为虐，犹"为害"。 ㉝如惔如焚：惔，"炎"之假借，《韩诗》作"炎"。《毛诗》作"惔"，二字声近。《毛传》："惔，燎之也。"又，《说文》："炎，火光上也。"足证《毛诗》作惔者，实为炎之假借字。焚，烧。《说文》："烧田也。" ㉞我心惮暑，忧心如熏：惮，畏，又读为"瘅"，劳病，苦，忧劳。熏，灼，焦灼。此言"我的心中忧惧酷暑大旱，如同火烧我心一样"。 ㉟闻：犹"问"，"恤问"。 ㊱宁俾我遯（dùn）：宁，犹"乃"。俾，使。遯，今作"遁"，逃，又引申为"困"义。《毛诗传笺通释》："按，遯、屯古同声，当读如屯难之屯，又遯、困亦同声，《广雅·释诂》，困，逃也。遯义为逃，亦为困。……宁俾我遯，犹云乃使我困也。" ㊲黾勉畏去：黾勉，勉力为之，此谓努力祈祷神灵保佑。详见《邶风·谷风》注。畏，恶，憎恨。去，除去。 ㊳胡宁瘨（diān）我以旱：胡宁，胡然。（然，古读难，与宁双声。）又，犹"何乃"，"何为"。瘨，灾害，降灾。此谓"为何将旱灾降于我们"？ ㊴憯（cǎn）：犹"曾"，又训"乃""何"。（按：曾又犹"怎"。） ㊵祈年孔夙：祈年，指"孟春祈谷于上帝，孟冬祈来年于天宗"之祭礼。（按：天宗，谓日月星辰。）孔，甚。夙，早。 ㊶方社不莫：方，迎四方气于郊，祭祀四方。社，祭土神。莫，古"暮"字，在此训"晚"。"不莫"，"不晚"，犹"早"。此言"祭四方之神，祭土神，都能及早举行祭礼"。 ㊷则不我虞：虞，犹"有""助"。按，"有"，通"友"，友善、亲善、爱护之意。《广雅》："虞，有也。"又曰："助也。" ㊸敬恭明神：犹"敬事神明"，承接上文"祈年孔夙，方社不莫"而言。《释文》作"明祀"。陈奂认为"明祀"与《楚茨》《信南山》之"祀事孔明"义同。"敬恭明祀"即上文所谓"祈年孔夙，方社不莫"。 ㊹宜无悔怒：悔，恨。此言"应无恨怒"。 ㊺散无友纪：散，指由灾荒造成离乱。或，散乱。友，君以群臣为朋友。纪，纪纲，法度。或又专指君臣宴饮之礼法。此言“由于离乱，已无君臣之间的正常礼法了”。 ㊻鞫哉庶正：鞫，又通作“鞠”，穷困。庶，众，正，长。庶正，众官之长。此句谓“众官之长也穷困了”。 ㊼疚哉冢宰：疚，本或作“宄”，训“贫”。（疚，训“病”，“因旱灾致贫病”，或训“忧苦”。）冢宰，周代官名，为百官之长，掌王家内外事务，有的在王之左右赞助王命。又，陈奂以为此冢宰为宰夫，与“大宰”不同。按，宰夫，又指厨夫。 ㊽趣马师氏：趣马，掌马之官。师氏，西周官名，多指统兵之官。又，教国子之官也称师氏。 ㊾膳夫左右：膳夫，掌食之官。左右，左右之大夫、士诸官。 ㊿靡人不周：周，应读作“赒”，赒济。此指周王赒济受饥荒之苦的群臣。此句言“朝臣中没有一人不待赒济的”。 (51)无不能止：无，乏无，贫乏。不能止，不能救济而止其贫乏。止，犹救止、解除。 (52)瞻卬昊天，云如何里：瞻卬，瞻仰，仰望。云，犹“其”，称代旱灾。里，犹“已”，训“止”。王夫之《诗经稗疏》：“……按《考工记》‘里为式’注，里读为已。已，止也。云如何止者，不知旱既太甚之后，作何究意也。即下文‘大命近止’之深忧也。”又，《郑笺》：“里，忧也。”郑氏以“里”为“悝”之假借。又，《诗集传》：“里，忧也。与《汉书》无俚之俚同，聊赖之意也。” (53)嘒（huì）：明貌。有嘒其星，正说明天晴无云，久旱不止之象征。 (54)大夫君子：犹“公卿大夫”，统言群臣。 (55)昭假无赢：昭，明。假，读作“嘏”，有“告”义。又读为假，又同徦，或借作格，训“至”。赢，又作嬴。《毛诗传笺通释》：“按《说文》《广雅》并曰，縕，缓也。《笺》训赢为缓，义与縕同。但以文义求之，诗盖勉群臣敬恭祀典之意，言诚能昭假于天，其感应之理，必未有赢差者。《广雅》，爽、赢并训为过。过，谓过差。无赢，犹言无爽。无爽，犹言无差忒耳。” (56)无弃尔成：无，勿。成，成功。此谓“不要放弃你的前功”。 (57)何求为我，以戾庶正：我，宣王自我。戾，定。庶正，见前注。二句意谓：今我求雨，哪里是求得我自身之利，而是为了安定“庶正”救灾之功啊。（从陈奂说）又，吴闿生《诗义会通》云:"当思何求乃为我之事? 我,代群臣自我也。戾,定也。正,犹正也。"姑备一说。 ㊾曷惠其宁:曷,何,何时。惠,赐,此指上天恩赐。宁,安宁。又,吴闿生云:"惠,语词。曷惠,犹曷维也。"

崧 高

崧高维岳①,　　巍巍四岳,高大连绵,
骏极于天②。　　又高又大,上至云天。
维岳降神,　　　四岳降其神灵和气,
生甫及申③。　　甫侯、申伯降生人间。
维申及甫,　　　就是申伯,以及甫侯,
维周之翰④。　　西周王朝,卫国城垣。
四国于蕃⑤,　　又作四国藩篱,
四方于宣⑥。　　也是四方高垣。

亹亹⑦申伯,　　勤勉不倦,贤者申伯,
王缵之事⑧。　　周王愿他继承先王事业。
于邑于谢⑨,　　前去建邑在那谢地,
南国是式⑩。　　南国诸侯奉为准则。
王命召伯⑪,　　周王委命穆公召伯,
定申伯之宅⑫。　　勘定申伯建都之所。
登是南邦⑬,　　建成都邑,在这南方,
世执其功⑭。　　世代子孙守其功业。

王命申伯,　　　周王委命申伯,

772　　　　　　诗经译注

式是南邦⑮。　　　要树表率于南方之国。
因是谢人，　　　由这谢邑众人尽力修建，
以作尔庸⑯。　　　以筑起你的坚固城垣。
王命召伯，　　　周王委命召伯前来，
彻申伯土田⑰。　　将申伯土田定税划界。
王命傅御，　　　周王命令傅御，
迁其私人⑱。　　　迁其家臣营建谢邑。

申伯之功，　　　申伯建邑事功，
召伯是营⑲。　　　召伯佑助经营。
有俶其城⑳，　　　那城垣修得齐整，
寝庙既成㉑。　　　寝庙首先精工建成。
既成藐藐㉒，　　　已成之庙，华美无比，
王锡㉓申伯。　　　王赐申伯骏马良骥。
四牡蹻蹻㉔，　　　四匹公马，强壮武勇，
钩膺濯濯㉕。　　　腹带、颈带，光彩鲜明。

王遣㉖申伯，　　　周王遣送申伯营谢，
路车乘马㉗。　　　赐给路车，各驾四马。
我图尔居，　　　并说：我为你谋划居地，
莫如南土㉘。　　　无处能比南土更佳。
锡尔介圭㉙，　　　赐你白玉介圭，
以作尔宝㉚。　　　用来作为你的国宝。
往迈王舅㉛，　　　前去吧，尊贵的王舅，
南土是保㉜。　　　南方国土归你永保。

二雅·大雅　荡之什

申伯信迈㉝， 申伯决定南行营谢，
王饯于郿㉞。 周王饯行就在郿地。
申伯还南㉟， 申伯就要返回南方，
谢于诚归㊱。 诚然往归封国谢邑。
王命召伯， 周王委命召伯前去，
彻申伯土疆㊲。 将申伯土田定税划疆。
以峙其粮㊳， 而又奉命储备粮食，
式遄其行㊴。 于是迅速动身前往。

申伯番番㊵， 申伯军容威武雄壮，
既入于谢。 既已返回谢邑一方。
徒御啴啴㊶。 步兵、车兵，浩浩荡荡。
周邦咸喜， 周邦众人都很欣喜，
戎有良翰㊷。 国家大有最好垣墙。
不显㊸申伯， 显耀啊，尊贵的申伯，
王之元舅㊹， 你是周王的长舅，
文武是宪㊺。 文武双全，国人奉为榜样。

申伯之德㊻， 申伯道德品质，
柔惠且直㊼。 温顺而又正直。
揉此万邦㊽， 安顺天下万邦，
闻于四国㊾。 美名扬于四方。
吉甫作诵㊿， 吉甫作诗咏唱，
其诗孔硕㉛， 这诗典雅异常。
其风肆好㉜， 唱这美妙诗歌，

以赠㊳申伯。　　用以敬赠申伯。

宣王之舅氏申伯出封于谢，将行，大臣吉甫作歌赠别。

【注释考证】

　　①崧（sōng）高维岳：崧，又作"嵩"，山大而高。维，犹"是"。岳，又作"嶽"，特别高大的山。《诗集传》："嶽，山之尊者，东岱、南霍、西华、北恒是也。"　②骏极于天：骏，《中庸》《礼记·孔子闲居》注引《诗》皆曰："峻，高大也。"按：今经典形容山岳高大皆作"峻"。极，至。　③维岳降神，生甫及申：维，犹"其"。降神，此谓岳降神灵之和气，而生甫侯、申侯。甫，甫侯。《诗集传》："甫，甫侯也。即穆王时作《吕刑》者。或曰，此是宣王时人，而作《吕刑》者之子孙也。"一说，甫，即仲山甫。申，申伯。《诗集传》："申，申伯也。皆姜姓之国也。"　④维周之翰：维，犹"是"。翰，按《毛传》："翰，幹也。"《尔雅》："翰，榦也。""翰"为"榦"之借，"幹"乃"榦"之俗，此诗正字当作"榦"。此指垣墙、屏障。详见《大雅·板》注。此言"是周的垣墙"，犹"为国干城"之意。　⑤四国于蕃：四国，四方之国。于，犹"为"。蕃，即"藩"字之省假。藩篱，屏蔽。此言"四方诸侯之国以之为藩篱"。　⑥四方于宣：四方，犹"四国"。宣，"垣"之借字。《毛诗传笺通释》："按，宣与蕃对言，宣当为垣之假借。《说文》，垣，墙也。亘，古读同宣，故垣或假作宣，犹《诗》'赫兮咺兮'，《韩诗》咺作宣也。四国于蕃，四方于宣。犹《板》之诗。'价人维蕃，大师维垣'也。……古于、为同音通用。《聘礼记》郑注，于读曰为。《定之方中》诗，'作于楚宫''作于楚室'，《文选》李善注引作'作为楚宫''作为楚室'。是其证矣。"　⑦亹亹（wěi）：勤勉貌。　⑧王缵之事：缵，继续，继承。此言"周王使申伯继其先世之事"。　⑨于邑于谢：上"于"字，训"往"。邑，国都，此指建邑，亦即建国。

二雅·大雅　荡之什

下"于"字，训"在"。谢，谢地、谢邑，为周之南国。《毛诗传笺通释》引《汉书·地理志》："南阳宛县申伯国，即今南阳府南阳县也。"故地在今河南，申伯封于此。 ⑩南国是式：是，犹"之"。式，法。此言"申伯是南方诸侯之国效法的榜样"。 ⑪召伯：召穆公。 ⑫定申伯之宅：宅，指所居之处，即谓谢邑。此言"确定申伯的都邑"。 ⑬登是南邦：登，成。邦，犹"国"。此言"建成这南国"。 ⑭世执其功：执，守，坚持。功，功业，事业。此谓"其世代子孙皆守其功业"。 ⑮式是南邦：犹"南国是式"。 ⑯因是谢人，以作尔庸：因，由。谢人，谢邑之人。作，兴建。庸，"墉"之省借。城墙，城。二句是说：由这谢邑之人的力量，而兴建你的城邑。 ⑰彻申伯土田：彻，此指划分、测定疆界，正其赋税。此言"对申伯受封谢地的土田，进行'定疆界、正赋税'的工作"。 ⑱王命傅御，迁其私人：傅御，诸侯之臣，治事之官，为家臣之长。迁，谓迁之使就所封之谢邑。私人，傅御之家臣。此谓：周王命傅御将他的家臣迁往谢邑。 ⑲申伯之功，召伯是营：功，事。营，经营。此言"申伯之事，召伯所佑助经营"。 ⑳有俶（chù）其城：俶，《说文》："俶，善也。"善，谓"缮"，修整。俶，又训"始作""厚貌"。此言"其城修得整齐"。 ㉑寝庙既成：《大雅·绵》传："君子将营宫室，宗庙为先，厩库为次，居室为后。"这是说"在申伯营谢之初，建好城垣，首先将寝庙建成"。 ㉒既成藐藐：藐藐，美貌。又，《诗集传》："深貌。"此谓"既成之寝庙十分堂皇美好"。 ㉓锡：赐。 ㉔四牡蹻蹻：蹻蹻，强壮勇武貌。此言"周王赐给申伯的四匹驾车公马是强壮勇武的"。 ㉕钩膺濯濯（zhuó）：钩膺，即"樊缨"（繁缨），马颈腹上的带饰。繁，通"鞶"，马腹带。缨，马颈之革。详见《小雅·采芑》注。濯濯，光泽鲜明貌。 ㉖遣：送。 ㉗路车乘（shèng）马：路车，又作"辂车"，古代天子、诸侯所乘的大车。天子大路，诸侯路车。乘马，四马。古代一车四马为一乘，故"乘"为"四"之名。《郑笺》云："王以正礼遣申伯之国，故复有车马之锡。" ㉘我图尔居，莫如南土：图，图谋，谋虑。居，所居之地。

南土，指谢邑而言。意谓：我谋虑你宜居处之地，没有比南方的谢邑更好的了。 ㉙介圭：又作"玠圭"，大圭。天子所执之玠圭，长一尺二寸，又叫镇圭。诸侯所执之桓圭，长九寸，也可称玠圭，但与天子之玠圭有别。浑言则同，析言则异。 ㉚宝：指介圭为瑞玉，即珍宝。古代王侯之瑞玉，为朝觐时象征等级之信物。 ㉛往辺（jì）王舅：犹"往哉王舅"。辺，语词，犹"己""其""忌""记"。各本作"近"，误。 ㉜南土是保：是，语助。保，保有，犹"占有"。 ㉝信迈：犹云"果行"。信，果。迈，行。（从何楷说）一说，信乃"信宿"义。 ㉞王饯于郿（méi）：郿，古地名，在今陕西眉县东渭水北岸。当时宣王在岐周，郿在岐周东南，申伯封国之谢又在郿之东南，故宣王为申伯饯行于岐周之郊——郿地。 ㉟申伯还南：指申伯北就王命于岐周，而又还返南方之谢邑。 ㊱谢于诚归：诚归于谢。（从何楷说） ㊲彻申伯土疆：犹"彻申伯土田"。 ㊳以峙其粻：峙，本作"偫"，或作"庤"，又作"畤"。储备，积。粻，粮谷。马瑞辰说："粻，疑即粮字之或体。" ㊴式遄（chuán）其行：式，犹"乃"。遄，速。行，这是催申伯速行。 ㊵番番（bō）：勇武貌。 ㊶徒御啴啴（tān）：徒，徒行之士兵。御，御车之士兵。此"徒御"者，即指"虎贲"（"贲"即"奔"），谓精选的勇武之士兵。古制，诸侯有大功，则赐虎贲。啴啴，众盛貌。 ㊷周邦咸喜，戎有良翰：周邦，周邦之人，即周人。咸喜，皆以为喜。戎，汝。又训"大"。良翰，好屏障。意谓：周人都因此欣喜，互相告语："你有好屏障。"或，周人都很欣喜，国家大有保障。 ㊸不显：不，语词，或作"丕"。不显，是"显"的意思。 ㊹元舅：长舅。 ㊺文武是宪：宪，法。文武，文德武功。此言"申伯既有文德又有武功，足为天下效法的榜样"（从陈奂说）。又，《诗集传》："言文武之士皆以申伯为法也。或曰，申伯能以文王、武王为法也。" ㊻德：道德品质。 ㊼柔惠且直：柔惠，温顺。直，正直。 ㊽揉此万邦：揉，即"柔"。安，顺，又训"治"。此言"安此万邦"。 ㊾闻于四国：闻，令闻，名声。此言"美名传于四方之国"。 ㊿诵：乐师、乐工所诵之词，即“歌”。 (51)硕（shuò）：大，又引申为“美”。 (52)其风肆好：风，犹“诗”。姚际恒云：“此《雅》也，而曰‘其风肆好’，则知凡《诗》皆可称‘风’，第《雅》《颂》可称‘风’，《风》不可称‘雅、颂’耳。”肆，犹“极”“甚”。“肆好”犹“孔硕”。按：二句中之“其”字，均犹“是”“此”。又见《史记·文帝纪》：“其岁，新垣平事觉。”（《助字辨略》云：“其岁犹云是岁。”）又见《周礼·占梦》：“占梦，掌其岁时。”“其诗”“其风”，犹“此诗”“此风”。 (53)赠：赠送，赠别。

【学术延伸】

《诗义会通》：“闿生案：《序》：‘尹吉甫美宣王也。天下复平，能建国亲诸侯，褒赏申伯焉。’案《崧高》《烝民》二诗，微指略同。皆讥宣王疏远贤臣，不能引以自辅，语虽褒美，而意指具在言外，所以为微文深意。《序》皆未能发其义。《烝民》语意较显，汉儒犹有知之者，此篇则喻者益少。然二篇笔意相似，惟此为弥隐耳。先大夫曰：迭称王命，所以深著王之远贤。《郑笺》云：申伯忠臣，不欲离王室。最得其指。殆三家遗说，郑偶采及之，非毛义也。不显申伯三句。先大夫曰：深惜其远去也。”

烝　民

天生烝民①，	上天生此芸芸众民，
有物有则②。	所有事物，必有法则。
民之秉彝，	人们顺其本质常性，
好是懿德③。	因而爱此美善之德。
天监有周，	上天对周朝监临俯察，
昭假于下④。	仁德昭明遍告于天下。
保兹天子，	保佑这位周朝天子，

生仲山甫⑤。　　　降生仲山甫，辅佐于他。

仲山甫之德⑥，　　仲山甫具有高尚道德，
柔嘉维则⑦。　　　温和善良，是其准则。
令仪令色⑧，　　　风度优雅，和颜悦色，
小心翼翼⑨。　　　小心翼翼，恭敬谦和。
古训是式，　　　　取法先王遗训，
威仪是力⑩。　　　勤习威仪风格。
天子是若，　　　　天子选择重用，
明命使赋⑪。　　　成命使他宣布施行。

王命仲山甫，　　　周王委命仲山甫以重任，
式是百辟⑫，　　　要树标于畿内百国之君，
缵戎祖考⑬，　　　要继嗣你先祖的遗烈，
王躬是保⑭。　　　而严加保卫周王之身。
出纳王命，　　　　发令、收令，归你执掌，
王之喉舌⑮。　　　你是周王喉舌重臣。
赋政于外⑯，　　　发布政令，达于畿外，
四方爰发⑰。　　　四方诸国，就会奉命唯谨。

肃肃⑱王命，　　　周王政令，肃肃严正，
仲山甫将之⑲。　　仲山甫奉行不渝。
邦国若否⑳，　　　国家命运，好坏可知，
仲山甫明㉑之。　　仲山甫明白其中道理。
既明且哲，　　　　既英明又睿智，

以保其身㉒。	保守其身，顺乎情理。
夙夜匪解㉓，	从早到晚，勤勉不懈，
以事一人㉔。	事奉一人——周之天子。
人亦有言：	人们常言说道：
柔则茹之，	对于弱者相欺，
刚则吐之㉕。	对于强者畏避。
维仲山甫，	唯独仲山甫，却与众人迥异，
柔亦不茹，	他对弱者也不相欺，
刚亦不吐。	他对强者也不畏避。
不侮矜寡，	不欺侮鳏夫、寡妇，
不畏强御㉖。	不畏惧强梁暴徒。
人亦有言：	人们常言说道：
德輶如毛，	道德品行轻如毫毛，
民鲜克举之㉗。	却很少有人能够举起。
我仪图之：	我忖度谋虑：
维仲山甫举之㉘。	唯独仲山甫能够举起。
爱莫助之㉙。	爱惜他，却无法帮助。
衮职有阙，	天子龙章之服若有缺陷之处，
维仲山甫补之㉚。	唯独仲山甫能够弥补。
仲山甫出祖㉛。	仲山甫出行，祭祀路神之灵。
四牡业业㉜，	四匹公马，强壮武勇，
征夫捷捷㉝，	众位使臣，疾行匆匆，

每怀靡及㉞。	常恐不能达成使命。
四牡彭彭㉟，	四匹公马，体强力盛，
八鸾锵锵㊱。	八只鸾铃，锵锵和鸣。
王命仲山甫，	周王对仲山甫委以重命，
城彼东方㊲。	让他前去东方筑城。
四牡骙骙㊳，	四匹公马，强壮武勇，
八鸾喈喈㊴。	八只鸾铃，喈喈和鸣。
仲山甫徂齐㊵，	仲山甫前往齐邑从公，
式遄其归㊶。	众人盼你速速踏上归程。
吉甫作诵㊷，	吉甫作歌吟咏，
穆如清风㊸。	你善德和美，宛如清风。
仲山甫永怀，	仲山甫临行，深怀不安，
以慰其心㊹。	作此诗歌，慰藉心灵。

周宣王委命卿士仲山甫前往齐地筑城，尹吉甫作诗赠别。

【注释考证】

①烝民：众民。　②有物有则：犹"有事物必有法则"。物，事物。则，法则。　③民之秉彝，好（hào）是懿德：秉彝，《毛诗传笺通释》："按，《说文》，彝，宗庙常器也。故引申为彝常。《尔雅》及《释文》作彝，正字也。《孟子》及《潜夫论》引诗俱作'秉夷'，同音假借字也。阮尚书《校勘记》据宋本《正义》云，夷，常。知《正义》本作'夷'，今毛本作'彝'，从《释文》改也。又按《广雅》，常，性、质也。秉彝为常，犹云秉性、秉质耳。《逸周书·谥法解》，秉，顺也。民之秉彝，即谓民之顺其常耳。《笺》训秉为执。失之。"好，爱。懿德，

美德。此谓：人们顺其本质常性，故爱好此美德。 ④天监有周，昭假于下：监，视，察。有，语词，加于名词之上。又见《尚书·召诰》："我不可不监于有夏，亦不可不监于有殷。"又，《君奭》："我有周既受。"昭，明。假，告，或，至。下，此指天下。二句意谓：上天俯察周王朝，其德昭明至于天下。 ⑤保兹天子，生仲山甫：保，保佑。此言"上天保佑此周天子，故降生仲山甫为其辅弼重臣"。这与《大雅·崧高》"维岳降神，生甫及申"句法略同，含义一致，均为古代剥削阶级神化其代表人物之词。按：仲山甫，《国语·周语》称樊仲山父，又称樊穆仲，《汉书·古今人表》作中山父。他是周宣王时的卿士，封于樊邑，其子孙遂以樊为姓氏。 ⑥德：品德。 ⑦柔嘉维则：柔嘉，温和善良。维，犹"是"。则，法，准绳，准则。此谓"仲山甫以温和善良奉为自己的道德标准"。 ⑧令仪令色：令，美，善。仪，仪容，风度。色，颜色（表情）。意谓：仲山甫的举止、风度是优雅美好的，和颜悦色，表情也是适度宜人的。 ⑨小心翼翼：形容人小心谨慎。翼翼，恭敬谨慎貌。 ⑩古训是式，威仪是力：古训，先王之遗训、遗典。是，语助，不为义。又，《尚书·蔡仲之命》："惟德是辅。"字犹"伊""实""时"。式，法，以之为法。力，《郑笺》训"勤"，马瑞辰认为"力者仂之省借，《广雅·释诂》，仂，勤也。……勤，犹习也。威仪是力，即《左传》所云'习仪'也"。 ⑪天子是若，明命使赋：是，语助，不为义。见前注。若，择，此指选择贤能而重用之。《说文》："若，择菜也。从草、右，右，手也。"明命，成命，成其教命，或指成文之教命。赋，犹"敷""尃"，布，施。谓宣布施行。二句意谓：周天子选择贤者仲山甫而重用之，成其教命而使仲山甫宣布施行。 ⑫式是百辟：式，法，准则。是，语助。百辟，百，举成数以概多。《礼记·王制》，天子县内凡九十三国。百辟，犹言"百君"，即指畿内诸侯。 ⑬缵戎祖考：缵，继。戎，汝。戎、汝一声之转。又，训"大"。祖考，祖先，先王。此言"继承你先祖之遗烈"。 ⑭王躬是保：躬，身。此言"保护周王自身的安全"。《诗集传》："仲山甫盖以冢宰兼太保。"

⑮出纳王命，王之喉舌：《毛诗传笺通释》："……《传》，喉舌，冢宰也。瑞辰按，冢宰于王眡治朝，赞王听治，岁终诏王废治而已，未尝出纳王命也。……惟内史受纳访以诏王听治，是纳命也。凡命诸侯及孤卿大夫，则策命之，是出命也。与诗'出纳王命'正合。内史在唐虞为纳言，在秦汉为尚书。应劭《汉官仪》曰，尚书，唐虞官也。《书》曰'龙作纳言，朕命惟允'，《诗》曰'惟仲山甫，王之喉舌'，宣王以中兴。秦改称尚书，汉亦尊此官，典机密也。又，王隆《汉官解诂》云，尚书出纳诏令，齐众喉舌。又曰，唐虞为纳言，《周官》为内史，机事所总，号令攸发。又，《艺文类聚》引《百官表》曰，尚书令总摄诸曹，出纳王命，敷奏万机。引《诗》'惟仲山甫，王之喉舌'，盖谓此也。是应劭、王隆等并以《诗》'王之喉舌'为周内史之职，仲山甫盖兼内史之官，正古之纳言也。《正义》谓，'龙作纳言'与'出纳王命'者异。失之。"⑯赋政于外：《郑笺》："以布政于畿外。"⑰四方爰发：爰，犹"则"。又《楚辞·天问篇》："阳离爰死。"发，行，施行，执行。此谓：四方之国就都施行其政令。⑱肃肃：严肃，严正。⑲将：秉承，奉行。⑳邦国若否（pǐ）：若，善。否，恶，此指国运之善与恶（顺利与艰难）。㉑明：明于事理。㉒既明且哲，以保其身：明哲，犹"明智"。哲、知（智），双声通用。保身，指顺理以守身。㉓夙夜匪解：夙夜，从清早到深夜，从早到晚。匪，非，不。解，通"懈"。㉔一人：指周王。㉕柔则茹之，刚则吐之：茹，犹"纳"，犹"食"，引申为"吞并""侵侮"义。吐，引申为"畏避"义。柔茹刚吐，是说欺弱惧强。㉖维仲山甫，柔亦不茹，刚亦不吐，不侮矜（guān）寡，不畏强御：维，唯，惟，唯独，或为语助。矜，通"鳏"，无妻的人。寡，无夫的人。强御，强梁。上五句是说，仲山甫不欺弱惧强，不欺侮鳏夫寡妇，不畏惧强梁者。㉗德輶（yóu）如毛，民鲜克举之：輶，本为古代轻车名，引申为"轻"义。二句谓：道德轻如毛，但人们少有能举起它的。（做一个有道德修养的人不容易。）㉘我仪图之，维仲山甫举之：仪，"义"之省借，度。图，谋。二句意谓：我忖

度谋虑，只有仲山甫能举起它。㉙爱莫助之：爱，爱惜，爱重。一说，"爱"为"薆"之借，训"隐"。此言"我们爱重他，然而难以佑助他"。㉚衮职有阙，维仲山甫补之：衮职，衮，龙衮，天子之服。职，犹"识"。识，犹"章"。衮职，犹"龙章"。阙，通"缺"。衮章有缺，比喻天子有缺点过失。维仲山甫补之，只有仲山甫能补其过失。㉛出祖：祖，祖道，古时为出行吉利而祭祀路神，并设宴送行。《毛传》云："言述职也。"《诗毛氏传疏》："仲山甫以冢宰而出祖，故云，言述职也。《下泉》，《传》云，诸侯有事，二伯述职。述职有考绩黜陟之事，有功德于民者，加地进律，故下文言城齐而迁邑定居也。"㉜业业：健壮貌。㉝征夫捷捷：征夫，行人，此谓诸侯之使臣。捷捷，《玉篇》引作"健健"。行动敏捷貌。㉞每怀靡及：每，常。怀，思，虑。靡，不。及，至，达，此谓达成使命。征夫捷捷，每怀靡及，言"诸侯的使臣们行动敏捷地驰驱前往述职，常恐不能达成使命"。㉟彭彭：又通"骉骉"，马强盛貌。㊱八鸾锵锵：见《小雅·采芑》注。㊲城彼东方：在那东方齐邑筑城。㊳骙骙（kuí）：马强壮貌。㊴喈喈（jiē）：本指鸟和鸣声，在此，形容清脆悦耳的铃声。㊵徂齐：往齐，即上文所云"城彼东方"之事。㊶式遄其归：参见《大雅·崧高》注。此乃表示希望仲山甫速归之意。㊷作诵：见《大雅·崧高》注。㊸穆如清风：穆，和煦。清风，《诗毛氏传疏》："清风，正形容仲山甫之有美德，故《传》释清风为清微之风，又申之为化养万物者，直陈其布政述职之功，风动教化之美，所以隐括其作诵义也。"㊹仲山甫永怀，以慰其心：这是说明作诗目的，仲山甫要远行，深怀不安，故吉甫作诗以慰其心。

【学术延伸】

《诗集传》："宣王命樊侯仲山甫筑城于齐，而尹吉甫作诗以送之。"又，姚氏《诗经通论》："宣王命樊侯仲山甫筑城于齐，尹吉甫作诗美之。《集传》谓'作诗送之'。按，'美'与'送'所争亦无多。郝仲舆佞《序》，必谓'美宣王'；驳《集传》，谓僚友相送，非关献纳，何登于《雅》？真腐儒之见。诗末句明言'仲山甫永怀，以慰其心'，并不及'美宣王'之意。何缘不读诗乎？"又，《诗经原始》："……《序》谓美宣王，任贤使能，周室中兴焉。而诗中无美王意，故《集传》改为送行之作，本诗词也。郝仲舆驳之云，时厉王流彘，诸侯已不知有天子，齐远，而区区之城，且以上请，岂非宣王复兴之烈哉？删诗存《烝民》，《春秋》之旨，如解作送行，何关王政，何登于《雅》？姚氏以为佞《序》，真腐儒之见。诗末句明言'仲山甫永怀，以慰其心'，并不及'美宣王'之意，何缘不读诗乎？案，郝论甚正大，未可厚非。然自是诗外意，非诗中旨也。诗本美仲山甫，故备举其德性、学行、事业以及世系官守，无不极意推美而总归之于德，且准以则焉。……然则仲山甫贤，即作诗之尹吉甫亦可不谓之为贤乎？此诗内意也。若筑城于齐，不过寻常卿士任之足矣，何至以才全德备补衮重臣远出而司其事？岂非以诸侯久无朝廷？今一旦以筑城请，不得不命天子保傅亲受其成。虽曰城彼东方，实怀柔东诸侯也。故尹吉甫作诗美之，亦此意欤？不然，何云'仲山甫永怀，以慰其心'耶？唯不宜直云'美宣王'，但当曰送仲山甫筑城于齐，则《春秋》之义自见。惜诸儒说诗，率多半明半暗，未能窥其全旨，故后来人指摘相循而未有已时耳。"又，《诗义会通》："……今案此诗见宣王失德之由，周室所以终于不振也。意旨隐约，溢于词表，而作《序》者漫无所见，但循例以为美宣之作，可谓陋矣。宜朱子及先贤辈不信《小序》而低訾之也。……今案：汉儒盖有窥及此诗为宣王疏远贤臣之渐者，独言之未及详耳。《毛传》：'式遄其归，言周之望仲山甫也。'亦同此指。皆古人微言大义之仅存者。后惟郝氏敬谓：'山甫才德位望，为王保躬补衮之臣，不可一日去王所，城齐之役，何足烦之？诗言衮职有阙，式遄其归，其规讽之意深矣。'所见独高，非他家所及。旧评云：城齐止一语便了。又云：大臣远役，间疏之渐，遄归句含意无穷。先大夫曰：谢道蕴赏此诗结四句。"

韩 奕

奕奕梁山①，　　奕奕宏大，梁山峻高，
维禹甸之②，　　大禹治它，有大功劳，
有倬其道③。　　有那昭明大道。
韩侯受命④。　　韩侯入朝，接受爵命。
王亲命之⑤：　　周王亲自授爵下令：
缵戎祖考⑥，　　将你先祖功业继承，
无废朕命⑦。　　不要废弛我的爵命。
夙夜匪解⑧，　　从早到晚勉力为之，
虔共尔位⑨，　　勤勤恳恳行你职事，
朕命不易⑩。　　我的爵命不会改易。
榦不庭方⑪，　　匡正不来朝觐之国，
以佐戎辟⑫。　　忠诚辅佐你的天子。

四牡奕奕，　　四匹公马，高大奕奕，
孔修且张⑬。　　很长很大，无与伦比。
韩侯入觐，　　韩侯入朝，觐见天子，
以其介圭，　　用其介圭，作为贽礼，
入觐于王⑭。　　入朝觐见周王天子。
王锡韩侯：　　周王对那韩侯恩赐隆重：
淑旂绥章⑮；　　美色红旗，绘饰日月、交龙；
簟茀错衡⑯；　　竹席车篷，错金车衡；
玄衮赤舄⑰；　　玄色龙袍，复底靴鞋鲜红；

钩膺镂钖⑱；	皮革马带，镂金马额钖铃；
鞹鞃浅幭⑲；	亮革、毛皮，将那车轼包裹；
鞗革金厄⑳。	马缰、辔头，黄金装饰马轭。

韩侯出祖㉑，	韩侯出行，祭祀道路神明，
出宿于屠㉒。	出行住宿，在那杜陵。
显父饯之㉓，	卿士显父为他饯行，
清酒百壶㉔。	清酒百壶，举杯相庆。
其殽维何？	那些佳肴都是什么？
炰鳖鲜鱼㉕。	烹煮鳖肉，鱼丝、鱼片儿。
其蔌㉖维何？	那些蔬菜都是什么？
维笋㉗及蒲㉘。	是那鲜笋和那蒲菜。
其赠维何？	那些赠礼都是什么？
乘马路车㉙。	四马大车，成队成排。
笾豆有且㉚，	各种盖碗盛多，
侯氏燕胥㉛。	韩侯无限燕乐。

韩侯取妻，	韩侯迎娶其妻，
汾王之甥㉜，	她是大王之甥，
蹶父之子㉝。	她是蹶父之女。
韩侯迎止，	韩侯前来迎娶，
于蹶之里㉞。	到这蹶父乡里。
百两彭彭㉟，	百辆大车，盛多无比，
八鸾锵锵，	八只鸾铃，锵锵声齐，
不显其光㊱！	大为显耀光辉瑞气！

诸娣从之，	众位美妾、侍女，随从服侍，
祁祁如云[37]。	祁祁众女，宛如云集。
韩侯顾之，	韩侯行其曲顾之礼，
烂其盈门[38]。	光耀盈满门庭闾里。

蹶父孔武[39]，	蹶父非常勇武有力，
靡国不到[40]。	为王特使，没有不到之地。
为韩姞相攸[41]，	他为韩姞寻觅宜嫁之所，
莫如韩乐[42]。	无处能比韩国更为安乐。
孔乐韩土[43]：	韩国最称乐土：
川泽讦讦[44]；	河流、湖泽，广大无数；
鲂鱮甫甫[45]；	鲂鱼、鲢鱼，肥大甫甫；
麀鹿噳噳[46]；	母鹿噳噳，群集苑囿；
有熊有罴[47]；	其地有熊，其地有罴；
有猫[48]有虎。	又有山猫，又有老虎。
庆既令居[49]，	庆幸她有美好居处，
韩姞燕誉[50]。	韩姞能享安乐幸福。

溥彼韩城[51]，	扩大建筑韩国都城，
燕师所完[52]。	燕国士众协力筑成。
以先祖[53]受命，	用其先祖所受之命，
因时百蛮[54]。	蛮服百国，因归一统。
王锡韩侯[55]：	周王赐封韩侯方国：
其追其貊[56]。	既赐那追，又封那貊。
奄受[57]北国[58]，	韩侯尽受北方诸国，

因以其伯[59]。	因而以他作为侯伯。
实墉实壑[60],	于是筑城,又把壕挖,
实亩实籍[61]。	于是整治田亩,于是厘定税法。
献其貔皮,	向那周王献其貔皮,
赤豹黄罴[62]。	又献那些赤豹、黄罴。

韩侯初立之后,入觐宣王,将归其国,朝中卿士显父为之饯行,诗人作歌颂美他,并对他寄予莫大希望。作者也许仍是吉甫。

【注释考证】

①奕奕梁山:奕奕,大貌。梁山,疑即山西省之吕梁山。《诗毛氏传疏》:"……梁即吕梁也。……梁山在王畿东北交界处,又为韩侯归国之所经,故尹吉甫美宣王锡命韩侯,章首即以禹治梁山除水灾比况宣王平大乱命诸侯。与《信南山》以禹比曾孙成王者,其《传》意亦正同也。《郑笺》据《汉志》'梁山在夏阳西北'而误以梁山为韩国之山,韩侯为晋所灭之韩。近儒能辨韩侯为近燕之韩,……则又误梁山为近燕矣。梁自夏阳之梁山,韩自北国之韩侯。解者胶泥一处,龃龉难通。"又,《毛诗传笺通释》:"……王肃云,涿郡方城县有韩侯城。《潜夫论》曰,周宣王时有韩侯,其国近燕,故《诗》曰'溥彼韩城,燕师所完'。……然则韩始封在同州韩城,至宣王时,徙封于燕之方城。"又,《诗经稗疏》:"若山之以梁名者,所在有之。……计此梁渠之山,当在山西忻、代之境,居庸之西,与燕邻近,故燕师就近往役,而韩国之产熊黑猫虎,韩国之贡赤豹黄罴,皆北方山谷所产。《一统志》载,忻州产豹,代州产熊皮豹尾。古今物产有恒,与诗吻合。" ②维禹甸之:维,语首助词。甸,治,此指大禹治水时,辟龙门、凿吕梁,疏导水流之事功。 ③有倬(zhuō)之道:倬,《韩诗》作"晫",昭明,著大。此言"有昭明之道"。按,篇首三句,以大禹治梁山除水灾之事功,比况

宣王平大乱命诸侯之殊勋。由此引入下文，叙韩侯之事。有倬之道，语意双关，既言由韩入周之道，又比兴大禹与周王之道。 ④韩侯受命：指韩侯初立，上受周天子之爵命，始为诸侯。受命，受爵命，受封。 ⑤王亲命之：命，此处有双重含义：一是"爵命"之意，一是"面命"之意。下面便是宣王诏告韩侯之词。 ⑥缵戎祖考：缵，继嗣。戎，汝。祖考，犹言"先祖"。此谓"继承你先祖的事业"。 ⑦无废朕命：无，勿。废，废弃懈怠。朕，我。命，爵命，锡命，主要指封为诸侯之事。此言"不要废弛我对你的爵命，继世而为诸侯"。 ⑧夙夜匪解：见《大雅·烝民》注。 ⑨虔共尔位：虔，诚敬。共，"恭"之通假，恭谨。又训"奉"，"奉行"。见《左传·昭公七年》："三命兹益共。"（共，通"恭"）又，《三国志·吴志·黄盖传》："初皆怖威，夙夜恭职。"（恭职，犹"奉职"）位，爵位，职位，此处也有"职事"之意。 ⑩朕命不易：不易，不变。《诗义会通》："朕命不易，犹《汤誓》云'朕不食言'也。"又，《通释》云："易，当读为难易之易。" ⑪榦不庭方：榦，正，匡正。庭，庭参，古代下级官员在公堂上按礼节谒见长官。诸侯入朝天子，也可以称庭。此处之"不庭"，指诸侯不来朝觐天子。不庭方，谓不来朝觐天子的方国诸侯。《诗经原始》："不庭方，不来庭之国也。梁氏益曰，《左传》，郑庄公以王命讨不庭。说者曰，下之事上，皆成礼于庭中，不庭，言不趋走于庭。故讨其罪。"一说，庭，训"直"。"榦不庭方"，"言四方有不直者则正之。侯伯得专征伐也"。（《诗毛氏传疏》）"榦"犹焉、何。又，俞樾云："庭方者直方也。《易》曰，君子敬以直内，义以方外。是其义也。" ⑫以佐戎辟：佐，辅佐，辅翼。戎，汝。辟，君。此言"以辅佐你的天子"。按：首章自"王亲命之"至此，皆周王之言词。基本精神是要求韩侯忠于周天子，恭行其职事。 ⑬孔修且张：孔，甚。修，长。张，大。"四牡奕奕，孔修且张"，马瑞辰说："当指享礼献马言之。" ⑭韩侯入觐，以其介圭，入觐（jìn）于王：入，入朝。觐，古代诸侯于秋季朝见天子叫觐，后来引申其义，凡是各国任何时候拜见国家元首都称觐。其，他，指韩侯。介圭，又作"玠珪"。"玠（介）"，大，见《大雅·崧高》注。《毛诗传笺通释》云："盖古者献马皆以圭为贽。" ⑮淑旂（qí）绥章：淑，善，善色。旂，交龙为旗。周尚大赤之色，淑旂或谓大赤（正色）之旗。绥，文貌。章，文章，此处即谓旗上所画的交龙日月之章。《经义述闻》："《郊特牲》曰，旂十有二旒，龙章而设日月。《明堂位》曰，乘大路，载弧韣，旂十有二旒，日月之章，无谓旂以绥为章者。窃疑绥者，文貌。《荀子·儒效篇》，绥绥兮其有文章也。……杨注曰，绥，或为葳蕤之蕤。字又作委。《仲尼篇》，委然成文以示之天下，是也。所画于旂交龙日月之章，绥然有文，故曰绥章。绥章与淑旂，文正相对也。" ⑯簟茀（diàn fú）错衡：簟茀，竹席做的车篷，详见《小雅·采芑》注。错衡，涂金为文饰的辕端横（衡）木，详见《小雅·采芑》注。 ⑰玄衮（gǔn）赤舄（xì）：玄，黑中带赤之色。衮，古代天子及上公的一种礼服，上绘卷曲之龙。玄衣而加衮曰玄衮。舄，古代的一种复底鞋。赤舄，是"人君之盛屦"。 ⑱钩膺镂钖（yáng）：钩膺，详见《小雅·采芑》《大雅·崧高》注。镂钖，镂，钖，马眉上饰缀的一种金属装饰物，马行时作响，与"鸾、和、铃"之声和谐一致。刻金。王夫之《诗经稗疏》："镂钖者，马面当卢，刻金为之。惟王之玉路有焉。金路钩、象路朱、革路龙勒皆无钖。臧哀伯曰，钖、鸾、和、铃，昭其鸣也。钖盖铃属，动则鸣者。昭者别也。唯天子之路有钖，诸侯，鸾、和、铃而已，所以昭贵贱之等也。韩侯爵唯得有金路以下，而远为四卫之国，故钖以革路，且不得有钩，而况钖乎？施钩、钖于革路之马，既钖杂而不成章，以玉路之饰予诸侯，则是以器假人而鸣不昭矣。周衰，典礼紊乱，宣王因之，不能革正，诗人意在夸示，虽非以刺其滥僭，而读者可因之以见典礼之失。故曰，诗可以观。" ⑲鞹鞃（kuò hóng）浅幭（miè）：鞹，亦作"鞟"，去毛之革，又指以皮革裹物。鞃，古代车轼中段人所凭之横木，束以皮革，叫"鞃"。浅，虎皮浅毛。幭，一作"幦"，古代车轼上的覆盖物。此谓以有毛之皮覆于轼上。《诗集传》："……鞃，式中也。谓两较之间，横木可凭者，以鞹持之，使牢固也。

……"又,《毛诗传笺通释》:"……按,《说文》,靾,车轼中把也。《韵会》,把作靶。兹从段本。盖以革鞃轼中人所凭处,曰'鞹鞃'。《载驱》诗'簟茀朱鞹'。《毛传》,诸侯之路车有朱革之质而羽饰。'朱革之质',即此诗'鞹鞃'也。羽与毛,散文则通,羽饰,谓以有毛之皮覆式,即此诗'浅幭'也。……《玉藻》作幦。"又,《诗毛氏传疏》:"……奂谓靶当作鞃,鞃即今之帮字。" ⑳鞗(tiáo)革金厄(è):鞗,又作"鞗",或作"鋚"。马疆,马辔。革,辔头,马勒,详见《小雅·蓼萧》。金厄,以金为饰之軶。厄,本作"軛",又作"軶",省借为"厄"。马鞍具,套于马颈,形似人字。《诗毛氏传疏》:"厄者衡下之軶,《说文》,軶,辕前也。軶,軛下曲者。浑言之,衡軛同体;析言之,軛为衡下曲軶也。衡之长容两服,軶叉两服马之颈,故谓之两軛。……《传》云'乌噣'。……《释名》,马曰乌啄。下向叉马颈似乌开口向下啄物时也。……啄与噣通。金厄,谓以金饰乌噣也。……《诗》既有簟茀,又有浅幭;既有错衡,又有金厄;此所谓重赐无数者欤?" ㉑韩侯出祖:《诗毛氏传疏》:"《烝民》云,仲山甫出祖。仲山甫为二伯,韩侯为侯伯,故两诗皆有出祖祭道神之事。" ㉒屠:地名。胡承珙曰:"周都镐京在今陕西长安县西南,同州在今长安县东北二三百里,邻阳又在同州东北百余里,《郑笺》曰,祖于国外,毕乃出宿。则屠必非邻阳之郿亭。古字屠、杜通,当即鄠县之杜陵耳。"胡氏之说可信。 ㉓显父饯之:显父,人名,周之卿士。又,《毛传》云:"显父,有显德者也。"又,《毛诗传笺通释》云:"按,显父,犹尚父、尼父之比,皆古所云且字者也。《传》以为'有显德'。失之。下章'蹶父'亦为且字。《正义》以为蹶氏父字。亦非。"饯之,指为韩侯饯行。 ㉔清酒百壶:清酒,祭祀之酒叫清酒,或叫清酌。此处是"出祖"后于道旁"饮饯",故用清酒。《周礼·天官·酒正》:"三曰清酒。"郑司农注:"清酒,祭祀之酒。玄谓今中山冬酿,接夏而成。"《诗毛氏传疏》:"《泉水》,《传》,祖而舍軷饮酒于其侧曰饯,重始有事于道也。出祖、饮饯虽是两事,总在一时。饮酒于其侧,即在行道之旁祭毕而饮酒也。祖而舍菝,行者之事;饮酒乃送行者之事,即此清酒百壶是也。案,昭十六年《左传》,郑六卿饯宣子于郊。此饯在郊之明证。"百壶,形容清酒之盛多,并见礼仪之隆重。　㉕炰(páo)鳖鲜鱼:炰,烹煮。炰鳖,烹煮鳖肉。详见《小雅·六月》注。鲜鱼,犹"脍鲤"。《毛诗传笺通释》:"……李黼平曰,鲜当读如斯。《尔雅·释言》,斯,离也。斯析其鱼,即是作脍。今按鲜、析语之转。《列子·汤问篇》,越东有辄木之国,其长子生则鲜而食之。谓析而食之也。鲜鱼,犹言脍鲤,与炰鳖对文为一熟一生。李说是也。"　㉖蔌(sù):蔬菜的总称。　㉗笋:竹笋。　㉘蒲:蒲蒻,即白嫩的蒲茎,俗称蒲菜。　㉙乘(shèng)马路车:乘马,犹驷马。路车,又作"辂车",诸侯之车。　㉚且(jū):多貌。《毛诗传笺通释》:"《笺》,且,多貌。瑞辰按,《说文》,且,荐也。凡物荐之则有重义。……《小尔雅》,荐,重也。重亦为多。《说文》,多,重也。故且训为荐,又训为多。《有客》诗,有萋有且。《正义》曰,威仪萋萋且且,威仪多之状。正与此《笺》训且为多貌义同。《楚茨》诗,笾豆有楚。楚当即且之同音假借。"陈奂说:"且,词也。笾豆有且,言有笾有豆也。"姑录以备考。　㉛侯氏燕胥:侯氏,凡前来朝觐的诸侯,均可称侯氏。此处称韩侯。燕胥,犹燕乐。马瑞辰云:"按,燕胥与燕喜、燕誉、燕乐相类,胥之言序,序、豫古通用,……则燕胥犹燕豫矣。胥、须双声古通用,……《广雅》,须,意所欲也。意所欲为喜乐,则燕胥犹燕乐矣。《尔雅·释诂》,胥,皆也。《广雅·释言》,皆,嘉也。皆、嘉以双声为义,则训胥为皆,亦可转训为嘉。《桑扈》诗,君子乐胥,义与燕胥同。乐胥犹乐嘉也。《笺》训燕胥为皆来相与燕。失之。"或曰,胥,语词,犹"兮"字。　㉜汾(fén)王之甥:汾王,犹"大王"。汾,马瑞辰云:"汾者坟之假借,故《传》训为大。《传》泛言大王,但以为美称耳,未尝专指厉王。《正义》谓《传》《笺》皆以为厉王。非也。厉为恶谥,若因流彘而称汾王,亦非美称。诗人颂美宣王,不应举厉王之恶称,当从《传》泛言大王为是。"甥,姊妹之子女称甥。又,亲女之子女亦称甥。此处"汾王之甥",指韩姞。

㉝蹶（guì）父之子：蹶父，周之卿士。　㉞韩侯迎止，于蹶之里：迎止，迎之。止，"之"，她，指韩姞。于，在，或，至。此二句谓：韩侯亲迎韩姞于蹶父之里。　㉟百两（liàng）彭彭（péng）：两，辆。彭彭，众多貌。　㊱不显其光：此言"显其光辉"。　㊲诸娣（dì）从之，祁祁如云：娣，妾，或指侍女。诸娣，众妾，或众侍女。从之，指随从韩姞而去。祁祁如云，此处形容女子众多之状。祁祁，众多貌。或，徐静貌、舒迟貌。如云，盛貌。　㊳韩侯顾之，烂其盈门：顾，曲顾之礼。《毛诗传笺通释》："按，《列女传》，齐孝公迎华氏之长女孟姬于其父母，三顾而出亲授之绥，自御轮三曲顾姬舆，遂纳于宫。……又，《白虎通义》曰，夫亲迎，御轮三周下车曲顾者，防淫佚也。是如古者亲迎，有曲顾之礼。《正义》谓既受女挥以出门及升车授绥之时，当曲顾以道（导）引其妻之礼义（仪）。说与《列女传》《白虎通义》所言曲顾合。"烂其盈门，犹言"光辉满门""光耀门庭"。烂，明，有光彩。姚际恒云："……'韩侯顾之，烂其盈门'，韩侯之门也。此言御车入门时。诗由亲迎言起，以至于归，首尾周匝；而不言若何于归，但从'韩侯顾之'上见笔意，在隐跃之间，殊妙。"　㊴孔武：甚为勇武（或武健）。　㊵靡国不到：无国不到。姚氏《诗经通论》："为择婿而言。'靡国不到'，此诗人衬贴之辞，不必实然。"　㊶为韩姞相攸：为韩姞察看选择可居之所（即可嫁之所）。韩姞，蹶父之女，韩侯之妻。相，视。攸，所。　㊷莫如韩乐：没有比韩国更乐更好之所。莫，无，没。如，及，比得上。　㊸孔乐韩土：韩国甚乐。土，犹"域""国"。　㊹川泽讦讦（xū）：河流、湖泽十分广大。讦，本作"芋"，通作"䮎"，广大貌。　㊺鲂（fáng）鱮（xù）甫甫：鲂，鱼名，又叫"平胸鳊"。鱮，鱼名，又叫"鲢鱼"。甫甫，大貌。　㊻麀（yōu）鹿噳噳（yǔ）：麀，牝鹿。噳噳，又作"麌麌"，形容鹿众多群聚貌。　㊼羆（pí）：熊的一种。《尔雅》："羆如熊，黄白文。"陆疏："有黄羆，有赤羆，大于熊。"　㊽猫：《毛传》："猫似虎，浅毛者也。"马瑞辰云："《逸周书》记武王之狩，禽虎二十有二猫。二猫，盖即今俗称山猫者。"　㊾庆既令居：

庆，喜。既，犹"其"，指示代词或人称代词，此处指韩姞。又见《尚书·西伯戡黎》："天既讫我殷命。"（既，犹"其"）又见《春秋繁露·山川颂》："水则源泉混混沄沄，昼夜不竭，既似力者；盈科后行，既似持平者。"（既，皆训"其"）令居，善居。此句谓"喜幸其有此善居（有此理想的夫家）"。 ㊿燕誉：安乐。 ㊿溥（pǔ）彼韩城：溥，广大。此处似作动词用，有"扩大"之意。韩城，韩国都城。《诗毛氏传疏》："溥，大也。韩侯九命作伯，改营城邑，故大之也。" ㊾燕师所完：燕，燕国。师，众民。完，筑完，筑成。此云"燕国之众助韩侯筑成都邑"。 ㊽先祖：韩侯之先祖。《毛传》曰："韩侯之先祖，武王之子也。"又，《诗毛氏传疏》："武穆之韩，封自成王之世，至西周之季尚存，其国在《禹贡》冀州之北，故得总领追貊北国，载诸诗篇，章章可考。"又云："以，犹用也。以先祖受命，言韩侯先祖亦受命为周侯伯，故用其礼，因以策命韩侯。" ㊾因时百蛮：时，犹"司"，掌管，统辖。百蛮，蛮服之百国。此谓"因以统辖北方蛮服之百国"，即《毛传》"长是蛮服之百国"之义。又，《诗毛氏传疏》："谓韩侯为蛮服百国之长。蛮服，北方之蛮服也。……周制，除王畿外，建九服，蛮服弟六服，在九州内。" ㊾王锡韩侯：此指赐封韩侯以疆土。 ㊾其追其貊（mò）：貊，又通作"貉"。追、貊，均为周代少数民族名。 ㊾奄受：奄，犹"幠"，覆盖，包括一切。奄受，犹"尽受"。 ㊾北国：北方之国，即指"百蛮"，包括"追""貊"。 ㊾因以其伯：因以他（韩侯）为北方侯伯。 ㊿实墉（yōng）实壑（hè）：实，犹"寔"，训"是"。墉，又作"廱"。城墙，此处指筑城。壑，深沟、城壕，此处指挖城壕。 ㊿亩、籍：亩、籍均为名词转化为动词，指"治其四亩，正其税法"。 ㊿献其貔（pí）皮，赤豹黄黑：此指"贡其所有于王"。貔，猛兽名。赤豹黄黑，赤色之豹，黄色之黑。赤、黄，均指其毛色而言。

【学术延伸】

《诗经原始》:"此不过一篇'韩侯初立,入觐受赐,因以便道亲迎归国。诗人美之之作',于国何所关系?《小序》谓'尹吉甫美宣王',固涉泛泛。即谓能锡命诸侯,亦岂诗中大旨?至《集传》则又只以为送别之章,尤属隔靴搔痒,未可与知人论世也。唯邹氏忠胤曰,韩为望国,诸侯之向背系焉。而又密迩北国,为一方屏藩。韩侯来朝,犹用继世禀命之礼,王因令之缵旧,服受北国为伯,其倚毗亦隆重哉!而驭下之柄可概见矣。此差得诗人作诗义旨。然曰'犹用继世禀命之礼',亦只说得能锡命诸侯一节,非深明当日时势者也。愚意此诗必作于《六月》北伐之后,故为关系中兴之作。盖自玁狁背叛以来,北方诸侯,梗命不朝者,亦已多矣。兹值北伐有功,韩侯适以受命入觐,而又年少英贤,为国懿亲,更配帝甥,膺兹屏翰,实足以制北狄而卫王家。故宣王因其来朝,特隆以礼,与申伯诸臣同深倚赖,非泛常比也。诗人亦于其归国便道亲迎之日,饯之以诗,亦将以北方保障望之,故首尾均以受命建国、勤修职贡为言。至中间亲迎两章,不过借作文章波澜,且以见其为国至戚,尤宜输忠以报天子耳。若天子宠锡之隆,蹶父相攸之美,皆诗中极意烘托法,非关正意,然正意亦未尝不由此而见也。惜后儒说诗,专从此等处讶其恩遇非常,则何异矮人观场,终日不知其何故耶?"又,《诗义会通》:"……此篇赠韩侯,因风以控制玁狁之事。退之《送李端公序》,规模此意。今按:诗盖因韩侯来朝,因以赠之。首述王命之尊严,锡予之优渥,中记出祖、取妻二事,以为波澜,尤于取妻一节叙出精采,而文字精神则专注末章,望其能控制北方,不辱王命。此全篇意旨所寄也。"

江 汉

江汉浮浮, 　　长江、汉水,滔滔洋洋,

武夫滔滔①。	赳赳武夫，群英勇壮。
匪安匪游，	不能安于游乐逍遥，
淮夷来求②。	要对淮夷兴师征讨。
既出我车，	于是出动我军战车，
既设我旟③。	于是张设鸟隼战旗。
匪安匪舒④，	不能安于舒适逸乐，
淮夷来铺⑤。	要把淮夷阻于其地。

江汉汤汤⑥，	长江、汉水，浩浩荡荡，
武夫洸洸⑦。	赳赳武夫，群英勇壮。
经营四方⑧，	经略营谋天下四方，
告成于王。	告其成功于那周王。
四方既平⑨，	天下四方战乱已平，
王国庶⑩定⑪。	周王全国冀幸安定。
时靡有争⑫，	这样平静，没有战争，
王心载⑬宁。	周王心中就得安宁。

江汉之浒⑭，	长江、汉水边岸之处，
王命召虎⑮：	周王命令穆公召虎：
式辟四方⑯，	开辟四方之境，
彻我疆土⑰。	治理我的疆土。
匪疚匪棘⑱，	没有忧患，没有急难，
王国来极⑲。	都奉王国作为典范。
于疆于理⑳，	于是定疆筑界，于是整治土田，
至于南海㉑。	政令远及南海群蛮。

王命召虎：	周王天子赐命召虎：
来旬来宣㉒。	遍巡四方，王命广布。
文武受命㉓，	先王文、武，受命于天，
召公维翰㉔。	康公真是国家屏藩。
无曰予小子㉕，	你且莫说"我是小子"，
召公是似㉖。	要将康公遗烈承继。
肇敏戎公㉗，	敏疾执行你的事功，
用锡尔祉㉘。	就要赐你福禄无穷。

釐尔圭瓒㉙，	隆重赐你玉杓圭瓒，
秬鬯一卣㉚，	黑黍香酒，赐你一坛，
告于文人㉛。	告祭你那文德祖先。
锡山土田㉜，	优厚赐你山川土田，
于周受命，	到那岐周，接受爵命，
自召祖命㉝。	沿用康公受命盛典。
虎拜稽首㉞：	召虎感恩，礼拜叩头：
天子万年㉟！	祝愿天子长寿万年！

虎拜稽首，	召虎叩头，十分恭敬，
对扬王休㊱。	答受颂扬周王美命。
作召公考㊲：	仿效康公，颂祷祝愿：
天子万寿㊳！	敬祝天子长寿万年！
明明天子�439，	勤勉从公，周王天子，
令闻不已㊵，	美名善誉，传扬不已，
矢其文德㊶，	施行礼法文治之德，

洽此四国㊷。　　同心协和四方之国。

此篇记叙了召穆公奉宣王之命平定淮夷之事。据古今有些学者考证，或为"召伯虎簋铭"之一，由辑《诗》者录而传之。

【注释考证】

①江汉浮浮，武夫滔滔：江、汉，指长江、汉水。浮浮，《传》："众强貌。"滔滔，《毛传》："广大貌。"按：此二句应作"江汉滔滔，武夫浮浮"。以长江、汉水水势浩大比况武夫众多强盛。《诗毛氏传疏》："……经传各本皆误。当作江汉滔滔，武夫浮浮。……江汉滔滔，犹《四月篇》滔滔江汉。彼《传》云，滔滔，大水貌。此《传》云，广大貌。义正相同。《风俗通义·山泽篇》，引诗'江汉陶陶'，正即此'江汉滔滔'之异文，是其证。《角弓》'雨雪浮浮'，《传》，浮浮犹瀌瀌也。《清人》，麃麃，武貌。《硕人》，镳镳，盛貌。盛貌谓之镳镳，犹众貌谓之浮浮矣。武貌谓之麃麃，犹强貌谓之浮浮矣。此浮浮为形容武夫之众强，与下章洸洸同义也。余友王引之说同而较详。武夫，犹《常武》之言虎臣也。"又，《经义述闻》："《载驱篇》曰，汶水汤汤。又曰，汶水滔滔。此篇曰，江汉滔滔。又曰，江汉汤汤。《载驱篇》曰，汶水滔滔，行人瀌瀌。此篇亦曰，江汉滔滔，武夫浮浮。文义正相合也。下文江汉汤汤，亦大貌。……下文武夫洸洸，亦强貌。下《传》曰，洸洸，武貌。是也。然则滔滔广大貌，正与汤汤同意。浮浮众强貌，正与洸洸同意。故一章言江汉滔滔，武夫浮浮。二章言江汉汤汤，武夫洸洸也。而写经者，滔滔浮浮四字，上下互讹，后人不察，又改《传》《笺》以从之。于是众强之貌属之江汉，广大之貌属之武夫。不知江汉大川，当言广大，不当言众强。武夫尚武，当言众强，不当言广大也。讨论今本，大失毛公之意。且《笺》曰，命将率，遣士众，使循流而下浮浮然。正取舟师浮于江汉之义。浮浮之言泛泛也。若作滔滔，则

又非《笺》意矣。《风俗通义·山泽篇》引此诗曰，江汉陶陶。陶与滔古字通。……若非经文本作江汉滔滔，何以应劭引作江汉陶陶？……此其明证也。"按以上二说十分精当，应从之。 ②匪安匪游，淮夷来求：匪，上"匪"字训"不""不是""不能"，下"匪"字犹"于"义。此处二"匪"字连用，疑非平列关系。此处"匪安匪游"句，意谓：不能安于游乐。淮夷，是周代统治阶级对于当时处在淮河下游的淮民族的称呼。这个民族，在西周时期，曾与徐多次联合抗周。来求，是求来，犹"是"，助词。求，训"讨"。马瑞辰云："……求与鸠、纠古同声通用。《论语》，桓公九合诸侯，即僖二十六年《左传》所云，桓公是以纠合诸侯而谋其不协也。成二年《左传》，今吾子求合诸侯以逞无疆之欲。求合亦即纠合之异文。是知求之言纠，纠者绳治之名，与讨同义。《说文》《广雅》并曰，讨，治也。淮夷来求，犹云淮夷是纠、是讨耳。讨为治，拨与平亦为治，训求为讨，正与《序》言拨乱及平淮夷义合。求之义，又转为诛求。《说文》，诛，讨也。凡讨责通可曰诛，亦可通言求矣。……文十二年《左传》，赵穿曰，裹粮坐甲，固敌是求。宣十二年《左传》，赵同曰，率师以来，惟敌是求。均与《诗》'来求'义相同。"按：求，又可读为"逑"，训"聚"。 ③既出我车，既设我旐：既，犹"乃"，"于是"。按："既"犹"固"，"固"犹"乃"，转相训。出车，出动战车。设，置立，张设。旐，见《小雅·出车》注。

④匪安匪舒：犹言"匪安于舒"，参见"匪安匪游"注。 ⑤来铺：是铺。铺，《方言》《广雅》并云："铺，止也。"马瑞辰云："来铺，犹言是止。上言来求，谓讨治之；下言来铺，谓止其地。义正相承。《常武》诗'铺敦淮濆'，铺亦止也。"一说，铺训陈，指陈师以伐之。一说，"铺"为"痡"之借字，"痡"训病。 ⑥汤汤：今作"荡荡"，义犹"滔滔"。 ⑦洸洸（guāng）：威武貌。《毛诗传笺通释》："洸洸，当为僙僙之同音假借，《尔雅·释训》，洸洸，武也。《释文》云，洸，舍人本作僙。《盐铁论·徭役篇》引《诗》作'武夫潢潢'。《玉篇》作趪，云，趪，武貌。《法言·孝至篇》，武义璜璜，并当为僙僙之通借。

债借作洸，犹兕觥之觥借作觵。《周礼》广车，郑训为横阵之车也。郝懿行曰，洸之言横，横有武义。故《乐记》曰，横以立武。黄从艾声，艾，古光字也，故从黄之字或变从光。" ⑧经营四方：经营，本指测量营造，引申为筹划营谋。《史记·项羽本纪赞》："谓霸王之业，欲以力征经营天下。"按，经营，又训"往来之貌"。《文选》傅毅《舞赋》："经营切儗。"又，《后汉书·冯衍传下》："疆理九野，经营五山。"李贤注："经营，犹往来。"四方，犹"天下"。 ⑨既平：平，指平乱。既平，谓"淮夷之乱已平定"。 ⑩庶：幸望之词。 ⑪定：安，此指平乱。 ⑫时靡有争：时，犹"是"。又见《尚书·无逸篇》："自时厥后。"靡，犹"无"。此句谓：这样，就没有战争动乱了。 ⑬载：犹"则"，犹"乃"。 ⑭浒（hǔ）：水涯，水边。 ⑮王命召虎：王，此指宣王。命，令。召虎，召穆公虎。虎为穆公之名。《诗毛氏传疏》："王命召虎，言王既命召虎平淮夷，而又命其镇抚南国也。" ⑯式辟（pì）四方：式，语首助词。辟，开辟，此谓扩边。本句是说，周王命召穆公向四方开拓疆域。 ⑰彻我疆土：彻，治。疆，境界，边界。疆土，犹"国土"。此言，治理我的国土。 ⑱匪疚（jiù）匪棘：匪，不。疚，此处训"忧虑"。棘，急，危乱。此言，不再忧苦于战乱了。或谓，不再有忧虑，不再有战乱之急难。又，《郑笺》："疚，病。棘，急。"又，《毛诗传笺通释》："匪疚，言非以兵病害之。"又，《诗集传》："匪以病之，非以急之也。" ⑲王国来极：犹言"王国是则"。来，犹"是"，见前注。极，中，准则，正则。又，《诗集传》："极，中之表也，居中而为四方所取正也。"此言"四方之国皆奉周王朝为正则"。 ⑳于疆于理：犹《大雅·绵》"迺疆迺理"。于，犹"乃""于是"。此言"于是划定并修筑地界；于是整治农田，使之有条理"。 ㉑至于南海：周王朝之统治达于南海。南海，泛称南方近海之地。《左传·僖公四年》："楚子曰，君处北海，寡人处南海，唯是风马牛不相及也。"又，《国语》："抚征南海，训及诸夏。"韦注："南海，群蛮也。"又，《诗毛氏传疏》云："《崧高篇》，王命召伯，彻申伯土田。王命召伯，彻申伯土疆。此诗所云，正言其事。《汲郡古文》，宣王五年伐荆蛮，六年平淮夷，七年命申伯。然则召穆公为申伯定宅，自在平淮夷之后。《纪年》伪书，间有依据。"　㉒来旬来宣：犹"是徇是宣"。来，犹"是"。旬，《说文》："遍也。"字通作"徇"。宣，宣布，宣示，宣抚。《诗集传》："遍治其事，以布王命。"《诗毛氏传疏》："来旬来宣，言遍示功德于四方也。"又，《毛诗传笺通释》："《尔雅·释言》，徇、宣，遍也。义与姰近。《说文》，姰，均适也，男女并也，读若旬。又通作巡。《广雅》，徇，巡也，又作彴。……《白虎通》，巡者循也。又云，三年二伯出述职。古者以二伯出述职，代天子巡视邦国。来旬来宣，正其事也。胡承珙曰，《鸿雁》传，宣，示也。此'来宣'，毛意亦当为示。是'来旬'为巡视之遍，'来宣'为宣布之遍。故《尔雅》同训为遍……。又曰：古人自有复语，旬、宣，正不嫌同训为遍耳。"　㉓文武受命：文王、武王承受天命。这是追思先祖之词。　㉔召公维翰：召公，召康公奭。维，犹"是"，肯定之词。翰，今作"幹"，训"垣"。一说，翰，犹"榦"，训"树干"。　㉕无曰予小子：予小子，宣王自谓之词。或，假托召穆公自谓之词。　㉖召公是似：这是宣王对召穆公之命词。意谓：你要继承先祖召康公的功烈。似，犹"嗣"，继承，嗣续。　㉗肇（zhào）敏戎公：肇，敏疾。肇、敏同义连言，加强语意。敏疾，引申为勤勉、敬慎之义。戎，汝，指召穆公。公，犹"功"，"事"。　㉘用锡尔祉：用，犹"则"。《尚书·盘庚》："今我民用荡析离居，罔有定极。"又，《尚书·立政》："其在商邑，用协于厥邑；其在四方，用丕式见德。"锡尔祉，赐你福禄。　㉙釐尔圭瓒：釐，赐。圭瓒，即玉瓒。玉杓，古代以圭为柄的灌酒器。　㉚秬鬯（jù chàng）一卣（yǒu）：秬鬯，古代用黑黍和郁金香草酿制的酒，用以祭祀降神。卣，古代青铜酒器，椭圆口，深腹，圈足，有盖和提梁，也有圆筒形者，用以盛酒。按：周王赐圭瓒秬鬯，是一种优隆的赏赐。《毛传》曰："九命锡圭瓒秬鬯。"古代天子赐命，自一命至九命，九命之等级最高。《韩诗外传》，《传》曰："诸侯之有德，天子锡之，一锡车马，再锡衣服，三锡虎贲，四锡乐器，五锡纳陛，六锡朱户，七锡弓矢，八锡铁钺，九锡秬鬯。" ㉛告于文人：告，告祭。《郑笺》："王赐召虎以鬯酒一樽，使以祭其宗庙，告其先祖诸有德美见记者。"《诗集传》："言锡尔圭瓒秬鬯者，使之以祀其先祖，又告于文人。"文人，先祖之有文德者。《毛传》："文人，文德之人也。"又，《诗毛氏传疏》："文人，即下文召祖。对召虎则称召公为召祖，对文、武则称召公为文人。《清庙》，济济多士，秉文之德。《传》亦云，执文德之人。凡为文、武桢榦之臣者皆可谓文德之人也。末章云，矢其文德，洽此四国。亦谓召康公有文德，以辅佐文、武，而召穆公作成之。"又，《毛诗传笺通释》："……文人，犹云文祖、文父、文考耳。……此诗文人，《传》《笺》俱指召穆公之先人，甚确。"一说，文人，指文王。 ㉜锡山土田：周天子对有大功德的人赐以山川土地。《诗毛氏传疏》："是则名山大泽附庸闲田，皆不以封诸侯，诸侯有大功德则赐之。"田，此指土地。 ㉝于周受命，自召祖命：于，往，至。周，此指岐周。受命，接受爵命。自，从，或，用。召祖，指召康公。《诗毛氏传疏》："《笺》云，周，岐周也。自，用也。宣王欲尊显召虎，故如岐周，使虎受山川土田之赐命，用其祖召康公受封之礼。岐周，周之所起，为其先祖之灵，故就之。"二句谓：前往岐周接受赐命，从尔先祖召康公受爵命之礼仪。 ㉞虎拜稽首：稽首，古代最恭敬的一种跪拜礼，叩头至地，稽留多时。此言"召虎跪拜叩头，恭恭敬敬地接受王命策书"。 ㉟天子万年：此为召虎受周宣王优渥之恩赐，至为感戴而又无可报谢者，只祝愿"天子万年长寿"。 ㊱对扬王休：对，答，遂。《尔雅·释言》郝懿行《义疏》："遂者，申也，进也，达也，通也，俱与对答义近。"又，《广韵》："遂，从志也。"按，对，有顺受、答受之意。扬，发扬，颂扬，称颂。王休，周王之美命。休，美，美德，美命。《毛传》："对，遂也。"《郑笺》："对，答也。"《经义述闻》："对越在天，与'骏奔走在庙'相对为文。对越，犹对扬，言对扬文、武在天之神也。《大雅·江汉篇》曰，'对扬王休'。……《顾命》曰，用答扬文、武之光训。《祭统》曰，对扬以辟之勤大命，施于烝彝鼎。并与对越同义。《尔雅》曰，越，扬也。扬、越一声之转，对扬之为对越，犹发扬之为发越，清扬之为清越矣。”此句意谓：答受颂扬周王的美命。

㊲作召公考：《诗毛氏传疏》：“考训成。作召公考，谓虎能为召公成王休故事也。《笺》云，休，美。作，为也。虎既拜而答王策命之时，称扬王之德美，君臣之言宜相成也。王命召虎，用召祖命。故虎对王亦为召康公受王命之时对成王命之辞，谓如其所言也，如其所言者，‘天子万寿’以下是也。”又，《毛诗传笺通释》：“按，胡承珙曰，据《正义》言，定本集注皆作‘对成王命之辞’。则《正义》本《笺》当作‘对王命之成辞’。故其述毛云，‘乃作其先祖召康公对王命成事之辞’。又述郑云，‘谓对王命旧事成辞是也’。但以成为成辞，未免迂曲。今按胡据《正义》以证今本《笺》‘对成王命之辞’，《正义》本，元作‘对王命之成辞’。其说是也。至谓《笺》以成为成辞，未免迂曲。则非。……《斯干》为宣王考室之诗，《无羊》为宣王考牧之诗。则古者颂祷之辞可谓之成，即可谓之考。《传》训考为成，《笺》以成为召公对王命之成辞。固不得以为迂曲也。” ㊳万寿：犹“万年”，指人长寿。㊴明明天子：明明，犹“勉勉”。《经义述闻》：“……明、勉一声之转，故古多谓勉为明。……重言之则曰明明。《尔雅》曰，亹亹，勉也。郑注《礼器》曰，亹亹，犹勉勉也。亹亹、勉勉、明明，亦一声之转。《大雅·江汉篇》曰，明明天子，令闻不已。犹言亹亹文王，令闻不已也。《鲁颂·有駜篇》曰，夙夜在公，在公明明。言在公勉勉也。……《汉书·杨恽传》曰，明明求仁义，常恐不能化民者，卿大夫之意也。明明求财利，常恐困乏者，庶人之事也。言勉勉求仁义，勉勉求财利也。《董仲舒传》，明明作皇皇，是其证也。解经者失其义久矣。”按：上说甚是。 ㊵令闻不已：令闻，善誉，美名。不已，指传扬不止。㊶矢其文德：矢，施，施陈。文德，对武功言，文，指法章制度，礼乐教化。文德，犹言文治之德，仁德，仁政。 ㊷洽此四国：洽，应读为“协”，协和。《礼记·孔子闲居》引诗作“协此四国”。

【学术延伸】

《诗集传》:"宣王命召穆公平淮南之夷,诗人美之。"又曰:"言穆公既受赐,遂答称天子之美命,作康公之庙器,而勒王策命之词,以考其成,且祝天子以万寿也。古器物铭云:邵拜稽首,敢对扬天子休命,用作朕皇考龚伯尊敦。邵其眉寿,万年无疆。语正相类。但彼自祝其寿,而此祝君寿耳。"又,姚际恒《诗经通论》云:"宣王命召穆公平淮夷,诗人美之之作。按:此篇平淮夷;下篇平徐国,亦夷也。据《诗》所称为说,自允。《集传》必以此篇为平淮南之夷,下篇为平淮北之夷。虽徐本近淮,然如其说,则二篇人但知有淮而不知有徐矣,所以来后人之指摘也。邹肇敏曰,《江汉》明言伐淮夷,《常武》明言征徐国,何必取南、北为目!《常武》云'淮浦''淮濆'指所经历之地,未尝指淮夷也。刘汝楫曰,宣王淮上之役,武功告成也。盖《六月》北伐,首事四夷,《采芑》之南征次之,故曰'征伐玁狁,蛮荆来威',此其证也。蛮荆既平,乃伐淮夷,故《常武》《江汉》二篇,一是自将伐徐,一是命将伐淮,二师想一时并发,王则将本国之六师,而穆公则征兵江、汉以行者也。何也?夷在淮之南北,势相犄角,假令穆公先平淮,则还兵北伐亦易易耳,何必侈言于王之亲行?假令王既北伐定徐,则淮夷之胆已破,穆公此行如发蒙耳,何必张大其功而宠异若此哉?故伐淮伐徐,以两诗考之,知其并发也。此说可存。"又,《诗经原始》:"此以一篇'召伯家庙纪勋铭'。盖穆公平淮夷,归受上赏,因作成于祖庙,归美康公以祀其先也。细观诗意自见。……《集传》以为诗人美之者,亦非。盖自铭其器耳。夫淮夷平,自是宣王中兴事,然诗非为宣王作,特编诗者录之以见宣王之功也。此中界限,不可不明。讵得因其平淮夷,遂漫然以为美宣王而无所区别哉!……按,此诗即铭词,《集传》既知考成为铭器,而不敢断者何也?"又,郭沫若《青铜时代》:"彼周秦诸子,广义而言,余谓均可称为金石学家。墨子曾通读金石盘盂之书,其言已自明。儒家典籍如《尚书》之周代诸篇,及《诗》之《雅》《颂》,余谓殆亦有琢镂于金石盘盂之文为孔子所辑录者。《尚书·文侯之命》,其文辞与存世《毛公鼎铭》如出一人手笔,而《鼎铭》尚乔皇过之,则《文侯之命》安知非本器物之铭?《大雅·江汉》之篇与存世《召伯虎簋》之一,所记乃同时事。《簋铭》云,对扬朕宗君其休,用作列祖召公尝簋。诗云,作召公考,天子万寿。文例相同,考乃簋之假借字。是则《江汉》之诗实亦《簋铭》之一也。"

常　武

赫赫明明①。	国威赫赫,洞察明明。
王命卿士②,	周王策命卿士出征,
南仲大祖③。	在那太庙,诏令南仲。
大师皇父④,	皇父之官,兼任太师,
整我六师⑤,	率我六军,整饬待命,
以修我戎⑥。	奋战习武,训练军众。
既敬既戒⑦,	加强警惕,充分戒备,
惠此南国⑧。	施行仁惠,南国安宁。
王谓尹氏⑨,	周王诏告尹氏吉甫,
命程伯休父⑩:	吉甫传命程伯休父:
左右陈行⑪,	左右列阵,斩牲誓师,
戒我师旅⑫。	临战诫命全军将士。
率彼淮浦,	沿着淮水边岸东行,
省此徐土⑬。	到此徐国,进行省视。
不留不处,	诛杀祸首,安抚顺民,
三事就绪⑭。	三视大夫,就位尽职。

赫赫业业⑮,	军威赫赫,军容业业,
有严天子⑯。	天子亲征,威严震慑。
王舒保作,	周王率军泰然行进,
匪绍匪游⑰。	并非安于舒适游乐。
徐方绎骚⑱,	徐国闻风,大为震动,
震惊徐方。	震惊异常,徐国军众。
如雷如霆⑲,	犹如雷霆,来势迅猛,
徐方震惊⑳。	徐国上下,惶惶震惊。
王奋厥武,	周王奋发,耀武扬威,
如震如怒㉑。	周王于是大大震怒。
进厥虎臣㉒,	如虎之臣,开路先锋,
阚如虓虎㉓。	怒气冲天,咆哮如虎。
铺敦淮濆㉔,	屯驻兵马,淮水高岸,
仍执丑虏㉕。	就此擒获敌军俘虏。
截彼淮浦㉖,	平治淮水沿岸一带,
王师之所㉗。	这是王师征服之处。
王旅啴啴㉘,	王师众盛,啴啴勇强,
如飞如翰㉙。	迅如鸷鸟,飞掠高翔。
如江如汉㉚,	如同长江,如同汉水,
如山之苞㉛。	如同大山,坚不可摧。
如川之流㉜,	如同大河,涌流洪波,
绵绵翼翼㉝。	绵绵不绝,翼翼盛多。
不测不克㉞,	既不隐伏,也不急迫,

二雅·大雅 荡之什

濯征徐国㉟。	大张挞伐，东征徐国。
王犹允塞㊱，	周王谋略，的确诚信，
徐方既来㊲。	徐国已经宾服归顺。
徐方既同㊳，	徐国既已来朝会同，
天子之功。	胜利应是天子之功。
四方既平，	四方诸国既已平定，
徐方来庭㊴。	徐国来朝，到达王庭。
徐方不回㊵，	徐国不再妄行邪僻，
王曰还归㊶。	周王诏命：班师回程。

此篇记叙了周宣王亲率军旅伐徐之事。

【注释考证】

①赫赫明明：《毛传》："赫赫然盛也，明明然察也。"又，《诗毛氏传疏》："盛者，谓宣王中兴强盛；察者，谓有知人之明察也。" ②王命卿士：王，指周宣王。命，令，策命。卿士，周代的高级官员。朱熹曰："即皇父之官也。"如召虎、南仲诸人皆为卿士。《诗毛氏传疏》曰："若春秋时有左卿士、右卿士，居二伯之职者也。" ③南仲大（tài）祖：南仲，人名，周宣王时卿士，或为大司徒之职，详见《小雅·出车》注。大祖，太祖庙。此言"宣王于太祖庙命南仲"。《白虎通义·爵篇》："封诸侯于庙者，示不自专也。明法度皆祖之制也，举事必告焉。"又，《白虎通义》引《礼记·祭统》曰："古者人君爵有德，必于太祖。"另，《诗集传》："大祖，始祖也。" ④大师皇父：《毛传》："皇父为大师。"《诗毛氏传疏》："言王命此皇父为大师，亦必于大祖庙也。"大师，太师，古代位列三公之尊的大臣。又，《诗经原始》："……陈氏飞鹏曰，自冢宰而下谓之六卿，大师而下谓之三公。既曰王命卿士，又

曰大师皇父。周家不特设三公,皆兼职而已。如周公以冢宰兼大师也。"

⑤整我六师:整,治,主要指管理、训练、调动、指挥等方面。六师,古制天子六军。六师,此处是六军之谓。 ⑥以修我戎:修,犹"习""治""整备"。戎,军旅。见《孔子家语·弟子行》:"材任治戎。"此言"以整备训练我们的军队"。修戎,犹"习戎""治军""整军备战"。说明宣王能先教战然后用师。一说,戎,指兵器。 ⑦既敬既戒:既,犹"已",或,犹"乃"。敬,"儆"字之省借,警惕。《周礼》注引作"儆"。正字应作"警"。戒,戒备。此言"已经警惕戒备"。 ⑧惠此南国:惠,仁慈,惠爱,此指施其仁惠。南国,南方之国。此句连上文,意谓:宣王整备六军,高度警戒,平定淮、徐之乱,而施仁惠于南方之国。 ⑨尹氏:《诗毛氏传疏》:"《传》云,'尹氏,掌命卿士'者,尹氏为掌命卿士之官。犹师氏、保氏、旅贲氏、虎贲氏,官皆称氏矣。"

⑩程伯休父:人名,宣王出师时的军帅之一。《毛传》:"程伯休父始命为大司马。"《诗毛氏传疏》:"《楚语》,重黎氏世叙天地而别其分主者也。其在周,程伯休父其后也。当宣王时,失其官守,而为司马氏。此《传》所本也。"又,《诗经稗疏》:"……故司马迁《自序》以为其祖。程者,休父所食县内之国;称伯者,如春秋渠伯、凡伯、毛伯、召伯之类,其爵也;大司马,卿也。《集传》以为大夫。失之。程之为地,在西周畿内,《帝王世纪》曰,文王居程,徙都丰。《周书》曰,王自程。《竹书》,周作程。皆此程也。《孟子》谓之毕郢。"又,《毛诗传笺通释》:"韦昭注:程国伯爵,休父,名也。失官守,谓失天地之官,而以诸侯为大司马。《史记》曰,重黎之后,伯休甫之国也。又司马迁自述为休父之后。盖自休父始为大司马,其后遂以官为氏耳。……《正义》谓父宜是字,韦昭以为名,未能审之。按,赵氏《春秋集传》云,鲁季孙行父,晋荀林父,皆以父为名。《谷梁》疏云,齐侯禄父,以父为名。则右之以父为名者多矣。《春秋释例》云,名重于字,故君父之前自名,朋友之前自字。此诗,'王谓尹氏,命程伯休父',正与'王命召虎'同为君前臣名耳。" ⑪左右陈行:《诗集传》:"言王诏尹氏,策

命程伯休父为司马，使之左右陈其行列，循淮浦而省徐州之土。"又，《诗毛氏传疏》："天子出师，军帅非一人也。大司马之职，乃陈车徒如战之陈，皆坐群吏听誓于陈前。斩牲，以左右徇陈曰，不用命者斩之。又云，若大师则掌其戒令。郑注云，大师，王出征伐也。此皆大司马之事。与诗义合。" ⑫戒我师旅：戒，戒备，警戒。或训"诫命"，与《诗毛氏传疏》所释"左右陈行"之义合。师旅，军队。 ⑬率彼淮浦，省此徐土：率，循。淮浦，淮水之岸。浦，《说文》："浦，濒也。"又曰："濒，水厓，人所宾附。"浦，即水厓（崖）、崖岸。省，察。徐土，《毛诗传笺通释》："省此徐土，《笺》，省视徐国之土地叛逆者。瑞辰按：《括地志》，大徐城在泗州徐城县北三十里，古徐国也。又云，泗州徐城县，今徐城镇，在泗之临淮镇北三十里有古徐城，号大徐城，周十一里，中有偃王庙，是在泗州徐城县北，周穆王时徐偃王国也。《元和郡县志》，徐城县，本徐子国也。周穆王时，徐王偃好行仁义，东夷归之者四十余国。穆王发楚师袭其不备，大破之，杀偃王。其子遂北徙彭城，原东山之下，百姓归之，号曰徐山。山在下邳之县界。是徐自偃王以后，国已移至下邳。……宣王伐徐，在穆王克徐以后，即为徐之在下邳县界者。"二句言"沿着淮水的边岸，而前去察看徐国之地"。又，陈奂云："淮浦在徐之境，故云徐土也。" ⑭不留不处，三事就绪：不，语助词，无实义。留，借作"刘"，杀戮。《尔雅·释诂》："刘，杀也。"又，《方言》："秦、晋、宋、卫之间谓杀曰刘，晋之北鄙亦曰刘。"又见《尚书·盘庚上》："重我民，无尽刘。"又见《左传·成公十三年》："芟夷我农功，虔刘我边陲。"（虔刘，劫掠，斩杀。虔，通"劫"字。）处，安处，安止，安抚。《毛传》："诛其君，吊其民。"（按：吊，谓慰问遭遇不幸者。）此言"诛杀其国君，抚慰其臣民"，犹言"吊民伐罪"。三事，犹《小雅·十月之交》《小雅·雨无正》之"三有事""三事大夫"，即周之三公，又叫三卿，详见《小雅》注。按：《尚书·立政篇》："任人、准夫、牧，作三事。"疏："任人，谓六卿；准夫者，平法之人，谓理狱官也；牧者，九州之牧；治为天地人之三事。"此"三事"

与《诗》云"三事""三有事""三事大夫"之义略同。又,"司""事"古通,"三事"又称"三司"。《毛传》:"为之立三有事之臣。"就,即,近,从,归。绪,业。三事就绪,周宣王为之立三公,他们都各就其业,忠其职司。姚际恒《诗经通论》:"谓分主六军之三事大夫,无一不尽职以就绪也。" ⑮赫赫业业:赫赫,此谓军容之盛。业业,动貌,指军旅行动。 ⑯有严天子:有,语助,无实义。严,威严。《诗集传》:"天子自将,其威可畏也。"《诗毛氏传疏》:"《周语》云,夫兵戢而时动,动则威。即其义也。"天子,指宣王。 ⑰王舒保作,匪绍匪游:舒,舒徐。保,安,泰然。作,为,行,指行军,或指军事行动。绍,犹"缓",舒缓。《毛诗传笺通释》:"《说文》,绍,一曰紧纠也。古字以相反为义,故绍为紧纠,又为缓。又,绍与弨音义近。《小雅》,彤弓弨兮。《传》,弨,弛貌。《说文》,弛,弓解弦也。凡弓张则急,弛则缓,绍之言弛,犹绍之言缓也。"二句意谓:周王亲率师旅舒徐、安泰地行军,并非舒缓地遨游,而是去征讨徐国。 ⑱徐方绎骚:徐方,指徐国。方,方国。绎,本指抽丝,抽丝则有动义。(从马瑞辰说)骚,动乱,扰动,震动。此言"周王亲征,徐方为之震动"。

⑲如雷如霆:此指军威之大,来势之猛。 ⑳惊:恐。 ㉑王奋厥武,如震如怒:奋,振,扬。厥,其,代周王。武,武威。奋武,犹"振武""扬威"。如,犹"而"。怒,愤怒。一说,训"威"。震,动。一说,训"威严"。均可通。此言"周王大大发扬其军威,而勃然震怒(或,而逞其威严)"。 ㉒进厥虎臣:进,奋进;又,训"先"。虎臣,比喻勇武之臣犹如猛虎。此言"勇武如虎之臣率军奋进",或谓"勇武如虎之臣作为军旅之先锋"。 ㉓阚(hǎn)如虓(xiāo)虎:阚,犹"虓"。《玉篇》:"虎怒貌。"(阚、虓二字音义并同。)如,犹"然","阚如",犹"阚然"。虓虎,犹"虓唬""哮唬",虎啸声。《毛诗传笺通释》:"虓虎,当为虓唬之假借。虓唬双声字,虎即唬之省耳。《说文》,虓,虎鸣也。一曰师(狮)子大怒声也。(今本《说文》脱'大怒声也'四字,此从《一切经音义》引增。)又,唬字注,一曰虎声。

《一切经音义》引服虔《通俗文》，虎声谓之哮唬，哮即虓之假借。《风俗通》引《诗》正作'阚如哮虎'。虓唬，又作哮虓，……又作哮呼。"此言"大为愤怒，像猛虎咆哮"。㉔铺敦淮濆（fén）：铺，犹"敷""陈"。又，训"止"。《广雅》《方言》并曰："铺，止也。"敦，犹"屯"。淮濆，淮水的高岸。濆，水之大防，高岸。此句谓"屯驻大军于淮水的高岸之上"。㉕仍执丑虏：仍，因，就，随。执，犹"擒获"。丑，本是对禽兽的称呼，在此是对敌军士众之鄙称。虏，此指降服者。本句意谓：就此擒获敌军的降服士众。㉖截彼淮浦：截，又作"㦸"，本训切断、斩齐，引申为整治。此谓：整治平定淮水沿岸一带。又《诗经原始》："截，绝也，谓断绝其出入之路也。"㉗王师之所：所，处所，地方。此谓"王师征服之地"。㉘王旅啴啴（tān）：王旅，犹"王师"。啴啴，众盛貌。㉙如飞如翰：翰，高飞。又，鸟名。《毛诗传笺通释》："如飞如翰，《传》，疾如飞，挚如翰。《笺》，其行疾，自发举如鸟之飞也，翰，其中豪俊也。瑞辰按，《说文》翰字注引《逸周书》曰，文翰若翚雉，一名晨风。周成王时蜀人献之。段玉裁曰，一名晨风，四字，当在'蜀人献之'之下。……《释鸟》，晨风，鹯也。正《毛传》鸢如翰，及《笺》所云'鸟中之豪俊者'，今按段说是也。飞与翰，散言则通，《小雅》'翰飞戾天'是也。对言则异。此诗'如飞如翰'是也。"此说亦可从。此句意谓：军队行动之迅疾，犹如疾飞之鸢鸟（猛禽）。或谓：军队行动之迅猛敏疾，如鸟之飞掠高翔。㉚如江如汉：形容"王旅"众盛，犹如浩浩荡荡的长江、汉水。㉛如山之苞：苞，此处训"本"，形容牢固不可动摇。此谓："王旅"像大山那样牢固而不可动摇。㉜如川之流：川，水道，河流。此谓："王旅"像河流那样奔泻而下，不可抵御。㉝绵绵翼翼：绵绵，长貌，不绝貌。或，犹"密"，犹"静"。翼翼，繁盛貌。或，敬慎貌。朱熹则云："翼翼，不可乱也。"按，绵绵翼翼，应是形容军旅之壮大盛多。㉞不测不克：测，"侧"之假借，隐伏。克，急迫。此谓"王师不隐伏不急迫，从容镇定"。又，《郑笺》云："不可测度，不可胜克。"《诗集传》从之，曰："不可知也。……不可胜也。"又,姚氏《诗经通论》:"不测,不厌诈也。不克,阵坚也。" ㉟濯(zhuó)征徐国:濯,大。此言"对徐国大张挞伐"。 ㊱王犹允塞:犹,繁体字作"猶",与"猷"古通,训"谋"。允,诚然。塞,实,诚,信实。此言"周王之谋略确实是诚信的"。一说,"犹"训"道"。 ㊲徐方既来:来,犹"归","归顺",即谓"降服"。或云,来,是"敕"的借字。《广雅·释诂》:"敕,顺也。" ㊳同:马瑞辰说:"同,当读如'殷见曰同'之同,同集也。谓同集于朝也。《说文》,同,会合也。会同、朝觐,对文则异,散言则通。既同,犹云既朝耳。" ㊴来庭:《毛诗正义》:"既降服后,朝京师而至王庭。"《诗集传》:"庭,朝。" ㊵徐方不回:徐方不违。回,"违"之假借,训"邪"。不回,不邪,指不黩武。 ㊶还归:指班师回朝。

【学术延伸】

姚际恒《诗经通论》:"《小序》谓,'召穆公美宣王'。此臆说。《大序》谓'有常德以立武事,因以为戒然'。按此尤属影响之论。……《集传》于末章云,'言王道甚大,而远方怀之,非独兵威然也。《序》所谓因以为戒者是也'。又其言曰,'诗中无常武字,召穆公特名其篇。《集传》谓诗人作此;此又依《序》,谓召穆公作,何也?盖有二义:有常德以立武则可,以武为常则不可。此所以有美而有戒也'。故予谓佞《序》者莫若朱也,盖喜其同为腐儒之见耳。或依《集传》之意,谓'王曰还归'是所以戒之。按诗以'王曰还归'收束,正见其首尾完善处;乃以为戒辞,非夏虫之见乎!且夷已平,不归将安之?尤可笑已。此宣王自将以伐徐夷,命皇父统六军以平之,诗人美之,作此诗。"又,《诗经原始》:"《常武》,宣王自将伐徐也。"又曰:"诗无'常武'字而以名篇,故又启诸儒纷纷疑议二千余年,尚无定解,抑又可笑。《小序》曰,召穆公美宣王也。不知其何所据。《大序》曰,有常德以立武事,因以为戒然。然篇中有美而无戒,且所谓常德者,亦不知其何以谓之常德而始可立武事,均觉难解。《辩说》独不敢非,以为于理亦通。故其言曰,诗中无常武字,召穆公特名其篇。盖有二义:有常德以立武则可,以武为常则不可,此所以有美而有戒也。是又本《序》以为说。无怪姚氏讥其为佞《序》者莫朱若也。然姚氏亦无说以解此,则其他又何论耶?愚按常者恒也,谓事之有恒者而后可常焉。盖对变言,而又近乎黩者也。武者事之变,讵可以为常武也。不可黩,又岂可视为恒?唯当其时不能不用武以定乱,则虽变也,而亦正焉,匪黩也,乃无忘乎恒耳。周之世,武功最著者二:曰武王,曰宣王。武王克商,乐曰《大武》;宣王中兴,诗曰《常武》。盖诗即乐也。此名《常武》者,其宣王之乐欤?殆将以示后世子孙,不可以武为常,而又不可暂忘武备。必如宣王之武而后为武之常然,变而不失其正焉者耳。而岂以武为常哉!又岂如《序》所云'有常德以立武事'之谓哉!诗,首命将,次置副,三乃亲征,四、五则皆临阵指麾,出奇进攻诸事。盖誓师则必敬必戒,整队则成列成行。循淮而下,直薄徐土。军未行而先声已震,阵甫列而丑虏成禽。静守则如山之苞,势不可撼;动攻则如川之流,气莫能当。有猛士,尤贵奇谋,故不测而不克;有偏师,乃行正道,故绵绵而翼翼。截彼淮浦防其逸,尤用击援;濯征徐国擒渠魁,并剿余孽。是一篇古战场文字。迨至徐方既来,徐方来同,乃归功天子;而徐方来庭,徐方不回,天子亦不自有其功,曰是岂可以为常哉!盖不得已也,可以下令还归矣。中兴业建,乐舞斯成,名命《常武》是之谓欤!盖不敢上媲'大武',亦不敢下同'黩武'。特恐后世子孙以武为常而轻试其锋;又恐后世臣民与武相忘而竟无所备,是皆不可以为常。载咏篇章,并观乐舞,不能不爽然而自失也。於乎!宣王用意,可不谓之深且远哉!"又,《诗疑》:"《常武》之诗亦无'常武'二字,但有'王奋厥武'之句。恐如《雨无正》,或逸句。"

瞻卬

瞻卬①昊天②, 仰望苍天冥冥,

则不我惠③。	却不对我惠爱。
孔填不宁④，	人间久久不宁，
降此大厉⑤。	降此大乱大灾。
邦靡有定⑥，	邦国很不安定，
士民⑦其瘵⑧。	士民忧患重重。
蟊贼蟊疾⑨，	蟊贼为害构祸，
靡有夷届⑩。	没有平息告终。
罪罟不收⑪，	刑罪之网不收，
靡有夷瘳⑫。	苦难不会减轻。

人有土田，	人们有了土地，
女反有之⑬；	你们反而占有它；
人有民人，	人们有了奴隶，
女覆夺之⑭；	你们反而夺取他；
此宜无罪，	这人应是无罪，
女反收之⑮；	你们反而拘捕他；
彼宜有罪，	那人应是有罪，
女覆说之⑯。	你们反而赦脱他。
哲夫成城，	睿智的男子立国为王，
哲妇倾城⑰。	睿智的妇人颠覆国邦。

懿厥哲妇，	噫！那个睿智之妇，
为枭为鸱⑱。	她同枭鸟、鸱鹰一般。
妇有长舌⑲，	她有长于进谗之簧舌，
维厉之阶⑳。	她是邪恶祸乱之根源。

乱匪降自天，	祸乱不是降自苍天，
生自妇人。	而是来自妇人掩袖工谗。
匪教匪诲㉑，	不可教诲，难以改变，
时维妇寺㉒。	幽王宠幸褒姒，是为祸端。
鞫人忮忒㉓。	穷诘他人以忌恨变诈之术。
譖始竟背㉔。	先是谗毁他人，终于自己背德。
岂曰不极？	难道她不伪装公正？
伊胡为慝㉕？	何以如此变诈难测？
如贾三倍，	如同奸商妄想获取三倍之利，
君子是识㉖。	正人君子对其心术洞察无遗。
妇无公事，	妇人没有做其分内功事，
休其蚕织㉗。	放弃她养蚕纺织的本职。
天何以刺㉘？	苍天何以责备幽王？
何神不富㉙？	神明何以不再佑幽王？
舍尔介狄㉚；	由于幽王放纵大奸大恶；
维予胥忌㉛。	对于我这老臣却又忌刻。
不吊不祥，	昏君品行，不善不祥，
威仪不类㉜。	威仪败坏，作风不良。
人之云亡，	贤良之人，离去奔亡，
邦国殄瘁㉝。	邦国危急，元气大伤。
天之降罔㉞。	苍天降下刑罪之网，
维其优矣㉟。	它是那样繁多、严酷。
人之云亡，	贤良之人，或死或去，

心之忧矣㊱。	忧国忧时，我心悲苦。
天之降罔，	苍天降下刑罪之网，
维其几㊲矣。	它是那样紧迫、危殆。
人之云亡，	贤良之人，奔亡离去，
心之悲矣。	忧国忧时，难遣愁怀。

觱沸槛泉㊳，	沸沸荡荡，喷涌之泉，
维其深矣㊴。	它是那样深沉悠远。
心之忧矣，	忧国忧时，我心悲酸，
宁自今矣㊵？	难道今日始有苦难？
不自我先，	不在我生之前降灾，
不自我后㊶。	不在我死之后降难。
藐藐㊷昊天，	苍天在上，藐藐高远，
无不克巩㊸。	无人不能自固自全。
无忝皇祖，	不要辱没皇祖威名，
式救尔后㊹。	挽救你的子孙为善。

　　这首诗尖锐讽刺、严正痛斥了昏庸荒淫的周幽王宠幸褒姒、败坏纪纲、倒行逆施、祸国殃民的罪恶。言辞凄楚激越，既表现了诗人忧国忧时之苦衷，又表现了他疾恶如仇之愤慨。

【注释考证】

　　①瞻卬：仰望。卬，"仰"之古体。　②昊天：语意双关，呼天、斥王。　③则不我惠：则不惠我。惠，爱。　④孔填不宁：孔，甚。填，久。旧说"填"为"尘"之古体。不宁，不安宁。　⑤厉：恶，乱。　⑥靡有定：犹"不宁"。定，安定。　⑦士民：士子与庶民。　⑧瘵

(zhài)：病，引申为忧患。　⑨蟊贼蟊疾：蟊贼，本为害禾稼之虫，此处比喻害民之幽王及褒姒等。疾，害。　⑩夷届：夷，平，或为语词。下"夷瘳"同。届，至，极。　⑪罪罟（gǔ）不收：罟，网的总名，此指法网。意谓：幽王设置刑罪之法网，陷害臣民，而不收起。　⑫瘳（chōu）：本指病愈，又谓减损、减轻。　⑬人有土田，女反有之：人们有了土田，你反而占有它。女，汝，指幽王朝之昏君佞臣，统治阶级的各种代表人物。有，占有，夺取。　⑭人有民人，女覆夺之：人们有奴隶，你们反又夺走他们。民人，商、周时代对奴隶的称呼。覆，犹"反"。以上四句，《笺》云："此言王削黜诸侯及卿大夫无罪者。"⑮此宜无罪，女反收之：这人应是无罪的，你们反而拘收他。收，拘收，逮捕。　⑯彼宜有罪，女覆说之：那人应是有罪的，你们反而赦脱了他。说，与"释""脱"古字相通，此处训"解脱""赦免"。　⑰哲夫成城，哲妇倾城：哲，知（智）。夫，指男子。成，立。城，犹"国"。妇，指女子褒姒。倾城，覆国。此云，有智慧的男子能立国为王，有智慧的女子褒姒构祸覆国。　⑱懿厥哲妇，为枭（xiāo）为鸱（chī）：懿，即"噫"之借字，叹词。厥，那，那个。为，是。枭，通"鸮"，猫头鹰。鸱，鹞鹰。旧说"鸮（枭）、鸱"是恶鸟，实则不然，猫头鹰是益鸟，主食鼠类。二句意谓：噫！那个有智慧的妇人褒姒，她是猫头鹰和鹞鹰。　⑲长舌：姚氏《诗经通论》："犹言长于舌，指其善为谮言，故下曰'谮始竟背'，非谓多言也。谮言岂必在多乎！此正指谮申后，废太子事，故曰'维厉之阶'。"（谮，进谗言，说人的坏话。）

⑳阶：此训"因由"。　㉑匪教匪诲：不可教诲。匪，不，不可。诲，教诲，教导。　㉒时维妇寺：时，犹"是"。维，犹"为"。妇，指褒姒。寺，寺人，官名，是周代宫中供使令的近侍小臣。寺，"侍"之古字，近，昵近。《诗经原始》："唯《集传》谓刺幽王嬖褒姒、任奄人以致乱。姚氏讥之，以为褒姒实有其人，实由以致乱。今以奄人与褒姒并举为言，然则何人乎？使晦翁闻之，亦无以为对。盖诗虽以妇、寺连言，不过女宠、内侍，因缘为奸，故带言之，非所重也。倘使女宠无实

可指。则奄人与嬖妾并举,亦自无妨。今褒姒既有其人,而奄人不过虚以对之,其可乎哉?且诗极言女祸之害,以为乱自妇人,匪由天降,曰倾城,曰长舌,曰厉阶,可谓穷形尽相,不遗余力矣。而奄寺则末句偶一及之,岂可据以为言耶?"又,《诗毛氏传疏》:"寺,古文侍。《传》云近者,言昵近也。" ㉓鞫(jū)人忮忒(zhì tè):鞫,穷尽,此谓穷诘。人,此谓他人。忮,害,疾害,忌恨;又训"违逆""刚愎"。忒,变。《毛诗传笺通释》:"鞫人忮忒,当谓长舌之妇穷诘人以忮害转变之术。谮,毁也,数也。谓始谮毁人,而终自背之,也始谮毁人乃竟终背之,是责人则明,责己则暗也。谮始所以为忮,竟背所以为忒也。《笺》以谮为不信。失之。"又,《诗毛氏传疏》:"《说文》:籟穷治(按:又作理)罪人也。今字通作鞫。……害变者,谓残害变乱也。"
㉔谮始竟背:见前注所引马说。又,《诗毛氏传疏》:"谮,谗言也。背,犹违也。……言穷治罪人,残害变乱,数进谗言,始终违背。" ㉕岂曰不极,伊胡为慝(tè):曰、伊,皆语词。极,犹"至","至"犹"善"。又,"极"犹"正"。慝,邪恶,又借作"忒"。《诗毛氏传疏》:"言人岂不欲善,何为作恶若此也。"又,《毛诗传笺通释》:"按'岂曰不极',承上'谮始'言之,谓其谮毁人之忮忒。岂曰不中正乎?'伊胡为慝',则承'竟背'言之,言伊何为差忒也。《说文》,忒,更也。忒,失常也。慝即忒之假借。……上既言'忒',用本字,故下借'慝'字以与上'忒'字为韵,此亦阮宫保所云'义同字变'之类。《笺》训'为慝'为'为恶',失之。"又,陈乔枞云:"此其忮害岂曰不极至乎,胡为悦之惟妇言是用?" ㉖如贾(gǔ)三倍,君子是识:贾,古称设店铺售货的商人,此谓"做买卖"。三倍,获取多倍之利润。三,多数之称,或为"三"之实数。识,知。《诗集传》:"夫商贾之利,非君子之所宜识,如朝廷之事,非妇人之所宜与也。"又,《诗毛氏传疏》:"《笺》云,识,知也。贾物而有三倍之利者,小人所宜知也,君子反知之,非其宜也。"又,《诗义会通》:"其为慝之极也,如贾而索利三倍,然不能欺君子也。" ㉗妇无公事,休其蚕织:《经义述闻》:"……公事

即周官女御以岁时献功事，休其蚕织，即是无功事。"又曰："今案公事，即功事。……功、公、工，字异而义同。《列女传·母仪》传曰，《诗》曰，'妇无公事，休其蚕织'。言妇人以织绩为功事者也，休之，非礼也。其说盖本《韩诗》，较毛、郑为长。"又，《毛诗传笺通释》："……此诗'公事'当即'宫事'之假借，'宫事'即'蚕事'也。若如毛、郑所解，则是'妇有公事，休其蚕织'矣。上言'如贾三倍，君子是识'，是不当知而知；下言'妇无公事，休其蚕织'，是又当为而不为。皆承上'伊胡为慝'，极言其失常之事。"按：以上二说皆圆通可信。　㉘天何以刺：刺，指责，责备。此言：上天何为责备周王？㉙何神不富：犹"神何不富"。富，福佑。此言：神何以不福佑周王？㉚舍尔介狄：舍，放掉，解脱。尔，此。介，大。狄，淫僻，邪恶。《毛诗传笺通释》："按，《说文》，狄之为言淫辟也。《广雅·释言》，狄，辟也。古或通以为淫辟之称。介狄谓大狄，犹云元恶也。'舍尔介狄'，即上章'彼宜有罪，女覆说之'。"按：《说文》："狄，赤狄。本犬种。狄之为言淫辟也。"淫辟，是其引申义。又，《郑笺》："乃舍女被甲夷狄来侵犯中国者，反与我相怨。"此句谓：妄自放过大奸大恶之人。㉛维予胥忌：胥，与"斯"古通，是。忌，犹"怨"。此言"却对我们忠良之人大为怨恨"。《毛诗传笺通释》："维予胥忌，即上章'此宜无罪，女反收之'也。"《诗集传》："而反以我之正言不讳为忌。"　㉜不吊不祥，威仪不类：吊、类，皆训"善"。此言"行为不善不祥，威仪也不好"。　㉝人之云亡，邦国殄（tiǎn）瘁：人，指善良的人。云，语词。亡，奔亡，离去。殄，困病。瘁，忧病。《经义述闻》："人之云亡，邦国殄瘁。《毛传》曰，殄，尽；瘁，病也。家大人曰，殄、瘁，皆病也。殄、瘁之同为病，犹劳、瘁之同为病。《周官·稻人》，夏以水殄草而芟夷之。郑注曰，殄，病也。《鲁语》曰，铸名器，藏宝财，固民之殄病是待。……是殄亦病也。殄之言瘨也，疹也。《大雅·云汉篇》，胡宁瘨我以旱。《笺》曰，瘨，病也。《释文》，瘨，《韩诗》作疹。《越语》曰，疾疹贫病。疹、殄、瘨，声近而义同。"《诗经原始》："又，诗之尤为痛切者，在'人之云亡，邦国殄瘁'二语，而诸家多易忽之，真不可解。夫贤人君子，国之栋梁；耆旧老成，邦之元气。今元气已损，栋梁将倾，此何如时耶？盖诗必有所指，如箕子、比干之死与奴，故曰，人之云亡，而邦国殄瘁也。倘使其人无足轻重，虽曰云亡，又何足殄人邦国也耶？惜乎无可考耳。然而痛矣。"　㉞罔：古"网"字，此处有"罪罟"义。　㉟维其优矣：维，语首助词，无实义。其，指示代词，那，那样。优（繁体为優），"渥"之借字。《说文》："渥，泽多也。"漫渥，今多作优（優）渥，本指丰足、优厚，此处有"繁多""过多"义。此二句连言：苍天降此罪刑之网，非常多，非常厉害。　㊱人之云亡，心之忧矣：此为诗人忧国忧时的酸楚之音。　㊲几：危，殆，又训"近"。　㊳觱沸槛泉：涌流不息的喷泉，详见《小雅·采菽》注。　㊴维其深矣：它是那样深啊！此处是以"觱沸槛泉，维其深矣"比兴诗人忧思之深且长。　㊵心之忧矣，宁自今矣：宁，犹"岂"，难道。此谓，心中的殷忧啊，难道从今日才有的吗？　㊶不自我先，不自我后：忧患不在我有生之前，不在我死去之后。言外之意：恰恰是让我遭逢此忧患。自，犹"在"。又见《尚书·多方篇》："尔乃自时洛邑。"（时，犹此。）又见《易·小畜》："密云不雨，自我西郊。"后，我这一代人之后，即指死后。　㊷藐藐（miǎo）：高远貌。　㊸无不克巩：克，能。巩，固。巩、固二字，以双声为义。此句言"没有不能自固的"。（似指巩固自身的权威。）　㊹无忝（tiǎn）皇祖，式救尔后：无，毋，不要。忝，辱，有愧于。祖，先祖，此指文、武。式，语助，无实义。救，挽救。后，谓后人，子孙。

【学术延伸】

《诗经原始》："……此刺幽王嬖褒姒致乱之诗。而《序》谓凡伯作，则未有考。曹氏粹中曰，凡伯作《板》诗，在厉王末，至幽王大坏诗，七十余年矣，决非一人。犹家父也，然亦不必辩。"又，郑振铎先生说："有心的老成人，见世乱，欲匡救之而不能，便皆将忧乱之心，悲愤之情,一发之于诗。……《板》是警告,《瞻卬》与《召旻》则直接破口痛骂了。"

召 旻

旻天疾威①,	茫茫苍天,暴虐凶残,
天笃降丧②。	苍天降此深重丧乱。
瘨我饥馑③,	害我众民,苦度饥馑荒年,
民卒流亡④。	众民各处流亡,尽抛家园。
我居圉卒荒⑤!	灾荒严重,遍及我国四边!
天降罪罟⑥,	苍天降此刑罪之网,
蟊贼⑦内讧⑧。	蟊贼内讧,吵吵嚷嚷。
昏椓靡共⑨,	争讼诽谤,不肯供其职事,
溃溃回遹⑩,	一片溃乱,邪僻不良,
实靖夷我邦⑪。	实在是要毁我国邦。
皋皋⑫訿訿⑬,	坏人欺诈诳骗,诋毁谤谗,
曾不知其玷⑭。	却不自知他的过失缺点。
兢兢业业⑮,	兢兢业业,恭谨勤勉,
孔填不宁⑯,	久久不敢苟且自安,
我位孔贬⑰。	我的职位反而横遭黜贬。
如彼岁旱,	如那大旱之年,
草不溃茂⑱;	野草也不繁茂;
如彼栖苴⑲,	如那颓败枯草,

我相⑳此邦，	我看这王国风雨飘摇，
无不溃止㉑。	一切无不溃乱颠倒。

维昔之富不如时，	在从前，则是富足美善；
维今之疚不如兹㉒。	在今朝，则是贫病灾难。
彼疏斯粺㉓，	那坏人不吃粗饭，却吃细餐，
胡不自替，	为何他们不自行引退，
职兄斯引㉔？	却增加延长死丧祸乱？

池之竭矣，	池水干涸枯竭，
不云自频㉕。	是因无水从外面注入。
泉之竭矣，	泉水干涸枯竭，
不云自中㉖。	是因无水从泉中涌出。
溥斯害矣㉗，	奸佞制造无边痛苦，
职兄斯弘㉘，	祸乱还在增长扩大，
不灾我躬㉙！	使我身受灾难，悲愤难诉！

昔先王受命，	昔日先王承受天命，
有如召公㉚。	良佐贤臣，有如召公。
日辟国百里㉛；	从前，曾日开疆土百里；
今也日蹙㉜国百里。	今天，却日丧疆土百里。
於乎，哀哉！	唉，唉！真令人怨恨哀伤啊！
维今之人，	而今朝中的乱臣昏王，
不尚有旧㉝。	不肯崇尚先王旧章。

本篇也是讽刺幽王荒淫无道之诗，内容近似前篇。诗人蒿目时艰，

郁愤难申，发此迫切哀楚之音。

【注释考证】

①旻天疾威：茫茫幽远的苍天，十分暴虐。详见《小雅·小旻》注。　②天笃降丧：笃，厚，多。丧，丧乱。此言"上天降下很严重的死丧祸乱"。此篇之"旻天""天"亦为双关两义语，斥天兼斥王。《毛诗后笺》："李氏《集解》谓毛、郑以天斥王，为自生风波，后儒多从之，谓天即指上天，为无所归咎之辞。承珙按《韩诗外传》云，威有三术。道德之威存乎众心，暴察之威存乎危弱，狂妄之威存乎灭亡。故威名同而吉凶之效远矣。故不可不审察也。引《诗》曰'旻天疾威，天笃降丧'。据此正以威为人君之所为。则《韩诗》亦必以此旻天为斥王。郑义盖本于韩也。"　③瘨（diān）我饥馑：瘨，害，降灾。饥馑，灾荒。《尔雅·释天》："谷不熟为饥，蔬不熟为馑。"不熟，指无收成。按，饥馑，由"灾荒""凶年"之义，又可引申为"饥饿"之义。④民卒流亡：人们尽都各处流亡。卒，尽。　⑤我居圉（yǔ）卒荒：居，或为语词。圉，边疆，边境。（《韩诗外传》引作"御"。）此言"连我们的边境地区也都遭灾荒"。（极言全国各地普遍遭受荒年。）又，《韩诗外传》："一谷不升谓之嗛，二谷不升谓之饥，三谷不升谓之馑，四谷不升谓之荒，五谷不升谓之大侵。大侵之礼，君食不兼味，台榭不饰，道路不除，百官补而不制，鬼神祷而不祠，此大侵之礼也。《诗》曰'我居御卒荒'，此之谓也。"　⑥天降罪罟：上天降此刑罪之网。参看《大雅·瞻卬》注。　⑦蟊贼：见《大雅·瞻卬》注。　⑧内讧（hòng）：讧，讟乱，争吵。《郑笺》："讧，争讼相陷入之言也。"内讧，此指幽王朝中昏君佞臣内部互相攻讦争讼，一片混乱。　⑨昏椓靡共：昏，通作"怋"，字又作"昬"。此谓"怋怓"，即"争讼""喧哗"之义。椓，"诼"之假借，以谣言、谗言相诽谤。共，借作"恭"，指"奉行"。或借作"供"，也有"奉行"义。此句谓：昏君佞臣之间，互相争吵、谗谤，而不供其职、奉其事。　⑩溃溃回遹：溃溃，借作"愤"，

混乱。回遹，邪僻。　⑪实靖夷我邦：实，犹"是"，或训"实在是"。靖，图谋，营求。夷，平，灭。《郑笺》："皆谋夷灭我之邦。"一说，夷，语词。邦，本是古代诸侯封国之称，又泛指国家。　⑫皋皋（gāo）：皋，"謞"之省借，互相欺诈诳骗。　⑬訿訿（zǐ）：诽谤诋毁貌。　⑭曾不知其玷（diàn）：曾，犹"乃"。又见《论语·先进篇》："吾以子为异之问，曾由与求之问。"玷，本指白玉上的斑点，引申为人的缺点、过失（品行上的污点）。此句意谓：却不自知其缺点、过错。　⑮兢兢（jīng）业业：《毛传》："兢兢，恐也；业业，危也。"本为戒慎恐惧貌，后引申为做事谨慎、勤勉。　⑯孔填不宁：见《大雅·瞻卬》注。　⑰我位孔贬：我位，我的职位，此处是"兢兢业业"者自称"我"。孔，甚，大。贬，贬黜。又，《毛诗传笺通释》："'兢兢业业'二句，言在位之戒慎，时以危为病，不敢自安。与上'皋皋''訿訿'对文，言彼谗毁人者，曾不知其污点；而小心戒惧，不敢自安，反贬黜其位也。《笺》以我位为我王之位。失之。"　⑱草不溃茂：溃，《毛诗传笺通释》云："溃、遂叠韵字，溃即遂之音近假借，犹旞或作旛，遗风通作隧风也。《广韵》，遂，达也。遂者草之畅达，与茂义相成。《笺》以溃为汇，不若《传》训遂为善。"又，《诗经通论》："'溃茂'及'溃止'之溃，皆训散乱义。曹氏曰，'草散乱则茂盛；故岁旱无雨泽，则草不溃茂'。旧以上'溃'字训遂，下'溃'字训乱，非矣。"溃茂，繁茂。　⑲栖苴（chá）：《毛诗传笺通释》："按，《楚辞·九章》，草苴比而不芳。王逸注，生曰草，枯曰苴。苴通作菹。《管子·轻重篇》，请君伐菹薪。房注，草枯曰菹，又通作柤。《一切经音义》引《诗》'如彼栖柤'，又引《通俗文》刘余曰柤，柤即查字，音槎，亦与槎字通用。张参《五经文字》，苴，七余反，又音查，见《诗·大雅》，即指此诗。……栖，盖草枯之状。草之生曰兴，曰作；则其枯可谓之栖。《释文》，栖，谓栖息。盖谓枯草偃卧，有似栖息也。又，栖、摧声近，栖之言摧折也。《毛传》不解栖字，《正义》谓栖为浮义，失之。《笺》以为树上栖苴。亦非。"　⑳相：视。　㉑溃止：溃乱颓败。马瑞辰云："按溃者讀之假借。《释言》,讧,溃也。《说文》,讧,溃也。此溃即讀之证。《说文》,讀,中止也。……是讀、止二字同义。胡承珙曰,止者陷也。中止,犹言内陷也。今按陷犹败也。是止亦溃败之义。《传》《笺》皆不释止字,盖以止为语词,不知止亦溃也。" ㉒维昔之富不如时,维今之疚(jiù)不如兹:维,犹"在",或为发语词。两"不"字,均为语助,不为义。时,善,或训"是"。疚,贫。两"如"字,均犹"则"。兹犹"此"。《经义述闻》:"《说文》,宎,贫病也。引《周颂·闵予小子篇》,茕茕在宎。《广雅》曰,宎,贫也。《召旻篇》,维昔之富不如时,维今之疚不如兹。两'不'字皆语词。不如时,如时也;不如兹,如兹也。详见《释词》。《释文》曰,疚字或作宎,宎与富对言,是宎为贫也。"此二句意谓:在昔之富则善,在今之贫则宎。又,《诗义会通》云:"昔之富不如是乎?今之疚不如兹乎?言治乱兴衰,昭然可见也。"

㉓彼疏斯粺(bài):彼,指那些谗佞之人。疏,糙米,粗粝的饭食。斯,犹"是"。此,此时,或为语助。粺,指舂过的较精的米。《郑笺》谓"粝米一斛舂为九斗"。《毛传》:"彼宜食疏,今反食精粺。"又,《诗三家义集疏》:"诗言昔日之富,家给人足,不如今时之困穷。今日之疚,仁贤疏退,不如此时之尤甚。彼宜食疏粝之小人,反在此食精粺。何不早自废退,免致妨贤病国,反主为滋乱之事,使其引而日长乎?"按:昔日食疏,今则食精粺,说明谗佞小人窃夺了优厚的禄位。

㉔胡不自替,职兄斯引:胡,何,为何。替,废退。职,此有"尚"义。兄,同"况",滋益,更加。斯,语助。引,长,延长,增长。二句意谓:谗佞小人为何不自行引退?却还在窃据高位而滋益、延长此祸乱。 ㉕池之竭矣,不云自频:不云,皆为语词,犹"薄言""维曰"。又,"不"犹"乃","丕"。"云"犹"是"。频,濒之省借,应作"滨"。水涯,岸边。二句意谓:池水的枯竭啊,是从水边(不再注入水)。 ㉖泉之竭矣,不云自中:中,内。二句意谓:井泉的枯竭啊,是从泉内(不再涌出水)。《诗集传》:"池,水之钟也。泉,水之发也。故池之竭由外之不入,泉之竭由内之不出。" ㉗溥(pǔ)斯害矣:溥,

广大，普遍。此言"危害是十分大的"。 ㉘弘：大。 ㉙不灾我躬：不，语助，不为义。灾，殃，殃及。不灾我躬，犹言"殃及我本身"。

㉚昔先王受命，有如召公：《毛诗传笺通释》："《笺》，先王受命，谓文王、武王时也。召公、召康公也。言有如昔时贤臣多，非独召公也。瑞辰按，《关雎正义》，诗一句六字者，'昔者先王受命，有如召公之臣'之类也。今本无'者'字，无'之臣'二字。臧氏玉琳曰，《序》，'闵天下无如召公之臣也'，正取诗'有如召公之臣'为说。又《笺》言'有如昔时贤臣多，非独召公也'。是郑本原作'有如召公之臣'，当从《关雎正义》所引补正。今按臧说是也。诗有'之臣'二字，以'命'与'臣'为韵，于古音正合。撰《义疏》者，非出一手，故本篇《正义》引作'有如召公'，与《关雎正义》所引互异耳。"又，《诗毛氏传疏》："先王，谓宣王也。召公，谓召穆公也。" ㉛日辟国百里：辟，开辟。此言"先王之时，有众贤臣辅佐，日日都开辟百里国土"。《诗毛氏传疏》云："昔者宣王受命中兴，复文、武之竟土，辅佐之者，有如此召公之臣，是以日辟国百里。《江汉篇》云，江汉之浒，王命召虎。式辟四方，彻我疆土。匪疚匪棘，王国来极。于疆于理，至于南海。《盐铁论·地广篇》，亦云周宣王辟国千里。是其事也。" ㉜蹙（cù）：此处有"缩小"或"丧失"义。《诗集传》："促国，盖犬戎内侵，诸侯外畔也。" ㉝於（wū）乎哀哉，维今之人，不尚有旧：於乎（呜呼），叹词。哀哉，可哀啊。维，语首助词。今之人，与"昔先王"对称，此指如今交乱朝政的昏君佞臣。尚，尊崇，奉行。有，犹"用"，或为语助。旧，此指旧日先王之法章。一说，谓"旧德""旧臣"。

三颂

周　颂

清庙之什

清　庙

於，穆清庙①！	啊，华美宏大的清明太庙！
肃雝显相②。	肃敬和谐，助祭者十分显耀。
济济③多士④，	大有威仪的美士众多，
秉文之德⑤。	他们都能执持文德。
对越在天⑥，	报答颂扬先王在天之灵，
骏奔走在庙⑦。	敏疾奔走于太庙之中。
不显不承⑧，	盛德显耀啊，盛德美好啊，
无射于人斯⑨！	不见厌于人，永受供奉啊！

此为西周统治者奉祀文王之颂歌。

【注释考证】

①於（wū），穆清庙：於，叹词。穆，美好，严肃，大。清庙，姚氏《诗经通论》："郑氏曰，'祭有清明之德者之宫也；天德清明，文王象焉'，此释《清庙》是。自杜预始以为'清静之庙'；《集传》仍之，释'清'为'清静'。夫'清'与'静'其义各殊，安得以'静'释'清'乎！《集传》于下篇《维清》，又释'清'为'清明'，何居？" ②肃雝显相：肃，敬肃。雝，和，和谐。显，明，显赫。相，助，此指助祭之奴隶主贵族。《诗集传》："谓助祭之公卿诸侯也。" ③济济：指

助祭的奴隶主贵族大有威仪。一说，济济，众也。另说，指仪度整齐。

④多士：指有很多与祭之官吏。《诗集传》："与祭执事之人也。"
⑤秉文之德：秉，执持，执行。文之德，即"文德"。"之"字为语助。《毛传》："执文德之人也。"又，姚氏《诗经通论》："……'对越在天'紧顶'秉文之德'来，惟其'秉文之德'，故可以对越文王在天之灵也。"是姚氏从《笺》而为说。 ⑥对越在天：报答颂扬文王在天之灵。对越，报答颂扬，详见《大雅·江汉》注。 ⑦骏奔走在庙：骏，敏疾。古人在祭典中执事，以疾为敬。又训"长"，"常"。按，《尔雅》："骏，速也。""骏奔走"即"速奔走"，犹言"黾勉从事"，行动迅速认真。奔走在庙，此指趋奉祭事于太庙。 ⑧不显不承：不，犹"丕"，语词。显，显耀，或，发扬。承，犹"烝"，美；"尊奉"。《经义述闻》："《毛郑诗考正》曰，不显不承，古字丕通作不。……《诗》中丕显，颂文王；丕承，颂武王。甚明。……《书》曰，丕显哉，文王谟；丕承哉，武王烈。与《诗》通。……绎二'哉'字之意，可知其赞美'谟、烈'之盛大，而非溯功业之所自矣。承者，美大之辞，当读为'武王烝哉'之烝，……《释文》引《韩诗》曰，烝，美也。《鲁颂·泮水篇》，烝烝皇皇。《毛传》曰，烝烝，厚也。《墨子·尚贤篇》引《周颂》曰，若山之承，不坏不崩。皆其证矣。"又曰："此诗先言助祭者之致敬，而推本先王之丕显于前，丕承于后，是以人心自无或厌倦。"
⑨无射（yì）于人斯：射，读为"斁"，厌弃。斯，语词。此谓：不见厌于人，即受臣民拥戴之意。

【学术延伸】

姚氏《诗经通论》："《小序》谓'祀文王'，是。《大序》谓'周公既作洛邑，朝诸侯，率以祀文王焉'，谬也。按《洛诰》曰，'则禋于文王、武王'，又曰，'文王骍牛一，武王骍牛一'，是洛邑既成，兼祀文、武，此诗专祀文王，岂可通乎！至谓'朝诸侯，率以祀文王'，此本《明堂位》之邪说，谓周公践天子位，朝诸侯也，尤为诬妄。"又，《诗义会通》:"……此为祀文王之诗当矣。周公既成洛邑云云,皆诗中所无之意,则续《序》附会《洛诰》而妄益之者也。周公祭文王,何止在洛一举?况洛邑之祭,并祀文、武,此诗不及武王,其非在洛明矣。"

维天之命

维天之命①,　　　　恒念天命至高无比,
於,穆不已②!　　　　啊,它完美而无穷已!
於乎③,不显④!　　　啊,真是显耀天下!
文王之德之纯⑤。　　文王之盛德光明正大。
假以溢我⑥,　　　　善以安绥于我,
我其收之⑦。　　　　我应承受盛德。
骏惠我文王,　　　　顺从我文王之道,
曾孙笃之⑧。　　　　子孙笃行不忘遗教。

此篇仍为西周统治者祀文王之诗。

【注释考证】

①维天之命:维,念,或为语词,无实义。天之命,或犹"天之道","之"字是语助。　②不已:指天命无穷无已。　③於乎:犹"呜呼",叹词。　④不显:显耀。不,犹"丕",语词。　⑤文王之德之纯:纯,明,昭著,又训"大"。上"之"字,犹"的";下"之"字,不为义。《毛诗传笺通释》:"按《说文》,焞,明也。引《春秋传》曰,焞耀天地。纯与焞通用。《汉书·扬雄传》,光纯天地。纯亦明也。此承上'於乎不显'言之,不显,显也。显,明也。纯亦明也,文与明义相引申。《方言》《广雅》并曰:纯,文也。《中庸》引此诗而释之曰,盖

曰文王之所以为文也。纯亦不已。正训纯为文。《说文》：纯，丝也。崔觐《说易》曰，不杂曰纯。纯本美丝之称，假以状德之明而不杂，故义为明、为文，又为大耳。"此句意谓：文王的盛德光明正大。或谓：文王的盛德昭明。　⑥假以溢我：《诗毛氏传疏》："《传》训假为嘉，与《嘉乐》《雍》同。溢，慎。《释诂文》舍人注云，溢，行之慎也。假以溢我，言以嘉美之道戒慎于我也。襄二十六年《左传》作何以恤我。《说文》及《广韵》作誐以谧我。誐与嘉声通，誐者本字，假、何皆同声假借字。谧者本字，溢、恤皆同声假借字。"又，《毛诗传笺通释》："誐与假双声，谧与溢字异而音义同。……此诗溢、谧、恤三字通用。犹《尧典》惟刑之恤哉，《史记》作静，《今文尚书》作谧也。《尔雅·释诂》，溢、慎、谧，静也。……静与竫通。《说文》，竫，安竫也。《广雅》，静，安也。慎与静，古亦同义。诗言溢我，即慎我也。慎我，即静我也。静我，即安我。犹《诗》言绥我眉寿，绥亦安也。假以溢我，正谓善以绥我。《左传》言恤我者，恤当为伽之假借。《说文》，伽，静也。正与溢、谧并训静者同义。惟《笺》训为盈溢，与《传》异义。"今从其说。　⑦我其收之：犹言"我受之"。其，语助，无实义。收，受，又训"聚"。　⑧骏惠我文王，曾孙笃之：骏，《毛诗传笺通释》："按，惠，顺也。骏，当为驯之假借，驯亦顺也。骏、惠二字平列，皆为顺。犹勋劳同为劳，尽瘁、珍瘁同为劳也。驯借作骏，犹《尚书》'克明俊德'，《史记》作驯德。徐广曰，驯，顺也。驯德即顺德也。《雨无正》，'不骏其德'。朱彬谓骏与驯同，驯，顺也。皆骏亦为驯之证。《笺》训骏惠为大顺。失之。"曾孙，统言孙之子以下的后世子孙。笃，厚，忠诚。此二句意谓：顺从我文王之道，后世子孙皆笃行之而不替。

维　清

维清缉熙①，　　清明而又辉煌，

文王之典②。	文王的法度典章。
肇禋③，	文王始行禋祀，
迄用有成④，	至今大有成绩，
维周之祯⑤。	实为周之祯祥。

此亦周王祀文王之诗。

【注释考证】

①维清缉熙：维，发语词。清，清明。缉熙，光明貌。一说，奋进之意。　②典：典章法度。　③肇禋：犹言"肇祀"。《毛诗传笺通释》："按，李黼平曰，《生民》，以归肇祀。《传》云，始归郊祀也。周之祭天，自后稷然矣。文王祭天，不应言肇。《尚书》，禋于六宗，固为天神，而禋于文王、武王宗庙，亦得称禋。《说文》，禋，洁祀也。一曰精意以享为禋，是禋乃祭祀通称。《传》训禋为祀，盖言始禋祀而征伐，义不系于祭天。《正义》以《笺》述毛，非也。今按李说是也，肇禋犹云肇祀。……此诗'肇禋，迄用有成'，言文王之肇祀也。"　④迄用有成：迄，至。《诗毛氏传疏》："肇，始；迄，至。文义相对。言文始行禋祀，至武王伐纣，用能有此成功也。"　⑤维周之祯：维，犹"是"。祯，吉祥。《诗集传》："故自始祀至今有成，实惟周之祯祥也。然此诗疑有阙文焉。"按：祯，又作"祺"。胡承珙曰："作祯者，《毛诗》；作祺者，盖三家诗。"

【学术延伸】

姚际恒云："《小序》谓'奏《象舞》'，妄也。朱仲晦不从，以为诗中无此意，是已。"方玉润云："古乐既亡，乐章亦不知其何所用。后儒循文案义，率皆臆测，非真知也。此诗本祀文王，而《序》忽云奏象舞也。遂启后人无限疑议。案象舞者，象武功之乐而为之舞也。武王克商有天下，周公作乐象之，名曰《大武》。……凡乐有歌有舞，歌以为声，舞以为容，声容备谓之奏，容所以象也，故谓之象。此象舞之名所由来也。然必有大武功若武王然，乃可象之。文王则以文德显也，夫何象为？"

烈 文

烈文辟公①，	有武功文德的诸侯前来助祭，
锡兹祉福②。	列祖先王恩赐这大好福气。
惠我无疆③，	赐我之福无疆无涯，
子孙保之④。	永使子孙都保有它。
无封靡于尔邦，	不要大损你们邦国，
维王其崇之⑤。	先王就对你们推重有嘉。
念兹戎功，	你们理应念此大功，
继序其皇之⑥。	继承先人之业而发扬光大。
无竞维人，	礼让无争，是为贤人，
四方其训之⑦。	四方之国都能顺从效法。
不显维德，	显扬你们的美德善行，
百辟其刑之⑧。	百国之君都会奉为典型。
於乎，前王不忘⑨！	啊，先王遗德，君臣永记心中！

周成王祀于宗庙，诸侯前来助祭，成王作此歌以慰勉之；并追念先王之德，以示君臣相互劝勉与戒饬之意。

【注释考证】

①烈文辟（bì）公：烈，光，又训"业"。马瑞辰曰："按《周书·谥法解》，有功安民曰烈。烈文二字平列，烈言其功，文言其德也。"

辟,君,辟公,指诸侯。此言"有武功文德之诸侯"。　②锡兹祉福:锡,赐。兹,此。按,此时成王祭祀列祖先王,"锡兹祉福",谓因诸侯助祭,而列祖先王则赐此祉福。　③惠我无疆:惠,赐。我,成王自我。无疆,指祉福无尽无休。　④子孙保之:使子孙世世代代保有祉福。　⑤无封靡于尔邦,维王其崇之:无,毋,不要。封,大。靡,《毛传》:"累也。"又,《毛诗传笺通释》:"《笺》,无大累于汝国,谓侯治国无罪恶也。瑞辰按,《广雅·释诂》,麋,坏也。麋与靡通。《越语》,'靡王躬身'。韦注,靡,损也。无封靡于尔邦,犹云,无大损坏于尔邦也。靡、累以叠韵为训,《传》训为累,与损、坏义近。累于国即损坏于国也。《白虎通·三军篇》曰,《诗》云,无封靡于尔邦,维王其崇之。此言追诮大罪也。以封靡为大罪,与《笺》义合。皆本三家诗。《正义》谓靡是侈靡、奢侈、淫靡,是罪累之事。失《传》恉矣。"维,犹"乃",或为语首助词。王,指先王。一说,即指文王。其,语中助词。或,犹"必"。又见《风俗通义·怪神篇》:"晏子朝,公曰:'吾梦与二日斗,寡人不胜,我其死也。'"或,犹"则"。又见《尚书·汤誓篇》:"予其大赍汝……予则孥戮汝。"(其与则为互文)崇,推重。又,《诗毛氏传疏》:"王谓文王也。崇训立,谓更立之以继世也。"二句谓:不要大为损坏你们的邦国,先王则必推重你们(或,于是先王则为你们立国建邦以继世)。　⑥念兹戎功,继序其皇之:此二句亦为戒辞。念,指助祭之诸侯常宜念及。戎,大。继序,犹"缵绪"。继,继承。绪,先人未竟之功业。《毛诗传笺通释》:"按,《说文》,绪,丝端也。序、叙古通用。《尔雅·释诂》,叙,绪也。《闵予小子篇》,继序思不忘。《传》,序,绪也。此诗《传》不释序字,义亦为绪。继序,犹云缵绪。谓诸侯世继其先祖之绪以为君也。《笺》训为次序。失之。"皇,大,美,此处为动词。二句意谓:你们诸侯宜念此大功,继承先祖未竟之功业,而发扬光大。　⑦无竞维人,四方其训之:无竞,无争。维,犹"为"。又,犹"是"。人,贤人。一说,人,借作仁。其,语中助词。训,顺从。此谓:你们如果礼让无争,成为贤人,则四方之国都能顺从你们。 ⑧不显维德，百辟其刑之：不，借作"丕"，语词；或训"大"。维，犹"其"。百辟，诸侯。刑，借作"型"。典型，此谓"奉为典型"。又，《尔雅·释诂》："刑，法也。"法之，犹云"效法之"。二句意谓：你们大大发扬显耀其美德，各国诸侯则将你们奉为典型。 ⑨於乎，前王不忘：於乎，叹词。前王，先王，指文王、武王，或统言列祖。前王不忘，谓"先王有盛德伟烈，懿范常存，感人至深，天子、诸侯均应没世不忘"。此乃奴隶主阶级对其祖宗的颂美感戴之词。

【学术延伸】

《诗经原始》："成王戒助祭诸侯也。"又曰："《小序》谓，成王即政，诸侯助祭。《集传》谓，祭于宗庙而献助祭诸侯之乐歌。姚氏谓，成王或可，但不必即政耳。今案诗'念兹戎功'，则是成王初年，所与祭者皆与前王定天下之诸侯也，故曰'戎功'。若概言诸侯助祭，则何大功之有？是《序》义又较《集传》为强矣。唯诗意上下若成两截，欧阳氏分'继序其皇之'以上为君敕臣之辞，'无竞维人'以下为臣戒君之意。姚氏驳之，以为一诗不可作两人语，而自谓此诗当是周公作，以为献助祭诸侯之乐歌，而末因以勉王也。夫一诗不可作两人语，而一诗又岂可勉两人乎？且祭礼，宾三献尸之后，主人酌酒献宾，因以有歌，此时之歌，自当以主人为主。主人为谁？成王也。成王既为祭主，又何烦周公代为献宾而因以勉王耶？此皆不通之论也。"又，高亨先生说："此篇乃周天子封建诸侯所奏之乐歌也。封建诸侯，乃王朝之大典，于宗庙中举行。……行此礼时，必有乐舞，良可断言。此篇即大封之礼所奏之乐歌也。因此篇皆系对于初封诸侯之训词，故知其然也。"（见高亨《周颂考释》）

天 作

天作①高山②， 　　上天生成高高岐山，

大王③荒④之。	太王奄有此地，创业维艰。
彼作矣⑤，	他惨淡经营，治理岐山之原，
文王康之⑥。	文王继承祖业，周人得安。
彼徂矣，	那万民前往岐原啊，
岐有夷之行⑦。	岐山虽高，大道却很平坦。
子孙保之⑧。	子子孙孙永保万年。

这可能是西周最高统治者祀岐山之乐歌。

【注释考证】

①作：生。 ②高山：指岐山。 ③大王：太王。周文王之祖，即古公亶父。 ④荒：有，又训"治""大"。 ⑤彼作矣：彼，指太王。作，治理，经营。 ⑥文王康之：康，安。又，高亨《周颂考释》："康，疑借作赓，同声系，古通用。……《尔雅·释诂》：'赓，续也。'"文王赓之，谓"文王继续太王垦治岐山之业，非安坐而享其成也"。 ⑦彼徂矣，岐有夷之行：彼，此处指万民。徂，往。夷，平易。行，道路。《毛诗传笺通释》："彼徂矣，岐有夷之行。《传》，夷，易也。《笺》，彼，彼万民也。徂，往；行，道也。后之往者，又以岐邦之君有佼易之道故也。瑞辰按，《毛诗》以'彼徂矣'三字为句，与上'彼作矣'相对成文。《韩诗》则作'彼徂者'。《后汉书·西南夷传》，朱辅上疏曰，臣闻《诗》云，彼徂者，岐有夷之行。《传》曰，岐道虽僻而人不远。李贤注引《韩诗》（薛君传）曰，徂，往也。夷，易也。行，道也。彼百姓归文王者，皆曰岐有易道可往归矣。易道，谓仁义之道。故岐道阻险而人不难。郑君先通《韩诗》，故此《笺》全本《韩》义。其云'后之往者'，正释《经》'彼徂者'句。《正义》，徂，谓新往者。是知《笺》《疏》本皆作'徂者'，而以'岐'字属下句读，则《毛》《韩》诗同也。《说苑》《韩诗外传》并引《诗》'岐有夷之行'。惟沈存

中《笔谈》引《后汉书》，朱辅疏，误作《朱浮传》，又误读'岐'字为句，误'徂'作'岨'。盖由误以《韩诗传》'岐道阻险'为释《诗》'彼徂者'之'徂'也。朱子《集传》、王伯厚《诗考》并沿其误。又按《说文》，侗，佼侗。庄述祖引《易纬》注，佼侗，无为。是佼侗为寂然无为之称。《正义》以'佼'为'佼健'。失之。"又，姚氏《诗经通论》："'徂'，沈括《笔谈》改作'岨'。妄改经文，以就我解，最为武断。《集传》从之，何也？王伯厚曰，《笔谈》引《朱浮传》作彼岨者岐。今按《后汉书·朱浮传》无此语。《西南夷传》，朱辅上疏曰，彼岨者岐，有夷之行。注云，徂，往也。盖误以朱辅为朱浮，亦非'岨'字。"按：如读"徂"为"岨"，此"彼"字则指岐山而言，然未若《郑笺》训"彼万民"为允。 ⑧子孙保之：谓"后世子孙永保守之"。

【学术延伸】

姚氏《诗经通论》："《小序》谓'祀先王、先公'，诗中何以无先公？《集传》谓祀大王，诗中何以又有文王？皆非也。季明德曰，'窃意此盖祀岐山之乐歌。按《易·升卦》六四爻曰，王用享于岐山，则周本有岐山之祭'。此说可存。邹肇敏本之为说曰，'天子为百神主。岐山王气攸钟，岂容无祭？祭岂容无乐章？不言及王季者，以所重在岐山，故止挈首、尾二君言之也'。又为之覈实如此。"

昊天有成命

昊天有成命①，　　上帝早有成命，赐福于周，
二后受之②。　　　文王、武王欣将天命承受。
成王不敢康③，　　成王又继其后，不敢自安，
夙夜基命宥密④。　早夜谋成天命，奋力黾勉。
於，缉熙⑤！　　　啊，发扬祖德，大显光明！

单厥心⑥，	兢兢业业，尽心竭诚，
肆其靖之⑦。	先王功业，巩固安定。

这是颂扬成王的乐歌。

【注释考证】

①昊天有成命：昊天，上天，上帝。成命，明命，定命。此谓：上天祚周以天下，自后稷降生即已有明命。　②二后受之：二后，犹"二王"，此指文王、武王。受之，承受天命。　③成王不敢康：康，安。此谓：成王继嗣文、武之功业，黾勉从事，不敢自安。　④夙夜基命宥密：夙夜，早夜，从早到晚。基命，基，始，谋。命，天命。宥，语助。密，读作"勉"。此句意谓：为谋成天命而早夜勉力为之。又，《周颂考释》："基疑借为鼻。《说文》：'鼻，举也。从廾，由声。……'按鼻本奉持之义，从廾，奉由，由，器也。基命即鼻命，夙夜鼻命谓夙夜奉持天命，恐其陨越也。……但余谓有密犹密密也。（此《诗》中习见之例）密密谨慎也。字借作谧。同声系，古通用。《说文》：'谧，慎也。'《尔雅·释诂》：'谧，慎也。'《桑柔》曰：'为谋为毖。'《毛传》：'毖，慎也。'《新书·礼容篇》引此诗密作谧，亦通用字。此句言成王夙夜奉持天命，小心谨慎也。"　⑤於，缉熙：於，叹词。缉熙，光明貌。一说，奋进之意。　⑥单厥心：犹"尽其心"。单，尽。《国语·周语》引"单"作"亶"。二字古通。按，亶，又有"信厚""厚大"义。　⑦肆其靖之：肆，固，此指巩固先王基业。又，《郑笺》训"肆"为"故"。一说，训"遂"。其，语助。靖，安。之，语助；或为指事之词，指称先王之业。此句似谓：先王之功业既巩固又稳定。又可解作：遂能安靖天下。（靖，作动词用。）

【学术延伸】

《诗集传》:"此诗多道成王之德,疑祀成王之诗也。"又,姚氏《诗经通论》:"《小序》谓,'郊祀天地',妄也。《诗》言天者多矣,何独此为郊祀天地乎?郊祀天地,不但于成王无与,即武王亦非配天者,而言'二后',何耶?汉儒惑其说,宋儒且引此诗以为合祀之证,其经术之疏谬可知矣。此诗'成王',自是为王之成王。《国语》,叔向曰,'道成王之德,及武王能明文昭,定武烈',此一证也。《贾谊新书》曰,后,王也。二后,文王、武王也。成王者,武王之子,文王之孙也。文王有大德而功未既,武王大功而治未成;及成王承嗣,仁以莅民,故称'昊天焉',此一证也。扬雄谓'康王之时,颂声作于下',班固谓'成、康没而颂声寝',此一证也。然则毛、郑辈必以'成王'作'成其王'解,固泥于凡《颂》皆为成王时周公作耳。"又,《周颂考释》:"此篇殆即《象》乐之一章,作于成王之世,非祭成王者也。西周王朝有所谓《象》者,乃舞曲之一种。"

我 将

我将我享①,	我们奉养,我们献飨,
维羊维牛②。	供奉牺牲牛羊。
维天其右之③。	敬祈天帝佑助后王。
仪式刑文王之典④,	各种制度效法文王典章,
日靖四方⑤。	日日谋求安靖四方。
伊嘏文王,	伟大的文王,
既右飨之⑥。	既佑助我们而又受此献飨。
我其夙夜⑦,	我们早夜勤于职事,
畏天之威,	敬畏上天之威,

于时保之⑧。　　　　于是受天赐福，保安周邦。

　　此乃周代统治者祀天帝于明堂并以文王为配之乐歌。此即所谓《大武舞曲》之一"成"（犹舞剧之一场）。

【注释考证】

　　①我将我享：将，奉。享，应读作"飨"，祭献。又，《毛诗传笺通释》："《传》，将，大。享，献也。《笺》，将犹奉也。我奉养，我享祭之。瑞辰按，庄述祖曰：将，古文作鱂，……《说文》作鬺，煮也，从鬲，羊声，字亦作䵼。……徐广曰，䵼，亨（烹）煮也，音殇。享当读飨。……此《传》将亦训烹。……今按将、享对文，以将为鱂之省借，训烹，正与《封禅书》'䵼享上帝鬼神'及《易传》'圣人亨以飨上帝'文法相类，较《传》《笺》为善。"　②维羊维牛：《毛诗传笺通释》："按臧氏《经义杂记》谓《正义》本原作'维牛维羊'。《周官·羊人》疏及《隋书·宇文恺传》引《诗》并作'维牛维羊'。……阮尚书《校勘记》以臧氏说为是。然《笺》云，我奉养我享祭之羊牛。……又《诗》以将、享与下方、王、飨为韵，而中以牛与右韵，与《诗》中隔句用韵，其隔句自为韵者正合。仍从《唐石经》及《毛本》作'维羊维牛'为是。"　③维天其右之：维，语首助词。右，助。（字又作"佑"）又，《周礼》疏引"右"作"祐"。又，姚氏《诗经通论》："位以右为尊，故曰'右之'。'伊嘏文王，既右飨之'，亦主天言。先为不敢必之辞，后乃既必之辞，故先惟言'右'，后言'右飨'。"又，《诗集传》："神坐东向，在馔之右，所以尊之也。"此谓：上帝降临右面之上位。(这是祭主表示的希望）又，右训"保佑""佑助"，亦通。　④仪式刑文王之典：仪，度。式，法。刑，借作"型"。法，效法。典，法规。此谓：治国之法度皆取法于文王之典章。　⑤日靖四方：日日谋求四方安靖。　⑥伊嘏（gǔ）文王，既右飨之：伊，语词。嘏，本训

"福""受福"。"嘏"在此为"假"之借,训"大"。王引之曰:"嘏,读《雝篇》'假哉皇考'之假。……《尔雅》曰,'嘏,假,大也'。'假哉皇考''伊嘏文王',皆赞美之辞。'伊嘏文王''思文后稷''於皇武王',上一字皆发语词,犹言'有嘏文王'耳。'伊嘏文王,既右飨之',言'大哉文王,既佑助后王而飨其祭'也。"又,《诗毛氏传疏》则云:"……《尔雅》,'尚,右也'。则右亦尚也,右飨犹云尚飨也。"按:飨,食所献。 ⑦我其夙夜:其,语中助词。此言"我早夜勤于职事"。 ⑧畏天之威,于时保之:时,犹"是"。保,保守,保持,或训"安"。此谓:敬畏上天之威,于是保守上天及文王之旨意。或云:敬畏上天之威,则受天之佑,使周能保安之。又,《诗毛氏传疏》则曰"保安天命"。

时　迈

时迈其邦①,	巡行万邦,诸侯朝会,
昊天其子之②?	上帝惠赐我王天子之位?
实右序有周③。	上帝对我周人佑助优渥。
薄言震之,	我王大震神威,
莫不震叠④。	天下诸侯无不震动敬畏。
怀柔百神,	安祀天地众位神灵,
及河乔岳⑤。	至于黄河与那岱宗。
允王维后⑥!	武王真是天下之君,无比英明!
明昭⑦有周,	明智亮察,是我宗周,
式序在位⑧。	依照顺序,分封在位诸侯。
载⑨戢⑩干戈,	于是就把干戈尽都收藏,
载櫜⑪弓矢。	于是就把弓矢装进櫜囊。

我求懿德⑫，	我们将那美德崇尚，
肆于时夏⑬。	广施仁德于中国四方。
允王保之⑭！	保持祖德，真是贤明之王！

武王克商，初有天下，巡狩四方，并举行朝会，燔柴祭天，望祭山川，而周公则作此乐歌以颂之。

【注释考证】

①时迈其邦：时，犹"是"，语词，无实义。迈，行，此指巡行。其邦，指周王朝所属之诸侯邦国。　②昊天其子之：这是设问句。意谓：昊天其以我为子乎？子，在此是动词。　③实右序有周：实，犹"是"，语助，不为义。又见《吴语》："虽四方之诸侯，则何实以事吴？"右，即今之"佑"字，助。序，犹"顺"，"顺"犹"助"。有周，即"周"。"有"为语助，无实义。又如"有虞""有夏"，例同。　④薄言震之，莫不震叠：薄言，二字均为语词，不为义。震，上"震"字，指武王施威；下"震"字，指诸侯震慑。又，《后汉书·李固传》引此诗，并释之曰："言动之于内而应于外者也。"（《李固传》引"震之"为"振之"。）又，《后汉书》注引《韩诗章句》云："振，奋也。……"叠，马瑞辰以"叠"为"慴"之借字，即今之"慑"字，畏服之意。《毛传》亦训"叠"为"惧"。　⑤怀柔百神，及河乔岳：怀，训"来""归"，又有"安"义。柔，训"安"。百神，天地山川之众神。及，至，至于。河，黄河。乔，即"峤"字，山锐而高。乔岳，即高岳，统言"四岳"，《毛传》则又申之曰"高岳，岱宗也"。此处似举黄河、岱宗为"百神"之代表。　⑥允王维后：允，信，诚然。王，此称武王。维，犹"为""是"。后，君。《诗集传》："则是信乎周王之为天下君矣。"　⑦明昭：犹"明明"，此处谓明智聪察。昭，明。　⑧式序在位：式，发语词。序，顺序。在位，谓在位之诸侯，一说指武王。此谓：

确定在位诸侯之次第顺序而封赏之。 ⑨载：犹"则"。 ⑩戢（jí）：敛集，收藏。 ⑪橐（gāo）：古代盛衣甲或弓箭的囊。此处名词动词化，指将弓矢装入囊中。干、戈、弓、矢，均为古代兵器名。 ⑫我求懿德：我，武王自谓，或周人自谓。求，谋求。懿德，美德，此指文治之德。 ⑬肆于时夏：肆，陈，施，广布。时，犹"是"。夏，指中国，即当时周王朝所统治的天下。一说，夏训"大"，指"大其德""大其位"。又，郑氏曰："陈其功于是，夏而歌之。"（夏训大） ⑭允王保之：《诗集传》："信乎王之能保天命也。"或谓：信乎武王能保其先祖之功业。按："载戢干戈"以下四句，似言武王克商之后，偃武修文，光大先祖之业。

【学术延伸】

《诗经原始》："此诗自宜从《序》为是。陈氏大猷曰，天下非一人所能独理，于是有封建诸侯；不能保其长治，于是有巡守，巡守所以维持封建也。案，此乃古常制，若诗则实武王初克商后，告祭柴望朝会之乐也。故首二句云'时迈其邦，昊天其子之？'若不敢必天之以我为子也者，盖初有天下之辞耳。"又，姚氏《诗经通论》："……宣十二年《左传》曰，昔武王克商，作《颂》曰'载戢干戈'，故知为武王克商后作。《国语》称周文公之《颂》曰'载戢干戈'，故知周公作。"姚氏《诗经通论》分为二章。《诗经原始》曰："姚氏本何元子分'明昭有周'以下为第二章。今案之首二句若总提，下乃分二段。若照何本，不惟章法长短不齐，即文气亦觉紧缓不顺，故不若从旧为当。"

执　竞

执竞武王①，　　自强不息，先祖武王，
无竞维烈②。　　坚强奋发，是为光烈。

不显成康③，	大显荣耀，又有成王、康王，
上帝是皇④。	上帝恩宠，嘉许诸王功业。
自彼成康，	自从成、康将那祖德继承，
奄有四方⑤，	尽有四方，天下一统，
斤斤其明⑥。	祖德昕昕，美好清明。
钟鼓喤喤⑦，	铜钟、铜鼓，喤喤、咚咚，
磬筦将将⑧。	玉磬、大管，锵锵、铮铮。
降福穰穰⑨，	降福甚多，祈祷神灵，
降福简简⑩。	降福甚大，感戴神灵。
威仪反反⑪。	威仪容止，尽美尽善。
既醉既饱，	已经陶醉，已经饱餐，
福禄来反⑫。	神赐福禄，反复不断。

这是昭王合祭武王、成王、康王之乐歌。

【注释考证】

①执竞武王：执，犹"服""慑"。又，执持。一说为"鸷"之借，训"猛"。竞，"倞"之借字，训"强"。《毛诗传笺通释》云："《笺》，竞，强也，能持强道者维有武王也。瑞辰按，《释文》引《韩诗》云，执，服也。《说文》执，捕罪人也。义与服近。又，执、慑、慹古通用。《史记·项羽本纪》，诸将皆慑服。《汉书》作慴服。《陈咸传》作执服。《朱博传》作慹服。是其证。《韩诗》训执为服者，盖以执竞为能执服强御，犹《朱博传》云，慹服豪强也。《说文》，倞，强也。《广雅》，倞，强也。凡《诗》言执竞、无竞，又吕叔玉引《诗》作执儵，皆倞字之假借。若竞之本义，则《说文》自训强语矣。"　②无竞维烈：无，发语词，不为义。竞，见前注。维，犹"为"。烈，光，业。此谓：武王能

以自强为光烈。或谓：武王能自强以成其功业。《诗集传》曰："言武王持其自强不息之心，故其功烈之盛，天下莫得而竞。"　③不显成康：不，犹"丕"，语词，又训"大"。显，光，显耀。成康，成王、康王。又，方玉润曰："成，武成也。康，康定也。"又曰："成功康定。"　④上帝是皇：皇，美，嘉。此言，上帝嘉许之。　⑤自彼成康，奄有四方：奄，尽，包括一切。此谓：自那成王、康王继承祖先遗烈，全部拥有四方之国。　⑥斤斤其明：斤斤，读作"昕昕"。《毛诗传笺通释》："《传》，斤斤，明察也。瑞辰按，《尔雅·释训》，明明，斤斤，察也。斤斤即昕昕之省借。《一切经音义》引《尔雅》，昕，察也。当作昕昕，察也。即《尔雅》'斤斤，察也'之异文。《说文》，昕，旦明也。《广雅》，昕，明也。重言之，则曰昕昕矣。"按：察，也有"昭明""清明"之义。此处之"斤斤"（昕昕）似应训为"明貌"，是形容下面"明"字的。明，此指"休明"（美好清明）。一说，明察，或训"昭明"。此谓：周王之功业昕昕休明。　⑦钟鼓喤喤：钟鼓之声喤喤然。喤喤，本作"锽锽"，象声词。　⑧磬筦（qìng guǎn）将将（qiāng）：磬，古代石制乐器，以美石或玉制成，敲击成声。有单一的特磬，又有由大小相次的十数个磬组成的编磬。筦，即"管"，古代吹奏乐器，以竹管为之。将将，即"锵锵"，象声词。　⑨降福穰穰：穰穰，此形容多福。此谓：降赐之福甚多。　⑩简简：大貌。　⑪威仪反反：高亨《周颂考释》："《郑笺》：'反反'，顺习之貌。'《潜夫论·巫列篇》引作'板板'。《宾之初筵》曰：'威仪反反。'《毛传》：'反反，言慎重也。'《释文》：'反反'，《韩诗》作昄昄，云，'善貌'。亨按：反当读为辨，辨辨，有节有序之貌。反辨古通用。"又，《毛诗传笺通释》："当以《韩诗》作'昄昄'为正字。"又，《诗毛氏传疏》："《传》释反反为难者，难，古傩字。《竹竿》，《传》，'傩，行有节度也'。襄三十一年《左传》云，进退可度，周旋可则，容止可观，谓之有威仪。此即傩之义也。"按：应采马瑞辰之说，以"昄昄"为正字。　⑫既醉既饱，福禄来反：既醉既饱，《潜夫论·巫列篇》引《诗》释之云："此言人德义美茂，神歆享醉饱,乃反报之以福也。"一说,此句犹《大雅·既醉》"既醉以酒,既饱以德"之义。又,《诗集传》:"言受福之多而愈益谨重,是以既醉既饱,而福禄之来,反复而不厌也。"反,复,重;又训"报""归"。

【学术延伸】

姚氏《诗经通论》:"……《集传》谓'祀武王、成王、康王'是已。然三王并祭出何典礼?得毋鲁莽耶?……何玄子曰:'……已乃恍然悟曰,此即所谓日祭之诗也。'《周语》祭公谋父曰:'日祭、月祀、时享、岁贡、终王,先生之训也。'《楚语》观射父曰:'古者,先王日祭、月享、时类、岁祀。'刘歆曰:'祖,祢则日祭。'按日祭之典虽于他经无所见,而《国语》两及之,然则成于昭为祖,康于昭为祢,《执竞》之诗当是于日祭上食时歌之,故以二王并言。愚按,'日祭'虽出《国语》,而'祖、祢日祭'仅见于刘歆之言,其然耶否耶?然何氏搜索及此,亦为难能,聊存之以逆此诗之难可也。"

思　文

思文后稷①,	大有文德的先祖后稷,
克配彼天②。	足能配享于那皇天上帝。
立我烝民③,	使我众民以米粮为食,
莫匪尔极④。	人们无不效法于你。
贻我来牟⑤,	留给我们小麦、大麦,
帝命率育⑥,	上帝降命将万民养活,
无此疆尔界⑦,	没有什么彼此疆界,
陈常于时夏⑧。	施行田赋之法于中国。

此后稷配天之乐歌，用于祈谷之祭者。

【注释考证】

①思文后稷：思，语词，不为义。文，指有文德。此云，有文德的后稷啊！ ②克配彼天：克，能。配天，此指配享于天。按，配天，有二义：一者，指祭天而以先祖配之；一者，谓其德与天相配。此处"配天"，系指前者。又，《诗毛氏传疏》云："凡禘、郊、祖、宗四者，皆天子配天之大祭。" ③立我烝民：立，"粒"之借，谓以谷米为食。又训"定""成"。烝民，众民。此谓：使我众民得以米粮为食。 ④莫匪尔极：匪，非。极，准则，法则。此言：无不以你为准则。 ⑤贻我来牟：贻，犹"遗"。来牟，来麰。来，小麦。麰，大麦。按，来麰为本字。作麳年、喜䵺者，皆同音通用。此句意谓：后稷遗留给我们小麦、大麦（古称嘉禾）。（言外之意，传给后代稼穑之道。） ⑥帝命率育：率，皆，全，遍。育，养。此谓：上帝降命生产百谷，普遍养育万民。 ⑦无此疆尔界：无此疆彼界。尔，犹"彼"。此谓：没有彼此疆界。按，界，《释文》作"介"。《文选·左思〈魏都赋〉》注引《韩诗薛君章句》作"介"。严可均、冯登府并云："作介不误。""介"，古"界"字。 ⑧陈常于时夏：陈，布，施。常，典法，或指田赋之法。时，是。夏，指中国。此言：施行田赋之法于中国。又，马瑞辰曰："常即政也。……此诗'陈常'犹'布常'也。'陈常于时夏'，谓'陈农政于中夏'也。……谓'遍布其农政，所以布利于是中夏'也。"

【学术延伸】

《诗经原始》："《小序》云'后稷配天'是也。而经无祀天之文，故《集传》疑之，不言郊祀，但云'后稷之德，真可配天'而已。然《孝经》尝云，'昔者周公郊祀后稷以配天'矣。古人文字，类多简质，况天功又有不待人述者乎！"（按：引文据民国十三年上海泰东图书局本，原文中"昔者周公"以下，夺"郊祀"二字，今补。）又，《诗毛氏传疏》："此南郊祀天之乐歌也。后稷为周始封之祖，故既立为太祖庙而又于南郊之祀配天。"又，姚氏《诗经通论》："……《国语》云，'周文公之为《颂》曰，"思文后稷，克配彼天"'，故知周公作也。郊祀有二：一冬至之郊，一祈谷之郊。此祈谷之郊也。"又，《左传·襄公七年》："夫郊祀后稷，以祈农事也。"又，《汉书·郊祀志》："周公相成王，王道大洽，制礼作乐，……郊祀后稷以配天。"

臣工之什

臣 工

嗟嗟①臣工②：	唉，唉，群臣百官都要牢记：
敬尔在公③。	勤谨执持公家之礼。
王厘尔成④，	周王奖赏你们之功，
来咨来茹⑤。	咨议谋虑，度量周密。
嗟嗟保介⑥：	唉，唉，披甲执锐之士：
维莫之春⑦，	值此暮春之际，
亦又何求？	我们又有什么要求？
如何新畬⑧？	怎样重整熟耕之地？
於，皇来牟⑨，	啊，将要长出上好麦子，
将受厥明⑩。	将要迎来丰收年成。
明昭上帝，	上帝真是明智聪察，
迄用康年⑪。	惠赐我们丰年康宁。
命我众人：	对我众人敕命吩咐：
庤⑫乃⑬钱镈⑭，	备好你的长锹、短锄，
奄观铚艾⑮。	将要遍察你们收获谷物。

此篇是赞颂周王省耕、劳群臣、祈丰年之乐歌。

【注释考证】

①嗟嗟：叹词，重言之以加强语势。　②臣工：臣官。工，官。《诗集传》："臣工，群臣百官也。"　③敬尔在公：敬，勤谨。在公，犹"从公""执事"，指公家耕藉之礼。　④王厘尔成：厘，通"赉"。赐予，赏赐。尔，指群臣百官。成，功。此句谓：周王赏赐你们的功绩。又，马瑞辰以为："王与往古同声通用。厘当为禧之假借，《尔雅·释诂》，禧，告也。……王厘，犹言往告也。……王厘尔成，谓往告尔以丰成也。厘此为遣诸侯于庙之诗，故言往作王者假借字耳。"　⑤来咨来茹：来，犹"是"，语词。咨，谋。茹，度。此谓：群臣百官一起谋虑、度量。　⑥保介：披甲执锐保卫天子之武士。《毛诗传笺通释》："按天子、诸侯孟春劝农，保介为同车之人，故自车中戒之。《笺》据《月令》释为车右是也。《月令》'措之于参保介之御间'，文有讹误。当从《吕氏春秋》作'措之参于保介之御间'，'之'犹'与'也，谓参于保介与御者之间也。《月令》郑注，保犹衣也。按，保与褓义近，被甲者为保介，犹小儿衣谓之褓也。介与甲双声，故甲可借作介。至《吕氏春秋》高注'保介，副也'，盖读介如宾介之介。朱子《集传》云，盖农官之副。又因高注而申言之。然云盖者，拟议之词，非于经传有确证也。"又，《毛诗正义》："知'保介'为车右，故即引《月令》以证。彼说天子耕藉田之礼，天子亲载耒、耜，措置之于参乘之人，保介之与御者二人间。君之车上止有御者与车右二人而已，今言'保介'与'御'，明保介即车右也。以农事敕车右者，此人与之同车而置田器于其间，常见劝农之事，故敕之也。不敕御人，以御人专主于御车也。"又，陈奂说："案高注以保介为副，当是相传古训副。天子之副，即下文三公、九卿、诸侯、大夫也。天子躬耕，则三公以下为副；诸侯躬耕，则三卿以下为副。《毛传》为'臣工'作解，即不为'保介'作解，'嗟嗟保介'，犹云'嗟嗟臣工'耳。则'臣工''保介'为诸侯籍田时皆所率耕之人矣。"又，《青铜时代·由周代农事诗论到周代社会》："所谓'保介'，……应该就是后来的'田畯'，也就是田官，介者界之

省,保介者保护田界之人。" ⑦维莫之春:维,发语词,或训"在"。莫,古"暮"字。莫之春,即"暮春",周历之"暮春"约当于夏历之"孟春",见本篇【学术延伸】。 ⑧亦又何求?如何新畬(yú):又,犹"有"。新,此为动词,"使之新""治之使新"义。一说,田二岁曰新。畬,《毛传》:"田三岁曰畬。"《说文》:"畬,三岁治田也。"此谓:我们又有何要求呢?怎样对这熟田整治一新呢? ⑨於,皇来年:於,叹词。皇,美好。来年,见《思文》注。 ⑩将受厥明:厥,其,指示代词。明,成。《经义述闻》:"《尔雅》曰,明,成也。……暮春之时,麦已将熟,故曰将受厥成,下文'庤乃钱镈,奄观铚艾',正所谓受厥成也。"《毛诗传笺通释》:"古以年丰谷熟为成。《周书·籴匡解》'成年年谷足宾祭',是也。" ⑪明昭上帝,迄用康年:明昭,见《周颂·时迈》注。迄,至。又,犹"致"。康,安,乐。康年,犹"乐岁""丰年"。此二句意谓:明智聪察的上帝,致使我们享此丰收康乐之年。又,《周颂考释》:"迄疑当读为气。《广雅·释诂》:'气,予也。'用犹以也。《毛传》:'康,乐也。'《尔雅·释诂》:'康,安也。'明昭之上帝赐我以安乐之年,谓丰收也。" ⑫庤(zhì):准备,备好,储备。 ⑬乃:汝,你们。 ⑭钱(jiǎn)镈(bó):钱,古代农具,锸属,犹如后世之锹。镈,古代农具,除草之器,如后世之锄。 ⑮奄观铚(zhì)艾:奄,尽。观,视察。铚,古代农具,一种短小的镰刀。艾,义(刈)之借,古代一种芟草之大剪刀。此处,"铚、艾"均转化为动词,意指"收割庄稼"。按:上二句是将然之词。自"嗟嗟保介"以下皆"因孟春耕藉而戒以终岁之事"。

【学术延伸】

姚氏《诗经通论》:"《小序》谓'诸侯助祭遣于庙',甚迂。诗既无祭事,天子于诸侯何不敢斥言之,而呼臣工、车右,如以卑告尊不敢斥言之例乎?《集传》谓'戒农官之诗',若是,则当在《雅》,何以列于《颂》乎?邹肇敏曰,'明堂朝觐,则《我将》《载见》诸诗是已。

至耕藉岂容无诗！"嗟臣工"，正指公、卿、大夫之属；至"嗟保介"，则义益显然。其为耕藉而戒农官，益可据矣'。其说近是。"又，《礼记·月令》："孟春之月，……乃择元辰，天子亲载耒耜，措之于参保介之御间，帅三公、九卿、诸侯、大夫躬耕帝籍。天子三推，三公五推，卿诸侯九推。反执爵于大寝。三公、九卿、诸侯、大夫皆御，命曰劳酒。"又，《诗经原始》："……然天子耕藉，乃孟春事，而此云暮春者，得无谬乎？郑氏谓周之莫春，于夏为孟春，然则周正可改寅为子，天时亦可易孟为季乎？何其不通如是也？周正不唯不改置仲冬之月，且并仍在孟春之令，特以孟春为建子而不建寅耳。盖建可改而时不能更，观此益信周之岁首与夏、商无异矣。诗固因孟春耕藉而戒以终岁之事，非专为暮春言也。故末言'奄观铚艾'，非秋成时乎？若泥暮春，则以辞而害意矣。姚氏虽亦见及《郑笺》之谬，而究无说以解暮春之语，则以其未知周正改建未改时耳。至'保介'，《集传》以为农官之副，固属杜撰；然保介之在车右。实无与于农事，何戒之有？古今官名，随时更易，未可据秦、汉伪书以解成周真颂也。识者详焉。"又，《青铜时代·由周代农事诗论到周代社会》："《臣工》……这诗的时代不敢言，大约和《噫嘻》相差不远，因为风格相同，而且没有韵脚。诗中的王亲自来催耕，和《卜辞》中的王亲自去'观黍'和'受禾'的情形相同。"

噫　嘻

噫嘻①，成王！	噫嘻，天子成王！
既昭假尔②。	已对田官们将农事明白宣讲。
率时农夫③，	率领这众多农夫，
播厥④百谷⑤。	播种那百谷杂粮。
骏发尔私⑥，	大大地开发你们的私田，
终⑦三十里⑧。	望到尽头，有三十里广大田垄。

亦服尔耕⑨，	又要从事你们各种耕作劳动，
十千维耦⑩。	万对农夫，并力耦耕。

此为西周统治者赞颂成王省耕、劳农夫、祈丰年之乐歌。从中看出西周农夫的劳动情况和公田、私田的制度。

【注释考证】

①噫嘻：叹美之词。　②既昭假尔：既，已。昭，明。假，读作"嘏"，训"告"。此处是自上以告下，有时表示自下以告上，如《商颂·那》之"汤孙奏假"。尔，指田官等人。一说，指所祭对象，郭沫若先生说："所以诗中的三个'尔'字都是指的先公先王，太王、王季、文王、武王，固然包括在内，可能连姜姬和后稷都会包括在内。"（并译"昭假"为"招请"。）此谓：成王以耕藉之事明白告示田官等人。或谓：成王表明其诚敬之心以上达于神（先公先王之灵）。　③率时农夫：即"率是农夫"。率，率领。时，犹"是"，此，这些。农夫，即"田畯"，又称农人。　④厥：其，那些。　⑤百谷：统言各种农作物。　⑥骏发尔私：骏，大，大大地。又，《郑笺》："骏，疾也。"发，开发，或指耕田。尔，你们，指田官。古制三十里为一部，由一个田官主持农事。私，私田，详见《小雅·大田》注。又，《传》："私，民田也。"　⑦终：尽，竟，望到尽头。　⑧三十里：方圆三十里，即九百方里。朱说"万夫"所耕之地为三十里。一说，方三十三里。言三十里者，乃举其成数。　⑨亦服尔耕：亦，语词，或训"也""又"。服，从事。耕，耕作。　⑩十千维耦：十千，一万。维，犹"为"。耦，《说文》："耒广五寸为伐，二伐为耦。"又《周礼·考工记·匠人》："耜广五寸，二耜为耦。"《诗集传》："耦，二人并耕也。"按，耦，即两人为一组，各持农具（耒耜）而进行耕作。十千耦，即一万耦，合二万人。又，姚氏《诗经通论》："……'骏发而私，终三十里'，《毛传》曰，'私，民田也，言上

欲富其民而让于下，欲民之大发其私田耳。终三十里，言各极其望也'。孔氏曰，'各极其望，谓人目之望所见极于三十，每各极望则遍及天下矣。三十，以极望为言，则十千维耦者，以万为盈数，故举之以言，非谓三十里内有十千人也'。按，《传》《疏》之说甚明，诗意只如此，非可凿然以典制求之。是三十里与十千之义各别，不得联合以解，明矣。"又，《诗经原始》："窃意诗言三十里者，一望之地也。言十千为耦者，万众齐心合作也。一以见其人之众，一以见其地之宽，非有成数在其胸中。不意后儒竟为之持筹核算，计亩受夫，丝厘弗爽，有谓'万夫之地方三十里少半里'者，有谓'三十里有奇'者，又有谓'万耦当云五千耦'者。真是痴人说梦，乌足当人一哂哉！诗本活，相释者均呆，又安能望其以意逆志，得诗人言外旨耶？"

【学术延伸】

何楷《诗经世本古义》："康王春祈谷也。既得卜于祢庙，因戒农官之诗。《家语》，孔子对定公曰，'臣闻天子卜郊，则受命于祖庙而作龟于祢宫，尊祖、亲考之义也'。又，《左》襄七年，'夏四月，三卜郊不从'。孟献子曰，'吾乃今而后知有卜筮。夫郊祀后稷，以祈农事也。启蛰而郊，郊而后耕。今既耕而不郊，宜其不从也'。愚以此诗章首有'成王昭格'之语，是此诗作于康王之世，乃主作龟祢宫而言。不然，周自后稷以农事开国，即欲敕农官，何不于始祖之庙举始祖为辞，而顾于成王，何取乎？"又，《诗三家义集疏》："《噫嘻》一章八句，春夏祈谷于上帝之所歌也。（蔡邕《独断》）《齐》《韩》盖同。"按：《毛诗》亦同。又，《集传》："此连上篇，亦戒农官之词。……盖成王始置田官，而尝戒命之也。"又，季明德曰："农事，古人所急。治农之官，自古有之。况武王所重者民食，岂待成王而始置哉！"又，郭沫若《青铜时代》："……诗明明是作于周成王时，周初的农业情形表现得异常清楚。农业生产的督率是王者所躬亲的要政之一；土地是国家所有，作着大规模的耕耘；耕田者的农夫是有王家官吏管率着的。这情形和殷代《卜辞》里面所见的并无二致。……'贞：叀（维）小臣令众黍。一月。'（《卜辞通纂》第四七八片）……这'小臣'等于周代的田官（别的诗称为'保介'或'田畯'），'众人'呢，不用说也就是农夫了。……但周王自己也每每和农夫直接发生关系……"又说："《鲁诗序》以为是'康王孟春祈谷于东郊，以成王配享之诗'，大约以'成'为谥，故以定之于康王。其实古时代并无谥法，凡文、武、成、康、昭、穆、恭、懿等，都是生号而非死谥。彝器有《献侯鼎》，其铭文云，'唯成王大棻，在宗周，王赏献侯器贝，用作丁侯宗彝'。分明在王生时已称成王。……谥法大抵是在战国中叶才规定的。"又说："是成王亲耕之前昭假先公先王，史官们把这事做成颂歌来助祭。"

振　鹭

振鹭于飞，	挥动白鹭之羽，舞姿如飞，
于彼西雝①。	宴饮诸侯，在那西郊离宫。
我客戾止，	我的宾客已至筵席之间，
亦有斯容②。	也都有此羽舞翩翩之容。
在彼无恶，	你们在那本国无人怨恨，
在此无斁③。	你们在这王朝无人厌憎。
庶几夙夜，	幸望朝夕恭谨自勉，
以永终誉④。	永保你那美誉盛名。

疑为周天子宴诸侯之乐歌。

【注释考证】

①振鹭于飞，于彼西雝：振，群飞貌，此指羽舞貌。鹭，鹭鸶，本

指白鹭，水鸟名，此处是指羽舞时所持之鹭羽。见《陈风·宛丘》注。飞，亦为舞容。《毛诗传笺通释》："振鹭于飞，盖状振羽之容与飞无异。于、如古通用，于飞即如飞也。"按，《振鹭》之篇名，又作《振羽》。西雝，西郊之辟雝（周王朝之离宫），此处指燕乐之地。　②我客戾止，亦有斯容：我，周王自我。客，宾客，此指来参加宴享之诸侯等。戾，至。止，之。亦有斯容，《毛诗传笺通释》："言如舞者之动容中节也。"

③在彼无恶，在此无斁（yì）：此二句为赞美宾客之辞。彼，彼地，指诸侯之本国。无恶，无怨恨憎恶者。言外之意，都爱戴他。此，指此处燕乐之地（西雝）。无斁，无厌恶者。言外之意，都敬爱他，十分和谐友好。　④庶几夙夜，以永终誉：庶几，表示希幸之词，犹言"也许可以""也许能够"。夙夜，此谓"夙夜匪懈"。以，而。永，长久。终誉，犹"众誉"。《毛诗传笺通释》："按终与众双声，古通用。《后汉书·崔骃传》，岂可不庶几夙夜，以永众誉。义本三家诗。《毛诗》作终，即众字之假借，犹《诗》众稚且狂，即言终稚且狂也。《中庸》释此诗曰，君子未有不如此而蚤有誉于天下者也。有誉于天下，即众誉也。诗承上'在彼''在此'言之，亦为众誉。"按，众誉，似有"盛誉"义。

丰　年

丰年多黍多稌①，	丰收之年，收获很多黍米稻米，
亦有高廪②，	有那高大米仓成排林立，
万亿及秭③。	上万上亿，又以秭计。
为酒为醴④，	做成清酒甜酒，举行报祭，
烝畀祖妣⑤，	进献给那先祖先妣，
以洽百礼⑥，	用以完备报祭之百礼，
降福孔皆⑦。	降福人间，美好无比。

此为丰收之后,秋冬大报之乐歌。

【注释考证】

①稌(tú):稻。一说专指糯稻。 ②亦有高廪(lǐn):亦,语助。高廪,高大的米仓。廪,米仓。 ③万亿及秭:《毛传》:"数万至万曰亿,数亿至亿曰秭。"又,《毛诗传笺通释》:"《太平御览》卷七百五十引《风俗通》:'……十万谓之亿,十亿谓之兆,十兆谓之经,十经谓之垓,十垓谓之捕,十捕谓之选,十选谓之载,十载谓之极。'其所云捕,即秭字之讹。"此极言谷物之多,不必泥。又于数词之后省略量词,也只可领会其大义。 ④醴(lǐ):古代的一种速成的甜酒。 ⑤烝畀(bì)祖妣:烝,进,指送上祭品。畀,给予。此谓:将醴酒等祭品进献给先祖先妣。 ⑥以洽百礼:以,用以,借以,或犹"而"。洽,《郑笺》:"合也。"或为"佮"借,《说文》:"佮,合也。"又,《诗集传》:"洽,备。"百礼,指报祭上帝百神的各种礼仪。 ⑦降福孔皆:孔,大,甚。皆,嘉,美好,大。又,《毛诗传笺通释》:"按,皆偕古通用。襄二年《左传》引《诗》作'降福孔偕'。皆、偕、嘉一声之转。《广雅·释言》,皆,嘉也。王氏《疏证》曰,《小雅·鱼丽》曰,维其嘉矣。又曰,维其偕矣。《宾之初筵》曰,饮酒孔嘉。又曰,饮酒孔偕。偕亦嘉也。今按此诗孔皆,亦当从《广雅》训嘉。嘉与佳同,《广雅·释诂》,佳,大也。孔皆,犹云孔嘉,嘉福,犹云胡福。胡与嘉,皆大也。(《文选·陆士衡诗》:行矣保嘉福。是福亦称嘉之证。)据《郊特牲》郑注,大,犹遍也。则《传》训皆为遍,亦与嘉义通。"

【学术延伸】

《诗经原始》:"秋冬大报也。……《汇纂》曰,《丰年》,《序》以为秋冬报也。《笺》以秋冬报为尝烝。王安石以'丰年'属天地之功,故以此诗为祭上帝。陈祥道引《丰年》以证《礼》,谓秋报者,季秋之于明堂也。吕祖谦谓以祈为郊，则季秋大飨明堂，安知不并歌《丰年》之诗以为报欤？曹粹中谓秋冬大飨及祭四方八蜡，天地百神无所不报，同歌是诗。汉、唐、宋诸儒之说大约如是。《集传》定为报赛田事之乐歌，盖指田祖先农方社之属。然详观此诗，言黍稷之多，仓廪之富，而得为此酒醴，以飨祖考洽群神，祀事无缺而百礼咸备，皆上帝之赐，故曰降福孔皆也。考祀典，秋冬大报，上自天地，以至方蜡，靡祀不举，祀则有乐，是诗概为报祭之乐章。故《序》不明斥所祭为何神也。案，《序》不方祭何神，但云秋冬报，故后多疑议。若云大报，则其义自明矣。总之，古礼既废，古乐又亡，第从乐章以考祀典，讵能有符？纵极切合，亦不过悬揣以求其义焉云尔。"又，胡承珙《毛诗后笺》："……今一以《序》及《经》证之，似当以曹氏之说为近。《噫嘻》，《序》言春夏祈谷；此言秋冬报，明是一祈一报，相对为义。彼言上帝，而此不言何神者，考祈谷之郊，主祀上帝，而百神亦当从祀。"又说："……此秋冬报祭亦必自上帝百神凡有功于谷实者遍祭之，而皆歌此诗。……《郊特牲》云，蜡者合聚万物而索（尽）飨之。可见秋冬之报所祭甚广，故《序》不指言何神。但经文首称'丰年'，则其为百谷报成之祭，义甚著明，故《传》亦不言何祭。"又，陈乔枞《鲁诗遗说考》："此烝尝非四时宗庙之祭也。……谓之尝者，取物成尝新之义。谓之烝者，取品物备进之义。《月令》言毕飨先祖，《诗》言烝畀祖妣正同。《噫嘻》为春夏祈祭之所歌，《丰年》为秋冬报祭之所歌，与宗庙时祀之烝尝名同而实异也。"

有瞽

有瞽有瞽①，	盲人乐师，盲人乐师，
在周之庭②。	在那周朝太祖庙庭。
设③业④设虡⑤。	设置乐架，有那大板、竖柱。

崇牙树羽⑥。	精刻重牙，又插美丽羽翎。
应田县鼓⑦。	小鼓、大鼓，又有悬鼓。
鞉⑧磬柷⑨圉⑩。	木柷、木敔、摇鼓、玉磬。
既备乃奏⑪，	既已完备，乃奏钟磬，
箫管⑫备举⑬，	排箫、大管，全都吹奏起来，
喤喤⑭厥声。	喤喤盈耳，它有那清越之声。
肃雝⑮和鸣。	庄重调谐，众乐和鸣。
先祖是听。	列位先祖，恭请聆听。
我客戾止⑯，	我的贵宾已经到达，
永观厥成⑰。	久久观礼，其礼大成。

此为成王始行祫祭大典之乐歌。

【注释考证】

①有瞽（gǔ）有瞽：有，语助。瞽，盲者，又指古代的盲人乐师，由于古代以瞽者为乐师，故以"瞽"为乐师之代称。　②在周之庭：在周之庙庭。　③设：置。　④业：繁体作"業"。古代乐器架子横木上的大板叫"业"，刻如锯齿状，以白画之，此大板为悬挂钟、鼓、磬诸乐器之用。　⑤虡（jù）：古代悬挂钟、磬等乐器之木架。其两侧的竖柱叫虡，悬挂乐器的横梁叫栒（又作笋）。　⑥崇牙树羽：崇牙，崇，犹"重"。崇牙，是古代乐器架上刻饰如重牙者。《传》："崇牙，上饰，卷然可以悬也。"又，《诗毛氏传疏》："崇牙上饰者，谓业上饰也。《烈文》传：'崇，立也。'业为栒之上饰，崇牙又为业之上饰。业为平版，作锯齿形，以白画之，崇牙为业上曲然高竿处，以悬钟磬，故云卷然可以悬也。"树羽，在崇牙之上插以鸟羽，作为装饰。　⑦应田县鼓：应，即"应鼙"，是古乐器中的一种小鼓。一说，大鼓。田，一种大鼓。一

说，小鼓。《诗毛氏传疏》："应，应鼓也。《周礼》，小师击应鼓。《礼记·礼器篇》，应鼓在东。《尔雅·释乐》，小者谓之应。是应为小鼓也。"又曰："《传》以应田连文，应为小鼙，故田为大鼓矣。《尔雅》藁应同释，《说文》亦藁鼙连篆，皆其义。藁亦作贲。《灵台》，《传》，贲，大鼓也。贲、田皆为大鼓。应即应鼙，在东。县鼓即棘，在西。诗人作句，以田次于应、县鼓之间，盖田即《仪礼》之建鼓也。……郑注云，建鼓，建犹树也，以木贯而载之，树之跗也。贾疏云，今之建鼓，则殷法也。又谓之楹鼓。《明堂位》殷楹鼓。郑注云，楹，谓之柱，贯中上出也。则田即殷人楹鼓也。"又，《毛诗传笺通释》："今按《周礼·大师》郑重注，棘，小鼓也。小鼓为大鼓先引，故曰棘，棘读为道引之引。《说文》，軙，引也。申、引字同部。则棘应从申声，……与田字亦同部通用。棘借作田，犹陈转作田也。……陈用之《礼书》曰，《仪礼》，朔鼙，即棘鼓也。以其引鼓，故曰棘；以其始鼓，故曰朔。是以《仪礼》有朔无棘，《周礼》有棘无朔。今按陈说是也。《释名》，鼙，稗助鼓节也。声在前曰朔，朔，始也。在后曰应，应，大鼓也。……诗言应棘，前后皆备。"县鼓，县，古"悬"字。悬鼓，悬起之鼓。 ⑧鞉（táo）：一种小摇鼓，有柄，两耳，持其柄摇之，则两耳自然击鼓面作声。 ⑨柷（zhù）：又名"椌"，古代击乐器，如方桶，中有椎柄，连底挏之，令左右击。雅乐开始时击之以起乐。 ⑩圉（yǔ）：一作"敔"。古代击乐器，形如木虎，背上刻有参差不齐之齿，以木棍敲击以止乐。雅乐结束时用之。 ⑪既备乃奏：既，已。备，齐备。乃，犹"而"。又，语助。奏，金奏，凡敲击金属乐器以合乐叫金奏。 ⑫箫、管：都是古代用竹管制的管乐器。古代的箫，多为排箫，用一排数支箫组成。 ⑬举，行动，起。 ⑭喤喤：象声词，形容洪大和谐的乐声。 ⑮肃雝：形容庄重和谐之乐声。 ⑯我客戾止：犹言"我客至之"。客，是被请来观礼的诸侯。戾，至。姚氏《诗经通论》："'我客戾止'，虽或有他王之后在，然自以微子为重。《书》亦曰'虞宾在位'，重先代后也。" ⑰永观厥成：永，长。成，此指祭礼完毕。

【学术延伸】

《诗经原始》:"……何元子因以为大袷,袷,合也。又曰,《序》意谓成王至是始行合祖之礼,大奏诸乐云尔,非谓以新乐始成之故合乎祖也。案诸家多以乐初成而荐之祖考为言。乐初成而荐之祖考,何劳我客戾止?今先祖是听,我客亦止,则必举行袷祭大典可知。故何说较诸家为尤精耳。我客而与先祖并题,亦犹舜之虞宾在位,其所以尊之者为何如哉?谢氏枋得曰,舜作乐而曰虞宾在位,祖考来格。成王合乐而曰先祖是听,我客戾止。以先代之后与先祖并言,尊之至也。"按:袷祭,古代天子诸侯宗庙祭礼之一,集合远近祖先之神主于太祖庙大合祭。《春秋·文公二年》:"八月丁卯,大事于大庙,跻僖公。"《公羊传·文公二年》:"大事者何?大袷也。大袷者何?合祭也。其合祭者何?毁庙之主陈于大祖,未毁庙之主皆升合食于大祖。五年而再殷祭。"何休注:"殷,盛也。三年袷,五年禘。"

潜①

猗与②,漆沮③!	啊呀,漆水、沮水!
潜④有多鱼。	深水潜藏无数好鱼。
有鳣⑤,有鲔⑥,	有鳣鱼,有鲔鱼,
鲦⑦、鲿⑧、鰋⑨、鲤。	白鲦、鲿鱼、鲇鱼、金鲤。
以享⑩,以祀,	用以上供,用以祭祀,
以介⑪景⑫福。	祈求大福,吉祥如意。

此为周王以各种嘉鱼献祭宗庙之乐歌。

【注释考证】

①潜：《韩诗》"潜"作"涔"，云："鱼池也。"《鲁诗》亦作涔。 ②猗与：叹词，犹"猗兮"。一说，猗为水盛貌。与，犹"欤"。 ③漆、沮：岐周之二水名。 ④潜：深藏水中。 ⑤鳣（zhān）：鱼名，即"鲟"。《尔雅·释鱼》郭璞注："鳣，大鱼，肉黄。大者长二三丈。今江东呼为黄鱼。"一说，大鲤曰鳣。 ⑥鲔（wěi）：鱼名，又名"鲟黄鱼"。 ⑦鲦（tiáo）：鱼名，又称"白条"，体扁长，银白色。 ⑧鲿（cháng）：鱼名。即"鲵"，无鳞。 ⑨鰋（yǎn）：鱼名，即"鲇"。 ⑩享：祭献，上供。 ⑪介：乞求。 ⑫景：大。

雝

有来①雝雝②，	诸侯前来助祭，容止雝雝协和；
至止③肃肃④。	诸侯到达庙中，风度肃肃庄敬。
相维辟公⑤，	助祭之人，是那诸侯王公，
天子穆穆⑥。	周朝天子，穆穆端庄和静。
於⑦，荐广牡⑧，	啊，进献硕大牺牲，
相予肆祀⑨。	助我全牛全羊，祭礼大成。
假哉皇考⑩！	伟大啊，皇考先王在天之灵！
绥予孝子⑪。	赐给我这孝子康宁。
宣哲维人⑫，	英明睿智为臣，
文武维后⑬。	文武兼备为君。
燕及皇天⑭，	安及皇天，皇天也受享无穷，
克昌厥后⑮。	又能保佑后代繁荣昌盛。
绥我眉寿⑯，	赐我长寿万年，
介以繁祉⑰。	惠施福祉优隆。

| 既右烈考⑱， | 我们既尊崇烈考英明， |
| 亦右文母⑲。 | 我们又尊崇文母神圣。 |

本篇乃周武王享祀考妣于宗庙，在彻祭品、礼器时所演唱之乐歌。

【注释考证】

①来：此指助祭诸侯之来。　②雝雝：和貌。　③至止：指与祭者到达。　④肃肃：敬貌。　⑤相维辟公：相，助，此指助祭。维，犹"是"。辟公，谓言"诸侯"。辟，君。　⑥穆穆：此指仪容风度端庄肃敬。　⑦於（wū）：叹词。　⑧荐广牡：荐，陈，进献。广牡，大牲。《诗集传》："言此和敬之诸侯，荐大牲以助我之祭事。"　⑨相予肆祀：相，见前注。予，周王自我之词。肆祀，《毛诗传笺通释》："按，肆祀，当即《周礼》之肆享。《大宗伯》：'以肆献祼享先王，以馈食享先王。'……此诗禘大祖，正当用肆享之礼，故言肆祀。……郑司农注，肆，陈骨体也。……羊肆，休荐全烝也。盖牛之体荐曰牛肆，羊之体荐曰羊肆。举全体而荐之，与体解为折俎异。……诗之'肆祀'承上'广牡'言，正谓举全体而陈之。与《牧誓》肆祀，《周礼》肆享，同为祭名。"　⑩假哉皇考：假，大；又，犹"嘉"。皇考，犹言"显考"，此称文王。　⑪绥予孝子：绥，安抚，或训"赐"，又有"保佑"义。予，我，武王自称。此言，安抚保佑我这孝子。　⑫宣哲维人：宣哲，犹"明哲"。维人，为人臣。《毛诗传笺通释》："按，宣哲与文武对举，二字平列。朱子《集传》训宣为通，哲为知是也。宣之言显，显，明也。宣哲犹言'明哲'也。……人对后言，当训为臣，《史记·燕世家》索隐曰：人犹臣也。文王以一身兼尽君臣之道，故言维人、维后，犹《大学》言'为人君止于仁，为人臣止于敬'也。"又，俞樾曰："宣乃烜之假字，《广雅·释诂》，'烜，明也'。僖二十七年《左传》'未宣其用'，《国语·晋语》'武子宣法以定晋国'，杜预、韦昭注，并曰，'宣，明也'。

是宣与煊通，宣哲犹明哲也"。又曰："人，臣也。《假乐篇》，'宜民宜人'。传云，'宜安民，宜官人也'。彼人与民对，此人与后对，盖皆指臣而言。" ⑬文武维后：文武，指有文武兼备之德。维，为。后，王，君。此句与上句相对成义，意谓：英明睿智为臣，文武兼备为君。 ⑭燕及皇天：燕，安。此谓：能安及于皇天，使天亦享周德。 ⑮克昌厥后：克，能。昌，昌盛。此言，又能使后代昌盛。 ⑯绥我眉寿：绥，犹"赉""赐"。又见《那》："绥我思成。"《载见》："绥以多福。"眉寿，长寿，详见《豳风·七月》注。一说，眉，长也。此句谓"皇天赐我长寿"。 ⑰介以繁祉：介，丐（匄）之借字，此训"予"。繁，多。祉，犹"福"。此言：上天施予我以多福。 ⑱既右烈考：既，既已。右，读为侑劝之侑，意为"劝尸食"。又犹"佑"。又训"尊"，古以右为尊。烈，光，犹"显"义。烈考，犹云"显考""皇考"，指文王。

⑲亦右文母：文母，文德之母，指大姒。此以"文母"（大姒）与上"烈考"（文王）对举。又，王引之《经义述闻》："文王之文，谥也。文母之文，则美大之称，犹言皇妣、皇母耳。……二者本不相因，《传》以文母为大姒者，以上文皇考是文王，则文母当为大姒，非谓因文王而称文母也。若以文王而称文，则《笺》不须更言文德之母矣。且如孔说（文母继文王言之），则武王之后，亦将谓之武母，成王之后，亦将谓之成母乎？斯不然矣。……古人赞美先世，多谓之文。……案文者，赞美祖德之词，……文母为文德之母，不因文王而称之也。"又曰："《列女传·母仪传》，大姒仁而明道，思媚大姜、大任，旦夕勤劳以进妇道。大姒号曰文母，然则文母之称，专美大姒之文德明矣。《汉书·元后传》，大皇大后当为新室文母大皇大后。《后汉书·邓骘传》，伏惟和熹皇后，圣善之德，为汉文母。……皆本《周颂》为义。"又，姚氏《诗经通论》："'烈考''文母'，明相对偶，子岂与母对而且居母上耶！右为尊，故谓其神在右，犹云'如在其上'也。《毛传》训'助'，于此处难通。"

载 见

载见辟王①，	助祭诸侯，始见君王，
曰求厥章②。	求取宗周法度典章。
龙旂阳阳③，	交龙之旗迎风飘扬，
和、铃央央④。	和铃、鸾铃，随步叮当。
鞗革有鸧⑤，	辔头玉饰，清音锵锵，
休有烈光⑥。	十分美好而显耀辉煌。
率见昭考⑦，	相率祭见昭考先王，
以孝以享⑧，	而来祭祀献享，
以介⑨眉寿。	以求长寿无疆。
永言保之⑩，	先王永远保佑子孙，
思皇多祜⑪。	赐予众人福禄盛长。
烈文辟公⑫，	诸侯王公大有武功文德，
绥以多福⑬，	先王欣将盛多之福赐赏，
俾缉熙于纯嘏⑭。	使其显耀而有洪福永享。

成王新即政，诸侯入朝，始来助祭于武王庙，因奏此乐章。

【注释考证】

①载见辟王：载，始。辟王，犹言"君王"，即成王（从《郑义》）。《诗经原始》："《序》谓'始见乎武王之庙也'。毛苌训载为始，朱子以为恐未然，故以'载'作发语辞。姚氏谓《集传》既训'载'为'则'，则不当云发语辞。若为虚字之'则'，则乃承接之辞，岂可作发语用！一虚字也，而诸儒辩论莫定，其他可知。然从毛、郑训'始'

者多，则以下文'率见昭考'与首句相应故也。……朱氏善曰，诸侯之来朝，将以宣受法度也，而我率之以祀武王，何也？盖先王者，法度之所从出；而宗庙者，又礼法之所由施也。此又读书别有所见，亦实诗中要义，不可不参观而并详焉者也。" ②曰求厥章：曰，又作"聿"，二字古通，语词。章，法度典章。 ③龙旂阳阳：龙旂，交龙为饰之旂。阳阳，犹"飏飏"，形容龙旂飘扬。一说，阳阳，明也。一说，阳阳，有文章也。 ④和铃央央：和、铃，轼前之铃叫"和"，衡上者为"铃"。铃即鸾。一说，旂上曰铃。央央，铃声。 ⑤鞗革有鸧：鞗革，马辔首。鸧，玱之假，本又作"鎗"，或通"锵"。《笺》："鸧，金饰貌。"《毛诗传笺通释》："……按，将、锵、鎗、玱，古并与'鸧'同音通用，故《说文》引《诗》作'鞗革有玱'。《广雅·释训》，锵锵，盛也。凡声之盛为锵锵，貌之盛亦为锵锵。《说文》，鉴，辔首铜也。鉴与鞗同，鉴为辔首铜饰，故《笺》以有鸧为金饰貌。"又，《说文》："玱，玉声也。"引《诗》"鞗革有玱"。此句或谓辔首之玉饰玱然有声。又，《诗经原始》："姚氏际恒曰，有鸧，《毛传》谓有法度。郑谓金饰貌。……《集传》谓声和。盖本《商颂》'八鸾鸧鸧'而言也。当于后二说中求之。案，郑说言其貌，《集传》言其声，盖辔首必以金饰，像鸧而又有声，故合二说而义乃备也。" ⑥休有烈光：休，美。烈光，光耀，荣耀。 ⑦率见昭考：率，谓与祭之诸侯相率从，或谓成王率领与祭之诸侯。又，训"用"。见，祭祀犹觐见。昭考，指武王，此乃成王对武王的称呼。《诗集传》："昭考，武王也。庙制，太祖居中，左昭右穆。周庙，文王当穆，武王当昭。故《书》称穆考文王，而此诗及《访落》皆谓武王为昭考。"又曰："此乃言王率诸侯以祭武王庙也。"又，《毛诗传笺通释》："按，《书·酒诰》称文王为穆考，则武王次居昭矣。又，僖二十四年《左传》，'管、蔡、郕、霍、鲁、卫、毛、聃、郜、雍、曹、滕、毕、原、酆、郇，文之昭也。邘、晋、应、韩，武之穆也'。以文所生为昭，武所生为穆，则益知文为穆，武为昭矣。" ⑧以孝以享：孝，犹"享"。此谓：致祭于王庙。《毛诗传笺通释》：

"《释名》引《孝经》说,孝,畜也。畜,养也。《广雅》,高,养也。《谥法解》云,协时肇享曰孝。是孝与享同义。故享祀亦曰孝祀,《楚茨》诗'苾芬孝祀'是也,致享亦曰致孝。《论语》'而致孝乎鬼神'是也。此诗'以孝以享',犹《潜》诗'以享以祀',皆二字同义。合言之,则曰'孝享',《天保》诗'是用孝享',犹《閟宫》诗'享祀不忒'也。《笺》分孝享为二义,失之。" ⑨介:祈。 ⑩永言保之:言,读作"焉"。此云:先王永远保佑子孙后代(或指同姓诸侯)。 ⑪思皇多祜:思,语词,不为义。皇,大,美。又,《周颂考释》:"皇疑当读为况,二字古通用。《书·无逸》,'则皇自敬德'。孔疏,'王肃本皇作况'。《秦誓》,'我皇多有之'。《公羊传》文公十二年,皇作况。并其证。《国语·鲁语》,'况使臣以大礼'。《晋语》,'而嘉其况'。韦注,'况,赐也'。后制字作贶。《说文新附》,'贶,赐也'。《尔雅·释诂》,'祜,福也'。此祈先王赐以多福。" ⑫烈文辟公:见《周颂·烈文》注。 ⑬绥以多福:绥,赐予。此言:先王以盛多之福祉赐予助祭之诸侯。 ⑭俾缉熙于纯嘏:俾,使。缉熙,见《周颂·维清》注。于,犹"有"。又见《尚书·康诰》:"惟命不于常。"纯嘏,大福。一说,纯、嘏皆训"大"。又,《周颂考释》:"纯借作奄。《说文》,'奄,大也,从大、屯声'。嘏疑借为固。奄固言其身家国极坚固也。……此言先王使辟公奋发前进以臻于奄固之境。"此句意谓:先王使诸侯光明显耀有盛大之福。或从《周颂考释》所云。

【学术延伸】

《诗经传说汇纂》:"成王新即政,率百辟见于昭庙,以隆孝享,一以显耆定之大烈,一以彰万国之欢心,有丕承王业,畏怀天下之气象,故曰始也。"

有　客

|有客有客,|有此贵客,有此贵客,|

亦白其马①。	他的壮马，胜似白雪。
有萋有且②，	萋萋且且，随从盛多，
敦琢其旅③。	众人贤美，宛然白玉雕琢。
有客宿宿，	一宿再宿，贵客流连忘返，
有客信信④。	三宿四宿，主人挽留不舍。
言授之絷，	交给从者绊马绳索，
以絷其马⑤。	绊住白马，再留贵客。
薄言追之，	饯饮之后，殷勤送行，
左右绥之⑥。	王命左右，赐赠币帛。
既有淫威，	既有仁厚大德，
降福孔夷⑦。	降福甚大甚多。

此为箕子朝周，见祖庙，周武王饯饮之乐歌。

【注释考证】

①有客有客，亦白其马：客，此指箕子。亦，语词。白其马，其马白。《毛传》："殷尚白也。"此谓：箕子来朝见祖庙，其驾车之马是白马。　②有萋有且：众盛貌。《毛诗传笺通释》："《笺》，其来威仪，萋萋且且，尽心力于其事。瑞辰按，萋、且双声字，皆以状从者之盛。《说文》，萋，草盛也。《韩诗章句》，萋萋，盛也。且与居同部义近，且且，犹言裾裾。《荀子》杨倞注，裾裾，盛服貌。草之盛曰萋萋，服之盛曰裾裾，人之盛曰萋且，其义一也。"　③敦琢其旅：敦琢，雕琢，此谓雕琢之美玉，用以比喻随行人员之贤美。旅，众，此指随行之众臣，又通作"侣"。《笺》："选择众臣卿大夫之贤者与之朝王。言敦琢者，以贤美之故玉言之。"又，《毛诗传笺通释》："《正义》：'《释器》云，玉谓之彫。又云，玉谓之琢。是彫琢皆治玉之名。敦、彫古今字。'

瑞辰按，敦与彫双声。敦即彫字之假借字，亦作雕。据《说文》，琱，治玉也。彫及雕，又皆琱之假借。旅、吕亦双声，《汉志》，吕，旅也。又通作侣。……敦琢其旅，犹云雕琢其侣也。"上说可从。 ④有客宿宿，有客信信：此为殷勤留客之词。《毛传》："一宿曰宿，再宿曰信。"《尔雅·释训》："有客宿宿，言再宿也。有客信信，言四宿也。"郭注云："再宿为信，重言之，则知四宿。"又，马瑞辰云："信者申之假借，《广韵》，申，重也。重之故为再宿。" ⑤言授之絷（zhí），以絷其马：言，发语词。絷，上"絷"字为名词，绊马索；下"絷"字为动词，用索绊马。此为主人一心留客之意。 ⑥薄言追之，左右绥之：薄言，发语词。追，饯送。左右，此处指周王之左右重臣。绥，予，此处指赐予礼品。二"之"字均代称客。二句言：客将归，周王盛情饯送之，并命左右代王赐赠礼品。 ⑦既有淫威，降福孔夷：既，终，既已，已然。淫，大。威，《毛诗传笺通释》："按，《广雅·释言》，威，德也。《风俗通义·十反篇》云，《书》曰天威棐谌，言天德辅诚也。是知古者'威'有'德'训。既有淫威，犹云既有大德耳。"又，《诗义会通》："淫威者，犹云奇祸，谓天降之灾，非谓周人之作威福也。今人有被灾祸者，其亲戚相慰藉，必曰，子之祸甚酷矣，自今以往其安泰矣。此噢咻深切之词，毋庸为讳，且正以见亲厚之至意，不明此理，则诗之微指胥失之矣。"威，不可训"威权""威力"。降福孔夷，《毛诗传笺通释》："……按《说文》，夷，从大从弓。古夷字必有大训，降福孔夷，犹云降福孔大耳。至《尔雅·释诂》，夷，易也。郭注谓易直。《说文》作侇，云，行平易也。皆训为平易，不为难易，若云'降福孔平'，则不辞矣。"

【学术延伸】

《小序》："微子来见祖庙也。"又，《诗集传》："此微子来见祖庙之诗。"又曰："周既灭商，封微子于宋，以祀其先王，而以客礼待之，不敢臣也。"按：微子，名启，商纣兄。微，国名；子，爵位。为纣卿士，纣淫乱无道，屡谏不纳，去之。周武王灭商纣，复其官；周公诛纣子武庚，命微子代殷后，国于宋。又，姚氏《诗经通论》："《小序》谓'微子来见祖庙'，向来从之。惟邹肇敏曰：'愚以为箕子也。《书》载武王十三祀，王访于箕子，乃陈《洪范》。此诗之作，其因来朝而见庙乎？淫威、降福，亦即就《箕畴》中"向用五福，威用六极"，遂用其意，言前之非常之凶祸，今当酬以莫大之福飨，盖祝之也。'此说甚新。以'威、福'合《洪范》，尤巧而确，存之。盖谓微子则当为成王之朝，谓箕子则当为武王之朝，故此说与《序》说皆可通。"又，《诗经原始》："……愚谓此诗之切合箕子，并不在'威、福'字有符《洪范》，盖絷马、追、绥等句，非箕子不足以当武王之眷顾如是也。盖武王之访于箕子者为道，箕子之来见武王者亦为道。两圣相投，自有来之不能不来，亦即有去之不容即去者，故一宿不已，必曰信宿；信宿不已，欲絷其马而不使之去；即使或去，亦必追还而安留之。果何为哉？凡以为此《洪范》之道故耳。岂区区'威、福'字偶合《范》言，遂足据以为证哉！若微子纵极贤德，不过宠以封赐，俾承殷祀足矣，何必眷顾羁留若是？且前惩武庚之祸，后尤当警以戒词，乃为得体。故《振鹭》，愚信其为微子发；此诗，愚尤信其为箕子咏也。盖此乃千古之公论，非一人之佞言。知言者其亦有以谅之也夫！"又，《周颂考释》："此篇乃周天子饯诸侯所奏之乐歌也。周代有天子飨诸侯之礼，于辟雍中行之，歌《振鹭》之诗，前既言之矣。更当有天子饯诸侯之礼，盖诸侯来朝，其至也，天子飨之，以表欢迎；其去也，天子饯之，以表欢送，所以怀诸侯也。天子饯诸侯之礼亦当于辟雍中行之，当歌《有客》之诗。"

武

| 於，皇武王[①]！ | 啊，英明伟大的武王！ |
| 无竞维烈[②]。 | 坚强奋发，最为荣光。 |

允文文王③！	真有文德，显考文王！
克开厥后④，	能够廓开后世大业，
嗣武受之⑤，	武王继承文王遗烈，
胜殷遏刘⑥。	战胜殷商，灭杀纣王。
耆定尔功⑦。	奠定其功，天下共仰。

这是周代统治阶级为赞美武王克商大功而演奏的舞曲颂歌，此为《大武舞曲》之一"成"。

【注释考证】

①於（wū），皇武王：於，叹词。皇，美，大。一说为"煌"之借，光明。此言：啊，英明伟大的武王！ ②无竞维烈：见《周颂·执竞》注。 ③允文文王：允，信，诚然。文，有文德。此诗歌颂武王，又推本于文王之德。 ④克开厥后：克，能。开，廓开。厥后，其后世，指武王。此云：文王能廓开其后世（武王）之功业。 ⑤嗣武受之：武嗣受之。武，武王。一说，武训"迹""道"（文王之道）。嗣，继。受，承受。此言：武王继承文王之遗烈。 ⑥胜殷遏刘：遏，止，灭。刘，杀。马瑞辰云："按，《尔雅·释诂》，灭，绝也。虞翻《易注》，遏，绝也。是遏、灭二字同义。'胜殷遏刘'，谓胜殷而灭杀之。犹《周语》云，蔑杀其民人也。遏、刘二字平列，与成十三年《左传》'虔刘我边垂'，《书·君奭》'咸刘厥敌'同义。杜注《左传》云，虔、刘皆杀也。王尚书云，咸与减古字通。咸、刘皆灭也，是知遏、刘亦皆灭耳。《笺》谓遏止天下之杀人者。失之。" ⑦耆（zhǐ）定尔功：耆，"厎"之假，致，至，定。尔，犹"其"，指事之词。此谓：奠定其大功。马瑞辰云："……按，《说文》，厎，柔石也。其引伸之义为致。耆者厎之假借，故《传》训为致。《尔雅·释言》，厎，致也。郭注'见《诗》《传》'者，即指此诗《毛传》也。'耆定尔功'，犹《书》'乃

言厎可绩'，《史记·夏本纪》作'汝言致可绩'。……是其证也。又按《书》马融注，厎，定也。则厎亦为定，耆、定并言，犹《诗》'靡所厎止'，厎亦止也。《左传》引《诗》，此句，杜注亦云，耆，致也。言武王伐纣，致定其功。《笺》训耆，老。谓年老乃定女功。失之。"

【学术延伸】

《小序》："《武》，奏大武也。"《郑笺》："《大武》，周公作乐所为舞也。"《诗集传》："周公象武王之功，为《大武》之乐。""《春秋传》以此为《大武》之首章也。……然《传》以此诗为武王所作，则篇内已有武王之谥，而其说误矣。"《毛诗传笺通释》："……按，宣十二年《左传》言武王克商作《武》。《吕氏春秋·古乐篇》言武王伐殷，克之于坶野，归乃荐馘于京大室，乃命周公为作《大武》，是《武》实周公作之于武王之世。……诗言'於皇武王'者，象功颂德之词，非谥也。"按：武舞为周代用于宗庙祭典的六乐之一。武舞时，舞师列队而舞，为商汤之乐（大濩）和周初之乐（大武）之遗制。关于《诗经》中的舞曲，聚讼纷纭，莫衷一是。因这些舞曲的创作年代太早，其内容与形式颇难考定，据《礼记·乐记》，《大武》之舞分六成（犹六场）。王国维《观堂集林·周大武乐章考》认为《大武舞》包括：《武·宿夜》（当为《我将》）、《武》、《酌》、《桓》、《赉》、《般》。高亨先生认为其次第为《我将》《武》《赉》《般》《酌》《桓》。又，由于旧说"谥法"起于周公，故说《诗》诸儒，见诗中称"武王"，便以为是成王时作，以此法推其年代。但是，王国维《观堂集林·遹敦跋》、郭沫若《金文丛考·谥法之起源》诸文，已论证周初无谥法，凡诗中言及文、武、成、康、昭、穆、恭、懿、诸王者，皆生号而非死谥，所以，此诗当作于武王之世。

闵予小子之什

闵予小子

闵予小子①，	叹我小子心中忧伤，
遭家不造②。	家室遭际凶丧不祥。
嬛嬛在疚③。	茕茕孤独，深陷病苦灾殃。
於乎，皇考④！	啊，啊，伟大的先父武王！
永世克孝⑤。	永生永世，我能孝敬祖上。
念兹皇祖⑥，	感念伟大的先祖文王，
陟降庭止⑦。	升降上下，均以直道衡量。
维予小子，	我这小子绳继祖武，
夙夜敬止⑧。	朝夕恭谨治理国邦。
於乎，皇王⑨！	啊，啊，伟大的先王！
继序思不忘⑩。	我要继承祖业，铭心不忘。

此为成王祔武王之主于庙，合祭于先祖，并自戒自勉之歌。

【注释考证】

①闵（mǐn）予小子：闵，通"悯"，忧伤，病困，凶丧。予小子，成王自称。小子，年幼小者。按：《说文》段注："闵，引申为凡痛惜之辞，俗作悯。"又《说文》："愍，痛也。从心，敃声。"《广雅·释诂》："愍，忧也。"《玉篇·心部》："愍，悲也。"《广韵·轸韵》："愍，怜也。"

《字汇·心部》："愍，恤也。"按："闵""愍"同音，义亦相近，可互假。

②遭家不造：造，犹"至"。"至"犹"善"。不造，犹"不善""不淑""不祥"。此谓：家中遭遇凶丧不祥。　③嬛嬛（qióng）在疚（jiù）：嬛，通"惸""茕"。嬛嬛，孤独忧伤貌。疚，《释文》："疚，本又作㾂。"贫病，忧病。此言：茕茕无依地深陷于忧患苦痛之中。　④皇考：见《周颂·雝》注。此称武王。　⑤永世克孝：永世，永远，历世久长。克孝，能尽孝道，继嗣祖德。　⑥念兹皇祖：兹，此。皇祖，指文王。此谓：（成王）感念此皇祖文王之德。　⑦陟降庭止：陟降，犹"升降""上下""进退""黜陟"。庭，又通"廷"，训"直"。止，语词。此谓：文王升降群臣，皆以公正的准则加以衡量。　⑧夙夜敬止：敬，恭勉从事。此谓：从早到晚恭勉从事。　⑨皇王：兼指文、武先王。　⑩继序思不忘：序，犹"绪"，训"业"。思，犹"斯""是"，语词。此言：继承先王之遗业而不忘。

【学术延伸】

《诗经原始》："《小序》谓嗣王朝于庙，而不言何时。《集传》以为成王免丧，始朝于先王之庙，而作此诗。盖本郑氏说也。然'遭家不造，嬛嬛在疚'等语，岂免丧之言乎？姚氏曰，何元子引殷大白《副墨》曰，'武王既葬（丧）而祔主于庙'，似为得之。此正其时诗也。何云似耶？盖首三句方在丧中，下又将有事朝政，故知其为既葬而祔主于庙之时耳。然诗似祝辞，非《颂》体而亦列之《颂》者，《颂》之变也。周家圣圣相承，家学渊源，不外一敬字。文王之学曰，缉熙敬止。武王之学曰，敬胜怠者吉。今成王方嗣统，欲上继祖父之绪于不忘，亦曰，夙夜敬止。其心传之要不在是欤？故每于对越在天之时，常若其陟降庭止，不以丧中而忘道德也。此当为成王冲幼第一章诗，而其志向已如此，无怪其能缵承文武大业，为圣世明王，夫岂无因而致此哉！"

访 落

访予落止，	咨问谋划，始行大事，
率时昭考①。	遵循昭考武王之道。
於乎，悠哉②！	唉，唉，心中愁苦啊！
朕未有艾③。	我为没有阅历而烦恼。
将予就之④，	扶我遵行先王典章，
继犹判涣⑤。	继嗣先王，图谋光大其道。
维予小子，	我这幼冲小子际此时艰，
未堪家多难⑥。	不堪家邦遭此多灾多难。
绍庭上下，	继承先王上下直道，
陟降厥家⑦。	以升降之理安定我周家王朝。
休矣皇考！	至美至善的皇考武王啊！
以保明其身⑧。	佑助、勉励我这裔苗。

此乃成王始即政而朝于庙，初次延访群臣之歌。以延访发端，实则属望昭考，多为慕道继祖之语。

【注释考证】

①访予落止，率时昭考：访，咨问。落，始。率，遵循。时，犹"是"。昭考，见《周颂·载见》注，此指武王。此谓：延访群臣，以研究谋划以始其事，而主要的是遵循昭考武王之道。 ②於乎悠哉：唉，忧愁啊！悠，《说文》："忧也"。 ③朕未有艾：朕，古人自称之词。《尔雅·释诂》："朕，身也。"自秦始皇起，才专用为皇帝的自称。艾，阅历。《毛诗传笺通释》："按，《尔雅·释诂》，艾，历也。历，数也。又曰，艾、

历，相也。《郊特牲》曰，简其车徒而历其卒伍。当读为阅历之历。《说文》，阅，具数于门中也。是知艾、历与数皆同义。《笺》释未有艾为未有数，犹云未有历也。未有历则难及。故《笺》又言远不可及。"此言：我自身年幼，没有阅历。 ④将予就之：将，扶。就，因，随，遵从。此谓：扶我遵从先王法典而行之。 ⑤继犹判涣：继，继嗣先王之道。犹，通"猷"，图谋。判涣，二字皆有"大"义。此谓：继嗣先王之道，图谋完成大业（或，图谋光大先王之道）。 ⑥未堪家多难：未堪，不堪。多难，多患难，此指遭死丧，兼遇管、蔡、武庚叛乱及"淮夷"之难。此谓：我方幼冲，不堪受此多种患难。 ⑦绍庭上下，陟降厥家：绍，继。庭，直。上下，犹"陟降"。厥，其。二句意谓：继承先王"上下""升降"之直道，以定其多难之家邦。 ⑧休矣皇考，以保明其身：休，美。按：《尔雅·释诂》："休，美也。"《广韵·尤韵》："休，美也，善也。"《玉篇·火部》："烋，美也，福禄也，庆善也。"郝懿行《尔雅义疏》："烋与休同。"皇考，此指武王。以，语词，不为义，或犹"而"。保明，犹《尚书·洛诰》"明保"。明，明，勉一声之转，义通。勉力，尽力，勉励。保，佑助。又，林义光云："明亦保也。"其身，指成王自身。按：此"以保明其身"句，犹《尚书·洛诰》"明保予小子"之义。此二句意谓：美善的皇考武王啊！佑助、勉励我吧。

敬 之

敬之，敬之！	戒慎自警啊，戒慎自警啊！
天维显思①！	天道甚是显赫昭彰啊！
命不易哉②！	承受天命真不容易啊！
无曰高高在上③。	莫说上帝不察而高高在上。
陟降厥士，	升降、赏罚，施于群臣，
日监在兹④。	日日在此监察而毫厘不爽。

维予小子，	我这幼冲小子，
不聪敬止⑤。	耳有所闻，应知自警。
日就月将⑥，	日久月长，
学有缉熙于光明⑦。	勤学奋进而至光明之境。
佛时仔肩⑧，	辅助完成此项重任，
示我显德行⑨。	指示我显明的德行。

此乃成王规戒自己之词。

【注释考证】

①敬之敬之，天维显思：敬，犹"儆""警"，戒慎之意。天，此指天道。显，显赫。思，语词。二句意谓：戒慎啊，戒慎啊，天道是显赫昭彰的。此为成王自箴之意。 ②命不易哉：易，容易。此句意谓：承受天命是不容易的啊！ ③无曰高高在上：不要说"天帝在上，高而又高，不能监察世人"。 ④陟降厥士，日监在兹：陟降，升降，或指赏罚、庆赏刑威。日，日日，时刻。监，监察。兹，此。此谓：升降、赏罚，施于群臣，天帝日日在此监察。 ⑤不聪敬止：不，语词，不为义。聪，本义为"听觉灵敏"，引申义为"耳有所闻"。敬，见注①。止，语词。此言：耳有所闻，而自知警戒。 ⑥日就月将：就，《广雅·释诂》："就，久也。"将，长。《楚辞》："恐余寿之弗将。"王逸注："将，长也。"此言，日久月长，犹"日积月累"。 ⑦学有缉熙于光明：缉熙，积渐广大，又训"奋发前进"。《毛诗传笺通释》："按，《尔雅·释诂》，缉熙，光也。光、广古通用。……此《传》又以光为广，广犹大也。学有缉熙于光明，若释之曰，'学有光明于光明'，则不词。《说文》，缉，绩也。绩之言积，缉熙，当谓积渐广大以至于光明。即《大戴礼》所云，积厚者其流光也。……缉熙与光明，散文则通，对文则缉熙者积渐之明，而光明者广大之明也。《笺》言欲学于有光明之光明者。失之。"又，《周颂考释》："缉熙，

奋发前进也。此言学而奋发前进，以臻于光明之域。" ⑧佛时仔肩：佛，《毛诗传笺通释》："按《说文》，斋，大也，从大弗声。……《传》以佛为斋字之假借，故训为大。……至《笺》训佛为辅者，盖以佛为弼字之假借……古弼字其音均与佛近，故弼可借作佛也。……以经文求之，从《笺》读弼为长。……"时，犹"是"。仔肩，《毛诗传笺通释》："至'仔肩'，《传》训克，《笺》训任，其义相承。《尔雅·释诂》，肩，克也。《说文》，仔，克也。二字同义，克，胜也，胜亦任也。" ⑨示我显德行：示，指示。显德行，显明之德行。

小 毖

予其惩，	我要戒慎管、蔡之难，
而毖后患①。	而谨慎行事，以防后患。
莫予荓蜂②，	群臣不肯牵引扶助，
自求辛螫③。	我则自求受其辛苦。
肇允彼桃虫④，	至今始信那小小鹪鹩，
拚飞维鸟⑤。	翻飞翱翔却还是小鸟。
未堪家多难，	不堪家邦灾难重重，
予又集于蓼⑥。	使我深陷悲苦之中。

此乃管、蔡之难以后，成王惩前毖后深自警戒之词。

【注释考证】

①予其惩，而毖（bì）后患：按：此亦可作一句读。又按：郑《笺》："惩，艾也。……曰我其创艾于往时矣，畏惧后复有祸难。"据《笺》意，疑经文上句末脱一"前"字。予，成王自称。其，语助。惩，戒止，戒惕，此指惩于管蔡之难，即《集传》所谓"有所伤而知戒也"。毖，谨慎，

戒慎。此言，我要接受教训，以管蔡之难为戒，而谨慎行事，以防后患。按《唐石经》于"毖"下添"彼"字，作"毖彼后患"。②莫予荓蜂：予，"与"之假借。荓蜂，"偋偋"之假借，又作"甹夆"，《尔雅·释训》"挈曳"，《毛传》"摩曳"（摩，通挈），牵引扶助之意。此句意谓：群臣无肯牵引扶助者。③自求辛螫（shì）：辛，辛苦。螫，"事"之假借，或"敕"之假借。《尔雅·释诂》："事，勤也。……敕，劳也。"《韩诗》作"辛赦"，云，"赦，事也"。亦以"赦"为"敕"之假。"辛螫"意为"辛勤""辛劳"。此承上句。意谓：自求受其辛劳。④肇允彼桃虫：肇，始。允，信，或为语词。彼，那。桃虫，又名鹪鹩，小鸟名。⑤拚飞维鸟：拚，《诗毛氏传疏》："拚，疑当作翻。《文选》陆机《赠冯文熊诗》、刘琨《答卢谌诗》注引《毛诗》皆作翻，又，谢瞻《张子房诗》注引《薛君章句》，翻，飞貌。是其证。"按，上二句意谓"始信彼桃虫之鸟，虽翻然飞翔，却仍是一只小鸟"。这是成王自喻幼冲之辞。⑥未堪家多难，予又集于蓼（liǎo）：未堪家多难，见《周颂·访落》注。集，本义为鸟栖止于木上，引申义为聚集、会合。蓼，草本植物名，又分多种，其味辛，故《传》云，"我又集于蓼，言辛苦也"。辛苦，是引申义。集于蓼，言"陷于辛苦之境地"，即指遭罹凶丧，管、蔡与武庚之乱、淮夷之难等。

【学术延伸】

《诗经原始》："《小序》谓'嗣王求助'，语虽混而近是。《集传》谓'亦《访落》之意'，则全非。盖《访落》欲绍前徽，此诗乃惩后患，用意各有所在，辞气亦迥不侔，岂因其一谋始，一毖小，遂谓相同耶！然武庚之祸亦非小者，向非周公，王室存亡尚不可知，而犹谓之为小耶！此诗名虽小毖，意实大戒，盖深自惩也。……自《闵予小子》至此，凡四章，皆成王自作，若他人则不能如是之亲切有味矣。然除《闵予小子》一篇似祝辞外，余皆箴铭体，非《颂》之正也。不可不知。盖箴铭体近《颂》，故附乎《颂》耳。至于笔意清矫，思致缠绵，四诗实出一手。故知其为成王作,至今读之,令人想见其忧深虑远,道醇术正气象,非太平有道明王而能若是哉!"

载 芟

载芟,载柞①。	将杂草铲割,将杂树砍净。
其耕泽泽②。	大力春耕,把土壤翻得松松。
千耦其耘③。	千对农夫,将大田耘净荡平。
徂隰,徂畛④。	前往低湿之地,前往高坡田中。
侯主,侯伯⑤;	家主来此省视,长子来此春耕;
侯亚⑥,侯旅⑦;	叔仲诸子,幼小子弟;
侯强⑧,侯以⑨。	既有强壮劳力,又有老弱相从。
有嗿其馌⑩。	众人田间吃喝,嗿嗿有声。
思媚其妇⑪,;	女子柔美而众多,
有依其士⑫。	男子健壮而众盛。
有略其耜⑬,	那耜刃非常锐利,
俶载南亩⑭,	开始在向阳之田反草初耕,
播厥百谷⑮。	将那百种谷物播种。
实函斯活⑯,	种子含在土中,则有嫩芽萌生,
驿驿其达⑰。	连续出苗,十分茂盛。
有厌其杰⑱,	先长的高大之苗,特别美好;
厌厌其苗⑲。	大片普通禾稼,也都齐齐整整。
绵绵其麃⑳。	耨田之人众多,绵绵不绝。
载获济济㉑,	秋季收割庄稼,五谷济济丰登
有实其积㉒,	露天粮堆,广大充盈,

万亿及秭㉓。	上万上亿,又以秭计。
为酒为醴,	用粮酿制白酒、甜酒,
烝畀祖妣,	进献于先祖先妣之灵,
以洽百礼㉔。	将报祭的百礼虔敬完成。
有飶其香㉕。	献祭的食品,芳香洋溢空中。
邦家之光㉖。	同庆丰年是邦家的光荣。
有椒其馨㉗。	献祭的椒酒,异香远闻甚浓。
胡考之宁㉘。	祖妣保佑长寿康宁。
匪且有且,	不但现在才有此事,
匪今斯今,	不但今日才有此事,
振古如兹㉙。	自古就有这丰年之庆。

此篇主旨近乎《丰年》,亦为秋冬大报之歌。但更为具体地叙述了耕耘、收获、祭祀祈福诸事。对西周的生产关系、生产方式有所反映。

【注释考证】

①载芟（shān）载柞：芟,割除杂草。柞,《毛诗传笺通释》："《说文》,槎,衺斫也。槎与乍双声,此诗载柞及《周礼》柞氏,皆当为槎之假借。柞又与斩声近而义同。《说文》,斩,斩也。斩,截也。《内则》,鱼曰作之。《尔雅》樊光本作斩,亦柞、斩相通之类。又《皇矣》诗作之屏之,作谓除木,亦当读与载柞之柞同。" ②其耕泽泽：泽泽,"释释"之假借,泥土解散之意。《毛诗传笺通释》："……泽、释古通用,雪释,即此诗泽泽也。《释文》泽泽音释释,注同。《尔雅》作郝郝,音同,云,耕也。郭云,言土解也。《正义》引《尔雅》,释释,耕也。舍人云,释释,犹霍霍,解散之意。是郭本《尔雅》作郝郝,舍

人本作释释,古音泽、释皆读如度,故郝、霍皆通用,即皆释释之假借。"又,姚际恒训"泽泽"为"润泽,……方春土脉动,润泽可耕"。　③千耦其耘:耦,此指二人并耕。耘,除苗间草,除草。千耦并耕为一千对农业奴隶并耕。　④徂隰徂畛(zhěn):徂,往,到,此谓往治其田。隰,低湿之地。畛,高坡之田。　⑤侯主侯伯:侯,犹"维",语词。主,《毛传》:"家长也。"按:古代对一国一家之长均称"主"。伯,《毛传》:"长子也。"　⑥亚:叔、仲诸子。　⑦旅:众幼者,子弟辈。　⑧强:指身强力壮的人。　⑨以:弱者。又,训"与"。此指"帮助""助手"。　⑩有嗿(tǎn)其馌(yè):有,语助。嗿,《诗集传》:"众饮食声也。"馌,给在田间耕作者送的饮食。此谓:众人在田间饮食,其声嗿嗿然。　⑪思媚其妇:思,语词。媚,犹"美"。《毛诗传笺通释》:"今按《小尔雅》,媚,美也。《说文》,娓,顺也。读若媚。《广雅》,媚,好也。盛与美义近,思媚其妇,亦形容美盛之词。"妇,此指众女。　⑫有依其士:有,语词。依,《毛诗传笺通释》:"按,依、爱以双声为义,依与殷亦双声,古通用。王尚书曰,依之言殷也。马融《易》注,殷,盛也。有依为壮盛之貌。"又,《广雅·释诂》:"殷,众也。"按:二说均通,似可释为"又强壮又众多"。士,《诗集传》:"夫也。"此指田耕之壮男。按:《毛传》:"士,子弟也。"也有"壮男"的含义。　⑬有略其耜(sì):有,语词。略,锋利。《释文》:"略,《字书》作劈。"《毛诗传笺通释》:"按,略者,劈之假借。《尔雅·释诂》,劈,利也。……颜师古《匡谬正俗》引《尔雅》,略,利也。是唐时《尔雅》原作略,今本作劈者,后人据《字书》改耳。"耜,古代农具名,耒耜的主要部件。耒,最初只是一根尖木棒,在近尖端处缚一短横木,操作时,以手握上端之柄,以脚踩下端横木,插地掘土。耒耜是由耒改进而来,即在耒的尖端改装上单齿或双齿的平板,此种有锋利之刃的平板就叫耜。最初以木、石、骨为之,西周则以青铜为之。它是我国原始的翻土工具,后世的犁铧即源于此。此谓:耜的尖刃十分锋利。　⑭俶(chù)载南亩:俶,始。载,读作"菑",《释文》引董遇曰:"菑,反草也。"《尔雅·释地》:"田一岁曰菑。"郭璞注:"今江东呼初耕反草为菑。"南亩,向阳之田,此泛称田地。此谓:开始耕向阳的田地。⑮播厥百谷:播种那各种谷物。⑯实函斯活:《郑笺》:"实,种子也。函,含也。活,生也。"斯,犹"而",或"则"。此言:种子含于土中而生芽。又,王夫之《诗经稗疏》云:"函,外所函,……函者,谷外之郭壳也。凡藏种者必暴令极燥,中仁缩小,不充函壳,迨发生之时,播之于地,得土膏水泽之润足,则函内之仁充满其函,而后茁芽愤盈以出于函外,函不实则不活,故曰,实函斯活。"亦可信。一说,实,犹"乃","于是"。函,犹"深"。斯,犹"而""且"。活,犹"阔"。谓"耕得深且阔"。亦通。⑰驿驿其达:驿驿,《尔雅》作"绎绎",连续貌,盛貌。达,《笺》:"达,出地也。"此云,禾苗连续不断地生出地表。⑱有厌其杰:有,语词。厌,㦤之省,训"美"。《毛诗传笺通释》:"《传》,有厌有杰,言杰苗厌然特美也。《笺》,杰,先长者。……按,《说文》《广雅》并云,㦤,好也。厌当即㦤之省。故厌然为特美貌,以别于下之厌厌也。"杰,先长而特出之禾苗。《诗毛氏传疏》:"《传》文杰字当衍,《传》盖以特训杰也。《说文》:稌,禾举出苗也。《玉篇》,稌,长禾也。杰与稌同。"此谓:长得美好的是那特出高大的禾苗。⑲厌厌其苗:厌厌,《韩诗》作"稽稽"。按,厌厌为稽稽之借字,《集韵》:"稽稽,苗齐等也。"苗,《广雅》:"众也。"指一般的苗。⑳绵绵其麃(biāo):绵绵,《韩诗》作"民民",众貌,众人绵绵不绝貌。麃,穮之省借,犹"耘",锄田间之草。此谓:田间锄草的人很多,绵绵不绝。㉑载获济济:载,语助。获,收获,所获之物。济济,众多貌。此云,收获的谷物众多。㉒有实其积:实,广大貌。又,充盈貌。积,露积,又叫"庾",露天积谷处。王引之曰:"实,广大貌。……有实其积,亦谓露积之庾其形实实然广大也。《楚茨》曰:曾孙之庾,如坻如京。《良耜》曰:积之栗栗,其崇如墉,则有实其积之谓矣。"㉓万亿及秭:见《周颂·丰年》注。㉔为酒为醴,烝畀祖妣,以洽百礼:亦见《周颂·丰年》注。㉕有飶（bì）其香：飶，姚际恒云："飶字从食，只是饭食之类。"又训食物香，或指祭品香。　㉖邦家之光：此指五谷丰登，是邦家之光荣。㉗有椒其馨：椒，阮元曰："'椒'乃'馥'之误。"《诗三家义集疏》云：《隶释》《隶续》并引作："'有馥其香'，是汉之经文作'馥'明矣。"馨，犹"香"。《说文》："馨，香之远闻也。"　㉘胡考之宁：《毛诗传笺通释》："《传》，胡，寿也。考，成也。瑞辰按，《谥法解》，保民耆艾曰胡，弥年寿考曰胡。又，胡，大也。《广雅》亦曰，胡，大也。大年即寿。故《传》训胡为寿，胡考犹寿考也。《说文》，老，考也。考，老也。是训老为考之本义。引申之，又训成。……故《毛传》训考为成，正与《说文》训考为老同义。"按：上二句是说明以酒食享祀，而获神赐福祉，寿考安宁。　㉙匪且有且，匪今斯今，振古如兹：匪，不，不但。且，犹"此""兹"。上"且"字，言"此时"；下"且"字，言"此事"，指庆祝丰年，洽礼获福之事。上"今"字，言"今时"；下"今"字，言"此事"，同上句。斯，犹"有"。又，犹"乃"。振，自。《毛诗传笺通释》："《传》，振，自也。《笺》，振亦古也。……王尚书曰，《尔雅》本作振，自也。古文自字作𦣹，与古相似，因讹为古。《毛传》之振，自也，即本于《尔雅》，郑所见《尔雅》本已讹作古，故据之以易《传》。今按王说是也。《说文》，自，始也。《广雅》，古，始也。韦昭《国语》注，振，起也。起亦始也。振训自，亦为古、始，而《尔雅》必训自者，以言古古则不词，以自古释振古，则古有其语耳。又按，振与终双声。《孟子》，金声也者，始条理也；玉振之也者，终条理也。是振有终义，振为始，亦为终。古义以相反而相成。则振古为自古，亦为终古。……"以上三句，意谓：不但现在有此庆祝丰年、洽礼获福之事，不但今天才有此事，自古如此。（按：前二句互文见义，也是叠句形式。）

【学术延伸】

郭沫若《青铜时代·由周代农事诗论到周代社会》："这在《周颂》

里面要算是最长的一首诗。看它说到'振古如兹'的话，年代比《噫嘻》《臣工》应该后的多了。诗从耕作说到播种，说到禾苗条畅，说到收成良好，说到祭祀祖宗，含括着农政的一年。值得注意的是：（一）'千耦其耘'和《噫嘻篇》'十千维耦'相印证，耕作的规模依然是广大；（二）从事耕种的人有主（即王），有伯，有大夫士的亚旅，有年富力强者（'强'），有年纪老弱者（'以'），全国上下都是在参加的'以'与'强'为对文，应当读为骏或殆，即是不强的人。"

良 耜

畟畟良耜①，	耒耜良好，耕田深深疏松，
俶载南亩②。	始在向阳之地反草初耕。
播厥百谷，	将那百种谷物播种，
实函斯活③。	种子含入土中，就有新芽萌生。
或来瞻女④，	有人把饭菜给你们送到田中，
载筐及筥⑤。	方筐、圆筥，装得满满登登。
其饟伊黍⑥，	那饭食是用黍米做成，
其笠伊纠⑦。	那斗笠编得纠纠缭缭。
其镈斯赵⑧，	那锄头都有尖利之锋，
以薅荼、蓼⑨。	用它把荼、蓼杂草薅净。
荼、蓼朽止⑩。	荼、蓼朽烂，不再复生。
黍、稷茂止⑪，	黍、稷长得十分茂盛，
获之挃挃⑫，	收割庄稼，挃挃有声，
积之栗栗⑬。	露天粮堆，多而齐整。
其崇如墉⑭，	它像城墙那样巍巍高耸，
其比如栉⑮，	它像梳齿那样排列相并，

周颂·闵予小子之什

以开百室⑯。	而将成百的粮仓建成。
百室盈⑰止，	成百的粮仓全都满盈，
妇子宁⑱止。	妇女、小儿悠闲安宁。
杀时犉牡⑲，	宰杀大公牛，祭飨神明，
有捄其角⑳。	公牛犄角如同弯弓。
以似以续，	先祖代代相继，行此祭典，
续古之人㉑。	如今我们要继承古人传统。

此为秋报社稷之歌，内容与上篇略近。

【注释考证】

①畟畟（cè）良耜（sì）：畟畟，耜深耕入土貌。此谓：良好的耒耜，耕得很深。　②俶载南亩：见《载芟》注。　③播厥百谷，实函斯活：亦见《载芟》注。　④或来瞻女：或，犹"有"，"有人"。瞻，犹"赡"，有"供给""供养"义，此处即"来馌"义，指送饮食给田间耕作者吃喝。女，汝，指耕作者。马瑞辰云："按，据下'载筐及筥，其馌伊黍'谓来馌者，瞻当读赡给之赡，'来馌'正所以赡之也。……《礼记大传》民无不足，无不赡者。《释文》本作瞻，云，本又作儋。《小尔雅》，赡，足也。《吕氏春秋·适晋篇》，不充则不詹。高注，詹，足也。此赡古通作瞻、儋及詹之证也，此诗正假瞻为赡。《笺》训为视，失之。"　⑤载筐及筥（jǔ）：载，装满之意。筐，方形盛物竹器。筥，圆形盛物竹器。筐、筥均为馌具。　⑥其馌伊黍：其，那，那些。馌，以食物给人吃。或，给人吃的食物。伊，犹"是"。黍，此指用黄黏米做的饭食。　⑦其笠伊纠：纠，此指笠之纠缭之形。又，姚际恒云："谓以绳纠结于项下也。"　⑧其镈（bó）斯赵：镈，古代锄田去草的农具，犹今之锄。赵，通"掉"，训"刺"，此有"铲除"义。又见《荀子·富国》："刺草殖谷。"　⑨以薅荼（tú）蓼：薅，《说文》："薅，

拔去田草也。"荼，此指"荼"。《尔雅·释草》："荼，委叶。"邢疏："秽草也。王肃说《诗》云，'荼，陆秽草'，然则荼者，原田芜秽之草，非苦菜也。"蓼，草本植物名，喜生水湿之地，又分水蓼、茳草等多种。 ⑩荼蓼朽止：朽，腐朽。此谓：荼、蓼等各种杂草都腐朽、沤烂了。 ⑪黍稷茂止：茂，茂盛。此承上句，谓：黍、稷在除净野草的田里长得很茂盛。 ⑫获之挃挃（zhì）：获，收获，收割庄稼。挃挃，收获庄稼之声。又，姚际恒云："亦积实之意。" ⑬积之栗栗：积，露积，见《载芟》注。或借作稷。《说文》："稷，积禾也。"栗栗，三家诗作"秩秩"，众多而有序貌。 ⑭其崇如墉：墉，城墙。此谓：它像城墙那样高大。 ⑮其比如栉（zhì）：比，排列，紧密并列。栉，本为梳篦之总名，此指梳齿。此谓：它像梳齿那样密密排列着。 ⑯以开百室：以，犹"而"。开，设置。百，极言其多。室，此指粮仓。 ⑰盈：充满。 ⑱宁：指农事已毕而安闲无事。 ⑲杀时犉（chún）牡：时，是。犉，七尺以上的大牛，或训"黄牛黑唇"。此句谓：宰杀七尺以上的大公牛为牺牲，以祭社稷。姚氏《诗经通论》云："是王者以大牢祭也。"又，《周礼·大宗伯》："以血祭祭社稷、五祀、五岳。" ⑳有捄其角：有，语词。捄，"觓"之假借，兽角弯曲貌。此谓：那大公牛的角是弯曲的。 ㉑以似以续，续古之人：似，"嗣"之假借。嗣续，《毛诗传笺通释》："似、续皆为祀事。《说文》，祀祭无已也。祭无已，故为似续。……亦谓祀社稷也。"古之人，谓祖先。二句谓：自祖先即代代续行此祭典，我们现在正继承古人的传统。

【学术延伸】

《青铜时代·由周代农事诗论到周代社会》："这诗不用说也还是宗周的情形，和《载芟》的时代大概相差不远吧。当时的天子，事实上只是像后来的一位大地主，不过他的规模更宏大得多了。'百室'断然是仓库无疑，为着押韵的关系，故用了'室'字。'妇子'这种字面在《诗》中多见。周初的《矢令簋》也有'妇子后人永享'的字样。但在这儿是指后妃和王子，古人素朴，在这些地方还没有感觉着有用特殊敬语的必要。"

丝 衣

丝衣其紑①，	丝衣是那样鲜明洁白，
载弁俅俅②。	戴着爵弁，端正有礼。
自堂徂基③，	从明堂到那门内祭地，
自羊徂牛④，	从羊牲看到牛牲之体，
鼐、鼎及鼒⑤，	又巡视鼐、鼎及鼒，
兕觥其觩⑥。	还察看那弯曲的兕觥酒器。
旨酒思柔⑦，	甘美的酒柔和无比，
不吴不敖⑧，	既不喧哗，又不傲气，
胡考之休⑨。	寿考之福，降临于你。

此乃周天子举行祭祀之礼并宴饮宾客之歌。

【注释考证】

①丝衣其紑（fóu）：丝衣，祭服之名。其，那，那样的。紑，衣服洁白鲜明貌。此言：祭服是那样洁白鲜明。 ②载弁俅俅（qiú）：载，"戴"之借字。弁，此指爵弁（亦作"雀弁"），是古代礼冠之一，比冕次一级，是"文冠"。俅俅，《说文》："冠饰貌。"又，《毛诗传笺通释》："按《尔雅·释言》，俅，戴也。郭注引《诗》戴弁俅俅。盖以俅俅为戴弁貌。《释训》，俅俅，服也。胡承珙曰，服当是屈服、柔服之服，正《毛传》所谓恭顺貌。……上文为紑衣貌。则俅俅宜从《尔雅》《说文》训为冠服貌矣。"此言"爵弁戴得端正，表现出恭顺有礼之貌"。

③自堂徂基：自，从，由。堂，古代宫室，前为堂。此指太庙之明堂（古代帝王祭祀、议事之地）。徂，往，至。基，"畿"之假借，门内。或，门限（门槛）。《毛诗传笺通释》："畿之言期限也。期、蒂、基，古同音，故畿可借作基。《楚茨篇》，祝祭于祊。《传》，祊，门内也。祊，《说文》作䣩，云，门内祭先祖所彷徨也。祊祭在门内，与畿在门内正合。祊与绎，异名而同实，故言绎即言祊耳。祊通作閍，《尔雅·释宫》，閍谓之门。据《郊特牲》，索祭祝于祊，注，庙门曰祊。"此言"从太庙之明堂去到门内祭祀之地"。 ④自羊徂牛：从羊看到牛。上二句，似指主人从庙堂至门内，一一巡视检查壶濯笾豆及牛羊等物。 ⑤鼐（nài）、鼎、鼒（zī）：三者均为古代炊器，多用青铜制成，三足两耳，圆形或方形，圆者三足，方者四足。盛行于殷、周。鼐，大鼎。鼒，小鼎。 ⑥兕觥（sì gōng）其觩（qiú）：兕觥，又名"兕爵"。兕，本是犀牛一类的兽名。兕爵，便是古代的一种犀牛形酒器。青铜制，有盖及鋬（把手），底有圈足，有兽头形器盖，也有整器作兽头形的，并附有小勺。一说，兕觥是古代用犀牛角雕制的酒器，又叫"角爵"。觩，兽角弯曲状。此指"兕觥"弯曲状。 ⑦旨酒思柔：旨酒，美酒。思，语词。柔，柔和，此指酒性不烈。一说，柔，犹"嘉"。 ⑧不吴不敖：吴，《毛诗正义》作"娱"，《史记·孝武纪》引作"虞"。《方言》："吴，大也。"《说文》："吴，大言也。"按，大言，有"喧哗"义。敖，"傲"之省借。《史记》引作"骜"。此处作"傲慢"解。本句意谓：宾主能有酒德，谨言行，不喧哗、不傲慢。 ⑨胡考之休：胡，犹"寿"。"胡考"即"寿考"。休，美，福。一说，胡，"何不"。考，"成"。按：以前说为允。此谓：宾主因有威仪美德，故能获致寿考之福。

【学术延伸】

《诗集传》："此亦祭而饮酒之诗。"又，《诗毛氏传疏》："案此绎祭宾尸之乐歌也。《尔雅·释天》，绎，又祭也。周曰绎，商曰肜，夏曰复胙。是绎者，周又祭之名。……《丝衣》乃为天子宾尸之诗。绎祭以宾礼事尸，谓之宾尸，天子至大夫同也。故《楚茨》传云'绎而宾尸及宾客'，此天子称宾尸。"

酌

於，铄王师①！	啊，武王之师光耀美盛！
遵养时晦②。	循时养晦，待机而动。
时纯熙矣③，	时势十分有利，大为光明，
是用大介④。	是以王师大进，万众齐兴。
我龙受之⑤，	我光荣地承受，
蹻蹻王之造⑥。	那蹻蹻的武王大功。
载用有嗣⑦，	于是作为先王后嗣，
实维尔公允师⑧。	唯以你的功业为法为宗。

此篇疑为颂美武王能酌量和顺应时势而成其功业之乐歌。此为《大武舞曲》中之一"成"。

【注释考证】

①於，铄（shuò）王师：於，语词。铄，美，盛，辉煌鲜明貌（此指王师之旌旗、甲兵）。　②遵养时晦：遵，循。养，隐，守（隐居以待时，谓之养晦；守拙，谓之养拙）。时，时势，或，时宜。晦，暗（以喻不利之时）。此句承上文，意谓：（武王有劲旅而不盲动）遵循和酌量时宜，在昏暗不利的情势下能安守之以待时机成熟。朱熹云："退自循养，与时皆晦。"《诗义会通》："循养于时之晦。"　③时纯熙矣：时，见前注。纯，大。熙，光明。此谓：时势已大为光明，大为有利。

④是用大介：介，《诗义会通》："介犹进也。"此谓：是以兴师大进、

挞伐商纣。犹言"时至而后动"。　⑤我龙受之：龙，"宠"之省借，光荣。受，承受，此指承受先王之功业。本句意谓：我（托成王之词）光荣地承受先王（武王）所兴之业。　⑥蹻蹻王之造：蹻蹻，强武貌。造，为。王之造，犹"王之为"，犹"王之功业"。此二句乃倒装格式，可释作：威武显赫的武王所创的功业，我光荣地承受它。　⑦载用有嗣：载，犹"乃"，或犹"则"。用，犹"以"，"为"。嗣，后嗣，能继嗣先王之业者。　⑧实维尔公允师：实维，犹"实唯"，或"是为"。尔，汝，指武王。公，事，此指事业。一说犹谓"先公"。允，语中助词。或训"诚"。师，法。此谓：实唯以你的事业为师法。

【学术延伸】

《诗经原始》："美武王能酌时宜也。……此诗虽不用诗中字，而以《酌》名篇，其所言皆颂武王能酌时宜之意，义旨极明，不知《序》何以谓能酌先祖之道以养天下也。诗本云养晦待时，而《序》偏云养天下。诗本云酌时措之宜，而《序》偏云酌先祖之道。语语相反，何以解经？朱氏善曰，方其'遵养时晦'，圣人非忘天下也；及其'是用大介'，圣人非利天下也。圣人无忘天下之心，亦无利天下之心，此所以为圣人之武也。数语颇得诗中要义。"又，《诗义会通》："……旧说养晦为取昧，本诸左氏。然按之词旨，未能适合，故欧公、朱子皆不用其说。欧公云，遵养时晦，大意谓有师而不用其威。'时纯熙矣'二句，言时至而后动。'我龙受之'，言武王兴此王业，成王能宠受而承之。'载用有嗣'，谓后世能承其业。'实维尔公允师'，言武王用师，实天下之至公也。文义明白，胜旧说多矣。"

桓

绥万邦①，　　　　安定天下万邦，

娄丰年②。	屡获丰收之年。
天命匪解③。	承受天命，勤勉不懈。
桓桓④武王，	我们武王，威武桓桓，
保有厥士⑤。	王朝保有领土国邦。
于以四方⑥，	对外拥有天下四方，
克定厥家⑦。	对内能使其家安康。
於，昭于天⑧！	啊，武王之德，昭著于天！
皇以间之⑨！	德参昊天，十分美善！

这是歌颂武王克商，庆屡获丰年、天下太平之乐歌。此为《大武舞曲》中之一"成"。

【注释考证】

①绥万邦：绥，安定。万邦，万国，天下四方。此言：武王克商而定天下。 ②娄丰年：屡获丰收之年。娄为屡之初文。 ③天命匪解（xiè）：武王承受天命而勤勉不懈。解，"懈"之古体，怠惰，玩忽。 ④桓桓：威武貌。 ⑤保有厥士：犹"保有其土"。厥，其，称代武王。士，应读作"土"。《毛诗传笺通释》："按，士与土形近，古多互讹。《吕刑》，有邦有土，《史记》作士。……此诗当作保有厥土，与克定厥家为韵。保土，犹言保邦也。" ⑥于以四方：于，犹"乃"。以，犹"有"。又见《楚辞·九辩》："君之门以九重。"《史记·周勃世家》："处尊位以宠。"此言：对外乃拥有天下四方。 ⑦克定厥家：克，能。定，安，或训"正"。此谓：对内能安定其家室。 ⑧於，昭于天：昭，昭明，显耀。此谓：武王之德在天上十分显耀。（与《大雅·文王》"於，昭于天"句义同。据邹肇敏、方玉润云，此篇为明堂祀武之乐歌。） ⑨皇以间之：皇，大，美。间之，犹云"参天"。"间"又训"代"。《诗经原始》："盖间天即参天之意，德可参天，故祭用配天，与文王并配上帝于明

堂也。"又,《毛诗传笺通释》:"按,《尔雅·释诂》,间,代也。……此承於昭于天,言天德昭明,武之德亦昭明,故天命武王为君以代之,……代天非代殷也。"(按:似以前说为是。)此言:武王之美德可参昊天。

赉

文王既勤止①,	文王既已勤勉地创立基业,
我应受之②。	我忠诚地服膺承受于他。
敷时绎思③,	施此德泽而赓续不绝,
我徂维求定④。	我去伐纣只求安定天下。
时周之命⑤,	诸侯都肯承受周命,
於,绎思⑥!	啊,永继德泽而发扬光大!

此武王初克商,凯旋后,祭告文王庙之乐歌。此为《大武舞曲》中之一"成"。

【注释考证】

①文王既勤止:勤,勤劳于开创周人之业。止,犹"之"。此谓:文王既已勤劳地开创周朝的基业。　②我应受之:我,武王自我之词。应,字同"膺"。当,受。应受,犹"承受"。　③敷时绎思:敷,《左传·昭公十二年》引作"铺",布,施陈。时,是,此。绎,寻绎,引申,继续不断。《毛诗传笺通释》:"铺即敷之同音假借,……敷有施陈之义,则绎不得训陈,常读为抽绎之绎,……敷时绎思,谓布是文王之德泽,而寻绎引申之以及于无穷,即《序》所云锡予善人也。思为语词。"又,姚氏《诗经通论》:"布施是政,使之续而不绝,不敢倦而中止也。"　④我徂维求定:我,武王自我。徂,往,指前往伐纣。维,同"唯"。定,安定。此谓:我前往伐纣,只是求天下安定。　⑤时周

之命：时，此处犹"承"。《毛诗传笺通释》："时与承一声之转，古亦通用。《楚策》，仰承甘露而用之。《新序》承作时，是其证也。……时周之命，即承周之命也。《般》诗时周之命同义。此谓诸侯受命于庙，彼谓巡守而诸侯受命于方岳也。" ⑥於，绎思：此句承"敷时绎思"而重言之，义同。意谓：啊，永远继续先王德泽啊！

般

於，皇时周①！	啊，周王朝十分美善！
陟其高山②，	登上那巍巍高山，
隋山乔岳③，	狭长的群山，高大的四岳，
允犹翕河④。	众水顺势合流于黄河大川。
敷天之下⑤，	普天之下，诸侯朝参，
裒时之对⑥，	聚集此地，答扬武王之美德，
时周之命⑦。	承受周命，大业世代相传。

此为武王克商之后，巡守而祭河岳之乐歌。此为《大武舞曲》中之一"成"。

【注释考证】

①於，皇时周：皇，美大之词。时，犹"是"。又，《白虎通义》引《诗》作"明"，盖本三家诗。"明周"犹言"明昭有周"，亦通。此句谓：啊，这周王朝十分美善。 ②高山：此泛称诸岳。 ③隋（duò）山乔岳：隋，狭长的山。乔，高。此谓：狭长的山和高大的四岳（即东岳泰山、南岳衡山、西岳华山、北岳恒山）。 ④允犹翕（xì）河：允，语词。犹，"猷"之通假，顺。《毛诗传笺通释》："《广雅·释诂》，猷，顺也。……河以顺轨而合流。"翕，聚合。此谓：众水顺着山岳谷峪之

势而合流于黄河。　⑤敷天之下：敷，在此犹"溥""普"。　⑥裒(póu)时之对：裒，聚集。时，犹"是"。对，犹"对越"，报答颂扬。《毛诗传笺通释》："对，当读如对扬王休之对。……谓诸侯皆聚于是，以答扬天子之休命也。故下即接言时周之命。"　⑦时周之命：见《周颂·赉》注。

【学术延伸】

　　三家诗于"时周之命"下有"於，绎思"句，恐为误衍。

鲁 颂

驷

驷驷牡马，	公马驷驷肥壮，
在坰之野①。	在那远郊牧场。
薄言驷者②！	肥壮的公马啊！
有骊、有皇③，	有骊马，有皇马，
有骊、有黄④。	有骊马，有黄马。
以车彭彭⑤！	以它驾车，彭彭盛壮！
思无疆⑥，	鲁侯谋虑深远无疆，
思马斯臧⑦。	谋求良马美善兴旺。
驷驷牡马，	公马驷驷肥壮，
在坰之野。	在那远郊牧场。
薄言驷者！	肥壮的公马啊！
有骓、有駓⑧，	有骓马，有駓马，
有骍、有骐⑨。	以骍马，有骐马。
以车伾伾⑩！	以它驾车，伾伾有力！
思无期⑪，	鲁侯谋虑深远无期，
思马斯才⑫。	谋求良马大有材力。

驷驷牡马，	公马驷驷肥壮，
在坰之野。	在那远郊牧场。
薄言驷者！	肥壮的公马啊！
有骓、有骆⑬，	有骓马，有骆马，
有骝、有雒⑭。	有骝马，有雒马。
以车绎绎⑮！	以它驾车，绎绎迅疾！
思无斁⑯，	鲁侯谋虑深远，永不厌弃，
思马斯作⑰。	谋求良马强力奋起。

驷驷牡马，	公马驷驷肥壮，
在坰之野。	在那远郊牧场。
薄言驷者！	肥壮的公马啊！
有驹、有騢⑱，	有驹马，有騢马，
有驔、有鱼⑲。	有驔马，有鱼马。
以车祛祛⑳！	以它驾车，祛祛强劲！
思无邪㉑，	鲁侯谋虑深远，永不满足，
思马斯徂㉒。	谋求良马善于疾行。

此乃颂美鲁国牧马之蕃衍强壮的乐歌，以喻统治阶级培育贤才之众盛。

【注释考证】

①驷驷（jiōng）牡马，在坰（jiōng）之野：驷驷，马肥壮貌。坰之野，遥远的郊野。《尔雅·释地》："邑外谓之郊，郊外谓之牧，牧外谓之野，野外谓之林，林外谓之坰。"此谓：肥壮的公马，在那遥远的郊野牧场。　②薄言驷者：薄言，语词。此句谓：肥壮的公马。　③骊

(yù)、皇：骊，黑马白胯。皇，《说文》引作"騜"，黄白之马。 ④骊、黄：骊，纯黑之马。黄，金栗色之马。 ⑤以车彭彭：彭彭，与"骍骍"通用，马盛貌。 ⑥思无疆：思，谋虑。下文"思无期""思无斁""思无邪"之诸"思"字同例。无疆，永无止境，此指鲁侯（或谓伯禽）之谋虑永无终止。 ⑦思马斯臧：思，见前注。"斯"字，作为语辞（从王先谦说）。臧，善。意谓：谋求良马都美善兴旺。 ⑧骓、駓（pī）：骓，毛色苍白相杂之马。駓，毛色黄白相杂之马。 ⑨骍(xīn)、骐（qí）：骍，赤黄之马。骐，青黑色而有类似棋盘格子纹的马。 ⑩伾伾（pī）：有力貌。 ⑪无期：没有尽期。 ⑫才：《毛传》："多材也。"《诗集传》："材力也。" ⑬有驒（tuó）、有骆：驒，有鳞状黑斑纹的青毛马。骆，黑鬣黑尾的白马。 ⑭有骝（liú）、有雒（luò）：骝，黑鬣黑尾的赤马。雒，黑身白鬣的马。 ⑮绎绎：又作"驿驿"。《释文》："善足。"指马跑得特快。 ⑯无斁（yì）：无厌。斁，厌，厌弃。 ⑰作：奋起。 ⑱駰（yīn）、騢（xiá）：駰，浅黑带白色的杂毛马。騢，赤白杂毛马。 ⑲驔（diàn）、鱼：驔，脚胫有长毫的马。鱼，二目周围有白毛的马。 ⑳祛（qū）祛：《唐石经》作"祛祛"。强健貌。 ㉑无邪：邪，通"余"，有"饱足"义。见《战国策·秦策五》："不得暖衣余食。"高诱注："余，饶。"按《说文》："饶，饱也。"无邪，犹云"不满足"，与"无斁"义近。按，孔子所云："《诗》三百，一言以蔽之，曰'思无邪'。"与此诗之旨无涉。 ㉒徂：行，此指牧马善行走。

【学术延伸】

《诗经原始》："喻育贤也。……此诸家皆谓颂僖公牧马之盛。愚独以为喻鲁育贤之众，盖借马以比贤人君子耳。其为颂鲁何公不可知，但观每章'思无疆''思无期''思无斁''思无邪'句，必非呆咏马者，上四'思'字当属马言，下四'思'字，乃属牧人言，意谓德之良者，其智虑必深广而无穷也；才之长者，其干济必因应而无方也；神之王者,其举动必振兴而无厌也;心之正者,其品行必端向而无曲也。此虽駉马歌。实一篇贤才颂耳。不然,牧马纵盛,何关大政而必为之颂,且居一国颂声之首耶!窃意伯禽初封,人材必众,故诗人假牧马以颂育贤,为一国开基盛事。其后东山、泗水间果多英贤,甲于列邦。编诗者追溯其原,实由于是,故以此篇冠《鲁颂》之首,未必无所取意,其奈诸儒说诗,专以马论马,致滋多疑。"

有 駜

有駜[①],有駜,	体强力壮,力壮体强,
駜彼乘黄[②]。	那四匹黄马强壮。
夙夜在公[③],	早夜在于公所,
在公明明[④]。	在那公所勉勉治办酒宴。
振振鹭[⑤],	手持鹭羽,振翼翱翔,
鹭于下[⑥]。	表演白鹭落下水滩。
鼓咽咽[⑦],	击鼓节乐,其声咽咽,
醉言舞[⑧]。	宴饮陶醉,曼舞蹁跹。
于胥乐兮[⑨]!	宾主相乐,融融无间啊!
有駜,有駜,	体强力壮,力壮体强,
駜彼乘牡[⑩]。	那四匹公马强壮。
夙夜在公,	早夜在于公所,
在公饮酒。	在那公所饮酒相欢。
振振鹭,	手持鹭羽,振翼翱翔,
鹭于飞[⑪]。	表演白鹭翻飞云天。
鼓咽咽,	击鼓节乐,其声咽咽,

| 醉言归⑫。 | 宴饮陶醉，将要收场而散。 |
| 于胥乐兮！ | 宾主相乐，融融无间啊！ |

有駜，有駜，	体强力壮，力壮体强，
駜彼乘駽⑬。	那四匹駽马强壮。
夙夜在公，	早夜在于公所，
在公载⑭燕⑮。	在那公所众人燕好友善。
自今以⑯始，	自今而始，
岁其有⑰。	岁岁大有丰年。
君子有穀⑱，	君子有此福禄之善，
诒孙子⑲。	遗留子孙，代代相传。
于胥乐兮！	宾主相乐，融融无间啊！

此乃宴饮、颂祷之乐歌。

【注释考证】

①駜（bì）：马肥壮力强貌。 ②乘（shèng）黄：乘，古时一车四马为一乘，故"乘"又为"四"之代称。此处"乘黄"即谓"四匹黄马"。 ③夙夜在公：早夜在于公所。 ④明明："勉勉"之假借。此指勤于治酒馔宴饮之事。 ⑤振振鹭：振振，振翼群飞貌。鹭，此指舞者所持之鹭羽。本句谓：舞者持鹭羽作鹭鹭群飞之姿。 ⑥鹭于下：舞者模拟鹭鹭翩翩落下之姿。 ⑦鼓咽咽（yuān）：鼓声咽咽。咽咽，鼓声。《释文》："咽，本又作鼝。"此处是以"鼝鼝"之鼓声节乐舞。 ⑧醉言舞：言，犹"焉"，语词。此谓：宴饮陶醉，蹁跹起舞。 ⑨于胥乐兮：于，发语词。胥，相，或，皆。此言，宾主以宴饮、歌舞相乐啊。

⑩乘牡：四匹公马。 ⑪鹭于飞：此指舞者持鹭羽模拟飞翔之状。

⑫醉言归：此言，醉舞之场面将要结束。归，犹云"收场"，"结束"。

⑬乘骃（xuān）：此指四匹青黑色的马。骃，青黑色的马，又叫"铁骢"。 ⑭载：犹"则"。 ⑮燕：在此为"燕好"（和好）之意。 ⑯以：犹"而"。 ⑰岁其有：岁，犹言"岁岁"。其，语助。有，有年，丰年。 ⑱穀：善，此指福禄之善。 ⑲诒孙子：诒，遗留，传给。孙子，子孙后代。

泮　水

思乐泮水①，	悦乐陶陶，在那泮水之滨，
薄采其芹②。	前去采那鲜嫩水芹。
鲁侯戾止③，	鲁侯来到福地，
言观其旂④。	观望那交龙之旗。
其旂茷茷⑤，	那交龙之旗，茷茷严整，
鸾声哕哕⑥。	鸾铃之声，哕哕和鸣。
无小无大，	不论小的，不论大的，
从公于迈⑦。	众人跟从鲁公前行。
思乐泮水，	在那泮水之滨，悦乐陶陶，
薄采其藻⑧。	前去采那鲜嫩水藻。
鲁侯戾止，	鲁侯来到福地，
其马蹻蹻⑨。	他的骏马，勇武蹻蹻。
其马蹻蹻，	他的骏马，勇武蹻蹻，
其音昭昭⑩。	他那声音明朗昭昭。
载色载笑⑪，	和颜悦色，温顺含笑，
匪怒伊教⑫。	不动怨怒，而是施教。

思乐泮水，	在那泮水之滨，悦乐开怀，
薄采其茆⑬。	前去采那鲜嫩莼菜。
鲁侯戾止，	鲁侯到此遨游，
在泮饮酒。	在泮宫畅饮美酒。
既饮旨酒，	既已畅饮美酒，
永锡难老⑭。	常赐那长者高寿。
顺彼长道⑮，	陈大道在那泮宫，
屈此群丑⑯。	制服这群丑敌众。

穆穆⑰鲁侯，	鲁侯的容止优美庄敬，
敬明其德⑱。	恭谨地显示他那善德。
敬慎威仪，	敬慎保持他那威仪，
维民之则⑲。	他是众人典型准则。
允文允武⑳，	他有文德，又有武功，
昭假烈祖㉑。	昭告于创业祖宗。
靡有不孝，	无事不效法先祖，
自求伊祜㉒。	自求那厚禄洪福。

明明㉓鲁侯，	鲁侯十分贤明，
克明其德㉔。	能使他的美德昭著。
既作泮宫㉕，	既已兴建泮宫，
淮夷攸服㉖。	又值淮夷降服。
矫矫虎臣㉗，	矫矫勇武虎将，
在泮献馘㉘。	在泮宫，将敌尸左耳献上。

淑问如皋陶㉙，	如皋陶那样清明讯问，
在泮献囚㉚。	在泮宫，又将俘虏献上。

济济多士㉛，	济济美盛，多有英士，
克广德心㉜。	都能发扬仁德善意。
桓桓于征㉝，	威武桓桓，前去征伐，
狄彼东南㉞。	一举讨平东南淮夷。
烝烝皇皇㉟，	英士美盛，烝烝皇皇，
不吴不扬㊱。	既不喧哗争宠又不互伤。
不告于讻㊲，	也不妄自邀功争辩，
在泮献功㊳。	在那泮宫只将功勋奏献。

角弓其觩㊴。	牛角嵌弓，何其弯曲，
束矢其搜㊵。	成束利箭，众多攒聚。
戎车孔博㊶。	战车非常盛多，
徒御无斁㊷。	步兵、车兵，从不厌倦。
既克淮夷，	已经战胜淮夷，
孔淑不逆㊸。	不违军令，十分美善。
式固尔犹㊹，	确定你的谋略，
淮夷卒获㊺。	终于平息淮夷之乱。

翩彼飞鸮㊻，	那鸮鸟翩然飞翔，
集于泮林㊼。	集落在泮水之林。
食我桑黮㊽，	它吃我树上的桑葚，
怀我好音㊾。	怀思我的善言好音。

憬彼淮夷⁵⁰，　　那强梁的淮夷，
来献其琛⁵¹。　　前来献其宝琛。
元龟⁵²象齿，　　特大灵龟，象牙异珍，
大赂⁵³南⁵⁴金。　　大辂之车，南国之金。

疑此为颂美伯禽奏凯受俘于泮宫之乐歌。

【注释考证】

①思乐泮（pàn）水：思，语词。乐，悦乐。泮水，水名。姚氏《诗经通论》："按《通典》载'鲁郡泗水县，泮水出焉'，泮为水名可证。"又，《毛传》："泮水，泮宫之水也。"未敢遽信。　②薄采其芹：薄，语词。其，犹"那"。芹，水芹。此指在泮水边采水芹这种野菜。　③鲁侯戾止：鲁侯，此指伯禽。戾，至。止，犹"之"。此谓：鲁侯伯禽来到这里。　④言观其旂：言，语词。此谓：观看那绘饰交龙之旗。　⑤茷茷（pèi）：通"旆旆"。《释文》作"伐伐"。严整而合法度之貌。又，下垂貌。又，《诗集传》："飞扬也。"并通。　⑥鸾声哕哕（huì）：鸾，此指旂上缀附的小铃。哕哕，《说文》引作"铖铖"，有节奏而和谐的铃声。　⑦无小无大，从公于迈：无，不，不论。小、大，似指职位。公，此指鲁侯。于，犹"而"。迈，行。此言：不论小的，不论大的，都随从鲁侯而行。言从行者众多。　⑧藻：水藻。　⑨蹻蹻：强壮勇武貌。　⑩其音昭昭：音，声音。昭昭，明快貌。此言：其声音十分明快爽朗。　⑪载色载笑：载，语助，无实义。色，和颜悦色。此谓：和颜悦色，温顺有笑容。　⑫匪怒伊教：匪，不，不是。伊，犹"是"。此谓：不发怒，而是教诲人们。　⑬茆（mǎo）：莼菜。　⑭永锡难老：《诗毛氏传疏》："……此皆饮酒养老之礼。《行苇》云：'曾孙维主，酒醴维醹，酌以大斗，以祈黄耇'，所谓'既饮旨酒'也。又云，'黄耇台背，以引以翼，寿考维祺，以介景福'，

所谓'永锡难老'也。"锡，赐。难老，指高寿长者。　⑮顺彼长道：顺，《尔雅·释诂》："陈也。"长道，犹言"大道"。此谓：陈大道于泮宫之中。（从马瑞辰说）　⑯屈此群丑：屈，读为"淈"。《尔雅·释诂》："淈，治也。"群丑，此指敌众。丑，恶人。　⑰穆穆：仪容美好，举止端庄恭敬。　⑱敬明其德：恭谨地显示其善德。　⑲维民之则：维，犹"为"。则，法，准则，典型。此言：鲁侯是人们的典型。　⑳允文允武：允，信，信然，诚然。此谓：鲁侯实在是既有文德又有武功。　㉑昭假烈祖：昭假，昭告。烈祖，古称开基创业的先王。此谓：昭告于烈祖。　㉒靡有不孝，自求伊祜：靡，无。孝，效法。《经义述闻》："据《笺》以考经文，孝字盖本作㝯。《说文》，㝯，效也。……从子㐬声，……效，与傚同；经文作㝯，而训为傚。故《笺》云，无不法傚之者。……当承昭假烈祖为义。"按，此指鲁侯无事不效法其先祖。伊，犹"是"。祜，福。此言，自求此福。　㉓明明：英明。　㉔克明其德：与"敬明其德"义近。克，能。　㉕既作泮宫：既，已。作，兴建。泮宫，此指建泮水之上的离宫。姚氏《诗经通论》："'泮宫'，宋戴仲培、明杨用修皆以为泮水之宫，非学宫。其说诚然。"又，《诗经原始》："愚案是诗以为颂伯禽者，近是，至泮宫为学之说，未可尽非。当日作宫泮水，未必有意于学也，后世振兴学校，或即其地以开讲堂，遂至相沿以为典制，更袭其名而不能改者，大都如是。即如辟廱，其始亦不过文王苑囿游猎之地。其后武王镐京，则有事辟廱以为学矣。……杨、戴之论泮宫，盖原其始作意耳。毛、郑之释泮水，乃因其成制言也。唯此时之泮水，则尚未可以为学。以泮本水名，故宫曰泮宫，林曰泮林。乃始作宫于泮水之上，非如后儒所云，泮之言半，到处学宫皆然也。鲁侯既作泮宫，而征淮适来献馘，或奏凯书勋，饮酒受俘。其地若已建学，则岂献囚献功处哉！国家命将收功，自有庙廷重地，断不至以元戎执讯获丑与诸生论道讲学混而为一。"　㉖淮夷攸服：淮夷，详见《大雅·江汉》注。攸，犹"是"。此云，淮夷降服。　㉗矫矫虎臣：矫矫，勇武貌。虎臣，犹"虎将"，勇武如虎之臣。　㉘馘（guó）：古代战时割取所杀敌人左耳以计功,叫"馘"。此指所割下的左耳。 ㉙淑问如皋陶:淑问,《毛诗传笺通释》:"按,《说文》,淑,清湛也。《广雅·释诂》,淑,清也。淑问,犹《吕刑》言清问也。《说文》,清,朖也。朖,即明也。则清问又如言明问耳。"按,此处"淑问"是指讯问俘敌。皋陶,人名,亦作"咎繇",传说为虞舜之臣,造狱立律。此云,如同皋陶执法那样清明地讯问俘获之敌。 ㉚献囚:献俘。囚,此指所俘获之敌。 ㉛济济多士:济济,形容众多。士,此指有才能的人。此句谓:有众多的有才能的臣子。 ㉜克广德心:广,推而广之。此谓:能推广善德之心。 ㉝桓桓于征:桓桓,见《周颂·桓》注。于,犹"往"。此谓:威武地前去征伐。 ㉞狄彼东南:狄,"剔"之借字,除,治。东南,此指淮夷。此谓:讨平东南方的淮夷。 ㉟烝烝皇皇:美盛貌。此谓:"多士"十分美盛。 ㊱不吴不扬:吴,见《周颂·丝衣》注。扬,《汉碑》作"阳",《释文》则据《传》作"痒"。按:扬、痒音同,可互假,故《毛传》曰:"扬,伤也"。指不伤害。 ㊲不告于讻(xiōng):讻,争辩。《诗集传》:"师克而和,不争功也。"此谓:不安自去争功。 ㊳功:军功。 ㊴角弓其觩(qiú):角弓,以兽角(主要是牛角)嵌饰的弓。觩,同"觓",此指角弓弯曲貌。 ㊵束矢其搜:束矢,此指成束的矢。古以五十支矢为束。一说,百矢为束。(其说不一,不必泥。)搜,此处有"聚""众"等义。 ㊶孔博:甚多。博,众多,丰富,如"地大物博"。 ㊷徒御无斁:徒,徒行之步兵。御,御车之甲士。无斁,不厌倦,即勤勉意。 ㊸孔淑不逆:孔淑,甚善。不逆,不违命。 ㊹式固尔犹:式,语词。固,定。犹,谋。此谓:审定你的谋略。 ㊺淮夷卒获:卒,终,终于。获,犹"克",此指"制服"。本句谓:终于制服了淮夷。 ㊻鸮(xiāo):猫头鹰。 ㊼泮林:泮水之林。 ㊽桑黮(shèn):桑葚,黮,即"葚"字,桑果。 ㊾好音:在此犹"善言"。 ㊿憬彼淮夷:憬,"犷"之借,训"强"。《毛诗传笺通释》:"《释文》'憬',《说文》作'懬'……《说文》盖本《韩诗》,懬与穬,皆犷字同音假借。……当从孟康《汉书注》训犷为强。犷俗即强俗也。《毛诗》作‘憬’，亦假借字。犷与憬双声。《邶风·二子乘舟篇》，以景与养韵。古音读景若緅，亦与犷音近，故通用。”此谓：那强梁的淮夷。 (51)琛（chēn）：珍宝。 (52)元龟：大龟。 (53)大赂：大辂。赂，“辂”之借字，古代的车名。（又，殿本《后汉书·刘陶传》注引《诗》：“大路南金。”可能是古本有作“大路”者。按：“路”“辂”古通用。） (54)南：指南方（荆、扬一带）。

【学术延伸】

姚际恒曰：“……许鲁斋谓颂伯禽之诗，盖伯禽有征淮夷事，见于《费誓》。”按：伯禽为周公之子，受封为鲁侯。时淮夷、徐戎并反，伯禽率师伐之，遂平淮、徐，定鲁，作《费誓》。此诗亦颂此功。

閟　　宫

閟宫有侐①，	宫庙深闭，十分静谧，
实实枚枚②。	实实广大，枚枚严密。
赫赫姜嫄，	赫赫昭著的姜嫄先妣，
其德不回③。	她圣德纯正，毫无邪僻。
上帝是依④，	上帝眷顾姜嫄先妣，
无灾无害。	使她没有任何灾异。
弥月不迟⑤，	足月生子，并不延迟，
是生后稷。	于是生下先祖后稷。
降之百福⑥。	降赐百福，诸事皆宜。
黍、稷重穋⑦，	各类后熟先熟的黍稷，
稙稚⑧菽、麦⑨。	各类早种晚种的豆麦。
奄有下国⑩，	后稷尽有那邦国土地，

俾民稼穑⑪。	他教众民从事农艺。
有稷，有黍，	有黍，有稷，
有稻，有秬⑫。	有稻，有秬。
奄有下土⑬，	后稷尽有那邦国土地，
缵禹之绪⑭。	他将大禹之业承继。

后稷之孙，	后稷的裔孙，
实维大王⑮。	是那太王。
居岐之阳⑯，	定居岐山之阳，
实始翦商⑰。	开始内践商朝地方。
至于文、武，	传到文王、武王，
缵大王之绪，	又继承太王之业，
致天之届⑱。	达成天意，严厉诛罚纣王。
于牧之野⑲。	在那商郊牧野，决战一场。
无贰无虞，	武王誓师：不要有差失、欺妄，
上帝临女⑳。	上帝正监察你们，毫厘不爽。
敦商之旅，	集结俘获的商纣军众，
克咸厥功㉑。	定能成其伐商大功。
王曰叔父㉒，	成王说：叔父，
建尔元子㉓，	请立你的长子，
俾侯于鲁㉔。	使他称侯于鲁。
大启尔宇㉕，	大大开拓你的疆土，
为周室辅㉖。	作为周王朝的屏藩辅助。
乃命鲁公㉗，	于是爵命鲁公，
俾侯于东㉘。	使他称侯于东。

| 锡之山川， | 赐他广大山川， |
| 土田附庸㉙。 | 以道路、沟渠围隔土田。 |

周公之孙，	周公的孙子，
庄公之子㉚。	庄公的儿子。
龙旂承祀㉛，	建树交龙之旗，举行祭祀，
六辔耳耳㉜。	六条缰绳，美盛尔尔。
春秋匪解㉝，	春秋四季，奉祀不懈，
享祀不忒㉞。	享祀之礼，没有错失。
皇皇后帝！	皇皇伟大的上帝！
皇祖后稷㉟！	伟大的先祖后稷！
享以骍牺㊱，	以纯色赤牛向你奉祭，
是飨是宜㊲。	祈求神明享祭欣喜。
降福既多㊳，	上帝降福已经很多，
周公皇祖，	又有周公皇祖，
亦其福女㊴。	也赐福于你的室家邦国。

秋而载尝，	秋季始行尝祭献享，
夏而楅衡㊵。	夏季就在栏内饲养牛羊。
白牡骍刚㊶。	公牛纯白，公牛赤黄。
牺尊将将㊷。	镂刻文饰之尊，高大将将。
毛炰、胾、羹㊸。	涂泥烤猪，肉块，羹汤。
笾、豆、大房㊹。	竹笾，木豆，又有大房。
万舞洋洋㊺。	干舞、羽舞，众盛洋洋。
孝孙有庆㊻。	孝孙僖公，福庆吉祥。

俾尔炽而昌⁴⁷！	使你炽盛而又荣昌！
俾尔寿而臧⁴⁸！	使你寿考而又美臧！
保彼东方⁴⁹，	保有那东方鲁邦，
鲁邦是常⁵⁰。	鲁邦永恒久长。
不亏不崩。	永不亏损，永不毁崩。
不震不腾⁵¹。	永不震荡，永不翻腾。
三寿作朋。	合并三寿，使你长生。
如冈如陵⁵²。	如同高冈，如同大陵。

公车千乘，	鲁公战车千乘，
朱英绿縢，	矛头飘着红缨，弓袋束着绿绳；
二矛重弓⁵³。	两支长矛并立，袋中交置二弓。
公徒三万，	鲁公徒众三万，
贝胄朱綅⁵⁴。	贝壳装饰头盔，密密连缀红线。
烝徒增增⁵⁵。	士兵众盛增增。
戎、狄是膺⁵⁶。	前去打击狄、戎。
荆、舒是惩⁵⁷。	又对荆、舒严惩。
则莫我敢承⁵⁸。	无人敢于抗我鲁公。
俾尔昌而炽！	使你荣昌而又炽盛！
俾尔寿而富⁵⁹！	使你寿考而又幸福！
黄发台背⁶⁰，	黄发老者，鲐背寿星，
寿胥与试⁶¹。	高龄长寿，相比相并。
俾尔昌而大！	使你荣昌而又大盛！
俾尔耆而艾⁶²！	使你超过耆、艾高龄！
万有千岁⁶³，	万岁千岁，

眉寿无有害㉔。	安享眉寿，永无灾凶。

泰山岩岩㉕，	泰山高峻岩岩，
鲁邦所詹㉖。	鲁邦众人仰瞻。
奄有龟、蒙㉗。	尽有大山龟、蒙。
遂荒大东㉘。	尽有鲁东之境。
至于海邦㉙，	到达滨海之邦，
淮夷来同㉚。	淮夷也来会同。
莫不率从㉛。	他们无不顺从。
鲁侯㉜之功。	这是鲁侯之功。

保有凫、绎㉝。	保有大山凫、峄。
遂荒徐宅㉞。	尽有徐国土地。
至于海邦，	到达滨海之邦，
淮夷蛮貊㉟。	又平蛮貊淮夷。
及彼南夷㊱，	以及那些南夷，
莫不率从。	无不顺从有礼。
莫敢不诺㊲。	无人敢不应命，
鲁侯是若㊳。	唯对鲁侯是从。

天锡公纯嘏㊴，	上天降赐鲁公大福，
眉寿保鲁。	又享高寿，又保东鲁。
居常与许㊵。	占居常邑和那许邑。
复周公之宇㊶。	恢复周公的疆域土地。
鲁侯燕喜㊷，	鲁侯安乐庆喜，

三颂·鲁颂

令妻㉞寿母㉞。	寿考之母，美善之妻。
宜㉟大夫庶士，	大夫、庶士，无不顺宜，
邦国是有㊱。	保有国家社稷。
既多受祉㊲，	既已多受天赐福祉，
黄发儿齿㊳。	老者黄发，寿者龀齿。
徂徕㊴之松，	徂徕山的松树，
新甫㊵之柏㊶。	新甫山的柏树。
是断是度㊷，	伐倒截断，砍削整治，
是寻是尺㊸，	或长一寻，或长一尺，
松桷有舄㊹。	松木方椽，粗大结实。
路寝孔硕㊺，	路寝宽大无比，
新庙奕奕㊻。	新庙高大奕奕。
奚斯所作㊼，	奚斯所作颂诗，
孔曼且硕㊽，	篇章很长很大，
万民是若㊾。	顺应万民之意。

此篇是鲁大夫奚斯所作，颂扬僖公文治武功以及建宗庙祭祀、祝祷福佑之乐歌。

【注释考证】

①閟(bì)宫有侐(xù)：閟宫，深闭之宫庙。閟，闭。侐，静。
②实实枚枚：实实，广大貌。枚枚，致密貌。 ③赫赫姜嫄，其德不回：赫赫，大为显赫之义。回，邪。此谓：十分显赫的先妣姜嫄，她的德行纯正而无邪僻。按，自此以下凡称颂姜嫄、后稷、太王、文王、武王、鲁公者，皆为诗人推本先祖之德，而下及僖公，所作颂祷之词。

④上帝是依：依，《诗集传》："犹眷顾也。"此谓：上帝眷顾姜嫄。 ⑤弥月不迟：弥月，满月，终月。不迟，言其按时生子。 ⑥降之百福：此指上帝降赐各种大福。 ⑦重、穋（lù）：后熟的谷物叫"重"，先熟的谷物叫"穋"。 ⑧稙、稚：先种的谷物叫"稙"，后种的谷物叫"稚"。 ⑨菽、麦：稷、麦、黍、菽皆鲁地之主要农作物。 ⑩奄有下国：奄有，尽有，广有之意。下国，指国土。此谓：后稷尽有其定居之国土。 ⑪俾民稼穑：俾，使。此谓：后稷教民以农事，使其种庄稼。 ⑫秬（jù）：黑黍。 ⑬奄有下土：犹"奄有下国"。 ⑭缵（zuǎn）禹之绪：缵，继续，继承。绪，事业。此谓：继承大禹的事业。陈奂曰："言禹有平治水土之业，后稷继而起教民稼穑也。" ⑮大王：太王，即古公亶父。 ⑯居岐之阳：古公亶父时代，因受熏鬻戎狄的逼迫，带领族人自豳地迁到岐山之南的周原定居。 ⑰实始翦商：犹云，"实始践履商家之地"。翦，"践"之假借。（从马瑞辰说） ⑱致天之届：致，表达，达到。或，尽。届，与"极""殛"古通，此指"严厉的诛罚"。本句谓：表达上天对恶者的严厉诛罚。 ⑲于牧之野：在那商郊牧野。（牧野，是商、周最后决战之地，距商纣的首都朝歌仅七十里左右。） ⑳无贰无虞，上帝临女：无，勿。贰，"貳"字之讹。贰，"忒"之借，差失。虞，通作"误"，贻误，欺骗。临，监临，监察。女，汝。此二句疑为武王告诫士众之词，意谓：不要有差失，不要有欺误，上帝在监察你们。 ㉑敦商之旅，克咸厥功：敦，"屯"之借字。屯聚，此谓俘虏敌众而屯聚（集结）之。旅，师旅，军队。克咸厥功，犹言"克咸其功"。《毛诗传笺通释》："《方言》，备，该咸也。《广雅》，备，赅咸也。是咸与备可互训。《说文》，咸，皆也，悉也。……训皆，训悉，正与备义相同。《尚书大传》，备者成也。《广雅》，备，成也。克咸厥功，犹云克备厥功，亦即克成厥功也。"此二句，亦为誓师诫众之词，意谓：将商纣的军队俘获而集中起来，完成那克商大功。 ㉒王曰叔父：王，此指成王。叔父，此指周公。这是诗人拟成王之言。按，旧多以二章下止"为周室辅"句，寻绎文义，似以"王曰叔父"为三章首句较顺达。从

此，皆叙伯禽受封于鲁，下及僖公诸事。㉓建尔元子：建，立。尔，此指周公。元，首，大，长。元子，指长子。㉔俾侯于鲁：使其称侯于鲁。㉕大启尔宇：启，开扩。宇，此指"国土""疆域"。又见《左传·昭公四年》："或无难以丧其国，失其守宇。"㉖为周室辅（fǔ）：辅，本指缚于车轮以增强轮辐之力的直木，引申为"辅助"之义。此谓：做周王朝的藩篱、辅助。㉗鲁公：指伯禽。㉘俾侯于东：使其称侯于东方之鲁。㉙锡之山川，土田附庸：附庸，此处是指在方田周围取土筑埂坝，取土后，又形成绕田的沟渠，合成道路和灌溉系统。（见《中国史稿》第一册）二句谓：赐给鲁公山川和土田。㉚周公之孙，庄公之子：此指僖公。《诗集传》："庄公之子，其一闵公，其一僖公。知此是僖公者，闵公在位不久，未有可颂，此必是僖公也。"㉛龙旂承祀：龙旂，交龙之旗。承祀，此兼指祭天、祭祖之祀。马瑞辰云："……是龙旂本诸侯所建，朝觐且用之，则祭天、祭祖皆得建之。《笺》以承祀为视祭事，实兼天、祖之祭而言，合下文春秋匪解四句言之。……是祭天之旂，实兼有龙与日月。李黼平曰，《明堂位》言日月而不言龙，此诗言龙而不言日月，皆各举其一。其说是也。"㉜六辔耳耳：六辔，古代四马之车，马各二辔，共有八辔，但因两匹骖马的内辔系于轼前，所以御者手执六辔。耳耳，读作"尔尔"，美盛貌。㉝春秋匪解：春秋，犹言"四时"。匪，不。解，懈。此谓：对四时之祭祀奉行不懈。㉞享祀不忒（tè）：忒，差失。此谓：遵奉享祀之典礼而无差失。㉟皇皇后帝，皇祖后稷：皇皇，大，伟大。后帝，此指上帝。后，谓君主。皇祖，古代帝王称其远祖或祖父。《郑笺》："皇皇后帝，谓天也。成王以周公功大，命鲁郊祭天，亦配之以君祖后稷。"㊱享以骍（xīng）牺：骍，此指赤黄牛。牺，纯色之牲。此谓：以纯色的赤黄牛为牲，享祀天帝、皇祖。㊲是飨是宜：宜，《毛诗传笺通释》："按，宜本祭社之名，《尔雅·释天》，起大事、动大众，必先有事乎社而后出，谓之宜。孙炎注，宜，求见福佑也，是也。凡神歆其祀，通谓之宜。"此谓：祈求神明歆享祭祀，福佑子孙。㊳降福既多：上帝降福甚多。

㊴亦其福女：其，语助。福，此谓"降福"。此言：也降福于你。
㊵秋而载尝，夏而楅（bì）衡：尝，秋祭之名。楅衡，本指控制牛的一种用具，此处指牛栅栏。二句谓：秋季才始行尝祭，夏季就已把牛关在栅栏内饲养，做好宰牲祭祀的准备。㊶白牡骍刚：白牡，此指白色公牛。骍刚，犹"骍牡"，赤黄色公牛。按，刚，"犅"之假借。《说文》："犅，特也。"特，牛父也。犅，即公牛，与"牡"义同。㊷牺尊将将（qiāng）：牺尊，镂刻文饰之酒尊。马瑞辰云："《传》，尊有沙饰也。按，沙与疏双声，……故古通用。……《说文》，疏，通也。引申为凡疏刻之之称。《西京赋》薛综注，疏，刻穿之也。……故牺尊即疏镂之尊。"将将，高大貌。㊸毛炰胾（zì）羹：毛炰，应作"毛炮"。将带毛全猪涂泥烧熟。《礼记·内则》："涂之以谨（墐）涂，炮之。"郑玄注："炮者，以涂烧之为名也。"涂，泥。胾，切成大块的肉。羹，此指大羹（纯肉汁）与铏羹（肉加菜的汁）。大羹盛于登，铏羹盛于铏，古代盛羹器。㊹笾豆大房：笾，古代盛果脯的一种竹制盖碗。豆，古代盛齑酱等物的一种木制盖碗，也有青铜制或陶制者。笾、豆均为古代祭祀、宴会所用之礼器。大房，古代礼器。《毛传》："大房，半体之俎也。"㊺万舞洋洋：万舞，古代舞名。此处谓"大舞"，干舞（武舞）、羽舞（文舞）并有之。《韩诗》："万，大舞也。以干羽舞，故万舞为大舞。"又，《诗毛氏传疏》："凡宗庙舞，诸侯以羽，唯天子兼以干，万舞，有干有羽也。……诗为祀周公，故万舞矣。"洋洋，众多貌，形容舞者众多，场面宏大。㊻孝孙有庆：孝孙，孝犹享，享祀之孙，指僖公。庆，犹"福"。㊼俾尔炽而昌：俾，使。尔，此指僖公。炽，盛。昌，兴盛，繁荣。㊽臧：善。㊾东方：此指鲁地。㊿常：永久，永恒不变。㈤不亏不崩，不震不腾：亏，亏损。崩，崩塌，败坏，毁坏。震，震荡。腾，沸腾，翻腾。此二句，即"保彼东方，鲁邦是常"的注脚。㈥三寿作朋，如冈如陵：三寿，犹言"三老"，指"上寿百二十，中寿百年，下寿八十"。作，犹"则"。又见《尚书·益稷》："烝民乃粒，万邦作乂。"亦可训"为"。朋，有"结合""合并"之意。

《诗经稗疏》："朋，并也。三寿作朋者，合并三寿，祝孝孙以无疆之寿也。"二句谓：合并三寿加于孝孙之身，使其如同山冈、大陵那样永恒，那样稳固。 (53)公车千乘，朱英绿縢（téng），二矛重弓：公，鲁公伯禽。（这是追溯伯禽的武功）千乘，战车千辆。按，周代分封之诸侯国，拥有军队一至三军，此处"千乘""三万"是鲁公出征时动员的兵力之约数。马瑞辰考证说："……今按二军之说是也。古制盖以五百乘为一军。《采芑篇》，'其车三千'，谓天子六军也。此诗'公车千乘'，谓次国二军也。……窃谓万二千五百人为军者，周礼制军简阅之数；五百乘为一军，万五千人者，出征制军之数，二者各不同也。又春秋时诸侯制军，其车乘及人皆无定数。……则鲁国二军之车千乘、徒三万，又何疑焉？"朱英，古代矛、戟等兵器上的红色羽饰，犹如现代红缨枪上的红缨。绿縢，绿绳。縢，绳，缠束，此处是指弓袋（韔）之上有绿丝绳为饰。"朱英"言矛饰，"绿縢"谓韔饰，正与下文之"二矛""重弓"合成其义，亦见古人遣词造句之工。二矛，此指战车上竖立的两支长矛。据说二矛形制不一，酋矛长二丈，夷矛长二丈四尺。重弓，二弓，此指一个弓袋中装二弓以备用。 (54)公徒三万，贝胄（zhòu）朱綅（qīn）：徒，士众。贝胄，以贝饰胄。胄，头盔。朱綅，以朱线缀贝于胄。綅，线。 (55)烝徒增增：烝徒，犹言"众徒"。增增，众多貌。 (56)戎、狄是膺：犹云"戎狄是击"。膺，"应"之假借，打击。马瑞辰曰："按，《史记·建元以来侯者年表》引《诗》'戎狄是应，荆荼是征'。……作'应'者，三家诗。《毛诗》及《孟子》引《诗》作'膺'，即'应'字之假借。……《吕氏春秋·察微篇》，宋华元帅师应之，大棘。《处方篇》，荆令唐蔑将而应之。高注并曰，应，击也。……是应有击义。……荼、舒，惩、征，古并同音通用。" (57)荆、舒是惩：惩，惩罚。荆，楚国之别名。舒，周代国名，为荆之与国。姚氏《诗经通论》："'戎、狄是膺，荆、舒是惩'，孟子以为周公。意或取周公之事以夸大僖公之能法祖耳。"又，《毛诗传笺通释》："又按《笺》以此章以下皆美僖公，而《孟子》两引此诗'戎狄是膺'，皆确指为周公。圣门传授师说必有所本。翟氏灝曰,……五章、六章继周公而颂伯禽,所谓'淮夷来同''遂荒徐宅',显系伯禽事,见于《费誓》者也。七章、八章方颂僖公复宇。以此推之,则《诗》与《孟子》正合。较《笺》说为善。" ⑤⑧则莫我敢承:承,止,御。此谓:天下无敢抵挡我者。⑤⑨寿而富:犹"寿而福"。富,"福"之假。又见《礼·曲礼》:"不饶富。" ⑥⓪黄发台背:指年老,或指老人。黄发,老人之发色黄。台背,《鲁诗》作"鲐背",谓老人背部生斑如鲐鱼背,故以"鲐背"称代长寿的老人。 ⑥①寿胥与试:胥,相。试,犹"式",通作"视"。《广雅》:"视,比也。"比,言"比拟"。此句犹云:寿相与比。(从马瑞辰说) ⑥②耆(qí)、艾:耆,古称六十岁为耆。艾,古称五十岁为艾。耆、艾,均为对老人的尊称,或祝愿人长寿之词。 ⑥③万有千岁:万又千岁。 ⑥④眉寿无有害:眉寿,长寿。害,灾害,祸患。 ⑥⑤岩岩:高峻貌。 ⑥⑥詹:"瞻"之省借。《韩诗外传》《说苑》《风俗通义》《初学记》引皆作"瞻"。 ⑥⑦奄有龟、蒙:奄有,尽有。龟、蒙,二山名,均在鲁境。 ⑥⑧遂荒大东:遂,就,于是。荒,有,犹"奄有"。大东,此谓鲁东面之境。 ⑥⑨海邦:近海之地,滨海之国。 ⑦⓪淮夷来同:同,会同,指诸侯相见、聚会。此处似有宾服而来会同之义。《春秋繁露·竹林》:"会同之事,大者主小。"此谓:淮夷宾服而前来会同。 ⑦①莫不率从:莫,无。率,顺服,遵循。此谓:没有不顺从者。 ⑦②鲁侯:犹"鲁公"。 ⑦③凫、绎:二山名,均在鲁国境内。绎,通"峄"。 ⑦④徐宅:犹言"徐国"。宅,《诗集传》:"宅,居也,谓徐国也。" ⑦⑤淮夷蛮貊(mò):蛮貊,此处是指淮夷诸邦,这是周代统治者对一些民族和小国的鄙称。此句谓:淮夷等蛮貊之邦。 ⑦⑥南夷:此指荆、舒等。 ⑦⑦诺:应诺。 ⑦⑧鲁侯是若:若,顺从。此谓:唯鲁侯是从。 ⑦⑨天锡公纯嘏:纯,大。此谓:上天赐给鲁公大福。 ⑧⓪居常与许:居,占居。常、许,二地名。此谓:占有常邑和许邑。 ⑧①复周公之宇:恢复了周公所拥有的疆域。 ⑧②燕喜:犹"燕乐","安乐"。 ⑧③令妻:善美之妻。 ⑧④寿母:寿考之母。 ⑧⑤宜:顺宜。 ⑧⑥有:保有。 ⑧⑦祉:犹

“福”。 (88)兒（ní）齿：兒，“齯”之借。《尔雅》作“齯”。指老人齿落再生新齿，是长寿之征。 (89)徂徕：鲁境山名。徕，《唐石经》作“来”。 (90)新甫：亦鲁境山名，又称梁甫。 (91)柏：松柏。 (92)是断是度：断，截断，斩断。度，马瑞辰曰：“按，度者，剫之省借。《说文》，剫，判也。《广雅》，剫，分也。”剫，伐木，治木，砍开。 (93)是寻是尺：整治木料时，长的用“寻”来量，短的用“尺”来量。或谓：有截成长度一寻的和长度一尺的各种木料。八尺为寻。 (94)松桷（jué）有舄（xì）：桷，方的屋椽。舄，《毛诗传笺通释》：“《毛传》训大貌，盖以舄为斥之假借。《苍颉篇》，斥，大也。《小尔雅》，斥，开也。开之使大，故舄亦训大。”此谓：松木方椽十分粗大。 (95)路寝孔硕：路寝，即“正寝”，有二义：一者，指古代君主处理政事的宫室；二者，指帝王宗庙后殿藏先人衣冠处。《诗经原始》：“路寝，正寝也。黄氏佐曰，路寝，在庙之后，所以藏衣冠。”按，此篇主要是说建庙、祭祀、祝祷诸事，故“路寝”应是宗庙后殿之谓。硕，孔硕，甚大。 (96)新庙奕奕：新庙，新建之庙。《毛传》：“新庙，闵公庙也。”可信。奕奕，高大美盛貌。又，三家诗作“绎绎”，训相连貌。 (97)奚斯所作：奚斯，人名。鲁大夫公子奚斯。作，指作此诗。此句犹《小雅·节南山》“家父作诵”，《大雅·崧高》《大雅·烝民》并言“吉甫作诵”等句式。毛、郑诸家以为“作庙”，恐非。 (98)孔曼且硕：曼，长。硕，音义同上“硕”字。此谓：诗篇非常长而且大。 (99)万民是若：若，顺应。此谓：顺应万民之望。(从朱熹说)

【学术延伸】

姚际恒云：“……然则此诗当为僖公祀祢庙，而史臣作《颂》以夸大褒美之。”又，方玉润云：“美僖公能新庙祀也。……《小序》谓‘颂僖公能复周公之宇也’。虽辞出于经，然与经异，且非诗旨。诗首尾皆以庙言，是颂为庙祀作也。复土宇，仅诗中一端，何以能赅全诗耶？……愚谓此诗褒美失实，制作又无关紧要，原不足存；其所以存者，以备体耳。盖《颂》中变格，早开西汉扬、马先声，固知其非全无关系也。"

此诗于长久流传中所致错简现象颇为繁杂，古今学人多有异辞。宋王柏《诗疑》云："缺疑之义，为其无所考证，不得已而缺之也。或幸而有所考证，亦何为而不决之哉。夫鲁之有《颂》，亦变《颂》也。惟《閟宫》一篇，独欧阳公历考僖公之时，初无所谓淮夷、徐方、荆楚之功，深以为疑。其所论辨，亦详且明。若遂以为非僖公之诗乎？则诗中有'周公之孙，庄公之子'两句，终不可泯没。是以朱子于他篇皆曰无所考，独以此篇为僖公之诗无疑者，正以此两句为可信也。愚尝即其诗而熟味之，固不敢以为非僖公之诗也。意其间有颠倒参错之误，是盖传之者之过也。若引《孟子》之言为据，……当是之时，楚方强大，桓公且不敢与之战，而卒与之同盟，在齐犹为可羞。况于僖公，因齐之师，从人之役，进无尺寸之功，而敢退为虚诞之辞，侈大浮夸，以诳国人，夫子尚何所取以播其丑哉？必不然矣。若夫淮夷、徐方之事，则与荆楚不同，圣人存之于《书》，载于《费誓》之篇，其为颂伯禽之言，昭灼明验，无可疑者。顾读之者偶未思耳。又窃意'土田附庸'之下，辞气未终，血脉不贯，移'泰山岩岩''保有凫绎'两章于此，伦序方整。既不害其为僖公之诗，亦不妨以为伯禽之事。……欲以'鲁侯是若'为前段之终，后段自'周公之孙'起，止'万民是若'终。前为四章，后为四章。'周公之孙'至'福女'为一章。自'秋尝'止'有庆'，接'天锡公'，止'兒齿'为一章。三'俾尔'为一章。'徂徕'之下为一章。古人作诗，章句虽重而有味，条理虽宽而实密。必不如是之断续破碎也。观此一诗，命辞措意，雅奥渊原，必出于贤人君子之手。而周公、伯禽之事鲁，气象尚可揖也。则其断续破碎之疵，可以知其为传者之误。"按：愚意以为"敦商之旅，克咸厥功"二句应上下互调始合事理。

宋人王柏疑此诗颇有错简之处，并提出具体合理的意见。今据王说，按历史年代将本诗文字试加整理，附录于后，供参考评判。

閟宫有侐，实实枚枚。赫赫姜嫄，其德不回。上帝是依，无灾无害。弥月不迟，是生后稷，降之百福，黍、稷重穋。稙稚菽、麦，奄有下国。俾民稼穑，有稷，有黍。有稻，有秬，奄有下土。缵禹之绪。

后稷之孙。实维大王，居岐之阳。实始翦商，至于文、武。缵大王之绪，致天之届。于牧之野。无贰无虞。上帝临女，克咸厥功。敦商之旅。

王曰：叔父。建尔元子，俾侯于鲁。大启尔宇，为周室辅。乃命鲁公，俾侯于东。锡之山川，土田附庸。公车千乘，朱英绿縢，二矛重弓。公徒三万，贝胄朱綅。烝徒增增，戎、狄是膺。荆、舒是惩，则莫我敢承。

泰山岩岩，鲁邦所詹。奄有龟、蒙，遂荒大东。至于海邦，淮夷来同。莫不率从，鲁侯之功。保有凫、绎，迷荒徐宅。至于海邦，淮夷蛮貊。及彼南夷，莫不率从。莫敢不诺，鲁侯是若。

周公之孙，庄公之子。龙旂承祀，六辔耳耳。春秋匪解，享祀不忒。皇皇后帝！皇祖后稷！享以骍牺。是飨是宜。降福既多，周公皇祖，亦其福女。

秋而载尝，夏而楅衡。白牡、骍刚，牺尊将将。毛炰、胾、羹，笾、豆、大房。万舞洋洋，孝孙有庆。

天锡公纯嘏，眉寿保鲁。居常与许，复周公之宇。鲁侯燕喜，令妻寿母。宜大夫庶士，邦国是有。既多受祉，黄发兒齿。

俾尔炽而昌！俾尔寿而臧！保彼东方，鲁邦是常。不亏不崩，不震不腾。三寿作朋，如冈如陵。俾尔昌而炽！俾尔寿而富！黄发台背，寿胥与试。俾尔昌而大！俾尔耆而艾！万有千岁，眉寿无有害。

徂徕之松，新甫之柏。是断是度，是寻是尺，松桷有舄。路寝孔硕，新庙奕奕。奚斯所作，孔曼且硕，万民是若。

商　颂

那

猗与那与①！	旖旎美盛啊，旖旎美盛！
置我鞉鼓②，	将我的鞉鼓竖立备用，
奏鼓简简③，	奏起鼓来，简简谐和，
衎我烈祖④。	使我烈祖神明喜悦。
汤孙奏假⑤，	汤王子孙祷告先祖，
绥我思成⑥。	祈求先祖赐我大福。
鞉鼓渊渊⑦，	鞉鼓之声洪大渊渊，
嘒嘒⑧管声。	竹管之声嘒嘒婉转。
既和且平⑨，	音调和谐而又适中，
依我磬声⑩。	配合我的清越磬声。
於，赫汤孙⑪！	啊，功德赫赫的汤孙！
穆穆厥声⑫。	众乐之声穆穆美盛。
庸鼓有斁⑬，	大钟、大鼓盛多绎绎，
万舞有奕⑭。	干舞、羽舞，熟练有序。
我有嘉客，	我有嘉客助祭，
亦不夷怿⑮。	也都怡悦欣喜。
自古在昔，	自古以来，在那往昔，
先民有作⑯。	先人有所作为。

温恭朝夕，	温和恭敏，早朝暮参，
执事有恪⑰。	执行其事，谨小慎微。
顾予烝尝，	先祖顾念欣享烝尝，
汤孙之将⑱。	汤孙虔诚奉祀献享。

此为殷商之后裔追溯并颂美"汤孙"奉祀"成汤"，礼乐大盛之乐歌。

【注释考证】

①猗与那与：猗那，通作"猗傩""阿难""旖旎"，美盛之貌。与，欤，叹词。此言：旖旎啊，旖旎啊！ ②置我鞉（táo）鼓：置，《郑笺》："置读曰植。植鞉鼓者，为楅贯而树之。"鞉鼓，见《周颂·有瞽》注。鞉，又作"鼗"。此谓：将我们的鞉鼓竖立在那里。 ③简简：形容谐和洪大之声。 ④衎（kàn）我烈祖：衎，和乐，此有"使其喜悦"之意。烈祖，对开创基业之先祖的敬称，此指成汤。 ⑤汤孙奏假：汤孙，本篇【学术延伸】之吴闿生说可从。奏，进，献，上言。假，读作"嘏"，训"告"。此谓："汤孙"进言祷告于先祖。 ⑥绥我思成：绥，马瑞辰云："绥与遗叠韵，绥之言遗，遗即诒也。"思，语词。成，马氏又云："成为备，即为福。绥我思成，为报福之词，与祝告利成同义。……绥我思成，犹云贻我福，与《烈祖》诗赉我思成句法正同，亦谓赉我福也。" ⑦渊渊：鼓声。 ⑧嘒嘒（huì）：本指蝉鸣声，引指管乐声。 ⑨既和且平：和，此指音调和谐。平，正，此指乐声高低大小适中，合乎音律之正。《诗毛氏传疏》："《周语》，声应相保曰和，细大不逾曰平。此即既和且平之义也。" ⑩依我磬声：鞉鼓、管与磬之声相配合。 ⑪於，赫汤孙：於，语气词。赫，犹"赫赫"。此赞美"汤孙"之词。意谓：啊，盛德显赫的"汤孙"啊！ ⑫穆穆厥声：穆穆，和美。厥，其。声，此指众乐之声。 ⑬庸鼓有斁（yì）：

庸,"镛"之省借。大钟。有,语助。戁,通"驿""绎",盛,多。此谓:大钟和鼓盛多。 ⑭万舞有奕:万舞,见《商颂·閟宫》注。奕,娴习,有次序。此谓:表演干舞、羽舞,很熟练而有次序。 ⑮我有嘉客,亦不夷怿(yì):嘉客,此指助祭者。不,语助。夷,犹"悦",夷、悦以双声为义。怿,喜悦。此谓:我有嘉客贵宾,也都很喜悦。 ⑯自古在昔,先民有作:自古在昔,自古、在昔,是同义词组的叠用。先民有作,先人有所作为。 ⑰温恭朝夕,执事有恪(kè):温恭,温和恭谨。朝夕,早见君叫朝,暮见君叫夕。(从马瑞辰说)执事,从事,执行其事。恪,谨慎,恭敬。此谓:温和恭敬地早见君,夕见君;谨慎地执行其事。 ⑱顾予烝尝,汤孙之将:顾,顾念。予,通"与",赞许。又见《荀子·大略》:"言味者予易牙,言音者予师旷。"烝尝,此以"烝、尝"概称时祭。将,奉,奉祀。此谓:烈祖成汤尚能顾念欣享烝尝之时祭,这是"汤孙"的奉祀献享。

【学术延伸】

姚际恒《诗经通论》:"《小序》谓'祀成汤',是矣;但不知何人祀。"又,方玉润《诗经原始》"……然诗虽祀汤而不言汤之功德,独举鞉鼓、管、磬、庸、鼓之声与万舞之奕者,则又何故?说者谓商人尚声,声之盛是德之盛也。……朱氏善又曰,'汤孙奏假,绥我思成',始焉,人固因乐以致其感格之效也。'於,赫汤孙,穆穆厥声',终焉,乐复因人而成其和声之美也。至于镛鼓之戁戁然而盛也,万舞之奕奕然有次序也,则不特幽有以感乎神,而嘉宾在位亦无不夷怿者矣。此又人神交感,实合声与思而一以致之,音声之道,岂不微哉!是故审音以知乐,观乐而知德,非汤盛德,孰克当此?故《商颂》以《那》为首者此尔。"又,吴闿生云:"……窃疑自太甲以下,皆可谓之汤孙,汤孙仍谓所祀之祖,非主祭之时王也。末云汤孙之将,将者,盛大之意,亦推崇之词,若曰今日之祭祀,乃祖宗之功烈所庇荫也。若谓汤孙奉祭,则语浅而无味矣。前人不作此解者,因《序》谓祀成汤之诗固不应赞及汤孙,不知《序》固未可尽信耳。"

烈　祖

嗟嗟烈祖①!	啊,啊,我的烈祖啊!
有秩斯祜②。	秩秩的大福啊。
申锡无疆,	一再赐给子孙幸福无疆,
及尔斯所③。	以至于今,无限久长。
既载清酤④,	已经备好献享清酒,
赉我思成⑤。	先祖赐我福禄长有。
亦有和羹⑥,	又有美味调和之羹,
既戒既平⑦。	五味具备,浓度适中。
鬷假无言,	进言祷告,默默肃敬,
时靡有争⑧。	没有争讼,心气和平。
绥我眉寿,	赐我无疆眉寿,
黄耇无疆⑨。	赐我无疆黄耇。
约軝错衡,	红漆轴头,错金车衡,
八鸾鸧鸧⑩。	八只鸾铃,清响叮咚。
以假以享⑪,	以之祝祷,以之献享,
我受命溥将⑫。	我受天命,广大久长。
自天降康,	安乐福康,自天而降,
丰年穰穰⑬。	大有之年,丰盛穰穰。
来假来飨⑭,	先祖之灵,来临欣享,
降福无疆。	降赐洪福,无涯无疆。
顾予烝尝,	先祖顾念欣享烝尝,

| 汤孙之将。 | 汤孙虔诚奉祀献享。 |

此篇大旨与前篇略同。

【注释考证】

①嗟嗟烈祖：嗟嗟，叹词，一叹再叹，溢美之言。烈祖，古称光明显赫开基创业之帝王。此指成汤。 ②有秩斯祜：有、斯，皆为语词。秩，大貌。祜，福。《经义述闻》："秩，大貌。《巧言》曰，'秩秩大猷'是也。《说文》作𥙫，云，大也。读若《诗》'𥙫𥙫大猷'。" ③申锡无疆，及尔斯所：申，重复，一再。锡，此指成汤赐福于子孙。无疆，此谓幸福无疆。及，至。尔，语助，不为义。斯，此。及尔斯所，犹云"以迄于今"。（用陈奂说） ④既载清酤（gū）：犹云"清酤既载"。既，已。载，犹"陈""备""设置"。酤，酒。此谓：既已陈设了清酒。 ⑤赉（lài）我思成：犹《那》诗"绥我思成"之义。赉，赏赐，赠送，给予。 ⑥和羹：和，"盉"之借字，调味。羹，本指五味调和的浓汤，也泛指煮成浓液的食品。 ⑦既戒既平："和羹"既具备五味，又浓度适中。《毛诗传笺通释》："然以诗承和羹言，戒当训备，《方言》，戒，备也。……和羹必备五味。昭二十年《左传》，宰夫和之齐之以味，此诗所云戒也；济其不及以泄其过，此诗所云平也。故下引此诗以证之。" ⑧鬷假无言，时靡有争：鬷，读作"奏"。"鬷假"即"奏假"。（《中庸》引《诗》作"奏假"。）时，犹"是"。无言，无争。《诗集传》："无言、无争，肃敬而齐一也。"又，《诗毛氏传疏》："无有言语，无有争讼，美其心平而德和。" ⑨绥我眉寿，黄耇（gǒu）无疆：黄耇，长寿者之称。耇，又作"考"，老，寿。此谓：赐我长寿无疆。 ⑩约軝（qí）错衡，八鸾鸧鸧（qiāng）：约軝，以皮革缠束车毂而涂以红漆。軝，车毂（类似轴承套）两端饰有皮革的部分。错，涂金为文饰。衡，车辕前端之横木。

八鸾,一马二鸾(镳上小铃),四马八鸾。鸧鸧,犹"玱玱""锵锵",形容金石之声。此二句之义,详见《小雅·采芑》。 ⑪以假以享:假,义训同"酾假"之"假"。此谓:以祝告于先祖神明,以向先祖神明献享。 ⑫我受命溥(pǔ)将:命,此指天命。溥,广大。将,此训"长"。此二句谓,我承受天之命,广大而长远。《经义述闻》:"将,长也。言我受天之命,既溥且长,……即下文所云降福无疆也。《楚辞·九辩》,'恐余寿之弗将',王逸注曰,将,长也。" ⑬自天降康,丰年穰穰(ráng):康,安乐。穰穰,盛多貌,丰盛貌。 ⑭来假来飨:此"假"字当为"徦"之借,又同"徦""格",训"至"。此"飨"字指先祖之灵来此享用祭祀。"以假以享""来假来飨",二句之义,《诗集传》云:"假之而祖考来假,享之而祖考来飨,则降福无疆矣。"今从之。按,享、飨二字之义本无大异。阮元曰:"按,有字同义别而相因者,如献神为享,神食所献亦为享是也。后儒曲为分别,乃以献神作享,神食所献作飨。"

【学术延伸】

《诗经原始》:"……姚氏曰,《小序》谓'祀中宗',本无据,第取别于上篇,又以下篇而及之耳。然此与上篇末皆云'汤孙之将',疑同为祀成汤,故《集传》云然。然一祭两诗,何所分别?辅氏广曰:'《那》与《烈祖》皆祀成汤之乐,然《那》诗则专言乐声,至《烈祖》则及于酒馔焉。商人尚声,岂始作乐之时则歌《那》,既祭而后歌《烈祖》欤?'此说似有文理。愚案,周制,大享先王,凡九献。商制虽无考,要亦大略相同。每献有乐则有歌,纵不能尽皆有歌,其一献,降神;四献、五献,酌醴荐熟;以及九献祭毕。诸大节目,均不能无辞,特《诗》难悉载,且多残阙耳。前诗专言声,当一献降神之曲;此诗兼言清酤和羹,其五献荐熟之章欤?不然,何以一诗专言声一诗则兼言酒与馔耶?此可以知其各有专用,同为一祭之乐无疑也。"

玄 鸟

天命玄鸟，	上天命令玄鸟，大显灵异，
降而生商①，	降临人间，因而生了商契，
宅殷土芒芒②。	定居于广大的殷地。
古帝命武汤③，	上帝命令武王成汤，
正域彼四方④。	治理本土和那天下四方。
方命厥后，	遍告四方诸侯，
奄有九有⑤。	全部拥有天下九州。
商之先后，	殷商的先君，
受命不殆，	承受天命而不懈怠，
在武丁孙子⑥。	就在于武王的子孙。
武丁孙子，	武王成汤的子孙，
武王靡不胜⑦。	武丁继承祖业，无不胜任。
龙旂十乘，	诸侯树立龙旗，又备大车十辆，
大糦是承⑧。	将黍、稷、稻、粱运来献上。
邦畿千里，	封畿本土千里，
维民所止，	众民所居之地，
肇域彼四海⑨。	又开拓封域，远至四海边际。
四海来假，	四海之内，诸侯都来朝贡，
来假祁祁⑩。	前来朝贡之人，祁祁众盛。
景员维河？	无比盛大，那是什么？
殷受命咸宜，	殷受天命，全都合适，
百禄是何⑪。	承受上天百福之赐。

此为殷商之后裔奉祀并颂扬祖先之乐歌。

【注释考证】

①天命玄鸟，降而生商：玄鸟，燕子，一说，凤凰。此二句，简述商之始祖（契）降生的神话传说。意谓：上天命令玄鸟显圣，降到人间，而由此诞生了商之始祖。见《列女传》："契母简狄者，有娀氏之长女也。当尧之时，与其妹姊（《淮南子·墬形训》），有娀在不周之北，长女简翟，少女建疵。浴于玄邱之水。有玄鸟衔卵过而坠之，五色甚好。简狄得而含之，误而吞之，遂生契焉。简狄性好人事之治，上知天文，乐于施惠。及契长，而教之理顺之序。契之性聪明而仁，能育其教，卒致其名。尧使为司徒，封于亳。及尧崩，舜即位，乃敕之曰。契！百姓不亲，五品不逊，汝作司徒，而敬敷五教在宽。其后世世居亳，至殷汤兴，为天子。" ②宅殷土芒芒：宅，居。殷土，殷地。芒芒，广大貌。此谓：所居之殷地十分广大。 ③古帝命武汤：古帝，犹"上帝"。《毛诗传笺通释》："古，始也。万物莫（疑脱"不"字）始于天，故天可称古，古帝犹言昊天上帝。古帝命武汤，犹帝谓文王，皆托天以命之也。" ④正域彼四方：正，治。域，指殷之封疆。此谓：治理那邦畿本土和那天下四方。 ⑤方命厥后，奄有九有：方，古通"旁"。马瑞辰曰："方犹旁也，旁之言溥也、遍也（旁、溥、遍一声之转，《说文》，旁，溥也）。"厥，其，那。后，君，诸侯。此谓：遍告那些诸侯。奄有，尽有。九有，即"九域"，"有"为"域"之假，《韩诗》作"九域"。《文选》注引《薛君章句》曰："九域，九州也。"此谓：尽有九州。 ⑥商之先后，受命不殆，在武丁孙子：后，君。先君，犹先王。殆，"怠"之假。不殆，即不怠。武丁，此处应读作"武王"。《经义述闻》："武丁固善为人子孙，然省去'善为人'三字而谓之武丁孙子，则文不达义。若以为高宗之孙子，则此诗本祀高宗，何得不美高宗，而美高宗之孙子乎？且'武王'乃殷人称汤之词，……不得又以为'武丁'及其孙子之称也。窃

疑经文两言'武丁',皆'武王'之讹,而'武王靡不胜',则'武丁'之讹。盖'商之先君,受命不怠者',在汤之孙子,故曰'在武王孙子','武王孙子',犹《那》与《烈祖》之言'汤孙'也。汤之孙子有武丁者,绳其祖武,无所不胜任,故曰'武王孙子,武丁靡不胜',传写者上下互讹耳。"此谓:殷商之先君,受天命而不懈怠者,在于武王成汤之子孙。　⑦武丁孙子,武王靡不胜:应为"武王孙子,武丁靡不胜"。此谓:武王成汤的子孙武丁,继承先祖功业,无不胜任成功。　⑧龙旂十乘,大糦是承:龙旂,诸侯所建树的绘饰交龙的旗子。十乘,此指元戎(大的兵车)十辆。大糦,犹"大饎",指酒食(包括黍、稷、稻、粱)。承,犹"奉"。进奉,进献。此谓:诸侯都(按当时规定的礼法)竖立着很多交龙之旗,以十辆大型兵车输送黍、稷、稻、粱等前来进献、助祭。　⑨邦畿千里,维民所止,肇(zhào)域彼四海:邦畿,犹"封畿"。"邦"为"封"之假。《毛诗传笺通释》:"按,邦、畿二字同义。邦者,封之假借。《小尔雅》,封,界也。《周礼·大司徒》注,封,起土界也。《大司马》注,封谓立封于疆为界。是封亦疆也,界也。《文选·西京赋》注引《诗》作封畿千里。盖本三家诗。《毛诗》作邦者,假借字也。《说文》,封,从之,从土,从寸。守其制度也。籀文从丰土作垟,邦字亦从丰声,故通用。《论语》,邦域之中。《汉书·王莽传》作封域。《释文》亦曰,邦或作封。"止,居。肇,创建,开始,开。《诗集传》:"肇,开也。言王畿之内,民之所止,不过千里,而其封域则极乎四海之广也。"三句意谓:王畿千里,是众民所居之地,并开始扩大封域到达四海之滨。　⑩四海来假(gé),来假祁祁:假,通"徦""格",又作"格",至。此指至商都朝贡。祁祁,众多貌。二句意谓:四海之内的诸侯都来到商之京都朝贡,来到商都的人十分众多。　⑪景员维河,殷受命咸宜,百禄是何:景,大,高。员,"云"之借字,犹"然"。河,"何"之讹字。景员维何,盛大的是什么?咸宜,皆宜。宜,合适,相称。何,"荷"之省借,承受。《经义述闻》:"犹景然而大者维何乎？则受命而何（荷）百禄也。"按：王引之释义较圆通。

长 发

浚哲维商！	聪明智慧，是那商王！
长发其祥①。	久已发展那福庆吉祥。
洪水芒芒②！	上古之时，洪水茫茫！
禹敷下土方③，	禹施政教于天下四方，
外大国是疆④。	畿外大国都归入疆界。
幅陨既长⑤，	商之福祥，既已久长，
有娀方将，	有娀之国，方始大昌，
帝立子生商⑥。	上帝立有娀女子生契造商。
玄王桓拨⑦！	商之玄王，威武刚毅！
受小国是达⑧，	承受小国，通达顺利；
受大国是达⑨。	承受大国，通达顺利。
率履不越，	遵循礼法而不逾越，
遂视既发⑩。	于是巡视其民，尽行其礼。
相土烈烈，	先祖相土，威武烈烈，
海外有截⑪。	海外之国也都臣服统一。
帝命不违，	从不违背上帝之命，
至于汤齐⑫。	至于汤王，立功与天命齐同。
汤降不迟⑬，	降及汤王，德行不衰；
圣敬日跻⑭。	圣明庄敬，日日进升。
昭假迟迟⑮，	精诚明告上天，久久不息，

上帝是祗⑯，	唯对上帝尊崇敬奉，
帝命式于九围⑰。	上帝命汤于九州施行政令。

受小球大球⑱，	将那小法、大法承受，
为下国缀旒⑲。	作表率于下国诸侯。
何天之休⑳。	接受上天的福佑。
不竞不絿㉑，	不争竞，不追求，
不刚不柔㉒。	不太刚，不太柔。
敷政优优㉓，	施行政教，优优温厚，
百禄是遒㉔。	百福并集，受天之佑。

受小共、大共，	将那小法、大法承受，
为下国骏厖㉕。	施庇荫于下国诸侯。
何天之龙㉖。	接受上天的优宠。
敷奏其勇㉗。	大大发扬他的武勇。
不震不动㉘，	他不震动，
不戁不竦㉙。	他不惊恐。
百禄是总㉚。	受天之佑，百福汇总。

武王载旆㉛，	武王开始发兵伐桀，
有虔秉钺㉜。	勇武地执持青铜大钺。
如火烈烈㉝，	军威大振，如火烈烈，
则莫我敢曷㉞。	就无人敢于阻挡于我。
苞有三蘖㉟，	丛木之本，旁生三蘖；
莫遂莫达㊱。	它已不能再生枝叶。

九有有截㊲。	九州都已宾服统一。
韦顾既伐，	已经打败韦国、顾国，
昆吾夏桀㊳。	又将昆吾和夏桀消灭。
昔在中叶，	往昔在那商朝中世，
有震且业㊴。	国家具有很大威势。
允也天子！	真是诚信啊，商之天子！
降于卿士㊵，	上帝降赐贤良卿士，
实维阿衡，	卿士是那伊尹，
实左右商王㊶。	他是商王左右辅弼。

此为商之后人颂美殷商天子举行大禘之乐歌。

【注释考证】

①濬（ruì）哲维商，长发其祥：濬，"睿"之假借，明智，智慧。哲，犹"智"。"睿哲"犹"明智"。维，犹"是"。商，此指商王。长，常，久。祥，吉利。此谓：明智的是那商王，常常发展增益其吉祥。②芒芒：此指水大貌。③禹敷下土方：敷，布，施。下土方，下土四方。方，四方。此谓：大禹治平洪水，划分九州，施政教于天下四方。④外大国是疆：外，邦畿之外。外大国，此指邦畿之外的诸夏。《毛传》："诸夏为外。"《诗集传》："外大国，远诸侯也。"《诗毛氏传疏》："禹有天下曰夏，故畿内为夏，畿外为诸夏也。"疆，在此有"以之为疆土"之意。《诗集传》："以外大国为中国之境。"⑤幅陨既长：犹"福云既长"。《经义述闻》："今考全《诗》之例，如'我稼既同''决拾既佽''福禄既同''降福既多'之类，句首皆实指其物与事。'幅陨既长'，文义与之相似，句首亦当实指其所谓'既长'之事，不应空训之为广、为均、为圜也。'幅'读为'福'，'陨'读为'云'，古字假

借耳。'福云既长'者，承上文'长发其祥'言之，'福'亦'祥'也。言当禹敷下土，疆理大国之时，商之福祥既已长矣，故曰'福云既长'。下文'帝立子生商'，则'福长'之始也。'云"，语助也。凡诗第二字用'云'字者，如'卜云其吉''曷云能来''如云不克''聿云不逮'之类，皆为语助。字或作'员'，……又作'陨'，……说经者不察古人假借之例，故其说迂曲而难通矣。"一说，地广狭为幅（边幅），周围为员（圆、圜）。　⑥有娀方将，帝立子生商：有娀，古国名，此处非指契母其人。《郑笺》："有娀氏之国亦始广大。"马瑞辰云："按《淮南·墬形》云，有娀在不周之北。高注，有娀，国名也。《说文》，娀，帝高辛之妃，偰母号也。引《诗》义同《毛传》。古者妇人系姓，有娀姓不可考，或遂以国称偰母，后人因以为偰母号耳。此诗下言立子，始为契母。则上言有娀，当从《笺》以为国名。"方，始，正。将，大，壮大。帝，上帝。立子，立有娀之女子为高辛之妃。生商，生契生商。马瑞辰云："因契受封于商，遂以生契为生商耳。"二句谓：有娀之国方始壮大，上帝立有娀之女子为妃，生了造商之契（或"生契造商"）。　⑦玄王桓拨：玄王，商之后世对契追尊之称。桓，犹"桓桓"，威武貌。拨，《韩诗》作"发"。马瑞辰云："发，当读如发强刚毅之发。《周书·谥法解》，刚克为发。《乐记》，发扬蹈厉，大公之志也。桓发二字平列，皆刚勇之貌。《毛诗》作拨，假借字。《韩诗》作发，为正字。"此谓：玄王威武刚强。　⑧受小国是达：受，接受，承受。达，通达。此谓：承受小国，无不通达顺利。　⑨受大国是达：参见前注。　⑩率履不越，遂视既发：率，遵循，用。履，"礼"之借字。《说苑》引诗作"礼"。不越，不超越礼法之准则。视，巡视其民。发，执行，施行。此谓"教令尽都施行"。二句意谓：遵循和宣施礼法而不逾越，于是巡视其民，教令尽行。　⑪相土烈烈，海外有截：相土，契之孙。烈烈，威武貌。海外，四海之外，泛言边远之地。截，整齐，在此有"划一""统一"之义，是说"海外率服，因而整齐统一"。二句意谓：相土威武烈烈，四海之外都率服于商，统一了天下。　⑫帝命不违，至于汤齐：

帝命不违，犹"不违帝命"。齐，齐同，一致。此谓：不违背上帝的旨命，至汤王而大业成，与天命齐同（相合）。 ⑬汤降不迟：汤降，"降汤"之倒文。不迟，犹云"不夷"。马瑞辰云："按'汤降'二字倒文，承上'至于汤齐'言之，谓由先王以降及汤也。迟，当读如'礼义陵迟'之'迟'。陵、迟叠韵，或作陵夷，迟犹夷也。谓降至于汤能不下夷也。……汤不下夷而德又加进，故下即接言'圣敬日跻'矣。"按：陵迟（"迟"通"夷"），或陵夷，本指斜平、迤逦渐平；引申为衰颓。

⑭圣敬日跻：圣敬，圣明恭敬之德。日跻，日升，与日俱进。此谓：商汤的圣明恭敬之德与日俱进。 ⑮昭假迟迟：昭假，昭告，明告，详见《周颂·噫嘻》注。迟迟，久久不息。此言：汤以圣敬之德明告上天而久久不息。 ⑯上帝是祗：祗，敬。此句承上文。谓：唯上帝是敬。

⑰帝命式于九围：式，法，为法，执法。九围，犹"九州"。马瑞辰云："按，围、域、有，皆一声之转，声同则义同，故《韩诗》释九域曰九州，毛释九有、九围并曰九州，特变文以为韵耳。《说文》，或从口、从戈以守一；一，地也。又曰，围，守也。是域与围义同之证。"此谓：上帝降命商汤执法（执政教）于九州。 ⑱受小球大球：小球大球，犹言"小法大法"。《经义述闻》："球、共，皆法也。球读为捄，共读为拱。《广雅》曰，拱、捄，法也。……拱、捄二字皆从手而训亦同。其从玉作球，假借字耳。此承上文'帝命式于九围'言之，言受小事之法、大事之法于上帝，故能'为下国缀旒''为下国骏厖'，所谓'式于九围'也。……然则小球、大球，小共、大共，谓所受法制有小、大之差耳。《传》解球为玉，已与共字殊义，《笺》复谓共为执玉，迂回而难通矣。《广雅》，拱、球并训为法，殆本于三家欤？" ⑲为下国缀旒：下国，指诸侯国。缀旒，犹言"表率"。《毛诗传笺通释》："按，缀旒二字平列，《毛传》释为表章。章亦所以表也。古者树臬以表位曰表。……《吕氏春秋·慎小篇》注，表，柱也。舞列之表则曰缀。……阮宫保《曾子注释》曰，凡树臬以著望曰表，系物于表曰缀，是也。……旒，正字作游，从㫃汓声。《说文》，游，旌旗之流也。……古者以旗致

民，即是以旗旒为表，故诗缀旒并言，以喻汤为下国表则也。" ⑳何天之休：何，"荷"之借字。休，本指美善，吉庆，福禄。此处引申为"福佑""赐福"。此谓：受天之福佑。 ㉑不竞不絿：竞，争竞。絿，求。《毛诗传笺通释》："窃谓絿对竞言，从《广雅》训求为是。争竞者多骄，求人者多谄，竞、求二义相对成文，与下句'不刚不柔'，《雄雉》诗'不忮不求'……句法正同。至下章'不震不动'（震动谓惊惮），与下句'不戁不竦'，相对成文，与此章每句自相对者异，此正足见诗人行文之善变耳。" ㉒不刚不柔：不过于刚猛，不过于柔弱。含"刚柔相济"之义。 ㉓敷政优优：敷政，布政，施政。优优，温和宽厚貌。 ㉔百禄是遒：遒，通"揂"，聚。此谓：百福并集。 ㉕骏厖："恂蒙"之假借，有"庇荫""庇覆"义。（从马瑞辰说）㉖何天之龙：龙，"宠"之假借。此言：受天之宠。 ㉗敷奏其勇：敷，在此有"铺张""张大"之义。奏，进。《诗集传》："犹言大进其武功也。" ㉘不震不动：震、动，指震惊、畏惧。 ㉙不戁（nǎn）不竦（sǒng）：戁，惊恐。竦，恐惧貌。 ㉚百禄是总：犹"百禄是遒"。 ㉛武王载旆：载，通"哉"，始。旆，"发"之借字。《经义述闻》："《韩诗外传》引诗并作'武王载发'，……《说文》引作'武王载坺'。……发，正字也。旆，坺，皆借字也。发，谓起师伐桀也。" ㉜有虔秉钺（yuè）：虔，强武貌。秉，执持。钺，古代兵器名，是一种青铜制的大斧。马瑞辰云："按《说文》，虔，虎行貌。读若矜。徐锴曰，虎之行兢兢然有威。则虔之本义原取勇猛，勇猛者必强固，故《尔雅》训虔为固。《广雅》，固，坚也。坚，强也。固与强，义亦相成。有虔，正形容强武之貌。……《字林》，钺，王斧也。故王者亲征，多秉钺。《史记》，汤自把钺以伐昆吾，遂伐桀。正此诗秉钺之谓。" ㉝如火烈烈：此处形容武王之军威。 ㉞则莫我敢曷："则莫敢曷我"。曷，《汉书》引诗作"遏"，"遏"之省借，阻止。此谓：无人敢于阻止我们。 ㉟苞有三蘖（niè）：苞，本。蘖，旁生的分枝嫩芽。《诗集传》："言一本生三蘖也。本则夏桀，蘖则韦也、顾也、昆吾也，皆桀之党也。郑氏曰，韦，彭姓。

顾、昆吾，己姓。"　㊱莫遂莫达：《毛诗传笺通释》："《方言》，达，芒也。遂与达皆草木生长之称。莫遂莫达，以喻三国不能复兴。"　㊲九有有截：犹言"九州统一"。参见注⑪、⑰。　㊳韦顾既伐，昆吾夏桀：已经讨伐了韦国、顾国、昆吾国和夏桀。按：韦国，在今河南省滑县东，彭姓。顾国，在今山东省鄄城县东北，己姓。昆吾国，在今河南省许昌东，亦己姓。三国都是夏朝的与国，是它在黄河下游的重要支柱。商汤连续灭了这三国，扫除了夏朝的东部屏障。商汤又作充分准备和部署，在夏桀王朝孤立和衰败的时候，兴师伐桀，决战于鸣条（今河南省封丘县东）之野，消灭了夏桀王朝，建立了商朝。　㊴昔在中叶，有震且业：中叶，中世。叶，犹"世"。《毛诗传笺通释》："……下文'允也天子'指汤，承上言之，则中叶宜指汤时。盖自殷有天下言，则汤为开创之君，自玄王立国言，则汤为中叶矣。"震，威。业，大。二句谓：昔在殷商中世（成汤之时），有威势而且甚大。　㊵允也天子，降于卿士：允，诚信，诚然，信然。天子，此谓成汤。降，此指上帝降赐。于，"予"之讹，给予。卿士，此指伊尹等贤良的辅佐。二句意谓：诚信啊天子，上帝降赐给他卿士贤佐。　㊶实维阿衡，实左右商王：实维，是为。阿衡，伊尹。《毛诗传笺通释》："《传》，阿衡，伊尹也。《笺》，阿，倚，衡，平也。汤所依倚而取平，故以为官名。……按，《说文》，伊，殷圣人阿衡尹治天下者，从人尹。段玉裁曰，伊与阿，尹与衡，皆双声，即一语之转。今按段说是也。伊、阿、倚三字并双声，故《笺》训阿为倚，倚犹伊也。《文王世子》云，虞、夏、商、周有师保，有疑丞，设四辅及三公，不必备。惟其人阿衡盖师保之官，特设是官名以宠异之，后以声转而为伊尹。及大甲时改曰保衡，大臣之称。……伊尹即阿衡之转，故《毛传》以阿衡为伊尹，《笺》亦以阿衡为官名。《吕氏春秋》言伊尹生伊水之上，《史记·殷本纪》言伊尹名阿衡。并失之。伊尹名挚，见于《孙子·用间篇》，不得以阿衡为其名也。"左右，在于左右，即"辅助"之意。商王，此指商汤。二句意谓：是为伊尹，他是商王左右辅助之大臣。

【学术延伸】

方玉润曰："《序》曰，大禘也。诸儒皆疑之。《礼记》曰，王者禘其祖之所自出，以其祖配之。今诗唯上及契，而不及契之所自出；下及汤，而不及群庙之主。中间虽言相土，相土未称王，不得有庙，故欲以为禘而无祖所自出之帝；欲以为祫而无群庙合食之文。《集传》疑为祫祭，与郑氏郊祭天之说，固属非是；即姚氏、何氏之主禘祭者，亦多曲为之说，非真知诗意者也。唯杨氏云。《诗·颂·长发》，大禘，但述玄王以下而不及于所自出之帝，则安得谓之禘诗；今案篇首即以'长发其祥'一语开端，明是指帝喾而言，未尝不及于所自出之帝也。岂必举喾之名而后谓之及喾耶！然愚案诗明言'有娀方将，帝立子生商'。娀子者契也，契所自出者娀氏女也。言娀女即言帝喾也。诗固有意到而笔不到者，此类是已。又况古人文字，类多简质，如《思文》本以后稷配天而文不及天，自不失为郊天之文。又何疑于此诗禘其祖所自出而不及于祖所自出之人乎？又朱氏善曰，有商受命之祥，虽在于浚哲相继之时，而有商受命之基，实定于有娀生商之日。必言有娀者，以契固商人之所由生，而有娀又商之所自出也。此可见诗言有娀生商者，并非泛言所自出而已，盖倒装文法，先言契而后及其所自出耳。若使先从有娀叙起，如前篇玄鸟生商，顺势直下，则禘义自明，然天下岂有此呆板文法，篇篇一例耶？诸儒不于此细察，妄生议论，真可怪也。此首章之义也。若至篇末，兼颂功臣，实维阿衡。《书·盘庚篇》曰，兹予大享于先王，尔祖其从与享之。此非大禘证乎？何至疑为祫祭与郊祭天也耶？《序》曰大禘，可无疑矣。"禘，古祭礼名，或曰"大禘"。《礼记·大传》："礼，不王不禘。王者禘其祖之所自出，以其祖配之。"孙希旦集解引赵匡曰："不王不禘，明诸侯不得有也。所自出，谓所系之帝。禘者，帝王既立始祖之庙，犹谓未尽其追远尊先之意。故又推寻始祖所自出之帝而追祀之。以其祖配之者，谓于始祖庙祭之，以始祖配祭也。"

殷 武

挞彼殷武，	那殷王武丁，十分勇武，
奋伐荆楚①。	奋力兴师，讨伐荆楚。
罙入其阻，	深入险阻之地，
裒荆之旅②。	将荆楚军众俘虏。
有截其所③，	合并统一荆楚土地，
汤孙之绪④。	这是汤孙的伟大功绩。

维女⑤荆楚，	你们荆楚之邦，
居国南乡⑥。	居于我国以南地方。
昔有成汤，	追溯往昔有那成汤，
自彼氐、羌，	虽然那远方的氐、羌，
莫敢不来享，	也不敢不来献享，
莫敢不来王⑦。	也不敢不来朝王。
曰商是常⑧。	殷商王朝永恒久长。

天命多辟⑨，	上天降命众多诸侯君王，
设都于禹之绩⑩。	设都于大禹所治之地。
岁事来辟⑪。	岁岁遵行朝见商王之礼。
勿予祸適⑫。	不要加以谴责怨怼。
稼穑匪解⑬。	不敢懈怠，勤于农艺。

天命降监，	上天降命，监察民间，

下民有严⑭。	下方之民,敬慎谨严。
不僭不滥,	不敢犯错,不敢妄为;
不敢怠遑⑮。	不敢懈怠偷闲。
命于下国⑯,	布施教令于下国诸侯,
封建厥福⑰。	大造其福,使之安善。
商邑翼翼,	京师礼仪,盛大翼翼,
四方之极⑱。	四方诸侯,奉为准则。
赫赫厥声,	他那政教赫赫昭著,
濯濯厥灵⑲。	他那威灵盛大濯濯。
寿考且宁,	寿考而且康泰,
以保我后生⑳。	以保佑我子孙后代。
陟彼景山㉑,	登上那岿岿景山,
松柏丸丸㉒。	松、柏条直丸丸。
是断是迁,	于是伐断,于是运走;
方斫是虔㉓。	于是砍斩,于是削修。
松桷有梴㉔,	松木方椽很长,
旅楹有闲㉕,	成排楹柱粗大,
寝成孔安㉖。	寝庙建成,安适异常。

此乃殷商之后人追溯高宗之庙落成的颂歌。

【注释考证】

①挞彼殷武,奋伐荆楚:挞,此指勇武貌。殷武,殷王武丁(即高宗)。奋伐,奋力讨伐。荆楚,即"楚",犹之"殷商",即"商"。此

三颂·商颂

谓：勇武的殷王武丁，奋力兴师伐楚。 ②罙入其阻，裒（póu）荆之旅：罙，"深"之本字。阻，险阻。裒，本作"捋"。聚，取，引申为俘获。旅，军众，军队。此谓：深入其险阻之地，俘获荆楚大批军众。 ③有截其所：截，见《商颂·长发》注。其所，犹"其地"。此谓：讨平统一其地。 ④汤孙之绪：汤孙，汤之子孙武丁。绪，功业。 ⑤女：汝。 ⑥居国南乡：乡，处所，地方。此谓：居于我国以南地方。 ⑦自彼氐羌，莫敢不来享，莫敢不来王：自，犹"虽"。又见《庄子·列御寇篇》："自是有德者，以不知也，而况有道者乎？"氐、羌，古代的两个民族名，原居陕西、甘肃、青海、四川一带。来享，犹"来宾""宾服""来朝"。来王，犹"来享"。（从马瑞辰说）三句意谓：虽则如氐、羌等边远民族，也没有敢不来朝贡的。按，二至五章多为追溯成汤功德之言。 ⑧曰商是常：曰，语助。是常，犹"是长"。（用马瑞辰说） ⑨天命多辟：多辟，诸侯。此谓：上天降命于诸侯。 ⑩设都于禹之绩：设都，建都邑。禹之绩，犹"禹之迹"。《毛诗传笺通释》："按，《说文》，迹，步处也。或作蹟。古经传因多假蹟为绩。《汉书》凡功绩字通借作迹是也。此诗又假绩为迹。九州皆经禹治，因称禹迹。……诗云'设都于禹之绩'，正谓设都于禹所治之地。" ⑪岁事来辟：岁事，谓诸侯每年秋季朝见天子之事。来辟，犹"来王"。 ⑫勿予祸适：予，犹"施"。祸，适，责。此谓：勿施谴责。（从王引之说） ⑬稼穑匪解：对稼穑之事不敢懈怠。按，此章言诸侯畏服。 ⑭天命降监，下民有严：监，监临，监察。严，敬慎谨严。此谓：上天降命成汤监察民间，下方之民都知守法而敬慎谨严。 ⑮不僭（jiàn）不滥，不敢怠遑：僭，差失，罪过。滥，放纵无度，恣意妄为。怠遑，懈怠偷闲。此谓：民知畏法，不敢有罪过，不敢放纵妄为，不敢懈怠偷闲。 ⑯命于下国：命，教令，在此是指"施教令"。国，指诸侯国。意谓：汤王施教令于诸侯之国。 ⑰封建厥福：封，大。建，创立，创造。此谓：大造其福。 ⑱商邑翼翼，四方之极：商邑，京师。（《后汉书》、《后魏书》、《白帖》引《韩诗》、荀悦《汉纪》引《齐诗》，"商"并作

"京"。)翼翼,盛貌,此指礼仪盛貌。四方,四方诸侯之国。极,中,则,法。(《韩诗》《齐诗》,"极"并作"则"。)此谓:京师的礼仪制度翼翼然大盛,为四方诸侯之国所取法效尤。 ⑲赫赫厥声,濯濯厥灵:赫赫,显著貌。声,此谓"政教"。濯濯,盛大貌。灵,此谓"威灵",即"威力"。此言,他(成汤)的政教赫赫昭著,他的威力盛大濯濯。

⑳寿考且宁,以保我后生:保,保佑。后,后世子孙。生,语助,不为义。此谓:以保佑我后世子孙寿考而且康宁。(这是倒装句法,向先祖祝祷福佑之词。) ㉑陟彼景山:陟,升,登。景山,商都附近的山名。 ㉒松柏丸丸:丸丸,条直挺拔貌。上二句谓:登上那景山察看建庙之木材,见到那松柏树十分条直挺拔,宜于采用。 ㉓是断是迁,方斫(zhuó)是虔:是,犹"乃","于是"。断,此谓断其本,伐倒树干。迁,搬运。方,犹"是"。与下文之"是"字为互文以见参错。斫,砍,斩,削。虔,犹"伐""削"。马瑞辰云:"虔,当读如虔刘之虔。《方言》,虔,杀也。《广雅》,虔,伐,刘,并训杀。是虔犹伐也,刘也。……削伐木亦谓之虔。……是断是迁,是斩伐木于在山之时;方斫是虔,是削伐木于作室之际。"此谓:在山上将松柏树伐倒,运回来;又在建庙工地上将木料砍削加工。 ㉔松桷(jué)有梴(chān):桷,方的椽子。梴,木长貌。 ㉕旅楹有闲:旅,犹"陈",犹"列",此处指"成列成行"。楹,堂前之柱。闲,大貌。此言:成列的楹柱十分粗大。 ㉖寝成孔安:寝,此指为高宗所立之寝庙。古代统治阶级的宗庙有庙和寝两部分,总称寝庙。成,竣工落成。孔安,大安,甚安。安,谓寝庙安固;或如《诗集传》云:"所以安高宗之神也。"